Edgar Allan Poe
Erzählungen

EDGAR ALLAN POE

ERZÄHLUNGEN

ALBATROS

Aus dem Amerikanischen von A. von Bosse, M. Bretschneider,
J. von der Goltz, H. Kanders und W. Widmer

Titel der deutschen Ausgabe:
Erzählungen

Die Deutsche Bibliothek – CIP-Einheitsaufnahme

Ein Titeldatensatz für diese Publikation ist bei
Der Deutschen Bibliothek erhältlich.

ISBN 3-491-96006-1

DAS MANUSKRIPT IN DER FLASCHE

Qui n'a plus qu'un moment à vivre
N'a plus rien à dissimuler.

Quinault: Atys

Von meiner Heimat und meiner Familie weiß ich wenig zu sagen. Schlimme Erfahrungen und die Länge der Jahre haben mich aus der einen vertrieben, der andern entfremdet. Ererbter Reichtum verschaffte mir eine ungewöhnliche Bildung, und meine nachdenkliche Sinnesart setzte mich in den Stand, die Schätze des Wissens, die ich mir durch mein Studium von Jugend auf erworben hatte, in methodische Ordnung zu bringen. Mehr als alles andere bereiteten mir die Werke der deutschen Philosophen großen Genuß, nicht weil ich so schlecht beraten war, ihre beredten Tollheiten zu bewundern, sondern weil ich die strenge Folgerichtigkeit meiner Gedanken auskostete, die mich befähigte, ihre Irrtümer aufzudecken. Man hat mir häufig die Trockenheit meines Geistes vorgeworfen, Mangel an Einbildungskraft ist mir als Verbrechen angekreidet worden, und der Skeptizismus meiner Ansichten hat mich allezeit berüchtigt gemacht. In der Tat hat, wie ich fürchte, eine starke Neigung zu den Naturwissenschaften meine Sinnesart mit einem ganz allgemeinen Irrtum unseres Zeitalters angekränkelt – ich meine die Gepflogenheit, jedes Ereignis, selbst wenn nicht der geringste Anlaß dazu vorliegt, mit den Prinzipien dieser Wissenschaft in Verbindung zu bringen. Im großen ganzen konnte kaum jemand weniger Gefahr laufen als ich, sich durch die *ignes fatui* des Irrglaubens dem strengen Bereich der Wahrheit entführen zu lassen.

Ich habe es für nötig gehalten, soviel vorauszuschicken, damit die unglaubliche Geschichte, die ich zu erzählen habe, nicht so sehr als das Faseln einer rohen Einbildungskraft erscheint, sondern vielmehr als die positive Erfahrung eines Menschen, dem phantastische Träumereien immer nur ein wesenloses Geschwätz und Nichtigkeiten bedeutet haben.

Nachdem ich mehrere Jahre mit Reisen in fremden Ländern zugebracht hatte, schiffte ich mich im Jahre 18.. im Hafen von Batavia auf der gesegneten und volkreichen Insel Java zu einer Fahrt nach dem Archipel der Sundainseln ein. Ich reiste als Passagier; denn mich trieb nichts als die nervöse Unrast, von der ich wie von einem Dämon besessen war.

Unser Fahrzeug war ein schönes Schiff von etwa vierhundert Tonnen, mit Kupfer beschlagen und aus malabarischem Teakholz in Bombay gebaut. Als Fracht führten wir Baumwolle, Wolle und Öl von den Lakkadiven mit uns. Wir hatten auch Nüsse und Bast von der Kokospalme, ostindischen Rohrzucker, Kakaobohnen und einige wenige Kisten Opium an Bord. Die Ladung war ungeschickt verstaut, so daß das Schiff ein wenig krängte.

Wir stachen bei ganz leichtem Wind in See und segelten mehrere Tage an der Ostküste von Java entlang, ohne daß irgendein Ereignis die Eintönigkeit unserer Fahrt unterbrochen hätte, es sei denn das Zusammentreffen mit einigen kleinen Schonern, die aus dem Archipel kamen, der unser Ziel war.

Eines Abends, als ich über die Reling am Heck lehnte, bemerkte ich eine sehr sonderbare einzelne Wolke gegen Nordwest. Sie war sowohl ihrer Färbung wegen auffällig, als auch weil sie die erste war, die wir seit unserer Abreise von Batavia zu Gesicht bekamen. Ich ließ sie bis Sonnenuntergang nicht aus den Augen, zu welcher Zeit sie mit einem Male nach Osten und Westen auseinanderfloß und den Horizont mit einem schmalen Dunststreifen umgürtete, der wie eine sehr lange flache Küstenlinie aussah. Kurz darauf zog das trübrote Licht des Mondes und die eigentümliche Beschaffenheit der See meine Aufmerksamkeit auf sich. Es war, als ob sie einer plötzlichen Verwandlung unterläge und das Wasser durchscheinender wäre als sonst. Obwohl ich deutlich den Grund sehen konnte, maß ich mit dem Blei eine Tiefe von fünfzehn Faden. Nun wurde die Luft unerträglich heiß und bildete spiralförmige Schlieren, wie sie ähnlich von glühendem Eisen ausgehen. Als die Nacht kam, war jeder Windhauch erstorben; die Stille war über jede Vorstellung vollkommen. Auf dem Hinterdeck des Schiffes brannte eine Kerze, ohne daß man das leiseste Flackern der Flamme hätte bemerken können, und ein langes Haar, das ich zwischen Zeigefinger und Daumen hielt, hing herab, ohne daß es möglich war, die geringste Bewegung zu entdecken. Da jedoch der Kapitän behauptete, er könne keine Anzeichen von Gefahr entdecken, und wir seitlich zum Ufer abtrieben, ließ er die Segel einziehen und Anker werfen. Es wurde keine Wache ausgestellt, und die Mannschaft, die zum größten Teil aus Malaien bestand, streckte sich entschlossen auf Deck aus. Ich ging nach unten – nicht ohne ein starkes Vorgefühl eines nahenden Unglücks. In der Tat schienen alle diese Anzeichen auf einen Samum hinzudeuten. Ich sprach dem Kapitän von meinen Befürchtungen, er aber schenkte meinen Reden keine Aufmerksamkeit und ließ mich ohne Antwort stehen. Eine innere Unruhe hinderte mich daran, einzuschlafen. Um Mitternacht ging ich wieder auf Deck. Als ich meinen Fuß auf die oberste Stufe der Kajütentreppe setzte, erschrak ich von einem starken Summen, das klang, als ob es von der sehr schnellen Umdrehung eines Mühlrades herrührte, und noch ehe ich mir über die Ursache dieses Geräusches klarwerden konnte, fühlte ich, wie das Schiff bis in sein Innerstes erzitterte. Im nächsten Augenblick schleuderte uns eine rasende Schaumwelle zur Seite, fegte über das ganze Schiff hinweg und überschwemmte es vom Heck bis zum Bug.

Aber gerade der plötzlichen Wut dieses ersten Windstoßes verdankte das Schiff seine Rettung. Denn obwohl es ganz unter Wasser geraten und die Masten über Bord gegangen waren, erhob es sich nach einer Minute schwerfällig, und indem es einige Augenblicke unter dem ungeheuren Drucke des Unwetters auf und ab schwankte; endlich richtete es sich auf.

Durch welches Wunder ich der Vernichtung entging, kann ich unmöglich sagen. Vom Anprall des Wassers betäubt, fand ich mich, als ich meine Besinnung wiedererlangte, zwischen Hintersteven und Steuerrad eingezwängt. Mit vieler Mühe kam ich auf die Füße, und es stieg in mir, als ich mich, noch schwindelnd, umsah, zuerst der Gedanke auf, wir seien in eine Brandung geraten, so unbegreiflich furchtbar war der Wirbel des hochgehenden und schäumenden Ozeans, der uns in seinen Schlünden hielt. Nach einer Weile hörte ich die Stimme eines alten Schweden, der sich, gerade als wir aus dem Hafen auslaufen wollten, an Bord begeben hatte. Ich schrie aus Leibeskräften nach ihm, und er kam sogleich taumelnd auf mich zu. Wir erkannten bald, daß wir die einzigen Überlebenden waren; außer uns beiden war alles auf Deck über Bord gespült, während der Kapitän und die Steuermänner im Schlaf überrascht worden sein mußten; denn die Kajüten waren von Wasser überflutet. Ohne Helfer konnten wir aber nur wenig für die Rettung des Schiffes tun, zumal unsere Tatkraft durch die Erwartung des uns unmittelbar bevorstehenden Untergangs gelähmt war. Beim ersten Stoß des Orkans war unser Ankertau selbstverständlich wie Bindfaden gerissen, sonst wären wir im gleichen Augenblick verschlungen worden. Das Schiff flog vor der See mit einer grauenerregenden Geschwindigkeit, und das Wasser schlug ihm sichtbare Lecks. Die hölzernen Aufbauten auf dem Hinterdeck waren völlig zertrümmert, und auch sonst hatten wir beträchtliche Beschädigungen erlitten, aber zu unserer großen Freude fanden wir die Pumpen in guter Ordnung und den Ballast nur wenig verschoben.

Die ärgste Wut des Sturmes war nun vorüber, und wir hatten von seiner Heftigkeit wenig mehr zu befürchten, doch sahen wir mit Schaudern seinem gänzlichen Abflauen entgegen, in der Überzeugung, daß wir in unserm schiffbrüchigen Zustand bei dem ungeheuren Wogengang, der folgen mußte, zweifellos zugrunde gehen würden. Diese berechtigte Befürchtung schien sich indessen nicht allzubald zu verwirklichen. Fünf Nächte und fünf Tage lang, während derer einige Stücke Palmzucker, die wir unter großen Schwierigkeiten aus dem Vorschiff holten, unsere einzige Nahrung bildeten, schoß unser hilfloses Wrack mit einer jeder Berechnung spottenden Geschwindigkeit vor schnell einander folgenden Windstößen dahin, die, obwohl sie der ersten Gewalt des Taifuns nicht gleichkamen, dennoch entsetzlicher waren als irgendein Sturm, den ich jemals erlebt habe. Unsere Richtung war in den ersten vier Tagen mit geringfügiger Abweichung Süd-Südost, wir hätten also an die Küste von Neuholland getrieben werden müssen.

Am fünften Tage wurde es außerordentlich kalt, obwohl der Wind sich um einen Strich gegen Norden gedreht hatte. Die Sonne ging mit einem kranken, gelben Glanz auf. Sie erhob sich nur um wenige Grade über den Horizont und verbreitete ein fahles Licht. Wolken waren nicht zu sehen, und trotzdem wurde der Sturm, der mit wütenden ungleichen Stößen blies, immer stärker. Etwa um die Mittagsstunde – wenigstens rieten wir so – zog das Aussehen der Sonne von neuem unsere Aufmerksamkeit auf sich. Sie sandte kein eigentliches Licht aus, sondern einen trüben und düsteren, glanzlosen Schimmer, als ob alle ihre Strahlen polarisiert wären. Kurz bevor sie in die aufschwellende See sank, erlosch plötzlich ihr Feuer in der Mitte, als wäre es von einer unerklärlichen Macht verdunkelt worden. Sie war nur noch ein matter silbriger Reif, als sie in den unergründlichen Ozean stürzte.

Wir warteten vergeblich auf das Erscheinen des nächsten Tages – dieser Tag kam nicht; für den Schweden sollte er niemals kommen. Von nun an waren wir in pechschwarzer Finsternis begraben, so daß wir vom Schiff aus nicht zwanzig Schritt weit etwas hätten erkennen können. Ewige Nacht umfing uns, die nicht einmal der Phosphorglanz des Meeres milderte, an den wir in den Tropen gewöhnt waren. Wir beobachteten ferner, daß, obwohl der Sturm mit unverminderter Heftigkeit fortwütete, Schaum oder Gischt nirgends mehr zu bemerken waren. Ringsum herrschten Grauen und undurchdringliche Dunkelheit, eine ebenholzschwarze, wogende Wüste. Die Schrecken des Aberglaubens beschlichen allmählich die Seele des alten Schweden, die meine hüllte sich in schweigendes Staunen. Wir hatten alle Sorge um das Schiff als mehr als nutzlos außer acht gelassen, suchten, so gut es gehen wollte, am Stumpf des Fockmastes Zuflucht und starrten voll Bitternis in das unendliche Meer. Es war uns nicht möglich, über die Zeit und den Ort, an dem wir uns befanden, auch nur Mutmaßungen anzustellen. Immerhin waren wir ganz sicher, weiter nach Süden gelangt zu sein als je ein Seefahrer vor uns, und wunderten uns sehr, nicht durch die erwarteten Eismassen aufgehalten zu werden. Indessen drohte jeder Augenblick unser letzter zu sein. Jede dieser berghohen Wellen erhob sich, um uns zu vernichten. Der Seegang übertraf alles, was ich für möglich gehalten hatte, und daß wir nicht augenblicklich verschlungen wurden, war ein Wunder. Mein Gefährte erinnerte an das geringe Gewicht der Ladung und die ausgezeichnete Bauart unseres Schiffes, aber ich konnte nur die äußerste Hoffnungslosigkeit jeder Hoffnung empfinden und bereitete mich trübe auf den Tod vor, der nicht länger als eine Stunde zaudern konnte; denn mit jeder Meile, die das Schiff zurücklegte, wurde der Wogengang dieses schwarzen geheimnisvollen Meeres grauenhafter und vernichtender. Bald rangen wir auf dem Gipfel eines Wellenberges, der an Höhe den Flug des Albatros übertraf, nach Atem, bald befiel uns ein Schwindel bei dem rasenden Sturz in eine Wasserhölle, wo die Luft stillstand und kein Laut den Schlummer des Kraken störte.

Wieder stürzten wir auf den Boden eines solchen Abgrundes hinab, als ein plötzlicher Schrei meines Gefährten fürchterlich die Nacht durchbrach.

„Sehen Sie!“ gellte es in meinen Ohren, „sehen Sie! Allmächtiger Gott! sehen Sie! sehen Sie!“

Bei diesen Worten entdeckte ich einen trüben, düsteren Schein von rotem Licht, das die Wände des ungeheuren Schlundes, in dem wir uns befanden, hinabrieselte und unser Deck in zitternden Glanz tauchte. Ich erhob die

Augen und hatte einen Anblick, der das Blut in meinen Adern gerinnen ließ. Gerade über uns, in einer schauerlichen Höhe und dicht am Rande der jähen Wasserwand, schwankte ein riesiges Schiff von etwa viertausend Tonnen. Obwohl es auf dem Kamm einer Welle schwebte, die wohl hundertmal höher war, sah es doch unendlich größer aus als irgendein Kriegsschiff oder Ostindienfahrer. Die Farbe seines gewaltigen Rumpfes war ein tiefes, schmutziges Schwarz und durch keine der gebräuchlichen Schnitzereien belebt. Eine einfache Reihe eiserne Kanonen ragten aus den offenen Stückpforten und spiegelten auf der polierten Oberfläche die Lichter zahlloser Laternen wider, die in dem Takelwerk auf und ab schwangen. Aber was uns mehr als alles andere mit Grauen und Verwunderung erfüllte, war, daß es diesem übernatürlichen Ozean und diesem fessellosen Sturme zum Trotz alle Segel gesetzt hatte. Als wir das Schiff zuerst bemerkten, sahen wir nur seinen Bug, der langsam aus dem dunklen furchtbaren Abgrund, den es hinter sich ließ, auftauchte. Für einen Augenblick – einen Augenblick unsagbaren Entsetzens – hielt es auf dem schwindelnden Gipfel, als ob es sich an seiner eigenen Erhabenheit berauschte, dann zitterte es, wankte und – stürzte in die Tiefe.

Ich weiß nicht, wie es kam, daß in diesem Augenblick plötzliche Kaltblütigkeit von mir Besitz ergriff. Ich trat, soweit ich irgend konnte, zurück und erwartete furchtlos die Katastrophe, die hereinbrechen mußte. Unser eigenes Schiff hatte endlich den Kampf aufgegeben und senkte sich mit dem Bug in die See. Die Wucht der stürzenden Masse traf demzufolge gerade die Stelle, die schon fast unter Wasser lag, und die unvermeidliche Wirkung war, daß ich mit unwiderstehlicher Gewalt in das Tauwerk des fremden Schiffes geschleudert wurde.

Als ich fiel, führte das Schiff ein verwickeltes Manöver aus und wendete. Der dabei entstandenen Aufregung schrieb ich es zu, daß die Mannschaft mich nicht bemerkte. Ohne Schwierigkeit arbeitete ich mich unbeobachtet zur Hauptluke durch, die einen Spalt offenstand, und es gelang mir, mich in dem Schiffsraum zu verbergen. Warum ich das tat, könnte ich kaum angeben. Ein unbestimmtes Gefühl des Schreckens, das mich sogleich beim Anblick der unbekannten Seefahrer ergriff, war vielleicht der Grund, weshalb ich mich versteckte. Ich war nicht gewillt, mich Wesen anzuvertrauen, die, wie schon ein flüchtiger Eindruck zeigte, soviel Fremdartiges, Zweifelhaftes und Beängstigendes an sich trugen. Daher hielt ich es für nötig, mir einen Schlupfwinkel im Schiffsraum zu verschaffen. Zu diesem Zweck machte ich einige lockere Bretter, die die Ladung stützten, los und richtete mir auf diese Weise ein geeignetes Versteck zwischen den gewaltigen Rippen des Schiffes ein.

Kaum hatte ich mein Werk vollendet, als Schritte im Schiffsraum mich zwangen, Gebrauch davon zu machen. Ein Mann ging mit schwachem, unsicherem Schritt an meinem Versteck vorbei. Ich konnte sein Gesicht nicht erkennen, hatte aber Gelegenheit, sein allgemeines Aussehen zu studieren. Er wies deutliche Merkmale von Gebrechlichkeit und hohem Alter auf. Seine Knie wankten unter der Last der Jahre, sein ganzer Körper zitterte unter ihr. Er murmelte in leisen, abgerissenen Lauten in einer Sprache, die ich nicht verstand, vor sich hin und kramte in einer Ecke in einem Haufen seltsamer Instrumente und vergilbter Schiffskarten. Sein ganzes Wesen war ein wunderliches Gemisch aus der Grämlichkeit zweiter Kindheit und der feierlichen Würde eines Gottes. Endlich ging er an Deck, und ich sah ihn nicht mehr.

Ein Gefühl, für das ich keinen Namen habe, hat von meiner Seele Besitz ergriffen – eine Empfindung, die keine Analyse zuläßt, auf die das Wissen meines vergangenen Lebens nicht anwendbar ist und für deren Erkenntnis, wie ich fürchte, selbst die Zukunft mir keinen Schlüssel bieten wird. Für einen Geist wie den meinigen bedeutet eine solche Überlegung ein Unglück. Ich werde niemals – ich weiß es –, niemals über die Natur meiner Wahrnehmungen Gewißheit haben. Und dennoch ist es nicht verwunderlich, daß sie so unbestimmbar sind, da sie ja ganz unbekannten Quellen entspringen. Ein neuer Sinn, eine neue Wesenheit ist meiner Seele beigegeben.

Es ist lange her, daß ich zum ersten Male das Deck dieses fürchterlichen Schiffes betrat, und mir ist, als ob die Strahlen meines Geschickes sich in einem Brennpunkt vereinigten. Unbegreifliche Menschen! In Betrachtungen versunken, deren Art ich nicht erraten kann, gehen sie, ohne mich zu bemerken, an mir vorüber. Es ist ganz töricht, daß ich mich verstecke, denn sie *wollen* nicht sehen. Eben ging ich direkt vor den Augen des Steuermanns vorbei, und kurz vorher hatte ich mich sogar in die Privatkajüte des Kapitäns gewagt und dort alles geholt, womit ich dies und das Vorhergehende geschrieben habe.

Ich werde von Zeit zu Zeit dieses Tagebuch fortsetzen. Zwar ist es möglich, daß ich nicht Gelegenheit finde, es der Mitwelt zu übergeben, doch will ich wenigstens den Versuch machen. Im letzten Augenblick will ich das Manuskript, in einer Flasche verschlossen ins Meer werfen.

Es hat sich etwas ereignet, das mir neuen Stoff zum Nachdenken gibt. Sind solche Dinge dem Wirken eines willkürlichen Zufalls zuzuschreiben? Ich hatte mich auf Deck gewagt und mich, ohne beachtet zu werden, in der Jolle auf einen Packen alter Segel und Taue hingeworfen. Während ich über die Seltsamkeit meines Schicksals nachgrübelte, strich ich gedankenlos mit einer Teerbürste über den Rand eines Besansegels hin, das sorgfältig zusammengelegt neben mir auf einer Tonne lag. Dieses Segel ist jetzt aufgezogen worden, und die sinnlosen Striche der Bürste bilden das Wort „Entdeckung".

Ich habe neuerdings über die Bauart des Schiffes einige Beobachtungen angestellt. Obgleich gut bewaffnet, ist es dennoch, wie ich glaube, kein Kriegsschiff. Sein Takelwerk, seine Konstruktion, seine ganze Ausrüstung, alles spricht gegen eine solche Vermutung. Was es nicht ist, kann ich leicht sehen, aber was es ist, das zu sagen ist, fürchte ich, unmöglich. Ich weiß nicht, wie es kommt, aber wenn ich mich in den Anblick seiner seltsamen Gestalt, der sonderbar geformten Masten, seiner gewaltigen Größe, der zahllosen Segel, des Buges von einfacher Strenge, des altertümlichen Achterschiffs prüfend versenke, durchzuckt mich bisweilen die Ahnung einer vertrauten Welt, und immer mischt sich in diese schwankenden Schatten meines Inneren ein unerklärliches Gedenken an alte fremde Chroniken und längst vergangene Zeiten.

Ich habe die Spanten des Schiffes untersucht. Sie bestehen aus einem Material, das mir unbekannt ist. Das Holz besitzt eine Eigentümlichkeit, die mich befremdet, da sie es, wie mir scheint, für den Zweck, dem es dienen soll, unbrauchbar macht. Ich meine seine übermäßige Porosität, von seiner Wurmstichigkeit, wie sie die Seefahrt in diesen Breiten mit sich bringt, und der Fäulnis, die dem Alter zuzuschreiben ist, ganz abgesehen. Es mag vielleicht eine spitzfindige Beobachtung scheinen, aber dieses Holz besäße alle Besonderheiten der spanischen Korkeiche, wenn diese sich durch ein künstliches Verfahren ausdehnen ließe.

Indem ich diesen Satz noch einmal überlese, kommt mir der seltsame Ausspruch eines wetterharten alten Seefahrers, eines Holländers, in den Sinn: „Das ist wahr", pflegte er zu sagen, wenn man seine Glaubwürdigkeit irgendwie in Zweifel zog, „so wahr, wie es ein Meer gibt, wo das Schiff von selbst wächst wie der lebendige Körper eines Menschen."

Vor etwa einer Stunde faßte ich mir ein Herz und drängte mich zwischen eine Gruppe der Besatzung. Man schenkte mir keinerlei Beachtung; obgleich ich mitten unter ihnen stand, schienen sie von meiner Anwesenheit nicht das geringste zu bemerken. Wie jener Mann, den ich zuerst im Schiffsraum erblickte, zeigten sie alle die Spuren grauen Alters. Ihre Knie wankten vor Schwäche, ihre Schultern krümmten sich in Hinfälligkeit, die runzlige Haut schauerte im Winde, ihre Stimmen klangen leise, zittrig und gebrochen, ihre Augen glänzten von den Tränen des Alters, und die Haare flatterten entsetzlich im Sturm. Rings um sie über das ganze Deck verstreut lagerten wunderliche, längst veraltete mathematische Instrumente.

Vor kurzem erwähnte ich, daß man ein neues Besansegel aufgezogen hat. Seither rast das Schiff vor dem Winde auf seiner furchtbaren Bahn gerade gegen Süden unausgesetzt dahin. Jeder Fetzen Leinwand von oben bis unten ist gesetzt, und immer wieder taucht die Stange des Topsegels in eine Wasserhölle, die entsetzlicher ist, als es ein menschliches Hirn sich ausdenken kann. Eben habe ich das Deck verlassen müssen, wo ich mich nicht mehr aufrecht zu halten vermag, obwohl die Mannschaft sichtlich nur wenig leidet. Es scheint mir ein unbegreifliches Wunder, daß unser gewaltiges Fahrzeug nicht mit einem Male für immer verschlungen wird. Wir sind gewiß verdammt, unaufhörlich am Rande der Ewigkeit zu schweben, ohne den endgültigen Sturz in den Abgrund zu tun. Über Wellen, die erstaunlicher sind als alle, die ich jemals gesehen habe, gleiten wir leicht wie die pfeilschnelle Seemöwe dahin, und die gigantischen Wasser erheben ihre Häupter über uns wie Dämonen der Tiefe, wie Dämonen, die zwar drohen dürfen, aber nicht vernichten.

Ich bin gezwungen, dieses unaufhörliche Entrinnen der einzigen natürlichen Ursache zuzuschreiben, die es erklärt. Ich muß annehmen, daß das Schiff der Einwirkung irgendeiner starken oberen oder unteren Strömung ausgesetzt ist.

Ich habe den Kapitän in seiner eigenen Kajüte von Angesicht zu Angesicht gesehen; aber wie ich erwartet hatte, beachtete er mich überhaupt nicht. Obwohl sein Äußeres dem gewöhnlichen Beobachter durch nichts verrät, daß er mehr oder weniger ist als ein Mensch, so gesellte sich doch der heftigen Neugier, mit der ich ihn betrachtete, ein unwiderstehliches Gefühl von Ehrfurcht und Schrecken bei. Er hat etwa meine Größe, das heißt, er ist ungefähr fünf Fuß acht Zoll groß, ist von ebenmäßiger, gut durchgebildeter

Gestalt, ohne indes durch Körperkraft oder sonst eine Besonderheit aufzufallen. Aber der eigentümliche Ausdruck, der auf seinem Antlitz herrscht, die gewaltige, unglaubwürdige, schauerliche Wirklichkeit eines äußersten letzten Greisenalters, erfüllt meinen Geist mit der Ahnung von etwas Unaussprechlichem. Seine Stirn ist nur wenig gefurcht, dennoch scheinen ihr Jahrtausende aufgeprägt; seine grauen Haare sind Urkunden des Vergangenen, seine Augen, die noch grauer sind, schauen wie Sibyllen das Zukünftige. Seltsame Folianten mit eisernen Schließen, zerbrochene Geräte, veraltete, längst vergessene Karten bedeckten den Boden der Kajüte. Den Kopf in die Hände gestützt, grübelte er mit heißem, unstetem Blick über einem Papier, das ich für eine Vollmacht hielt, und zweifellos trug es das Siegel eines Königs. Er murmelte wie der Seemann, den ich zuerst im Schiffsraum gesehen hatte, leise und gramvoll Silben einer fremden Sprache vor sich hin, und obwohl ich ihn beinahe streifte, war mir doch, als ob seine Stimme aus weiter Ferne an mein Ohr dringe.

Das Schiff und alles, was es trägt, ist voll vom Geist der Vergangenheit. Die Mannschaft hastet gleich Gespenstern begrabener Jahrhunderte hin und her, in ihren Augen brennt ein heißes, quälendes Wünschen, und wenn ihre Gestalten beim wilden Schein der Laternen meinen Weg kreuzen, ergreift mich eine Empfindung, die ich nie gekannt habe, obwohl ich von Jugend auf unter Altertümern gelebt und die Schatten gestürzter Säulen zu Baalbek, Tadmor und Persepolis in mich getrunken habe, bis meine Seele selbst zur Ruine geworden ist.

Ich schaue ringsumher und schäme mich meiner früheren Befürchtungen. Wenn mich der Sturm, der uns bisher verfolgt hat, zittern ließ, muß ich dann nicht vor Schreck vergehen bei diesem Kampf von Orkan und Meer, vor dem Worte wie Tornado und Taifun wirkungslos und nichtssagend sind? In unserer nächsten Nähe breitet sich die Finsternis ewiger Nacht aus und ein Chaos von Wassern ohne Gischt. Aber zu beiden Seiten des Schiffes, etwa eine Meile entfernt, können wir zuweilen gewaltige Eiswälle schimmern sehen, die sich wie die Grenzmauern des Weltalls in den trostlosen Himmel türmen.

Wie ich angenommen hatte, befindet sich das Schiff tatsächlich in einer Strömung – wenn man eine Flut so nennen kann, die brausend und zischend an dem weißen Eis vorbei mit der Schnelligkeit eines jäh abstürzenden Wasserfalls südwärts donnert.

Von dem Entsetzen, das mich befällt, kann man sich unmöglich eine Vorstellung machen. Trotzdem überwiegt das Streben, die Rätsel dieser furchtbaren Regionen zu durchdringen, noch meine Verzweiflung und läßt mich den schauerlichen Anblick des Todes ertragen. Es ist klar, daß wir einer unerhörten Erkenntnis entgegentreiben, einem niemals mitteilbaren Geheimnis, dessen Offenbarung Vernichtung ist. Vielleicht führt uns der Strom zum Südpol selbst. Diese so wunderbar klingende Vermutung hat unleugbar alle Wahrscheinlichkeit für sich.

Die Mannschaft geht mit zitternden, erregten Schritten auf Deck hin und her, und doch erfüllt ihre Mienen eher das Ungestüm der Hoffnung als die Stumpfheit der Verzweiflung.

Wir haben noch immer den Wind im Rücken, und da wir alle Segel gesetzt haben, wird das Schiff bisweilen mit dem ganzen Rumpf aus den Wellen gehoben. O Grauen über Grauen! – Mit einem Male öffnet sich das Eis zur Rechten und zur Linken, und wir wirbeln schwindelnd in ungeheuren konzentrischen Kreisen den Rand eines gigantischen Amphitheaters entlang, dessen riesige Wände sich in Nacht und Ferne verlieren. Nur wenig Zeit bleibt noch, mein Schicksal zu überdenken. Enger und enger werden die Kreise – wir tauchen rasend in des Strudels Umarmung – und unter dem Heulen und Brüllen und Donnern von Sturm und Meer geht ein Schauder durch das Schiff – und, o Gott! – es sinkt.

Das Manuskript in der Flasche wurde im Jahre 1831 zum erstenmal veröffentlicht. Erst viele Jahre später wurde ich mit den Karten von Mercator bekannt, auf denen sich der Ozean in vier Mündungen in den (nördlichen) Polargolf stürzt und von den Eingeweiden der Erde verschluckt wird. Der Pol selbst ist durch einen schwarzen Felsen dargestellt, der sich zu ungeheurer Höhe auftürmt.

BERENICE

Dicebant mihi sodales, si sepulcrum amicae visitarem, curas meas aliquantulum fore levatas.
Ebn Zaiat

Mannigfaltig ist das Elend der Erde, grenzenlos aber ist ihre Erbärmlichkeit. Wie ein Regenbogen überspannt sie den weiten Horizont, und vielfältig wie des Regenbogens Farben sind ihre Arten – ebenso bestimmt und ebenso vertraut. Ich sagte: sie überspannt den Horizont wie ein Regenbogen. Wie konnte ich einen Vergleich ziehen zwischen dem Urbild der Schändlichkeit und etwas so göttlich Schönem? Zwischen dem Symbol des Friedens und der Quelle aller Trübsal? Es mag wohl daher kommen, daß in der Ethik zumeist das Böse die Folge des Guten ist, und somit auch der Freude die Kümmernis entspringt. Denn: entweder leiden wir namenlose Qualen bei dem Gedanken an entschwundenes Glück, oder wir erdulden Seelenpein um die Verzückungen, die wir zu erleben hofften.

Mein Taufname ist Egaeus; mein Familienname bleibt besser ungenannt. Doch gibt es weit und breit im Land keine Türme und Zinnen, die ehrwürdiger ins Land hinabblickten als die meines düsteren, grauen Stammschlosses. Man hat meiner Familie die Fähigkeit des Geistersehens zugesprochen, und tatsächlich gab es manch seltsame Einzelheiten in der Bauart unseres Familienschlosses, in den Fresken des großen Saales, in der Wandbekleidung der Schlafräume, in der Art, wie die Pfeiler der Waffenkammer behauen waren, doch ganz besonders in der Galerie der alten Meister, im Stil des Bibliothekzimmers und schließlich in der höchst merkwürdigen Auswahl der Bibliothek selbst – es gab, wie gesagt, manch seltsame Einzelheiten, die diese Vermutung nicht unberechtigt erscheinen ließen.

Die Erinnerung an meine früheste Jugend ist gerade mit der Bibliothek und ihren Büchern aufs engste verknüpft, wovon ich später noch mehr berichten will. Meine Mutter starb in diesem Zimmer. Ich selbst wurde dort geboren. Unnötig zu betonen, daß ich schon vorher lebte, meine Seele schon vorher existierte. Sie leugnen es? Nun, wir wollen darüber nicht streiten, da ich selbst davon überzeugt bin. Es liegt mir vollkommen fern, andere überzeugen zu wollen. Ich möchte nur bemerken, daß mir eine dunkle Erinnerung an wesenlose Gestalten, an geisterhafte, bedeutsame Blicke, an schwermütige melodiöse Töne geblieben ist. Eine Erinnerung, die unauslöschlich ist und die mich wie ein Schatten umschwebt, ganz ungreifbar, unbeständig und unbestimmt, eine Erinnerung, von der ich mich ebensowenig wie von einem Schatten befreien kann, solange mich das helle Licht meines Verstandes erleuchtet.

In jenem Zimmer also kam ich zur Welt. Ist es verwunderlich, daß ich, aus der tiefen Nacht eines scheinbaren, doch nicht wirklichen Nichtseins erwachend, mit erstaunten, erschrockenen Augen um mich blickte, da ich mich plötzlich in diesem Zauberland wiederfand, in diesem Märchenschloß, in diesen wunderlichen Gefilden klösterlichen Geistes und mönchischer Gelehrsamkeit? Ist es verwunderlich, daß ich meine Knabenjahre über Büchern hinbrachte und meine Jugend mit Träumereien vertrödelte? Seltsam und verwunderlich ist nur das eine, daß mit der dahineilenden Zeit, als ich – ich wohnte nach wie vor im Stammschloß meiner Väter – in der Blüte meiner Mannesjahre stand, plötzlich der Quell meines Lebens zu versiegen schien und mit den alltäglichsten meiner Gedanken eine höchst merkwürdige, absonderliche Veränderung vor sich ging. Die Tatsächlichkeiten des Alltags muteten mich plötzlich wie Visionen an, während die phantastischen Vorstellungen des Traumlandes nicht etwa nur mein täglich Brot wurden, sondern zum einzigen Zweck und Sinn meines Lebens, zu meinem Leben selbst.

Berenice und ich waren Geschwisterkinder und wuchsen gemeinsam im Schloß meiner Väter auf. Dennoch war unser Leben gänzlich verschieden: ich kränkelte ewig und war schwermütig, sie war lebhaft, anmutig, voll sprühender Lebenskraft; mein Lieblingsaufenthalt war in den Studierstuben des Klosters, der ihre auf den tausend kleinen Wegen der sonnigen Hügel. Ich lebte nur mir selbst und hing mit Leib und Seele meinen trüben, qualvollen Gedanken nach – sie aber huschte sorglos durch das Leben, ohne auch nur einen Gedanken an die Schatten auf ihrem Pfade oder an den Flug der schwarzbeschwingten Stunden zu verschwenden.

Berenice! Deinen Namen wenigstens laß mich rufen! Berenice! ... Schon beim Klang ihres Namens kriechen aus den nebelgrauen Ruinen der Erinnerung tausend wirre Gedanken hervor. Ach, wie deutlich sehe ich sie vor mir, wie deutlich! Sie ist dasselbe fröhliche Sonnenkind von ehedem! Welch strahlende und dennoch phantastische Schönheit! Du Sylphe in den Wäldern von Arnheim! Du Najade ihrer Quellen und Brunnen!

Und dann, ganz jäh, ganz unvermutet, die gräßliche Veränderung, das eisige Erstarren in Schreck und geheimnisvollem Grauen – und jene fürchterlichen Begebenheiten, über die man eigentlich tiefstes Schweigen bewahren müßte. Ganz plötzlich, als wäre ein wütender Samum über sie hergefallen, verdorrte ihr süßer Leib; ein Leiden, ein grauenhaftes Leiden packte sie mit roher Gewalt und zerrüttete sie vor meinen sehenden Augen. Und dieser Teufel der Zerstörung begnügte sich nicht nur mit der Vernichtung ihres Geistes nein, auch ihr ureigenster Charakter und all ihre kleinen Gewohnheiten fielen ihm in kürzester Zeit zum Opfer, und schließlich zerstörte er auf die heimtückischste, grauenhafteste Art ihre Persönlichkeit, ihr eigenes Ich! Ach, der Vernichter kam – und ging nach vollbrachter Tat! Sein Opfer aber – wer ist sein Opfer? Ich kenne es nicht ... das ist die Berenice nicht, die ich gekannt habe ...

Aus der endlosen Gefolgschaft der Leiden, die dieser entsetzlichen Krankheit entsprangen, durch die meine Kusine körperlich und geistig in einen so fürchterlichen Aufruhr versetzt wurde, sei vor allem eine besonders quälende, hartnäckige Art von Epilepsie genannt, die nicht selten in einen vollkommenen Starrkrampf überging. Dieser Starrkrampf hatte mitunter eine erschreckende Ähnlichkeit mit der tatsächlichen Auflösung, ließ aber in den meisten Fällen ganz plötzlich nach, so daß die Patientin mit jähem Ruck erwachte.

Meine eigene Geistesgestörtheit – denn man hatte mir gesagt, daß die Eigentümlichkeiten, die ich an mir beobachtete, nur so zu bezeichnen wären –, meine eigene Geistesgestörtheit also machte indessen rapide Fortschritte und nahm allmählich den Charakter einer ganz neuartigen, merkwürdigen Monomanie an, die stündlich zunahm und mich schließlich vollkommen beherrschte. Diese Monomanie – wenn ich sie schon so nennen muß – bestand in einer krankhaften Reizbarkeit jener geistigen Fähigkeit, die man in der Wissenschaft mit dem Wort „Aufmerksamkeit" bezeichnet. Ich bin fast überzeugt, daß man mich nicht verstehen wird, und ich fürchte tatsächlich, daß es unmöglich sein wird, dem Leser einen annähernden Begriff von dem nervös überreizten Interesse zu geben, mit dem ich hinter den gewöhnlichsten Dingen des Alltags herjagte und mich in Betrachtungen und Grübeleien vergrub.

Stundenlang und unermüdlich konnte ich über eine ganz belanglose Randbemerkung oder Darstellung im Text eines Buches nachsinnen; die schönsten Stunden eines Sommertags daran verschwenden, mich in den Anblick eines wunderlichen Schattens zu versenken, der quer über die Wand oder den Boden lief; mich eine ganze Nacht lang der Betrachtung einer ruhig brennenden Lampe oder eines verglimmenden Feuers hingeben; ganze Tage lang von dem Duft einer bestimmten Blume träumen; ganz monoton irgendein Wort so lange wiederholen, bis der Klang infolge der ewigen Wiederkehr jeden Sinn für mich verloren hatte; das Bewußtsein der Beweglichkeit und tatsächlichen Existenz durch andauernde, absolute Reglosigkeit gänzlich in mir ersticken – das waren einige der häufigsten und harmlosesten Erscheinungen, denen mein krankhaft gestörter Geist unterworfen war und die, wenn auch nicht unvergleichbar mit ähnlichen Fällen, so doch nicht plausibel zu definieren und zu erklären sind.

Ich möchte indes nicht mißverstanden werden. Diese übertriebene, tiefe und krankhafte Aufmerksamkeit, die von an sich ganz nebensächlichen Dingen erregt wurde, darf nicht mit jenem Hang zum Grübeln verglichen werden, der mehr oder weniger allen Menschen eigen ist und dem sich insbesondere Personen mit lebhafter Phantasie gern hingeben. Ja, mein Leiden war nicht einmal, wie man im ersten Augenblick vermuten könnte, der letzte Grad oder Höhepunkt jener Neigung, sondern etwas absolut und grundsätzlich anderes. In dem einen Falle wird der Träumer in der Regel durch eine nicht belanglose Ursache zu seinen Grübeleien verleitet und verliert diesen Ausgangspunkt in einer Wirrnis von Schlußfolgerungen und Suggestionen allmählich ganz aus dem Auge, so daß er schließlich am Ende eines Wachtraumes – der übrigens in den meisten Fällen von Üppigkeit und Pracht erfüllt ist – das incitamentum oder ursprüngliche Motiv seiner Träumereien vollkommen vergessen hat. In meinem Fall hingegen war der erste Ansporn zur Grübelei unbedingt und stets völlig nebensächlich und erhielt erst durch meine mediale und krankhafte Zerfaserung eine unwirkliche und aufgepfropfte Wichtigkeit. Äußerst selten nur ließ ich mich zu Schlußfolgerungen herbei; geschah es aber ausnahmsweise einmal, so ging ich wie im Kreis herum und kehrte mit unglaublicher Beharrlichkeit stets wieder zum Ausgangspunkt zurück. Niemals waren meine Träumereien angenehm oder erfreulich.

Erreichte ich aber schließlich das Ende meiner Grübeleien, so hatte ich die Ursache meiner Betrachtungen nicht nur nicht vergessen, sondern ich hatte jenes unheimlich gesteigerte, krankhafte Interesse in mir erregt, das das deutliche Merkmal der Geistesgestörtheit ist. Mit einem Wort: von meinen geistigen Fähigkeiten war, wie schon gesagt, die „Aufmerksamkeit“ krankhaft überreizt, während die Wachträumer nur zu einer gesteigerten „Betrachtung“ neigen.

Wenn die Bücher, die ich zu jener Zeit las, meine Gestörtheit auch nicht gerade verursachten, so trugen sie, wie man unschwer begreifen wird, durch ihren mystischen und mitunter unlogischen Inhalt doch in hohem Maße dazu bei, mich immer mehr in die ungesunden Grübeleien, die eine Folgeerscheinung meiner Krankheit waren, hineinzuhetzen. Ich entsinne mich unter anderem insbesondere der Abhandlung des berühmten Italieners Coelius Secundus Curio: *De Amplitudine Beati Regni Dei*; des großen Werkes von St. Augustin: *Der Gottesstaat* und Tertullians: *De Carne Christi*, in dem der paradoxe Ausspruch vorkommt: „Mortuus est Dei filius; credibile est, quia ineptum est; et sepultus resurrexit; certum est, quia impossibile est", der mich wochenlang ausschließlich beschäftigte und mich in angestrengtestem, fruchtlosem Nachdenken gebannt hielt.

Es hat somit fast den Anschein, daß mein Geist, den so belanglose Dinge aus dem Gleichgewicht bringen konnten, eine gewisse Ähnlichkeit mit jenem Felsblock im Ozean hatte, von dem Ptolemaios Hephestion erzählt, daß er aller menschlichen Gewalt und sogar dem wilden Ansturm wütender Orkane und tosender Wasserstürze trotzte, jedoch bei der leisesten Berührung mit einer Asphodelos-Blüte bis ins innerste Mark erzitterte. Ein Außenstehender mochte vielleicht der Überzeugung sein, daß die Veränderung im Wesen Berenices, die auf ihr Leiden zurückzuführen war, meiner krankhaften, qualvollen Grübelei stets neue Nahrung gegeben hätte. Das war indes durchaus nicht der Fall, wenn ich auch in meinen klaren Augenblicken tiefen Schmerz ob ihres Unglücks empfand; der vollständige Schiffbruch, den ihr sorgloses, glückliches Dasein erlitten hatte, ging mir tief zu Herzen, und oft saß ich stundenlang da und grübelte voll Bitterkeit über die rätselhaften, geheimnisvollen Mächte nach, die eine so plötzliche, unfaßbare Umwandlung bewirken konnten. Dennoch hatten diese Betrachtungen nichts gemein mit der Idiosynkrasie meiner Geistesgestörtheit; denn sicher wäre es jedem anderen im gegebenen Fall ebenso ergangen wie mir, und er hätte nicht weniger als ich über den so traurigen Fall nachdenken müssen. Freilich befaßte sich mein kranker Geist, seiner Gewohnheit gemäß, hauptsächlich mit den unwichtigeren, aber vielleicht um so erstaunlicheren Veränderungen, die sich im Aussehen Berenices bemerkbar machten, mit der sonderbaren und geradezu entsetzlichen Verzerrung ihrer Persönlichkeit.

Ich hatte sie während der strahlenden Tage ihrer unvergleichlichen Schönheit bestimmt nicht geliebt. Die seltsame Anomalie meines Gemüts ließ meine Gefühle niemals dem Herzen entspringen, und meine Leidenschaften wurden stets nur vom Verstand regiert.

Im frühen Dämmer des werdenden Tages, zu Mittag in den zitternden Schatten des Waldes und nachts in der lautlosen Stille meiner Bibliothek war sie an mir vorbeigehuscht, nie aber hatte ich in ihr die lebendige, atmende Berenice gesehen, sondern stets nur die Berenice eines Traumes; niemals ein irdisches Geschöpf von Fleisch und Blut, sondern stets nur die Abstraktion eines solchen Wesens; nicht ein Ding, dem man Bewunderung zollt, sondern einen Gegenstand, geschaffen zur Analyse; nicht ein Wesen, das man lieben kann, sondern einen Stoff zu sinnlosen, planlosen Grübeleien. Jetzt aber, jetzt zitterte ich, wenn sie bei mir war, und erblaßte, wenn sie auf mich zukam. Nun erst beklagte ich von Herzensgrund ihren Verfall und ihren bejammernswerten Zustand und wurde mir plötzlich klar, daß sie mich seit langem liebte. Und in einer unseligen Stunde sprach ich ihr von Heirat ...

Der Tag, an dem unsere Hochzeit stattfinden sollte, kam heran. Ich saß an einem Winternachmittag, einem jener ganz ungewöhnlich warmen, ruhigen, nebligen Tage, die man Halkyons Beschützer nennt, ganz allein – so glaubte ich wenigstens – in meinem Bibliothekzimmer. Als ich jedoch zufällig aufblickte, sah ich Berenice vor mir stehen.

Lag es an meiner überreizten Phantasie, war es dem Einfluß der nebligen Luft zuzuschreiben oder dem unbestimmten Zwielicht, in das das Zimmer getaucht war, trugen die grauen, düsteren Kleider, die in schweren Falten ihre Gestalt umflossen, Schuld daran, daß mir die Linie ihres Körpers so undeutlich und verschwommen erschien? Ich vermöchte es nicht zu sagen. Sie sprach kein Wort; ich aber hätte um nichts in der Welt auch nur eine einzige Silbe hervorzubringen vermocht. Ein einziger Schauder durchrann meine Glieder. Eine unerträgliche, qualvolle Angst griff mir ans Herz; eine verzehrende Neugier regte sich in meiner Seele. Ich sank in meinen Stuhl zurück, saß atemlos, regungslos da und starrte Berenice unverwandt an. Ach! wie hager war sie geworden! Wie grauenhaft abgezehrt! Nichts erinnerte mehr an die Berenice von einst, selbst nicht die flüchtigsten Umrisse ihrer Gestalt! Und schließlich irrten meine heißen, entsetzten Blicke über ihr Antlitz.

Ihre Stirn war hoch, fürchterlich bleich und seltsam verklärt. Ihr Haar, das früher tiefschwarz gewesen war, fiel teilweise darüber und beschattete die eingesunkenen Schläfen mit tausend Löckchen von schreiend gelber Farbe, deren phantastischer Anblick in schmerzhafter Disharmonie von dem wehen, schwermütigen Ausdruck ihrer Züge abstach. Ihre Augen waren glanzlos und wie erloschen; sie schienen keine Pupillen zu haben. Unwillkürlich schrak ich vor dem starren, gläsernen Blick zurück und gab mich der Betrachtung der schmalen, eingeschrumpften Lippen hin. Sie teilten sich, verzerrten sich zu einem eigentümlich bedeutungsvollen Lächeln und ließen mich die Zähne meiner so gräßlich veränderten Berenice sehen. Wollte Gott, ich hätte sie nie gesehen oder wäre unmittelbar nachher gestorben!

Das Zufallen einer Tür schreckte mich auf, und als ich um mich blickte, sah ich, daß meine Kusine das Zimmer verlassen hatte. Doch das weiße, schreckhafte Gespenst ihrer Zähne hatte sich festgebissen in meinem Gehirn und war daraus nicht mehr zu bannen. Da war kein Fleckchen, kein Tüpfelchen, keine Zacke ihrer Schneide, die sich während der kurzen Augenblicke, da sie mir zugelächelt hatte, meinem Gedächtnis nicht für ewige Zeiten eingeprägt hätten. Ich sah sie jetzt sogar noch viel greifbarer, als ich sie vorhin gesehen hatte. Ich sah sie hier – ich sah sie dort – überall – überall sah ich diese Zähne – unzweifelhaft – zum

Greifen nahe: lang und schmal und unfaßbar weiß, umsäumt von bleichen, fast verzerrten Lippen – ganz so wie in jenem Augenblick, da sie mir zum erstenmal so grauenhaft entgegengrinsten. Und schon war ich die hilflose Beute meines Leidens. Mit blinder Wut fielen meine Gedanken über mich her, vergebens kämpfte ich wider sie an, vergebens suchte ich ihrer fürchterlichen, unwiderstehlichen Gewalt Herr zu werden. Von allen, allen Dingen dieser Welt hatte ich nur noch Interesse für diese Zähne. Ihnen galt mein ganzes Sinnen und Trachten; sie zu besitzen war mein heißester Wunsch, mein einziger Traum. Alle anderen Interessen erloschen – nichts war mir wichtig als nur diese Zähne, nur diese Zähne. Sie allein sah mein geistiges Auge – sie, sie allein gaben meiner Gedankenwelt Inhalt und Sinn. Ich sah sie in jeder Beleuchtung vor mir. Ich wendete sie hin und her. Ich stellte ihre Eigentümlichkeiten fest und verweilte bei ihren Absonderlichkeiten. Ich grübelte über ihre absolute Regelmäßigkeit und sann der Veränderung nach, der sie ausgesetzt waren. Ich schauderte bei der bloßen Vorstellung, daß ihnen ein Empfindungsvermögen innewohnen könnte, daß sie auch ohne Beistand der Lippen irgendwelche Gefühle zum Ausdruck zu bringen vermöchten. Man sagt von Mademoiselle Sallé sehr trefflich: „Que tous ses pas étaient des sentiments", und bei Berenice war ich überzeugt, que toutes ses dents étaient des idées. – Des idées! Das, das war der wahnsinnige Gedanke, an dem ich zugrunde gehen würde! Des idées! Das war also der Grund, weshalb mich so rasend nach ihnen verlangte! Und plötzlich war mir sonnenklar, daß ihr Besitz, und nur ihr Besitz mir meine Seelenruhe, meinen Verstand wiedergeben konnte.

Allmählich senkte sich der Abend herab. Die Dunkelheit umfing mich, dauerte und verblaßte am frühen Morgen; ein neuer Tag brach an, und abermals schlich auf leisen Sohlen die Nacht herein – ich aber saß noch immer regungslos in meinem einsamen Zimmer, saß und grübelte unentwegt, ganz in dem fürchterlichen Bann jener Zähne, die in gräßlicher, lebendiger Deutlichkeit in dem wechselnden Licht und Schatten rings um mich einen wilden Reigen tanzten.

Doch plötzlich, mitten in meine Grübeleien, ein gellender Schrei, wie nur Schreck und äußerste Seelenpein ihn erpressen. Dann eine Pause. Dann klagendes Stimmengewirr und zwischendurch leise Seufzer und qualvolles Stöhnen. Jäh abgerissen waren meine Träume. Ich sprang auf, riß eine der Türen des Bibliothekzimmers auf und sah draußen im Vorraum eine Dienerin stehen, die mir bitterlich weinend verkündete, daß Berenice gestorben sei. Sie war am Morgen einem epileptischen Anfall erlegen. Schon harrte das Grab ihres armen Leichnams, und die Vorbereitungen zur Bestattung waren getroffen.

Und wieder saß ich in der Bibliothek, allein wie zuvor. Es schien mir, als wäre ich eben aus einem schweren, quälenden Traum erwacht. Ich wußte, daß es Mitternacht war und daß Berenice seit Sonnenuntergang in der Erde ruhte. Was sich aber in der Zwischenzeit begeben hatte, das war fast gänzlich meinem Gedächtnis entschwunden; jedenfalls konnte ich mir keine klare, präzise Vorstellung davon machen. Ich wußte lediglich, daß ich bei der Rückerinnerung ein Grauen empfand, das durch die Unklarheit nur noch gesteigert wurde, daß mich ein Entsetzen schüttelte, das die Ungewißheit nur noch entsetzlicher machte. Es war die furchtbarste Stunde meines Lebens, ein Blatt in der Geschichte meines Daseins, dicht beschrieben mit düsteren, unentzifferbaren, scheußlichen Hieroglyphen der Erinnerung. Vergeblich mühte ich mich, sie zu enträtseln, denn immer und immer wieder gellte mir – gleichsam wie das Gespenst eines verklungenen Tones – der schrille Schrei, der schmerzhaft gellende, durchdringende Schrei einer Frauenstimme im Ohr. Ich hatte irgend etwas Gräßliches getan. Was aber war es? Laut sprach ich diese Frage vor mich hin, und das Echo des Zimmers äffte mich nach: „Was war es?“

Neben mir auf dem Tisch brannte eine Lampe, und dicht davor stand eine kleine Kassette. Sie war durchaus nicht ungewöhnlich, und ich hatte sie schon oft gesehen, denn sie gehörte unserem Hausarzt. Rätselhaft war mir nur, wie sie hierher auf meinen Tisch gekommen war und weshalb mich bei ihrem Anblick ein kaltes Grauen schüttelte. Hierfür eine Erklärung zu finden war vollständig ausgeschlossen. Da fiel mein Blick zufällig auf die aufgeschlagene Seite eines Buches, auf der eine Zeile unterstrichen war. Ich las die merkwürdigen und doch so einfachen Worte des Dichters Ebn Zaiat: „Dicebant mihi sodales si sepulcrum amicae visitarem, curas meas aliquantulum fore levatas.“ Weshalb nur sträubte sich beim Lesen dieses Ausspruches mein Haar? Weshalb gerann mir das Blut in den Adern?

Ein leises Pochen an der Tür der Bibliothek schreckte mich aus meinen Betrachtungen auf. Ein Diener kam, bleich wie der Tod, auf den Zehenspitzen herein. Sein Blick war wie vor Schreck erstarrt, und er sprach mit rauher, zitternder und leiser Stimme. Was er sagte? Ich weiß es nicht – ich hörte nur abgerissene Fetzen seiner Sätze. Doch irgendwie kam darin vor, daß ein gellender Schrei die Stille der Nacht durchschnitten habe, daß das Gesinde zusammengelaufen sei und daß man, nach dessen Ursache suchend, dem Schall des Schreies nachgespürt habe. Dann wurde seine Stimme qualvoll deutlich, und er raunte mir etwas von Leichenschändung, von einem entstellten, in Laken gehüllten Körper zu, der noch atmete, noch pulsierte, noch lebte!

Er zeigte auf meine Kleider; sie waren beschmutzt und mit Blut besudelt. Ich war unfähig, ein Wort zu sagen; er aber hob sanft meine Hand empor: sie trug die Male menschlicher Nägel. Er machte mich auf einen Gegenstand aufmerksam, der an der Wand hing. Mehrere Minuten lang starrte ich ihn an: es war ein Spaten. Entsetzt schrie ich auf, taumelte gegen den Tisch und riß die Kassette an mich. Ich hatte nicht die Kraft, sie zu öffnen – sie entglitt meinen zitternden Händen, schlug schwer auf den Boden auf und zerbrach. Laut klirrend rollten einige zahnärztliche Instrumente auf den Teppich – und mit ihnen zweiunddreißig kleine, weiße, elfenbeinschimmernde Dinger.

MORELLA

Αὐτὸ κατ' ἁυτὸ μεθ' αὐτοῦ, μονο-
ειδὲς αεὶ ὄν.

Platon: Symposion

Ich empfand für meine Freundin Morella ein Gefühl von tiefer, aber ganz seltsamer Zuneigung. Als ich sie vor einer Reihe von Jahren zufällig kennenlernte, loderte vom ersten Augenblick an meine Seele in so leidenschaftlichen Gluten auf, wie ich sie bisher nicht gekannt hatte. Und doch waren diese Gluten nicht die der Liebe, und bitter und quälend lastete die Erkenntnis auf mir, daß ich Art und Wesen meiner Gefühle selbst nicht recht erklären konnte noch auch ihre sinnlose Heftigkeit in gemäßigte Bahnen zu lenken vermochte. Doch wir fanden einander, und das Schicksal vereinigte uns vor dem Altar. Niemals sprach ich zu ihr von meiner Leidenschaft. Sie aber zog sich ganz von der Gesellschaft zurück, lebte einzig und allein für mich und gab mir so ein großes Glück. Es liegt ein Glück im Verwundern, und es liegt ein Glück im Dahinträumen.

Morella hatte eine ausgezeichnete Erziehung genossen; sie besaß ganz außergewöhnliche Talente und überragende Geisteskräfte. Ich empfand das bald und wurde in vielen Dingen ihr Schüler. Ich bemerkte übrigens, daß sie sich mit besonderer Vorliebe den Schriften der Mystiker zuwandte, die man im allgemeinen als Auswüchse der frühen deutschen Literatur betrachtet. Vielleicht mochte diese Vorliebe auf ihre Klostererziehung in Preßburg zurückzuführen sein. Ich vermochte nicht recht zu begreifen, aus welchen Gründen sie sich so intensiv und unablässig dem Studium dieser Werke hingab, die übrigens im Lauf der Zeit auch mich zu fesseln begannen, anscheinend durch den Einfluß der Gewohnheit und des Beispiels.

Mit alledem aber beschäftigte sich mein Geist, wenn ich

nicht irre, nur oberflächlich. Meine Lebensanschauung war – ich müßte mich denn selbst nicht mehr kennen – durchaus nicht auf das Spirituelle gerichtet, und weder in meinen Handlungen noch in meinen Gedanken war auch nur ein Schatten jener mystischen Ideen zu entdecken, die ich in jenen Büchern kennenlernte. Völlig davon überzeugt, überließ ich mich blindlings der Führung meiner Frau und betrat mit ruhigem Herzen das Labyrinth ihrer mystischen Studien. Und manchmal, wenn ich mich in jene geheimnisvollen und unheilvollen Blätter versenkte und fühlte, wie sich ein böser Geist in mir zu regen begann, geschah es, daß Morella ihre kalte Hand auf die meine legte und aus der Asche einer toten Philosophie ein paar düstere, geheimnisvolle Worte aufleben ließ, deren seltsamer Sinn sich meinem Gedächtnis einbrannte. Und dann verträumte ich Stunde um Stunde an ihrer Seite und lauschte der Musik ihrer Stimme, bis ich plötzlich aus diesen zauberhaften Melodien Akkorde des Grauens und Entsetzens zu hören vermeinte. Ein Schatten fiel auf meine Seele; ich erbleichte, und mein Inneres schauderte bei diesen unirdischen Klängen. Allmählich verwandelten sich die Freude und das Glück in Entsetzen, das Schönste wandelte sich zum Gräßlichsten wie einst das Tal Hinnom zu Gehenna.

Es ist unnötig, die Art der Probleme genau zu bezeichnen, die jene Bücher, von denen ich sprach, uns stellten und die so lange Zeit den einzigen Gesprächsstoff zwischen mir und Morella bildeten. Wer mit der Theosophie vertraut ist, wird sich wohl eine Vorstellung davon machen können, die anderen würden es ohnedies kaum verstehen. Der phantastische Pantheismus Fichtes und die gemäßigte Lehre der Pythagoräer von der Panlingenesis, vor allem aber Schellings Identitätslehre waren unsere hauptsächlichsten Gesprächsthemen und übten den größten Reiz auf Morellas phantastische Veranlagung aus. Diese Identität, die man als persönliche Identität bezeichnet, definiert Locke, wie ich glaube, als die unveränderliche Fortdauer eines vernunftbegabten Wesens. Und da man unter dem Wort „Person“ ein denkendes, vernunftbegabtes Wesen versteht und da jedes

Denken von einem Bewußtsein begleitet ist, so ist eben dieses Bewußtsein dasjenige, was uns unsere persönliche Identität verleiht und uns von allen anderen denkenden Wesen unterscheidet. Das principium individuationis, der Begriff dieser Identität, die mit dem Tode für immer verlorengeht oder nicht, war für mich stets ein Problem von höchstem Interesse, und zwar ebensosehr wegen der erstaunlichen und aufregenden Konsequenzen, die sich daraus ergaben, wie wegen der besonderen und fanatischen Weise, mit der Morella darüber sprach.

Zu diesem Zeitpunkt begann mich das geheimnisvolle Wesen meiner Frau wie eine seltsame Verzauberung zu quälen. Ich konnte den Druck ihrer wachsbleichen Hand, den tiefen Klang ihrer musikalischen Stimme, den Blick ihrer melancholischen Augen nicht mehr ertragen. Sie fühlte all das, aber nie kam ein Wort des Vorwurfs über ihre Lippen; sie schien sich meiner Schwäche oder meiner Narrheit bewußt zu werden, und lächelnd nannte sie es Schicksal. Sie schien auch um die mir selber unbekannte Ursache meiner allmählichen Entfremdung zu wissen, aber sie gab mir keinerlei Erklärung dafür. Doch auch sie war nur ein Weib und welkte von Tag zu Tag dahin. Nach einiger Zeit zeigten ihre Wangen zwei krankhafte rote Flecken, und auf ihrer durchsichtig bleichen Stirn zeichneten sich die blauen Adern ab. Oftmals wurde meine Seele von Mitleid ergriffen, im nächsten Augenblick aber traf mich ein Blick aus ihren rätselhaften Augen, und mein ganzes Wesen wurde krank und wie von einem Schwindel ergriffen, wie jemand, der in einen düsteren und unergründlichen Abgrund blickt.

Muß ich denn gestehen, daß ich allen Ernstes und mit verzehrendem Verlangen Morellas Tod herbeiwünschte? Ja, das tat ich. Doch ihre zarte Seele klammerte sich mit fanatischer Lebensgier an ihren gebrechlichen Körper; manch ein Tag ging dahin, manch eine Woche, manch ein unerträglich langer Monat, bis meine gemarterten Nerven den Sieg über meine Vernunft davontrugen und ich wütend wurde, daß der Tod noch immer zögerte, und bis ich mit teuflischem Herzen die Tage, die Stunden und die Minuten verfluchte, die sich im gleichen Maß zu verlängern schienen, in dem ihr edles Leben dahinschwand, wie der sterbende Tag immer längere Schatten wirft.

An einem herbstlichen Abend, als kein Windhauch den Himmel streifte, rief mich Morella an ihr Lager. Ein trüber Nebel lag über dem Land und eine brütende Schwüle über dem Wasser, und durch das buntfarbene Oktoberlaub des Waldes schimmerte ein Regenbogen.

„Das ist der Tag der Tage", sagte sie, als ich zu ihr trat, „der Tag der Tage zum Leben wie zum Sterben. Es ist ein schöner Tag für die Kinder der Erde und des Lebens und – ach, ein schönerer Tag noch für die Töchter des Himmels und des Todes!"

Ich küßte sie auf die Stirn, und sie fuhr fort: „Ich sterbe, und doch werde ich leben."

„Morella!"

„Nie sind die Tage gewesen, an denen du mich lieben konntest – doch die, vor der du im Leben zurückschaudertest, du wirst sie im Tode anbeten."

„Morella!"

„Ja, ich werde sterben. Doch in mir ist ein wenig – ach, ein wenig von der Zuneigung, die du mir entgegenbrachtest. Und wenn meine Seele entschwindet, das Kind, mein Kind und das deine, es wird leben. Deine Tage aber werden Tage des Kummers sein – jenes Kummers, der nicht stirbt, wie die Zypresse der langlebigste unter den Bäumen ist. Denn die Tage deines Glücks sind vorbei, und die Freude erblüht nicht zweimal im Leben, wie die Rosen von Paestum zweimal im Jahr erblühen. Nicht länger sollst du unter der Sonne Anakreons dahinwandeln, versagt sind dir Myrte und Rebe, und du wirst dein Leichentuch mit dir über die Erde tragen, wie es die Moslems tragen auf dem Wege nach Mekka."

„Morella!" schrie ich auf, „Morella! Woher diese prophetischen Worte?" Doch sie barg ihr Gesicht in den Kissen, ein leichtes Zittern ging durch ihre Glieder, sie starb, und ihre Stimme erlosch auf ewig.

Und wie sie es vorhergesagt hatte, blieb ihr Kind, das sie

sterbend gebar, das erst zu atmen begann, als die Mutter zu atmen aufgehört hatte – blieb ihre Tochter am Leben. Sie nahm fast unbegreiflich schnell an Gestalt und Geist zu und wurde das vollkommene Ebenbild der Verstorbenen. Ich liebte sie mit heißerer Liebe, als ich sie je für einen Menschen empfunden, ja auch nur zu empfinden für möglich gehalten hatte.

Bald aber verdunkelte sich der Himmel dieser reinen Zuneigung, und Trübsinn, Schaudern und Sorgen zogen wie düstere Wolken über sein helles Blau. Wie ich schon sagte, nahm das Kind fast unbegreiflich schnell an Gestalt und Geist zu. Seltsam war in der Tat ihr rasches körperliches Wachstum, und mit wahrem Entsetzen beobachtete ich die Entwicklung ihrer geistigen Fähigkeiten. Man wird das begreifen, wenn man sich vor Augen hält, daß ich tagtäglich in den Gedankengängen des Kindes die gereifte Kraft und die Anschauungen des Weibes entdeckte, daß von den Lippen des Kindes die Lehren der Erfahrung kamen, daß ich stündlich das Wissen und die Leidenschaften der Reife in diesen dunklen, nachdenklichen Augen glühen sah. Als all das meinen erschrockenen Sinnen offenbar wurde, als ich es meiner Seele nicht länger verbergen konnte noch auch mich von diesen Beobachtungen loszureißen vermochte, die mich wie mit magischer Kraft mehr und mehr anzogen – ist es da zu verwundern, daß ein banger und fürchterlicher Argwohn sich in meinem Gehirn festsetzte und daß sich meine Gedanken aufs neue mit den seltsamen Äußerungen und geheimnisvollen Theorien der Toten zu beschäftigen begannen? Ich entzog das Wesen, das mir das Schicksal zu lieben gebot, der Neugier der Welt und wachte in der strengen Abgeschlossenheit meines Hauses mit tödlicher Angst über alles, was das angebetete Kind betraf.

Und wie die Jahre dahinschwanden und ich Tag für Tag ihr heiliges, mildes, beredtes Antlitz vor mir sah und das Heranreifen ihres jungfräulichen Körpers beobachtete, entdeckte ich immer neue Ähnlichkeiten zwischen dem Kind und seiner Mutter, zwischen der Schwermütigen und der Toten. Und schier von Stunde zu Stunde verdichteten sich diese Schatten der Ähnlichkeit und wurden immer tiefer und bestimmter, immer erstaunlicher und fürchterlicher. Solange ihr Lächeln an das ihrer Mutter erinnerte, beunruhigte ich mich nicht weiter; als es aber schließlich völlig dem ihrer Mutter glich, da schauderte ich. Daß ihre Augen Morellas Augen glichen, war mir nicht weiter erstaunlich, immer öfter aber blickten sie mit Morellas eigenem durchdringendem und verwirrendem Ausdruck in die Tiefen meiner Seele. Und im Umriß ihrer hohen Stirn, in den Locken ihres Seidenhaares, in den durchsichtig bleichen Fingern, die sich in ihm vergruben, in dem schwermütigen Klang ihrer Stimme und vor allem, ja vor allem in der Art zu sprechen, in den Redewendungen, die von den Lippen der geliebten Lebenden kamen, ganz ebenso wie ich sie einst von den Lippen der Toten gehört hatte, fand ich immer neue Nahrung für meine verzehrenden Gedanken, für mein Entsetzen, das in mir wühlte wie ein Wurm, der nicht sterben will.

So gingen die ersten zehn Jahre ihres Lebens dahin, und meine Tochter wandelte noch immer namenlos über die Erde. „Mein Kind“ und „mein Liebling“ – so nannte ich sie in väterlicher Zärtlichkeit – und das plötzliche Ende ihrer Lebenstage machte jeden anderen Namen überflüssig. Morellas Name starb mit ihr und kam nach ihrem Tod nicht mehr über meine Lippen. Meiner Tochter hatte ich nie von ihrer Mutter gesprochen, es war mir unmöglich gewesen. Sie hatte während ihres kurzen Lebens keinerlei Eindrücke von der äußeren Welt bekommen, mit Ausnahme jener, die ihr unser ganz zurückgezogenes Leben vermittelt hatte. Endlich kam mir in meinem entnervten und erregten Zustand der Gedanke in den Sinn, ich könnte, wenn ich sie taufen ließe, Erlösung von meinem furchtbaren Schicksal finden. Am Taufbecken zögerte ich, einen Namen auszusprechen. Eine Menge Worte voll Weisheit und Schönheit, Namen aus alter und neuer Zeit, aus meiner Heimat und aus fremden Ländern, drängten sich mir auf die Lippen, Namen, die das Gute und Edle und das Glück bedeuten. Was war es nur, das mich dazu trieb, das Andenken an die Tote und Begrabene wieder wachzurufen? Welcher Dämon zwang mich, jenen Namen zu flüstern, bei dessen bloßer Erinnerung mir das Blut in Strömen aus den Schläfen ins Herz schoß? Welcher böse Feind sprach aus den Abgründen meiner Seele, als ich im Düster des Kirchengewölbes und im Schweigen der Nacht in das Ohr des Priesters die Silben flüsterte: Morella? Welcher teuflische Dämon verkrampfte die Züge meines Kindes und überhauchte sie mit den Schatten des Todes, als sie bei dem kaum vernehmlich geflüsterten Namen ihre verglasten Augen von der Erde zum Himmel erhob und, auf die schwarzen Steinplatten unseres Familiengrabes hinsinkend, mir als Antwort die Worte zuhauchte: „Hier bin ich!“?

Deutlich vernehmbar und eisig kalt fielen diese wenigen, kurzen Silben in mein Ohr und drangen wie geschmolzenes Blei zischend in mein Gehirn. Jahre und Jahre mögen vergehen, aber die Erinnerung an diesen Augenblick wird ewig bleiben. Von jetzt ab kannte ich wahrhaftig Blumen und Reben nicht mehr, nur Schierling und Zypresse überschatteten mich Tag und Nacht. Ich verlor jedes Bewußtsein für Zeit und Ort, und die Sterne meines Schicksals verblichen am Himmel, so daß die Erde sich verdüsterte und ihre Gestalten wie Schatten an mir vorüberzogen. Und unter all diesen Schatten sah ich nur Morella. Die Winde des Himmels flüsterten nur einen Namen in mein Ohr, und die Wellen des Meeres murmelten immer und immer wieder: Morella. Doch sie starb, und ich trug sie mit meinen eigenen Händen zu Grabe, und ich lachte ein langes, entsetzliches Lachen, als ich in der Gruft, in die ich die zweite bettete, keinerlei Spuren fand von der ersten Morella.

DAS STELLDICHEIN

> Verweile hier, auf daß ich nicht versäume,
> Dein Gast zu sein im Tal der Todesträume!
> *Henry King, Bischof von Chichester: Grabrede auf seine Frau*

Unseliger, geheimnisvoller Mann, den die Glut der eigenen Phantasie verzehrte und die lodernden Flammen der Jugend versengten! Wieder sehe ich dich vor mir! Wieder erstehst du vor meinem geistigen Auge – nein, o nein! nicht so, wie du jetzt bist, da du durch das Tal der Schatten irrst; nein, so, wie du noch sein solltest: mitten in einem Leben tiefsinniger Träumereien, das du achtlos verschwendest in dieser Stadt dunkler Gesichte, in deinem ureigensten Venedig, diesem von allen Sternen geliebten Elysium des Meeres, wo die hohen Fenster der Paläste längst verstorbener Paladine bedeutungsvoll und schmerzlich auf die Geheimnisse der schweigenden Wasser hinabstarren. Ja, ich wiederhole es: wie du noch sein solltest. Sicherlich gibt es noch andere Welten als diese unsere Welt, andere Gedanken als die Gedanken der breiten Menge, andere Theorien als die Theorien der Sophisten. Wer also könnte dich zur Rechenschaft ziehen, wer könnte dich tadeln ob der Stunden, da du traumhaft entrückt warst – wer sollte es wagen, diese deine Träume ein vergeudetes Leben zu heißen, da sie doch nur die Hochflut deiner rastlosen, nimmermüden Phantasie waren?

Ich traf den Mann, von dem ich hier spreche, in Venedig unter dem gewölbten Brückenbogen, der den Namen Ponte di Sospiri trägt, zum dritten- oder viertenmal. Nur ganz undeutlich vermag ich mich der näheren Begleitumstände dieser Begegnung zu entsinnen. Sehr wohl aber erinnere ich mich – ach, wie könnte ich es je vergessen! – der Düsterkeit jener mitternächtlichen Stunde, der Seufzerbrücke, der Schönheit der venezianischen Frauen und des Geistes der Romantik, der über dem engen Kanal auf unsichtbaren Schwingen schwebte.

Es war eine besonders finstre Nacht. Die große Turmuhr auf der Piazza hatte eben die zwölfte Stunde verkündet. Schweigend und verlassen ragte der vierkantige Campanile in die Luft, und im Dogenpalast verlosch ein Licht nach dem andern. Ich fuhr von der Piazetta über den Canale Grande in Richtung meiner Wohnung. Doch als meine Gondel eine Stelle gegenüber der Mündung des Canale San Marco erreichte, zerriß plötzlich der gellende, hysterische, langgezogene Schrei einer weiblichen Stimme die Stille der Nacht. Entsetzt sprang ich auf. Meinem Gondoliere aber glitt vor Schreck das einzige Ruder aus den Händen und war im nämlichen Augenblick in der pechschwarzen Finsternis rettungslos verschwunden. So trieben wir denn mit der Strömung des Wassers dahin, das hier von dem großen Kanal in den kleineren flutet. Wie ein riesenhafter, schwarzgefiederter Kondor glitt unsere Gondel langsam der Seufzerbrücke zu, als plötzlich Tausende von Fackeln in den Fenstern und auf den Treppen des Dogenpalastes aufloderten und dessen tiefes Dunkel in ein fahles, überirdisches Licht tauchten.

Ein Kind war aus den Armen der eigenen Mutter aus einem der obersten Fenster des hohen Gebäudes in die Wasser des tiefen, trüben Kanals gestürzt. Still und gelassen hatte der Wasserspiegel sich über seinem Opfer geschlossen. Weit und breit war außer der meinen keine einzige Gondel zu sehen, doch manch ein tollkühner Schwimmer war in die Fluten gesprungen und spähte ringsum und suchte vergeblich auf der Oberfläche den Schatz, der, ach! nur in der Tiefe zu finden war. Auf den riesigen schwarzen Marmorfliesen vor dem Portal des Palastes aber stand, nur wenige Stufen über dem Wasser, eine Gestalt, die keiner, der sie damals gesehen hat, je wieder vergessen kann. Es war die Marchesa Aphrodite – sie, die von ganz Venedig vergöttert wurde, die Herrlichste der Herrlichen, die Schönste unter all den Schönen, die junge Gattin des alten Intriganten Mentoni, die Mutter jenes süßen Kindes, das ihr erstes und einziges gewesen war und das nun tief unten im Morast der Lagunen ihrer zärtlichen Liebkosungen gedachte, sich vergeblich mühte, ihren Namen zu rufen, und elendiglich zugrunde ging.

Sie stand ganz allein. Ihr kleiner, nackter, silbern schimmernder Fuß leuchtete weithin auf dem schwarzen, spiegelglatten Marmor, auf dem sie stand. Das Haar, halb schon zur Nacht gelöst, halb noch in kunstvollem Aufbau, wie sie es auf dem Fest getragen hatte, ringelte sich, übersät von diamantenen Tautropfen, wie Hyazinths schwarze Lockenpracht rings um ihr klassisch schönes Haupt. Nur ein schneeweißes Gewand aus schleierartigem Gewebe schien ihre zarte Gestalt zu umhüllen. Doch die Mittsommernacht war heiß und schwül und drückend, und reglos stand die Gestalt wie eine Statue, so daß keine Falte des hauchartigen Gespinstes sich regte, das sie umfloß, wie die schweren Marmorfalten die trauernde Niobe umfließen. Aber – wie seltsam! – ihre großen strahlenden Augen ruhten nicht auf dem feuchten Grabe dort unten, das eben ihre süßeste Hoffnung verschlungen hatte, sondern sie starrten weit hinaus in die Ferne ...

Ich glaube, das Gefängnis der alten Republik ist das schönste Gebäude von ganz Venedig – wie aber war es möglich, daß die Marchesa es in dem Augenblick unverwandt anstarrte, da ihr eigenes Kind tief unter ihr im Schlamm erstickte? Und jene dunkle, dämmerige Nische, die dem Fenster ihres Gemaches gerade gegenüberlag – was konnte nur in ihrem Schatten, an ihrer Bauart, an ihrem efeuumkränzten Gesims sein, das die Marchesa di Mentoni nicht schon tausendmal zuvor gesehen hatte? Torheit! Wer wüßte nicht, daß das Auge in Zeiten bittern Grams gleichsam wie ein zertrümmerter Spiegel die Bilder seines Schmerzes vervielfältigt und alles Weh, das in greifbarer Nähe ist, in weiter, weiter Ferne an jedem Punkt zu schauen vermeint?

Einige Stufen höher als die Marchesa und bereits unter

dem Torbogen des Portals stand, noch festlich geschmückt, die satyrgleiche Gestalt Mentonis. Er klimperte auf einer Gitarre herum und schien sich tödlich zu langweilen, während er ab und zu einen Befehl hinwarf, der die Rettung seines Kindes betraf. Ich aber war vor Schreck wie gelähmt und fand keine Kraft, die starre Haltung abzuschütteln, zu der jener gräßliche Schrei mich emporgerissen hatte, und sicherlich wirkte mein Erscheinen auf die kleine erregte Gruppe unheilverkündend und schauerlich, als ich so geisterhaft bleich und mit starren Gliedern in meiner mit schwarzem Flaum umsäumten Gondel einherglitt.

Alle Bemühungen waren umsonst. Viele der tollkühnen Schwimmer stellten die Suche ein und gaben sich düsterem Brüten hin. Das Kind schien rettungslos verloren. Um wieviel hoffnungsloser mochte wohl die Mutter sein! Doch plötzlich trat aus dem Dunkel jener Nische des republikanischen Gefängnisses, die dem Fenster der Marchesa gegenüberlag, eine in einen Mantel gehüllte Gestalt hervor, kam in den Lichtkreis der Fackeln, blieb einen Augenblick am Rande in schwindelnder Höhe stehen und stürzte sich dann kopfüber in den Kanal. Schon wenige Sekunden später stand er, das lebende, atmende Kind im Arm, auf den Marmorfliesen neben der Marchesa. Sein schwerer, von Wasser triefender Mantel glitt zur Erde und enthüllte den staunenden Blicken der sprachlosen Zuschauer die anmutige Gestalt eines Jünglings, dessen Name damals in ganz Europa widerhallte.

Der Retter sprach keine Silbe. Die Marchesa aber! ... Sie wird ihr Kind an sich reißen, wird es an ihre Brust drücken, es herzen und küssen und ihm tausend Kosenamen und Zärtlichkeiten sagen! ... Ach! Fremde Arme empfingen es aus des Retters Händen, fremde Arme trugen es, von der Mutter unbeachtet, fort in den Palast! Und die Marchesa! ... Ihre Lippen, ihre süßen Lippen beben, Tränen steigen ihr in die Augen – in jene Augen, die wie Plinius' Akanthus „weich und feuchtschimmernd" blicken. Ja! Tränen steigen ihr in die Augen, ein Schauer durchrieselt die ganze Gestalt, und die Statue erwacht wieder zum Leben. Die Blässe ihres marmornen Angesichts, die Wölbung ihres Marmorbusens, die schneeige Weiße ihrer marmornen Füße überflutet plötzlich eine heiße Welle glühenden Rots, und die zarte Gestalt wankt leise, wie die Silberlilien im Grase schaukeln, wenn Neapels sanfte Brise sie wiegt.

Weshalb nur mochte die Marchesa erröten? Wer vermag wohl auf diese Frage Antwort zu geben? War es vielleicht, weil sie, getrieben von der Angst und Sorge ihres Mutterherzens, in größter Hast ihr verschwiegenes Gemach verlassen hatte, ohne ihre zarten Füße in die Pantöffelchen zu stecken und ihre blendenden Schultern unter einer schützenden Hülle zu verbergen? Welchen anderen Grund gäbe es sonst wohl für ihr Erröten, für das Aufleuchten ihrer seltsam begehrenden Augen, für das ungestüme Pochen in ihrer Brust, für den krampfhaften Druck ihrer zitternden Hand? Ihrer Hand, die, kaum hatte sich Mentoni in den Palast zurückbegeben, wie zufällig auf die Hand des Fremden fiel? Was mochten die leisen, hastig geflüsterten, sinnlosen Worte wohl zu bedeuten haben, mit denen die Marchesa ihm Lebewohl sagte? „Du hast gesiegt", flüsterte sie, wenn das Murmeln des Wassers mich nicht täuschte, „du hast gesiegt – eine Stunde nach Sonnenaufgang werden wir uns treffen – so mag es denn sein."

Der Lärm flaute ab, die Lichter im Palaste verlöschten, und der Fremde, den ich jetzt erst wiedererkannte, stand allein auf den Fliesen. Er schauerte in unerklärlicher Erregung zusammen, während sein Auge, nach einer Gondel suchend, rings umherschweifte. Ich konnte nicht umhin, ihm meine eigene anzubieten, und er nahm dankend an. Wir hatten uns bald ein neues Ruder verschafft und glitten in Richtung seiner Wohnung dahin. Er hatte rasch seine Selbstbeherrschung wiedergefunden und sprach mit großer Herzlichkeit von unserer früheren flüchtigen Bekanntschaft.

Es gibt einige Personen, von denen ich gern mit großer Ausführlichkeit erzähle. Der Fremde – ich will ihn nur so nennen; denn er blieb tatsächlich für alle Welt stets ein Fremder –, der Fremde also gehört zu diesen Leuten.

Er war eher unter- als überdurchschnittlich groß, doch in Momenten besonderer Leidenschaft straffte sein Körper sich und schien zu wachsen, so daß meine erste Behauptung in solchen Augenblicken völlig unrichtig wäre. Das Ebenmaß seines fast hageren Gesichtes zeugte weit eher von solch rascher Entschlossenheit, wie er sie eben an der Seufzerbrücke bewiesen hatte, als von der herkulischen Kraft, die er ohne die geringste Anstrengung bei ungleich gefahrvolleren Gelegenheiten schon oft und oft an den Tag gelegt hatte. Mund und Kinn waren schön wie die eines Gottes, seine Augen seltsam, kühn, groß und feuchtschimmernd, von einer Tönung, die zwischen reinstem Nußbaum und tiefstem, glänzendstem Jett schwankte. Und eine reiche Fülle gelockten, schwarzen Haares umrahmte die ungewöhnlich breite, elfenbeinschimmernde Stirn. Niemals zuvor hatte ich Züge von so klassischer Regelmäßigkeit gesehen und vermöchte sie höchstens mit der Skulptur des Kaisers Commodus zu vergleichen. Dennoch gehörte sein Antlitz zu jenen Gesichtern, wie sie jedermann irgendwann zu irgendeinem Zeitpunkt seines Lebens einmal sieht, um sie dann nie mehr wiederzusehen. Es hatte keine Eigentümlichkeiten, keine irgendwie auffallenden Merkwürdigkeiten, die sich dem Gedächtnis besonders einprägten. Es war ein Antlitz, das man sah, um es bald wieder zu vergessen. In dem Vergessen aber nagte leise und unaufhörlich der Wunsch, sich jenes Angesicht wieder in das Gedächtnis zurückrufen zu können. Wohl warf der Spiegel dieses Antlitzes stets das Bild jeglicher Gemütserregung getreulich zurück, doch wie bei jedem Spiegel schwand mit der Leidenschaft auch jede Spur des Spiegelbildes der Leidenschaft.

Als ich ihm spät nachts nach unserem Abenteuer Lebewohl sagte, bat er mich in besonders dringlicher Art, ihn am anderen Morgen sehr früh zu besuchen. So kam ich denn kurz nach Sonnenaufgang in seinen Palazzo, eines jener Gebäude von düster-phantastischer Pracht, die sich an den Ufern des Canale Grande in der Nähe des Rialto erheben. Man führte mich über eine breite, gewundene Mosaiktreppe in ein Gemach, dessen feenhafte Pracht mir durch die offene Tür wie ein strahlendes Licht entgegenleuchtete, so daß ich von dem Glanz fast geblendet und schwindlig war.

Ich wußte, daß mein Bekannter sehr wohlhabend war. Die Fama berichtete von seinen Reichtümern in Ausdrükken, die ich einmal sogar eine lächerliche Übertreibung zu nennen gewagt hatte. Doch als ich nun um mich blickte, da konnte ich mir nicht vorstellen, daß das Vermögen irgendeines Menschen in ganz Europa hingereicht hätte, um diese fürstliche Pracht zu beschaffen, die um mich her gleißte und glänzte.

Obwohl, wie ich sagte, die Sonne bereits aufgegangen war, erstrahlte das Gemach dennoch im Lichterglanz Tausender von Kerzen. Ich schloß daraus wie aus einer gewissen Erschöpfung in den Zügen meines Freundes, daß er die ganze verflossene Nacht nicht zu Bett gegangen war. Die ganze Architektur und Einrichtung des Zimmers schien darauf angelegt, zu blenden und zu verblüffen. Hingegen hatte man auf die Übereinstimmung der einzelnen Gegenstände, auf ihre nationale Zusammengehörigkeit nur wenig Aufmerksamkeit verwendet. Der Blick glitt von einem Ding zum anderen und verweilte doch auf keinem, weder auf den Grotesken der griechischen Maler noch auf den Skulpturen aus Italiens Glanzzeit noch auch auf den ungeheuren Bildwerken des alten Ägypten. Rings an den Wänden zitterten prunkvolle Draperien unter den Schwingungen einer leisen, melancholischen Musik, deren Ursprung völlig rätselhaft war. Ein schwüler Duft vermengter und widerstreitender Parfüms schwang durch die Luft und stieg aus seltsam gewundenen Räucherkesseln auf, aus denen zahllose smaragdgrüne und violette, flimmernde, flackernde Feuerzungen emporleckten. Die Strahlen der aufsteigenden Sonne fluteten durch die Fenster herein, deren Scheiben je aus einem einzigen Stück karmoisinroten Glases bestanden. In tausend Reflexen schimmernd, sich da und dort auf den Vorhängen widerspiegelnd, die wie Katarakte geschmolzenen Silbers von ihren Karniesen herabzurieseln schienen, vermischten sich die natürlichen göttlichen Strahlen endlich mit dem künstlichen Licht und lagen, gleichsam wie eine gebändigte Masse, auf dem Teppich aus prächtigem, flüssig schimmerndem Goldbrokat.

„Hahaha!“ lachte der Herr des Hauses, nötigte mich, Platz zu nehmen, und warf sich selbst der Länge nach auf eine Ottomane. „Es scheint mir fast“, sagte er dann, da er offenbar bemerkte, daß mir sein Empfang einigermaßen seltsam vorkam, „es scheint mir fast, der Anblick meines Zimmers hat Sie ein wenig überrascht! Wohl auch meine Statuen, meine Bilder, die originelle Art der Architektur und Dekoration. Sie scheinen ja ganz berauscht von der Pracht, wie? Doch verzeihen Sie, lieber Freund“ – hier senkte sein Ton sich zu wärmster Herzlichkeit –, „verzeihen Sie mein ungezogenes Lachen. Aber Sie sahen so grenzenlos verblüfft aus. Überdies sind manche Dinge so unglaublich spaßhaft, daß ein Mensch lachen *muß* – oder sterben! Lachend zu sterben muß der herrlichste aller Tode sein. Sir Thomas Moore – er war ein prachtvoller Mensch –, Sir Thomas Moore starb lachend, wie Sie wohl wissen. Auch die *Absurditäten* von Ravisius Textor enthalten eine lange Liste von Menschen, denen das gleiche herrliche Ende beschieden war.

Wissen Sie übrigens“, fuhr er dann nachdenklich fort, „daß in Sparta am Westende der Zitadelle, inmitten eines Trümmerhaufens kaum zu unterscheidender Ruinen, eine Art Sockel steht, auf dem die Lettern ΛΑΣΜ noch deutlich zu lesen sind? Zweifellos sind sie ein Teil des Wortes ΓΕΛΑΣΜΑ. In Sparta gab es ja Tausende von Tempeln und geheiligten Stätten zu Ehren Tausender verschiedener Götter. Wie überaus seltsam, daß der Altar des Lachens alle anderen überdauert hat. In diesem Augenblick aber“, fügte er mit sonderbar verändertem Tonfall und Gehaben hinzu, „habe ich wirklich kein Recht, mich auf Ihre Kosten zu unterhalten. Sie hatten allen Grund, erstaunt zu sein. Europa ist außerstande, etwas so auserlesen Schönes zu schaffen, wie es mein königliches Kabinett birgt. Meine übrigen Gemächer sind bei weitem weniger kostbar eingerichtet, ja, sie sind geradezu wahre Exempel für die moderne Geschmacklosigkeit. Das hier ist besser als jede Mode – finden Sie nicht? Wer das sieht, der muß doch in Wut geraten – das heißt, wenn er in der Lage ist, daß er sich das alles selbst hätte kaufen können. Doch ich habe es vor jeder Profanierung dieser Art bewahrt. Mit Ausnahme eines einzigen Menschen sind Sie, außer mir selbst und meinem Kammerdiener, der einzige, der in die Geheimnisse dieses kaiserlichen Gemachs eindringen darf, seitdem es so geschmückt ist, wie Sie es heute sehen."

Schweigend verbeugte ich mich, um ihm zu danken. Denn die berückende Pracht, die Düfte und die Musik und nicht zuletzt seine unglaublich überspannte Art, zu reden und sich zu benehmen, ließen mich keine Worte finden, um meiner Bewunderung Ausdruck zu verleihen oder sie in ein Kompliment zusammenzufassen.

„Ich habe hier", begann er wieder, erhob sich, nahm meinen Arm und schlenderte durch die Zimmer, „ich habe hier Gemälde von den Griechen bis Cimabuë, und von Cimabuë bis zum heutigen Tag. Viele davon habe ich, wie Sie sehen, mit wenig Respekt vor der Sittsamkeit gewählt. Sie alle aber sind ein würdiger Schmuck für ein Zimmer wie dieses. Das hier sind ein paar Meisterwerke unbekannter Größen. Und hier etliche unvollendete Entwürfe von Meistern, die zu ihrer Zeit berühmt waren und deren Namen die scharfsinnigen Akademien der Vergessenheit und mir überlassen haben. Was halten Sie", fragte er und drehte sich plötzlich um, „was halten Sie von dieser Madonna della Pietà?"

„Das ist ja wahrhaftig ein Guido!" rief ich in heller Begeisterung und vertiefte mich in die himmlische Schönheit des Bildes. „Es ist wahrhaftig ein Guido! Wie konnten Sie sich ihn nur verschaffen? Seine Madonna ist in der Malerei das, was die Venus in der Skulptur ist."

„Ach", sagte er traumverloren, „die Venus – die göttliche Venus? Die Venus von Medici? Die Venus mit dem winzigen Kopf und dem vergoldeten Haar? Ein Teil des linken Armes" – hier senkte er seine Stimme zum Flüsterton, so daß ich ihn kaum verstehen konnte – „und der ganze rechte sind Nachbildungen. Und in der Koketterie dieses rechten Armes liegt meines Erachtens die Quintessenz aller Affektation. Geben Sie mir den Canova! Auch der Apollo ist – zweifellos – eine Kopie. Ich blinder Narr kann nichts von der vielgerühmten göttlichen Eingebung am Apollo entdecken. Ich muß – beklagen Sie mich! –, ich muß ihm den Antinous vorziehen. War es nicht Sokrates, der sagte, der Bildhauer fand sein Bildwerk im Marmorblock? Dann wäre Michelangelo also nicht der erste mit seinen Worten."

Man hat sehr oft oder könnte sehr oft bemerkt haben, daß das Wesen eines bedeutenden Menschen sich stets und in jeder Hinsicht von der Art eines Alltagsmenschen unterscheidet, ohne daß man indes mit Genauigkeit angeben könnte, worin dieser Unterschied tatsächlich besteht. Diese Beobachtung drängte sich an jenem denkwürdigen Morgen hinsichtlich des Benehmens meines Freundes mit aller Wucht meinem Empfinden auf. Doch ich vermag die Besonderheit seines Wesens, die ihn zu einem völligen Ausnahmefall unter allen übrigen Menschen zu stempeln schien, nur damit zu erklären, daß sie der Gewohnheit eines unentwegten, angestrengtesten Denkens entsprang, einem Denken, das ihm selbst bei den unbedeutendsten Dingen eigen war, das seinen Tändeleien Inhalt gab und sich durch seine Späße wob, gleichsam wie die Nattern, die sich aus den Augen der grinsenden Fratzen an den Friesen der Tempel von Persepolis winden.

Doch ich konnte nicht umhin, in dem halb spielerischen, halb feierlichen Ton, mit dem er an diesem Morgen häufig die belanglosesten Dinge von der Welt erörterte, ein leises Beben zu bemerken, etwas Weihevolles in seinem Tun und Reden, eine unruhvolle Erregtheit seines ganzen Wesens, die mir höchst sonderbar erschien und mich bisweilen sogar beunruhigte. Häufig brach er auch mitten in einem Satz, dessen Anfang er anscheinend vergessen hatte, ab und schien mit gespanntester Aufmerksamkeit in die Ferne zu lauschen, als erwartete er jeden Augenblick einen Besucher oder als vernähme er Töne, die offenbar nur in seiner Phantasie existierten.

Während eines jener Momente, da er zutiefst in seine Träumerei versunken war, fand ich in einem Buche, das ich achtlos durchblätterte, da es zufällig neben mir auf der Ottomane lag, einen mit Bleistift unterstrichenen Passus. Es war eine Stelle gegen Ende des dritten Aktes des *Orfeo*, dieser herrlichen, ersten italienischen Tragödie des Poliziano, eines Poeten und Gelehrten zugleich, eine Stelle voll rührender, wundersamer Macht, eine Stelle, die trotz der wilden Begierde, die aus ihr spricht, kein Mann je ohne die Schauder einer nie geahnten Erregung, kein Weib je ohne Seufzer lesen wird. Das ganze Blatt war von frischen Tränen benetzt, und auf der Rückseite standen englische Verse in einer Handschrift, die von der gewöhnlichen Schrift meines Freundes so gänzlich abwich, daß ich sie kaum als seine wiedererkannte. Die Verse lauteten:

Du warst mir das, wonach mein Herz verlangt,
Ein grünes Eiland, Liebe, eine Quelle,
Ein Heilgenschrein, bekränzt in der Kapelle,
Die schwer von Früchten, voll von Blumen prangt –
Und alle, alle hat mein Herz erlangt ...

O holder Traum, zu schön, um lang zu währen!
O Hoffnungsstern, der aufglomm und versank!
Ein' Stimme ruft mir zu aus fernen Sphären:
„Sieh vor dich!" Stumm, entsetzt jedoch und krank,
So schwebt mein Geist, der Halt und Stütze sucht,
Nun über des Vergangnen düstre Bucht!

Weh mir und ach! Der allerkleinste Schimmer
Von meinem Hoffnungslichte, er verschwand,
Und also, wie das große Meer dem Strand,
Sag ich auch nun: O nimmer ... nimmer ...
Nimmer wird ein Baum erblühen,
Wenn der Blitzstrahl ihn getroffen,
Nie ein Adler Kreise ziehen,
Wenn die Todeswunde offen –
Alle sterben, wenn vorbei ihr Hoffen.

Mein künftig Leben wird der Starrsucht gleichen –
Von deinen dunklen Augen träum ich nur,
Mein ganzes Denken steht fortan im Zeichen
Des bangen Zweifels: find ich ihre Spur?
Wo mag dein Fuß den Boden sanft berühren,
In welchem Feentanz magst du dich drehn?
Wo magst du fern von mir dein Leben führen,
An welchem Strom Italiens magst du stehn?

Verflucht die Stunde, die von dir mich riß,
Da grausam uns die Wellengänge schieden
Und dich entführten aus der Liebe Frieden
In Sünde, bittre Not und Finsternis.
Sie zwangen dich hinweg aus meinen Armen
Ins Bett des einen,
Der dir fürchterlich.

Die Silberweiden weinen
Voll Erbarmen
Um dich und mich ...

Daß diese Verse englisch geschrieben waren, erstaunte mich nicht sonderlich, wiewohl ich keine Ahnung hatte, daß mein Freund auch diese Sprache beherrschte. Da ich aber von seiner umfassenden Bildung wußte und seine sonderbare Gewohnheit, sein Wissen nach Möglichkeit zu verbergen, kannte, empfand ich ob dieser meiner Entdeckung keine besondere Überraschung. Nur der Ort des Datums verblüffte mich, das kann ich nicht leugnen. Ursprünglich hatte London dort gestanden, nachher aber war dieses Wort ausgestrichen worden – freilich nicht genügend, um es für einen scharfen Blick unleserlich zu machen. Ich sage, daß diese Beobachtung mich aufs höchste verblüffte. Ich entsann mich nämlich deutlich, meinen Freund einmal gesprächsweise gefragt zu haben, ob er die Marchesa di Mentoni jemals in London getroffen habe; denn sie lebte einige Jahre vor ihrer Vermählung in dieser Stadt. Seine Antwort war damals, wie ich mich zu erinnern glaube, so gefaßt, daß ich annehmen mußte, er habe die Hauptstadt Großbritanniens überhaupt nie betreten. Ich will nicht unerwähnt lassen, daß ich bereits mehrfach gehört hatte – ohne natürlich einem so unwahrscheinlichen Gerücht Glauben zu schenken –, daß der Mann, von dem ich spreche, nicht nur seiner Geburt, sondern seiner ganzen Erziehung nach Engländer sei.

„Da ist noch ein Bild", fuhr er fort, ohne zu bemerken, daß ich über der Tragödie in Nachdenken versunken war, „da ist noch ein Bild, das Sie noch nicht gesehen haben." Damit schob er einen Vorhang beiseite und enthüllte ein lebensgroßes Porträt der Marchesa Aphrodite.

Nie zuvor war es irdischer Kunst gelungen, überirdische Schönheit so meisterhaft festzuhalten.

Das war dieselbe himmlische Gestalt, die ich in der vergangenen Nacht auf den Stufen des Dogenpalastes gesehen hatte! Doch über dem Ausdruck des Antlitzes, das in hellstem Lächeln erstrahlte, lag dennoch der seltsamste Widerspruch, jener leise Schatten von Melancholie, der von vollkommenster Schönheit offenbar unzertrennlich zu sein scheint. Ihr rechter Arm ruhte sanft auf ihrem Busen. Ihre Linke wies auf eine seltsam geformte Vase herab. Nur einer ihrer süßen, kleinen, nackten Füße war sichtbar und schwebte halb über der Erde. In dem schimmernden Äther aber, der ihre holde Lieblichkeit umgab und einhüllte, breiteten sich kaum wahrnehmbar zwei duftige, gazeartige Flügel aus. Mein Blick schweifte von dem Gemälde zu der Gestalt meines Freundes, und unwillkürlich kamen mir Chapmans kraftvolle Verse aus *Bussy d'Ambois* auf die Lippen:

Dem Steinbild eines Römers gleich,
Ragt er bewegungslos hier aus der Erden;
Und führt der Tod ihn in sein dunkles Reich,
Wird er erstarrend langsam Marmor werden.

„Kommen Sie", sagte er endlich und führte mich zu einem reich emaillierten Tisch aus massivem Silber, auf dem einige phantastisch gefärbte Pokale und zwei große etruskische Vasen standen, die in Form und Ausführung völlig dem Gefäß im Vordergrund des Gemäldes glichen und, wie mir schien, mit Johannisberger gefüllt waren. „Kommen Sie!" sagte er mit seltsam rauher Stimme, „trinken wir! Es ist zwar noch früh, doch wir wollen trinken! Es ist wirklich noch früh", fügte er dann nachdenklich hinzu, als der Cherub einer Uhr mit einem schweren goldenen Hammer die erste Stunde nach Sonnenaufgang verkündete, „es ist wirklich noch früh – doch was liegt daran? Wir wollen trinken! Wir wollen der göttlichen Sonne den ersten Becher weihen; der Sonne, die diese geschmacklosen Lampen und Räucherschalen sich vergeblich zu überstrahlen mühen." Und indem er mich nötigte, ihm mit einem vollen Becher Bescheid zu tun, stürzte er selbst rasch nacheinander mehrere Gläser Wein hinunter.

„Träumen", hob er von neuem in jener zerstreuten Art zu sprechen an und hielt eine der prachtvollen Karaffen gegen das Licht eines Weihrauchkessels empor, „träumen war der Zweck meines Lebens. Darum habe ich mir auch, wie Sie sehen, dieses traumhafte Gemach eingerichtet. Könnte ich wohl im Herzen Venedigs ein geeigneteres finden? Sie sehen allerdings ein Gemisch architektonischer Schönheiten. Antediluvianische Symbole beleidigen die Keuschheit Ioniens, und ägyptische Sphinxe ruhen auf golddurchwirkten Teppichen. Dennoch wirkt die Zusammenstellung nur auf das Auge des Toren störend.

Eigentümlichkeiten des Ortes und besonders der Zeit sind der Popanz, der die Menschheit von der Betrachtung des Erhabenen abhält. Auch ich begnügte mich in früheren Jahren mit harmlosen Dekorationsstücken. Doch diese unfaßbare Torheit hat meine Seele vergiftet. Und diese Umgebung paßt nun viel besser zu mir. Wie die Arabesken jener Räucherkessel windet auch mein Geist sich durch lodernde Flammen, und der Fieberwahn, den dieses Schauspiel in mir auslöst, macht mich für die noch wilderen Visionen im Lande der wirklichen Träume reif, in das ich nun bald eingehen werde." Ganz plötzlich brach er ab, neigte das Haupt auf die Brust und schien auf einen Ton zu lauschen, den ich nicht hören konnte. Schließlich richtete er sich hoch auf, und mit emporgewandtem Blick rief er die Worte des Bischofs von Chichester:

„Verweile hier, auf daß ich nicht versäume,
Dein Gast zu sein im Tal der Todesträume!"

Dann warf er sich, anscheinend der unwiderstehlichen Gewalt des Weines unterliegend, in voller Länge auf eine Ottomane.

Plötzlich vernahm ich rasche Tritte auf der Stiege, und unmittelbar darauf pochte es heftig an der Tür. Ich eilte, zu öffnen, denn ich ahnte eine neuerliche Aufregung. Da stürzte auch schon ein Page aus dem Palast Mentoni herein und stammelte mit vor Erregung bebender Stimme die abgerissenen Worte: „Meine Herrin! Meine Herrin! – Vergiftet! Vergiftet! Oh, schöne Aphrodite!"

Entsetzt lief ich zur Ottomane, um den Schläfer zu wekken und ihm die gräßliche Nachricht zu verkünden. Doch seine Glieder waren starr, seine Lippen fahl, seine eben noch strahlenden Augen im Tode gebrochen. Ich taumelte vom Tisch zurück – meine Hand faßte nach einem gesprungenen, schwarz angelaufenen Becher – und wie ein Blitzstrahl durchzuckte die Erkenntnis der ganzen, fürchterlichen Wahrheit meine Seele.

LIGEIA

> Und der Wille liegt darin, der nicht stirbt. Wer kennt die Geheimnisse des Willens und seine Kraft? Denn Gott ist nur ein großer Wille, der alle Dinge mit der ihm eigenen Kraft durchdringt. Die Menschen aber überliefern sich dem Himmel und dem Tode nur aus übergroßer Willensschwäche.
>
> *Joseph Glanvill*

Ich kann mich beim besten Willen nicht mehr erinnern, wie, wann, ja, nicht einmal genau, wo ich Lady Ligeia kennengelernt habe. Endlose Jahre sind darüber hingegangen, und mein Gedächtnis ist durch lange, bittere Leiden schwach geworden. Vielleicht auch kann ich mich all dessen nur jetzt nicht mehr entsinnen, weil das Wesen meiner Geliebten, ihr fabelhaftes Wissen, ihre so eigenartige, sanfte Schönheit und die ergreifende, bezaubernde Beredsamkeit ihrer tiefen, melodischen Stimme sich mir allmählich und ganz selbstverständlich ins Herz schmeichelten, so daß ich es selbst nicht bemerkte und dessen nicht innewurde. Dennoch glaube ich, daß ich ihr zum erstenmal, und nachher noch öfter, in irgendeiner großen, alten verfallenen Stadt am Rhein begegnet bin. Sie hat mir bestimmt auch von ihrer Familie erzählt, und bestimmt war es ein jahrhundertealtes Geschlecht. Ligeia! Ligeia! Vergraben in Studien, die mehr als sonst etwas geeignet sind, die Eindrücke der Außenwelt abzustumpfen, genügt mir das eine süße Wort Ligeia, um vor mein geistiges Auge das geliebte Bild jener Frau zu zaubern, die nicht mehr auf dieser Erde weilt.

Eben jetzt jedoch, während ich das alles niederschreibe, durchzuckt mich plötzlich die Erkenntnis, daß ich niemals den Familiennamen dieser geliebtesten aller Frauen gekannt habe, die mir zugleich Freundin und Geliebte war, die mir ein treuer Kamerad in meinen Studien gewesen und schließlich mein heißgeliebtes Weib geworden ist. Hatte mich ein spielerisches Verbot meiner Ligeia zu fragen abgehalten? Oder hatte sie das Versprechen, sie nie hierüber zu befragen, als einen Beweis dafür gefordert, wie groß meine Liebe sei? Oder war es nur eine Laune meinerseits gewesen, ein phantastisches, romantisches Opfer, das ich auf dem Altar meiner leidenschaftlichen Anbetung brachte? Wie sollte ich mich wohl der einzelnen, nebensächlichen Umstände erinnern können, die diese Tatsache hervorriefen oder begleiteten, da ich sie selbst doch beinahe schon vergessen habe! Und wahrhaftig, wenn je ein Geist des Unheils, wenn jemals die bleiche Asthophet des götzendienerischen Ägypten mit düsteren Schwingen unheilkündend einer Hochzeit beiwohnte – wie man dies von ihr behauptet –, so war sie sicherlich bei meinem Hochzeitsfest zugegen.

In einem aber ist mein Gedächtnis völlig ungetrübt geblieben: in allem, was Ligeias Äußeres betrifft. Sie war groß und eher schlank, ja, in späteren Jahren sogar beinahe hager. Es wäre ein eitles Unterfangen, wollte ich versuchen, die Majestät, die ruhige Vornehmheit ihrer Bewegungen oder die unfaßbare Unbeschwertheit und Biegsamkeit ihres Ganges zu schildern. Sie kam und ging wie ein Schatten. Und nie bemerkte ich, daß sie mein abgeschlossenes Arbeitszimmer betreten hatte, ehe ich nicht den süßen Klang ihrer geliebten melodischen Stimme vernahm oder ihre marmorweiße Hand auf meiner Schulter fühlte. Ihre Schönheit war von wahrhaft überirdischer Art. Sie war die Verkörperung eines Opiumtraumes, war eine ätherische, sinnverwirrende Vision, weit unirdischer noch als die Traumgestalten, die durch die schlummernden Seelen der Mädchen von Delos huschten. Dennoch besaßen ihre Züge nicht jene strenge Regelmäßigkeit, die man uns fälschlicherweise an den Kunstwerken des klassischen Altertums zu bewundern lehrt. „Es gibt keine vollendete Schönheit", hat Lord Bacon einmal gesagt, als er sich über die verschiedenen Arten und Formen der Schönheit ausließ, „ohne eine gewisse Ungewöhnlichkeit der Proportion." Obwohl ich jedoch sah, daß Ligeias Züge keine klassische Regelmäßigkeit aufwiesen, obwohl ich mir klar war, daß ihre Lieblichkeit absolut „vollendet" und in reichem Maße von jener „Ungewöhnlichkeit" belebt war, bemühte ich mich dennoch vergeblich, die Unregelmäßigkeit herauszufinden und jener „Ungewöhnlichkeit" auf die Spur zu kommen. Ich prüfte die Linie ihrer bleichen, hohen Stirn – sie war makellos. Ach, wie kalt und nüchtern klingt dieses Wort, wenn man von hehrer, göttlicher Majestät spricht! Ich betrachtete ihre zarte, elfenbeinfarbene Haut, empfand die völlige friedvolle Ruhe, die sie ausstrahlte, sah die feine Wölbung über den Schläfen und die rabenschwarzen, üppigen, glänzenden und natürlich gelockten Flechten, die den homerischen Ausdruck „hyazinthenes Haar" in vollem Maße rechtfertigten. Ich studierte die zarte Linie der Nase und war mir bewußt, außer in den reizenden altjüdischen Münzen nie zuvor eine ähnliche Vollkommenheit gefunden zu haben. Sie war von demselben weichen Schnitt, hatte dieselbe kaum wahrnehmbare Andeutung einer Biegung, dieselben harmonisch gezeichneten Nasenflügel, die auf einen kühnen Geist hindeuten. Ich vertiefte mich in ihren süßen Mund. Göttlich und hinreißend war er, ein Triumph über alles Irdische und Himmlische. Die entzückende, feingeschwungene Oberlippe, die weiche, wollüstige Versonnenheit der Unterlippe, die spielenden Grübchen, die, ach! so beredte Farbe und die schimmernden Zähne, die mit nahezu blendendem Glanz jeden Strahl des göttlichen Lichtes zurückwarfen, der sie traf, und diesem Mund das ruhige, sanfte Lächeln aufprägten, das zugleich auch von hinreißender, jauchzender Sieghaftigkeit war. Ich grübelte über die Form ihres Kinns nach – und auch hier fand ich die Weichheit der Flächen, die Zartheit und Majestät, die sanfte Rundung und die Vergeistigung des Griechentums – kurz: jene Linie, die Apollo den Kleomenes, den Sohn der Athenerin, nur im Traume schauen ließ. Dann aber suchte ich Ligeias wunderbar große Augen zu ergründen.

Das klassische Altertum hat uns für Augen kein Vorbild hinterlassen. Doch mag es wohl sein, daß die Augen meiner Geliebten jenes Geheimnis bargen, auf das Lord Verulam hinweist ... Ich glaube bestimmt, daß sie viel größer waren, als es menschliche Augen gemeinhin sind. Ja, sie waren sogar viel schöner und größer noch als die schönsten Augen jener Gazellen, die es nur im Tale Nourjahad gibt. Dieser Eigenart ihrer Schönheit wurde man sich indessen nur bisweilen, nur in Augenblicken höchster Erregung, völlig bewußt. In diesen Augenblicken aber war Ligeias Schönheit – so schien es wenigstens meinen erhitzten Sinnen – von einer weltfernen und überirdischen Art, wie es etwa die Schönheit der sagenhaften Huris der Mohammedaner sein mag. Ihre strahlenden, tiefschwarzen Augen wurden von langen, seidigen Wimpern beschattet, und die etwas unregelmäßig gezeichneten Brauen waren von demselben tiefen Schwarz. Das „Ungewöhnliche" aber, das ich beim Betrachten ihrer Augen deutlich empfand, lag weder in ihrer Form oder Farbe noch auch in ihrem Feuer, und ich kann es daher nur einzig und allein ihrem Ausdruck zuschreiben. Ach, wie leer und nichtssagend ist dieses Wort, hinter dessen weiten, unbegrenzten Begriff wir uns in unserer Unwissenheit gar oft verschanzen, wenn wir außerstande sind, die Geheimnisse des Seelenlebens zu erfassen. Dieser Ausdruck in Ligeias Augen! Wie viele Stunden habe ich nicht daran gewendet, über ihn nachzugrübeln! Wie mühte ich mich während einer langen, endlosen Sommernacht, ihn zu ergründen! Was war es nur, dieses seltsame ungreifbare Etwas, das – tiefer noch als im Brunnen des Demokrit – tief zuinnerst in den Augen meiner Geliebten lag? Was war es? Ich war wie besessen von dem Wunsch, es zu enträtseln. Diese Augen! Diese großen, strahlenden, gottvollen Augen! Sie wurden für mich zum Doppelgestirn der Leda, ich aber war ihr hingebungsvollster Astrologe.

Es gibt unter den zahlreichen, unverständlichen Anomalien in der Psychologie wohl kaum einen Punkt, der uns mehr erregte und quälte als die Tatsache – der in den Schulen, wie ich glaube, allerdings niemals Rechnung getragen wird –, daß wir, wenn wir uns etwas längst Vergessenes ins Gedächtnis zurückrufen wollen, oft schon hart an der Schwelle des Erinnerns stehen, ohne schließlich aber imstande zu sein, uns voll und ganz zu erinnern. Wie oft erging es mir so, wenn ich über Ligeias Augen nachgrübelte, und wie oft glaubte ich die Erklärung ihres Ausdruckes schon greifbar nah zu haben, ohne daß es mir freilich möglich gewesen wäre, sie in Worte zu kleiden; wie deutlich fühlte ich, wie die ersehnte Lösung dieses Problems mir näher und immer näher kam – um schließlich wieder ganz zu entschwinden! Und – o seltsames, o seltsamstes und unergründlichstes aller Mysterien! – in den gewöhnlichsten, alltäglichsten Gegenständen entdeckte ich irgend etwas, das mich an diesen Ausdruck ihrer Augen gemahnte. Ich will damit sagen, daß nach jener Zeit, da Ligeias Schönheit meinen Geist erfüllte, in dem sie nun wie in einem Heiligenschrein ruht, der Anblick der gewöhnlichsten, unbedeutendsten alltäglichen Gegenstände dasselbe Empfinden in mir auslöste, das mich stets beschlich, fast möchte ich sagen: einhüllte, sooft Ligeias große, strahlende Augen auf mir ruhten. Trotzdem ist es mir ganz unmöglich, dieses Gefühl näher zu bezeichnen, es zu analysieren oder auch nur mit Bestimmtheit anzugeben, wann ich es empfand. Ich beobachtete es zum Beispiel beim Anblick einer jäh aufgeschossenen Rebe, bei der Betrachtung eines Falters, eines Schmetterlings, einer Puppe, eines rauschenden Baches. Ich fand es im Ozean wieder und beim Fallen eines Meteors. Es erwachte in mir, wenn mich ganz, ganz alte Leute ansahen. Und ein oder zwei Sterne stehen am Himmel – der eine besonders, ein unstet flackerndes Doppelgestirn der sechsten Größe, dicht bei dem großen Stern der Lyra –, die jedesmal, wenn ich sie durch das Teleskop betrachtete, mich jenes Gefühl empfinden ließen. Auch bestimmte Töne von Saiteninstrumenten lösten es in mir aus, und gar nicht selten manche Passagen in Büchern. Unter anderen zahllosen Beispielen entsinne ich mich besonders gut einiger Zeilen aus einem Buche Joseph Glanvills, die – vielleicht lediglich infolge ihrer Absonderlichkeit, wer vermöchte es wohl zu sagen? – niemals verfehlten, jenes Gefühl in mir wachzurufen: „Und der Wille liegt darin, der nicht stirbt. Wer kennt die Geheimnisse des Willens und seine Kraft? Denn Gott ist nur ein großer Wille, der alle Dinge mit der ihm eigenen Kraft durchdringt. Die Menschen aber überliefern sich dem Himmel und dem Tode nur aus übergroßer Willensschwäche."

Endlose Jahre und unermüdliches Nachdenken haben mich endlich so weit gebracht, daß es mir gelang, zwischen diesem Ausspruch des englischen Moralisten und manchen Zügen in Ligeias Charakter eine entfernte Verbindung aufzuspüren. Ihre Intensität im Denken, Tun und Sprechen war möglicherweise das Ergebnis oder wenigstens ein sichtbares Zeichen jener ungeheuren Willenskraft, die es während unseres langen Zusammenlebens versäumte, mir noch andere und greifbarere Beweise ihres Vorhandenseins zu geben. Von allen Frauen, die ich je gekannt habe, war sie, die äußerlich stets so ruhige, sanftmütige Ligeia, die schmerzzerrissene Beute der heftigsten, nervenaufpeitschendsten Leidenschaftlichkeit. Ich hatte jedoch für diese Leidenschaftlichkeit keine anderen Beweise als den Blick ihrer so wunderbar großen Augen, der mich zu gleicher Zeit entzückte und erschreckte, als die zauberhafte Musik und Tönung ihrer sanften, klaren, melodischen und tiefen Stimme, als die wuchtige Kraft der leidenschaftlichen Worte, die sie in der Regel gebrauchte und deren Wirkung der Kontrast des Tonfalles, in dem sie gesprochen wurden, noch erhöhte.

Ich habe bereits Ligeias Wissen erwähnt: es war unbegrenzt – wie es mir ähnlich nie bei einer Frau begegnet ist. Die klassischen Sprachen beherrschte sie bis zur Vollendung, und auch die Sprachen des modernen Europa waren ihr so geläufig, daß ich – soweit meine eigenen Kenntnisse es zu beurteilen vermochten – niemals einen Fehler aus ihrem Munde hörte. Habe ich denn je bei irgendeinem

Thema der vielgerühmten, wohl hauptsächlich ob ihrer großen Schwierigkeit so besonders gepriesenen akademischen Gelehrsamkeit Ligeia bei einem Irrtum ertappt? Wie seltsam, wie machtvoll hat diese Eigenart ihres Wesens während der letzten Zeit unseres Beisammenseins mich gefesselt! Ich sagte vorhin, ihr Wissen sei so umfassend gewesen, wie ich es nie bei einer anderen Frau gefunden habe – wo aber ist der Mann, der wie sie alle die weiten, uferlosen Gebiete der Geistes-, Natur- und mathematischen Wissenschaften gründlich und mit Erfolg durchforscht hätte? Damals wußte ich noch nicht, was ich heute ganz genau weiß: daß Ligeias Gelehrsamkeit unerschöpflich war, ja, geradezu ans Wunderbare grenzte. Dennoch war ich mir ihrer grenzenlosen Überlegenheit hinreichend bewußt, um mich mit kindlichem Vertrauen ihrer Führung durch das grauenhafte Chaos der metaphysischen Forschungen zu unterwerfen, mit denen ich mich während der ersten Jahre unserer Ehe eifrigst beschäftigte. Mit welch ungeheurem Triumph, mit welch unbeschreiblichem Entzücken, mit welch himmelstürmenden Hoffnungen fühlte ich, wenn Ligeia sich beim Studium dieses so selten beschrittenen und kaum bekannten Gebietes über mich beugte, wie sich vor meinen Blicken allmählich ein köstlicher Fernblick aufrollte, dessen langen, glänzenden Pfad, den keiner noch vor mir betreten hatte, ich nun endlich, endlich würde beschreiten dürfen, um das Ziel eines Wissens zu erstürmen, das zu erhaben, zu göttlich ist, um nicht verboten zu sein!

Wie unbeschreiblich, wie grenzenlos war dann mein Schmerz, als ich nach einigen Jahren meine so fest begründeten Hoffnungen erschüttert und auf raschen Flügeln entschwinden sah! Ohne Ligeia war ich wie ein Kind, das im Finstern tappt. Ihre Gegenwart, ihr Beistand allein vermochte helles Licht in die dunklen Mysterien der transzendentalen Wissenschaft zu werfen, in die wir uns vertieft hatten. Ohne den Strahlenglanz ihrer Augen wurden selbst goldfunkelnde Lettern düsterer noch als das Blei des Saturn. Und immer seltener und seltener bestrahlten ihre geliebten Augen die Seiten, über denen ich saß und grübelte. Ligeia wurde krank. Ihre wunderbaren Augen schimmerten in allzu loderndem Glanz, ihre blassen Finger nahmen die durchsichtige, wächserne Farbe des Grabes an, und die blauen Adern auf ihrer hohen, bleichen Stirn schwollen bei der leisesten Erregung jäh an. Ich sah, daß sie sterben mußte – und rang im Geiste verzweifelt mit dem düsteren Todesengel. Die Kämpfe dieser leidenschaftlichen Frau aber waren, zu meinem Erstaunen, noch erbitterter als meine eigenen. Manches in ihrer starken Natur hatte mich erwarten lassen, der Tod würde für sie ohne Schrecken sein. Doch es kam anders. Worte sind zu schwach, um auch nur annähernd die Heftigkeit des Widerstandes zu schildern, den sie im Kampf mit dem Schatten entfaltete. Ich stöhnte angesichts dieses entsetzlichen Schauspiels laut auf in Schmerz und Qual. Ich wollte sie beruhigen, wollte sie trösten. Aber vor der Heftigkeit ihres glühenden Wunsches, zu leben, zu leben und nur zu leben, wurden Trost und Vernunft zu absoluter Torheit. Dennoch bewahrte sie bis zu ihrem letzten Augenblick und selbst während jener Zeit, da ihr leidenschaftlicher Geist die fürchterlichsten Qualen litt, ihre äußere Ruhe. Ihre Stimme wurde noch sanfter, noch leiser – ich aber wollte den furchtbaren Sinn dieser so ruhig hingesprochenen Worte nicht verstehen. Mein Kopf drohte mir zu zerspringen, wenn ich, berauscht und verzückt, dieser süßen, himmlischen Melodie lauschte, die eine Lebenssehnsucht und Daseinsfreude offenbarte, wie kein Sterblicher sie je zuvor empfunden hat.

Ich hatte niemals gezweifelt, daß sie mich liebte, und ich wußte genau, daß im Herzen einer Ligeia die Liebe nicht einer gewöhnlichen Leidenschaft gleichen konnte. In ihrer Todesstunde aber erst erkannte ich die ganze Größe und Hingebung ihrer Liebe. Viele Stunden lang hielt sie meine Hand in der ihren und breitete den Reichtum, die Überfülle ihres Herzens vor mir aus, dieses Herzens, dessen mehr als leidenschaftliche Liebe an Anbetung grenzte. Wodurch hatte ich das unfaßbare Glück solcher Geständnisse verdient? Wodurch den Fluch heraufbeschworen, daß meine Geliebte mir in derselben Stunde entrissen wurde, da sie mir solches gestand? Hierüber zu sprechen vermag ich nicht über mich. Ich will nur noch bemerken, daß ich in Ligeias überirdischer, hingebungsvoller Liebe, die sie, ach! so unverdient an einen Unwürdigen verschenkte, endlich die geheime Triebfeder ihrer Sehnsucht und ihres innigen, heißen Wunsches nach dem Leben erkannte, das nun so unheimlich schnell verrann. Diese verzehrende Sehnsucht, diesen brennenden Wunsch, zu leben, nur zu leben! vermag ich nicht zu beschreiben, vermögen keine Worte zu schildern.

In der Nacht, da sie von mir ging, rief sie mich um die zwölfte Stunde ein letztesmal an ihr Lager und bat mich, einige Verse zu sprechen, die sie wenige Tage vorher gedichtet hatte. Ich gehorchte ihr. Es waren folgende Zeilen:

Welch eine festlich schöne Nacht ist dies
Nach all den langen, einförmigen Jahren.
Beschwingt, geschmückt erscheinen nun in
Scharen
Die Engel, die uns schickt das Paradies.
Sie sehn dem Spiel von Angst und Hoffnung zu,
Wie im Theater fließen ihre Zähren,
Und das Orchester spielt Musik der Sphären
In Moll dazu . . .

Und Mimen, die das Abbild Gottes sind,
Erscheinen leise flüsternd und verschwinden,
Und da und dorthin eilen sie geschwind.
Sie sind die Puppen, die nur das verkünden,
Was unsichtbare Mächtige erfinden.
Die Szene wechselt, und auf Kondorschwingen
Scheint unsichtbares Weh herabzudringen.

Dies Drama, glaube mir, wird nie vergessen,
Nie läßt die Menge ab, sich wie besessen
Im Kreis zu drehen, der stets sich wieder
schließt;
Doch nie erreicht sie, was Phantom nur ist.

Des Stückes Wahnwitz wird uns nie
entschwinden,
Lebendig bleibt sein Schrecken, seine Sünden.

Doch sieh, da drängt sich in der Mimen Schar
Ein rotes Ding – und jeder wird gewahr
Das scheußliche Reptil,
Das näher kommt, als wär es nur im Spiel.
Es windet, krümmt sich und verschlingt die
Mimen.
Indes der Engel Schluchzen sanft verhaucht,
Hat grausam seine giftgeschwellten Kiemen
Das Untier in der Menschen Blut getaucht.

Zu Ende. Aus. Verloschen sind die Lichter,
Und über all die zuckenden Gestalten
Senkt sich der Vorhang und verhüllt sie
dichter
Als je ein Tuch die Menschen, die erkalten.
Die Engel, bleich und fahl, erheben sich,
Der Vorhang rauscht herab. Es klingt wie
Sturm –
Sie nennen „Mensch" dies Stück, so fürchterlich,
Und seinen Helden den Allsieger Wurm.

„O Gott!" schrie Ligeia, als ich diese Verse zu Ende gesprochen hatte, sprang auf die Füße und breitete die Arme mit krampfartiger Gebärde gen Himmel, „o Gott! O himmlischer Vater! So ist das unabänderlich der Lauf der Zeit? Wird dieser Sieger nicht endlich doch besiegt werden? Sind wir nicht ein Teil, ein Stück deiner selbst? Wer, wer kennt die Geheimnisse des Willens und seine Macht? Nur aus übergroßer Willensschwäche liefern sich die Menschen dem Himmel und dem Tode aus!"

Dann ließ sie, wie erschöpft von der Erregung, ihre weißen Arme herabsinken und kehrte still und ernst auf ihr Sterbelager zurück. Und während sie die letzten Seufzer verhauchte, flüsterten ihre bleichen Lippen fast unverständliche Worte. Ich horchte angestrengt hin und vernahm abermals die Worte Glanvills: „Nur aus übergroßer Willensschwäche liefern die Menschen sich dem Himmel und dem Tode aus!“

Sie starb. Ich aber vermochte in meiner Verzweiflung, in meinem unfaßbaren Schmerz die qualvolle Einsamkeit meiner Wohnung in der düsteren, halb verfallenen Stadt am Rhein nicht länger zu ertragen. Es fehlte mir nicht an dem, was die Welt mit dem Wort „Glücksgüter“ bezeichnet. Durch Ligeia war ich viel, viel reicher geworden, als uns Sterblichen gemeinhin an Reichtum zugemessen wird. Nach monatelangem plan- und ziellosem Umherirren kaufte ich in einer der ödesten, unbesuchtesten Gegenden des schönen England eine Abtei, die ich instand setzen ließ, deren Namen ich aber hier verschweigen möchte. Die düstere, unheimliche Großartigkeit des Gebäudes, das wildromantische Aussehen der Landschaft und die zahlreichen trüben und altehrwürdigen Erinnerungen, die mit der Abtei und dem Ort verknüpft waren, stimmten nur zu gut zu dem Gefühl gänzlicher Verlassenheit, das mich in diesen unwirtlichen, öden Landstrich getrieben hatte. Während aber die Außenfront des Klosters, das von verwelktem Grün ganz überwuchert war, nur geringer Reparaturen bedurfte, ließ ich es in einer Anwandlung kindischer Übertriebenheit und vielleicht auch in der zaghaften Hoffnung, meinen düsteren Gedanken dadurch ein wenig Zerstreuung zu verschaffen, im Innern mit wahrhaft fürstlicher Pracht ausstatten. In meiner Kindheit schon hatte ich Geschmack an solchen Torheiten gefunden, und nun kehrten sie mir zurück, als wäre ich durch meinen Schmerz wieder zum Kind geworden. Ach, ich weiß sehr wohl, daß man in der Begeisterung für die prächtigen und phantastischen Draperien, für die steifen ägyptischen Skulpturen, die bizarren Gesimse und Möbelstücke, die irrsinnigen Schnörkel und Arabesken in den Mustern der golddurchwirkten Teppiche ohne Zweifel die ersten Anfänge beginnenden Wahnsinns entdecken könnte! Ich hatte mich völlig dem Zauber des Opiums hingegeben, und all meine Arbeiten und Anordnungen standen unter dem Einfluß meiner Träume. Doch ich will nicht bei den Einzelheiten dieser Verschrobenheiten verweilen. Nur von jenem einen, für ewige Zeiten verfluchten Zimmer möchte ich noch sprechen, in das ich in einem Anfall unfaßlichen Wahnsinns die blonde, blauäugige Lady Rowena Trevanion von Tremaine als meine Braut, als die Nachfolgerin meiner unvergeßlichen Ligeia führte.

Selbst die geringste Kleinigkeit in der Architektur und Einrichtung dieses Brautgemachs steht mir noch lebendig vor Augen. Was mochten die stolzen, hochmütigen Angehörigen meiner Braut wohl insgeheim empfunden haben, als sie in ihrer Goldgier der heißgeliebten Tochter, ihrem vergötterten Kind, gestatteten, die Schwelle eines Zimmers zu überschreiten, das auf so bizarre Art ausgestattet war? Ich sagte bereits, daß ich mich der Einrichtung dieses Raumes bis in die kleinsten Einzelheiten noch genau entsinne, obgleich ich unerhört vergeßlich bin, wenn es sich um Dinge von besonderer Wichtigkeit handelt, und obgleich in der phantastischen Pracht dieses Zimmers weder System noch Harmonie herrschten, die sich meinem Gedächtnis irgendwie hätten einprägen können. Der Raum lag in einem hohen Turm des schloßartig gebauten Klosters, hatte einen fünfeckigen Grundriß und war überaus geräumig. Die ganze Südwand nahm ein riesiges Fenster aus einem einzigen Stück venezianischen Glases von bleigrauer Farbe ein, so daß die hindurchfallenden Strahlen der Sonne wie die des Mondes die Gegenstände im Innern des Zimmers in ein gespenstisches, düsteres Licht tauchten. Den oberen Teil dieses ungeheuren Fensters überwucherte das Rankenwerk eines jahrzehntealten Weinstockes, der in großer Üppigkeit an den massiven Wänden des Turmes emporklomm. Die Decke aus dunkelgetöntem Eichenholz war ungewöhnlich hoch, gewölbt und mit einem kunstvollen Fries verziert, der aus allerlei tollen und grotesken Figuren und Ornamenten in halb gotischem, halb druidenhaftem Stil bestand. In der Mitte des Raumes hing vom höchsten Punkt dieser düsteren kuppelartig gewölbten

Decke an einer einzigen, großgliedrigen Goldkette ein riesiger, ebenfalls goldener Weihrauchkessel herab, ein sarazenisches Kunstwerk in Filigranarbeit, dessen Durchbrüche so raffiniert angeordnet waren, daß sich der zuckende, flimmernde Feuerschein ohne Unterlaß mit der Behendigkeit einer Viper durch das Goldgeflecht wand und schlängelte.

Da und dort standen einige wenige Ottomanen und goldene Kandelaber in orientalischem Stil, außerdem das Bett, das Brautbett, sehr niedrig und nach indischem Muster aus massivem Ebenholz gebaut und von einem Baldachin überschattet, der an ein Bahrtuch gemahnte. In jeder Ecke des Zimmers stand, etwas erhöht, ein riesiger Sarkophag aus schwarzem Granit, Ausgrabungen aus den Königsgräbern von Luxor, deren antike Deckel mit unvergänglichen Zeichen ganz übersät waren. Am phantastischsten aber war gewiß die Wandverkleidung dieses Gemaches. Die emporstrebenden, unverhältnismäßig hohen Wände waren von oben bis unten mit faltenreichen, schweren Tapisserien verhangen, und derselbe Stoff war auch für den Teppich, für den Überwurf der Ottomanen und des Ebenholzbettes, für dessen Baldachin und für die schweren Vorhänge verwendet worden, die zum Teil die Fenster verhüllten. Es war der denkbar schwerste Goldbrokat, der in unregelmäßigen Zwischenräumen über und über mit Arabesken von etwa einem Fuß Durchmesser bedeckt war, die man in tiefstem Schwarz in den Goldstoff gewebt hatte. Diese Figuren aber erweckten nur dann den Eindruck von Arabesken, wenn man sie von einem bestimmten Punkt aus betrachtete. Durch ein heute allgemein bekanntes Verfahren, dessen Ursprung man bis in eine ganz frühe Periode des Altertums verfolgen kann, waren sie so gearbeitet, daß sich ihr Aussehen je nach dem Standpunkt des Beobachters veränderte. Betrat man das Zimmer, so sahen sie nur wie harmlose Scheusale aus, drang man aber weiter in den Raum vor, so änderte sich allmählich dieser Eindruck, und man glaubte sich dann bei jedem Schritt, den man tiefer ins Zimmer trat, von einer endlosen Kette spukhafter Gestalten umgeben, wie sie der Geisterglauben der Normannen kennt oder die sündhaften Träume der Mönche. Dieser gespenstische Eindruck wurde durch einen starken künstlichen Luftzug, den ich hinter der Wandverkleidung hatte anbringen lassen, noch wesentlich erhöht, denn er verlieh dem Ganzen eine grauenhafte, unruhevolle Lebendigkeit.

In solch einem Haus, in solch einem Brautgemach verbrachte ich also mit Lady Rowena die gottlosen Stunden des ersten Monats unserer Ehe, verbrachte sie, ohne eine besonders erwähnenswerte Unruhe zu verspüren. Ich konnte mir nicht verhehlen, daß meine Frau sich vor der zügellosen Wildheit meines Wesens fürchtete, konnte nicht übersehen, daß sie mich mied und mir keine große Liebe entgegenbrachte; doch gerade das erfüllte mich mit besonderer Befriedigung. Ich haßte sie mit einem Haß, der eines Dämons würdiger war als eines Menschen. Alle meine Gedanken flogen – ach, mit welch namenlosem Schmerz! – zu Ligeia zurück, zu ihr, der Geliebten, der Hehren, der Schönen, der für ewig Verlorenen! Ich schwelgte in der Erinnerung an ihre Reinheit, an ihr Wissen, an ihr erhabenes, ätherisches Wesen, an ihre leidenschaftliche, anbetende Liebe. In meiner Seele loderten jetzt ungehemmt und zügellos weit gierigere, verzehrendere Flammen als je in der ihren. In der Erregung meiner Opiumträume – durch die Gewohnheit war ich dem Rauschmittel inzwischen gänzlich verfallen – rief ich ihren Namen oft laut durch die Stille der Nacht oder bei Tag durch die düsteren Schatten der einsamen Bergschlucht, als könnte ich sie durch die wilde Sehnsucht, die unnennbare Leidenschaft, die verzehrende Glut meiner Liebe wieder auf die Pfade des Lebens zurückrufen, die sie auf dieser Erde – ach, kann es denn sein? – für immer verlassen hatte.

Zu Beginn des zweiten Monats unserer Ehe wurde Lady Rowena plötzlich von einer Krankheit befallen, von der sie sich nur ganz langsam zu erholen vermochte. Ein verzehrendes Fieber bereitete ihr qualvolle Nächte, und in der Ruhelosigkeit des Halbschlummers sprach sie von Tönen und Bewegungen im Turmzimmer, die, wie ich vermutete, nur ihrer krankhaft überreizten Phantasie oder den spukhaften Eindrücken des Gemaches selbst entsprangen. Nach langer Zeit trat endlich eine merkbare Besserung in ihrem Befinden ein, und schließlich fühlte sie sich wieder ganz wohl. Doch schon nach kurzer Frist warf sie ein zweiter, noch viel heftigerer Anfall von neuem auf ihr Schmerzenslager; und diesem Rückfall erlag ihre schwache Konstitution, sie vermochte sich nie mehr ganz zu erholen. Seit jener Zeit nahm ihre Krankheit einen äußerst alarmierenden Charakter an, der durch die häufige Wiederkehr der Anfälle noch erhöht wurde und der die Wissenschaft und Bemühungen der Ärzte zunichte machte. Mit dem Fortschreiten ihres Leidens, das allem Anschein nach auf dem fruchtbaren Boden ihrer zarten Konstitution zu fest Wurzel geschlagen hatte, um den schwachen Mitteln der Medizin zu weichen, beobachtete ich an ihr eine immer heftiger werdende, nervöse Reizbarkeit und eine qualvolle Schreckhaftigkeit, der oft die geringfügigsten Ursachen zugrunde lagen. Sie sprach häufiger und immer beharrlicher von den Tönen, von den leisen Tönen, und von sonderbaren Bewegungen der Wandbehänge.

Eines Nachts, gegen Ende September, suchte sie meine Aufmerksamkeit in besonders heftiger Erregung auf einen dieser unheimlichen Vorhänge zu lenken. Sie war eben aus einem unruhigen Schlummer erwacht. Ich saß neben ihrem Ebenholzbett auf einer der indischen Ottomanen und hatte mit einem aus Besorgnis und vagem Schrecken gemischten Gefühl das Mienenspiel ihres abgezehrten Gesichtes beobachtet. Sie richtete sich halb auf und sprach in leisem, angsterfülltem Flüstern von Tönen, die sie eben jetzt vernähme – die ich aber nicht hörte –, von Bewegungen, die sie sähe – und die ich nicht sah. Der Luftzug wehte heftig hinter den Wandbekleidungen, und ich bemühte mich, ihr logisch zu erklären – ich muß gestehen, ich glaubte selbst nicht ganz daran –, daß diese kaum vernehmlichen Seufzer, diese kaum sichtbaren Veränderungen der Gestalten an den Wänden nur die natürliche Folge des ununterbrochenen Luftzuges seien. Eine tödliche Blässe, die ihr Gesicht überzog, ließ mich erkennen, daß meine Bemühungen, sie zu beruhigen, völlig fruchtlos waren. Sie schien einer Ohnmacht nahe zu sein, und weit und breit war niemand von der Dienerschaft in Rufweite. Ich erinnerte mich, eine Flasche leichten Wein aufgehoben zu haben, den ihre Ärzte ihr einmal verordnet hatten, und durchquerte schnell das Zimmer, um ihn zu holen. Als ich aber unter dem Weihrauchkessel hindurchging, fielen mir zwei seltsame Erscheinungen auf. Ich fühlte, daß irgend etwas Greifbares, obschon Unsichtbares meine Gestalt leise streifte, und sah auf dem goldschimmernden Teppich, gerade in der Mitte des Strahlenkreises, den der Weihrauchkessel verbreitete, einen Schatten liegen – einen schwachen, unbestimmten Schatten von engelhafter Schönheit, wie man sich etwa den Schatten eines Geistes vorstellen könnte. Da meine Nerven aber infolge einer übermäßig starken Dosis Opium aufgepeitscht waren, maß ich diesen Erscheinungen keine besondere Bedeutung bei und erwähnte auch Rowena gegenüber nichts davon.

Als ich den Wein gefunden hatte, durchschritt ich abermals das Zimmer, füllte einen Becher und führte ihn an die Lippen meiner fast ohnmächtigen Gattin. Sie hatte sich in der Zwischenzeit wieder so weit erholt, daß sie imstande war, das Glas selbst zu ergreifen, und so ließ ich mich, während ich sie mit besorgten Blicken beobachtete, wieder auf die Ottomane nieder. Da aber vernahm ich ganz deutlich in der Nähe des Bettes leise Tritte auf dem Teppich, und im nächsten Augenblick, als Rowena sich eben anschickte, den Becher an die Lippen zu führen, sah ich – oder träumte vielleicht, es zu sehen –, wie drei oder vier große Tropfen einer glänzenden, rubinroten Flüssigkeit wie aus einer unsichtbaren Quelle, die ihren Ursprung im leeren Raum des Zimmers zu haben schien, in den Wein fielen. Wenn ich das tatsächlich sah, so sah Rowena es jedenfalls nicht. Sie trank den Wein, ohne auch nur eine Sekunde zu zögern, und ich hütete mich, ihr Dinge zu erzählen, die – wie ich bei ruhiger Überlegung fest überzeugt war – nur eine Vorspiegelung meiner überreizten Nerven gewesen sein konnten, deren fieberhafte Aktivität durch das Entsetzen meiner Frau, durch das Opium und die späte Nachtstunde noch erhöht worden war.

Dennoch kann ich mir nicht verhehlen, daß im Befinden meiner Frau unmittelbar nach dem Herabrieseln der Rubintropfen eine Wendung zum Schlimmen eintrat. Und in der drittnächsten Nacht schon schmückten die Hände ihrer Dienerinnen sie für das Grab. In der vierten aber saß ich allein in dem phantastischen Zimmer, das sie als meine Braut gesehen hatte, neben ihrem in Totengewänder gehüllten Leichnam. Wunderliche Visionen, Folgen des Opiums, huschten wie Schatten an mir vorüber. Unstet flatterten meine Blicke über die Sarkophage in den Ecken des Zimmers, über die ewig veränderlichen Schauergestalten auf den Draperien und über die Schlangenwindungen der Lichtstreifen, die aus dem Weihrauchkessel mir zu Häupten hervorquollen. Ich dachte an die Ereignisse jener einen, vergangenen Nacht, und unwillkürlich wanderten meine Augen zu jener Stelle im Strahlenkranz des Räucherkessels, an der ich die zarten Umrisse jenes Schattens wahrgenommen hatte. Er war verschwunden. Ich atmete erleichtert auf und blickte auf die bleiche, starre Gestalt, die auf dem Bett lag. Da stürmten plötzlich tausend Erinnerungen an Ligeia auf mich ein, und tosend wie eine Sturzflut ergoß sich der ganze unsagbare Gram über mein Herz, den ich empfunden hatte, als ich sie auf der Totenbahre sah. Die Nacht senkte ihre Schleier herab, ich aber saß noch immer reglos da und starrte auf Rowenas Leichnam, während tausend wehe Gedanken an Ligeia, die einzige, über alles Geliebte, mir das Herz zerrissen.

Es mochte Mitternacht sein – vielleicht etwas früher, vielleicht auch später; ich hatte nicht auf die Zeit geachtet – als ein leiser, leichter, aber deutlich vernehmbarer Seufzer mich aus meinen Träumereien aufscheuchte. Ich fühlte, daß er aus der Richtung des Ebenholzbettes – des Totenbettes – herkam. Von abergläubischem Schrecken gelähmt, lauschte ich angestrengt – doch das Geräusch wiederholte sich nicht. Mit äußerster Willensanstrengung suchte ich festzustellen, ob sich der Leichnam bewegt habe, doch ich vermochte nicht das geringste zu entdecken. Dennoch war es unmöglich, daß ich mich getäuscht hatte. Ich hatte das Geräusch – mochte es auch noch so leise gewesen sein – gehört und war auch vollkommen wach. Wie gebannt und in höchster Erregung beobachtete ich den toten Körper. Mehrere Minuten verflossen, ohne daß sich das geringste ereignete, das Licht in dieses Geheimnis hätte bringen können. Endlich aber konnte ich mich der Tatsache nicht mehr länger verschließen, daß ein leichter, ganz blasser und kaum wahrnehmbarer Schatten von Farbe ihre Wangen überzog und sich über die feinen Äderchen der eingesunkenen Augenlider verbreitete. Von Grauen und Entsetzen geschüttelt, das zu schildern keine Sprache dieser Welt hinreicht, fühlte ich, wie mein Herzschlag aussetzte und wie ein bleicher Schrekken meine Glieder erstarren ließ und mich auf meinem Platze festbannte. Schließlich aber gab mir das Pflichtgefühl meine Kaltblütigkeit zurück. Ich konnte nicht länger zweifeln, daß unsere Vorbereitungen verfrüht gewesen waren – daß Rowena noch lebte. Es war von höchster Wichtigkeit, daß unverzüglich mit Wiederbelebungsversuchen begonnen wurde; der Turm aber lag vollständig isoliert von dem Flügel der Abtei, den die Dienerschaft bewohnte: keiner meiner Leute war in der Nähe, und ich hatte keine Möglichkeit, jemanden zu Hilfe zu rufen, wollte ich nicht das Zimmer auf mehrere Minuten verlassen. Das aber durfte ich unter keinen Umständen wagen. Ich bemühte mich also allein, die entschwebende Seele zurückzurufen. Nach einigen Sekunden aber bemerkte ich, daß ein offensichtlicher Rückfall eingetreten war: die Farbe wich aus Wangen und Lidern und ließ eine Blässe zurück, die weit kälter war als die des Marmors; die Lippen schrumpften noch mehr ein als zuvor, preßten sich krampfhafter denn je aufeinander und verschärften so den grauenhaften Ausdruck des Todes; eine schaurige, durchdringende Kälte und Feuchtigkeit brach plötzlich aus den Poren und verbreitete sich bald über den ganzen Körper; vollkommene Leichenstarre trat ein. Schaudernd sank ich auf mein Lager zurück, von dem ein so grausiger Schreck mich emporgerissen hatte, und ließ meine Gedanken wieder in leidenschaftlichen Träumereien um Ligeia kreisen.

So ging eine Stunde hin, als ich – war es denn möglich? – zum zweitenmal ein unbestimmtes Geräusch vom Bett her vernahm. Von Grauen gepackt, horchte ich auf. Der Ton wiederholte sich – es war ein Seufzer. Ich stürzte zu dem Leichnam hin und sah, sah ganz deutlich, wie die Lippen leise zitterten. Eine Minute später teilten sie sich und ließen eine glänzende Reihe perlengleicher Zähne sehen. Maßloses Entsetzen kämpfte mit der heiligen Scheu, die bisher allein mein Inneres erfüllt hatte. Ich fühlte, daß mein Blick sich trübte, daß meine Sinne schwanden, und nur durch äußerste Willensanspannung gelang es mir endlich, mich zu der Aufgabe aufzuraffen, die neuerdings die Pflicht von mir heischte. Ein leises Rot stieg allmählich in Rowenas Stirn, Wangen und Hals, eine merkliche Wärme strömte durch den ganzen Körper, und in der Herzgegend war sogar ein schwacher Pulsschlag zu bemerken. Sie lebte! Mit doppeltem Eifer machte ich mich an die Wiederbelebungsversuche. Ich rieb und benetzte ihre Schläfen und Hände und ließ keines jener Mittel unversucht, die die Erfahrung und nicht zuletzt die Lektüre medizinischer Werke mich gelehrt hatten. Alles aber war vergebens. Die Farbe verblich plötzlich wieder, der Pulsschlag setzte aus, die Lippen nahmen das totenähnliche Aussehen an, und schon einige Sekunden später entströmte dem Körper eine eisige Kälte, und er lag feuchtklebrig, leichenfarben, eingefallen und vollkommen starr vor mir und wies alle die grausigen Merkmale eines Leichnams auf, der seit vielen Tagen im Grab ruht.

Und von neuem gab ich mich meinen Träumereien, meinen wehen Erinnerungen an Ligeia hin, und wieder – ist es verwunderlich, daß ich erbebe, während ich dies niederschreibe? –, wieder drang aus der Richtung des Ebenholzbettes ein leises Schluchzen an mein Ohr. Doch wozu soll ich die unbeschreiblichen Schaurigkeiten jener Nacht in allen Einzelheiten aufzählen? Wozu soll ich schildern, wie fast bis zum fahlen Morgengrauen sich immer und immer wieder das gräßliche Schauspiel des Auferstehens vom Tode wiederholte; wie jeder der grauenhaften Rückfälle nur einen noch starreren, tieferen Tod zur Folge hatte; wie jeder Todeskampf ein wildes Ringen mit einem unsichtbaren Feind zu sein schien, und wie nach jedem dieser Todeskämpfe der grausige Verfall des Leichnams immer deutlicher hervortrat? Ich eile, zum Ende zu kommen.

Der größte Teil der Schreckensnacht war verstrichen, und sie, die tot gewesen war, regte sich abermals, und zwar heftiger denn je. Und das Aufbäumen dieses Körpers, dessen Auflösung schon deutlich zu sehen war, wirkte in seiner absoluten Hilflosigkeit besonders schaurig. Seit langem schon hatte ich jeden Versuch, ihr zu helfen oder beizuspringen, aufgegeben und blieb regungslos auf meiner Ottomane sitzen – die wehrlose Beute einer Schar wilder Eindrücke und Empfindungen, als deren geringfügigste, am wenigsten aufreibende ich vielleicht einen grauenerregenden Schrecken nennen möchte. Der Körper, ich wiederhole es, bewegte sich diesmal heftiger als je zuvor. Mit ungewöhnlicher Schnelle wurde das Gesicht von der Farbe des Lebens überflutet, die Glieder wurden schlaff, und wären die Lider nicht fest aufeinandergepreßt gewesen, und hätten die Laken und Totenbinden der Gestalt nicht noch immer das Aussehen einer Toten verliehen – ich hätte wahrhaftig glauben können, Rowena habe endlich und endgültig die Fesseln des Todes abgeschüttelt. Doch wenn diese Annahme mir auch bis dahin noch immer unbegründet schien, so mußten meine Zweifel endlich schwinden, als die in Leichentücher gehüllte Gestalt sich vom Totenbett erhob und taumelnd, mit unsicheren Schritten und geschlossenen Augen, eine Schlafwandelnde, wahrhaftig und sichtbarlich in die Mitte des Zimmers wankte.

Ich zitterte nicht, ich bewegte mich nicht; denn eine Fülle unaussprechlicher Gedanken, die das Aussehen, die Gestalt, der Gang dieser Gestalt in mir wachgerufen hatten, durchtobten mein Gehirn – hatten mich gelähmt – mich zu Stein erstarren lassen. Ich bewegte mich nicht, ich starrte nur wie gebannt auf das Phantom. Ein wilder Tumult, ein nicht zu besänftigender Aufruhr wirbelte mir im Kopf. War das denn wirklich die lebendige Rowena, die mir gegenüberstand? War es denn Rowena überhaupt – die blondhaarige, blauäugige Lady Rowena Trevanion von Tremaine? Warum, warum zweifelte ich daran? Eine schwere Binde verhüllte ihren Mund – weshalb aber sollte das nicht der Mund der Lady von Tremaine sein? Und die Wangen, auf denen die Rosen blühten wie ehedem – ja, sicher waren das die entzückenden Wangen der lebenden Lady von Tremaine. Und das Kinn, mit dem Grübchen darin wie zur Zeit ihrer besten Gesundheit – weshalb sollte es nicht das ihre sein? Aber war sie denn während ihrer Krankheit gewachsen? Welch unfaßbarer Wahnsinn durchzuckte mich bei diesem Gedanken! Ein Sprung, und ich lag ihr zu Füßen! Sie wich vor meiner Berührung zurück und ließ die schaurigen Laken, die ihr Haupt umhüllten, langsam zu Boden gleiten. Eine Flut langen, gelösten Haares wallte herab, und in dem schaurigen Dunstkreis dieses Zimmers erkannte ich – daß es schwärzer war als die Schwingen der dunkelsten Nacht! Nun öffneten sich auch langsam die Augen des Wesens, das da vor mir stand.

„Endlich, endlich habe ich dich wieder!" rief ich laut. „Ich kann – ich kann mich nicht täuschen – das sind die großen, schwarzen, die wunderbaren Augen meiner verlorenen Geliebten – meiner Gattin – der Lady Ligeia!"

DER UNTERGANG DES HAUSES USHER

Son coeur est un luth suspendu,
Sitôt qu'on le touche il résonne.
de Béranger

An einem düsteren, trüben und stillen Herbsttag, an dem die Wolken tief und schwer am Himmel hingen, war ich viele Stunden lang ganz allein durch eine seltsam trostlose Gegend geritten und sah plötzlich, als die Abendschatten sich schon niedersenkten, das melancholische Stammschloß der Familie Usher vor mir liegen. Ich weiß nicht, wie es kam, aber schon beim ersten flüchtigen Blick, den ich auf das Gebäude warf, beschlich ein Gefühl unerträglicher Schwermut meine Seele. Ich sage unerträglich, weil es durchaus nicht von jener angenehmen, weil poetisch angehauchten Empfindung gemildert wurde, die uns gemeinhin überkommt, wenn wir uns bei der Betrachtung irgendeines düsteren, ja selbst des grausigsten Bildes höchster Verzweiflung und Schaurigkeit hingeben. Ich betrachtete die Szenerie, die mich umgab, das einsame Haus und die öde, primitive Landschaft, in der es stand, die kahlen Mauern, die fensterlosen Öffnungen, die leeren Augenhöhlen glichen, die spärlichen Büschel üppigen Riedgrases und ein paar weißlich schimmernde Stämme verdorrter Bäume mit einem Gefühl fürchterlichster Trostlosigkeit, die ich mit keiner andern Stimmung dieses irdischen Daseins vergleichen könnte, es sei denn mit dem schmerzhaften Erwachen aus einem Opiumrausch, mit der trostlosen Rückkehr in den grauen Alltag, dem schrecklichen Augenblick, da das duftige Gewebe des Traumes zerreißt. Eisige Kälte, Mutlosigkeit und ein unbeschreibliches Weh erfüllten mein Herz, und tiefe Melancholie beherrschte plötzlich mein Denken, so daß ich außerstande war, in dem Anblick, der sich mir darbot, irgend etwas Romantisches zu entdecken.

Was war es – so suchte ich zu ergründen –, was war es nur, das meine Spannkraft bei der Betrachtung des Hauses Usher so lähmte? Es war mir gänzlich unklar. Vergeblich bemühte ich mich, der schattenhaften Phantasiegebilde Herr zu werden, die während meiner Grübeleien auf mich eindrangen. Ich sah mich gezwungen, mich mit dem unbefriedigenden Schlusse abzufinden, daß die gewöhnlichsten, natürlichen Gegenstände zweifellos bestimmte Verbindungen eingehen können, denen die Macht innewohnt, eine derartige Gemütsdepression bei uns hervorzurufen, daß es aber über unsere Kraft geht, die Art dieser Verbindungen zu erforschen. Ich erwog, daß möglicherweise schon eine kleine Änderung in der Anordnung der Einzelheiten der Landschaft, der Requisiten des Gesamtbildes, genügen mochte, um ihren trüben, schwermütigen Charakter zu mildern, ja, vielleicht sogar ganz zu tilgen. Dieser Gedanke bestimmte mich, mein Pferd an das steile Ufer eines düsteren Teiches zu lenken, der in unheimlicher Unbewegtheit neben dem Bauwerk lag. Ich starrte in das fast schwarze Wasser und sah, von noch heftigerem Grauen gepackt als zuvor, das umgekehrte Spiegelbild des grauen Riedgrases, der gespenstischen Baumstämme und der fensterlosen Öffnungen, die mir wie leere Augenhöhlen entgegenstarrten.

Und dennoch hatte ich den Entschluß gefaßt, in diesem unheimlichen Gebäude einen mehrwöchigen Aufenthalt zu nehmen. Roderich Usher, der Besitzer des Hauses, war in meiner Knabenzeit einer meiner besten Freunde gewesen. Jetzt hatten wir uns schon lange Jahre nicht mehr gesehen. Vor einiger Zeit aber, als ich in einem entlegenen Teil des Landes weilte, hatte mich plötzlich ein Brief erreicht, ein Brief von ihm, der in seiner ungestümen, dringlichen Art keine andere als eine persönliche Antwort gestattete. Das Schreiben zeugte von höchster Erregung. Mein Freund sprach darin von einer akuten Erkrankung, von einer geistigen Zerrüttung, die ihn niederdrücke, und von dem innigen Wunsch, mich, seinen besten und einzigen Freund, wiederzusehen, da er von meiner erheiternden Gesellschaft

Besserung seines Leidens erhoffe. Die Art, auf die er dies und noch vieles andere sagte, das Herzensbedürfnis, das aus seiner Bitte klang, erlaubten mir nicht, auch nur eine Sekunde zu zögern, und ich leistete seiner Aufforderung ohne Säumen Folge, wiewohl sie mir ziemlich seltsam vorkam.

Obwohl wir als Knaben besonders vertraute Gefährten gewesen waren, wußte ich tatsächlich nur wenig von meinem Freunde. Er war seit jeher verschlossen gewesen. Doch ich hatte gehört, daß seine Familie, die einem sehr alten Geschlecht entstammte, sich seit langen Zeiten durch eine besonders ausgeprägte Feinheit des Empfindens auszeichnete, die sich im Laufe der Jahrhunderte häufig in auserlesenen Kunstwerken zum Ausdruck gebracht hatte und sich in jüngster Zeit in wiederholten bedeutenden Akten der Wohltätigkeit manifestierte, die stets in der zartesten, unaufdringlichsten Weise dargebracht wurden. Auch liebten die Ushers seit eh und je leidenschaftlich die Musik, und zwar mehr noch ihre kompositorischen Feinheiten und theoretischen Schönheiten als die leicht verständlichen, allgemein bekannten Reize der Tonkunst. Desgleichen hatte ich von der seltsamen Tatsache gehört, daß der Stammbaum der Familie Usher, so angesehen er auch allezeit gewesen war, doch niemals eine länger fortbestehende Seitenlinie gegründet hatte; mit anderen Worten, daß die ganze Familie ihre Abstammung von dem Gründer des Geschlechts in gerader Linie herleiten konnte, was, von wenigen und stets nur kurzen Ausnahmen abgesehen, auch immer so gewesen war. Und während ich, in Grübeleien versunken, erwog, daß sich mit der vollkommenen Erhaltung des Besitzes gleicherweise auch der hochachtbare Familiencharakter seiner Eigentümer erhalten hatte; während ich weiter darüber nachdachte, welchen Einfluß sie in der unendlichen Reihe der Jahre wohl aufeinander ausgeübt hatten, kam ich zu dem Schluß, daß vielleicht gerade der vorerwähnte Mangel einer Seitenlinie und die daraus folgende, niemals unterbrochene Vererbung des Grundbesitzes und Namens vom Vater auf den Sohn die Ursache gewesen sein mochten, daß Name und Besitzung im Lauf der Jahrhunderte völlig ineinander verschmolzen waren; so sehr, daß man den ursprünglichen Namen des Besitztums in den seltsamen und doppelsinnigen Titel „Haus Usher“ umgewandelt hatte, eine Benennung, mit der die Landbevölkerung, die sich ihrer bediente, sowohl die Familie wie deren Stammschloß bezeichnete.

Ich sagte schon, daß mein fast etwas kindisches Beginnen, in den Teich hinabzustarren, nur das eine Ergebnis hatte, meinen ersten, seltsam-schaurigen Eindruck noch zu verstärken. Zweifellos trug der Umstand, daß ich deutlich fühlte, wie mein abergläubisches Erschrecken – weshalb sollte ich es nicht so nennen? – sich von Minute zu Minute steigerte, wesentlich dazu bei, jenen Eindruck zu vertiefen. Das ist, wie ich seit langem weiß, das paradoxe Gesetz aller Gefühle, die einem Furchtempfinden entspringen. Und diesem Umstand mochte es wohl auch zuzuschreiben sein, daß sich meiner, als ich nun meinen Blick vom Spiegelbild des Hauses zu dem Gebäude selbst erhob, ein so seltsamer, so lächerlicher Wahn bemächtigte, daß ich ihn nur erwähne, um annähernd die wilde Gewalt der Empfindungen zu schildern, die auf mich einstürmten. Ich hatte meine Einbildungskraft schon derartig aufgepeitscht, daß es mir tatsächlich so vorkam, als umschwebte das Haus, ja die ganze Landschaft ein absonderlicher, nur ihnen zugehöriger Dunstkreis, eine eigentümliche Atmosphäre, die keine Ähnlichkeit hatte mit dem klaren Äther, sondern die von den hinsterbenden Bäumen, von den grauen Mauern und dem unbewegten Teich aufstieg: ein giftiger, mysteriöser Dunst, schwer, träge, kaum wahrzunehmen und von bleigrauer Farbe.

Ich suchte diese Wahnvorstellungen, die nur einem Traumzustand entspringen konnten, abzuschütteln und betrachtete eingehend das wirkliche Äußere des Gebäudes. Der Eindruck, den es erweckte, und seine ganze Bauart ließen darauf schließen, daß es schon vor langen Zeiten errichtet worden war. Die Jahrhunderte hatten ihre Spuren eingegraben. Tausende und aber Tausende von winzigen Pilzen überwucherten die Mauern und hingen wie ein feines, verworrenes Spinngewebe von den Dachrinnen herab. Dennoch wäre es unrichtig gewesen, von einem Verfall des Schlosses zu sprechen. Nicht ein Stückchen des Mauerwerks war abgebröckelt, und es schien ein seltsamer Widerspruch zwischen dem untadeligen Zustand der Wohnräume und dem verwitterten Aussehen der einzelnen Steine zu bestehen. Er erinnerte mich an die scheinbare Tadellosigkeit einer alten Holztäfelung, die jahrelang in irgendeinem verlassenen Gewölbe vermodert, unberührt von jedem Lufthauch, der auf das Vernichtungswerk störend hätte einwirken können. Außer diesen Anzeichen weit vorgeschrittener Verwitterung waren jedoch an dem Gebäude keinerlei Spuren von Baufälligkeit zu bemerken. Nur das Auge eines besonders scharfen Beobachters hätte vielleicht auch einen kaum sichtbaren Riß entdeckt, der an der Vorderfront des Hauses unter dem Dach begann, in einer Zickzacklinie das ganze Mauerwerk bis hinab zum Erdgeschoß durchlief und schließlich in dem trüben Wasser des Teiches verschwand.

Während ich all das beobachtete, ritt ich auf einer kurzen Chaussee zum Schloß hin. Ein Diener, der mich zu erwarten schien, nahm mein Pferd in Empfang, indes ich selbst durch den gotischen Torbogen die Halle des Schlosses betrat. Ein Lakai führte mich schweigend und auf leisen Sohlen durch eine Reihe finsterer, kreuz und quer laufender Gänge in das Arbeitszimmer seines Herrn. Vieles, das ich auf diesem Wege sah, steigerte, ich weiß selbst nicht weshalb, die unbestimmten Gefühle, die ich bereits erwähnt habe. Wiewohl alle Dinge, die mich umgaben, die Schnitzwerke der Dekken, die düsteren Wandverkleidungen, die dunkle Färbung der Fußböden und die unheimlich wirkenden Trophäen und Wappenschilde, die leise rasselten, als ich sie streifte – wiewohl das alles Dinge waren, die – oder richtiger: deren Art – mir von Kindheit an vertraut waren, obwohl ich mir selbst versicherte, wie gut ich das alles kenne, konnte ich mich doch nicht eines seltsam fremden Gefühls beim Anblick dieser so gewohnten Gegenstände erwehren und staunte innerlich selber, daß eine so vertraute Umgebung so rätselhafte Empfindungen auslösen konnte. Auf einem der Treppenabsätze traf ich den Arzt der Ushers. Ich glaubte in seinen Zügen eine Mischung gemeiner Heimtücke und höchster Bestürzung zu lesen. Er grüßte mich mit offensichtlicher Verlegenheit und schritt an mir vorüber. Der Lakai öffnete nun eine Tür und ließ mich bei seinem Herrn eintreten.

Das Zimmer, das ich betrat, war hoch und geräumig. Die Fenster waren lang und schmal und liefen in Spitzbogen aus. Sie standen so hoch über dem schwarzen, eichenen Parkettboden, daß man sie von unten nicht erreichen konnte. Matte, rötlich schimmernde Strahlen bahnten sich durch die vergitterten Scheiben einen Weg und erhellten den Raum gerade genug, um die wichtigsten Gegenstände darin erkennen zu lassen, doch bemühte sich das Auge vergeblich, die entfernter gelegenen Winkel des Gemaches zu durchdringen oder die Wölbung der reichverzierten Decke zu erspähen. Dunkle Wandbespannungen verkleideten die Mauern. Die Möbelstücke standen in reicher Fülle umher, waren aber unbequem und zerschlissen. Zahlreiche Bücher und Musikinstrumente lagen rings verstreut, ohne freilich dem Ganzen einen traulicheren, wohnlicheren Charakter zu verleihen. Ich fühlte, daß ich eine gramgeschwängerte Luft einatmete. Eine starre, schwere, nicht zu bannende Düsterkeit lagerte über allem, durchzog den ganzen Raum.

Bei meinem Eintritt erhob Usher sich von einem Diwan, auf dem er gelegen hatte, und begrüßte mich mit so lebhafter Wärme, daß es mir im ersten Augenblick scheinen wollte, es sei nichts als übertriebene Herzlichkeit, nichts als die erkünstelte Liebenswürdigkeit eines blasierten Weltmannes. Ein Blick in seine Augen aber überzeugte mich, daß er sich wirklich aufrichtig freute. Wir setzten uns, und ich benutzte ein paar Augenblicke des Schweigens, um ihn unauffällig zu mustern. Ein Gefühl des Mitleids und einer heiligen Scheu beschlich mich. Noch nie hatte sich ein Mensch in so kurzer Zeit so fürchterlich verändert wie Roderich Usher. Es erschien mir fast unmöglich, daß die bleiche, abgezehrte Gestalt, die vor mir saß, und der Spielgenosse meiner Knabenzeit ein und dieselbe Person seien. Dennoch war sein Gesichtsausdruck schon damals besonders auffallend gewesen. Eine leichenhafte Blässe, große, klare Augen von unbeschreiblichem Feuer, schmale, überaus blasse, doch prachtvoll geschwungene Lippen, eine unglaublich feine, leicht gebogene Nase mit seltsam kontrastierenden breiten Nasenflügeln, ein schöngeformtes Kinn, an dessen wenig hervortretender Kontur man unschwer den Mangel an Energie erkennen konnte, spinnwebfeines, seidenweiches Haar und ungewöhnlich breit ausladende Schläfen gaben dem Antlitz eine charakteristische Eigentümlichkeit, die man so bald nicht vergessen konnte. Nun aber hatten die Gesichtszüge meines Freundes – und zwar allein dadurch, daß alle diese Eigentümlichkeiten und der charakteristische Ausdruck, der ihm eigen war, besonders betont hervortraten – eine solche Veränderung angenommen, daß ich wahrhaftig zweifelte, ob es auch tatsächlich er sei. Am meisten beunruhigte und erschreckte mich die geisterhafte Blässe seines Antlitzes und der rätselhafte, übernatürliche Glanz seiner Augen. Sein seidenweiches Haar hatte er ungepflegt und ungehindert wachsen lassen, und ich bemühte mich vergebens, die wunderlichen Arabesken, in denen die wirren, spinnwebartigen Strähnen sein Gesicht umfluteten, in irgendeinen Einklang mit etwas rein Menschlichem zu bringen.

Im Wesen meines Freundes fiel mir sofort eine Inkonsequenz, ein innerer Widerspruch auf, und ich hatte bald herausgefunden, daß die Ursache hiervon nur ein wiederholtes, schwaches Ankämpfen gegen eine außerordentlich heftige, nervöse Erregung war. Ich kann nicht leugnen, daß ich auf etwas Derartiges vorbereitet gewesen war, nicht allein durch seinen Brief, sondern auch durch die Erinnerung an einige ihm eigene Charakterzüge während unserer Knabenzeit und durch das, was ich aus seinem seltsamen Temperament und seiner Konstitution gefolgert hatte. Seine Bewegungen waren bald lebhaft, bald träge; seine Rede war oft von einem unentschlossenen Zittern begleitet (wenn sein animalischer Instinkt im Zweifel war) und ging ganz unvermittelt in jene energische Knappheit über, in jene schroffe, gewichtige, gemessene Art mit den hohlklingenden Tönen, in jene bleierne, tappende, vollkommen guttural modulierte Ausdrucksweise, die man sonst nur bei verkommenen Trunkenbolden oder bei unverbesserlichen Opiumessern findet, wenn sie im Zustand höchster Erregung sind.

In ebendieser Sprechweise redete er von meinem Besuch, von seinem innigen Wunsch, mich wiederzusehen, und von dem Trost, den er sich von meinem Hiersein verspreche. Er verbreitete sich in Vermutungen über die Art seines Leidens und nannte es ein ererbtes Familienübel, an dessen Heilung er zweifle; aber rasch fügte er hinzu: „Eine Angegriffenheit rein nervöser Natur, die sicherlich bald vorübergehen wird." Diese nervöse Angegriffenheit äußerte sich in einer ganzen Reihe seltsamer Empfindungen. Als er sie mir schilderte, lauschte ich mit höchstem Interesse und mit größter Bestürzung seinen Worten; denn die Art und Weise, wie er sprach, und die Ausdrücke, deren er sich bediente, verliehen dem Gesagten noch einen besonderen Nachdruck. Er litt an einer Überempfindlichkeit all seiner Sinne; er vertrug nur absolut ungewürzte Kost; er vermochte nur Kleider aus ganz bestimmten Geweben zu tragen; jeglicher Blumenduft war ihm verhaßt; selbst der geringste Lichtschein schmerzte sein Auge, und nur ganz wenige Töne einzelner Saiteninstrumente waren seinem Ohr erträglich.

Ich beobachtete auch bald, daß er an einer ganz unnatürlichen Furcht litt. „Ich werde", sagte er, „ich muß an dieser entsetzlichen Torheit zugrunde gehen. Das, nur das wird mein Ende sein. Ich fürchte die künftigen Ereignisse weniger um ihrer selbst als um ihrer Folgen willen. Ich zittere davor, daß irgendein Vorfall, und sei er auch noch so belanglos, mich wieder in jene qualvolle Stimmung versetzen könnte. Ich schrecke vor keinen Gefahren zurück, ich fürchte mich nur vor deren unvermeidlicher Folge: dem Schrecken. Ich weiß genau, es wird früher oder später der

Zeitpunkt kommen, da ich im Kampf mit dem Schreckgespenst ‚Furcht' Leben und Verstand verlieren werde."

Im Laufe der Zeit wiesen mich unbestimmte, abgebrochene Andeutungen allmählich doch auf eine andere merkwürdige Eigenheit seiner Gemütsverfassung hin. Seit Jahren schon wagte er das Schloß, das er bewohnte, nicht mehr zu verlassen, weil ein abergläubisches Gefühl ihn darin festbannte, ein Gefühl, das viel zu unbestimmt, viel zu schattenhaft war, um es hier präzisieren zu können; ein Gefühl, das lediglich dem Einfluß entsprang, den bestimmte Absonderlichkeiten in der Form und Beschaffenheit seines Stammschlosses auf ihn ausübten, und das, wie er sagte, nach endlosem Leiden seinen Geist nun völlig in Fesseln geschlagen hatte. Vor allem hatte die Eigenheit der grauen Mauern, des Turmes und des düsteren Teiches, in dem sich alles spiegelte, im Laufe der vielen Jahre seinen ganzen Lebensmut erschüttert.

Dennoch gab er, wenn auch widerstrebend, zu, daß diese bedauernswerte Düsterkeit seines Gemüts auch auf eine andere, weit natürlichere und greifbarere Ursache zurückzuführen sei, nämlich auf die schwere und langwierige Krankheit, ja, den sichtlich herannahenden Tod seiner zärtlich geliebten Schwester, seiner einzigen Gefährtin der letzten Jahre, seiner einzigen und letzten Verwandten überhaupt. „Ihr Tod", sagte er mit einer Bitterkeit, die ich niemals vergessen kann, „wird mich, den Hoffnungslosen und Hinfälligen, als Letzten des alten Geschlechts der Ushers zurücklassen." Während er sprach, ging Lady Madeline – so hieß seine Schwester –, ohne meine Anwesenheit zu bemerken, langsam im Hintergrund des Gemaches vorbei und verschwand hierauf wieder. Ich starrte sie in höchstem Erstaunen, ja, fast mit Entsetzen an, vermochte mir diese meine rätselhaften Gefühle aber selbst nicht zu erklären. Es überkam mich eine Art Lähmung, während meine Augen ihrer entschwindenden Gestalt folgten. Als sich die Tür hinter ihr geschlossen hatte, suchten meine Augen unwillkürlich in gespanntestem Interesse in den Zügen ihres Bruders zu lesen: der aber hatte sein Antlitz in seine Hände vergraben, und ich sah nur, daß seine abgemagerten Finger noch bleicher waren als sonst und daß eine bittere Träne zwischen ihnen durchsickerte.

Lady Madelines Leiden hatte der Kunst der Ärzte schon seit langem manches unlösbare Rätsel aufgegeben. Eine beständige Apathie, ein allmähliches Hinschwinden und häufige, wenn auch rasch vorübergehende Anfälle eines partiellen Starrkrampfs – das war das höchst sonderbare Krankheitsbild. Sie hatte bisher mit aller Willenskraft gegen das Übel angekämpft und es vermieden, sich ihrer Krankheit wegen zu Bett zu legen. Am Abend meiner Ankunft auf Schloß Usher aber warf ein erneuter Anfall sie nieder, und diesmal bestand, wie ihr Bruder mir spät nachts in unbeschreiblicher Erschütterung mitteilte, keine Hoffnung, daß sie der vernichtenden Gewalt des Leidens werde Widerstand leisten können. Da sagte ich mir, daß der flüchtige Blick, mit dem ich soeben ihre Gestalt gestreift hatte, wohl der einzige bleiben werde, mit dem ich sie je umfangen würde – daß ich Lady Madeline, wenigstens die lebendige Lady Madeline, wohl nie mehr wiedersehen würde.

Während der nächsten Tage wurde ihr Name weder von mir noch von Usher genannt. Und ich bemühte mich in diesen Tagen, sosehr ich nur konnte, meinen Freund aus seiner düsteren Schwermut aufzurütteln. Wir malten und lasen gemeinsam, und oft lauschte ich auch wie in einem Traumzustand der wilden, phantastischen Sprache, die er den Saiten seiner Laute entlockte. Und als uns allmählich eine immer größere und innigere Vertrautheit verband und ich immer mehr Einblick in die Verborgenheiten seiner mir nun fast unverhüllten Seele gewann, da erkannte ich alsbald mit Schmerz und Bitterkeit die Fruchtlosigkeit meiner Bemühungen, ein Gemüt aufheitern zu wollen, dessen Schwermut bereits ein Teil seiner selbst geworden war und alle Dinge der irdischen und geistigen Welt mit einer düsteren Glut beständig überstrahlte.

Für ewige Zeiten werde ich mich an die vielen feierlichernsten Stunden erinnern, die ich mit dem Herrn des Hauses Usher in stiller Einsamkeit verbrachte. Dennoch wäre ich außerstande, den tatsächlichen Charakter der Studien und Arbeiten, in die er mich einführte, genauer zu kennzeichnen. Eine aufgeregte Idealität umflackerte alles mit grellem, schwefelgelbem Schein. Seine langen improvisierten Grabgesänge werden mir ewig in den Ohren klingen. Unter anderem entsinne ich mich mit besonders qualvoller Genauigkeit einer ganz seltsamen Paraphrase über Carl Maria von Webers *Letzten Walzer*. Seine Malereien, Ausgeburten seiner nimmermüden Phantasie, wurden mit jedem Pinselstrich zu immer unfaßbareren Rätseln und lösten in mir ein um so heftigeres Grauen aus, da ich nicht wußte, weshalb mir vor ihrem Anblick graute. Obwohl ich mich aber dieser Malereien bis in die kleinsten Details erinnere, vermag ich sie doch nicht – oder nur zu einem ganz verschwindenden Bruchteil – in dem engbegrenzten Kreis, den das geschriebene Wort umgreift, zu schildern. Er wußte durch höchste Einfachheit, durch eine seinen Entwürfen eigene Nacktheit die Aufmerksamkeit auf seine Malereien zu lenken und zu fesseln. Wenn es je einem Sterblichen gelang, eine „Idee" zu malen, so war es Roderich Usher. Mich wenigstens erfüllten unter den besonderen Umständen, in denen ich mich befand, die reinen Abstraktionen, die dieser Melancholiker auf die Leinwand zu bannen verstand, mit so unerträglichem, qualvollem Schauder, wie ich ihn, selbst als flüchtigste Spur, nicht einmal bei den gewiß glühenden, immerhin aber noch körperlichen Träumereien Blakes empfunden habe.

Ich will versuchen, eine der phantastischen Schöpfungen meines Freundes, die nicht ganz so abstrakt war wie die übrigen, wenn auch nur in schattenhaften Umrissen, zu beschreiben. Es war ein kleines Bild und stellte das Innere eines unerhört langen, rechteckigen Gewölbes oder Tunnels dar, dessen niedere, glatte, weiße Wände weder eine Unterbrechung noch auch eine allegorische Darstellung irgendwelcher Art aufwiesen. Gewisse perspektivische Verkürzungen riefen den Eindruck hervor, daß sich diese Höhle tief, tief unter der Erdoberfläche befand. Nirgends war in dem unermeßlich weiten Raum ein Ausgang zu entdecken, ebensowenig eine Fackel oder eine andere künstliche Lichtquelle, dennoch aber ergoß sich eine Flut greller Strahlen durch das Gewölbe und tauchte es in eine gespenstische, rätselhafte Beleuchtung.

Ich habe bereits von jener krankhaften Beschaffenheit des Gehörnervs gesprochen, die dem Leidenden, ausgenommen einige wenige, auf Saiteninstrumenten gespielte Töne, jegliche Art Musik unerträglich machte. Das eigentümlich Phantastische seines Lautenspiels mag zum großen Teil von den engen Grenzen herrühren, die er sich mit Rücksicht auf diesen seinen krankhaften Zustand gezogen hatte. Die brillante Geläufigkeit seiner Improptus war damit allerdings nicht in Einklang zu bringen. Ihre Musik sowohl wie der seine leidenschaftlichen Phantasien begleitende Text – denn nicht selten unterlegte er seinem Spiel improvisierte Verse – schienen jener höchsten, geistigen Sammlung und Konzentration zu entspringen, von denen ich bereits berichtet habe und die man nur in Momenten ganz besonderer künstlerischer Erregung empfindet. Speziell die Worte einer seiner Rhapsodien habe ich ganz deutlich im Gedächtnis bewahrt. Sie hat mich vielleicht hauptsächlich deshalb so tief erschüttert, weil mir in der Art, wie Usher die Worte in ihrem mystischen Sinn gebrauchte, vielleicht zum erstenmal so recht zu Bewußtsein kam, daß er sich völlig klar darüber war, wie sehr sein hoher Verstand auf seinem Thron wankte. Diese Verse *Das verwunschene Schloß* lauteten ungefähr, wenn nicht sogar wortwörtlich, folgendermaßen:

Im grünsten der Täler, von Engeln umkreist,
Erhob dereinst ein stolzes Schloß sein Haupt
In dem Gebiete des Beherrschers Geist.
Der aber irrte, der da glaubt,
Daß einem Haus, das schöner war als dies,
Ein Himmlischer je seinen Schutz verhieß.

Güldene Banner aus ruhmreichen Zeiten
Wehten zu Tale und grüßten die Weiten,
Und jeder sanfte Windhauch, der die Wälle
Umschmeichelte an jenem Tag voll Glück,
Entfloh sodann, behend wie die Gazelle,
Und nur ein Duft mit Schwingen blieb zurück.

Wanderer, die dieses Tal durchzogen,
Erblickten durch der Fenster klare Wand,
Wie alle sich im Rhythmus drehten, bogen
Und sich bewegten, gleichsam auf den Wogen
Der Melodie, indes sich im Gewand,
Das seiner Macht entsprach, der Herrscher zeigte
Auf seinem Thron, vor dem sich alles neigte.

Das Tor seines Palastes war besät
Mit Perlen und Rubinen,
Die erstrahlten in bunter Majestät.
Und nun erschien,
Umflossen vom Gefunkel der Juwelen,
Ein Schwarm von Echos, ihrer Pflicht zu dienen,
Die Singen hieß, nur Singen . . . Ihre Kehlen
Voll Klang und Wohllaut, der das Herz erfreut,
Verkündeten des Königs Herrlichkeit.
Seinen Ruhm verschlang die Niederlage.
All sein Glanz sank in Vergessenheit,
Was sein Schloß umwob, ist nur mehr Sage
Aus uralter, längst entschwundener Zeit.

Reisende, die nun das Tal durchziehen,
Sehen hinter rotbeglänztem Fenster,
Wie zum Klange wilder Melodien
Spukhaft huschen riesige Gespenster.
Durch die Tür – vergleichbar einem Bache,
Der dahinströmt wie vom Blute satt –
Klingt ein Mißton: eine grelle Lache,
Die nichts mehr vom Lächeln an sich hat.

Ich entsinne mich, daß uns diese Ballade zu einem bestimmten Gedankengang anregte, in dessen Folge Usher eine Meinung äußerte, die ich weniger um ihrer Neuheit willen hier erwähne – denn auch andere Männer waren derselben Ansicht –, sondern wegen der Beharrlichkeit, mit der er sie immer und immer wieder verfocht. Ganz allgemein gesprochen, bezog sich diese Ansicht auf das Empfindungsvermögen der Pflanzen. In seiner verworrenen Phantasie aber hatte diese Idee ganz unbegrenzte Dimensionen angenommen, so daß er sie in bestimmten Fällen sogar auf anorganische Stoffe übertrug. Ich suche vergeblich nach Worten, um den ganzen Umfang seiner Ansicht oder den unfaßbaren Ernst, mit dem er sie vertrat, zu schildern. Sie bezog sich – wie ich schon zuvor angedeutet habe – auch auf das graue Gestein des Stammschlosses seiner Ahnen. Er behauptete nämlich, hier seien die Bedingungen des Empfindungsvermögens erfüllt durch die Art und Weise, wie die Steine zusammengefügt und angeordnet wären, durch die zahllosen Flechten, die die Mauern überwucherten, durch die Bäume, die sie dicht umgäben, vor allem aber durch das lange, andauernde Fortbestehen des ganzen Besitzes und durch dessen beständige Spiegelung in den unbeweglichen Wassern des Teiches. Er sagte, der offensichtliche, unleugbare Beweis für das Vorhandensein dieses Empfindungsvermögens sei – ich schrak bei seinen Worten entsetzt zurück – die fortschreitende, immer klarer zutage tretende Verdichtung der über dem Teich und dem Gebäude lagernden Atmosphäre. Die Folgen, fügte er hinzu, seien nur allzudeutlich in dem stillen und dennoch so quälenden Einfluß festzustellen, den diese Umgebung seit Jahrhunderten auf das Schicksal der Ushers ausgeübt habe, in jenem Einfluß, der auch ihn zu dem gemacht habe, den ich vor mir sähe. Solche Äußerungen bedürfen keines Kommentars, darum will auch ich mich dessen enthalten.

Unsere Lektüre – jene Bücher, die seit vielen Jahren nicht zum geringsten Teil die geistige Nahrung des Kranken gebildet hatten – deckte sich, wie man unschwer erraten wird, vollkommen mit seinem Hang zum Phantastischen.

Wir grübelten gemeinsam über Werke wie: *Ververt et Chartreuse* von Gresset, *Belphegor* von Machiavelli, *Himmel und Hölle* von Swedenborg, über *Die unterirdische Reise des Nikolas Klimm* von Holberg, die *Chiromantie* von Robert Flud, Jean d' Indaginé und De la Chambre, über Ludwig Tiecks *Reise ins Blaue*, über *Der Sonnenstaat* von Campanella. Ein Lieblingsbuch meines Freundes war eine kleine Oktavausgabe des *Direktorium Inquisitorium* von dem Dominikaner Eymeric de Gironne, und einzelne Passagen im *Pomponius Mela*, die von altafrikanischen Wald- und Feldgeistern handelten, fesselten Usher dermaßen, daß er sich darüber stundenlangen Träumereien hingeben konnte. Sein höchstes Entzücken aber war es, in einem äußerst seltenen, merkwürdigen Buch in gotischem Quartformat zu blättern, dem Kultbuch irgendeiner vergessenen Kirche, den *Vigiliae Mortuorum secundum Chorum Ecclesiae Maguntinae*. Ich mußte viel über das seltsame Ritual dieses Werkes und den Einfluß, den es vermutlich auf den Melancholiker ausübte, nachdenken.

Ganz plötzlich teilte er mir eines Abends mit, daß Lady Madeline verschieden sei und daß er den Entschluß gefaßt habe, ihren Leichnam vor der endgültigen Beerdigung vierzehn Tage lang in einem der zahlreichen Gewölbe, die die Grundmauern des Schlosses bargen, aufzubewahren. Der äußere Grund, den er für dieses merkwürdige Vorhaben angab, war so sonderbar, daß ich mich nicht berechtigt fühlte, ihn davon abzuhalten. Der ungewöhnliche Charakter der Krankheit seiner Schwester, so sagte er mir, und verschiedene zudringliche Fragen von seiten ihrer Ärzte hätten ihn zu diesem Entschluß geführt, und der Umstand, daß die Familiengruft vom Hause sehr weit entfernt lag und ungeschützt war, bestärkte ihn noch darin. Ich kann nicht leugnen, daß ich es, eingedenk des wenig vertrauenerweckenden Aussehens des Arztes, den ich am Tag meiner Ankunft auf der Treppe getroffen hatte, für besser hielt, ihm von seinem Entschluß nicht abzuraten, um so mehr, da ich in ihm nur eine harmlose und leicht begreifliche Vorsichtsmaßregel sah.

Auf Ushers Bitte war ich ihm bei der Durchführung dieser vorläufigen Bestattung behilflich. Wir legten die Leiche in den Sarg und trugen ihn ganz allein an seine Ruhestätte. Das Gewölbe, in das wir ihn schafften – es war lange Zeit nicht geöffnet worden, so daß unsere Fackeln verlöschten und wir uns nur unter größten Schwierigkeiten zurechtfinden konnten –, war eng, feucht und vom Tageslicht völlig abgeschlossen. Es lag ziemlich tief unter jenem Flügel des Schlosses, in dem sich mein Schlafzimmer befand, und war anscheinend in den längst vergangenen Tagen der Feudalherrschaft zu den gräßlichsten Zwecken, denen die Burgverliese dienten, verwendet worden. In späteren Jahren hatte es vermutlich als Aufbewahrungsort für Pulver und andere Explosivstoffe gedient; denn ein Teil des Bodens und das Innere eines langen Torbogens, den wir passieren mußten, war sorgfältig mit Kupfer ausgeschlagen. Ja, sogar die massive Eisentür war mit Kupferplatten belegt und verursachte infolge ihres ungeheuren Gewichtes ein ungewöhnlich lautes, scharfes, knarrendes Geräusch, wenn sie sich in ihrer Angel drehte.

Nachdem wir unsere traurige Bürde an diesem Ort des Schreckens auf ein Gestell niedergesetzt hatten, hoben wir den noch nicht festgeschraubten Deckel des Sarges ein wenig auf und betrachteten das Antlitz der Toten. Es fiel mir zunächst eine überraschende Ähnlichkeit zwischen Bruder und Schwester auf, und Usher, der meine Gedanken erraten haben mochte, murmelte ein paar Worte, denen ich entnahm, daß er und die Verblichene Zwillinge gewesen waren und daß sie seit jeher mit selten großer, fast unnatürlicher Liebe und Zärtlichkeit aneinander gehangen hatten. Unsere Blicke ruhten aber nicht lange auf dem bleichen Gesicht der Toten, denn wir konnten uns bei ihrem Anblick nicht eines grauenvollen Gefühls erwehren. Die Krankheit, die Lady Madeline in der Blüte ihrer Jahre dahinraffte, hatte, wie das bei kataleptischen Krankheiten stets der Fall zu sein pflegt, gleichsam zum Hohn auf Brust und Wangen eine zarte Röte zurückgelassen. Den Mund aber umspielte jenes mißtrauisch zögernde Lächeln, das auf den Lippen, die der Tod geküßt hat, besonders gespenstisch wirkt. Wir schoben den Sargdeckel wieder zurecht, schraubten ihn fest und begaben uns, nachdem wir die Eisentür verschlossen hatten, auf beschwerlichem Wege in die Gemächer der oberen Stockwerke, die an Düsterkeit dem Kellergewölbe nicht viel nachstanden.

Tage bitteren Grams folgten. Während dieser Zeit veränderten sich die Anzeichen, in denen die Geistesstörung meines Freundes zum Ausdruck kam, in auffallender Weise.

Er wechselte seine bisherigen Gewohnheiten. Er vernachlässigte seine früheren Beschäftigungen oder gab sie ganz auf. Er irrte rast-, ziel- und planlos mit hastigen Schritten von Zimmer zu Zimmer. Die Blässe seines Gesichts war womöglich noch gespenstischer geworden, der Glanz seiner Augen völlig erloschen. Die frühere Rauheit seiner Stimme war verschwunden, doch klang jetzt bei jedem seiner Worte ein leises Beben mit, wie es sonst nur der höchste Schrecken hervorzubringen vermag. Es gab Tage, an denen ich fest überzeugt war, daß sein beständig erregter Geist unter der Last irgendeines Geheimnisses leide und er vergeblich den Mut aufzubringen versuche, davon zu sprechen. Zu anderen Zeiten wieder glaubte ich, in seinem Benehmen die seltsamen Launen des beginnenden Wahnsinns erblicken zu müssen; denn ich sah ihn stundenlang ins Leere starren, mit einem Ausdruck gespanntester Aufmerksamkeit, als lauschte er irgendeinem imaginären Geräusch. Es war kein Wunder, daß mich sein Zustand aufs tiefste erschreckte, ja, daß er geradezu ansteckend auf mich wirkte. Langsam, aber mit fürchterlicher Sicherheit fühlte ich, wie der schreckliche Einfluß seiner Wahnvorstellungen auch über mein Denken Macht gewann.

Besonders als ich mich in der Nacht vom siebenten zum achten Tag nach der Beisetzung der Lady Madeline im Burgverlies sehr spät zu Bett begab, kam mir die unerhörte Kraft dieser Zwangsvorstellungen zu Bewußtsein. Schlaflos wälzte ich mich auf meinem Lager hin und her, und Stunde um Stunde verrann. Ich bot alle Vernunftgründe auf, um die fürchterliche Nervosität zu überwinden, die mich quälte. Ich bemühte mich, mir begreiflich zu machen, daß alles, was ich fühlte, nur dem verwirrenden Eindruck der düsteren Einrichtung meines Schlafgemaches zuzuschreiben sei, den dunklen, zerschlissenen Wandbespannungen, die der Vorbote eines heraufziehenden Sturmes hin und her bewegte, und den so unheimlich knarrenden Verzierungen an meinem Bettgestell. Aber alle meine Bemühungen waren vergeblich. Immer heftiger wurde mein ganzer Körper von einem wahnsinnigen Angstgefühl geschüttelt, und ein Alb von ebenso fürchterlichem wie grundlosem Entsetzen lastete auf meiner Brust. Mit einem gewaltsamen Ruck und dem Aufgebot aller meiner Kräfte suchte ich mich endlich von der Beklemmung zu befreien und richtete mich in den Kissen auf. Ich starrte angestrengt in die undurchdringliche Finsternis des Zimmers und lauschte mit angespannter Aufmerksamkeit – ich weiß selbst keinen Grund dafür, außer daß ein instinktives Gefühl mich dies zu tun zwang – auf irgendwelche leisen und unbestimmten Geräusche, die, wenn der Sturm einen Augenblick schwieg, in langen Zwischenräumen von irgendwoher an mein Ohr drangen. Völlig überwältigt von einem Gefühl des gräßlichsten Entsetzens, warf ich mich hastig in meine Kleider – denn ich wußte, daß es mir unmöglich sein würde, in dieser Nacht noch ein Auge zu schließen – und versuchte, indem ich in meinem Zimmer rasch auf und ab ging, der jämmerlichen Verfassung, in der ich mich befand, wieder Herr zu werden.

Ich war kaum ein paarmal hin und her gelaufen, als leise Schritte auf der benachbarten Treppe meine Aufmerksamkeit auf sich zogen. Ich erkannte sofort, daß das Usher sein müsse. Einen Augenblick später pochte er auch schon leise an meine Tür und trat, eine Lampe in der Hand, ins Zimmer. Sein Gesicht war wie immer von leichenhafter Blässe überzogen, in seinen Augen aber funkelte die seltsame Heiterkeit eines Irren. Sein Gesichtsausdruck verriet eine mühsam gebändigte, hysterische Erregung. Ich schauderte, als ich ihn so vor mir sah, doch war alles andere eher zu ertragen als die Einsamkeit, die so lange quälend auf mir gelastet hatte, so daß ich sein Erscheinen wahrhaftig noch als eine Erleichterung empfand.

„Und du hast es nicht gesehen?“ fragte er plötzlich, nachdem er eine Weile schweigend vor sich hingestiert hatte. „Du hast es also nicht gesehen? Aber warte nur! Du sollst es bald sehen!“

Damit eilte er, indem er seine Lampe vorsichtig mit der Hand schützte, zu einem der Fensterläden, riß die Flügel auf und gewährte dem Sturm freien Einlaß. Die ungestüme Gewalt des Sturmes riß uns fast vom Boden empor. Es war eine grausig schöne Nacht, eine Nacht von seltsamer Wildheit und doch voll Schönheit in ihrer furchtbaren Gewalt. In der unmittelbaren Nähe unseres Hauses schien ein Wirbelwind zu toben, denn der Wind wechselte jeden Augenblick seine Richtung, und bleischwere Wolken, die so tief herabhingen, daß sie auf die Türme des Schlosses zu drücken schienen, stürmten wie lebendige Wesen gegeneinander an, ohne sich in die Ferne zu verlieren.

So schwarz und undurchdringlich die Wolken auch waren, und obwohl kein Schimmer des Mondes oder der Sterne und auch kein Blitzstrahl die schauerliche Szenerie erhellte, sahen wir alles ganz deutlich, denn der untere Rand der ungeheuren wild wogenden Wolkenmassen und auch das Gelände rings um uns glühte in dem unnatürlichen Licht einer mattleuchtenden, aber deutlich zu erkennenden, gasartigen Ausstrahlung, die weithin ausgebreitet war und wie ein Leichentuch um das Schloß zusammenschlug.

„Du sollst – du darfst das nicht sehen!“ sagte ich schaudernd zu Usher und führte ihn mit sanfter Gewalt vom Fenster weg zu einem Sessel. „Die Erscheinungen, die dich so erregen, sind Naturschauspiele rein elektrischer Art und haben durchaus nichts Außergewöhnliches an sich. Vielleicht rührt die spukhafte Wirkung auch nur von den giftigen Ausdünstungen des Teiches her. Komm, schließen wir das Fenster. Es ist eiskalt draußen, und du könntest dich erkälten. Ich habe da eines deiner Lieblingswerke, ich werde dir vorlesen. So kommen wir besser über diese schauderhafte Nacht hinweg.“

Der alte Band, den ich zur Hand genommen hatte, war *Mad Trist* von Sir Launcelot Canning, und mehr in trübem Scherz als im Ernst hatte ich es Ushers Lieblingsbuch genannt; denn die eigentümliche, phantasielose Weitschweifigkeit dieses Werkes konnte den so groß veranlagten, hohen Geist meines Freundes wirklich nicht fesseln. Doch es war das einzige Buch, das ich im Augenblick zur Hand hatte, und ich hoffte im stillen, daß die Erregung, die sich meines armen Freundes bemächtigt hatte, in den maßlosen Torheiten, die ich im Begriff war vorzulesen, Linderung finden werde, kommen doch solche und ähnliche Anomalien gar nicht selten in der Geschichte der Geisteskranken vor. Hätte ich ahnen können, mit welch hingebungsvoller, gespanntester Aufmerksamkeit er den Worten der Erzählung lauschen oder vielmehr zu lauschen vorgeben werde, ich hätte mir zu dem Erfolg meiner guten Absicht wohl gratulieren dürfen.

Ich gelangte zu jener wohlbekannten Stelle, da Ethelred, der Held des *Trist*, gewaltsam die Tür des Eremiten erbricht, nachdem er zuvor vergeblich gebeten hatte, man möge ihm freiwillig Eintritt gewähren. Die Stelle lautet etwa folgendermaßen:

„Und Ethelred, der ein beherzter Recke war und sich nun nach dem Genuß des kräftigenden Weines besonders stark fühlte, war der Unterhandlungen mit dem tückischen und boshaften Eremiten müde; er fühlte, wie der Regen ihm schon über die Schultern rann, und sah, daß das Unwetter mit unheimlicher Geschwindigkeit heranzog. So erhob er seine Keule und hatte durch ein paar kräftige Hiebe in die Brettertür bald ein genügend großes Loch geschlagen, um seine gepanzerte Hand hindurchzwängen zu können. Dann riß und zerrte er so heftig an den Latten und schlug und hieb so wütend auf sie ein, daß das Krachen des trockenen Holzes im ganzen Wald widerhallte."

Kaum hatte ich den letzten Satz zu Ende gelesen, fuhr ich entsetzt auf und hielt einen Augenblick inne, denn es schien mir – eine Sekunde später sagte ich mir selbst, daß meine überreizte Phantasie mich wohl getäuscht haben müsse –, es schien mir, als dränge aus einem entlegenen Teil des Gebäudes ganz dumpf und schwach und kaum vernehmlich das Echo jenes krachenden, dumpfen Polterns an mein Ohr, das Sir Launcelot eben so ausführlich beschrieben hatte. Zweifellos hatte mich nur das Zusammentreffen des Geräusches mit dem Gelesenen beirrt; denn im Klappern der Fensterläden und im Toben des immer heftigeren und wütenderen Sturmes wären jene Töne, wenn sie tatsächlich existiert hätten, sicherlich untergegangen, ohne daß ich sie hätte vernehmen können. Ich fuhr also fort zu lesen:

„Doch als der wackere Kämpe Ethelred nun über die Schwelle trat, da staunte er und ergrimmte sehr, als er keine Spur von dem boshaften Eremiten sah, sondern an seiner Stelle einen schuppigen Drachen, der fürchterlich anzusehen war und feuerspeiend vor einem goldenen Palast Wache hielt, dessen Fußboden ganz aus Silber war. An der Wand aber hing ein Schild aus blankem Erz, das die Inschrift trug:

Wem der Eintritt hier gelungen,
Dem gebührt des Siegers Preis.
Wer das Drachentier bezwungen,
Der gewinnt den Schild als Preis.

Da schwang Ethelred seine Keule und versetzte dem Drachen einen gewaltigen Schlag auf den Schädel, so daß er vor ihm zu Boden stürzte, seinen stinkenden Odem aushauchte und einen so markdurchdringenden Schrei ausstieß, daß Ethelred sich am liebsten die Ohren zugehalten hätte, um diesen grauenhaften Ton nicht zu hören, dessengleichen er nie zuvor vernommen hatte."

Und wieder hielt ich im Lesen dieses Unsinns inne und horchte in höchster Bestürzung auf. Diesmal bestand kein Zweifel mehr, daß ich im nämlichen Augenblick – aus welcher Richtung vermöchte ich allerdings nicht zu sagen – wie aus weiter Ferne einen leisen, doch gellenden, langgezogenen, ganz fremd klingenden Schrei vernahm, die genaue Entsprechung zu dem gräßlichen fremdartigen Geheul des Drachen, das ich, von des Verfassers Beschreibung heraufbeschworen, soeben in meiner Phantasie vernommen hatte.

Obwohl diese zweite, so merkwürdige Beobachtung mich natürlich aufs höchste erregte und tausend widerstreitende Gedanken in mir wachrief, bewahrte ich doch noch soviel Geistesgegenwart, mein Grauen zu verbergen und die überempfindliche Nervosität meines Freundes durch keinerlei Bemerkung über meine Beobachtungen zu beunruhigen. Ich war nicht sicher, ob er selbst die fraglichen Töne gehört hatte, obgleich sich sein Verhalten während der letzten Minuten sonderbar verändert hatte. Er hatte ursprünglich mir gegenübergesessen; plötzlich aber drehte er seinen Stuhl so herum, daß sein Gesicht direkt der Zimmertür zugekehrt war. Ich konnte seine Züge nun nur noch zum Teil sehen, bemerkte aber trotzdem, daß seine Lippen leise zitterten, als flüsterte er unverständliche Worte vor sich hin. Sein Haupt war auf die Brust gesunken, doch ein Blick auf sein Profil überzeugte mich, daß er nicht schlief; er stierte vielmehr mit weit aufgerissenen, starren Augen vor sich hin. Ebenso bewies mir die stete Unrast seiner Glieder, daß er wache. Er rückte bald nach rechts, bald nach links, so daß sein Körper in beständig schaukelnder Bewegung war. Das alles hatte ich mit einem einzigen Blick erfaßt; dann nahm ich die Lektüre von Sir Launcelots Werk wieder auf:

„Als nun der Held der fürchterlichen Wut des Drachen entronnen war, erinnerte er sich des ehernen Schildes und der Entzauberung, die er verhieß. Er räumte also den Kadaver des Drachen beiseite und ging beherzten Schrittes auf dem silbernen Boden des Palastes zu jener Stelle hin, wo der Schild hing.

Und als er dicht davorstand, siehe, da stürzte der Schild herab auf den Silberboden und fiel ihm mit weithin hallendem, fürchterlichem Klirren vor die Füße.“

Kaum waren die letzten Worte meinen Lippen entflohen, da hörte ich – als wäre tatsächlich soeben ein eherner Schild mit aller Wucht auf einen Silberboden aufgefallen – ganz deutlich einen stumpfen, metallisch klingenden, doch anscheinend gedämpften Widerhall des eben geschilderten Geräusches. Von Grauen gepackt, sprang ich auf, indes Usher unbeirrt in seinem Schaukeln und Wiegen fortfuhr. Seine Augen waren starr ins Leere gerichtet, und auf seinen Zügen lag eine steinerne Härte. Als ich meine Hand auf seine Schulter legte, durchlief seinen ganzen Körper ein heftiger Schauder, ein irres Lächeln spielte um seine Lippen, und er murmelte in hastigem Flüsterton unverständliche Laute vor sich hin, die den Anschein erweckten, als hätte er meine Anwesenheit völlig vergessen. Erst als ich mich dicht über ihn beugte, vermochte ich den schaurigen Inhalt seiner Rede zu verstehen: „Ob ich es höre? ... Doch, ich höre es, ich habe es gehört ... viele ... viele ... viele Minuten lang ... viele Stunden ... viele Tage lang höre ich es schon ... dennoch habe ich nicht – ach, habe Erbarmen mit mir Elendem! Ich wagte nicht ... ich wagte nicht zu reden! Wir haben sie lebendig begraben! Sagte ich nicht, daß meine Sinne scharf seien? Ich schwöre dir jetzt, ich hörte schon ihre ersten, leisen Regungen in dem grauenhaften Sarg. Ich hörte sie ... schon vor manchen langen Tagen ... dennoch wagte ich nicht ... wagte ich nicht zu reden! Und heute ... heute nacht ... Ethelred ... haha! ... Das Aufbrechen der Tür des Eremiten, das Todesgeheul des Drachen und das Klirren des Schildes ... ! Ach, sage lieber: das Bersten ihres Sarges, das Kreischen der eisernen Angeln ihrer Kerkertür und ihr Ringen wider die Kupferplatten des Bodenganges! Ach ... wohin soll ich fliehen? Kann sie nicht jeden Augenblick kommen? Eilt sie nicht schon herbei, mich ob meiner Hast zu tadeln? Sind das nicht ihre Schritte auf der Treppe? Höre ich nicht das schwere, grauenhafte Pochen ihres Herzens? Wahnsinniger!“ Dabei sprang er wie rasend auf und schrie, als wären dies seine allerletzten Worte: „Wahnsinniger! Sie steht ja schon vor der Tür!“

Und als läge in der übermenschlichen Kraft seiner Worte eine Zaubergewalt, öffnete sich in diesem Augenblick langsam, riesigen Kinnladen gleich, die schwere, altertümlich getäfelte Ebenholztür, auf die mein Freund mit ausgestreckter Hand wies. Nichts anderes als die Zugluft hatte das verursacht. Doch draußen vor der Türe stand, in Leichentücher eingehüllt, die hohe Gestalt der Lady Madeline von Usher. Ihre weißen Gewänder waren mit Blut besudelt, und ihr abgezehrter Leib trug deutliche Spuren eines heißen, wilden Kampfes. Während der Dauer eines Augenblicks blieb sie wankend und bebend auf der Schwelle stehen. Dann taumelte sie mit gequältem Aufstöhnen auf ihren Bruder zu und riß ihn, ein Opfer der Schrecken, die er durchgemacht hatte, in ihrem Todeskampf entseelt mit sich zu Boden.

Von Grauen geschüttelt, floh ich aus jenem Zimmer, aus jenem Haus. Noch wütete der Sturm mit voller Wucht, als ich die alte Chaussee dahinstürmte. Plötzlich fiel ein greller Schein auf meinen Weg. Ich blickte zurück, um zu sehen, woher dies sonderbare Leuchten käme, denn ich wußte, daß hinter mir nur das Schloß und seine Schatten lagen. Der Glanz rührte von dem untergehenden, blutroten Vollmond her, dessen Strahlen mit wildem Leuchten durch den sonst kaum merklichen Riß drangen, der, wie ich bereits erwähnte, in einer Zickzacklinie das ganze Haus vom Dach bis zu der Grundmauer durchlief. Während ich in höchstem Staunen hinblickte, erweiterte sich der Spalt zusehends – mit lautem Heulen tobte ein Wirbelwind heran – die volle Scheibe des Mondes wurde plötzlich sichtbar, ein Schwindel überfiel mich, als ich die riesigen Mauern bersten sah – ein wildes, endloses Tosen wie von tausend Wildbächen und Wasserfällen folgte – und der tiefe, dunkle Teich zu meinen Füßen schlug still und trübe über den Trümmern des Hauses Usher zusammen.

WILLIAM WILSON

Was tun? Wie meld ich die Gewissensnot,
Den Spuk auf meinem Pfade?
Chamberlayne: Pharonnid

Es sei mir gestattet, mich für diesmal William Wilson zu nennen. Das reinliche Blatt, das da vor mir liegt, soll nicht mit meinem richtigen Namen befleckt werden. Dieser ist schon zu sehr ein Gegenstand des Spottes, des Grauens, der Verachtung meiner Rasse gewesen. Haben nicht die empörten Winde seine unvergleichliche Schmach in die entlegensten Gegenden des Erdballs ausgesprengt? Oh, elendester Verworfener, bist du nicht für immer geächtet auf Erden? Tot für die Welt, für ihre Würden, ihre Blumen, ihre goldenen Sehnsüchte? Und hängt nicht dunkle, unselige und grenzenlose Finsternis ewig zwischen deinen Hoffnungen und dem Himmel?

Unter keinen Umständen würde ich, selbst wenn ich es könnte, über meine späteren Jahre voll unaussprechlichen Elends und unverzeihlicher Frevel einen Bericht aufsetzen. Diese Epoche, diese späteren Jahre brachten einen plötzlichen Aufschwung zu einem schändlichen Leben mit sich, dessen Entstehung allein ich hier aufzuzeichnen gedenke. Wenn ein Mensch verdorben wird, geschieht es in der Regel stufenweise. Von mir hingegen ist in einem Augenblick alle Tugend leibhaftig wie ein Mantel abgefallen. Aus einem geradezu trivialen Schwächling habe ich mich mit einem Riesenschritt zum ungeheuerlichsten Heliogabal gemacht. Wie Zufall, wie *ein* Ereignis das Böse ins Rollen brachte, das lastet auf mir, während ich dies niederschreibe. Der Tod naht, und die Schatten, die ihm vorauseilen, haben lindernd mein Gemüt umfangen. Ich sehne mich, während ich das dunkle Tal durcheile, nach der Sympathie – fast hätte ich gesagt nach dem Mitleid – meiner menschlichen Brüder.

Wenn sie doch glauben wollten, daß ich in vieler Hinsicht der Sklave von Umständen gewesen bin, die jenseits menschlichen Einflusses lagen! Wenn sie doch bereit wären, in dem, was ich erzählen will, wie eine kleine Oase inmitten einer Wüste von Irrtum etwas vom Schicksal zu erkennen! Wenn sie nur zugeben wollten – und sie können eigentlich nicht umhin, es zuzugeben –, daß, mag es auch noch so schwere Versuchungen gegeben haben, niemand je zuvor so versucht worden und sicher nicht so gefallen ist wie ich. Warum kam einem das Leiden denn nie zu Bewußtsein? Habe ich nicht wirklich in einem Traum gelebt? Und sterbe ich nicht jetzt als ein Opfer des Grauens vor dem Geheimnis der gräßlichsten aller irdischen Visionen?

Ich stamme von einem Geschlecht ab, das sich von jeher durch sein phantasievolles und leicht reizbares Temperament ausgezeichnet hat, und ich legte schon in meiner frühesten Kindheit Proben davon ab, daß ich den Familiencharakter voll geerbt habe. Dieser Charakter entwickelte sich mit den Jahren immer stärker und gab aus mancherlei Gründen Ursache, daß meine Freunde ernsthaft beunruhigt waren und ich selbst mich schimpflich betrug. Ich zeigte mich trotzig, wildesten Launen zugänglich und wurde eine Beute der unbändigsten Leidenschaften. Schwachmütig und mit ähnlichen seelischen Leiden wie ich behaftet, vermochten meine Eltern den schlimmen Neigungen meines Wesens nur geringen Einhalt zu tun. Einige schwache und falsch angesetzte Versuche endigten mit einem vollständigen Mißerfolg und zeitigten natürlich bei mir einen vollen Triumph. Von nun an trat meine Stimme an Stelle der Hausordnung, und in einem Alter, in dem die meisten Kinder noch am Gängelbande laufen, war ich der Führung meines eigenen Willens überlassen und wurde bis auf den Namen völlig Herr meiner Entschließungen.

Meine frühesten Erinnerungen aus der Schulzeit knüpfen sich an ein geräumiges, weitläufiges Haus im elisabethanischen Stil, das in einem trübseligen englischen Städtchen stand, wo es eine Menge riesenhafter knorriger Bäume gab und wo die Häuser alle unglaublich altertümlich aussahen.

Es war in der Tat ein traumhafter und geisteinschläfernder Platz, diese ehrwürdige alte Stadt. In diesem Augenblick meine ich die erquickende Kühle ihrer tiefbeschatteten Alleen zu spüren, ich atme den glühenden Duft ihrer tausend Sträucher und schaure mit unerklärlichem Entzücken erneut zusammen bei dem furchtbar falschen Ton der Kirchenglocke, die alle Stunden mit gräßlichem und plötzlichem Gelärm in die Stille der dämmrigen Atmosphäre losbrach, in der friedvoll eingebettet der gotische Kirchturm mit seinen Zieraten schlief.

Es macht mir vielleicht ebensolches Vergnügen, daß ich jetzt überhaupt irgendwie imstande bin, bei einzelnen Erinnerungen aus der Schulzeit zu verweilen. Im Elend versunken wie ich bin – ach, nur zu wirklich ist dieses Elend! –, muß ich dafür um Vergebung bitten, daß ich eine wenn auch schwache und flüchtige Erleichterung in der weichen Erinnerung an ein paar lose Tatsachen suche! Diese an sich äußerst trivialen und sogar lächerlichen Tatsachen nehmen doch für mich eine zufällige Bedeutung an, indem sie an eine Zeit und Örtlichkeit gebunden sind, wo ich die ersten zweideutigen Mahnungen des Verhängnisses wiedererkenne, das späterhin mein ganzes Leben verdunkelte. Laßt mich also erzählen.

Das Haus, wie ich schon sagte, war alt und unregelmäßig gebaut. Der zugehörige Grund und Boden war umfangreich und wurde von einer hohen und starken Backsteinmauer eingeschlossen, die oben mit einer Schicht von Mörtel und Glassplittern besetzt war. Dieser gefängnisartige Wall bildete die Grenze unseres Reiches; über ihn sahen wir nur dreimal wöchentlich hinaus, einmal jeden Sonnabendnachmittag, da wir uns unter Aufsicht von zwei Hilfslehrern alle zusammen auf den umliegenden Feldern ergehen durften, und zweimal an den Sonntagen, wenn wir in der gleichen förmlichen Weise feierlich zum Morgen- und Abendgottesdienst in die einzige Kirche des Städtchens geführt wurden. Pfarrer an dieser Kirche war unser Schuldirektor. Wie tief war mein Erstaunen und meine Verblüffung, wenn ich ihn von unseren Kirchenstühlen aus in den hintersten Reihen der Galerie erblickte, wie er mit feierlichen, langsamen Schritten die Kanzel bestieg! Dieser ehrwürdige Mann in so ernsthaft gütiger Haltung, in den glänzenden, priesterlich wallenden Gewändern, mit der aufs sorgfältigste gepuderten, furchtbar steifen, ungeheuren Perücke – konnte das er sein, der vor kurzem noch mit unsauberem Gesicht und in mit Schnupftabak beschmutzten Kleidern, die Rute in der Hand, die drakonischen Gesetze der Anstalt ausgeübt hatte? Welch fürchterlicher Widerspruch, der jeder Lösung spottete!

In einem Winkel der gewaltigen Mauer dräute ein noch gewaltigeres Tor. Es war vernietet und mit Eisenbolzen beschlagen und oben mit eisernen Zinken besetzt. Wie weh uns sein Anblick tat! Es wurde nie geöffnet, außer zu den bereits erwähnten drei periodischen Ausgängen; alsdann empfanden wir bei jedem Knirschen der mächtigen Angeln ein geheimnisvolles Bangen: eine Welt tat sich auf, die eine Fülle von ernsthaften Bemerkungen und noch ernsthafteren Betrachtungen veranlaßte.

Die weitläufige Umfriedung verlief unregelmäßig. Es gab viele geräumige Schlupfwinkel, drei oder vier der größten bildeten den Spielplatz. Der Spielplatz war eben und mit feinem, hartem Kies bestreut. Ich entsinne mich wohl, es gab da weder Bäume noch Bänke noch irgend etwas Derartiges. Er lag natürlich auf der Rückseite des Hauses. Davor befand sich ein schmales Beet, das mit Buchsbaum und anderen Sträuchern bepflanzt war; diesen geheiligten Abschnitt durften wir freilich nur bei seltenen Gelegenheiten betreten: bei der ersten Ankunft in der Schule, oder wenn wir sie endgültig verließen oder wenn uns etwa Eltern oder Bekannte eingeladen hatten und wir uns freudig auf den Weg machten, um an Weihnachten oder zu den großen Sommerferien heimwärts zu wandern.

Aber das Haus – was für ein verschnörkelter, alter Bau war das! Und doch in meinen Augen der reinste Zauberpalast. Von seinen Winkeln und unbegreiflichen Unterabteilungen war gar kein Ende abzusehen. Es war schwierig, zu einem bestimmten Zeitpunkt mit Sicherheit zu sagen, auf welchem seiner beiden Stockwerke man sich gerade befand. Um von einem Raum in einen anderen zu gelangen, mußte man unfehlbar drei oder vier Stufen hinauf- oder hinuntersteigen. Auch gab es zahllose, unübersehbare Seitengänge, die derart untereinander verbunden waren, daß unsere exaktesten Vorstellungen von der Beschaffenheit dieses Hauses sich annähernd mit dem Begriff decken mochten, den wir von der Unendlichkeit hatten. Während meines fünfjährigen Aufenthaltes dort war ich niemals imstande, mit Gewißheit zu versichern, in welcher von den vielen Verschachtelungen der kleine Schlafsaal lag, der mir und ungefähr achtzehn oder zwanzig anderen Schülern zugewiesen war.

Der Schulraum war der größte im Hause und – ich konnte mir nicht helfen, es kam mir so vor – der größte von der Welt. Er war sehr lang, schmal und entsetzlich niedrig und hatte spitzzulaufende gotische Fenster und eine getäfelte Decke aus Eichenholz. In einem entlegenen und schreckeneinflößenden Winkel befand sich ein quadratischer, acht bis zehn Fuß breiter Verschlag, der in den Zwischenpausen das „Sanktum" unseres Oberhauptes, des Reverend Dr. Bransby, darstellte. Dieser Verschlag war ein solider Bau mit fester Tür, und ich glaube, ehe wir diese Tür in Abwesenheit des „Domine" geöffnet hätten, wären wir alle miteinander lieber unter Folterqualen gestorben. In zwei anderen Ecken standen ähnliche Kästen, die zwar weit weniger gefürchtet, doch immerhin große Schmerzbereiter waren. Der eine Kasten war das Pult des Klassenlehrers, eines Mannes von der Gattung der wahren „Engländer und Mathematiker". Kreuz und quer in endloser Unregelmäßigkeit über den Raum verstreut standen schwarze, abgenutzte Bänke und Pulte von Anno dazumal, verzweiflungsvoll überhäuft mit abgegriffenen Büchern und so übersät mit Anfangsbuchstaben, ausgeschriebenen Namen, grotesken Figuren und anderen oft vervielfältigten Messerkünsten, daß sie das bißchen eigentümliche Form, das sie einmal in längst verflossenen Tagen besessen haben mochten, nun gänzlich eingebüßt hatten. Ein riesiger Eimer mit Wasser stand an einem Ende des Raumes, am anderen hing eine Glocke von geradezu törichten Dimensionen.

Eingesperrt hinter den dicken Mauern dieser ehrwürdigen Anstalt, verbrachte ich, damals noch von keinem Ekel oder Überdruß gepackt, das dritte Lustrum meines Lebens. In der Kindheit ist das Gehirn so reich gesegnet, daß es zu seiner Beschäftigung oder Unterhaltung keiner äußeren Welt der Geschehnisse bedarf, und die unverkennbar häßliche Eintönigkeit des Schullebens war von stärkeren Aufregungen erfüllt, als sie mir in meiner reiferen Jugend der Luxus und im vollen Mannesalter das Verbrechen beschert haben. Doch nehme ich an, daß meiner ersten seelischen Entwicklung manches Ungewöhnliche anhaftete, sogar manches Ausgefallene. Die Menschen pflegen von den Erlebnissen ihrer frühen Jugend im reiferen Alter keine deutlichen Vorstellungen mehr zu haben. Alles ist grauer Dunst, schwaches und flatterhaftes Erinnern, blindes Tasten nach entschwundenen Gefühlen, wenig Lust und viel eingebildeter Schmerz. Bei mir ist das nicht so. Mit männlicher Energie muß ich in der Kindheit alles das empfunden haben, was sich nun in der Erinnerung in so lebendigen, tiefen und dauerhaften Linien eingeprägt findet wie die Exerguen auf den karthagischen Münzen.

Und doch wie wenig – wenig nach den Begriffen der Welt – gab es da der Erinnerung anzuvertrauen! Das Wecken morgens, das Zubetttreiben am Abend, die Kommandos, die Vorträge, die immer wiederkehrenden Ferien, die Besichtigungen an Feiertagen, der Spielplatz mit seinem Gezänk, seiner Kurzweil und seinen Verschwörungen – alles das, von der Hexenmeisterin Seele längst verdrängt, war einmal die treibende Kraft der wildesten Gärungen, eine Welt von reichen Begebnissen, ein Tummelplatz der mannigfaltigsten Empfindungen und leidenschaftlicher, die Phantasie anstachelnder Reize. Oh le bon temps, que ce siècle de fer!

Mein feuriger, begeisterungsfähiger und herrischer Charakter wies mir bald eine hervorragende Stellung unter meinen Schulkameraden zu, und es kam langsam, jedoch ganz natürlicherweise dahin, daß ich über alle, die nicht viel älter als ich selbst waren, eine Art Führerschaft gewann – über alle mit einer einzigen Ausnahme. Diese Ausnahme bildete ein Schüler, der, ohne mit mir verwandt zu sein, den gleichen Vor- und Zunamen trug wie ich: ein Umstand, der allerdings nicht so sehr merkwürdig war; denn unbeschadet einer adligen Abstammung gehörte mein Name zu jenen alltäglichen, die seit Menschengedenken kraft Verjährung ein Erbteil der großen Masse zu sein scheinen. In dieser Erzählung habe ich mich daher als William Wilson bezeichnet, ein Name, der von meinem wirklichen nicht sehr verschieden ist. Von allen Knaben, die, im Schülerjargon gesprochen, zu unserer „Bande" zählten, war mein Namensvetter der einzige, der sich unterfing, im Klassenunterricht und in den Turnspielen und Balgereien auf dem Spielplatz mit mir zu wetteifern, meinen Behauptungen keinen unbedingten Glauben zu schenken und sich meinem Willen nicht zu beugen; ja, er nahm jede Gelegenheit wahr, sich meinen selbstherrlichen Schiedssprüchen zu widersetzen. Wenn es auf Erden einen äußersten, hemmungslosen Despotismus gibt, so ist es der Despotismus eines herrischen Knaben über seine minder energisch veranlagten Kameraden.

Wilsons rebellische Haltung war für mich eine Quelle schwerster Bedrängnis; denn je prahlerischer ich ihn und seine Anmaßungen vor der Öffentlichkeit abfertigte, desto mehr war ich mir insgeheim bewußt, ihn zu fürchten, und ich konnte mir nicht helfen: die Leichtigkeit, mit der er sich mir gewachsen zeigte, dünkte mir der Beweis für seine tatsächliche Überlegenheit; seitdem kostete es mich einen beständigen Kampf, nicht zu unterliegen. Dabei wurde diese Überlegenheit und selbst die Ebenbürtigkeit von niemandem außer mir anerkannt – unsere Kameraden schienen in unerklärlicher Blindheit nicht einmal den Verdacht zu haben, daß es so sein könnte. In der Tat beschränkten sich sein Wetteifer, sein Widerstand und vor allem sein unverschämtes und finsteres Dreinreden in meine Absichten ganz auf unseren persönlichen Verkehr. Er war offenbar völlig frei von dem Ehrgeiz und dem leidenschaftlichen Feuer des Geistes, die mich drängten und zugleich befähigten, eine hervorgehobene Rolle zu spielen. Zu seiner Nebenbuhlerschaft mochte ihn das wunderliche Bedürfnis anstacheln, mich zu ärgern, zu verblüffen oder mattzusetzen; allerdings gab es Zeiten, da ich mit einer aus Verwunderung, Demütigung und Ingrimm gemischten Empfindung beobachten mußte, daß in der Art, wie er seine Beleidigungen und Widersetzlichkeiten vorbrachte, eine gewisse höchst unangebrachte und sicher höchst unwillkommene Zuneigung zum Vorschein kam. Ich konnte mir dies sonderbare Betragen nur als Ausdruck eines wahnsinnigen Dünkels erklären, der sich die Rolle des wohlwollenden Gönners anmaßte.

Vielleicht war es dieser letzte Zug in Wilsons Benehmen, der, in Verbindung mit unserer Namensgleichheit und der Tatsache, daß wir zufällig an ein und demselben Tage in die Schule eingetreten waren, unter den oberen Klassen unserer Anstalt das Gerücht in Umlauf setzte, daß wir Brüder seien, obwohl sich die älteren Jahrgänge in der Regel nicht sonderlich um die Angelegenheiten ihrer Nachfolger kümmern. Ich habe hoffentlich schon gesagt, daß Wilson nicht im entferntesten Grade mit meiner Familie verwandt war; aber wären wir Brüder gewesen, so hätten wir jedenfalls Zwillinge sein müssen. Nach meiner Entlassung aus der Anstalt hörte ich irgendwann, daß mein Namensvetter am 19. Januar 1813 geboren war, und das ist freilich ein höchst merkwürdiges Zusammentreffen; denn eben dieser Tag ist auch das Datum meiner Geburt.

Es mag seltsam erscheinen, daß ich trotz der beständigen Angst, die mir Wilsons Rivalität verursachte, und trotz seinem unerträglichen Widerspruchsgeist mich nicht dazu bringen konnte, ihn zu hassen. Wir hatten wohl nahezu jeden Tag einen Streit, in dem er mir zwar öffentlich die Siegespalme überließ, jedoch auf seine Weise geflissentlich zu verstehen gab, daß eigentlich er der Sieger war; doch hielt eine Regung von Stolz auf meiner Seite und echte Würde auf der seinen uns beide stets in den Grenzen des sogenannten Unterhaltungstones. In vielen Punkten besaßen wir sogar eine auffallende Verwandtschaft des Geistes, die in mir ein Gefühl aufkommen ließ, das vielleicht nur durch unsere Stellung gehindert wurde, in Freundschaft auszureifen. Es ist in der Tat schwierig, meine wirklichen Gefühle ihm gegenüber zu benennen oder gar zu beschreiben. Sie waren ein buntscheckiges und heterogenes Gemisch der verschiedensten Empfindungen: trotziger Gereiztheit, die darum noch kein Haß war, von Achtung, noch mehr Respekt und tiefer Furcht, dazu einer Welt unruhiger Neugierde. Für den Psychologen bedarf es keiner Erwähnung, daß Wilson und ich die unzertrennlichsten Gefährten waren.

Es lag zweifellos an diesem unnormalen Charakter unseres Verhältnisses, daß sich meine Angriffe auf ihn – und deren gab es viele, offene und versteckte – meistens ins Spaßhafte wendeten, in Neckereien oder derbe Späße, die schmerzhaft waren, eben weil sie sich als bloßer Scherz gebärdeten und eigentlich nie in ernstere, entschiedene Feindseligkeit ausarteten. Doch waren meine Anstrengungen in dieser Richtung durchaus nicht immer erfolgreich, mochten meine Reden noch so sehr mit Witz durchsetzt sein; denn mein Namensvetter hatte in seinem Wesen etwas von jener anspruchslosen und stillen Herbheit an sich, die, während sie sich an der Treffsicherheit des eigenen Spottes ergötzt, selbst keine Achillesferse hat und gegen jede Lächerlichkeit gefeit ist. Tatsächlich konnte ich nur eine verwundbare Stelle an ihm entdecken, die einen wohl konstitutioneller Veranlagung entspringenden persönlichen Mangel betraf und die ein nicht so wie ich am Ende seines Witzes angelangter Gegner sicherlich geschont hätte: mein Nebenbuhler besaß sehr schwach ausgebildete Stimmbänder und war deshalb nicht instande, seine Stimme über ein sehr leises Flüstern zu erheben. Ich verfehlte nicht, aus diesem Gebrechen nach Kräften einen erbärmlichen Vorteil zu ziehen.

Wilsons Vergeltungsmaßregeln waren mannigfaltiger Art; doch gab es eine Anwendungsform seines boshaften

Witzes, die mich geradezu außer mir brachte. Wie sein Scharfsinn es angestellt hat herauszubekommen, daß mich eine solche Kleinigkeit quälen würde, ist mir nie recht klargeworden; nachdem er es wußte, nutzte er seine Kenntnis jedenfalls gewohnheitsmäßig aus. Ich empfand nämlich von jeher einen Widerwillen gegen meinen ungeschlachten Familiennamen und auch gegen den sehr gewöhnlichen, geradezu plebejischen Vornamen. Die beiden Worte waren Gift für mein Ohr, und als am Tage meiner Ankunft sich gar ein zweiter William Wilson in der Anstalt meldete, nahm ich es ihm übel, daß er diesen Namen trug; ich verabscheute meinen Namen nun doppelt, weil ihn ein Fremder trug. Denn das mußte zu seiner zwiefachen Wiederholung Anlaß geben, beständig würde dieser Name nun um mich sein, und die Angelegenheiten des anderen mußten nach dem üblichen Gange des Schulbetriebes unvermeidlich auf Grund der abscheulichen Identität fortwährend mit meinen eigenen vermengt werden.

Das also entstandene Gefühl der Verhextheit steigerte sich mit jedem Umstand, der auf irgendeine geistige oder körperliche Ähnlichkeit zwischen meinem Rivalen und mir hindeutete. Ich hatte damals noch nicht die merkwürdige Tatsache entdeckt, daß wir gleichaltrig waren, aber ich sah, daß wir gleich groß waren, und ich erkannte, daß auch in unserer Gestalt und Gesichtsbildung eine auffallende Ähnlichkeit bestand. Außerdem wurde ich gereizt durch das Gerücht von unserer angeblichen Verwandtschaft, das allgemein in den oberen Klassen umlief. Mit einem Wort, nichts konnte mich ernstlicher aufbringen – obwohl ich mir solche Aufgebrachtheit um keinen Preis anmerken ließ – als irgendeine Anspielung auf eine zwischen uns bestehende Ähnlichkeit geistiger oder körperlicher oder sachlicher Natur. Und doch hatte ich nicht den geringsten Grund anzunehmen, daß, mit Ausnahme unserer Verwandtschaft und abgesehen von Wilsons eigener Person, diese Ähnlichkeit jemals unter unseren Mitschülern besprochen oder überhaupt von ihnen beachtet worden wäre. Daß *er* sie beobachtete, und zwar ausgiebig und ebenso gespannt wie ich, war offensichtlich, doch daß er in solchen Umständen ein so fruchtbares Feld von Plackereien zu entdecken vermochte, muß, wie ich schon sagte, seinem ungewöhnlichen Scharfsinn zugeschrieben werden.

Die Absicht, mich in möglichst vollendeter Weise nachzuahmen, gab ihm das Stichwort zu seinen Reden und Handlungen, und er spielte seine Rolle bewundernswürdig. Meine Kleidung war mit Leichtigkeit zu kopieren, auch mein Gang und mein sonstiges Benehmen wurden einfach übernommen, und nicht einmal meine Stimme wurde von ihm, trotz seinem organischen Fehler, verschont. Meine kräftigeren Laute blieben natürlich unversucht, und doch war der Grundton völlig der gleiche: sein Flüstern wurde zum unheimlichen Echo meiner Sprache.

Wie stark dieses vorzügliche Porträt meiner selbst mich quälte – denn es konnte durchaus nicht als Karikatur angesprochen werden –, will ich jetzt nicht zu schildern versuchen. Ich hatte nur einen Trost: daß nämlich die Nachahmung offenbar von mir allein bemerkt wurde und daß ich bloß das Mitwissen und seltsam sarkastische Lächeln meines Namensvetters zu ertragen hatte. Zufrieden damit, daß er in meinem Gemüt die beabsichtigte Wirkung hervorgerufen, schien er innerlich zu kichern über den Stachel, den er mir eingesenkt hatte, und war bezeichnenderweise unempfindlich für den Beifall des Publikums, den er sich mittels seiner witzigen Bemühungen so leicht hätte verschaffen können. Daß allerdings die Schule seinen Plan nicht begriff, von dessen allmählicher Verwirklichung nichts merkte und keinen Anteil an meiner Verspottung nahm, bildete etliche bange Monate hindurch ein unlösbares Rätsel für mich. Vielleicht ließ das allmähliche Entstehen der Kopie deren Bedeutung nicht sogleich deutlich werden, oder aber – und das ist wahrscheinlich der Fall – ich verdankte meine Sicherheit dem meisterhaften Verfahren des Kopisten, der, unter Verschmähung des Buchstabens, der bei einer Schilderung immer stumpf wirkt, nur den wesentlichen Geist seines Originals darstellte, zu meiner ganz persönlichen Einsicht und Bekümmernis.

Ich habe schon mehrmals von der widerwärtigen Gönnermiene gesprochen, die er sich mir gegenüber anmaßte, und von seinen häufigen zudringlichen Versuchen, meinen Willen zu beeinflussen. Diese Versuche erfolgten oft in der groben Form eines Rates, nicht eines offen gegebenen, sondern versteckten oder irgendwie verschleierten Rates. Ich setzte dem einen Widerstand entgegen, der heftiger wurde, je mehr ich zunahm an Jahren. Doch möchte ich heute, nach so langer Zeit, ihm Gerechtigkeit antun und wenigstens anerkennen, daß ich mich keiner Gelegenheit entsinnen kann, da die Ratschläge meines Rivalen sich auf die Seite meiner Verirrungen und Torheiten geschlagen hätten, wie es bei seinem unreifen Alter und seiner scheinbaren Unerfahrenheit eigentlich zu erwarten gewesen wäre. Vielmehr waren sittliches Empfinden und überhaupt Geistesgaben und Lebensanschauung bei ihm weit lebendiger entwickelt als bei mir, und ich wäre heute ein besserer und also glücklicherer Mensch, hätte ich damals die Ratschläge, die in jenen nur zu sehr gehaßten und zu bitter verachteten Flüsterlauten enthalten waren, nicht gar so hartnäckig zurückgewiesen.

So, wie die Dinge standen, wurde ich allmählich unter seiner widerlichen Bevormundung immer verstockter und von Tag zu Tag empfindlicher gegen das, was mir als unerträglicher Hochmut vorkam. Ich sagte an früherer Stelle, daß sich in den ersten Jahren unserer Schulbekanntschaft meine Gefühle ihm gegenüber möglicherweise zur Freundschaft verdichtet haben könnten; in der späteren Zeit meines Anstaltaufenthaltes regte sich in mir jedoch, während er in seinem Betragen zweifellos milder und weniger aufdringlich wurde, umgekehrt ein fast im gleichen Maße zunehmendes Gefühl von direktem Haß. Bei irgendeiner Gelegenheit, glaube ich, merkte er das und mied mich daraufhin oder gab sich den Anschein, mich zu meiden.

Etwa um dieselbe Zeit, wenn ich mich recht erinnere, geschah es, daß ich anläßlich eines heftigen Streites mit ihm, in dem er mehr als sonst auf Deckung verzichtet und mit einer ihm ganz fremden Hemmungslosigkeit gesprochen und sich gebärdet hatte – daß ich anläßlich dieses Streites in seinem Tonfall, in seiner Miene und ganzen Erscheinung etwas entdeckte oder zu entdecken vermeinte, das mich zunächst bestürzte und dann aufs tiefste interessierte, da es dunkle Bilder aus meiner frühesten Kindheit aufdämmern ließ, verworrene und wild durcheinandergemengte Erinnerungen aus einer Zeit, da die Erinnerung selbst noch ungeboren war. Ich kann die Empfindung, die mich bedrückte, nicht besser beschreiben, als indem ich sage, daß mich die schwer abzuschüttelnde Vorstellung überkam, ich hätte das Wesen, das da vor mir stand, vor unendlich langer Zeit, zu irgendeinem Punkt einer weit zurückliegenden Epoche, schon einmal gekannt. Die Täuschung indessen verschwand ebenso schnell, wie sie gekommen war, und ich erwähne sie eigentlich nur um des zeitlichen Zusammenhanges willen mit dem letzten Erlebnis, das ich damals in der Anstalt des Dr. Bransby mit meinem sonderbaren Namensvetter hatte.

Das riesige Haus mit seinen zahlreichen einzelnen Trakten enthielt eine Reihe von großen, miteinander verbundenen Zimmern, wo die Mehrzahl der Schüler schlief. Es gab da, wie es in einem Gebäude von so unübersichtlicher Anlage selbstverständlich ist, viele kleine Winkel und Kämmerchen, den Unregelmäßigkeiten des Baues entsprechend, und diese Nebenräume hatte der geniale Ökonom Dr. Bransby als Schlafstellen herrichten lassen. Es waren die reinsten Wandschränke, konnten aber immerhin eine einzelne Person aufnehmen. Einen dieser kleinen Alkoven hatte Wilson inne.

Eines Nachts, kurz vor Schluß meines fünften Schuljahres und unmittelbar nach dem obenerwähnten Streit, als alles im Schlafe lag, stand ich auf und schlich mich, die Lampe in der Hand, durch ein Labyrinth von schmalen Gängen aus meiner Schlafkammer in die meines Rivalen. Es war das einer von jenen bösartigen Streichen auf seine Kosten, an denen mein Witz bis dahin immer so gänzlich gescheitert war, doch hatte ich ihn diesmal sorgfältig erwogen und vorbereitet. Es galt jetzt, mein Vorhaben ins

Werk zu setzen, und ich beschloß, ihm die ganze Bitterkeit der in mir angestauten Bosheit zu kosten zu geben. Vor seinem Alkoven angelangt, stellte ich die abgeblendete Lampe auf den Boden und trat geräuschlos ein. Drinnen blieb ich stehen und lauschte seinen ruhigen Atemzügen. Als ich sicher war, daß er schlief, kehrte ich um, nahm das Licht und näherte mich damit abermals dem Bett. Es war mit dichten Vorhängen umhüllt, die ich, meinem Plan gemäß, leise und behutsam zurückzog, so daß die hellen Strahlen gerade auf den Schläfer fielen. Ich erblickte sein Gesicht, und ein erstarrendes, eisiges Gefühl durchdrang plötzlich meinen Leib. Meine Brust keuchte, meine Knie schlotterten, mein ganzer Geist wurde von einem gegenstandslosen, unerträglichen Grauen erfaßt. Nach Atem ringend, brachte ich die Lampe noch näher an sein Gesicht heran. Waren das, das die Züge William Wilsons? Ich sah, sie waren es, doch ein Schütteln wie bei einem Anfall von kaltem Fieber packte mich bei dem Gedanken, daß sie es nicht wären. Was aber war es, das mich dergestalt erschüttern konnte? Ich starrte ihn an, während mein Gehirn eine Fülle unzusammenhängender Gedanken abspulte. So sah er nicht aus, nein, gewiß nicht so, wenn er wach und lebendig war! Der gleiche Name, die gleiche Gestalt, der gleiche Ankunftstag in der Schule, und dann seine finstere und zwecklose Nachahmung meines Ganges, meiner Stimme, meiner Kleider und Gewohnheiten! War es wirklich mit den Grenzen der menschlichen Natur vereinbar, das, was ich jetzt sah, als das bloße Resultat einer gewohnheitsmäßigen Ausübung dieser ironischen Nachahmung aufzufassen? Bebend und von Schauern überlaufen, löschte ich die Lampe, ging leise aus dem Zimmer und verließ alsbald die Hallen des alten Schulhauses auf Nimmerwiedersehen.

Nach einer Pause von einigen Monaten, die ich vollkommen müßig daheim zubrachte, fand ich mich als Student in Eton wieder. Die kurze Zwischenzeit hatte genügt, um in mir die Erinnerung an die Begegnisse in Dr. Bransbys Anstalt abzuschwächen oder zum mindesten eine wesentliche Veränderung der Gemütsstimmung zu bewirken, mit der ich solche Erinnerungen anstellte. Die Wahrheit, das Tragische des Dramas existierte nicht mehr. Ich hatte nun genügend Abstand, um das Zeugnis meiner Sinne anzuzweifeln, und wenn ich überhaupt noch der Sache nachhing, so geschah es mit Verwunderung ob der menschlichen Leichtgläubigkeit und mit einem Lächeln über die lebendige Kraft der von meinen Vätern ererbten Phantasie. Auch war das Leben, das ich in Eton führte, keineswegs geeignet, diese Art Skeptizismus zu verringern. Der Strudel von hemmungsloser Tollheit, in den ich mich sogleich unbekümmert gestürzt hatte, verschlang bis auf den letzten Rest meine sämtliche Vergangenheit, löschte jeden ernsthaften und gründlichen Eindruck aus und beließ dem Gedächtnis nur die alleroberflächlichsten Merkzeichen eines Vorlebens.

Ich gedenke nicht, einen genauen Abriß meines verworfenen Lebens hier zu geben, eines Lebens, das den Gesetzen Trotz bot, während es der Wachsamkeit der akademischen Behörden spottete. Drei Jahre der Ausschweifung, die lasterhafte Gewohnheiten in mir einwurzeln ließen und höchstens meine körperliche Gewandtheit in ziemlich ungewöhnlichem Maße förderten, waren ohne Gewinn dahingegangen, als ich nach einer Woche geistloser Zerstreuungen eine kleine Schar der liederlichsten Studenten zu einem heimlichen Zechgelage in meine Räume einlud. Wir kamen erst spät in der Nacht zusammen, da unsere Ausschweifungen redlich bis zum nächsten Morgen dauerten. Der Wein floß reichlich, und es war kein Mangel an anderen, gefährlicheren Verführungen, so daß sich schon ein erstes schwaches Morgengrauen im Osten zeigte, wenn unsere wahnsinnigen Orgien ihren Höhepunkt erreichten. Toll erhitzt vom Kartenspiel und den genossenen Giften, war ich soeben dabei, einen ungewöhnlich blasphemischen Trinkspruch auszubringen, als meine Aufmerksamkeit plötzlich durch das Geräusch der halb aufgerissenen Flurtür und durch die heftige Stimme meines Dieners draußen abgelenkt wurde. Dieser meldete, es sei jemand da der es offenbar sehr eilig habe und mich in der Halle zu sprechen wünsche.

In meinem wilden Weinrausch kam mir die unerwartete Unterbrechung keineswegs überraschend; ich war vielmehr entzückt. Taumelnd ging ich hinaus, und nach ein paar Schritten stand ich im Vestibül des Hauses. In dem niedrigen und schmalen Raum hing keine Lampe, und es war überhaupt kein Licht vorhanden außer der ganz spärlichen Dämmerung, die durch das halbrunde Fenster Einlaß fand. Als ich meinen Fuß über die Schwelle setzte, wurde ich die Gestalt eines jungen Mannes etwa meiner Größe gewahr, der in einen weißwollenen Hausrock von modernstem Schnitt gekleidet war, wie ich selbst im Augenblick einen trug. Dies gab die schwache Beleuchtung zu erkennen, seine Gesichtszüge jedoch vermochte ich nicht zu unterscheiden. Bei meinem Eintritt stürzte er sich förmlich auf mich, und indem er mit einem rücksichtslosen Griff meinen Arm packte, flüsterte er mir die Worte „William Wilson" ins Ohr.

Auf der Stelle wurde ich vollkommen nüchtern. Es lag etwas in der Art des Fremden, in der zitternden Bewegung seines erhobenen Fingers, als er die Hand zwischen meinen Augen und dem Fenster ausstreckte, das mich mit unbestimmtem Schrecken erfüllte; doch war es nicht das, was mich so gewaltig bewegte. Es war der Ausdruck feierlicher Ermahnung in den sonderbaren, leise hervorgezischten Worten, es war vor allem der charakteristische Tonfall, der Grundton in den paar einfachen und vertrauten Silben und das Flüstern, das mit tausend Erinnerungen auf mich einstürmte und mit dem Schlag einer galvanischen Batterie meine Seele traf. Bevor ich den Gebrauch meiner Sinne wiedererlangte, war er fort.

Obgleich dieses Ereignis eine starke Wirkung auf mein steuerloses Gemüt ausübte, war diese Wirkung doch ebenso flüchtig wie lebhaft. Einige Wochen lang beschäftigte ich mich allerdings mit ernsten Untersuchungen oder ließ mich in eine Wolke von krankhafter Spekulation entrücken. Ich machte keinen Versuch, vor meinem Verstand die Identität des sonderbaren Individuums zu verschleiern, das sich so hartnäckig immer wieder in mein Leben eindrängte und mich mit seiner schmarotzerhaften Teilnahme plagte. Doch wer oder was war dieser Wilson? Wo kam er her? Was waren seine Absichten? Bei keinem dieser Punkte konnte ich mich beruhigen. Nur das eine ließ sich ermitteln, daß ein plötzlicher Unfall in seiner Familie Wilsons Ausscheiden aus Dr. Bransbys Anstalt am Nachmittage desselben Tages veranlaßt hatte, an dem ich selbst entlaufen war. Binnen kurzem hörte ich auf, über die Sache nachzudenken, da meine Aufmerksamkeit von einer geplanten Übersiedlung nach Oxford vollauf in Anspruch genommen wurde. Dieser Ortswechsel erfolgte bald, und die bedenkenlose Eitelkeit meiner Eltern versah mich mit einer Ausstattung und einem jährlichen Einkommen, die es mir gestatteten, in dem mir bereits so sehr ans Herz gewachsenen Luxus weiterhin nach Belieben zu schwelgen und mit den vornehmsten Erben der reichsten Grafschaften an Verschwendung zu wetteifern.

Durch solche Unterstützung des Lasters angespornt, brach mein angeborenes Temperament mit doppelter Gewalt durch, und ich trat in der wahnwitzigen Verblendung meiner Lüste sogar den gewöhnlichsten Anstand mit Füßen. Doch es wäre sinnlos, im einzelnen bei meinen Ausschweifungen zu verweilen. Es mag genügen, daß ich im Punkte Schwelgerei herodeischer als Herodes war und daß ich als Taufpate einer Menge neuer Lüste dem langen Katalog der Laster, die damals an der sittenlosesten Universität Europas im Schwange waren, einen erklecklichen Anhang hinzufügte.

Indessen war ich, so unglaublich es klingt, von gesellschaftlicher Anständigkeit so gänzlich abgekommen, daß ich mit der übelsten Sorte professioneller Spieler Umgang suchte, und nachdem ich mir ihre verächtliche Wissenschaft angeeignet hatte, begann ich, auf diese Weise gewohnheitsmäßig meine ohnedies schon enormen Einkünfte auf Kosten der beschränkten Köpfe unter meinen Kommilitonen zu vermehren. Mein Frevel war Tatsache, und nur dessen Ungeheuerlichkeit, die jedem männlichen und ehrenhaften Empfinden ins Gesicht schlug, gab einen zureichenden Grund ab für die Straflosigkeit, in der ich mich bewegte. Denn wer unter meinen liederlichsten Kumpanen hätte nicht lieber das klarste Zeugnis seiner Sinne bestritten, als den frischfröhlichen, den hochgemuten William Wilson solcherart zu verdächtigen, ihn, den edelsten und freigebigsten Bürgerlichen in Oxford, dessen tolle Streiche, sagten meine Schmarotzer, nur Jugendtorheit und ungezügelte Einbildungskraft, dessen Verirrungen unnachahmliche Laune und dessen dunkelste Laster nur Zeichen einer sorglosen, überquellenden Lebenslust waren?

Zwei Jahre hatte ich mich in dieser Richtung erfolgreich betätigt, als ein junger adeliger Parvenü namens Glendinning auf die Universität kam. Er war, wie das Gerücht verlauten ließ, reich wie Herodes Atticus und ebenso unvermittelt in den Besitz seines Mammons gelangt. Ich erkannte ihn rasch als einen Schwachkopf und merkte ihn natürlich als geeignetes Objekt für meine Kunst vor. Ich forderte ihn häufig zum Spiel auf und legte es, nach der üblichen Methode der Falschspieler, darauf an, ihn beträchtliche Summen gewinnen zu lassen, um ihn desto wirksamer in meine Schlingen zu verwickeln. Als nun meine Pläne reif waren, veranstaltete ich, in der vollen Absicht, diesmal den entscheidenden Schlag zu führen, eine Sitzung in den Räumen eines Kommilitonen Mr. Preston, der uns beiden gleich nahestand; doch ich bemerke, um der Gerechtigkeit Genüge zu tun, daß dieser Herr nicht die leiseste Ahnung von meinem Vorhaben hatte. Um der Sache einen besseren Anstrich zu geben, war ich darauf ausgegangen, eine Gesellschaft von acht bis zehn Köpfen zu versammeln, und gab mir alle Mühe, das Hereinbringen von Karten scheinbar zufällig erfolgen zu lassen, und zwar ausgerechnet auf den Vorschlag des von mir aufs Korn genommenen Gimpels hin. Um einen so widerlichen Gegenstand kurz abzumachen, möchte ich nur sagen, daß nichts von jenen gemeinen Finessen versäumt war, die bei ähnlichen Gelegenheiten so gebräuchlich sind, daß man sich wundern muß, wie es immer noch törichte Leute gibt, die auf so etwas hereinfallen.

Unsere Sitzung hatte sich bis tief in die Nacht ausgedehnt, und ich hatte es mit der Zeit dahin gebracht, Glendinning als einzigen Gegenspieler zu bekommen. Gespielt wurde das von mir bevorzugte Ecarté. Die übrigen Teilnehmer der Gesellschaft hatten, durch den hohen Einsatz unseres Spiels verlockt, ihre eignen Karten hingelegt und standen als Zuschauer um uns herum. Der Parvenü, der dank meiner geschickten Leitung in der ersten Hälfte des Abends zu starkem Weingenuß verführt worden war, zeigte beim Mischen, Geben und Ausspielen eine wilde Nervosität, die sich meiner Ansicht nach nur zum Teil durch die alkoholische Vergiftung erklären ließ. Binnen sehr kurzer Zeit war er mit einem hohen Betrag mein Schuldner geworden, da tat er, während er ein großes Glas Portwein hinunterstürzte, etwas, das ich kühl vorausberechnet hatte: er schlug vor, unsere bereits unerhört hohen Einsätze zu verdoppeln. Mit gut gespieltem Widerstreben und nicht eher, als bis meine wiederholte Weigerung ihm ein paar ärgerliche Worte entlockt hatte, die mir ein rachsüchtiges Motiv als Vorwand gaben, willigte ich ein. Das Ergebnis bestätigte nur, wie rettungslos die Beute in meinen Klauen war. In weniger als einer Stunde hatte er seine Schuld vervierfacht. Seit einer Weile hatte sein Gesicht den blühenden Schmelz, der vom Wein herrührte, verloren, jetzt aber entdeckte ich zu meiner Verwunderung, daß es geradezu entsetzlich blaß geworden war. Ich sage: zu meiner Verwunderung. Glendinning war mir bei meinen eifrigen Nachforschungen stets als unermeßlich reich geschildert worden, und die Summen, die er bis dahin verloren hatte, konnten, obwohl an sich ungeheuer hoch, meines Erachtens ihn nicht ernstlich bekümmern, geschweige denn eine so gewaltige Erregung begründen. Mein nächster selbstverständlicher Gedanke war, daß ihn der soeben hinuntergestürzte Wein übermannt habe, und eher mit Rücksicht auf die Rechtfertigung meines eigenen Charakters in den Augen meiner Kumpane als aus irgendeinem mehr altruistischen Motiv war ich gerade im Begriff, nachdrücklich auf einer Unterbrechung des Spieles zu bestehen, als einige Stöße gegen meinen Ellbogen und ein Ausruf Glendinnings, der äußerste Verzweiflung verriet, mir zu verstehen gaben, daß ich seinen vollständigen Ruin herbeigeführt hatte, und das unter Umständen, die ihn zum Gegenstand des allgemeinen Mitleids machten und ihn selbst vor den niederträchtigen Anschlägen eines Feindes schützen mußten.

Wie ich mich anschließend hätte verhalten sollen, ist schwer zu sagen. Die erbarmungswürdige Lage meines Gimpels hatte eine beklommene, düstere Stimmung verbreitet, und eine Weile herrschte tiefe Stille, während unwillkürlich unter dem Feuer der verachtungs- oder vorwurfsvollen Blicke, die mir die nicht ganz besinnungslosen Teilnehmer zuwarfen, meine Wange zuckte. Ich gebe sogar zu, daß ein unerträgliches Angstgefühl auf mir lastete und daß es mir geradezu eine Erlösung dünkte, als nun plötzlich das Unerwartete geschah. Die weiten, schweren Flügeltüren des Saales flogen plötzlich nach beiden Seiten auf, mit so kraftvollem Ungestüm, daß wie durch Zauberei sämtliche Kerzen im Raume erloschen. Ihr letztes Flackern gestattete uns eben noch zu erkennen, daß ein Unbekannter eingetreten war, ein Mann von meiner Größe, dicht vermummt in einen Mantel. Dann aber war es völlig finster geworden, und wir konnten nur fühlen, daß er in unserer Mitte stand. Bevor sich irgendwer von der durch diese Rücksichtslosigkeit entstandenen allgemeinen Verblüffung erholen konnte, vernahmen wir die Stimme des Eindringlings: „Gentlemen“ – er sprach mit einer leisen, deutlichen, unvergeßlichen Flüsterstimme, die mir bis ins innerste Mark ging –, „Gentlemen, ich entschuldige mein Betragen nicht, da ich nur in Erfüllung einer Pflicht handele. Sie sind zweifellos nicht über den wahren Charakter jenes Mannes orientiert, der heute nacht Lord Glendinning eine bedeutende Summe im Ecarté abgewonnen hat. Ich will Ihnen daher ein rasches und sicheres Verfahren an die Hand geben, um diese höchst notwendige Information zu erlangen. Bitte wollen Sie die Innenseite der Manschette seines linken Ärmels untersuchen und die verschiedenen kleinen Päckchen, die sich in den höchst geräumigen Taschen seines gestickten Schlafrockes finden werden!"

Während er sprach, herrschte so tiefe Stille, daß man eine Stecknadel hätte zu Boden fallen hören. Nachdem er geendet hatte, verließ er sofort und ebenso brüsk, wie er eingetreten war, den Raum. Kann ich, soll ich meine Empfindungen beschreiben? Muß ich sagen, daß ich alle Schrekken des Verdammten spürte? Tatsächlich hatte ich wenig Zeit zum Überlegen. Mehrere Hände packten mich auf der Stelle, und unverzüglich wurden Lichter herbeigeschafft. Ich wurde durchsucht. In meinem Ärmelfutter fanden sich all die kurzen Karten, die zum Ecarté gehören, und in den Taschen meines Schlafrockes entdeckte man eine Anzahl von Kartenspielen, die denen, die wir bei unseren Sitzungen benutzten, vollkommen glichen, mit der einzigen Ausnahme, daß meine Spiele von der sogenannten arrondierten Gattung waren, das heißt, die Trümpfe waren am schmalen Ende leicht nach außen gebogen und die niederen Karten an den Seiten. Demzufolge wird der Einfaltspinsel, der wie üblich der Länge nach abhebt, stets finden, daß er seinem Gegner einen Trumpf abhebt, während der Falschspieler, der die Karten an der schmalen Seite anfaßt, sicher nichts abheben wird, was seinem Opfer im Verlaufe des Spieles zugute kommen könnte.

Wäre auf diese Entdeckung hin ein Sturm der Entrüstung losgebrochen, es hätte mich weniger schwer getroffen als die stumme Verachtung und der beißende Hohn, den alle bekundeten.

„Mr. Wilson", sagte schließlich unser Gastgeber, indem er sich bückte und einen ungewöhnlich kostbaren, mit seltenem Pelzwerk besetzten Mantel, der vor ihm auf dem Boden lag, aufhob, „Mr. Wilson, das ist Ihr Eigentum." Das Wetter war kalt, und ich hatte beim Verlassen meiner Wohnung einen Mantel über meinen Schlafrock geworfen, den ich ablegte, als ich die Spielräume betrat. „Es dürfte sich wohl von selbst verstehen, daß eine weitere Betätigung

Ihrer Kunst" – dabei streifte er die Falten meines Rockes mit einem bitteren Lächeln – „hier ein für allemal ausgeschlossen ist. Unser Bedarf ist wirklich völlig gedeckt. Sie begreifen hoffentlich die Notwendigkeit, Oxford zu verlassen. Auf alle Fälle belieben Sie sofort meine Wohnung zu verlassen."

Niedergeschmettert und in den Staub getreten, wie ich war, hätte ich diese höhnische Ansprache wahrscheinlich auf der Stelle mit einem Faustschlag beantwortet, wäre nicht gerade im Augenblick meine ganze Aufmerksamkeit durch eine Tatsache von schreckenerregender Bedeutung gefesselt worden. Der Mantel, den ich mitgebracht hatte, war mit seltenem Pelzwerk besetzt, ich wage nicht zu sagen, wie selten und wie märchenhaft kostbar er war. Auch war der Schnitt nach meinem eigenen phantastischen Entwurf angefertigt; denn ich war in solch frivolen Dingen höchst peinlich bis zur völligen Albernheit. Als daher Mr. Preston mir jenen Mantel reichte, den er auf dem Flur dicht bei der inneren Flügeltür vom Boden aufgehoben hatte, bemerkte ich mit einem Staunen, das an Entsetzen grenzte, daß mein eigener bereits über meinem Arm hing – zweifellos hatte ich ihn unbewußt dahin gebracht – und daß der mir dargereichte Mantel in allen Stücken bis in die kleinsten Einzelheiten sein genaues Abbild war. Das unheimliche Wesen, das mich so gräßlich entlarvt hatte, war, ich entsann mich, in einen Mantel eingemummt gewesen, und von den Teilnehmern unserer Gesellschaft hatte außer mir keiner einen getragen. Nachdem ich einige Besinnung wiedererlangt hatte, ergriff ich jenen Mantel, den mir Preston reichte, legte ihn unbemerkt über meinen eigenen und ging in finster trotziger Haltung hinaus; noch vor Tagesgrauen brach ich auf und hetzte, von Scham und Entsetzen gejagt, nach dem Kontinent.

Ich floh vergebens. Mein böses Geschick verfolgte mich gleichsam mit Frohlocken, und es zeigte sich, daß seine unheimliche Gewaltherrschaft eben erst begonnen hatte. Kaum hatte ich in Paris Fuß gefaßt, als ich neue Proben von der abscheulichen Anteilnahme dieses Wilson an meinen Angelegenheiten erhielt. Jahre vergingen, ohne daß ich eine Erleichterung spürte. Der Elende! Wie tückisch er mir in Rom unter der Maske ekelhafter Dienstbeflissenheit das Bein stellte, als ich eben dicht vor dem Ziel meines Ehrgeizes stand! Ebenso in Wien, in Berlin und in Moskau. Wo hatte ich nicht bittere Ursache, ihm in meinem Herzen zu fluchen? Vor seiner unfaßbaren Tyrannei floh ich zuletzt in panischem Schrecken wie vor einer Pest, floh bis ans Ende der bewohnten Welt und floh vergebens.

Und immer wieder ging ich insgeheim mit mir zu Rate und grübelte über die Fragen: Wer ist es? Woher kommt er? Was will er? Doch ich fand keine Antwort. Nun durchforschte ich mit allem erdenklichen Scharfsinn die Formen und Methoden und die Grundzüge seiner unverschämten Aufpasserei. Doch auch hierbei kam kaum etwas heraus, woraus sich eine Schlußfolgerung hätte ziehen lassen. Es war allerdings auffallend, daß er, sooft er letzthin meinen Weg gekreuzt hatte, ausnahmslos den einen Zweck verfolgt hatte, solche Pläne oder Handlungen zu vereiteln, die, zur Ausführung gelangt, schlimmes Unheil angerichtet hätten. Freilich eine schwache Rechtfertigung für eine so herrisch angemaßte Autorität! War das ein Grund, um das angeborene Recht auf Handlungsfreiheit einer so hartnäckigen, schamlosen Vergewaltigung preiszugeben?

Übrigens mußte es mir auffallen, daß mein Peiniger die ganze lange Zeit hindurch – während er stets sorgfältig und mit wunderbarer Gewandtheit die Maskerade von der Identität unserer äußeren Erscheinung fortführte –, sooft er auch meine Absichten durchkreuzte, es jeweils so eingerichtet hatte, daß ich auch nicht eine Sekunde lang seine Gesichtszüge sehen konnte. Was auch mit Wilson lossein mochte, das war jedenfalls bloße Affigkeit oder Verrücktheit. Wie hätte er sonst auch nur auf den Gedanken kommen können, daß ich in der warnenden Stimme zu Eton, in dem Zerstörer meiner Ehre zu Oxford, in diesem Menschen, der in Rom meinen Ehrgeiz, in Paris meine Rache, in Neapel meine leidenschaftliche Liebe und in Ägypten meine angebliche Habsucht zuschanden machte – daß ich in diesem meinem Erzfeind und bösen Dämon nicht den William Wilson meiner alten Schulzeit wiedererkennen würde, den Namensvetter und Spielgefährten, den Rivalen, den gehaßten und gefürchteten Rivalen bei Dr. Bransby? Unmöglich! – Doch nun zu der letzten inhaltsschweren Szene des Dramas.

So war ich willenlos immer tiefer in den Bann seiner Herrschaft geraten. Das Gefühl tiefinnerlichen Schmerzes, das ich empfand, sooft sich mir der erhabene Charakter, die majestätische Weisheit und die nicht zu bezweifelnde Allgegenwart und Allmächtigkeit Wilsons offenbarten, und dazu das fassungslose Grauen, das gewisse andere Züge seines Wesens oder Auftretens mir einflößten, hatten es zuwege gebracht, mich mit Vorstellungen von eigener äußerster Schwäche und Hilflosigkeit zu erfüllen, so daß mir eine bedingungslose, wenn auch sich bitter aufbäumende Unterwerfung unter seinen herrischen Willen zur schleichenden Gewohnheit wurde. Doch hatte ich mich in der letzten Zeit völlig dem Wein ergeben, und dessen erhitzender Einfluß auf mein ererbtes Temperament machte mich immer unduldsamer gegen Bevormundung. Ich begann zu murren, mich zu weigern, zu widerstreben. Und war es bloße Einbildung, was mich dem Glauben in die Arme trieb, mit der Abnahme meiner eigenen Lebenskräfte müßten auch die meines Peinigers eine entsprechende Verminderung erleiden? Mag dem sein, wie es wolle, ich empfing in meiner Seele das erste Licht einer brennenden Hoffnung, und mit der Zeit nährte ich in meinen geheimen Gedanken einen festen und verzweifelten Entschluß, der sich bald nicht länger in Fesseln halten ließ.

Es war in Rom während des Karnevals 18 . . ; ich befand mich auf einem Maskenfest in dem Palast des neapolitanischen Fürsten Di Broglio. Ich hatte den Weinen und Likören noch hemmungsloser als gewöhnlich zugesprochen, und die erstickende Luft der überfüllten Räume begann mir unerträglich zu werden. Auch die Schwierigkeit, mir durch das Gewimmel der Masken einen Weg zu bahnen, trug nicht wenig dazu bei, mein Gemüt zu verstören; denn ich war ängstlich auf der Suche – mit welchen unwürdigen Absichten, laßt mich verschweigen – nach der jungen, reizenden, wunderschönen Frau des alten, kindischen Di Broglio. Mit allzu argloser Vertrauensseligkeit hatte sie mir das Geheimnis des Kostüms, in dem sie erscheinen wollte, im voraus mitgeteilt, und kaum hatte ich einen Schimmer ihrer Anwesenheit erspäht, so kämpfte ich, um mich in ihre Nähe durchzuschlagen. In diesem Augenblick spürte ich eine Hand sich leicht auf meine Schulter legen und hörte jenes nie vergessene, leise, verfluchte Flüstern an meinem Ohr.

In einem Anfall rasender Wut kehrte ich mich gegen ihn, der mich so aufzuhalten gewagt hatte, und packte ihn heftig am Kragen. Er trug, wie nicht anders zu erwarten, ein dem meinen vollkommen gleiches Kostüm: ein spanisches Kleid von blauem Samt, das Wams umschloß ein karmoisinroter Gürtel mit Gehänge, darin stak ein Rapier. Eine schwarzseidene Maske verbarg das Gesicht völlig.

„Schurke!" sagte ich mit vor Wut knirschender Stimme, während jede Silbe, die ich hervorstieß, dieser Wut als Nahrung zu dienen schien, „Schurke, Verräter, abscheulicher Halunke! Du sollst nicht, du sollst mich nicht zu Tode hetzen. Folge mir, oder auf der Stelle ersteche ich dich" – und ich bahnte mir einen Weg durch den Ballsaal in ein anstoßendes kleines Vorzimmer, wobei ich den Widerstandslosen hinter mir herzerrte.

Kaum hatten wir den Raum betreten, stieß ich ihn wütend von mir. Er taumelte gegen die Wand, ich riegelte die Tür ab und gebot ihm zu ziehen. Er zögerte, wenn auch nur einen Augenblick, seufzte leise und zog dann schweigend und verlegte sich auf die Verteidigung.

Unser Handel war bald genug abgetan. Ich war mit allen Sorten von wildesten Reizmitteln geladen und fühlte die Kraft und Macht einer ganzen Truppe in meinem Arm. Binnen weniger Sekunden hatte ich ihn mit schneidigen Ausfällen gegen die Wandtäfelung gedrängt, und so, angesichts seiner Wehrlosigkeit, stieß ich meinen Degen mehrmals mit tierischer Roheit tief in seine Brust.

In diesem Augenblick versuchte jemand die Tür zu öffnen. Ich erfand etwas, um einem Eindringen vorzubeugen, und kehrte sofort zu meinem sterbenden Gegner zurück. Doch welche menschliche Sprache ist zureichend, um dies Erstaunen, dieses Entsetzen zu schildern, das mich bei dem Anblick befiel, der sich mir jetzt darbot! Der kurze Moment, den ich meine Augen abgewendet hatte, hatte genügt, um an dem oberen oder hinteren Ende des Raumes eine offensichtliche materielle Verwandlung vor sich gehen zu lassen. Ein hoher Spiegel, so kam es mir in meiner Verwirrung anfangs vor, stand nun da, wo vorher nichts dergleichen wahrzunehmen gewesen war, und als ich, von Schrecken geschüttelt, darauf losging, kam mir schwach und taumelnd mein eigenes Bildnis entgegengewankt, das Gesicht leichenblaß und mit Blut besudelt.

So kam es mir vor, sage ich, doch es war nicht so. Es war mein Gegner, es war Wilson, der da vor mir stand in den letzten Zuckungen des Todeskampfes. Seine Maske und sein Rock lagen auf dem Boden, da, wo er sie hingeworfen hatte. Und bis auf den letzten Faden seiner Kleidung, bis auf die kleinste Linie in der starken, einzigartigen Zeichnung seines Gesichts war er mein vollkommenes Ebenbild.

Es war Wilson, doch er sprach nicht mehr flüsternd, und während er das folgende sagte, hätte ich meinen können, ich selbst sei der Sprecher: „Du hast gesiegt, und ich weiche. Doch hinfort wirst auch du tot sein, tot für die Welt, für Hoffnung und Seligkeit. In mir lebte dein Leben, und in meinem Tode – sieh's an diesem Bildnis, das dein eigenes ist, wie rettungslos du dich in meinem Tode selbst gemordet hast."

DER MANN DER MENGE

> Ce grand malheur, de ne pouvoir être seul.
>
> *La Bruyère*

Von irgendeinem deutschen Buche heißt es: „Es läßt sich nicht lesen." Das ist fein gesagt. Es gibt Dinge, die sich einfach nicht aussprechen lassen. Da sterben Menschen nachts in ihren Betten – wer kennt die Geister, denen sie beichteten, deren Hände sie nicht loslassen konnten und in deren Augen sie keinen Trost fanden? Sie starben, Verzweiflung im Herzen und mit verkrampfter Kehle; zu gräßlich waren die geheimnisvollen Dinge, die sich nicht offenbaren lassen. So war es von jeher; Last auf Last nimmt das Gewissen des Menschen auf sich, bis die entsetzliche Bürde so schwer ist, daß sie nicht mehr anders abgeschüttelt werden kann als nur im Grab. Daher kommt es auch, daß nie einem Verbrechen auf den Grund geleuchtet wird.

Kürzlich, an einem dämmernden Herbstabend, saß ich an dem Bogenfenster des Cafés D. in London. Die letzten Monate war ich krank gewesen, jetzt ging es wieder aufwärts, und ich befand mich im Gefühl wiederkehrender Kräfte in jener glücklichen Stimmung, da man alles andere eher empfindet als Langeweile. Die Sinne sind wacher als sonst, die Schleier lüften sich von den inneren Visionen, und die Gedanken sind geradezu elektrisch geladen: sie erheben sich so weit über ihre alltäglichen Bahnen, wie der lebhafte und dabei klare Intellekt Leibnizens erhaben ist über die trübselige und schale Rhetorik eines Gorgias. Allein schon zu atmen war ein Genuß, und ich vermochte sogar eigentliche Quellen des Leidens zu meiner Lust auszubeuten. Ich empfand ein ruhiges und dabei regsames Interesse an allem und jedem. Eine Zigarre im Mund und ein Zeitungsblatt auf dem Schoße, hatte ich einen guten

Teil des Nachmittages vergnügt zugebracht, indem ich bald in die Annoncen blinzelte, bald die buntscheckige Gesellschaft im Saal musterte oder durch die angelaufenen Scheiben auf die Straße guckte.

Diese Straße ist eine der Hauptadern der City; sie war den ganzen Tag über sehr belebt gewesen. Doch mit zunehmender Dunkelheit wuchs das Gedränge zusehends, und im aufflammenden Licht der Laternen sah man draußen die Menschenmenge in zwei dichten, endlosen Zügen an der Tür vorbeifluten. Ich hatte nie gerade um diese Abendstunde ein solches Bild erlebt, und die wogende See von Menschenköpfen bereitete mir eine ganz neue und köstliche Art von Aufregung. Mit der Zeit wurde ich gleichgültig gegen alles, was im Restaurant vorging, und versank völlig in die Betrachtung der Straße.

Zunächst gingen meine Beobachtungen in eine abstrakte und verallgemeinernde Richtung. Ich blickte auf die Masse Menschen und dachte darüber nach, wie wohl die seelischen Beziehungen innerhalb einer solchen Masse verlaufen mochten. Bald indes vertiefte ich mich in Einzelheiten und musterte mit wacher Anteilnahme die unzähligen Verschiedenheiten, die in Gestalt, Kleidung, Miene, Gang, Gesicht und gesamter Haltung obwalteten.

Bei weitem der überwiegende Teil der Vorübergehenden legte ein zufriedenes, geschäftsmäßiges Gebaren an den Tag; diese Leute schienen ausschließlich darauf bedacht, sich ihren Weg durch das Gedränge zu bahnen. Ihre Stirnen waren gerunzelt, und ihre Augen blickten lebhaft; wenn sie von anderen Passanten angerempelt wurden, verrieten sie keinerlei Zeichen von Gereiztheit, sondern brachten ihre Kleider in Ordnung und eilten weiter. Andere – auch sie waren häufig vertreten – hatten fahrige Bewegungen und gerötete Gesichter und redeten und gestikulierten mit sich selber, als ob sie sich inmitten und wegen des sie umgebenden Gewimmels vereinsamt fühlten. Wurden sie angehalten, hörten diese Leute plötzlich auf zu murmeln, gestikulierten jedoch nur um so heftiger und warteten, ein abwesendes und übertriebenes Lächeln auf den

Lippen, bis die Leute, die ihnen den Weg versperrten, weitergingen. Wurden sie gestoßen, verneigten sie sich übermäßig vor dem, der sie gestoßen hatte, und schienen völlig außer Fassung zu geraten. Sonst wäre von diesen beiden umfangreichen Gattungen nichts Charakteristisches weiter zu sagen. Ihre Art, sich zu kleiden, entsprach dem, was man treffenderweise als dezent bezeichnet. Sie waren zweifellos Aristokraten, Kaufleute, Rechtsanwälte, Händler und Börsenmakler – die Eupatriden und Gemeinplätze der Gesellschaft, müßige Menschen und solche, die in ihren eigenen Angelegenheiten tätig waren, jedenfalls Leute, die auf eigene Verantwortung handelten. Sie erregten meine Beachtung nicht sonderlich.

Auffallend war die Zunft der Angestellten; ich konnte deutlich zwei Klassen unterscheiden. Da waren die unteren Angestellten aus den Kaufläden, junge Herren mit sauberen Röcken, blitzblanken Schuhen, schöngefettetem Haar und aufgeworfenen Lippen. Bis auf eine gewisse Eilfertigkeit, die ich in Ermangelung eines besseren Wortes mit Schreibertum bezeichnen möchte, kam das Gehaben dieser Leute mir vor wie ein genaues Faksimile dessen, was vor etwa zwölf oder achtzehn Monaten die Vollendung des bon ton gewesen war. Sie trugen die abgelegten Manieren der vornehmen Welt, und damit ist, glaube ich, das Bezeichnendste über diese Klasse gesagt.

Die Klasse der höheren Angestellten aus angesehenen Firmen, auch die „dauerhaften alten Jungen“ geheißen, war unverkennbar. Man erkannte sie an ihren schwarzen oder braunen Röcken und Hosen, die auf bequemen Sitz gearbeitet waren, ihren weißen Krawatten und Westen, den breiten, solid aussehenden Schuhen und den dicken Socken oder Gamaschen. Sie hatten samt und sonders leicht angekahlte Köpfe, und gewöhnlich zeigten die rechten oberen Ohrlappen vom langen Gebrauch des Federtragens eine unglückliche Neigung, abzustehen. Ich beobachtete, daß sie fortwährend ihre Hüte mit beiden Händen abnahmen oder aufsetzten, und sie trugen Taschenuhren mit kurzen, goldenen Ketten von gewichtiger, altertümlicher Machart.

Sie stellten ein Bild von Biederkeit dar, vorausgesetzt, daß eine so ehrenhafte Sache sich überhaupt darstellen läßt.

Ferner gab es einige wenig vertrauenerweckende Erscheinungen, die ich schon von weitem als Angehörige jener Rasse hamsterartiger Taschendiebe erkannte, mit denen alle großen Städte gesegnet sind. Ich besah mir diese Herrschaften sehr aufmerksam und fand es schwer verständlich, wie sie vor den Augen wirklicher Gentlemen als Gentlemen passieren können. An ihren unförmigen Manschetten und an einer gewissen betonten Freimütigkeit müßte jedermann sie erkennen.

Noch leichter herauszufinden sind die Falschspieler, von denen ich eine ganze Menge entdeckte. Sie waren auf die verschiedenste Art und Weise kostümiert, vom desperaten Allerweltskuppler mit Samtweste, phantastischer Halsbinde, vergoldeten Schnüren und umsponnenen Knöpfen bis zu der peinlich schmucklosen und über jeden Verdacht erhabenen Erscheinung des Priesters. Allen gemeinsam waren eine gewisse gelbliche Tönung der aufgedunsenen Gesichter, der nebelhafte, düstere Blick und die blassen, zusammengepreßten Lippen. Es gab außerdem zwei Merkmale, an denen ich sie mit Sicherheit erkannte: sie sprachen leise, mit verhaltenem Ton, und spreizten in einer ungewöhnlichen Weise den Daumen im rechten Winkel von den übrigen Fingern ab. In Gesellschaft dieser Gauner bemerkte ich öfters eine Sorte Menschen von etwas abweichender Kleidung, die jedoch Vögel einer ähnlichen Gattung waren. Ich möchte sie als Gentlemen bezeichnen, die von Gelegenheitswitzen leben. Auf die Menschheit losgelassen werden sie gleichsam in zwei Bataillonen: dem der Dandys und dem der Militärs. Hauptmerkmale der ersten Klasse sind Schmachtlocken und ein süßes Lächeln, Kennzeichen der zweiten Gruppe wasserdichte Jacken und gerunzelte Stirnen.

Dunkleren und tieferen Eindruck machte mir, was man die Nobilität der Gasse nennt. Ich sah jüdische Hausierer mit Habichtaugen, in denen es funkelte vor verhaltenen Begierden, während jeder andere Zug ihres Gesichtes den

Ausdruck unbedingter Unterwürfigkeit trug; hartnäckige Straßenbettler von Profession, die murrten über den Almosensammler von besserer Herkunft, der nur durch die äußerste Verzweiflung in die Nacht hinausgetrieben wurde, um milde Gaben zu erbitten; schwächliche, bleiche Krüppel, über denen sichtbar die Hand des Todes schwebte und die sich wankend durch die Menge schoben, indem sie jedermann flehentlich ins Gesicht sahen, als wären sie auf der Suche nach irgendeinem Trostblick, irgendeiner verlorenen Hoffnung; dürftige, junge Mädchen, auf dem Heimweg von langer, harter Arbeit in ein freudloses Zuhause, die eher traurig als empört zusammenschauerten unter den anzüglichen Blicken der Begehrlichen, mit denen sie oft sogar in körperliche Berührung kamen; Frauen aller Art und jeden Alters: die unvergleichliche Schönheit in der Blüte ihrer Weiblichkeit, die an die Statue im Lukian erinnerte: außen von parischem Marmor und im Innern gefüllt mit Unrat, die zerlumpte Aussätzige, ekelhaft und verloren, die runzlige, juwelenbehängte, über und über geschminkte Weltdame, die mit äußerster Anstrengung Jugend vortäuscht, und Dirnen, halbe Kinder noch, vom langen Zusammenleben her geschult in den scheußlichen Koketterien ihres Gewerbes und glühend vor Ehrgeiz, den älteren Gefährtinnen ihres Lasters gleichgezählt zu werden; zahllose, unbeschreibliche Trunkenbolde in Fetzen und Lumpen, taumelnd, mit unartikuliertem Lallen, zerschlagenen Gesichtern und einem Lackglanz in den Augen, andere in unzerrissenen, jedoch schmutzigen Kleidern, ab und zu ein wenig polternd, mit dicken, sinnlichen Lippen und roten, herzlichen Gesichtern, andere in Stoffe gekleidet, die einstmals gut gewesen und sogar jetzt peinlich gebürstet waren; Leute, die mit ungewöhnlich festen, federnden Schritten einhergingen, deren Gesichter jedoch furchtbar bleich und deren Augen wildblickend und gerötet waren und deren zitternde Finger nach jedem erreichbaren Gegenstand langten und griffen; und schließlich Konditorjungen, Portiers, Kohlenträger, Straßenkehrer, Leierkastenmänner, Affenvorführer und Balladenverkäufer, solche, die sie feilboten, und andere, die sie sangen, zerlumpte Artisten und erschöpfte Arbeitsleute jeden Schlages – alle voll lärmender und zielloser Lebhaftigkeit. Sie zu hören schmerzte das Ohr, und ihr Anblick stach einem ins Herz.

Mit zunehmender Dunkelheit wurde die Szene immer fesselnder für mich; denn allmählich vollzog sich eine gänzliche Wandlung im Charakter des vorüberziehenden Publikums. Seine gefälligen Züge verschwanden im gleichen Maße, wie die ordentlicheren Leute sich zurückzogen, während alles Gröbere um so schärfer hervortrat, da die späte Stunde das Laster in jedweder Gestalt zum Vorschein brachte. Zudem hatten die Gaslaternen, die zunächst einen mühsamen Kampf mit dem schwindenden Tageslicht führten, mit der Zeit an Leuchtkraft zugenommen und warfen nun ein flackerndes Licht über alle Gegenstände. Alles war dunkel und doch erhellt, gleich jenem Ebenholz, mit dem der Stil des Tertullian verglichen worden ist.

Das nervöse Flackern des Lichts nötigte mich, zur Beobachtung einzelner Personen überzugehen, und obwohl die Lichterwelt vor dem Fenster von blitzschnellen Zukkungen beherrscht war, so daß ich jedes Gesicht nur für kurze Sekunden zu sehen vermochte, gelang es mir in meiner absonderlich gesteigerten Seelenverfassung doch öfters, selbst in diesen so kurzen Augenblicken die Geschichte ganzer Jahre zu enträtseln.

Die Stirn gegen die Fensterscheibe gedrückt, war ich also in das Studium der Menge vertieft, als ich plötzlich das Antlitz eines sehr alten Mannes von fünfundsechzig oder siebzig Jahren erblickte; ein Antlitz, das infolge seines absonderlichen Ausdrucks auf der Stelle meine ganze Aufmerksamkeit gefangennahm. Nie zuvor war mir ein Gesichtsausdruck begegnet, der auch nur entfernt an diesen gemahnt hätte. Richtig, mein erster Gedanke, als ich den Menschen erblickte, war, daß Retzsch, wenn er ihn gesehen hätte, ihn sicher bei weitem seinen eigenen bildlichen Verkörperungen des Satans vorgezogen hätte. Während ich diesen ersten sinnfälligen Eindruck im Verlauf einer knappen Minute, die mir vergönnt war, zu analysieren versuchte, überfielen mich allerlei wirre und widersprechende Vorstellungen von ungeheurer Energie, Mißtrauen, Armut, Geiz, Herzenskälte, Bosheit, Blutdurst, Triumph und Frohlocken, maßlosem Entsetzen und fürchterlicher, grenzenloser Verzweiflung. Ich fühlte mich unglaublich erfrischt, durchgeschüttelt und fasziniert. Welch furchtbare Geschichte, sagte ich mir, mag in dieser Brust geschrieben stehen! Es folgte der brennende Wunsch, den Mann weiter vor Augen zu haben, mehr über ihn zu erfahren. Rasch fuhr ich in den Mantel, griff nach Hut und Stock, beeilte mich, auf die Straße zu gelangen, und drängte mich durch die Menge in der Richtung, die ich ihn hatte einschlagen sehen; denn er war bereits verschwunden. Nach einigen Schwierigkeiten bekam ich ihn wieder zu Gesicht, näherte mich ihm und folgte ihm auf dem Fuße, jedoch vorsichtig, damit er keinen Verdacht schöpfte.

Ich hatte nun die schönste Gelegenheit, ihn zu beobachten. Er war klein, ziemlich mager und offenbar sehr schwächlich. Seine Kleider waren achmutzig und zerlumpt, doch stellte ich immer wieder, sooft er in das helle Licht einer Laterne trat, fest, daß seine Leibwäsche zwar verschmutzt, aber von wundervollem Gewebe war, und sofern mich nicht alles täuschte, erspähte ich durch einen Spalt seines fest zugeknöpften und augenscheinlich vom Trödler stammenden Überrockes das Funkeln einer Diamantnadel und eines Dolchknaufes. Diese Beobachtungen steigerten meine Neugier, und ich beschloß, dem seltsamen Manne zu folgen, wohin er auch gehen mochte.

Indes war es Nacht geworden, und ein dichter, feuchter Nebel hing über der City, der alsbald in einen heftigen, schweren Regen überging. Dieser Wetterumschlag hatte eine störende Wirkung auf die Menge, die plötzlich insgesamt in Bewegung geriet und sich mit einem Wald von Regenschirmen überdachte. Das Schwanken, das Stoßen und Summen vervielfachte sich. Ich für mein Teil kümmerte mich nicht groß um den Regen; es verursachte mir ein prickelndes Gefühl, meinen noch nicht ganz fieberfreien Körper der Feuchtigkeit auszusetzen. Ein Taschentuch vor dem Mund, schritt ich weiter. Eine halbe Stunde lang bahnte sich der Alte mühsam seinen Weg die große Verkehrsstraße entlang, und ich hielt mich dicht an seinen Ellbogen, aus Furcht, ihn aus den Augen zu verlieren. Er wandte nicht ein einziges Mal den Kopf und entdeckte mich infolgedessen nicht. Endlich bog er in eine Seitenstraße ein, die zwar gleichfalls sehr belebt war, aber nicht entfernt so belebt wie die Hauptstraße, die er verlassen hatte. Hier änderte sich plötzlich sein Benehmen. Er ging langsamer und minder zielbewußt als vorher, ich möchte sagen: zögernder. Mehrmals kreuzte er den Fahrdamm ohne ersichtlichen Zweck, und das Gedränge war noch immer so dicht, daß ich ihm bei jeder solchen Bewegung auf dem Fuße folgen mußte. Die Straße war schmal und sehr lang, sie verlief etwa eine Stunde weit völlig gerade; die Fußgänger wurden immer weniger, bis es schließlich nur noch soviel waren, wie man sie gewöhnlich um die Mittagszeit auf dem Broadway in der Nähe des Parks erblickt – ein so riesiger Unterschied besteht zwischen einer Londoner Volksmenge und der einer City der größten amerikanischen Städte. Wir bogen wiederum ab und gelangten auf einen strahlend erleuchteten Platz, der voller Menschen war. Der Unbekannte hatte sein früheres Benehmen wieder angenommen. Sein Kinn fiel auf die Brust, während seine Augen unter den gerunzelten Brauen wild hin und her rollten und jeden anfunkelten, der ihm in den Weg kam. Er verfolgte diesen Weg stetig und hartnäckig. Doch war ich überrascht, als er nach einmaliger Umkreisung des Platzes umkehrte und seine eigene Spur zurückging. Noch mehr erstaunte ich, als ich ihn denselben Weg mehrere Male zurücklegen sah, wobei er mich einmal bei einer plötzlichen Wendung fast entdeckt hätte.

Unter dieser Beschäftigung verstrich eine weitere Stunde, nach deren Ablauf wir sehr viel weniger Menschen begegneten als zu Beginn. Der Regen fiel dicht, es war kühl geworden, und die Leute begaben sich nach Hause. Der Wanderer zeigte sich gereizt, er betrat eine Seitenstraße, die verhältnismäßig leer war. Diese Seitenstraße lief er hinunter, wohl eine Viertelstunde weit, mit einer Behendigkeit, die ich dem alten Mann nicht zugetraut hätte, so daß ich ihm nur mit Anstrengung folgen konnte. Nach ein paar Minuten erreichten wir einen großen und rege besuchten Basar, mit dessen Örtlichkeiten der Unbekannte gut vertraut schien und wo er sein ursprüngliches Benehmen wieder aufnahm, dieses verbohrte, ziellose Hin- und Widergehen inmitten des Gewimmels von Käufern und Verkäufern.

Im Verlauf der einen oder anderthalb Stunden, die wir an dem Platze zubrachten, bedurfte es vieler Sorgfalt meinerseits, um den Mann im Auge zu behalten, ohne seine Aufmerksamkeit zu erregen. Zum Glück hatte ich Gummischuhe an und konnte mich beinahe lautlos bewegen. Er merkte niemals, daß ich ihn beobachtete. Er betrat einen Laden nach dem anderen, kaufte nichts, sprach nichts und starrte nur mit einem wilden und leeren Blick auf die ausgestellten Waren. Ich war nun aufs äußerste verwundert über sein Betragen und fest entschlossen, nicht zu weichen, bis ich über seine Person irgendwie ins klare gekommen wäre.

Eine lauthallende Glocke schlug elf, und der Basar leerte sich rasch. Ein Verkäufer, der seinen Laden schloß, stieß den alten Mann an; im selben Augenblick sah ich, wie ihn ein starker Schauder überlief. Er stürzte auf die Straße, blickte einen Augenblick ängstlich um sich und lief dann mit unglaublicher Raschheit durch einige krumme und menschenleere Gassen, bis wir uns zum zweiten Male in der großen Verkehrsstraße befanden, von der wir ausgegangen waren, der Straße des Cafés D. Hier bot sich ein völlig verändertes Bild. Noch war alles strahlend hell erleuchtet, aber der Regen fiel kräftiger, und es waren nur noch wenige Menschen zu sehen. Der Unbekannte erbleichte. Er tat mißmutig einige Schritte über die vordem so belebte Straße, dann schlug er mit einem schweren Seufzer die Richtung nach dem Flusse ein, und nach vielem Kreuz und Quer durch abgelegene Gassen landeten wir schließlich gegenüber einem der größeren Theater. Die Vorstellung war soeben beendet, und das Publikum drängte aus den Türen. Ich sah den alten Mann nach Atem ringen, während er sich mitten in das Gewühl hineinstürzte; dennoch hatte sich, seinem Gesicht nach zu schließen, der wahnsinnige Kampf in seinem Innern etwas besänftigt. Sein Kopf sank wiederum auf die Brust, er sah so aus, wie ich ihn zuerst erblickt hatte. Ich bemerkte, daß er sich endlich dem breiteren Strom des sich verlaufenden Publikums anschloß, doch im großen ganzen war ich außerstande, den Sinn seines wunderlichen Gebarens zu begreifen.

Im Weitergehen zerstreute sich die Gesellschaft mehr und mehr, und zugleich kehrten ihm sein früherer Mißmut und seine Unruhe zurück. Eine Zeitlang folgte er einer Gruppe von zehn oder zwölf Radaumachern; aber auch hier verlief sich einer nach dem anderen, bis nur noch drei Personen übrig waren. Wir befanden uns in einer schmalen, einsamen, schwach erleuchteten Gasse. Der Unbekannte blieb stehen. Er schien einen Augenblick in Gedanken verloren, dann schlug er, indem er die höchste Aufregung äußerte, hastig einen Weg ein, der uns an den Rand des Stadtbezirkes brachte, in eine Gegend, die von den bisher durchquerten sehr verschieden war. Es war das scheußlichste Viertel von London, wo jeder Blick die schlimmsten Eindrücke von jammervollstem Elend und abgründigem Verbrechertum vermittelt. Bei dem trüben Schein vereinzelter Laternen sah man lange, altertümliche, wurmzerfressene Holzhütten, bereit, nach allen Richtungen einzustürzen, ein krauses Durcheinander, welches kaum die Zugangswege erkennen ließ. Die Pflastersteine waren schief, in den Ritzen war das Unkraut üppig aufgeschossen. Die Gossen am Wegrand starrten von grauenhaftem Schmutz. Die ganze Atmosphäre atmete Trostlosigkeit. Indes klang, als wir vordrangen, hin und wieder ein Laut menschlichen Lebens auf, Laute, die sich häuften, und am Ende erschienen, emsig herumlaufend, ganze Trupps der verkommensten Londoner Bevölkerung. Die Lebensgeister des alten Mannes flackerten noch einmal auf, gleich einer Lampe dicht vorm Erlöschen. Nochmals ging er mit elastischen Schritten dahin. Plötzlich, nach einer scharfen Biegung, schoß uns eine blendende Lichtgarbe entgegen, und wir standen im Angesicht eines der Vorstadt-Riesentempel der Völlerei, eines der Paläste des Satans Gin.

Die Morgendämmerung war nahe, doch wimmelte es noch von elenden Trunkenbolden um das prunkvolle Portal. Mit einem unterdrückten Jubelschrei erkämpfte sich der Alte den Eintritt; er hatte mit einemmal sein ursprüngliches Gebaren wieder angenommen und wanderte ohne erkennbares Ziel in dem Gedränge auf und nieder. Es dauerte indes nicht lange; ein hastiges Rennen nach den Türen kündigte an, daß der Wirt sein Lokal zu schließen gedachte. Schlimmer als verzweifelt war der Ausdruck, der sich jetzt auf dem Gesicht dieses einzigartigen Menschen malte, an dessen Fersen ich mich so hartnäckig geheftet hatte. Doch hielt er nicht etwa inne in seiner Wanderung, sondern nahm mit einer matten Anstrengung wiederum den Weg nach dem Herzen des mächtigen London auf. Mit langen, geschwinden Sätzen flog er dahin, und ich folgte ihm voll abgründigen Staunens, fest entschlossen, dies Abenteuer, das meine Seele völlig gefangennahm, nicht aufzugeben. Indessen war die Sonne aufgegangen, und als wir zum anderen Mal jenen belebtesten Teil der volkreichen Stadt, die Straße vor dem Café D., erreichten, bot sich uns ein Anblick von Menschengewühl und Geschäftigkeit, der den vom Abend vorher womöglich noch übertraf. Ich folgte dem Unbekannten, ich ließ nicht ab von ihm, während das Getümmel von Stunde zu Stunde wuchs. Er wanderte auf und ab wie gewöhnlich, den ganzen Tag über wich er nicht aus der Unrast jener Straße. Als die Dämmerung des zweiten Abends hereinbrach, hielt ich an, zu Tode erschöpft, stellte mich dem Wanderer in den Weg und sah ihm voll und gerade ins Antlitz. Er achtete meiner nicht und setzte unbeirrt seinen Marsch fort, während ich, von der Verfolgung ablassend, zurückblieb, in Betrachtung versunken. Dieser alte Mann, sagte ich mir schließlich, ist das Abbild und der Genius tiefen Schuldbewußtseins. Er flieht vor dem Alleinsein. Er ist der Mann der Menge. Umsonst, ihm zu folgen, ich werde nichts von ihm erfahren, nichts über ihn. Das böseste Herz auf Erden ist ein Buch, unergründlicher als der *Hortulus animae*. Und vielleicht ist es eins von den größten Geschenken des Herrgotts, dies: „Es läßt sich nicht lesen."

DER MORD IN DER RUE MORGUE

> Welches Lied die Sirenen sangen oder welchen Namen Achilles sich beilegte, als er sich unter den Weibern verbarg — das sind zwar schwierige Fragen, aber dennoch nicht jeglicher Mutmaßung entzogen.
>
> *Sir Thomas Browne*

Die Charaktereigenschaften, die man die analytischen nennt, sind selbst einer Analyse nur wenig zugänglich. Wir schätzen sie lediglich nach ihren Erfolgen ein und wissen unter anderem von ihnen, daß sie für denjenigen, der sie in ausschweifendem Maße sein eigen nennt, eine Quelle köstlichsten Genusses sind. Wie der Starke auf seine Körperkraft stolz ist und an Übungen, die seine Muskeln in Tätigkeit setzen, seine Freude hat, so frohlockt der Analytiker über die Regsamkeit seines entwirrenden Geistes. Selbst in der nichtigsten Beschäftigung findet er noch einen Reiz, wenn er nur sein Talent spielen lassen darf. Er ist ein Freund von Rätselraten, Kopfzerbrechen und Hieroglyphen und entfaltet bei jeder seiner Lösungen einen Grad von Scharfsinn, der dem gewöhnlichen Begreifen übernatürlich vorkommt. Seine durch nichts als das Konzentrat, die Quintessenz einer planmäßigen Methode erzielten Resultate erwecken den täuschenden Anschein einer Erleuchtung.

Dieses Auflösungsvermögen wird möglicherweise durch mathematische Studien beträchtlich gefördert, und zwar ganz besonders durch jenen vornehmsten Zweig der Mathematik, den man mit Unrecht und bloß auf Grund seiner rückläufigen Operationen gleichsam par excellence die Analysis genannt hat. Indessen heißt berechnen noch nicht analysieren. Ein Schachspieler zum Beispiel tut das eine, ohne sich um das andere zu bemühen. Daraus folgt, daß das Schachspiel in seinen Wirkungen auf den Charakter ganz falsch eingeschätzt wird. Ich beabsichtige hier nicht eine Abhandlung zu schreiben, sondern möchte nur eine einigermaßen sonderbare Geschichte durch ein paar ganz beiläufige Bemerkungen einleiten. Ich will also die Gelegenheit bloß benutzen, um festzustellen, daß die höheren Kräfte des reflektierenden Verstandes durch das unaufdringliche Damespiel entschiedener und nutzbringender beschäftigt werden als durch all die ausgeklügelten Nichtigkeiten des Schachs. Bei diesem letzten Spiel, wo die Figuren die unterschiedlichsten bizarren Bewegungen von verschiedenem und veränderlichem Wert ausführen, wird – mit einem häufigen Irrtum – etwas, das nur sehr kompliziert ist, für tief gehalten. Die Aufmerksamkeit wird stark in Anspruch genommen. Erlahmt sie einen Augenblick, so wird etwas übersehen, das zu Verlusten oder zur Niederlage führt. Bei der Mannigfaltigkeit und Unübersichtlichkeit der möglichen Züge sind die Chancen, solche Fehler zu begehen, natürlich sehr groß, und in neun von zehn Fällen wird derjenige Spieler, der sich besser konzentriert, eher gewinnen als der geistreichere. Beim Damespiel hingegen, wo man nur auf eine einzige Art ziehen kann und es kaum irgendwelche Varianten gibt, ist die Wahrscheinlichkeit, eine Unachtsamkeit zu begehen, geringer, die bloße Aufmerksamkeit fällt verhältnismäßig kaum ins Gewicht, und die von einem der Partner errungenen Vorteile sind seinem überlegenen Scharfsinn zuzuschreiben. Stellen wir uns, um weniger abstrakt zu sein, eine Partie vor, in der sich die Anzahl der Steine auf vier Damen beschränkt, wobei selbstverständlich ein Übersehen nicht zu erwarten ist. Es ist klar, daß hier, bei sonst gleich starkem Spiel, der Sieg nur durch einen auserlesen geschickten Zug, das Ergebnis einer äußersten Verstandesanstrengung, entschieden werden kann. Wenn die gewöhnlichen Hilfsmittel versagen, versetzt sich der Analytiker in den Geist seines Gegners, identifiziert sich mit ihm und entdeckt nicht selten mit einem Blick die einzige, zuweilen verblüffend einfache Methode, die den anderen zu einem Fehler verführen oder in falsche Berechnungen stürzen muß.

Whist wird seit jeher wegen seines Einflusses auf das sogenannte Berechnungsvermögen gerühmt; und Männer von hervorragender Intelligenz waren wegen des scheinbar unbegreiflichen Vergnügens bekannt, das ihnen das Spiel bereitete, während sie das Schachspiel als bedeutungslos ablehnten. Ohne Zweifel nimmt von allen derartigen Beschäftigungen keine die analytischen Fähigkeiten so sehr in Anspruch wie Whist. Der beste Schachspieler der Christenheit mag vielleicht noch ein wenig mehr sein als eben der beste Schachspieler; aber Meisterschaft im Whist begreift die Fähigkeit zum Erfolg in all den unvergleichlich wichtigeren Unternehmungen in sich, wo der Geist mit dem Geiste kämpft. Wenn ich Meisterschaft sage, so meine ich jene Vollendung des Spiels, welche das Wissen um alle Hilfsmittel, aus denen sich ein rechtmäßiger Vorteil ziehen läßt, in sich schließt. Diese Hilfsmittel sind nicht nur zahlreich, sondern auch von verschiedener Art und bestehen häufig in so versteckten Gedankengängen, daß der gewöhnliche Verstand ihnen nicht auf die Spur zu kommen vermag.

Aufmerksam beobachten heißt sich deutlich erinnern, und insofern wird der konzentrierte Schachspieler, da ja die Regeln von Hoyle, die sich nur auf den Mechanismus des Spieles gründen, leicht und allgemein verständlich sind, auch ein ganz guter Whistspieler sein. Daher meint man gewöhnlich, ein zuverlässiges Gedächtnis haben und sich an „das Buch" halten, das sei die ganze Weisheit des guten Spiels. Aber erst dort, wo das Reich der bloßen Regeln aufhört, offenbart sich die Kunst des Analytikers. In aller Stille sammelt er Beobachtungen und zieht seine Schlüsse. Dasselbe tun vielleicht die Mitspieler. Und der Unterschied im Umfang der so erhaltenen Auskunft liegt nicht so sehr in der Richtigkeit des Schlusses wie in der Art der Beobachtung. Es ist unumgänglich zu wissen, was man zu beobachten hat. Unser Spieler setzt sich keineswegs Grenzen, noch weist er, weil das Spiel die Hauptsache ist, Folgerungen aus

Vorkommnissen, die nicht zum Spiel selbst gehören, von sich. Er prüft den Gesichtsausdruck seines Partners und vergleicht ihn sorgfältig mit dem eines jeden seiner Gegner. Er beachtet die Art und Weise, wie jeder seine Karten in der Hand ordnet, und zählt oft, den Blicken der Spieler folgend, Atout auf Atout und Honneur auf Honneur mit. Er merkt sich im Verlauf des Spieles jede Veränderung der Mienen und macht sich über die verschiedenen Äußerungen von Sicherheit, Überraschung, Triumph und Ärger manche Gedanken. Aus der Art, wie jemand einen Stich aufnimmt, schließt er, ob der Betreffende noch einen anderen Stich in derselben Farbe machen kann, er erkennt an der Weise, in der er die Karte auf den Tisch wirft, ob jemand sich verstellt. Ein beiläufiges oder unüberlegtes Wort, das zufällige Fallenlassen oder Umdrehen einer Karte, die Beflissenheit oder Nachlässigkeit, mit der man sie wieder aufnimmt, das Zählen der Stiche und die Art ihrer Anordnung, Verlegenheit, Zaudern, Heftigkeit und Bestürzung, das alles bietet seinem scheinbar intuitiven Blick Anhaltspunkte, aus denen er den wahren Stand der Dinge errät. Und sind erst zwei oder drei Runden gespielt, so weiß er genau, was jeder in der Hand hat, und spielt seine Karten mit so absoluter und zielbewußter Sicherheit aus, als ob sämtliche Mitspieler die ihren offen aufgelegt hätten. Das analytische Vermögen darf mit der bloßen Erfindungsgabe nicht verwechselt werden. Denn während der Analytiker notwendigermaßen erfinderisch ist, erweist sich der erfinderische Mensch oft als ganz unfähig zur Analyse. Das konstruktive oder kombinatorische Vermögen, durch das sich die Erfindungsgabe gewöhnlich äußert und dem die Phrenologen, indem sie es für eine angeborene Fähigkeit hielten – wie ich glaube, irrtümlich –, ein besonderes Organ zuwiesen, wurde so oft an Menschen wahrgenommen, deren Verstandeskraft im übrigen an Idiotie grenzte, daß diese Tatsache unter den psychologischen Schriftstellern allgemein Beachtung gefunden hat. Zwischen der Erfindungsgabe und der Kunst der Analyse besteht tatsächlich ein zwar analoger, aber bei weitem größerer Unterschied als zwischen Phantasie und

Einbildungskraft. Es wird sich in der Tat zeigen, daß erfinderische Menschen immer voll Phantasterei, hingegen die wahrhaft mit Einbildungskraft Begabten nichts anderes als Analytiker sind.

Die nun folgende Erzählung wird dem Leser beinahe wie ein Kommentar zu der eben vorgebrachten Behauptung vorkommen.

Als ich mich während des Frühlings und eines Teiles des Sommers 18 . . in Paris aufhielt, machte ich die Bekanntschaft eines Monsieur C. Auguste Dupin. Dieser junge Mann entstammte einer vornehmen, ja sogar berühmten Familie, war aber durch eine Reihe widriger Ereignisse in solche Armut geraten, daß die Energie seines Charakters von seinem Elend gebrochen wurde und er es aufgab, sich weiter im Weltgetriebe zu rühren oder um die Wiedererlangung seines Vermögens umzutun. Durch das Entgegenkommen seiner Gläubiger blieb noch ein kleiner Rest seines väterlichen Erbteils in seinem Besitz, und er brachte es fertig, aus der daraus bezogenen Rente bei äußerster Sparsamkeit den notwendigsten Lebensunterhalt zu bestreiten, ohne sich um das Überflüssige zu sorgen. Bücher waren in der Tat sein einziger Luxus, und die sind in Paris leicht zu haben.

Unsere erste Begegnung fand in einem obskuren Buchladen der Rue Montmartre statt. Zufällig waren wir beide auf der Suche nach ein und demselben sehr seltenen und sehr merkwürdigen Werk, was zu unserer Bekanntschaft führte. Von nun an trafen wir uns immer wieder. Mit herzlichem Anteil hörte ich ihm zu, wenn er mir redselig und offenherzig, wie die Franzosen sind, sofern es sich um ihr liebes Ich handelt, seine kleine Familiengeschichte erzählte. Auch seine umfassende Belesenheit setzte mich in Verwunderung. Vor allem aber fühlte ich mich von der lebendigen Ursprünglichkeit und seltsamen Glut seiner Einbildungskraft bezaubert; ich fühlte, daß die Gesellschaft dieses Menschen, da er in Paris denselben Dingen nachjagte wie ich, für mich ein Schatz von unberechenbarem Wert sein müßte, und gestand ihm dies offen ein. Endlich beschlossen wir, solange mein Aufenthalt in dieser Stadt dauerte, zusammen zu leben, und da meine äußeren Umstände etwas weniger beengt waren als die seinen, konnte ich es mir erlauben, auf meine Kosten ein baufälliges, wunderliches Haus zu mieten und es in einem Stil auszustatten, der dem ein wenig grillenhaften Düster unserer beiden Temperamente angemessen war. Infolge abergläubischer Gerüchte, denen wir nicht weiter nachgingen, seit langem verödet, lag es, dem Einsturz nahe, in einem abgelegenen und vereinsamten Teil des Faubourg St. Germain.

Hätte man draußen in der Welt erfahren, wie wir an diesem Ort hausten, wir wären für Irre gehalten worden, wenn auch vielleicht für Irre harmloser Art. Aber unsere Abgeschiedenheit war vollkommen. Besuche empfingen wir nicht. Allerdings hatte ich meinen Zufluchtsort vor meinen früheren Gefährten sorgfältig geheimgehalten, und Dupin hatte seit vielen Jahren aufgehört, in Paris bekannt zu sein oder jemanden zu kennen. Wir lebten ganz allein miteinander.

Es war eine Marotte meines Freundes – wie sonst soll ich es nennen? –, in die Nacht um ihrer selbst willen verliebt zu sein, und ich nahm ruhig an dieser Skurrilität teil wie an allen den andern, indem ich mich seinen wunderlichen Schrullen mit vollkommener Hingabe überließ. Die schwarze Gottheit wollte zwar nicht immer bei uns verweilen, aber wir konnten ihre Gegenwart künstlich erzwingen. Beim ersten Morgengrauen schlossen wir all die schweren Läden unseres alten Bauwerks und zündeten ein paar Wachskerzen an, die stark dufteten und nur ganz gespenstische und blasse Strahlen aussandten. Bei ihrem Schimmer versenkten wir unsere Seelen in Träume, lasen, schrieben und sprachen, bis uns die Uhr die Ankunft der wirklichen Dunkelheit kundtat. Nun stürzten wir uns auf die Straßen, setzten Arm in Arm das Gespräch des Tages fort oder ließen uns bis tief in die Nacht hinein weit und breit umhertreiben, inmitten des seltsamen Lichtes und Schattens der volkreichen Stadt, nach jener unermeßlichen Fülle geistiger Erregung suchend, die stille Beobachtung zu gewähren vermag.

Bei solchen Gelegenheiten konnte ich nicht umhin, auf Dupins hervorragende analytische Fähigkeit aufmerksam zu werden und sie zu bewundern, obgleich ich durch seinen Reichtum an Gedanken schon darauf vorbereitet war. Auch schien die Betätigung, ja vielleicht sogar das Zurschaustellen dieser Begabung einen heftigen Reiz für ihn zu haben, und er scheute sich nicht, mir den Genuß, den er sich so verschaffte, einzugestehen. Er rühmte sich mir gegenüber mit einem leisen, kichernden Gelächter, daß für ihn die meisten Menschen ein Fenster auf der Brust trügen, und pflegte einer solchen Behauptung als unwiderleglichen und höchst verblüffenden Beweis die eindringlichsten Aufschlüsse über meine eigene Person folgen zu lassen. In solchen Augenblicken war sein Wesen kalt und abstrakt, seine Blicke starrten ins Leere, während seine Stimme, sonst ein volltönender Tenor, zu fisteln begann, was ausgelassen geklungen hätte, wären die Worte nicht so bedachtsam, so scharf und deutlich von seinen Lippen gekommen. Wenn ich ihn in derartigen Stimmungen beobachtete, mußte ich oft an die alte Theorie von der Doppelseele denken, und ich ergötzte mich an der Vorstellung eines doppelten Dupin, eines schöpferischen und eines auflösenden.

Man lasse sich nach allem, was ich bisher gesagt habe, nicht zu der Annahme verleiten, daß ich Geheimnisse auskramen oder einen Roman zu Papier bringen wolle. Die hier geschilderten Eigenschaften des Franzosen waren nichts als das Ergebnis einer übersteigerten oder vielleicht krankhaften Intelligenz. Doch wird ein Beispiel den Charakter seiner Beobachtungen in der erwähnten Zeit am besten veranschaulichen.

Eines Nachts schlenderten wir durch eine lange, schmutzige Straße unweit des Palais Royal. Da wir beide, wie es schien, mit unseren eigenen Gedanken beschäftigt waren, hatte seit mindestens einer Viertelstunde keiner von uns eine Silbe gesprochen. Plötzlich brach Dupin ganz unvermittelt in die Worte aus: „Er ist ein sehr kleiner Kerl, das ist wahr, und würde besser für das Théâtre des Variétés passen."

„Darüber kann gar kein Zweifel bestehen", erwiderte ich unwillkürlich, ohne im ersten Augenblick zu bemerken, so sehr war ich in mich versunken, in wie außerordentlicher Weise diese Worte mit meinen Gedanken übereinstimmten. Aber einen Augenblick später kam ich wieder zu mir und war aufs äußerste erstaunt.

„Dupin", sagte ich ernsthaft, „das geht über meinen Verstand. Ich muß Ihnen gestehen, daß ich verblüfft bin und kaum meinen Sinnen traue. Wie in aller Welt konnten Sie wissen, daß meine Gedanken bei . . .?" Hier hielt ich inne, um jeden Zweifel zu beseitigen, daß er wirklich wußte, an wen ich dachte.

„. . . bei Chantilly waren", ergänzte er. „Warum machen Sie eine Pause? Sie stellten soeben bei sich fest, daß ihn seine winzige Figur für die Tragödie ungeeignet macht."

Gerade mit diesem Punkt hatten sich meine Gedanken beschäftigt. Chantilly war ein ehemaliger Flickschuster aus der Rue St. Denis, der, vom Theaterteufel besessen, sich an die Rolle des Xerxes in Crébillons gleichnamiger Tragödie gewagt und zum Dank für seine Bemühungen nichts als öffentlichen Hohn geerntet hatte.

„Nennen Sie mir um Himmels willen", rief ich aus, „die Methode, wenn hier überhaupt von Methode die Rede sein kann, welche Sie befähigt hat, in diesem Falle in meiner Seele zu lesen."

In der Tat, ich war noch weit verblüffter, als ich zuzugeben geneigt war.

„Es war der Obsthändler", erwiderte mein Freund, „der Sie auf die Idee brachte, daß der Schuhdoktor nicht die genügende Größe habe für Xerxes et id genus omne."

„Der Obsthändler? Sie setzen mich in Erstaunen. Ich weiß von gar keinem Obsthändler."

„Der Mann, der gegen Sie anrannte, als wir in diese Straße kamen. Es mag fünfzehn Minuten her sein."

Nun erinnerte ich mich in der Tat, daß ein Obsthändler mit einem großen Korb voll Äpfel auf dem Kopfe mich beinahe über den Haufen gerannt hätte, als wir aus einer Gasse in diese lange Straße einbogen, die wir gerade entlanggingen. Aber was das mit Chantilly zu tun hatte, konnte ich unmöglich verstehen.

Mein Freund Dupin äußerte nicht die geringste Spur von Scharlatanerie.

„Ich will es Ihnen erklären“, fuhr er fort, „und damit Sie alles richtig begreifen, will ich zunächst Ihren Gedankengang von dem Augenblick an, da ich mit Ihnen sprach, bis zu dem Rencontre mit besagtem Obsthändler zurückverfolgen. Die wichtigsten Glieder der Kette sind diese: Chantilly, Orion, Dr. Nichols, Epikur, Stereotomie, die Pflastersteine, der Obsthändler.“

Es gibt wenige Menschen, die nicht zu irgendeiner Zeit ihres Lebens Gefallen daran gefunden hätten, die Schritte, durch die ihr Geist zu bestimmten Schlüssen gelangt ist, nach rückwärts zu verfolgen. Diese Beschäftigung ist oft äußerst reizvoll; und wer sich zum erstenmal in ihr versucht, wird erstaunt sein über die scheinbar unermeßliche Distanz und Zusammenhangslosigkeit zwischen Ausgangspunkt und Endpunkt. Wie groß mußte also meine Verwunderung sein, als ich aus dem Munde des Franzosen diese Worte hörte und genötigt war einzugestehen, daß er die Wahrheit sprach.

Er erklärte weiter: „Wir unterhielten uns, wenn ich mich recht entsinne, von Pferden, kurz bevor wir die Rue Caillet verließen. Das war unser letztes Gesprächsthema. Als wir in diese Gasse einbogen, stürzte ein Obsthändler mit einem großen Korb eilig an uns vorüber und stieß gegen die Pflastersteine, die an einer Stelle, wo die Straße ausgebessert wird, aufgeschüttet sind. Sie traten auf einen der losen Steine, glitten aus, verzerrten sich ein wenig den Fuß, schienen ärgerlich oder verdrießlich, brummten ein paar Worte, drehten sich um, besahen sich den Haufen und setzten endlich stillschweigend Ihren Weg fort. Ich habe zwar auf das, was Sie taten, nicht sonderlich aufgemerkt, aber beobachten ist für mich seit langem zu einer Art Zwang geworden.

Ihre Augen waren auf den Boden geheftet, und Sie betrachteten mit einem Ausdruck von Gereiztheit die Löcher und Ritzen des Pflasters, so daß ich merkte, daß Sie noch immer an die Steine dachten, bis wir zu der Ruelle Lamartine gelangten, die man versuchsweise mit lückenlos aneinandergepaßten Holzblöcken gepflastert hat. Hier hellten sich Ihre Züge auf, und ich konnte der Bewegung Ihrer Lippen zweifellos entnehmen, daß Sie das Wort Stereotomie murmelten, eine höchst prätentiöse Bezeichnung, die man dieser Art Pflasterung beilegt. Ich wußte, daß Sie nicht an Stereotomie denken konnten, ohne sich gleichzeitig an die Atome und folglich an die Lehre Epikurs zu erinnern; und da ich, als wir dieses Thema vor gar nicht langer Zeit erörterten, Sie darauf aufmerksam machte, wie merkwürdig und trotzdem kaum bekannt es sei, daß die vagen Mutmaßungen des berühmten Griechen in der jüngsten Kosmogonie der Nebelflecken ihre Bestätigung gefunden hätten, ahnte ich, daß Sie nicht umhin könnten, Ihre Augen aufwärts nach dem großen Nebelfleck im Orion zu richten, ja, ich nahm das als ganz gewiß an. Sie taten es denn auch, und ich war nun überzeugt, Ihren Gedankengang Schritt für Schritt richtig verfolgt zu haben.

In dem bitteren Erguß nun über Chantilly, der gestern im *Musée* stand, zitierte der satirische Rezensent, indem er auf die Namensänderung unseres den Kothurn besteigenden Flickschusters ein paar höchst unliebenswürdige Anspielungen machte, einen lateinischen Vers, über den wir oft miteinander gesprochen haben. Ich meine die Zeile:

Perdidit antiquum littera prima sonum.

Ich hatte Ihnen erzählt, daß sich diese Zeile auf den Orion bezieht, den man ursprünglich Urion geschrieben habe. Und da diese Erklärung mit einigen bissigen Bemerkungen gewürzt war, wußte ich, daß Sie sie nicht vergessen haben konnten. Es war demnach klar, daß Sie nicht verfehlen würden, die beiden Ideen Orion und Chantilly miteinander zu verknüpfen. Daß Sie das taten, erriet ich an der Art des Lächelns, das um Ihre Lippen spielte. Sie dachten an das arme Schlachtopfer, den Flickschuster. Bis dahin waren Sie mit gesenktem Kopf gegangen, aber jetzt sah ich, wie Sie sich zu Ihrer vollen Höhe aufrichteten, und es war also sicher, daß Sie an Chantillys winzige Figur dachten. An diesem Punkte unterbrach ich Ihren Gedankengang mit der Bemerkung, daß, da er in der Tat ein sehr winziges Männlein sei, dieser Chantilly sich besser für das Théâtre des Variétés eignen würde."

Nicht lange nach dieser Unterhaltung fesselten beim Lesen der Abendausgabe der *Gazette des Tribunaux* folgende Absätze unsere Aufmerksamkeit:

„Ein Doppelmord unter außergewöhnlichen Umständen. – Heute morgen gegen drei Uhr wurden die Bewohner des Quartiers St. Roch durch anhaltende entsetzliche Schreie aus dem Schlaf geweckt. Sie kamen anscheinend aus dem vierten Stockwerk eines Hauses in der Rue Morgue, das, soviel man weiß, ausschließlich von einer Madame L'Espanaye und ihrer Tochter, Mademoiselle Camille L'Espanaye, bewohnt wird. Nach einer Verzögerung, die durch den fruchtlosen Versuch, sich auf dem gewöhnlichen Wege Eingang zu verschaffen, entstand, wurde das Haustor mittels eines Brecheisens aufgesprengt, und acht oder zehn Nachbarn drangen, begleitet von zwei Pendarmen, ein. Inzwischen hatte das Schreien aufgehört; aber als die Leute bis zum ersten Treppenabsatz hinaufgestürzt waren, vernahmen sie zwei oder mehr rauhe Stimmen wie in heftigem Streit. Sie schienen aus dem oberen Teil des Hauses zu kommen. Als man den zweiten Stock erreichte, hatte auch dieser Lärm aufgehört, und alles blieb vollkommen still. Die Leute verteilten sich und eilten von Raum zu Raum. Als man endlich in ein geräumiges Hinterzimmer im vierten Stock gelangt war, dessen Türe von innen mit dem Schlüssel abgesperrt war und erbrochen werden mußte, bot sich ein Anblick, der alle Anwesenden mit Grauen und Verwunderung erfüllte.

Das Zimmer zeigte die schlimmste Verwüstung, die Möbel waren zerbrochen und ihre Trümmer in alle Richtungen verstreut. In dem Raum befand sich nur eine Bettstelle, aus der die Betten herausgerissen und mitten auf den Fußboden geworfen waren. Auf dem Stuhl lag ein mit Blut beschmiertes Rasiermesser, im Kamin zwei oder drei lange, dicke Flechten grauen Menschenhaares. Auch sie waren mit Blut bespritzt und schienen mitsamt den Wurzeln ausgerissen zu sein. Auf dem Fußboden fand man vier Napoleons, einen mit einem Topas geschmückten Ohrring, drei große silberne Löffel, drei kleinere aus Métal d'Alger und zwei Beutel, die nahezu viertausend Franken in Gold enthielten. Die Schubfächer eines Sekretärs, der in einer Ecke stand, waren aufgerissen und offenbar geplündert worden, obwohl man noch viele Gegenstände hatte darin liegenlassen. Ein kleiner eiserner Kasten wurde unter den Betten, nicht unter der Bettstelle, entdeckt. Er war offen, der Schlüssel steckte. Er enthielt nichts als ein paar alte Briefe und andere Papiere ohne Bedeutung.

Irgendwelche Spuren von Madame L'Espanaye waren hier nicht zu sehen; aber da eine ungewöhnliche Menge Ruß in der Feuerstelle auffiel, suchte man im Kamin nach und zog – die Feder sträubt sich, es wiederzugeben – mit dem Kopf nach unten den Leichnam der Tochter hervor. Er war in dieser Stellung durch die enge Öffnung ein beträchtliches Stück hinaufgezwängt worden. Der Körper war noch warm. Bei näherer Besichtigung bemerkte man, daß er an vielen Stellen aufgeschürft war, was zweifellos von der Gewaltsamkeit, mit der der Körper in den Kamin hinaufgestoßen und wieder heruntergezerrt worden war, herrührte. Das Gesicht trug viele starke Kratzwunden, und der Hals wies blutunterlaufene Stellen und tief einschneidende Spuren von Fingernägeln auf, als ob die Verstorbene erdrosselt worden wäre. Nachdem man das Haus überall genau durchsucht hatte, ohne mehr zu entdecken, begaben sich die Leute in einen kleinen, gepflasterten Hof hinter dem Hause. Dort lag der Leichnam der alten Dame mit so vollständig durchschnittenem Halse, daß bei einem Versuch, sie aufzurichten, der Kopf abfiel. Sowohl der Körper wie auch der Kopf waren furchtbar verstümmelt; der Körper so sehr, daß er kaum noch menschenähnlich aussah.

Für die Lösung dieses furchtbaren Rätsels fehlt bisher, soviel wir wissen, jeder Anhaltspunkt."

Die Zeitung des nächsten Tages fügte noch folgende Einzelheiten hinzu:

„Das Drama in der Rue Morgue. Viele Personen sind in dieser ganz außergewöhnlichen und grauenhaften Affäre verhört worden“ – das Wort Affäre hat in Frankreich nicht den nichtssagenden Klang wie bei uns –, „aber bisher ist nicht das geringste zum Vorschein gekommen, was Licht auf diese Angelegenheit geworfen hätte. Wir lassen nachstehend die wichtigsten Zeugenaussagen folgen:

Pauline Dubourg, Wäscherin, gab an, daß sie die beiden Verstorbenen seit drei Jahren kenne und während dieser Zeit für sie gewaschen habe. Die alte Dame und ihre Tochter schienen sehr gut miteinander zu leben und waren einander sehr zugetan. Sie waren pünktliche Zahler. Über ihre Art zu leben und ihre Existenzmittel könne sie nichts sagen, glaube aber, daß Madame L'Espanaye sich durch Wahrsagen ihr Brot verdiente. Sie stand im Rufe, Geld zurückgelegt zu haben. Wenn die Zeugin die Wäsche abholte oder brachte, traf sie niemals fremde Personen im Hause, und sie wisse bestimmt, daß die beiden Damen keinen Dienstboten hielten. In keinem Teil des Hauses außer im vierten Stock schienen Möbel zu stehen.

Pierre Moreau, Tabakhändler, gab an, daß er an Madame L'Espanaye beinahe vier Jahre lang kleine Mengen Rauch- und Schnupftabak zu verkaufen pflegte. Er ist in der Nachbarschaft geboren und hat auch ständig dort gewohnt. Die Verstorbene und ihre Tochter bewohnten seit über sechs Jahren das Haus, in dem die Leichen gefunden wurden. Früher habe ein Juwelier seinen Laden dort gehabt, der die oberen Zimmer an verschiedene Personen weitervermietete. Das Haus sei das Eigentum der Madame L'Espanaye. Sie sei entrüstet gewesen über den Mißbrauch, den der Mieter mit ihrem Hause getrieben habe, sei selbst hineingezogen und habe sich geweigert, irgendeinen Teil davon abzutreten. Die alte Dame sei kindisch gewesen. Er, der Zeuge, habe die Tochter während der sechs Jahre etwa fünf- oder sechsmal gesehen. Die beiden

Frauen hätten äußerst zurückgezogen gelebt, sie hätten im Rufe gestanden, Geld zu besitzen. Er habe von Nachbarn sagen hören, daß Madame L'Espanaye aus den Karten wahrsagte, glaube es aber nicht. Er habe außer der alten Dame und ihrer Tochter niemals jemanden durch das Haustor ein- und ausgehen sehen, nur ein oder zwei Mal einen Lastträger und acht bis zehn Mal einen Arzt.

Viele andere Personen aus der Nachbarschaft sagten im gleichen Sinne aus. Leute, die in dem Hause verkehrt haben, sind nicht zu ermitteln gewesen. Es ist nicht bekannt, ob Verwandte von Madame L'Espanaye und ihrer Tochter noch am Leben sind. Die Läden der vorderen Fenster wurden nur selten geöffnet, die nach rückwärts gelegenen waren immer geschlossen mit Ausnahme des großen Hinterzimmers im vierten Stock. Das Haus war in gutem Zustand und nicht übermäßig alt.

Isidore Muset, Gendarm, gab an, daß er gegen drei Uhr morgens zum Hause geholt worden sei und daselbst etwa zwanzig bis dreißig Personen, die sich Eingang zu verschaffen suchten, vor dem Tor angetroffen habe. Er sprengte schließlich das Tor mit einem Bajonett, nicht mit einer Brechstange. Das habe nur geringe Mühe verursacht, da es sich um ein Tor mit zwei Flügeln gehandelt habe und die Riegel weder unten noch oben vorgeschoben gewesen seien. Die Schreie hätten angedauert, bis das Tor erbrochen gewesen sei, und seien dann plötzlich verstummt. Es schienen die Schreie einer oder mehrerer Personen in höchster Not zu sein. Sie klangen laut und langgezogen, nicht kurz und stoßweise. Der Zeuge sei auf der Stiege vorangegangen. Als er den ersten Treppenabsatz erreicht gehabt hätte, habe er zwei Stimmen laut und heftig streiten hören. Die eine Stimme habe grob geklungen, die andere sehr viel schriller – es sei eine ganz fremdartige Stimme gewesen. Er habe einige Worte der ersten Stimme verstehen können, es sei die eines Franzosen gewesen. Er sei überzeugt, daß es keine Frauenstimme gewesen sei, und habe die Worte ‚sacré' und ‚diable' unterschieden. Die schrille Stimme sei die eines Ausländers gewesen. Er wisse nicht sicher, ob es eine Männer- oder Frauenstimme gewesen sei, und habe nicht herausbekommen können, was sie sagte, glaube aber, daß sie Spanisch gesprochen habe. Der Zeuge schilderte den Zustand des Zimmers und der Leichen in Übereinstimmung mit unserem gestrigen Bericht.

Henry Duval, ein Nachbar, von Beruf Silberschmied, gab an, daß er als einer der ersten das Haus betreten habe. Er bestätigte im allgemeinen die Zeugenaussage von Muset. Sobald sie eingedrungen seien, hätten sie das Haustor wieder geschlossen, um die Menge fernzuhalten, die sich trotz der späten Stunde sehr schnell angesammelt hätte. Die schrille Stimme sei, wie dieser Zeuge meinte, die eines Italieners gewesen. Auf jeden Fall sei es kein Französisch gewesen. Er könne nicht mit Bestimmtheit behaupten, daß es eine Männerstimme gewesen sei, vielleicht sei es auch eine Frauenstimme gewesen. Er selbst sei mit der italienischen Sprache nicht vertraut. Er habe die einzelnen Worte nicht verstehen können, habe aber an der Betonung den Sprechenden mit Sicherheit für einen Italiener erkannt. Er habe Madame L'Espanaye und ihre Tochter gekannt und sich mit beiden oft unterhalten. Er sei überzeugt, daß die schrille Stimme keiner der beiden Ermordeten angehört habe.

Odenheimer, Restaurateur. Dieser Zeuge hat sich freiwillig gemeldet. Da er nicht französisch spricht, wurde er durch einen Dolmetscher vernommen. Er ist aus Amsterdam gebürtig. Gerade als die Schreie ertönten, sei er an dem Hause vorbeigekommen. Die Schreie hätten einige Minuten angedauert, im ganzen vielleicht zehn. Sie seien langgezogen und laut gewesen, schauerlich und herzzerreißend. Der Zeuge gehörte zu den Leuten, die in das Haus eindrangen. Er bestätigte die vorhergehenden Aussagen in allen Punkten, mit Ausnahme eines einzigen. Er ist nämlich sicher, daß die schrille Stimme die eines Mannes gewesen sei, und zwar die eines Franzosen. Allerdings habe er die einzelnen Worte nicht unterscheiden können. Sie seien laut, rasch und ungleichmäßig gesprochen worden und schienen ebensowohl Angst wie Zorn auszudrücken. Die Stimme sei heiser gewesen, viel eher heiser als schrill. Schrill könne er die Stimme nicht nennen. Die grobe Stimme habe wiederholt ‚sacré' gesagt und einmal ‚mon Dieu!'

Jules Mignaud, Bankier der Firma Mignaud et fils, Rue Deloraine. Er ist der ältere Mignaud. Er sagte aus, Madame L'Espanaye habe einiges Vermögen besessen. Sie habe seit dem Frühling 18.. – seit acht Jahren also – ein Konto bei seinem Bankhaus und habe häufig kleinere Summen deponiert, niemals jedoch etwas abgehoben, bis drei Tage vor ihrem Tode, wo sie persönlich die Summe von viertausend Franken entnommen habe. Die Summe sei ihr in Gold ausgezahlt und durch einen Beamten ins Haus geschickt worden.

Adolphe Lebon, Bankbeamter bei Mignaud et fils, gab an, daß er an dem betreffenden Tage gegen Mittag Madame L'Espanaye mit den viertausend Franken, die sich in zwei Beuteln befanden, in ihre Wohnung begleitet habe. Als die Tür geöffnet worden sei, sei Mademoiselle L'Espanaye erschienen und habe aus seinen Händen den einen Beutel entgegengenommen, während die alte Dame den anderen ergriffen habe. Er habe sich empfohlen und sei gegangen. Er habe um diese Zeit niemanden auf der Straße bemerkt. Es handelt sich um eine sehr einsame Nebenstraße.

William Bird, Schneider, gab an, daß er einer der Leute gewesen sei, die in das Haus eindrangen. Er ist Engländer und hat zwei Jahre in Paris gelebt. Er war einer der ersten auf der Treppe und hat die streitenden Stimmen vernommen. Die grobe Stimme sei die eines Franzosen gewesen. Er habe mehrere Worte verstehen können, könne sich aber jetzt nicht mehr an alle erinnern. Deutlich habe er ‚sacré' und ‚mon Dieu' vernommen. Es sei in diesem Augenblick ein Geräusch zu hören gewesen, als ob mehrere Personen miteinander rängen, ein scharrendes Geräusch wie bei einer Balgerei. Die schrille Stimme sei sehr laut gewesen, lauter als die grobe. Ganz gewiß sei es nicht die Stimme eines Engländers gewesen, wahrscheinlich die eines Deutschen, vielleicht eine weibliche Stimme. Er verstehe allerdings kein Deutsch.

Vier der obengenannten Zeugen wurden neuerdings aufgerufen und sagten aus, daß die Tür des Zimmers, in dem die Leiche von Mademoiselle L'Espanaye gefunden wurde, bei ihrer Ankunft von innen versperrt gewesen sei. Alles sei vollkommen still gewesen, sie hätten weder Stöhnen noch sonst irgendwelche Geräusche vernommen. Auch nachdem die Tür aufgebrochen worden sei, hätten sie niemanden gesehen. Die Fenster – Schiebefenster – sowohl im vorderen wie im hinteren Zimmer seien herabgelassen und von innen fest verriegelt gewesen. Die Tür zwischen den beiden Zimmern sei geschlossen, aber nicht abgesperrt gewesen.

Die Tür, die aus dem Vorderzimmer auf den Flur führt, war von innen verschlossen, der Schlüssel steckte. Ein kleiner Raum auf der Vorderseite des Hauses im vierten Stock am Ende des Ganges stand offen, die Tür war angelehnt. Dieser Raum war mit alten Betten, Kisten und so weiter bis unter die Decke vollgestopft. Alles wurde sorgfältig ausgeräumt und durchsucht. Es gibt nicht ein Zollbreit in irgendeinem Teil des Hauses, das nicht sorgfältig durchsucht worden wäre. Durch Kehrer ließ man die Kamine nach oben und nach unten durchstöbern. Das Haus besitzt vier Stockwerke, dazu ein Dachgeschoß (Mansarde). Eine Falltür im Dach war fest vernagelt und schien seit Jahren nicht geöffnet worden zu sein.

Über die Zeit, die von jenem Augenblick, da man die streitenden Stimmen hörte, bis zum Aufbrechen der Zimmertür verging, werden von den Zeugen verschiedene Angaben gemacht. Einige wollen nur von kurzen drei Minuten wissen, andere hingegen schätzen sie bis auf fünf Minuten. Das Öffnen der Türe machte Schwierigkeiten.

Alfonso Garcia, Leichenbesorger, gibt an, daß er in der Rue Morgue wohne. Er ist Spanier von Geburt und gehört zu den Leuten, die das Haus betraten. Er ging jedoch nicht die Treppe hinauf, da er nervenschwach ist und sich vor den Folgen einer Aufregung fürchtete. Er hörte die streitenden Stimmen, konnte jedoch nicht verstehen, was gesagt wurde. Die schrille Stimme war die eines Engländers, dessen ist er sicher. Er kennt die englische Sprache nicht, sondern urteilt nach dem Tonfall.

Alberto Montani, Zuckerbäcker, sagt aus, daß er als einer der ersten die Treppe hinaufgestiegen sei. Er habe die erwähnten Stimmen gehört, die grobe sei die eines Franzosen gewesen. Er habe mehrere Worte unterschieden. Der Sprechende habe anscheinend dem anderen Vorwürfe gemacht. Was die schrille Stimme antwortete, habe er nicht verstehen können. Sie habe schnell und abgehackt gesprochen. Er hält sie für die Stimme eines Russen. Im übrigen bestätigt er die sonstigen Aussagen. Er ist Italiener und hat sich niemals mit einem Russen unterhalten.

Bei nochmaliger Vernehmung erklärten die Zeugen, daß die Kamine in allen Zimmern des vierten Stockwerks zu eng seien, um ein menschliches Wesen durchzulassen. Unter ‚Kehrern' sind die walzenförmigen Bürsten zu verstehen, deren man sich beim Schornsteinfegen zu bedienen pflegt. Mit solchen Bürsten durchstöberte man von oben bis unten alle Rauchabzüge im ganzen Hause. Es gibt keinen rückwärtigen Ausgang, durch den irgend jemand hätte entwischen können, während die Leute die Treppe hinaufkamen. Die Leiche von Mademoiselle L'Espanaye war so fest in den Kamin eingekeilt, daß es der vereinten Kräfte von vier bis fünf Männern bedurfte, um sie wieder herunterzuziehen.

Paul Dumas, Arzt, sagt aus, daß man ihn gegen Tagesanbruch zur Besichtigung der Leichen gerufen habe. Sie haben damals beide auf der Matratze des Bettes in dem Zimmer, wo man Mademoiselle L'Espanaye gefunden hatte, gelegen. Der Körper der jungen Dame sei voller Hautaufschürfungen und Quetschungen gewesen. Die Tatsache, daß er in den Kamin hinaufgestoßen worden war, dürfte hinreichend diese Erscheinungen erklären. Der Hals sei stark verletzt gewesen. Genau unter dem Kinn befänden sich mehrere tiefe Kratzwunden und auch eine Reihe blauschwarzer Flecke, die augenscheinlich von Fingereindrücken herrührten. Das Gesicht sei in entsetzlicher Weise verfärbt. Die Augäpfel seien aus den Höhlen getreten, die Zunge sei zum Teil durchbissen, eine umfangreiche blutunterlaufene Stelle finde sich in der Gegend der Magengrube. Sie sei allem Anschein nach durch den Druck eines Knies hervorgerufen worden. Nach Ansicht M. Dumas' ist Mademoiselle L'Espanaye von einer oder mehreren unbekannten Personen zu Tode gewürgt worden. Der Leichnam der Mutter sei furchtbar entstellt. Alle Knochen des rechten Beines und des rechten Armes seien mehr oder weniger zerschmettert. Das linke Schienbein sei sehr zersplittert, ebenso sämtliche Rippen auf der linken Seite. Der ganze Körper sei auf die gräßlichste Weise gequetscht und verfärbt. Es sei unmöglich zu sagen, wie diese Verletzungen zugefügt wurden. Ein schwerer Holzknüttel, eine breite Eisenstange, ein Stuhl, irgendein großes, schweres, stumpfes Werkzeug, von den Händen eines außerordentlich starken Mannes geschwungen, mochten solche Wirkungen hervorgebracht haben. Kein Weib hätte, mit welchem Werkzeug immer, solche Schläge führen können. Der Kopf der Verstorbenen sei zu dem Zeitpunkt, als der Zeuge ihn sah, vom Rumpf vollständig abgetrennt und ebenfalls ganz zerschmettert gewesen. Die Gurgel sei offenbar mit einem sehr scharfen Instrument durchschnitten worden, vermutlich einem Rasiermesser.

Alexander Etienne, Wundarzt, wurde gleichzeitig mit Herrn Dumas zur Leichenschau gerufen. Er bestätigte die Aussagen und Ansichten von Herrn Dumas.

Weitere Tatsachen von Belang sind nicht ermittelt worden, obwohl noch mehrere Personen vernommen wurden. Ein so rätselhafter und in allen seinen Einzelheiten so unfaßbarer Mord ist in Paris bisher noch nicht begangen worden, vorausgesetzt, daß es sich überhaupt um einen Mord handelt. Die Polizei ist vollständig ratlos, ein bei derartigen Begebenheiten höchst außergewöhnliches Ereignis. Kurz, bisher fehlt jeder Anhaltspunkt."

Die Abendausgabe der Zeitung stellte fest, daß im Quartier St. Roch andauernd die größte Erregung herrsche, daß die betreffenden Lokalitäten noch einmal aufs sorgfältigste durchsucht und neue Zeugenverhöre eingeleitet worden seien, aber alles ohne Ergebnis. In einer Nachschrift wurde allerdings mitgeteilt, daß Adolphe Lebon verhaftet worden sei, obwohl mit Ausnahme der schon angeführten Tatsachen nichts Belastendes gegen ihn vorzuliegen scheine.

Dupin schien an dem Verlauf dieser Affäre auf besondere Weise interessiert, wenigstens schloß ich das aus seinem Benehmen, denn er ließ sich nicht zu Erklärungen herbei. Erst als die Verhaftung Lebons bekannt wurde, befragte er mich um meine Ansicht über diesen Doppelmord.

Ich konnte mich nur der Meinung von ganz Paris anschließen und ihn für ein unlösliches Rätsel erklären. Ich sah keine Möglichkeit, dem Mörder auf die Spur zu kommen.

„Wir dürfen diese Möglichkeiten nicht nach jenem Zerrbild einer Untersuchung beurteilen“, antwortete er. „Die wegen ihres Scharfblickes so sehr gerühmte Pariser Polizei ist routiniert, weiter nichts. Sie geht nicht methodisch vor, höchstens nach jener Methode, die der Augenblick eingibt. Man setzt einen großen Apparat in Bewegung, aber nicht selten entsprechen die getroffenen Maßnahmen so wenig den vorgesetzten Zielen, daß mir Herr Jourdain in den Sinn kommt, der nach seiner robe de chambre rief ‚pour mieux entendre la musique‘. Die auf diese Weise erzielten Erfolge sind bisweilen verblüffend, aber in den meisten Fällen nichts als das Resultat von Eifer und Betriebsamkeit. Sobald diese beiden Qualitäten nicht ausreichen, schlagen alle ihre Unternehmungen fehl. Vidocq zum Beispiel hatte eine gute Spürnase und war ein ausdauernder Mann. Aber aus Mangel an geschultem Denken ließ er sich gerade durch seinen Eifer bei seinen Nachforschungen beständig in die Irre führen. Er beeinträchtigte seine Erkenntnis, indem er sich den Gegenstand zu nahe vors Auge hielt. Er mochte auf diese Weise vielleicht ein oder zwei Punkte mit ungewöhnlicher Schärfe sehen, aber damit verlor er zugleich den Blick für die Sache als Ganzes. So geht es, wenn man zu tiefgründig sein will. Wahrheit ist nicht immer in einem Brunnen. Vielmehr glaube ich, daß sie, was die nützlicheren Kenntnisse anbelangt, unweigerlich an der Oberfläche liegt. Die Tiefe narrt uns, wenn wir sie auf dem Grunde der Täler suchen und nicht auf dem Gipfel der Berge, wo sie zu finden ist. Die Beobachtung der Himmelskörper liefert uns treffliche Beispiele für den Ursprung und die Art solcher Irrtümer. Man werfe auf einen Stern einen raschen Blick, betrachte ihn von der Seite, indem man sein Licht auf die äußeren Teile der Netzhaut fallen läßt, die für schwache Lichteindrücke empfindlicher sind als die inneren, und man wird den Stern deutlich sehen und am besten seinen Glanz abschätzen können; den Glanz, der in dem Maße verblaßt, wie wir ihm unser Gesicht voll zuwenden. Zwar trifft im letzteren Falle eine größere Anzahl von Strahlen unser Auge, aber im ersteren haben wir die viel feinere Empfänglichkeit. Durch unangemessene ‚Tiefe' verwirren und schwächen wir das Denken. Und es ist möglich, selbst die Venus am Firmament verschwinden zu lassen, wenn man sie allzu anhaltend, zu aufmerksam oder zu unmittelbar fixiert.

Was nun diese Morde betrifft, so wollen wir erst selbst einige Untersuchungen anstellen, bevor wir uns ein Urteil über sie bilden. Die Nachforschungen werden uns Vergnügen bereiten" – ich fand diesen Ausdruck in diesem Zusammenhang wenig passend, sagte aber nichts –, „und außerdem hat mir Lebon einmal einen Dienst erwiesen, für den ich mich nicht undankbar zeigen möchte. Lassen Sie uns den Tatort mit unseren eigenen Augen besichtigen. Ich kenne G., den Polizeipräfekten, es wird mir nicht schwerfallen, die nötige Erlaubnis zu erhalten."

Diese Erlaubnis wurde uns erteilt, und wir begaben uns unverzüglich in die Rue Morgue. Die Rue Morgue ist eines jener elenden Quergäßchen, die die Rue Richelieu mit der Rue St. Roch verbinden. Es war spät am Nachmittag, als wir dort ankamen, da dieser Stadtteil von jenem, in dem wir wohnten, weit entfernt liegt. Das Haus war bald gefunden; es standen noch viele Leute davor, die von der gegenüberliegenden Straßenseite aus mit gegenstandsloser Neugier zu den geschlossenen Fensterläden hinaufgafften. Es war ein gewöhnliches Pariser Haus mit einer Einfahrt, an deren einer Seite sich ein Verschlag mit einem Schiebefensterchen befand, der die Loge des Concierge darstellte. Ehe wir eintraten, gingen wir noch einmal die Straße hinauf, bogen in ein Seitengäßchen ein und gelangten dann, nochmals einbiegend, an die Rückseite des Gebäudes. Dupin betrachtete währenddessen das Haus selbst ebenso wie die ganze Umgebung mit einer bis in die kleinsten Kleinigkeiten gehenden Aufmerksamkeit, deren Zweck ich keineswegs einzusehen vermochte.

Wir gingen wieder zurück, gelangten vor die Vorderfront des Hauses, läuteten, zeigten unseren Passierschein vor und wurden von dem wachhabenden Polizisten eingelassen. Wir stiegen die Treppe hinauf in das Zimmer, wo die Leiche von Mademoiselle L'Espanaye gefunden worden war und wo noch immer die beiden Ermordeten lagen. Die Verwüstung in dem Zimmer hatte man, wie in solchen Fällen üblich, unangetastet gelassen. Ich entdeckte nichts weiter, als was in der *Gazette des Tribunaux* mitgeteilt worden war. Dupin hingegen prüfte alles auf das genaueste, die Leichen der beiden Opfer mit eingeschlossen. Dann gingen wir in die anderen Zimmer und auf den Hof. Ein Gendarm begleitete uns überallhin. Diese Untersuchung nahm uns bis zum Einbruch der Dunkelheit in Anspruch; dann verließen wir das Haus. Auf dem Nachhauseweg trat mein Begleiter für einen Augenblick in das Büro einer Tageszeitung ein.

Ich habe schon gesagt, daß mein Freund mancherlei Schrullen hatte und daß „je les ménageais“ – für diese Redensart gibt es in unserer Sprache keinen gleichwertigen Ausdruck. Diesmal beliebte es ihm, jedes Gespräch über den Mord bis zum Mittag des nächsten Tages abzulehnen, an dem er mich plötzlich fragte, ob ich an dem Orte der Greueltat nichts Eigentümliches bemerkt hätte.

In der Art, wie er das Wort „Eigentümliches“ betonte, lag etwas, das mich schaudern machte, ohne daß ich wußte warum.

„Nein, nichts Eigentümliches“, erwiderte ich; „wenigstens nichts weiter, als was wir beide in der Zeitung gelesen haben.“

„Die *Gazette*“, meinte er, „hat, wie ich fürchte, das außergewöhnlich Grauenhafte der Sache nicht erfaßt. Aber lassen wir die müßigen Betrachtungen dieses Blattes. Es scheint mir, als ob das Rätsel gerade aus jenem Grunde für unlöslich angesehen wird, der bewirken sollte, daß man seine Lösung für einfach hält – ich meine das Übertriebene im Charakter und in allen wesentlichen Einzelheiten der Tat. Die Polizei verliert den Kopf, weil scheinbar kein Motiv für den Mord vorliegt – das heißt nicht für den Mord selbst, sondern für die scheußliche Wildheit des Mordes. Ferner läßt sie sich verblüffen durch die scheinbare Unmöglichkeit, die streitenden Stimmen, die man gehört hat, mit der Tatsache in Einklang zu bringen, daß außer der ermordeten Mademoiselle L'Espanaye niemand oben entdeckt wurde und daß keine Möglichkeit bestand zu fliehen, ohne von den die Treppe heraufkommenden Leuten gesehen zu werden. Die seltsame Verwüstung im Zimmer, das Hinaufstoßen des Leichnams in den Rauchfang mit dem Kopf nach unten, die furchtbaren Verstümmelungen am Körper der alten Dame – die Erwägung all dieser Umstände zusammen mit den kurz vorher genannten und anderen, die ich nicht besonders anzuführen brauche, reichen aus, den vielgerühmten Scharfblick der Regierungsbeamten zuschanden werden zu lassen und somit ihre Geisteskraft völlig zu lähmen. Sie sind in den groben, aber weit verbreiteten Irrtum verfallen, das Außergewöhnliche mit dem Abstrusen zu verwechseln. Aber gerade durch diese Abweichungen von der Bahn des Gewohnten findet der Verstand, sofern das überhaupt möglich ist, seinen Weg auf der Suche nach der Wahrheit. Bei solchen Untersuchungen wie derjenigen, der wir uns jetzt widmen, sollte man nicht so sehr fragen: Was ist geschehen? als vielmehr: Was ist geschehen, das nie zuvor geschah? Mit einem Wort, die Leichtigkeit, mit der es mir gelingen wird – oder schon gelungen ist –, das Rätsel zu lösen, steht im direkten Verhältnis zu seiner vermeintlichen Unlöslichkeit in den Augen der Polizei.“

Ich starrte meinen Freund voll sprachloser Verwunderung an.

„Ich erwarte jetzt", fuhr er mit einem Blick nach unserer Zimmertür fort, „ich erwarte jetzt ein Individuum, das, wiewohl es vermutlich diese Metzelei nicht selbst angerichtet hat, dennoch bis zu einem gewissen Grade darein verwickelt sein muß. An dem schlimmsten Teil des begangenen Verbrechens trägt es wahrscheinlich keine Schuld. Ich hoffe mich in dieser Annahme nicht zu täuschen, denn auf sie gründe ich meine Hoffnung, das ganze Geheimnis zu enträtseln. Ich erwarte diesen Mann hier in diesem Zimmer jeden Augenblick. Mag sein, daß er nicht kommt, aber die Wahrscheinlichkeit ist groß, daß er kommt. In diesem Falle wird es nötig sein, ihn festzuhalten. Hier sind Pistolen; wir wissen ja beide davon Gebrauch zu machen, wenn die Gelegenheit es erfordert."

Ich ergriff, fast ohne zu wissen, was ich tat, und ohne zu glauben, was ich hörte, die Pistolen, während Dupin, gleichsam im Selbstgespräch, seinen Bericht fortsetzte. Sein rätselhaftes Wesen in solchen Augenblicken habe ich schon erwähnt. Seine Worte waren zwar an mich gerichtet, dennoch war in seiner Stimme, obwohl er sie keineswegs erhob, ein Klang, als ob er zu jemandem in weiter Ferne spräche. Seine Augen starrten mit leerem Ausdruck auf die Wand.

„Daß die streitenden Stimmen, die die Leute auf der Treppe hörten, nicht die Stimmen der beiden Frauen waren, ist durch die Zeugenaussagen klar erwiesen. Das befreit uns von jedem Zweifel hinsichtlich der Frage, ob die alte Dame nicht zuerst ihre Tochter umgebracht und dann Selbstmord begangen haben könnte. Ich erwähne diesen Punkt hauptsächlich aus Liebe zur Methode, denn die Kräfte von Madame L'Espanaye wären keineswegs der Aufgabe gewachsen gewesen, den Leichnam ihrer Tochter so in den Rauchfang hinaufzustoßen, wie man ihn gefunden hat; und die Natur der Verwundungen an ihrem eigenen Körper schließt die Möglichkeit eines Selbstmordes völlig aus. Ein Mord ist also begangen worden, und zwar von Dritten, und diese Dritten waren es, deren Stimmen man streiten hörte. Ich möchte jetzt Ihre Aufmerksamkeit nicht auf die ganze Zeugenaussage hinsichtlich dieser Stimmen lenken, sondern nur auf das Eigentümliche in diesen Aussagen. Ist Ihnen nicht etwas Besonderes daran aufgefallen?“

Ich bemerkte, daß alle Zeugen zwar in der Annahme einig waren, die grobe Stimme sei die eines Franzosen gewesen, daß ihre Meinungen über die schrille oder, wie einer sie bezeichnete, die heisere Stimme jedoch beträchtlich voneinander abwichen.

„Das sind die Aussagen selbst, aber es ist nicht das Eigentümliche an ihnen“, sagte Dupin. „Sie haben nichts Auffälliges entdeckt, und doch war etwas zu entdecken. Die Zeugen waren sich, wie Sie sagen, über die grobe Stimme einig; hier gab es nur eine Meinung. Aber was die schrille Stimme angeht, so liegt das Eigentümliche nicht in der Uneinigkeit der Zeugen, sondern darin, daß ein Italiener, ein Engländer, ein Spanier, ein Holländer, ein Franzose, als sie sie zu beschreiben versuchten – daß jeder von ihr als von der Stimme eines Fremden spricht. Jeder von ihnen weiß sicher, daß es nicht die Stimme eines seiner Landsleute war, keiner vergleicht sie mit der Stimme irgendeines Ausländers, in dessen Sprache er bewandert ist, sondern im Gegenteil: der Franzose hält sie für die Stimme eines Spaniers und ‚würde wohl einige Worte herausbekommen haben, wenn er des Spanischen mächtig wäre‘. Der Holländer behauptet, daß es die Stimme eines Franzosen war. Wir finden aber die Feststellung, ‚daß der Zeuge, da er nicht französisch spricht, durch einen Dolmetscher vernommen wurde‘. Der Engländer meint, es sei die Stimme eines Deutschen gewesen, und ‚versteht nicht deutsch‘. Der Spanier weiß sicher, daß es die eines Engländers war, ‚urteilt aber nach dem Tonfall, da er nicht englisch kann‘. Der Italiener glaubte, es sei die Stimme eines Russen, ‚hat sich aber niemals mit einem Russen unterhalten‘. Noch mehr: ein zweiter Franzose behauptet, abweichend von dem ersten, es sei italienisch gewesen: ‚da er aber mit dieser Sprache nicht vertraut ist, schließt er wie der Spanier mit Sicherheit aus dem Tonfall‘. Nun, wie seltsam, wie ungewöhnlich muß diese Stimme in Wahrheit gewesen sein, daß über sie derartige Zeugenaussagen möglich waren! Eine Stimme, in der die Vertreter der fünf großen Nationen Europas keinen vertrauten Laut zu entdecken vermochten! Sie werden sagen, daß es vielleicht die Stimme eines Asiaten, eines Afrikaners war. Nun, weder an Asiaten noch Afrikanern ist in Paris Überfluß; indessen möchte ich, ohne Ihre Vermutung von der Hand zu weisen, Ihre Aufmerksamkeit auf drei Punkte lenken: die Stimme wird von einem der Zeugen als ‚eher heiser als schrill' bezeichnet. Zwei andere schildern sie als ‚schnell und ungleichmäßig'. Daß Worte oder wortähnliche Lautbildungen zu unterscheiden waren, wird von keinem der Zeugen angegeben.

Ich weiß nicht", fuhr Dupin fort, „welchen Eindruck ich mit dem bisher Gesagten auf Ihr Verständnis gemacht habe, doch stehe ich nicht an zu behaupten, daß berechtigte Schlußfolgerungen aus ebendiesem Teil der Zeugenaussagen – dem Teil, der die grobe und die schrille Stimme betrifft – an und für sich genügen, einen Verdacht zu wecken, der allen künftigen Schritten in der Untersuchung dieses Rätsels die Richtung weisen muß. Ich sprach von ‚berechtigten Schlußfolgerungen', doch damit ist meine Meinung noch nicht erschöpfend ausgedrückt. Ich möchte darunter verstanden wissen, daß diese Schlußfolgerungen die allein richtigen sind und daß der erwähnte Verdacht ihnen unvermeidlich als einziges Resultat entspringt. Welcher Art nun dieser Verdacht ist, will ich Ihnen vorerst nicht sagen. Doch bitte ich Sie, sich vor Augen zu halten, daß er für mich zwingend genug war, um meinen Nachforschungen in jenem Zimmer ein fest umrissenes Ziel zu geben.

Versetzen wir uns im Geiste in jenes Zimmer. Wonach müssen wir dort zuerst suchen? Nach dem Ausgang, den die Mörder zur Flucht benutzt haben. Es ist überflüssig zu sagen, daß keiner von uns beiden an übernatürliche Vorkommnisse glaubt. Madame und Mademoiselle L'Espanaye sind nicht von Geistern umgebracht worden. Nun, zum Glück gibt es nur eine Methode, uns über diese Sache Klarheit zu verschaffen, und diese Methode muß uns zu einer bestimmten Entscheidung führen. Lassen Sie uns Punkt für Punkt die verschiedenen Möglichkeiten der Flucht erwägen. Es ist klar, daß, als die Leute die Treppe heraufkamen, die Mörder in diesem Zimmer waren, wo man Mademoiselle L'Espanaye gefunden hat, oder zumindest in dem daneben gelegenen. Demnach haben wir nur nach den Ausgängen aus diesen beiden Räumen zu suchen. Die Polizei hat die Dielen, die Decke, die Wände nach allen Richtungen hin untersucht. Geheime Ausgänge können ihrem Scharfblick nicht entgangen sein. Trotzdem traute ich ihren Augen nicht und prüfte selbst alles nach. Tatsächlich, geheime Ausgänge sind nicht vorhanden. Beide Türen, die aus den Zimmern auf den Flur führen, waren fest verschlossen, die Schlüssel steckten von innen. Sehen wir uns die Schornsteine an. Sie haben zwar bis zu einer Höhe von acht bis zehn Fuß über der Feuerstelle die übliche Weite, würden aber weiter oben kaum den Körper einer größeren Katze durchlassen. Da also die Unmöglichkeit einer Flucht auf den eben erwähnten Wegen unbestreitbar ist, bleiben uns nur noch die Fenster. Durch die Fenster des vorderen Zimmers konnte niemand entfliehen, ohne von der Menge auf der Straße entdeckt zu werden. Die Mörder müssen demnach die Fenster des nach rückwärts gelegenen Zimmers benutzt haben. Sind wir aber einmal auf so unzweideutige Weise zu diesem Schluß gelangt, so steht es uns als denkenden Köpfen nicht zu, ihn auf Grund einer scheinbaren Unmöglichkeit zu verwerfen. Vielmehr obliegt uns der Beweis, daß diese scheinbare Unmöglichkeit in Wirklichkeit gar keine ist.

Das Zimmer hat zwei Fenster. Eines von ihnen ist nicht durch Möbel verstellt und vollständig sichtbar. Der untere Teil des anderen wird durch das Kopfende der schwer beweglichen Bettstelle verstellt, die dicht an das Fenster herangeschoben ist. Das erste Fenster fand ich von innen fest verschlossen. Es widerstand der äußersten Kraftanstrengung derer, die es hinaufzuschieben versuchten. In die linke Seite seines Rahmens war ein großes Loch gebohrt worden, in das ein starker Nagel fast bis zum Kopf eingetrieben war. Bei der Untersuchung des zweiten Fensters zeigte sich ein ähnlicher Nagel, der ähnlich im Rahmen steckte, und ein energischer Versuch, es zu heben, war gleichfalls erfolglos. Die Polizei war nun vollständig überzeugt davon, daß die Flucht auf diesem Wege nicht erfolgt sei. Darum hielt sie es auch für überflüssig, die Nägel herauszuziehen und die Fenster zu öffnen.

Meine eigene Untersuchung war einigermaßen genauer, und zwar aus dem Grund, den ich eben angeführt habe: weil hier, wie ich klar erkannte, bewiesen werden mußte, daß die scheinbare Unmöglichkeit in Wirklichkeit keine ist.

Ich zog auf diese Weise weiter meine Schlüsse – a posteriori. Die Mörder sind durch eines der beiden Fenster entkommen. War das der Fall, so können sie die Schiebefenster nicht so von innen wieder verschlossen haben, wie man sie vorgefunden hat, eine Erwägung, die durch ihre Unbestreitbarkeit den Nachforschungen der Polizei auf diesem Gebiet ein Ziel setzte. Nun, die Schiebefenster waren geschlossen. Es muß demnach möglich sein, daß sie sich von selbst schließen. Dieser Folgerung war nicht zu entrinnen. Ich trat also an das freistehende Fenster, zog mit einiger Mühe den Nagel heraus und versuchte es hochzuschieben. Wie ich vorausgesehen hatte, widerstand es allen meinen Bemühungen. Eine verborgene Feder, das wußte ich jetzt, mußte vorhanden sein, und diese Bestätigung meiner Vermutung bewies mir zum mindesten, daß meine Prämissen richtig seien, obwohl die Sache mit den Nägeln noch dunkel blieb. Nach sorgfältigem Suchen machte ich bald die verborgene Feder ausfindig; ich drückte auf sie und unterließ, von meiner Entdeckung befriedigt, das Öffnen der Fenster.

Nun brachte ich den Nagel wieder in seine vorige Lage und betrachtete ihn aufmerksam. Wenn jemand durch dieses Fenster hinausstieg, konnte er es wieder zufallen lassen, und die Feder würde einschnappen – aber der Nagel wäre nicht an seinem alten Platz. Der Schluß war einleuchtend und schränkte wiederum das Feld meiner Untersuchungen ein. Die Mörder mußten also durch das andere Fenster entflohen sein. Angenommen nun, daß die Federn an beiden Fenstern gleich waren, und das schien wahrscheinlich, so mußte ein Unterschied zwischen den Nägeln bestehen, wenigstens in der Art ihrer Befestigung. Ich stieg auf den Strohsack der Bettstelle und sah mir über das Kopfende der Bettstelle hinweg das zweite Fenster genau an. Dann fuhr ich mit der Hand hinter das Bett, entdeckte sofort die Feder und betätigte sie. Sie glich, wie ich angenommen hatte, genau der ersten. Nun sah ich nach dem Nagel. Er war ebenso stark wie der erste und allem Anschein nach in derselben Weise eingeschlagen, das heißt bis beinahe an den Kopf.

Sie werden meinen, daß ich nun in Verlegenheit kam. Aber wenn Sie das glaubten, hätten Sie die Art meiner Induktionen mißverstanden. Um einen Jagdausdruck zu gebrauchen: ich war nicht ein einziges Mal auf falscher Fährte, ich verlor die Spur nicht einen Augenblick lang. Die Glieder der Kette fügten sich ohne Lücke ineinander. Ich hatte dem Geheimnis bis in seinen letzten Schlupfwinkel nachgestellt, und dieser letzte Schlupfwinkel war der Nagel. Er sah, wie ich schon sagte, genauso wie sein Kamerad im anderen Fenster aus; aber dieser Anschein, so entschieden er sich auch gebärden mochte, schrumpfte zur völligen Bedeutungslosigkeit zusammen vor der Erwägung, daß bis hierher, bis an diesen Punkt die Spur führte. Mit diesem Nagel muß etwas faul sein, sagte ich mir. Ich faßte hin und hielt den Kopf samt einem etwa ein Viertelzoll langen Stück des Schaftes in meinen Fingern. Der Rest des Schaftes blieb in dem Bohrloch stecken, in dem er abgebrochen war. Der Bruch war alt, denn seine Ränder waren angerostet. Vermutlich hatte ihn der Schlag eines Hammers verursacht, mit dem man den oberen Teil des Nagels in den Fensterrahmen eingetrieben hatte. Nun steckte ich den oberen Teil des Nagels wieder sorgfältig in die Höhlung, aus der ich ihn herausgenommen hatte, und er sah wieder völlig wie ein ganzer Nagel aus. Der Schaden war nicht zu bemerken. Ich drückte auf die Feder, schob sachte das

Fenster um wenige Zoll in die Höhe, der Nagelkopf ging mit und blieb fest in seinem Loch. Ich schloß das Fenster, und wieder hatte es den Anschein, als ob der Nagel ganz sei.

Soweit war das Rätsel nun enträtselt. Der Mörder war durch das Fenster hinter dem Bett entkommen. Mochte es nun nach seiner Flucht von selbst wieder zugefallen oder auch mit Absicht zugedrückt worden sein, die Feder war jedenfalls wieder eingeschnappt; und dieser Verschluß durch die Feder war von der Polizei irrtümlich dem Nagel zugeschrieben worden, weshalb sie weitere Untersuchungen für unnötig gehalten hatte.

Die nächste Frage war: wie kann man von dort in den Hof gelangen? Über diesen Punkt hatte ich mich durch unseren gemeinsamen Rundgang um das Haus genügend unterrichtet. Ungefähr fünfeinhalb Fuß von dem erwähnten Fenster entfernt läuft ein Blitzableiter. Von diesem Blitzableiter aus hätte niemand das Fenster erreichen, geschweige denn einsteigen können; indessen fiel mir auf, daß die Fensterläden des vierten Stockwerkes von jener besonderen Art sind, welche die Pariser Tischler ‚ferrades' nennen, Fensterläden, die heutzutage selten verwendet werden, die man aber häufig an sehr alten Bauten in Bordeaux und Lyon antrifft. Sie haben die Gestalt einer gewöhnlichen Tür, einer einfachen, kleinen Flügeltür, nur daß ihre obere Hälfte durchbrochen oder als offenes Gitterwerk gearbeitet ist, also den Händen einen trefflichen Halt bietet. In unserem Falle sind diese Läden volle dreieinhalb Fuß breit. Als wir sie von der Rückseite des Hauses aus betrachteten, waren sie beide ungefähr halb offen, das heißt, sie standen in einem rechten Winkel von der Hausmauer ab. Es ist anzunehmen, daß die Polizeibeamten so gut wie ich selbst die Rückseite des Gebäudes einer Besichtigung unterzogen; da sie aber in diesem Falle die ‚ferrades' natürlich in perspektivischer Verkürzung sahen, fiel ihnen nicht auf, wie breit sie waren, oder jedenfalls versäumten sie, das gebührend in Betracht zu ziehen. Da sie nun einmal die Meinung gefaßt hatten, daß ein Entkommen hier unmöglich war, schenkten sie diesem Teil selbstverständlich nur ganz flüchtige Beachtung. Mir hingegen war klar, daß der zu dem Fenster hinter dem Bett gehörige Laden, wenn er bis an die Mauer zurückgeschlagen wurde, von dem Blitzableiter nur zwei Fuß entfernt war. Zugleich stand für mich fest, daß man, sofern man einen ganz außergewöhnlichen Grad von Gewandtheit und Mut entfaltete, von dem Blitzableiter aus durch das Fenster einzusteigen vermochte. War nun ein Verbrecher einmal bis zu dieser zweieinhalb Fuß entfernten Stelle gelangt – wir nehmen jetzt an, daß der Laden ganz offen ist –, so hätte er an dem Gitterwerk einen sicheren Halt finden können; ließ er dann den Blitzableiter los und stemmte er sich mit den Füßen fest gegen die Mauer, so hätte er mit einem kühnen Absprung den Laden gegen das Fenster stoßen und, wenn wir annehmen, daß das Fenster offen war, sich sogar in das Zimmer schwingen können.

Ich bitte Sie, sich besonders fest einzuprägen, daß ich sagte, es sei ein ganz außergewöhnlicher Grad von Gewandtheit zum Gelingen eines so schwierigen Wagnisses erforderlich. Meine Absicht ist, Ihnen erstens zu zeigen, daß die Sache überhaupt möglich war, zweitens aber und hauptsächlich, Sie auf den ganz außerordentlichen, ja fast übernatürlichen Charakter dieser Behendigkeit hinzuweisen.

Sie werden, indem Sie sich der Sprache der Juristen bedienen, allerdings einwenden, daß ich zur Stärkung meiner Beweisführung besser daran täte, die in diesem Falle erforderliche Behendigkeit eher niedriger anzuschlagen, als auf ihrer vollen Einschätzung zu beharren. Das mag die Praxis vor Gericht sein, der Brauch der Vernunft ist es nicht. Mein letztes Ziel ist einzig und allein die Wahrheit. Augenblicklich möchte ich Sie dahin führen, die ganz außergewöhnliche Gewandtheit, von der ich eben sprach, und die sehr fremdartige, schrille – oder heisere – und ungleichmäßige Stimme, über deren Nationalität nicht zwei Personen derselben Meinung waren und in deren Lauten keinerlei Silbenbildung entdeckt werden konnte, nebeneinanderzuhalten."

Bei diesen Worten tauchte in mir unbestimmt und schattenhaft eine Vorstellung von dem auf, was Dupin wohl meinen konnte. Ich schien an der Schwelle des Verstehens, ohne jedoch verstehen zu können; wie Menschen bisweilen am Rande der Erinnerung schweben, ohne sich schließlich wirklich erinnern zu können.

Mein Freund fuhr in seiner Rede fort. „Wie Sie sehen", sagte er, „bin ich von der Frage, auf welchem Wege das Zimmer verlassen wurde, zu der Frage übergesprungen: wie gelangte man hinein? Das geschah in der Absicht, Ihnen zu zeigen, daß beides in der nämlichen Weise und an der nämlichen Stelle ausgeführt wurde. Wenden wir uns nun wieder dem Innern des Zimmers zu und nehmen wir hier alles in Augenschein. Die Schubladen des Sekretärs sind, wie man behauptet, ausgeplündert worden, obwohl noch viele Toilettengegenstände darin verblieben sind. Diese Schlußfolgerung ist hier geradezu absurd, nicht mehr und nicht weniger als pure Raterei, noch dazu eine recht alberne. Wie können wir wissen, ob außer diesen Gegenständen noch andere in diesen Schubfächern waren? Madame L'Espanaye und ihre Tochter lebten äußerst zurückgezogen, empfingen keine Besuche, gingen selten aus und hatten wenig Gelegenheit, viel Toilette zu machen. Was man fand, war von so guter Qualität, wie es überhaupt bei diesen Frauen zu erwarten war. Gesetzt den Fall, ein Dieb hätte etwas davon genommen, warum nahm er dann nicht das Beste? Warum nahm er nicht alles? Mit einem Wort: warum ließ er viertausend Goldfranken im Stich, um sich ein Bündel Wäsche aufzupacken? Und das Gold blieb liegen. Beinahe die ganze von Monsieur Mignaud, dem Bankier, erwähnte Summe wurde in den Beuteln auf dem Fußboden vorgefunden. Ich wünschte daher, daß Sie sich die irrige Annahme, es müsse ein Motiv zu dieser Tat geben, aus dem Kopf schlügen. Sie ist im Hirn der Polizeibeamten durch denjenigen Teil der Zeugenaussagen entstanden, der die Ablieferung des Geldes am Haustor betrifft. Ein ähnliches Zusammentreffen von Umständen, nur zehnmal merkwürdiger als dieses – die Übergabe des Geldes und der drei Tage später erfolgte Mord am Empfänger –, erlebt jeder von uns stündlich, ohne sich nur einen Augenblick damit zu beschäftigen. Im allgemeinen ist das Zusammentreffen verschiedener Umstände ein großer Stein des Anstoßes für jene Klasse schlechtgeschulter Denker, die von der Wahrscheinlichkeitstheorie – einer Theorie, der die menschliche Forschung die glorreichsten Errungenschaften verdankt – keine Ahnung haben. Wäre im vorliegenden Falle das Gold verschwunden gewesen, so hätte die Tatsache seiner drei Tage vorher erfolgten Ablieferung mehr als einen bloßen Zufall bedeutet. Sie hätte uns in der Annahme eines Motivs bestärkt. Wenn wir aber unter den vorliegenden Umständen das Gold für den Beweggrund der Gewalttat ansehen, müssen wir zugleich den Verbrecher für einen so wankelmütigen Idioten halten, daß er das Gold mitsamt seinem Motiv im Stich ließ.

Halten wir nun die Punkte fest, auf die ich Ihre Aufmerksamkeit gelenkt habe: nämlich die sonderbare Stimme, die ungemeine Behendigkeit und, was uns am meisten verblüfft, das gänzliche Fehlen eines Motivs für diesen so ausnehmend scheußlichen Mord, und werfen wir einen Blick auf die Metzelei selbst. Da ist eine Frau, die mit Händen erwürgt und mit dem Kopf nach unten in den Kamin hinaufgestoßen wird. Gewöhnliche Mörder pflegen nicht so zu morden, am allerwenigsten werden sie ihr Opfer auf diese Weise beseitigen. Die Art, wie der Leichnam in den Kamin hinaufgestoßen wurde, ist, wie Sie zugeben müssen, unerhört outré. Zugleich ist da etwas, das sich mit unseren gewöhnlichen Begriffen von menschlichem Tun nicht in Einklang bringen läßt, selbst wenn wir uns die allerverderbtesten Menschen als Täter vorstellen. Bedenken Sie endlich, welche ungeheure Kraft dazu erforderlich war, den Körper in eine solche Öffnung so gewaltsam hinaufzustoßen, daß die vereinten Kräfte mehrerer Personen eben ausreichten, um ihn wieder herunterzuziehen.

Wenden wir uns nun den weiteren Beweisen für die Anwendung einer höchst staunenswerten Kraft zu. Auf der Feuerstelle fand man dicke Strähnen, sehr dicke Strähnen grauen Menschenhaares. Sie waren mit den Wurzeln ausgerissen. Sie wissen, welch große Kraft dazu gehört, auch nur zwanzig bis dreißig Haare auf diese Weise auszureißen. Sie haben diese Haarsträhnen ebensogut gesehen wie ich. An diesen Wurzeln hängen in Klumpen, ein scheußlicher Anblick, Stückchen von Fleisch und der Kopfhaut, ein sicheres Zeichen für die ungeheure Kraft, mit der vielleicht eine halbe Million Haare auf einmal ausgerissen wurden. Der Hals der alten Dame war nicht allein durchschnitten, sondern der Kopf war regelrecht vom Rumpf abgetrennt. Das Instrument war ein einfaches Rasiermesser. Ich bitte Sie, auch die tierische Wildheit der Tat zu beachten. Von den Quetschungen am Körper der Madame L'Espanaye will ich nicht sprechen. Monsieur Dumas und sein würdiger Helfer Monsieur Etienne haben sich dahin ausgesprochen, daß sie von einem stumpfen Werkzeug herrühren, und so weit haben die beiden Herren vollkommen recht. Das stumpfe Werkzeug war offenbar das Steinpflaster des Hofes, auf den das Opfer aus dem Fenster hinter dem Bett gefallen ist. Dieser Gedanke, so einfach er jetzt aussieht, kam der Polizei nicht in den Sinn, aus demselben Grunde, weshalb ihr die Breite der Fensterläden entging: weil nämlich die Sache mit den Nägeln ihr Verständnis hermetisch gegen die Möglichkeit abgeriegelt hatte, daß die Fenster überhaupt jemals geöffnet worden waren.

Wenn Sie nun zum Überfluß auch noch die seltsame Verwüstung des Zimmers gebührend berücksichtigen, so sind wir jetzt dahin gelangt, folgende Vorstellungen miteinander zu verbinden: eine erstaunliche Gewandtheit, übermenschliche Stärke, tierische Wildheit, eine Metzelei ohne Motiv, eine Groteske des Entsetzlichen, die allem Menschlichen fremd ist, eine Stimme, die den Angehörigen der verschiedenen Nationen fremdländisch klingt und jeder deutlichen und verständlichen Silbenbildung entbehrt. Zu welchem Ergebnis kommen Sie nun? Welchen Eindruck habe ich auf Ihre Einbildungskraft gemacht?"

Ein Schauder überlief mich, als Dupin diese Frage an mich richtete. „Ein Irrer", antwortete ich, „hat die Tat verübt, irgendein tobsüchtiger Narr, der aus einer benachbarten Maison de Santé entsprungen ist."

„In gewisser Hinsicht", erwiderte er, „ist Ihre Annahme nicht ganz unangemessen. Aber die Stimme der Verrückten hat selbst in ihrem wildesten Paroxysmus niemals etwas mit jener sonderbaren, im Stiegenhaus gehörten Stimme gemein. Verrückte gehören doch irgendeiner Nation an, und ihre Rede, mag sie aus noch so unzusammenhängenden Worten bestehen, bewahrt doch immer den Zusammenhang der Silbenbildung. Überdies sehen die Haare eines Wahnsinnigen nicht so aus wie diejenigen, die ich hier in der Hand halte. Dieses Büschel Haare habe ich den zusammengekrampften Fingern von Madame L'Espanaye entwunden. Sagen Sie mir, was Sie davon halten."

„Dupin", sagte ich ganz entgeistert, „das ist ein ganz sonderbares Haar. Das ist kein Menschenhaar."

„Das habe ich auch keineswegs behauptet", erwiderte er. „Aber bevor wir uns hinsichtlich dieses Punkts entscheiden, möchte ich Sie bitten, einen Blick auf diese kleine Skizze zu werfen, die ich hier auf diesem Blatt Papier entworfen habe. Es ist eine genaue Wiedergabe dessen, was ein Teil der Zeugen als dunkle Quetschungen und tief einschneidende Eindrücke von Fingernägeln am Halse der Madame L'Espanaye bezeichnete und ein anderer – die Herren Dumas und Etienne – als eine Reihe von blutunterlaufenen Stellen, die augenscheinlich durch den Druck von Fingern hervorgebracht wurden. Sie werden bemerken", fuhr mein Freund fort, indem er das Papier auf dem Tische vor uns ausbreitete, „daß diese Zeichnung die Vorstellung von einer festen, eisernen Umklammerung gibt. Hier ist kein Abgleiten ersichtlich. Jeder dieser Finger ist, vermutlich bis zum Tode des Opfers, genau an der Stelle verblieben, wo er sich zuerst mit furchtbarem Griff eingekrallt hat. Versuchen Sie nun, alle ihre Finger gleichzeitig auf die ihnen entsprechenden Eindrücke zu setzen, so wie sie hier gezeichnet sind."

Ich versuchte es, jedoch vergeblich.

„Vielleicht haben wir die Probe nicht richtig gemacht",

sagte er. „Dies Blatt Papier ist auf einer ebenen Fläche ausgespannt, der menschliche Hals jedoch ist walzenförmig. Hier ist eine hölzerne Stange, die ungefähr den Umfang eines Halses hat. Legen Sie das Papier herum und machen Sie den Versuch noch einmal."

Ich tat es, aber die Unmöglichkeit sprang nun noch mehr in die Augen als das erstemal.

„Das sind nicht die Spuren einer Menschenhand", sagte ich.

„Lesen Sie jetzt", antwortete Dupin, „diesen Abschnitt im Cuvier."

Es war ein ausführlicher anatomischer und allgemein beschreibender Bericht über den großen, rotbraunen Orang-Utan der ostindischen Inseln. Die riesige Gestalt, die erstaunliche Kraft und Gewandtheit, die ungebändigte Wildheit und der Nachahmungstrieb dieses Säugetieres sind jedermann zur Genüge bekannt. Mit einemmal verstand ich all das Grauenvolle dieses Mordes.

„Die Beschreibung der Finger", sagte ich, als ich zu Ende gelesen hatte, „stimmt mit dieser Zeichnung genau überein. Ich sehe, daß nur ein Orang-Utan von der hier angeführten Gattung diese Fingereindrücke, wie Sie sie hier gezeichnet haben, hinterlassen haben kann. Auch dieses Büschel lohfarbenen Haars ist von der gleichen Beschaffenheit wie das des Tieres im Cuvier. Dennoch kann ich die Einzelheiten dieses furchtbaren Geheimnisses nicht begreifen. Überdies sind zwei streitende Stimmen gehört worden, von denen die eine zweifellos die eines Franzosen war."

„Sehr richtig! Und Sie werden sich der Zeugenaussagen erinnern, die ihm fast einmütig die Worte: ‚Mon Dieu!' in den Mund legten. Sie sind in diesem Falle von einem der Zeugen, dem Konditor Montani, treffend charakterisiert worden als der Ausdruck eines heftigen Vorwurfs oder Verweises.

Auf diese beiden Worte habe ich hauptsächlich meine Hoffnung, das Rätsel völlig zu lösen, aufgebaut. Ein Franzose war Mitwisser des Mordes. Es ist möglich, ja sogar mehr als wahrscheinlich, daß er an der Bluttat, die da begangen wurde, weder Schuld noch Anteil hat. Der Orang-Utan kann ihm entflohen sein, er kann ihn bis zu dem bewußten Zimmer verfolgt, aber infolge der schrecklichen Vorfälle, die sich nun ereigneten, nicht wieder eingefangen haben. Das Tier ist noch in Freiheit. Ich will diesen Mutmaßungen nicht weiter nachgehen – denn ich habe kein Recht, sie anders als Mutmaßungen zu nennen, da die vagen Überlegungen, auf die sie sich stützen, kaum auf einem genügend festen Boden fußen, daß ich selbst ihnen irgendeinen Wert beilegen könnte; ich darf also nicht hoffen, sie dem Verständnis eines anderen begreiflich zu machen. Wir wollen sie mithin Mutmaßungen nennen und als solche behandeln. Wenn indessen der Franzose wirklich, wie ich annehme, an dieser Bluttat unschuldig ist, so wird diese Anzeige, die ich gestern abend bei unserer Rückkehr nach Hause in der Redaktion von *Le Monde* aufgab – einem Blatt, das die Interessen der Schiffahrt vertritt und von Seeleuten bevorzugt wird –, ihn hierher in unsere Wohnung bringen."

Er reichte mir die Zeitung, und ich las folgendes:

„Eingefangen. Im Bois de Boulogne am frühen Morgen des ... (Datum des Mordes) ein großer, lohfarbener Orang-Utan von der Bornesischen Gattung. Der Eigentümer, von dem man weiß, daß er Matrose auf einem Malteser Schiff ist, kann gegen genügenden Ausweis und Bezahlung der geringen Unkosten für das Einfangen und den Unterhalt des Tieres dasselbe wieder in Empfang nehmen. Näheres Faubourg St. Germain, Rue ..."

„Wie in aller Welt", fragte ich, „konnten Sie wissen, daß der Mann Matrose ist und auf einem Malteser Schiff dient?"

„Ich weiß es nicht", entgegnete Dupin, „ich bin dessen nicht sicher. Ich habe hier jedoch ein Stückchen Band, das, nach seiner Form und seiner fettigen Beschaffenheit zu schließen, augenscheinlich dazu benutzt worden ist, das Haar in einen jener langen Zöpfe zu binden, wie sie Matrosen so gern tragen. Überdies verstehen außer den Matrosen nur wenige Leute einen solchen Knoten zu knüpfen, und hauptsächlich pflegen die Malteser Matrosen diese Kunst. Ich habe das Band am Fuße des Blitzableiters aufgehoben. Einer der beiden Verstorbenen kann es nicht gehört haben. Sollte ich mich schließlich mit dieser aus dem Fund des Bandes gezogenen Folgerung, daß der Franzose als Matrose auf einem maltesischen Schiff gedient hat, täuschen, nun, so habe ich doch mit dem, was ich in der Anzeige sage, niemandem Unrecht getan. Wenn ich mich irre, dann wird er eben annehmen, daß ich durch irgendeinen Umstand, dem nachzuforschen er sich nicht die Mühe geben wird, irregeführt worden bin. Habe ich aber recht, so ist viel gewonnen. Als Mitwisser des Mordes wird der Franzose, wenn er selbst auch unschuldig ist, natürlich schwanken, ob er auf die Anzeige antworten und den Orang-Utan zurückfordern soll. Er wird folgendermaßen überlegen: Ich bin unschuldig, ich bin arm. Mein Orang hat einen großen Wert, für jemanden in meinen Verhältnissen bedeutet er fast ein Vermögen. Warum sollte ich ihn aus törichter Furcht vor einer Gefahr aufgeben? Dort ist er, ich brauche nur die Hand auszustrecken. Man hat ihn im Bois de Boulogne, weit entfernt von dem Schauplatz jenes Mordes, gefunden. Wer wird jemals auf den Gedanken kommen, daß ein vernunftloses Tier die Tat begangen hat? Die Polizei ist auf falscher Fährte, sie hat auch nicht die geringste Spur entdecken können. Aber selbst wenn man dem Tier auf der Spur sein sollte, so wäre es doch unmöglich nachzuweisen, daß ich Mitwisser des Mordes bin, und mich auf Grund dessen zu beschuldigen. Vor allem aber: man weiß von mir. Der Verfasser der Anzeige bezeichnet mich als den Besitzer des Tieres. Es ist mir unbekannt, wie weit sich sein Wissen erstreckt. Ließe ich mich davon abhalten, mein wertvolles Eigentum, von dem man weiß, daß es mir gehört, zurückzufordern, so würde ich das Tier mindestens einem Verdacht aussetzen. Es wäre nicht klug von mir, auf mich oder das Tier die Aufmerksamkeit zu lenken. Ich will mich auf die Anzeige hin melden, den Orang holen und ihn sorgfältig in Gewahrsam halten, bis über die Sache Gras gewachsen ist.“

In diesem Augenblick vernahmen wir Schritte auf der Treppe.

„Halten Sie Ihre Pistolen bereit“, sagte Dupin; „aber gebrauchen oder zeigen Sie sie nicht eher, als bis ich Ihnen ein Zeichen gebe.“

Da wir die Haustür offen gelassen hatten, war der Besucher, ohne zu läuten, eingetreten und schon ein paar Stufen hinaufgegangen. Aber plötzlich schien er zu zögern, und schon hörten wir ihn wieder hinuntergehen. Dupin stürzte schnell zur Tür, als wir ihn wieder heraufsteigen hörten. Diesmal machte er nicht kehrt, sondern kam entschlossenen Schrittes und klopfte an unsere Zimmertüre.

„Herein“, rief Dupin in aufmunterndem, herzlichem Ton.

Ein Mann trat ein. Es war zweifellos ein Matrose, ein großer, starker, muskulös aussehender Bursche mit einem gewissen Ausdruck herausfordernder Tollkühnheit in seinen Zügen, der keineswegs gegen ihn einnahm. Sein sonnverbranntes Gesicht war mehr als zur Hälfte von einem mächtigen Schnurr- und Backenbart verdeckt. Er hatte einen dicken Eichenknüttel bei sich, schien aber sonst unbewaffnet. Er grüßte ungeschickt und bot uns einen guten Abend mit einem Akzent, der, obwohl er ein wenig nach Neufchâtel klang, dennoch seinen Pariser Ursprung verriet.

„Setzen Sie sich, mein Freund“, sagte Dupin. „Ich nehme an, Sie kommen wegen des Orang-Utans. Auf mein Wort, ich beneide Sie beinahe um seinen Besitz; ein ausnehmend schönes und zweifellos auch sehr wertvolles Tier! Wie alt mag es wohl sein?“

Der Matrose atmete mit der Miene eines Menschen, der sich von einer unerträglichen Last befreit fühlt, tief auf und antwortete dann mit fester Stimme: „Das kann ich Ihnen nicht sagen, aber er dürfte kaum mehr als vier oder fünf Jahre alt sein. Haben Sie ihn hier?“

„O nein, wir hatten hier keine passende Unterkunft für ihn. Er ist in einem Koststall in der Rue Dubourg, ganz in der Nähe, untergebracht. Dort können Sie ihn morgen früh holen. Natürlich sind Sie imstande, sich als Eigentümer zu legitimieren?“

„Gewiß, mein Herr, das bin ich.“

„Es tut mir leid, mich von ihm zu trennen“, meinte Dupin.

„Sie sollen all die Mühe nicht umsonst gehabt haben“, erklärte der Mann; „das kann ich nicht verlangen. Ich bin gerne bereit, einen Finderlohn zu bezahlen, das heißt, alles was recht ist.“

„Nun“, erwiderte mein Freund, „das ist ja alles schön und gut. Lassen Sie mich überlegen; was könnte ich verlangen? Oh, jetzt weiß ich's! Meine Belohnung soll das sein: Sie werden mir jede Auskunft über diese Morde in der Rue Morgue geben, die Ihnen möglich ist.“

Dupin sagte diese letzten Worte sehr leise und sehr ruhig. Ebenso ruhig ging er zur Tür, verschloß sie und steckte den Schlüssel in seine Tasche. Hierauf zog er eine Pistole aus dem Busen und legte sie ohne die geringste Hast auf den Tisch.

Das Gesicht des Matrosen rötete sich, als ob er mit einem Erstickungsanfall kämpfte. Er sprang auf und griff nach seinem Knüttel, aber einen Augenblick später fiel er in seinen Stuhl zurück, heftig zitternd und bleich wie der Tod. Er sprach kein Wort. Ich bemitleidete ihn von ganzem Herzen.

„Mein Freund“, fuhr Dupin in gütigem Ton fort, „Sie regen sich ganz unnötig auf, ganz unnötig; ich versichere Ihnen, wir wollen Sie in keiner Weise schädigen. Ich verpfände mein Wort als Franzose und Ehrenmann, daß wir nichts Böses gegen Sie im Schilde führen. Ich weiß sehr wohl, daß Sie an der Bluttat in der Rue Morgue keine Schuld haben. Trotzdem läßt sich nicht leugnen, daß Sie in einem gewissen Sinne darein verwickelt sind. Aus dem, was ich soeben gesagt habe, werden Sie erkennen, daß mir in dieser Angelegenheit Auskunftsmittel zu Gebote stehen, Auskunftsmittel, von denen Sie sich nichts träumen lassen. Nun, die Sache steht so: Sie haben nichts getan, dem Sie hätten aus dem Wege gehen können, sicherlich aber nichts, das Sie mit Schuld belastet. Sie haben sich nicht einmal eines Diebstahls schuldig gemacht, obwohl Sie straflos hätten stehlen können. Sie haben nichts zu verheimlichen und haben auch keinen Grund zur Verheimlichung. Andererseits gebietet Ihnen die Ehrenhaftigkeit, alles einzugestehen, was Sie wissen. Ein Unschuldiger ist gegenwärtig im Gefängnis und wird des Verbrechens beschuldigt, dessen Täter Sie angeben können."

Während Dupin so sprach, hatte der Matrose seine Geistesgegenwart zum großen Teil wiedergewonnen, aber seine ursprüngliche Verwegenheit war gänzlich verschwunden.

„So wahr mir Gott helfe", antwortete er nach einer kleinen Pause, „ich will Ihnen alles sagen, was ich über diese Sache weiß. Aber ich kann nicht erwarten, daß Sie mir auch nur die Hälfte von dem, was ich sage, glauben – ich müßte ein Narr sein, wenn ich's täte. Aber ich bin unschuldig und will mir alles vom Herzen reden, und sollte es mein Leben kosten."

Was er erzählte, war in der Hauptsache folgendes: Vor kurzem hatte er eine Fahrt nach dem indonesischen Archipel unternommen. Ein Trupp Matrosen, dem er sich anschloß, ging in Borneo an Land und drang auf einem Ausflug ins Landesinnere ein. Er selbst fing mit einem Kameraden zusammen einen Orang-Utan. Der Kamerad starb, und das Tier ging in seinen alleinigen Besitz über. Nach vielen Unannehmlichkeiten, die ihm die unbezähmbare Wildheit des Tieres während der Heimreise bereitete, gelang es ihm endlich, es sicher in seiner Wohnung in Paris unterzubringen, wo er es, um es vor der unliebsamen Neugier seiner Nachbarn zu verbergen, so lange in sorgfältigem Gewahrsam halten wollte, bis es von einer Fußwunde, die es sich an Bord durch einen Splitter zugezogen hatte, geheilt wäre. Seine Absicht war, es dann zu verkaufen.

Als er eines Nachts, oder vielmehr eines Morgens, dem Morgen des Mordtages, von einer Matrosenzecherei nach Hause zurückkam, fand er die Bestie in seinem eigenen Schlafzimmer, in das sie aus einem anstoßenden Kabinett, wo er sie sicher eingeschlossen glaubte, eingedrungen war. Mit dem Rasiermesser in der Hand und völlig eingeseift, saß der Affe vor einem Spiegel und versuchte die Operation des Rasierens nachzuahmen, bei der er seinen Herrn, offenbar durch das Schlüsselloch des Kabinetts, öfters belauscht hatte. Entsetzt bei dem Anblick einer so gefährlichen Waffe im Besitze eines so unbändigen Tieres, das durchaus fähig war, sie zu gebrauchen, war der Mann für einige Augenblicke ratlos, was er tun sollte. Indessen pflegte er das Tier, selbst in seinen wildesten Ausbrüchen, mit Hilfe der Peitsche zu beruhigen, und so nahm er auch diesmal zu ihr seine Zuflucht. Als aber der Orang die Peitsche sah, sprang er plötzlich durch die Zimmertür, die Treppe hinab und von da durch ein unglücklicherweise geöffnetes Fenster auf die Straße.

Der Mann verfolgte ihn in höchster Verzweiflung. Der Affe, immer mit dem Rasiermesser in der Hand, blieb von Zeit zu Zeit stehen, um sich nach seinem Verfolger umzuwenden und ihm Grimassen zu schneiden, bis dieser ganz nahe herangekommen war. Dann machte er sich wieder davon. In dieser Weise dauerte die Jagd geraume Zeit fort. In den Straßen herrschte tiefe Stille, es war gegen drei Uhr morgens. Als der Flüchtling das hinter der Rue Morgue gelegene Gäßchen erreicht hatte, wurde seine Aufmerksamkeit durch den Lichtschein, der aus dem geöffneten Fenster Madame L'Espanayes im vierten Stock ihres Hauses drang, gefesselt. Er stürzte auf das Haus zu, sah den Blitzableiter, kletterte mit unfaßbarer Behendigkeit hinauf, ergriff den Laden, der ganz an die Mauer zurückgeschlagen war, und schwang sich mit dessen Hilfe geradewegs auf das Kopfende des Bettes. Das ganze Kunststück nahm kaum eine Minute in Anspruch. Der Laden wurde durch den Affen, als er in das Zimmer sprang, wieder zurückgestoßen.

Der Matrose war gleichzeitig erfreut und bestürzt. Einerseits hegte er große Hoffnung, die Bestie jetzt wiederzuerlangen, da sie kaum aus der Falle, in die sie geraten war, entwischen konnte, es sei denn über den Blitzableiter, wo man sie beim Abstieg einfangen konnte. Andererseits erfüllte ihn berechtigte Besorgnis, was das Tier wohl in dem Hause anrichten würde. Diese letztere Überlegung bewog den Mann, dem Flüchtling noch weiter zu folgen. Ein Blitzableiter ist nicht schwer zu erklettern, besonders nicht für einen Matrosen. Aber als er die Höhe des Fensters erklommen hatte, das in unerreichbarer Entfernung zu seiner Linken lag, war an ein Weiterkommen nicht zu denken. Alles, was er tun konnte, war, sich so weit wie möglich vorbeugend, einen Blick in das Innere des Zimmers zu werfen. Aber was er da erblickte, hätte ihn im Übermaß des Entsetzens beinahe von seinem Halt stürzen lassen. Jetzt geschah es, daß jene gräßlichen Schreie die Nacht durchgellten, die die Einwohner der Rue Morgue aus dem Schlummer schreckten. Madame L'Espanaye und ihre Tochter, in ihre Nachtkleider gehüllt, waren allem Anschein nach mit dem Ordnen von Papieren in dem schon erwähnten eisernen Kasten beschäftigt gewesen, den sie in die Mitte des Zimmers gerollt hatten. Er stand offen, sein Inhalt lag daneben auf dem Fußboden. Die beiden Opfer mußten mit dem Rücken gegen das Fenster gesessen haben; und aus der Zeit, die zwischen dem Eindringen des Tieres und dem Schreien verstrich, läßt sich vermuten, daß sie es nicht sofort bemerkten. Das Zuklappen des Ladens hatten sie wohl dem Wind zugeschrieben.

Als der Matrose in das Zimmer blickte, hatte das riesige Tier Madame L'Espanaye bei den Haaren gefaßt – sie hingen ihr, da sie sie eben gekämmt hatte, offen über die Schulter – und schwang das Rasiermesser über ihrem Gesicht, indem es die Bewegungen eines Barbiers nachahmte. Die Tochter lag reglos auf dem Fußboden, sie war ohnmächtig geworden. Das Schreien und Sich-Sträuben der alten Dame, während ihr die Haare vom Kopf gerissen wurden, hatte den Erfolg, die vermutlich ganz friedlichen Absichten des Orang-Utan in Wut zu verwandeln. Mit einem entschlossenen Streich seines muskulösen Armes trennte er ihren Kopf beinahe vom Rumpf ab. Der Anblick des Blutes entflammte seine Wut beinahe zur Raserei. Zähnefletschend und mit funkelnden Augen warf er sich auf den Körper des

Mädchens, grub die furchtbaren Krallen in seinen Hals und ließ nicht ab, bis es tot war. In diesem Augenblick fielen seine unstet flackernden Blicke auf das Kopfende des Bettes, über dem das vor Grauen erstarrte Gesicht seines Herrn zu sehen war. Die Wut der Bestie, die sich zweifellos an die gefürchtete Peitsche erinnerte, verwandelte sich plötzlich in Angst. In dem Bewußtsein, Züchtigung verdient zu haben, schien sie die Spuren ihrer Bluttat verwischen zu wollen und sprang in höchster Aufregung im Zimmer umher, wobei sie die Möbel umwarf und zerbrach und die Betten aus der Bettstelle riß. Schließlich ergriff das Tier den Leichnam der Tochter und stieß ihn in den Rauchfang hinauf, so wie man ihn gefunden hat, hierauf packte es die alte Dame, die es hastig kopfüber zum Fenster hinauswarf.

Als der Affe sich mit seiner verstümmelten Last dem Fenster näherte, fuhr der Matrose schaudernd gegen den Blitzableiter zurück, kam mehr fallend als gleitend unten an und eilte aus Furcht vor den Folgen dieser Metzelei, und indem er in seinem Schrecken jede Sorge um das Schicksal des Affen außer acht ließ, geradewegs nach Hause. Die Worte, die die Leute auf der Treppe hörten, waren die Schreckens- und Entsetzensrufe des Franzosen gewesen, untermischt mit dem teuflischen Gekreisch der Bestie.

Ich habe kaum etwas hinzuzufügen. Der Orang muß unmittelbar, bevor die Türe aufgebrochen wurde, entwischt sein. Er muß das Fenster, als er hindurchschlüpfte, heruntergezogen haben. Später wurde er durch den Besitzer selbst wieder eingefangen, der ihn für eine beträchtliche Summe an den Jardin des Plantes verkauft hat. Lebon wurde unverzüglich auf freien Fuß gesetzt, nachdem wir im Büro des Polizeipräfekten den Hergang geschildert hatten, wozu Dupin einige Erläuterungen gab. Bei allem Wohlwollen, das der Beamte meinem Freund entgegenbrachte, konnte er dennoch seinen Ärger über die Wendung, die die Sache genommen hatte, nicht verhehlen, und er ließ sich zu ein paar Sarkasmen hinreißen über Leute, die sich um Angelegenheiten bekümmerten, die sie nichts angingen.

„Lassen Sie ihn reden“, meinte Dupin, der es nicht der

Mühe wert gefunden hatte, etwas zu erwidern. „Lassen Sie ihn schwatzen, es erleichtert sein Gewissen. Ich bin zufrieden damit, ihm in seiner eigenen Burg eine Niederlage bereitet zu haben. Nichtsdestoweniger ist die Tatsache, daß er bei der Lösung des Rätsels versagt hat, keineswegs so verwunderlich, wie er selbst glaubt; denn wahrlich, unser Freund, der Präfekt, ist ein wenig allzuschlau, um tief zu sein. Seiner Weisheit fehlt es an Saft. Sie hat lauter Kopf und keinen Körper, wie die Bilder der Göttin Laverna, oder bestenfalls Kopf und Rücken wie ein Stockfisch. Aber er ist trotzdem ein guter Kerl. Ich bewundere vor allem seine Meisterschaft, mit der er den Berufsjargon beherrscht und die ihm den Ruf eines großen Geistes eingetragen hat. Ich meine seine Art de nier ce qui est, et d'expliquer ce qui n'est pas."

DER MALSTROM

Die Wege Gottes in der Natur sind nicht wie unsere Wege; noch sind die Bilder, die wir ersinnen, irgendwie vergleichbar der Unermeßlichkeit, Unergründlichkeit und Unerforschlichkeit seiner Werke, die eine Tiefe in sich tragen, abgründiger als der Brunnen des Demokritos.

Joseph Glanvill

Wir hatten jetzt den höchsten Felsgipfel erreicht. Während einiger Minuten schien der alte Mann viel zu erschöpft, um zu sprechen.

„Nicht lang ist's her", sagte er endlich, „daß ich Sie auf diesem Wege ebensogut hätte führen können wie der jüngste meiner Söhne; aber vor etwa drei Jahren ist mir etwas zugestoßen, wie es noch nie zuvor ein sterblicher Mensch erlebt oder wenigstens noch nie überlebt hat, so daß er davon erzählen könnte; und die sechs Stunden tödlichen Grauens, die ich damals durchmachte, haben mir Körper und Seele gebrochen. Sie halten mich für einen sehr alten Mann, aber das bin ich nicht. Es hat nicht einmal eines einzigen Tages bedurft, dies Haar von glänzendem Schwarz in Weiß zu verwandeln, meine Glieder zu schwächen und meine Nerven zugrunde zu richten, so daß ich bei der geringsten Anstrengung zittere und vor einem Schatten erschrecke. Wissen Sie, daß ich kaum über diese kleine Klippe zu sehen vermag, ohne schwindlig zu werden?"

Die „kleine Klippe", an deren Rand er sich so sorglos zur Rast hingeworfen hatte, daß der größere Teil seines Körpers überhing, während er sich nur durch das Aufstützen seines Ellbogens auf den äußersten schlüpfrigen Rand vor dem Fall bewahrte, diese „kleine Klippe", ein jäher, nicht unterbrochener Absturz aus schwarzem, glänzendem Gestein, erhob sich etwa fünfzehn- bis sechzehnhundert Fuß hoch aus dem Chaos von Felsen unter uns. Nichts in der Welt hätte vermocht, mich auf ein halb Dutzend Schritte dem Rande zu nähern. In der Tat, ich war durch die gefährliche Stellung meines Begleiters so heftig erregt, daß ich der Länge nach zu Boden sank, mich an das umgebende Gestrüpp klammerte und nicht einmal zum Himmel aufzublicken wagte, während ich vergeblich gegen die Vorstellung ankämpfte, daß die Grundfesten des Berges selber von der Wut der Stürme bedroht seien. Es währte lange Zeit, bevor ich mich zur Vernunft gebracht und so weit Mut gefaßt hatte, daß ich aufrecht sitzen und in die Weite sehen konnte.

„Sie müssen solche Phantastereien überwinden", sagte mein Führer; „denn ich habe Sie hierhergebracht, um Ihnen die beste Rundsicht über den Schauplatz des Ereignisses, von dem ich sprach, zu verschaffen und um Ihnen die ganze Geschichte zu erzählen, während die Stelle gerade unter Ihren Augen liegt.

Wir befinden uns jetzt", fuhr er in der umständlichen Art, die für ihn charakteristisch war, fort, „wir befinden uns jetzt ganz nahe der norwegischen Küste auf dem achtundsechzigsten Breitengrad in der großen Provinz Nordland und in dem ödesten Bezirk von Lofoten. Der Berg, auf dessen Gipfel wir uns gelagert haben, ist der Helseggen, der Umwölkte. Nun erheben Sie sich ein wenig, halten Sie sich am Grase fest, wenn Sie schwindlig werden, so . . . und blicken Sie über den Dunstkreis unter uns hinweg hinab in die See."

Ich sah taumelnd hin und erblickte eine weite Fläche des Ozeans, dessen Wasser von so tintenschwarzer Färbung war, daß mir augenblicklich der Bericht des nubischen Geographen über das *Mare Tenebrarum* in den Sinn kam. Ein traurigeres, trostloseres Panorama kann sich die menschliche Phantasie nicht vorstellen. Zur Rechten und zur Linken, soweit das Auge reichte, erstreckten sich weithin, als bildeten sie die Grenzen der Welt, Reihen von schaurig schwarzen, überhängenden Klippen, deren düsteren Charakter die gegen sie anspringende Brandung mit ihren weißen, geisterbleichen Kämmen, mit ihrem unaufhörlichen Tosen und Heulen nur noch gewaltsamer machte. Dem Vorgebirge, auf dessen Spitze wir uns befanden, gerade gegenüber war, etwa fünf bis sechs Seemeilen entfernt, draußen in der See eine kleine, öde anmutende Insel zu sehen, oder vielmehr ließ sich ihre Lage aus der wilden Brandung, die sie einhüllte, erschließen. Etwa zwei Meilen näher zum Land hin tauchte eine andere, kleinere Insel auf, furchtbar steinig und nackt und in unregelmäßigen Abständen von einer Gruppe dunkler Felsen umzirkt.

Der Anblick des Ozeans in dem Raum zwischen der entferntesten Insel und der Küste hatte etwas Ungewöhnliches an sich. Obwohl um diese Zeit eine so steife Brise landeinwärts wehte, daß eine Brigg draußen auf hoher See mit doppelt gerefften Segeln beilegte und mit dem Rumpf beständig unter Wasser tauchte, gab es hier nichts, was einem regelrechten Wellengang glich, sondern nur ein kurzes, stoßweises, zänkisches Kreuz- und Querschlagen des Wassers nach allen Richtungen, sowohl gegen den Wind als auch nach anderen Seiten. Von Gischt war, außer in der unmittelbaren Nähe der Felsen, wenig zu sehen.

„Die Insel da draußen", fuhr der alte Mann fort, „wird von den Norwegern Vurrgh genannt, die auf halbem Wege ist Moskoe. Diese da eine Meile nordwärts ist Ambaaren, jene dort Iflesen und Buckholm. Weiter entfernt, zwischen Moskoe und Vurrgh, liegen Sandfelsen und Skarholm. Das sind die richtigen Namen dieser Punkte; aber warum man es überhaupt für nötig gehalten hat, ihnen Namen zu geben, das werden Sie ebensowenig begreifen können wie ich. Hören Sie etwas? Sehen Sie irgendeine Veränderung im Wasser?"

Wir befanden uns seit etwa zehn Minuten auf der Spitze des Helseggen, den wir von der Landseite aus bestiegen hatten, so daß nicht das geringste von der See zu sehen war, bis sie vom Gipfel aus plötzlich vor unseren Blicken lag. Während der alte Mann sprach, nahm ich ein lautes, stetig anwachsendes Getöse wahr, ähnlich dem Brüllen einer sehr großen Büffelherde auf einer amerikanischen Prärie; und gleichzeitig merkte ich, wie jene Bewegung des Ozeans unter uns, die der Seemann „springend“ nennt, plötzlich in eine Strömung umschlug, die ostwärts lief. Während ich hinsah, nahm dieser Strom eine ungeheuerliche Geschwindigkeit an. Mit jedem Augenblicke vergrößerte sich diese Geschwindigkeit, wuchs zu rasendem Ungestüm. In fünf Minuten war die ganze See bis nach Vurrgh hin zu zügelloser Wut aufgepeitscht, aber zwischen Moskoe und der Küste hatte der Aufruhr seine stärkste Gewalt. Hier hob sich die weite Wasserfläche, von tausend einander widerstreitenden Strömungen zerfurcht und zernarbt, plötzlich wie in rasenden Zuckungen, springend, brodelnd, zischend, in zahllosen gigantischen Strudeln kreisend, und wirbelte, stürzte mit einer Schnelligkeit nach Osten, wie man sie sonst nur bei jäh herabfallendem Wasser antrifft.

Ein paar Minuten später hatte sich die ganze Szene von neuem verwandelt. Die Oberfläche glättete sich, und die Strudel verschwanden einer nach dem andern, während wunderliche Schaumbänder an Stellen zutage traten, wo man bisher keinen Gischt gesehen hatte. Diese Bänder dehnten sich allmählich zu großer Länge aus, flossen ineinander, nahmen die drehende Bewegung der besänftigten Strudel in sich auf und schienen den Kern eines neuen, weit umfassenderen Strudels zu bilden. Plötzlich, ganz plötzlich nahm dieser Strudel in einem Kreise, der mehr als eine Meile Durchmesser hatte, deutliche und bestimmte Gestalt an. Der Rand dieses Wirbels wurde durch einen breiten Gürtel von schimmerndem Wasserstaub gebildet; aber nicht ein Atom davon glitt in den Schlund des fürchterlichen Trichters, dessen Inneres, soweit das Auge ihn ergründen konnte, eine glatte, glänzende, jettschwarze Wasserwand bildete, die sich, gegen den Horizont in einem Winkel von etwa fünfundvierzig Grad geneigt, in schwindelnder Hast im Kreis drehte und in die Winde hinaus eine schaurige Stimme, halb Schrei, halb Brüllen, warf, wie sie nicht einmal der gewaltige Katarakt des Niagara in seinen Kämpfen zum Himmel schickt.

Der Berg erzitterte in seinen Grundfesten, der Fels wankte. Ich warf mich auf mein Antlitz und hielt mich im Übermaß meiner nervösen Erregung an dem spärlichen Gras fest.

„Das", sagte ich endlich zu dem alten Mann, „das kann nichts anderes sein als der große Wirbel des Malstroms."

„So wird er zuweilen genannt", antwortete er. „Aber wir Norweger nennen ihn den Moskoestrom nach der Insel Moskoe dort in der Mitte."

Die gewöhnlichen Beschreibungen dieses Strudels hatten mich auf das, was ich sah, keineswegs vorbereitet. Der Bericht des Jonas Ramus, vielleicht der ausführlichste von allen, vermag weder von der Größe noch von den Schrecken des Schauspiels die leiseste Vorstellung zu geben noch von dem seltsamen, bestürzenden Gefühl des Unerhörten, das den Beschauer überwältigt. Ich weiß nicht genau, von welchem Punkte aus noch zu welcher Tageszeit der erwähnte Schriftsteller ihn gesehen hat, aber es kann weder von dem Gipfel des Helseggen noch während eines Sturmes gewesen sein. Nichtsdestoweniger setze ich einige Stellen aus seiner Beschreibung ihrer Einzelheiten wegen hierher, obwohl sie viel zu schwach sind, den Eindruck des Schauspiels wiederzugeben.

„Zwischen Lofoten und Moskoe", so berichtet er, „beträgt die Meerestiefe zwischen sechsunddreißig und vierzig Faden, aber auf der anderen Seite, gegen Vurrgh zu, nimmt sie so sehr ab, daß kein Schiff eine genügende Durchfahrt findet, ohne Gefahr zu laufen, an den Klippen zu zerschellen, was sogar bei ruhigstem Wetter vorkommt. Wenn die Flut steigt, schießt der Strom zwischen Lofoten und Moskoe mit tosender Geschwindigkeit dem Festland zu, doch wird das Brüllen seines ungestümen Rückzuges gegen die See hin von den lautesten und fürchterlichsten Katarakten kaum erreicht; denn man hört das Brausen viele Meilen weit. Und die Strudel oder Wasserschlünde sind von solchem Umfang und solcher Tiefe, daß ein Schiff, das ihnen zu nahe kommt, unvermeidlich verschluckt und auf den Grund gerissen wird und an den Klippen in tausend Stücke zerschellt. Sobald die Gewalt des Wassers nachläßt, werden die Trümmer wieder nach oben geworfen. Aber diese Ruhepausen finden nur beim Wechsel von Ebbe und Flut, und zwar bei ruhigem Wetter, statt. Sie dauern nur eine Viertelstunde, dann nimmt die Heftigkeit des Stromes allmählich wieder zu. Wenn er am stärksten tobt und ein Sturm seine Wut noch steigert, ist es gefährlich, sich ihm selbst auf eine norwegische Meile zu nähern. Boote, Jachten, große Schiffe sind mitgerissen worden, weil sie aus Mangel an Vorsicht in seinen Bereich gerieten. Auch ereignet es sich ziemlich häufig, daß Walfische dem Strom zu nahe kommen und seiner Gewalt zum Opfer fallen. Unbeschreiblich ist dann ihr Heulen und Bellen, wenn sie vergebliche Anstrengungen machen, ihm zu entrinnen. Einmal versuchte ein Bär von Lofoten nach Moskoe zu schwimmen, wurde vom Strom erfaßt und auf den Grund gezogen. Sein Brüllen war so fürchterlich, daß man es an der Küste hörte. Große Kiefern- und Fichtenstämme tauchen, nachdem sie der Strom verschlungen hat, wieder auf und sind dermaßen zerbrochen und zerrissen, als ob Borsten auf ihnen wüchsen. Das zeigt klar, daß der Meeresgrund aus zackigen Felsen bestehen muß, zwischen denen sie hin und her gewirbelt werden. Dieser Strom richtet sich nach Flut und Ebbe; hoher und niederer Wasserstand treten regelmäßig alle sechs Stunden ein. Im Jahre 1645, am Morgen des Sonntags Sexagesima, wütete er mit solchem Getöse und solchem Rasen, daß sogar die Steine von den Häusern an der Küste zu Boden fielen."

Was nun die Wassertiefe anbelangt, so vermochte ich nicht einzusehen, wie man sie in der unmittelbaren Nähe des Strudels feststellen konnte. Die „vierzig Faden" beziehen sich wohl nur auf diejenigen Abschnitte des Kanals, die sich dicht an der Küste von Moskoe oder Lofoten befinden. Die Tiefe in der Mitte des Moskoestroms muß unvergleichlich größer sein. Es bedarf für diese Tatsache keines schlagenderen Beweises als des seitlichen Blickes in den Abgrund des Wirbels, wie man ihn von der höchsten Felszacke des Helseggen aus hat. Als ich von dieser Zinne auf den heulenden Phlegethon unter mir hinabsah, konnte ich mich eines Lächelns über die Einfalt des ehrlichen Jonas Ramus nicht enthalten, der, um unglaubliche Dinge anzuführen, seine Anekdoten von Walfischen und Bären berichtet. Denn es erschien mir fürwahr als etwas ganz Selbstverständliches, daß die größten Linienschiffe von der Welt, wenn sie in den Bereich dieser tödlichen Anziehung kamen, so wenig zu widerstehen vermochten wie eine Feder dem Orkan und sofort mit Mann und Maus verschwinden mußten.

Die Erklärungen, die man von dem Phänomen zu geben versucht hat und von denen einige, wie ich mich erinnere, mir beim Lesen ziemlich plausibel vorkamen, machten mir nun einen ganz anderen und unbefriedigenden Eindruck. Die allgemein vertretene Ansicht ist, daß sowohl dieser Wirbel wie auch drei kleinere in den Färöerinseln „keine andere Ursache haben als den Zusammenprall der bei Flut und Ebbe steigenden und fallenden Wellen inmitten einer Reihe von Felsen und Klippen, die das Wasser derart einengen, daß es sich kataraktähnlich ergießt; demnach muß, je höher die Flut steigt, um so tiefer der Fall sein, und das natürliche Resultat dieses ganzen Vorgangs ist ein Wirbel oder Strudel, dessen ungeheure Saugkraft durch Experimente im kleinen hinreichend erwiesen ist“. So lauten die Worte der Encyclopaedia Britannica. Kircher und andere nehmen an, daß sich im Zentrum des Malstroms ein Abgrund befindet, der den Erdball durchbohrt und in einer sehr entfernten Gegend mündet. Der Bottnische Meerbusen ist in einem Falle mit ziemlicher Bestimmtheit genannt worden. Dieser an und für sich kindlichen Vorstellung neigte sich meine Einbildungskraft bei diesem Anblick am ehesten zu, und als ich sie meinem Führer gegenüber äußerte, war ich nicht wenig erstaunt, von ihm zu hören, daß er diese Ansicht, obwohl sie von den Norwegern fast allgemein für richtig gehalten wird, dennoch nicht teilen könne. Was aber die zuerst erwähnte Erklärung betrifft, so gestand er mir seine Unfähigkeit, sie zu begreifen, und hierin mußte ich ihm beipflichten; denn so folgerichtig sie sich auf dem Papier auch ausnimmt, so unverständlich, ja absurd wird sie angesichts des donnernden Abgrundes.

„Sie haben jetzt einen guten Überblick über den Strudel gehabt, und wenn Sie um diesen Felsen kriechen wollen, so daß Sie unter Lee sind und das Getöse des Wassers gedämpft wird, will ich Ihnen eine Geschichte erzählen, die Sie davon überzeugen wird, daß ich ihn wohl kennen muß, den Moskoestrom."

Ich ließ mich, wie er es gewünscht, nieder, und er begann: „Meine beiden Brüder und ich besaßen einstmals eine nach Schonerart aufgetakelte Schmack von etwa siebzig Tonnen, mit der wir zwischen den Inseln jenseits von Moskoe in der Nähe von Vurrgh zu fischen pflegten. In allen heftigen Meeresströmungen ist gut fischen, wenn einer die Gelegenheit weiß und die Courage hat, etwas zu wagen; aber unter allen Küstenbewohnern von Lofoten waren wir drei die einzigen, die es sich, wie ich Ihnen erzählte, zum regelmäßigen Geschäft machten, nach den Inseln auszufahren. Die gewöhnlichen Fischgründe liegen ein gut Stück weiter südlich. Dort kann man zu allen Stunden des Tages ohne viel Gefahr fischen, und darum werden diese Plätze bevorzugt. Die ausgesuchten Stellen jedoch hier zwischen den Felsen liefern nicht nur die feinsten Arten, sondern auch weit größeren Überfluß, so daß wir oft an einem einzigen Tage soviel fingen, wie die furchtsameren Fischer kaum in einer Woche zusammenzubringen vermochten. Kurz, wir machten aus der Sache eine verzweifelte Spekulation: die Lebensgefahr ersetzte die Arbeit, und die Courage war unser Kapital.

Wir brachten die Schmack in einer Einbuchtung, etwa fünf Meilen nordwärts von hier, unter und pflegten bei schönem Wetter die fünfzehn Minuten toten Wassers zu benutzen, um den Hauptkanal des Moskoestroms weit oberhalb des Strudels zu durchqueren und dann irgendwo in der Nähe von Otterholm oder Sandflesen, wo die Strömungen nicht so stark sind wie anderswo, Anker zu werfen. Hier blieben wir gewöhnlich so lange, bis das tote Wasser wieder eintrat, worauf wir den Anker lichteten und heimsegelten. Wir unternahmen dies Wagnis niemals, wenn wir nicht einen beständigen Seitenwind für die Hin- und Rückfahrt hatten, von dem wir sicher waren, daß er uns auch bei der Heimfahrt nicht im Stich lassen würde; und wir verrechneten uns selten. Zweimal im Laufe von sechs Jahren waren wir genötigt, infolge einer völligen Windstille, welche gerade in unserer Gegend zu den Seltenheiten gehört, eine ganze Nacht lang vor Anker zu liegen; ein andermal blieben wir beinahe eine Woche lang auf den Fischplätzen und wären fast Hungers gestorben, weil ein kurz nach unserer Ankunft einsetzender Sturm den Kanal so aufwühlte, daß an Rückfahrt nicht zu denken war. Bei dieser Gelegenheit wären wir trotz aller Bemühungen beinahe in die offene See hinausgetrieben worden, denn der Wirbel schleuderte uns so heftig hin und her, daß wir schließlich vor Anker trieben, wären wir nicht in eine der zahllosen Gegenströmungen geraten, die heute da sind und morgen verschwinden. Sie brachte uns unter Lee von Flimen, wo wir zu unserem Glücke landen konnten.

Ich wäre nicht imstande, Ihnen auch nur den zwanzigsten Teil der Schwierigkeiten zu schildern, mit denen wir beim Fischfang zu kämpfen hatten. Es ist ein schlechtes Fahrwasser, selbst bei gutem Wetter, aber wir brachten es doch immer fertig, den Moskoestrom ungestraft herauszufordern, wiewohl mir zuweilen das Herz bis in den Hals hinauf schlug, wenn wir das tote Wasser um etwa eine Minute verpaßt hatten. Manchmal war der Wind nicht so stark, wie wir bei der Abfahrt angenommen hatten, und wir kamen langsamer vorwärts, als wir wünschten, weil der Strom die Schmack unlenkbar machte. Mein ältester Bruder hatte einen achtzehnjährigen Sohn, und ich für mein Teil hatte auch zwei kräftige Jungen. Sie hätten uns in solchen Fällen, sowohl beim Rudern wie auch später beim Fischen, von großem Nutzen sein können; aber obwohl wir selbst unser Leben einsetzten, so hatten wir doch nicht das Herz, auch ihre Jugend in Gefahr zu bringen; denn wenn man es recht bedenkt, war es eine furchtbare Gefahr, das ist wahr.

In einigen Tagen wird es drei Jahre her sein, daß sich das,

was ich Ihnen erzählen will, begab. Es war der 10. Juli 18 . ., ein Tag, den die Leute dieses Küstenstrichs nie vergessen werden, denn an ihm stürmte der furchtbarste Orkan, den uns der Himmel jemals geschickt hat. Während des Morgens und sogar bis spät in den Nachmittag hinein gab es freilich eine sanfte, beständige Brise von Südwest und den prächtigsten Sonnenschein, so daß die ältesten Seeleute sich dessen, was kommen sollte, nicht hätten versehen können.

Wir drei, meine beiden Brüder und ich, waren gegen zwei Uhr nachmittags nach den Inseln hinübergefahren und hatten bald unsere Schmack fast bis zum Rand mit köstlichen Fischen gefüllt, die es, wie uns allen auffiel, an diesem Tage reichlicher gab als je zuvor. Es war gerade sieben auf meiner Uhr, als wir den Anker lichteten und die Rückfahrt antraten, um die schlimmste Stelle des Stromes während der stillen Zeit zu passieren, die, wie wir wußten, gegen acht Uhr eintreten mußte.

Wir gingen bei auffrischendem Wind über Steuerbord unter Segel und kamen einige Zeitlang sehr gut vorwärts, ohne uns von Gefahr etwas träumen zu lassen; denn in der Tat gab es nicht den geringsten Grund zu Besorgnissen. Ganz plötzlich wurden wir durch eine Brise, die über den Helseggen herkam, nach Backbord getrieben. Das war etwas ganz Ungewöhnliches, etwas, das uns noch nie vorgekommen war, und ich begann ein wenig unruhig zu werden, ohne eigentlich zu wissen warum. Wir stellten das Boot gegen den Wind, kamen aber der vielen Wirbel wegen nicht vom Fleck, und eben war ich im Begriff, die Rückkehr zum Ankerplatz vorzuschlagen, als wir hinter uns blickten und den ganzen Horizont mit einer seltsamen, kupferfarbigen Wolke überzogen sahen, die mit erstaunlicher Schnelligkeit aufstieg.

Inzwischen hatte sich die Brise, die uns entgegenkam, gelegt; es herrschte völlige Windstille, und wir trieben nach allen Richtungen ab. Dieser Zustand dauerte indessen nicht lange genug, um uns Zeit zum Überlegen zu lassen. In weniger als einer Minute war der Sturm über uns, in der folgenden hatte sich der Himmel ganz überzogen, und dadurch und durch den treibenden Wasserstaub wurde es plötzlich so dunkel, daß wir im Boot einer den andern nicht mehr sehen konnten.

Einen Orkan wie den, der damals losbrach, schildern zu wollen wäre Torheit. Die ältesten Seeleute von Norwegen haben niemals dergleichen erlebt. Wir hatten unser Segel eingezogen, bevor er uns recht erfaßt hatte, aber bei dem ersten Stoß gingen unsere beiden Masten über Bord, als wären sie abgesägt worden, und der Hauptmast nahm meinen jüngsten Bruder mit, der sich zu seiner Sicherheit an ihm festgebunden hatte.

Unser Boot war das federleichteste Ding, das jemals auf dem Wasser schwamm. Es hatte ein ganz glattes Verdeck mit einer einzigen kleinen Luke nahe dem Bug, die wir beim Überqueren des Stromes jedesmal fest zu schließen pflegten. Ohne diesen Umstand wären wir sofort gesunken, denn einige Augenblicke lang waren wir gänzlich im Wasser begraben. Wie mein ältester Bruder dem Tode entging, vermag ich nicht zu sagen, denn ich hatte niemals mehr die Möglichkeit, mir Gewißheit darüber zu verschaffen. Was mich betrifft, so warf ich mich, kaum daß ich das Focksegel gelöst hatte, platt auf Deck, stemmte meine Füße gegen den schmalen Dollbord des Bugs und klammerte mich mit den Händen nahe dem Fuße des Vordermastes an einem Ringbolzen fest. Es war purer Instinkt, der mich das zu tun trieb, was unzweifelhaft das Beste war, was ich tun konnte; denn ich war viel zu betäubt, um zu denken.

Einige Augenblicke lang waren wir, wie ich schon sagte, völlig überflutet, und während dieser ganzen Zeit hielt ich den Atem an und klammerte mich an den Bolzen. Als ich es nicht länger ertragen konnte, richtete ich mich, immer den Halt in meinen Händen, kniend auf und bekam so den Kopf frei. Plötzlich schüttelte sich unser kleines Boot wie ein Hund, der aus dem Wasser kommt, und erhob sich so zum Teil über die Wellen. Ich versuchte nun, der Stumpfheit, die über mich gekommen, Herr zu werden und meine Lebensgeister so weit zu sammeln, um zu sehen, was zu tun war, als ich mich plötzlich von jemandem am Arm ergriffen fühlte. Es war mein ältester Bruder, und mein Herz hüpfte vor Freude; denn ich hatte es für ausgemacht gehalten, daß er über Bord gegangen war. Aber im nächsten Augenblick verwandelte sich meine Freude in Entsetzen, denn er legte seinen Mund dicht an mein Ohr und schrie das eine Wort heraus: ‚Moskoestrom!'

Kein Mensch wird jemals erfahren, was in jenem Augenblick in mir vorging. Ich zitterte vom Kopf bis zu den Füßen, wie von heftigsten Fieberschauern befallen. Ich wußte nur zu wohl, was er mit diesem einzigen Worte meinte, ich wußte, was er mir zu verstehen geben wollte. Bei diesem Wind, der uns jetzt vorwärts trieb, waren wir dem Strudel verfallen, und nichts konnte uns retten.

Sie erinnern sich, daß wir, wenn wir den Moskoekanal überquerten, selbst bei ruhigstem Wetter unseren Weg immer ein gutes Stück oberhalb des Wirbels nahmen und daß wir überdies mit der peinlichsten Genauigkeit die stille Zeit ausfindig machten und abwarteten; jetzt jedoch trieben wir geradewegs dem Trichter entgegen, und das bei einem solchen Orkan. Sicherlich, dachte ich, werden wir in der stillen Zeit dort anlangen, darin liegt noch ein Schimmer von Hoffnung; aber im nächsten Augenblick verwünschte ich mich selbst, daß ich so närrisch sein konnte, noch von irgendeiner Hoffnung zu träumen. Ich wußte nur zu gut, daß wir verdammt waren, und wären wir zehnmal ein Neunzigkanonenschiff gewesen.

Inzwischen hatte sich die ärgste Wut des Sturmes erschöpft, oder wir empfanden ihn vielleicht nicht mehr so stark, da wir vor ihm herschossen. Wie immer dem auch sein mochte, die Wellen, die zuerst, vom Wind niedergehalten, flach und schaumig waren, stiegen jetzt zu wahren Bergen auf. Auch hatte sich der Himmel seltsam verändert. Ringsum nach allen Richtungen hin war er noch so schwarz wie Pech, aber beinahe zu unseren Häupten riß sich ganz plötzlich ein kreisförmiges Loch klaren Himmels auf, so klar, wie ich ihn jemals sah, und von einem tiefen, herrlichen Blau; und aus dieser Öffnung brach der Vollmond mit einem Glanz hervor, wie ich ihn niemals vorher an ihm wahrgenommen hatte. Er beleuchtete alles ringsumher mit der größten Deutlichkeit – aber großer Gott, welch Schauspiel war da zu beleuchten!

Ich machte nun ein oder zwei Versuche, mit meinem Bruder zu sprechen, aber das Getöse hatte, ohne daß ich mir erklären konnte weshalb, so zugenommen, daß ich ihm nicht ein einziges Wort verständlich machen konnte, obgleich ich mit aller Lungenkraft in sein Ohr schrie. Plötzlich schüttelte er den Kopf, wurde bleich wie der Tod und hielt einen Finger in die Höhe, als ob er sagen wollte: Horch!

Zuerst verstand ich nicht, was er meinte, bald aber blitzte ein gräßlicher Gedanke in mir auf. Ich zog meine Uhr aus der Tasche. Sie ging nicht. Ich betrachtete beim Schein des Mondes ihr Zifferblatt und schleuderte sie, in Tränen ausbrechend, weit weg in den Ozean. Sie war um sieben Uhr stehengeblieben. Die Zeit des stillen Wassers war vorbei, und der Wirbel des Moskoestromes tobte in voller Wut.

Wenn ein Schiff richtig gebaut, gut ausgerüstet, nicht zu schwer beladen ist und bei einem starken Sturm mit dem Winde geht, scheinen die Wellen immer unter ihm hinwegzuschlüpfen, was einer Landratte sehr merkwürdig vorkommt; man nennt das in der Seemannsprache ‚reiten'.

Nun, bis dahin waren wir ganz geschickt über die Fluten geritten, aber jetzt geschah es, daß eine riesengroße Woge uns gerade unter dem Hinterdeck erfaßte und uns höher und höher gleichsam bis in den Himmel hinauftrug. Ich hätte niemals geglaubt, daß eine Welle so hoch steigen könnte. Und dann ging es hinab mit gleitendem Schwung, mit tauchendem Sturz, daß mir übel und schwindlig wurde, als ob ich im Traum vom Gipfel eines hohen Berges fiele. Doch hatte ich, als wir oben waren, einen schnellen Blick um mich geworfen, und dieser einzige Blick genügte. In einer Sekunde übersah ich deutlich unsere Lage. Der Moskoewirbel war kaum eine Viertelstunde weit gerade vor uns, aber er glich nicht dem Moskoestrom aller Tage, so wenig wie der Wirbel, den Sie dort sehen, einem Mühlbach gleicht. Hätte ich nicht gewußt, wo wir waren und was unser wartete, ich hätte die Stelle überhaupt nicht wiedererkannt. Als ich ihn so sah, schloß ich unwillkürlich vor Grauen die Augen. Meine Lider preßten sich wie im Krampf von selbst zusammen.

Es mochte kaum zwei Minuten später sein, als wir plötzlich fühlten, wie die Wellen nachließen, und wir uns in Schaum gehüllt fanden. Das Boot machte eine scharfe Halbdrehung nach Backbord und schoß dann wie ein Blitz in der neuen Richtung weiter. Zugleich wurde das Brüllen des Wassers von einer Art schrillen Kreischens vollständig übertönt, einem Ton, wie ihn etwa die Pfeifen vieler tausend Dampfer, die gleichzeitig ihren Dampf ablassen, hervorzubringen vermöchten. Wir befanden uns nun in dem Schaumgürtel, der den Wirbel stets umgibt, und ich dachte nicht anders, als daß der nächste Augenblick uns in den Abgrund stürzen würde, in den wir wegen der betäubenden Geschwindigkeit, mit der wir vorwärtsgerissen wurden, nur undeutlich hinabsehen konnten. Das Boot schien überhaupt nicht mehr in das Wasser einzutauchen, sondern darüber hinzufliegen wie eine Luftblase auf dem schäumenden Wellenkamm. Unser Steuerbord war dem Trichter zugewandt, während sich auf der Backbordseite die Wasserwelt auftürmte, die wir verlassen hatten. Sie stand gleich einer kreisenden Riesenmauer zwischen uns und dem Horizont.

Es mag seltsam erscheinen, aber jetzt, da wir mitten im Rachen des Abgrundes waren, fühlte ich mich gefaßter als zuvor, als wir uns ihm nur näherten. Indem ich jegliche Hoffnung aufgab, schüttelte ich auch zum großen Teil das Entsetzen von mir ab, das mich zuvor entmannt hatte. Ich vermute, es war die Verzweiflung, die meine Nerven spannte.

Es mag wie Prahlerei klingen, aber was ich sage, ist die volle Wahrheit: ich begann zu erwägen, welche Erhabenheit darin läge, eines solchen Todes zu sterben, und wie töricht es von mir sei, angesichts einer so wunderbaren

Offenbarung von Gottes Macht an ein so armseliges Ding wie mein eigenes persönliches Leben zu denken. Ja, ich glaube, daß ich vor Scham rot wurde, als dieser Gedanke mein Hirn durchzuckte. Nach einer kleinen Weile bemächtigte sich meiner eine glühende Wißbegier über das Wesen des Wirbels. Ich fühlte tatsächlich eine Sehnsucht danach, seine Tiefen zu erforschen, selbst um den Preis, den ich zu zahlen im Begriff stand, und mein größter Kummer war, daß ich meinen alten Freunden an der Küste von den Geheimnissen, die ich schauen sollte, niemals würde erzählen können. Das sind ohne Zweifel seltsame Gedanken für einen Mann in höchster Not, und ich habe seither oft denken müssen, daß die Umdrehungen des Schiffes rund um den Trichter mir den Kopf ein wenig verrückt hatten.

Noch ein anderer Umstand trug dazu bei, mir meine Selbstbeherrschung wiederzugeben: der Wind hatte sich gelegt. Er konnte uns in unserer jetzigen Lage nicht mehr erreichen, denn wie Sie selbst gesehen haben, liegt der Schaumgürtel beträchtlich tiefer als die übrige Fläche des Ozeans, der uns jetzt wie ein hoher, schwarzer, bergiger Kamm überragte. Wenn Sie niemals bei Sturm auf See gewesen sind, können Sie sich von der Verwirrung, die das Zusammenwirken von Wind und sprühendem Wasser hervorbringt, keine Vorstellung machen. Man wird blind, taub, atemlos und jeglicher Fähigkeit, zu überlegen oder zu handeln, beraubt. Aber wir waren diese Plage jetzt größtenteils los, wie man zum Tode verurteilten Verbrechern in ihrem Gefängnis geringfügige Vergünstigungen gewährt, die man ihnen versagt hat, solange ihr Urteil ungewiß war.

Wie oft wir in dem Schaumgürtel die Runde machten, vermag ich nicht zu sagen. Wohl eine Stunde lang rasten wir mehr fliegend als schwimmend immer im Kreise, gelangten immer mehr in die Mitte des Schaumes und schließlich näher und näher seinem gräßlichen inneren Rande. Während dieser ganzen Zeit hatte ich den Ringbolzen nicht losgelassen. Mein Bruder lag auf dem Hinterdeck und klammerte sich an eine kleine leere Wassertonne, die, unter der Steuerbank gut vertäut, der einzige Gegenstand war, den der erste überraschende Windstoß nicht über Bord gefegt hatte. Als wir uns aber dem Rand des Schlundes näherten, ließ er seinen Halt los, suchte den Ring zu greifen und ihn im Übermaß seiner Todesangst meinen Händen gewaltsam zu entreißen, da er nicht groß genug war, um uns beiden einen sicheren Halt zu bieten. Ich habe niemals tieferes Leid empfunden als damals, als ich ihn diese Tat versuchen sah, obwohl ich wußte, er war ein Geisteskranker, als er so handelte, ein tobender Narr aus purer Angst. Indessen lag mir nichts daran, mit ihm den Kampf auszufechten. Wußte ich doch, daß es ganz gleichgültig war, ob wir uns festhielten oder nicht. So ließ ich ihm denn den Ring und begab mich nach rückwärts zu dem Faß. Das gelang ohne besondere Schwierigkeiten; denn die Schmack flog, fast ohne zu schlingern, auf glattem Kiel im Kreise und schwankte nur in dem furchtbaren Wallen und Brodeln des Strudels hin und her. Kaum hatte ich mich in meiner neuen Lage eingerichtet, als unser Boot einen wilden Stoß nach Steuerbord erhielt und kopfüber in den Abgrund schoß. Ich murmelte ein Stoßgebet und glaubte, alles sei vorbei.

Bei der Erschütterung des Sturzes von Übelkeit befallen, umklammerte ich instinktiv das Faß noch fester und schloß die Augen. Einige Sekunden lang wagte ich nicht, sie zu öffnen, denn ich erwartete meinen sofortigen Tod und wunderte mich, daß ich nicht schon im Wasser mit dem Ertrinken kämpfte. Aber Sekunde auf Sekunde verstrich – ich lebte noch. Ich spürte, daß wir nicht mehr fielen, und die Bewegung des Schiffes schien beinahe die gleiche zu sein wie zuvor im Schaumgürtel, nur daß es jetzt mehr auf der Seite lag. Ich faßte mir ein Herz und betrachtete noch einmal das Schauspiel um mich her.

Niemals werde ich die Empfindungen von Schrecken, Grauen und Bewunderung vergessen, mit denen mich dieser Anblick erfüllte. Das Schiff schien wie durch Magie mitten im Fall an der Innenfläche eines Trichters von gewaltigem Umkreis und ungeheurer Tiefe hängengeblieben zu sein. Die vollkommen glatten Wände des Trichters hätte man für Ebenholz halten können, wäre nicht die bestürzende Schnelligkeit ihres rasenden Umlaufs gewesen und der funkelnde, gespenstische Glanz, der von ihnen ausging, da die Strahlen des Vollmondes aus der runden Öffnung zwischen den Wolken, die ich schon beschrieben habe, in einer Flut voll goldener Klarheit an den schwarzen Wänden hinab bis in die verborgensten Tiefen des Abgrundes niederströmten.

Zuerst war ich zu verwirrt, um genaue Beobachtungen anzustellen. Der überwältigende Ausbruch schreckhafter Größe war alles, was ich sah. Als ich mich indessen ein wenig gesammelt hatte, fiel mein Blick in die Tiefe. In diese Richtung bot sich mir infolge der Art, wie unsere Schmack an der schrägen Fläche hing, eine unbehinderte Aussicht. Unser Schiff fuhr noch immer auf glattem Kiel, das heißt, sein Verdeck lag parallel zu der Wasserfläche; da diese aber in einem Winkel von mehr als fünfundvierzig Grad geneigt war, schienen wir auf der Seite zu liegen. Dessenungeachtet bemerkte ich, daß es mir in dieser Situation nicht schwerer fiel, mich mit Händen und Füßen festzuhalten, als in waagerechter Lage; und das verdankten wir, wie ich vermute, der Schnelligkeit unserer Kreisbewegung.

Die Strahlen des Mondes schienen den Boden des tiefen Schlundes zu suchen, aber noch konnte ich nichts deutlich erkennen; ein dichter Nebel, über dem ein prachtvoller Regenbogen hing gleich jener schmalen und schwankenden Brücke, von der die Muselmänner sagen, daß sie der einzige Weg zwischen Zeit und Ewigkeit sei, hüllte alle Dinge da unten ein. Dieser Nebel oder Wasserstaub wurde ohne Zweifel durch das Zusammenprallen der großen Wasserwände verursacht, die sich alle auf dem Grunde des Trichters treffen mußten. Aber den gellenden Schrei, der sich aus diesem Nebel zum Himmel erhob, zu beschreiben, vermag ich nicht.

Unser erstes Hinabgleiten aus dem Schaumgürtel in den eigentlichen Schlund hatte uns auf einmal ein großes Stück den Abhang hinuntergerissen; unser weiterer Absturz ging ungleich langsamer vor sich. Wir wirbelten immer im Kreis herum, aber nicht mehr in einer gleichmäßigen Bewegung, sondern mit schwindelnden Schwüngen und Sprüngen, die uns manchmal nur einige hundert Ellen weit, manchmal um den ganzen Strudel herum schleuderten. Und jede Umdrehung brachte uns zwar langsam, aber dennoch sehr merklich weiter in die Tiefe.

Während ich in der weiten Wüste aus flüssigem Ebenholz, die uns mit sich riß, um mich blickte, bemerkte ich, daß unser Boot nicht der einzige Gegenstand in der Umarmung des Strudels war. Sowohl über uns wie auch unter uns entdeckte ich Schiffstrümmer, große Mengen von Bauholz und Baumstämme, aber auch kleinere Gegenstände wie Trümmer von Hausrat, zerbrochene Kisten, Tonnen und Latten. Ich habe schon meine unnatürliche Neugierde beschrieben, die an die Stelle meines ursprünglichen Entsetzens getreten war. Sie schien in dem Maße zu wachsen, wie ich meinem furchtbaren Geschick näher gezogen wurde. Ich begann mit seltsamer Spannung den zahlreichen Dingen, die zugleich mit uns dahintrieben, zuzusehen. Ich muß wohl wahnwitzig gewesen sein, denn ich fand sogar Unterhaltung darin, Spekulationen über die verschiedene Schnelligkeit, mit der sie in den Schaum da unten stürzen würden, anzustellen. ‚Diese Föhre' – bei diesen Worten überraschte ich mich plötzlich – ‚wird sicherlich das nächste sein, was den grausigen Sprung tut und verschwindet'; und dann war ich enttäuscht, als das Wrack eines holländischen Kauffahrers sie überholte und eher unterging. Nachdem ich mich schließlich auf diese Weise einige Male im Raten versucht und mich jedesmal geirrt hatte, brachte mich diese Tatsache – die Tatsache, daß ich mich unvermeidlich verrechnete – auf einen Gedanken, der meine Glieder wieder zittern und mein Herz noch einmal klopfen ließ.

Es war kein neuer Schrecken, der mich so sehr ergriff, sondern etwas, das mich weit mehr erregte: das Aufdämmern einer Hoffnung. Diese Hoffnung entsprang teils meiner Erinnerung, teils der gegenwärtigen Beobachtung. Ich rief mir die große Mannigfaltigkeit des Strandgutes ins

Gedächtnis, mit dem die Küste von Lofoten übersät war. Das alles hatte der Moskoestrom verschluckt und wieder ausgespien. Der bei weitem größte Teil dieser Dinge war in der ungewöhnlichsten Weise zerschmettert und derart zerschunden und zerrieben worden, daß sie wie mit Splittern und Stacheln gespickt erschienen; aber dann entsann ich mich deutlich, daß einige Gegenstände kaum ihre Gestalt verändert hatten. Nun konnte ich mir diesen Unterschied nicht anders erklären als mit Hilfe der Annahme, daß der Strudel nur, was gänzlich zersplittert war, vollständig verschluckt hatte, während die anderen Trümmer kurz vor Eintritt der stillen Zeit in ihn geraten oder aus irgendwelcher Ursache so langsam nach unten gezogen worden waren, daß sie, je nachdem, vor dem Ende der Flut oder der Ebbe den Boden des Trichters nicht erreichten. In beiden Fällen hielt ich es für möglich, daß sie wieder auf die Oberfläche emporgewirbelt werden könnten, ohne das Schicksal jener Gegenstände zu teilen, die früher hineingeraten oder mit größerer Schnelligkeit verschluckt worden waren.

Ich machte noch drei wichtige Beobachtungen. Erstens, als allgemeine Regel, daß ein Körper um so schneller sinkt, je größer er ist; zweitens, daß von zwei Massen gleichen Rauminhalts, von denen die eine sphärische, die andere eine beliebige andere Form hat, die sphärische mit größerer Geschwindigkeit sinkt; drittens, daß von zwei Massen gleicher Größe, von denen die eine zylindrische, die zweite eine beliebige andere Form hat, der Zylinder am langsamsten verschluckt wird. Nach meiner Rettung habe ich mit einem alten Schulmeister unseres Distrikts mehrmals über diesen Gegenstand gesprochen, und er brachte mir die Wörter ‚sphärisch' und ‚Zylinder' bei. Er erklärte mir – allerdings habe ich seine Erklärung vergessen –, wie sich das, was ich beobachtet hatte, im Grunde natürlicherweise aus der Form der schwimmenden Trümmer ergebe, und zeigte mir, wie es kommt, daß ein in einem Strudel treibender Zylinder dessen Saugkraft mehr Widerstand bietet und schwerer nach unten gezogen wird als ein gleichgroßer Körper von irgendeiner anderen Gestalt.

Eine überraschende Erscheinung bestätigte diese Beobachtungen in hohem Maße und machte mich begierig, aus ihnen Nutzen zu ziehen. Bei jedem Umlauf überholten wir nämlich eine Tonne oder eine Segelstange oder einen Schiffsmast und ähnliche Dinge, während viele andere Gegenstände derselben Art, die, als ich zum ersten Male meine Augen über den Wundern des Strudels öffnete, mit uns auf gleicher Ebene waren, jetzt hoch über uns schwammen und ihren ursprünglichen Stand kaum verändert zu haben schienen.

Ich zögerte nicht länger, was zu tun sei. Ich beschloß, mich an das Wasserfaß, das ich noch immer umklammert hielt, getrost festzubinden, es von der Gilling zu lösen und mich mit ihm ins Wasser zu werfen. Durch Zeichen lenkte ich meines Bruders Aufmerksamkeit auf mich, wies auf die Tonnen hin, die uns nahe kamen, und tat alles, was in meinen Kräften stand, ihm mein Vorhaben begreiflich zu machen. Schließlich glaubte ich, daß er meine Absicht verstanden habe, aber mochte dies nun der Fall sein oder nicht, er schüttelte verzweifelt den Kopf und weigerte sich, seinen Platz am Ringbolzen zu verlassen. Es war unmöglich, ihn zu erreichen, die höchste Not erlaubte keinen Aufschub. So überließ ich ihn denn unter bitteren Seelenkämpfen seinem Schicksal, band mich mit den Seilen, die es an der Gilling festgehalten hatten, an das Faß und stürzte mich, ohne noch einen Augenblick zu zaudern, in die See.

Der Erfolg war genauso, wie ich es erhofft hatte. Da ich selbst es bin, der Ihnen diese Geschichte erzählt, und da Sie sehen, daß ich mich wirklich gerettet habe; da Sie endlich wissen, auf welche Weise diese Rettung bewerkstelligt wurde, und folglich alles, was ich Ihnen noch zu sagen hätte, erraten können, will ich meine Geschichte schnell zu Ende bringen. Es mochte wohl eine Stunde her sein, seit ich die Schmack verlassen hatte, als sie sich, weit unter mir, plötzlich in rascher Aufeinanderfolge drei- oder viermal wild im Kreise drehte und, meinen geliebten Bruder mit sich reißend, blitzschnell und für immer in das Chaos von Schaum versank. Das Faß, an dem ich mich festgebunden hatte, war um kaum mehr als die Hälfte zwischen dem Boden des Trichters und dem Punkt, wo ich über Bord gesprungen war, gesunken, als der Wirbel sich plötzlich veränderte. Die Neigung seiner Seitenwände wurde von Augenblick zu Augenblick geringer, und das Kreisen des Wirbels beruhigte sich allmählich mehr und mehr. Nach und nach verschwanden Schaum- und Regenbogen, und der Boden des Schlundes schien sich langsam zu heben.

Der Himmel war klar, die Winde hatten sich gelegt, und der Vollmond ging leuchtend im Westen unter, als ich mich auf dem Spiegel des Ozeans angesichts der Küste von Lofoten wiederfand, gerade über der Stelle, wo der Trichter des Moskoestromes gewesen war. Es war die Zeit des stillen Wassers, aber noch hob sich die See von der Nachwirkung des Sturmes zu gewaltigen Wellen. Ich wurde heftig in den Kanal des Moskoestromes gerissen und binnen weniger Minuten gegen die Küste zu den Fangplätzen der Fischer fortgetragen. Ein Boot nahm mich auf. Ich war von Müdigkeit erschöpft und jetzt, da die Gefahr vorüber war, der Sprache beraubt durch die Erinnerung an ihre Furchtbarkeit.

Meine alten Kameraden und täglichen Genossen zogen mich an Bord, aber sie kannten mich ebensowenig, wie sie einen Wanderer aus dem Geisterland erkannt hätten. Mein Haar, das am Tage vorher rabenschwarz gewesen war, war nun so weiß, wie Sie es jetzt sehen. Man sagt auch, daß sich der ganze Ausdruck meines Gesichtes verändert habe. Ich erzählte ihnen meine Geschichte, aber sie glaubten mir nicht. Ich erzähle sie jetzt Ihnen und darf kaum hoffen, daß Sie mir mehr Vertrauen schenken als die fröhlichen Fischer von Lofoten."

DAS OVALE PORTRÄT

Das Schloß, in das mein Diener gewaltsam eingedrungen war, damit ich in meinem jammervollen Zustand nicht im Freien nächtigen müsse, war eines jener Gebäude, in denen Düsterkeit und Pracht sich paaren und die nicht nur in Mrs. Radcliffes Phantasie, sondern auch in Wirklichkeit seit unvordenklich langen Jahren in die Apenninen hinabstarren. Allem Anschein nach war es erst vor kurzem und nur vorübergehend verlassen worden. Wir richteten uns in dem kleinsten und einfachsten aller Zimmer ein, das in einem abseits gelegenen Turm des Schlosses lag. Es war mit reichem, wenn auch altem und verfallenem Zierat ausgestattet. Die Wände waren mit Draperien verkleidet und reich behangen mit Trophäen, Schilden und einer großen Anzahl moderner Gemälde, die in kunstvoll verschnörkelten, vergoldeten Rahmen prangten. Sie schmückten nicht nur die Hauptwände des Gemaches, sondern hingen auch in den zahlreichen Nischen, wie sie die phantastische Bauart des Schlosses mit sich brachte. Diese Gemälde nötigten mir in meinem beginnenden Fieberdelirium das höchste Interesse ab. Da es indessen Nacht geworden war, befahl ich Pedro, die schweren Fensterläden zu schließen, die Kerzen eines großen Kandelabers anzuzünden, der am Kopfende meines Bettes stand, und die reichen, mit Fransen gezierten Vorhänge aus schwarzem Samt, die das Bett verdeckten, weit auseinanderzuschlagen. Ich ordnete das alles so an, damit ich mich wenn auch nicht dem Schlafe, so doch der Betrachtung jener Bilder hingeben könnte; außerdem wollte ich noch ein wenig in einem kleinen Buche blättern, das ich auf den Kissen gefunden hatte und das die Kritik und die Beschreibung der Gemälde enthielt.

Lang, endlos lang las ich und betrachtete die Bilder voll Andacht und Ehrfurcht. Rasch und angenehm verflogen die Stunden, und die stille Mitternacht zog heran. Es störte mich etwas an der Stellung des Leuchters, und da ich meinen schlafenden Diener nicht wecken wollte, streckte ich selbst die Hand aus und stellte ihn mit großer Mühe so, daß sein Licht nun voll auf mein Buch fiel.

Diese kleine Verschiebung des Kandelabers brachte eine ungeahnte Wirkung hervor. Die Strahlen der zahllosen Kerzen fielen nun in eine Nische des Zimmers, die bislang der Schatten eines der Bettpfosten in tiefstes Dunkel gehüllt hatte. So erblickte ich nun in grellster Beleuchtung ein Bild, das bis jetzt von mir unbemerkt geblieben war. Es war das Porträt eines jungen, eben zum Weibe erblühten Mädchens.

Ich ließ meine Blicke rasch über das Gemälde wandern und schloß dann meine Augen. Warum ich das tat, war mir im Augenblick selbst nicht klar, und während ich nun mit gesenkten Lidern dalag, begann ich darüber nachzugrübeln, weshalb ich die Augen geschlossen hatte. Es war wohl eine instinktive Bewegung gewesen, durch die ich Zeit zum Nachdenken gewinnen wollte, um mich vielleicht zu überzeugen, daß mein Blick mich nicht getäuscht hatte; um meiner Phantasie Ruhe und Sammlung für eine eingehendere und gründlichere Betrachtung zu gewähren. Schon nach wenigen Sekunden starrte ich von neuem mit festem Blick auf das Gemälde hin.

Daß ich jetzt richtig sah, konnte und wollte ich nicht länger bezweifeln; denn mit dem ersten Kerzenschein, der auf die Leinwand fiel, schien die traumhafte Versunkenheit, die mich umfangen hatte, geschwunden zu sein, und ich war nun wieder vollkommen wach.

Das Bild stellte, wie ich schon erwähnt habe, ein junges Mädchen dar, und zwar nur Kopf und Schultern, und war in jener Art gemalt, die man unter dem technischen Ausdruck Vignettenstil versteht, so etwa, wie Sully seine Porträts zu malen liebte. Die Arme, die Brust und selbst die Spitzen des schimmernden Haares gingen unmerklich in den unbestimmten, tiefen Schatten über, der den Hintergrund des Gemäldes bildete. Der Rahmen war oval, reich vergoldet und mit Arabesken in maurischem Stil verziert.

Vom rein künstlerischen Standpunkt betrachtet, gab es so leicht nichts, das diesem Gemälde an Schönheit gleichkam. Doch weder die meisterhafte Ausführung des Kunstwerkes noch die engelsgleiche Schönheit der dargestellten Person konnten der Grund meiner so plötzlichen, heftigen Erregung sein. Und völlig ausgeschlossen war es, daß meine aus dem Halbschlummer aufgerüttelte Phantasie den Kopf des Gemäldes für den eines lebendigen Menschen hätte gehalten haben können. Ein Blick auf die eigentümliche Auffassung des Bildes, auf die Besonderheiten des Vignettenstils und des Rahmens ließ mich erkennen, daß eine solche Täuschung, selbst für eine einzige Sekunde, völlig unmöglich war. Fast eine Stunde lang saß ich halb aufgerichtet da und dachte, den Blick unverwandt auf das Porträt geheftet, über alles das angestrengt nach. Und endlich, als ich das Geheimnis des Bildes ergründet hatte, lehnte ich mich befriedigt in meine Kissen zurück. Der ganze Zauber, den das Bild auf mich ausübte, lag nämlich in der unerhörten Lebendigkeit des Ausdrucks; es wirkte tatsächlich so lebensecht, daß ich im ersten Augenblick erstaunt und nachher überrascht, überwältigt, ja, beinahe erschrocken war. Mit einem Gefühl tiefer, ehrfürchtiger Scheu schob ich den Leuchter an seinen früheren Platz, so daß der Gegenstand meiner unfaßbaren Erregung meinen Blicken wieder entzogen wurde. Hastig nahm ich nun das Buch zur Hand, das von den Gemälden und deren Geschichte handelte, suchte die Nummer des ovalen Porträts heraus und las folgende seltsamen, phantastischen Worte darüber:

„Sie war ein Mädchen von auserlesenster Schönheit und hatte ein ebenso bezauberndes wie munteres Wesen. Verflucht aber war die Stunde, da sie den Maler sah, zu lieben begann und sein Weib wurde. Er war leidenschaftlich, strebsam und ernst und hatte in seiner Kunst bereits eine Braut; sie aber war von wunderbarer Schönheit und ebenso bezaubernd wie fröhlich, sie war eitel Lachen und Sonnenschein und munter wie ein junges Reh. Sie liebte alles, schloß alles in ihr kleines Herz und haßte nur eines: ihre

Rivalin, die Kunst. Ihre einzige Furcht galt der Palette, den Pinseln und anderen Malgeräten, die ihr den Anblick des Geliebten entzogen. Welchen Schrecken empfand daher das arme Geschöpf, als ihr Gatte den Wunsch äußerte, sie selbst malen zu wollen. Doch sie war demütig und gehorsam und saß wochenlang geduldig in dem düsteren, hohen Turmzimmer, in dem das Licht nur von oben her auf die fahle Leinwand fiel. Er aber, der Maler, arbeitete mit nimmermüdem Eifer an diesem Bild, das von Stunde zu Stunde, von Tag zu Tag mehr Form und Gestalt annahm. Er war leidenschaftlich, zügellos und launenhaft und versank oft in stundenlange Träumereien und wollte nicht sehen, daß das fahle Licht, das so gespenstisch in den verlassenen Turm schien, die Gesundheit seines jungen Weibes untergrub und ihre Seele aufsog. Alle Welt sah, wie sie allmählich dahinsiechte, nur er sah es nicht.

Sie aber lächelte; lächelte immerzu und klagte nie, denn sie sah, daß der Maler, dessen Ruhm im ganzen Lande verbreitet war, mit fieberhaftem Eifer an der Arbeit war und rastlos Tage und Nächte opferte, um die zu malen, die ihn mit so grenzenloser Liebe liebte und die doch mit jedem Tag müder wurde und dahinschwand. Und wirklich rühmten alle, die das Porträt sahen, in scheuem Flüsterton die fabelhafte Ähnlichkeit und sprachen davon wie von einem unfaßbaren Wunder, wie von einem unumstößlichen Beweis für die Kunst des Meisters und seine namenlose Liebe zu ihr, die er so lebensgetreu, so unübertrefflich wiedergab. Doch als die Arbeit ihrer Vollendung entgegenging, erhielt niemand mehr Zutritt zu dem Turm; der Maler arbeitete nun wie toll an seinem Werk und hob den Blick nur noch selten von der Leinwand, um die Züge seiner Frau zu studieren. Und er wollte nicht sehen, daß das zarte Rot, das er auf die Leinwand pinselte, das Rot der Wangen seiner jungen Frau war, die ihm gegenübersaß. Und als viele Wochen ins Land gegangen waren und nichts mehr zu tun blieb, als hier noch einen Strich an den Lippen zu ziehen und da noch dem Auge ein Licht aufzusetzen, da flackerte die Seele dieses Engels noch einmal auf wie das zuckende Licht einer Lampe.

Und der Pinselstrich wurde getan und das Licht aufgesetzt, und einen Augenblick lang stand der Meister versunken in den Anblick seines Kunstwerkes da. Doch als er so schaute, da bebte er plötzlich am ganzen Leib, und Leichenblässe überzog seine Wangen, und er schrie, von jähem Entsetzen gepackt: ‚Das ist ja wahrhaftiges Leben!' Und als er sich zu seiner Geliebten wandte, da war sie tot."

DIE MASKE DES ROTEN TODES

Lange Zeit hatte der Rote Tod das Land entvölkert. Nie zuvor hatte eine Seuche so furchtbar und unbarmherzig gewütet. Blut war ihr Antlitz und ihr Siegel die schauerliche Röte des Blutes. Es begann mit qualvollen Schmerzen und plötzlichen Schwindelanfällen, dann traten starke Blutungen aus allen Poren ein, und das Ende war der Tod. Scharlachrote Flecken auf dem ganzen Körper, besonders aber im Gesicht, waren die Symptome, die jeden Erkrankten kennzeichneten, und diese Brandmale schlossen ihn augenblicklich von der Hilfsbereitschaft und dem Mitleid der menschlichen Gesellschaft aus. Die ganze Krankheit, vom ersten Anfall bis zum tödlichen Ausgang, währte nicht länger als eine halbe Stunde.

Prinz Prospero aber war glücklich, furchtlos und voll Kühnheit. Als seine Provinzen halb entvölkert waren, entbot er eine Kumpanei von etwa tausend lebenslustigen Leuten aus dem Kreise seiner Höflinge und der Damen des Hofes zu sich und zog sich mit ihnen in die tiefe Abgeschlossenheit eines seiner befestigten Schlösser zurück. Es war das ein weitläufiges und prächtiges Gebäude, eine Schöpfung nach des Prinzen eigenem, ein wenig exzentrischem, aber großartigem Geschmack. Eine starke und hohe Mauer mit schweren, ehernen Toren umgab das Schloß. Als die Gäste des Prinzen eingezogen waren, brachte man Feueressen und Hämmer herbei und schmiedete die Riegel der Tore zu, denn es sollte ebensosehr das Eindringen der Seuche und der Verzweiflung verhindert werden, wie man verhüten wollte, daß die Kunde von der tollen Lustbarkeit im Inneren des Schlosses nach draußen gelangte. Mit Lebensmitteln hatte man sich reichlich eingedeckt. Durch diese Vorsichtsmaßnahme glaubte sich der Hof vor aller Ansteckungsgefahr vollkommen sicher. Mochte die Welt da draußen für sich selber sorgen. Ein

Narr, der sich mit Sorgen und trüben Gedanken quälte! Der Prinz bemühte sich, seine Gäste durch Unterhaltungen aller Art zu zerstreuen. Da waren Spaßmacher und Stegreifkomödianten, Tänzer und Musiker, die schönsten Frauen und die besten Weine. Innerhalb dieser Mauern regierten der Frohsinn und die Sicherheit und Sorglosigkeit. Draußen aber triumphierte der Rote Tod.

Gegen Ende des fünften oder sechsten Monats, nachdem die lustige Gesellschaft das Schloß bezogen hatte – die Seuche wütete gerade am fürchterlichsten –, lud Prinz Prospero seine Gäste zu einem Maskenfest von ganz ungewöhnlicher Pracht.

Dieses Fest war ein Schauspiel von berauschender Sinnlichkeit. Zuerst aber will ich die Räumlichkeiten beschreiben, in denen es stattfand. Es waren sieben Säle von wahrhaft fürstlicher Pracht. In den meisten Palästen mögen solche Räume eine einzige lange Durchsicht gewähren, da man gewöhnlich die Verbindungstüren fast bis an die Wand zurückschieben kann, so daß das Auge die ganze Zimmerflucht mit einem einzigen Blick übersieht. Hier aber war die Anordnung völlig anders getroffen; vermutlich sprach auch daraus die Vorliebe des Prinzen für das Ungewöhnliche. Die Säle waren so unregelmäßig gebaut, daß man von kaum einem Punkt aus mehr als einen einzigen Raum überblicken konnte. Nach zwanzig oder dreißig Schritten gelangte man zu einer scharfen Biegung, an der sich jedesmal dem Auge ein völlig neuer Anblick darbot. In jedem Zimmer befand sich zur Rechten und Linken in der Mitte jeder Wand ein hohes, schmales, gotisches Fenster, das sich auf einen geschlossenen Säulengang öffnete, der den Windungen der Zimmerflucht folgte. Die Scheiben dieser Fenster waren aus buntem Glas, dessen Farbe mit der Grundfarbe des betreffenden Zimmers harmonierte. Das Zimmer am östlichen Ende des Schlosses war in Blau gehalten, und so waren auch dessen Fensterscheiben tiefblau gefärbt. Der zweite Saal war mit purpurroten Wandbespannungen und Zieraten ausgeschmückt, infolgedessen waren auch die Scheiben purpurrot. Der dritte Saal war, wie die Fenstergläser, ganz in Grün gehalten, der vierte war orangegelb, der fünfte weiß und der sechste violett. Der siebente Saal war mit schwarzem Samt ausgeschlagen, der die Decke umdüsterte und in schweren Falten auf den gleichfalls schwarzen Samtteppich, der den Boden bedeckte, niederfiel. Einzig und allein in diesem Zimmer entsprach die Farbe der Fensterscheiben nicht der der übrigen Ausstattung: sie waren rot, rot wie Blut. In keinem der sieben Säle war unter der Fülle von goldenen Prunkstücken, die überall herumstanden und von der Decke herunterhingen, eine Lampe oder ein Kandelaber zu entdecken. Keine einzige Lichtquelle war in den sieben Räumen angebracht, kein Lüster, keine Kerze, keine Ampel. Im Säulengang aber, der die ganze Zimmerflucht begleitete, stand vor jedem Fenster ein massiver Dreifuß, in dem ein Kohlenfeuer loderte, das seine Strahlen durch das bunte Glas in das Zimmer warf, ein blendendes Licht ausstrahlte und eine stets wechselnde, phantastische Beleuchtung hervorbrachte. Im schwarzen Saal, der am westlichen Ende des Gebäudes lag, war die Wirkung, die das feurige Licht der blutroten Scheiben auf der schwarzen Wandbespannung erzeugte, so gespenstisch, sie gab den Gesichtern der Eintretenden ein so gräßliches Aussehen, daß nur wenige kühn genug waren, ihren Fuß über die Schwelle dieses Raumes zu setzen.

An der Westwand dieses Zimmers stand eine riesige Uhr aus Ebenholz, deren Perpendikel mit dumpfem, schwerem, monotonem Schlag hin und her schwang. Und jedesmal, wenn der Minutenzeiger den Kreis auf dem Zifferblatt vollendet hatte und eine Stunde verronnen war, drang aus der metallenen Brust der Uhr ein lauter, voller, wunderbar melodiöser Ton von so besonderem Klang, von solchem Nachdruck und solcher Eigenart, daß die Musiker, sooft das Uhrwerk eine volle Stunde anzeigte, wie einem inneren Zwang folgend, stets eine Pause machten, um diesem wundersamen Ton zu lauschen. Und so verstummten denn die Walzer für eine Weile, und ein vorübergehendes Unbehagen erfaßte plötzlich die ganze fröhliche Gesellschaft. Die Übermütigsten erbleichten beim Klang der Glockenschläge, während die Älteren und Gesetzteren sich mit der Hand über die Stirn strichen, als wären sie von wirren Träumen und tiefem Nachdenken benommen. Kaum aber war der letzte Glockenschlag verhallt, so ging ein fröhliches, sorgloses Lachen durch die Gesellschaft, die Musiker sahen einander an, und es schien fast, als belächelten sie ihre eigene Torheit und Nervosität; flüsternd gelobten sie sich, beim nächsten Stundenschlag nicht wieder diese Unruhe in sich aufkommen zu lassen. Doch wenn die sechzig Minuten verstrichen waren, jene dreitausendsechshundert flüchtigen Sekunden, und die Uhr von neuem schlug, da erfüllte dasselbe Zittern und Zagen, dasselbe Unbehagen den ganzen Saal.

Abgesehen davon aber war es ein überaus fröhliches und prächtiges Fest. Der Prinz besaß einen ausgefallenen Geschmack. Er liebte Farbenpracht und Farbwirkungen und war ein Feind davon, mit Hilfe billiger Requisiten Effekte zu erzielen. Er trug sich stets mit kühnen, kraftvollen Plänen, und seine Gedanken sprühten von einem eigenartig exotischen Geist. Es gab Leute, die ihn für verrückt hielten, seine Anhänger aber wußten, daß das durchaus nicht der Fall war. Tatsächlich aber war es nötig, ihn zu sehen, ihn reden zu hören und sich in seiner Gesellschaft zu bewegen, um sich dessen völlig klarzuwerden.

Anläßlich dieses fabelhaften Festes hatte er zum großen Teil selbst angeordnet, wie die sieben Zimmer zu dekorieren seien, und auch die Maskenkostüme verdankten ihren Charakter seinem eigenwilligen, persönlichen Geschmack. Sie waren freilich auch im höchsten Grade wunderlich. Sie bildeten ein Chaos von Farbenpracht und Glitzern, von reichster Phantasie und scharfem Witz, wie man es ganz ähnlich seither oft in dem Drama *Hernani* gesehen hat. Da gab es wunderliche Gestalten mit seltsam verrenkten Gliedern in grotesken Kleidern, und man hätte meinen können, das Ganze sei die Ausgeburt eines wahnwitzigen Gehirns. Da war vieles, das wunderbar, üppig, bizarr wirkte, manches aber auch, das Entsetzen weckte, und einige wenige Dinge mochten wohl auch Ekel hervorrufen. Es war, als ob in den sieben Zimmern eine Versammlung wüster Traumfiguren hin und her wogte. Und diese Traumfiguren kamen und gingen und ergriffen Besitz von den Räumen, und die wilde Musik des Orchesters schien der Widerhall ihrer Schritte zu sein. Und mitten hinein in das Treiben erklingt der Schlag der Ebenholzuhr, und plötzlich ist alles still geworden, alles schweigt, und nichts ist mehr zu vernehmen als der Klang der Uhr. Wie in Erstarrung machen die Traumgestalten halt. Aber sobald der Hall der Glockenschläge verstummt ist, die nur einen Augenblick den Raum beherrscht haben, erklingt ein leises, halb unterdrücktes Gelächter, das ihr Verklingen zu begleiten scheint. Und nun setzt die Musik wieder ein, und die Traumgestalten bewegen sich von neuem und wogen durcheinander, streifen noch fröhlicher als bisher an den buntfarbigen Fenstern entlang, durch die das Licht von den Dreifüßen hereinfällt. Nur den letzten Saal, der am westlichen Ende der Zimmerflucht liegt, wagt keine der Masken mehr zu betreten. Die Stunden verrinnen, und ein rötliches Licht ergießt sich durch die Scheiben, die wie von Blut übergossen erglänzen; das tiefe Schwarz der nachtdunklen Draperien geht in ein fahles Grau über, und wer den Mut findet, den schwarzen Teppich zu betreten, dem scheint die Ebenholzuhr mit feierlicher Strenge etwas zuzuraunen, das die Ohren derer nicht hören, die sich in den anderen Zimmern ungebundener Lust hingeben. In diesen anderen Räumen herrschte dichtes Gewühl, und es war, als schlüge darin das Herz des Lebens wie im Fieber. Der Trubel schwoll mehr und mehr an, bis zuletzt die Uhr anhob, Mitternacht anzusagen. Da aber setzte abermals, wie wir es schon geschildert haben, die Musik aus, die Bewegung der Tänzer erstarrte, und alle Dinge schienen wie in Ketten geschlagen. Alles war wie früher, wenn die Uhr die volle Stunde anzeigte, nur daß diesmal zwölf Schläge erklangen, und vielleicht war diese größere Zeitspanne schuld daran, daß sich in die Mienen mancher Gäste ein seltsam gedankenvoller Ausdruck stahl. Und vielleicht blieb ihnen deshalb, ehe der Klang des letzten Glockenschlages verhallt war, auch mehr Zeit, mitten im Gewühl eine Maske zu bemerken, die keinem von ihnen bisher aufgefallen war. Und als einer den andern wispernd auf die Anwesenheit des Rätselhaften aufmerksam gemacht hatte, schwoll ein Flüstern, ein Murmeln an, das Tadel und Befremden ausdrücken sollte und sich bald in Furcht, Grauen und Ekel wandelte.

In einer Gesellschaft phantastischer Gestalten, wie ich sie geschildert habe, konnte natürlich nur eine Erscheinung von ganz ungewöhnlichem Aussehen diese ungeheure Wirkung hervorbringen. Tatsächlich war ja jedem weitestgehende Freiheit gegeben worden, sich zu maskieren; aber die Gestalt, von der ich spreche, hätte sogar einen Herodes übertroffen und ging weit über das hinaus, was in den Absichten des Prinzen lag. Auch in den Herzen der übermütigsten Menschen gibt es Saiten, an die man nicht rühren soll; selbst für einen völlig Verlorenen, dem Tod und Leben nicht mehr bedeuten als ein Spaß, gibt es manches, das er nicht verspottet sehen möchte. Tatsächlich schien die ganze Gesellschaft nur eins zu empfinden: daß in der Kleidung und dem Gehaben des Fremden weder Witz noch origineller Geist lagen. Er war hochgewachsen und hager und von Kopf bis Fuß in ein Leichengewand gehüllt. Sein Gesicht war durch eine Maske verdeckt, die den Zügen eines Gesichtes in der Totenstarre so genau nachgebildet war, daß auch der schärfste Blick die Täuschung wohl schwerlich durchschaut hätte. Das alles aber wäre vielleicht von den tollen Festgästen hingenommen, wenn auch nicht gebilligt worden, hätte der Vermummte es nicht so weit getrieben, den Roten Tod darstellen zu wollen. Die Leichentücher, in die er gehüllt war, starrten von Blut, und seine mächtige Stirn und sein ganzes Gesicht waren von den entsetzlichen scharlachroten Spuren entstellt.

Als Prinz Prospero diese spukhafte Erscheinung erblickte, die, wie um ihre Rolle noch besser zu spielen, mit langsamen, gravitätischen Bewegungen zwischen den Tanzenden einherstelzte, schauderte er im ersten Moment, sei es aus Entsetzen, sei es aus Ekel. Im nächsten Augenblick aber übergoß sich seine Stirne mit Zornesröte, und er fragte mit rauher Stimme die Höflinge, die ihn umstanden: „Wer wagt es, uns durch diesen lästerlichen Scherz zu beleidigen? Ergreift ihn! Demaskiert ihn, damit wir wissen, wen wir bei Sonnenaufgang auf den Zinnen des Schlosses aufzuknüpfen haben!"

Prinz Prospero stand im östlichen oder blauen Zimmer, als er diese Worte sprach. Man hörte sie in aller Klarheit durch alle sieben Räume dringen, denn der Prinz war ein Mann von imposanter Größe, und auf ein Zeichen seiner Hand war die Musik verstummt.

Im blauen Zimmer war es, wo der Prinz inmitten einer Gruppe bleicher Höflinge stand. Als er das Wort ergriffen hatte, schien es zuerst, als wollte sein Gefolge sich dem Eindringling nähern, der unweit des Prinzen stand und nun mit bedächtigem und stolzem Schritt auf den Sprecher zukam. Das namenlose Entsetzen aber, das die ganze Gesellschaft angesichts der wahnsinnigen Anmaßung des Vermummten gepackt hatte, lähmte die Gäste derart, daß niemand fähig war, Hand an ihn zu legen. So gelang es ihm, ungehindert bis auf eine Entfernung von zwei Ellen an den Prinzen heranzukommen, und während die Gäste, die ein und dasselbe Gefühl beherrschte, sich ausnahmslos an die Wände der Säle drängten, schritt er unaufhaltsam, doch stets in derselben gravitätischen, feierlichen Art, die man vom ersten Augenblick an ihm beobachtet hatte, durch das blaue Zimmer, und von da ins purpurfarbene, in das grüne, in das orangegelbe, in das weiße und zuletzt in das violette, bevor jemand eine Bewegung hätte machen können, ihn zurückzuhalten. Da aber eilte Prinz Prospero in höchster Wut und voll Scham über seine momentane Feigheit durch die sechs Zimmer, ohne daß irgendwer seiner Gäste, die ein tödlicher Schreck ergriffen hatte, gewagt hätte, ihm zu folgen. Er hielt einen gezückten Dolch hoch empor und hatte sich in rasendem Ungestüm dem Dahinschreitenden schon auf wenige Schritte genähert, als dieser, der eben das Ende des samtbespannten Gemaches erreicht hatte, sich plötzlich seinem Verfolger zuwandte und Aug in Auge mit ihm stehenblieb. Man hörte einen gellenden

Schrei. Blitzend fiel der Dolch auf den schwarzen Teppich, auf den unmittelbar darauf der Prinz Prospero tot niedersank. Da erst warf sich eine Schar der Gäste mit dem Mut der Verzweiflung in das schwarze Gemach. Sie ergriffen den Vermummten, dessen hohe Gestalt aufrecht und reglos im Schatten der Ebenholzuhr stand, schrien aber in maßlosem Grauen auf, als sie gewahr wurden, daß die Leichengewänder und die Totenmaske, die sie mit roher Gewalt anfaßten, eine körperlose Gestalt umhüllten.

Da wußten sie mit einemal, daß der ungebetene Gast niemand anders war als der Rote Tod. Er war gekommen wie ein Dieb in der Nacht. Und einer nach dem andern sanken die Gäste in ihren blutüberströmten Festgewändern zu Boden und verschieden in der verzweiflungsvollen Stellung, in der sie niedergesunken waren. Das Ticken der Ebenholzuhr aber verstummte, als der letzte Seufzer der Sterbenden verklungen war. Die Flammen der Dreifüße erloschen, und Dunkelheit und Verwesung breiteten sich über dem ganzen Schloß aus, in dem der Rote Tod nun unumstritten sein Zepter schwang.

ELEONORA

Sub conservatione formae specificae salva anima.
Raymond Lully

Ich entstamme einem Geschlecht, das sich durch kraftvolle Phantasie und glühende Leidenschaftlichkeit auszeichnete. Viele Menschen haben mich verrückt geheißen, aber noch ist die Frage nicht gelöst, ob Wahnsinn nicht der höchste Grad von Intelligenz ist, ob manches Erhabene und vielleicht all das unergründlich Tiefe nicht einer Art Krankhaftigkeit des Denkvermögens entspringen oder gewissen Gemütsstimmungen, die plötzlich aufflammen und auf Kosten des Verstandes gehen.

Den Menschen, die am hellen Tage träumen, sind Dinge bekannt, von denen jene, die nur des Nachts zu träumen pflegen, keine Ahnung haben. Durch ihre schemenhaften Visionen dringt ein schwacher Schimmer der Ewigkeit zu ihnen, und wenn sie erwachen, werden sie sich mit leisem Schauder bewußt, daß sie für den Bruchteil einer Sekunde an das große Geheimnis rühren durften. In jähem Aufflammen wird ihnen die Weisheit des Guten und die Erkenntnis des Bösen offenbar. Ohne Steuer und Kompaß durchforschen sie den unermeßlichen Ozean des Rätselhaften, und ganz so wie in den Abenteuern des nubischen Geographen „aggressi sunt mare tenebrarum, quid in eo essent exploraturi".

Bleiben wir also dabei: ich bin verrückt. Dennoch bin ich mir zweier gänzlich verschiedener Zustände meines geistigen Lebens vollkommen bewußt: den ersten beherrscht ein absolut klarer, über jeden Zweifel erhabener Verstand, der mit haarscharfer Genauigkeit alle Episoden aus der ersten Epoche meines Lebens festhält, und der zweite ist von Schatten und Zweifeln umwoben und umfaßt alles, was mit der Gegenwart und allen Begebenheiten der zweiten großen Epoche meines Lebens zusammenhängt. Man kann daher alles glauben, was ich von meinem ersten Lebensabschnitt erzählen werde, während es ratsam ist, meinen Berichten über den zweiten Teil meines Lebens nur insofern Glauben zu schenken, als sie glaubwürdig erscheinen. Am sichersten aber ist es, alles zu bezweifeln. Wer allerdings ein Feind des Zweifels ist, der mag Ödipus spielen vor dem Rätsel meiner Seele.

Sie, die ich in meiner Jugend liebte und der diese Zeilen der Erinnerung gelten, die ich hier mit unfaßbarer Ruhe und Genauigkeit niederschreibe, war die einzige Tochter der Schwester meiner frühverstorbenen Mutter und hieß Eleonora. Wir waren im Tal des vielfarbigen Grases unter tropischer Sonne miteinander aufgewachsen. Ich kann mich nicht erinnern, daß je der Fuß eines Fremden unser Tal betreten hätte; es lag fernab der Welt und war rings von einer mächtigen Gebirgskette umschlossen. Die stolzen Häupter der Bergriesen bewachten den Frieden unserer einsamen Pfade und wehrten sogar den Sonnenstrahlen den Zutritt zu unseren süßen, verborgenen Verstecken. Kein einziger gangbarer Weg führte von außen her in das Tal, und wer die Absicht gehabt hätte, zu unserer Wohnstätte vorzudringen, der hätte sich gewaltsam durch das Dickicht vieler tausend Büsche und Bäume schlagen und Millionen süßduftender, wundersam blühender Blumen zertreten müssen. So lebten wir denn in Glück und innigem Frieden fernab der übrigen Welt und kümmerten uns nur um uns selbst, ich, meine Kusine und ihre Mutter.

Aus den nebelhaften Fernen der höchsten Bergesgipfel, die unser Tal umgaben, wand sich in engem Bett ein tiefer Fluß zu uns herab, dessen Wasser glänzender schien als alles ringsherum, mit Ausnahme von Eleonorens blanken Augen. In zahllosen Windungen schlängelte er sich durch das Tal und verschwand schließlich in einer düsteren Schlucht, zwischen Felsenklüften, die noch enger, noch finsterer waren als jene, in denen seine Quelle lag. Wir nannten ihn den Fluß des Schweigens, denn sein Dahingleiten hatte etwas unglaublich Ruhevolles an sich. Nicht der geringste Laut, nicht das leiseste Murmeln drang aus seinen silbernen Fluten zu uns empor, die so sanft, so unbewegt dahinglitten, daß die perlengleichen Kieseln, die tief am Grunde lagen und die wir oft und oft betrachteten, stets unverrückt an einer Stelle blieben und in immer gleichem Glitzern und Gleißen zu uns heraufleuchteten.

Die Ufer des Flusses und der zahllosen blinkenden Bächlein, die auf vielfach gewundenen Wegen seinem Bett zuströmten, die Wälle, die sich von den Ufern hinabzogen bis in die durchsichtige Tiefe des Flußbettes, in dem die Kieselsteine lagen, ja, das ganze Tal, vom Fluß hinan bis zu den Bergriesen, die es umschlossen, war mit einem saftiggrünen, samtartigen, dichten Rasenteppich bedeckt, dem ein süßer, betörender Duft von tausend und aber tausend Blumen entströmte. Da leuchteten gelbe Ranunkeln und weiße Maßliebchen, tiefdunkle Veilchen und rubinrote Asphodelos in solcher Farbenpracht und Schönheit, daß in unseren Herzen weihevoll ein Loblied auf die Güte und Herrlichkeit Gottes des Allmächtigen widerhallte.

Und da und dort erhoben sich aus dem fröhlichbunten Wiesenplan, zu kleinen Hainen gruppiert, phantastisch gestaltete Bäume, Bäume, die an seltsame Traumgebilde erinnerten und deren hohe, schlanke Stämme nicht aufrecht wuchsen, sondern schräg und in merkwürdigen Verkrümmungen dem Lichte zustrebten, das um die Mittagszeit den Mittelpunkt des Tales durchsonnte. Ihre ebenholzfarbene Rinde war mit silbernen Flecken gesprenkelt und fühlte sich weicher an als sonst irgend etwas – nur Eleonorens Wangen waren noch weicher. Und wäre das prächtige, üppig grüne Laubwerk der riesigen Blätter nicht gewesen, die in langen, zarten Rispen vom Wipfel herniederhingen und beim Säuseln des Zephirs leise erzitterten, man hätte meinen können, es seien nicht Bäume, sondern die riesigen Schlangen des Syrerlandes, die ihrer Gottheit, der Sonne, in Ehrfurcht ihre Huldigungen darbrachten.

Fünfzehn Jahre lang durchstreifte ich Hand in Hand mit

Eleonora dieses wundervolle, einsame Tal, ehe die Liebe Einzug hielt in unsere Herzen. Das war an einem Abend, gegen Ende des dritten Lustrums ihres Lebens und im vierten des meinigen, da wir engumschlungen unter den schlangenartigen Bäumen am Fluß des Schweigens saßen und unser Bildnis betrachteten, das uns aus seinen Wassern entgegenblickte. Kein Wort kam an jenem süßen, weihevollen Abend mehr über unsere Lippen, und auch am nächsten Morgen vermochten wir nur zage und tastende Worte zu finden. Gott Eros war aus den Fluten zu uns emporgestiegen, und deutlich fühlten wir, daß er in unseren Herzen die leidenschaftliche Flammenglut unserer Vorväter entzündet hatte. Die allgewaltige Liebe, die unserem Geschlecht seit jeher eigen war, sie hatte nun auch uns erfaßt, erfüllte das Tal des vielfarbigen Grases mit tausend Wonnen und niegeahnten Seligkeiten und ließ uns den betörenden, sinnverwirrenden Duft eines unnennbaren Glücksgefühls einatmen. Das ganze Tal veränderte sich plötzlich. Seltsame, leuchtende, sternförmige Blüten hingen an Bäumen, die zuvor nie geblüht hatten, das saftige Grün der Rasenflächen wurde dunkler, und wenn die Maßliebchen, eins nach dem andern, verwelkten, so schossen an ihrer Stelle zehn purpurrote Asphodelos auf. Und irgendwie erwachte auch das Leben auf unseren einsamen Pfaden. Eines Tages sahen wir plötzlich den Flamingo, den wir zuvor nie erblickt hatten und der nun stolz mit seinem rosigen Gefieder prunkte, und mit ihm kamen ganze Scharen kleiner, schillernder, buntgefiederter Vögel, die froh durch die Lüfte flogen. Gold- und Silberfische glitten durch die Fluten des Flusses, aus dessen Tiefe ganz allmählich ein leises Murmeln aufstieg, das immer stärker und stärker wurde und zu einer wundersamen Melodie anschwoll, weit süßer noch als der Gesang der Äolsharfe, süßer als alles; nur Eleonorens Stimme war noch süßer. Auch eine golden schimmernde riesige Wolke schwebte heran, die wir seit langem schon im Bereich des Hesperus beobachtet hatten. Sie strahlte in gleißendem Licht und senkte sich Tag um Tag tiefer herab, bis ihre Ränder auf den Bergesgipfeln zu ruhen schienen. Und sie verbreitete ein so göttliches, blendendes Licht, daß alle Düsterkeit in Helle gewandelt wurde und alle Schatten in goldenen Schein getaucht waren. Es wollte uns scheinen, als wären wir für ewige Zeiten in einem köstlichen, wundersamen Zauberschloß voll Pracht und Herrlichkeit gefangen.

Eleonorens Lieblichkeit glich der eines Seraphs. Und doch war sie nur ein junges Mädchen, so einfach, unschuldig und natürlich wie das kurze Leben, das sie inmitten der Blumen gelebt hatte. Jede Verstellung war ihr fremd, und mit kindlicher Offenheit zeigte sie mir die Glut der Liebe, die in ihrem Herzen brannte, in ihrem süßen kleinen Herzen, dessen leiseste Regung, dessen verborgenste Gefühle sie mir rückhaltlos enthüllte, wenn wir innig umschlungen das Tal des vielfarbigen Grases durchwanderten und die unfaßbaren Veränderungen besprachen, die sich in jüngster Zeit dort vollzogen hatten.

Und als wir dann eines Tages schmerzbewegt auch von jener letzten, traurigen Veränderung gesprochen hatten, die keinem Menschen erspart bleibt, verharrte sie mit seltsamer Hartnäckigkeit bei diesem Gegenstand und wußte ihn in jedes unserer Gespräche einzuflechten. Ich mußte hierbei stets an die Lieder des Dichters von Schiras denken, in dessen Versen die gleichen Bilder in allen denkbaren Variationen immer und immer wiederkehren.

Sie fühlte wohl, daß der Finger des Todes ihre Brust berührt, daß ihre Schönheit, gleichsam wie bei den Eintagsfliegen, sich nur entfaltet hatte, um rasch dahinzusterben. Die Schrecken des Todes aber lagen für sie in einem einzigen Gedanken, den sie mir eines Abends im Dämmerschein offenbarte, da wir am Ufer des schweigenden Flusses saßen.

Es quälte sie namenlos, denken zu müssen, daß ich diese Stätte des Glücks für immer verlassen und die leidenschaftliche Liebe, in die ich jetzt sie einhüllte, einem Mädchen der anderen, alltäglichen Welt zuwenden werde, wenn sie erst die Augen für immer geschlossen und ich sie im Tal des vielfarbigen Grases gebettet hätte. Ich aber warf mich

Eleonora zu Füßen und schwor ihr und dem Himmel einen Eid, daß ich nie und nimmer eine Tochter der Alltagswelt zum Weib nehmen wolle, daß ich ihrem geliebten Andenken und der Erinnerung an die hingebungsvolle Liebe, mit der sie mich beseligt hätte, nie, niemals abtrünnig werden würde. Und ich rief Gott den Allmächtigen zum Zeugen meines feierlichen Gelübdes an. Der Fluch aber, den ich von Gott und von ihr, der Heiligen im Paradiese, auf mein Haupt herabrief, falls ich meinen Schwur treulos brechen sollte, schloß eine so fürchterliche Strafe in sich, daß ich außerstande bin, ihn hier niederzuschreiben. Eleonorens leuchtende Augen strahlten bei meinen Worten noch heller, und sie atmete tief auf, als wäre ihr eine zentnerschwere Last von der Brust genommen. Ein leises Frösteln ließ dann ihre Glieder erbeben, still vor sich hinweinend saß sie neben mir und nahm meinen Schwur an. Sie war ja noch ein Kind!

Und ich weiß: mein Gelöbnis hat ihr das Sterben leichter gemacht. Wenige Tage später, als sie schon allmählich dahinschwand und die Flügel des Todes sie umrauschten, sagte sie mir, daß ihre Seele zum Dank für die Ruhe, die ich ihr gegeben habe, stets über mich wachen werde, wenn sie selbst längst nicht mehr sei. Sie wolle, wenn dies nur irgend in ihrer Macht stünde, wiederkommen und mir in dunklen Nachtstunden sichtbarlich erscheinen. Sollten die Seelen im Paradies hierzu aber keine Möglichkeit haben, so wolle sie mir wenigstens Zeichen geben, daß ihr Geist mich umschwebe. Ich würde ihre Stimme im Säuseln des Abendwindes hören und himmlische Düfte überirdischer Weihrauchschalen einatmen. Mit solchen Worten auf ihren unschuldigen Lippen hauchte sie ihr süßes Leben aus und setzte dem ersten Abschnitt meines Lebens ein Ziel.

Bis hierher habe ich alles wahrheitsgetreu erzählt. Doch nun, da ich die Grenzlinie überschreite, die der Tod meiner Vielgeliebten in meinem Leben gezogen hat, da ich übergehe zu dem zweiten Abschnitt meines Daseins, fühle ich, daß nebelhafte Schatten mein Gehirn verwirren, so daß ich selbst an der Genauigkeit meines Gedächtnisses zweifle. Doch ich will fortfahren. Langsam schleppten viele Jahre sich hin, und noch immer lebte ich im Tal des vielfarbigen Grases. Abermals hatten sich alle Dinge verwandelt. Die sternförmigen Blüten hatten sich in den Stamm der Bäume verkrochen und waren nicht mehr zum Vorschein gekommen. Das saftige Grün des Rasenteppichs war verblaßt, und die rubinroten Asphodelos verblühten eine nach der anderen, und an Stelle einer jeden erblühten zehn dunkle Veilchen, traurigen Augen gleich, die angstvoll emporblickten und in denen die Tautropfen wie schwere Tränen blinkten. Und alles Leben entschwand aus dem Tal. Der Flamingo prunkte nicht mehr mit seinem rosigen Gefieder, sondern flog, gefolgt von der ganzen bunten, fröhlichen Vogelschar, mit der er gekommen war, in die Berge zurück. Die Gold- und Silberfische schwammen müde dahin und verließen das Tal an seinem Ausgang bei der Felsenschlucht und kehrten nie wieder in die Wasser unseres geliebten Flusses zurück. Und die liebliche Melodie, die süßer gewesen war als das Säuseln der Äolsharfe und himmlischer als alles – nur Eleonoras Stimme war noch süßer gewesen –, auch sie erstarb langsam, doch unaufhaltsam, ging in dumpfes Gemurmel über und wurde leiser und leiser, bis der Fluß wie dereinst feierlich und völlig lautlos vorüberglitt. Da aber erhob sich auch die riesige Wolke von den Gipfeln der Berge, stieß sie in ihre ursprüngliche Düsterkeit zurück und schwebte dahin in das Reich des Hesperus, aus dem sie gekommen war. Und aller Glanz und all die golden schimmernde Pracht waren aus dem Tal des vielfarbigen Grases entschwunden.

Eleonora aber hatte ihr Versprechen nicht vergessen. Oft hörte ich das Schwingen der himmlischen Räucherfässer, und ein unsagbar süßer, überirdischer Duft durchzog das ganze Tal. In einsamen Stunden aber, wenn das Herz mir schwer in der Brust schlug, vernahm ich im Winde, der meine Schläfen fächelte, ein leises, leises Seufzen. Oft drang in der Stille der Nacht ein undeutliches Flüstern an mein Ohr, und einmal, ach, nur ein einziges Mal, erwachte ich aus dem Schlummer, der so tief gewesen war wie der ewige Schlaf des Todes, weil ein wesenloses Lippenpaar mich geküßt hatte.

Trotz alledem aber blieb die Leere in meinem Herzen unausgefüllt. Ich sehnte mich nach Liebe, nach der Liebe, von der mein Herz zuvor so übervoll gewesen war. Und schließlich kam es so weit, daß das ganze Tal mich bei jedem Schritt so schmerzhaft an Eleonora erinnerte, daß ich es für immer verließ und gegen die Eitelkeit der Welt und ihre unsteten Triumphe eintauschte.

Ich landete in einer fremden Stadt, in der alle Dinge eigens dazu geschaffen schienen, die süßen Träume, die ich so lange im Tale des vielfarbigen Grases geträumt hatte, aus meinem Gedächtnis zu reißen. Der Pomp und Prunk eines fürstlichen Hofes, rasendes Waffengeklirr und die alles überstrahlende Schönheit der Frauen blendeten und berauschten meine Sinne. Trotz allen Anfechtungen aber war meine Seele bis dahin ihrem Schwur treu geblieben, und deutlich empfand ich in den dunklen Stunden der Nacht die Zeichen, die Eleonora mir von ihrer Gegenwart gab. Plötzlich jedoch blieben diese Zeichen aus, verstummten und kehrten nicht wieder, und die Welt schien mir in abgrundtiefes Dunkel zu versinken. Ratlos stand ich und zutiefst erschrocken vor den glühenden Gedanken, die mich beherrschten, vor den fürchterlichen Versuchungen, die mich umlauerten.

An den Hof des Königs, dem ich diente, war aus fernen, fernen, fremden Landen ein Mädchen gekommen, ein Mädchen, deren himmlischer Schönheit mein treuloses Herz vom ersten Augenblick an entgegenschlug, zu deren Füßen ich ohne Zaudern in anbetender, glühender Liebe hinsank. Was, was waren meine Gefühle zu dem jungen Mädchen aus dem Tal des vielfarbigen Grases im Vergleich zu der Glut, zu dem rasenden, sinnverwirrenden Wahnsinn der Liebe, den die himmlische Ermengard in mir wachrief! Wie in Verzückung konnte ich ihr zu Füßen liegen, und es wunderte mich oft, daß meine Seele nicht mit den Tränenströmen dahinschwand, die ich in Anbetung vor ihr, der Himmlischen, Unvergleichlichen, vergoß! Ach göttliche, engelsgleiche Ermengard! Kein Gedanke konnte neben dir bestehen! Du Holde! Einzige! Anbetungswürdige! Und wenn ich in ihre seltsam tiefen, unvergeßlichen Augen blickte, vermochte ich nichts anderes zu denken als sie, nur sie!

Ich vermählte mich, ohne Furcht vor dem Fluch, den ich dadurch heraufbeschwor. Der Fluch blieb aus. Die fürchterliche Strafe traf mich nicht. Doch einmal, ein einziges Mal nur noch, hörte ich im Säuseln des Windes, der in der tiefen Finsternis der Nacht durch mein Fenster strich, die leisen Seufzer wieder, die ich so lang nicht mehr vernommen hatte. Und diesmal formten sie sich zu einer süßen, wohlvertrauten Stimme, die also sprach: „Schlafe in Frieden! Der Geist der Liebe herrscht! Und wenn du Ermengard an dein wildes, leidenschaftliches Herz reißt, bist du aus Gründen, die du dereinst im Himmel erfahren wirst, von deinem Schwur, der dich an Eleonora bindet, freigesprochen . . .“

DAS GEHEIMNIS DER MARIE ROGÊT

> Es gibt eine Reihe idealischer Begebenheiten, die der Wirklichkeit parallel läuft. Selten fallen sie zusammen. Menschen und Zufälle modifizieren gewöhnlich die idealische Begebenheit, so daß sie unvollkommen erscheint und ihre Folgen gleichfalls unvollkommen sind. So bei der Reformation. Statt des Protestantismus kam das Luthertum hervor.
>
> *Novalis*

Ein junges Mädchen, Mary Cecilia Rogers, wurde in der Umgebung von New York ermordet, und obwohl ihr Tod starke, lang anhaltende Erregung verursachte, war das Geheimnis, das ihn umgab, zur Zeit der Niederschrift und Veröffentlichung dieser Blätter (im November 1842) noch nicht enthüllt. Unter dem Vorgeben, das Schicksal einer Pariser Grisette zu erzählen, ist der Autor hier den wesentlichen Tatsachen des an Mary Rogers begangenen Mordes bis in die kleinsten Einzelheiten gefolgt, während er die unwesentlichen Tatsachen nur parallel laufen läßt. So ist jeder Beweis, der sich auf die Fiktion gründet, auf die Wahrheit anwendbar, und die Erforschung der Wahrheit war das Ziel.

Das Geheimnis der Marie Rogêt wurde fern vom Schauplatz des Verbrechens und ausschließlich mit Hilfe der von den Zeitungen gebrachten Berichte verfaßt. So mußte dem Schreiber vieles entgehen, das er hätte verwerten können, wäre er in New York gewesen und hätte er den Tatort besichtigt. Dessenungeachtet mag es nicht unangebracht sein, daran zu erinnern, daß die Geständnisse zweier Personen, die zu verschiedenen Zeitpunkten lange nach dieser Veröffentlichung abgelegt wurden, nicht nur die allgemeine

Schlußfolgerung, sondern auch alle die wichtigen einzelnen Hypothesen, mit deren Hilfe man zu dieser Schlußfolgerung gelangt ist, vollauf bestätigen.

Auch unter Menschen, die zu den besonnensten Denkern zählen, gibt es wenige, die sich nicht gelegentlich zu einem vagen, aber doch durchschauernden Halbglauben an das Übernatürliche hinreißen ließen, und zwar durch Zufälle von scheinbar so wunderbarer Natur, daß ihr Geist nicht fähig ist, sie als bloße Zufälle hinzunehmen. Derartige Gefühle – denn der Halbglaube, von dem ich hier spreche, hat niemals die volle Kraft des Gedankens –, derartige Gefühle lassen sich selten gänzlich ersticken, wenn nicht etwa durch den Hinweis auf die Lehre vom Zufall oder, wie der technische Ausdruck lautet, die Wahrscheinlichkeitsrechnung. Nun ist diese Lehre ihrem innersten Wesen nach rein mathematischer Natur; und so stehen wir hier vor der Ungereimtheit, die strengste Exaktheit der Wissenschaft auf das Schattenhafte und Geistige der unfaßbarsten Spekulation angewendet zu sehen.

Die außerordentlichen Einzelheiten, die ich mich getrieben fühle hier an die Öffentlichkeit zu bringen, weisen, wie man finden wird, der zeitlichen Aufeinanderfolge nach in ihrem ersten Teil eine Reihe kaum begreiflicher Übereinstimmungen mit dem zweiten oder abschließenden Teil auf, in dem alle meine Leser den kürzlich an Mary Cecilia Rogers in New York begangenen Mord erkennen werden.

Als ich vor etwa einem Jahre in einem Aufsatz mit dem Titel *Der Mord in der Rue Morgue* versuchte, einige sehr markante Züge der geistigen Physiognomie meines Freundes, des Chevalier C. Auguste Dupin, zu schildern, dachte ich nicht daran, diesen Gegenstand jemals wieder aufzunehmen. Mein Vorhaben bestand darin, diesen Charakter zu beschreiben, und dieses Vorhaben wurde durch den Verlauf der Geschehnisse, die Dupins Eigenart zur Geltung brachten, erfüllt. Ich hätte andere Beispiele anführen können, aber damit um nichts mehr bewiesen. Neuerlich eingetretene

Ereignisse jedoch haben mich durch ihre überraschende Entwicklung zu einer ausführlicheren Erzählung bewogen, die nun den Anschein des Erzwungenen haben wird. Es wäre wirklich sonderbar, wenn ich, nachdem ich zu hören bekam, was ich vor kurzem erfuhr, über etwas Stillschweigen bewahrte, das ich vor so langer Zeit hörte und sah.

Nachdem er jene Tragödie, den Mord an Madame L'Espanaye und ihrer Tochter, aufgeklärt hatte, entzog der Chevalier dieser Angelegenheit sofort seine Aufmerksamkeit und fiel wieder in seine alte Gewohnheit grillenhaften Träumens zurück. Da ich zu allen Zeiten zur Abgeschiedenheit neigte, überließ ich mich seiner Laune gern, und so, indem wir unsere Zimmer im Faubourg Saint-Germain bewohnten, schlugen wir die Zukunft in den Wind und dämmerten friedlich in der Gegenwart dahin, die trübe Welt ringsum in Träume spinnend.

Aber diese Träume blieben nicht ganz ungestört. Man kann sich leicht vorstellen, daß die Rolle, die mein Freund in dem Drama von der Rue Morgue gespielt hatte, nicht verfehlte, ihre Wirkung auf die Einbildungskraft der Pariser Polizei auszuüben. Der Name Dupin war ihren Angehörigen ein vertrautes Wort geworden. Da er die einfachen Schlußfolgerungen, mit deren Hilfe er das Geheimnis entwirrte, niemandem sonst als mir auseinandergesetzt hatte, nicht einmal dem Polizeipräfekten, war es in der Tat nicht erstaunlich, daß man die Sache beinahe für ein Wunder ansah oder daß die analytischen Fähigkeiten des Chevaliers ihm den Ruf eines Hellsehers eintrugen. Seine Aufrichtigkeit würde ihn veranlaßt haben, jeden Fragesteller von diesem Vorurteil abzubringen. Aber seine indolente Gemütsart schloß jede weitere Berührung eines Gesprächsstoffes aus, der für ihn lange alles Interesse eingebüßt hatte. So geschah es, daß die Polizei ihn als eine Leuchte betrachtete; und in nicht wenigen Fällen versuchte man seine Dienste für die Polizeipräfektur zu gewinnen. Eines der bemerkenswertesten Beispiele war der Mord an einem jungen Mädchen namens Marie Rogêt.

Dieser Vorfall trug sich etwa zwei Jahre nach der Greueltat in der Rue Morgue zu. Marie, deren Tauf- und Familienname sofort durch seine Ähnlichkeit mit dem Namen des unglücklichen Zigarrenmädchens Aufmerksamkeit erregen wird, war die einzige Tochter der Witwe Estelle Rogêt. Der Vater war während ihrer ersten Kindheit gestorben, und seit seinem Tode bis zu einem Zeitpunkt, der achtzehn Monate vor dem Mord lag, der den Gegenstand unserer Erzählung bildet, hatten Mutter und Tochter gemeinsam in der Rue Pavée Sainte Andrée gewohnt. Madame betrieb da eine Pension, und Marie half ihr. So standen die Dinge, als Marie ihr zweiundzwanzigstes Jahr erreichte und durch ihre Schönheit die Aufmerksamkeit eines Parfümeriewarenhändlers auf sich zog, der einen der Läden im Erdgeschoß des Palais Royal besaß und dessen Kundenkreis hauptsächlich aus verwegenen Abenteurern bestand, die jene Gegend unsicher machten. Monsieur Le Blanc erkannte die Vorteile, die ihm daraus erwachsen mußten, wenn die schöne Marie die Bedienung in seiner Parfümerie übernahm, und seine großzügigen Vorschläge wurden von dem jungen Mädchen bereitwillig angenommen, wenn auch Madame gewisse Bedenken hatte.

Die Erwartungen des Geschäftsinhabers erfüllten sich, und sein Laden erfreute sich dank der Reize der munteren Grisette bald ziemlicher Berühmtheit. Marie stand etwa seit einem Jahr in seinen Diensten, als ihr plötzliches Verschwinden aus dem Laden ihre Bewunderer in Aufruhr brachte. Monsieur Le Blanc konnte über ihren Verbleib keinen Aufschluß geben, und Madame Rogêt war vor Angst und Schrecken ganz von Sinnen. Die Zeitungen griffen den Vorfall sogleich auf, und die Polizei war gerade im Begriff, ernstliche Nachforschungen anzustellen, als eines schönen Morgens nach Ablauf einer Woche Marie bei guter Gesundheit, doch mit etwas betrübter Miene, wieder hinter ihrem gewohnten Ladentisch in der Parfümerie erschien. Selbstverständlich wurden alle Nachforschungen mit Ausnahme der Privatrecherchen sofort abgebrochen. Monsieur Le Blanc gab, wie vorher schon, an, gar nichts zu wissen. Marie und Madame antworteten auf alle Fragen, daß sie die vergangene Woche auf dem Lande im Hause eines Verwandten zugebracht habe. So wuchs Gras über die Geschichte, und sie geriet allgemein in Vergessenheit; denn das Mädchen, augenscheinlich um sich den Zudringlichkeiten der Neugier zu entziehen, sagte dem Parfümeur bald endgültig adieu und suchte Zuflucht in der Wohnung ihrer Mutter, Rue Pavée Sainte Andrée.

Es war etwa drei Jahre nach dieser Rückkehr, als ihre Freunde ein zweitesmal durch ihr plötzliches Verschwinden erschreckt wurden. Drei Tage verstrichen, man hörte nichts von ihr. Am vierten fand man ihre Leiche in der Seine, nahe dem Ufer, das dem Viertel der Rue Sainte Andrée gegenüberliegt; die Stelle liegt nicht weit von der einsamen Gegend der Barrière du Roule entfernt.

Das Gräßliche dieses Mordes, die Jugend und Schönheit des Opfers und vor allem der Umstand, daß sie noch vor kurzem eine allgemein bekannte Persönlichkeit gewesen war, wirkten zusammen und erregten die Gemüter der empfindsamen Pariser aufs heftigste. Ich kann mich keines ähnlichen Ereignisses erinnern, das ein so breites und stürmisches Echo gefunden hätte. Einige Wochen lang wurden über der Erörterung dieses einen aufregenden Falles sogar die politischen Tagesgespräche vergessen. Der Polizeipräfekt machte außergewöhnliche Anstrengungen; und die Kräfte der ganzen Pariser Polizei wurden natürlich im größten Ausmaß in Anspruch genommen.

Zunächst vermutete man nach der Entdeckung der Leiche nicht, daß der Mörder sich länger als eine sehr kurze Spanne Zeit den Nachforschungen, die man sofort in die Wege leitete, würde entziehen können. Erst nach Verlauf einer Woche hielt man es für nötig, eine Belohnung auszusetzen; und auch dann noch wurde diese Belohnung auf nur tausend Franken festgesetzt. Unterdessen wurde die Untersuchung mit großem Eifer, wenn auch nicht immer mit Verstand, weitergeführt, und zahlreiche Personen wurden, allerdings erfolglos, verhört; inzwischen wuchs die öffentliche Erregung in hohem Maße, da immer noch jeder Schlüssel zu dem Geheimnis fehlte. Am Ende des zehnten

Tages fand man es ratsam, die zuerst ausgeschriebene Summe zu verdoppeln. Und als schließlich die zweite Woche verstrichen war, ohne zu irgendwelchen Ergebnissen zu führen, und als das Vorurteil, das in Paris immer gegen die Polizei herrscht, zu verschiedentlichen ernsten Ausschreitungen Veranlassung gegeben hatte, nahm es der Polizeipräfekt auf sich, eine Summe von zwanzigtausend Franken „für die Überführung des Mörders“ oder, falls sich herausstellen sollte, daß mehr als einer in die Sache verwickelt war, „für die Überführung eines der Mörder“ auszusetzen. Der Aufruf, in dem diese Belohnung ausgeschrieben war, versprach jedem Mittäter, der eine Aussage gegen seine Mitschuldigen machen würde, volle Straffreiheit; und diesem Aufruf war, wo immer er erschien, ein privates Plakat eines Bürgerkomitees hinzugefügt, das die von der Präfektur gebotene Summe noch um zehntausend Franken erhöhte. Die ganze Belohnung belief sich demnach auf nicht weniger als dreißigtausend Franken, was man für eine außerordentliche Summe ansehen muß, wenn man den niederen Stand des Mädchens und das häufige Vorkommen solcher Mordtaten in großen Städten in Betracht zieht.

Niemand zweifelte nun, daß das Geheimnis dieses Mordes sofort ans Licht gebracht werden würde. Aber obgleich in ein oder zwei Fällen Verhaftungen vorgenommen wurden, die Aufhellung versprachen, wurde doch nichts zutage gefördert, was die Verdächtigen belastet hätte, und sie wurden alsbald wieder auf freien Fuß gesetzt. So merkwürdig es scheinen mag: die dritte Woche, seit man die Leiche gefunden hatte, war vorbeigegangen, ohne daß in diese Sache einiges Licht gekommen wäre, und bevor auch nur der Widerhall der Ereignisse, die die Öffentlichkeit so sehr in Aufruhr versetzt hatten, Dupins Ohr oder das meinige erreichte. In Forschungen vertieft, die unsere ganze Aufmerksamkeit beanspruchten, war es nahezu einen Monat her, daß einer von uns beiden außer Haus gewesen war, einen Besucher empfangen oder mehr als einen Blick auf den politischen Leitartikel irgendeiner Tageszeitung geworfen hatte. Die erste Nachricht von dem Mord wurde uns von G. persönlich überbracht. Er besuchte uns am frühen Nachmittag des 13. Juli 18 . . und blieb bis spät in die Nacht. Er war durch den Fehlschlag aller seiner Bemühungen, die Mörder aufzuspüren, gereizt. Sein Ruf, so sagte er in seiner eigentümlichen Pariser Art, stünde auf dem Spiel. Selbst mit seiner Ehre sei er beteiligt. Die Blicke der Öffentlichkeit seien auf ihn gerichtet, und es gäbe tatsächlich kein Opfer, das er nicht um der Enthüllung dieses Geheimnisses willen zu bringen bereit sei. Er schloß diese etwas drollige Rede mit einem Kompliment über das, was er Dupins „Taktgefühl" zu nennen beliebte, und machte ihm ein direktes, in der Tat sehr freigebiges Angebot, das genau mitzuteilen ich mich nicht berechtigt fühle; doch steht es zu dem eigentlichen Gegenstand meiner Erzählung in keiner Beziehung.

Das Kompliment wies mein Freund, so gut er konnte, zurück; das Angebot hingegen nahm er ohne weiteres an, obgleich dessen Vorteile erst für später in Aussicht standen. Nachdem dieser Punkt erledigt war, begann der Präfekt sogleich seine eigenen Ansichten auseinanderzusetzen, die er mit langen Erläuterungen über das Beweismaterial, das noch nicht in unseren Händen war, spickte. Er sprach viel und zweifellos mit großer Gelehrsamkeit, ich wagte gelegentlich eine Bemerkung, indes die Nacht träge dahinschwand. Dupin, der unbeweglich in seinem gewohnten Armstuhl saß, war die Verkörperung respektvoller Aufmerksamkeit. Er trug während der ganzen Unterredung eine Brille, und ein zufälliger Blick unter die grünen Gläser genügte, um mich davon zu überzeugen, daß er während der sieben oder acht bleiernen Stunden, ehe der Polizeipräfekt uns wieder verließ, nicht weniger fest schlief, weil er es lautlos tat.

Am nächsten Morgen beschaffte ich auf der Präfektur alle Berichte über das zusammengetragene Material und besorgte bei den verschiedenen Zeitungsverlagen ein Exemplar von jedem Blatt, in dem vom ersten Tage an bis dahin irgendwelche wichtige Angaben über jene traurige Angelegenheit veröffentlicht worden war. Von allem gereinigt, was sich als positiv falsch erwiesen hatte, ergab sich aus diesem Stoß von Berichten folgendes:

Marie Rogêt verließ die Wohnung ihrer Mutter etwa um neun Uhr morgens am Sonntag, den 22. Juni 18.. Als sie ausging, teilte sie einem Herrn Jacques St. Eustache, und zwar nur ihm, ihre Absicht mit, den Tag bei einer Tante zu verbringen, die in der Rue des Domes wohnte. Die Rue des Domes ist eine kurze, enge, aber belebte Straße, nicht weit vom Flußufer gelegen und, wenn man den allerkürzesten Weg benutzt, etwa zwei Meilen von der Pension der Madame Rogêt entfernt. St. Eustache war Maries anerkannter Bewerber und wohnte und aß auch in der Pension. Er hätte seine Verlobte bei Anbruch der Dunkelheit abholen und nach Hause begleiten sollen. Aber am Nachmittag begann es zu regnen, und da er annahm, daß sie bei der Tante über Nacht bleiben würde, wie sie es bei ähnlichen Gelegenheiten schon getan hatte, hielt er es nicht für nötig, sein Versprechen zu halten. Als die Nacht anbrach, hörte man Madame Rogêt – sie war eine gebrechliche alte Dame im Alter von siebzig Jahren – die Befürchtung aussprechen, „daß sie Marie niemals wiedersehen würde", doch beachtete man diese Äußerung damals kaum.

Am Montag stand es fest, daß das Mädchen gar nicht in der Rue des Domes gewesen war, und als der Tag ohne eine Nachricht von ihr verging, stellte man oberflächliche Nachforschungen an verschiedenen Punkten der Stadt und der Umgebung an. Doch erst am vierten Tag nach ihrem Verschwinden konnte man etwas Näheres über sie erfahren. An diesem Tag – einem Mittwoch, dem 25. Juni – benachrichtigte man einen gewissen Herrn Beauvais, der mit einem Freund in der Nähe der Barrière du Roule an jenem Seineufer, das der Rue Pavée Sainte Andrée gegenüberliegt, nach Marie fragte, daß Fischer eben einen im Fluß schwimmenden Leichnam ans Ufer gezogen hätten. Bei der Besichtigung der Leiche identifizierte Herr Beauvais sie nach einigem Zögern als das Mädchen aus dem Parfümerieladen. Sein Freund erkannte sie unverzüglich.

Das Gesicht war von dunklem Blut überströmt, das zum Teil aus dem Munde gequollen war. Kein Schaum stand vor dem Mund, wie es der Fall gewesen wäre, wäre sie bloß ertrunken. Das Zellengewebe zeigte keine Verfärbung. Der Hals wies blaue Flecken und Fingermale auf. Die Arme waren über der Brust gekreuzt und steif. Die rechte Hand war geballt, die linke halb geöffnet. Am linken Handgelenk waren zwei kreisrunde Hautabschürfungen zu sehen, die anscheinend von mehreren Stricken herrührten oder von einem mehrfach herumgewundenen Strick. Auch ein Teil des rechten Handgelenks war sehr geschunden, ebenso der Rücken der ganzen Länge nach, besonders aber an den Schulterblättern. Als die Fischer die Leiche ans Ufer zogen, hatten sie sie an einem Strick befestigt, aber keine der Hautabschürfungen hatte darin ihren Ursprung. Das Fleisch am Halse war sehr angeschwollen, Schnittwunden waren nicht zu entdecken, auch keine Quetschungen, die auf Schläge hätten schließen lassen. Man fand ein Stück Spitze, das so eng um den Hals geschlungen war, daß es den Blicken entging; es war ganz im Fleisch begraben und mit einem Knoten befestigt, der gerade unter dem linken Ohr saß. Das allein hätte genügt, den Tod herbeizuführen. Das ärztliche Gutachten sprach überzeugt von dem tugendhaften Lebenswandel der Verblichenen. Sie wäre, sagte es, roher Gewalt erlegen. Die Leiche war, als man sie fand, in einem solchen Zustand, daß es Freunden nicht schwerfallen konnte, sie zu identifizieren.

Die Kleidung war sehr zerrissen und auch sonst in Unordnung. In das Kleid war vom unteren Saum bis zur Taille ein etwa einen Fuß breiter Streifen eingerissen, jedoch nicht herausgerissen; er war dreimal um die Taille gewickelt und im Rücken mit einer Art Schlinge festgeknotet. Der Rock unmittelbar unter dem Kleid war aus dünnem Batist, und von diesem war ein achtzehn Zoll breiter Streifen völlig herausgerissen – ganz gerade und sorgfältig gerissen. Man fand ihn an ihrem Halse, er war lose darum geschlungen und mit einem festen Knoten geschlossen. Über diesen Batiststreifen und das Stück Spitze waren die Bänder eines Hutes geknüpft, der Hut hing daran. Der Knoten, mit dem die Hutbänder gebunden waren, war kein Damenknoten, sondern eine Schleife oder ein sogenannter Schifferknoten.

Nach Identifizierung des Leichnams wurde dieser nicht, wie sonst üblich, ins Leichenhaus gebracht – diese Formalität erwies sich als überflüssig –, sondern in der Eile nicht weit von dem Platz, an dem er ans Ufer gebracht worden war, beerdigt.

Den Anstrengungen Beauvais' gelang es, die Sache, soweit dies möglich war, geschickt zu vertuschen; und es vergingen einige Tage, ehe irgendwelche öffentliche Beunruhigung daraus entstand. Doch endlich griff ein Wochenblatt das Thema auf; der Leichnam wurde ausgegraben und eine nochmalige Untersuchung eingeleitet, die aber nichts weiter als das schon Bekanntgegebene erbrachte. Doch wurden nun die Kleider der Mutter und den Freunden der Verblichenen vorgelegt und als diejenigen erkannt, die das Mädchen bei ihrem Weggang von zu Hause getragen hatte.

Unterdessen nahm die Erregung stündlich zu. Verschiedene Personen wurden verhaftet und wieder freigelassen. Besonders St. Eustache war verdächtig. Und es gelang ihm anfangs nicht, über sein Tun und Lassen an jenem Sonntag, an dem Marie das Haus verlassen hatte, eine ausreichende Erklärung abzugeben. In der Folge legte er aber Monsieur G. beglaubigte Aussagen vor, die über jede Stunde des fraglichen Tages befriedigenden Aufschluß gaben. Als die Zeit verstrich und keine Aufklärung des Mords erfolgte, wurden tausend einander widersprechende Gerüchte verbreitet, und die Journalisten ergingen sich in wilden Vermutungen. Unter diesen erregte jene Idee das größte Aufsehen, die besagte, Marie Rogêt lebe noch – und die in der Seine gefundene Leiche sei die einer anderen Unglücklichen. Es scheint mir angemessen, dem Leser einige Stellen, die die erwähnte Vermutung zum Ausdruck bringen, zu unterbreiten. Diese Stellen sind wörtlich aus dem *Etoile* übersetzt, einer Zeitung, die im allgemeinen mit viel Geschick geleitet wird.

„Fräulein Rogêt verließ das Haus ihrer Mutter am Sonntagmorgen, den 22. Juni 18 . ., in der offenkundigen Absicht, ihre Tante oder sonst eine Verwandte in der Rue des Domes zu besuchen. Von dieser Stunde an hat sie nachweislich niemand mehr gesehen. Auch fehlt jede Spur oder

Nachricht von ihr ... Niemand hat sich bisher gemeldet, der sie an diesem Tage überhaupt gesehen hätte, seit sie aus der Tür der mütterlichen Wohnung getreten war ... Obgleich wir nun keinen Beweis dafür haben, daß Marie Rogêt am Sonntag, den 22. Juni, nach neun Uhr morgens noch unter den Lebenden weilte, so haben wir doch die Sicherheit, daß sie bis zu jener Stunde am Leben war. Mittwoch mittag um zwölf Uhr entdeckte man eine weibliche Leiche, die am Ufer der Barrière du Roule angetrieben wurde. Das war, selbst wenn wir annehmen, daß Marie Rogêt innerhalb von drei Stunden nach dem Verlassen des mütterlichen Hauses in den Fluß geworfen worden war, nur drei volle Tage nach jenem Augenblick, da sie ihre Wohnung verließ – drei Tage auf die Stunde genau. Doch ist es Torheit anzunehmen, daß dieser Mord, wenn überhaupt ein Mord an ihr begangen wurde, früh genug ausgeführt werden konnte, um den Mördern die Möglichkeit zu geben, die Leiche vor Mitternacht in den Fluß zu werfen. Wer sich eines so gräßlichen Verbrechens schuldig macht, sucht eher die Finsternis als das Licht ... So sehen wir, daß, falls die Leiche, die im Fluß gefunden wurde, wirklich Marie Rogêt war, sie nur zweieinhalb Tage im Wasser gelegen haben konnte oder allerhöchstens drei Tage. Alle Erfahrungen haben aber gezeigt, daß Ertrunkene oder Leichen, die unmittelbar nach einem gewaltsamen Tode ins Wasser geworfen werden, sechs bis zehn Tage brauchen, bis die Zersetzung genügend vorgeschritten ist, um sie wieder an die Oberfläche des Wassers zu bringen. Selbst wenn eine Kanone über einer Leiche abgefeuert wird und sie eher aufsteigt als mindestens fünf bis sechs Tage nach dem Versinken, taucht sie wieder unter, wenn man sie läßt, wie sie ist. So fragen wir also: Was hat in diesem Falle ein Abweichen von dem gewohnten Lauf der Dinge verursacht? Hätte der Leichnam, verstümmelt wie er war, bis Dienstagabend am Ufer gelegen, so hätte man eine Spur von den Mördern am Ufer finden müssen. Doch ist auch dieser Punkt zweifelhaft, ob nämlich der Körper, selbst wenn er erst zwei Tage nach dem Tod ins Wasser geworfen worden wäre, so bald hätte an der Oberfläche treiben können. Und ferner ist es außerordentlich unwahrscheinlich, daß solche Schurken, die einen Mord wie den hier vermuteten begangen haben, den Körper, ohne ihn mittels eines schweren Gegenstandes zum Sinken zu bringen, ins Wasser geworfen hätten, wenn eine solche Vorsichtsmaßregel so leicht zu treffen war.“

Die Verfasser argumentieren nun weiter, daß der Körper „nicht drei Tage, sondern mindestens fünfmal drei Tage“ im Wasser gelegen haben mußte; denn er sei so entstellt gewesen, daß es Beauvais sehr schwerfiel, ihn wiederzuerkennen. Dieser letzte Punkt wurde aber völlig widerlegt. Ich fahre in der Wiedergabe fort:

„Worauf beruft sich nun Herr Beauvais, wenn er sagt, er habe keinen Zweifel, daß die Leiche Marie Rogêt sei? Er schlitzte den Kleiderärmel auf und sagte, er habe Kennzeichen gefunden, die ihn von der Identität überzeugten. Im allgemeinen vermutet man, solche Merkmale hätten in einer Art Narben zu bestehen. Herr Beauvais jedoch rieb den Arm und fand, daß er behaart war – wir meinen, daß das etwas so Unbestimmtes ist, wie man es sich nur vorstellen kann, etwas so wenig Entscheidendes, wie daß überhaupt ein Arm im Ärmel steckte. Herr Beauvais kam an jenem Abend nicht zurück, sondern ließ Madame Rogêt am Mittwoch um sieben Uhr abends sagen, daß noch Nachforschungen nach ihrer Tochter im Gange seien. Wenn wir zugeben, daß Alter und Gram Frau Rogêt daran hinderten, hinzugehen – und damit geben wir sehr viel zu –, so müßte es doch irgend jemanden gegeben haben, der es der Mühe wert hielt, hinzugehen und bei der Untersuchung anwesend zu sein, falls er glaubte, es handle sich um Maries Leiche. Jedoch niemand ging hin. Man hörte nichts von der Angelegenheit in der Rue Pavée und sprach nicht darüber, nicht einmal so viel, daß den übrigen Hausbewohnern etwas davon zu Ohren gekommen wäre. Herr St. Eustache, der Liebhaber und zukünftige Gatte Maries, der bei ihrer Mutter in Pension war, sagt aus, daß er von der Auffindung der Leiche seiner Verlobten erst am nächsten Morgen hörte, als Herr

Beauvais zu ihm ins Zimmer kam und ihm darüber berichtete. Es fällt uns auf, wie kühl eine solche Nachricht aufgenommen wurde."

Auf diese Weise bemühte sich das Blatt, den Eindruck zu erwecken, Maries Angehörige hätten eine Gleichgültigkeit bewiesen, die ganz unvereinbar sei mit der Annahme, daß diese Angehörigen den Leichnam für den des Mädchens hielten. Die Anschuldigungen des Blattes verstiegen sich so weit, zu sagen: Marie habe sich im Einvernehmen mit ihren Freunden aus Gründen, die Belastendes gegen ihre Ehrbarkeit in sich schlössen, aus der Stadt entfernt, und jene Freunde hätten, als man einen Leichnam in der Seine fand, der dem Mädchen einigermaßen glich, sich dieser Gelegenheit bemächtigt, um der Öffentlichkeit weiszumachen, sie sei tot. Aber wieder war der *Etoile* voreilig. Es wurde klar nachgewiesen, daß keine derartige Gleichgültigkeit bestand, daß die alte Dame äußerst schwach war und so aufgeregt, daß sie unfähig war, irgendwelchen Pflichten zu genügen; daß St. Eustache, weit davon entfernt, die Nachricht kühl entgegenzunehmen, so außer sich vor Schmerz war und sich so rasend gebärdete, daß Monsieur Beauvais einen Freund und Verwandten überredete, ihn unter seine Obhut zu nehmen und ihn daran zu hindern, der Besichtigung bei der Exhumierung beizuwohnen. Obgleich der *Etoile* überdies feststellte, daß der Leichnam auf öffentliche Kosten wieder begraben worden sei, daß die Familie das vorteilhafte Angebot einer privaten Bestattung schroff abgelehnt und daß kein Familienmitglied der Zeremonie beigewohnt habe; obgleich, wie gesagt, der *Etoile* all dies versicherte, um den Eindruck zu erzielen, den er hervorzurufen beabsichtigte – so wurde das alles doch genugsam widerlegt. In einer späteren Nummer des Blattes wurde der Versuch gemacht, den Verdacht auf Beauvais selbst zu lenken. Der Herausgeber sagt:

„Nun bekommt die Sache also ein anderes Gesicht. Man erzählt, daß einmal, als eine Madame B. bei Madame Rogêt zu Besuch war, Monsieur Beauvais gerade ausging und ihr sagte, man erwarte einen Gendarmen, und sie, Madame B., möchte nicht mit dem Gendarmen reden, ehe er selbst zurückkäme, sondern die Sache ihm überlassen ... Wie die Angelegenheit jetzt steht, scheint Monsieur Beauvais alles nach seinem eigenen Kopf zu machen. Man kann nicht einen Schritt ohne Monsieur Beauvais tun, denn welchen Weg auch immer man einschlägt, man stößt auf ihn ... Aus irgendwelchen Gründen hat er beschlossen, daß niemand mit den Vorgängen etwas zu schaffen haben solle außer ihm selbst, und er hat, wie sie selbst angaben, die männlichen Verwandten auf sehr merkwürdige Art beiseite gedrängt. Er schien sehr abgeneigt, den Verwandten die Besichtigung der Leiche zu gestatten "

Durch folgende Tatsachen wurde dem auf Beauvais gelenkten Verdacht einiges Gewicht verliehen. Jemand, der ihn wenige Tage vor dem Verschwinden des Mädchens in seinem Büro aufsuchte, während er selbst abwesend war, hatte eine Rose im Schlüsselloch gefunden, und auf der Schiefertafel, die neben der Tür hing, stand der Name „Marie" geschrieben.

Doch schien die allgemeine Auffassung, soweit wir imstande sind, sie den Zeitungsberichten zu entnehmen, die zu sein, daß Marie das Opfer einer Verbrecherbande geworden sei – daß diese sie über den Fluß geschleppt, mißhandelt und ermordet habe. Indessen bekämpfte der *Commercial*, ein höchst einflußreiches Blatt, diese Volksmeinung ganz ernstlich. Ich führe den einen oder anderen Absatz aus seinen Spalten an:

„Wir sind davon überzeugt, daß sich die Untersuchung bis jetzt auf falscher Fährte bewegt hat, insofern sie auf die Barrière du Roule gerichtet war. Es ist unmöglich, daß eine Person, die Tausenden so gut bekannt war wie dieses junge Mädchen, an drei Häuserblocks vorübergegangen sein soll, ohne von jemandem gesehen worden zu sein; wer immer sie gesehen hätte, dem wäre es im Gedächtnis geblieben; denn alle, die sie kannten, interessierten sich für sie. Als sie ausging, war die Straße voller Menschen ... Sie kann unmöglich zur Barrière du Roule oder nach der Rue des Domes gegangen sein, ohne von einem Dutzend Menschen erkannt zu werden, und doch hat sich niemand gemeldet, der sie außerhalb ihrer Mutter Haus gesehen hat; mit Ausnahme der Zeugenaussage, die sich auf die von ihr geäußerte Absicht bezieht, haben wir keinen Beweis, daß sie überhaupt ausgegangen ist. Ihr Kleid war zerrissen, um sie herumgewickelt und zusammengeknotet; und daran ist der Körper wie ein Bündel getragen worden. Wäre der Mord an der Barrière du Roule begangen worden, so hätte es keiner solchen Vorkehrung bedurft. Die Tatsache, daß die Leiche bei der Barrière du Roule angetrieben wurde, ist kein Beweis dafür, daß sie auch an dieser Stelle ins Wasser geworfen worden ist . . . Aus einem der Unterröcke des unglücklichen Mädchens war ein zwei Fuß langes und einen Fuß breites Stück herausgerissen und um den Hinterkopf herum unter das Kinn gebunden worden, wahrscheinlich um sie am Schreien zu hindern. Das müssen Burschen getan haben, die keine Taschentücher besaßen."

Doch ein oder zwei Tage, ehe der Präfekt uns besuchte, erhielt die Polizei eine wichtige Information, die mindestens in der Hauptsache die Argumente des *Commercial* über den Haufen zu werfen schien. Zwei kleine Knaben, Söhne einer Madame Deluc, drangen zufällig, als sie in den Wäldern nahe der Barrière du Roule umherstreiften, in ein dichtes Gebüsch ein, in dem sich mehrere große Steine befanden, die eine Art Sitz mit einer Lehne und einem Fußschemel bildeten. Auf dem obersten Stein lag ein weißer Unterrock; auf dem zweiten eine seidene Schärpe; auch ein Sonnenschirm, Handschuhe und ein Taschentuch wurden dort gefunden. Das Taschentuch trug den Namenszug „Marie Rogêt". An den Brombeersträuchern ringsum entdeckte man Kleiderfetzen. Das Erdreich war zerstampft, die Büsche niedergebrochen, alles deutete auf einen Kampf hin. Zwischen Dickicht und Fluß fand man die Einfriedigung niedergelegt, und der Boden zeigte deutliche Spuren einer schweren Last, die dort entlanggeschleift worden war.

Ein Wochenblatt, *Le Soleil*, gab zu dieser Entdeckung folgenden Kommentar, der übrigens die Meinung der gesamten Pariser Presse wiederspiegelte:

„Alle diese Dinge haben offenbar drei bis vier Wochen dort gelegen; durch die Einwirkung des Regens waren sie alle stark verschimmelt und klebten vor Schimmel aneinander. Über und rings um einige Gegenstände war Gras gewachsen. Die Seide des Sonnenschirms war fest, aber die Fäden waren innen zusammengelaufen. Der obere Teil, wo der Schirm zusammengelegt und gefaltet war, war ganz verschimmelt und morsch und zerriß beim Aufspannen ... Die Fetzen ihres Kleides, die an den Büschen hängengeblieben waren, waren etwa drei Zoll breit und sechs Zoll lang. Ein Stück stellte sich als der geflickte Rocksaum heraus; ein anderes Stück stammte vom Rock selbst, war jedoch nicht der Saum. Die Fetzen sahen wie abgerissene Streifen aus und hingen an einem Dornbusch etwa einen Fuß hoch über dem Boden ... Es steht also ganz außer Zweifel, daß der Ort dieser grausigen Mordtat gefunden ist."

Als Folge dieser Entdeckung kamen neue Tatsachen zum Vorschein. Madame Deluc sagte aus, daß sie gegenüber der Barrière du Roule nicht weit vom Flusse eine an der Landstraße gelegene Gastwirtschaft betreibe. Die Gegend ist einsam, ganz ausnehmend einsam. Sie ist am Sonntag der gewöhnliche Treffpunkt des Gesindels aus der Stadt, das in Booten über den Fluß setzt. Etwa um drei Uhr nachmittags an dem fraglichen Sonntag kam ein junges Mädchen in Begleitung eines jungen Mannes von dunkler Gesichtsfarbe nach dem Wirtshaus. Die beiden blieben einige Zeit. Als sie aufbrachen, schlugen sie den Weg nach einem der dichten Gehölze der Umgegend ein. Das Kleid, das das Mädchen trug, erregte Madame Delucs Aufmerksamkeit, weil es einem Kleid ähnlich sah, das eine verstorbene Verwandte von ihr besessen hatte. Auch fiel ihr die Schärpe besonders auf. Bald nachdem das Paar gegangen war, tauchte eine Bande von Strolchen auf, benahm sich wüst und lärmend, aß und trank, ohne zu bezahlen, und schlug denselben Weg ein wie vorher der junge Mann und das junge Mädchen. Etwa zur Zeit der Dämmerung kehrten sie nach dem Wirtshaus zurück und setzten wieder über den Fluß, als ob sie es sehr eilig hätten.

An jenem selben Abend, bald nach dem Dunkelwerden, hörten sowohl Madame Deluc wie auch ihr ältester Sohn schrille Schreie einer Frauensperson in der Nähe des Wirtshauses. Es waren heftige, doch kurze Schreie. Madame Deluc erkannte nicht allein die Schärpe, die man im Gebüsch gefunden hatte, sondern auch das Kleid, das die Tote getragen hatte. Ein Omnibuskutscher namens Valence sagte nunmehr aus, er habe an dem bewußten Sonntag Marie Rogêt in Gesellschaft eines jungen Mannes von dunkler Gesichtsfarbe auf einem Fährboot über die Seine setzen sehen. Er, Valence, habe Marie erkannt und könne sich über ihre Identität keinem Irrtum hingeben. Die im Gebüsch gefundenen Gegenstände wurden ausnahmslos von Maries Angehörigen wiedererkannt.

Zu all diesen Berichten über den Befund und zu all den Auskünften, die ich auf Dupins Veranlassung bei den Zeitungen gesammelt hatte, kam noch ein einziger weiterer Umstand hinzu, ein Umstand von anscheinend großer Tragweite. Es stellte sich nämlich heraus, daß unmittelbar, nachdem man die erwähnten Kleidungsstücke aufgefunden hatte, der leblose oder nahezu leblose Körper von St. Eustache, Maries Verlobten, in der Nähe jener Stelle entdeckt wurde, die man nun allgemein für den Schauplatz der Mordtat hielt. Ein leeres Fläschchen mit dem Etikett „Laudanum" wurde dicht bei ihm gefunden. Sein Atem wies unverkennbar auf das Gift hin. Er starb, ohne nochmals gesprochen zu haben. Man fand einen Brief bei ihm, in dem er kurz seine Liebe zu Marie und seinen Willen zur Selbstvernichtung erklärte.

„Ich brauche Ihnen kaum zu sagen", meinte Dupin, als er mit der Durchsicht meines Materials zu Ende war, „daß das hier ein viel verwickelterer Fall ist als jener in der Rue Morgue, von dem er sich in einer wichtigen Beziehung unterscheidet. Das hier ist das Beispiel eines gewöhnlichen wenn auch scheußlichen Verbrechens. Es hat nichts besonders ‚Ausgefallenes' an sich. Sie werden bemerkt haben, daß man es aus diesem Grund für ein leicht zu lösendes Rätsel gehalten hat, obwohl man es im Gegenteil aus diesem selben Grund für ein schwer lösbares hätte halten sollen. Deshalb fand man es anfangs nicht für nötig, eine Belohnung auszusetzen. G.s Trabanten waren sofort imstande zu begreifen, wie und warum eine solche Untat begangen werden konnte. In ihrer Phantasie konnten sie sich die Art des Vorgangs – allerlei Arten – ein Motiv – allerlei Motive – ausmalen. Und da es nicht ausgeschlossen war, daß eine dieser zahlreichen Vermutungen über Art und Motiv den Tatsachen entsprach, hielten sie es für ausgemacht, daß eine von ihnen richtig sein müsse. Aber die Leichtigkeit, mit der sich diese verschiedenen Möglichkeiten aufrecht erhalten ließen, und die große Wahrscheinlichkeit, die eine jede von ihnen für sich hatte, hätte man eher als Hinweis auf die Schwierigkeit, nicht auf die Leichtigkeit der Lösung ansehen müssen. Ich habe früher bemerkt, daß es gerade die sich über das Niveau des Alltäglichen erhebenden Besonderheiten sind, mit deren Hilfe, wenn überhaupt, die Vernunft ihren Weg auf der Suche nach der Wahrheit abtastet und daß die richtige Frage in Fällen wie diesem hier nicht so sehr lautet: Was hat sich ereignet? als vielmehr: Was hat sich ereignet, das sich noch nie zuvor ereignet hat? Bei ihren Nachforschungen im Hause der Madame L'Espanaye sahen sich G.s Beamte durch eben jene Ungewöhnlichkeit entmutigt und verwirrt, die einem gutgeschulten Verstand das sicherste Omen für den Erfolg bedeutet hätte, wohingegen das Gewöhnliche all dessen, worauf das Auge in dem Falle des Mädchens aus dem Parfümerieladen stieß, ebendiesen Verstand in tiefste Verzweiflung hätte stürzen müssen, statt den Angestellten der Präfektur einen wohlfeilen Triumph zu verheißen.

Im Falle der Madame L'Espanaye und ihrer Tochter gab es selbst zu Beginn der Nachforschungen keinen Zweifel darüber, daß ein Mord begangen worden war. Auch hier ist von Anfang an jede Vermutung, es könne sich um einen

Selbstmord handeln, ausgeschlossen. Die Leiche, die man an der Barrière du Roule entdeckte, wurde unter Umständen aufgefunden, die uns keinen Spielraum geben, wegen dieses wichtigen Punktes in Verlegenheit zu geraten. Doch wurde die Hypothese aufgestellt, die geborgene Leiche sei nicht Marie Rogêts Leiche; und nur für die Überführung ihres Mörders oder ihrer Mörder ist die Belohnung ausgesetzt, und nur auf sie bezieht sich das Übereinkommen, das ich mit dem Polizeipräfekten getroffen habe. Wir kennen beide diesen Herrn genau. Es wird nicht gut sein, ihm allzu weit zu trauen. Wenn wir mit unseren Untersuchungen, von der aufgefundenen Leiche ausgehend, einen Mörder ausfindig machen, sodann aber entdecken, daß diese Leiche jemand anderes ist als Marie; oder wenn wir von der lebendigen Marie unseren Ausgang nehmen und sie finden, aber noch am Leben finden, so haben wir in beiden Fällen unsere Mühe für umsonst gehabt, da es ja Monsieur G. ist, mit dem wir es zu tun haben. Um also unseren eigenen Zwecken zu dienen, wenn nicht denen der Gerechtigkeit, ist es unumgänglich notwendig, daß wir zuallererst feststellen, ob der Leichnam mit der vermißten Marie Rogêt identisch ist.

Beim Publikum haben die Argumente des *Etoile* sich Geltung verschafft, und daß das Blatt selbst von deren Richtigkeit überzeugt ist, geht aus der Art hervor, wie es einen seiner Artikel über diesen Gegenstand beginnt. ‚Einige der heutigen Morgenzeitungen', sagt es, ‚sprechen von dem beweiskräftigen Artikel in der Montagsnummer des *Etoile.*' Mir scheint der Artikel kaum etwas anderes zu beweisen als den Eifer seines Verfassers. Wir müssen uns vor Augen halten, daß es im allgemeinen mehr die Absicht unserer Zeitungen ist, Aufsehen zu erregen und Eindruck zu machen, als die Sache der Wahrheit zu fördern. Der letztere Zweck wird nur dann verfolgt, wenn er mit dem ersteren zusammenzufallen scheint. Das Blatt, das der allgemeinen Ansicht einfach zustimmt, so wohlbegründet diese Ansicht sein mag, erntet nicht den Beifall des Pöbels. Der große Haufe sieht nur denjenigen für scharfsinnig an, der beißende Widersprüche gegen die allgemein herrschende Anschauung hören läßt. Sowohl bei Leistungen des Verstandes wie auch in der schönen Literatur ist es das Epigramm, das am ehesten und am meisten geschätzt wird. Doch kommt ihm in beiden Fällen das niedrigste Verdienst zu.

Damit will ich sagen, daß es nicht so sehr die Wahrscheinlichkeit dieser Idee ist als vielmehr das Gemisch von Epigramm und Melodrama in der Vorstellung, daß Marie Rogêt noch am Leben sei, was dem *Etoile* diese Vermutung eingegeben und ihr beim Publikum eine günstige Aufnahme gesichert hat. Prüfen wir die Leitgedanken in der Beweisführung dieses Blattes, indem wir versuchen, die Inkonsequenz zu vermeiden, mit der es im allgemeinen vorgeht.

Zuerst geht es dem Schreiber darum, zu zeigen, daß es sich wegen der kurzen Zeit, die zwischen Maries Verschwinden und der Auffindung der Leiche im Fluß vergangen ist, nicht um Maries Leichnam handeln könne. Diese Zeitspanne auf ihr geringstes Ausmaß zu reduzieren wird dem Beweisführenden alsbald zum Selbstzweck. In vorschneller Verfolgung dieses Zieles stürzt er sich von Anfang an in bloße Vermutungen. ‚Es ist Torheit anzunehmen', sagt er, ‚daß dieser Mord, wenn überhaupt ein Mord an ihr begangen wurde, früh genug ausgeführt werden konnte, um den Mördern die Möglichkeit zu geben, die Leiche vor Mitternacht in den Fluß zu werfen.' Wir fragen sofort und ganz selbstverständlich: Warum? Warum ist es Torheit anzunehmen, daß der Mord nicht fünf Minuten, nachdem das Mädchen die Wohnung ihrer Mutter verlassen hatte, begangen wurde? Warum ist es Torheit anzunehmen, daß der Mord zu irgendeiner beliebigen Zeit dieses Tages begangen wurde? Es sind Morde zu allen Tageszeiten vorgekommen. Doch hätte die Tat zu irgendeiner Zeit zwischen neun Uhr morgens und dreiviertel zwölf Uhr abends stattgefunden, so wäre immer noch Zeit geblieben, ‚die Leiche vor Mitternacht in den Fluß zu werfen'. Diese Annahme versteigt sich also geradezu so weit, zu sagen, der Mord sei am Sonntag überhaupt nicht begangen worden, und wenn wir dem *Etoile* erlauben wollen, das anzunehmen, so können wir ihm auch jede weitere Freiheit gestatten. Der Abschnitt, der mit:

‚Es ist Torheit anzunehmen, daß der Mord' und so weiter beginnt, mag, obgleich er im *Etoile* abgedruckt steht, im Gehirn seines Verfassers in Wahrheit so ausgesehen haben: ‚Es ist Torheit anzunehmen, daß dieser Mord, falls ein Mord an ihr begangen wurde, früh genug ausgeführt werden konnte, um ihren Mördern die Möglichkeit zu geben, ihre Leiche vor Mitternacht in den Fluß zu werfen; wir sagen: es sei Torheit, dies anzunehmen, und gleichzeitig, wie wir es zu tun entschlossen sind, anzunehmen, daß man die Leiche erst nach Mitternacht hineinwarf' – ein Ausspruch, der in sich selbst genügend inkonsequent ist, aber nicht gar so widersinnig wie derjenige, der gedruckt wurde.

Wäre es nun meine Absicht", fuhr Dupin fort, „dem *Etoile* aus dieser Stelle seiner Beweisführung einen Strick zu drehen, so könnte ich mich hiermit zufrieden geben. Wir haben es aber nicht mit dem *Etoile* zu tun, sondern mit der Wahrheit. Der fragliche Ausspruch hat, wie die Sache dasteht, nur einen Sinn, und diesen Sinn habe ich genugsam festgehalten; aber es ist wesentlich, daß wir hinter den bloßen Worten nach einem Gedanken suchen, den diese Worte offenbar ausdrücken wollten, ohne daß es ihnen gelungen ist. Es war die Absicht des Journalisten zu sagen, daß, zu welcher Tages- oder Nachtzeit auch immer am Sonntag dieser Mord begangen worden sein mochte, es jedenfalls unwahrscheinlich sei, daß die Mörder es vor Mitternacht gewagt haben sollten, den Leichnam nach dem Fluß zu tragen. Und darin liegt nun eigentlich die Voraussetzung, die ich beanstande. Es wird vorausgesetzt, daß der Mord an einem solchen Platz und unter solchen Umständen begangen wurde, daß es nötig war, den Leichnam nach dem Fluß zu tragen. Nun hätte aber der Mord auch am Ufer des Flusses ausgeführt werden können oder auf dem Flusse selbst – also hätte man zu jeder Tages- und Nachtzeit zu dem Ins-Wasser-Werfen des Leichnams seine Zuflucht nehmen können als zu der nächstliegenden und schnellsten Art, sich seiner zu entledigen. Sie verstehen, daß ich hier nichts als wahrscheinlich oder als mit meiner eigenen Meinung übereinstimmend annehme. Bisher hat meine Absicht mit den Tatsachen des Falles nichts zu schaffen. Ich wünsche Sie nur vor dem Ton zu warnen, der in dieser Annahme des *Etoile* liegt, indem ich Ihre Aufmerksamkeit auf seinen von Beginn an parteiischen Charakter lenke. Nachdem die Zeitung auf diese Weise eine Grenze gezogen hat, die ihren eigenen, vorgefaßten Meinungen entspricht; nachdem sie angenommen hat, daß der Leichnam Maries, sofern er es ist, nur ganz kurze Zeit im Wasser gelegen haben kann, fährt sie folgendermaßen fort: ‚Alle Erfahrungen haben aber gezeigt, daß Ertrunkene oder Leichen, die unmittelbar nach einem gewaltsamen Tod ins Wasser geworfen werden, sechs bis zehn Tage brauchen, bis die Zersetzung genügend vorgeschritten ist, um sie wieder an die Oberfläche des Wassers zu bringen. Selbst wenn eine Kanone über einer Leiche abgefeuert wird und sie eher aufsteigt als mindestens fünf bis sechs Tage nach dem Versinken, taucht sie wieder unter, wenn man sie läßt, wie sie ist.'

Diese Behauptung wurde von allen Pariser Zeitungen mit Ausnahme des *Moniteur* schweigend hingenommen. Dieses Blatt versucht jenen Teil des Absatzes, der sich auf die Ertrunkenen bezieht, durch die Anführung von etwa fünf oder sechs Beispielen zu widerlegen, wo die Leichen von Personen, die erwiesenermaßen ertrunken waren, nach Ablauf einer kürzeren Zeit als jener, auf der der *Etoile* besteht, an der Oberfläche treibend angetroffen wurden. Doch liegt etwas außerordentlich Unlogisches in diesem Versuch des *Moniteur*, diese allgemeine Behauptung des *Etoile* durch Anführen einzelner Beispiele, die diese Behauptung Lügen strafen sollen, zurückzuweisen. Selbst wenn es möglich gewesen wäre, an Stelle von fünf Beispielen fünfzig beizubringen von Leichen, die man nach drei Tagen schwimmend antraf, so hätte man eigentlich diese fünfzig Beispiele nur als Ausnahmen von der Regel des *Etoile* ansehen müssen, solange die Regel selbst nicht widerlegt war. Wenn man die Regel zugibt, und der *Moniteur* leugnet sie nicht, sondern bloß auf ihren Ausnahmen besteht, so läßt man die Beweisführung des *Etoile* in voller Kraft weitergelten. Denn diese Beweisführung bezweckt ja nichts weiter, als die Wahrscheinlichkeit in Frage zu stellen, daß die Leiche in weniger als drei Tagen an die

Oberfläche gelangt sei, und diese Wahrscheinlichkeit wird so lange zugunsten der Stellungnahme des *Etoile* ausfallen, bis die Zahl der so kindisch beigebrachten Beispiele genügend groß ist, die gegenteilige Regel aufzustellen.

Sie sehen sofort ein, daß alle Beweisgründe, die gegen diesen Punkt ankämpfen, wenn sie einen Sinn haben sollen, sich gegen diese Regel selbst richten müssen; und zu diesem Zweck müssen wir die Daseinsberechtigung dieser Regel prüfen. Nun wohl, der menschliche Körper ist im allgemeinen weder viel leichter noch viel schwerer als das Seinewasser, das heißt, das spezifische Gewicht des menschlichen Körpers in seiner natürlichen Verfassung entspricht etwa dem der verdrängten Süßwassermenge. Die Körper fetter und fleischiger Personen mit feinen Knochen und Frauenkörper im allgemeinen sind leichter als jene magerer, stark knochiger Personen und von Männern überhaupt. Und das spezifische Gewicht des Flußwassers wird etwas durch die Meeresflut beeinflußt. Doch wenn wir die Flut außer acht lassen, so kann man doch sagen, daß sehr wenige menschliche Körper überhaupt auch im Süßwasser von selbst sinken. Beinahe jeder Mensch, der in einen Fluß fällt, ist imstande, auf dem Wasser zu treiben, wenn er es so einrichtet, daß sein eigenes spezifisches Gewicht zu dem des Wassers in das richtige Verhältnis kommt, das heißt, wenn er seinen eigenen Körper so weit wie irgend möglich unter Wasser tauchen läßt. Die richtige Lage für jemanden, der nicht schwimmen kann, ist die aufrechte Stellung eines Fußgängers auf festem Boden, den Kopf ganz nach rückwärts gelegt und ins Wasser getaucht, so daß nur Mund und Nasenlöcher über der Oberfläche bleiben. Unter solchen Umständen schwimmt man ohne irgendwelche Schwierigkeit und Anstrengung. Doch ist es klar, daß das Gewicht des Körpers und jenes der verdrängten Wassermenge einander annähernd die Waage halten, so daß eine Kleinigkeit das Übergewicht des einen oder des anderen zur Folge haben wird. Zum Beispiel ein Arm, den man aus dem Wasser hebt und so seines Auftriebs beraubt, ist ein hinzugefügtes Gewicht, das hinreicht, den ganzen Kopf unter Wasser zu drücken, während die zufällige Hilfe des kleinsten Stückchens Holz uns in den Stand setzt, den Kopf so weit zu heben, um Umschau zu halten. Nun wirft jemand, der nicht schwimmen kann, in seinem Kampf mit dem Wasser unweigerlich die Arme in die Höhe, während er zugleich versucht, den Kopf in der gewohnten senkrechten Lage zu halten. Daraus folgt, daß sein Mund und seine Nasenlöcher untertauchen, und während er versucht, unter der Wasseroberfläche zu atmen, dringt Wasser in seine Lungen sein. Viel nimmt auch der Magen auf, und sein ganzer Körper wird schwerer durch den Gewichtsunterschied zwischen der Luft, die diese Hohlräume ursprünglich ausdehnte, und der Flüssigkeit, die sie nun füllt. Dieser Unterschied genügt in der Regel, um den Körper zum Sinken zu bringen; doch er genügt nicht, wo es sich um Personen mit feinen Knochen und einer ungewöhnlichen Menge schlaffen, fetten Fleisches handelt. Solche Leute treiben sogar an der Oberfläche, nachdem sie ertrunken sind.

Wenn man annimmt, daß die Leiche auf dem Flußgrund liegt, so wird sie so lange da liegenbleiben, bis aus irgendwelchen Ursachen ihr spezifisches Gewicht wieder geringer wird als das der von ihr verdrängten Wassermenge. Diese Wirkung wird durch Zersetzung oder sonstwie erzielt. Durch die Zersetzung bildet sich Gas, das das Zellgewebe und alle Hohlräume ausdehnt und jenes gedunsene Aussehen hervorruft, das so gräßlich ist. Wenn diese Ausdehnung so weit fortgeschritten ist, daß das Körpervolumen der Leiche zugenommen hat, ohne daß das Gewicht oder die Masse sich entsprechend erhöht, wird ihr spezifisches Gewicht kleiner als das des verdrängten Wassers, und sie treibt alsbald an die Oberfläche. Doch wird die Zersetzung durch zahllose Umstände modifiziert, durch zahllose Einflüsse beschleunigt oder verzögert, zum Beispiel durch die Hitze oder Kälte der Jahreszeiten, durch den Salzgehalt oder die Reinheit des Wassers, dessen Tiefe oder Seichtigkeit, dessen Strömung oder Ruhe, durch die Beschaffenheit des Körpers und schließlich auch davon, ob er vor dem Tode infiziert oder frei von Krankheit war. So ist klar, daß man die

Zeit, zu welcher der Körper infolge der Zersetzung an die Wasseroberfläche aufsteigen wird, nicht mit exakter Genauigkeit bestimmen kann. Unter gewissen Bedingungen würde diese Wirkung schon innerhalb einer Stunde zustande kommen, unter anderen bleibt sie vielleicht überhaupt aus. Es gibt Chemikalien, die den tierischen Körper für immer vor der Verwesung bewahren, eine davon ist das Quecksilberchlorid. Aber abgesehen von der Zersetzung können sich, und das geschieht sehr häufig, im Magen infolge Gärung pflanzlicher Stoffe Gase bilden, die genügen, um eine Ausdehnung herbeizuführen, die die Leiche wieder an die Oberfläche bringt. Die Wirkung, die das Abfeuern einer Kanone hervorruft, beruht auf nichts weiter als der Erschütterung. Diese mag die Leiche entweder in dem weichen Schlamm oder Moor, wo sie eingebettet liegt, lockern und so ihr Aufsteigen ermöglichen, falls andere Einflüsse sie schon dazu vorbereitet haben, oder aber sie kann den Widerstand irgendwelcher verwesender Teile des Zellgewebes überwinden, so daß die Hohlräume sich unter der Einwirkung des Gases auszudehnen vermögen.

Da wir nun also die ganze Wissenschaft über diesen Gegenstand vor Augen haben, können wir die Behauptung des *Etoile* nachprüfen. ‚Alle Erfahrungen haben gezeigt', behauptet dieses Blatt, ‚daß Ertrunkene oder Leichen, die unmittelbar nach einem gewaltsamen Tod ins Wasser geworfen werden, sechs bis zehn Tage brauchen, bis die Zersetzung genügend vorgeschritten ist, um sie wieder an die Oberfläche zu bringen. Selbst wenn eine Kanone über einer Leiche abgefeuert wird und sie eher aufsteigt als mindestens fünf bis sechs Tage nach dem Versinken, taucht sie wieder unter, sobald man sie läßt, wie sie ist.'

Dieser ganze Absatz muß uns nunmehr als ein Gewebe von Inkonsequenz und Zusammenhangslosigkeit erscheinen. Die Erfahrungen zeigen keineswegs, daß ‚Ertrunkene' sechs bis zehn Tage brauchen, bis die Zersetzung genügend fortgeschritten ist, um sie wieder an die Oberfläche zu bringen. Sowohl Wissenschaft wie Erfahrung zeigen, daß der Zeitpunkt, wann sie an die Oberfläche treiben, unbestimmt ist und es auch notwendigerweise sein muß. Wenn nun gar eine Leiche durch das Abfeuern einer Kanone an die Oberfläche steigt, wird sie keineswegs wieder untertauchen, ‚sobald man sie läßt, wie sie ist‘, es sei denn, daß die Verwesung schon so weit fortgeschritten ist, daß das entstandene Gas entweichen kann. Aber ich möchte Ihre Aufmerksamkeit auf die Unterscheidung hinlenken, die der Artikel zwischen ‚Ertrunkenen‘ und ‚Leichen, die unmittelbar nach einem gewaltsamen Tod ins Wasser geworfen wurden‘, macht. Obgleich der Schreiber einen Unterschied zugibt, schließt er doch beide Arten in dieselbe Kategorie ein. Ich habe Ihnen demonstriert, wie es kommt, daß der Körper eines Ertrinkenden spezifisch schwerer wird als das von ihm verdrängte Wasser und daß er überhaupt nicht untersinken würde, kämpfte er nicht mit dem Wasser, wobei er die Arme in die Höhe wirft, und schnappte er nicht nach Luft, während er unter Wasser ist – wobei die ursprünglich in den Lungen enthaltene Luft durch Wasser ersetzt wird. Aber dieser Kampf und dieses Schnappen nach Luft fällt bei einer Leiche, die unmittelbar nach einem gewaltsamen Tod ins Wasser geworfen wird, weg. So würde in letzterem Fall die Leiche in der Regel gar nicht untersinken – eine Tatsache, die dem *Etoile* augenscheinlich entgangen ist. Erst wenn die Verwesung einen sehr hohen Grad erreicht hat, wenn sich das Fleisch größtenteils von den Knochen gelöst hat, dann, aber nicht eher, würden wir die Leiche aus dem Gesicht verlieren.

Und was wollen wir nun mit der Behauptung anfangen, daß der aufgefundene Leichnam nicht derjenige von Marie Rogêt sein könne, weil erst drei Tage vergangen waren, als man ihn auf der Oberfläche treibend fand? Wenn sie ertrunken ist, so ist sie, da sie ein Weib war, vielleicht überhaupt nicht untergesunken, oder aber sie ist untergesunken und nach vierundzwanzig Stunden oder auch früher wieder aufgetaucht. Aber niemand nimmt an, daß sie ertränkt wurde, und da sie gestorben war, bevor man sie in den Fluß warf, so konnte man die Leiche jederzeit auf dem Wasser treibend finden.

‚Aber', so sagt der *Etoile*, ‚hätte der Leichnam, verstümmelt wie er war, bis Dienstagabend am Ufer gelegen, so hätte man eine Spur von den Mördern am Ufer finden müssen.' Hier ist es zunächst schwierig zu verstehen, worauf der Schreiber hinauswill. Er will einer Behauptung zuvorkommen, die er für einen Einwand gegen seine Theorie hält, nämlich daß die Leiche zwei Tage am Ufer gelegen habe und damit schnellerer Zersetzung ausgesetzt gewesen sei, als wenn sie unter Wasser gelegen hätte. Er nimmt an, daß sie in diesem Falle tatsächlich bereits am Mittwoch hätte an der Oberfläche treiben können, und ist überzeugt, daß das nur unter diesen Umständen möglich war. Demgemäß beeilt er sich zu beweisen, daß man sie auf keinen Fall am Ufer liegen ließ, denn sonst‚hätte man eine Spur von den Mördern am Ufer finden müssen'. Ich nehme an, daß Sie über diese Folgerung lächeln. Man kann Sie nicht dazu bringen, einzusehen, wieso das bloße Verbleiben des Leichnams am Ufer die Wirkung haben sollte, die Spuren der Mörder zu vermehren. Mich ebensowenig.

‚Und ferner ist es außerordentlich unwahrscheinlich', fährt unser Blatt fort, ‚daß solche Schurken, die einen Mord wie den hier vermuteten begangen haben, den Körper, ohne ihn mittels eines schweren Gegenstandes zum Sinken zu bringen, ins Wasser geworfen hätten, wenn eine solche Vorsichtsmaßregel so leicht zu treffen war.' Beachten Sie hier die lächerliche Gedankenverbindung. Niemand, nicht einmal der *Etoile*, bestreitet, daß an der gefundenen Toten ein Mord begangen worden ist. Die Spuren der Gewalttat sind zu deutlich. Die Absicht unseres Gewährsmannes ist nur, zu zeigen, daß es nicht Maries Leiche war. Er wünscht lediglich zu beweisen, daß Marie nicht ermordet wurde, nicht aber, daß die Tote nicht ermordet wurde. Und doch beweist seine Bemerkung nur das letztere. Hier ist eine Leiche ohne beschwerendes Gewicht. Mörder, die sie hineingeworfen hätten, würden nicht verfehlt haben, ein Gewicht anzuhängen. Folglich ist sie nicht von den Mördern hineingeworfen worden. Das allein ist bewiesen, wenn überhaupt etwas. Die Frage der Identität wird nicht einmal berührt, und der *Etoile* macht sich die große Mühe, etwas glatt zu leugnen, was er einen Augenblick vorher zugegeben hat. ‚Wir sind vollkommen überzeugt', sagt er, ‚daß die gefundene Leiche die einer ermordeten Frauensperson ist.'

Doch ist dies nicht der einzige Punkt, wo unser rechthaberischer Gewährsmann unwissentlich gegen sich selbst zu Felde zieht. Seine offenkundige Absicht ist es, wie ich schon sagte, den Zeitraum zwischen Maries Verschwinden und der Auffindung des Leichnams soviel wie möglich zu verkürzen. Trotzdem besteht er hartnäckig darauf, daß niemand das Mädchen von dem Augenblick an, da sie das Haus ihrer Mutter verließ, gesehen habe. ‚Wir haben keinen Beweis dafür', sagt er, ‚daß Marie Rogêt am Sonntag, den 22. Juni, nach neun Uhr morgens noch unter den Lebenden weilte.' Da seine Beweisführung offensichtlich parteiisch ist, so hätte er wenigstens diese Sache unbeachtet lassen sollen; denn wäre bekannt geworden, daß irgend jemand, sagen wir am Montag oder Dienstag, Marie gesehen habe, so hätte sich der fragliche Zeitraum um vieles verkürzt, und damit wäre, nach seiner eigenen Schlußfolgerung, die Wahrscheinlichkeit sehr viel geringer gewesen, daß jener Leichnam derjenige der Grisette sei. Dessenungeachtet ist es amüsant zu beobachten, wie der *Etoile*, im vollen Glauben, seine Beweisführung im allgemeinen dadurch zu stärken, auf dieser Ansicht besteht.

Lesen Sie nun noch einmal jenen Teil der Beweisführung, der sich auf die Identifizierung der Leiche durch Beauvais bezieht! Bezüglich der Haare auf dem Arm ist der *Etoile* sichtlich unaufrichtig. Herr Beauvais ist nicht schwachsinnig und kann als Erkennungszeichen der Leiche niemals angegeben haben, der Arm sei ‚behaart' gewesen. Es gibt keinen Arm ohne Haare. Die Allgemeinheit dieses Ausdrucks im *Etoile* ist offenbar nichts als eine Verdrehung der Worte des Zeugen. Er muß von irgendeiner Besonderheit dieser Haare gesprochen haben. Es muß eine Besonderheit der Farbe, der Menge, der Länge oder der Stelle gewesen sein.

‚Ihr Fuß', sagt das Blatt, ‚war klein – Tausende von Füßen sind klein. Ihr Strumpfband beweist gar nichts, ebensowenig ihre Schuhe, denn solche Schuhe und Strumpfbänder verkauft man zu Dutzenden. Das gleiche kann man von den Blumen auf ihrem Hut sagen. Etwas, worauf Herr Beauvais Wert legt, ist, daß die Schnalle an dem Strumpfband versetzt war, um das Band enger zu machen. Das hat nichts auf sich; denn die meisten Frauen finden es schicklicher, Strumpfbänder mit nach Hause zu nehmen und sie dem Umfang des Beines, das sie umschließen sollen, anzupassen, als sie in dem Geschäft, wo sie gekauft worden sind, anzuprobieren.' Hier fällt es einem schwer anzunehmen, daß jemand, der auf solche Weise Schlüsse zieht, es ernst meint. Hätte Herr Beauvais auf der Suche nach Maries Leiche eine Leiche entdeckt, die, was Größe und Aussehen im allgemeinen anlangt, mit dem vermißten Mädchen übereinstimmte, so wäre er berechtigt gewesen, die Ansicht aufzustellen, sein Suchen sei von Erfolg gekrönt. Kam nun zu diesem Punkt, Übereinstimmung von Größe und Gestalt im allgemeinen, hinzu, daß er auf dem Arm eine eigentümliche Behaarung fand, die er an der lebenden Marie beobachtet hatte, so konnte ihn das in seiner Ansicht mit Recht bestärken, und die Zunahme der Gewißheit mochte im Verhältnis stehen zu der Eigentümlichkeit oder Ungewöhnlichkeit der kennzeichnenden Behaarung. Wenn Maries Füße klein waren und jene des Leichnams ebenfalls, so erfuhr die Wahrscheinlichkeit, daß es sich um Maries Leiche handelte, eine Zunahme nicht nur in arithmetischer, sondern in geometrischer oder akkumulativer Progression. Zu alledem kommen noch Schuhe von der Art, wie sie sie erwiesenermaßen am Tage ihres Verschwindens trug, und wenn auch solche Schuhe zu Dutzenden verkauft werden, die Wahrscheinlichkeit vergrößert sich dadurch so sehr, daß sie an Gewißheit grenzt. Was für sich allein kein Identitätsbeweis wäre, wird in seiner Eigenschaft als ergänzender Bestätigung zum sichersten Beweisstück. Lassen Sie nun noch die Blumen auf dem Hut mit jenen übereinstimmen, die das vermißte Mädchen getragen hat, und wir forschen nicht weiter. Selbst wenn es nur eine Blume wäre, würden wir nicht weiterforschen; wie dann, wenn es zwei oder drei oder mehr sind! Jede einzelne Blume mehr ist ein vielfacher Beweis, nicht ein einzelnes Beweisglied, das zu den andern hinzukommt, sondern hundert- und tausendfache Vervielfältigung der Beweisglieder. Lassen Sie uns nun an der Verblichenen Strumpfbänder finden, wie sie die Lebende zu tragen pflegte, so ist es nahezu Tollheit weiterzusuchen. Nun findet man aber doch, daß diese Strumpfbänder durch das Versetzen einer Schnalle enger gemacht worden sind, genau in der Art, wie Marie ihre Strumpfbänder enger gemacht hatte, kurz bevor sie das Haus verließ. Jetzt ist es Wahnsinn oder Heuchelei, noch zu zweifeln. Daß der *Etoile* das Verkürzen von Strumpfbändern als einen gewöhnlichen Vorgang hinstellt, beweist nichts weiter als seine Hartnäckigkeit im Irrtum. Die Elastizität eines Schnallenstrumpfbandes spricht an und für sich dagegen, daß es üblich ist, es zu verkürzen. Was gemacht ist, um sich von selbst anzupassen, bedarf selbstverständlich einer künstlichen Anpassung nur selten. Einem Zufall im strengsten Sinne des Wortes muß es zugeschrieben werden, daß bei Maries Strumpfbändern das beschriebene Engermachen nötig wurde. Diese Strumpfbänder allein hätten ihre Identität glänzend nachgewiesen. Aber es war nicht etwa so, daß man an dem Leichnam die Strumpfbänder des vermißten Mädchens gefunden hat *oder* ihre Schuhe *oder* ihren Hut *oder* die Blumen ihres Hutes *oder* ihre Füße *oder* das eigentümliche Merkmal auf ihrem Arm *oder* ihre Größe und ihr Aussehen im allgemeinen, sondern es war so, daß der Leichnam jedes einzelne dieser Kennzeichen und alle zusammen aufwies. Sollte man unter diesen Umständen beweisen können, daß dem Herausgeber des *Etoile* wirklich noch ein Zweifel blieb, so wäre in seinem Falle die Einsetzung einer Kommission de lunatico inquirendo nicht vonnöten. Er hielt es für scharfsinnig, das Geschwätz der Advokaten nachzuäffen, die sich ihrerseits in den meisten Fällen damit zufrieden geben, die steifleinenen Aussprüche der Gerichtshöfe nachzuäffen. Ich möchte hier bemerken, daß sehr vieles, was von einem Gerichtshof als Beweismaterial zurückgewiesen wird, für den Verstand das beste Beweismaterial bildet.

Denn der Gerichtshof, der sich von den allgemeinen Regeln, den anerkannten und im Buche stehenden Regeln der Beweisaufnahme, leiten läßt, ist jeder Abschweifung in Besonderheiten abhold. Und dieses unentwegte Festhalten am Prinzip mit strenger Mißachtung der widerstrebenden Ausnahme ist eine sichere Methode, das Maximum aller erreichbaren Wahrheiten im Laufe einer langen Zeit zu erreichen. Im großen ganzen ist diese Praxis also klug, aber es ist nicht weniger gewiß, daß sie im Einzelfall große Irrtümer zur Folge hat.

Was die auf Beauvais zielenden Verdächtigungen betrifft, so können wir sie mit einem einzigen Satz abtun. Sie haben den wahren Charakter des guten Mannes schon ergründet. Er ist ein ‚Wichtigtuer' mit einer großen Neigung zum Romanhaften und wenig Verstand. Jeder, der so veranlagt ist, wird sich im Falle wirklicher Aufregung leicht so benehmen, daß er bei Überscharfsinnigen oder Übelgesinnten in Verdacht gerät. Monsieur Beauvais hatte, wie aus Ihren Aufzeichnungen hervorgeht, einige persönliche Unterredungen mit dem Herausgeber des *Etoile* und beleidigte ihn, weil er, ungeachtet der Theorie des Herausgebers, die nüchterne Tatsache zu behaupten wagte, es sei nun einmal Maries Leiche. ‚Er besteht darauf', sagt das Blatt, ‚die Leiche für Maries Leiche zu erklären, aber kann zu den von uns schon besprochenen Beweisen keinen neuen hinzufügen, um auch andere davon zu überzeugen.' Ohne also nochmals auf die Tatsache einzugehen, daß stärkere Beweise, ‚um auch andere davon zu überzeugen', nie und nimmer beigebracht werden könnten, möchte ich bemerken, daß es in einem solchen Fall sehr verständlich ist, wenn jemand etwas glaubt, ohne doch die Fähigkeit zu besitzen, auch nur einen einzigen Grund vorzubringen, um einen anderen zu überzeugen. Nichts ist unbestimmter als der Eindruck der persönlichen Identität. Jedermann erkennt seinen Nachbarn, obwohl es nur wenige Fälle gibt, in denen man fähig wäre, einen Grund für dieses Erkennen anzugeben. Der Herausgeber des *Etoile* hatte kein Recht, sich durch Herrn Beauvais' unlogische Meinung beleidigt zu fühlen.

Es wird sich zeigen, daß die verdächtigen Umstände, die man ihm zur Last legt, viel besser mit meiner Annahme romantischer Wichtigtuerei übereinstimmen als mit des Schreibers Vermutung einer Schuld. Haben wir uns aber einmal diese mildere Auslegung zu eigen gemacht, so fällt es uns nicht weiter schwer, eine Erklärung für die Rose im Schlüsselloch zu finden, für den Namen ‚Marie' auf der Schiefertafel, für das Beiseiteschieben der männlichen Angehörigen, für die Abneigung, sie die Leiche sehen zu lassen, die Warnung, die er Madame B. erteilte, sie möge sich mit dem Gendarmen in kein Gespräch einlassen, bis er, Beauvais, zurück sei, und endlich für sein offenkundiges Bestreben, niemanden mit den Vorgängen in Berührung kommen zu lassen, mit Ausnahme seiner eigenen Person. Es scheint mir außer Frage, daß Beauvais einer von Maries Verehrern war, daß sie mit ihm kokettierte und daß er den Ehrgeiz besaß, den Anschein zu erwecken, er erfreue sich ihres intimen Verkehrs und ihres vollsten Vertrauens. Ich will mich über diesen Punkt nicht weiter auslassen; und da die Tatsachen die Behauptung des *Etoile* betreffs der Gleichgültigkeit von seiten ihrer Mutter und ihrer anderen Angehörigen völlig Lügen strafen – eine Gleichgültigkeit, die mit der Annahme unverträglich ist, ihre Angehörigen seien überzeugt, es handle sich wirklich um die Leiche des Mädchens aus dem Parfümerieladen –, so wollen wir nun fortfahren, als ob die Frage nach der Identität zu unserer vollkommenen Zufriedenheit geklärt wäre."

„Und was", fragte ich jetzt, „halten Sie von den Ansichten des *Commercial?*"

„Daß sie im wesentlichen weit größere Beachtung verdienen als alle anderen Hypothesen, die über diesen Gegenstand in Umlauf gebracht wurden. Die Schlußfolgerung aus den Voraussetzungen ist klug und scharfsinnig, aber diese Voraussetzungen beruhen zumindest in zwei Punkten auf ungenauer Beobachtung. Der *Commercial* wünscht anzudeuten, daß Marie nicht weit von der mütterlichen Wohnung von einer Bande roher Burschen ergriffen worden sei. ‚Es ist unmöglich', läßt er sich hören, ‚daß eine Person, die

Tausenden so gut bekannt war wie dieses junge Mädchen, an drei Häuserblocks vorübergegangen sein soll, ohne von jemandem gesehen worden zu sein.' So denkt ein Mann, der schon lange in Paris ansässig ist, ein Mann der Öffentlichkeit, dessen Gänge durch die Stadt sich meistens auf die Gegend der Zeitungsbüros beschränken. Er ist sich dessen bewußt, daß er selten vom Büro aus ein Dutzend Häuserblocks passiert, ohne erkannt und angesprochen zu werden. Und da er weiß, wie ausgedehnt der Kreis jener ist, die er kennt, und jener, die ihn kennen, vergleicht er seine Bekanntheit mit der des Mädchens aus dem Parfümerieladen, findet keinen großen Unterschied und kommt sogleich zu dem Schluß, daß sie auf ihren Gängen ebensosehr einem Erkanntwerden ausgesetzt gewesen sein muß wie er auf den seinigen. Das hätte nur dann der Fall sein können, wenn ihre Gänge den gleichen unabänderlichen methodischen Charakter gehabt und sich innerhalb eines gleichgearteten begrenzten Stadtteils bewegt hätten wie die seinigen. Er macht seine Wege zu bestimmten Zeiten, innerhalb eines engen Bezirks, der von Menschen wimmelt, die wegen des Interesses, das sie an seiner Beschäftigung nehmen – denn sie ist ihrer eigenen verwandt –, seiner Person Beachtung schenken. Aber die Wege Maries mögen sich im allgemeinen viel weiter ausgedehnt haben. In diesem besonderen Fall kann man es sogar als höchst wahrscheinlich ansehen, daß sie einen Weg einschlug, der von dem gewohnten in mehr als durchschnittlicher Weise abwich. Der Vergleich, der unserem Vermuten nach dem *Commercial* vorschwebte, könnte nur dann aufrecht erhalten werden, wenn beide Personen durch die ganze Stadt gegangen wären. Vorausgesetzt, der persönliche Bekanntenkreis beider wäre gleich groß, so bestünde in diesem Falle auch die Chance, daß sie eine gleiche Anzahl von Bekannten träfen. Ich für mein Teil würde es dagegen für möglich, ja, für mehr als wahrscheinlich halten, daß Marie zu einer beliebigen Zeit einen der vielen Wege zwischen ihrer eigenen Wohnung und derjenigen ihrer Tante hätte einschlagen können, ohne auch nur eine einzige Person zu treffen, die sie kannte oder der sie bekannt war. Wenn wir die Frage im rechten Licht betrachten wollen, müssen wir uns ständig das große Mißverhältnis vor Augen halten, das zwischen dem persönlichen Bekanntenkreis selbst des stadtbekanntesten Parisers und der gesamten Bevölkerung von Paris besteht.

Aber das Gewicht, das diese Annahme des *Commercial* noch zu haben scheint, wird sich beträchtlich vermindern, wenn wir die Stunde in Betracht ziehen, zu welcher das Mädchen ausging. ‚Als sie ausging', sagt der Commercial, ‚war die Straße voller Menschen.' Das stimmt aber nicht. Es war neun Uhr früh. Nun wimmeln die Straßen der Innenstadt an jedem Wochentag um neun Uhr früh tatsächlich von Menschen – am Sonntag jedoch nicht. Am Sonntag um neun Uhr ist die Bevölkerung größtenteils zu Hause und bereitet sich zum Kirchgang vor. Keinem Beobachter kann das eigentümlich verödete Aussehen der Stadt an Feiertagen in der Zeit von ungefähr acht bis zehn Uhr morgens entgangen sein. Zwischen zehn und elf Uhr sind die Straßen gedrängt voll, aber niemals zu so früher Stunde wie der angegebenen.

Noch in einem anderen Punkt zeigt sich ein Mangel an Beobachtung seitens des *Commercial*. ‚Aus einem der Unterröcke des unglücklichen Mädchens', sagt er, ‚war ein zwei Fuß langes und einen Fuß breites Stück herausgerissen und um den Hinterkopf herum unter das Kinn gebunden worden, wahrscheinlich um sie am Schreien zu hindern. Das müssen Burschen getan haben, die keine Taschentücher besaßen.' Ob diese Idee wohlbegründet ist oder nicht, werden wir später sehen, doch unter Burschen, die keine Taschentücher besitzen, versteht der Herausgeber die niederste Sorte von Strolchen. Das sind aber gerade jene Art Leute, bei denen man immer Taschentücher finden wird, selbst wenn sie ohne Hemden sind. Sie müssen Gelegenheit gehabt haben zu beobachten, wie geradezu unentbehrlich in den letzten Jahren dem verbrecherischen Gesindel das Taschentuch geworden ist."

„Und", fragte ich, „was sollen wir von dem Artikel im *Soleil* halten?"

„Daß es jammerschade ist, daß sein Verfasser nicht als Papagei zur Welt kam; er wäre nämlich der berühmteste Papagei seiner Gattung geworden. Er hat bloß die einzelnen Punkte der schon veröffentlichten Meinungen wiederholt und sie mit löblichem Fleiß aus dieser und jener Zeitung zusammengetragen. ‚Alle diese Dinge haben offenbar drei bis vier Wochen dort gelegen', sagt er; ‚es steht also ganz außer Zweifel, daß der Ort dieser grausigen Mordtat gefunden ist.' Die vom *Soleil* hier nochmals angeführten Tatsachen sind nun wirklich weit davon entfernt, meine eigenen Zweifel über diesen Gegenstand zu beheben; und wir wollen sie weiter unten im Zusammenhang mit einem anderen Teil unseres Themas genauer nachprüfen.

Jetzt müssen wir uns mit anderen Nachforschungen befassen. Ihnen dürfte wohl nicht die außerordentliche Nachlässigkeit bei der Untersuchung des Leichnams entgangen sein. Sicherlich war die Identitätsfrage schnell erledigt oder hätte es wenigstens sein müssen, aber da waren noch andere Dinge festzustellen. War die Leiche in irgendeiner Beziehung ausgeraubt worden? Trug die Verblichene irgendwelche Schmuckgegenstände bei sich, als sie von Hause wegging? Und wenn ja, besaß sie sie noch, als man sie auffand? Das sind wichtige Fragen, die die Tatbestandsaufnahme ganz unberührt gelassen hat; dazu kommen noch andere von gleichem Gewicht, die unbeachtet geblieben sind. Wir müssen versuchen, uns durch persönliche Nachforschungen Gewißheit zu verschaffen. Der Fall St. Eustache muß neuerlich überprüft werden. Ich verdächtige diesen Menschen nicht, aber lassen Sie uns planmäßig vorgehen. Wir wollen feststellen, ob der Wert seiner eidlichen Aussage darüber, wie und wo er den Sonntag verbracht habe, über allen Zweifel erhaben ist. Derartige Angaben werden gern zur Irreführung benutzt. Sollte hier jedoch alles stimmen, so wollen wir St. Eustache aus unseren Nachforschungen ausklammern. Zwar hätte ein Selbstmord, falls sich in den Aussagen irgend etwas als Täuschung herausstellte, den Verdacht verstärkt, aber auch ohne Meineid ist dieser Selbstmord keineswegs eine unerklärliche Begebenheit, die uns veranlassen müßte, von der geraden Linie der gewöhnlichen Analyse abzuweichen.

Im folgenden möchte ich die inneren Vorgänge der Tragödie außer acht lassen und unsere Aufmerksamkeit nur ihrer äußeren Seite zuwenden. Kein Irrtum ist häufiger bei derartigen Untersuchungen als die Beschränkung der Nachforschung auf das unmittelbar Gegebene mit gänzlicher Mißachtung der nebensächlichen oder zufälligen Ereignisse. Es gehört zu den üblichen Mißgriffen der Gerichtshöfe, die Beweisaufnahme und die Erörterung auf das scheinbar Wichtige zu begrenzen. Indessen haben Erfahrung und wahre Lebensweisheit gelehrt, daß ein ungemein großer, vielleicht der größte Teil der Wahrheit aus dem scheinbar Unwichtigen hervorgeht. Vom Geist, wenn auch nicht vom Buchstaben dieses Prinzips geleitet, hat die moderne Wissenschaft sich entschlossen, mit dem Unvorhergesehenen zu rechnen. Doch vielleicht verstehen Sie mich nicht. Die Geschichte der menschlichen Erkenntnis hat so unaufhörlich gezeigt, daß wir den nebensächlichen oder beiläufigen oder zufälligen Begebenheiten die zahlreichsten und wertvollsten Entdeckungen verdanken, daß es schließlich notwendig geworden ist, im Hinblick auf den Fortschritt Erfindungen, die aus dem Zufall hervorwachsen und ganz außerhalb des Bereichs der gewöhnlichen Vermutungen liegen, nicht nur einen großen, sondern den allergrößten Spielraum zu gewähren. Es gilt nicht länger als klug, eine Voraussicht dessen, was sein wird, auf das, was gewesen ist, zu gründen. Der Zufall wird als ein Teil des Unterbaues anerkannt. Wir machen die Chance zum Gegenstand genauer Berechnung und unterwerfen das Unerwartete und Ungeahnte den mathematischen Formeln der Schule.

Ich wiederhole: es ist eine unleugbare Tatsache, daß der größte Teil der Wahrheit den begleitenden Umständen entspringt. Und so stimmt es nur mit dem Geist des Prinzips überein, den diese Tatsache in sich schließt, daß ich im gegenwärtigen Fall die Nachforschungen von dem vielbetretenen und bisher unfruchtbaren Boden der Begebenheit selbst auf die gleichzeitigen Umstände hinlenken möchte, die sich um sie herumgruppieren. Während Sie den Wert der Zeugenaussagen nachprüfen, will ich die Zeitungen durchsehen, und zwar viel eingehender, als Sie es bisher getan haben. Bisher haben wir bloß das Terrain erkundet, aber es müßte in der Tat seltsam zugehen, wenn uns eine prüfende Durchsicht der öffentlichen Blätter, so wie ich sie vorhabe, nicht irgendwelche kleinen Anhaltspunkte gäbe, um die Untersuchung in eine bestimmte Richtung zu weisen."

Dupins Anregung folgend, unterzog ich die eidlichen Aussagen einer sorgsamen Prüfung. Das Ergebnis war, daß ich von ihrer Wahrhaftigkeit und mithin von der Unschuld St. Eustaches fest überzeugt war. Inzwischen beschäftigte sich mein Freund mit einer, wie mir scheinen wollte, ganz zwecklosen Gründlichkeit damit, die verschiedenen Zeitungsspalten durchzusehen. Nach Ablauf einer Woche legte er mir die folgenden Auszüge vor:

„Vor etwa dreieinhalb Jahren entstand eine der jetzigen sehr ähnliche Aufregung durch das Verschwinden derselben Marie Rogêt aus dem Parfümerieladen von Monsieur Le Blanc im Palais Royal. Nach Ablauf einer Woche indessen stand sie wieder wie gewohnt hinter dem Ladentisch, gesund wie eh und je, nur etwas blaß, was bei ihr sonst ungewöhnlich war. Monsieur Le Blanc und ihre Mutter gaben an, daß sie nur bei einer Freundin auf dem Lande zu Besuch gewesen sei, und die Angelegenheit wurde schnell vertuscht. Wir nehmen an, daß ihre jetzige Abwesenheit einer ähnlichen Laune entspringt und daß sie nach Ablauf einer Woche oder vielleicht eines Monats wieder unter uns sein wird."

Abendblatt, Montag, den 23. Juni

„Eine gestrige Abendzeitung weist auf ein früheres, geheimnisvolles Verschwinden von Mademoiselle Rogêt hin. Man weiß wohl, daß sie sich während ihrer Abwesenheit aus Le Blancs Parfümerieladen in Gesellschaft eines wegen seines ausschweifenden Lebens bekannten jungen Schiffsoffiziers befunden hat. Man nimmt an, daß ein Streit glücklicherweise ihre Heimkehr zur Folge hatte. Wir sind im Besitze des Namens des betreffenden Don Juans, der augenblicklich in Paris stationiert ist, sehen aber aus begreiflichen Gründen davon ab, ihn zu veröffentlichen."

Le Mercure, Dienstag, den 24. Juni

„Eine abscheuliche Gewalttat wurde vorgestern in der Nähe der Stadt verübt. Ein Herr in Begleitung seiner Frau und Tochter nahm zur Zeit der Dämmerung die Dienste von sechs jungen Leuten in Anspruch, die nahe dem Seineufer in einem Boot ziellos hin und her ruderten, um sich von ihnen über den Fluß setzen zu lassen. Am gegenüberliegenden Ufer angelangt, stiegen die drei Passagiere aus. Als sie bereits außer Sichtweite des Bootes waren, entdeckte die Tochter plötzlich, daß sie ihren Sonnenschirm zurückgelassen hatte. Sie lief zu dem Boot zurück, wurde von der Bande ergriffen, auf den Strom hinausgeschleppt, geknebelt, vergewaltigt und schließlich an einer Stelle ans Ufer gesetzt, die nicht weit von jenem Ort entfernt war, an dem sie ursprünglich mit ihren Eltern das Boot bestiegen hatte. Einstweilen ist es den Schurken gelungen zu entkommen, aber die Polizei ist auf ihrer Fährte, und einige von ihnen wird man bald ergreifen."

Morgenzeitung, 25. Juni

„Wir haben mehrere Informationen erhalten, deren Absicht es war, das jüngst begangene Verbrechen Herrn Mennais in die Schuhe zu schieben. Doch da dieser Herr sich bei der gerichtlichen Untersuchung völlig rechtfertigen konnte und die Beweisgründe der verschiedenen Briefschreiber von mehr Eifer als Scharfsinn zeugen, halten wir es nicht für ratsam, sie zu veröffentlichen."

Morgenzeitung, 28. Juni

„Wir haben, offensichtlich aus verschiedener Quelle, einige überzeugend klingende Mitteilungen erhalten, die es zur Gewißheit zu machen scheinen, daß die unglückliche Marie Rogêt einer jener zahlreichen Verbrecherbanden zum Opfer gefallen ist, die die Umgebung der Stadt an Sonntagen unsicher machen. Unsere eigene Meinung neigt entschieden dieser Vermutung zu. Wir werden versuchen, einige dieser Angaben nächstens hier zu veröffentlichen."

Abendzeitung, 30. Juni

„Am Montag sah ein beim Zolldienst beschäftigter Schiffer ein leeres Boot die Seine hinuntertreiben. Auf dem Boden des Bootes lagen Segel. Der Schiffer bugsierte es ins Bootshaus. Am nächsten Morgen war es von dort verschwunden, ohne daß einer der Beamten davon Kenntnis hatte. Das Steuerruder liegt noch im Bootshaus."

Le Diligence, Donnerstag, den 26. Juni

Als ich diese verschiedenen Auszüge las, kamen sie mir nicht nur unwichtig vor, sondern ich konnte auch keine Möglichkeit entdecken, auch nur einen der Berichte mit der vorliegenden Sache in Zusammenhang zu bringen. Ich erwartete Dupins Erklärung.

„Wir wollen uns jetzt nicht", sagte er, „mit dem ersten und dem zweiten dieser Auszüge aufhalten. Ich habe sie hauptsächlich deshalb abgeschrieben, um Ihnen die außerordentliche Nachlässigkeit der Polizei zu demonstrieren, die, soviel ich den Mitteilungen des Präfekten entnehmen kann, sich keineswegs bemüßigt fühlte, den erwähnten Schiffsoffizier zu vernehmen. Trotzdem ist es geradezu Wahnsinn zu sagen, es bestünde zwischen dem ersten und dem zweiten Verschwinden Maries kein vermutlicher Zusammenhang. Nehmen wir an, die erste Entführung hätte mit einem Streit zwischen den Liebenden und der Rückkehr der Entführten geendet. Wir sind nun darauf vorbereitet, eine zweite Entführung, falls sicher ist, daß es wiederum zu einer Entführung gekommen ist, eher für einen Hinweis auf neuerliche Anknüpfungsversuche des alten Verführers zu halten als für den Erfolg der Anträge einer anderen Person – wir sind darauf vorbereitet, es eher für ein Wiederaufleben der alten Liebschaft anzusehen als für den Beginn einer neuen. Die Chancen stehen zehn zu eins, daß derjenige, der schon einmal Marie entführt hat, ihr ein zweitesmal eine Entführung vorschlug und daß ihr, der schon einmal jemand einen derartigen Antrag gemacht hat, nicht jetzt ein anderer denselben Vorschlag machte. Und hier erlauben Sie mir, Ihr Augenmerk auf die Tatsache zu lenken, daß zwischen der ersten festgestellten Entführung und der zweiten vermuteten Entführung gerade ein paar Monate mehr verstrichen sind, als üblicherweise die Ausfahrten unserer Kriegsschiffe dauern. Ist der Liebhaber bei seinem ersten Bubenstreich durch die Notwendigkeit, an Bord zu gehen, unterbrochen worden, und hatte er den ersten freien Moment seiner Rückkehr benutzt, um das noch nicht ganz erreichte schlimme Ziel – oder das *von ihm* noch nicht ganz erreichte schlimme Ziel neuerlich anzustreben? Von alledem wissen wir nichts.

Sie werden nun einwenden, daß man im zweiten Fall keine Entführung vermutet. Können wir aber behaupten, daß dazu auch keine Absicht bestand, die dann vielleicht vereitelt wurde? Außer St. Eustache und vielleicht Beauvais finden wir keinen anerkannten, keinen erklärten und ehrenhaften Bewerber um Marie. Von niemandem sonst ist die Rede. Wer ist also der heimliche Liebhaber, von dem die Angehörigen, wenigstens die meisten von ihnen, nichts wissen, den aber Marie am Morgen jenes Sonntags trifft und dem sie so völlig vertraut, daß sie nicht zögert, mit ihm inmitten des einsamen Wäldchens der Barrière du Roule zu verweilen, bis die Schatten des Abends sich niedersenken? Wer ist dieser geheime Liebhaber, frage ich nochmals, von dem zumindest die meisten Verwandten nichts wissen? Und was bedeutet die eigentümliche Prophezeiung der Madame Rogêt am Morgen von Maries Spaziergang: ‚Ich fürchte, daß ich Marie nie mehr wiedersehen werde'?

Doch wenn wir uns auch nicht vorstellen können, daß Madame Rogêt in den Entführungsplan eingeweiht war, dürfen wir dann nicht wenigstens annehmen, daß das Mädchen diesen Plan hegte? Als sie das Haus verließ, gab sie zu verstehen, sie habe die Absicht, ihre Tante in der Rue des Domes zu besuchen, und St. Eustache wurde gebeten, sie am Abend abzuholen. Auf den ersten Blick widerstreitet nun diese Tatsache meiner Vermutung sehr stark. Lassen Sie uns aber überlegen! Daß sie einen Begleiter traf und mit ihm über den Fluß ging und die Barrière du Roule erst um drei Uhr nachmittags erreichte, ist sicher. Doch als sie darein willigte, diese Person zu begleiten, in welcher Absicht auch immer, ob sie nun ihrer Mutter bekannt oder unbekannt war, mußte sie da nicht an ihre bei ihrem Weggang geäußerte Absicht denken und an die Verwunderung und den Argwohn, der in St. Eustache, ihrem Verlobten, aufsteigen würde, wenn er sie zur verabredeten Stunde in der Rue des Domes abholen wollte und fand, daß sie nicht dagewesen war, und wenn er ferner, sobald er mit dieser erschreckenden Nachricht in die Pension zurückkehrte, gewahr wurde, daß sie noch immer von zu Hause abwesend sei? Sie muß an diese Dinge gedacht haben, sage ich, sie muß den Kummer von St. Eustache, den Argwohn aller vorausgesehen haben! Sie konnte unmöglich daran denken, zurückzukehren und diesem Argwohn die Stirn zu bieten. Doch dieser Argwohn verliert für sie jegliche Bedeutung, wenn wir annehmen, daß sie nicht vorhatte zurückzukehren.

Wir können uns ihren Gedankengang folgendermaßen vorstellen: Ich will mit einer gewissen Person zusammentreffen, um mit ihr zu entfliehen, oder zu einem anderen Zweck, den nur ich allein kenne. Es ist notwendig, daß jede Möglichkeit einer Störung vermieden wird – wir müssen genügend Zeit haben, um den Verfolgern zu entgehen; ich werde zu verstehen geben, daß ich meine Tante in der Rue des Domes besuchen und da den Tag zubringen will, ich werde St. Eustache bitten, mich nicht vor Einbruch der Dunkelheit abzuholen. Auf diese Weise ist meine Abwesenheit von zu Hause für eine möglichst lange Zeit genügend erklärt, ohne Argwohn oder Angst zu erregen, und ich gewinne so mehr Zeit als auf eine andere Art. Wenn ich St. Eustache auftrage, mich nicht vor Abend abzuholen, so wird er sicherlich nicht eher kommen. Doch wenn ich ihn nicht bitte, mich abzuholen, so verringert sich die Zeit, die mir zur Flucht bleibt, weil man meine Rückkehr dann früher erwartet und mein Ausbleiben auch um so früher auffällt. Wenn es nun in meiner Absicht läge, überhaupt zurückzukehren, wenn ich mit dem bewußten Menschen nur einen Ausflug unternehmen wollte, so wäre es nicht diplomatisch von mir, St. Eustache zu bitten, mich abzuholen; denn wenn er mich abholt, wird er sicherlich feststellen, daß ich ihn hintergangen habe – eine Tatsache, die ich ihm ewig verbergen könnte, wenn ich von zu Hause fortginge, ohne ihn von meiner Absicht zu unterrichten, wenn ich dann vor Einbruch der Dunkelheit zurückkäme und erzählte, daß ich meine Tante besucht hätte. Doch da es meine Absicht ist, niemals mehr zurückzukehren, oder wenigstens ein paar Wochen lang nicht, oder nicht eher, als bis gewisse geheimgehaltene Dinge zustande gekommen sind, so ist Zeitgewinn der einzige Punkt, auf den ich Rücksicht zu nehmen brauche.

Sie haben aus Ihren Notizen ersehen, daß die meistverbreitete Meinung bezüglich dieser traurigen Angelegenheit dahin geht, und von Anfang an dahin ging, zu sagen, das Mädchen sei einer Bande von Verbrechern zum Opfer gefallen. Nun, die öffentliche Meinung ist unter gewissen Voraussetzungen nicht zu verachten. Wenn sie von selbst entsteht, wenn sie sich wirklich ganz spontan äußert, dann sollten wir sie als ein Analogon zu jener Intuition betrachten, die zum Wesen des Genies gehört. In neunundneunzig Fällen von hundert würde ich an ihrer Entscheidung festhalten. Doch ist es von Wichtigkeit, daß sie nachweisbar ohne jede Beeinflussung entstanden ist. Es muß sich tatsächlich um die eigene Meinung der Öffentlichkeit handeln, und der Unterschied ist oft äußerst schwer zu erkennen und festzuhalten. Im vorliegenden Falle scheint mir, als wäre diese ‚öffentliche Meinung‘ bezüglich der Verbrecherbande erst durch jene nebenherlaufende Begebenheit angeregt worden, über die in meinem dritten Auszug berichtet wird. Ganz Paris ist in Aufregung wegen des aufgefundenen Leichnams von Marie, eines jungen, schönen, stadtbekannten Mädchens. Man findet diesen Leichnam, er trägt die Spuren einer Gewalttat und treibt auf dem Fluß. Doch nun wird bekannt, daß genau zur selben Zeit oder ungefähr zur selben Zeit, zu der, wie man annimmt, das Mädchen ermordet wurde, eine Gewalttat ähnlicher Natur wie die an der

Verstorbenen begangene, wenn auch von geringerer Tragweite, von einer Bande junger Strolche ausgeführt worden ist, und zwar an einem andern jungen Frauenzimmer. Ist es zu verwundern, daß die eine, bekannte Schandtat das öffentliche Urteil bezüglich der anderen, unbekannten Tat beeinflußte? Das öffentliche Urteil verlangte nach einem Fingerzeig, und das bekanntgewordene Verbrechen kam zu diesem Zweck gerade recht. Auch Marie wurde im Fluß gefunden, und auf demselben Fluß war das bekanntgewordene Verbrechen begangen worden. Der Zusammenhang zwischen diesen beiden Ereignissen schien so auf der Hand zu liegen, daß es ein wahres Wunder gewesen wäre, wenn die Bevölkerung versäumt hätte, ihn zu bemerken und sich seiner zu bemächtigen. Doch ist in der Tat, wenn irgend etwas, so dies ein Beweis dafür, daß eben, weil die eine Gewalttat auf jene bekannte Weise begangen wurde, die andere, die etwa gleichzeitig begangen wurde, nicht auf die gleiche Weise ausgeführt worden ist. Es müßte wirklich nicht mit rechten Dingen zugegangen sein, wenn sich zu jener Zeit, da eine Bande von Übeltätern an einem gegebenen Ort ein ganz unerhörtes Verbrechen ausführte, eine zweite ähnliche Bande an einem ähnlichen Ort in derselben Stadt unter denselben Umständen mit denselben Mitteln auf ein Verbrechen von genau demselben Aussehen zu genau derselben Zeit eingelassen hätte. Indes, weshalb fordert uns diese von einem Zufall beeinflußte Volksmeinung zu diesem Glauben auf, wenn nicht infolge dieses erstaunlichen Zusammentreffens?

Ehe wir weitergehen, lassen Sie uns den vermutlichen Schauplatz des Mordes im Gehölz an der Barrière du Roule betrachten. Dieses Gehölz ist zwar dicht, liegt aber in der Nähe einer Landstraße. Drei oder vier große Steine befinden sich dort, die eine Art Sitz mit Rückenlehne und Fußschemel bilden. Auf dem oberen Stein fand man einen weißen Unterrock, auf dem zweiten eine seidene Schärpe. Ein Sonnenschirm, Handschuhe und ein Taschentuch wurden hier ebenfalls gefunden. Das Taschentuch trug den Namenszug ‚Marie Rogêt'. An den Zweigen ringsum sah man

Kleiderfetzen. Der Boden war zerstampft, die Büsche niedergebrochen, und alles zeugte von einem heftigen Kampf.

Ungeachtet des Beifalls, mit dem die Entdeckung dieses Dickichts von der Presse aufgenommen wurde, und der einmütigen Annahme, daß es den genauen Schauplatz des Verbrechens bezeichne, muß doch zugegeben werden, daß zum Zweifel noch Grund genug blieb. Daß es der Schauplatz war, kann ich glauben oder auch nicht, aber es gibt einen sehr triftigen Grund, es zu bezweifeln. Wäre der wirkliche Schauplatz, wie der *Commercial* vermutet, in der Gegend der Rue Pavée gewesen, so hätten die Täter, vorausgesetzt, daß sie noch in Paris waren, selbstverständlich vor der öffentlichen Aufmerksamkeit, die sich so scharfsinnig auf der richtigen Spur befand, erschrecken müssen. Und in gewissen Köpfen wäre alsbald ein Gefühl für die Notwendigkeit entstanden, diese Aufmerksamkeit auf eine falsche Fährte zu lenken. Und da also das Dickicht an der Barrière du Roule schon verdächtig war, konnte man leicht auf den Gedanken kommen, die Dinge dorthin zu legen, wo man sie dann auch fand. Es gibt keinen wirklichen Beweis dafür, obwohl der *Soleil* es annimmt, daß die gefundenen Gegenstände länger als einige wenige Tage in dem Dickicht gelegen hatten, während andererseits viele Umstände darauf hindeuten, daß sie während dieser zwanzig Tage, die von jenem verhängnisvollen Sonntag bis zu jenem Nachmittag, an dem die Knaben sie fanden, verstrichen waren, nicht da gelegen haben konnten, ohne daß man auf sie aufmerksam geworden wäre. ‚Durch die Einwirkung des Regens waren sie alle stark verschimmelt und klebten vor Schimmel aneinander', sagt der *Soleil* und eignet sich damit die Meinung seiner Vorgänger an. ‚Über und rings um einige Gegenstände war Gras gewachsen. Die Seide des Sonnenschirms war fest, aber die Fäden waren innen ganz zusammengelaufen. Der obere Teil, wo der Schirm zusammengelegt und gefaltet war, war ganz verschimmelt und morsch und zerriß beim Aufspannen.' Was das Gras anbetrifft, das über und rings um einige der Gegenstände gewachsen war, so ist es klar, daß diese Tatsache nur nach den

Worten, folglich also nach dem Erinnerungsbild zweier kleiner Knaben rekonstruiert werden konnte; denn jene Knaben hoben die Gegenstände auf und trugen sie nach Hause, ehe ein Dritter sie gesehen hatte. Aber Gras kann, besonders bei warmem, feuchtem Wetter – und solches herrschte zur Zeit des Mordes –, an einem einzigen Tag um zwei bis drei Zoll wachsen. Ein Sonnenschirm, der auf einem frisch mit Rasen besäten Boden liegt, kann in einer einzigen Woche durch das sprießende Gras ganz den Blicken entzogen werden. Und was den Schimmel betrifft, auf dem der Herausgeber des *Soleil* so eigensinnig besteht, daß er das Wort in dem kurzen Absatz, den ich eben zitiert habe, nicht weniger als dreimal gebraucht – sollte ihm das Wesen des Schimmels wirklich unbekannt sein? Muß man es ihm erst sagen, daß er zu einer der vielen Pilzarten gehört, deren wichtigstes Merkmal es ist, innerhalb vierundzwanzig Stunden zu entstehen oder auch abzusterben?

So sehen wir auf den ersten Blick, daß dasjenige, was so triumphierend zur Unterstützung des Gedankens herangezogen worden war, daß nämlich die Gegenstände ‚mindestens drei oder vier Wochen' in jenem Gehölz gelegen hätten, als Beweis für diese Tatsache gleich null ist. Andererseits fällt es äußerst schwer zu glauben, daß diese Gegenstände in dem bezeichneten Dickicht länger als eine einzige Woche hätten liegenbleiben sollen, länger als von einem Sonntag zum anderen. Leute, die eine Ahnung von der Pariser Umgebung haben, wissen, wie außerordentlich schwer es ist, Einsamkeit zu finden, es sei denn weit von den Vorstädten entfernt. So etwas wie ein unentdeckter oder auch nur wenig besuchter Zufluchtsort inmitten ihrer Wälder und Gehölze ist ganz undenkbar. Lassen Sie irgend jemanden, der die Natur von Herzen liebt und doch durch seine Pflicht an Staub und Hitze der Großstadt gebunden ist – lassen Sie einen solchen Menschen versuchen, und sei es an Wochentagen, seinen Durst nach Einsamkeit in der lieblichen Natur, die uns nahe umgibt, zu stillen: bei jedem zweiten Schritt wird er den keimenden Zauber zerstört sehen durch die Stimme oder das Eindringen irgendeines rohen Burschen oder einer Gesellschaft betrunkenen Pöbels. Er wird im dichtesten Buschwerk die Einsamkeit suchen – vergeblich. Hier gerade sind die Schlupfwinkel, wo es von schmutzigem Gesindel wimmelt, hier die entweihtesten Tempel. Im Herzen angeekelt, wird der Wanderer nach dem verderbten Paris zurückfliehen als einem weniger verabscheuungswürdigen, weil nicht so naturwidrigen Pfuhl der Verderbnis. Und wenn die Umgebung der Stadt schon an Werktagen so belagert ist, um wieviel mehr an Feiertagen! Denn nun sucht der Missetäter aus der Stadt, befreit von den Forderungen der Arbeit oder der gewohnten Gelegenheit zum Verbrechen beraubt, die Umgebung der Stadt auf, nicht aus Liebe zur Natur, die er im tiefsten Herzen verachtet, sondern um dem Zwang und der Gebundenheit der Gesellschaft zu entgehen. Es verlangt ihn weniger nach frischer Luft und grünen Bäumen als nach der äußersten Schrankenlosigkeit des Landes. Hier im Wirtshaus an der Landstraße oder unter dem Laubdach der Wälder gibt er sich, ungestört von allen Blicken außer denjenigen seiner Spießgesellen, den tollen Ausschweifungen seiner unechten Lustigkeit hin, der Ausgeburt von Zügellosigkeit und Schnaps. Ich sage nur, was sich jedem unvoreingenommenen Beobachter aufdrängt, wenn ich wiederhole: die Tatsache, daß die fraglichen Gegenstände längere Zeit als von einem Sonntag auf den anderen in irgendeinem Gehölz der unmittelbaren Umgebung von Paris unentdeckt blieben, würde beinahe ans Wunderbare grenzen.

Aber es fehlt auch nicht an anderen Gründen für den Verdacht, daß jene Gegenstände in der Absicht in das Gehölz gelegt worden sind, die Aufmerksamkeit von dem wirklichen Schauplatz der Mordtat abzulenken. Richten Sie Ihr Augenmerk zunächst auf das Datum, an dem die Gegenstände entdeckt wurden. Vergleichen Sie es mit dem Datum des fünften Exzerptes, das ich aus den Zeitungen gemacht habe. Sie werden finden, daß diese Entdeckung fast unmittelbar auf die der *Abendzeitung* zugegangenen aufsehenerregenden Mitteilungen folgte. Diese Mitteilungen, obwohl verschieden und scheinbar aus verschiedenen Quellen stammend, verfolgen doch denselben Zweck: die Aufmerksamkeit auf eine Bande als Urheber der Mordtat und auf die Umgebung der Barrière du Roule als Schauplatz zu lenken. Nun vermute ich hier selbstverständlich nicht, daß die Gegenstände infolge dieser Mitteilungen oder der durch sie erregten Aufmerksamkeit des Publikums von den Knaben gefunden worden seien, aber es wäre sehr wohl denkbar, daß diese Gegenstände von den Knaben aus dem einfachen Grunde nicht eher gefunden wurden, weil sie vorher noch gar nicht in dem Dickicht gelegen hatten, da sie erst spät am Tage jener Mitteilungen oder kurz davor von den Urhebern dieser Mitteilungen selbst hingelegt worden sind.

Dieses Gehölz ist merkwürdig, ganz außerordentlich merkwürdig. Es ist ungewöhnlich dicht. Innerhalb seiner aus Naturhecken gebildeten Einhegung liegen drei sonderbare Steine, die einen Sitz mit einer Lehne und einem Fußschemel bilden. Und dieses Gehölz, das die Natur so künstlich ausgestattet hat, liegt in unmittelbarer Nähe der Behausung der Madame Deluc, nur wenige hundert Meter von ihr entfernt, deren Knaben die Gewohnheit hatten, das Gebüsch ringsum nach der Rinde des Sassafraslorbeers abzusuchen. Wäre es vorschnell zu wetten, tausend gegen eins zu wetten, daß nicht ein Tag dahinging, der nicht wenigstens einen dieser Jungen in dieser schattigen Laube versteckt und auf ihrem natürlichen Throne sitzend gesehen hätte? Wer hier zögern wollte, ist entweder selbst niemals ein Junge gewesen oder hat vergessen, was Jungensart ist. Wie gesagt, es fällt einem ungemein schwer zu begreifen, warum diese Gegenstände in diesem Gehölz länger als ein bis zwei Tage unentdeckt geblieben sind, und so haben wir trotz der hartnäckigen Unwissenheit des *Soleil* allen Grund zu dem Verdacht, daß sie zu einem verhältnismäßig späten Zeitpunkt dort niedergelegt wurden, wo man sie fand.

Aber es gibt für die Annahme, daß sie auf diese Weise dorthin gelegt wurden, andere und stärkere Gründe als alle, die ich bisher geltend gemacht habe. Und nun bitte ich Sie für die höchst künstliche Anordnung der Gegenstände um

Beachtung. Auf dem oberen Stein lag ein weißer Unterrock; auf dem zweiten eine seidene Schärpe, rundum verstreut lagen ein Sonnenschirm, Handschuhe und ein Taschentuch, das den Namenszug ‚Marie Rogêt' trug. Das ist genau jene Anordnung, die ein nicht allzu schlauer Mensch treffen würde in dem Bestreben, die Dinge recht natürlich zu verstreuen. Aber es ist keineswegs eine wirklich natürliche Anordnung. Mir wäre es lieber gewesen, wenn alle diese Dinge zertrampelt auf dem Boden gelegen hätten. Auf dem engen Raum dieses schattigen Plätzchens wäre es kaum möglich gewesen, daß Unterrock und Schärpe, während sie dem Hin und Her mehrerer kämpfender Personen ausgesetzt waren, ihre Lage auf den Steinen behielten. ‚Alles deutete auf einen Kampf hin', heißt es. ‚Das Erdreich war zerstampft, die Büsche niedergebrochen' – aber Unterrock und Schärpe findet man wie in einem Schrankfach aufbewahrt. ‚Die Fetzen ihres Kleides, die an den Büschen hängengeblieben waren, waren etwa drei Zoll breit und sechs Zoll lang. Ein Stück stellte sich als der geflickte Rocksaum heraus ... Die Fetzen sahen wie abgerissene Streifen aus ...' Hier hat der *Soleil* versehentlich einen höchst verdächtigen Satz gebracht. Diese Stücke entsprechen der Beschreibung: sie sehen tatsächlich wie abgerissene Streifen aus, aber wie absichtlich und mit der Hand abgerissen. Es kommt höchst selten vor, daß ein Stück von einem Kleid so, wie es hier beschrieben ist, durch einen Dorn abgerissen wird. Wie solche Gewebe nun einmal beschaffen sind, wird sie ein Dorn oder Nagel, an dem sie hängenbleiben, rechtwinklig einreißen – in zwei der Länge nach laufende Risse, die senkrecht zueinander stehen und da, wo der Dorn eindringt, einen Winkel bilden –, aber es ist kaum möglich, sich das Stück ‚abgerissen' vorzustellen. Ich habe nie so etwas gehört – und Sie auch nicht. Um von einem solchen Gewebe ein Stück abzureißen, wird man beinahe in jedem Fall zwei Kräfte, die in zwei verschiedenen Richtungen wirken, nötig haben. Hat das Gewebe zwei Ränder wie zum Beispiel ein Taschentuch, von dem man einen Streifen abzureißen wünscht, dann, und nur dann wird eine Kraft für den Zweck genügen. Aber im gegenwärtigen Falle handelt es sich um ein Kleid, das nur einen Rand hat. Ein Stück aus der Mitte herausreißen, wo sich kein Saum befindet, könnten Dornen nur durch ein Wunder; und ein Dorn allein brächte es nie fertig. Aber selbst da, wo ein Rand vorhanden ist, sind zwei Dornen nötig, von denen der eine in zwei verschiedenen Richtungen, der andere in einer Richtung zieht. Und das nur unter der Voraussetzung, daß der Rand nicht gesäumt ist. Ist er gesäumt, so ist die Sache so gut wie ausgeschlossen. Wir sehen also hier die zahlreichen und großen Hindernisse, die sich dem ‚Abreißen' von Fetzen durch ‚Dornen' entgegenstellen. Trotzdem mutet man uns zu zu glauben, daß in dieser Weise nicht nur ein Stück, sondern mehrere abgerissen wurden. Noch dazu war eines davon der ‚Rocksaum'! Ein zweites Stück ‚stammte vom Rock selbst, war jedoch nicht der Saum', das will heißen, es sei von den Dornen aus der randlosen Mitte des Kleidungsstückes völlig herausgerissen worden! Das sind, meine ich, Dinge, die nicht zu glauben man uns wohl verzeihen wird. Dennoch bieten sie alle zusammengenommen vielleicht einen weniger einleuchtenden Grund zu Argwohn als der eine verblüffende Umstand, daß diese Gegenstände überhaupt in dem Gehölz zurückgelassen worden sein sollen, und zwar von Mördern, die vorsichtig genug waren, den Leichnam wegzuschaffen. Doch hätten Sie mich nicht recht verstanden, wenn Sie annehmen wollten, ich habe die Absicht, zu bestreiten, daß jenes Gehölz der Schauplatz der Mordtat war. Ein Verbrechen kann sich hier ereignet haben, oder, wahrscheinlicher noch, ein Unglück ist bei Madame Deluc geschehen. Doch ist in der Tat dieser Punkt von geringer Bedeutung. Wir befassen uns hier nicht mit der Aufgabe, den Schauplatz des Mordes zu entdecken, sondern die Täter. Was ich bisher umständlich genug angeführt habe, geschah in der Absicht aufzuzeigen, wie rechthaberisch und überstürzt der *Soleil* seine Behauptungen aufgestellt hat; zweitens aber, und daran liegt mir am meisten, um auf dem natürlichsten Wege Ihr Augenmerk auf die Frage zu lenken, ob die Mordtat das Werk einer Bande war oder nicht.

Wir wollen diese Frage wieder aufnehmen, indem wir einfach auf die empörenden Einzelheiten verweisen, die der Gerichtsarzt beim Verhör vorbrachte. Ich brauche bloß zu sagen, daß die von ihm geäußerten Schlußfolgerungen, was die Zahl der Mordgesellen betrifft, als unrichtig und gänzlich unbegründet von allen angesehenen Anatomen von Paris gehörig ins Lächerliche gezogen worden sind. Nicht etwa, daß die Sache nicht so hätte verlaufen sein können, wie gefolgert wurde; aber für diese Folgerung lag kein Grund vor – und gab es hingegen nicht eine Menge Gründe für eine andere Folgerung?

Denken wir über jene Spuren eines Kampfes nach, und gestatten Sie mir die Frage, was diese Spuren beweisen sollten. Eine ‚Bande'. Aber beweisen sie nicht eher, daß es keine Bande war? Was für ein Kampf könnte da wohl stattgefunden haben? was für ein wilder und langandauernder Kampf, der Spuren nach allen Richtungen hin hinterließ? – zwischen einem schwachen, wehrlosen Mädchen und jener Mörderbande, die man sich da vorstellt? Ein lautloses Zupacken einiger kräftiger Arme, und alles wäre vorüber gewesen. Das Opfer hätte die Gewalt widerstandslos über sich ergehen lassen müssen. Sie müssen sich hier vor Augen halten, daß die Argumente, die gegen das Gehölz als Schauplatz geltend gemacht werden, sich hauptsächlich gegen die Annahme richten, daß es der Schauplatz eines Verbrechens war, das von mehr als einer Person begangen wurde. Nehmen wir aber nur einen Vergewaltigenden an, so können wir uns einen Kampf von so heftiger und hartnäckiger Art vorstellen, daß er jene sichtbaren ‚Spuren' zurückließ – aber auch nur dann.

Und weiter: ich habe schon einmal den Argwohn erwähnt, den die Tatsache erregen mußte, daß die fraglichen Gegenstände in dem Dickicht, in dem man sie nachher entdeckt hat, überhaupt liegen gelassen wurden. Es scheint beinahe unmöglich, daß diese Schuldbeweise zufällig dort gelassen wurden, wo man sie fand. Man hatte genügend Geistesgegenwart – so scheint es –, den Leichnam fortzuschaffen; und doch gibt man zu, daß ein viel schlagenderer

Beweis als der Leichnam (dessen Gesichtszüge die Verwesung schnell zerstören mußte) allen sichtbar auf dem Schauplatz des Mordes liegenbleibt – ich spiele auf das Taschentuch mit dem Namenszug der Verstorbenen an. Wenn das Zufall war – einer Bande passiert so ein Zufall nicht. Man kann sich nur vorstellen, daß einem einzelnen ein solcher Zufall begegnet. Lassen Sie uns sehen: ein einzelner hat den Mord ausgeführt; das, was da regungslos vor ihm liegt, flößt ihm Entsetzen ein. Die Raserei der Leidenschaft ist vorüber, und das natürliche Grauen vor der begangenen Tat findet in seinem Herzen genugsam Raum. In ihm ist nichts von jener Zuversicht, die die Gegenwart mehrerer Mittäter unvermeidlich einflößt. Er zittert und ist verstört. Und doch muß er sich unbedingt des Leichnams entledigen. Er trägt ihn zum Fluß, läßt aber die übrigen Beweise seiner Schuld zurück; denn es ist schwierig, wenn nicht gar unmöglich, die ganze Last auf einmal zu tragen, und es wird leicht sein, zurückzukehren und das Liegengelassene zu holen. Aber während des mühseligen Weges nach dem Wasser vermehren sich die Schreckbilder in seiner Brust. Die Geräusche des Lebens umlagern seinen Pfad. Ein dutzendmal hört er den Schritt eines Beobachters, oder glaubt ihn wenigstens zu hören. Selbst die Lichter, die von der Stadt herüberleuchten, ängstigen ihn. Endlich aber und nach langen und häufigen Unterbrechungen voll tiefer Qual erreicht er das Flußufer und entledigt sich seiner grausigen Last, vielleicht mit Hilfe eines Bootes. Und nun, welche Schätze hält die Welt bereit, über welche Rachedrohungen verfügt sie, die die Macht besäßen, die Rückkehr dieses einsamen Mörders auf diesem mühseligen und gefahrvollen Pfad zurück zu dem Dickicht und seinen grausigen Erinnerungen zu erzwingen? Er wird nicht zurückkehren, was immer die Folgen sein mögen. Er könnte nicht zurückkehren, selbst wenn er es wollte. Sein einziger Gedanke ist, schnell zu entrinnen. Er wendet diesen schrecklichen Büschen für immer den Rücken und flieht wie vor dem Jüngsten Gericht.

Doch wie ist es nun mit der Bande? Schon ihre Anzahl

hätte ihnen Zuversicht eingeflößt, wenn es der Brust eines abgefeimten Schurken jemals überhaupt an Zuversicht gebricht; und abgefeimte Schurken allein bilden solche Banden, von denen hier die Rede ist. Ihre Anzahl, sage ich, hätte den verwirrenden, maßlosen Schrecken verhindert, dem, wie ich annahm, der einzelne erlag. Selbst wenn wir bei einem, zweien oder dreien ein Versehen für möglich halten, der vierte hätte es wiedergutgemacht. Sie hätten nichts zurückgelassen, denn ihre Zahl hätte sie befähigt, alles auf einmal zu tragen. Sie hätten es nicht nötig gehabt zurückzukehren.

Bedenken Sie nun den Umstand, daß in das Oberkleid der Leiche, als man sie fand, ‚ein etwa einen Fuß breiter Streifen vom unteren Saum bis zur Taille eingerissen war, jedoch nicht herausgerissen; dieser Streifen war dreimal um die Taille gewickelt und im Rücken mit einer Art Schlinge festgeknotet'. Das war in der deutlichen Absicht geschehen, eine Handhabe herzustellen, an der man den Leichnam tragen konnte. Doch hätten wohl mehrere Männer auch nur im Traum daran gedacht, zu einem solchen Notbehelf zu greifen? Für drei oder vier Leute wäre es nicht nur zweckmäßig, sondern auch das denkbar Einfachste gewesen, die Leiche an den Gliedmaßen zu tragen. Dieser Einfall stammt von einem einzelnen, und damit kommen wir zu der Tatsache, daß ‚zwischen Dickicht und Fluß die Einfriedung niedergelegt war und daß der Boden deutliche Spuren einer schweren Last zeigte, die dort entlanggeschleift worden war'. Doch hätte eine Anzahl Männer sich der überflüssigen Mühe unterzogen, einen Zaun niederzulegen, um einen Leichnam durchzuzwängen, den sie augenblicklich über jeden Zaun hätten hinüberheben können? Hätte eine Anzahl Männer jemals einen Leichnam so geschleift, daß deutlich sichtbare Spuren davon zurückgeblieben wären?

Und hier müssen wir uns auf eine Bemerkung des *Commercial* berufen, eine Bemerkung, die ich schon teilweise besprochen habe. Diese Zeitung sagt: ‚Aus einem der Unterröcke des unglücklichen Mädchens war ein zwei Fuß langes und einen Fuß breites Stück herausgerissen und um den

Hinterkopf herum unter das Kinn gebunden worden, wahrscheinlich um sie am Schreien zu hindern. Das müssen Burschen getan haben, die keine Taschentücher besaßen.‘

Ich habe schon vorhin bemerkt, daß ein gewohnheitsmäßiger Verbrecher nie ohne Taschentuch ist. Aber nicht auf diese Tatsache will ich jetzt besonders hinweisen. Daß es nicht der Mangel eines Taschentuches war, was zu der Verwendung dieser Schlinge führte, ist aus dem im Gehölz zurückgelassenen Taschentuch ersichtlich; und daß der Zweck nicht war, ‚sie am Schreien zu hindern‘, geht auch daraus hervor, daß diese Schlinge einem anderen Gegenstand vorgezogen wurde, der diesem Zweck viel besser entsprochen hätte. Aber die Beweisaufnahme berichtet nur von dem fraglichen Streifen als ‚lose um den Hals geschlungen und mit einem festen Knoten geschlossen‘. Diese Worte sind ziemlich unklar, weichen aber von denjenigen des *Commercial* wesentlich ab. Der Streifen war achtzehn Zoll breit und konnte daher, obwohl aus Musselin, wenn man ihn zusammenlegte oder der Länge nach zusammendrehte, eine starke Fessel bilden; und so zusammengedreht fand man ihn. Meine Annahme ist folgende: der Mörder, der allein war, hat den Leichnam mit Hilfe der Schlinge, die um dessen Leib geknüpft war, ein Stück weit getragen und fand, daß bei dieser Art des Transportes das Gewicht seine Kräfte überstieg. Er beschloß, die Last zu schleifen – der Augenschein zeigt, daß sie tatsächlich geschleift worden ist. Zu diesem Zweck war es nötig, etwas wie einen Strick an einem der Körperenden zu befestigen. Am Halse ließ er sich am besten anbringen, wo der Kopf das Abgleiten verhindert. Und nun dachte der Mörder ohne Frage an den Streifen um die Hüften. Er hätte diesen benutzt, wäre er nur nicht um den Leib herumgewunden und wäre nicht der Henkel gewesen, der hinderlich war, und die Überlegung, daß er noch nicht ganz von dem Kleid abgerissen war. Es war einfacher, aus dem Unterrock einen neuen Streifen herauszureißen. Das tat er, befestigte ihn um den Hals und schleifte so sein Opfer an das Flußufer. Daß er diese ‚Schlinge‘, die er sich nur mit Mühe und Zeitverlust beschaffen konnte, überhaupt benutzte, zeigt deutlich, daß die Notwendigkeit sich aus Umständen ergab, die zu einer Zeit eintraten, da das Taschentuch nicht mehr erreichbar war – das heißt, wie wir annehmen, als er das Dickicht bereits verlassen hatte und sich auf dem Wege zwischen Dickicht und Fluß befand.

Aber die Aussage der Madame Deluc, werden Sie sagen, weist ausdrücklich auf das Vorhandensein einer Bande in der Nähe des Dickichts hin, und zwar zur Zeit des Mordes oder ungefähr um jene Zeit. Das gebe ich zu. Ich vermute, daß es in der Gegend der Barrière du Roule und ringsumher gerade zur Zeit der Tragödie ein Dutzend solcher Banden gegeben hat, wie sie Madame Deluc beschreibt. Aber die Bande, die sowohl den scharfen Tadel als auch die freilich einigermaßen verspätete und höchst verdächtige Aussage von Madame Deluc auf sich zog, ist die einzige, die uns von der ehrenwerten und gewissenhaften alten Dame vorgeführt wird, weil sie nämlich ihren Kuchen aßen und ihren Branntwein schluckten, ohne sich der Mühe zu unterziehen, die Rechnung zu begleichen. Et hinc illae irae!

Doch wie lautete die genaue Aussage der Madame Deluc? ‚Eine Bande von Strolchen erschien, benahm sich wüst und lärmend, aß und trank, ohne zu bezahlen, und schlug denselben Weg ein wie vorher der junge Mann und das junge Mädchen. Etwa zur Zeit der Dämmerung kehrten sie nach dem Wirtshaus zurück und setzten wieder über den Fluß, als ob sie es sehr eilig hätten.‘

Nun, diese ‚große Eile‘ ist sehr wahrscheinlich den Augen der Madame Deluc größer vorgekommen, als sie es in Wirklichkeit war; denn sie verweilte immer noch mit vielen Worten und Wehklagen bei ihrem vergewaltigten Kuchen und dem Bier – und hegte vielleicht noch eine schwache Hoffnung, für diesen Kuchen und dieses Bier entschädigt zu werden. Warum hätte sie sonst, da es bereits dämmerte, soviel Wesens aus der Eile gemacht? Man braucht sich sicherlich nicht zu wundern, daß selbst eine Lumpenbande Eile hat, nach Hause zu kommen, wenn sie einen breiten Fluß in kleinen Booten überqueren muß, ein Sturm droht und die Nacht bevorsteht.

Ich sage: bevorsteht; denn sie war noch nicht da. Es dämmerte, als die unangebrachte Eile jener Strolche die ehrbaren Augen der Madame Deluc beleidigte. Aber uns wurde gesagt, daß sowohl Madame Deluc wie auch ihr ältester Sohn am gleichen Abend ‚schrille Schreie einer Frauensperson in der Nähe des Wirtshauses hörten'. Und mit welchen Worten bezeichnet Madame Deluc den Zeitpunkt des Abends, zu dem sie diese Schreie hörte? ‚Es war bald nach dem Dunkelwerden', sagt sie. Aber ‚bald nach dem Dunkelwerden' ist es bestimmt dunkel, und zur Zeit der Dämmerung herrscht ebenso gewiß noch Tageslicht. Somit ist reichlich klar, daß die Bande die Barrière du Roule verließ, ehe Madame Deluc jene Schreie vernahm. Und obwohl in den zahlreichen Berichten über das Zeugenverhör die betreffenden Ausdrücke, von denen hier die Rede ist, genauso und unverändert gebraucht werden, wie ich sie jetzt im Gespräch mit Ihnen anwende, so hat doch bisher noch niemand, weder jemand von den öffentlichen Blättern noch einer von den Handlangern der Polizei, diesen auffälligen Widerspruch im geringsten beachtet.

Ich werde den Beweisen, die gegen eine ‚Bande' sprechen, nur noch einen einzigen hinzufügen; aber dieser eine fällt – wenigstens meiner Auffassung nach – ganz unwiderleglich ins Gewicht. Da doch eine hohe Belohnung ausgesetzt und jedem, der gegen seine Mitschuldigen aussagte, volle Straffreiheit zugesichert war, ist es kaum denkbar, daß eines der Mitglieder einer gemeinen Mörderbande oder sonst irgendeiner Gemeinschaft von Menschen nicht längst seine Komplicen verraten hätte. Jeder, der einer solchen Bande angehört, ist unter den besonderen Umständen, unter denen er lebt, nicht so sehr auf eine Belohnung erpicht oder auf Entrinnen bedacht, sondern fürchtet vielmehr irgendeinen Verrat. Er verrät bereitwillig und schnell, um nicht selbst verraten zu werden. Daß das Geheimnis nicht ausgeschwatzt wurde, ist der beste Beweis dafür, daß es tatsächlich ein Geheimnis ist. Um die Schrecken dieser dunklen Tat wissen nur ein oder zwei lebende Wesen und Gott.

Lassen Sie uns nun die spärlichen, aber sicheren Früchte

unserer langen Analyse sammeln. Wir sind zu der Überzeugung gelangt, daß es sich entweder um einen verhängnisvollen Unfall unter dem Dach von Madame Deluc handelt oder um einen Mord, der von einem Liebhaber oder wenigstens einem intimen und geheimen Freund der Verstorbenen im Dickicht bei der Barrière du Roule begangen worden ist. Dieser Freund ist von bräunlicher Gesichtsfarbe. Diese Gesichtsfarbe, die ‚Schlinge' in dem Band und der ‚Schifferknoten', mit dem das Hutband zusammengebunden war, deuten auf einen Seemann. Seine Verbindung mit der Toten, die ein lebenslustiges, aber keineswegs verworfenes junges Mädchen war, kennzeichnet ihn als über dem Rang eines gewöhnlichen Matrosen stehend. Hierin bestärken uns die gutgeschriebenen und überzeugenden Zuschriften an die Zeitungen. Der Umstand der ersten Entführung, die der *Mercure* erwähnt, trägt dazu bei, die Vorstellung von diesem Seemann mit jener des Schiffsoffiziers zu verquicken, von dem man weiß, daß er die Unglückliche schuldig werden ließ.

Und nun befassen wir uns ganz natürlicherweise mit der andauernden Abwesenheit des Mannes mit der dunklen Gesichtsfarbe. Erlauben Sie mir, auf die Bemerkung einzugehen, daß die Gesichtsfarbe dieses Mannes dunkel und bräunlich war; diese Dunkelheit, die sowohl bei Valence als auch bei Madame Deluc den einzigen Punkt ihrer Erinnerung ausmacht, war keine gewöhnliche Dunkelheit. Doch warum ist dieser Mann verschwunden? Wurde er von der Bande ermordet? Und wenn das der Fall ist, warum waren dann nur Spuren des ermordeten Mädchens zu finden? Den Schauplatz für die beiden Bluttaten wird man natürlich als identisch annehmen müssen. Und wo ist seine Leiche? Die Mörder hätten sich höchstwahrscheinlich beider Leichen auf dieselbe Art entledigt. Man könnte vielleicht einwenden, daß jener Mann lebt und daß nur die Furcht, des Mordes bezichtigt zu werden, ihn davon abhält, sich zu melden. Eine derartige Erwägung könnte allerdings heute, zu diesem vorgerückten Zeitpunkt, auf ihn Einfluß haben, da die Aussage vorliegt, daß er mit Marie gesehen wurde, aber zur

Zeit des Mordes hätte sie ihn nicht zu bestimmen vermocht. Der erste Impuls eines Unschuldigen wäre es gewesen, den Mord anzuzeigen und bei der Auffindung der Übeltäter behilflich zu sein. Das hätte ihm allein schon die Klugheit eingegeben. Er war mit dem Mädchen gesehen worden. Er war mit ihr in einer offenen Fähre über den Fluß gefahren. Selbst ein Idiot hätte in der Denunzierung der Mörder das sicherste und einzige Mittel gesehen, sich selbst von jedem Verdacht zu reinigen. Wir können also nicht annehmen, daß er, als die Nacht des verhängnisvollen Sonntags anbrach, selbst unschuldig war und auch von der begangenen Untat keine Kenntnis hatte – doch nur unter solchen Umständen ist die Vorstellung glaubhaft, daß er, falls er selbst lebte, versäumte, die Mörder anzugeben.

Und welche Mittel besitzen wir nun, um zur Wahrheit zu gelangen? Wir werden sehen, daß diese Mittel sich vervielfältigen und an Deutlichkeit zunehmen, je weiter wir fortschreiten. Lassen Sie uns jener Affäre der ersten Entführung auf den Grund kommen. Lassen Sie uns die ganze Geschichte des ‚Offiziers' kennenlernen, seine gegenwärtigen Umstände und seinen Aufenthalt zur Zeit des Mordes. Lassen Sie uns die verschiedenen Mitteilungen, die an die Abendzeitungen in der Absicht geschickt wurden, einer Bande die Schuld zuzuschieben, miteinander vergleichen. Hierauf lassen Sie uns diese Zuschriften hinsichtlich des Stils wie hinsichtlich der Handschrift mit denjenigen vergleichen, die zu einem früheren Zeitpunkt an die *Morgenzeitung* geschickt wurden und so heftig auf der Schuld von Mennais bestehen. Und sobald all das geschehen ist, lassen Sie uns die verschiedenen Zuschriften mit der uns bekannten Handschrift des Offiziers vergleichen. Lassen Sie uns versuchen, durch wiederholtes Ausfragen von Madame Deluc und ihrer Söhne wie auch des Omnibuskutschers Valence etwas Näheres über die äußere Erscheinung und das Benehmen des ‚Mannes mit der dunklen Gesichtsfarbe' herauszubringen. Geschickt gestellte Fragen werden nicht verfehlen, aus dem einen oder anderen der Beteiligten Auskünfte gerade über diesen Punkt herauszulocken – Auskünfte, die geben zu können die Beteiligten sich selbst vielleicht gar nicht bewußt sind. Und lassen Sie uns nun die Spur des Bootes verfolgen, das jener Schiffer am Montag, dem 23. Juni, am Morgen auffischte und das ohne Wissen des wachhabenden Offiziers und ohne Steuerruder kurze Zeit vor Auffindung der Leiche aus dem Bootshaus entfernt wurde. Mit richtiger Sorgfalt und Ausdauer wird es uns unfehlbar gelingen, dieses Boot aufzuspüren; denn einmal kann es der Schiffer, der es auffischte, wiedererkennen, und zum andern ist ja das Steuerruder in unsern Händen. Ein Mann, der nichts auf dem Gewissen hatte, hätte das Steuer eines Segelbootes nicht, ohne sich darum zu kümmern, zurückgelassen. Aber hier erlauben Sie mir, mich zu unterbrechen und eine Frage aufzuwerfen. Über die Auffindung des Bootes erfolgte keine Bekanntmachung. Es wurde stillschweigend zu dem Bootshaus gebracht und stillschweigend von dort entfernt. Aber wie kam es nur, daß sein Eigentümer oder Benutzer schon so früh, schon am Dienstagmorgen, ohne daß eine Bekanntmachung ihm dazu verholfen hätte, von dem Verbleib des am Montagmorgen aufgegriffenen Bootes unterrichtet war, wenn wir nicht irgendeine Verbindung mit der Marine annehmen – irgendeine persönliche, dauernde Verbindung, die ihn von den geringfügigsten Angelegenheiten, von den unbedeutendsten Lokalnachrichten in Kenntnis setzte?

Als ich von dem einsamen Mörder sprach, der seine Last nach dem Ufer schleifte, habe ich schon auf die Wahrscheinlichkeit hingewiesen, daß er sich eines Bootes bediente. Wir müssen uns nun vergewissern, ob Marie Rogêt tatsächlich von einem Boot aus in den Fluß geworfen wurde. Das wäre ganz natürlich gewesen. Die Leiche konnte dem seichten Wasser am Ufer nicht anvertraut werden. Die eigentümlichen Eindrücke auf dem Rücken und den Schultern des Opfers deuten auf die Bodenrippen eines Bootes hin. Daß man die Leiche ohne Beschwerung fand, bestärkt uns ebenfalls in dieser Annahme. Wäre sie vom Ufer aus hineingeworfen worden, so hätte man einen schweren Gegenstand angehängt. Wir können uns diesen Mangel nur durch die

Annahme erklären, daß der Mörder beim Abstoßen die Vorsichtsmaßregel außer acht ließ, sich mit irgendeinem Beschwerungsmittel zu versehen. Im Begriffe, den Leichnam ins Wasser zu werfen, wird er unzweifelhaft das Versäumnis bemerkt haben, aber hier gab es keinen Ausweg mehr. Er zog jegliche Gefahr einer Rückkehr nach jenem verfluchten Ufer vor. Und als der Mörder sich seiner Last entledigt hatte, mag er wohl nach der Stadt geeilt sein. An einer abgelegenen Lände war er ans Ufer gesprungen. Aber das Boot – hat er es wohl angekettet? Er wird zu große Eile gehabt haben, um sich mit so etwas wie mit dem Festlegen eines Bootes zu befassen. Und außerdem wäre es ihm, hätte er es am Landeplatz verankert, vorgekommen, als ob er da ein Zeugnis gegen sich selbst festlegte. Sein natürlicher Gedanke mußte sein, alles, was mit dem Verbrechen in Verbindung stand, so weit wie möglich von sich zu werfen. Nicht er allein mußte den Landungsplatz fliehen, auch dem Boote durfte er nicht erlauben dazubleiben. Ganz gewiß, er mußte es in die Strömung hinausstoßen. Lassen Sie uns unser Phantasiegebilde weiterverfolgen. Am nächsten Morgen wird der Unglückliche von unsagbarem Grauen erfaßt, da er findet, daß das Boot aufgegriffen und an einem Ort verwahrt wurde, den er täglich aufzusuchen pflegt – an einem Ort vielleicht, den aufzusuchen ihn seine Pflicht nötigt. In der nächsten Nacht schafft er es fort, ohne sich zu getrauen, nach dem Steuerruder zu fragen. Nun, wo ist dieses steuerlose Boot? Das ausfindig zu machen soll zu unseren ersten Aufgaben gehören. Mit dem ersten Schimmer von Klarheit hierüber beginnt unser Erfolg zu tagen. Dieses Boot soll uns mit einer Geschwindigkeit, die uns selbst in Erstaunen setzen wird, zu ihm hinführen, der es in der Mitternacht jenes unheilvollen Sonntags benutzte. Bestätigung auf Bestätigung wird sich einfinden, und die Spur des Mörders ist gefunden!“

[Aus Gründen, die wir nicht näher angeben wollen, haben wir uns die Freiheit genommen, hier aus den in unseren Händen befindlichen Manuskripten jenen Teil auszulassen, in dem im einzelnen erzählt wird, wie Dupin dem scheinbar so schwachen Faden weiter nachging. Wir finden es nur ratsam, kurz mitzuteilen, daß der gewünschte Erfolg sich einstellte und daß der Polizeipräfekt pünktlich, obgleich mit Widerstreben, die Bedingungen des mit dem Chevalier eingegangenen Vertrages einhielt. Mr. Poes Aufsatz schließt mit folgenden Worten. – Die Herausgeber]

Man wird verstehen, daß ich bloß von zufälligen Übereinstimmungen rede, von nichts weiter. Was ich anfangs über dieses Thema sagte, muß genügen. In meinem eigenen Herzen wohnt kein Glaube an Übernatürliches. Daß Natur und Gott zweierlei sind, wird kein denkender Mensch leugnen wollen. Daß dieser, da er jene schuf, sie nach seinem Willen meistern und ändern kann, steht auch außer Frage; ich sage: nach seinem Willen; denn es handelt sich um den Willen und nicht, wie die Unvernunft der Logik angenommen hat, um die Macht. Nicht daß die Gottheit ihre Gesetze nicht abändern könnte; aber wir beleidigen sie, wenn wir uns die Möglichkeit einer notwendigen Änderung vorstellen. Von Anfang an sind diese Gesetze so beschaffen, daß sie alle Möglichkeiten, die die Zukunft bringen könnte, umfassen. Bei Gott ist alles Jetzt.

Ich wiederhole also, daß ich von diesen Dingen nur als von Zufällen spreche. Und weiter: aus meiner Erzählung wird man ersehen, daß zwischen dem Schicksal der unglücklichen Mary Cecilia Rogers, soweit man dieses Schicksal kennt, und dem Schicksal einer gewissen Marie Rogêt bis zu einem bestimmten Zeitpunkt ihrer Geschichte eine Parallele bestanden hat; eine Parallele von so wunderbarer Exaktheit, daß die Vernunft darüber in Verwirrung gerät. Ich sage: man wird all das daraus ersehen. Doch möge man keinen Augenblick lang annehmen, daß ich, indem ich nun mit Maries trauriger Geschichte von dem eben erwähnten Zeitpunkt ab fortfahre und dem Geheimnis, das sie umhüllte, bis zu dessen völliger Lösung nachspüre – daß ich damit etwa die heimliche Absicht verbände, die Parallele noch weiter auszuspinnen, oder gar darauf hindeuten wollte, daß jene Maßregeln, deren man sich in Paris zur Auffindung des Mörders einer Grisette bediente, oder sonst Maßregeln, die sich auf ähnliche Vernunftschlüsse gründeten, ein ähnliches Ergebnis zur Folge haben müßten.

Denn bezüglich der zweiten Hälfte dieser Annahme sollte man erwägen, daß die geringfügigste Abweichung im Tatbestand der beiden Fälle, indem sie den Lauf der beiden Begebenheiten gründlich auseinandertreibt, zu höchst bedenklichen Fehlschlüssen Anlaß geben könnte, ganz ähnlich wie in der Arithmetik ein Irrtum, der an und für sich unmerklich klein sein mag, schließlich, infolge der Multiplikation an allen Stellen der Rechnung, ein Resultat ergibt, das von der Wahrheit im höchsten Grade abweicht. Und was den ersten Teil der Annahme betrifft, so dürfen wir nicht außer acht lassen, daß gerade die Wahrscheinlichkeitsrechnung, auf die ich mich berief, jeden Gedanken an ein Weiterführen der Parallele verbietet – mit einer Bestimmtheit verbietet, die streng und entschieden in genauem Verhältnis zu der Tatsache steht, daß diese Parallele schon sehr weit gezogen und sehr exakt gewesen ist. Das ist einer jener absonderlichen Sätze, die, obgleich sie sich scheinbar an eine Denkweise wenden, die von der mathematischen ganz abweicht, doch nur von einem Mathematiker so recht erwogen werden können. Nichts ist zum Beispiel schwieriger, als den Durchschnittsleser davon zu überzeugen, daß, die Tatsache, daß ein Würfelspieler zweimal hintereinander sechs geworfen hat, Ursache genug ist, um die höchste Wette einzugehen, daß die Sechs ein drittesmal nicht geworfen werde. Einen Hinweis auf diese Folgerung pflegt der Verstand meist ohne weiteres zu verwerfen. Es will nicht einleuchten, daß diese beiden Würfe, die schon ausgeführt sind und vollkommen der Vergangenheit angehören, auf den Wurf, der nur in der Zukunft existiert, einen Einfluß haben könnten. Die Chance, eine Sechs zu werfen, scheint genau dieselbe zu sein wie jederzeit, das heißt, einzig und allein von den verschiedenen Möglichkeiten des Wurfs abzuhängen. Und diese Überlegung scheint so außerordentlich überzeugend, daß Versuche, sie zu bestreiten, häufiger mit verächtlichem Lächeln als mit respektvoller Aufmerksamkeit aufgenommen werden. Den hier enthaltenen Irrtum – und es ist ein großer Irrtum, der nach Unfug riecht – auseinanderzusetzen, kann ich innerhalb der mir hier gezogenen Schranken nicht beanspruchen, und für den Philosophen bedarf es dieser Auseinandersetzung nicht. Hier mag die Bemerkung genügen, daß es einer aus der unendlichen Reihe von Irrtümern ist, die auf dem Pfade der Vernunft entstehen, durch ihre Neigung, die Wahrheit im Einzelfall zu suchen.

DAS VERRÄTERISCHE HERZ

Bei Gott! Nervös, furchtbar nervös bin ich gewesen und bin es noch; doch warum wollt ihr mich für wahnsinnig halten? Die Krankheit hat meine Sinne geschärft, nicht etwa zerstört oder verdunkelt. Geradezu unglaublich war mein Gehörssinn. Ich hörte, was im Himmel und auf Erden geschah. Ich hörte manches, was in der Hölle geschah. Wieso bin ich denn wahnsinnig? Merkt auf und seht, wie vernünftig, wie ruhig ich euch den ganzen Hergang erzähle.

Es läßt sich nicht sagen, wie der Gedanke zuerst in mir entstanden ist, jedoch einmal bewußt geworden, verfolgte er mich Tag und Nacht. Es ging um kein Objekt. Mich trieb keine Leidenschaft. Ich hatte den alten Mann gern. Er hatte mir nie ein Unrecht getan. Er hatte mich nie beleidigt. Nach seinem Gold trug ich kein Verlangen. Ich glaube, es war sein Auge! Ja, das war es. Sein eines Auge glich dem eines Geiers; ein blaßblaues Auge mit einem Häutchen darüber. Sooft es mich ansah, wurde mir eiskalt, und allmählich, ganz allmählich kam ich so auf den Gedanken, dem alten Manne das Leben zu nehmen und auf diese Weise den Anblick des Auges für immer loszuwerden.

Das ist der springende Punkt. Ihr haltet mich für verrückt. Verrückte bringen aber nichts fertig. Mich hättet ihr dagegen sehen sollen. Ihr hättet sehen sollen, wie weise ich verfuhr, mit welcher Achtsamkeit, mit welcher Voraussicht und Verstellung ich zu Werke ging. Ich war nie so freundlich gewesen zu dem alten Manne wie während der Woche, bevor ich ihn erschlug. Und jede Nacht drückte ich gegen Mitternacht auf die Klinke seiner Tür und öffnete sie, oh, so sanft! Und dann, wenn die Öffnung für meinen Kopf groß genug war, steckte ich eine Blendlaterne – sie war dicht geschlossen; so dicht, daß kein Licht herausfiel – durch den Spalt und dann meinen Kopf. Oh, ihr würdet gelacht haben, wie geschickt ich ihn hineinsteckte. Ich bewegte ihn langsam, ganz, ganz langsam, um den alten Mann ja nicht im Schlafe zu stören. Ich brauchte eine Stunde, um meinen ganzen Kopf so weit durch die Öffnung zu zwängen, daß ich ihn sehen konnte, wie er in seinem Bett lag. Ha! – wäre wohl ein Verrückter so weise vorgegangen? Und wenn ich dann meinen Kopf richtig im Zimmer hatte, machte ich die Laterne behutsam auf, behutsam, oh, so behutsam! (denn die Scharniere knirschten) machte sie gerade so weit auf, daß ein einzelner dünner Lichtstrahl auf das Geierauge fiel. Und das tat ich sieben lange Nächte, jede Nacht genau um Mitternacht, doch stets fand ich das Auge geschlossen; und also war es unmöglich, die Tat auszuführen; es war ja nicht der alte Mann, der mich behexte, sondern das Satansauge. Und jeden Morgen bei Tagesanbruch ging ich dreist in seine Stube und plauderte ganz hemmungslos drauflos, indem ich ihn in herzlichem Ton bei Namen nannte und mich erkundigte, wie ihm die Nacht bekommen sei. Seht ihr, er hätte ein sehr scharfsinniger alter Herr sein müssen, um zu ahnen, daß ich jede Nacht, genau um Mitternacht, ihn, den Schlafenden, betrachten kam.

In der achten Nacht verfuhr ich noch vorsichtiger als sonst beim Öffnen der Tür. Der Minutenzeiger einer Uhr läuft geschwinder, als sich meine Hand bewegte. Nie hatte ich meine Kräfte, meinen Scharfsinn so empfunden wie in dieser Nacht. Ich konnte mein Triumphgefühl kaum bezähmen. Allein die Vorstellung, daß ich es war, der da Zoll für Zoll die Tür öffnete, und daß er nicht einmal träumte von meinen heimlichen Taten und Gedanken! Ich mußte kichern bei diesem Gedanken, und vielleicht hatte er mich gehört, denn er bewegte sich im Bett, plötzlich, wie vor Schreck. Jetzt, denkt ihr wohl, hätte ich mich zurückgezogen – fehlgeraten! In seiner Stube herrschte eine Finsternis so schwarz wie Pech – denn die Läden waren aus Furcht vor Einbrechern fest geschlossen –, und so wußte ich, daß er nicht sehen konnte, wie sich die Tür öffnete, und ich setzte meinen Druck sacht fort, ganz sacht.

Ich hatte den Kopf drinnen und wollte soeben die Laterne aufklappen, als mein Daumen auf dem zinnernen Halter ausglitt und der alte Mann in seinem Bett hochfuhr und rief: „Wer ist da?“

Ich hielt den Mund und war mäuschenstill. Eine volle Stunde verharrte ich regungslos, und während dieser ganzen Zeit hörte ich ihn nicht sich niederlegen. Er saß immerfort aufrecht in seinem Bett und lauschte, genauso wie ich Nacht für Nacht aufgesessen hatte und auf das Ticken der Holzwürmer in der Wand gehorcht hatte.

Plötzlich hörte ich einen leisen Seufzer, und ich wußte, es war ein Laut tödlichen Entsetzens. Es war kein Seufzer des Unbehagens oder des Kummers, o nein! Es war der leise, erstickte Laut, wie er sich unter der Spannung eines allzu gewaltigen Schmerzes losringt aus dem Grund der Seele. Ich kannte den Laut so gut! Manche Nacht, um Mitternacht, wenn alle Welt schlief, entrang er sich meinem eigenen Busen, und sein furchtbarer Widerhall verstärkte den Schrecken, der mich wahnsinnig machte. Ich kenne das alles. Ich wußte, was der alte Mann fühlte, und er tat mir leid, obwohl ich im Innern kicherte. Ich wußte, er hatte wach gelegen von dem ersten leisen Geräusch an, als er sich im Bett umgedreht hatte. Und immer mächtiger war die Angst über ihn gekommen. Er hatte versucht, sie als grundlos hinzustellen, doch es war ihm nicht gelungen. Er hatte sich gesagt: Es ist nichts als der Wind im Schornstein – es ist nur eine Maus, die über den Boden lief, oder: Es ist bloß ein Heimchen, das einen einzelnen Zirper getan hat. Ja, er hatte sich mit solchen Annahmen zu beruhigen versucht, doch hatte er sie sämtlich unhaltbar befunden. Alles war unhaltbar, denn der Tod war dicht an ihm vorbeigegangen und hatte seinen schwarzen Schatten über das Opfer gebreitet. Er sah weder, noch hörte er; doch unter dem Einfluß der düsteren Ahnungen, die dem unsichtbaren Schatten entströmten, erfühlte er die Anwesenheit meines Kopfes in der Stube.

Nachdem ich eine Zeitlang sehr geduldig gewartet hatte, ohne daß ich ihn sich hatte niederlegen hören, entschloß ich mich, die Laterne ein wenig, ein ganz klein wenig zu öffnen. Und so tat ich – ihr könnt euch nicht vorstellen, wie langsam, wie ganz, ganz langsam! –, bis am Ende ein einzelner dünner Strahl, wie ein Spinnwebfaden so fein, aus dem Spalt herausschoß und gerade auf das Geierauge fiel.

Es war offen, weit, weit offen, und Wut packte mich, als ich es anstarrte. Ich sah es mit vollkommener Deutlichkeit, sein stumpfes Blau mit dem ekelhaften Häutchen darüber, das mir das Mark in den Knochen gefrieren machte; sonst konnte ich von des Alten Gesicht oder Gestalt nichts wahrnehmen, hatte ich doch, wie aus Instinkt, den Lichtstrahl genau auf die verfluchte Stelle gelenkt.

Und jetzt – hab ich's euch nicht gesagt, daß es nur eine Überschärfe der Sinne ist, was ihr irrtümlicherweise für Wahnsinn haltet? Jetzt, sage ich, schlug an mein Ohr ein leiser, stumpfer, rasch pochender Laut, ähnlich dem Geräusch einer in Stoff eingewickelten Uhr. Auch dieser Laut war mir wohlbekannt. Es war das Herz des alten Mannes, welches schlug. Das reizte meine Wut, so wie ein Trommelschlag den Soldaten zur Tapferkeit anspor nt.

Doch selbst jetzt hielt ich an mich und blieb still. Ich holte kaum Atem. Ich hielt die Laterne unbeweglich und suchte den Lichtstrahl unverrückt auf das Auge zu richten. Indessen steigerte sich das verwünschte Trommeln seines Herzens. Es ging rascher und rascher, lauter und lauter. Des Alten Angst muß maßlos gewesen sein. Sein Herz ging lauter, sage ich, immer lauter – versteht ihr mich? Ich habe ja berichtet, daß ich nervös bin; ich bin es wirklich. Und jetzt, in nächtlicher Geisterstunde, umgeben von der furchtbaren Stille des alten Hauses, dies nie erlebte Geräusch – es war zuviel. Entsetzen ergriff mich. Indessen blieb ich noch einige Minuten reglos stehen. Doch das Pochen wurde lauter, immer lauter. Mir war, als müßte das Herz zerspringen. Und jetzt befiel mich eine neue Sorge: der Laut könnte von einem der Nachbarn gehört werden. Die Stunde des alten Mannes war gekommen. Mit einem wilden Schrei riß ich die Laterne auf und stürmte in das Zimmer. Er tat einen Schrei – es war sein letzter. Im Nu hatte ich ihn auf den Boden gezerrt und das schwere Deckbett auf ihn gestürzt. Dann lächelte ich vergnügt, daß die Sache so weit erledigt war. Jedoch schlug das Herz noch etliche Minuten mit dumpfem Laut weiter. Das störte mich allerdings nicht sehr, es konnte ja nicht durch die Wand hindurch gehört werden. Am Ende gab es Ruhe. Der alte Mann war tot. Ich brachte die Kissen wieder ins Bett und untersuchte den Leichnam. Ja, er war tot, mausetot. Ich legte meine Hand auf sein Herz und ließ sie ein paar Minuten dort. Es war kein Pulsschlag zu spüren. Er war mausetot. Sein Auge sollte mich nicht mehr quälen.

Falls ihr mich noch immer für verrückt haltet, so werdet ihr davon ablassen, wenn ich euch beschreibe, wie genial ich beim Verstecken des Leichnams zu Werke ging. Die Nacht entschwand, und ich arbeitete hastig, dabei in größter Stille. Zuallererst galt es, die Leiche zu zerstückeln. Ich schnitt Kopf, Arme und Beine ab.

Sodann hob ich drei Bretter des Fußbodens aus und verstaute alles in der Fütterung. Dann brachte ich die Bretter so geschickt und kunstfertig wieder an Ort und Stelle, daß kein menschliches Auge, nicht einmal seins, Verdacht geschöpft haben würde. Es war nichts da zum Wegwaschen, weder Blutspuren noch sonstwelche Flecken oder dergleichen. Dafür war ich zu sehr auf der Hut gewesen. Es war alles in einen Kübel gewandert – haha!

Als ich mit diesen Arbeiten fertig war, war es vier Uhr und noch immer so dunkel wie um Mitternacht. Als vom Kirchturm die Stunde schlug, wurde laut an die Haustüre geklopft. Leichten Herzens ging ich hinunter, um zu öffnen – was hatte ich auch zu fürchten? Herein kamen drei Männer, die sich mit vollendeter Höflichkeit als Polizeibeamte zu erkennen gaben. Ein Schrei sei während der Nacht von einem Nachbarn gehört worden, man habe Verdacht geschöpft, es handle sich vielleicht um eine Spielhölle, man habe Meldung erstattet auf dem Polizeibüro, und sie, die Beamten, seien abgeordnet worden, die Sache an Ort und Stelle zu untersuchen.

Ich lächelte; denn was hatte ich zu fürchten? Ich hieß die

Herren willkommen. Den Schrei, sagte ich, hätte ich selbst im Traume ausgestoßen. Der Alte, ließ ich einfließen, sei über Land gefahren. Ich führte die Leute durchs ganze Haus. Ich forderte sie auf, recht gründlich zu suchen. Ja, ich führte sie zu guter Letzt in seine Kammer. Ich zeigte ihnen seine kleinen Schätze, alles wohlverwahrt und unversehrt. In meiner überschäumenden Dreistigkeit holte ich Stühle herein und drang darauf, sie möchten sich hier von ihren Strapazen ausruhen, während ich selbst, durch meinen vollkommenen Triumph zu wilder Kühnheit aufgestachelt, meinen eigenen Stuhl genau auf den Fleck setzte, wo die Leiche versteckt war.

Die Beamten waren befriedigt. Mein Benehmen hatte sie überzeugt. Ich war in der prächtigsten Laune. Die Herren setzten sich, ich fragte keck drauflos, und wir plauderten urgemütlich. Doch nach einer Weile fühlte ich mich bleich werden, und ich wünschte sie über alle Berge. Ich hatte Kopfweh und spürte ein Sausen im Ohr; doch sie blieben sitzen und schwatzten weiter. Das Sausen wurde deutlicher, es hielt an und wurde stets deutlicher. Ich schwatzte immer freier, um den Eindruck loszuwerden, doch das Sausen dauerte fort und nahm allmählich bestimmte Formen an, bis ich am Ende merkte, daß das Geräusch nicht in meinen Ohren war.

Zweifellos wurde ich jetzt sehr blaß; doch ich schwatzte noch eiliger und mit erhobener Stimme. Aber das Geräusch nahm zu – und was konnte ich tun? Es war ein leiser, stumpfer, rasch pochender Laut, etwa wie eine in Stoff eingewickelte Uhr tickt. Ich schnappte nach Luft, die Polizisten hörten nichts. Ich sprach schneller, heftiger; das Geräusch nahm an Lautstärke zu. Ich stand auf und erging mich über Kleinigkeiten in den höchsten Tönen und mit wilden Gestikulationen – das Geräusch nahm zu. Warum sie wohl nicht gehen wollten? Ich rannte auf und ab mit schweren Schritten, wütend über die forschenden Blicke der Leute, doch das Geräusch nahm immer zu. Gott, o Gott! was konnte ich tun? Ich schäumte, raste, fluchte. Ich griff nach dem Stuhl, auf dem ich gesessen hatte, und ließ ihn schaukeln, so daß der Boden knirschte, doch das Geräusch übertönte alles und nahm immer mehr an Deutlichkeit zu. Es wurde lauter, lauter, lauter! Und diese Männer schwatzten und schmunzelten. War es denn möglich, daß sie es nicht hörten? Allmächtiger Gott! – Nein, nein! Sie hörten! – sie ahnten! – sie wußten! – Sie hatten ihren Spaß an meinem Entsetzen! – Ja, so dachte ich, so denke ich noch. Doch eins wäre besser als dieser Verzweiflungskampf. Eins wäre noch eher zu ertragen als dieser Hohn. Ich konnte es nicht mehr aushalten, dieses heuchlerische Lächeln. Ich fühlte, ich müßte schreien oder sterben! – Und jetzt – wieder! – da! – lauter! lauter! lauter!

„Schurken", schrie ich, „verstellt euch nicht länger. Ich bekenne die Tat! Reißt die Planken auf! Da, da! – da schlägt sein Herz, das gräßliche Herz!"

DER GOLDKÄFER

Holla, holla, der Kerl tanzt wie toll!
Er ist von der Tarantel gestochen.
All in the Wrong

Vor vielen Jahren schloß ich enge Freundschaft mit einem Mr. Legrand. Er stammte aus einer alten Hugenottenfamilie und war einmal reich gewesen; aber eine Reihe unglückselige Ereignisse hatten ihn in Armut gestürzt. Um all den Demütigungen zu entgehen, die sein Unglück mit sich brachte, verließ er New Orleans, die Stadt seiner Vorfahren, und nahm auf der Sullivaninsel bei Charleston seinen Wohnsitz.

Diese Insel ist sehr merkwürdig. Sie besteht beinahe nur aus Meeressand und ist etwa drei Meilen lang; dabei überschreitet ihre Breite an keiner Stelle eine Viertelmeile. Ein kaum sichtbarer Wasserlauf, der durch ein Gewirr von Schilf und Schlamm mühsam dahinsickert und ein Lieblingsaufenthalt des Sumpfhuhns ist, trennt die Insel vom Festland. Der Pflanzenwuchs ist, wie sich leicht denken läßt, kärglich oder doch krüppelhaft. Man sieht nicht einen Baum von einiger Größe. Am Westende der Insel, wo das Fort Moultrie liegt und ein paar elende Holzbauten stehen – sie werden während des Sommers von Leuten bewohnt, die vor dem Staub und dem Fieber von Charleston flüchten –, kann man wohl die stachlige Zwergpalme finden; aber sonst ist die ganze Insel, mit Ausnahme dieses westlichen Punktes und einem Strich harten, weißen Gerölls an der Küste, von dem dichten Gestrüpp der wohlriechenden Myrte bedeckt, die von den englischen Gärtnern so sehr geschätzt wird. Dieser Strauch erreicht hier oft eine Höhe von fünfzehn bis zwanzig Fuß und bildet ein nahezu undurchdringliches Dickicht, das die Luft mit seinen Düften erfüllt.

Mitten ins tiefste Versteck dieses Dickichts, nicht weit vom östlichen, also entlegeneren Ende der Insel, hatte Legrand sich eine kleine Hütte gebaut, die er bewohnte, als ich, ganz zufällig, zuerst mit ihm bekannt wurde. Diese Bekanntschaft gedieh bald zur Freundschaft, denn es gab manches an diesem Einsiedler, das Anteil und Achtung erweckte. Ich fand ihn gebildet, von ungewöhnlichen geistigen Fähigkeiten, aber von Menschenhaß vergiftet; auch war er krankhaften Stimmungen von abwechselnd enthusiastischer und schwermütiger Art unterworfen. Er hatte viele Bücher mitgenommen, benützte sie aber selten. Sein Hauptvergnügen bildeten Jagen und Fischen, oder er schweifte die Küste entlang und durch das Myrtengestrüpp auf der Suche nach Muscheln oder seltenen Insekten – um seine Sammlung hätte ihn ein Swammerdamm beneiden können. Auf diesen Streifzügen begleitete ihn gewöhnlich ein alter Neger namens Jupiter, den man schon freigelassen hatte, ehe noch die Verhältnisse der Familie eine üble Wendung nahmen, den aber weder Drohungen noch Versprechungen dazu bewegten, das aufzugeben, was er als sein Dienerrecht betrachtete, nämlich seinem jungen „Massa Will" auf Schritt und Tritt zu folgen. Es ist nicht unwahrscheinlich, daß es Legrands Verwandten, die ihn für ein wenig geistesgestört hielten, gelungen war, Jupiter diese Hartnäckigkeit einzuimpfen, damit er den Unsteten beaufsichtige und behüte.

In jenen Breiten, in denen die Sullivaninsel liegt, sind strenge Winter selten, und es ist ein außergewöhnliches Ereignis, wenn man sich zur Jahresneige genötigt sieht, ein Feuer anzuzünden. Etwa Mitte Oktober 18.. gab es aber einen auffallend kühlen Tag. Gerade vor Sonnenuntergang arbeitete ich mich mühsam durch das immergrüne Gestrüpp nach der Hütte meines Freundes hin, den ich schon seit etlichen Wochen nicht besucht hatte; ich wohnte damals in Charleston, das neun Meilen von der Insel entfernt liegt, und die Gelegenheiten zur Hin- und Rückfahrt standen weit hinter den heutigen zurück. Als ich die Hütte erreicht hatte, klopfte ich an, wie es meine Gewohnheit war, und als niemand antwortete, suchte ich den Schlüssel dort, wo ich ihn versteckt wußte, schloß die Tür auf und trat ein. Im Herd brannte ein helles Feuer. Das war eine Überraschung, doch kam es mir keineswegs unerwünscht. Ich zog den Überrock aus, setzte mich in den Armstuhl vor die knisternden Scheite und erwartete geduldig die Ankunft meiner Wirte.

Bald nach Dunkelwerden kamen sie und begrüßten mich aufs herzlichste. Jupiter ging, von einem Ohr zum andern breit grinsend, geschäftig daran, ein paar Sumpfhühner zum Abendessen zu bereiten. Legrand hatte wieder einmal einen seiner Anfälle – wie soll ich es sonst wohl nennen? – von Begeisterung. Er hatte eine unbekannte zweischalige Muschel gefunden, die eine neue Gattung darstellte, und damit nicht genug, hatte er mit Jupiters Hilfe einen Skarabäus gejagt und gefangen, den er für etwas ganz Neues hielt, über den er aber am nächsten Morgen noch meine Meinung einholen wollte.

„Und warum nicht heute abend?" fragte ich, rieb mir die Hände über der Glut und wünschte die ganze Familie der Skarabäen zum Teufel.

„Ach, hätte ich nur geahnt, daß Sie hier sind!" sagte Legrand; „aber es ist schon so lange her, daß ich Sie sah; wie konnte ich voraussehen, daß Sie mich gerade heute abend besuchen würden? Auf dem Heimweg begegnete ich Leutnant G. aus dem Fort, und dummerweise lieh ich ihm den Käfer, also können Sie ihn unmöglich vor morgen sehen. Bleiben Sie über Nacht, und ich will ihn vor Sonnenaufgang von Jup holen lassen. Es gibt nichts Schöneres auf der Welt."

„Nichts Schöneres als den Sonnenaufgang?"

„Unsinn! nein – als den Käfer. Er ist von glänzender Goldfarbe – etwa so groß wie eine Hickorynuß, mit zwei kohlschwarzen Flecken nahe dem einen Rückenende und einem dritten, etwas länglicheren an dem anderen Ende. Die Fühler sind –"

„Sein kein Zinn an ihm, Massa Will, ich Ihnen immerzu sagen", unterbrach ihn hier Jupiter. „Der Käfer sein

Goldkäfer, rein Gold, ganz und gar, innen und alles, nur Flügel nicht. Nie im Leben nur halb so schweres Käfer gefühlt."

„Nun, angenommen, daß es so ist, Jup", erwiderte Legrand, und zwar ernster, als es meiner Meinung nach der Sache angemessen war, „ist das ein Grund, die Hühner anbrennen zu lassen? Die Farbe" – hier wandte er sich mir zu – „ist wirklich derart, daß Jupiters Idee berechtigt scheint. Sie haben sicher niemals einen prächtigeren Metallglanz gesehen, als ihn die Flügeldecken ausstrahlen – aber das werden Sie erst morgen beurteilen können. Einstweilen kann ich Ihnen einen annähernden Begriff von seiner Gestalt geben." Indem er so sprach, setzte er sich an einen kleinen Tisch, auf dem Feder und Tinte, aber kein Papier lagen. Er suchte in seiner Schublade, fand aber keines.

„Tut nichts", sagte er schließlich, „dies hier genügt auch." Dabei zog er einen Fetzen aus der Westentasche, den ich für sehr schmutziges Velinpapier ansah, und warf mit der Feder eine flüchtige Zeichnung darauf. Ich blieb währenddessen am Feuer sitzen, da mich immer noch fror. Als die Zeichnung fertig war, reichte er sie mir hin, ohne sich zu erheben; ich nahm sie in Empfang, da hörte man ein lautes Brummen, dem ein Scharren an der Tür folgte. Jupiter öffnete, worauf ein großer Neufundländer, der Legrand gehörte, hereinstürmte, mir auf die Schultern sprang und mich mit Liebkosungen überschüttete; ich hatte mich nämlich bei meinen früheren Besuchen viel mit ihm abgegeben. Als seine Freudensprünge vorüber waren, besah ich das Papier, und die Wahrheit zu sagen: das, was mein Freund da hingemalt hatte, verblüffte mich nicht wenig.

„Nun", meinte ich, nachdem ich die Zeichnung ein paar Minuten lang betrachtet hatte, „das ist aber ein sonderbarer Skarabäus, das muß ich gestehen; mir gänzlich neu, hab nie dergleichen gesehen – höchstens einen Schädel oder Totenkopf; dem ähnelt er mehr als irgend etwas, das mir jemals vor Augen gekommen ist."

„Ein Totenkopf", wiederholte Legrand, „ja – gewiß; nun, es hat vielleicht auf dem Papier eine gewisse Ähnlichkeit, mag sein. Die beiden oberen schwarzen Flecke sehen wie Augen aus, wie? Und der längere dort unten wie ein Mund – auch hat das Ganze eine ovale Form."

„Vielleicht", sagte ich; „aber, Legrand, ich fürchte, Sie sind kein Künstler. Wenn ich mir eine Meinung über das Aussehen des Käfers bilden soll, muß ich warten, bis ich ihn selbst zu Gesicht bekomme."

„Nun, ich weiß nicht", erwiderte er ein wenig gereizt. „Ich zeichne ganz leidlich – sollte es wenigstens – habe gute Lehrer gehabt – und schmeichle mir, nicht gerade ein Idiot zu sein."

„Dann halten Sie mich wohl zum besten, lieber Junge", erklärte ich; „das hier ist ein recht passabler Schädel – ja, ich möchte es sogar einen ganz ausgezeichneten Schädel nennen, nach der allgemeinen Vorstellung, die man sich von diesem anatomischen Objekt macht –, und Ihr Skarabäus muß der wunderlichste Skarabäus von der Welt sein, wenn er ihm gleicht. Wir könnten ein höchst schauriges Stück Aberglauben aus dieser Ähnlichkeit herleiten. Ich nehme an, daß Sie den Käfer scarabaeus caput hominis nennen werden oder so ähnlich; es gibt eine Menge derartige Benennungen in der Naturgeschichte. Aber wo sind die Fühler, von denen Sie sprachen?"

„Die Fühler!" entgegnete Legrand, der über die Sache ganz unbegreiflich in Hitze zu geraten schien; „ja, aber Sie müssen die Fühler doch sehen, ich habe sie ebenso deutlich gezeichnet, wie sie bei dem wirklichen Insekt zu sehen sind, und ich nehme an, das genügt."

„Nun ja", lenkte ich ein, „vielleicht haben Sie das – aber ich sehe sie trotzdem nicht"; und ich reichte ihm das Papier ohne weitere Bemerkung, da ich ihn nicht aufbringen wollte. Aber ich staunte über die Wendung, die die Sache genommen hatte. Seine üble Laune befremdete mich, und was die Zeichnung des Käfers anbelangte, so waren da bestimmt keine Fühler zu sehen, und das Ganze glich tatsächlich zum Verwechseln den üblichen Abbildungen eines Totenkopfes.

Er nahm verdrießlich das Papier und war im Begriff, es

zusammenzuknüllen, und es schien mir, als ob er es ins Feuer werfen wollte, da fesselte ein zufälliger Blick auf die Zeichnung seine Aufmerksamkeit. Im Augenblick überzog sein Gesicht eine heftige Röte, im nächsten wurde es ungemein blaß. Er blieb sitzen und fuhr fort, die Zeichnung einige Minuten lang eingehend zu betrachten. Endlich erhob er sich, ergriff eine Kerze, die auf dem Tisch stand, und begab sich in den äußersten Winkel des Zimmers, um sich da auf einer Schiffskiste niederzulassen. Hier nun unterzog er das Papier wiederum einer peinlichen Untersuchung und drehte es nach allen Seiten. Doch ließ er kein Wort verlauten. Sein Betragen verwunderte mich höchlich. Ich fand es indessen klüger, seine stetig zunehmende üble Laune nicht noch durch eine Bemerkung zu verschlimmern. Endlich zog er eine Brieftasche aus seinem Rock, legte das Papier sorgfältig hinein und tat beides in ein Schreibpult, das er abschloß. Sein Benehmen wurde nun ruhiger; aber sein ursprünglich so begeistertes Gebaren war ganz verschwunden. Doch schien er nicht so sehr mürrisch als innerlich beschäftigt. Der Abend verging, und er vergrub sich mehr und mehr in seine Träume, aus denen all meine lustigen Einfälle ihn nicht aufzurütteln vermochten. Es war meine Absicht gewesen, in der Hütte zu übernachten, wie ich es oft vorher getan hatte; doch da ich meinen Gastgeber in solcher Stimmung sah, schien es mir passender, mich zu verabschieden. Er drängte mich nicht, zu bleiben; doch als ich ging, schüttelte er mir noch herzlicher die Hand als sonst.

Etwa einen Monat später erhielt ich in Charleston den Besuch seines Dieners Jupiter – von Legrand selbst hatte ich in der Zwischenzeit nichts mehr gehört. Ich hatte den guten alten Neger noch niemals so niedergeschlagen gesehen und fürchtete, ein ernstes Mißgeschick habe meinen Freund getroffen.

„Nun, Jup", sagte ich, „was gibt es denn? Wie geht es deinem Herrn?"

„Nun, die Wahrheit zu sagen, Massa, ihm nicht so gut, als könnte sein."

„Nicht wohl? Das zu hören tut mir aufrichtig leid. Worüber klagt er denn?“

„Du mein Gott, das ist es ja, er nicht niemals klagen über etwas, aber er sein sehr krank, trotzdem.“

„Sehr krank! Jupiter! Warum sagst du das nicht gleich! Ist er ans Bett gefesselt?“

„Nein, das nicht, er sein gefesselt nirgends, da drückt eben der Schuh. Mein Herz muß sein sehr schwer über Massa Will.“

„Jupiter, ich möchte wissen, worüber du eigentlich sprichst. Du sagst, dein Herr sei krank. Hat er dir nicht gesagt, was ihm weh tut?“

„Aber Massa, nur nicht darüber wütend werden. Massa Will sagen, daß gar nichts mit ihm sein, aber was macht ihn herumgehen und so aussehen, daß Kopf nach unten und die Schultern hoch und weiß wie eine Gans? Und dann tut er immerzu rechnen –“

„Was tut er, Jupiter?“

„Rechnen tut er mit so Zahlen auf der Schiefertafel, den komischsten Zahlen man kann sehen. Ich sollen angeführt sein, sage ich Ihnen. Man muß ein verflucht scharfes Auge auf seine Manöver haben. Unlängst geht er mir durch, ehe die Sonne aufgegangen war, und blieb weg den ganzen lieben Tag. Ich hatt ein großes Stock zurechtgeschnitten, um ihm ganz verflixte Haue zu geben, wenn er wiederkommt – aber ich sein so ein Narr, daß ich schließlich nicht das Herz dazu hatte – er sah so sehr leidend aus.“

„Wie? – was? – ja, aber ich denke, du mußt mit dem armen Jungen nicht gar zu streng umgehen, du mußt ihn nicht schlagen, Jupiter – das verträgt er nicht! Aber hast du keine Ahnung, was diese Krankheit verursacht hat – oder vielmehr diese Veränderung in seinem Benehmen? Ist irgend etwas Unangenehmes vorgefallen, seit ich euch sah?“

„Nein, Massa, seit damals war nichts Unangenehmes, vorher war es, ich fürchten – gerade an jenem Tag, an dem Sie da waren.“

„Wie? was meinst du?“

„Nun, Massa, ich meinen doch das Käfer – nicht wahr?"

„Was?"

„Das Käfer. Ich sein ganz sicher. Massa Will sein am Kopf gebeißt worden von das Goldkäfer."

„Und welchen Grund hast du denn, Jupiter, so etwas zu vermuten?"

„Mund genug, Massa, und Krallen auch. Ich noch nie gesehen haben so verteufeltes Käfer – stechen und beißen alles, was kommen ihm nahe. Massa Will ihn zuerst packen – aber ganz schnell loslassen müssen, sag ich Ihnen; da muß er den Biß gekriegt haben. Mir selbst das Käfer nicht sehr gefallen, gar nicht, also ich nicht wollen es mit Finger anfassen, ich ihn fangen mit ein Stückchen Papier, ich gefunden. Ich es einwickeln in das Papier und ihm ein Stück in Mund stopfen, so war es zu machen."

„Und du glaubst, daß dein Herr wirklich von dem Käfer gebissen wurde und daß dieser Biß ihn krank gemacht hat?"

„Ich nicht denken, ich wissen. Was macht ihn träumen soviel von Gold, wenn nicht, weil das Goldkäfer ihn gebeißt? Ich haben schon früher von dieser Goldkäfer gehört."

„Aber woher weißt du, daß er von Gold träumt?"

„Woher ich weiß? Nun, weil er im Schlaf davon sprechen – daher ich es wissen."

„Nun, Jup, vielleicht hast du recht. Aber welchem günstigen Umstand habe ich die Ehre deines Besuches zuzuschreiben?"

„Was ist los, Massa?"

„Bringst du eine Botschaft von Mr. Legrand?"

„Nein, Massa, ich bringen dieses Päckchen hier." Und damit übergab er mir einen Brief, der folgendermaßen lautete:

„Mein lieber –

Warum habe ich Sie so lange nicht gesehen? Ich hoffe, Sie waren nicht so närrisch, mir eine meiner kleinen Schroffheiten übelzunehmen; doch nein, das ist unwahrscheinlich.

Seit ich Sie zum letztenmal sah, hatte ich vielerlei Ursache, mich aufzuregen. Ich habe Ihnen etwas zu sagen, weiß aber kaum, wie ich es sagen soll, noch, ob ich es überhaupt sagen soll. Ich habe mich in den letzten Tagen nicht ganz wohlgefühlt, und der gute alte Jup ärgert mich schon beinahe bis zur Unerträglichkeit mit seiner gutgemeinten Sorge um mich. Werden Sie es glauben? – er hatte neulich einen riesengroßen Stock vorbereitet, um mich damit zu züchtigen, weil ich ihm entwischt war und den Tag ganz allein auf den Hügeln des Festlandes zubrachte. Ich glaube wirklich, daß nur mein kränkliches Aussehen mich vor Prügeln bewahrte.

Meiner Sammlung habe ich seit unserer Begegnung nichts hinzugefügt.

Wenn Sie es irgend möglich machen können, so kommen Sie mit Jupiter herüber. Kommen Sie doch unbedingt! Ich wünsche Sie noch heute abend in einer wichtigen Angelegenheit zu sprechen. Ich versichere Ihnen, daß es von allerhöchster Wichtigkeit ist.

Stets der Ihre
William Legrand"

Etwas im Ton dieses Briefes machte mich sehr stutzig. Sein Stil wich von dem Legrand sonst eigenen wesentlich ab. Was bildete er sich nun wieder ein? Welche neue Grille hatte sich jetzt in seinem reizbaren Gehirn festgesetzt? Was für eine „Angelegenheit von allerhöchster Wichtigkeit" konnte er wohl zu erledigen haben? Jupiters Bericht über ihn verhieß nichts Gutes. Ich fürchtete, daß der unaufhörliche Druck eines traurigen Geschicks den Verstand meines Freundes völlig ins Wanken gebracht haben konnte. Ohne auch nur einen Augenblick zu zögern, machte ich mich daher bereit, dem Neger zu folgen.

Als wir den Landungsplatz erreichten, sah ich eine Sense und drei Spaten, alle dem Anschein nach ganz neu, auf dem Boden des Bootes liegen, in dem wir übersetzen sollten.

„Was bedeutet das alles, Jup?" fragte ich.

„Eine Sense, Massa, und Spaten."

„Sehr wohl. Aber was haben die hier zu suchen?"

„Seine Sense und Spaten, was Massa Will durchaus wollen, ich sollen kaufen für ihn in der Stadt, und eine Teufelsmenge Geld ich dafür gegeben."

„Aber was in aller Geheimniskrämerei Namen wird dein Massa Will mit Sense und Spaten anfangen?"

„Das sein mehr, als ich wissen, und der Teufel hole mich, wenn es nicht auch sein mehr, als er selber weiß. Aber das ist alles von das Käfer kommen."

Da ich sah, daß ich von Jupiter nichts Befriedigendes erfahren konnte, denn sein Verstand schien ganz von „das Käfer" erfüllt, bestieg ich das Boot und segelte ab. Mit einer günstigen starken Brise liefen wir bald in die kleine Bucht nördlich von Fort Moultrie ein, und ein Marsch von etwa zwei Meilen brachte uns nach der Hütte. Es war ungefähr drei Uhr nachmittags, als wir ankamen. Legrand hatte uns schon mit ungeduldiger Spannung erwartet. Er drückte mir die Hand mit einer nervösen Heftigkeit, die mich erschreckte und den von mir genährten Verdacht noch verstärkte. Sein Antlitz war geradezu geisterhaft blaß, und die tiefliegenden Augen strahlten in unnatürlichem Glanz. Nach einigen Fragen über sein Befinden erkundigte ich mich, da ich nicht wußte, was ich Besseres sagen sollte, ob er den Skarabäus von Leutnant G. schon erhalten habe.

„O gewiß", antwortete er und wurde über und über rot, „ich bekam ihn gleich am nächsten Morgen. Nichts könnte mich verleiten, mich nochmals von diesem Skarabäus zu trennen. Wissen Sie, daß Jupiter da ganz recht hat?"

„In welcher Hinsicht?" fragte ich, eine schlimme Ahnung im Herzen.

„Daß er ihn für einen Käfer aus echtem Gold hält." Legrand sagte das mit tiefernster Miene, und es berührte mich unsagbar peinlich.

„Dieser Käfer wird mein Glück machen", fuhr er mit einem triumphierenden Lächeln fort; „er wird mich wieder in den Besitz meiner Familiengüter bringen. Ist es da zu verwundern, daß er mir teuer ist? Da es Fortuna gefallen hat, ihn mir zu verleihen, so ist es nun an mir, ihn richtig zu gebrauchen; denn dann werde ich zu dem Gold gelangen, zu dem er den Weg weist. Jupiter, bring den Skarabäus!"

„Was! Das Käfer, Massa? Ich möchte das Käfer lieber nicht stören; Sie müssen es schon ganz alleine holen!"

Darauf erhob sich Legrand mit feierlich stolzer Miene und holte den Käfer aus einem Glaskasten, in dem er verwahrt war. Es war ein schöner Skarabäus und zur damaligen Zeit den Naturforschern noch unbekannt, daher natürlich vom wissenschaftlichen Gesichtspunkt aus sehr wertvoll. An dem einen Ende des Rückens hatte er zwei runde Flecken und am anderen Ende einen länglichen Fleck. Die Flügeldecken waren außerordentlich hart und poliertem Gold zum Verwechseln ähnlich. Das Gewicht des Insekts war sehr beträchtlich, und zog man all dies in Erwägung, so konnte man Jupiter wegen seiner Meinung kaum tadeln. Wie ich mir aber Legrands damit übereinstimmende Ansicht erklären sollte, das wußte ich nicht zu sagen, und hätte es mein Leben gegolten.

„Ich sandte nach Ihnen", sprach er in pathetischem Ton, nachdem ich den Käfer genugsam betrachtet hatte, „ich sandte nach Ihnen, um Sie um Rat und Beistand zu bitten, wenn ich dem Wink des Schicksals und dieses Käfers folge . . ."

„Mein lieber Legrand", unterbrach ich ihn, „Sie fühlen sich sicherlich nicht wohl und sollten ein wenig auf sich achtgeben. Sie werden sich zu Bett legen, und ich bleibe ein paar Tage bei Ihnen, bis Sie das überwunden haben. Sie fiebern und –"

„Fühlen Sie meinen Puls", erwiderte er.

Ich fühlte ihn, und wenn ich bei der Wahrheit bleiben soll: ich fand nicht das geringste Anzeichen von Fieber.

„Aber Sie können krank sein, ohne Fieber zu haben. Erlauben Sie mir, Ihnen dies eine Mal Vorschriften zu machen. Zunächst legen Sie sich zu Bett. Dann –"

„Sie irren sich", versetzte er, „ich fühle mich so wohl, wie es nur möglich ist, wenn man unter dem Einfluß einer solchen Erregung steht. Wenn Sie mir wirklich wohlwollen, werden Sie mich von dieser Erregung befreien."

„Und wie soll ich das?"

„Ganz einfach. Jupiter und ich unternehmen eine Expedition nach den Hügeln des Festlandes, und bei dieser Expedition werden wir die Hilfe eines Dritten brauchen, dem wir vollkommen vertrauen können. Sie sind der einzige, auf den wir uns verlassen können. Gleichviel, ob es uns nun gelingt oder ob es uns mißlingt, die Erregung, die Sie jetzt an mir bemerken, wird sich legen."

„Es liegt mir sehr viel daran, Ihnen auf jede Weise gefällig zu sein", antwortete ich; „aber wollen Sie damit sagen, daß dieser verdammte Käfer mit Ihrer Expedition nach den Hügeln in irgendeinem Zusammenhang steht?"

„Ja."

„Dann, Legrand, kann ich mich an einem so albernen Vorhaben nicht beteiligen."

„Das tut mir leid – sehr leid –, denn wir werden es nun allein versuchen müssen."

„Es allein versuchen! Der Mensch ist sicherlich toll! Doch halt! Wie lange haben Sie vor auszubleiben?"

„Voraussichtlich die ganze Nacht; wir brechen sofort auf und sind auf jeden Fall bei Sonnenaufgang zurück."

„Und versprechen Sie mir bei Ihrer Ehre, daß Sie, wenn diese Grille vorüber und die Käfergeschichte zu Ihrer Zufriedenheit erledigt ist, nach Hause zurückkehren und streng meinem Rat folgen werden, wie dem Rat Ihres Arztes?"

„Ja; ich verspreche es; doch nun sehen wir zu, daß wir fortkommen, denn wir haben keine Zeit mehr zu verlieren."

Schweren Herzens begleitete ich meinen Freund. Wir brachen etwa um vier Uhr auf, Legrand, Jupiter, der Hund und ich. Jupiter trug die Sense und die Spaten – er bestand darauf, alles allein zu tragen; mehr aus Furcht, wollte mir scheinen, daß nicht eines dieser Werkzeuge seinem Herrn in die Hände geriete, als aus übermäßigem Eifer und großer Gefälligkeit. Er verhielt sich höchst knurrig, und „das vertrackte Käfer" waren die einzigen Worte, die sich seinen Lippen während des ganzen Marsches entrangen. Ich für mein Teil hatte ein paar Blendlaternen übernommen, während Legrand sich mit dem Skarabäus begnügte, den er am Ende eines Stücks Schnur befestigt hatte und im Gehen mit der Miene eines Geisterbeschwörers hin und her schwenkte. Als ich diesen letzten, deutlichen Beweis der geistigen Verwirrung meines Freundes wahrnahm, konnte ich mich kaum der Tränen enthalten. Doch schien es mir das beste, seiner Laune, wenigstens vorläufig, zu willfahren, oder doch so lange, bis ich mit einiger Hoffnung auf Erfolg zu energischeren Maßnahmen schreiten konnte. Einstweilen versuchte ich, allerdings völlig vergeblich, ihn über den Zweck dieser Expedition auszuforschen. Da es ihm gelungen war, mich zu überreden, und ich ihn begleitete, schien er nicht willens, über einen Gegenstand von geringerer Bedeutung zu konversieren, und würdigte mich auf alle meine Fragen nur der einen Antwort: „Wir werden sehen."

Wir setzten am äußersten Ende der Insel über den Meeresarm und marschierten an der Küste des Festlandes, zur Hochebene aufsteigend, in nordwestlicher Richtung durch eine äußerst wilde und einsame Landschaft, in der sich keine Spur eines menschlichen Fußtrittes fand. Legrand schritt entschlossen voran; nur hier und da blieb er einen Augenblick stehen, anscheinend um gewisse Markierungen zu Rate zu ziehen, die er bei einer früheren Gelegenheit selbst angebracht hatte.

So setzten wir etwa zwei Stunden lang unsere Wanderung fort, und die Sonne war gerade am Untergehen, als wir in eine Gegend kamen, die alles bisher Gesehene an trauriger Öde unendlich übertraf. Es war eine Art Tafelland am Fuße eines Gipfels von nahezu unersteigbarer Höhe, die von oben bis unten dicht bewaldet und mit riesenhaften Felsblöcken übersät war, die lose auf dem Erdboden aufzuliegen schienen und in vielen Fällen nur von den Bäumen, gegen die sie lehnten, daran gehindert wurden, hinab in die Täler zu stürzen. Tiefe, nach verschiedenen Richtungen laufende Schluchten gaben dem Platz noch mehr das Aussehen düsterer Feindseligkeit.

Die natürliche Plattform, die wir erklommen hatten, war dicht mit Brombeerranken überwachsen, und wir entdeckten bald, daß es ohne die Sense unmöglich gewesen wäre, uns hier Bahn zu brechen; so ging Jupiter auf Geheiß seines Herrn daran, einen Pfad bis zum Fuße eines ungeheuer hohen Tulpenbaumes auszuhauen, der, umgeben von etwa acht oder zehn Eichen, auf dem Plateau stand. Der Tulpenbaum überragte die Eichen weit und übertraf auch sonst alle Bäume, die ich jemals gesehen hatte, an Schönheit des Laubes und der Gestalt, an breitausladenden Ästen sowie in der Majestät seiner ganzen Erscheinung. Als wir diesen Baum erreicht hatten, wandte sich Legrand an Jupiter und fragte ihn, ob er imstande sei hinaufzuklettern. Diese Frage schien den alten Mann ein wenig zu verblüffen, und er antwortete ein paar Augenblicke nicht. Endlich näherte er sich dem Stamme, schritt langsam um ihn herum und prüfte ihn aufs sorgfältigste. Als er seine genaue Untersuchung beendet hatte, sagte er bloß: „Ja, Massa, Jup klettert auf jedes Baum er im Leben gesehen."

„Dann so schnell wie möglich hinauf mit dir; denn es wird bald zu finster sein, um das, worauf es uns ankommt, zu sehen."

„Wie hoch muß ich hinauf, Massa?" fragte Jupiter.

„Klettere erst an dem Hauptstamm in die Höhe und dann will ich dir sagen, nach welcher Richtung du dich wenden sollst – und hier – halt! nimm diesen Käfer mit."

„Das Käfer, Massa Will! – das Goldkäfer?" rief der Neger und wich voll Abscheu zurück. „Wofür muß denn das Käfer oben in Baum? Verflucht, wenn ich es nehme!"

„Wenn du dich fürchtest, Jup, ein großer, starker Neger wie du, einen harmlosen kleinen toten Käfer anzufassen, so kannst du ihn ja an dieser Schnur hinauftragen; aber wenn du ihn nicht auf irgendeine Art mitnimmst, so bin ich gezwungen, dir mit dieser Schaufel den Kopf einzuschlagen."

„Was sein denn wieder los, Massa?" erwiderte Jup, den die Beschämung willfährig machte, „müssen immer Zank haben mit alte Neger. Hab so nur gespaßt. Ich das Käfer fürchten! Was mach ich mich aus Käfer?" Damit faßte er behutsam das äußerste Ende der Schnur, hielt das Insekt so weit von seinem Körper ab, wie es die Umstände erlaubten, und machte sich daran, den Baum zu ersteigen.

Solange er jung ist, hat der Tulpenbaum, der herrlichste aller amerikanischen Waldbäume, einen außergewöhnlich glatten Stamm und erhebt sich oft zu beträchtlicher Höhe, ohne seitliche Äste zu treiben; aber in reiferem Alter wird die Rinde knorrig und rauh, und viele kurze Äste brechen aus dem Stamm. So war der Aufstieg in diesem Fall nur scheinbar so schwierig. Indem er den ungeheuren Zylinder so eng wie möglich mit Armen und Knien umklammerte, mit den Händen nach Vorsprüngen griff, gegen andere die nackten Zehen stemmte, schwang sich Jupiter, nachdem er ein- oder zweimal knapp daran gewesen war, herunterzustürzen, endlich in die erste große Gabelung hinauf und schien damit die ganze Angelegenheit als im wesentlichen erledigt anzusehen. Das Schwierigste bei diesem Unternehmen war ja nun wirklich überwunden, obwohl sich der Kletterer einige sechzig oder siebzig Fuß über dem Erdboden befand.

„Wohin soll ich jetzt, Massa Will?" fragte er.

„Halte dich auf dem größten Ast, auf dieser Seite hier", rief Legrand. Der Neger gehorchte sogleich und sichtlich ohne große Mühe; er stieg höher und höher, bis man durch das dichte Laubwerk, das ihn einhüllte, kein Stückchen seiner vierschrötigen Gestalt mehr sehen konnte. Da hörte man auch schon seine Stimme „Hallo!" rufen.

„Und wieviel weiter müssen ich noch gehen?"

„Wie hoch bist du?" schrie Legrand zurück.

„So furchtbar hoch", antwortete der Neger, „kann oben durch das Baum den Himmel sehen."

„Kümmere dich nicht um den Himmel, sondern paß auf, was ich sage! Blicke den Stamm hinunter und zähle die Äste unter dir, auf dieser Seite; an wieviel Ästen bist du vorüber?"

„Eins, zwei, drei, vier, fünf – ich haben fünf große Äste hinter mir auf dieser Seite."

„Also steige noch einen Ast höher."

Nach ein paar Minuten hörte man seine Stimme wieder, die meldete, daß der siebente Ast erreicht sei.

„Nun, Jup“, rief Legrand, sichtlich sehr aufgeregt, „nun wünsche ich, daß du dich auf diesem Ast so weit wie möglich vorarbeitest; wenn du etwas Merkwürdiges entdeckst, so teile es mir mit.“

Hätte ich bis dahin auch nur im geringsten an der Verrücktheit meines armen Freundes gezweifelt, wäre mein Zweifel nun endgültig geschwunden. Es blieb mir nichts anderes übrig, als ihn für wahnsinnig zu halten, und ich sorgte mich ernstlich, wie ich ihn nach Hause bringen sollte. Während ich noch grübelte, was am besten zu tun wäre, hörte man von neuem Jupiters Stimme: „Sehr bange, auf diese Ast mich sehr weit vorzuwagen, ’s ist so ziemlich tote Ast in seine ganze Länge.“

„Sagst du, daß der Ast abgestorben ist, Jupiter?“ rief Legrand mit zitternder Stimme.

„Ja, Massa, sein mausetot – ganz aus damit – kein Leben mehr darin.“

„Was in Himmels Namen soll ich tun?“ fragte Legrand, anscheinend in höchster Verzweiflung.

„Was Sie tun sollen?“ sagte ich, glücklich, ein Wort dazwischenwerfen zu können. „Kommen Sie nach Hause und legen Sie sich zu Bett. Kommen Sie doch! Seien Sie so gut! Es wird spät, und dann denken Sie an Ihr Versprechen.“

„Jupiter“, rief er, ohne mich im geringsten zu beachten, „hörst du mich?“

„Ja, Massa Will, hören Sie ganz genau.“

„Also untersuche das Holz gut mit deinem Messer und sieh, ob es sehr morsch ist.“

„Sein morsch, Massa, ganz sicher“, antwortete der Neger nach einigen Augenblicken, „aber könnte noch mehr morsch sein. Könnte mir allein noch ein wenig weiter auf das Ast vorwagen, das ist wahr.“

„Allein? was meinst du?“

„Nun, ich meine das Käfer. Käfer sein sehr schwer. Vielleicht ich ihn lassen erst hinunterfallen, und dann das Ast wird nicht brechen nur unter das Gewicht von einem einzigen Nigger.“

„Du höllischer Schurke!“ rief Legrand aus, anscheinend sehr erleichtert; „was fällt dir ein, mir solchen Unsinn zu erzählen? Wenn du den Käfer fallen läßt, so drehe ich dir ganz gewiß den Hals um. Du, Jupiter, hörst du mich?“

„Ja, Massa, brauchen arme Neger nicht so anzuschreien.“

„Schon gut! also hör zu! Wenn du dich auf diesem Ast so weit vorwagst, wie du es für ungefährlich hältst, und den Käfer nicht fallen läßt, so schenke ich dir einen Silberdollar, sobald du wieder herunterkommst.“

„Ich sein schon dran, Massa Will, wirklich“, antwortete der Neger gleich darauf, „beinahe am Ende schon.“

„Ganz am Ende?“ brüllte Legrand nun geradezu heraus; „willst du damit sagen, daß du am äußersten Ende jenes Astes bist?“

„Gleich sein am Ende, Massa – oh – oh – oh – o Gott, steh mir bei! Was sein das hier auf das Baum?“

„Nun“, rief Legrand, höchlichst entzückt, „was ist es denn?“

„Ach, es sein bloß ein Totenkopf. Jemand hat sein Kopf auf das Baum gelassen, und die Krähen haben das ganze Fleisch weggepickt.“

„Ein Schädel, sagst du? Vortrefflich – wie ist er an dem Ast angebracht, was hält ihn daran fest?“

„Sehr wohl, Massa, mussen nachsehen. Nun, das sein merkwürdige Sach', auf mein Wort – sein ein großmächtiger Nagel in das Schädel, der es auf das Baum festhält.“

„Gut, Jupiter, tue nun genau, was ich dir sage – hörst du?“

„Ja, Massa.“

„Gib also acht – finde das linke Auge des Schädels heraus.“

„Hm, oho, das sein gut! Es sein doch überhaupt kein Auge mehr.“

„Verfluchte Dummheit! Unterscheidest du deine linke Hand von deiner rechten?“

„Ja, das wissen ich; das wissen ich alles – mit meine linke Hand spalte ich Holz.“

„Richtig! Du bist ein Linkshänder, und dein linkes Auge

ist auf der gleichen Seite wie deine linke Hand; so denke ich, daß du das linke Auge des Schädels auch finden kannst oder die Stelle, an der einmal das linke Auge saß. Hast du es gefunden?"

Nun folgte eine lange Pause. Endlich fragte der Neger: „Sein linkes Auge von Schädel auch auf dasselbe Seite wie linkes Hand von Schädel? Natürlich hat das Schädel kein bißchen Hand mehr – ganz gleich! Ich haben linkes Auge jetzt – hier linkes Auge! Was soll ich tun damit?"

„Laß den Käfer hindurchfallen, und zwar so weit, wie die Schnur reicht, aber gib acht und laß die Schnur nicht los!"

„Schon geschehen, Massa Will; riesig leichte Sach', Käfer durch Loch stecken – sehen Sie da unten nach ihm aus!"

Während dieses Zwiegesprächs war nicht das geringste von Jupiter zu sehen; der Käfer dagegen, den er herabgelassen hatte, kam nun am Ende der Schnur baumelnd zum Vorschein und glitzerte wie eine Kugel aus poliertem Gold in den letzten Strahlen der untergehenden Sonne, die jene Anhöhe, auf der wir standen, noch schwach beleuchteten.

Der Skarabäus hing außerhalb der Zweige, und hätte er fallen können, er wäre zu unseren Füßen niedergefallen. Legrand ergriff sogleich die Sense und machte einen runden Platz im Durchmesser von drei bis vier Ellen frei, gerade unterhalb des Insekts; als er damit fertig war, befahl er Jupiter, die Schnur loszulassen und von dem Baume herabzusteigen.

Nachdem mein Freund mit großer Sorgfalt einen Pflock genau an der Stelle in den Boden getrieben hatte, an der der Käfer niedergefallen war, zog er ein Maßband aus der Tasche. Das eine Ende dieses Maßbandes machte er an jener Stelle des Baumstammes fest, die dem Pflock am nächsten lag, rollte es auf, bis es den Pflock erreichte, und rollte es von da an noch fünfzig Fuß weit in jener Richtung auf, die durch Baumstamm und Pflock gegeben war; indessen entfernte Jupiter die Brombeerranken mit der Sense. An dem Punkt, den man so ermittelt hatte, wurde ein zweiter Pflock eingetrieben; rings um diesen Pflock beschrieb man einen Kreis im Durchmesser von etwa vier Fuß. Nun ergriff Legrand selbst einen Spaten, reichte Jupiter einen und mir einen und bat uns, jetzt so schnell wie möglich mit Graben zu beginnen.

Ich hatte, um die Wahrheit zu sagen, an derlei Vergnügungen niemals viel Geschmack gefunden, und besonders in diesem Augenblick hätte ich gern darauf verzichtet; denn es fing an Nacht zu werden, und ich fühlte mich sehr ermüdet von der vorausgegangenen Anstrengung. Aber ich sah keinen Ausweg und fürchtete das seelische Gleichgewicht meines armen Freundes durch eine Weigerung noch mehr zu stören. Hätte ich mich sicher auf Jupiters Hilfe verlassen können, ich hätte nicht gezögert und versucht, den Wahnsinnigen mit Gewalt nach Hause zu bringen; doch kannte ich die Gesinnung des alten Negers zu gut, als daß ich, unter welchen Umständen auch immer, hätte hoffen dürfen, in einem Kampf gegen seinen Herrn bei ihm Beistand zu finden. Ich zweifelte nicht daran, daß Legrand von einer der zahlreichen Schauergeschichten des Südens, die von vergrabenem Gold erzählen, angesteckt war und daß dieser phantastische Glaube durch die Entdeckung des Skarabäus oder vielleicht sogar durch Jupiters eigensinnige Behauptung, es sei „ein Käfer aus purem Gold“, Nahrung gefunden hatte. Ein Gemüt, das zum Wahnsinn neigt, kann durch allerlei Einflüsterungen leicht irregeführt werden, zumal wenn sie zu anderen, schon früher gefaßten Lieblingsideen stimmen – und ich rief mir des armen Jungen Ausspruch, der Käfer sei der Wegweiser zu seinem Glück, ins Gedächtnis. Alles in allem war ich recht ärgerlich und wußte nicht aus noch ein, beschloß aber endlich, aus der Not eine Tugend zu machen, beim Graben guten Willen zu zeigen und so diesen Phantasten um so eher durch den Augenschein von dem Trügerischen seiner Erwartungen zu überzeugen.

Nachdem die Laternen angezündet worden waren, machten wir uns alle mit einem Eifer an die Arbeit, der einer vernünftigeren Sache würdig gewesen wäre. Und als ihr grelles Licht auf uns und unsere Werkzeuge fiel, mußte ich unwillkürlich denken, welch malerische Gruppe wir bildeten und wie sonderbar und verdächtig unsere Arbeit einem Eindringling hätte vorkommen müssen, der unversehens in unsere Mitte geraten wäre.

Wir gruben zwei Stunden, ohne abzusetzen. Es wurde wenig gesprochen; am meisten ärgerte uns das Kläffen des Hundes, der an unserem Vorhaben lebhaftesten Anteil nahm. Schließlich machte er solchen Lärm, daß wir zu fürchten begannen, er könnte die Aufmerksamkeit von irgendwelchen Vagabunden erregen – vielmehr war das Legrands Befürchtung; ich für mein Teil hätte mich über jede Unterbrechung gefreut, die es mir möglich gemacht hätte, den Unsteten nach Hause zu bringen. Jupiter brachte das Gebell schließlich sehr wirksam zum Schweigen; er kroch mit mürrischer Entschlossenheit aus seinem Loch empor, band dem Tier mit einem seiner Hosenträger die Schnauze zu und ging dann mit bösartigem Kichern wieder an die Arbeit.

Als die zwei Stunden um waren, hatten wir eine Tiefe von fünf Fuß erreicht, und noch immer wollte sich keine Spur eines Schatzes zeigen. Wir legten eine Ruhepause ein, und ich begann zu hoffen, daß die Farce damit ihr Ende finden werde. Aber Legrand, obgleich sichtlich verstört, trocknete sich nachdenklich die Stirn und begann von neuem. Wir hatten den ganzen Kreis von vier Fuß Durchmesser ausgehoben; nun schoben wir die Grenzlinie leicht nach außen und gingen in eine Tiefe von weiteren zwei Fuß. Noch immer zeigte sich nichts. Der Goldsucher, den ich aufrichtig bedauerte, kletterte endlich aus der Grube, tiefste Enttäuschung in seinen Zügen, und ging langsam und sichtlich widerstrebend daran, seinen Rock anzuziehen, den er zu Beginn der Arbeit abgeworfen hatte. Ich enthielt mich währenddessen jeder Äußerung. Auf ein Zeichen seines Herrn begann Jupiter das Werkzeug zusammenzulesen. Als das geschehen und auch der Hund von seiner Schlinge befreit war, wandten wir uns in tiefstem Schweigen heimwärts.

Wir waren etwa ein Dutzend Schritte in jener Richtung gegangen, als Legrand mit einem lauten Fluch auf Jupiter losstürzte und ihn beim Kragen packte. Der erstaunte Neger riß Augen und Mund sperrangelweit auf, ließ die Spaten fallen und sank in die Knie.

„Du Schurke!“ sagte Legrand, indem er die Silben zischend durch die gefletschten Zähne stieß, „du höllischer, schwarzer Schuft! Sprich, sag ich dir! Antworte mir im Augenblick und ohne Umschweife! Welches, welches ist dein linkes Auge?“

„O Gott, o Gott, Massa Will! Sein nicht dies hier mein linkes Auge ganz sicher?“ brüllte der tieferschrockene Jupiter, legte die Hand auf sein rechtes Sehorgan und ließ sie da mit verzweifelter Ausdauer liegen, als fürchte er, sein Herr wolle es ihm auf der Stelle ausreißen.

„Dacht ich's mir doch! Wußt ich es doch! Hurra!“ rief Legrand, ließ den Neger los und vollführte eine Reihe von Luftsprüngen und Kapriolen, sehr zum Erstaunen seines Dieners, der sich aus seiner knienden Stellung erhoben hatte und stumm von seinem Herrn auf mich und von mir auf seinen Herrn blickte.

„Kommt, wir müssen umkehren“, sagte er endlich, „das Spiel ist noch nicht aus.“ Und er wandte sich wieder dem Tulpenbaum zu.

„Jupiter“, befahl er, als wir dessen Fuß erreicht hatten, „komm hierher! War der Schädel mit dem Gesicht nach auswärts an den Ast genagelt oder dem Baum zugewandt?“

„Das Gesicht war nach außen, Massa, so daß die Krähen konnten gut an die Augen ohne Mühe.“

„Nun also, war es dieses Auge oder jenes hier, durch das du den Käfer fallen ließest?“ Damit berührte Legrand Jupiters Augen, eines nach dem anderen.

„'s war dies Auge, Massa, das linke Auge, genau wie Sie sagen mir“, und damit wies der Neger auf sein rechtes Auge.

„Das genügt, wir müssen es noch einmal versuchen.“

Darauf steckte mein Freund, in dessen Tollheit ich gewisse Anzeichen von Methode erblickte, den Pflock, der die Stelle bezeichnete, wo der Käfer zu Boden gefallen war, an einen Fleck, der etwa drei Zoll westwärts lag. Nun spannte er das Maßband wie vorhin von dem zunächst gelegenen Punkt des Baumstamms bis zu dem Pflock und von da in gerader Linie fünfzig Fuß weit; auf diese Weise erhielt er einen Punkt, der einige Ellen von jenem entfernt lag, an dem wir gegraben hatten.

Um diesen neuen Punkt wurde ein etwas größerer Kreis beschrieben als das erstemal, und wir machten uns von neuem mit dem Spaten an die Arbeit. Ich war entsetzlich müde; doch obgleich ich kaum wußte, was den Wechsel in meinem Denken verursacht hatte, so empfand ich dennoch keinen großen Widerwillen mehr gegen die mir auferlegte Arbeit. Ganz unbegreiflicherweise fühlte ich mich interessiert, ja, ich wurde sogar aufgeregt. Vielleicht lag etwas in Legrands extravagantem Gebaren, etwas wie Vorbedacht und Entschlossenheit, das mir Eindruck machte. Ich grub eifrig und ertappte mich wirklich hin und wieder dabei, wie ich mit einem Gefühl, das der Erwartung sehr gleichsah, nach dem erträumten Schatz ausspähte, jenem Schatz, dessen Trugbild meinen unglücklichen Gefährten um den Verstand gebracht hatte. Als nun gerade solche ausschweifende Gedanken sich ganz meiner bemächtigten und wir wohl anderthalb Stunden an der Arbeit waren, unterbrach uns der Hund wieder mit wildem Geheul. Das erstemal war seine Unruhe ganz offensichtlich der Spielsucht oder Laune entsprungen, doch nun klang es bitter ernst. Als Jupiter wiederum versuchte, ihm die Schnauze zuzubinden, setzte er sich wütend zur Wehr, sprang in das Loch und riß den Boden ungestüm mit seinen Pfoten auf. In wenigen Minuten hatte er einen Haufen menschlicher Gebeine aufgedeckt, die zwei vollständige Gerippe ergaben, vermengt mit einigen Metallknöpfen und etwas, das aussah wie der Staub vermoderter Wolle. Ein paar Spatenstiche förderten die Klinge eines großen spanischen Messers zutage, und als wir weitergruben, kamen drei oder vier verstreute Goldmünzen ans Licht.

Bei deren Anblick konnte Jupiter seine Freude kaum bezähmen, aber das Antlitz seines Herrn zeigte den Ausdruck tiefster Enttäuschung. Doch drang er in uns, unsere

Bemühungen fortzusetzen, und kaum hatte er die Worte gesprochen, als ich stolperte und vornüberfiel. Meine Stiefelspitze hatte sich in einem großen Eisenring verfangen, den lose Erde halb verdeckte.

Wir arbeiteten nun voll Eifer, und ich habe niemals zehn Minuten in gleich heftiger Aufregung verbracht. Während dieser Zeit hatten wir eine längliche Truhe völlig ausgegraben, die, wie sich aus ihrer vollkommenen Erhaltung und der erstaunlichen Härte des Holzes schließen ließ, augenscheinlich einem Mineralisierungsprozeß unterworfen gewesen war – vielleicht durch Quecksilbersublimat. Diese Truhe war drei und einen halben Fuß lang, drei Fuß breit und zweieinhalb Fuß tief. Sie war mit schmiedeeisernen, vernieteten Bändern verstärkt, die wie eine Art Gitterwerk das Ganze umschlossen. Auf jeder Seite der Truhe waren nahe dem Deckel drei Eisenringe angebracht, im ganzen sechs, an denen sechs Personen gut zufassen konnten. Mit äußerster vereinter Anstrengung gelang es uns, den Koffer ganz wenig von der Stelle zu rücken. Wir sahen sofort ein, daß es unmöglich war, eine so schwere Last fortzuschaffen. Glücklicherweise bestand der einzige Verschluß des Deckels aus zwei verschiebbaren Riegeln. Diese stießen wir zurück, zitternd und atemlos vor ängstlicher Erwartung. Im nächsten Augenblick lag gleißend ein Schatz von unberechenbarem Wert vor uns. Als das Licht der Laternen in die Höhlung fiel, blitzte uns von einem wirren Haufen von Gold und Edelsteinen ein Glühen und Flimmern entgegen, das unser Auge völlig blendete.

Ich will gar nicht erst versuchen, die Empfindungen, mit denen ich in den Kasten starrte, näher zu beschreiben. Natürlich überwog das äußerste Erstaunen. Legrand schien vor Aufregung ganz erschöpft und sprach nur wenige Worte. Jupiters Gesicht wurde ein paar Minuten lang so totenbleich, wie es ein Negergesicht der Natur der Dinge nach nur werden kann. Er schien betäubt, vom Donner gerührt. Da fiel er auch schon in der Grube auf die Knie, vergrub seine nackten Arme bis zum Ellbogen in dem Gold und ließ sie darin, als ob er die Wollust eines Bades auskostete. Endlich rief er, mit einem tiefen Seufzer, wie im Selbstgespräch: „Und das kommen all von das Goldkäfer! das liebe Goldkäfer! das arme, kleine Goldkäfer, das ich beschimpfen auf so wilde Art! Schämst dir nicht vor dir selbst, Nigger? Antworte!"

Es wurde endlich nötig, sowohl Herrn als Diener wachzurütteln, mit dem Hinweis, daß es ratsam wäre, den Schatz fortzuschaffen. Es fing an, spät zu werden, und wir mußten uns gehörig anstrengen, wenn wir alles vor Tagesanbruch unter Dach bringen wollten. Es war schwer zu sagen, was zunächst zu tun sei, und viel Zeit verging mit Überlegungen, so verwirrt waren all unsere Gedanken. Endlich erleichterten wir die Kiste, indem wir zwei Drittel ihres Inhalts herausholten; dann gelang es uns mit einiger Mühe, sie aus dem Loche zu heben. Die herausgenommenen Gegenstände legten wir unter die Brombeerranken und ließen zur Bewachung den Hund zurück, dem Jupiter den strengen Befehl erteilte, sich unter keinen Umständen vom Fleck zu rühren noch vor unserer Rückkehr einen Laut von sich zu geben. Wir machten uns dann eilig mit der Truhe auf den Heimweg und erreichten wohlbehalten, aber nach ungeheurer Mühsal um ein Uhr die Hütte. Erschöpft wie wir waren, lag es nicht in der menschlichen Natur, sogleich noch mehr zu leisten. Wir ruhten uns bis zwei Uhr aus und aßen zu Abend; gleich nachher brachen wir wieder, versehen mit drei großen Säcken, die sich glücklicherweise in der Hütte fanden, nach den Hügeln auf. Kurz vor vier Uhr kamen wir bei der Grube an, verteilten so gleichmäßig wie möglich den Rest der Beute untereinander, ließen die Löcher offen und machten uns wieder nach unserer Behausung auf, wo wir nun zum zweitenmal unsere goldene Last abluden, als eben die ersten zarten Streifen der Morgenröte im Osten über den Baumwipfeln erglühten.

Wir fühlten uns nun gänzlich zerschlagen. Aber die heftige Aufregung des gegenwärtigen Augenblicks ließ uns nicht rasten. Nach einem unruhigen Schlummer von einigen Stunden erhoben wir uns wie auf Verabredung, um unseren Schatz einer Prüfung zu unterziehen.

Die Truhe war bis zum Rande voll gewesen, und wir verbrachten den ganzen Tag und den größten Teil der darauffolgenden Nacht damit, ihren Inhalt zu untersuchen. Von einer Reihenfolge oder Ordnung war nichts zu bemerken. Alles war kunterbunt durcheinandergeworfen. Nachdem alles sorgfältig sortiert war, sahen wir uns im Besitze noch größerer Reichtümer, als wir zuerst angenommen hatten. An Münzen fanden sich etwas mehr als im Wert von 450.000 Dollar, wenn wir die einzelnen Stücke so genau wie möglich nach den Tabellen der damaligen Zeit einschätzten. Es war nicht ein Deut Silber darunter, sondern lauter Goldmünzen aus längst vergangener Zeit und von großer Mannigfaltigkeit, französische, spanische und deutsche Münzen, ein paar englische Guineen dabei und einige Zahlmarken, wie wir sie nie zuvor gesehen hatten. Es gab verschiedene große, sehr schwere Münzen, die so abgegriffen waren, daß wir ihre Inschrift nicht entziffern konnten. Amerikanisches Geld war nicht dabei. Den Wert der Juwelen zu schätzen bereitete uns mehr Schwierigkeiten. Es waren im ganzen einhundertzehn Diamanten, einige davon außerordentlich groß und schön, keiner davon klein; achtzehn Rubine von hervorragendem Glanz, dreihundertundzehn Smaragde, alle sehr schön, einundzwanzig Saphire und schließlich ein Opal. Alle diese Steine waren aus ihren Fassungen gebrochen und lose in die Kiste geworfen worden. Die Fassungen selbst, die wir unter dem anderen Gold hervorsuchten, schienen zusammengehämmert, wohl um sie unkenntlich zu machen. Zu alledem gab es eine Menge Schmuck aus massivem Gold; beinahe zweihundert massive Finger- und Ohrringe, schwere Ketten, dreißig an der Zahl, wenn ich mich recht erinnere. Dreiundachtzig sehr große und schwere Kruzifixe, fünf goldene Weihrauchfässer von großem Wert, eine riesige goldene Punschterrine, mit reichziseliertem Weinlaub und bacchischen Gestalten geziert; dazu zwei auserlesen gearbeitete Schwertgriffe in erhabener Arbeit und eine Menge kleinerer Gegenstände, auf die ich mich nicht mehr besinnen kann. Das Gewicht dieser Kostbarkeiten überstieg dreihundertfünfzig Pfund. Dabei habe ich in diese Schätzung noch einhundertsechsundneunzig goldene Uhren nicht mit eingeschlossen, drei davon im Werte von je fünfhundert Dollar. Viele der Uhren waren sehr alt und als Chronometer wertlos, da ihr Uhrwerk von Rost zerfressen war, doch alle waren reich mit Edelsteinen besetzt und steckten in sehr kostbaren Gehäusen. Wir schätzten in jener Nacht den ganzen Inhalt der Kiste auf anderthalb Millionen Dollar; doch später, bei der Veräußerung der Schmucksachen und Juwelen, fanden wir, daß wir den Schatz viel zu niedrig bewertet hatten.

Nachdem das Inventar aufgenommen war und die heftige Erregung jener Stunden sich einigermaßen gelegt hatte, begann Legrand, der merkte, daß ich vor Ungeduld nach der Lösung dieses höchst ungewöhnlichen Rätsels verging, alle damit verbundenen Umstände im einzelnen zu erzählen.

„Sie entsinnen sich des Abends“, sagte er, „da ich Ihnen jene flüchtige Skizze hinreichte, die ich von dem Skarabäus angefertigt hatte. Sie erinnern sich auch, daß ich ganz ärgerlich wurde, als Sie darauf bestanden, meine Zeichnung gliche einem Totenkopf. Ich dachte anfangs, als Sie diese Behauptung aufstellten, es wäre ein Scherz. Doch dann rief ich mir die eigentümlichen Punkte auf dem Rücken des Insektes ins Gedächtnis zurück und mußte zugeben, daß Ihre Bemerkung einigermaßen begründet war. Das Bespötteln meiner zeichnerischen Fähigkeiten reizte mich aber, denn man hält mich für einen guten Zeichner, und deshalb war ich nahe daran, das Stückchen Pergament, als Sie es mir reichten, zusammenzuknüllen und ärgerlich ins Feuer zu werfen.“

„Das Stückchen Papier meinen Sie“, sagte ich.

„Nein, es sah zwar so ähnlich aus wie Papier, und auch ich hielt es anfangs dafür; doch als ich darauf zu zeichnen begann, entdeckte ich sofort, daß es ein Stück sehr dünnes Pergament war. Es war ganz schmutzig, Sie erinnern sich. Nun, als ich gerade im Begriffe war, es zu zerknittern, fiel mein Blick auf die Skizze, die Sie betrachtet hatten, und Sie können sich mein Erstaunen vorstellen, als ich tatsächlich einen Totenkopf an jener Stelle sah, wo ich den Käfer gezeichnet zu haben glaubte. Einen Augenblick lang war ich zu erstaunt, um folgerichtig denken zu können. Ich wußte, daß meine Zeichnung in allen Einzelheiten von jener, die vor uns lag, sehr abwich, wenn auch der Umriß im großen ganzen ähnlich war. Gleich darauf ergriff ich eine Kerze, setzte mich ans andere Ende des Zimmers und ging daran, das Pergament näher zu prüfen. Ich wandte es um und sah meine eigene Skizze auf der Rückseite, genauso, wie ich sie gemacht hatte. Meine erste Regung war bloße Verwunderung über die wirklich auffallende Ähnlichkeit des Umrisses – über das eigentümliche Zusammentreffen, das darin lag, daß, ohne daß ich darum wußte, gerade unter meiner Figur des Skarabäus auf der anderen Seite des Blattes ein Totenkopf gewesen sein sollte und daß dieser Totenkopf nicht nur im Umriß, sondern auch in der Größe meiner Zeichnung so ausnehmend glich. Ich sage, daß die Seltsamkeit dieses Zusammentreffens mich für den Augenblick geradezu verblüffte. Das ist die gewöhnliche Wirkung eines solchen unerwarteten Zusammentreffens. Der Geist müht sich ab, einen Zusammenhang zu finden, eine Folge von Ursache und Wirkung, und da es ihm nicht glückt, bleibt er eine Zeitlang wie gelähmt. Doch als ich mich aus dieser Betäubung aufraffte, dämmerte mir eine Ahnung auf, die mich noch bei weitem stärker packte als jenes Zusammentreffen. Ich begann mich deutlich, ja ganz bestimmt zu erinnern, daß auf dem Pergament keine Zeichnung gewesen war, als ich den Käfer skizzierte; ich war dessen ganz sicher. Denn ich entsann mich, daß ich, auf der Suche nach dem saubersten Fleckchen, bald die eine, bald die andere Seite nach oben gewendet hatte. Wäre der Totenkopf schon vorhanden gewesen, so hätte ich ihn unfehlbar sehen müssen. Hier steckte nun in der Tat ein Geheimnis, dessen Erklärung mir unmöglich dünkte; doch schon damals schien in den entlegensten und geheimsten Kammern meines Intellekts ganz leise, einem Leuchtkäferchen gleich, eine Vorstellung jener Wahrheit aufzuglühen, die in dem Abenteuer der letzten Nacht eine so glorreiche Bestätigung gefunden hat. Ich erhob mich sofort, verwahrte das Pergament sorgfältig und verschob alle weitere Überlegung auf die Zeit des Alleinseins.

Als Sie gegangen waren und Jupiter fest schlief, begann ich die Angelegenheit methodisch zu untersuchen. Erstens erwog ich die Art, wie das Pergament in meinen Besitz gelangt war. Die Stelle, an der wir den Skarabäus fanden, lag an der Küste des Festlandes, etwa eine Meile östlich der Insel und nur ein Stückchen oberhalb der Hochwasserlinie. Als ich ihn fing, biß er mich so heftig, daß ich ihn fallen ließ. Jupiter mit seiner gewohnten Vorsicht sah sich, ehe er nach dem Insekt griff, das zu ihm hingeflogen war, nach einem Blatt oder etwas Ähnlichem um, um es fassen zu können. In diesem Moment fiel unser beider Blick auf ein Stückchen Pergament, das ich damals für Papier hielt. Es lag halb im Sand verborgen, nur eine Ecke schaute hervor. Nahe der Stelle, wo wir es fanden, sah ich die Trümmer eines Schiffsrumpfes, die aussahen wie die Reste einer Pinasse. Das Wrack schien schon sehr lange dort zu liegen, denn das Rippenwerk des Bootes war kaum mehr zu erkennen.

Nun, Jupiter hob das Pergament auf, wickelte den Käfer hinein und gab ihn mir. Bald darauf wandten wir uns heimwärts und begegneten unterwegs Leutnant G. Ich zeigte ihm das Tier, und er bat mich, es auf das Fort mitnehmen zu dürfen. Da ich meine Einwilligung gab, steckte er es sogleich in die Westentasche, und zwar ohne das Pergament, das ich, während er das Insekt prüfend betrachtete, noch in der Hand hielt. Vielleicht fürchtete er, ich könnte mich anders besinnen, und hielt es für besser, die Beute schnell in Sicherheit zu bringen – Sie wissen, wie begeistert er für alles ist, was mit Naturgeschichte zusammenhängt. Gleichzeitig muß ich, ohne daß es mir zum Bewußtsein kam, das Pergament eingesteckt haben.

Sie können sich wohl erinnern, daß ich an den Tisch trat, um den Käfer zu skizzieren, und da, wo es sonst zu liegen pflegt, kein Papier fand. Ich sah in der Schublade nach und fand keins. Ich durchsuchte meine Taschen, um einen alten Brief zu finden, als meine Hand das Pergament berührte.

Ich lege Ihnen genau die Art und Weise dar, wie es in meinen Besitz kam, denn diese Umstände haben auf mich einen besonders starken Eindruck gemacht.

Sie werden mich zweifellos einen Phantasten heißen, aber ich hatte schon eine Art Zusammenhang hergestellt. Ich hatte zwei Glieder einer langen Kette miteinander verbunden. Ein Boot liegt an der Meeresküste, und nicht weit von dem Boot findet sich ein Pergament – kein Papier! –, auf das ein Totenkopf gemalt ist. Sie werden natürlich fragen: Wo ist da ein Zusammenhang? Worauf ich antworte, daß ein Schädel oder Totenkopf das allbekannte Abzeichen der Piraten ist. Die Totenflagge wird bei allen Zusammenstößen gehißt.

Ich habe schon betont, daß es ein Pergamentfetzen war und kein Papier. Pergament ist dauerhaft, beinahe unverwüstlich. Dinge ohne Belang werden selten dem Pergament anvertraut, zumal es sich als gewöhnliches Schreibpapier und zum Zeichnen nicht halb so gut eignet wie Papier. Diese Überlegung wies auf irgendeine Bewandtnis, eine Wichtigkeit dieses Totenkopfes hin. Ich versäumte auch nicht, der Form des Pergamentfetzens Beachtung zu schenken. Obgleich eine der Ecken durch irgendeinen Zufall abgerissen worden war, so konnte man doch die ursprünglich längliche Form erkennen. Es war in der Tat so recht ein Streifen, wie man ihn für eine Aufzeichnung gewählt haben mochte – für die Niederschrift irgendeiner Sache, deren man sich lange erinnern, die man sorgfältig aufbewahren wollte."

„Doch Sie sagten," warf ich ein, „der Schädel sei nicht auf dem Pergament zu sehen gewesen, als Sie den Käfer zeichneten. Wie konnten Sie also irgendeinen Zusammenhang zwischen dem Boot und dem Schädel aufdecken, da letzterer doch, wie Sie selbst zugeben, zu irgendeinem späteren Zeitpunkt, Gott weiß wie und von wem, gezeichnet worden sein muß, später noch, als Sie selbst Ihre Skarabäusskizze entwarfen?"

„Ah, darum dreht sich ja das ganze Geheimnis – obgleich mir die Lösung des Rätsels in diesem Punkt verhältnismäßig wenig Schwierigkeiten bereitete. Mein Weg war sicher und konnte nur zu einem Ergebnis führen. Ich überlegte zum Beispiel so: als ich den Skarabäus zeichnete, war kein Totenkopf auf dem Pergament zu sehen. Als ich mit der Zeichnung fertig war, reichte ich sie Ihnen und ließ sie nicht aus den Augen, bis Sie sie mir wiedergaben. Folglich haben nicht Sie den Schädel gezeichnet, und es war auch niemand sonst da, der es getan haben konnte. Durch menschliches Dazutun war er also nicht entstanden. Und dennoch war er entstanden.

Nachdem ich in meiner Überlegung so weit gekommen war, versuchte ich mich zu erinnern, was sich im einzelnen alles zu der fraglichen Zeit zugetragen hatte, und wirklich erinnerte ich mich auch mit vollkommener Deutlichkeit eines jeden Vorfalls. Es war frostiges Wetter, und im Herd flackerte ein Feuer. Mir war warm von der Bewegung, deshalb saß ich am Tisch. Sie aber hatten Ihren Stuhl dicht an den Kamin gezogen. Gerade als ich Ihnen das Pergament in die Hand gab und Sie dabei waren, es zu betrachten, kam Wolf, der Neufundländer, herein und sprang Ihnen auf die Schultern. Mit der linken Hand streichelten Sie ihn und wehrten ihn ab, während Ihre Rechte, die das Pergament hielt, achtlos zwischen Ihren Knien herabhing und so dem Feuer sehr nahe kam. Im ersten Augenblick glaubte ich, die Flamme habe das Pergament erfaßt, und wollte Sie gerade warnen; doch noch ehe ich sprechen konnte, hatten Sie es zurückgezogen und waren damit beschäftigt, es anzusehen. Bei Erwägung all dieser Umstände zweifelte ich keinen Augenblick, daß die Hitze das Agens gewesen war, das jenen Totenkopf auf dem Pergament, den ich nun da aufgezeichnet sah, ans Licht gebracht hatte. Es ist Ihnen sicherlich bekannt, daß es chemische Präparate gibt und schon vor undenklichen Zeiten gegeben hat, mit deren Hilfe es möglich ist, auf Papier oder Velin so zu schreiben, daß die Buchstaben nur sichtbar werden, wenn man sie der Einwirkung des Feuers aussetzt. Zaffer, in Königswasser gelöst und mit vier Gewichtsteilen Wasser verdünnt, wird manchmal verwendet; das gibt eine grüne Tinte. Der Regulus von Kobalt in Salpetergeist gelöst ergibt eine rote. Diese Farben verschwinden längere oder kürzere Zeit, nachdem das Material, auf dem geschrieben wurde, ausgekühlt ist, werden aber wieder sichtbar, wenn man es von neuem Hitze aussetzt.

Nun prüfte ich den Totenkopf sorgfältig. Die äußeren Umrisse der Zeichnung, jene Umrisse, die dem Rand des Pergaments am nächsten lagen, waren bei weitem deutlicher als die anderen. Es war klar, daß die Einwirkung der Wärme unvollkommen und ungleichmäßig gewesen war. Ich zündete sogleich ein Feuer an und setzte alle Teile des Pergaments einer glühenden Hitze aus. Das einzige Ergebnis war anfänglich, daß die schwächeren Linien des Totenkopfes stärker wurden, doch als ich den Versuch fortsetzte, wurde in jener Ecke des Blattes, die der Stelle mit dem gezeichneten Totenkopf diagonal gegenüberlag, eine Figur sichtbar, die ich anfangs für eine Ziege hielt. Bei genauer Prüfung erkannte ich mit Befriedigung, daß sie ein Zicklein darstellen sollte."

„Haha!" sagte ich, „ich habe nun sicherlich kein Recht, Sie auszulachen – anderthalb Millionen Dollar sind eine zu ernsthafte Sache, um darüber zu spaßen; doch Sie haben wohl nicht die Absicht, ein drittes Glied in Ihre Kette einzufügen. Sie werden doch wohl keinen besonderen Zusammenhang zwischen Ihren Piraten und einer Ziege finden; Piraten, wissen Sie, haben nichts mit Ziegen zu tun, die gehören in das Gebiet der Landwirtschaft!"

„Ich sagte aber doch eben, daß die Zeichnung keineswegs eine Ziege darstellt."

„Nun, also ein Zicklein – so ziemlich das gleiche."

„So ziemlich, aber nicht ganz", fuhr Legrand fort. „Sie werden wohl von Kapitän Kidd gehört haben. Ich sah in dieser Tiergestalt sogleich eine Art Rebus oder eine hieroglyphische Unterschrift. Ich sage ‚Unterschrift', weil mir ihr Platz auf dem Pergament diese Idee nahelegte. Der Totenkopf in der diagonal gegenüberliegenden Ecke schien aus demselben Grunde ein Stempel oder Siegel zu sein. Doch wurde ich grausam aus der Bahn geworfen, da alles übrige fehlte, der Körper meiner vermeintlichen Urkunde – der Text zu meinem Kontext."

„Ich nehme an, daß Sie einen Brief zwischen Siegel und Unterschrift vermuteten."

„So etwas Ähnliches. In der Tat fühlte ich mich unwiderstehlich durchdrungen von der Vorahnung eines mir bevorstehenden unerhörten Glücksfalles. Ich kann kaum sagen warum. Schließlich war es vielleicht mehr Wunsch als wirklicher Glaube; aber wissen Sie auch, daß Jupiters dumme Reden, der Käfer sei aus purem Gold, eine starke Wirkung auf meine Einbildungskraft ausübten? Und dann diese ganze Reihe von Zufällen und zufälligen Ereignissen – sie waren wirklich sehr ungewöhnlich. Haben Sie beachtet, welch bloßer Zufall es war, daß diese Begebenheiten sich gerade an diesem einzigen Tag des Jahres ereigneten, an dem es kühl genug war oder kühl genug schien, ein Feuer anzuzünden? Und daß ich ohne Feuer oder ohne das Dazwischenkommen des Hundes gerade in jenem Augenblick niemals den Totenkopf entdeckt hätte und also auch niemals in den Besitz des Schatzes gelangt wäre?"

„Ja; doch fahren Sie fort, ich brenne vor Ungeduld."

„Nun, Ihnen sind natürlich auch die vielen umlaufenden Geschichten zu Ohren gekommen, die tausend unbestimmten Gerüchte von vergrabenem Gold – von Kidd und seinen Gefährten irgendwo an der atlantischen Küste vergraben. Diesen Gerüchten mußte etwas Tatsächliches zugrunde liegen. Und daß diese Gerüchte sich so lange und beharrlich erhielten, konnte, so schien es mir, nur dem Umstand zu verdanken sein, daß der verborgene Schatz noch immer vergraben geblieben war. Hätte Kidd seinen Raub eine Zeitlang versteckt und später wiedergeholt, so wären alle diese Gerüchte schwerlich in ihrer gegenwärtigen unveränderten Gestalt auf uns gekommen. Sie werden auch bemerkt haben, daß all diese Geschichten, die man erzählt, von Schatzsuchern, aber niemals von Schatzfindern handeln. Hätte der Pirat sein Geld wiedererlangt, so wäre die Angelegenheit damit zu Ende gewesen. Es wollte mir nun scheinen, als hätte ein unglücklicher Zufall, sagen wir der Verlust eines Schriftstückes, das die Stelle genau bezeichnete, ihn der Möglichkeit beraubt, es wiederzufinden;

dieser unglückliche Zufall mochte seinen Anhängern zu Ohren gekommen sein, die sonst von einem vergrabenen Schatz vielleicht überhaupt nichts erfahren hätten, und sie mühten sich mit vergeblichen, weil führerlosen Versuchen ab, ihn zu gewinnen. So gaben sie als erste zu jenen Geschichten Anlaß und sicherten ihnen schließlich weiteste Verbreitung, so daß sie jetzt noch allgemein bekannt sind. Oder haben Sie jemals gehört, daß man irgendwo längs der Küste einen bedeutenden Schatz gehoben hätte?"

„Niemals."

„Aber daß Kidd ungeheure Reichtümer aufgehäuft hat, ist wohl bekannt. So nahm ich als sicher an, daß die Erde sie noch barg. Und es wird Sie kaum wundern, wenn ich Ihnen sage, daß sich eine Hoffnung in mir regte, eine Hoffnung, die beinahe zur Gewißheit wurde, das auf so seltsame Weise gefundene Pergament könnte die in Verlust geratene Aufzeichnung über das Versteck enthalten."

„Doch wie gingen Sie nun vor?"

„Ich hielt das Pergament nochmals ans Feuer, verstärkte die Hitze, aber nichts kam weiter zum Vorschein. Ich dachte nun, die Schmutzkruste trüge an dem Fehlschlagen einige Schuld. Deshalb reinigte ich das Pergament behutsam, indem ich warmes Wasser darübergoß; und nachdem ich das getan hatte, legte ich es in eine zinnerne Pfanne mit dem Totenkopf nach unten und setzte die Pfanne über ein Becken voll brennender Holzkohle. Als die Pfanne nach wenigen Minuten gründlich heiß geworden war, nahm ich den Streifen heraus und fand ihn zu meiner unaussprechlichen Freude an verschiedenen Stellen getüpfelt mit etwas, das mir in Reihen geordnete Zahlen zu sein schienen. Ich legte das Pergament nochmals in die Pfanne und ließ es eine weitere Minute darin. Als ich es heraushob, sah es genauso aus, wie Sie es hier sehen."

Hier unterbreitete mir Legrand das Pergament, das er wieder erhitzt hatte, zur Prüfung. Eine Menge Chiffern waren mit roter Farbe in rohen Schriftzügen zwischen Totenkopf und Ziege eingezeichnet:

53##†305))6*;4826)4#.)4#);806*;48†8Π60))85;]8*:#*
8†83(88)5*†;46(;88*96*?;8)*#(;485);5*†2:*#(;4956*2(5*
–4)8Π8*;4069285);)6†8)4##;1(#9;48081;8:8#1;48†85;4)
485†528806*81(#9;48;(88;4(#?34;48)4#;161;:188;#?;

„Aber", sagte ich und gab ihm den Streifen zurück, „ich tappe noch ebenso im Dunkeln wie vorher. Und selbst wenn alle Edelsteine Golkondas meiner warteten, falls ich dieses Rätsel löse, ich weiß gewiß, daß ich nicht imstande wäre, sie zu gewinnen."

„Und doch ist die Lösung", erwiderte Legrand, „keineswegs so schwierig, wie es Ihnen bei einer ersten, flüchtigen Prüfung der Zeichen scheinen mag. Diese Zeichen bilden, wie jedermann leicht erraten kann, eine Geheimschrift, das heißt, sie drücken einen Sinn aus. Doch nach allem, was man von Kidd weiß, konnte ich nicht annehmen, daß er imstande gewesen sein sollte, eine von den komplizierten Chiffreschriften zusammenzustellen. So schloß ich denn ohne weiteres, daß diese zu den einfachen gehören, aber doch so geartet sein müßte, daß sie dem rohen Verstand des Matrosen ohne Schlüssel schlechterdings unlösbar vorkam."

„Und Sie haben sie wirklich gelöst?"

„Mit Leichtigkeit; ich habe andere gelöst, die sehr viel verwickelter waren. Mancherlei Umstände und eine gewisse Vorliebe haben mich dazu gebracht, mich für derlei Rätsel zu interessieren; und es ist sehr zu bezweifeln, ob Menschengeist ein Rätsel dieser Art zusammensetzen kann, das Menschengeist mit rechtem Fleiß nicht wieder aufzulösen vermöchte. Und in der Tat, da ich nun einmal zusammenhängende und leserliche Zeichen festgestellt hatte, machte ich mir wegen der Schwierigkeit ihrer Deutung weiter keine Sorgen.

Im vorliegenden Fall – und das ist bei allen Geheimschriften nötig – galt meine erste Frage der *Sprache* der Chiffre. Denn die Methode der Auflösung hängt, besonders wenn es sich um einfache Chiffren handelt, von der Eigenart des betreffenden Idioms ab und wechselt dementsprechend. Im allgemeinen gibt es für denjenigen, der das Rätsel zu lösen unternimmt, keinen anderen Weg, als es, von Wahrscheinlichkeiten geleitet, mit jeder einzelnen Sprache, die er kennt, zu versuchen, bis er die richtige herausgefunden hat. Doch bei der vorliegenden Chiffre ist durch die Unterschrift jede Schwierigkeit behoben. Der Rebus, der das Wort ‚Kidd' bedeutet, ist in keiner anderen Sprache als im Englischen verständlich. Ohne diese Erwägung hätte ich meine Versuche mit Spanisch oder Französisch begonnen als denjenigen Sprachen, in denen ein Pirat des spanischen Weltmeeres ein Geheimnis dieser Art wohl am ehesten niedergelegt haben mochte. So wie die Sache lag, nahm ich aber an, daß das Kryptogramm englisch geschrieben sei.

Sie sehen, daß zwischen den Wörtern kein Raum gelassen ist; wären sie getrennt gewesen, hätte das die Lösung verhältnismäßig erleichtert. In einem solchen Falle würde ich mit einer vergleichenden Zusammensetzung und Analyse der kürzeren Worte begonnen haben, und wäre ein nur aus einem Buchstaben bestehendes Wort vorgekommen, was höchst wahrscheinlich ist, a oder I zum Beispiel, so hätte ich die Auflösung als gesichert ansehen dürfen. Doch da es keine Zwischenräume gab, war mein erster Schritt, die häufigsten und ebenso die seltensten Buchstaben festzustellen. Nachdem ich alle gezählt hatte, stellte ich folgende Tabelle auf:

Das Zeichen	8	kommt	33mal	vor
	;	„	26mal	„
	4	„	19mal	„
	‡)	„	16mal	„
	*	„	13mal	„
	5	„	12mal	„
	6	„	11mal	„
	† 1	„	8mal	„
	0	„	6mal	„
	9 2	„	5mal	„
	: 3	„	4mal	„
	?	„	3mal	„
	¶	„	2mal	„
	] –	„	1mal	„

Im Englischen trifft man nun das e am häufigsten an. Dann geht die Reihenfolge so weiter: a, o, i, d, h, n, r, s, t, u, y, c, f, g, l, m, w, b, k, p, q, x, z. Das e dominiert so auffällig, daß es kaum einen einzelnen Satz von einiger Länge gibt, in dem es nicht der vorherrschende Buchstabe ist.

Hier haben wir also gleich zu Beginn die Grundlage zu etwas mehr als einer bloßen Vermutung. Wie diese Tabelle im allgemeinen zu gebrauchen ist, ist jedermann klar, doch wir werden für unsere Geheimschrift nur in sehr beschränktem Maße ihrer Hilfe bedürfen. Da hier das häufigste Zeichen 8 ist, so wollen wir damit beginnen, es als e des natürlichen Alphabets anzunehmen. Um diese Annahme auf ihre Richtigkeit zu prüfen, lassen Sie uns sehen, ob man die 8 paarweise findet, denn e wird im Englischen sehr häufig verdoppelt, wie zum Beispiel in Wörtern wie *meet*, *fleet*, *speed*, *seen*, *been*, *agree* und so weiter. Im vorliegenden Falle sehen wir es nicht weniger als fünfmal verdoppelt, obwohl die chiffrierte Mitteilung kurz ist.

Nehmen wir also an, 8 sei e. Von allen Wörtern des Englischen ist nun ‚the' das gebräuchlichste; deshalb wollen wir sehen, ob sich irgendwo drei Zeichen in gleicher Anordnung wiederholen, deren letztes Zeichen 8 ist. Falls sich diese Zeichen in dieser Anordnung wiederholen, so werden sie höchstwahrscheinlich ‚the' bedeuten. Wenn wir nachprüfen, so finden sich nicht weniger als sieben solcher Gruppen; die Zeichen sind ; 4 8. Folglich können wir annehmen, daß ; gleich t ist, 4 gleich h und 8 gleich e – letzteres steht nun völlig fest. So sind wir einen großen Schritt vorwärtsgekommen.

Doch nachdem wir nun ein einzelnes Wort ermittelt haben, sind wir weiter fähig, etwas höchst Wichtiges zu ermitteln, nämlich einige Anfänge und Endungen anderer Wörter. Wenden wir uns zum Beispiel dem vorletzten Fall zu, wo schon beinahe am Ende der Chiffre die Gruppe ; 4 8 auftritt. Wir wissen, daß das unmittelbar darauffolgende ; ein Wortanfang ist; und von den sechs Zeichen, die diesem ‚the' folgen, sind uns nicht weniger als fünf bekannt. Setzen wir an Stelle dieser Zeichen diejenigen Buchstaben ein, die sie vorstellen sollen, und lassen wir für den unbekannten Buchstaben einen Platz frei, so erhalten wir:

t eeth.

Hier können wir sofort das th als zu dem mit t beginnenden Wort nicht gehörig weglassen. Denn wenn wir das ganze Alphabet durchgehen, um die Lücke mit einem passenden Buchstaben zu füllen, so sehen wir, daß man kein Wort bilden kann, zu welchem dieses th gehören könnte. So verengt sich die Gruppe zu:

t ee,

und indem wir, soweit nötig, das Alphabet wie vorhin noch einmal durchgehen, kommen wir zu dem Wort ‚tree' als der einzig möglichen Lesart. Wir gewinnen so einen weiteren Buchstaben: r, bezeichnet durch (und die beiden nebeneinanderstehenden Worte: ‚the tree'.

Ein Stück weiter finden wir wiederum die Gruppe ; 4 8 und benutzen sie als Abgrenzung für das unmittelbar Vorhergehende. So ergibt sich folgende Zusammenstellung:

the tree ; 4 (‡ 34 the,

oder wenn man da, wo man sie kennt, die gebräuchlichen Buchstaben einsetzt, lautet es so:

the tree thr‡? 3 h the.

Lassen wir wieder an Stelle der unbekannten Zeichen einen freien Raum, oder setzen wir Punkte ein, dann lesen wir:

the tree thr...h the,

und das Wort ‚through' wird sofort deutlich. Aber diese Entdeckung gibt uns drei neue Buchstaben: o, u und g, dargestellt durch ‡, ? und 3. Wenn wir nun die Geheimschrift sehr genau nach schon bekannten Zeichengruppen durchsuchen, so stoßen wir nicht sehr weit vom Anfang auf diese Zusammenstellung:

8 3 (8 8 oder egree,

was ganz klar der Schluß des Wortes degree ist und uns einen weiteren Buchstaben, das d, verschafft, dargestellt durch †. Vier Zeichen hinter dem Worte degree entdecken wir die Zusammensetzung

; 46 (; 8 8 *

Wenn wir nun die bekannten Zeichen in Buchstaben übertragen und die unbekannten durch Punkte ersetzen wie vorhin, so lesen wir: th.rtee., eine Zusammenstellung, die uns sogleich das Wort thirteen nahelegt und uns wiederum mit zwei neuen Buchstaben, i und n, versieht, dargestellt durch 6 und *.

Wenden wir uns nun dem Anfang der Chiffre zu, so finden wir die Gruppe

5 3 # # †

Wir übertragen wie vorhin und erhalten ,.good', was uns davon überzeugt, daß der erste Buchstabe ein a ist und die beiden ersten Worte , A good' lauten.

Nun ist es an der Zeit, unseren Schlüssel, soweit er entdeckt ist, in einer Tabelle zu ordnen, um Irrtümer zu vermeiden. Er sieht so aus:

5	bedeutet	a
†	bedeutet	d
8	bedeutet	e
3	bedeutet	g
4	bedeutet	h
6	bedeutet	i
*	bedeutet	n
#	bedeutet	o
(	bedeutet	r
;	bedeutet	t
?	bedeutet	u

Es sind darin also nicht weniger als elf der wichtigsten Buchstaben vertreten, und es wird unnötig sein, die Lösung im einzelnen weiterzuverfolgen. Ich habe genug gesagt, um Sie davon zu überzeugen, daß derartige Geheimschriften leicht zu lösen sind, und um Ihnen einigen Einblick in das rationale Verfahren ihrer Dechiffrierung zu gewähren. Aber seien Sie versichert, daß die vorliegende Probe zu den allereinfachsten Kryptogrammen gehört. Es bleibt mir nur noch übrig, Ihnen die vollständige Übertragung der Zeichen auf dem Pergament nach ihrer Entzifferung zu geben. Hier ist sie:

‚A good glass in the bishops hostel in the devil's seat twenty-one degrees and thirteen minutes northeast and by north main branch seventh limb east side shoot from the left eye of the death's head a bee line from the tree through the shot fifty feet out.‘

Ein gutes Glas in Bischofs Hostel auf dem Teufelssitz 21 Grad und 13 Minuten Nord-Nordost Hauptast siebenter Zweig Ostseite schieße von dem linken Auge des Totenkopfes aus eine gerade Linie vom Baum durch den Schuß 50 Fuß weit.“

„Aber“, sagte ich, „das Rätsel scheint mir noch ebenso im argen zu liegen wie je zuvor. Wie ist es möglich, aus all dem Kauderwelsch von Teufelssitz und Totenköpfen einen Sinn herauszupressen?“

„Ich gestehe“, antwortete Legrand, „daß die Sache noch schlimm aussieht, wenn man sie flüchtig betrachtet. Mein erstes Bestreben war, den Satz in seine natürlichen Teile zu zerlegen, wie sie dem Schreiber vorschwebten.“

„Sie meinen, die Satzzeichen zu setzen?“

„So ungefähr.“

„Doch wie konnte man das zustande bringen?“

„Ich überlegte, daß der Schreiber die Worte mit Absicht ohne Unterbrechung nebeneinandergesetzt hatte, um so die Lösung schwieriger zu machen. Nun, ein nicht allzu scharfsinniger Mensch, der diesen Zweck verfolgt, wird die Sache mit größter Sicherheit übertreiben. Gerät er im Verlaufe seiner Arbeit an eine Stelle, wo das Thema wechselt und naturgemäß eine Pause eintreten oder ein Punkt stehen müßte, so ist er ganz besonders geneigt, seine Zeichen an dieser Stelle übermäßig dicht zusammenzudrängen.

Wenn Sie nun das Manuskript daraufhin ansehen, so werden Sie fünf solcher ungewöhnlich gedrängten Stellen finden. Ich richtete mich nach diesem Fingerzeig und unternahm die Teilung folgendermaßen: Ein gutes Glas in Bischofs Hostel auf dem Teufelssitz – 21 Grad und 13 Minuten Nord-Nordost – Hauptast siebenter Zweig Ostseite – schieße von dem linken Auge des Totenkopfes aus – eine gerade Linie vom Baum durch den Schuß 50 Fuß weit."

„Selbst diese Teilung", gestand ich, „läßt mich noch im Dunkeln."

„Auch ich tappte ein paar Tage lang im Dunkeln", antwortete Legrand, „während derer ich in der Umgebung der Sullivaninsel eifrig nach einem Gebäude forschte, das unter dem Namen ‚Bischofs Hotel' bekannt wäre; die veraltete Schreibung ‚hostel' ließ ich selbstverständlich außer acht. Da ich diesbezüglich keine Auskunft erhielt, war ich gerade im Begriff, den Umkreis meiner Nachforschungen zu erweitern und planmäßiger vorzugehen, als mir eines Morgens ganz plötzlich einfiel, daß sich dieses ‚Bischofs Hostel' auf eine alte Familie namens Bessop beziehen könnte; sie war vor undenklichen Zeiten im Besitz eines alten Herrenhauses gewesen, das etwa vier Meilen nördlich der Insel lag. So ging ich also zu jener Pflanzung hinüber und begann mich an Ort und Stelle von neuem unter den alten Negern zu erkundigen. Endlich erklärte eine der betagtesten Frauen, sie habe von einem Ort gehört, der Bessops-Burg heiße, und sie glaube wohl, mich hinführen zu können; aber es sei weder eine Burg noch eine Herberge, sondern ein hoher Felsen.

Ich bot ihr gute Bezahlung für ihre Mühe an, und nachdem sie sich etwas bedacht hatte, willigte sie ein, mich an jenen Ort zu begleiten. Wir fanden ihn ohne viel Anstrengung, worauf ich sie entließ und daran ging, die Stelle zu untersuchen. Diese ‚Burg' bestand aus wirr durcheinandergewürfelten Felsspitzen und Felsblöcken, von denen einer mir durch seine Höhe, seine Isoliertheit und das Künstliche seiner Erscheinung ganz besonders auffiel. Ich erkletterte ihn bis zum Gipfel und wußte mir keinen Rat, was wohl als nächstes zu tun sei.

Während ich noch in Nachdenken versunken war, fiel mein Blick auf einen schmalen Vorsprung an der Ostseite des Felsens, etwa eine Elle unterhalb des höchsten Punktes, auf dem ich stand; dieser Vorsprung ragte etwa achtzehn Zoll weit vor und war nur einen Fuß breit. Eine Vertiefung im Gestein gerade oberhalb dieses Vorsprungs gab ihm eine rohe Ähnlichkeit mit einem jener hochrückigen Stühle, wie sie unsere Vorfahren benutzten.

Ich zweifelte nicht, daß das der ‚Teufelssitz' war, auf den das Manuskript anspielte, und mir schien, als erfaßte ich nun den vollen Sinn des Rätsels.

Ich wußte, daß das ‚gute Glas' sich auf nichts anderes als auf ein Teleskop beziehen konnte; denn nur selten gebrauchen unsere Seeleute das Wort ‚Glas' in einem anderen Sinn. Von hier aus, das verstand ich sofort, sollte ein Teleskop benutzt werden, und zwar von einem bestimmten Standpunkt aus, von dem nicht abgewichen werden durfte. Auch zögerte ich nicht, anzunehmen, daß die Worte ‚einundzwanzig Grad und dreizehn Minuten' und ‚Nord-Nordost' als Anweisung für das Einstellen des Glases gemeint waren. In höchster Aufregung über diese Entdeckungen eilte ich nach Hause, versah mich mit einem Fernrohr und kehrte zu dem Felsen zurück.

Ich ließ mich auf den Vorsprung hinab und fand, daß man sich sitzend nur in einer einzigen Stellung darauf halten konnte. Diese Tatsache bekräftigte meine schon vorher gefaßte Meinung. So ging ich daran, das Glas zu gebrauchen. Natürlich konnten die einundzwanzig Grad und dreizehn Minuten auf nichts anderes als auf die Höhe über dem sichtbaren Horizont Bezug haben; die horizontale Richtung gaben die Worte ‚Nord-Nordost' deutlich an. Letztere Richtung stellte ich sogleich mittels meines Taschenkompasses fest. Dann richtete ich das Glas so genau in einem Winkel von 21 Grad nach oben, wie ich es ohne Hilfsmittel vermochte, und bewegte es behutsam auf und ab, bis ein runder Spalt oder eher eine Öffnung im Laubdach eines großen Baumes, der alle seine Gefährten in der Ferne überragte, meine Aufmerksamkeit auf sich zog. In der Mitte dieses Spaltes sah ich einen weißen Fleck, konnte aber zunächst nicht erkennen, was es war. Ich stellte das Fernrohr schärfer ein, blickte nochmals hin und fand nun heraus, daß es ein menschlicher Schädel war. Nach dieser Entdeckung war ich voll Zuversicht und hielt das Rätsel für gelöst; denn der Satz ‚Hauptast siebenter Zweig Ostseite' konnte sich nur auf die Lage des Schädels beziehen; und ebenso ließ die Wendung: ‚schieße von dem linken Auge des Totenkopfes aus', wenn es sich um die Suche nach einem vergrabenen Schatz handelte, nur eine einzige Deutung zu. Ich verstand, daß gemeint war, man solle eine Kugel durch das linke Auge des Schädels zu Boden fallen lassen, und daß eine Richtlinie oder mit anderen Worten eine Gerade, von dem nächstgelegenen Punkt des Baumstammes durch den ‚Schuß' – oder durch die Stelle, wo die Kugel niederfiel – gezogen und von da aus fünfzig Fuß verlängert, einen bestimmten Punkt ergeben würde. Und daß unter diesem Punkt wertvolles Gut verborgen lag, hielt ich zumindest für möglich."

„All das", sagte ich, „ist außerordentlich klar, und obgleich geistreich, doch einfach und verständlich. Als Sie nun ‚Bischofs Hotel' verließen, was taten Sie dann?"

„Nun, nachdem ich mir die Lage des Baumes genug eingeprägt hatte, wandte ich mich heimwärts. Doch in dem Augenblick, als ich den Teufelssitz verließ, war auch der runde Spalt verschwunden, und es war später nichts mehr von ihm zu sehen, wie ich mich auch drehte und wendete. Und was mir das Scharfsinnigste an der ganzen Sache scheint, ist die Tatsache, daß die fragliche runde Öffnung von keinem anderen erreichbaren Standort aus sichtbar ist als eben von jenem, den der schmale Vorsprung an der Vorderseite des Felsens bietet. Auf dieser Expedition nach ‚Bischofs Hotel' begleitete mich Jupiter, dem ohne Zweifel die Versunkenheit meines Wesens in letzter Zeit aufgefallen war und der es sich besonders angelegen sein ließ, mich nicht allein zu lassen. Aber am nächsten Tag gelang es mir, da ich sehr früh aufgestanden war, ihm zu entwischen. Ich ging nach den Hügeln und suchte jenen Baum. Nach vieler Mühe fand ich ihn. Als ich nachts heimkehrte, wollte mein Diener mir eine Tracht Prügel geben. Mit dem Rest des Abenteuers sind Sie, glaube ich, ebenso vertraut wie ich selbst."

„Ich vermute, daß Sie beim ersten Grabversuch die Stelle durch Jupiters Dummheit verfehlten", sagte ich, „der den Käfer durch das rechte statt durch das linke Auge herabfallen ließ."

„So ist es. Dieser Irrtum machte im ‚Schuß' nur etwa zweiundeinenhalben Zoll aus, nämlich am Platze der nächst dem Baum eingesteckten Pflöcke, und hätte der Schatz unterhalb des ‚Schusses' gelegen, so wäre der Fehler nur gering gewesen. Aber der ‚Schuß' sowohl wie auch der an dem Baum gelegene Punkt dienten nur dazu, eine Richtlinie anzugeben; so wuchs der anfangs so geringfügige Fehler natürlich im gleichen Maße, wie wir die Linie verlängerten; und als wir fünfzig Fuß weit gegangen waren, hatte er uns ganz von der richtigen Stelle abgebracht. Ohne meine feste Überzeugung, daß hier irgendwo tatsächlich ein Schatz begraben läge, wäre vielleicht all unsere Arbeit vergeblich gewesen."

„Ich nehme an, daß diese Schrulle mit dem Totenkopf – nämlich eine Kugel durch das Auge fallen zu lassen – Kidd durch die Piratenflagge nahegelegt wurde. Zweifellos fand er eine Art poetischer Anspielung darin, sein Gold durch dieses grausame Symbol wiederzuerlangen."

„Vielleicht war es so, doch kann ich nicht umhin zu glauben, daß der nüchterne Menschenverstand ebensoviel mit der Sache zu tun hatte wie die poetische Anspielung. Um von dem Teufelssitz aus gesehen zu werden, mußte der Gegenstand, wenn er klein war, weiß sein; und nichts behält, ja steigert sogar seine blendende Weiße unter allen Wechselfällen des Wetters so sehr wie gerade ein Menschenschädel."

„Aber Ihre schwülstigen Reden, Ihr Gebaren, als Sie den Käfer hin und her schwenkten, das war ganz absonderlich.

Ich glaubte sicher, Sie wären verrückt. Und warum bestanden Sie darauf, statt einer Kugel den Käfer durch den Schädel fallen zu lassen?"

„Nun denn, aufrichtig gesagt: Ihre sichtlichen Zweifel an meiner geistigen Gesundheit verdrossen mich einigermaßen, und so nahm ich mir vor, Sie ganz kühl auf meine besondere Art durch eine kleine, bescheidene Mystifikation zu bestrafen. Aus diesem Grunde schwenkte ich den Käfer hin und her, und aus diesem Grunde ließ ich ihn von dem Baum herabwerfen. Ihre Bemerkung über sein großes Gewicht brachte mich auf diesen Gedanken."

„Ach, nun verstehe ich; und nun gibt mir nur noch ein Punkt ein Rätsel auf: was soll man von den Gerippen halten, die wir in dem Loch fanden?"

„Auf diese Frage weiß ich ebensowenig eine Antwort wie Sie selbst. Doch will mir scheinen, als gäbe es nur eine einzige einleuchtende Erklärung, und doch ist es furchtbar, an eine solche Freveltat, wie meine Vermutung sie in sich schließen würde, zu glauben. Es ist klar, daß Kidd – falls es tatsächlich Kidd war, der diesen Schatz vergraben hat, was ich nicht bezweifle –, es ist klar, daß Kidd Beistand bei seiner Arbeit gehabt haben muß. Als die schlimmste Arbeit getan war, mochte er es für ratsam halten, alle Mitwisser seines Geheimnisses zu beseitigen. Vielleicht genügten zwei kräftige Spatenhiebe, während seine Helfer noch in der Grube schafften, vielleicht waren auch ein Dutzend nötig – wer will das sagen?"

DER SCHWARZE KATER

Für die höchst wilde und dabei so anheimelnde Geschichte, die ich jetzt schreiben werde, erwarte und beanspruche ich keinen Glauben. Es wäre freilich toll von mir, da Glauben zu erwarten, wo schon meine Sinne der eigenen Wahrnehmung mißtrauen. Nun, toll bin ich nicht, und sehr wahrscheinlich habe ich auch nicht geträumt. Aber morgen muß ich sterben, und heute möchte ich meine Seele erleichtern. So ist es nun meine Absicht, in einem offenen, zusammenhängenden, kommentarlosen Bericht der Welt eine Reihe von ganz alltäglichen Begebnissen zu unterbreiten. Mittelbar sind diese Begebnisse schuld an der schrecklichen Qual und langsamen Zerstörung meiner Seele. Dennoch will ich nicht versuchen, diese Ereignisse zu deuten. Mir haben sie eigentlich nur Grauen bereitet, anderen mögen sie weniger grausig als absonderlich vorkommen. Auch findet sich vielleicht irgendein Verstand, der meine Phantasmen aufs Alltägliche zurückführt: das wäre ein ruhigerer, mehr für Logik begabter und minder leicht erregbarer Geist als der meine, der in den Vorgängen, die ich schmerzlich aufzähle, nicht mehr als eine gewöhnliche Verkettung höchst natürlicher Ursachen und Wirkungen erblickt.

Von Kind auf war ich bekannt für mein gelehriges und menschenfreundliches Wesen. Mein weiches Herz lag dermaßen offen zutage, daß es mich zur Zielscheibe der Nekkereien meiner Kameraden machte. Besonders gern mochte ich Tiere, und die Freigebigkeit meiner Eltern versah mich mit einer bunten Schar von Lämmern. Mit diesen brachte ich meine meiste Zeit zu, und nie war ich so glücklich, als wenn ich sie füttern und streicheln durfte. Diese Charaktereigentümlichkeit wuchs mit meinem übrigen Wachstum und bildete auch, als ich erwachsen war, eine der Hauptquellen des Vergnügens für mich. Für Leute, die einmal eine liebevolle Zuneigung zu einem treuen und aufgeweckten Hund gefaßt haben, brauche ich mich über die Art und die Intensität der Befriedigung, die ein solches Verhältnis gewähren kann, kaum näher auszulassen. Es liegt etwas in der selbstlosen und aufopfernden Liebe eines Tiers, das jedem unmittelbar zu Herzen geht, der häufig Gelegenheit gehabt hat, die unbeständige Freundschaft und leichte Treue bloßer Menschen zu erproben.

Ich heiratete früh und war glücklich, in meiner Frau Neigungen zu entdecken, die den meinen etwa entsprachen. Sie erkannte meine Vorliebe für Haustiere und versäumte keine Gelegenheit, von den nettesten Arten welche anzuschaffen. Wir hatten Vögel, Goldfische, einen famosen Hund, Kaninchen, ein kleines Äffchen und eine Katze.

Diese Katze war ein merkwürdig großes und schönes Tier, vollkommen schwarz und in einem erstaunlichen Grade aufgeweckt. Kam die Rede auf ihre Intelligenz, so spielte meine Frau, die im Grunde ihres Herzens ungeheuer abergläubisch war, öfters auf die alte Volksmeinung an, die alle schwarzen Katzen für verkleidete Hexen hält. Nicht daß sie in diesem Punkt je ernst geworden wäre; ich erwähne die Sache eigentlich nur aus dem einfachen Grunde, weil sie mir eben im Augenblick einfiel.

Pluto – dies war der Name des Katers – war mein Lieblingstier und Spielgefährte. Ich allein fütterte ihn, und er wartete mir auf bei allen meinen Gängen im Bereich des Hauses. Nur mit Schwierigkeit konnte ich ihn davon abhalten, mir durch die Straßen nachzulaufen.

Unsere Freundschaft dauerte in dieser Weise mehrere Jahre, doch während dieser Zeit erfuhren mein ganzes Wesen und mein Charakter durch den Einfluß des alten Feindes Unmäßigkeit – ich erröte, es zu gestehen – eine gründliche Veränderung zum Schlimmen. Ich wurde von Tag zu Tag verdrießlicher, reizbarer und rücksichtsloser gegen die Empfindungen anderer. Ich ließ mich so weit gehen, meine Frau zu beschimpfen. Am Ende wurde ich sogar gewalttätig gegen sie. Meine Tiere bekamen diesen Wechsel meiner Gemütsart am ehesten zu spüren. Ich vernachlässigte sie nicht nur, sondern war schlecht gegen sie. Für Pluto indessen hatte ich nach wie vor so viel übrig, daß ich ihn wenigstens nicht geradezu mißhandelte, so wie ich jederzeit skrupellos die Kaninchen oder das Äffchen und selbst den Hund mißhandelte, sooft sie mir aus Zufall oder Zärtlichkeit über den Weg liefen. Doch die schlimmen Mächte – und was ist schlimmer als Alkohol! – überwältigten mich, und mit der Zeit bekam auch Pluto, der mittlerweile alt und infolgedessen etwas griesgrämig geworden war, die Wirkungen meiner Bosheit zu spüren.

Eines Nachts, als ich schwer betrunken aus einer meiner Spelunken in der Stadt nach Hause kam, bildete ich mir ein, der Kater wolle mir ausweichen. Ich griff nach ihm; da brachte er mir in seinem Schreck über meine Heftigkeit einen leichten Biß an der Hand bei. Sofort überkam mich eine wahrhaft dämonische Wut. Ich kannte mich selbst nicht mehr. Meine eigentliche Seele schien urplötzlich aus meinem Leib entwichen, und eine aus dem Branntwein geborene, mehr als teuflische Bosheit zuckte durch sämtliche Fasern meines Körpers. Ich nahm aus meiner Weste ein Taschenmesser, spannte die Klinge, ergriff das arme Vieh bei der Kehle und schnitt ohne Zögern das eine Auge aus der Höhlung heraus. Ich erglühe vor Scham und Grauen, während ich diese gräßliche Untat zu Papier bringe.

Als mir der Morgen, nachdem der Schlaf mich von den Dünsten der nächtlichen Ausschweifungen gereinigt hatte, die Besinnung zurückgab, empfand ich ein Gefühl halb des Grauens, halb der Reue über das verübte Verbrechen; doch es war bestenfalls ein schwaches und zweideutiges Gefühl, und meine Seele blieb unberührt. Ich stürzte mich von neuem in Ausschweifungen, und bald hatte ich jede Erinnerung an die Tat im Wein ertränkt.

Mittlerweile erholte sich das Tier langsam. Die leere Augenhöhle bot allerdings einen schrecklichen Anblick, aber es schien keine Schmerzen mehr zu leiden. Der Kater spazierte wie sonst durchs Haus, floh aber, wie zu erwarten, voller Angst, sobald ich mich zeigte. Ich besaß noch so viel Herz, daß mich die offenkundige Abneigung eines Geschöpfes, das vordem an mir gehangen hatte, betrübte. Dieses Gefühl ging jedoch bald in Gereiztheit über. Und dann stellte sich, um mich endgültig und unwiderruflich zu vernichten, der Geist des Perversen ein. Von diesem Trieb nimmt die Philosophie keine Notiz. Und dennoch bin ich davon, daß meine Seele lebt, nicht fester überzeugt als von der Tatsache, daß Perversion einer der Grundtriebe des menschlichen Herzens ist, eine von jenen unteilbaren, primären Fähigkeiten oder Empfindungen, die das Wesen der Gattung Mensch bestimmen. Wer hat sich nicht hundertmal über einer gemeinen oder lächerlichen Handlung ertappt, die er aus keinem anderen Grunde beging, als weil er wußte, daß er es nicht durfte? Haben wir nicht, bei aller Schärfe unseres Urteils, fortwährend Lust, gegen das zu verstoßen, was Gesetz ist, einzig deshalb, weil wir es als Gesetz erkannt haben? Dieser „Geist der Perversen", sage ich, kam, um mich vollends zu vernichten. Es war das unergründliche Verlangen der Seele, sich selbst zu quälen, der eigenen Natur Gewalt anzutun, das Böse zu tun um des Bösen willen, welches mich drängte, das an dem harmlosen Tier begangene Unrecht fortzusetzen und zu vollenden. Eines Morgens legte ich ihm kühlen Blutes eine Schlinge um den Hals und hing es an dem Ast eines Baumes auf; tat es, während Tränen aus meinen Augen stürzten und bitterlichste Reue mein Herz zerriß; tat es, weil ich wußte, daß es mich geliebt hatte, und weil ich fühlte, es hatte mir keinen Grund zu diesem Vergehen gegeben; tat es, weil ich wußte, daß ich damit eine Sünde beging, eine Todsünde, die das Heil meiner unsterblichen Seele zu gefährden, ja, diese Seele, wenn das möglich wäre, der Gnade des allbarmherzigen und allzornigen Gottes zu entziehen vermochte.

In der Nacht, die auf den Tag dieser grausamen Tat folgte, wurde ich durch Feueralarm aus dem Schlaf geschreckt. Meine Bettvorhänge brannten. Das ganze Haus stand in Flammen. Mit knapper Not konnten meine Frau, eine Dienerin und ich uns ins Freie retten. Die Zerstörung war vollständig. Mein ganzer irdischer Besitz war dahin; fortan überließ ich mich der Verzweiflung.

Fern liegt mir das schwächliche Bedürfnis, zwischen meinem Unglück und meiner Untat eine logische Verbindung von Ursache und Wirkung herzustellen. Doch ich bin dabei, eine Kette von Tatsachen aufzurollen, und möchte auch das unscheinbarste Glied nicht ausgelassen wissen. Am Tage nach der Feuerbrunst besichtigte ich die Trümmer. Die Mauern waren bis auf eine eingestürzt. Diese eine Mauer war eine nicht sehr dicke Innenwand, die etwa in der Mitte des Hauses stand und an die das Kopfende meines Bettes angestoßen hatte. Der Mörtel hatte hier größtenteils der Einwirkung des Feuers widerstanden, ein Umstand, den ich der kürzlich erfolgten frischen Tünchung zuschrieb. Um diese Mauer war eine dichte Menschenmenge versammelt, und viele Leute schienen ein bestimmtes Stück mit eindringlichem, lebhaftem Interesse zu untersuchen. Die Worte: „Merkwürdig!" – „Sonderbar!" und ähnliche Ausrufe erregten meine Neugierde. Ich näherte mich und erblickte, in Form eines Basreliefs in die weiße Wand eingegraben, das Bild einer riesigen Katze. Der Eindruck war verblüffend getreu. Um den Hals des Tieres hing eine Schlinge.

Als mir diese Erscheinung ins Auge fiel – denn sie richtig zu betrachten brachte ich nicht fertig –, war ich außer mir vor Entsetzen. Doch mit der Zeit kam mir die Überlegung zu Hilfe. Ich erinnerte mich, daß die Katze in einem angrenzenden Garten gehangen hatte. Auf den Feueralarm hin war unverzüglich dieser Garten von Menschen überlaufen worden, und da mußte wohl einer das Tier vom Baume abgeschnitten und durchs offene Fenster in mein Zimmer geworfen haben. Wahrscheinlich war es in der Absicht geschehen, mich aus dem Schlaf zu wecken. Durch das Zusammenbrechen der anderen Wände war das Opfer meiner Grausamkeit in die Masse der frischgetünchten Wand hineingepreßt worden, wo unter dem Einfluß der Hitze der Kalk und das von dem Kadaver entwickelte Ammoniak das Porträt, das ich vor mir sah, vollendet hatten.

Obwohl ich auf diese Weise das grauenhafte Begebnis vor

meiner Vernunft, um nicht zu sagen: vor meinem Gewissen, zu erklären versuchte, verfehlte es doch nicht, einen tiefen Eindruck auf meine Phantasie auszuüben. Monate hindurch konnte ich das Gespenst der Katze nicht loswerden, und während dieser Zeit wurde mein Bewußtsein wieder von einem zwiespältigen Gefühl heimgesucht, das Reue schien, jedoch keine war. Ich ging so weit, den Verlust des Tieres zu bedauern und in den schlechten Spelunken, die ich nun gewohnheitsmäßig besuchte, Umschau zu halten nach einem anderen Tierchen derselben Gattung und von ähnlicher Bildung, um mir jenes zu ersetzen.

Eines Nachts saß ich in halb blödsinnigem Zustand in einer mehr als verrufenen Kaschemme, als plötzlich mein Blick von irgend etwas Schwarzem angezogen wurde, das oben auf einem der ungeheueren Gin- und Rumfässer ruhte, die die Hauptausstattung des Raumes ausmachten. Ich hatte mehrere Minuten lang auf das Faß gestarrt, und mein Erstaunen kam eigentlich davon her, daß ich das Ding da oben auf dem Deckel anfangs nicht wahrgenommen hatte. Ich ging heran und rührte es mit der Hand an. Es war ein schwarzer Kater, ein sehr großes Exemplar, genauso groß wie Pluto und diesem in jeder Beziehung unglaublich ähnlich – mit einer Ausnahme. Pluto hatte am ganzen Körper nirgends ein weißes Haar gehabt, und diese Katze hatte einen großen, wenn auch nicht deutlich umrissenen weißen Fleck, der nahezu die ganze Brust bedeckte.

Auf meine Berührung hin richtete sich das Tier sofort auf, schnurrte vernehmlich, strich an meiner Hand hin und äußerte entschiedene Freude über meine Teilnahme. Das war just die Kreatur, nach der ich gesucht hatte. Ich bot dem Wirt an, es ihm abzukaufen, doch der Mann erhob keinen Anspruch, er wußte nichts von dem Tier, hatte es nie zuvor gesehen.

Ich setzte meine Liebkosungen fort, und als ich mich anschickte, nach Hause zu gehen, bezeigte das Tier Lust, mich zu begleiten.

Ich ließ es gewähren und ermunterte es, indem ich mich öfters bückte und mit ihm plauderte. In der Wohnung angelangt, fühlte es sich sofort wie zu Hause und wurde auf der Stelle der erklärte Liebling meiner Frau.

Was mich angeht, so fühlte ich bald eine Abneigung gegen das Tier in mir aufsteigen. Das war das genaue Gegenteil von dem, was ich mir eingebildet hatte, und – ich weiß nicht, wie und warum es so kam – seine offensichtliche Liebe zu mir ernüchterte und ärgerte mich. Ganz allmählich verwandelten sich Überdruß und Ärger in bitteren Haß. Ich ging der Kreatur aus dem Wege, da ein gewisses Schamgefühl oder die Erinnerung an die vormals verübte Grausamkeit mich davon abhielten, es zu mißhandeln. Mehrere Wochen hielt ich an mich, ohne es zu schlagen oder ihm sonst irgendwie weh zu tun, doch mit der Zeit kam es dahin, daß ich es nur noch mit unsäglichem Widerwillen ansehen konnte und, sobald sich der Gegenstand meines Ekels zeigte, wie vor einem Pesthauch schweigend entfloh.

Ein Teil meines Hasses gegen das Vieh gründete sich zweifellos auf die Entdeckung, die ich am Morgen, nachdem ich den Kater mit heimgenommen hatte, machte, daß diesem nämlich, ebenso wie Pluto, das eine Auge fehlte. Dieser Umstand kam ihm andererseits bei meiner Frau zugute, die, wie ich schon sagte, in hohem Grade jenes echt menschliche Empfinden besaß, das vormals auch meinen Charakter ausgezeichnet hatte und mir eine Quelle der schlichtesten, reinsten Freude gewesen war.

Indessen schien mit meinem Widerwillen gegen den Kater dessen Vorliebe für mich nur zu wachsen. Er folgte mir auf Schritt und Tritt mit einer Hartnäckigkeit, von der ich dem Leser schwerlich einen Begriff geben kann. Sooft ich mich hinsetzte, wollte er unter meinen Stuhl kriechen oder mir über die Knie springen, indem er mich mit seinen widerlichen Liebkosungen überhäufte. Wenn ich aufstand, um herumzugehen, geriet er sicher zwischen meine Füße und brachte mich halb zu Fall oder kletterte an meiner Brust herauf, wobei er seine langen scharfen Krallen in meinen Rock einhackte. Bei solchen Gelegenheiten zuckte es in mir, ihm mit einem Hieb den Garaus zu machen, und doch wurde ich jedesmal teils durch die Erinnerung an mein früheres Verbrechen und vor allem – daß ich es nur gestehe – durch eine rasende Furcht vor dem Tier davon abgehalten.

Es war nicht unbedingt Furcht vor körperlichem Mißgeschick, und doch wäre ich in Verlegenheit, es anders zu umschreiben. Ich schäme mich fast, es zu bekennen, ja, selbst in dieser Verbrecherzelle schäme ich mich, es zu bekennen, daß zu dem Schrecken und Grauen, die mir das Tier einflößte, am meisten ein Wahngebilde beigetragen hatte, wie es sich toller nicht ausdenken läßt. Meine Frau hatte mich mehrmals auf die merkwürdige Bildung des weißen Fleckes aufmerksam gemacht, den ich bereits erwähnt habe und der den einzigen sichtbaren Unterschied zwischen dem fremden Tier und dem von mir umgebrachten ausmachte. Der Leser erinnert sich, daß dieser Fleck zwar groß, aber ursprünglich in seinen Umrissen nicht fest begrenzt gewesen war; allmählich jedoch – mit fast unmerklichen Fortschritten, so daß meine Vernunft sich lange Zeit mit Erfolg gegen diese Erkenntnis sträuben konnte – hatte die Zeichnung des Males eine erschreckende Deutlichkeit angenommen. Dargestellt erschien ein Gegenstand, vor dessen Nennung mir graut, und dieser Gegenstand vor allem war es, der mich quälte und ängstigte und dessentwegen ich die Bestie so gern beseitigt hätte, hätte ich's nur gewagt: es erschien, sage ich, das Bild eines scheußlichen, furchtbaren Gegenstandes – eines Galgens! Gräßliche, entsetzliche Maschine, Sinnbild der Todesangst des Verbrechers, letzter Zuckungen und des Todes.

Jetzt erst überstieg mein Elend das Maß des für Menschen Erträglichen. Und ein elendes Vieh, dessen Vorgänger ich einfach ausgelöscht hatte, ein elendes Vieh war imstande, soviel unerträgliches Leid über mich zu bringen, über mich, den Menschen, erschaffen nach dem Ebenbilde des höchsten Gottes! Ach, es war mir nicht mehr vergönnt, die Wohltat des Schlafes zu kosten, weder bei Tag noch bei Nacht. Tagsüber ließ mich die Kreatur keinen Augenblick allein, und in der Nacht schreckte ich jede Stunde aus unbeschreiblichen Angstträumen empor, um den heißen Atem des Dinges auf meinem Gesicht zu spüren und sein erdrückendes Gewicht gleich einem fleischgewordenen Alb, den ich nicht die Kraft hatte abzuschütteln, ewig auf meiner Brust lasten zu fühlen.

Unter dem Druck solcher Qualen erlagen die Reste des Guten in mir. Böse Gedanken waren der einzige Umgang meines Herzens, die schwärzesten und bösesten Gedanken. Die Verfinsterung meines Gemütes wurde zum Haß gegen alles Lebendige, Menschen und Dinge; und bei all dem, auch bei den häufigen plötzlichen Ausbrüchen einer unbezähmbaren Wut, denen ich mich nun hemmungslos überließ, trug meine Frau, ohne zu klagen oder zu murren, ihr alltägliches Los des schweigenden Duldens.

Eines Tages begleitete sie mich auf der Suche nach irgendwelchem Hausgerät in den Keller des alten Gebäudes, das wir infolge unserer Armut jetzt bewohnten. Der Kater sprang mir die Kellerstufen hinunter nach und hätte mich fast der Länge nach hingeworfen, was mich in irrsinnige Wut versetzte. Indem ich nach einer Axt griff und in meinem Taumel die kindische Furcht, die mir bis dahin die Hand gelähmt hatte, vergaß, holte ich zu einem Schlage gegen das Tier aus, der diesem natürlich schlecht bekommen wäre, wäre er so ausgefallen, wie ich es beabsichtigte. Doch der Streich wurde aufgehalten durch die Hand meiner Frau. Durch dies Dazwischentreten wurde meine Wut zu mehr als teuflischer Raserei angestachelt, ich befreite meinen Arm von ihrem Griff und begrub die Axt in ihrem Schädel. Sie fiel auf der Stelle ohne einen Seufzer um.

Nachdem ich diese gräßliche Mordtat vollbracht hatte, ging ich mit völlig klarer Überlegung an die Aufgabe, den Körper zu verbergen. Ich wußte, daß ich ihn nicht aus dem Hause schaffen konnte, weder bei Tag noch bei Nacht, ohne daß ich Gefahr lief, von den Nachbarn gesehen zu werden. Die verschiedensten Projekte kamen mir in den Sinn. Eine Zeitlang dachte ich, den Leichnam in ganz kleine Stücke zu zerschneiden und diese dann zu verbrennen. Ein andermal beschloß ich, im Keller drunten ein Loch in den Boden zu graben. Dann wieder entschied ich mich dafür, ihn in den Brunnen auf dem Hof zu werfen oder ihn einfach wie eine Ware mit dem nötigen Drum und Dran in eine Kiste zu verpacken, und einen Dienstmann zu holen, um ihn aus dem Hause tragen zu lassen. Schließlich verfiel ich auf einen Ausweg, der mir günstiger vorkam als sämtliche, die ich erwähnt habe. Ich entschloß mich, den Leichnam im Keller einzumauern, wie man es den Mönchen des Mittelalters nachsagt, daß sie ihre Opfer eingemauert hätten.

Für einen derartigen Zweck war der Keller trefflich geeignet. Seine Wände waren ziemlich locker gemauert und erst kürzlich mit einem groben Mörtel frisch beworfen worden, der infolge der dumpfen Atmosphäre noch nicht erhärtet war. Überdies befand sich an einer der Mauern ein Vorsprung, der von einem blinden Kamin oder einer Feuerstelle herrührte und ausgefüllt und dem übrigen Keller gleichgemacht worden war. Ich zweifelte nicht, daß es mir ein leichtes sein würde, an dieser Stelle die Ziegel herauszunehmen, den Leichnam darin zu verbergen und das Ganze wie vorher zuzumauern, so daß kein Auge etwas Verdächtiges entdecken konnte.

In dieser Berechnung sah ich mich nicht getäuscht. Mit Hilfe eines Stemmeisens entfernte ich mit leichter Mühe die Steine, und nachdem ich sorgfältig den Körper hineingeschoben und in die richtige Lage gebracht hatte, stellte ich ohne Schwierigkeit die Mauer so wieder her, wie sie ursprünglich gewesen war. Sodann verschaffte ich mir unter Beobachtung aller Vorsichtsmaßregeln Mörtel, Sand und Haar, woraus ich einen Bewurf herstellte, der von dem alten nicht zu unterscheiden war und mit dem ich das neue Gemäuer sorgfältig überzog. Als das vollbracht war, atmete ich befriedigt auf, denn alles war jetzt in Ordnung. Die Wand wies nicht die geringste Spur eines gewaltsamen Eingriffes auf. Der Schutt auf dem Boden wurde mit peinlichster Sorgfalt aufgesammelt. Ich blickte triumphierend auf und sagte mir: Diesmal wenigstens ist meine Arbeit nicht umsonst gewesen.

Mein nächster Schritt war, nach dem Vieh Umschau zu

halten, das zu einem solchen Unmaß von Schlechtigkeit Anlaß gegeben hatte; ich hatte mich mittlerweile fest entschlossen, es umzubringen. Hätte ich es im Augenblick zu erwischen vermocht, sein Schicksal wäre besiegelt gewesen, doch es stellte sich heraus, daß das schlaue Tier, gewarnt durch die Heftigkeit meines letzten Anfalles, es vermied, sich vor mir in meiner gegenwärtigen Umnachtung zu zeigen. Es ist unmöglich, das tiefe, selige Gefühl der Erleichterung zu beschreiben oder sich vorzustellen, das die Abwesenheit der verhaßten Kreatur in meiner Brust hervorrief. Die ganze Nacht hindurch blieb das Tier fern, und so durfte ich die eine Nacht wenigstens, die erste seit seinem Erscheinen im Hause, ruhig und gründlich ausschlafen; ja, ich schlief mit der Last des Mordes auf meiner Seele.

Der zweite und dritte Tag gingen vorüber, und mein Quälgeist tauchte noch immer nicht auf. Ich atmete endlich wieder als freier Mensch. Das Untier war geflohen; in seinem Schrecken hatte es die Wohnung für immer verlassen. Die Folgen meiner dunklen Tat beunruhigten mich nicht sehr. Es hatte ein paar Verhöre gegeben, doch ich hatte mich gewandt aus der Schlinge gezogen. Sogar eine Haussuchung war veranstaltet worden, aber natürlich hatte man nichts entdeckt. Ich betrachtete meine Zukunft als gesichert.

Am vierten Tage nach der Mordtat kam eine Polizeiabordnung völlig unerwartet ins Haus und nahm eine wiederholte peinliche Durchsuchung des Gebäudes vor. Der Unauffindbarkeit meines Versteckes sicher, war ich durchaus nicht beunruhigt. Die Beamten ersuchten mich, sie auf ihrem Gang zu begleiten. Kein Winkel, kein Eckchen blieb undurchwühlt. Schließlich stiegen wir, zum dritten oder vierten Male, in den Keller hinunter. Ich zuckte nicht mit dem kleinsten Muskel. Mein Herz schlug so ruhig wie das eines völlig Unschuldigen. Ich ging von Wand zu Wand. Ich kreuzte die Arme über der Brust und bewegte mich vollkommen zwanglos. Die Polizisten waren durchaus befriedigt und schickten sich an fortzugehen. Der Jubel in meinem Herzen war zu stark, um sich unterdrücken zu lassen. Ich brannte darauf, meinem Triumph wenigstens mit einem Wort Ausdruck zu verleihen und mich ihrer Überzeugung von meiner Schuldlosigkeit doppelt zu versichern.

„Meine Herren", sagte ich schließlich, als die Gesellschaft bereits auf der Treppe war, „ich bin entzückt, Ihren Verdacht zerstreut zu haben. Ich wünsche Ihnen alles Gute und ein bißchen mehr Höflichkeit. Beiläufig, meine Herren, dies ist ein famos gebautes Haus" – in dem rasenden Verlangen, etwas recht Ungezwungenes zu sagen, wußte ich selbst kaum, was ich alles stammelte –, „ich wollte sagen: ein hervorragend gebautes Haus. Diese Mauern – Sie wollen schon gehen, meine Herren? Diese Mauern sind höchst solide gearbeitet." Bei diesen Worten schlug ich aus purer wahnsinniger Großtuerei mit einem Stock, den ich in der Hand hielt, gegen die Mauer, ausgerechnet auf die Stelle, wo hinter den Ziegelsteinen der Leichnam meines angetrauten Weibes lag.

Möge mich Gott behüten und schirmen vor den Fängen des Erzfeindes! Kaum war das Geräusch meiner Schläge in dem Keller verhallt, als mir in Gestalt einer Stimme aus dem Grabe Antwort ward. Es war ein Schrei, zuerst erstickt und gebrochen, gleich dem Wimmern eines Kindes, und dann rasch anschwellend zu einem langen, lauten, anhaltenden Gekreisch, fremdartig und unmenschlich anmutend, ein Heulen, ein Klageschrei, halb des Entsetzens und halb des Triumphes, wie er nur der Hölle entfahren sein konnte, ein Gemisch aus den Kehlen der Verdammten in ihrem Todeskampfe und der bösen Geister, die frohlocken über ihre Verdammnis.

Von meinen Empfindungen zu sprechen wäre Wahnsinn. Taumelnd wankte ich nach der gegenüberliegenden Wand. Eine Weile verharrte die Gesellschaft auf der Treppe reglos vor unerhörtem Grauen und Entsetzen. Im nächsten Augenblick hatten ein Dutzend kräftige Fäuste die Mauer in Angriff genommen. Sie fiel Stück um Stück. Der Leichnam, zum Teil bereits in Verwesung übergegangen und mit geronnenem Blut bedeckt, stand aufrecht vor aller Augen da. Ihm auf dem Kopfe, die rote Schnauze aufgerissen und das eine Auge feurig glühend, saß das scheußliche Untier, dessen Bosheit mich zum Mord verführt und dessen verräterische Stimme mich jetzt dem Henker überantwortet hatte. Ich hatte das Ungeheuer mit eingemauert in das Grab.

DIE GRUBE UND DAS PENDEL

Impia tortorum longos hic turba furores
Sanguinis innocui, non satiata, aluit,
Sospite nunc patria, fracto nunc funeris antro
Mors ubi dira fuit vita salusque patent.

Vierzeiler, ersonnen für ein Markttor, das unweit des Jakobinerklosters in Paris errichtet werden soll

Ich war krank, sterbenskrank, und innerlich zerbrochen durch die entsetzliche Todesangst. Als man mich schließlich von den Ketten befreite und mich niedersitzen ließ, verlor ich das Bewußtsein. Der Urteilsspruch, dieser grauenhafte Urteilsspruch, der mir den Tod verhieß, war das letzte, was mein Ohr deutlich zu unterscheiden vermochte. Dann schien sich der Klang der inquisitorischen Stimmen meiner Richter zu einem Chaos traumartig undeutlichen Summens zu verdichten. Dieses Summen erweckte in meiner Seele die Empfindung des Aufruhrs – mag sein, weil es die Vorstellung eines rauschenden Mühlrades in mir auslöste –, aber auch das nur für eine kurze Spanne Zeit; denn mit einemmal hörte ich nichts mehr und sah nur noch für eine Weile die Lippen der schwarzgekleideten Richter, sah sie jedoch wie in einer schrecklichen Verzerrung. Es kam mir vor, als seien sie kalkweiß, weißer als das Blatt, auf dem ich schreibe, und von einer grotesken Magerkeit. In dieser Magerkeit schien mir ihre ganze Unerbittlichkeit zum Ausdruck zu kommen, ihr unverrückbares Urteil und ihre hartherzige Mißachtung, die sie für all die Qual eines Menschenherzens übrig hatten. Ich sah, wie die Beschlüsse, die mein Schicksal bedeuteten, von ihren Lippen kamen, und sah, wie ihr Mund sich verzerrte, um den Satz zu formulieren, der den Tod in sich barg, sah sie die Silben meines Namens bilden und war von Entsetzen geschüttelt, weil kein Laut sie zu begleiten schien – sah schließlich noch für wenige Augenblicke wirren Schreckens das schwache, kaum merkliche Wehen der schwarzen Vorhänge, die die Wände des Raumes verhüllten. Plötzlich zogen die sieben großen Kerzen, die auf dem Tisch standen, meinen Blick auf sich.

Sie schienen zuerst Mitleid auszustrahlen, und ich sah in ihnen weiße, schlanke Himmelsgeschöpfe, die gekommen waren, mich zu retten; aber jäh erfaßte mich tödliche Übelkeit, und ich fühlte jede Fiber meines Körpers beben, als wäre ich mit einer galvanischen Batterie in Berührung gekommen, denn mir war, als wandelten sich die Engel zu wesenlosen Spukgestalten mit Flammenhäuptern, und ich erkannte, daß von ihnen keine Hilfe zu erhoffen sei. In diesem Augenblick überkam mich der Gedanke, wie süß die Grabesstille sein müsse, und dieser Gedanke beruhigte mich wie eine sanft einlullende Melodie. Ganz allmählich, gleichsam heimlich ergriff diese Idee Besitz von mir, und es währte eine ganze Weile, ehe sie feste Form annahm. Endlich aber, als mein Geist imstande war, diesen Gedanken zu erfassen und zu verarbeiten, schienen sich die Gestalten der Richter in Luft aufzulösen, als hätte ein Zauber sie verschwinden lassen, die hohen Kerzen wurden zu Nichts, ihre Lichter erloschen, und die Schwärze der Dunkelheit verschlang alles. Alle Empfindungen schienen durch den jähen Sturz meiner Seele in die Unterwelt zu entschwinden, und dann war alles Schweigen und Stille, und das Weltall schien von Nacht erfüllt.

Ich hatte die Besinnung verloren und war doch nicht ganz ohne Bewußtsein. Ich will nicht versuchen, den Rest der Klarheit, der mir geblieben war, zu definieren oder gar zu beschreiben, und doch weiß ich, daß nicht alle Denkkraft dahin war. Im tiefsten Schlummer, mehr noch: im Delirium, in einer Ohnmacht, im Tod, ja, sogar im Grabe bleibt uns noch ein letzter Rest von Bewußtsein. Sonst könnte die Seele des Menschen ja nicht unsterblich sein. Aus tiefstem Schlaf erwachend, befreien wir uns von den Fäden irgendeines Traumes. In der nächsten Sekunde aber, so unendlich fein muß das Traumgespinst gewesen sein, erinnern wir uns des Traumes nicht mehr. Wenn man nach tiefer Ohnmacht wieder zu Bewußtsein kommt, gibt es zwei Abschnitte: im ersten nehmen wir wieder unsere geistigen, unsere Gehirnfunktionen auf, im zweiten werden wir uns unseres physischen Seins wieder bewußt. Es ist anzunehmen, daß wir im zweiten Zustand alle Eindrücke des ersten mit Erinnerungen aus einer abgrundtiefen Welt jenseits unseres täglichen Lebens vermengt fänden, könnten wir uns dann noch die Empfindungen des ersten Zustands ins Gedächtnis zurückrufen. Und diese abgrundtiefe Welt – was ist sie? Wie soll es uns gelingen, ihre Bewohner von den Schatten des Todes zu unterscheiden? Und wenn wir die Eindrücke dessen, was ich den ersten Zustand nannte, durch unseren Willen nicht zurückzurufen vermöchten, wäre es dann nicht doch möglich, daß sie nach geraumer Zeit ungerufen in uns erwachten, während wir uns darob verwundern, woher sie denn kommen? Wer nie ohnmächtig war, wird nie in der Glut glimmender Kohlen phantastische Paläste und seltsame Gesichter entdecken; ihm werden nie im leeren Luftraum Visionen voll Trauer erscheinen, die die große Masse nicht sehen kann; er wird nie dem Ursprung des Duftes einer neuen Blume nachgrübeln, und sein Gehirn wird sich nie durch den Gedanken an das Rätsel einer Melodie verwirren lassen, die nie zuvor seine Aufmerksamkeit erregt hat.

Während meiner häufigen, ernstlichen Bemühungen, mich zu erinnern, während intensivster Anstrengungen, jenen Zustand scheinbaren Nichtseins zu ergründen, in den meine Seele untergetaucht war, schien es mir manchmal für kurze Augenblicke, als könnte ich diesem Geheimnis auf die Spur kommen. Es gab Momente, ganz knappe, flüchtige Momente, in denen es mir gelang, Erinnerungen heraufzubeschwören, die sich, wie mir später bei ruhigerer Überlegung klarwurde, nur auf jenen Zustand scheinbarer Bewußtlosigkeit beziehen konnten. Diese schattenhaften Erinnerungen erzählten von großen Gestalten, die mich aufhoben und schweigend nach unten trugen, tiefer und immer tiefer, bis mich bei dem bloßen Gedanken an den bodenlosen Abgrund, der mich verschlang, ein gräßlicher Schwindel erfaßte. Man berichtete mir später auch von einem unbestimmten Grauen, das mein Herz erbeben gemacht und zum Stillstehen gebracht hätte. Es folgte darauf ein Gefühl, das mir alle Dinge rings um mich wie in plötzlicher Erstarrung zeigte, als hätten jene, die mich trugen, dieser Zug von Gespenstern, im unentwegten Niedersteigen die Grenze des Grenzenlosen erreicht und ruhten nun von den Mühen ihrer Arbeit aus. Undeutlich entsinne ich mich schließlich einer fürchterlichen Mattigkeit und Mutlosigkeit – und dann ist alles Wahnsinn, der Wahnsinn eines Gehirns, das sich damit abquält, Unergründlichem, Verbotenem nachzugrübeln.

Ganz plötzlich kam meiner Seele das Bewußtsein von Bewegung und Klang zurück, von Bewegung in Form des stürmischen Pochens meines Herzens, das mir im Ohr widerklang. Dann wieder eine Pause, in der alles in graue Nebel versank. Und wiederum ein Ton, eine Bewegung und Berührung, ein jähes Zittern, das mich erbeben machte. Hierauf kam mir, von keinem anderen Gedanken begleitet, das nackte Bewußtsein meiner Existenz zurück, und dieses Gefühl dauerte lange Zeit an. Und dann, ganz plötzlich, ganz unvermittelt, ein Gedanke, ein grauenhafter Schreck und das ernstliche Bemühen, Klarheit über meinen Zustand zu erlangen. Und gleich darauf der heiße Wunsch, wieder in völlige Bewußtlosigkeit zu versinken. Da aber schien meine Seele vollkommen zu erwachen; ich versuchte mich zu bewegen – es gelang. Nun aber stürzte qualvolles Erinnern auf mich ein, ich entsann mich des Verhörs, der Richter, der schwarzen Vorhänge und des Urteils, meiner Übelkeit und Ohnmacht. Dann eine große Leere, ein Nichts, tiefstes Vergessen alles dessen, was dem folgte – all dessen, das intensivstes Grübeln späterer Tage erst mühsam und ganz allmählich mir undeutlich ins Gedächtnis zurückrief.

Ich hatte bisher mit geschlossenen Augen gelegen und fühlte, daß ich, jeglicher Fessel bar, auf dem Rücken lag. Ich streckte meine Hand aus, doch sie fiel schwer auf etwas

Feuchtes, Hartes. Trotzdem ließ ich sie mehrere Minuten lang da liegen, während ich mir das Gehirn zermarterte, wo und wer ich sein mochte. Ich hegte den brennenden Wunsch, die Augen zu öffnen, wagte es aber nicht; denn ich fürchtete mich vor dem, was mein erster Blick mir zeigen würde. Nicht daß mir davor graute, gräßliche Dinge zu schauen, im Gegenteil: ich fürchtete mich davor, nichts zu sehen. Doch endlich riß ich, wilde Verzweiflung im Herzen, die Augen auf. Meine schlimmsten Befürchtungen bestätigten sich. Es umgab mich die grauenhafte Schwärze der ewigen Nacht. Ich rang nach Atem, denn die undurchdringliche Finsternis schien mich erdrücken und ersticken zu wollen, die Luft, die ich einsog, hatte etwas unerträglich Beengendes an sich. Trotzdem blieb ich regungslos liegen und suchte meine Gedanken zu ordnen. Ich rief mir mühsam alle Einzelheiten der Gerichtsverhandlung ins Gedächtnis zurück und zog daraus Schlüsse über meinen tatsächlichen Zustand. Ich erinnerte mich, das Urteil vernommen zu haben, und es schien mir, als sei seitdem eine lange Spanne Zeit verstrichen. Dennoch glaubte ich nicht eine Sekunde, gestorben zu sein. Eine solche Vorstellung ist trotz allem, was je darüber geschrieben wurde, solange wir leben, gänzlich ausgeschlossen. Wo aber und in welchem Zustand befand ich mich dann?

Die zum Tode Verurteilten wurden, wie ich wußte, gemeinhin während des Autodafés hingerichtet, und es war mir bekannt, daß in der Nacht, die meinem Verhör folgte, ein Autodafé veranstaltet werden sollte. Hatte man mich in meinen Kerker zurückgeschleppt und mich dazu verdammt, die nächste Opferung abzuwarten, die erst in vielen Monaten stattfinden würde? Mir war sofort klar, daß das unmöglich war. Man hatte ja dringend Opfer gebraucht. Überdies war meine Zelle, wie alle Kerker in Toledo, mit Steinen gepflastert gewesen, und ein schwacher Lichtschein hätte irgendwo einzudringen vermocht.

Ein gräßlicher Gedanke erwachte plötzlich in mir und trieb mir alles Blut zum Herzen, so daß ich für kurze Zeit abermals in Bewußtlosigkeit versank. Als ich wieder zu mir kam, sprang ich eilends auf, obwohl mir alle Glieder zitterten. In namenloser Angst griff ich mit meinen Händen wild über mich und rund um mich. Ich fühlte nichts. Dennoch wagte ich nicht, auch nur einen einzigen Schritt zu tun, denn ich fürchtete, an die Wände eines Grabes zu stoßen. Kalter Angstschweiß brach mir aus allen Poren, stand mir in großen Tropfen auf der Stirn. Doch plötzlich wurde mir die Qual der Ungewißheit unerträglich, und ganz behutsam, mit vorgestreckten Armen, machte ich ein paar kurze Schritte nach vorwärts, während ich, in der Hoffnung, einen schwachen Lichtschimmer zu erspähen, mit weit aufgerissenen Augen in das Dunkel starrte. Noch ein paar Schritte wagte ich mich vor, doch unverändert blieben die Leere und die Finsternis, die mich umgaben. Da atmete ich etwas freier. Es schien, als sei mir nicht das grauenvollste aller Schicksale zuerteilt.

Doch während ich mich nun in dem nachtschwarzen Nichts mit größter Vorsicht vorwärtstastete, überfielen mich mit einemmal tausend vage und grausige Erinnerungen an die Schrecken und Greuel Toledos. Grauenhafte Dinge hatte man sich von den Gefängnissen dieser Stadt erzählt, Dinge, die ich stets nur für Märchen gehalten hatte, die aber trotzdem so fürchterlich, so gräßlich waren, daß man sie nur im Flüsterton zu wiederholen wagte. War ich dazu verdammt, in dieser unterirdischen Welt der Finsternis Hungers zu sterben, zu verschmachten? Oder welches andere, vielleicht noch gräßlichere Schicksal erwartete mich? Daß das Ende von allem der Tod sein werde, und zwar ein grausiger, fürchterlicher Tod, wußte ich nur zu gut; denn ich kannte ja meine Richter. Was jede Fiber in mir spannte und mich verrückt zu machen drohte, war nur die Frage, welche Todesart mich erwartete und wann der tödliche Streich mich treffen würde.

Endlich stieß meine Hand gegen ein festes Hindernis. Es war anscheinend die Steinmauer, die mir besonders glatt, schlüpfrig und kalt vorkam. Vorsichtig und nicht ganz frei von jenem ängstlichen Mißtrauen, das seinen Ursprung in verschiedenen alten, schon halb vergessenen

Geschichten hatte, tastete ich mich an ihr entlang. Es gelang mir jedoch in keiner Weise, eine Vorstellung von der Größe und Form meines Kerkers zu gewinnen; denn die Mauer war überall so vollkommen gleichmäßig, daß ich zu dem Schluß kam, meine Zelle müsse rund sein, und ich gehe offenbar stets an meinem Ausgangspunkt vorüber, ohne dessen gewahr zu werden. Ich suchte daher nach dem Messer, das ich in der Tasche trug, als man mich in das Inquisitionszimmer führte. Es war verschwunden. Überhaupt hatte man, wie ich jetzt erst bemerkte, meine Kleider mit einem groben Leinwandkittel vertauscht. Ich hatte die Klinge in eine kleine Ritze der Mauer stoßen wollen, um so den Anfang des Kreises zu bezeichnen. Dieses Problem wäre übrigens auch ohne Messer leicht zu lösen gewesen, doch in meiner völligen Verwirrung schien es mir anfangs unüberwindlich. Schließlich riß ich von meinem Kittel ein Stück des Saumes ab und legte es im rechten Winkel zu der Mauer quer über meinen Weg. Unfehlbar mußte ich, wenn ich mich an der Mauer entlangtastete, zuletzt bei Vollendung des Kreises wieder auf den Kleiderfetzen stoßen. So glaubte ich wenigstens; bei dieser Berechnung hatte ich aber die Ausdehnung meines Kerkers und meine völlige Erschöpfung außer acht gelassen, und da der Boden feucht und glitschig war, strauchelte ich schon nach kurzer Zeit und fiel nieder. Die fürchterliche Mattigkeit, die meine Glieder lähmte, zwang mich liegenzubleiben, und es währte nicht lange, so hatte der Schlaf mich übermannt.

Als ich erwachte und meinen Arm ausstreckte, fand ich einen Laib Brot und einen Krug Wasser neben mir, doch war ich viel zu erschöpft, um mich darüber zu wundern, sondern aß und trank nur gierig von dem, was sich mir bot. Nach einer Weile nahm ich meine Wanderung rund um mein Gefängnis wieder auf und kam nach unbeschreiblicher Mühe endlich zu dem Leinwandfetzen zurück. Bis zu dem Augenblick, da ich gefallen war, hatte ich zweiundfünfzig Schritte gezählt, und nun, als ich den Kreis bis zu dessen Ausgangspunkt weiterverfolgte, weitere achtundvierzig Schritte. Wenn ich auf eine Elle zwei Schritte rechnete, so mußte meine Zelle also fünfzig Ellen im Umfang messen. Da ich allerdings unzählige Winkel in der Mauer beobachtet hatte, vermochte ich mir von der tatsächlichen Form der Höhle keine rechte Vorstellung zu machen; doch bestand für mich nun kein Zweifel mehr, daß ich mich in einer Höhle befand.

Übrigens waren meine Nachforschungen ziemlich zwecklos, denn eine Hoffnung, zu entrinnen, gab es für mich ja nicht. Dennoch trieb mich eine unbestimmte Neugier, sie fortzusetzen. Ich wandte mich zunächst von der Mauer ab und beschloß, den Raum zu durchqueren. Anfangs tastete ich mich nur mit äußerster Vorsicht weiter, denn der Boden war, obgleich hart und festgefügt, von einer tückischen Schlüpfrigkeit. Endlich faßte ich mir ein Herz und machte mutig ein paar unverzagte Schritte, wobei ich mich bemühte, den Raum in möglichst gerader Linie zu durchqueren. Doch als ich etwa zehn bis zwölf Schritte getan hatte, verwickelten sich meine Füße in dem ausgefransten Saum meines Kittels, und ich strauchelte und schlug schwer auf das Gesicht auf.

Im ersten Schrecken über meinen Fall beachtete ich anfangs nicht eine ziemlich erstaunliche Tatsache, die mir indessen schon nach wenigen Sekunden, während ich noch am Boden lag, viel zu denken gab. Merkwürdigerweise spürte ich nämlich unterm Kinn den Boden meiner Zelle, während meine Lippen und der obere Teil meines Kopfes, obzwar sie tiefer ruhten als das Kinn, im Leeren schwebten. Gleichzeitig schien meine Stirn in klebrigem Dampf gebadet zu sein, und der typische Geruch verfaulter Schwämme drang mir in die Nase. Ich streckte meinen Arm aus und erkannte schaudernd, daß ich am Rande eines runden Brunnens niedergestürzt war, von dessen Tiefe ich mir im Augenblick natürlich noch keinen Begriff machen konnte. Meiner tastenden Hand gelang es, gerade unterhalb des Brunnenrandes ein kleines Stückchen Mauerwerk abzubröckeln. Ich warf es in den Abgrund. Während mehrerer Sekunden vernahm ich das wiederholte Aufschlagen des Steinchens an den Vorsprüngen oder Seitenwänden des

Brunnens und schließlich den dumpfen Ton, mit dem es ins Wasser fiel. Laut hallte das Echo wider. Im selben Augenblick vernahm ich ein Geräusch, als habe jemand über mir eine Tür rasch geöffnet und wieder geschlossen, und ein schwacher Lichtschein durchzuckte für den Bruchteil einer Sekunde die Dunkelheit.

Nun war mir endlich klar, welches Schicksal man mir zugedacht hatte, und ich beglückwünschte mich zu dem Sturz, der mich im letzten Augenblick gerettet hatte. Noch einen Schritt weiter, und ich hätte dieser Welt nicht mehr angehört. Der Tod, dem ich eben durch Zufall entronnen war, war tatsächlich von jener grausigen Scheußlichkeit, die ich bisher stets für ein Märchen gehalten hatte, sooft über die Inquisition gesprochen worden war. Den Opfern war es stets überlassen, zwischen einem Tod unter den entsetzlichsten physischen Foltern oder einem Sterben unter den grauenhaftesten seelischen Qualen zu wählen. Mir hatte man das letztere zudiktiert. Durch endlose Leiden waren meine Nerven so völlig zerrüttet, daß mich beim Klang meiner eigenen Stimme ein Zittern befiel; ich war also in jeder Hinsicht ein wohlgeeignetes Objekt für die Art der Folter, die mich erwartete.

Am ganzen Leibe zitternd, tastete ich mich zu der Mauer zurück, mit dem festen Entschluß, dort lieber elendiglich zugrunde zu gehen, als mich der Gefahr auszusetzen, in einen dieser fürchterlichen Brunnen zu stürzen, die meine überreizte Phantasie mir an allen möglichen Stellen meines Kerkers vorspiegelte. Wäre mein Gemütszustand anders gewesen, so hätte ich selbstredend den Mut gefunden, meinem Elend durch einen Sprung in die Tiefe ein Ende zu machen. Jetzt aber war ich zum erbärmlichsten Feigling geworden. Überdies kreisten meine Gedanken unablässig um das, was ich je über diese Brunnen gelesen hatte: daß ihre mit grauenhaftem Raffinement ersonnene Bauart einen raschen Tod gänzlich unmöglich machte.

Die Erregung meines Geistes hielt mich endlos lange Stunden wach; endlich aber umfing mich wieder Schlummer. Als ich erwachte, fand ich, wie das erstemal, einen

Laib Brot und einen Krug Wasser an meiner Seite. Da mich ein brennender Durst quälte, leerte ich den Krug auf einen Zug. Ich schien vergiftet zu sein, denn unmittelbar nachdem ich das Wasser getrunken hatte, befiel mich eine bleierne Müdigkeit. Ich versank in Schlaf, in einen schweren, totenähnlichen Schlaf. Wie lange ich schlief, vermag ich natürlich nicht zu sagen, doch als ich die Augen von neuem wieder öffnete, konnte ich jedes Ding rings um mich erkennen. Ein seltsames, schwefelgelbes Licht, dessen Ursprung ich mir zunächst nicht erklären konnte, zeigte mir nun die Größe und Form meines Gefängnisses.

Was seine Ausdehnung betraf, hatte ich mich gründlich getäuscht. Der ganze Umfang seiner Mauern betrug höchstens fünfundzwanzig Ellen. Während mehrerer Minuten löste diese Entdeckung eine Welt trüber Gedanken in mir aus, denn was, was konnte wohl in der entsetzlichen Lage, in der ich mich befand, belangloser sein als die Größe meines Kerkers? Meine Seele verbohrte sich aber förmlich in solche Nebensächlichkeiten, und ich quälte mich, die Ursache meines Irrtums in der Berechnung des Gefängnisses zu ergründen. Tatsächlich kam es denn auch bald wie eine Erleuchtung über mich. Bei meinem ersten Versuch, die Höhle abzuschreiten, hatte ich bis zu meinem Sturz zweiundfünfzig Schritte gezählt; offenbar waren die Kleiderfetzen zwei Schritte vor mir gelegen, und ich hatte den Kreis meines Gefängnisses fast vollendet. Dann war ich eingeschlafen, und als ich wieder erwachte, war ich ohne Zweifel in verkehrter Richtung zurückgegangen. Dadurch war mir das Verlies doppelt so groß vorgekommen, wie es tatsächlich war. Meine vollkommene geistige Zerrüttung hatte mich übersehen lassen, daß die Mauer zu Beginn meiner Wanderung zu meiner Rechten, dann aber zu meiner Linken lag.

Auch von der Form meines Gefängnisses hatte ich mir eine völlig falsche Vorstellung gebildet. Als ich mich an der Wand entlangtastete, hatte ich viele Winkel bemerkt und so den Eindruck einer großen Unregelmäßigkeit gewonnen. So übermächtig ist die Gewalt tiefster Finsternis über einen, der aus Ohnmacht oder schwerem Schlaf erwacht! Die

Winkel waren nichts anderes als ein paar kleine, kaum merkliche Einbuchtungen oder Unebenheiten in unregelmäßigen Abständen. Tatsächlich war das Gefängnis viereckig. Was ich zuvor für Mauerwerk gehalten hatte, schien mir jetzt Eisen zu sein oder irgendein anderes Metall, das in großen Platten die Wände verkleidete, deren Rillen und Fugen die Einbuchtungen bildeten. Die ganze Oberfläche der Metallplatten trug die rohen Abbildungen all jener gräßlichen, abstoßenden Scheußlichkeiten, die dem abergläubischen Gehirn der Mönche entsprungen waren. Drohende Teufelsfratzen auf widerwärtigen Skeletten und andere grauenerregende Bilder bedeckten und verunstalteten die Wände.

Ich entdeckte, daß die Umrißzeichnungen dieser Scheußlichkeiten noch ziemlich deutlich zu sehen waren, während die Farben verblaßt und verschwommen aussahen, als hätten sie unter der Einwirkung feuchter Luft gelitten. Auch den Fußboden unterzog ich einer eingehenden Musterung. Er war von Stein, und in der Mitte gähnte der tiefe Abgrund, vor dem ein glücklicher Zufall mich errettet hatte; doch war es der einzige Brunnen, der sich in meinem Kerker befand. Alles das sah ich nur undeutlich und mit großer Anstrengung, denn während meines Schlafes war mit mir selbst eine große Veränderung vor sich gegangen. Ich lag jetzt der Länge nach auf dem Rücken, und zwar auf einem niederen Holzgestell, auf das man mich mit einem langen breiten Riemen festgeschnallt hatte. Die Fessel umwand unzählige Male meinen Leib und meine Glieder und gab nur meinem Kopf und meinem linken Arm gerade soviel Bewegungsfreiheit, wie nötig war, um mit unsäglicher Mühe eine irdene Schüssel zu erreichen, die mit Nahrung gefüllt neben mir auf dem Boden stand. Zu meinem Entsetzen bemerkte ich, daß der Wasserkrug verschwunden war. Ich sage, zu meinem Entsetzen – weil ein unerträglicher Durst mich quälte. Es schien in der Absicht meiner Peiniger zu liegen, diesen Durst noch mehr zu reizen; denn die Speisen in dem irdenen Napf bestanden größtenteils aus überaus stark gewürztem Fleisch.

Ich wandte meine Blicke nach oben und betrachtete die Decke meines Kerkers. Sie mochte etwa dreißig bis vierzig Fuß hoch sein und glich im großen ganzen den Seitenwänden. Auf einer der Platten aber befand sich eine höchst merkwürdige Figur, die meine ganze Aufmerksamkeit auf sich zog. Es war das Bildnis der Zeit, wie man sie gemeinhin darzustellen pflegt, nur mit dem Unterschied, daß sie anstatt der Sichel einen Gegenstand in der Hand hielt, der mir im ersten Augenblick, als ich zufällig hinsah, das Bild eines riesigen Pendels zu sein schien, wie es bei altertümlichen Uhren üblich war. Irgend etwas am Aussehen dieses Gegenstandes aber veranlaßte mich, genauer hinzusehen. Und während ich hinaufstarrte – das Pendel war genau über mir –, kam es mir plötzlich so vor, als bewegte es sich. In der nächsten Sekunde bestätigte sich meine Vermutung. Es schwang in kurzen, langsamen Schwingungen hin und her. Ich beobachtete es während einiger Minuten mit bangem Angstgefühl, mehr aber noch mit starrer Verwunderung. Bald freilich ermüdete mich der Anblick dieser monotonen Bewegung, und ich ließ meine Blicke über die anderen Gegenstände in meiner Zelle schweifen.

Ein sonderbares, leises Geräusch drang plötzlich an mein Ohr; ich sah zu Boden und gewahrte mehrere große Ratten, die vorüberhuschten. Sie waren aus dem Brunnen heraufgekommen, den ich zu meiner Rechten liegen sah. Und eben jetzt, da ich den Brunnenrand beobachtete, strömten sie scharenweise mit gierigen Augen herbei. Der Geruch des Fleisches hatte sie herangelockt, und es bedurfte meiner ganzen Anstrengung und Aufmerksamkeit, um sie von der Schüssel zu verscheuchen.

Es mochte eine halbe, vielleicht auch eine ganze Stunde vergangen sein – ich hatte jedes Zeitgefühl vollkommen verloren –, als ich meinen Blick wieder nach oben wandte. Was ich sah, erfüllte mich mit Grauen und Verwunderung: die Schwingungen des Pendels hatten an Weite fast um eine Elle zugenommen. Die natürliche Folge davon war, daß es sich auch weit schneller bewegte als zuvor. Was mich jedoch am meisten bestürzte, war die Beobachtung, daß sich das Pendel um ein Beträchtliches gesenkt hatte. Ich sah nun auch – mit welchem Entsetzen, ist wohl überflüssig zu sagen –, daß sein unterer Teil aus einem Halbmond aus blitzendem Stahl bestand, der von einem Ende zum anderen etwa einen Fuß lang war. Allem Anschein nach waren die nach oben geschwungenen Spitzen wie auch die untere Kante des Halbmondes so scharf wie ein Rasiermesser. Einem Rasiermesser glich es auch in seiner Massivität und seinem Gewicht, denn es verbreiterte sich von der Schneide an nach oben hin zu einem starken Rücken. Es war an einem schweren Metallstab aufgehängt und zischte förmlich, während es durch die Luft schwang.

Ich konnte nun nicht länger über das grausige Los im Zweifel bleiben, das das teuflische Gehirn der Mönche für mich ersonnen hatte. Die Diener der Inquisition hatten herausgefunden, daß ich die Wassergrube entdeckt hatte, die Grube, deren Greuel für verstockte Sünder meinesgleichen bestimmt war, diese Grube, die dem Pfuhl der Hölle glich und von der das Gerücht ging, daß sie von allen Strafen die schrecklichsten aller Schrecken barg. Nur durch Zufall war ich der Tiefe des Abgrunds entronnen, und ich hatte gehört, daß grauenhafte Überraschungen und fürchterlichste Verstrickung in allerlei Qualen das Hauptprinzip der Ungeheuerlichkeiten des Foltertodes waren. Da ich nicht freiwillig in den Abgrund gestürzt war, lag es durchaus nicht in ihrem teuflischen Plan, mich gewaltsam in die Tiefe zu schmettern. Es erwartete mich also, da ich ihre ursprüngliche Absicht vereitelt hatte, eine andere, mildere Todesart. Milder! Fast hätte ich trotz meiner Todesangst aufgelacht, daß mir in meiner entsetzlichen Lage solch ein Gedanke überhaupt kommen konnte!

Es wäre nutzlos, die langen, bangen, gräßlichen Stunden des Todesgrauens zu schildern, während derer ich die sausenden Schwingungen des fürchterlichen Stahles zählte. Zoll um Zoll, Strich um Strich senkte es sich kaum merklich tiefer und tiefer, mit erschreckender Beharrlichkeit in immer gleichen Abständen, die mir wie eine Ewigkeit vorkamen. Tage vergingen, viele Tage mochten vergangen sein, bis es so dicht über mir hin und her sauste, daß sein beißender Atem mich fächelte. Der Geruch des scharfgewetzten Stahles drang mir in die Nase. Ich betete, ich flehte den Himmel an, er möge das Senken des fürchterlichen Pendels beschleunigen! Rasender Wahnsinn fraß sich in mein Gehirn, wild bäumte ich mich auf, damit das vernichtende Schwert mich früher träfe! Dann aber sank ich plötzlich zurück, eine unheimliche Ruhe legte sich über mich, und wie ein Kind, das sein seltsames Spielzeug betrachtet, blickte ich lächelnd dem blitzenden Tod entgegen.

Abermals versank ich in Bewußtlosigkeit, doch schien sie diesmal nicht sonderlich lang gewährt zu haben, denn als ich wieder zu mir kam, hatte das Pendel sich kaum gesenkt. Es konnte jedoch ebensogut eine lange Spanne Zeit verstrichen sein, denn jene Teufel bewachten ja ohne Zweifel meine Ohnmacht und konnten das Pendel nach Belieben zum Stehen gebracht haben. Als ich wieder zu Bewußtsein kam, fühlte ich mich sehr, ach, unsagbar elend und schwach, als hätte ich seit langem nichts gegessen. Selbst inmitten der fürchterlichsten Todesqualen forderte die Natur gebieterisch ihr Recht. Unter entsetzlichen Leiden streckte ich meinen linken Arm so weit aus, wie es meine Fesseln mir erlaubten, und griff nach dem kleinen Speiserest, den die Ratten übriggelassen hatten. Als ich ein wenig davon zwischen meine Lippen schob, durchzuckte ein noch ganz unklarer Gedanke mein Gehirn, ein Gedanke, der einen leisen Schimmer von Freude und Hoffnung in mir aufflackern ließ. Und dennoch, wie durfte ich an Hoffnung denken? Es war, wie gesagt, ein völlig unklarer, schattenhafter Gedanke, wie er bisweilen im menschlichen Hirn aufblitzt, ohne je zu Ende gedacht zu werden. Vergeblich mühte ich mich, ihn auszubauen, ihn festzuhalten. Endlose Qualen hatten meine geistigen Fähigkeiten fast vollends vernichtet. Ich war zum Blödsinnigen, zum Idioten geworden.

Das Pendel schwang senkrecht zu meinem Körper. Ich konnte unschwer berechnen, daß der Halbmond genau mein Herz treffen müsse. Er würde zuerst den Stoff meines Gewandes zerschneiden, würde wiederkommen und bei der Rückschwingung den Schnitt vergrößern, immer und immer wieder. Trotz der entsetzlich weit ausholenden Schwingung, die jetzt schon an die dreißig Fuß betrug, trotz der sausenden Wucht, mit der es niederfuhr und die imstande gewesen wäre, die ehernen Wände zu spalten, würde das Pendel während der Dauer einiger Minuten nichts anderes bewirken, als meine Kleider zu zerreißen. Bei diesem Gedanken machte ich halt. Ich wagte nicht, weiterzudenken. Ich klammerte mich an diese Vorstellung mit starrer Hartnäckigkeit, als könnte ich dadurch den Stahl zwingen, in jenem Augenblick stillzustehen. Ich bemühte mich, mir das Geräusch auszumalen, das der Halbmond beim Durchschneiden meines Kittels verursachen würde, mir das eigentümliche Erschauern meiner Nerven vor Augen zu stellen, das ich empfinden würde, wenn das Messer meine Kleider aufschlitzte. Über all diese Nebensächlichkeiten grübelte ich nach, bis meine Zähne wie im Frost gegeneinanderschlugen.

Tiefer, immer tiefer sank das Pendel. Mit der kindischen Freude eines Irren folgten meine Augen seinem Flug, beobachtete ich die Schnelligkeit, mit der es niedersauste und seitwärts schwang. Hin und her, auf und ab sauste es, zischend und ächzend wie ein Verdammter der Hölle. Mit unabwendbarer Sicherheit, mit der Heimtücke eines Tigers näherte es sich immer dichter und dichter meinem Herzen. Ich aber lachte und heulte abwechselnd bei den Gedanken, die auf mich einstürzten.

Tiefer kam es, unaufhaltsam, unbarmherzig tiefer! Nun schwang es nur mehr drei Ellen über meiner Brust! Ich bäumte mich auf, ich machte die wildesten Anstrengungen, meinen linken Arm zu befreien, der bis zum Ellbogen festgeschnallt war. Ich vermochte ihn gerade nur so weit zu bewegen, wie nötig war, um unter unsagbarer Mühe und Qual Speisen aus dem Napf mir zur Seite an den Mund zu führen. Wäre ich imstande gewesen, die Fessel über meinem Ellbogen zu sprengen, so hätte ich das Pendel aufzuhalten versucht. Doch hätte ich wohl ebensogut versuchen können, eine Lawine aufzuhalten.

Es sank unentwegt und unerbittlich tiefer. Ich schauerte bei jeder Schwingung, ich rang nach Atem, ein wildes Zittern überlief meinen ganzen Körper. Meine Blicke folgten dem auf- und absausenden Stahl mit einem Interesse, wie nur die rasendste Verzweiflung es gebiert. Senkte das Pendel sich, so schlossen meine Augen sich wie im Krampf, wiewohl der Tod nur eine Erlösung gewesen wäre – eine Erlösung, ach, aus welcher Qual! Dennoch packte eine wahnsinnige Angst mich bei diesem Gedanken und schüttelte mich wie im Fieber: daß nur mehr ein ganz geringes Senken des Pendels nötig war, daß dann der blinkende, fürchterliche Stahl mein Herz durchschneiden würde ... Und wieder durchrieselte es mich wie leises Hoffen – und der Gedanke ließ alle meine Nerven erzittern. Hoffnung war es, wilde Hoffnung, die selbst die zum Tode Verdammten triumphierend umschwebt und ihnen süße Laute zuraunt, sie könnten aus den Gefängnissen der Inquisition erlöst werden.

Ich sah, daß das Messer nach zehn oder zwölf Schwingungen meine Kleider unfehlbar erfassen würde, und mit dieser Erkenntnis überkam meinen Geist plötzlich jene kühle, gefaßte Ruhe der Verzweiflung. Zum erstenmal seit vielen Stunden, seit vielen Tagen vielleicht begann ich wieder zu denken. Es kam mir erst jetzt zu Bewußtsein, daß der Riemen, der mich fesselte, aus einem Stück bestand und daß mich sonst kein anderer Strick umschlang. Der erste Schnitt des scharfschneidigen Halbmondes durch einen beliebigen Teil meiner Fessel mußte sie meiner Berechnung nach genügend lockern, daß ich mich mit meiner Linken davon befreien konnte. Wie gräßlich aber mußte bei diesem Beginnen die unheimliche Nähe des todbringenden Stahles sein! Die geringste unvorsichtige Bewegung mußte den Tod zur Folge haben! War es übrigens nicht anzunehmen, daß meine Peiniger diese Möglichkeit vorausgesehen und ihr vorgebeugt hatten? War es nicht sehr unwahrscheinlich, daß sie die Fessel so um meine

Brust geschlungen hatten, daß die Schneide des Pendels sie treffen würde? In meiner Seelenangst, diesen schwachen, anscheinend letzten Hoffnungsschimmer in nichts zerrinnen zu sehen, reckte ich meinen Kopf mit größter Anstrengung möglichst empor, um meine Brust überblicken zu können. Die Gurte umschlangen meinen Leib kreuz und quer nach allen Richtungen hin – mit Ausnahme der Stelle, die der tödliche Halbmond treffen mußte.

Kaum war mein Kopf wieder zurückgesunken, so blitzte in meiner Seele etwas auf, das ich nicht anders bezeichnen kann als die zweite, ungeformte Hälfte jenes unklaren Gedankens an Befreiung, den ich bereits vorhin erwähnt habe und der schattenhaft mein Hirn durchzuckt hatte, als ich die Speisen an meine brennenden Lippen führte. Jetzt stand er als Ganzes vor meiner Seele, noch schwach und undeutlich freilich, doch vollständig und unleugbar. Unverzüglich und mit der Energie der Verzweiflung ging ich daran, ihn in die Tat umzusetzen.

Seit vielen Stunden wimmelte es rings um das Holzgestell, auf dem ich lag, von Ratten. Sie umlauerten mich mit gieriger, wilder, gefräßiger Beharrlichkeit und starrten mich mit ihren rotumränderten Augen an, als könnten sie den Augenblick nicht erwarten, daß ich ein lebloser Klumpen Fleisch sein und ihnen zur Beute fallen würde. Unwillkürlich drängte sich mir die Frage auf, welcher Art wohl die Nahrung sein mochte, die sie im Brunnen verspeisten?

Alle meine Versuche, sie zu verscheuchen, waren fruchtlos geblieben, und sie hatten den Inhalt der Schüssel bis auf einen kleinen Rest verschlungen. Ich hatte meine Hand beständig über dem Napf hin und her geschwenkt, doch die Gleichförmigkeit dieser Bewegung hatte schließlich keinen Erfolg mehr gehabt: die scheußlichen Tiere hatten in ihrer Gefräßigkeit mit ihren scharfen Zähnen oft nach meinen Fingern geschnappt. Nun aber rieb ich mit dem letzten Rest der fetten, stark gewürzten Speise meine Fesseln tüchtig ein, soweit ich sie irgend erreichen konnte. Dann hob ich meine Hand vom Boden weg und blieb reglos und mit angehaltenem Atem liegen.

Anfangs erschreckte und beunruhigte diese Veränderung die gefräßigen Tiere, und sie wichen angstvoll und scheu zurück, als die gewohnte Bewegung meiner Hand aufhörte. Einige liefen sogar in den Brunnen zurück. Doch ihre Furchtsamkeit währte nicht lange. Ich hatte nicht umsonst mit ihrer Gier gerechnet. Als sie sahen, daß ich regungslos liegenblieb, sprangen zwei der zudringlichsten auf das Holzgestell und beschnüffelten die Fesseln. Das schien das Zeichen zu einem allgemeinen Ansturm zu sein; endlose Scharen liefen vom Brunnen herbei, sie kletterten am Holz empor, sprangen auf das Brett und krochen zu Hunderten auf meinem Körper herum. Das gleichmäßige Schwingen des Pendels störte sie nicht im geringsten. Sie wichen behende dem Halbmond aus und widmeten sich ausschließlich den eingefetteten Gurten. Immer mehr und mehr huschten über mich hin; bald krochen sie mir über die Gurgel, bald schnupperten ihre kalten Schnauzen an meinen Lippen. Ich war dem Ersticken nahe; ein Ekel, den zu schildern ich keine Worte finde, schnürte mir wie im Krampf die Kehle zu, eisige Schauer schüttelten mich, und mein Magen zog sich schmerzhaft zusammen. Doch ich rührte mich nicht und hielt standhaft aus, fühlte ich doch, daß ich das Gräßliche bald überstanden hatte. Ganz deutlich merkte ich schon, wie meine Fesseln sich lockerten, sie waren bestimmt schon an mehreren Stellen zernagt. So blieb ich denn mit übermenschlicher Willenskraft unbeweglich liegen.

Ich hatte mich in meiner Berechnung nicht geirrt noch all das Greuliche vergeblich erduldet. Endlich, endlich fühlte ich, daß ich frei war! Die Fessel hing lose herab. Das Pendel aber streifte bereits meine Brust. Schon war der Stoff meines Kittels durchschnitten; schon hatte es mein Hemd erfaßt. Noch zweimal schwang es hin und her, ein wilder Schmerz riß jäh an meinen Nerven, jedoch der Augenblick der Rettung war gekommen. Eine Bewegung meiner Hand – und meine kleinen Befreier rannten erschreckt davon. Kurz entschlossen glitt ich nun behutsam und ganz, ganz langsam durch eine leichte seitliche Drehung aus meinen Fesseln und entging so der tödlichen Berührung des Stahls. Für den Augenblick wenigstens war ich gerettet!

Gerettet! In den Klauen der Inquisition! Kaum war ich von meinem hölzernen Schreckenslager auf die Erde herabgeglitten, so hörte die Bewegung der teuflischen Maschine auf, und ich sah, wie das Pendel von irgendeiner unsichtbaren Kraft nach oben gezogen wurde und durch die Decke verschwand. Wilde Verzweiflung umkrallte mein Herz. Jede meiner Bewegungen wurde also überwacht! Und ich hielt mich für frei! Ich war nur der einen Art des Foltertodes entgangen, um schon in der nächsten Minute einem noch weit qualvolleren überantwortet zu werden! Bei diesem Gedanken ließ ich meine Blicke in bangem Entsetzen über die ehernen Wände gleiten, die mich umschlossen. Irgend etwas Unfaßbares, irgendeine Veränderung, die ich mir im ersten Augenblick selbst nicht zu erklären vermochte, war offensichtlich mit meiner Zelle vor sich gegangen. Von einer traumhaften, grauenerfüllten Versunkenheit umfangen, quälte ich mich eine ganze Weile mit fruchtlosen wirren Vermutungen ab. Während dieser Zeit entdeckte ich zum erstenmal den Ursprung jenes schwefelgelben Lichtes, das meine Zelle durchflutete. Es drang aus einer Ritze, die ungefähr einen halben Zoll breit war und am untern Ende der Wände rings um meinen Kerker lief, so daß es aussah, als schwebten diese über dem Fußboden. Ich versuchte, durch diesen Spalt zu spähen, doch mein Bemühen war natürlich vergeblich.

Als ich mich nach diesem Versuch wieder erhob, fiel es mir plötzlich wie Schuppen von den Augen. Die geheimnisvolle Veränderung meiner Zelle ward mir nun klar. Ich erwähnte bereits, daß die Umrißzeichnungen der Figuren, die die Wände bedeckten, noch ziemlich deutlich zu erkennen waren, während die Farben matt und verblaßt erschienen. Diese Farben begannen nun von Minute zu Minute schreckhafter zu leuchten und verliehen den teuflischen, spukhaften Gestalten ein so gräßliches Aussehen, daß sie auch weniger zerrüttete Nerven als die meinen mit

Furcht und Grauen erfüllt hätten. Dämonische Augen starrten mich plötzlich mit wilden, gespenstischen Blicken aus allen Ecken an und glühten mir in so unheimlichem Feuer aus dem Dunkel entgegen, daß es mir nachgerade unmöglich war, das alles nur für eine Vorspiegelung meiner zerrütteten Phantasie zu halten.

Ach! schon in der nächsten Sekunde sog mein Atem den Dunst von glühendem Eisen ein! Schon war meine Zelle mit einem Qualm erfüllt, der mich zu ersticken drohte. Heißer und drohender glühten mir mit jedem Augenblick die gräßlichen Augen entgegen, die Zeugen meiner Todesqual waren. Tiefer und tiefer färbte sich das blutige Rot der fürchterlichen Schauerszenen. Ich keuchte, rang nach Atem – mit grausiger Gewißheit erkannte ich die Absicht meiner Peiniger, dieser unbarmherzigen, entmenschten Teufel! Von Grauen geschüttelt, wich ich vor dem glühenden Metall in die Mitte der Zelle zurück. In der Vorstellung an den entsetzlichen Feuertod, der sich vorbereitete, erschien mir der Gedanke an die Kühle des Brunnens wie lindernder Balsam. Ich stürzte zu dem jäh abfallenden Rand und spähte hinab in die Tiefe. Ein Feuerschein, der durch die Decke drang, zeigte mir mit schmerzhafter Deutlichkeit jeden Winkel des Abgrundes. Mein zu Tode gehetzter, müdegequälter Geist aber wollte nicht sehen, was ich da unten an Grauenhaftem, an Fürchterlichem wahrnahm! Erst ganz allmählich bahnte es sich seinen Weg über die Schwelle meines Bewußtseins, brannte sich dort mit glühenden Lettern ein. O Grauen! O unsagbares Grauen! Tausendmal lieber jede andere Qual – nur das nicht! Das nicht! Laut aufschreiend wich ich vom Brunnenrand zurück, vergrub mein Gesicht in beide Hände – und weinte bitterlich.

Die Hitze nahm rasch zu. In größter Verzweiflung blickte ich zur Decke empor, während ein Fieberfrost meinen Körper schüttelte. Abermals war mit meiner Zelle eine Veränderung vorgegangen: eine Veränderung der Form. Wieder mühte ich mich anfangs ab, zu erkennen oder zu begreifen, was geschah. Doch nicht lange sollte ich im

Zweifel bleiben. Die Wut der Inquisitoren war durch mein zweimaliges Entrinnen bis zum äußersten gereizt worden: nun zögerten sie nicht länger, mich der fürchterlichsten aller Qualen preiszugeben.

Mein Kerker war viereckig gewesen. Jetzt aber waren zwei seiner Winkel spitz und die beiden anderen stumpf. Mit einem markerschütternden Knarren und Kreischen verschoben sich die Wände mehr und mehr. In kürzester Zeit hatte die Form der Zelle sich völlig verändert und war zum Rhombus geworden. Damit aber war die Verschiebung noch nicht beendet – und ich hatte es auch weder gehofft noch ersehnt. Konnte ich doch die glühenden Wände wie ein Totenhemd an meine Brust drücken, um endlich die ewige Ruhe nach aller Qual zu finden. Jeden, jeden Tod, sagte ich mir, nur nicht den Tod in der Grube! Tor, der ich war! Begriff ich denn noch immer nicht, daß die glühenden Wände mich nur in den Brunnen drängen sollten?! Konnte ich denn ihre Glut ertragen? Und wenn das auch möglich wäre: mußte ich dem Druck der ehernen Wände nicht weichen? Der Rhombus wurde flacher und immer flacher, weit schneller noch, als ich es zu schildern vermag. Im Mittelpunkt aber, dort, wo er am breitesten war, gähnte mir der fürchterliche Schlund des Brunnens entgegen. Entsetzt wollte ich zurückweichen, doch die unerbittlichen Wände trieben mich nach vorn, immer weiter und weiter. Nur eine Elle festen Bodens blieb meinem zuckenden, todwunden Körper noch, um am Rand des Abgrundes festen Fuß zu fassen. Ich gab den Kampf auf, preßte all meine Todesqual in einen einzigen, letzten, langen, gellenden Schrei ... Ich taumelte ... wankte ... und wandte die Augen ab ...

Lautes, verworrenes Stimmengewirr drang an mein Ohr. Dann Trompetengeschmetter und hundertfach rollender Donner ... und die glühenden Wände wichen zurück! Eine Hand griff nach mir, als ich eben ohnmächtig am Rande des Abgrundes zusammenbrach. Es war General Lasalle. Die französische Armee war in Toledo eingezogen. Die Inquisition war in den Händen ihrer Feinde.

IM FELSENGEBIRGE

Gegen Ende des Jahres 1827 wohnte ich in der Nähe von Charlottesville in Virginia und lernte dort zufällig einen gewissen Mr. Augustus Bedloe kennen. Er war ein in jeder Hinsicht recht merkwürdiger junger Mann, der meine Neugier und mein Interesse aufs höchste reizte. Sowohl seine äußere Erscheinung wie sein Wesen überhaupt gaben mir ein Rätsel auf. Es gelang mir nicht, bestimmte Angaben über seine Familie zu bekommen, noch auch konnte ich in Erfahrung bringen, woher er stammte. Sogar sein Alter machte mir Kopfzerbrechen, wiewohl ich ihn eben einen jungen Mann genannt habe. Er schien wirklich noch jung zu sein und berief sich auch oft auf seine Jugend. Trotzdem aber gab es Momente, in denen ich ihn ebensogut für einen Hundertjährigen hätte halten können. Das Sonderbarste an ihm war jedoch entschieden sein Aussehen. Er war ungewöhnlich groß und hager und ging sehr nach vorn gebeugt. Seine Arme und Beine waren auffallend lang und dürr, seine Stirn breit und niedrig, seine Gesichtsfarbe fahl. Sein großer Mund war unglaublich weich, seine Zähne waren zwar gesund, doch so unregelmäßig, wie ich es nie zuvor bei einem Menschen gesehen habe. Dennoch hatte sein Lächeln durchaus nichts Abstoßendes an sich, wie man vielleicht hätte glauben können, es trug nur stets ein und denselben Ausdruck zur Schau. Es war ein tief melancholisches Lächeln, von einer uferlosen, ständigen Düsterkeit überschattet. Seine Augen waren übermäßig groß und rund wie die einer Katze, und auch die Pupillen verengten oder erweiterten sich, je nachdem ob das Licht heller oder dunkler wurde, ganz so, wie es das Auge der Katzen tut. Wenn er besonders erregt war, leuchteten seine Augen in schier unfaßbarem Glanz, ja, es schien geradezu ein Licht von ihnen auszugehen – nicht irgendeine Spiegelung, sondern ein ureigenes, aus dem Innern kommendes Licht, wie es die Sonne ausstrahlt oder eine brennende Kerze. Gemeinhin aber blickten seine Augen so leblos, trüb und stumpf, daß sie unwillkürlich an die Augen eines Leichnams erinnerten, der schon lange begraben ist.

Dieses sonderbare Aussehen schien Mr. Bedloe großen Kummer zu bereiten, und er spielte unentwegt halb erklärend, halb entschuldigend darauf an, was mir, als ich es zum erstenmal hörte, wirklich äußerst peinlich war. Bald aber gewöhnte ich mich daran und vermochte ihm ohne Unbehagen zuzuhören. Anscheinend wollte er durch seine verschiedentlichen Bemerkungen nur andeuten, daß er nicht immer so ausgesehen habe wie jetzt – daß eine ganze Reihe neuralgischer Anfälle all seine einstigen, nicht unbedeutenden Reize zerstört und ihn zu dem gemacht hätten, als den ich ihn nun vor mir sähe. Seit vielen Jahren reiste er stets in Begleitung seines Arztes, eines gewissen Mr. Templeton, der an die siebzig Jahre alt war. Er hatte ihn seinerzeit in Saratoga kennengelernt und ihn dort konsultiert und war mit seiner Behandlung so zufrieden gewesen – oder hatte sich wenigstens eingebildet, so zufrieden zu sein –, daß er mit Doktor Templeton ein Übereinkommen getroffen hatte, demzufolge der Arzt gegen ein beträchtliches Jahreshonorar – Bedloe war sehr wohlhabend – seine Zeit und Erfahrung auf dem Gebiete der Medizin ausschließlich diesem Kranken zu widmen verpflichtet war.

Doktor Templeton war in seiner Jugend viel gereist, war in Paris ein Anhänger des Mesmerismus geworden und hatte sich ungemein für diesen interessiert. Es war ihm fast allein mit Hilfe magnetischer Kuren gelungen, die heftigen Schmerzen seines Patienten zu lindern, und dieser Erfolg hatte begreiflicherweise in Mr. Bedloe das Vertrauen zu dieser Art der Behandlung geweckt. Natürlich hatte der Arzt, wie alle Enthusiasten, seinen ganzen Einfluß aufgeboten, um seinen Pflegebefohlenen wirklich vollkommen zu dieser Lehre zu bekehren, und tatsächlich gelang es ihm schließlich, den Leidenden dahin zu bringen, daß er sich willig zu allerlei Experimenten hergab. Bei häufigerer Wiederholung dieser Versuche wurde ein Resultat erzielt, das heutzutage etwas so Alltägliches ist, daß man ihm wenig oder gar keine Beachtung mehr schenkt, das aber zu jener Zeit, in der meine Geschichte spielt, in Amerika noch völlig unbekannt war. Es entstand nämlich zwischen Doktor Templeton und Mr. Bedloe allmählich eine klar zutage tretende starke Beziehung, eine immer deutlicher wahrnehmbare magnetische Verbindung. Ich kann jedoch nicht mit Bestimmtheit behaupten, ob der Einfluß, den der Arzt über seinen Patienten gewann, auch über die Grenzen des magnetischen Schlafes hinausging. Was jedoch diese Art der Einschläferung betrifft, so erzielte Doktor Templeton hierbei die schönsten Erfolge, wiewohl der erste Versuch des Magnetiseurs gänzlich fehlgeschlagen war. Auch beim fünften- oder sechstenmal gelang ihm die Einschläferung trotz größter Anstrengung nur teilweise, und erst beim zwölften Versuch war der Triumph vollkommen. In Zukunft fügte der Wille des Patienten sich völlig dem des Arztes, und als ich die beiden kennenlernte, war die Macht Doktor Templetons schon so weit gediehen, daß er den Kranken, selbst wenn dieser von seiner Gegenwart keine Ahnung hatte, lediglich durch Willensübertragung in wenigen Augenblicken in Schlaf versetzen konnte. Erst jetzt, da wir das Jahr 1845 schreiben und sich täglich vor Tausenden von Augenzeugen ähnliche Wunder vollziehen, finde ich den Mut, dieses ganz unmöglich erscheinende Experiment als wirkliche Tatsache hinzustellen.

Bedloes Gemüt war im höchsten Grade sensitiv, erregbar und begeisterungsfähig; er hatte eine überaus rege, lebhafte Phantasie, dessen Reizbarkeit vermutlich durch den regelmäßigen Genuß von Morphium noch gesteigert wurde. Er nahm das Gift in großen Mengen zu sich und erklärte, ohne es nicht mehr leben zu können. So nahm er jeden Morgen unmittelbar nach dem Frühstück eine sehr starke Dosis, oder besser gesagt, nachdem er eine Tasse starken Kaffee getrunken hatte; denn er pflegte am Vormittag nichts zu essen. Dann unternahm er, zumeist allein oder nur in Begleitung eines Hundes, lange Wanderungen quer durch die wildromantische, öde Hügelkette, die sich westlich und südlich von Charlottesville hinzieht und den Namen „Felsengebirge“ trägt.

An einem warmen, doch trüben und nebligen Tag gegen Ende November, in der eigentümlichen Übergangszeit, die man in Amerika den Indianersommer nennt, wanderte Mr. Bedloe eines Morgens wie gewöhnlich in die Berge. Der Tag verging, aber er kam nicht zurück.

Um acht Uhr abends, als unsere Besorgnis ob seines langen Ausbleibens den Höhepunkt erreicht hatte und wir uns eben aufmachen wollten, ihn zu suchen, erschien er plötzlich, nicht kränker als sonst, ja sogar eher in etwas gehobener Stimmung. Sein Bericht über seine Wanderung und die Ereignisse, die ihn so lange aufgehalten hatten, klang allerdings mehr als sonderbar.

„Sie erinnern sich vielleicht“, hob er an, „daß ich Charlottesville heute früh um neun Uhr verließ. Ich schlug gleich den Weg ins Gebirge ein und gelangte gegen zehn Uhr in eine Schlucht, in der ich noch niemals gewesen war. Ich folgte mit größtem Interesse den Windungen dieses Engpasses. Die Szenerie zu beiden Seiten war zwar durchaus nicht großartig, hatte aber für meine Begriffe etwas so unbeschreiblich Schönes, Trostloses und Düsteres, daß ich ganz entzückt davon war. Die Einsamkeit rings um mich schien eine eigentümliche Jungfräulichkeit auszuatmen. Ich hatte die Empfindung, daß vor mir noch nie ein menschlicher Fuß den grünen Rasen und die kahlen Felsen betreten hatte. Der Eingang zu der Schlucht ist so verborgen, ja, fast unerreichbar, daß man höchstens durch eine Reihe von Zufällen hingelangen kann, und es ist daher durchaus nicht ausgeschlossen, daß ich der erste, der erste und einzige Mensch bin, der je ihre Einsamkeit gestört hat.

Der dichte, eigentümliche Nebel oder Dunst, der den Indianersommer kennzeichnet und der in dicken Schwaden auf der ganzen Gegend lastete, trug zweifellos noch dazu bei, den unbestimmten, düsteren Eindruck zu vertiefen, den diese Schlucht hervorrief. Der Nebel war die ganze Zeit über so dicht, daß ich höchstens zwölf Ellen weit sah. Der Pfad, auf dem ich dahinschritt, war vielfach gewunden, und da die Sonne nicht zu sehen war, hatte ich keine Ahnung, in welcher Richtung ich mich fortbewegte. Mittlerweile machte sich auch die Wirkung des Morphiums in gewohnter Weise bemerkbar, das heißt, ich empfand plötzlich ein ins Unfaßbare gesteigertes Interesse für alle Dinge der äußeren Welt. Das Zittern eines Blattes, die Schattierungen eines Grashalmes, die Form eines Kleeblattes, das Summen einer Biene, das Glänzen eines Tautropfens, das Säuseln des Windes, die süßen Düfte, die vom Walde herüberwehten – alles löste eine ganze Welt von Ahnungen und Eingebungen in mir aus, eine wilde, bunte Schar unzusammenhängender, verworrener Gedanken.

So schritt ich denn, mit mir selbst vollauf beschäftigt, stundenlang dahin, indes der Nebel um mich immer dichter wurde, so daß ich mich schließlich nur mehr tastend vorwärts bewegen konnte. Da bemächtigte sich meiner plötzlich ein unbeschreibliches Unbehagen, eine Art nervöser Unentschlossenheit, ein angstvolles Zittern. Ich wagte kaum noch, einen Schritt vorwärts zu tun, aus Furcht, ich könnte in einen Abgrund stürzen. Ich entsann mich mit einemmal allerlei unheimlicher Geschichten, die man sich von dem Felsengebirge und einem rohen, wilden Volksstamm erzählt, der in den Wäldern und Höhlen sein Unwesen treibe. Tausend verschwommene, wirre Vorstellungen jagten durch mein Gehirn und beunruhigten mich, Vorstellungen, die gerade durch ihre Undeutlichkeit besonders quälend waren. Plötzlich wurde ich aus meinem wirren Denken durch einen lauten Trommelschlag herausgerissen.

Meine Bestürzung war unbeschreiblich. Hier, mitten in den Bergen, eine Trommel! Der Posaunenstoß eines Erzengels hätte mich nicht mehr überraschen können. Mein Schreck und meine Verwirrung sollten aber noch weitere Nahrung bekommen. Es ertönte nämlich plötzlich ein wildes, rasselndes oder klirrendes Geräusch wie von einem großen Schlüsselbund, und im selben Augenblick stürzte ein dunkelhäutiger, halbnackter Mensch mit einem gellenden Schrei an mir vorbei. Er schoß so nahe an mir vorüber, daß ich seinen heißen Atem im Gesicht verspürte, und hielt in der einen Hand ein Gerät, das aus vielen Stahlringen bestand und das er mitten im Lauf wild über seinem Haupte schwang. Kaum war er im Nebel verschwunden, so stürmte keuchend, mit offenem Mund und glühenden Augen ein riesiges Tier hinter ihm her. Ich konnte mich unmöglich täuschen: es war eine Hyäne!

Durch den Anblick des Tieres wurde mein Schrecken eher gemildert als gesteigert; denn ich war nun überzeugt, daß ich träumte. Ich bemühte mich also, den Traumzustand abzuschütteln. Ich machte ein paar kühne, energische Schritte. Ich rieb mir die Augen. Rief laut in den Nebel hinein. Ich zwickte mich, und als ich bald nachher an eine kleine Quelle kam, beugte ich mich nieder und ließ mir das Wasser über die Hände, den Kopf und den Nacken rieseln. Das schien die quälenden Eindrücke, die mich gepeinigt hatten, zu zerstreuen. Ich fühlte mich wie neu geboren und schritt rüstig und wohlgemut auf dem mir unbekannten Pfad weiter.

Nach einer Weile ließ ich mich, erschöpft von der anstrengenden Wanderung und der Schwüle, die rings um mich brütete, unter einem Baum nieder. Da schimmerte plötzlich ein matter Sonnenstrahl durchs Gewölk und zeichnete zart, aber deutlich den Schatten der Baumblätter vor mir auf den Rasen. Ich starrte minutenlang in höchstem Staunen auf diesen Schatten, dessen Konturen mich wahrhaftig verblüfften. Dann blickte ich zur Krone des Baumes empor: es war eine Palme!

Da sprang ich hastig und erregt auf, denn diesmal wußte ich genau, daß ich nicht träumte. Ich sah, und ich fühlte, daß ich vollkommen Herr meiner Sinne war; nun aber überflutete meine Seele eine ganze Welt neuer und unfaßbarer Eindrücke. Die Hitze wurde plötzlich unerträglich. Seltsame Düfte schwängerten die Luft. Ein leises, unentwegtes Murmeln wie von einem wogenden, doch sanft dahinrauschenden Fluß drang an mein Ohr und schien sich mit dem

Stimmengewirr einer riesigen Menschenmenge zu vermischen.

Während ich in grenzenlosem Erstaunen, das wohl keiner näheren Beschreibung bedarf, lauschte, trug ein kurzer, heftiger Windstoß die drückenden Nebelschwaden wie durch Zaubergewalt hinweg.

Ich befand mich am Fuß eines hohen Berges und sah in eine weite Ebene hinab, durch die sich ein majestätischer Strom wand. Am Ufer dieses Flusses lag eine Stadt von morgenländischem Aussehen, so etwa, wie sie in arabischen Erzählungen oft geschildert werden, doch von einem noch weit fremdartigeren Charakter. Da die Stadt tief unter mir lag, konnte ich jeden Winkel und jede Ecke so genau überblicken, als hätte ich eine Landkarte vor mir. Unzählige Straßen liefen kreuz und quer in alle Richtungen, glichen aber eher gewundenen Alleen als gewöhnlichen Straßen. Tausende von Menschen bevölkerten sie. Die Häuser waren von einem eigenartig malerischen Reiz. Überall gab es eine Fülle von Balkonen, Veranden, Minaretts, Nischen und wunderlich geschnitzten Erkern. In unzähligen Basaren wurden in reicher Auswahl die prächtigsten Waren feilgeboten, Seidenstoffe, Musseline, wundervolle Stücke der Messerschmiedekunst und die kostbarsten Juwelen und Edelsteine. Fahnen flatterten, Palankine und Sänften, in denen vornehme, dicht verschleierte Frauen saßen, wurden vorübergetragen, und Elefanten mit reich verzierten Schabracken schritten würdevoll einher. Ich sah merkwürdige Götzenbilder, Trommeln, Banner, Gongs, Speere und Keulen aus Gold und aus Silber. Und mitten in dem Gewühl und Geschrei, in dem allgemeinen Wirrwarr und Gedränge, mitten unter den vielen tausend schwarzen und gelben Menschen mit flatternden Bärten, in Turban und Ehrenkleid, stampfte eine riesige Schar festlich geschmückter heiliger Stiere, während ganze Schwärme der schmutzigen, aber heiligen Affen mit ohrenbetäubendem Gekreisch und Geschrei auf den Gesimsen der Moscheen umherkletterten oder auf den Minaretts und Erkern herumturnten. Viele hundert Treppenstufen führten von den übervollen Straßen zum Flußufer und zu den Badeplätzen hinab, während der Fluß selbst sich nur mit größter Mühe zwischen den unzähligen schwerbeladenen Schiffen hindurchzuwinden schien, die, soweit nur das Auge reichte, seine Oberfläche bedeckten. Außerhalb der Stadt dehnten sich unermeßliche Palmenhaine, und da und dort standen einzelne Gruppen anderer riesiger, uralter Bäume von zauberhaftem Aussehen. Auch Reisfelder sah ich und ganz verstreut die strohgedeckten Hütten der Landleute, hier einen Teich und dort ein Gebetshaus oder ein Lager oder die anmutig dahinschreitende Gestalt eines Mädchens, das, einen Krug auf dem Kopfe, zum Ufer des majestätischen Stromes hinabging, um Wasser zu schöpfen.

Zweifellos werden Sie nun behaupten, daß ich das alles nur träumte. Doch Sie irren. Alles, was ich sah, was ich hörte, was ich empfand, was ich dachte, hatte nichts von der unverkennbaren Wirrnis des Traumes an sich. Es war alles tatsächlich vorhanden. Anfangs war ich mir selbst nicht ganz klar, ob ich nicht träumte. Die Proben aber, die ich in dieser Hinsicht anstellte, lieferten mir den deutlichen Beweis, daß ich tatsächlich wachte. Wenn jemand träumt und im Traum vermutet, daß er nur träume, wird dieser Argwohn sich alsbald bestätigen und der Schläfer fast unmittelbar danach erwachen. Novalis hat unbedingt recht mit seiner Behauptung, daß ‚wir dem Erwachen nahe sind, wenn uns träumt, daß wir träumen'. Wäre mir die geschilderte Vision erschienen, ohne daß ich den Argwohn gehabt hätte, es sei nur ein Traum, dann wäre es immerhin möglich gewesen, daß sie nichts als ein Traum war. Da ich selbst aber glaubte, es sei nur ein Traum, und mich selber auf die Probe stellte, so muß ich sie einer anderen Art von Erscheinungen einreihen."

„Ich bin nicht absolut überzeugt, ob Sie sich nicht dennoch irren", warf Doktor Templeton ein. „Doch fahren Sie fort. Sie erhoben sich also und gingen zur Stadt hinunter."

„Ich erhob mich tatsächlich", fuhr Bedloe fort und sah seinen Arzt in maßlosem Staunen an, „ich erhob mich tatsächlich und ging zur Stadt hinab. Unterwegs aber geriet ich in ein furchtbares Gewühl von Menschen, die Kopf an Kopf die Straßen füllten und mit den Zeichen höchster Erregung alle in eine bestimmte Richtung hindrängten. Wieso es kam, weiß ich selbst nicht, doch plötzlich wurde ich mir bewußt, daß ich den Vorgängen rings um mich höchstes Interesse entgegenbrachte. Es kam mir plötzlich so vor, als wäre mir selbst bei all dem eine wichtige Rolle zugeteilt, ohne daß ich mir indes klar war, worin sie eigentlich bestand. Die Menge jedoch, die mich umgab, war mir im höchsten Grade widerwärtig. Es gelang mir, mich hindurchzuwinden, und ich eilte nun raschen Schrittes auf einem Umweg der Stadt zu, die ich alsbald erreichte. Hier umfing mich ein wilder Kampf und Tumult. Ein kleiner Trupp halb indisch, halb europäisch gekleideter Männer, die zum Teil von Anführern in britischer Uniform befehligt wurden, lag in heißem Kampf gegen den ihnen an Zahl bei weitem überlegenen Pöbel. Ich schloß mich der schwächeren Partei an, bewaffnete mich mit dem Degen eines gefallenen Offiziers und kämpfte mit verzweiflungsvollem Mut gegen einen Feind, den ich nicht kannte. Infolge der Überzahl unserer Gegner wurden wir bald geschlagen und mußten uns in eine Art Kiosk flüchten. Wir verbarrikadierten den Eingang und waren für den Augenblick sicher. Durch eine Luke ziemlich an der Spitze des Kiosks sah ich, wie ein riesiger Haufen des Pöbels in toller Wut einen prächtigen Palast, der halb in den Fluß hineingebaut war, umzingelte und bestürmte. Plötzlich erschien in einem der oberen Fenster des Palastes ein weiblich aussehendes Wesen, das von Dienern mit Hilfe ihrer aneinandergeknüpften Turbane vorsichtig herabgelassen wurde. Ein unten harrendes Boot nahm die Gestalt auf und brachte den Flüchtling auf das gegenüberliegende Ufer.

Nun aber reifte ein neuer Plan in mir. Durch einige wenige kraftvolle Worte gewann ich Einfluß auf meine Gefährten und spornte sie zu einem kühnen Ausfall aus dem Kiosk an. So stürmten wir denn mitten unter die Menge, die uns in dichten Scharen rings umgab. Anfangs wich sie vor uns zurück, dann rottete sie sich wieder zusammen, kämpfte in wilder Raserei und mußte abermals weichen. Im Kampfgewühl waren wir weit von unserem Kiosk abgedrängt worden und gerieten zu unserer Bestürzung in enge Gassen mit hohen, vorstehenden Häusern, in deren Winkel und Ecken noch nie ein Sonnenstrahl gedrungen war. Immer wütender bedrängte uns der Pöbel, bedrohte uns mit Speeren und überschüttete uns mit Tausenden von Pfeilen. Diese Pfeile waren höchst merkwürdig und erinnerten in gewisser Hinsicht an die gewundenen Dolche der Malaien. Sie waren dem Körper einer kriechenden Schlange nachgebildet, waren lang und schwarz und hatten eine vergiftete Spitze. Einer dieser Pfeile traf mich in die rechte Schläfe. Ich taumelte und sank zu Boden. Noch in derselben Sekunde befiel mich eine fürchterliche Übelkeit. Ich suchte dagegen anzukämpfen – rang nach Atem – und starb."

„Sie werden schwerlich jetzt noch behaupten wollen", wandte ich lächelnd ein, „daß Ihr ganzes Abenteuer kein Traum war. Ich nehme wenigstens an, daß Sie uns nicht glauben machen wollen, daß Sie jetzt tot sind?"

Ich erwartete natürlich irgendeine witzige, heitere Antwort von Mr. Bedloe. Zu meinem Erstaunen zögerte er jedoch, schwieg, wurde sehr bleich und begann zu zittern. Ich blickte zu Templeton hinüber. Der saß starr und kerzengerade auf seinem Stuhl, seine Zähne schlugen hart aufeinander, und seine Augen traten weit aus den Höhlen. „Weiter!" befahl er Bedloe endlich mit heiserer Stimme.

„Mehrere Minuten lang", fuhr dieser fort, „empfand ich nichts, fühlte ich nichts als absolute Finsternis und Leere. Ich war mir bewußt, gestorben zu sein. Plötzlich aber durchzuckte mich, einem elektrischen Funken gleich, ein heftiger Schlag. Gleichzeitig kehrten mir meine Bewegungsfähigkeit und das Empfindungsvermögen für Licht zurück. Das Licht jedoch fühlte ich, ohne es zu sehen. Im nächsten Augenblick war es mir, als erhöbe ich mich vom Boden. Doch ich hatte noch durchaus kein Empfinden für mein körperliches Dasein noch auch für mein Gehör, mein Gesicht oder Gefühl. Die Menschenmenge war verschwunden. Der Aufruhr hatte sich beruhigt, die Stadt war still und friedlich. Unter mir lag mein Leichnam mit durchbohrter Schläfe, der Kopf entsetzlich angeschwollen und entstellt. Alles das sah ich jedoch nicht, sondern fühlte es. Eine absolute Gleichgültigkeit beherrschte mich. Nicht einmal für den Leichnam empfand ich das geringste Interesse. Ich war völlig willenlos; irgend etwas aber schien mich fortzudrängen, und so schwebte ich nun gleichsam auf dem Umweg, auf dem ich gekommen war, wieder zur Stadt hinaus. Als ich in der Schlucht zu der Stelle kam, wo ich die Hyäne gesehen hatte, durchzuckte mich abermals ein Schlag wie von einer galvanischen Batterie. Das Gefühl der Schwere, des Willens, der körperlichen Wesenheit kehrte mir zurück. Ich wurde wieder ich selbst und wanderte nun eilends heimwärts. Das eben Erlebte verlor aber durchaus nichts an tatsächlicher Wirklichkeit, und auch jetzt noch vermag ich meine Vernunft nicht zu der Annahme zu bekehren, daß das alles nur ein Traum gewesen sei."

„Es war auch kein Traum", sagte Doktor Templeton mit ungewöhnlichem Ernst. „Aber es ist schwer, eine andere Bezeichnung dafür zu finden. Begnügen wir uns mit der Tatsache, daß sich der Geist der heutigen Menschheit der Entdeckung mancher erstaunlicher psychischer Rätsel nähert. Im übrigen möchte ich nur noch einige Erklärungen hinzufügen. Ich habe hier ein kleines Aquarellbild, das ich Ihnen schon seit langem zeigen wollte; stets hielt mich jedoch eine unerklärliche Furcht davon ab."

Wir schauten das Bild an, das er uns zeigte. Ich entdeckte durchaus nichts Außergewöhnliches daran. Anders aber verhielt es sich mit Bedloe. Er wurde beinahe ohnmächtig. Und dennoch stellte das Bildchen nur das Porträt eines Mannes dar, der allerdings eine verblüffende Ähnlichkeit mit Bedloes recht merkwürdigen Zügen hatte. Diesen Eindruck gewann ich wenigstens, als ich die Miniatur betrachtete.

„Lesen Sie das Datum auf dem Bildchen", fuhr Templeton fort, „hier in der Ecke steht es, kaum noch sichtbar – 1780. In diesem Jahre wurde die Miniatur gemalt. Es ist das Bildnis eines verstorbenen Freundes, eines gewissen

Mr. Oldeb, mit dem ich in Kalkutta, zur Zeit der Verwaltung Warren Hastings', innig befreundet war. Ich war damals erst zwanzig Jahre alt. Als ich Sie, Mr. Bedloe, zum erstenmal in Saratoga sah, bewog mich in erster Linie die unglaubliche Ähnlichkeit zwischen Ihnen und diesem Bilde, Ihre Bekanntschaft zu machen, Ihre Freundschaft zu erringen und das Übereinkommen zu treffen, demzufolge ich zu Ihrem ständigen Begleiter wurde. Zum großen Teil, ja, vielleicht hauptsächlich trieb mich hierzu ein schmerzliches Erinnern an meinen verstorbenen Freund, in gewisser Hinsicht aber auch eine quälende, peinvolle Neugierde, die mir Ihre Person abnötigte.

In Ihrer Schilderung der Vision, die Sie in den Bergen gehabt haben, beschrieben Sie bis in die kleinsten Details die indische Stadt Benares am Ufer des heiligen Stromes. Der Aufruhr, die Kämpfe, das Massaker, alles das trug sich wirklich während des Aufstandes Cheyte Sings im Jahre 1780 zu, bei dem Hastings in große Todesgefahr geriet. Der Mann, der sich mit Hilfe des aus Turbanen hergestellten Seiles rettete, war Cheyte Sing selbst. Der kleine Trupp in dem Kiosk setzte sich aus Sepoys und britischen Offizieren zusammen, an deren Spitze Hastings stand. Auch ich war einer von ihnen und machte meinen ganzen Einfluß geltend, um den voreiligen, unseligen Ausfall eines Offiziers zu verhindern, der bald im Straßengewühl, von dem vergifteten Pfeil eines Bengalen getroffen, zu Boden sank.

Dieser Offizier war mein lieber Freund, Mr. Oldeb. Diese Schriftstücke werden Ihnen beweisen" – er reichte uns ein Notizbuch, in dem mehrere Seiten vor anscheinend ganz kurzer Zeit vollgeschrieben worden waren –, „daß ich um dieselbe Stunde, da Sie diese Vorgänge in den Bergen zu erleben glaubten, damit beschäftigt war, sie hier zu Hause niederzuschreiben."

Ungefähr eine Woche nach diesem Gespräch erschien in einer Zeitung in Charlottesville nachstehende Anzeige:

„Es obliegt uns die traurige Pflicht, das Hinscheiden Mr. Augustus Bedlos bekanntzugeben. Sein liebenswürdiges

Wesen und seine vielen trefflichen Eigenschaften sichern ihm bei den Bürgern von Charlottesville ein ehrendes Andenken. Mr. Bedlo litt seit einer Reihe von Jahren an einem Nervenleiden, das schon mehrfach einen schlimmen Ausgang befürchten ließ. Die Krankheit kann jedoch nur als mittelbare Todesursache angesehen werden. Das Ereignis, das unmittelbar seinen Tod zur Folge hatte, war überaus seltsam. Gelegentlich eines Ausfluges in das Felsengebirge, den er vor einigen Tagen unternahm, zog er sich eine leichte, fiebrige Erkältung zu und litt gleichzeitig an einem heftigen Blutandrang zum Kopf. Doktor Templeton suchte dem Patienten durch örtliche Blutentziehung Linderung zu verschaffen und setzte an den Schläfen Blutegel an. In erschreckend kurzer Zeit starb der Kranke. Die Nachforschungen ergaben, daß in das Gefäß, in dem die Blutegel aufbewahrt wurden, unseligerweise einer der giftigen, wurmartigen Blutegel geraten war, die hin und wieder in den benachbarten Teichen vorkommen. Das Tier hatte sich an einer kleinen Ader der rechten Schläfe festgesaugt. Die große Ähnlichkeit mit dem medizinischen Blutegel trug Schuld daran, daß der furchtbare Irrtum erst bemerkt wurde, als es bereits zu spät war.

N. B.: Die giftigen Blutegel von Charlottesville sind von den medizinischen in erster Linie durch ihre schwarze Farbe und besonders durch ihre wurmartigen Bewegungen, die an Schlangen erinnern, zu unterscheiden."

Ich sprach mit dem Redakteur des betreffenden Blattes über die Einzelheiten dieses merkwürdigen Unglücksfalles und fragte ganz beiläufig, wie es komme, daß der Name des Verstorbenen, Bedloe, unrichtig Bedlo gedruckt worden sei.

„Ich vermute", sagte ich, „man hat Sie beauftragt, den Namen so drucken zu lassen. Ich war allerdings stets der Meinung, er würde am Schluß mit e geschrieben."

„Beauftragt? Nein", antwortete der Redakteur. „Es handelt sich da nur um einen Druckfehler. Man schreibt den Namen Bedloe auf der ganzen Welt mit einem e am Ende.

Ich wenigstens habe ihn noch niemals anders geschrieben gesehen."

„Dann also", sagte ich leise und wandte mich zum Gehen, „dann also ist die Wahrheit wiedereinmal seltsamer als alle Erdichtung; denn Bedlo ohne e ergibt, wenn man das Wort umdreht, nichts anderes als den Namen Oldeb. Und da behauptet der Mann, es sei nur ein Druckfehler!"

DIE AUGENGLÄSER

Vor Jahren war es Mode, die Idee einer „Liebe auf den ersten Blick“ lächerlich zu machen; aber jeder denkende Mensch und die tiefempfindenden nicht minder sind stets für sie eingetreten. Neuerliche Entdeckungen auf einem Gebiet, das man ethischen Magnetismus oder Magneto-Ethik nennen könnte, sprechen auch tatsächlich für die Wahrscheinlichkeit, daß diejenigen menschlichen Neigungen die natürlichsten und folglich auch die wahrhaftigsten und stärksten sind, die im Herzen aus sozusagen elektrischer Sympathie entstehen, mit einem Wort: daß jene seelischen Fesseln die beglückendsten und dauerhaftesten sind, die ein einziger Blick geschmiedet hat. Die Beichte, die ich nun ablegen will, wird den nahezu unzähligen Beweisen für die Wahrheit dieser Behauptung einen weiteren hinzufügen.

Meine Geschichte verlangt, daß ich etwas ausführlich werde. Ich bin noch ein sehr junger Mann, noch nicht zweiundzwanzig Jahre alt. Mein jetziger Name ist sehr gewöhnlich und einigermaßen plebejisch – Simpson. Ich sage: „mein jetziger“; denn ich heiße erst seit kurzem so, da ich diesen Zunamen im Laufe des vorigen Jahres gesetzlich angenommen habe, um eine große Erbschaft anzutreten, die mir ein entfernter männlicher Verwandter hinterließ, Adolphus Simpson, Esq. Die Erbschaft war von der Annahme des Namens des Erblassers abhängig gemacht worden, des Familien-, nicht des Taufnamens; mein Taufname lautet Napoleon Bonaparte, oder besser gesagt, so lautet mein erster und mein mittlerer Name. Ich nahm den Namen Simpson mit einigem Widerstreben an, da ich in meinen wahren Familiennamen, Froissart, einen sehr entschuldbaren Stolz setzte, im Glauben, meine Herkunft von dem unsterblichen Verfasser der *Chronik* herleiten zu können. Bei dem Thema Namen mag es erlaubt sein, im Vorbeigehen eine merkwürdige

Übereinstimmung im Klang der Namen einiger meiner unmittelbaren Vorfahren zu erwähnen. Mein Vater war ein Monsieur Froissart aus Paris. Seine Frau, meine Mutter, die fünfzehn war, als er sie heiratete, war eine Mademoiselle Croissart, die älteste Tochter von Croissart, dem Bankier; dessen Frau wiederum, die erst sechzehn Jahre zählte, als man sie verheiratete, war die älteste Tochter eines gewissen Victor Voissart. Monsieur Voissart hatte – ganz merkwürdigerweise – eine Dame von ähnlichem Namen geheiratet, eine Mademoiselle Moissart. Sie war ebenfalls noch ein Kind, als sie heiratete, und auch ihre Mutter, Madame Moissart, war erst vierzehn, als man sie zum Altar führte. So frühe Heiraten sind in Frankreich üblich. In meinem Stammbaum finden sich also die Namen Moissart, Voissart, Croissart und Froissart. Mein eigener Name aber war durch Gesetzeskraft in Simpson umgeändert worden, meinerseits freilich mit so viel Widerwillen, daß ich eine Zeitlang tatsächlich zögerte, das Legat mit der unnötigen und ärgerlichen Klausel, die ihm anhing, anzunehmen.

Was körperliche Gaben anbelangt, so ermangle ich ihrer keineswegs. Im Gegenteil, ich glaube, daß ich wohlgestalt bin und ein Gesicht mein eigen nenne, das neun Zehntel aller Menschen schön nennen würden. Ich bin fünf Fuß elf Zoll groß. Ich habe schwarzes, lockiges Haar. Meine Nase ist passabel. Die Augen sind groß und grau; und obgleich sie tatsächlich in höchst lästigem Grade schwach sind, so würde man nach ihrem Aussehen keinen derartigen Fehler argwöhnen. Die Sehschwäche selbst allerdings hat mich stets äußerst verdrossen, und ich habe zu jedem Mittel meine Zuflucht genommen, ausgenommen das Tragen einer Brille. Da ich jung und hübsch bin, mißfällt mir eine Brille natürlich, und so habe ich mich stets entschieden geweigert, eine in Gebrauch zu nehmen. Ich kenne in der Tat nichts, was das Antlitz eines jungen Menschen so entstellte oder jedem Zug ein Wesen von Feierlichkeit, wenn nicht gar von Scheinheiligkeit aufdrückte. Ein Monokel dagegen hat einen ausgesprochenen Beigeschmack von Geckenhaftigkeit und Ziererei. Ich habe mir bisher so gut wie möglich ohne die beiden Artikel durchgeholfen. Doch genug von diesen rein persönlichen Einzelheiten, die schließlich von geringer Bedeutung sind. Ich will nur noch hinzufügen, daß ich von sanguinischem, tollkühnem, feurigem und schwärmerischem Temperament bin und daß ich mein Leben lang ein hingebender Bewunderer der Frauen war.

Im vorigen Winter betrat ich eines Abends in Gesellschaft eines Freundes, des Mr. Talbot, eine Loge im P.-Theater. Es stand eine Oper auf dem Programm, und der Theaterzettel versprach eine große Attraktion, so daß das Haus völlig überfüllt war. Doch kamen wir rechtzeitig genug, um die Plätze in der ersten Reihe zu erhalten, die man uns reserviert hatte und zu denen wir uns mit einiger Schwierigkeit durchdrängten.

Zwei Stunden lang widmete mein Begleiter, ein wahrer „fanatico" der Musik, seine ungeteilte Aufmerksamkeit der Bühne; währenddessen vergnügte ich mich damit, die Zuschauermenge in Augenschein zu nehmen, die zum überwiegenden Teil aus der Creme der Stadt bestand. Als ich mir in dieser Beziehung Genüge getan hatte und ich eben meine Blicke der Primadonna zuwenden wollte, wurden sie von einer Gestalt in einer der Privatlogen, die meiner Beachtung entgangen war, gefesselt und blieben an ihr haften.

Wenn ich auch tausend Jahre lebe, niemals werde ich die tiefe Erregung vergessen, mit der ich diese Gestalt betrachtete. Es war eine weibliche Gestalt, die wunderbarste, die ich jemals erblickt hatte. Das Gesicht war so ausschließlich der Bühne zugewandt, daß ich in den ersten Minuten nichts von ihm sehen konnte, aber ihre Gestalt war göttlich; kein anderes Wort kann ihr herrliches Ebenmaß zur Genüge ausdrücken – und selbst das Wort göttlich erscheint lächerlich schwach, da ich es niederschreibe.

Der Zauber einer lieblichen Frauengestalt, die Magie weiblicher Anmut war stets eine Macht, der ich nicht zu widerstehen vermochte. Doch hier war die Anmut verkörpert, le beau idéal meiner kühnsten und verzücktesten Traumbilder zu Fleisch geworden. Die Gestalt, die die

Bauart der Loge mir beinahe ganz zu sehen gestattete, war etwas über mittelgroß und näherte sich fast dem Majestätischen, ohne es völlig zu erreichen. Die tadellosen vollen Körperformen waren herrlich. Der Kopf, den man nur von hinten sah, wetteiferte im Umriß mit dem der griechischen Psyche, und eine elegante Haube aus Gaze aérienne, die mir den ventus textilis des Apuleius ins Gedächtnis rief, brachte ihn eher zur Geltung, als daß sie ihn verhüllte. Der rechte Arm hing über die Brüstung der Loge herab, und seine köstliche Bildung machte jeden Nerv in mir erbeben. Der Oberarm war mit einem jener losen offenen Ärmel bekleidet, wie sie jetzt Mode sind; er reichte nur wenig über den Ellbogen. Darunter trug sie einen enganliegenden Unterärmel aus duftigem Stoff, der in eine Manschette von kostbarer Spitze auslief. Die Spitze fiel anmutig über den Handrücken und ließ nur die zarten Finger frei, auf deren einem ein Diamantring glänzte, dessen unschätzbaren Wert ich sofort erkannte. Die bewunderungswürdige Rundung des Handgelenkes wurde durch ein Armband, das es umschloß, gut zur Geltung gebracht, und auch diesem diente als Verzierung und Verschluß eine prächtige Aigrette von Edelsteinen und erzählte in nicht mißzuverstehender Sprache von dem Reichtum und dem anspruchsvollen Geschmack seiner Trägerin.

Ich starrte diese königliche Erscheinung wenigstens eine halbe Stunde lang an, als ob ich mit einemmal zu Stein verwandelt worden wäre; und während dieser Zeit empfand ich die ganze Kraft und Wahrheit all dessen, was über die Liebe auf den ersten Blick jemals gesagt und gesungen worden ist. Meine Empfindungen waren von Grund aus verschieden von all jenen, die ich bisher selbst in Gegenwart der am meisten gefeierten Exemplare weiblicher Holdseligkeit gefühlt hatte. Eine unaussprechliche, eine, wie ich gezwungen bin zu sagen: magnetische Sympathie von Seele zu Seele schien nicht nur mein Auge, sondern all meine Denkfähigkeit und all mein Empfindungsvermögen an das bewunderungswürdige Wesen vor mir zu fesseln. Ich sah – ich fühlte – ich wußte, daß ich abgründig, wahnsinnig, unwiderruflich verliebt war, und das sogar, ehe ich noch das Gesicht des geliebten Wesens gesehen hatte.

Die Leidenschaft, die mich verzehrte, war so heftig, daß ich wirklich glaube, sie hätte nur wenig oder gar keine Verminderung erfahren, wären die Gesichtszüge, die ich bisher noch nicht gesehen hatte, von bloß gewöhnlicher Art gewesen; so unberechenbar ist das Wesen wahrer Liebe – der Liebe auf den ersten Blick –, und so wenig hängt sie tatsächlich von äußeren Voraussetzungen ab, die sie scheinbar allein hervorrufen und beherrschen.

Indes ich so in Bewunderung dieses holden Bildes versunken war, veranlaßte eine plötzliche Unruhe im Zuschauerraum die Dame, den Kopf ein wenig nach mir hinzuwenden, so daß ich das volle Profil des Gesichtes erblickte. Seine Schönheit übertraf noch meine Erwartungen, und doch war da etwas, das mich enttäuschte, ohne daß ich genau hätte sagen können, was es war. Ich sagte: „enttäuschte"; aber das ist nicht ganz das richtige Wort. Meine Gefühle wurden zugleich beruhigt und erhoben. In ihnen war weniger Leidenschaft als stilles Entzücken, entzückte Ruhe. Dieser Gefühlszustand rührte vielleicht von dem madonnengleichen und frauenhaften Ausdruck des Gesichtes her; und doch wurde mir sofort klar, daß nicht das allein die Ursache sein konnte. Da war etwas anderes, irgendein Geheimnis, das ich nicht zu enträtseln vermochte, ein Gesichtsausdruck, der mich ein wenig befremdete und gleichzeitig mein Interesse aufs höchste steigerte. Alles in allem war ich gerade in der Verfassung, die einen jungen empfänglichen Mann zu jeder extravaganten Tat bereit findet. Wäre die Dame allein gewesen, so wäre ich zweifellos in ihre Loge getreten und hätte sie angesprochen, geschehe, was wolle; doch zum Glück hatte sie zwei Begleiter, einen Herrn und eine auffallend schöne Frau, die allem Anschein nach um einige Jahre jünger war als sie.

Ich wälzte tausend Pläne in meinem Kopf, wie ich es wohl erreichen könnte, irgendwann der älteren von den Damen vorgestellt zu werden oder mir wenigstens gleich einen genauen Anblick ihrer Schönheit zu verschaffen. Ich hätte meinen Platz mit einem vertauscht, der dem ihren näher lag, aber die gedrängte Fülle des Theaters machte das unmöglich; und die strengen Gebote des Anstands haben seit kurzem in einem solchen Falle den Gebrauch des Opernglases kategorisch untersagt – also auch, falls ich so glücklich gewesen wäre, eines bei mir zu haben; aber ich hatte keines und war in Verzweiflung. Endlich fiel mir ein, mich an meinen Begleiter zu wenden.

„Talbot", sagte ich, „Sie haben ein Opernglas, geben Sie es mir."

„Ein Opernglas? Was, meinen Sie, sollte ich wohl mit einem Opernglas anfangen?" Damit wandte er sich ungeduldig wieder der Bühne zu.

„Aber, Talbot", fuhr ich fort und rüttelte ihn an der Schulter, „hören Sie doch! Sehen Sie die Proszeniumsloge? Dort! – nein – die nebenan. Haben Sie jemals eine so herrliche Frau gesehen?"

„Sie ist zweifellos sehr schön", erwiderte er.

„Ich möchte wirklich wissen, wer das sein mag!"

„Was, im Namen aller Engel, wissen Sie denn nicht, wer das ist? Sie nicht kennen beweist, daß Sie selbst unbekannt sind! Es ist die berühmte Madame Lalande, die Schönheit des Tages par excellence und das Gespräch der ganzen Stadt. Auch ungeheuer reich – Witwe – und eine großartige Partie – eben von Paris angekommen."

„Kennen Sie sie?"

„Ja, ich habe die Ehre."

„Wollen Sie mich ihr vorstellen?"

„Gewiß, mit dem größten Vergnügen; wann soll es sein?"

„Morgen um ein Uhr werde ich Sie im B.-Hotel besuchen."

„Sehr schön; und jetzt halten Sie bitte den Mund, wenn Sie irgend können."

Was seine letzte Bemerkung betraf, so war ich gezwungen, Talbots Rat zu befolgen; denn er blieb allen weiteren Fragen und Vermutungen gegenüber hartnäckig taub und befaßte sich für den Rest des Abends ganz ausschließlich mit den Vorgängen auf der Bühne.

Indessen schaute ich unausgesetzt auf Madame Lalande und hatte endlich das Glück, ihr Gesicht ganz von vorn zu sehen. Es war von auserlesener Lieblichkeit. Mein Herz hatte mir das natürlich schon gesagt, hätte mir auch Talbot nicht schon vorher völlige Gewißheit darüber gegeben; doch noch immer störte mich das unverständliche Etwas. Ich entschied mich endlich dahin, daß ein gewisser Ausdruck von Ernsthaftigkeit, von Traurigkeit oder, noch besser gesagt, von Überdruß den Zügen etwas von ihrer Jugend und Frische nahm, um sie dafür mit seraphischer Weichheit und Würde zu bekleiden; und so schenkte ihnen mein enthusiastisches und romantisches Gemüt natürlich zehnfaches Interesse. Während ich so meine Augen weidete, erkannte ich schließlich zu meiner größten Bestürzung an einem kaum merklichen Zusammenzucken der Dame, daß sie sich mit einemmal der Intensität meines Blickes bewußt wurde. Doch ich war noch ganz verzaubert und konnte mich nicht losreißen, auch nicht für einen Augenblick. Sie wandte das Gesicht zur Seite, und wieder sah ich nur die schöngemeißelte Form ihres Hinterkopfes. Nach einigen Minuten drehte sie, wie von Neugierde getrieben, ob ich noch zu ihr hinsähe, den Kopf wieder langsam herum und begegnete nochmals meinem brennenden Blick. Ihre dunklen, großen Augen senkten sich sogleich, und ein tiefes Rot überzog ihre Wangen. Doch wie groß war mein Erstaunen, als ich bemerkte, daß sie ein zweitesmal den Kopf nicht nur nicht abwandte, sondern wahrhaftig aus ihrem Gürtel eine Lorgnette hervorzog, sie erhob, ansetzte und mich durch sie ein paar Minuten lang aufmerksam und ohne Scheu betrachtete.

Hätte mir zu Füßen ein Blitz eingeschlagen, er hätte mich nicht tiefer erschrecken können – nur erschrecken, nicht beleidigen oder abstoßen, das nicht im geringsten; obgleich eine so kühne Handlung bei jeder anderen Frau dazu angetan gewesen wäre, zu beleidigen und abzustoßen. Aber das Ganze geschah mit so viel Gleichmut, mit so viel Nonchalance, mit so viel Gemütsruhe, mit allen Anzeichen der offensichtlich besten Lebensart, daß es nicht nach einer bloßen Ungehörigkeit aussah; und meine Empfindungen waren Bewunderung und Staunen. Ich stellte fest, daß sie sich beim ersten Heben der Lorgnette mit einer nur augenblickslangen Prüfung meiner Person zu begnügen schien und im Begriffe war, das Glas abzusetzen, daß sie es aber hierauf, als wäre ihr ein zweiter Gedanke gekommen, wieder aufnahm und fortfuhr, mich mit angestrengter Aufmerksamkeit einige Minuten lang zu mustern. Es waren sicherlich wenigstens fünf Minuten.

Diese in einem amerikanischen Theater so ungewöhnliche Handlungsweise erregte die allgemeine Aufmerksamkeit und rief im Publikum eine unbestimmte Bewegung hervor, ein Tuscheln, das mich einen Augenblick lang verwirrte, aber auf das Benehmen von Madame Lalande ohne sichtbare Wirkung blieb.

Nachdem sie so ihrer Neugierde Genüge getan hatte – falls es Neugierde war –, ließ sie das Glas fallen und widmete ihre Aufmerksamkeit wieder ganz gelassen der Bühne; dabei war mir wieder ihr Profil zugewendet wie zuvor. Ich fuhr indessen fort, sie unablässig anzustarren, obgleich ich mir der Ungehörigkeit eines solchen Betragens voll bewußt war. Jetzt sah ich, wie ihr Kopf langsam und allmählich eine Wendung machte; und bald stand es für mich fest, daß die Dame, indes sie vorgab, nach der Bühne zu sehen, tatsächlich angelegentlich zu mir hinblickte. Ich brauche die Wirkung, die dieses Betragen einer so bezaubernden Frau auf mein erregbares Gemüt ausübte, nicht zu beschreiben.

Als mich der holde Gegenstand meiner Leidenschaft vielleicht eine Viertelstunde lang auf diese Weise prüfend angeschaut hatte, wandte sie sich an den Herrn in ihrer Begleitung, und während sie sprach, erkannte ich deutlich an den Blicken der beiden, daß das Gespräch sich auf mich bezog.

Nach dessen Ende wandte sich Madame Lalande wieder der Bühne zu und schien ein paar Minuten lang in die Vorstellung vertieft. Danach aber wurde ich in die höchste Aufregung versetzt, als ich sah, wie sie zum zweitenmal die Lorgnette, die ihr zur Seite hing, entfaltete und mir wie zuvor geradezu ins Gesicht blickte und, ohne das erneute Tuscheln des Publikums zu beachten, mich von Kopf bis Fuß musterte, und zwar mit der gleichen wunderbaren Gelassenheit, die meine Seele vorhin sowohl entzückt wie verwirrt hatte.

Dieses ungewöhnliche Benehmen, das mich ganz und gar in fieberhafte Aufregung stürzte, in ein völliges Liebesdelirium, trug eher dazu bei, mich kühn zu machen, als mich aus der Fassung zu bringen. In der tollen Heftigkeit meiner Liebe vergaß ich alles außer der Nähe und der majestätischen Schönheit der Erscheinung, die meinem staunenden Blick standhielt. Ich paßte die Gelegenheit ab, da ich das Publikum ganz mit der Opernaufführung beschäftigt glaubte, hielt Madame Lalandes Blick fest, und im gleichen Augenblick verbeugte ich mich leicht, aber unverkennbar.

Sie errötete sehr tief, wandte dann die Augen ab, sah sich darauf langsam und vorsichtig um, augenscheinlich um festzustellen, ob meine vorschnelle Handlung bemerkt worden war, und neigte sich zu dem Herrn, der ihr zur Seite saß.

Die Ungehörigkeit, die ich begangen hatte, kam mir nun brennend zu Bewußtsein, und ich erwartete nichts Geringeres als einen öffentlichen Auftritt, während die Vorstellung von Pistolen für den nächsten Tag flüchtig und recht unbehaglich mein Gehirn durchzuckte. Ich war aber sofort darauf höchst erleichtert, als ich bemerkte, daß die Dame dem Herrn bloß einen Theaterzettel reichte, ohne dabei zu sprechen; doch der Leser mache sich eine gelinde Vorstellung von meinem Erstaunen, meiner abgründigsten Verwunderung, von der entzückten Verwirrtheit von Herz und Seele, als sie gleich darauf, nachdem sie verstohlen um sich geblickt hatte, ihren strahlenden Augen erlaubte, sich voll und fest auf die meinen zu richten, und leise lächelnd, eine glänzende Reihe Perlenzähne entblößend, zweimal deutlich, ausdrücklich und ganz unzweideutig bejahend mit dem Kopfe nickte.

Es ist wohl nicht notwendig, bei meiner Freude, meiner

Begeisterung, der grenzenlosen Verzücktheit meines Herzens zu verweilen. Wenn je ein Mensch im Übermaß des Glückes toll war, so war ich es in jenem Augenblick. Ich liebte. Es war meine erste Liebe, so empfand ich es. Es war höchste Liebe, ganz unbeschreiblich. Es war Liebe auf den ersten Blick. Und auf den ersten Blick war sie gewürdigt und erwidert worden.

Ja, erwidert. Wie konnte ich einen Augenblick daran zweifeln, und warum sollte ich zweifeln? Welche andere Auslegung konnte ich auch diesem Betragen einer so schönen, so reichen, augenscheinlich so vollendeten Dame geben, einer Dame von so großer Bildung und in so hoher gesellschaftlicher Stellung, einer Dame, die, das stand für mich fest, in jeder Hinsicht so durchaus respektabel war wie Madame Lalande? Ja, sie liebte mich, sie erwiderte meine Liebesschwärmerei mit einer so blinden, so kompromißlosen, so wenig berechnenden, so hingegebenen und alle Schranken durchbrechenden Hingerissenheit, wie es die meine war! In diesen beglückenden Vorstellungen und Gedanken wurde ich jedoch durch das Fallen des Vorhangs unterbrochen. Die Zuschauer erhoben sich, und der gewohnte Tumult setzte ein. Ich verließ Talbot unvermittelt und machte alle Anstrengungen, mir einen Weg in die Nähe von Madame Lalande zu bahnen. Da mir das, des Gedränges wegen, mißlang, gab ich endlich die Jagd auf, lenkte meine Schritte heimwärts und entschädigte mich für meine Enttäuschung darüber, daß ich nicht imstande gewesen war, auch nur den Saum ihres Kleides zu berühren, mit dem Gedanken, daß mich Talbot morgen, wie es sich gehörte, vorstellen würde.

Dieser Morgen kam endlich, das heißt, endlich dämmerte der Tag nach einer langen, leidigen Nacht voll Ungeduld, und dann schlichen die Stunden bis eins schneckengleich, öde und endlos dahin. Aber wie man zu sagen pflegt: „Selbst Stambul wird ein Ende haben“, so fand auch diese lange Frist ein Ende. Die Uhr schlug eins. Als das letzte Echo verhallte, trat ich ins B.-Hotel und fragte nach Talbot.

„Ausgegangen“, erklärte Talbots Diener.

„Ausgegangen?" erwiderte ich und taumelte ein halbes Dutzend Schritte zurück. „Laß dir sagen, mein sauberer Junge, daß das gar nicht möglich und ganz undenkbar ist; Mr. Talbot ist nicht ausgegangen. Was meinst du eigentlich?"

„Nichts, mein Herr; bloß, Mr. Talbot ist nicht zu Hause, weiter nichts. Er ist nach S. hinübergeritten, gleich nach dem Frühstück, und hat hinterlassen, daß er vor einer Woche nicht in die Stadt zurückzukommen gedenkt."

Ich stand vor Entsetzen und Wut zu Stein verwandelt. Ich versuchte zu antworten, aber meine Zunge versagte den Dienst. Endlich drehte ich mich auf dem Absatz um, zornglühend, und verwünschte in meinem Innern die ganze Sippe der Talbots in die tiefsten Tiefen der Hölle. Es war klar, mein verehrter Freund, il fanatico, hatte unsere Verabredung ganz vergessen, hatte sie vergessen, kaum daß sie getroffen war. Er war niemals sehr gewissenhaft im Worthalten gewesen; da war nichts zu machen. Also schluckte ich meinen Ärger hinunter, so gut ich konnte, schlenderte übellaunig durch die Straßen und richtete an jeden männlichen Bekannten, den ich traf, eine nutzlose Frage nach Madame Lalande. Vom Hörensagen, fand ich, war sie allen bekannt, viele kannten sie vom Sehen; aber sie hielt sich erst seit ein paar Wochen in der Stadt auf, und deshalb gab es sehr wenige, die sich ihrer persönlichen Bekanntschaft rühmten. Diese wenigen, die ihr noch verhältnismäßig fremd waren, konnten oder wollten sich nicht die Freiheit nehmen, mich in Form eines Morgenbesuches einzuführen. Indes ich in heller Verzweiflung dastand und mit einem Trio von Freunden diesen mich völlig in Anspruch nehmenden Gegenstand meines Herzens besprach, geschah es, daß eben dieser Gegenstand vorüberkam.

„Bei meinem Leben, da ist sie!" rief der eine.

„Berückend schön!" sagte der zweite.

„Ein Engel auf Erden!" stieß der dritte hervor.

Ich blickte hin; und in einem offenen Wagen, der sich uns langsam die Straße herab näherte, saß die entzückende Erscheinung aus der Oper, von jener jüngeren Dame begleitet, die mit ihr die Loge geteilt hatte.

„Ihre Begleiterin hält sich auch ganz ausgezeichnet", meinte derjenige meiner Freunde, der zuerst gesprochen hatte.

„Erstaunlich", erklärte der zweite; „sieht noch immer glänzend aus. Aber Kunst tut Wunder; mein Wort darauf, sie sieht besser aus als vor fünf Jahren in Paris; noch immer eine schöne Frau, finden sie nicht auch, Froissart? – Simpson, meine ich."

„Noch immer!" entgegnete ich; „und warum sollte sie es nicht sein? Aber mit ihrer Freundin verglichen, ist sie ein Nachtlicht neben dem Abendstern, ein Glühwurm neben dem Antares."

„Aber Simpson, Sie haben ein erstaunliches Talent, die Dinge auszulegen, ich meine, auf originelle Art auszulegen."

Darauf trennten wir uns, während einer von den dreien einen lustigen Gassenhauer zu summen begann, von dem ich nur folgende Zeilen auffing:

Ninon, Ninon, Ninon à bas –
A bas Ninon de Lenclos!

Während dieser kleinen Szene hatte mir aber doch etwas sehr zum Trost gedient, obgleich es die Leidenschaft, die an mir fraß, noch nährte. Als der Wagen von Madame Lalande an unserer kleinen Gruppe vorbeirollte, merkte ich, daß sie mich erkannte; und mehr als das, sie hatte mich, als unzweideutiges Zeichen des Erkennens, mit dem engelhaftesten Lächeln, das man sich vorstellen kann, beglückt.

Bezüglich meiner Einführung bei ihr war ich gezwungen, alle Hoffnung aufzugeben, bis es Talbot belieben würde, von seinem Landaufenthalt zurückzukehren. In der Zwischenzeit besuchte ich unermüdlich jeden ehrbaren Ort öffentlicher Lustbarkeit, und im Theater endlich, wo ich sie das erstemal gesehen hatte, wurde mir das hohe Glück zuteil, ihr zu begegnen und ein zweitesmal Blicke mit ihr zu tauschen. Das trug sich aber erst nach Ablauf von vierzehn Tagen zu. Zwischendurch hatte ich Tag für Tag in seinem Hotel nach Talbot gefragt und bekam Tag für Tag einen

Wutanfall bei dem ewigen: „Noch nicht zurück!" seines Dieners.

An dem fraglichen Abend befand ich mich daher in einem Zustand, der an Wahnsinn grenzte. Man hatte mir gesagt, Madame Lalande sei Pariserin und vor kurzem aus Paris angekommen – konnte sie nicht plötzlich dahin zurückkehren? Zurückkehren, ehe Talbot kam – und konnte sie auf diese Weise nicht für immer für mich verloren sein? Dieser Gedanke war zu furchtbar, um ihn zu ertragen.

Da mein künftiges Glück davon abhing, entschied ich mich, mit männlicher Entschlossenheit zu handeln. Mit einem Wort: als die Vorstellung zu Ende war, folgte ich der Dame bis zu ihrer Wohnung, notierte die Adresse und sandte ihr am nächsten Morgen einen ausführlichen, sorgfältig ausgearbeiteten Brief, in den ich mein ganzes Herz verströmte.

Ich sprach kühn, frei – ich sprach mit Leidenschaft. Ich verbarg ihr nichts, auch meine Schwächen nicht. Ich spielte auf die romantischen Umstände unserer ersten Begegnungen an, selbst auf die Blicke, die wir gewechselt hatten. Ich ging so weit, zu sagen, ich sei ihrer Liebe gewiß, und führte sowohl diese Gewißheit als auch meine eigene stürmische Verehrung als zwei Entschuldigungsgründe für mein sonst unverzeihliches Betragen an. Zum dritten erwähnte ich die Befürchtung, sie könnte die Stadt verlassen, ehe ich Gelegenheit fände, ihr geziemend vorgestellt zu werden. Ich schloß diese Epistel, die feurigste, schwärmerischste, die jemals geschrieben wurde, mit einer offenen Darlegung meiner äußeren Umstände, meines Reichtums – und bot ihr Herz und Hand an.

In qualvollster Erwartung harrte ich ihrer Antwort entgegen. Nach Verlauf einer Zeit, die mir ein Jahrhundert schien, kam sie.

Ja, sie kam wirklich. So märchenhaft das alles klingen mag, ich erhielt wirklich einen Brief von Madame Lalande, der schönen, der reichen, der vergötterten Madame Lalande. Ihre Augen, ihre herrlichen Augen hatten ihr edles Herz nicht Lügen gestraft. Als echte Französin, die sie war, hatte sie der freimütigen Eingebung ihrer Vernunft gehorcht, den edlen Trieben ihrer Natur, und hatte die herkömmliche Prüderie der Welt mißachtet. Sie hatte meinen Antrag keineswegs verspottet. Sie hatte sich nicht hinter Schweigen verschanzt. Sie hatte meinen Brief nicht uneröffnet zurückgesandt. Sie schickte mir als Antwort sogar einen Brief, den sie mit ihren eigenen wunderbaren Fingern geschrieben hatte. Er lautete so:

„Monsieur Simpson wird verseien, daß ik die söne Sprak von sein pays nit componire so gutt als sollte. Ik sein erst kurs ankommen und 'abe nok nit opportunité su – l'étudier.

Mit diese apologie fur die manière ik wollen sagen, daß – hélas! – Monsieur Simpson 'aben nur zu wahr geraten. Muß ik sagen mehr? Hélas! – 'aben ik nit bereits su vill gesagt?

Eugénie Lalande"

Diesen hochsinnigen Brief küßte ich tausendmal und vollführte sicherlich um seinetwillen tausend andere Ungereimtheiten, die meinem Gedächtnis nun entschwunden sind. Aber Talbot wollte noch immer nicht zurückkehren. Ach, hätte er sich auch nur die leiseste Vorstellung von den Leiden gemacht, die seine Abwesenheit dem Freunde verursachte, wäre seine mitfühlende Natur diesem Freund dann nicht sofort zu Hilfe geeilt? Doch wie immer es sich verhielt, er kam nicht. Ich schrieb ihm. Er antwortete. Wichtige Geschäfte hielten ihn ab, aber er würde binnen kurzem kommen. Er bat mich, nicht ungeduldig zu sein, meinen Überschwang zu mäßigen, besänftigende Bücher zu lesen, nichts Stärkeres zu trinken als Rheinwein und die Trostsprüche der Philosophie zu Rate zu ziehen. Der Narr! Falls er selbst schon nicht kommen konnte, warum im Namen der Vernunft konnte er nicht einen Empfehlungsbrief beischließen? Ich schrieb ihm nochmals und flehte ihn an, unverzüglich ein Empfehlungsschreiben zu schicken. Mein Brief wurde von dem bewußten Diener – der Halunke war seinem Herrn aufs Land gefolgt – mit folgendem Bleistiftvermerk zurückgeschickt:

„Gestern von S. abgereist, Richtung unbekannt – sagte nicht wohin – so schien es mir das beste, Ihren Brief zu retournieren, da ich Ihre Handschrift kenne und da Sie stets mehr oder weniger in Eile sind.

Ihr ergebener Stubbs“

Ich brauche wohl nicht zu sagen, daß ich daraufhin Herrn und Diener gleichermaßen den höllischen Geistern opferte; aber sich ärgern half wenig, und klagen brachte nicht den geringsten Trost.

Doch blieb mir dank meiner angeborenen Kühnheit noch ein Ausweg übrig. Bisher hatte diese Kühnheit mir gute Dienste erwiesen, und so beschloß ich nun, daß sie mich ans Ziel bringen sollte. Welche Formlosigkeit, natürlich in gewissen Grenzen, konnte ich übrigens nach dem Briefwechsel, der zwischen uns stattgefunden hatte, wohl noch begehen, die Madame Lalande hätte unschicklich finden müssen? Seit der Briefaffäre hatte ich begonnen ihr Haus zu beobachten und auf diese Weise herausgefunden, daß sie die Angewohnheit hatte, zur Zeit der Dämmerung, nur von einem Neger in Livree begleitet, auf dem freien, bepflanzten Platze, auf den ihre Fenster blickten, auf und ab zu wandeln. Hier, inmitten eines üppigen, schattenspendenden Haines und im grauen Dämmerlicht eines lieblichen Hochsommerabends, nahm ich die Gelegenheit wahr und sprach sie an.

Um den aufwartenden Diener um so eher zu täuschen, tat ich es mit der sichersten Miene eines alten, vertrauten Bekannten. Mit ihrer so ganz pariserischen Geistesgegenwart erfaßte sie sogleich meine Absicht und streckte zur Begrüßung die bezaubernde kleine Hand aus. Der Lakai zog sich sogleich in den Hintergrund zurück; und nun sprachen wir mit zum Überfließen vollen Herzen lang und rückhaltlos von unserer Liebe.

Da Madame Lalande kaum weniger geläufig englisch sprach, als sie es schrieb, unterhielten wir uns notgedrungen auf französisch. In jener holden Sprache, die Leidenschaft so gut auszudrücken weiß, ließ ich meiner ungestümen Schwärmerei die Zügel schießen und beschwor sie mit aller Beredsamkeit, die mir zur Verfügung stand, in eine sofortige Heirat zu willigen.

Sie belächelte meine Ungeduld. Und sie brachte die alte Geschichte von Anstand und Schicklichkeit vor, diesem Popanz, der so viele von ihrem Glück abhält, bis die Gelegenheit, glücklich zu werden, auf immer vorbei ist. Ich hätte höchst unklug unter meinen Freunden verbreitet, bemerkte sie, daß ich ihre Bekanntschaft wünsche; ich hätte damit also kundgegeben, daß ich sie nicht kenne, und infolgedessen gebe es wiederum keine Möglichkeit, den Zeitpunkt unseres Bekanntwerdens zu verhehlen. Und dann verwies sie errötend darauf, wie kurz das erst her war. Sofort zu heiraten würde unpassend, würde unanständig, würde „outré“ sein. All das sagte sie mit einem reizenden Anstrich von Naivität, der mich hinriß, zugleich aber schmerzte und überzeugte. Sie ging sogar so weit, mich lachend der Voreiligkeit, der Unbedachtsamkeit zu zeihen.

Sie bat mich zu bedenken, daß ich tatsächlich nicht einmal wisse, wer sie sei, welches ihre Aussichten seien, ihre Beziehungen, ihre Stellung in der Gesellschaft. Sie bat mich jedoch mit einem Seufzer, meinen Antrag nochmals zu erwägen, und nannte meine Liebe eine Verblendung, ein Irrlicht, eine Grille, die Laune des Augenblicks, die schwankende, haltlose Schöpfung meiner Phantasie viel mehr als meines Herzens. Diese Dinge brachte sie vor, da die Schatten der holden Dämmerung uns dunkler und dunkler umschlossen, und zerstörte mit einem einzigen zarten Druck ihrer Feenhand den ganzen Aufbau von Beweisen, den sie eben erst errichtet hatte.

Ich antwortete, so gut ich vermochte, wie nur ein wahrhaft Liebender antworten kann. Ich sprach lange und mit Beharrlichkeit von meiner Verehrung, von meiner Leidenschaft, von ihrer alles übertreffenden Schönheit und von meiner eigenen schwärmerischen Bewunderung. Schließlich betonte ich mit überzeugendem Nachdruck die Fährnisse, die den Weg der Liebe umgeben, den Weg der wahren Liebe, der niemals glatt verläuft, und stellte ihr so die offenbare Gefahr vor Augen, die entstand, wenn man diesen Weg unnötig in die Länge zog.

Dieser letzte Beweis schien endlich die Strenge ihres Entschlusses zu mildern. Sie gab nach; aber es sei da noch ein weiteres Hindernis, sagte sie, von dem sie überzeugt sei, daß ich es nicht genügend in Betracht gezogen hätte. Das sei ein heikler Punkt, ganz besonders wenn eine Frau sich darüber äußern solle; sobald sie ihn erwähne, sehe sie sich genötigt, ihren Empfindungen Gewalt anzutun. Doch für mich solle jedes Opfer gebracht werden. Sie kam auf das Thema „Alter" zu sprechen. Sei ich mir bewußt, sei ich mir ganz und gar des Unterschiedes zwischen uns beiden bewußt? Daß das Alter des Gatten dasjenige der Ehefrau um einige Jahre übertreffe, auch um fünfzehn und zwanzig Jahre, das halte man in der Welt für zulässig, sogar für richtig; aber sie habe immer geglaubt, daß die Jahre der Frau diejenigen des Gatten an Zahl niemals übersteigen sollten. Ein Unterschied von so widernatürlicher Art gebe, ach! nur zu häufig Veranlassung zu einem Leben voll Unglück. Nun wisse sie selbst recht gut, daß mein Alter nicht mehr als zweiundzwanzig Jahre betrage; ich dagegen wisse vielleicht nicht, daß die Jahre meiner Eugénie ganz erheblich über diese Zahl hinausgingen.

Alle diese Dinge brachte sie mit einem Seelenadel, einer hoheitsvollen Unschuld vor, die mich entzückten, mich bezauberten, die meine Ketten auf ewig festschmiedeten. Ich konnte das äußerste Entzücken, das mich ergriff, kaum zügeln.

„Meine süßeste Eugénie", rief ich aus, „was bedeutet all das, worüber Sie reden? Ihr Alter übertrifft ein wenig das meine. Aber was tut das? Die Sitten der Welt sind ebenso viele konventionelle Narrheiten. In welcher Beziehung unterscheidet sich für jemanden, der liebt, wie wir lieben, ein Jahr von einer Stunde? Sie sagen, ich sei zweiundzwanzig; ich gebe es zu; Sie könnten ebensogut sagen, ich sei dreiundzwanzig. Nun, Sie selbst, meine teuerste Eugénie, können nicht mehr als – können nicht mehr als – nicht mehr als – als – als – als –"

Hier hielt ich einen Augenblick inne, in der Erwartung, daß Madame Lalande mich unterbrechen und mir ihr wahres Alter nennen würde. Aber eine Französin ist selten aufrichtig und hält auf eine Frage, die sie in Verlegenheit setzt, ihre eigene kleine geschickte Antwort bereit. In diesem Fall ließ Eugénie, die schon während der letzten Augenblicke etwas in ihrem Halsausschnitt zu suchen schien, ein Miniaturbildchen auf den Rasen fallen, das ich sogleich aufhob und ihr überreichte.

„Behalten Sie es!" sagte sie mit dem ihr eigenen bestrickenden Lächeln. „Behalten Sie es mir zuliebe, derjenigen zuliebe, die es nur allzu geschmeichelt darstellt. Überdies können Sie auf der Rückseite des Kleinods eben jene Auskunft finden, um die es Ihnen wohl zu tun ist. Es wird nun wirklich ein wenig dunkel, aber Sie können es morgen früh mit Muße betrachten. Inzwischen sollen Sie mich heute abend nach Hause begleiten. Meine Freunde veranstalten eben einen kleinen musikalischen Empfang. Ich kann Ihnen unter anderem versprechen, daß gut gesungen wird. Wir Franzosen nehmen es nicht annähernd so genau wie ihr Amerikaner, und es wird mir nicht schwerfallen, Sie als alten Bekannten einzuschmuggeln."

Damit nahm sie meinen Arm, und ich begleitete sie nach Hause. Es war ein prächtiges Haus und, wie ich glaube, mit viel Geschmack eingerichtet. Aber ich habe kaum die Berechtigung, über letzteren Punkt zu urteilen, denn als wir ankamen, war es gerade dunkel geworden, und in den besseren amerikanischen Häusern sieht man, solange die Sommerhitze dauert, zu dieser angenehmsten Zeit des Tages selten künstliches Licht. Es wurde nun zwar etwa eine Stunde nach meinem Kommen ein Sonnenbrenner, den ein Schirm beschattete, im großen Salon angezündet; und so konnte ich sehen, daß dieser Raum mit ungewöhnlich gutem Geschmack, ja sogar prunkvoll eingerichtet war. Aber zwei weitere Räume der Zimmerflucht, in denen die Gesellschaft hauptsächlich versammelt war, blieben den ganzen Abend über in angenehmstem Dunkel. Das ist ein hübsch erfundener Brauch, der es der Gesellschaft zumindest überläßt, zwischen Licht und Schatten zu wählen, ein Brauch, den schleunigst zu dem ihren zu machen unsere Freunde über dem Wasser guttäten.

Der so verbrachte Abend war fraglos der köstlichste meines Lebens. Madame Lalande hatte die musikalischen Fähigkeiten ihrer Freunde nicht überschätzt; und außer in Wien hatte ich in keinem privaten Zirkel einen Gesangsvortrag gehört, der diesen hier übertraf. Virtuosen auf ihrem Instrument gab es viele, und alle waren sie hervorragend begabt. Die Sänger waren meistens Damen, und keine von allen sang schlechter als gut. Als man endlich heftig nach Madame Lalande verlangte, erhob sie sich sogleich ohne Ziererei oder Zaudern von der Chaiselongue, auf der sie an meiner Seite gesessen hatte, und begab sich, begleitet von ein, zwei Herren und ihrer Freundin aus der Oper, zum Klavier im großen Salon. Ich hätte ihr selbst das Geleit gegeben, empfand aber, daß ich unter den Umständen, wie ich in dieses Haus eingeführt worden war, besser daran tat, unbeachtet an meinem Platz zu bleiben. Ich wurde so des Vergnügens beraubt, sie singen zu sehen, wenn ich sie auch singen hören konnte.

Sie schien auf die Gesellschaft elektrisierend zu wirken, aber auf mich selbst wirkte sie noch mehr als das. Ich kann diese Wirkung nicht richtig beschreiben. Sie entsprang zweifellos zum Teil dem Liebesgefühl, das mich erfüllte, hauptsächlich aber meiner völligen Überzeugtheit von der außerordentlichen Gefühlstiefe der Sängerin. Der sublimsten Kunst gelänge es nicht, eine Arie oder ein Rezitativ leidenschaftlicher zum Ausdruck zu bringen, als sie es tat. Ihr Vortrag der Romanze aus *Othello*, der Ton, mit dem sie die Worte „Sul mio sasso" in den *Capuletti* wiedergab, klingt noch in meiner Erinnerung nach. Die tieferen Töne waren ganz wunderbar. Ihre Stimme umfaßte drei volle Oktaven und reichte vom d des Kontraalts bis zum d des hohen Soprans, und obgleich sie tragend genug gewesen wäre, das Theater San Carlo zu füllen, führte sie haargenau alle Schwierigkeiten der Singstimme aus, kletterte Tonleitern auf und ab und Kadenzen und Verzierungen. Im

Finale der *Somnambula* erzielte sie eine besondere Wirkung bei den Worten:

> Ah! non giunge uman pensiero
> Al contento ond' io son piena.

Hier änderte sie, dem Beispiel der Malibran folgend, die ursprüngliche Phrase des Bellini, und zwar so, daß sie die Stimme bis zum g des Tenors senkte und dann in raschem Wechsel das dreigestrichene g intonierte und so ein Intervall von drei Oktaven übersprang.

Als sie sich nach diesem Wunder an Gesangsleistung vom Klavier erhob, nahm sie ihren Platz an meiner Seite wieder ein; und da drückte ich ihr mit Worten höchster Begeisterung mein Entzücken über ihre Kunst aus. Von meiner Überraschung sagte ich nichts, und doch war ich aufrichtig überrascht. Denn eine gewisse Schwäche oder eigentlich eine gewisse zittrige Unsicherheit der Stimme im gewöhnlichen Gespräch hatte mich erwarten lassen, daß sie beim Singen keine hervorragenden Fähigkeiten entwickeln würde.

Wir sprachen nun lange, ernsthaft, ungestört und völlig rückhaltlos miteinander. Sie ließ mich vieles aus meinem früheren Leben berichten und lauschte jedem Wort meiner Erzählung mit atemloser Spannung. Ich verbarg ihrer vertrauenden Liebe nichts, fühlte, daß ich ein Recht hatte, nichts zu verbergen. Ermutigt durch die Aufrichtigkeit, mit der sie die heikle Frage ihres Alters behandelt hatte, ließ ich mich nicht nur bezüglich meiner kleineren Fehler ganz offenherzig auf Einzelheiten ein, sondern legte noch eine volle Beichte über gewisse moralische, ja, sogar über gewisse körperliche Gebrechen ab, deren Enthüllung, da sie soviel mehr Mut erforderte, ein um so sichereres Zeichen von Liebe ist. Ich berührte meine Schülerstreiche, meine Überspanntheiten, meine Trinkgelage, meine Schulden, meine Liebeleien. Ich ging sogar so weit, von einem leichten auszehrenden Husten zu reden, der mich eine Zeitlang belästigt hatte, von chronischem Rheumatismus, einem kleinen vererbten, gichtischen Zwicken und zum Schluß von der unangenehmen und lästigen, aber bisher so sorgfältig verhehlten Schwäche meiner Augen.

„Daß Sie diesen letzten Punkt gebeichtet haben“, sagte Madame Lalande lachend, „war sicherlich unüberlegt; denn ich bin überzeugt, daß ohne diese Beichte niemand Sie dessen verdächtigt hätte. Nebenbei bemerkt“, fuhr sie fort, „erinnern Sie sich noch“ – und hier bildete ich mir ein, daß selbst in der Dunkelheit des Zimmers das Erröten ihrer Wangen deutlich zu sehen war –, „erinnern Sie sich noch, mon cher ami, dieses kleinen Augenbeistandes, der jetzt an meinem Halse hängt?“

Bei diesen Worten drehte sie die bewußte Lorgnette, die mich damals im Opernhaus so ganz überwältigt und verwirrt hatte, zwischen ihren Fingern. „Ach, nur zu wohl erinnere ich mich dessen“, rief ich aus und drückte leidenschaftlich die zarte Hand, die mir das Glas zur Besichtigung hinhielt. Es war ein kompliziertes, prächtiges Spielzeug, reich ziseliert und mit Filigranarbeit versehen und selbst in diesem unzureichenden Licht von Juwelen funkelnd; ich konnte nicht umhin festzustellen, daß sie von hohem Wert waren.

„Eh bien! mon ami“, nahm sie den Faden wieder auf, und zwar mit einem empressement in ihrem Wesen, das mich einigermaßen befremdete, „eh bien, mon ami, Sie haben mich allen Ernstes um eine Gunst gebeten, und es hat Ihnen beliebt, diese Gunst unschätzbar zu nennen. Sie haben mich für morgen um meine Hand gebeten. Falls ich nun Ihrem Flehen und, wie ich hinzufügen kann, der Fürsprache meines Herzens nachgebe, sollte ich da nicht berechtigt sein, eine ganz, ganz kleine Gefälligkeit als Entgelt zu verlangen?“

„Nennen Sie sie!“ rief ich mit solchem Nachdruck aus, daß ich beinahe die Aufmerksamkeit der Gesellschaft auf uns gelenkt hätte; und nur, daß wir nicht allein waren, hielt mich davor zurück, mich ihr stürmisch zu Füßen zu werfen. „Nenne es, meine Geliebte, meine Eugénie, mein alles, nenne es! – doch ach! es ist ja gewährt, ehe du es nennst.“

„Sie sollen also, mon ami“, antwortete sie, „jener Eugénie zu Gefallen, die Sie lieben, diese kleine Schwäche, die Sie zuletzt gebeichtet haben, besiegen – diese mehr moralische als physische Schwäche, die, seien Sie dessen versichert, so sehr dem Adel Ihres wirklichen Wesens widerspricht und sich mit der Offenheit Ihres sonstigen Charakters so schlecht verträgt und die Sie, falls man sie überhand nehmen läßt, sicherlich früher oder später in irgendeine höchst peinliche Situation bringen wird. Sie sollen mir zuliebe diese Eitelkeit besiegen, die Sie nach Ihrer eigenen Aussage dazu verleitet, Ihre Sehschwäche durch Stillschweigen und Verhehlen zu verleugnen. Denn Sie leugnen dieses Übel tatsächlich ab, indem Sie sich weigern, das gebräuchlichste Mittel zu seiner Beseitigung anzuwenden. Sie verstehen also, was ich sagen will: ich wünsche, daß Sie Augengläser tragen – ach, still! Sie haben schon eingewilligt, welche zu tragen, mir zuliebe. Sie werden dieses kleine Spielzeug, das ich hier in der Hand halte, annehmen; obgleich es als Sehbehelf bewunderungswürdig ist, hat es doch als Kleinod keinen besonderen Wert. Sie sehen, daß es mittels einer geringfügigen Abänderung – so – und so – den Augen in Form einer Brille angepaßt werden oder aber als Lorgnette in der Westentasche getragen werden kann. Doch Sie haben schon eingewilligt, es in ersterer Form und regelmäßig zu tragen, mir zuliebe!“

Diese Bitte – ich muß es gestehen – verwirrte mich in nicht geringem Maße. Aber die Bedingung, mit der sie verknüpft war, ließ ein Zögern natürlich gar nicht in Frage kommen.

„Es sei!“ rief ich mit soviel Begeisterung, wie ich im ersten Augenblick aufbringen konnte. „Es sei ... es sei freudig gewährt. Ihnen zuliebe bringe ich jede Empfindlichkeit zum Opfer. Heute abend trage ich dieses liebe Augenglas als Lorgnette und auf meinem Herzen; aber mit dem ersten Dämmern jenes Morgens, der mir das Glück verleiht, Sie mein Weib zu nennen, werde ich es auf meine ... auf meine Nase setzen und von da an immer so tragen, auf jene weniger romantische und weniger modische, aber sicherlich zweckmäßigere Weise, wie Sie es wünschen.“

Unser Gespräch wandte sich nun den einzelnen Anordnungen zu, die für den nächsten Morgen zu treffen waren. Ich erfuhr von meiner Verlobten, daß Talbot eben nach der Stadt zurückgekehrt sei. Ich mußte ihn sofort aufsuchen und einen Wagen besorgen. Die Soiree würde kaum vor zwei Uhr ein Ende haben; zu jener Stunde sollte das Gefährt vor dem Tor stehen, dann konnte Madame Lalande inmitten des Wirrwarrs, den der Aufbruch der Gesellschaft verursachte, leicht unbemerkt einsteigen. Darauf sollten wir beim Hause eines Geistlichen vorfahren, der uns erwartete, dort getraut werden, Talbot absetzen und unsere Fahrt zu einer kleinen Reise nach dem Osten ausdehnen. Und der Gesellschaft zu Hause überließen wir es, über die Angelegenheit nach Gutdünken allerlei Vermutungen anzustellen.

Nachdem wir all dies abgemacht hatten, verabschiedete ich mich sogleich und ging auf die Suche nach Talbot; aber unterwegs konnte ich mich nicht enthalten, in eine Gaststätte einzutreten, um die Miniatur genau zu betrachten, und zwar kräftig unterstützt von meinen Augengläsern. Das Antlitz war über alle Maßen schön! Diese großen strahlenden Augen! – die stolze griechische Nase! Die dunklen, üppigen Locken! – Ach! sprach ich frohlockend zu mir selbst, das ist wahrlich das sprechende Bildnis meiner Geliebten! Ich wandte die Rückseite nach oben und entdeckte die Worte: „Eugénie Lalande, siebenundzwanzig Jahre und sieben Monate alt".

Ich traf Talbot zu Hause und ging sofort daran, ihn von meinem Glück zu unterrichten. Selbstverständlich drückte er sein äußerstes Erstaunen aus, gratulierte mir aber aufs herzlichste und erbot sich zu jedem Beistand, der in seiner Macht lag. Mit einem Wort, wir führten, was verabredet war, buchstäblich aus; und um zwei Uhr morgens, gerade zehn Minuten nachdem die Zeremonie beendet war, befand ich mich mit Madame Lalande, ich sollte eigentlich sagen: mit Mrs. Simpson in einem geschlossenen Wagen, der in schnellem Tempo die Stadt in nord-nordöstlicher Richtung verließ.

Talbot hatte bestimmt, daß wir, da wir die ganze Nacht wach sein würden, in C., einem Dorf, das etwa zwanzig

Meilen von der Stadt entfernt liegt, zum erstenmal haltmachen, ein erstes Frühstück einnehmen und ein wenig der Ruhe pflegen sollten, ehe wir unsere Reise fortsetzten. Schlag vier Uhr fuhr daher der Wagen vor dem größten Gasthaus vor. Ich half meiner angebeteten Frau heraus und bestellte sofort ein Frühstück. Bis dahin wies man uns in ein kleines Wohnzimmer, und wir setzten uns.

Inzwischen war es beinahe oder gänzlich Tag geworden, und als ich verzückt auf den Engel an meiner Seite blickte, ging mir mit einemmal der sonderbare Gedanke durch den Kopf, daß jetzt tatsächlich der überhaupt allererste Augenblick seit meiner Bekanntschaft mit der gepriesenen Schönheit der Madame Lalande war, der mir gestattete, diese Schönheit des näheren bei Tageslicht zu besehen.

„Doch nun, mon ami", sagte sie und ergriff meine Hand und unterbrach so meinen Gedankengang, „doch nun, mon cher ami, da wir unlöslich eins sind, da ich Ihren leidenschaftlichen Bitten willfahrt habe und mein Teil des Übereinkommens erfüllt ist, nun nehme ich an, daß die kleine Gunst nicht vergessen ist, die Sie zu verschenken haben, das kleine Versprechen, das zu halten Ihre Absicht ist. Halt, lassen Sie mich nachdenken! Ich besinne mich! Ja, ganz leicht rufe ich mir den genauen Wortlaut des teuren Versprechens ins Gedächtnis zurück, das Sie Eugénie gestern abend gaben. Hören Sie! Sie sprachen: ‚Es sei ... es sei freudig gewährt! Ihnen zuliebe bringe ich jede Empfindlichkeit zum Opfer. Heute abend trage ich dieses liebe Augenglas als Lorgnette und auf meinem Herzen; aber im ersten Dämmerschein jenes Morgens, der mir das Vorrecht gibt, Sie mein Weib zu nennen, werde ich es auf meine Nase setzen und es von nun ab immer so tragen, auf diese weniger romantische und weniger modische, aber sicherlich zweckmäßigere Weise, wie Sie es wünschen.' Genau das waren Ihre Worte, mein geliebter Gatte, nicht wahr?"

„So ist es", antwortete ich, „Sie haben ein ausgezeichnetes Gedächtnis; und sicherlich, meine schöne Eugénie, liegt bei mir keinesfalls die Neigung vor, der Erfüllung des armseligen Versprechens, das in diesen Worten liegt, auszuweichen. So! – Sehen Sie! – Sie kleidet mich – ziemlich – gut, nicht wahr?" Und mit diesen Worten gab ich den Gläsern die gewöhnliche Brillenform und setzte sie an ihren richtigen Platz. Währenddessen rückte Madame Simpson ihre Haube zurecht und saß, die Arme gekreuzt, kerzengerade auf ihrem Stuhl, etwas steif und geziert und nicht gerade in würdevoller Haltung.

„Gott sei mir gnädig!" rief ich beinahe im gleichen Augenblick, da der Bügel der Brille auf meiner Nase festsaß. „Du meine Güte! Gott sei mir gnädig! Ja, was hat es denn mit diesen Augengläsern auf sich?" Ich nahm sie schnell ab, putzte sie sorgfältig mit einem seidenen Taschentuch und setzte sie wieder auf. Doch wenn im ersten Augenblick etwas eintrat, das mich wunderte, so steigerte sich im nächsten Augenblick dieses Verwundern zum Staunen; und dieses Staunen war tief, war wild, ja, man konnte es ein Staunen voll Entsetzen nennen. Was im Namen aller Scheußlichkeiten bedeutete das? Durfte ich meinen Augen trauen? Durfte ich ihnen wirklich trauen? Das war die Frage. War das – war das – war das Rouge? Und waren das – waren das – waren das Runzeln auf dem Gesicht von Eugénie Lalande? Und oh! Bei Jupiter und allen Göttern und Göttinnen, den großen und den kleinen! Was – was – was – was in aller Welt war aus ihren Zähnen geworden? Ich schleuderte die Brille heftig zu Boden, sprang mit beiden Füßen zugleich auf und stand hochaufgerichtet inmitten des Zimmers, die Arme in die Seiten gestemmt, Mrs. Simpson gegenüber, zähnefletschend, schäumend, aber vollkommen sprach- und hilflos vor Schrecken und Wut.

Nun habe ich schon einmal erwähnt, daß Madame Eugénie Lalande, das heißt Simpson, das Englische nur sehr wenig besser sprach als schrieb; und aus diesem Grund war es ganz richtig, daß sie für gewöhnlich gar nicht versuchte, es zu sprechen. Aber der Zorn kann eine Dame zum Äußersten treiben. Und in diesem Fall trieb er Mrs. Simpson derart zum Äußersten, daß sie den Versuch machte, ein

Gespräch in einer Sprache zu führen, die sie durchaus nicht beherrschte.

„Nun, Monsieur", sagte sie, nachdem sie mich mit sichtlichem Erstaunen einige Augenblicke lang betrachtet hatte, „nun, Monsieur! – was denn? – was sein denn los? Ist es der Tanz von St. Veit, Sie 'aben? Wenn mich nicht mögen, für was, warum kaufen die Katz im Sack?"

„Elende!" sagte ich, nach Atem ringend, „Sie – Sie – Sie abscheuliche alte Hexe!"

„'Exe? – alt? – ich sein nicht so sehr alt, alles in allem! – ich sein kein einzig Tag mehr als die zweiundachtzig."

„Zweiundachtzig", stieß ich hervor und taumelte gegen die Wand, „zweiundachtzig hunderttausend Paviane! Auf der Miniatur stand siebenundzwanzig Jahre und sieben Monate!"

„Gewiß! – so is! sehr wahr! Aber der Porträt ist gemalen vor fünfundfünfzig Jahr. Als ich 'eiraten mein sweite Mann, Monsieur Lalande, ich 'abe malen lassen der Porträt für mein Tochter von mein erste Mann, Monsieur Moissart!"

„Moissart?" sagte ich.

„Ja, Moissart", sagte sie und äffte meine Aussprache nach, die, die Wahrheit zu sagen, nicht die beste war; „und was weiter? Was Sie wissen über der Moissart?"

„Nichts, Sie altes Scheusal! Ich weiß gar nichts von ihm; ich hatte bloß einen Vorfahren dieses Namens, vor langer Zeit."

„Dieses Name! und was 'aben Sie su sagen von das Name? Es ist ein sehr gutte Name; ebenso Voissart – das is auch ein sehr gutte Name; mein Tochter, Mademoiselle Moissart, sie 'eiraten ein Monsieur Voissart; und die Name beide sehr respektable Name."

„Moissart?" schrie ich, „und Voissart! – ja, was meinen Sie damit?"

„Was ich meinen? Ich meinen Moissart und Voissart; und wenn weiter nix is, ich meinen auch Croissart und Froissart, wenn ich finden richtig su meinen. Die Tochter meiner Tochter, Mademoiselle Voissart, sie 'eiraten ein

Monsieur Croissart und dann wieder mein Tochter Enkeltochter, Mademoiselle Croissart, sie 'eiraten ein Monsieur Froissart, und ich nehmen an, Sie sagen nicht, daß das kein sehr respektable Name ist."

„Froissart!" sagte ich, und es wurde mir ganz schwach, „nein – im Ernst, Sie meinen wirklich Moissart und Voissart und Croissart und Froissart?"

„Ja", sagte sie, sich weit in den Sessel zurücklehnend und die Beine sehr lang von sich streckend, „ja, Moissart und Voissart und Croissart und Froissart. Aber Monsieur Froissart, er war eine sehr große – was Sie nennen – Narr – er war eine sehr große Esel, so wie Sie – denn er verließ la belle France, su gehen nach diese dumme Amérique – und da er war hier, ging er 'in und 'atte ein sehr – ein sehr, sehr stupide Sohn, 'öre ich, obgleich ich noch nicht 'atte das Plaisier, ihm zu treffen, weder ich noch meine Begleiterin, die Madame Stephanie Lalande. Er 'eißen Napoleon Bonaparte Froissart, und ich vermuten, Sie sagen, daß das auch kein sehr respektabler Name ist."

Entweder die Dauer oder die Natur dieser Aussprache bewirkte, daß Mrs. Simpson sich in eine ganz außerordentliche Wut hineinsteigerte; und als sie mit großer Anstrengung zu Ende gekommen war, sprang sie wie eine Besessene von ihrem Sitz auf und verstreute beim Aufspringen eine ganze Welt von Pölsterchen über den Fußboden. Einmal auf den Füßen, preßte sie knirschend die Kiefer aufeinander, fuchtelte mit den Armen, krempelte die Ärmel auf, schüttelte ihre Fäuste vor meinem Gesicht, und zum Schluß der Vorstellung riß sie die Haube vom Kopf und mit ihr zugleich eine riesige Perücke aus dem wertvollsten und schönsten schwarzen Haar, schleuderte das Ganze mit einem durchdringenden Schrei zu Boden, trampelte darauf herum und tanzte einen Fandango darauf, alles das in völliger Raserei und einem Ausbruch äußerster Wut.

Indes war ich entgeistert in den Stuhl gesunken, den sie verlassen hatte. „Moissart und Voissart!" wiederholte ich nachdenklich, als sie gerade einen ihrer Luftsprünge vollführte, und: „Croissart und Froissart!" als eben ein zweiter an die Reihe kam. „Moissart und Voissart und Croissart und Napoleon Bonaparte Froissart! Aber, du alte Schlange, das bin ja ich – das bin ich – hörst du – das bin ich!" und nun kreischte ich aus Leibeskräften: „Das bin iiiich! Ich bin Napoleon Bonaparte Froissart! Und wenn ich nun nicht meine Ur-Urgroßmutter geheiratet habe, so mag ich auf ewig verdammt sein!"

Es entsprach den nüchternen Tatsachen, Madame Eugénie Lalande, alias Mrs. Simpson, verwitwete Moissart, war meine Ur-Urgroßmutter. Sie war in ihrer Jugend schön gewesen, und selbst mit zweiundachtzig Jahren war ihr die majestätische Größe, die schön modellierte Kopfform, waren ihr die wunderbaren Augen und die griechische Nase ihrer Mädchenzeit geblieben. Mit deren Hilfe und mit Perlpuder, Rouge, falschem Haar, falschen Zähnen und falscher Tournure sowie mit Hilfe der geschicktesten Modistinnen von Paris gelang es ihr, einen ehrenvollen Platz unter den Schönheiten „un peu passées" der französischen Metropole zu behaupten. In dieser Beziehung stand sie wirklich der berühmten Ninon de Lenclos wenig nach.

Sie war ungeheuer reich; und da sie, zum zweitenmal verwitwet, kinderlos zurückblieb, erinnerte sie sich meiner Existenz in Amerika und unternahm in der Absicht, mich zu ihrem Erben einzusetzen, einen Besuch der Vereinigten Staaten, begleitet von einer entfernten, ausnehmend schönen Verwandten ihres zweiten Gatten, einer Madame Stephanie Lalande. In der Oper erregte mein Anstarren die Aufmerksamkeit meiner Ur-Urgroßmutter, und als sie mich durch die Lorgnette betrachtete, wurde sie durch eine gewisse Familienähnlichkeit mit sich selbst überrascht. Interessiert und wohl wissend, daß der Erbe, den sie suchte, sich tatsächlich in dieser Stadt aufhielt, erkundigte sie sich bei ihren Begleitern nach mir. Der Herr, der neben ihr saß, kannte mich und sagte ihr, wer ich sei. Die also erhaltene Auskunft veranlaßte sie, mich von neuem zu mustern; und eben jene Musterung ermutigte mich dermaßen, daß ich mich in der schon umständlich erzählten, albernen Weise benahm. Doch erwiderte sie wirklich meinen Gruß, und zwar unter dem Eindruck, daß irgendein merkwürdiger Zufall mir ihre Identität aufgedeckt habe. Als ich, getäuscht durch die Schwäche meiner Augen und ihre Toilettenkünste, so sehr in Irrtum geriet über das Alter und die Reize der fremden Dame und Talbot so stürmisch fragte, wer sie sei, glaubte er natürlich, ich meine die jüngere Schönheit, und berichtete mir also ganz wahrheitsgemäß, es sei „die gefeierte Witwe Madame Lalande".

Am nächsten Morgen begegnete meine Ur-Urgroßmutter Talbot – sie waren von Paris her miteinander bekannt – auf der Straße, und das Gespräch wandte sich sehr natürlich mir zu. Meine mangelhafte Sehkraft wurde da erörtert; denn sie war allgemein bekannt, obgleich ich von dieser Offenkundigkeit nichts wußte. Und meine gute alte Verwandte entdeckte sehr zu ihrem Leidwesen, daß sie sich in dem Glauben, ich hätte gemerkt, wer sie sei, getäuscht hatte und daß ich bloß zum Gespött geworden war, als ich einer unbekannten alten Frau im Theater öffentlich meine Huldigung darbrachte. Um mich für diese Unklugheit zu strafen, ersann sie mit Talbot eine Intrige. Er ging mir absichtlich aus dem Weg, um mich nicht vorstellen zu müssen. Man nahm natürlich an, daß mein Fragen auf der Straße nach der „reizenden Witwe Madame Lalande" sich auf die jüngere der beiden Damen bezog, und so läßt sich das Gespräch mit den drei Herren, denen ich kurz nach Verlassen von Talbots Hotel begegnete, ganz leicht erklären; ebenso ihre Anspielung auf Ninon de Lenclos. Es ergab sich keine Gelegenheit, Madame Lalande bei Tageslicht in der Nähe zu sehen; und bei ihrer musikalischen Soiree hinderte mich meine dumme Eitelkeit, die mich auf meiner Weigerung, ein Augenglas zu benützen, beharren ließ, erfolgreich daran, ihr Alter zu entdecken. Als „Madame Lalande" aufgefordert wurde zu singen, meinte man die jüngere Dame; und sie war es auch, die aufstand und dem Rufe folgte. Um die Täuschung vollkommen zu machen, erhob sich meine Ur-Urgroßmutter im gleichen Augenblick und begleitete sie nach dem Klavier im großen Salon. Falls ich mich dazu entschieden hätte, ihr ebenfalls dahin zu folgen, hätte sie mir angedeutet, es sei schicklicher für mich zu bleiben, wo ich wäre; aber meine eigenen klugen Bedenken machten das unnötig. Die Arien, die ich so sehr bewunderte und die den jugendlichen Eindruck, den meine Geliebte mir machte, so sehr bestätigten, sang Madame Stephanie Lalande. Die Augengläser wurden mir überreicht, um dem Scherz einen Verweis zuzugesellen und dem Epigramm eine Pointe zu geben. Die Überreichung der Augengläser bot Anlaß zu jener Vorlesung über die Eitelkeit, die mir eine so gute Lehre gab. Es ist ziemlich überflüssig hinzuzufügen, daß die von der alten Dame benutzten Gläser des Instruments gegen solche, die meinem Alter besser entsprachen, vertauscht worden waren. Sie paßten mir auch tatsächlich ganz genau.

Der Geistliche, der bloß vorgab, das Schicksalsband zu knüpfen, war Talbots lustiger Kumpan und kein Priester. Er war aber ein ausgezeichneter Kutscher; und nachdem er die Soutane abgestreift und einen Mantel angezogen hatte, trieb er den Droschkengaul an, der „das glückliche Paar" zur Stadt hinaus beförderte. Talbot nahm ihm zur Seite Platz. Die beiden Halunken „brachten also das Wild zur Strecke" und belustigten sich damit, durch das halboffene Fenster einer Hinterstube jenes Gasthauses das „dénouement" des Dramas grinsend zu beobachten. Ich glaube, ich werde genötigt sein, sie beide zu fordern.

Trotz alledem bin ich nicht der Gatte meiner Ur-Urgroßmutter, und dieser Gedanke gereicht mir zur unendlichen Erleichterung; und doch bin ich der Gatte von Madame Lalande – von Madame Stephanie Lalande; denn meine gute alte Verwandte hat sich die Mühe genommen, diese Partie zusammenzubringen, und hat mich außerdem nach ihrem Tode – falls sie jemals sterben sollte – zu ihrem alleinigen Erben eingesetzt. Und die Moral: es ist aus und vorbei mit allen billets doux, und niemals wird man mich mehr sehen ohne *Augengläser*.

VORZEITIGES BEGRÄBNIS

Es gibt gewisse Themen, die zwar das Interesse ganz gefangennehmen, die aber allzu grauenvoll sind, als daß sie echter Dichtung als Thema dienen dürften. Der bloße Romanschreiber muß sie vermeiden, wenn er nicht zu verletzen oder abzustoßen wünscht. Nur dann wird man sie erlaubterweise behandeln dürfen, wenn der Ernst und die Majestät der Wahrheit sie heiligen und stärken. So werden wir zum Beispiel von „wollüstigem Schauder" erfaßt bei den Berichten vom Übergang über die Beresina, vom Erdbeben von Lissabon, von der Pest in London, von der Bartholomäusnacht oder von der Erstickung der hundertdreiundzwanzig Gefangenen im Black Hole zu Kalkutta. Aber in diesen Berichten ist es die Tatsache, ist es die Wirklichkeit, das Historische, das uns erregt. Als Erdichtungen würden wir sie einfach mit Abscheu betrachten.

Ich habe einige wenige der bekanntesten, der erlauchtesten Unglücksfälle aus der Geschichte erwähnt; doch ist es hier nicht so sehr der Charakter des Unglücks, der auf unsere Phantasie einen so lebhaften Eindruck macht, als vielmehr sein Ausmaß. Ich brauche dem Leser nicht klarzumachen, daß ich aus der langen schaurigen Liste menschlichen Jammers viele Einzelfälle hätte auswählen können, die weit mehr von echtem Leid strotzen als irgendeines dieser ungeheuern Massenschicksale. Das wahre Unglück, das bitterste Weh trifft den einzelnen, nicht die Vielzahl. Daß das Gräßlichste, Äußerste an Qual von den Menschen als Einzelwesen und nicht von den Menschen als Masse getragen wird, dafür laßt uns einem gnadenreichen Gott danken!

Bei lebendigem Leibe begraben zu werden ist ohne Zweifel die entsetzlichste jener äußersten Möglichkeiten, die jemals Sterblichen widerfahren sind. Daß dies häufig, sehr häufig geschieht, werden Denkende kaum leugnen. Die Grenzen, die Leben und Tod voneinander scheiden, sind im besten Falle schattenhaft und fließend. Wer vermag zu sagen, wo das eine endet und das andere beginnt? Wir wissen, daß es Krankheiten gibt, bei denen alle erkennbaren Lebensfunktionen gänzlich zum Erliegen kommen, obwohl dieses Erliegen nur ein In-der Schwebe-Sein im eigentlichen Sinne des Wortes ist, nur ein zeitweiliges Stillestehen im Gang des unbegreiflichen Mechanismus. Eine gewisse Zeitspanne verstreicht, und ein unsichtbares, geheimnisvolles Prinzip setzt das magische Getriebe, die zauberhaften Räder wieder in Bewegung. Der silberne Strick war nicht für immer verloren, die güldene Schale nicht unwiderruflich zerbrochen. Doch wo weilte unterdessen die Seele?

Abgesehen nun von dem unvermeidlichen Schluß a priori, daß solche Ursachen solche Wirkungen hervorbringen müssen: daß das wohlbekannte Vorkommen solcher Ereignisse von zeitweiliger Entseelung selbstverständlich hier und da zu vorzeitigen Beerdigungen Anlaß geben muß – abgesehen von dieser Überlegung haben wir das unmittelbare Zeugnis ärztlicher und alltäglicher Erfahrung, die beweist, daß eine sehr große Zahl solcher Beerdigungen tatsächlich stattgefunden hat. Ich könnte, sofern es nötig ist, auf der Stelle an hundert gut beglaubigte Fälle anführen. Ein besonders bemerkenswerter, dessen Einzelheiten noch manchem meiner Leser in frischer Erinnerung sein dürften, ereignete sich vor nicht gar zu langer Zeit in der benachbarten Stadt Baltimore, wo er ein weithin schmerzliches, heftiges Aufsehen hervorrief. Die Gattin eines der angesehensten Bürger, eines Advokaten von Ruf und Mitglied des Kongresses, wurde von einer plötzlichen, unerklärlichen Krankheit erfaßt, die der Geschicklichkeit ihrer Ärzte völlig spottete. Nach schwerem Leiden starb sie oder schien zu sterben. Tatsächlich vermutete niemand oder hatte niemand Grund zu der Vermutung, daß sie nicht wirklich tot sei. Sie wies alle die gewöhnlichen Kennzeichen des Todes auf. Das Antlitz zeigte die eingefallenen und kantigen Züge, die Lippen die bekannte Marmorblässe. Ihre Augen waren ohne Glanz. Blutwärme war nicht mehr vorhanden. Der Pulsschlag hatte aufgehört. Drei Tage lang ließ man den Körper unbeerdigt. In dieser Zeit wurde er starr wie Stein. Schließlich beeilte man sich, sie zu begraben, da das, was man für Verwesung hielt, rasch fortschritt.

Die Dame wurde in der Familiengruft beigesetzt, die während der drei folgenden Jahre ungestört blieb. Nach Ablauf dieser Zeit wurde sie geöffnet, um einen neuen Sarkophag aufzunehmen – aber welch fürchterlicher Schreck erwartete den Gatten, der eigenhändig das Tor aufschloß! Als die beiden Flügel nach außen aufsprangen, fiel ein weißgewandetes Etwas rasselnd in seine Arme. Es war das Skelett seines Weibes in dem noch unvermoderten Leichentuch.

Eine sorgfältige Untersuchung machte es zur Gewißheit, daß sie zwei Tage nach ihrer Bestattung wieder zum Leben erwacht war und daß ihre verzweifelten Anstrengungen im Sarg ihn von seiner Unterlage oder dem Sockel zu Boden hatten fallen lassen, wo er so zerbrochen war, daß sie herauszuschlüpfen vermochte. Eine Lampe, die man zufällig mit Öl gefüllt im Grabgewölbe zurückgelassen hatte, wurde leer vorgefunden, doch war sie vielleicht durch Verdunstung ausgetrocknet. Auf der obersten der Stufen, die in die traurige Kammer hinabführten, lag ein großes Stück des zerbrochenen Sarges, mit dem sie versucht zu haben schien, durch Schlagen gegen die Eisentür Aufmerksamkeit zu erwecken. Hierbei war sie vermutlich ohnmächtig geworden oder vor Schreck gestorben, und im Fallen war ihr Leichentuch an einem der nach innen vorspringenden eisernen Beschläge hängengeblieben. So verharrte sie, und so, in aufrechter Stellung, ging sie in Verwesung über.

Im Jahre 1810 ereignete sich in Frankreich ein Fall von Beerdigung bei lebendigem Leibe, dessen nähere Umstände die Behauptung, daß die Wahrheit seltsamer als alle Dichtung sei, zu bestätigen scheinen. Die Heldin dieses Geschehnisses war eine gewisse Mademoiselle Victorine Lafourcade, ein junges, reiches, sehr schönes Mädchen aus vornehmer

Familie. Unter ihren zahlreichen Verehrern befand sich Julien Bossuet, ein armer „littérateur“ oder Journalist aus Paris. Seine Talente und seine große Liebenswürdigkeit empfahlen ihn der Beachtung der Erbin, die ihn wahrhaft zu lieben schien; indes bewog sie ihr Standesbewußtsein schließlich doch, ihn abzuweisen und einen Monsieur Rénelle, einen Bankier und Diplomaten von einigem Ruf, zu ehelichen. Nach der Hochzeit aber vernachlässigte sie dieser Herr, ja, vielleicht mißhandelte er sie sogar geradezu. Nachdem sie an seiner Seite einige unglückliche Jahre verlebt hatte, starb sie – wenigstens glich ihr Zustand so sehr dem Tode, daß er jedermann, der sie sah, täuschte. Sie wurde nicht in einer Gruft begraben, sondern in einem gewöhnlichen Grab in ihrem Heimatdorf. Von Verzweiflung gepackt und noch entflammt von der Erinnerung an seine heftige Leidenschaft, reiste der Liebende aus der Hauptstadt in die abgelegene Provinz, in der das Dorf lag, mit der romantischen Absicht, die Leiche auszugraben und sich ihrer üppigen Locken zu bemächtigen. Er erreicht das Grab; um Mitternacht scharrt er den Sarg aus, öffnet ihn und ist eben im Begriff, das Haar abzuschneiden, da gebietet ihm das Aufschlagen der geliebten Augen Einhalt. In der Tat, die Dame war lebendig begraben worden. Das Leben war noch nicht ganz geschwunden, und sie erwachte durch die Küsse des Liebenden aus der Lethargie, die man irrtümlich für den Tod gehalten hatte. Er trug sie wie ein Wahnsinniger in seine Herberge im Dorf. Er bediente sich gewisser wirksamer Stärkungsmittel, die ihm sein nicht geringes medizinisches Wissen eingab. Endlich lebte sie wieder auf. Sie erkannte ihren Retter. Sie blieb bei ihm, bis sie Schritt für Schritt ihre Gesundheit völlig wiedererlangt hatte. Ihr Frauenherz war nicht von Stein, und diese letzte Liebesprobe genügte, es zu erweichen. Sie schenkte es Bossuet, kehrte nicht mehr zu ihrem Gatten zurück, sondern verheimlichte vor ihm ihre Auferstehung und floh mit dem Geliebten nach Amerika. Zwanzig Jahre später kehrten die beiden nach Frankreich zurück, überzeugt, daß die Zeit die äußere Erscheinung der Dame so sehr verändert hätte, daß ihre Bekannten sie nicht mehr erkennen würden. Darin täuschten sie sich aber, denn bei der ersten Begegnung erkannte Monsieur Rénelle seine Frau und machte seine Rechte geltend. Diese Rechte bestritt sie, und ein Gerichtshof unterstützte sie in ihrem Widerstand, indem er entschied, daß besondere Umstände sowie der lange Lauf der Jahre nicht nur der Billigkeit nach, sondern auch nach Recht und Gesetz die eheliche Gewalt des Gatten aufgehoben hätten.

Das Leipziger *Chirurgische Journal*, eine sehr angesehene und verdienstvolle Zeitschrift, die ein amerikanischer Verleger gut täte zu übersetzen und neu herauszugeben, berichtete in einer seiner letzten Nummern ein höchst betrübliches Ereignis dieser Art.

Ein Artillerieoffizier, ein Mann von riesenhaftem Körperbau und kräftiger Gesundheit, wurde von einem unbändigen Pferd abgeworfen und zog sich eine sehr schwere Verletzung am Kopf zu, die ihn sofort bewußtlos machte. Es handelte sich um einen leichten Schädelbruch, doch schien unmittelbare Lebensgefahr nicht zu befürchten. Die Trepanation wurde mit Erfolg vorgenommen. Man ließ ihn zur Ader und wendete viele andere der üblichen Mittel an. Nach und nach verfiel er aber in einen immer hoffnungsloseren Zustand der Erstarrung, und endlich hielt man ihn für tot.

Das Wetter war warm, er wurde mit unschicklicher Hast auf einem der öffentlichen Friedhöfe begraben. Das Begräbnis fand am Donnerstag statt. Am folgenden Sonntag wimmelte der Friedhof wie gewöhnlich von Besuchern, und etwa um die Mittagszeit entstand eine große Aufregung durch die Erklärung eines Bauern, er habe, als er auf dem Grab des Offiziers saß, deutlich eine Erschütterung der Erde gespürt, als ob sich jemand darin heftig hin und her werfe. Anfangs schenkte man den Beteuerungen des Mannes wenig Beachtung, aber schließlich machten sein offenbares Entsetzen und der störrische Eigensinn, mit dem er seine Geschichte verfocht, selbstverständlich Eindruck auf die Menge. Spaten wurden schleunigst herbeigeholt, und man öffnete das Grab, das in unverantwortlicher Weise zu flach ausgeschaufelt worden war, in einigen Minuten so weit, daß der Kopf seines Insassen zum Vorschein kam. Er war damals scheintot gewesen; aber er saß nun beinahe aufrecht in seinem Sarge, dessen Deckel er bei seinem rasenden Umsichschlagen zum Teil emporgehoben hatte.

Er wurde sofort in das nächste Hospital geschafft, wo man erklärte, daß er am Leben, wiewohl im Zustande des Scheintodes sei. Nach einigen Stunden erwachte er, erkannte Personen seiner Bekanntschaft und erzählte in abgerissenen Sätzen von den im Grab ausgestandenen Qualen.

Aus dem, was er berichtete, ergab sich, daß er noch länger als eine Stunde nach der Beerdigung das Bewußtsein gehabt hatte zu leben, bevor er in Ohnmacht fiel. Man hatte das Grab achtlos und locker mit einer äußerst porösen Erde gefüllt, so daß notwendigerweise etwas Luft hineingelangte. Er hörte die Schritte der Menge zu seinen Häupten und versuchte sich seinerseits vernehmlich zu machen. Der Lärm auf dem Friedhof, so sagte er, war es, der ihn wie aus tiefem Schlaf zu wecken schien, doch kaum war er erwacht, als er sich der furchtbaren Schrecken seiner Lage voll bewußt wurde.

Der Kranke erholte sich, wie berichtet wird, und schien auf dem besten Wege zur völligen Genesung, fiel aber der Pfuscherei ärztlicher Experimente zum Opfer. Man wendete die galvanische Batterie an, und er verschied plötzlich in einem jener ekstatischen Paroxysmen, die sie zuweilen hervorbringt.

Die Erwähnung der galvanischen Batterie bringt mir übrigens noch einen sehr bekannten, höchst merkwürdigen und bezeichnenden Fall in Erinnerung, wo ihre Anwendung sich als Mittel bewährte, einen jungen Anwalt aus London, den man vor zwei Tagen beerdigt hatte, wieder ins Leben zurückzurufen. Das ereignete sich im Jahre 1831 und erregte seinerzeit, wo immer es Gegenstand der Erörterung wurde, größtes Aufsehen.

Der Kranke, ein Mr. Edward Stapleton, war – anscheinend – gestorben, und zwar am Typhus, der, weil von einigen abnormen Symptomen begleitet, die Wißbegierde seiner ärztlichen Berater erregt hatte. Nach seinem vermeintlichen Hinscheiden wurden seine Freunde ersucht, die Einwilligung zur Öffnung der Leiche zu geben, was sie aber ablehnten. Wie es im Falle solcher Weigerungen häufig geschieht, beschlossen die Ärzte, den Leichnam heimlich auszugraben und in aller Muße zu sezieren. Es war ein leichtes, mit einer jener zahlreichen Banden von Leichenräubern, die es in London im Überfluß gibt, ein Abkommen zu treffen, und in der dritten Nacht nach dem Begräbnis wurde die vermeintliche Leiche aus einem acht Fuß tiefen Grab ausgegraben und in dem Operationszimmer einer Privatklinik abgesetzt.

Man hatte einen Schnitt von einiger Länge in den Unterleib gemacht, als das frische und noch unverweste Aussehen des Versuchsobjektes die Anwendung der galvanischen Batterie nahelegte. Ein Experiment folgte dem andern, und die bekannten Wirkungen stellten sich ohne irgendeine Besonderheit ein, es sei denn, daß ein- oder zweimal die Reflexbewegungen einen ungewöhnlichen Grad von Lebensähnlichkeit zeigten.

Es wurde spät, der Tag begann zu grauen, und so hielt man es schließlich für ratsam, sogleich zu der Sektion zu schreiten. Aber ein Student, der besonders begierig war, eine eigene Theorie bestätigt zu finden, drang darauf, die Batterie an einem der Brustmuskeln anzuwenden. Man machte aufs Geratewohl einen Schnitt und brachte den Draht in Kontakt, da erhob sich der Patient mit einer hastigen, aber keineswegs reflexartigen Bewegung vom Tisch, schritt in die Mitte des Zimmers, starrte einige Sekunden benommen umher und – sprach. Was er sagte, war unverständlich, doch brachte er Worte hervor, die Silbenbildung war unverkennbar. Nachdem er gesprochen hatte, fiel er schwer zu Boden.

Für einige Augenblicke waren alle vor Schrecken gelähmt, aber die Dringlichkeit des Falles gab ihnen ihre Geistesgegenwart zurück. Man erkannte, daß Mr. Stapleton am Leben, wenn auch ohnmächtig war. Nach Anwendung von Äther erwachte er und wurde binnen kurzem gesund

und der Gesellschaft seiner Freunde wiedergegeben, denen man übrigens jede Mitteilung von seiner Wiederbelebung so lange vorenthielt, bis kein Rückfall mehr zu befürchten war. Ihre Verwunderung, ihr staunendes Entzücken kann man sich vorstellen.

Die schauerliche Besonderheit dieses Falles liegt allerdings in der Aussage des Mr. Stapleton selbst. Er behauptete, daß er zu keiner Zeit ganz gefühllos gewesen sei, daß er dumpf und verworren alles, was mit ihm vorgegangen sei, wahrgenommen habe von dem Augenblick an, da ihn die Ärzte für tot erklärten, bis zu jenem, da er ohnmächtig auf dem Fußboden des Spitals niedersank. „Ich lebe", waren die unverstandenen Worte, die er, nachdem er die Örtlichkeit des Sektionszimmers erkannt hatte, in seiner äußersten Not hervorzustoßen versuchte.

Es wäre ein leichtes, die Zahl dieser Geschichten beliebig zu vermehren, doch ich unterlasse es, denn wir bedürfen ihrer wahrhaftig nicht, um die Tatsache festzustellen, daß verfrühte Beerdigungen vorkommen. Wenn wir überlegen, wie äußerst selten es infolge der Besonderheit des Falls in unserer Macht liegt, sie zu entdecken, so müssen wir zugeben, daß sie häufig ohne unser Wissen vorkommen können. Selten wird in der Tat ein Kirchhof aus irgendeinem Grund in irgendwelchem größeren Ausmaß umgegraben, ohne daß man Skelette in Stellungen fände, die den fürchterlichsten Verdacht nahelegten.

Fürchterlich ist der Verdacht fürwahr – aber fürchterlicher noch das Geschick! Man kann ohne Zögern behaupten, daß kein Ereignis so entsetzlich geeignet ist, den höchsten Grad körperlicher und seelischer Pein hervorzubringen, wie das Begrabenwerden vor dem Tode. Der unerträgliche Druck auf die Lungen, die erstickenden Dünste der modrigen Erde, das Beklemmende der Totenkleider, die harte Enge des schmalen Hauses, die Schwärze der vollkommenen Nacht, die Stille, die einem alles überflutenden Meer gleicht, die unsichtbare, doch fühlbare Nähe des Eroberers Wurm, all dies und die Gedanken an die Luft und das Gras da droben, die Erinnerung an liebe Freunde, die zur Rettung herbeieilen würden, wenn sie nur von unserem Schicksal unterrichtet wären, und das Bewußtsein, daß sie niemals davon unterrichtet werden können, daß unser jeder Hoffnung bares Los das der wirklich Toten ist – diese Gedanken, sage ich, tragen in unser Herz, das noch klopft, ein entsetzliches, so ungeheueres Grauen, daß selbst die kühnste Einbildungskraft davor zurückbeben muß. Wir wissen, daß es auf Erden nichts Qualvolleres gibt, wir können uns selbst in der tiefsten Tiefe des Höllenreichs nichts Gräßlicheres denken. Und so erwecken denn alle Erzählungen über diesen Punkt unsere stärkste Teilnahme, die jedoch gerade infolge der heiligen Scheu, die diesen Gegenstand umgibt, mit Fug und Recht und ganz besonders von unserer Überzeugung von der Wahrheit des Berichteten abhängt. Was ich nun zu erzählen habe, entstammt meiner eigenen Erfahrung, ist mein eigenes wahrhaftes persönliches Erlebnis.

Mehrere Jahre lang war ich Anfällen jener eigentümlichen Störung ausgesetzt, welche die Ärzte in Ermangelung eines besseren Ausdrucks mit dem Namen Katalepsie zu bezeichnen pflegen. Obgleich man nun hinsichtlich der mittelbaren wie der unmittelbaren Ursachen für diese Erkrankung, ja, sogar hinsichtlich der Diagnose noch vor einem Rätsel steht, sind doch ihre äußeren sichtbaren Symptome zur Genüge bekannt. Sie scheinen nur dem Grad nach verschieden zu sein. Manchmal liegt der Patient nur einen Tag lang oder auch kürzere Zeit in einer Art sehr tiefer Lethargie. Er ist empfindungslos und äußerlich bewegungsunfähig, aber der Herzschlag ist noch ganz schwach festzustellen, eine Spur von Wärme bleibt zurück, ein schwaches Rot flackert noch in der Mitte der Wangen, und halten wir einen Spiegel vor die Lippen, so können wir eine matte, ungleiche, schwankende Tätigkeit der Lungen entdecken. Ein andermal wieder dauert diese Starrsucht wochen-, ja, monatelang, und selbst die genaueste Untersuchung, die sorgfältigste ärztliche Prüfung ist nicht imstande, einen wesentlichen Unterschied zwischen dem Zustand des Leidenden und dem, was wir vollkommenen Tod nennen, anzugeben. Meistens wird er vor der vorzeitigen Beerdigung nur durch die Tatsache bewahrt, daß seine Freunde von seinen früheren kataleptischen Anfällen wissen und infolgedessen jetzt ein gleiches vermuten, vor allem aber durch das Fehlen jeder Verwesungserscheinung. Die Krankheit verläuft zum Glück sehr allmählich. Schon die ersten Erscheinungen sind charakteristisch und unverkennbar. Die Anfälle werden nach und nach ausgeprägter, und jeder dauert länger als der vorhergehende. Darin liegt der hauptsächlichste Schutz vor dem Begrabenwerden. Der Unglückliche, dessen erster Anfall, wie es zuweilen vorkommt, einen äußerst schweren Charakter annähme, würde unweigerlich lebendig zu Grabe getragen werden.

Mein eigener Fall unterschied sich in unwesentlichen Einzelheiten von jenen, die in der medizinischen Literatur erwähnt werden. Zuweilen versank ich ohne ersichtliche Ursache nach und nach in einen Zustand halber Besinnungslosigkeit, halber Ohnmacht, und in diesem Zustand, ohne Schmerzen, ohne die Fähigkeit, mich zu regen oder im eigentlichen Sinne des Wortes zu denken, aber mit einem dumpfen, lethargischen Bewußtsein, noch am Leben zu sein, und einer unbestimmten Empfindung von der Anwesenheit derjenigen, die mein Bett umstanden, verblieb ich, bis die Krisis des Anfalls mir dann plötzlich meine volle Besinnung wiedergab. Zu anderen Zeiten warf mich die Krankheit schnell und gewaltsam hin. Ich fühlte mich übel, wurde starr und kalt, mir schwindelte, und auf einmal fiel ich der Länge nach zu Boden. Dann war wochenlang alles leer, schwarz und schweigend, das Weltall wurde zum Nichts. Vollständige Auflösung konnte nicht anders sein. Aus solchen Anfällen erwachte ich übrigens, im Vergleich zu der Plötzlichkeit, mit der sie mich packten, nur sehr allmählich. Wie der Tag dem freund- und heimatlosen Bettler dämmert, der während der langen trostlosen Winternacht durch die Straßen streift – genauso zögernd, so träge, so beglückend kehrte mir das Licht der Seele zurück.

Abgesehen nun von dieser Anlage zur Starrsucht schien mein allgemeiner Gesundheitszustand gut zu sein, auch konnte ich nicht feststellen, daß er durch diese eine vorherrschende Krankheit im geringsten geschädigt wurde, es sei denn, daß man eine Eigentümlichkeit meines gewöhnlichen Schlafes ihrer Einwirkung zuschreiben will. Gleich nach dem Erwachen nämlich war es mir unmöglich, sofort meine volle Besinnung wiederzuerlangen, und so blieb ich stets während mehrerer Minuten in einer tiefen Benommenheit und Verstörtheit befangen – das Denkvermögen im allgemeinen und das Gedächtnis im besonderen waren dann ganz und gar aufgehoben.

Bei all diesen Leiden hatte ich zwar keinen physischen Schmerz zu ertragen, aber eine Unendlichkeit seelischer Qual. Meine Phantasie wandelte unter Leichen. Ich sprach von Würmern, Gräbern und Grabinschriften. Ich verlor mich in Todesträumereien, und die Befürchtung, zu früh begraben zu werden, setzte sich zäh in meinem Kopf fest. Die gespenstische Gefahr, die mich bedrohte, verfolgte mich Tag und Nacht. Tagsüber war die Folter solcher Grübeleien unsäglich, bei Nacht erreichte sie den äußersten Grad. Wenn die grimme Finsternis sich über die Erde breitete, dann zitterte ich, erschreckt von meinen Gedanken – zitterte wie der schwankende Federbusch auf dem Leichenwagen. Wenn dann meine Natur das Wachsein nicht länger auszuhalten vermochte, so überließ ich mich nur mit Sträuben dem Schlaf; denn mir schauderte bei der Vorstellung, daß ich mich beim Erwachen in einem Grab wiederfinden könnte. Und wenn ich endlich in Schlummer sank, so war es nur, um in ein Weltall von Wahngebilden zu stürzen: über ihm mit weiten, schwarzen, überschattenden Fittichen schwebte alles beherrschend der eine Gedanke vom Grab.

Aus den zahllosen düsteren Bildern, die mich in meinen Träumen ängstigten, wähle ich als Beispiel nur ein einziges Gesicht. Mir war, als wäre ich in einen Starrkrampf von längerer Dauer und größerer Schwere als sonst versunken. Plötzlich legte sich eine eisige Hand auf meine Stirn, und eine ungeduldige, schnarrende Stimme flüsterte die Worte: „Steh auf!“ in mein Ohr.

Ich setzte mich aufrecht. Die Finsternis war undurchdringlich. Ich konnte die Gestalt dessen, der mich geweckt hatte, nicht erkennen. Ich vermochte mich weder auf den Zeitpunkt, an dem ich in Starrsucht verfallen war, zu besinnen noch auf den Ort, wo ich lag. Während ich regungslos blieb und mich abmühte, meine Gedanken zu sammeln, packte die kalte Hand grimmig mein Handgelenk, schüttelte es heftig, und die schnarrende Stimme sagte abermals: „Steh auf! Gebot ich dir nicht, aufzustehen?"

„Wer bist du?" fragte ich.

„Ich habe keinen Namen in dem Reich, das ich bewohne", antwortete die Stimme gramvoll. „Ich war sterblich und bin nun ein Dämon. Ich war unbarmherzig und bin nun mitleidsvoll. Du fühlst es, wie ich schaudere. Meine Zähne klappern, während ich spreche, doch nicht wegen der Kälte der Nacht, sondern aus Grauen vor der Nacht ohne Ende. Dieses Grauen ist unerträglich. Kannst du denn ruhig schlafen? Mich läßt der Schrei der großen Todesqual nicht ruhen. Dieser Anblick ist mehr, als ich ertragen kann. Erhebe dich! Komm mit mir in die Nacht da draußen und laß mich dir die Gräber enthüllen. Ist es nicht ein jammervolles Schauspiel? Sieh!"

Ich sah hin; und die unsichtbare Gestalt, die noch immer mein Handgelenk umklammert hielt, hatte die Gräber der ganzen Menschheit aufspringen lassen, und aus jedem stieg der schwache Phosphorschein der Verwesung empor, so daß ich bis auf den tiefsten Grund sehen und dort die Leichen in ihren Tüchern betrachten konnte, in ihrem traurigen und feierlichen Schlummer mit dem Wurm. Aber wehe! Die Zahl derer, die schliefen, war um viele Millionen geringer als die Zahl derer, die nicht schliefen. Hier herrschte ein mattes Kämpfen und dort eine allgemeine unselige Rastlosigkeit, und aus den Tiefen aller dieser zahllosen Gruben drang das gespenstische Rascheln der Gewänder der Begrabenen herauf. Und ich sah, daß von denen, die friedlich auszuruhen schienen, sehr viele die steife und unbequeme Lage, in der sie ursprünglich bestattet worden waren, mehr oder minder verändert hatten. Und wieder sagte die Stimme zu mir, während ich hinabstarrte: „Ist es nicht, ach, ist es nicht ein mitleiderregender Anblick?" Doch bevor ich noch Worte der Erwiderung finden konnte, hatte die Gestalt mein Handgelenk losgelassen, die phosphoreszierenden Lichter verloschen, die Gräber schlossen sich mit plötzlicher Gewalt, während aus ihnen ein Aufruhr verzweifelter Schreie emporstieg und wiederholte: „Ist es nicht, o Gott, ist es nicht ein mitleiderregender Anblick?"

Solche Traumbilder, die mir nachts erschienen, wirkten in ihrer furchtbaren Art bis weit in meine wachen Stunden nach. Meine Nerven wurden ganz widerstandslos, und ich ward zur Beute fortwährenden Grauens. Ich konnte mich nicht entschließen, zu reiten, auszugehen oder mich sonst einer Leibesübung zu widmen, die mich aus dem Hause gebracht hätte. Ja, ich wagte nicht, mich von denen zu entfernen, die meine Anlage zur Starrsucht kannten, um nicht in einem meiner gewohnten Anfälle, ehe man meinen wahren Zustand feststellen konnte, begraben zu werden. Ich zweifelte an der Sorgfalt, der Treue meiner liebsten Freunde. Ich fürchtete, daß sie sich bei einer Starre, die länger als gewöhnlich dauerte, bestimmen ließen, mich für unrettbar verloren zu halten. Ja, ich ging sogar so weit, zu fürchten, daß sie, da ich ihnen viel Mühe machte, froh sein würden, eine besonders ausgedehnte Attacke als Vorwand zu benützen, um mich endgültig loszuwerden. Vergeblich versuchten sie mich durch die feierlichsten Versprechungen wieder zu beschwichtigen. Ich forderte die heiligsten Eide, daß sie mich unter keinen Umständen begraben ließen, ehe nicht eine beträchtlich vorgeschrittene Zersetzung jedes Weiterleben unmöglich mache. Und selbst dann noch wollte ich in meiner tödlichen Angst nicht auf die Stimme der Vernunft hören, keinen Trost annehmen. Ich begann eine Reihe sorgfältig ausgearbeiteter Vorsichtsmaßnahmen zu treffen. Unter anderem ließ ich die Familiengruft so bauen, daß man sie von innen leicht öffnen konnte. Der leiseste Druck auf einen langen Hebel, der tief in das Grabgewölbe hineinragte, ließ die eisernen Torflügel weit aufspringen. Es gab auch Vorrichtungen, um Luft und Licht einzulassen, und passende Behälter für Nahrung und Wasser, die von dem Sarg aus, der mich aufnehmen sollte, leicht zu erreichen waren. Dieser Sarg war warm und weich ausgepolstert und mit einem nach dem Prinzip der Grufttür verfertigten Deckel versehen, dazu kamen noch Sprungfedern, die so angebracht waren, daß die leiseste Regung des Körpers genügte, ihm die Freiheit zu geben. Zu alledem war auf dem Dach des Grabgewölbes eine große Glocke aufgehängt, deren Seil – so hatte ich es bestimmt – durch ein Loch in den Sarg reichen und daselbst an einer Hand des Leichnams festgebunden werden sollte. Aber ach, was vermag alle Vorsicht des Menschen gegen sein Schicksal? Selbst diese wohlersonnenen Sicherheitsmaßregeln vermochten nicht, einen Unglücklichen vor den gräßlichen Qualen des Lebendigbegrabenseins zu retten, für die er ausersehen war!

Es kam ein Augenblick – wie schon so oft –, da ich mich aus tiefster Bewußtlosigkeit in die erste leise und unbestimmte Empfindung des Daseins auftauchend fand. Langsam kriechend, wie eine Schildkröte, nahte die fahle graue Dämmerung des Seelentags. Schlaffes Unbehagen. Apathisches Erdulden dumpfer Pein. Kein Sorgen – kein Hoffen – kein Bemühen. Dann, nach einer langen Pause, ein Sausen in den Ohren; dann, nach noch längerer Frist, ein Prickeln und Kribbeln in den Gliedern; dann eine scheinbar ewigdauernde Zeit erquickender Ruhe, während die erwachenden Gefühle zum Gedanken streben; dann ein kurzer Rückfall in das Nichtsein und ein plötzliches Sich-Erholen. Endlich das leise Zucken eines Augenlids und gleich darauf, wie ein elektrischer Schlag, ein Schrecken, tödlich und unbestimmt, der das Blut stromweise aus den Schläfen ins Herz treibt. Und jetzt die erste positive Bemühung, zu denken. Und jetzt der erste Versuch, sich zu erinnern. Und jetzt ein teilweises und schon sich verflüchtigendes Gelingen. Und jetzt hat das Gedächtnis so weit seine Herrschaft wiedergewonnen, daß ich mir meines Zustandes einigermaßen bewußt werde. Ich fühle, daß ich nicht aus gewöhnlichem Schlaf erwache. Ich entsinne mich, daß ich einen Anfall von Starrsucht hatte. Und jetzt wird mein schaudernder Geist, wie von dem Anprall eines Ozeans, von der einen grausen Gefahr überflutet: von dem einen gespenstischen, immer vorherrschenden Gedanken.

Minutenlang, nachdem dieses Wahnbild von mir Besitz ergriffen hatte, verharrte ich regungslos. Warum? Ich konnte den Mut, mich zu regen, nicht aufbringen. Ich wagte nicht die Bewegung zu machen, die mich über mein Schicksal aufklären mußte, und doch flüsterte mir etwas in meinem Herzen zu: Es ist gewiß. Verzweiflung, wie sie keine andere Art des Elends jemals ins Dasein rufen kann, Verzweiflung allein trieb mich nach langer Unschlüssigkeit, die schweren Augenlider aufzuheben. Ich öffnete sie. Es war dunkel, ganz dunkel. Ich wußte, daß der Anfall überwunden, ich wußte, daß die Krise meiner Störung längst vorbei war, ich wußte, daß ich den Gebrauch meines Sehvermögens vollständig wiedererlangt hatte; und dennoch war es dunkel – es herrschte vollkommenste, äußerste Lichtlosigkeit der Nacht, die ewig währt.

Ich versuchte zu schreien, meine Lippen und meine ausgedörrte Zunge bewegten sich krampfhaft in diesem Bestreben; aber kein Laut entrang sich den hohlen Lungen, die, wie von einer über ihnen liegenden Berglast erdrückt, zugleich mit dem Herzen bei jedem mühsam ringenden Atemholen keuchten und zuckten.

Als ich bei diesem Versuch, laut aufzuschreien, das Kinn bewegte, zeigte es sich, daß es hochgebunden war, wie es bei Toten üblich ist. Auch fühlte ich, daß ich auf etwas Hartem lag und daß etwas Ähnliches meine Seiten eng zusammenpreßte. Bisher hatte ich noch nicht gewagt, auch nur ein Glied zu rühren, aber jetzt warf ich heftig meine Arme empor, die ausgestreckt mit gefalteten Händen lagen. Sie stießen gegen eine feste hölzerne Masse, die sich, nicht mehr als sechs Zoll von meinem Gesicht entfernt, über mich erstreckte. Nun konnte ich nicht länger zweifeln, daß ich in einem Sarg ruhte.

Aber da, inmitten meines unsäglichen Elends, erschien mir der holde Cherub der Hoffnung, denn ich dachte an meine Vorkehrungen. Ich warf mich hin und her und machte krampfhafte Anstrengungen, den Deckel aufzuzwängen: er wollte sich nicht rühren. Ich tastete meine Hände nach dem Glockenseil ab: es war nicht zu finden! Und nun flog der Tröster für immer davon, und erbarmungsloser denn je herrschte sieghaft die Verzweiflung. Denn ich konnte nicht umhin, das Fehlen der so sorgfältig vorbereiteten Polsterung zu bemerken, und dazu drang plötzlich der eigentümlich herbe Geruch feuchter Erde in meine Nasenlöcher. Die Schlußfolgerung war unwiderleglich: ich lag *nicht* in der Familiengruft. Ich war, während ich, von zu Hause abwesend, unter Fremden weilte, von einem Starrkrampf befallen worden – wie und wann, dessen konnte ich mich nicht entsinnen –, und diese Fremden waren es gewesen; sie hatten mich verscharrt wie einen Hund, eingenagelt in irgendeinen gemeinen Sarg, tief, tief und für immer versenkt in irgendein gewöhnliches namenloses Grab.

Als diese fürchterliche Überzeugung sich so ihren Weg in das Innerste meiner Seele gebahnt hatte, strengte ich mich noch einmal an, laut aufzuschreien. Und dieses zweitemal gelang mein Versuch. Ein langes, wildes, anhaltendes Schreien oder Brüllen der Todesangst hallte durch das Reich der unterirdischen Nacht.

„Hallo, hallo, was gibt's?" antwortete eine barsche Stimme.

„Was zum Teufel ist denn da los?" eine zweite.

„Raus da!" eine dritte.

„Was fällt Ihnen denn ein, zu heulen wie eine wilde Katze?" rief eine vierte, und damit wurde ich gepackt und ohne viel Umstände von einer Schar recht wüst aussehender Burschen einige Minuten lang geschüttelt. Sie rüttelten mich nicht aus dem Schlafe, denn ich war ganz wach, als ich schrie; sie gaben mir nur die volle Herrschaft über mein Gedächtnis wieder.

Dieses Abenteuer ereignete sich in Virginia in der Nähe von Richmond. Von einem Freunde begleitet, hatte ich einen Jagdausflug entlang den Ufern des Jamesflusses unternommen. Bei Einbruch der Nacht waren wir von einem Unwetter überrascht worden. Die Kajüte einer kleinen Schaluppe, die im Strom vor Anker lag und mit Gartenerde beladen war, bot uns das einzig mögliche Obdach. Wir behalfen uns, so gut es ging, und verbrachten die Nacht an Bord. Ich schlief in einer der beiden Schlafkojen auf dem Schiff, und die Kojen einer Schaluppe von sechzig bis siebzig Tonnen braucht man wohl nicht zu beschreiben. Diejenige, die ich benutzte, hatte überhaupt keinerlei Bettzeug. Ihre größte Breite betrug achtzehn Zoll. Die Entfernung vom Boden bis zur Decke war genau ebenso groß. Ich fand es außerordentlich schwierig, mich hineinzupressen. Nichtsdestoweniger schlief ich fest, und das ganze Wahnbild – denn es war kein Traum und kein Alb – entstand ganz natürlich aus der Besonderheit meiner Lage, aus meiner gewohnten Gedankenrichtung und aus der Schwierigkeit, die es mir, wie ich schon bemerkte, bereitete, geraume Zeit nach dem Erwachen aus dem Schlummer die volle Besinnung und vor allem mein Gedächtnis wiederzuerlangen. Die Männer, die mich schüttelten, waren die Bemannung der Schaluppe und ein paar Arbeiter, die man zum Entladen gedungen hatte. Von dieser Ladung selbst rührte der Erdgeruch her. Das Band um die Kinnlade war ein seidenes Taschentuch, in das ich in Ermangelung meiner gewohnten Nachtmütze meinen Kopf eingebunden hatte.

Die ausgestandenen Qualen jedoch glichen während ihrer kurzen Dauer zweifellos bis aufs Haar denen eines Lebendigbegrabenen. Sie waren furchtbar, sie waren unbeschreiblich grauenhaft. Aber aus dem Übel entsprang das Gute; denn sein Übermaß bewirkte in meinem Geist einen unvermeidlichen Umschlag. Meine Seele gewann ihre Spannkraft, ihre Gemütsruhe wieder. Ich ging über Land, ich schaffte mir tüchtig Bewegung, ich atmete die freie Himmelsluft und dachte an andere Dinge als an den Tod. Meine medizinischen Bücher gab ich weg. *Buchan* verbrannte ich. Ich las keine *Nachtgedanken*, keinen Schwulst über Kirchhöfe, keine Schauergeschichten wie diese hier. Kurz, ich wurde ein neuer Mensch und lebte wie ein Mensch. Seit dieser denkwürdigen Nacht gab ich für immer meinen Kirchhofsgedanken den Abschied, und mit ihnen verschwand die kataleptische Störung, die vielleicht nicht so sehr deren Ursache als deren Folge gewesen war.

Es gibt Augenblicke, da die Welt dieser traurigen Menschheit selbst dem nüchternen Auge der Vernunft eine Hölle scheint. Aber die menschliche Einbildungskraft ist keine Carathis, daß sie ihren eigenen Abgrund ungestraft zu erforschen vermöchte. Wehe! Die grimme Schar der Grabesschrecken sind nicht nur Phantasiegebilde, aber wie die Dämonen, die Afrasiab auf seiner Reise den Oxus hinab begleiteten, müssen sie schlafen – oder sie verschlingen uns. Ja, man muß sie schlummern lassen – oder wir gehen zugrunde.

DIE LÄNGLICHE KISTE

Vor einigen Jahren belegte ich einen Platz auf dem schönen Paketboot „Independence", Kapitän Hardy, zur Fahrt von Charleston, South Carolina, nach New York. Wir sollten am 15. Juni, falls das Wetter es erlaubte, in See stechen; und am 14. ging ich an Bord, um in meiner Kajüte einiges zu ordnen.

Ich erfuhr, daß wir eine große Anzahl Fahrgäste haben würden, darunter ungewöhnlich viel Damen. Auf der Schiffsliste fand ich einige bekannte Namen; unter andern freute ich mich den eines Mr. Cornelius Wyatt zu entdecken, eines jungen Künstlers, mit dem mich eine herzliche Freundschaft verband. Er hatte mit mir zusammen an der Columbia-Universität studiert, und wir verkehrten viel miteinander. Er besaß das bei genialen Menschen nicht seltene Temperament, das sich aus Menschenhaß, Empfindsamkeit und hoher Begeisterungsfähigkeit zusammensetzt. Zu diesen Eigenschaften kam das wärmste, treuste Herz, das jemals in einer Menschenbrust geschlagen hat.

Ich bemerkte, daß drei Kajütentüren seinen Namen trugen; und als ich die Liste nochmals durchging, erfuhr ich, daß er für sich selbst, seine Frau und zwei Schwestern – seine eigenen Schwestern – gebucht hatte. Die Kajüten waren recht geräumig, jede hatte zwei Betten, eines über dem andern. Diese Betten waren nun freilich so außerordentlich schmal, daß sie mehr als einer Person nicht genügten; trotzdem konnte ich nicht begreifen, warum es drei Kajüten für diese vier Personen sein mußten. Ich war gerade damals in einer grillenhaften Verfassung, die einen Kleinigkeiten gegenüber von einer krankhaften Neugierde sein läßt; und ich gestehe voll Scham, daß ich mich hinsichtlich dieser überzähligen Kajüte in verschiedene unangebrachte und alberne Mutmaßungen stürzte. Es ging mich nichts an, das ist klar; aber das verringerte die Beharrlichkeit nicht, mit der ich versuchte, das Rätsel zu lösen. Endlich kam ich zu einem Schluß, und es wunderte mich nur, daß ich nicht früher darauf gekommen war. Es ist natürlich ein Dienstmädchen, sagte ich mir; wie närrisch von mir, nicht sofort an eine so in die Augen springende Lösung zu denken! Und hierauf griff ich wieder nach der Liste – aber hier sah ich deutlich, daß die Gesellschaft kein Dienstmädchen mitbrachte, obgleich die Absicht, eines mitzubringen, ursprünglich vorhanden gewesen war, denn die Worte „und Dienstmädchen" waren geschrieben und wieder ausgestrichen worden. Ach, sicherlich ein besonderes Gepäckstück, dachte ich nun, etwas, das er nicht in den Lagerraum geben will, etwas, das er im Auge behalten will ... Ich hab's: ein Bild oder dergleichen, und zwar jenes, um das er mit Nicolino, dem italienischen Juden, gefeilscht hat. Mit diesem Einfall gab ich mich zufrieden und ließ für den Augenblick von meiner Neugier ab.

Wyatts beide Schwestern kannte ich sehr wohl; sie waren höchst liebenswürdige und kluge Mädchen. Mit seiner Frau war er erst seit kurzem vermählt, und ich hatte sie noch nie gesehen. Er hatte aber in meiner Gegenwart in der ihm eigenen schwärmerischen Ausdrucksweise oft von ihr gesprochen. Er hatte sie als an Schönheit, Geist und Vollkommenheit alles übertreffend geschildert, weshalb mir viel daran lag, sie kennenzulernen.

An dem Tage, an dem ich das Schiff aufsuchte, dem 14., sollte Wyatt mit seiner Familie es ebenfalls besuchen; der Kapitän teilte mir das mit, und ich wartete eine Stunde länger an Bord, als es meine Absicht gewesen war, in der Hoffnung, der Neuvermählten vorgestellt zu werden; doch da kam schließlich eine Entschuldigung: Frau W. wäre ein wenig unpäßlich und nicht geneigt, vor morgen, zur Stunde der Abfahrt, an Bord zu gehen.

Der Morgen kam, und ich war unterwegs von meinem Hotel zum Hafen, als mir Kapitän Hardy begegnete und sagte, er glaube, die „Independence" werde wohl „Umstände halber" – eine dumme, aber bequeme Redensart – in den nächsten ein, zwei Tagen nicht in See stechen; sobald alles bereit sei, würde er heraufschicken und es mich wissen lassen. Das fand ich merkwürdig, denn es ging ein steifer Südwind. Doch da die „Umstände" nicht ans Licht kamen, obgleich ich mit großer Beharrlichkeit nach ihnen bohrte, blieb mir nichts weiter übrig, als mich nach Hause zu begeben; und da hatte ich Muße genug, mit meiner Ungeduld fertigzuwerden.

Es dauerte beinahe eine Woche, ehe mir der Kapitän den erwarteten Bescheid sandte. Endlich aber kam er, und ich begab mich sofort an Bord. Das Schiff wimmelte von Passagieren, und alles zeigte jenes Getriebe, wie es die Abfahrt eines Schiffes mit sich bringt. Wyatt und seine Familie trafen etwa zehn Minuten nach mir ein. Es waren die beiden Schwestern, die junge Frau und der Künstler selbst, letzterer in einer bei ihm nicht ungewöhnlichen düsteren, menschenfeindlichen Stimmung. Doch kannte ich diese zu gut, als daß ich ihr besondere Beachtung geschenkt hätte. Er stellte mich nicht einmal seiner Frau vor, so daß seine Schwester Marian sich gezwungen sah, diesen Höflichkeitsakt zu übernehmen; sie ist ein sehr liebes und kluges Mädchen und machte uns mit ein paar hastigen Worten miteinander bekannt.

Mrs. Wyatt war dicht verschleiert, und ich muß gestehen, als sie nun den Schleier hob und meinen Gruß erwiderte, war mein Erstaunen groß. Doch wäre meine Verwunderung noch viel größer gewesen, hätte langjährige Erfahrung mich nicht gelehrt, den begeisterten Schilderungen meines Freundes, des Künstlers, nicht allzu blind zu vertrauen, wenn er von weiblicher Holdseligkeit schwärmte. Wenn von Schönheit die Rede war, dann wußte ich sehr wohl, mit welcher Leichtigkeit er in die Regionen des reinen Ideals entschwebte.

Um die Wahrheit zu sagen: ich konnte nicht umhin, Mrs. Wyatt für eine entschieden unschöne Frau zu halten. Wenn sie auch nicht geradezu häßlich war, so fand ich doch, daß ihr nicht viel dazu fehlte. Doch war sie mit auserlesenem Geschmack gekleidet, und ich zweifelte nicht daran, daß sie meines Freundes Herz mit den dauerhafteren Reizen der Seele und des Verstandes gefangengenommen hatte. Sie sprach nur ein paar Worte und begab sich sofort mit Mr. Wyatt in ihre Kajüte.

Nun kehrte meine alte Neugierde zurück. Ein Dienstmädchen war nicht vorhanden, das stand erst einmal fest. Ich sah mich daher nach dem besonderen Gepäckstück um. Nach einer Weile traf auf dem Landungsplatz ein Karren mit einer länglichen Kiste aus Fichtenholz ein, und man schien auf nichts weiter gewartet zu haben. Unmittelbar nach deren Ankunft segelten wir ab; und bald darauf hatten wir den Damm glücklich hinter uns und hielten auf das offene Meer zu.

Die fragliche Kiste war, wie ich schon sagte, von länglicher Form. Sie war etwa sechs Fuß lang und gegen zweieinhalb Fuß breit; ich sah sie mir genau an und bin gern gewissenhaft. Sie hatte also eine merkwürdige Form; und kaum hatte ich sie gesehen, wünschte ich mir selbst auch schon Glück zu der Richtigkeit meiner Vermutung. Man erinnere sich: ich war zu dem Schluß gekommen, das besondere Gepäck meines Freundes, des Künstlers, würden Bilder sein oder zumindest ein Bild; denn ich wußte, daß er einige Wochen lang mit Nicolino in Verhandlung gestanden hatte; und nun war da eine Kiste, die ihrer Form nach überhaupt nichts anderes enthalten konnte als eine Kopie des *Abendmahls* von Leonardo; und ich wußte, daß eine Kopie ebenjenes Abendmahls, von Rubini dem Jüngeren in Florenz gemalt, sich in Nicolinos Besitz befunden hatte. Diesen Punkt betrachtete ich mithin als vollkommen feststehend. Ich kicherte so recht in mich hinein, wenn ich an meinen Scharfsinn dachte. Meines Wissens war es das erstemal, daß Wyatt mir eines seiner künstlerischen Geheimnisse vorenthielt; aber er wollte mir hier augenscheinlich einen Possen spielen und mir vor der Nase ein schönes Bild nach New York hinüberschmuggeln, in der Annahme, ich wüßte nichts von der Sache. Ich beschloß, ihn tüchtig aufzuziehen, jetzt und späterhin. Etwas aber befremdete mich nicht wenig: die Kiste wurde nicht in die überzählige Kajüte gebracht. Man stellte sie in Wyatts Kabine; und da blieb sie auch und nahm beinahe den ganzen Fußboden ein, sicherlich zur größten Unbequemlichkeit des Künstlers und seiner Frau; ganz besonders deshalb, weil der Teer oder die Farbe, mit der die weit auseinandergezogenen großen Buchstaben geschrieben waren, einen starken, unangenehmen und für mein Empfinden ungemein widerlichen Geruch ausströmten. Auf den Deckel waren die Worte gemalt: „Mrs. Adelaide Curtis, Albany, New York; im Auftrag von Cornelius Wyatt, Esquire. Oben! Vorsicht!"

Nun war mir bekannt, daß Mrs. Adelaide Curtis aus Albany die Schwiegermutter des Künstlers war, aber ich sah die ganze Adresse als eine Irreführung an, die besonders auf mich gemünzt war; und es stand bei mir fest, daß diese Kiste und ihr Inhalt nicht weiter nach Norden wandern würde als bis Chambers Street, New York, in das Atelier meines menschenscheuen Freundes.

Die ersten drei, vier Tage hatten wir schönes Wetter, obgleich der Wind uns gerade entgegenstand; er war gen Norden umgesprungen, unmittelbar nachdem wir die Küste aus den Augen verloren hatten. Demzufolge waren die Passagiere in bester Stimmung und recht zur Geselligkeit aufgelegt. Doch muß ich da Wyatt und seine Schwestern ausnehmen, die sich steif und, meiner Ansicht nach, der übrigen Gesellschaft gegenüber unhöflich verhielten. Wyatts Betragen schenkte ich nicht gar zuviel Beachtung. Er war noch trübsinniger, als es sonst seine Art war, ja, geradezu mürrisch; aber bei ihm war ich ein exzentrisches Benehmen gewöhnt. Die Schwestern aber konnte ich auf keine Weise entschuldigen. Sie schlossen sich während des größten Teils der Fahrt in ihre Kajüten ein und weigerten sich durchaus, obgleich ich sie wiederholt dazu drängte, mit irgend jemandem an Bord zu verkehren.

Mrs. Wyatt selbst war viel liebenswürdiger, das heißt, sie war höchst gesprächig; und Gesprächigkeit ist etwas, das man auf einer Seereise zu schätzen weiß. Sie freundete sich mit den meisten Damen an und zeigte zu meinem äußersten Erstaunen eine recht unzweideutige Neigung, mit Männern zu kokettieren. Sie amüsierte uns alle köstlich. Ich sage: „sie amüsierte uns“, und weiß mich kaum deutlicher auszudrücken. Offengestanden fand ich bald heraus, daß man öfter *über* Mrs. Wyatt lachte als *mit* ihr. Die Herren sagten wenig. Aber die Damen nannten sie „ein gutherziges Ding, von recht unbedeutendem Aussehen, ganz ungebildet und ausgesprochen gewöhnlich“. Sehr erstaunlich war nur, wieso Wyatt sich zu einer solchen Heirat hatte verleiten lassen. Die gewöhnliche Erklärung wäre Reichtum gewesen; aber hier fiel diese Erklärung auf jeden Fall weg, denn Wyatt hatte mir gesagt, daß sie ihm keinen Heller mitbrächte, auch nichts zu erwarten habe, sei es von welcher Seite immer. Er habe aus Liebe geheiratet, behauptete er, und nur aus Liebe, und die Braut sei seiner Liebe mehr als würdig. Ich muß gestehen, daß mir ganz wirr wurde, wenn ich jene Worte meines Freundes überdachte. Konnten ihn seine Sinne im Stich gelassen haben? Was anders sollte ich denken? Er, der einen so blendenden Geschmack besaß, der so geistig, so wählerisch war und mit so scharfem Blick alle Mängel erkannte und so unbestechlich das Schöne zu würdigen wußte! Jedenfalls schien die Dame ihn sehr gern zu haben; besonders schien es so, wenn er nicht zugegen war und sie sich durch häufiges Zitieren der Aussprüche „ihres geliebten Gatten, Mr. Wyatts“, lächerlich machte. Das Wort „Gatte“ schien ihr, um in ihrer eigenen gewählten Ausdrucksweise zu sprechen, beständig „auf der Zungenspitze zu schweben“. Dagegen fiel es jedermann an Bord auf, daß er sie ganz offenkundig mied und sich beinahe die ganze Zeit über in seine Kajüte einschloß, ja, man konnte sogar sagen, daß er sich ausschließlich dort aufhielt und es seiner Frau überließ, sich nach Gutdünken in der Gesellschaft, die sich in der Hauptkajüte versammelte, zu amüsieren.

Aus allem, was ich sah und hörte, zog ich den Schluß, daß mein Freund, veranlaßt durch irgendeine seltsame Laune des Schicksals oder einen Anfall heftiger, schwärmerischer Leidenschaft, eine Verbindung mit einer Person eingegangen war, die in allem unter ihm stand, und daß Widerwillen und Abscheu das natürliche Resultat dieser Verbindung waren. Ich bedauerte ihn aus Herzensgrund, konnte ihm aber deshalb doch seine mangelnde Mitteilsamkeit in der Angelegenheit des *Abendmahls* nicht ganz verzeihen. Dafür beschloß ich mich zu revanchieren.

Eines Tages kam er an Deck. Ich nahm seinen Arm, wie es sonst meine Gewohnheit gewesen war, und schlenderte mit ihm auf und ab. Allein, sein Trübsinn – den ich unter diesen Umständen sehr begreiflich fand – war keineswegs geschwunden. Er sprach wenig und mißgelaunt und mit sichtlicher Anstrengung. Ich wagte ein paar Scherze, und er zwang sich zu einem wehmütigen Lächeln. Armer Junge! Wenn ich an seine Frau dachte, nahm es mich wunder, daß er auch nur den Anschein von Fröhlichkeit aufzubringen vermochte. Endlich wagte ich einen derben Ausfall. Ich nahm mir vor, eine Reihe versteckter Anspielungen oder Anzüglichkeiten auf die längliche Kiste vom Stapel zu lassen, gerade nur um ihm allmählich zu verstehen zu geben, daß ich keineswegs so ganz und gar der Hansnarr war, der seinen netten kleinen Foppereien zum Opfer fiel. Meine erste Bemerkung glich so ungefähr dem Feuer aus einer verdeckten Batterie. Ich ließ etwas über „die merkwürdige Form jener Kiste“ verlauten, und während ich diese Worte sprach, lächelte ich vielsagend, blinzelte mit den Augen und stieß ihn mit dem Zeigefinger sanft in die Rippen.

Die Art, in der Wyatt diesen harmlosen Scherz aufnahm, brachte mich sofort zu der Überzeugung, daß er toll sei. Erst starrte er mich an, als wäre es ihm unmöglich, den Witz in meiner Bemerkung zu verstehen; doch als dessen Sinn endlich in seinem Hirn aufdämmerte, traten seine Augen immer mehr aus ihren Höhlen. Dann wurde er sehr rot, gleich darauf erschreckend bleich, und nun stimmte er, als ob ihn meine Anspielung höchlichst ergötzte, ein lautes, lärmendes Lachen an und lachte zu meinem Erstaunen lauter und lauter, zehn Minuten lang und noch länger, bis er endlich, schwer aufschlagend, rücklings aufs Deck niederfiel. Als ich herbeieilte, um ihn aufzuheben, war er allem Anschein nach tot.

Ich rief Hilfe herbei, und wir brachten ihn mit vieler

Mühe wieder zu sich. Nach dem Erwachen redete er eine Zeitlang unzusammenhängendes Zeug. Schließlich ließen wir ihn zur Ader und brachten ihn zu Bett. Tags darauf hatte er sich vollkommen erholt, wenigstens was die bloße körperliche Gesundheit anlangte. Von seinem Gemüt sage ich natürlich nichts. Ich mied ihn während der übrigen Zeit unserer Fahrt auf Rat des Kapitäns, der meiner Ansicht über Wyatts Verrücktheit ganz beizupflichten schien, mich aber warnte, zu irgend jemandem an Bord darüber zu sprechen.

Nach diesem Anfall Wyatts ereigneten sich verschiedene Dinge, die sehr dazu beitrugen, die Neugier, die mich ohnehin beherrschte, noch zu steigern. Unter anderem folgendes: Ich war nervös, hatte zuviel starken grünen Tee getrunken und schlief bei Nacht schlecht; man konnte es, genaugenommen, zwei Nächte hindurch gar nicht Schlafen nennen. Nun, meine Kajüte ging auf die Hauptkajüte oder den Speisesaal hinaus wie alle Kajüten für Einzelpassagiere. Wyatts drei Räume lagen in der Hauptkajüte; eine schmale Schiebetür, die selbst bei Nacht niemals abgesperrt wurde, trennte sie von dem Hauptraum ab. Da wir beinahe unausgesetzt vor dem Wind lagen und die Brise recht steif war, krängte das Schiff sehr stark nach Lee. Und sooft die Steuerbordseite nach Lee lag, ging die Schiebetür zwischen den beiden Kajüten auf und blieb so, da niemand sich die Mühe machte, aufzustehen und sie zu schließen. Mein Bett stand nun derart, daß ich, wenn sowohl meine Tür als auch die Schiebetür offenstanden – und meine Tür war der Hitze wegen immer geöffnet –, ganz deutlich in die Hinterkajüte sehen konnte und überdies gerade in jenen Teil, wo die Türen von Mr. Wyatts Kajüten waren. Während der zwei Nächte also, in denen ich wach lag – es waren nicht zwei aufeinanderfolgende Nächte –, sah ich deutlich, wie Mrs. Wyatt sich um elf Uhr vorsichtig aus Mr. Wyatts Kajüte stahl und in das überzählige Zimmer schlüpfte, in dem sie bis zum Morgengrauen verblieb, zu welcher Zeit ihr Gatte sie rief, worauf sie zu ihm zurückkehrte. Sie lebten tatsächlich schon getrennt, das war klar. Sie hatten getrennte Zimmer – wohl weil sie schon an eine Scheidung für immer dachten; und damit glaubte ich das Geheimnis der überzähligen Kajüte erraten zu haben.

Noch ein weiterer Umstand erregte mein Interesse auf das lebhafteste. In diesen beiden durchwachten Nächten ließen mich, kaum daß Mrs. Wyatt verschwunden war, merkwürdige, vorsichtig unterdrückte Geräusche in der Kajüte ihres Gatten aufhorchen. Und als ich eine Zeitlang aufmerksam und überlegend gelauscht hatte, war ich mir darüber klargeworden, was sie bedeuteten: der Künstler verursachte sie, indem er seine längliche Kiste mit Hilfe von Stemmeisen und Hammer aufstemmte; der Schlag des Hammers wurde anscheinend durch irgendein wollenes oder baumwollenes Stück Zeug gedämpft, in das der Kopf des Hammers eingewickelt war.

Ich bildete mir nun ein, genau den Augenblick unterscheiden zu können, wo er den Deckel völlig gelockert hatte – und jetzt hob er ihn ab und legte ihn auf das untere Bett in seinem Zimmerchen; dieses Hinlegen erkannte ich an einem gewissen leichten Aufschlagen des Deckels an dem hölzernen Bettende, denn er bemühte sich, ihn ganz besonders leise niederzusetzen; auf dem Fußboden gab es keinen Platz dafür. Darauf trat Totenstille ein, und ich hörte weiter nichts mehr, weder die eine noch die andere Nacht, bis zum Tagesanbruch, sofern ich nicht ein leises Schluchzen und Murmeln erwähnen will, das so unterdrückt war, daß man es kaum hörte; doch mag das genannte Geräusch nur in meiner Einbildung bestanden haben. Ich sage, es glich einem Schluchzen oder Seufzen, aber es konnte doch natürlich keines von beiden sein. Ich glaube eher, daß ich Ohrenklingen hatte. Mr. Wyatt ließ nur, wie es so seine Gewohnheit war, einem seiner Steckenpferde die Zügel schießen und schwelgte in einem Anfall künstlerischer Begeisterung. Er hatte die längliche Kiste geöffnet, um sein Auge an dem gemalten Schatz zu weiden. Dabei aber gab es doch nichts zu schluchzen. Ich wiederhole deshalb, daß mir da wohl meine Phantasie einen Streich spielte, aus dem Gleichgewicht gebracht durch des biederen Kapitäns Hardy grünen Tee.

Genau vor Tagesanbruch hörte ich in den beiden Nächten, von denen ich hier spreche, wie Mr. Wyatt den Deckel wieder auf die längliche Kiste legte und mit dem umwundenen Hammer die Nägel wieder einschlug. Als er damit zustande gekommen war, trat er völlig angekleidet aus seiner Kajüte und ging daran, Mrs. Wyatt aus der ihrigen zu holen.

Wir waren nun sieben Tage auf See und an Kap Hatteras vorbeigesegelt, als aus Südwest ein fürchterlicher Sturm losbrach. Wir waren aber einigermaßen darauf vorbereitet gewesen, da das Wetter schon in den letzten Tagen bedrohlich ausgesehen hatte. Alles wurde geborgen, sowohl in der Takelung als auch unten; und als der Wind stetig auffrischte, drehten wir schließlich mit doppelt gerefftem Besan- und Vormastsegel bei. In dieser Aufmachung segelten wir vierundzwanzig Stunden recht sicher; das Schiff erwies sich in vieler Beziehung als ein vortreffliches Fahrzeug, das nur unbedeutend Wasser schöpfte. Nach Ablauf dieser Zeit aber hatte sich der Sturm zum Orkan verstärkt, unser Achtersegel zerschliß in schmale Streifen, und wir gerieten in ein so tiefes Wellental, daß unmittelbar hintereinander mehrere gewaltige Sturzseen über uns weggingen. Infolge dieses Mißgeschicks gingen drei Mann über Bord, dazu die Kombüse und beinahe die ganze Backbordreling. Kaum waren wir unserer Sinne wieder mächtig, als auch das Vormastsegel in Stücke ging; darauf zogen wir eine Sturmfocke auf und behalfen uns für ein paar Stunden recht gut damit, denn nun konnte das Schiff viel besser den Wellen standhalten als zuvor.

Doch der Sturm dauerte an, und nichts deutete auf sein Nachlassen hin. Es zeigte sich, daß die Takelage nichts taugte und sehr abgenutzt war. Am dritten Sturmtag, etwa um fünf Uhr nachmittags, ging unser Kreuzmast, als das Schiff leewärts stark überholte, über Bord. Eine Stunde und noch länger bemühten wir uns vergebens, uns seiner zu entledigen, da das Schiff gewaltig rollte; und noch ehe es uns gelungen war, kam der Zimmermann achtern und meldete vier Fuß Wasser im Schiffsraum. Und unsere mißliche Lage verschlimmerte sich noch, als man herausfand, daß die Pumpen verstopft und beinahe unbrauchbar waren.

Verwirrung und Verzweiflung überkamen alle, doch machte man den Versuch, das Schiff zu erleichtern, indem man alle Ladung, deren man habhaft werden konnte, über Bord warf und die beiden übriggebliebenen Mastbäume niederlegte. Damit kamen wir endlich zustande, aber an den Pumpen konnten wir immer noch nicht arbeiten. Inzwischen vergrößerte sich das Leck außerordentlich.

Bei Sonnenuntergang hatte der Sturm merklich an Kraft verloren, und da die See sanfter wurde, nährten wir noch die schwache Hoffnung, uns in die Boote zu retten. Um acht Uhr abends verzogen sich die Wolken in der Richtung des Windes, und der Vollmond kam hervor, ein rechter Glücksfall, der unser niedergedrücktes Gemüt wunderbar aufrichtete.

Nach unerhörten Anstrengungen gelang es uns endlich, die Pinasse, ohne daß sie wesentlichen Schaden erlitt, hinabzulassen, und in diese verstauten wir nun den größten Teil der Besatzung und die meisten Passagiere. Diese Abteilung fuhr sofort ab und langte, nachdem sie viel Ungemach erlitten hatte, endlich drei Tage nach dem Schiffbruch glücklich in Ocracoke Inlet an.

Vierzehn Passagiere mit dem Kapitän blieben an Bord, entschlossen, ihr Geschick der Jolle am Heck des Schiffes anzuvertrauen. Wir ließen sie ohne viel Schwierigkeit zu Wasser, obgleich wir sie nur wie durch ein Wunder davor bewahrten, umzuschlagen, als sie die Wellen berührte. Flott gemacht, nahm sie den Kapitän und dessen Frau, Mr. Wyatt mit Familie, einen mexikanischen Offizier mit Frau und vier Kindern und mich mit einem schwarzen Diener auf.

Wir hatten natürlich für nichts weiter Raum als für einige unbedingt nötige Werkzeuge, einen kleinen Vorrat an Lebensmitteln und für die Kleider, die wir auf dem Leibe trugen. Niemand hatte auch nur daran gedacht, ein übriges zu retten.

Wie groß war nun unser aller Erstaunen, als Mr. Wyatt

von seinem Achtersitz aufstand – wir hatten uns schon um einige Faden von dem Schiff entfernt – und ganz kühl von Kapitän Hardy verlangte, das Boot zu wenden, um noch seine längliche Kiste aufzunehmen!

„Setzen Sie sich nieder“, erwiderte ziemlich streng der Kapitän, „Sie bringen uns zum Kentern, wenn Sie nicht ganz still sitzen; unser Dolldeck ist schon jetzt beinahe unter Wasser.“

„Die Kiste!“ schrie Mr. Wyatt, immer noch stehend, „ich sage Ihnen, die Kiste! Kapitän Hardy, Sie können, Sie werden mich nicht abweisen. Das Gewicht macht nur eine Kleinigkeit aus, es ist ein Nichts, ein reines Nichts! Bei der Mutter, die Sie getragen hat, um des Himmels willen, bei Ihrer Hoffnung auf die ewige Seligkeit flehe ich Sie an, der Kiste wegen umzukehren!“

Einen Augenblick lang schien es, als ob die eindringliche Bitte des Künstlers den Kapitän rührte; aber er gewann seine unnachgiebige Strenge zurück und sagte bloß: „Mr. Wyatt, Sie sind toll! Ich kann Ihnen nicht gehorchen. Ich sage Ihnen, setzen Sie sich nieder, sonst bringen Sie das Boot zum Kentern. Halt – haltet ihn – faßt ihn! – er will über Bord springen! Da – ich wußte es ja – er ist fort!“

Während dieser Worte sprang Mr. Wyatt wirklich aus dem Boot; und da wir uns noch im Schutze des Wracks befanden, gelang es ihm, sich mit geradezu übermenschlicher Kraft an einem Seil festzuhalten, das vom Vorschiff herabhing. Einen Augenblick später war er an Bord und rannte wie besessen in die Kajüte hinab.

Wir waren indessen hinter das Schiff getrieben worden, und da es uns nun gar nicht mehr schützte, waren wir dem ungeheueren Wogengang, der noch anhielt, auf Gnade und Ungnade ausgeliefert. Wir versuchten ernstlich umzukehren, aber unser kleines Boot war nichts weiter als eine Feder im brausenden Atem des Unwetters. Wir erkannten auf den ersten Blick, daß das Schicksal des unglücklichen Künstlers besiegelt war.

Während wir uns mit großer Schnelligkeit von dem Wrack entfernten, sahen wir den Irrsinnigen – und irrsinnig mußte er wohl sein – auf der Kajütentreppe auftauchen, über die hinauf er tatsächlich die bewußte längliche Kiste schleppte, mit Kräften, die ans Riesenhafte grenzten. Und während wir in äußerster Verwunderung hinstarrten, schlang er das drei Zoll dicke Seil hastig einigemal um die Kiste und dann um seinen Leib. Und einen Augenblick später waren Mensch und Kiste in der See – und versanken sogleich ganz plötzlich – und für immer.

Wir ließen eine Weile traurig die Ruder ruhen, den Blick auf jene Stelle geheftet. Endlich legten wir aus. Eine Stunde lang wurde das Schweigen nicht gebrochen. Endlich wagte ich eine Bemerkung.

„Haben Sie beobachtet, Kapitän, wie plötzlich sie sanken? War das nicht eine höchst merkwürdige Sache? Ich muß gestehen, daß ich die schwache Hoffnung hegte, ihn schließlich doch gerettet zu sehen, als er sich selbst an die Kiste band und sich so der See anvertraute."

„Es ist ganz natürlich, daß sie sanken", antwortete der Kapitän, „geradeso, wie ein Stein sinkt. Doch werden sie bald wieder in die Höhe kommen – doch nicht, ehe das Salz sich löst."

„Das Salz?" rief ich.

„Still!" entgegnete der Kapitän und wies auf die Frau und die Schwestern des Verunglückten, „wir müssen die Dinge zu geeigneterer Zeit besprechen."

Wir hatten viel zu leiden und entkamen mit Mühe und Not; aber das Schicksal begünstigte uns wie auch unsere Gefährten in der Pinasse. Wir landeten schließlich mehr tot als lebendig nach vier Tagen äußerster Not an dem Ufer, das Roanoke Island gegenüberliegt. Wir blieben eine Woche da, erfuhren von den Strandräubern keine Unbill und bekamen endlich eine Überfahrt nach New York.

Etwa einen Monat nach dem Untergang der *Independence* begegnete ich Kapitän Hardy auf dem Broadway. Unser Gespräch wandte sich ganz natürlich dem schrecklichen Unglück zu und insbesondere auch dem Geschick des armen Wyatt. So erfuhr ich folgende Einzelheiten: Der

Künstler hatte für sich, seine Frau, seine beiden Schwestern und eine Dienerin Plätze belegt. Seine Frau war tatsächlich so, wie er sie darstellte: ein sehr reizendes und höchst vollkommenes Wesen. Am Morgen des 14. Juni – das war der Tag, an dem ich das Schiff zum erstenmal betrat – wurde die Dame plötzlich krank und starb. Der junge Gatte war rasend vor Schmerz, aber gewisse Umstände verboten ihm aufs strengste ein Aufschieben der Reise nach New York. Er mußte der Mutter die Leiche seines angebeteten Weibes bringen; doch kannte er nur zu wohl das allgemeine Vorurteil, das ihn hindern würde, dies offen zu tun. Neun Zehntel der Passagiere hätten das Schiff eher verlassen, als daß sie mit einer Leiche gefahren wären.

In dieser Verlegenheit fand Kapitän Hardy den Ausweg, die Leiche, teilweise einbalsamiert und mit einem großen Quantum Salz in eine Kiste von passender Größe verpackt, als Ware an Bord zu nehmen. Von dem Tod der Dame sollte nichts verlauten; und da bekannt war, daß Mr. Wyatt einen Schiffsplatz für seine Frau belegt hatte, mußte notwendig irgendeine Person sie während der Fahrt vorstellen. Die Jungfer der Verstorbenen ließ sich leicht dazu überreden. Die besondere Kajüte, die ursprünglich, zu Lebzeiten ihrer Herrin, für dieses Mädchen gemietet worden war, behielt man nun bei. Natürlich schlief die Pseudo-Gattin jede Nacht in dieser Kajüte. Während des Tages spielte sie nach besten Kräften die Rolle ihrer Herrin, die, wie man vorher vorsichtig festgestellt hatte, keinem der Passagiere an Bord persönlich bekannt war.

Meine eigenen Irrtümer entsprangen nun wohl meiner allzu leichtfertigen, allzu neugierigen, allzu vorschnellen Natur. Doch in letzter Zeit geschieht es selten, daß ich bei Nacht fest schlafe. Es gibt ein Gesicht, das mich verfolgt, wie immer ich mich drehe. Es gibt ein wahnwitziges Lachen, das mir ewig im Ohr klingen wird.

DER WAHRE SACHVERHALT IM FALLE VALDEMAR

Ich darf es selbstverständlich nicht als etwas Erstaunliches hinstellen, daß der ungewöhnliche Fall des Mr. Valdemar lebhafte Erörterung hervorgerufen hat. Das Gegenteil wäre ein Wunder gewesen, zumal unter den obwaltenden Umständen. Infolge des Wunsches aller Beteiligten, die Sache der Öffentlichkeit vorzuenthalten, wenigstens gegenwärtig oder so lange, bis wir Gelegenheit zu weiterer Forschung hätten – infolge dieser unserer Bestrebungen haben entstellte oder übertriebene Berichte in die Gesellschaft Eingang gefunden, sind zur Quelle mannigfacher, mißlicher und falscher Darstellungen geworden und haben natürlich auch starken Unglauben geweckt.

Es ist deshalb notwendig geworden, daß ich den Tatbestand mitteile, soweit ich selbst ihn begreife. Kurz gefaßt lautet er wie folgt:

Während der letzten drei Jahre hatte die Sache des Mesmerismus wiederholt meine Aufmerksamkeit auf sich gezogen, und vor etwa neun Monaten fiel mir plötzlich ein, daß die bisher gemachten Versuche eine höchst bemerkenswerte und unverantwortliche Lücke aufwiesen: kein Mensch war jemals in articulo mortis mesmerisiert worden. Es blieb also erstens zu beobachten, ob der Patient in diesem Zustand überhaupt für einen magnetischen Einfluß empfänglich war; zweitens, ob diese Empfänglichkeit, falls sie existierte, durch den besonderen Zustand herabgesetzt oder aber vergrößert wurde; drittens, inwiefern und für welche Zeit dieses Verfahren den Eintritt des Todes wohl aufschieben könne. Es waren auch noch andere Punkte klarzustellen, aber diese drei weckten meine Wißbegier am allermeisten, der dritte ganz besonders der ungeheueren Wichtigkeit seiner Folgen wegen.

Als ich nach einem Objekt Umschau hielt, mit dessen Hilfe ich mich über diese Fragen vergewissern könnte, fiel mir mein Freund Mr. Ernest Valdemar ein, der bekannte Kompilator der *Bibliotheka Forensica*, der unter dem nom de plume Isachaar Marx die polnische Übertragung des *Wallenstein* und des *Gargantua* verfaßt hat. Mr. Valdemar, der seit dem Jahre 1839 hauptsächlich in Harlem im Staate New York gelebt hatte, ist – oder war – besonders durch die äußerste Magerkeit seiner Gestalt bemerkenswert – seine unteren Extremitäten glichen sehr denen John Randolphs – und auch durch seinen weißen Bart, der zu dem schwarzen Haupthaar in krassem Kontrast stand, weshalb letzteres auch ganz allgemein und mit Unrecht für eine Perücke gehalten wurde. Er war von ausgesprochen nervöser Gemütsart, was ihn zu einem vortrefflichen Objekt für magnetische Experimente machte. Bei zwei oder drei Gelegenheiten hatte ich ihn mit wenig Mühe eingeschläfert – allerdings enttäuschte er mich in bezug auf andere Ergebnisse, die ich bei seiner besonderen Veranlagung als natürlich vorausgesetzt hatte. Sein Wille stand zu keiner Zeit unbedingt oder völlig unter meiner Gewalt, und was das Hellsehen anbetraf, so vermochte ich nichts mit ihm zustande zu bringen, worauf man bauen konnte. Ich schrieb mein Versagen in diesem Punkt immer seiner zerrütteten Gesundheit zu. Einige Monate, ehe ich ihn kennenlernte, hatten seine Ärzte ausgesprochene Lungenschwindsucht bei ihm festgestellt. Er hatte darauf die Gewohnheit angenommen, von seiner bevorstehenden Auflösung ruhig wie von einer unvermeidlichen und weiter nicht bedauerlichen Sache zu sprechen.

Als die vorhin erwähnten Ideen zuerst in mir wach wurden, war es sehr natürlich, daß ich an Mr. Valdemar dachte. Ich kannte den stoischen Gleichmut dieses Mannes zu gut, um seinerseits irgendwelche Bedenken zu befürchten, auch hatte er keine Verwandten in Amerika, welche sich vermutlich eingemischt hätten. Ich besprach die Sache ganz offen mit ihm, und zu meinem Erstaunen schien sein Interesse lebhaft geweckt. Ich sage: zu meinem Erstaunen;

denn obgleich er seine Person stets willig meinen Experimenten überlassen hatte, hatte er doch niemals Sympathie für meine Bestrebungen gezeigt. Seine Krankheit gehörte zu jenen, bei denen sich der Zeitpunkt des tödlichen Ausganges genau berechnen läßt; und wir verabredeten schließlich, daß er vierundzwanzig Stunden vor Ablauf der ihm von seinen Ärzten gestellten Frist nach mir schicken solle.

Es ist jetzt etwas länger als sieben Monate her, daß ich von Mr. Valdemar selbst die nachstehenden Zeilen erhielt:

„Mein lieber P . . . !
Sie kommen am besten gleich. D. und F. stimmen darin überein, daß ich nicht länger als bis morgen um Mitternacht aushalten kann, und ich glaube, daß sie die Stunde so ziemlich getroffen haben."

Ich erhielt diesen Brief eine halbe Stunde, nachdem er geschrieben war, und fünfzehn Minuten später war ich im Zimmer des Sterbenden. Ich hatte ihn zehn Tage lang nicht gesehen und entsetzte mich über die furchtbare Veränderung, die diese kurze Spanne Zeit an ihm vollbracht hatte. Sein Gesicht war aschfahl, die Augen waren ganz glanzlos, und die Auszehrung war so weit vorgeschritten, daß die Backenknochen die Haut durchbohrten. Er hatte außerordentlich viel Auswurf. Der Puls war kaum zu spüren. Trotzdem hatte er, was mich sehr merkwürdig anmutete, seine geistigen Fähigkeiten wie auch ein gewisses Maß seiner Körperkraft bewahrt. Er sprach deutlich, nahm ohne fremde Hilfe lindernde Medikamente zu sich, und als ich ins Zimmer trat, war er damit beschäftigt, Notizen in sein Taschenbuch zu schreiben. Er saß, durch Kissen gestützt, aufrecht im Bett. Die Doktoren D. und F. machten gerade Visite.

Nachdem ich Valdemar die Hand gedrückt hatte, nahm ich diese Herren beiseite und erhielt von ihnen einen minuziösen Bericht über den Zustand des Patienten. Die linke Lunge war seit achtzehn Monaten halb verkalkt und verknöchert und daher so gut wie tot. Der rechte Flügel war in seinem oberen Teil wenn nicht gänzlich, so doch teilweise verknöchert, während der untere Teil nur eine Masse eiternder Tuberkeln bildete. Einige ausgedehnte Perforationen waren vorhanden, und an einer Stelle waren Verwachsungen eingetreten. Diese Erscheinungen im rechten Lungenflügel waren verhältnismäßig jungen Datums. Die Verkalkung war ungewöhnlich schnell fortgeschritten; noch vor einem Monat hatte man keine Anzeichen dafür gefunden, und die Verwachsungen stellte man erst seit den letzten drei Tage fest. Unabhängig von der Schwindsucht vermutete man noch eine Erweiterung der Aorta bei dem Patienten, aber in dieser Beziehung machte die Verkalkung der Lunge eine exakte Diagnose unmöglich. Nach Ansicht der beiden Ärzte würde Mr. Valdemar etwa um Mitternacht des folgenden Tages, eines Sonntages, sterben. Das sagten sie mir am Samstagabend um sieben Uhr.

Als die Doktoren D. und F. das Bett des Kranken verließen, um sich mit mir zu unterreden, hatten sie ihm ein letztes Lebewohl gesagt. Sie hatten nicht die Absicht gehabt, nochmals zu kommen; aber auf meine Bitte hin kamen sie überein, morgen gegen zehn Uhr abends noch einmal nach dem Kranken zu sehen.

Als sie gegangen waren, sprach ich mit Mr. Valdemar ganz offen über das Experiment, das ich vorhatte. Er zeigte sich noch immer willens, ja sogar ängstlich bestrebt, es ausgeführt zu sehen, und drang in mich, sofort damit zu beginnen. Ein Wärter und eine Wärterin versahen den Krankendienst. Aber ich war nicht der Meinung, daß es mir ganz freistand, mich mit diesen Leuten, die sich im Falle eines plötzlichen Unglücks als recht unzuverlässige Zeugen erweisen konnten, in eine so schwerwiegende Sache einzulassen. Ich verschob also mein Vorhaben auf acht Uhr des nächsten Abends, zu welcher Zeit die Ankunft eines Medizinstudenten, den ich flüchtig kannte, eines Mr. Theodore L . . . l, mich aller Verlegenheit enthob. Es war ursprünglich meine Absicht gewesen, auf die Ärzte zu warten, aber erstens veranlaßten mich die dringenden Bitten Mr. Valdemars, die Sache sofort in Angriff zu nehmen, und zweitens war es meine Überzeugung, daß ich keinen Augenblick zu verlieren hatte, da er sichtlich schnell verfiel.

Mr. L . . . l war so freundlich, meiner Bitte zu entsprechen, alles, was sich ereignen sollte, aufzuzeichnen. Und das, was ich nun hier erzählen will, ist größtenteils seinem Bericht entnommen, teils zusammengezogen, teils wortwörtlich zitiert.

Es war etwa fünf Minuten vor acht Uhr, als ich, indem ich seine Hand ergriff, den Patienten bat, so deutlich, als er könne, Mr. L . . . l gegenüber zu erklären, daß er, Mr. Valdemar, völlig damit einverstanden sei, von mir in seinem nunmehrigen Zustand mesmerisiert zu werden.

Er antwortete mit schwacher, aber doch ganz vernehmlicher Stimme: „Ja, ich wünsche mesmerisiert zu werden", und fügte gleich darauf hinzu: „Ich fürchte, Sie haben es zu lange aufgeschoben."

Während er das sagte, begann ich mit den Strichen, die ihn, wie ich bei früheren Versuchen erkannt hatte, am besten einschläferten. Die ersten seitlichen Striche meiner Hand über seine Stirn hin übten einen sichtlichen Einfluß auf ihn aus, aber obgleich ich all meine Kraft anstrengte, machte sich weiter keine besondere Wirkung bemerkbar, bis einige Minuten nach zehn Uhr, der Verabredung gemäß, die Doktoren D. und F. eintrafen. Ich erklärte ihnen in wenigen Worten, was ich vorhatte, und da sie keine Einwendungen erhoben und erklärten, der Patient läge schon im Todeskampf, setzte ich unbedenklich mein Verfahren fort, indem ich allerdings die seitlichen Striche mit von oben nach unten gerichteten vertauschte und meinen Blick ausschließlich auf das rechte Auge des Dulders heftete.

Zu dieser Zeit war sein Puls kaum mehr zu spüren, und seine Atemzüge gingen rasselnd in Abständen von einer halben Minute.

Dieser Zustand blieb eine Viertelstunde lang ziemlich unverändert. Nach Ablauf dieser Zeit entrang sich der Brust des Sterbenden ein natürlich klingender, wenn auch sehr tiefer Seufzer, das rasselnde Atmen hörte auf, das heißt, das Rasseln beim Atmen verschwand, die Abstände zwischen den einzelnen Atemzügen blieben unverändert. Die Gliedmaßen des Patienten waren eiskalt.

Fünf Minuten vor elf Uhr bemerkte ich unleugbare Anzeichen des mesmerischen Einflusses. Das gläserne Rollen der Augen hatte sich in jenen gezwungenen Ausdruck des nach innen gerichteten Blickes verwandelt, der nur in Fällen von Schlafwachen vorkommt und unverkennbar ist. Durch ein paar schnelle seitliche Striche brachte ich die Lider zum Zittern wie in beginnendem Schlaf, und mit ein paar weiteren Strichen schloß ich sie vollständig. Damit aber gab ich mich nicht zufrieden, sondern setzte meine Manipulationen nachdrücklich mit der äußersten Anspannung meines Willens fort, bis die Glieder des Schläfers, nachdem ich sie in eine mir bequem scheinende Lage gebettet hatte, vollkommen starr wurden. Die Beine waren ganz gestreckt, die Arme beinahe ebenso, sie ruhten nur wenig vom Körper abstehend auf dem Bett. Der Kopf war ganz leicht gehoben.

Bis ich dies alles zuwege gebracht hatte, war es reichlich Mitternacht geworden, und ich bat die anwesenden Herren, Mr. Valdemars Zustand zu prüfen. Nach einigen Versuchen erkannten sie an, daß er sich in einer ungewöhnlich vollkommenen magnetischen Trance befände. Die Wißbegierde der beiden Ärzte war aufs höchste erregt. Dr. D. beschloß sofort, die ganze Nacht bei dem Patienten zu bleiben, während Dr. F. sich mit dem Versprechen verabschiedete, bei Tagesanbruch wiederzukommen. Mr. L . . . l und die Wärter blieben.

Wir ließen Mr. Valdemar bis etwa drei Uhr morgens ganz ungestört, zu welcher Zeit ich mich ihm näherte und ihn in genau der gleichen Verfassung fand wie beim Weggang Dr. F.s. Er lag also in derselben Stellung; der Puls war nicht zu fühlen; er atmete so schwach, daß man es nur feststellen konnte, indem man ihm einen Spiegel vor die Lippen hielt. Die Augen waren auf natürliche Weise geschlossen, die Glieder waren so starr und kalt wie Marmor. Doch glich das allgemeine Aussehen keineswegs dem eines Toten.

Als ich zu Mr. Valdemar trat, unternahm ich den Versuch, seinen rechten Arm zu veranlassen, dem meinigen zu folgen, indem ich diesen leicht über seinem Körper hin und her bewegte. Derartige Experimente waren mir bei diesem Patienten niemals vollständig gelungen, und eigentlich machte ich mir auch diesmal wenig Hoffnung auf einen Erfolg, aber zu meiner Verwunderung folgte sein Arm sehr bereitwillig, wenn auch nur matt, jeder Richtung, die der meinige ihm wies. Ich beschloß, ein kleines Gespräch zu wagen.

„Mr. Valdemar", sagte ich, „schlafen Sie?"

Er antwortete nicht, aber ich sah ein Zittern um seine Lippen spielen, und das veranlaßte mich, die Frage wieder und wieder zu stellen. Bei der dritten Wiederholung ging ein leises Erschauern durch seinen ganzen Körper; die Augenlider hoben sich so weit, daß ein weißer Streifen des Augapfels freilag, die Lippen bewegten sich träge, und es entschwebten ihnen in kaum hörbarem Flüstern die Worte: „Ja, ich schlafe jetzt – wecken Sie mich nicht. – Lassen Sie mich so sterben."

Da befühlte ich seine Glieder und fand sie so steif wie zuvor. Der rechte Arm gehorchte wie vorhin den Weisungen meiner Hand. Ich befragte den Schlafwachenden noch einmal: „Fühlen Sie noch Schmerzen in der Brust, Mr. Valdemar?"

Diesmal folgte die Antwort unmittelbar, aber sie war noch weniger zu vernehmen als vorher: „Kein Schmerz – ich sterbe."

Ich hielt es nicht für ratsam, ihn in diesem Augenblick weiter zu stören, und so sagte und tat ich nichts mehr – bis dann ein wenig vor Sonnenaufgang Dr. F. kam und sein grenzenloses Erstaunen darüber ausdrückte, den Patienten noch am Leben zu finden. Nachdem er ihm den Puls gefühlt und ihm einen Spiegel vor die Lippen gehalten hatte, bat er mich, den Schlafwachenden nochmals anzusprechen. Das tat ich auch. Ich sagte: „Mr. Valdemar, schlafen Sie noch?"

Wie vorhin verstrichen einige Minuten, ehe es zu einer

Antwort kam. Und während dieser Zeit schien der Sterbende seine Kräfte zu sammeln, um sprechen zu können. Bei der vierten Wiederholung meiner Frage sagte er leise, beinahe unhörbar: „Ja, ich schlafe noch – ich sterbe."

Die Ärzte waren nun der Meinung oder sprachen eigentlich den Wunsch aus, man möge Mr. Valdemar gestatten, ungestört in seiner augenblicklichen, allem Anschein nach ruhigen Verfassung zu bleiben, bis der Tod einträte – und das mußte, darin stimmten alle überein, in wenigen Minuten der Fall sein. Trotzdem beschloß ich, ihn noch einmal anzusprechen, und wiederholte einfach die vorige Frage.

Während ich sprach, veränderte sich das Antlitz des Schlafwachenden beträchtlich. In langsamer Drehung öffneten sich die Augen, und die Pupillen verschwanden nach oben; die Haut nahm eine allgemeine Leichenfarbe an und sah weniger wie Pergament aus als wie weißes Papier; und die runden hektischen Flecke, die bisher genau abgezirkelt auf seinen beiden Wangen gestanden hatten, erloschen mit einem Male. Ich gebrauche diesen Ausdruck, weil die Plötzlichkeit ihres Verschwindens mich an nichts so sehr gemahnte wie an das Erlöschen einer Kerze, wenn ein heftiger Luftzug sie trifft. Gleichzeitig zog sich die Oberlippe von den Zähnen zurück, die sie vorher vollständig verdeckt hatte, während der Unterkiefer mit hörbarem Ruck herabfiel, so daß der Mund weit offen stehenblieb und die geschwollene schwarze Zunge voll sehen ließ. Ich nehme an, daß niemandem der versammelten Anwesenden die Schrecken eines Sterbebettes fremd waren. Aber der Anblick, den Mr. Valdemar in diesem Augenblick bot, war so über alle Begriffe grauenhaft, daß alle von dem Bett zurückfuhren.

Ich fühle, daß ich jetzt an einen Punkt meiner Erzählung gelangt bin, da mir der empörte Leser endgültig jeden Glauben verweigern wird. Doch ist es meine Pflicht, einfach fortzufahren.

Es war nun nicht mehr die geringste Spur von Leben in Mr. Valdemar, und da wir ihn für tot hielten, waren wir im Begriff, ihn der Sorge der Wärter zu überlassen, als sich plötzlich ein starkes Vibrieren der Zunge bemerkbar machte. Das hielt etwa eine Minute lang an. Nach Verlauf dieser Frist kam aus den klaffenden, unbeweglichen Kiefern eine Stimme – eine Stimme – es wäre Tollheit, wollte ich auch nur den Versuch machen, sie zu beschreiben. Es gibt zwar zwei oder drei Epitheta, die teilweise darauf paßten, ich könnte zum Beispiel sagen, daß es ein mißtönender, ein gebrochener, ein hohler Laut war; aber das scheußliche Ganze ist unbeschreibbar, und zwar aus dem einfachen Grund, weil noch niemals ähnliche Laute das menschliche Ohr besudelt haben.

Es gab aber zwei Eigentümlichkeiten, die sich – so dachte ich damals, und so denke ich heute noch – treffend als charakteristische Merkmale dieses Tones bezeichnen lassen und wohl einen Begriff von dessen unirdischer Besonderheit geben. Erstens schien die Stimme an unser Ohr – oder doch an das meine – aus weiter Ferne zu gelangen oder aus einer tiefen Höhle im Innern der Erde. Und zweitens empfand ich sie so – ich fürchte wirklich, daß es unmöglich sein wird, mich verständlich zu machen –, wie man gallertartige oder klebrige Dinge mittels des Tastsinns empfindet. Ich habe von „Ton“ und von „Stimme“ gesprochen. Ich will damit sagen, daß dieser Ton deutliche, ja sogar schauerlich deutliche Silben bildete. Mr. Valdemar beantwortete offenbar die Frage, die ich vor ein paar Minuten an ihn gerichtet hatte. Man erinnert sich, daß ich ihn fragte, ob er noch schlafe. Er sagte nun: „Ja – nein – ich habe geschlafen – und nun – nun – bin ich tot.“

Keiner der anwesenden Personen gab sich den Anschein, als versuchte er auch nur, das unaussprechliche zähneklappernde Grauen zu unterdrücken oder gar zu verleugnen, das diese wenigen in diesem Ton gesprochenen Worte hervorzurufen nur zu sehr geeignet waren. Mr. L. . . . l, der Student, fiel in Ohnmacht. Die Wärter verließen sofort das Zimmer, und nichts konnte sie dazu bewegen, zurückzukehren. Meine eigenen Eindrücke vermag ich dem Leser nicht verständlich zu machen. Über eine Stunde beschäftigten wir uns schweigend, ohne ein Wort hervorzubringen, damit, Mr. L . . . l wieder ins Leben zurückzurufen. Als er zu sich kam, wandten wir uns wieder der Untersuchung von Mr. Valdemars Zustand zu.

Er blieb in jeder Beziehung unverändert, so wie ich ihn eben beschrieben habe, mit der einzigen Ausnahme, daß der Spiegel keine Spur von Atem mehr anzeigte. Ein Versuch, Blut aus dem Arm zu ziehen, war erfolglos. Ich muß noch erwähnen, daß dieses Glied meinem Willen nicht mehr untertan war. Ich versuchte vergebens, es zu zwingen, den Bewegungen meiner Hand zu folgen. So war also jetzt das einzige wirkliche Anzeichen einer magnetischen Einwirkung im Vibrieren der Zunge zu finden, sooft ich nämlich eine Frage an Mr. Valdemar richtete. Er schien Anstrengungen zu machen, zu antworten, hatte aber nicht mehr die genügende Kraft. Allen Fragen gegenüber, die ein anderer als ich selbst ihm stellte, verhielt er sich völlig apathisch, obgleich ich mich bemühte, jedes Glied der Gesellschaft in magnetischen Rapport mit ihm zu bringen. Ich habe nun, glaube ich, alles berichtet, was nötig ist, um sich den Zustand des Schlafwachenden zu jenem Zeitpunkt vorzustellen. Wir verschafften uns andere Krankenwärter, und um zehn Uhr verließ ich, begleitet von den Ärzten und Mr. L . . . l, das Haus.

Am Nachmittag machten wir alle wiederum unseren Besuch, um den Patienten zu sehen. Sein Zustand war unverändert. Wir erörterten nun die Ratsamkeit und Tunlichkeit, ihn zu wecken, verständigten uns aber ohne Schwierigkeit dahin, daß das keinen Nutzen haben würde. Es war ja offensichtlich, daß bis jetzt der Tod, oder was man gemeinhin Tod zu nennen pflegt, durch den magnetischen Prozeß aufgehalten worden war. Und es leuchtete uns allen ein, daß Mr. Valdemar wecken seine wenn auch nicht unmittelbare, so doch schleunige Auflösung zur Gewißheit machen hieß.

Von diesem Zeitpunkt angefangen bis Ende letzter Woche – also über eine Zeitspanne von nahezu sieben Monaten – besuchten wir Mr. Valdemar auch weiterhin täglich, manchmal in Begleitung von Ärzten und anderen Freunden. Während dieser ganzen Zeit blieb der Schlafwachende genauso, wie ich ihn zuletzt beschrieben habe. Die Wärter bewachten ihn ununterbrochen.

Letzten Freitag nun entschlossen wir uns endlich, das Experiment, ihn zu wecken, vorzunehmen oder es doch zu versuchen, und das vielleicht beklagenswerte Resultat dieses letzten Experimentes war es, das soviel Gerede in privaten Kreisen aufgerührt und – es drängt mich, diesen Gedanken auszusprechen – ungerechtfertigtes Mitgefühl in der Öffentlichkeit hervorgerufen hat.

Um Mr. Valdemar aus der magnetischen Starre zu befreien, bediente ich mich der gewohnten Striche. Sie blieben eine Zeitlang unwirksam. Das erste Symptom der Wiederbelebung war ein teilweises Sich-Senken der Iris. Hierbei war als besonders bemerkenswert zu beobachten, daß diese Senkung der Pupille von reichlichem Ausfluß eines gelblichen Eiters begleitet war, der aus den Lidern hervorquoll und einen scharfen, außerordentlich widerlichen Geruch hatte.

Man schlug nun vor, ich solle versuchen, den Arm des Patienten wie ehedem zu beeinflussen. Ich machte den Versuch, und er schlug fehl. Dr. F. äußerte darauf den Wunsch, ich möge eine Frage stellen. Das tat ich auch, und zwar sagte ich: „Mr. Valdemar, können Sie uns erklären, was für Gefühle und Wünsche Sie jetzt haben?"

Im selben Augenblick kehrten die hektischen roten Flecke auf die Wangen zurück; die Zunge zitterte, oder vielmehr, sie rollte heftig im Mund herum, obwohl Kiefer und Lippen unbeweglich blieben wie vorher, und endlich brach jene gräßliche Stimme hervor, die ich schon beschrieben habe: „Um Gottes Barmherzigkeit willen – schnell – schnell – schläfern Sie mich ein – oder schnell! – wecken Sie mich! – schnell! Ich sage euch, daß ich tot bin!"

Ich war vollkommen fassungslos und für einen Augenblick unschlüssig, was ich tun sollte. Zuerst versuchte ich, den Patienten wieder zur Ruhe zu bringen, doch da mir das mißlang, weil mein Wille völlig versagte, ging ich zum Gegenteil über und bot nun alle meine Kräfte auf, ihn zu wecken.

Ich sah bald, daß dieses Bestreben Erfolg haben würde, oder bildete mir doch ein, es würde vollkommen gelingen – und ich bin davon überzeugt, daß alle im Zimmer Anwesenden darauf gefaßt waren, den Patienten erwachen zu sehen.

Denn was nun wirklich geschah, darauf konnte ein menschliches Wesen unmöglich gefaßt sein.

Als ich hastig, unter den Ausrufen „Tot! tot!“ die von der Zunge des Dulders, nicht etwa von seinen Lippen, buchstäblich herausgeschleudert wurden, die magnetischen Striche machte, schrumpfte, zerbröckelte, verfaulte sein ganzer Körper unmittelbar, im Verlauf einer einzigen Minute oder nicht einmal einer Minute, unter meinen Händen. Auf dem Bett, vor den Augen der ganzen Gesellschaft, lag eine nahezu flüssige Masse von ekelhafter, abscheuerregender Fäulnis.

DER ENTWENDETE BRIEF

Nil sapientiae odiosius acumine nimio.
Seneca

Es war in Paris im Jahre 18... An einem stürmischen Herbstabend kurz nach Einbruch der Dunkelheit kostete ich in Gemeinschaft mit meinem Freunde Dupin das zwiefache Behagen der Beschaulichkeit und einer Meerschaumpfeife aus in seiner kleinen, nach dem Hof zu gelegenen Bibliothek oder dem Bücherkabinett au troisième No. 33, Rue Dunôt, Faubourg St. Germain. Seit wenigstens einer Stunde schwiegen wir beharrlich, während wir beide – so mochte es wenigstens einem zufälligen Beobachter scheinen – eifrig und ausschließlich mit den krausen Rauchwirbeln beschäftigt waren, die die Luft des Zimmers schwängerten. Was mich betrifft, so erörterte ich in Gedanken gewisse Themen, die zu einer früheren Stunde des Abends unser Gespräch gebildet hatten, nämlich den Vorgang in der Rue Morgue und den geheimnisvollen Mord an Marie Rogêt. Ich sah es daher als eine Art höheren Zufall an, daß plötzlich die Türe aufging und unser alter Bekannter, Monsieur G., der Präfekt der Pariser Polizei, hereintrat.

Wir hießen ihn herzlich willkommen, denn der Mann war beinahe ebenso amüsant wie verächtlich, und wir hatten ihn seit ein paar Jahren nicht gesehen. Wir saßen im Dunkeln, und Dupin stand eben auf, um eine Lampe anzuzünden, setzte sich aber wieder, ohne es zu tun, als G. ihm sagte, er sei gekommen, um uns zu konsultieren oder vielmehr, um meinen Freund in einer amtlichen Angelegenheit um seine Meinung zu fragen, die ihm schon recht viel Mühe bereitet habe.

„Wenn es eine Sache ist, die einige Überlegung erfordert", bemerkte Dupin, indem er unterließ, den Docht anzubrennen, „dann tun wir besser daran, sie im Dunkeln zu prüfen."

„Das ist wieder eine Ihrer absonderlichen Launen", erwiderte der Präfekt, der die Manier hatte, alles, was über seine Begriffe ging, „absonderlich" zu nennen, und demgemäß mitten in einer Unzahl von „Absonderlichkeiten" lebte.

„Sehr richtig", sagte Dupin, während er seinen Besucher mit einer Pfeife versorgte und ihm einen bequemen Sessel hinschob.

„Und worin besteht nun die Schwierigkeit?" fragte ich. „Keine neue Mordaffäre hoffentlich?"

„Nein, nein, nichts von der Art. Die Sache ist die . . . Die Geschichte ist eigentlich höchst einfach, und ich hege keinen Zweifel, daß wir ganz gut allein mit ihr fertigwerden können; aber dann dachte ich, es würde Dupin interessieren, die Einzelheiten zu erfahren, weil es sich gar so absonderlich damit verhält."

„Einfach und absonderlich", warf Dupin ein.

„Nun ja, und doch nicht geradezu das eine oder das andere. Die Sache ist die, daß wir alle ein bißchen stutzig wurden, weil die Angelegenheit gar so einfach ist und trotzdem aller unserer Mühe spottet."

„Vielleicht ist es gerade die Einfachheit der Sache, die Sie auf die falsche Fährte bringt", meinte mein Freund.

„Was für einen Unsinn Sie da reden", erwiderte der Präfekt und lachte herzlich.

„Vielleicht liegt das Geheimnis ein bißchen zu offen am Tage", sagte Dupin.

„Ach, du lieber Gott, hat man so etwas schon gehört?"

„Es ist vielleicht ein bißchen gar zu selbstverständlich."

„Hahaha, hahaha, hohoho", brüllte unser Besucher höchst belustigt. „O Dupin, Sie werden noch mein Tod sein!"

„Und was liegt nun eigentlich vor?" fragte ich.

„Schön, ich will es Ihnen erzählen", antwortete der Präfekt, indem er lange, kräftig und beschaulich den Rauch von sich blies und es sich in seinem Sessel bequem machte, „ich will es Ihnen in ein paar Worten erzählen; aber bevor ich beginne, möchte ich Sie darauf aufmerksam machen, daß es sich um eine Angelegenheit handelt, die strengste Geheimhaltung erfordert, und daß ich höchstwahrscheinlich das Amt, das ich jetzt bekleide, verlöre, wenn bekannt würde, daß ich sie irgend jemandem anvertraut habe."

„Nur weiter", erklärte ich.

„Oder auch nicht", meinte Dupin.

„Gut also, ich bin von höchster Stelle persönlich davon unterrichtet worden, daß ein gewisses Dokument von äußerster Wichtigkeit aus den königlichen Gemächern entwendet worden ist. Der Betreffende, der es entwendet hat, ist bekannt. Das steht außer Zweifel. Es wurde gesehen, wie er es an sich nahm. Ferner ist bekannt, daß es sich noch in seinem Besitz befindet."

„Wieso ist das bekannt?" fragte Dupin.

„Das ergibt sich klar", erwiderte der Präfekt, „aus der Natur des Schriftstücks und aus dem Nichteintritt gewisser Folgen, die sofort eintreten müßten, falls der Dieb es aus der Hand gibt, das heißt, falls er das Dokument so verwendet, wie er es wohl zu verwenden beabsichtigen muß."

„Seien Sie ein wenig deutlicher", bat ich ihn.

„Nun gut, ich will so weit gehen, zu sagen, daß dieses Papier seinem Inhaber eine gewisse Macht verleiht, und zwar an einer gewissen Stelle, wo eine solche Macht von unschätzbarem Wert ist."

Der Präfekt war ein Liebhaber des diplomatischen Jargons.

„Ich verstehe immer noch nicht recht", sagte Dupin.

„Nicht? Also: die Enthüllung des Inhalts dieses Schriftstückes an eine dritte Person, die ich nicht nennen will, würde die Ehre einer Persönlichkeit, die an höchster Stelle steht, in Frage stellen, und diese Tatsache verleiht dem Inhaber dieses Schriftstücks eine gewisse Gewalt über diese erlauchte Person, deren Ehre und Ruhe auf diese Weise gefährdet sind."

„Aber diese Gewalt", warf ich ein, „hinge ab von dem Wissen des Diebes, daß die verlusttragende Person ihn als den Dieb kennt. Wer würde es wagen . . ."

„Der Dieb", erwiderte G., „ist der Minister D., der alles

wagt, sowohl Dinge, die sich für einen Mann ziemen, wie auch solche, die sich nicht ziemen. Das Verfahren des Diebes war ebenso sinnreich wie kühn. Die bestohlene Persönlichkeit erhielt das betreffende Schriftstück – einen Brief, um es offen zu sagen –, als sie sich allein im königlichen Boudoir befand. Während sie ihn las, wurde sie plötzlich durch den Eintritt jener dritten, erlauchten Persönlichkeit unterbrochen, vor der sie ihn ganz besonders zu verbergen wünschte. Nach einem hastigen, vergeblichen Versuch, ihn in eine Schublade zu werfen, war sie gezwungen, ihn geöffnet, wie er war, auf einen Tisch zu legen. Indessen lag die Anschrift zuoberst, der Inhalt war also verdeckt, und der Brief entging der Beachtung. In diesem kritischen Augenblick tritt der Minister D. ein. Sein Luchsauge entdeckt sogleich das Papier, er erkennt die Handschrift auf der Adresse, bemerkt die Verwirrung der Persönlichkeit, an die er gerichtet ist, und durchschaut ihr Geheimnis. Nach einigen politischen Erörterungen, die er in der ihm eigenen Manier erledigt, zieht er einen Brief hervor, der dem bewußten ein wenig ähnlich ist, entfaltet ihn, tut, als ob er ihn läse, und legt ihn dann ganz nahe neben den andern. Wieder spricht er etwa eine Viertelstunde über öffentliche Angelegenheiten. Endlich empfiehlt er sich und nimmt zugleich von dem Tisch den Brief, auf den er keinen Anspruch hat. Sein rechtmäßiger Eigentümer sieht es, wagt aber natürlich nicht, in der Gegenwart der dritten Persönlichkeit, die dicht an ihrer Seite steht, die Aufmerksamkeit auf den Vorgang zu lenken. Der Minister macht sich aus dem Staube, indem er seinen eigenen ganz belanglosen Brief auf dem Tisch liegen läßt."

„Hier haben wir also", flocht Dupin ein, indem er sich an mich wandte, „genau das, was Sie fordern, um die Gewalt des Diebes vollkommen zu machen: nämlich das Wissen des Diebes, daß die verlusttragende Person ihn als den Dieb kennt."

„Ja", fuhr der Präfekt fort, „und die so erlangte Macht ist seit einigen Monaten in höchst gefährlichem Ausmaß zu politischen Zwecken ausgenützt worden. Die bestohlene

Person ist je länger, je mehr von der Notwendigkeit überzeugt, ihren Brief wiederzuerlangen. Nur kann dies natürlich nicht offen geschehen. Mit einem Wort, in ihrer Verzweiflung hat sie die Angelegenheit mir übergeben."

„Und einen scharfsinnigeren Helfer", erklärte Dupin mitten in einem wahren Rauchwirbel, „kann man sich meiner Ansicht nach weder wünschen noch erträumen."

„Sie schmeicheln mir", erwiderte der Präfekt; „aber es ist möglich, daß in etwa eine solche Meinung bestanden hat."

„Es ist, wie Sie schon bemerkten, klar", sagte ich, „daß der Brief noch im Besitz des Ministers ist, da es ja sein Besitz ist, der ihm die Macht verleiht, und nicht irgendwelche Verwendung. Mit seiner Verwendung ist die Macht dahin."

„Sehr richtig", pflichtete G. bei, „und gemäß dieser Überzeugung ging ich vor. Meine erste Sorge war, eine gründliche Haussuchung in dem Palais des Ministers vorzunehmen, und hierbei wurde ich hauptsächlich durch die Notwendigkeit behindert, die Haussuchung ohne Wissen des Ministers durchzuführen. Vor allen Dingen war ich vor der Gefahr gewarnt worden, die daraus entstehen könnte, wenn man ihm Grund gäbe, unsere Absicht zu durchschauen."

„Aber", sagte ich, „Sie sind durchaus au fait in diesen Nachforschungen. Die Pariser Polizei hat dergleichen doch oft genug getan."

„Ja, gewiß, und aus diesem Grunde verzweifelte ich nicht. Die Gewohnheiten des Ministers boten mir zudem einen großen Vorteil. Er ist häufig während der ganzen Nacht von zu Haus abwesend. Seine Dienerschaft ist keineswegs zahlreich, schläft ziemlich entfernt von den Gemächern ihres Herrn und kann, da sie hauptsächlich aus Neapolitanern besteht, leicht betrunken gemacht werden. Wie Sie wissen, habe ich Schlüssel, mit denen ich jedes Zimmer oder Kabinett in Paris öffnen kann. Während dreier Monate ist keine Nacht vergangen, die ich nicht zum größten Teil dazu benutzt hätte, das Palais zu durchstöbern. Meine Ehre steht auf dem Spiel, und – ich verrate ein tiefes Geheimnis – die Belohnung ist außerordentlich hoch. So gab ich denn die Suche nicht auf, bevor ich mich nicht vollständig vergewissert hatte, daß der Dieb noch schlauer ist als ich. Ich glaube, ich habe jeden Winkel, jede Ecke des Gebäudes durchstöbert, in dem das Papier möglicherweise versteckt sein könnte."

„Aber wäre es nicht möglich", gab ich zu bedenken, „daß, wenn auch der Brief sich im Besitz des Ministers befinden mag, was ja zweifellos der Fall ist, er ihn doch anderswo versteckt haben könnte als gerade in seinem eigenen Hause?"

„Das ist kaum möglich", meinte Dupin. „Der gegenwärtige besondere Stand der Dinge bei Hofe und vor allem die Intrigen, in die D. bekanntlich verwickelt ist, verleihen der sofortigen Verwendbarkeit des Schriftstücks, der Möglichkeit, es jederzeit vorzuzeigen, eine Bedeutung, die beinahe seinem Besitz gleichkommt."

„Die Möglichkeit, es vorzuzeigen?" fragte ich.

„Gewiß; das heißt, es zu vernichten", sagte Dupin.

„Sehr richtig", bemerkte ich, „das Papier befindet sich also offenbar in seinem Hause. Was nun die Annahme betrifft, daß es der Minister bei sich trägt, so kommt sie wohl nicht in Betracht?"

„Ganz und gar nicht", erwiderte der Präfekt. „Er ist zweimal von angeblichen Straßenräubern überfallen und dabei unter meiner eigenen Aufsicht einer gewissenhaften Leibesvisitation unterzogen worden."

„Die Mühe hätten Sie sich sparen können", sagte Dupin. „D. ist, wie ich annehme, nicht geradezu ein Narr und muß, wenn er das nicht ist, auf diese Überfälle als auf etwas Selbstverständliches gefaßt gewesen sein."

„Nicht geradezu ein Narr", erwiderte G., „aber jedenfalls ist er ein Dichter, der für mich nur um einen Grad vom Narren entfernt ist."

„Sehr richtig", sagte Dupin nach einem langen, nachdenklichen Zug aus seiner Meerschaumpfeife, „wiewohl auch ich mir gewisse Poetereien habe zuschulden kommen lassen."

„Beschreiben Sie uns doch die Einzelheiten Ihrer Nachforschungen", bat ich.

„Nun, die Sache ist die: wir nahmen uns die Zeit und suchten überall. Ich habe in solchen Dingen eine lange Erfahrung. Ich nahm das ganze Gebäude Raum für Raum vor und widmete jedem Zimmer die Nächte einer ganzen Woche. Wir untersuchten zuerst die Möbel in jedem Zimmer. Wir machten jede erdenkliche Schublade auf, und Sie wissen, wie ich vermute, daß es für einen gutgeschulten Polizeibeamten so etwas wie ein Geheimfach nicht gibt. Jeder, der sich bei einer solchen Haussuchung ein ‚geheimes Fach' entgehen läßt, ist ein Pfuscher. Die Sache ist ja so einfach. Da ist ein gewisses Volumen, ein gewisser Rauminhalt, der in jedem Schrank in Rechnung gezogen werden muß. Zudem haben wir genaue Regeln. Der fünfzehnte Teil eines Zolls kann uns nicht entgehen. Nach den Schränken nahmen wir die Stühle vor. Die Polsterung untersuchten wir mit den feinen langen Nadeln, die Sie bei uns gesehen haben. Von den Tischen hoben wir die Platte ab."

„Warum das?"

„Manchmal wird die Tischplatte oder ein anderer ähnlich beschaffener Möbelteil von jemandem, der einen Gegenstand verbergen will, abgehoben, das Bein wird ausgehöhlt, der Gegenstand in die Höhlung gelegt und die Platte wieder aufgesetzt. Auch die Füße und Knäufe der Bettpfosten werden in dieser Weise benutzt."

„Könnte man denn diesen Hohlraum nicht durch Abklopfen entdecken?" fragte ich.

„Keineswegs, wenn der Gegenstand nach dem Hineinlegen genügend mit Watte umgeben wurde. Außerdem waren wir in unserem Fall genötigt, ohne Geräusch vorzugehen."

„Aber Sie können doch nicht alles abgehoben, Sie können doch nicht alle Möbelstücke, in denen sich auf die beschriebene Weise etwas verwahren läßt, in Stücke zerlegt haben! Einen Brief kann man in eine dünne spiralförmige Rolle zusammendrängen, die sich in Bezug auf Gestalt oder Volumen von einer dicken Stricknadel nicht wesentlich unterscheidet, und in dieser Form hätte man ihn zum Beispiel in eine Stuhlleiste hineinstecken können. Sie haben doch nicht alle Stühle auseinandergenommen?"

„Gewiß nicht. Aber wir taten etwas Besseres: wir untersuchten die Leisten aller Stühle in dem Palais und die Fugen all der verschiedenen Möbel mit Hilfe eines sehr starken Vergrößerungsglases. Wären irgendwelche Spuren einer vor kurzem vorgenommenen Veränderung vorhanden gewesen, wir hätten sie unfehlbar im Augenblick entdecken müssen. Ein einziges von einem Bohrer herrührendes Stäubchen beispielsweise wäre so deutlich zu sehen gewesen wie ein Apfel. Jede Unregelmäßigkeit in der Leimung, jedes ungewöhnliche Klaffen der Fugen hätte genügt, eine Entdeckung herbeizuführen."

„Ich nehme an, Sie untersuchten auch die Spiegel zwischen Rahmen und Platte, sondierten die Betten und Bettücher sowie die Vorhänge und Teppiche?"

„Natürlich; und nachdem wir so mit den Möbeln Stück für Stück fertiggeworden waren, untersuchten wir das Haus selbst. Wir teilten seine gesamte Oberfläche in Felder, die wir numerierten, so daß keines übersehen werden konnte, dann besahen wir jeden einzelnen Quadratzoll in dem ganzen Gebäude, die beiden Nachbarhäuser mit eingeschlossen, mit dem Vergrößerungsglas."

„Die beiden Nachbarhäuser auch?" rief ich aus. „Sie müssen furchtbar viel Arbeit gehabt haben!"

„Die hatten wir, aber die ausgesetzte Belohnung ist ungeheuer."

„Sie schlossen auch das Gebiet in der Umgebung der Häuser in Ihre Untersuchung mit ein?"

„Die ganze Fläche ist mit Ziegelsteinen gepflastert. Sie machte uns verhältnismäßig wenig Arbeit. Wir untersuchten das Moos zwischen den Ziegeln und fanden es unverletzt."

„Sie sahen natürlich unter D.s Papieren nach und auch in den Büchern seiner Bibliothek?"

„Gewiß. Wir öffneten jedes Bündel und Päckchen, wir schlugen nicht nur jedes Buch auf, sondern drehten jedes Blatt einzeln um, wir begnügten uns nicht nur mit einem bloßen Schütteln, wie es bei einigen unserer Polizeibeamten Mode ist. Wir maßen auch die Dicke jedes Buchdeckels mit der größten Genauigkeit und unterzogen jeden der peinlichsten Untersuchung mit dem Vergrößerungsglas. Wäre an irgendeinem dieser Einbände in der jüngsten Zeit ein Eingriff vorgenommen worden, hätte uns diese Tatsache ganz unmöglich entgehen können. Etwa fünf oder sechs Bände, die frisch vom Buchbinder kamen, wurden der Länge nach mit den Nadeln sorgfältig sondiert."

„Haben Sie die Fußböden unter den Teppichen durchsucht?"

„Zweifellos. Wir hoben jeden Teppich auf und prüften die Dielen mit der Lupe."

„Und die Tapeten an den Wänden?"

„Auch diese."

„Sahen Sie in den Kellern nach?"

„Ja."

„Dann", sagte ich, „haben Sie sich verrechnet, und der Brief befindet sich nicht, wie Sie annehmen, im Hause."

„Ich fürchte, darin haben Sie recht", stimmte mir der Präfekt zu.

„Und Sie, Dupin, was würden Sie mir nun raten zu tun?"

„Eine neue gründliche Durchsuchung des Hauses vorzunehmen."

„Das ist vollständig nutzlos", erwiderte G. „So gewiß ich weiß, daß ich lebe, so gewiß befindet sich der Brief nicht im Palais."

„Ich kann Ihnen keinen besseren Rat geben", wiederholte Dupin. „Sie haben natürlich eine genaue Beschreibung des Briefes?"

„O ja." Hier zog der Präfekt ein Notizbuch hervor und begann laut eine umständliche Beschreibung der inneren, besonders aber der äußeren Kennzeichen des vermißten Schriftstücks vorzulesen. Bald nachdem er damit fertig war, verabschiedete er sich, und zwar so niedergeschlagen, wie ich den guten Mann noch nie zuvor gesehen hatte.

Etwa einen Monat später stattete er uns wieder einen Besuch ab und fand uns ungefähr ebenso beschäftigt wie das erstemal. Er nahm eine Pfeife und einen Stuhl und begann irgendein alltägliches Gespräch. Endlich sagte ich: „Nun, G., wie steht's mit dem entwendeten Brief? Ich glaube, Sie haben sich schließlich damit abgefunden, daß es nicht so leicht ist, den Minister zu überlisten?"

„Zum Henker mit ihm! Ich habe noch einmal alles durchsucht, wie Dupin vorschlug, aber es war eine verlorene Mühe, wie ich es ja vorher gewußt hatte."

„Wie hoch, sagten Sie, war die ausgesetzte Belohnung?" fragte Dupin.

„Ei, ein hübsches Sümmchen, eine äußerst freigebige Belohnung! Ich möchte nicht gerne angeben, wieviel es genau ist, aber so viel will ich doch sagen, daß es mir nichts ausmachte, jedem Beliebigen, der mir diesen Brief zur Stelle schafft, persönlich eine Anweisung auf fünfzigtausend Franken auszustellen. Die Sache ist die: er gewinnt von Tag zu Tag an Wichtigkeit, und die Belohnung ist vor kurzem verdoppelt worden. Aber nicht einmal, wenn sie verdreifacht würde, könnte ich mehr leisten, als ich schon bisher geleistet habe."

„Je nun", sagte Dupin gedehnt zwischen den Zügen, die er aus seiner Meerschaumpfeife tat, „ich glaube wirklich, G., Sie haben sich in dieser Sache nicht aufs äußerste angestrengt, Sie hätten wohl – ein wenig mehr tun dürfen, he?"

„Wieso? Auf welche Weise?"

„Sie sollten einen Anwalt mit dieser Sache betrauen! Erinnern Sie sich an die Geschichte, die man von Abernethy erzählt?"

„Nein, zum Teufel mit Abernethy!"

„Gewiß, zum Teufel mit ihm, wenn Ihnen damit gedient ist. Aber eines schönen Tages, da faßte ein gewisser reicher Knicker den Plan, aus diesem Abernethy eine ärztliche Konsultation herauszuschlagen. In dieser Absicht fing er in einer Privatgesellschaft mit ihm ein allgemeines Gespräch an und brachte seinen eigenen Fall als den einer erfundenen Person vor.

‚Gesetzt', sagte der Knicker, ‚die Symptome seien die und die. Nun, Herr Doktor, was würden Sie ihm verordnen zu nehmen?'

‚Zu nehmen?' fragte Abernethy, ‚je nun, Rat anzunehmen natürlich.' "

„Aber", erwiderte der Präfekt, ein wenig aus der Fassung gebracht, „ich bin ja durchaus bereit, Rat anzunehmen und dafür gut zu bezahlen. Ich wollte wahrhaftig jedem, der mir in dieser Sache zu helfen vermag, fünfzigtausend Franken geben."

„In diesem Fall", erwiderte Dupin, indem er eine Schublade öffnete und ein Scheckbuch herausnahm, „können Sie mir gleich eine Anweisung auf die erwähnte Summe ausstellen. Sobald Sie unterzeichnet haben, will ich Ihnen den Brief einhändigen."

Ich war verblüfft. Der Präfekt schien geradezu vom Donner gerührt. Während einiger Minuten blieb er sprach- und regungslos stehen und blickte mit offenem Munde und weit aufgerissenen Augen ungläubig meinen Freund an. Dann, nachdem er offenbar ein wenig zu sich gekommen war, ergriff er eine Feder und füllte, sich mehrmals unterbrechend und gedankenlos vor sich hinstierend, endlich eine Anweisung auf fünfzigtausend Franken aus, unterzeichnete und reichte sie Dupin über den Tisch hin. Dieser prüfte sie sorgfältig und legte sie in seine Brieftasche. Dann schloß er ein Schreibpult auf, entnahm ihm einen Brief und gab ihn dem Präfekten. Der Beamte haschte nach ihm in einem wahren Freudentaumel, entfaltete ihn mit zitternden Händen, warf einen kurzen Blick auf den Inhalt, und dann strebte er hastig nach der Türe und stürzte schließlich grußlos aus dem Zimmer und zum Haus hinaus, ohne, seitdem ihn Dupin um Ausfüllung des Wechsels ersucht hatte, auch nur eine Silbe hervorgebracht zu haben.

Als er gegangen war, ließ sich mein Freund auf einige Erklärungen ein.

„Die Pariser Polizeibeamten", sagte er, „sind äußerst tüchtig in ihrer Art. Sie sind ausdauernd, klug, routiniert und gründlich bewandert in jenen Kenntnissen, die ihr Amt hauptsächlich zu erfordern scheint. Als daher G. uns sein Verfahren bei der Haussuchung im Palais D. ausführlich beschrieb, war ich völlig überzeugt davon, daß hier ausreichende Nachforschungen stattgefunden hatten, nämlich so weit, wie sich seine Bemühungen erstreckten."

„Soweit sich seine Bemühungen erstreckten?" fragte ich.

„Ja", sagte Dupin. „Die getroffenen Maßnahmen waren nicht nur die besten in ihrer Art, sondern sie sind auch zur höchsten Vollendung ausgebildet. Wäre der Brief im Bereich ihrer Nachforschungen verwahrt gewesen, die Leute hätten ihn ohne Frage gefunden."

Ich lachte bloß, aber er schien, was er sagte, ganz ernst zu meinen.

„Die Maßnahmen", fuhr er fort, „waren also in ihrer Art vortrefflich und gut ausgeführt; der Fehler lag darin, daß sie auf diesen Fall und auf diesen Mann nicht anwendbar waren. Eine gewisse Anzahl höchst sinnreicher Hilfsmittel ist in den Augen des Präfekten eine Art Prokrustesbett, dem er seine Pläne gewaltsam anpaßt. Aber er irrt sich beständig, indem er entweder zu tiefgründig oder zu oberflächlich für eine bestimmte Sache ist, und mancher Schuljunge ist ein besserer Rechner als er. Ich kannte einen von ungefähr acht Jahren, dessen Erfolge im Erraten bei dem Spiele ‚Gerade oder Ungerade' allgemeine Bewunderung erregten. Das Spiel ist einfach und wird mit Murmeln gespielt. Einer der Spieler hält in seiner Hand eine gewisse Zahl dieser Kugeln und fragt einen anderen, ob deren Zahl gerade oder ungerade ist. Wer richtig rät, gewinnt eine Kugel; wer falsch rät, verliert eine. Der Knabe, von dem ich spreche, gewann der ganzen Schule die Murmeln ab. Natürlich befolgte er beim Raten ein Prinzip, und dieses bestand in nichts weiter als in der Beobachtung und Anpassung an die Gewitztheit seiner Gegner. Ist zum Beispiel ein richtiger Einfaltspinsel sein Gegner und fragt, indem er die Hand in die Höhe hält: ‚Gerad oder ungerad?' dann antwortet unser Schuljunge: ‚Ungerad' und verliert; aber beim zweitenmal gewinnt er, denn er sagt sich: Der Einfaltspinsel hatte das erstemal gerade, und sein Vorrat an Schlauheit reicht etwa aus, daß er das zweitemal ungerade wählt, darum will ich ungerade raten. Er rät ungerad und gewinnt. Bei einem Einfaltspinsel, der um eine Stufe höher steht, würde er folgendermaßen argumentieren: Dieser Bursche bemerkt, daß ich das erstemal ungerade geraten habe, und auf den ersten Antrieb hin nimmt er sich vor, einfach gerade mit ungerade zu vertauschen, wie es der erste Einfaltspinsel tat, aber dann wird ihm eine zweite Überlegung sagen, daß die Änderung doch gar zu einfach sei, und er wird sich schließlich entscheiden, eine gerade Zahl zu nehmen wie zuvor. Ich will darum gerade raten. Er rät gerade und gewinnt. Worin besteht nun eigentlich die Denkmethode bei diesem Schuljungen, den seine Mitschüler einen Glückspilz nannten; was ist sie im letzten Grunde?"

„Sie besteht", antwortete ich, „in nichts anderem, als daß der Geist des Denkenden sich mit dem seines Gegners identifiziert."

„So ist es", sagte Dupin; „und als ich den Knaben fragte, mit welchen Mitteln er diese völlige Identifikation, die seinen Erfolg ausmachte, erreichte, erhielt ich folgendes zur Antwort: ‚Wenn ich herauszufinden wünsche, wie dumm oder wie gut oder wie bös jemand ist oder welches seine Gedanken in diesem Augenblick sind, so bringe ich meinen Gesichtsausdruck so genau wie möglich mit dem seinen in Übereinstimmung und warte darauf ab, was für Gedanken oder Gefühle sich in meinem Geist oder Herzen regen, die diesem Ausdruck entsprechen.' Diese Antwort eines Schuljungen liegt all dem vermeintlichen Tiefsinn, den man einem La Rochefoucauld, einem La Bruyère, einem Machiavell und Campanella zuschreibt, zugrunde."

„Und diese Identifikation des Verstandes des Ratenden mit dem seines Gegners", sagte ich, „hängt, wenn ich Sie recht verstehe, von der Genauigkeit ab, mit der der Verstand des Gegners abgeschätzt wird."

„Was den praktischen Wert anbetrifft, so hängt er davon ab", erwiderte Dupin. „Und der Präfekt und seine Gefolgschaft irren sich deshalb so häufig, weil sie erstens diese Identifikation außer acht lassen und weil sie zweitens den Verstand, mit dem sie es zu tun haben, entweder falsch oder überhaupt nicht abschätzen. Sie ziehen immer nur ihre eigenen Vorstellungen von Klugheit in Betracht; wenn sie etwas Verstecktes suchen, denken sie nur daran, wie sie selbst es versteckt hätten. Sie haben wohl darin sehr recht, daß ihre eigene Klugheit ein getreues Abbild der Klugheit der großen Masse ist; wenn aber die List des betreffenden Missetäters ihrer Art nach von der ihren abweicht, so wird der Missetäter ihnen natürlich eine Nase drehen. Das geschieht stets, wenn sein Scharfsinn über dem ihren steht, und sehr häufig, wenn er unter dem ihren steht. Sie kennen keine Veränderung in den Grundsätzen ihrer Nachforschungen, höchstens daß sie, von einem ungewöhnlichen Ereignis, einer außerordentlichen Belohnung angespornt, die alten Praktiken weiter ausdehnen oder übertreiben, ohne die Prinzipien anzutasten. Was ist zum Beispiel im Falle D. geschehen, um das Prinzip des Verfahrens zu ändern? Was ist all dieses Bohren und Sondieren und Abklopfen und Beschauen durch die Lupe und die Einteilung der Oberfläche des Gebäudes in numerierte Quadratzoll – was ist das alles anderes als eine Übertreibung in der Anwendung einer oder mehrerer Untersuchungsprinzipien, denen allen ein bestimmter Kreis von Anschauungen über menschliche Klugheit zugrunde liegt, an die der Präfekt sich in jahrelangem Amtsschlendrian gewöhnt hat? Sie sehen doch, er hält es für ausgemacht, daß alle Menschen einen Brief wenn nicht gerade in einem Loch, das sie in ein Stuhlbein gebohrt haben, so doch in irgendeinem abseitigen Loch oder Winkel verstecken, auf das sie derselbe Gedankengang kommen läßt, der jemanden veranlassen würde, einen Brief in einem Stuhlbein, in das er ein Loch gebohrt hat, zu verwahren. Und Sie sehen ferner, daß solche ausgetüftelten Verstecke nur für gewöhnliche Fälle taugen und nur von gewöhnlichen Geistern ausgedacht werden; denn in allen Fällen, wo etwas Verstecktes gesucht wird, wird ein solches Unterbringen des zu versteckenden Gegenstandes, ein Unterbringen in dieser ausgetüftelten Manier, zuallererst und als höchstwahrscheinlich vermutet, und so hängt seine Entdeckung keineswegs von dem Scharfsinn der Suchenden ab, sondern ganz und gar nur von ihrer Sorgfalt, Geduld und Beharrlichkeit; und dort, wo die Sache von Wichtigkeit oder – was in den Augen der Polizei auf dasselbe herauskommt – die Belohnung von Betracht ist, hat es an den erwähnten Eigenschaften bekanntlich niemals gefehlt. Sie werden nun verstehen, was ich meinte, als ich sagte: Wäre der entwendete Brief innerhalb des Gesichtskreises der polizeilichen Nachforschungen versteckt worden, mit anderen Worten: wäre das Prinzip, nach dem er versteckt wurde, in den Prinzipien des Präfekten enthalten gewesen, so hätte man ihn zweifellos gefunden. Indes ist der Beamte gründlich hinters Licht geführt worden, und die letzte Ursache dieser Niederlage liegt in der Annahme, daß der Minister ein Narr ist, weil er als Dichter einen Ruf erlangt hat. Alle Narren sind Dichter, das fühlt der Präfekt, und er macht sich bloß einer non distributio medii schuldig, wenn er daraus schließt, daß alle Dichter Narren seien."

„Aber ist er wirklich der Dichter?" fragte ich. „Soviel ich weiß, gibt es zwei Brüder, die sich alle beide in der Literatur einen Namen gemacht haben. Der Minister hat, glaube ich, ein gelehrtes Buch über die Differentialrechnung geschrieben. Er ist Mathematiker und kein Dichter."

„Sie irren sich. Ich kenne ihn gut. Er ist beides. Als Dichter und Mathematiker konnte er richtig überlegen, als bloßer Mathematiker hätte er vielleicht überhaupt nicht vernünftig denken können und wäre so eine Beute des Präfekten geworden."

„Sie überraschen mich", sagte ich, „mit diesen Ansichten, die der Meinung der Welt widersprechen. Sie wollen doch nicht diese in Jahrhunderten gereifte Idee für nichts achten: der Verstand des Mathematikers ist seit altersher als der Verstand par excellence angesehen worden."

„‚Il y a à parier'", erwiderte Dupin, indem er Chamfort zitierte, „‚que toute idée publique, toute convention reçue, est une sottise, car elle a convenue au plus grand nombre.' Die Mathematiker haben, das muß ich einräumen, ihr möglichstes getan, um diesen populären Irrtum zu verbreiten, den Sie erwähnen, der aber trotz seiner Verbreitung als Wahrheit nichtsdestoweniger ein Irrtum bleibt. Mit einer Kunst, die einer besseren Sache würdig wäre, haben sie zum Beispiel den Ausdruck ‚Analysis' in die Algebra eingeschmuggelt. Die Franzosen sind die Urheber dieses sonderbaren Betruges, aber wenn ein Ausdruck irgend von Wichtigkeit sein soll, wenn Worte aus ihrer Anwendbarkeit irgendeinen Wert herleiten, dann bedeutet Analysis etwa ebenso Algebra, wie im Lateinischen ambitus Ehrgeiz, religio Religion oder homines honesti eine Schar rechtschaffener Männer heißt."

„Sie liegen, wie ich sehe, mit gewissen Pariser Algebraisten im Streit. Aber fahren Sie nur fort."

„Ich bestreite die Verwertbarkeit und demgemäß den Wert eines Verstandes, der in einer besonderen, von der abstrakt-logischen verschiedenen Denkweise erzogen wird. Ich bemängle vornehmlich den durch das Studium der Mathematik ausgebildeten Verstand. Mathematik ist die Wissenschaft von Gestalt und Menge, mathematisches Denken ist nichts als auf die Beobachtung von Gestalt und Menge angewandte Logik. Der große Irrtum liegt in der Annahme, daß selbst die Wahrheiten der sogenannten reinen Algebra abstrakte oder allgemeine Wahrheiten seien. Und dieser Irrtum ist so ungeheuerlich, daß ich verblüfft bin, wie allgemein man ihn angenommen hat. Mathematische Axiome sind keine Axiome von allgemeiner Gültigkeit. Was hinsichtlich der Relation – nämlich von Gestalt und Menge – wahr ist, ist in bezug auf die Morallehre beispielsweise grundfalsch. In letzterer Wissenschaft ist es zumeist unwahr, daß die Summe der Teile dem Ganzen gleich ist. Auch in der Chemie versagt dieser Grundsatz. Ebenso bei der Betrachtung von Bewegungen; denn zwei Bewegungen, jede von einem gegebenen Wert, haben vereinigt nicht notwendig einen Wert, der der Summe der beiden Einzelwerte gleich ist. Es gibt noch zahlreiche andere mathematische Wahrheiten, die nur innerhalb der Grenzen der Mathematik Wahrheiten sind. Aber der Mathematiker folgert gewohnheitsmäßig aus seinen begrenzten Wahrheiten, als ob sie ganz allgemeine Anwendbarkeit hätten – was von der Welt auch tatsächlich angenommen wird. Bryant erwähnt in seiner sehr gelehrten Mythologie eine analoge Fehlerquelle, indem er erklärt, daß wir, obwohl wir an die heidnischen Sagen nicht glauben, uns doch immer wieder so weit vergessen, aus ihnen Schlüsse zu ziehen, als ob sie existente Wirklichkeit wären. Bei den Algebraisten nun, die selbst eine Art Heiden sind, glaubt man an die heidnischen Sagen und zieht aus ihnen Schlüsse, nicht so sehr aus Gedächtnisschwund wie aus einer unbegreiflichen Verdummung des Gehirns. Kurz, ich bin noch nie einem reinen Mathematiker begegnet, dem man über seine Quadratwurzeln hinaus hätte trauen dürfen, oder einem, der es nicht in seinem Innern für einen Glaubensartikel gehalten hätte, daß $x^2 + px$ unbedingt und unter allen Umständen gleich q ist. Bitte, sagen Sie einmal einem dieser Herren versuchsweise, Sie glaubten, daß Fälle vorkämen, wo $x^2 + px$ nicht genau gleich q sei; aber sobald Sie ihm diese Ihre Meinung zu verstehen gegeben haben, verziehen Sie sich so schleunig als möglich aus der Reichweite seiner Faust, denn er wird zweifellos versuchen, Sie niederzuschlagen.

Ich will damit nur sagen", fuhr Dupin fort, während ich über seine letzten Bemerkungen lachte, „daß der Präfekt sich keineswegs gezwungen gesehen hätte, mir diese Anweisung auszuschreiben, wenn der Minister nichts weiter als ein Mathematiker gewesen wäre. Nun wußte ich aber, daß er beides, Mathematiker und Dichter, ist, und paßte meine Maßnahmen seiner Geistesschärfe mit Berücksichtigung der ihn umgebenden Umstände an. Ich kannte ihn ferner als Hofmann und als kühnen Intriganten. Ein solcher Mann, erwog ich, mußte auf die üblichen Methoden der Polizei gefaßt sein. Er mußte gewärtig sein – und die Ereignisse haben gezeigt, daß er es war –, auf der Straße überfallen zu werden. Er mußte, überlegte ich, die geheimen Haussuchungen vorausgesehen haben. Sein häufiges nächtliches Fernbleiben vom Hause, das vom Präsidenten als sichere Gewähr des Erfolges begrüßt wurde, sah ich nur als eine List an, die der Polizei Gelegenheit zu gründlichem Suchen geben und ihr um so eher die Überzeugung beibringen sollte – die Überzeugung, zu der G. auch schließlich gelangt ist –, daß sich der Brief nicht in dem Hause befinde. Ich fühlte auch, daß alle diese Gedanken, die ich Ihnen soeben mit einiger Mühe auseinandergesetzt habe – daß alle diese Gedanken über die unabänderlichen Prinzipien der Polizei bei ihren Nachforschungen nach verborgenen Gegenständen auch dem Minister durch den Kopf gegangen sind. Sie mußten ihn notgedrungen dazu führen, alle üblichen Verstecke zu verschmähen. Dieser Mann, sagte ich mir, konnte nicht so dumm sein, nicht einzusehen, daß die ausgeklügeltsten, verborgensten Schlupfwinkel für die Augen, die Nadeln, die Bohrer, die Lupen des Präfekten ebenso offen daliegen würden wie die gewöhnlichsten Verwahrungsorte. Ich sah, mit einem Wort, daß er durch den natürlichen Lauf der Dinge, wenn nicht sogar aus freier Wahl, zur Einfachheit gedrängt werden mußte. Sie erinnern sich vielleicht noch, wie fürchterlich der Präfekt lachte, als ich bei unserer ersten Unterredung bemerkte: vielleicht mache ihm dieses Rätsel soviel Mühe, weil es gar zu offen zutage liege."

„Ja", sagte ich, „ich erinnere mich an seine Heiterkeit sehr wohl. Ich dachte wirklich, er würde Krämpfe bekommen."

„Die Körperwelt", fuhr Dupin fort, „ist reich an sehr genauen Analogien mit der Geisteswelt, und das gibt der Behauptung der Redner, daß die Metapher oder das Gleichnis ebenso geeignet seien, einen Beweis zu stärken wie eine Schilderung auszuschmücken, einen gewissen Anstrich von Wahrheit. Das Prinzip der vis inertiae zum Beispiel scheint in der Physik und in der Metaphysik identisch zu sein. In der Physik gilt der Satz ebenso, daß ein großer Körper schwerer in Bewegung zu setzen ist als ein kleinerer und daß seine daraus folgende Leistung zu dieser Schwierigkeit im Verhältnis steht, wie es in der Metaphysik richtig ist zu sagen, daß Geister von größerem Umfang, obwohl in ihren Bewegungen kräftiger, beständiger und wirksamer als diejenigen niedrigeren Grades, dennoch weniger leicht beweglich, mehr behindert und voller Bedenken sind bei den ersten Schritten auf ihrem Wege. Noch ein Beispiel: haben Sie jemals darauf geachtet, welches von den Straßenschildern über den Ladentüren die meiste Aufmerksamkeit auf sich zieht?"

„Ich habe nie darüber nachgedacht“, entgegnete ich.

„Es gibt ein Rätselspiel“, fuhr er fort, „das man auf einer Landkarte spielt. Die eine Partei verlangt von der anderen, daß sie ein bestimmtes Wort, den Namen einer Stadt, eines Flusses, eines Staates, eines Reiches, kurz, irgendein beliebiges Wort, in dem buntscheckigen Gewirr der Karte finde. Ein Neuling in dem Spiel wird meistens seine Gegner dadurch in Verlegenheit zu bringen suchen, daß er ihnen die am kleinsten gedruckten Namen aufgibt, aber die Erfahrenen wählen die Worte aus, die sich in großen Lettern über die ganze Karte erstrecken. Diese entziehen sich, ebenso wie die Straßenschilder und Plakate mit übergroßen Buchstaben, der Beachtung gerade infolge ihrer ungemeinen Augenfälligkeit. Und hier besteht eine weitgehende Analogie zwischen dem physischen Übersehen und dem geistigen Versagen, das zur Folge hat, daß der Verstand gerade jene Überlegungen außer acht läßt, die allzu aufdringlich, allzu greifbar auf der Hand liegen. Aber dieser Punkt ist, wie mir scheint, ein wenig zu hoch oder zu tief für das Begriffsvermögen des Präfekten. Er hat es niemals für wahrscheinlich oder auch nur für möglich gehalten, daß der Minister den Brief geradezu vor aller Leute Nase hingelegt habe, um auf diese Weise am wirksamsten zu verhindern, daß irgend jemand von diesen Leuten ihn sähe.

Aber je mehr ich an D.s kühnen, scharfen, glänzenden Geist dachte, an die Tatsache, daß das Schriftstück, um mit Erfolg ausgenutzt zu werden, immer zur Hand sein mußte, an die endgültige Gewißheit, zu der der Präfekt gelangt war, daß es nicht innerhalb der Grenzen der üblichen amtlichen Nachforschungen verborgen sein konnte, um so mehr kam ich zu der Überzeugung, daß der Minister, in der Absicht, den Brief zu verstecken, zu dem klugen und sinnreichen Mittel gegriffen hatte, überhaupt keinen Versuch zu machen, ihn zu verstecken.

Von diesem Gedanken erfüllt, rüstete ich mich mit einer grünen Brille aus und sprach eines schönen Morgens ganz wie aus Zufall im Palais des Ministers vor. Ich traf D. zu Hause, gähnend, lässig, spielerisch und wie gewöhnlich behauptend, daß er vor Langerweile umkäme. Er ist vielleicht der tatkräftigste Mensch, der heute lebt – aber das ist er nur, wenn niemand ihn sieht.

Um es ihm gleichzutun, beklagte ich mich über meine schwachen Augen und die Notwendigkeit, eine Brille zu tragen, unter deren Schutz ich vorsichtig und gründlich im Zimmer umherspähte, während ich mich scheinbar nur für das Gespräch mit dem Minister interessierte.

Vor allem schenkte ich meine Aufmerksamkeit einem großen Schreibtisch, neben dem er saß und auf dem allerhand Briefe und andere Papiere, ein oder zwei Musikinstrumente und ein paar Bücher herumlagen. Doch bemerkte ich hier nach langer, sehr eingehender Prüfung nichts, was besonderen Verdacht erregt hätte.

Schließlich fielen meine Blicke bei ihrem Rundgang durch das Zimmer auf ein schäbiges Prunkstück, einen aus Pappe ausgeschnittenen Kartenhalter, der an einem schmutzigen blauen Band von einem Messingknöpfchen gerade unterhalb der Mitte des Kaminsimses herabhing und hin und her pendelte. In diesem Kartenhalter, der drei oder vier Fächer hatte, lagen vier bis fünf Visitenkarten und ein einziger Brief. Der Brief war sehr fleckig und zerknittert. Er war beinahe bis zur Mitte durchgerissen, als ob die im ersten Augenblick bestandene Absicht, ihn als völlig wertlos zu zerreißen, gerade im letzten Moment geändert worden oder unterblieben wäre. Er trug ein großes schwarzes Siegel mit dem sehr deutlich angebrachten Monogramm von D. und war in einer winzigen weiblichen Handschrift an D., den Minister selbst, adressiert. Er war nachlässig, ja, wie es den Anschein hatte, sogar verächtlich in eines der oberen Fächer des Kartenhalters geworfen worden.

Kaum hatte ich einen Blick auf diesen Brief geworfen, als ich zu dem Schluß kam, daß es der war, den ich suchte. Freilich war er allem Anschein nach von demjenigen, dessen ausführliche Beschreibung uns der Präfekt vorgelesen hatte, gründlich verschieden. Hier war das Siegel groß und schwarz und trug das Monogramm von D., dort war es als klein und rot und mit dem Herzogswappen der Familie S.

versehen beschrieben. Hier war die Adresse zierlich von einer weiblichen Hand an den Minister gerichtet, dort war als Anschrift ein gewisses Mitglied des königlichen Hauses angegeben, und zwar in ausnehmend kühner und entschiedener Handschrift. Nur in der Größe stimmten die beiden Briefe überein. Aber gerade das Fundamentale dieser Unterschiede, die so übertrieben waren, der Schmutz, der fleckige und zerrissene Zustand des Papieres, der so wenig zu D.s tatsächlich pedantischen Gewohnheiten paßte und so sehr geeignet schien, dem Beschauer die Wertlosigkeit des Schriftstückes vorzutäuschen; all dies, zugleich mit dem gar zu augenfälligen Platz des Schriftstückes, das jedem Besucher völlig sichtbar dalag, also haargenau dem Schluß entsprechend, zu dem ich im vorhinein gelangt war – alle diese Dinge, sage ich, waren im höchsten Maße dazu angetan, den Verdacht eines Menschen, der die Absicht hatte, Verdächtiges auszuforschen, zu bestätigen.

Ich zog meinen Besuch soviel als möglich in die Länge, und während ich mit dem Minister eine lebhafte Unterhaltung über einen Gegenstand führte, der, wie ich wußte, niemals verfehlte, ihn zu interessieren und zu erregen, hatte ich meine Aufmerksamkeit in Wahrheit auf den Brief konzentriert. Bei dieser Untersuchung prägte ich meinem Gedächtnis sein Äußeres und die Art, wie er im Halter steckte, ein, und so kam ich schließlich auf eine Entdeckung, die allen kleinlichen Zweifeln, die ich etwa noch gehegt haben mochte, ein Ende bereitete. Bei der genauen Betrachtung der Kanten des Schriftstückes beobachtete ich, daß sie mehr abgenutzt waren als nötig. Sie hatten das gebrochene Aussehen, das sich zeigt, wenn ein steifes Papier, das man einmal gefaltet und mit dem Falzbein geglättet hat, in der umgekehrten Richtung an den gleichen Kanten oder Bruchstellen noch einmal in Falten gelegt wird. Diese Entdeckung genügte. Es war mir klar, daß man den Brief wie einen Handschuh, die Innenseite nach außen, umgestülpt und neu adressiert und gesiegelt hatte. Ich verabschiedete mich alsbald von dem Minister und ging, wobei ich eine goldene Schnupftabaksdose auf dem Tisch zurückließ.

Am nächsten Tage kam ich meine Tabaksdose holen, und wir nahmen höchst eifrig das Gespräch vom Tage vorher wieder auf. Während wir uns aber so unterhielten, ertönte auf der Straße unmittelbar unter den Fenstern des Palais ein lauter Knall wie von einer Pistole, dem ängstliche Schreie und das Lärmen einer Volksmenge folgten. D. stürzte an ein Fenster, öffnete es und sah hinaus. Inzwischen ging ich zu dem Kartenhalter, nahm den Brief, steckte ihn in meine Tasche und ersetzte ihn durch ein Faksimile – was das Äußere betrifft –, das ich in meiner Wohnung sorgfältig hergestellt hatte, indem ich das Monogramm D.s ganz leicht mit Hilfe eines aus Brot geformten Siegels nachahmte.

Der Aufruhr auf der Straße war durch das verrückte Gebaren eines Mannes mit einer Muskete hervorgerufen worden. Er hatte sie mitten in einer Menge von Kindern und Frauen abgefeuert. Es stellte sich übrigens heraus, daß keine Kugel darin gewesen war, und so ließ man den Burschen als Narren oder Trunkenbold laufen. Als er fort war, trat D. vom Fenster zurück, wohin ich ihm gleich, nachdem ich mich des begehrten Gegenstandes versichert hatte, gefolgt war. Bald darauf verabschiedete ich mich. Der vermeintliche Wahnsinnige war ein von mir bezahlter Mann."

„Aber welchen Zweck hatte", fragte ich, „die Ersetzung des Briefes durch ein Faksimile? Wäre es nicht besser gewesen, ihn gleich beim ersten Besuch offen zu nehmen und davonzugehen?"

„D.", erwiderte Dupin, „ist ein verzweifelter Bursche und ein Mann von Entschluß. Auch fehlt es in seinem Palais nicht an Leuten, die ihm ergeben sind. Hätte ich jenen tollen Versuch gewagt, von dem Sie reden, ich wäre kaum mit dem Leben davongekommen. Und die guten Pariser hätten wohl nie wieder von mir gehört. Aber abgesehen von diesen Erwägungen hatte ich noch eine andere Absicht. Sie kennen meine politische Vorliebe. In dieser Sache handle ich als ein Parteigänger der betreffenden Dame. Achtzehn Monate lang hat der Minister sie in seiner Gewalt gehabt. Nun hat sie ihn in der ihren – denn da er nicht weiß, daß der Brief nicht mehr in seinem Besitz ist, wird er in seinen

Erpressungen fortfahren, als ob er ihn noch hätte. So wird er unvermeidlich selbst an seiner politischen Vernichtung arbeiten. Sein Sturz wird ebenso jäh wie unglücklich sein. Man hat gut reden über den facilis descensus Averni, aber bei allen Arten von Klettereien ist es, wie die Catalani vom Singen sagte, viel leichter, hinauf- als hinunterzugelangen. Im gegenwärtigen Falle fühle ich keine Sympathie – wenigstens kein Mitleid – für den, der fällt. Er ist das monstrum horrendum, ein genialer Mann ohne Grundsätze. Doch gestehe ich, daß mir viel daran läge, genau die Art seiner Gedanken zu kennen, wenn ihm diejenige, die der Präfekt ‚eine gewisse Persönlichkeit' nennt, Trotz bietet und er sich gezwungen sieht, den Brief zu öffnen, den ich für ihn in dem Kartenhalter zurückgelassen habe."

„Wie? Haben Sie denn etwas Besonderes hineingeschrieben?"

„Nun, es schien mir nicht ganz richtig, das Innere leer zu lassen, das wäre ja wie Hohn gewesen. D. hat mir einmal in Wien einen häßlichen Streich gespielt, und ich sagte ihm damals in bester Laune, daß ich es mir merken würde. Nun, da ich wußte, er würde einigermaßen begierig sein, die Person festzustellen, die ihn überlistet hatte, hielt ich es für Unrecht, ihn ganz ohne Schlüssel zu lassen. Er kennt meine Handschrift gut, und so schrieb ich denn in die Mitte des weißen Blattes die Worte:

– Un dessein si funeste,
S'il n'est digne d'Atrée, est digne de Thyeste.

Sie finden sich in Crébillons *Atrée*."

DAS FASS AMONTILLADO

Ich hatte die tausendfältigen Ungerechtigkeiten und Kränkungen, die mir Fortunato unaufhörlich zufügte, mit wahrer Engelsgeduld ertragen. Als er mich aber zu beleidigen wagte, da schwur ich ihm Rache. Sie kennen meinen Charakter und werden mir also glauben, daß ich meine Rachegedanken durch keine einzige Drohung verriet. Aber ich wußte, daß der Tag meiner Rache kommen würde; das stand felsenfest. Und so fein wollte ich meine Netze auslegen, daß ich dabei für meine Person nicht die mindeste Gefahr zu befürchten hatte. Ich wollte nicht nur strafen, sondern ungestraft strafen. Denn das ist keine rechte Rache, wenn den Rächer seinerseits wieder eine Strafe ereilt. Und nur dann ist die Rache vollkommen, wenn der Beleidiger weiß, daß es die Rache des Beleidigten ist, die ihn trifft.

Sie können sich denken, daß ich Fortunato durch kein einziges Wort, durch nichts in meinem Benehmen Anlaß gab, an meiner Sympathie ihm gegenüber zu zweifeln. Ich lächelte ihm zu, als ob nichts geschehen wäre, und er konnte also durchaus nicht ahnen, daß ich nur in dem frohlockenden Gedanken an sein baldiges Verderben lächelte.

Dieser Fortunato, der übrigens ein Mann war, den man allgemein achtete, ja sogar ein wenig fürchtete, hatte eine schwache Seite. Er tat sich nämlich etwas darauf zugute, ein besonders gewiegter Weinkenner zu sein. Mit der Kennerschaft der Italiener ist es freilich im allgemeinen nicht weit her. In den meisten Fällen paßt sich ihr Enthusiasmus dem Augenblick und ihrem Vorteil an, wenn es sich darum handelt, einen englischen oder österreichischen Millionär übers Ohr zu hauen. Von Gemälden und Edelsteinen verstand Fortunato wie die meisten seiner Landsleute verflucht wenig; daß er aber ein ausgekochter Kenner alter Weine war, das konnte man nicht leugnen. In dieser Wissenschaft gab ich ihm übrigens nichts nach; ich war selbst mit den Erzeugnissen der italienischen Weingärten wohlvertraut und kaufte reichlich ein, wo immer sich die Gelegenheit bot.

Eines Abends bei anbrechender Dämmerung, gerade während der tollsten Faschingszeit, traf ich mit meinem Freund zusammen. Er begrüßte mich mit überschwenglicher Herzlichkeit, denn er hatte viel getrunken. Er trug ein enganliegendes Harlekinsgewand, dessen zwei Hälften verschieden gefärbt waren, und auf dem Kopf eine spitze Narrenkappe mit Schellen. Ich freute mich so sehr, als ich ihn sah, daß ich schier nicht aufhören konnte, ihm die Hand zu schütteln.

„Mein lieber Fortunato!" sagte ich zu ihm, „ich freue mich, Sie zu treffen! Wie famos Sie heute aussehen! Denken Sie nur, ich habe ein Faß Wein bekommen, von dem der Verkäufer behauptet, es sei echter Amontillado; aber ich zweifle ein wenig daran."

„Was?" rief er, „Amontillado? Ein ganzes Faß? Unmöglich! Und jetzt, mitten im Karneval!"

„Ja, auch mir kommt die Sache nicht ganz geheuer vor", entgegnete ich, „und ich war dumm genug, den vollen Preis zu bezahlen, ohne vorher Ihr Gutachten einzuholen. Aber Sie waren nirgends zu finden, und ich wollte mir den Kauf nicht entgehen lassen."

„Amontillado!"

„Ich zweifle, wie gesagt."

„Amontillado!"

„Ich muß einen Kenner fragen."

„Amontillado!"

„Da Sie wohl keine Zeit haben, will ich Luchesi aufsuchen. Wenn irgendwer ein Urteil hat, so ist er es. Er wird mir gewiß sagen können . . ."

„Luchesi kann einen Amontillado nicht von einem Sherry unterscheiden!"

„Und doch gibt es Dummköpfe, die behaupten, daß er ebensoviel von Wein verstünde wie Sie selber."

„Kommen Sie, gehen wir!"

„Wohin?"

„In Ihren Weinkeller!"

„Aber, lieber Freund, ich will Ihre Liebenswürdigkeit nicht mißbrauchen. Sie haben doch sicher eine Verabredung. Luchesi . . ."

„Ich habe keine Verabredung. Kommen Sie nur!"

„Nein, mein Freund, es handelt sich nicht allein darum; aber ich sehe, Sie sind erkältet. Die Keller sind unerträglich feucht, die Wände ganz mit Salpeter überzogen."

„Kommen Sie nur, das macht nichts. Meine Erkältung ist nicht der Rede wert. Amontillado! Wer weiß, was man Ihnen da angehängt hat. Und dieser Luchesi – ich versichere Ihnen, er kann Sherry nicht von einem Amontillado unterscheiden."

Damit ergriff Fortunato meinen Arm. Ich nahm eine schwarze Seidenmaske vors Gesicht, hüllte mich fest in meinen weiten Mantel und ließ mich von ihm zu meinem Palazzo führen.

Keiner meiner Diener war zu Hause. Sie waren alle ausgeflogen, um sich an den Karnevalsfreuden zu vergnügen. Ich hatte ihnen gesagt, daß ich vor dem frühen Morgen nicht heimkehren werde, und hatte ihnen den strikten Befehl gegeben, das Haus nicht zu verlassen. Das genügte, wie ich sehr wohl wußte, damit sie alle ausflogen, sowie ich den Rücken gekehrt hatte.

Ich nahm zwei Fackeln aus ihren Ringen, gab eine Fortunato zu halten und geleitete ihn durch die ganze Flucht meiner Zimmer bis zu dem Bogengang, der zu den Kellern führte. Wir stiegen eine lange Wendeltreppe hinab, und ich bat ihn, mir recht vorsichtig zu folgen. Wir kamen endlich unten an und standen nun auf dem feuchten Boden der Katakomben der Montresors.

Der Gang meines Freundes war schwankend, und die Schellen seiner Narrenkappe klingelten bei jedem Schritt.

„Wo ist das Faß?"

„Es liegt weiter hinten", antwortete ich; „aber sehen Sie nur, wie die weißen Krusten an den Wänden glitzern!"

Er wandte sich mir zu und starrte mich mit glasigen

Augen an, aus denen die Tränen der Trunkenheit tropften.

„Salpeter?“ fragte er schließlich.

„Ja, Salpeter“, antwortete ich. „Seit wann sind Sie so erkältet?“

„Kch! kch! kch! kch! kch! kch!“

Während mehrerer Minuten vermochte mein armer Freund vor lauter Husten nicht zu antworten.

„Ach, es ist nichts“, sagte er endlich.

„Kommen Sie!“ fuhr ich entschlossen fort, „kehren wir um. Ich fürchte wirklich für Ihre Gesundheit. Sie sind reich, angesehen, geachtet und beliebt. Sie sind so glücklich, wie auch ich es einmal war. Es wäre wirklich schade um Sie. Mir macht es nichts weiter aus. Gehen wir zurück. Sie werden sonst krank, und ich möchte diese Verantwortung nicht auf mich nehmen. Übrigens kann ich ja wirklich Luchesi –“

„Aber lassen Sie doch!“ rief er. „Mein Husten ist wirklich nicht der Rede wert. Er wird mich nicht umbringen. Ich werde an ein bißchen Husten nicht gleich sterben!“

„Nun, freilich“, antwortete ich, „und ich hatte wahrhaftig nicht die Absicht, Sie unnötig zu beunruhigen; aber Sie sollten doch recht vorsichtig sein. Übrigens wird uns ein Schluck von diesem Medoc in den dumpfigen Gewölben guttun.“

Mit diesen Worten nahm ich eine Flasche von einer langen, reichbesetzten Stellage und entkorkte sie.

„Trinken Sie“, sagte ich und reichte ihm den Wein.

Schmunzelnd hob er die Flasche an die Lippen. Dann setzte er ab und nickte mir freundschaftlich zu, während seine Schellen klingelten.

„Ich trinke auf die Toten, die rings um uns ruhen!“ sagte er.

„Und ich auf Ihr langes Leben!“

Wieder nahm er meinen Arm, und wir schritten weiter.

„Sehr geräumig, diese Katakomben“, meinte er.

„Die Montresors“, erwiderte ich, „waren eine große und zahlreiche Familie.“

„Wie ist doch Ihr Wappen?“

„Ein großer goldener Fuß im azurnen Feld. Der Fuß zertritt eine Schlange, die ihre Zähne in seine Ferse gräbt.“

„Und die Devise?"

„Nemo me impune lacessit."

„Ein schöner Wahlspruch!" meinte er.

Seine Augen flackerten trunken, und seine Schellen klingelten. Auch mein Kopf wurde durch den Medoc erhitzt. Wir waren an großen Haufen aufgeschichteter Gebeine vorbeigekommen, dann wieder an langen Reihen großer und kleinerer Fässer und befanden uns nun im entlegensten Teil der Katakomben. Wieder blieb ich stehen und ergriff nun meinerseits Fortunatos Arm.

„Sehen Sie nur diese Unmenge von Salpeterkrusten!" sagte ich. „Wie Moos hängt er von den Wänden. Wir befinden uns jetzt gerade unterhalb des Flußbettes. Hören Sie, wie das Wasser zwischen die Totenknochen tropft? Kommen Sie, wir wollen umkehren, ehe es zu spät ist. Ihr Husten ..."

„Aber das macht mir nichts", sagte er; „kommen Sie nur. Zuerst aber noch einen Schluck Medoc für uns beide."

Ich entkorkte eine Flasche Grave und reichte sie ihm. Er leerte sie auf einen Zug. Seine Augen funkelten wie glühende Kohlen. Er lachte auf und warf die Flasche mit einer Geste, die ich nicht recht verstand, in eine Ecke.

Ich schaute ihn verwundert an. Wieder machte er diese groteske Handbewegung.

„Verstehen Sie nicht?" fragte er.

„Nein", entgegnete ich.

„Sie gehören also nicht der Loge an?"

„Wie meinen Sie?"

„Sie sind nicht Maurer?"

„Ja, doch", sagte ich, „doch, doch!"

„Ein Zeichen!" rief er.

„Da!" Ich zog aus den Falten meines Mantels eine Maurerkelle hervor.

„Sie scherzen!" erwiderte er und trat ein paar Schritte zurück. „Aber gehen wir endlich zu Ihrem Faß Amontillado."

„Ja, gehen wir", entgegnete ich, verbarg die Kelle wieder unter den Mantelfalten und nahm erneut seinen Arm. Er stützte sich schwer auf mich, und wir setzten unseren Weg fort. Wir schritten durch eine Reihe niederer Bogengänge, stiegen tiefer hinab, weiter ging es, noch tiefer, bis wir schließlich in ein niederes Gewölbe gelangten, in dem die Luft so stickig war, daß unsere Fackeln kaum noch brannten und fast kein Licht mehr gaben.

An dieses Gewölbe schloß sich ein zweites, weniger geräumiges an, an dessen Wänden wie in den großen Katakomben zu Paris menschliche Gebeine hoch aufgestapelt lagen. Drei Wände dieser tiefsten Krypta waren noch auf diese Weise geschmückt, von der vierten war das Gebein heruntergefallen und lag verstreut auf dem Boden umher und bildete an einer Stelle einen Haufen von ziemlich beträchtlicher Höhe. In der freigelegten Wand war noch eine weitere Höhlung von vielleicht vier Fuß Tiefe, drei Fuß Breite und sechs oder sieben Fuß Höhe zu sehen. Diese Nische war offenbar in keiner bestimmten Absicht angelegt worden, sondern bildete vielmehr den Zwischenraum zwischen zwei der ungeheuren Pfeiler, die das Gewölbe der Katakomben stützten. Auf der Rückseite schloß sie die massive Granitmauer ab, die das Ganze umgab.

Vergebens hob Fortunato seine trüb flackernde Fackel, um in die Tiefe der Nische hineinzuspähen. Das schwache Licht ließ die Ausdehnung des Gewölbes nicht erkennen.

„Treten Sie ein", sagte ich, „da drin liegt das Faß. Dieser Luchesi übrigens . . ."

„Er ist ein Dummkopf", unterbrach mich mein Freund und tappte schwankend weiter, während ich ihm auf den Fersen folgte. In wenigen Augenblicken hatte er die Rückwand der Nische erreicht und blieb verdutzt stehen, als er gegen die Mauer stieß. Eine Sekunde später hatte ich ihn blitzschnell an den Felsen angekettet. Dort befanden sich nämlich in den Granit eingelassen zwei eiserne Ringe, etwa zwei Schritt voneinander entfernt. Von einem dieser Ringe hing eine kurze Kette herunter, vom anderen ein Vorhängeschloß. Die Kette um seinen Leib zu schlingen und sie zuzuschließen war das Werk eines Augenblicks. Er war viel zu überrascht, um an Widerstand zu denken. Ich zog den Schlüssel ab und trat aus der Nische zurück.

„Greifen Sie einmal mit Ihren Händen an die Mauer", sagte ich. „Spüren Sie die Salpeterkruste? Es ist wirklich verdammt feucht hier unten. Ich bitte Sie noch einmal, gehen wir zurück. Sie wollen nicht? Nun, dann muß ich Sie wirklich allein lassen. Zuerst aber will ich Ihnen alles an Bequemlichkeit verschaffen, was in meiner Macht steht."

„Der Amontillado!" stammelte mein Freund, der sich noch nicht gefaßt hatte.

„Gewiß, gewiß", entgegnete ich, „der Amontillado."

Während dieser Worte machte ich mir an dem Knochenhaufen zu schaffen, von dem ich schon gesprochen habe, und warf die Gebeine beiseite. Bald hatte ich eine ziemliche Menge von Ziegelsteinen und Mörtel freigelegt. Mit diesen Steinen und mit dem Mörtel begann ich nun eifrig mit Hilfe meiner Kelle den Eingang der Nische zu vermauern.

Ich hatte kaum die erste Reihe meiner Ziegelmauer gelegt, als ich bemerkte, daß die Trunkenheit Fortunatos fast ganz verschwunden war. Das erste Zeichen davon war ein dumpfer, gequälter Schrei, der mir aus der Nische entgegenklang. Das war nicht der Schrei eines Betrunkenen. Dann folgte ein langes Schweigen. Ich mauerte die zweite Lage, die dritte und die vierte, dann hörte ich wütendes Kettengerassel. Das Geräusch dauerte mehrere Minuten an, und um mir rechte Genugtuung zu verschaffen, unterbrach ich meine Arbeit und setzte mich auf den Knochenhaufen, während ich lauschte. Als das Gerassel verstummte, nahm ich meine Kelle wieder zur Hand und legte ohne Unterbrechung die fünfte, sechste und siebente Lage. Die Mauer, die ich aufgerichtet hatte, reichte mir nun schon bis an die Brust. Wieder machte ich eine Pause, hielt die Fackel in die Nische hinein und beleuchtete den Eingeschlossenen.

Da schrillte mir aus der Kehle des Gefesselten ein lautes, gellendes Geschrei entgegen, gleichsam als wollte er mich mit diesem Schreien zurückschleudern. Wirklich fuhr ich für einen Augenblick zögernd zurück. Ich zitterte. Ich zog meinen Degen und stieß mehrmals in die Nische hinein, doch ein weiterer Augenblick des Nachdenkens beruhigte mich wieder. Ich legte meine Hand wie prüfend auf das massive Mauerwerk des Gewölbes und fühlte mich höchst befriedigt. Ich trat wieder an die Maueröffnung heran und antwortete auf das Gebrüll des Schreienden. Ich gab ihm das Echo seines Schreiens zurück, ich half ihm. Ich schrie noch lauter, noch fürchterlicher als er. Da verstummte er.

Es war indessen Mitternacht geworden, und meine Arbeit näherte sich dem Ende. Die achte, neunte und zehnte Lage war vollendet, ebenso der größte Teil der elften und letzten Lage. Ein einziger großer Stein war noch einzumauern. Mühsam hob ich ihn auf und rückte ihn zurecht. In diesem Augenblick aber drang ein so fürchterliches, halblautes Lachen aus der Nische, daß sich mir die Haare auf dem Kopfe sträubten. Dann vernahm ich eine traurige Stimme, die ich kaum als die des stolzen Fortunato wiedererkannte. Und die Stimme sagte: „Hahaha! Wirklich ein guter Spaß, ein famoser Spaß. Wir werden im Palazzo noch viel darüber lachen – hehehe! – über unseren Wein! hehehe!"

„Über den Amontillado!" sagte ich.

„Hehehe! – hehehe! – ja, über den Amontillado. Aber ist es inzwischen nicht spät geworden? Werden sie uns nicht schon erwarten, Signora Fortunato und die anderen? Wollen wir nicht gehen?"

„Ja", sagte ich, „wir wollen gehen."

„Um Gottes willen, Montresor!"

„Ja, um Gottes willen!"

Nach diesen Worten lauschte ich vergeblich auf eine Antwort. Ich wurde ungeduldig und rief laut: „Fortunato!"

Keine Antwort. Ich rief noch einmal: „Fortunato!"

Wieder keine Antwort. Ich zwängte eine Fackel durch die schmale Öffnung, die noch geblieben war, und ließ sie hineinfallen. Leises Schellengeklirr drang aus der Nische an mein Ohr. Mir schwindelte, die dumpfe Luft des Gewölbes war schuld daran. Hastig beendete ich mein Werk. Ich rückte den letzten Stein zurecht und mauerte ihn mit dem Mörtel fest. Vor das neue Mauerwerk schichtete ich den alten Wall von Totengebeinen wieder auf. Seit einem halben Jahrhundert hat kein menschliches Wesen die Gebeine der Toten in ihrer Ruhe gestört. In pace requiescat!

DER FROSCHHÜPFER

Ich habe nie in meinem Leben irgendeinen Menschen kennengelernt, der ein solches Vergnügen an spaßigen Einfällen gehabt hätte wie der König. Spaß und Scherz waren sein Lebenselement. Wenn jemand eine gute spaßige Geschichte zu erzählen vermochte, und zwar geschickt zu erzählen, so konnte er sicher sein, seiner königlichen Gnade teilhaftig zu werden. So war es recht begreiflich, daß seine sieben Minister als treffliche Spaßvögel in Ruf und Ansehen standen. Sie waren ebenso wie der König wohlbeleibte, runde Herren, und ebenso unübertrefflich in witzigen Worten und Einfällen wie er selber. Ich bin mir noch nicht darüber klargeworden, ob die scherzhafte Veranlagung eines Menschen dazu beiträgt, aus ihm einen Dickwanst zu machen, oder ob die Dickwänste besonders zum Scherzen prädestiniert sind. Das eine aber steht fest, daß ein spindeldürrer Spaßvogel eine rara avis in terris ist.

Für feine Wortspiele oder, wie er selbst sagte, für die „Geistigkeit" eines Witzes hatte der König ein recht geringes Verständnis. Seine Vorliebe galt vielmehr den derben Späßen, und es konnte ihm nicht leicht einer *zu* derb sein. Besonders fein ausgeklügelte Späße machten ihn gähnen. Er würde den *Gargantua* des Rabelais sicherlich Voltaires *Zadig* vorgezogen haben, und im allgemeinen waren spaßige Taten mehr nach seinem Geschmack als witzige Worte.

Zu der Zeit, in der meine Erzählung spielt, bestand noch die Mode, an den Höfen berufsmäßige Spaßmacher zu haben. Einige große europäische Fürsten hielten sich noch immer ihre Hofnarren, die in buntscheckigen Kleidern und mit Narrenkappen und Schellen herumliefen und die für die Brosamen, die von der königlichen Tafel für sie abfielen, jederzeit ein scharfes Witzwort bereit haben mußten. Selbstverständlich hatte auch unser König einen solchen Hofnarren. Es war ihm ein Lebensbedürfnis, ständig irgend etwas Närrisches in seiner Nähe zu wissen, und sei es nur darum, um ein Gegengewicht gegen die schwerfällige Weisheit seiner sieben Minister zu haben, von seiner eigenen gar nicht zu sprechen. Dieser Hofnarr oder berufsmäßige Spaßmacher war aber nicht nur ein gewöhnlicher Narr. Sein Wert wurde in den Augen des Königs vervielfacht durch den Umstand, daß er überdies ein Zwerg und ein Krüppel war. Zu jenen Zeiten waren die Hofnarren gewöhnlich Zwerge, und manche Fürsten hätten nicht gewußt, womit sie ihre Tage ausfüllen sollten – an den Höfen sind die Tage weit länger als anderswo – ohne einen Narren, mit dem, und einen Zwerg, über den sie lachen konnten. Wie ich schon bemerkt habe, sind die Spaßmacher in neunundneunzig Fällen unter hundert dick, fett und unbeholfen, so daß unser König wahrlich nicht geringe Ursache hatte, auf seinen Narren stolz zu sein, da er in Froschhüpfer – so hieß der Hofnarr – einen dreifachen Schatz in einer Person besaß. Ich nehme an, daß der Zwerg den Namen Froschhüpfer nicht bei der Taufe von seinem Paten bekommen hatte; er war ihm vielmehr vom Kabinettsrat der sieben Minister wegen seiner Unfähigkeit, sich wie andere Menschen fortzubewegen, verliehen worden. Tatsächlich konnte sich Froschhüpfer nur durch eine Art ruckweises Hüpfen vorwärts bewegen, ein Mittelding zwischen Springen und Rutschen, was dem König ein unbegrenztes Vergnügen und zweifellos auch eine große Genugtuung verschaffte, da er selbst trotz seinem dicken Bauch und einer chronischen Anschwellung des Kopfes bei Hofe für eine außerordentlich stattliche Erscheinung galt. Doch obwohl Froschhüpfer, weil seine Beine verkrüppelt waren, auf ebenem Wege nur mühsam und schwierig fortkommen konnte, befähigte die außergewöhnliche Muskelkraft, mit der die Natur, gleichsam als Entschädigung für die Gebrechlichkeit seiner unteren Gliedmaßen, seine Arme ausgestattet hatte, ihn zu einer geradezu wundervollen Geschicklichkeit, wenn es sich darum handelte, auf einen Baum oder an einem Seil oder auf sonst etwas hinaufzuklettern. Bei solchen Übungen glich er weit eher einem Eichhörnchen oder einem kleinen Affen als einem Frosch. Ich kann nicht mit Bestimmtheit sagen, aus welchem Land Froschhüpfer eigentlich stammte. Sicherlich war er aus irgendeiner wilden Gegend gekommen, von der kein Mensch etwas wußte, weit weg von des Königs Hofe. Man hatte Froschhüpfer und ein junges Mädchen, das fast ebenso zwergenhaft war wie er, im übrigen aber von auserlesenem Körperbau und eine wundervolle Tänzerin, mit Gewalt aus ihrer Heimat fortgeschleppt, irgendeiner unterworfenen Provinz, und einer der immer siegreichen Feldherren des Königs hatte die beiden als Geschenk für seinen Herrn und Gebieter an den Hof gesandt. Es ist also unter diesen Umständen nicht verwunderlich, daß die beiden kleinen Gefangenen alsbald eine innige Freundschaft verband und daß sie auf Tod und Leben zusammenhielten. Froschhüpfer war am Hofe, obgleich er soviel zur Belustigung beitrug, nichts weniger als beliebt, und so hatte er durchaus keine Möglichkeit, seiner Freundin Trippetta dienlich zu sein. Sie aber wurde wegen ihrer Anmut und ihrer außerordentlichen Schönheit trotz ihrer Zwergenhaftigkeit von allen Seiten bewundert und verhätschelt, so daß sie ziemlich großen Einfluß erlangte. Und sie versäumte es niemals, von ihrer kleinen Machtstellung zugunsten Froschhüpfers Gebrauch zu machen.

Gelegentlich eines großen offiziellen Anlasses – ich vergaß, worum es sich handelte – beschloß der König, ein Maskenfest zu veranstalten. Sooft es sich um ein Kostümfest oder eine ähnliche Veranstaltung an unserem Hofe handelte, wurden jedesmal die Talente Froschhüpfers und der kleinen Trippetta herangezogen. Besonders Froschhüpfer war so erfinderisch im Anordnen festlicher Aufzüge, in merkwürdigen Einfällen für neue Masken, in der Zusammenstellung von Kostümen, daß seine Mitwirkung bei solchen Veranstaltungen schlechterdings unentbehrlich war.

Der Abend, an dem das Fest stattfinden sollte, nahte. Ein riesiger Saal war unter Trippettas Anleitung mit allem, was einem Maskenfest Glanz und Originalität geben konnte, ausgeschmückt worden. Der ganze Hof fieberte in Erwartung. Selbstverständlich hatte sich jeder schon zu einem bestimmten Kostüm und einer Maske entschlossen. Alle hatten die Vorbereitungen für ihre Maskerade schon seit Wochen, ja, selbst seit Monaten beendet. In der Tat war alles für das Fest bis ins kleinste Detail ausgearbeitet, nur der König und seine Minister waren noch zu keinem Entschluß gekommen. Warum sie sich noch nicht entschlossen hatten, vermag ich nicht zu sagen; vielleicht handelte es sich auch hier wieder um einen Scherz. Wahrscheinlicher aber ist, daß es ihnen wegen ihrer Beleibtheit schwerfiel, sich zu irgendeinem Kostüm zu entschließen. So verging ein Tag nach dem anderen, bis sie schließlich in letzter Stunde zu den Ratschlägen Trippettas und Froschhüpfers ihre Zuflucht nahmen.

Als die beiden kleinen Freunde vor dem König erschienen, saß er gerade mit den sieben Mitgliedern seines Kabinettrates beim Wein und schien recht schlechter Laune zu sein. Er wußte genau, daß Froschhüpfer kein Freund des Weines war, denn dessen Genuß verursachte dem armen Krüppel stets eine Erregung, die an Wahnsinn grenzte; und diese Art von Trunkenheit ist nichts weniger als angenehm.

Der König aber liebte es, sich das Privatvergnügen zu machen, Froschhüpfer zum Trinken zu zwingen und ihn dadurch in, wie er es nannte, „lustige Stimmung" zu bringen!

„Komm her, Froschhüpfer", rief er, als der Hofnarr und seine Freundin das Gemach betraten. „Leere diesen Humpen auf das Wohl deiner abwesenden Freunde" – Froschhüpfer seufzte – „und laß uns von deiner Erfindungsgabe profitieren. Wir brauchen Masken, Charaktermasken, mein Sohn, irgend etwas ganz Neues, etwas ganz Ausgefallenes. Wir sind der ewigen Wiederholungen müde. Komm her und sauf! Der Wein wird deinen Geist erleuchten!"

Froschhüpfer bemühte sich, die Aufforderung des Königs wie gewöhnlich mit einem Witz zu beantworten, doch diesmal ging es über seine Kräfte. Der arme Zwerg feierte zufällig gerade an diesem Tag seinen Geburtstag, und der Befehl des Königs, auf das Wohl seiner abwesenden Freunde zu trinken, trieb ihm die Tränen in die Augen. Viele bittere

Tränen fielen in den Pokal, als er ihn untertänigst aus der Hand des Tyrannen entgegennahm.

„Hahaha!“ brüllte der König, als der Zwerg widerstrebend den Becher leerte. „Seht doch nur, was ein Glas guten Weines nicht alles vermag! Wahrhaftig, deine Augen leuchten schon!“

Armer Teufel! Seine großen Augen glühten mehr, als daß sie leuchteten, denn der Wein wirkte auf sein erregbares Gehirn ebenso schnell wie heftig. Verlegen stellte er den Becher auf den Tisch zurück und ließ seine Augen mit einem halb irrsinnigen Flackern über die Tafelrunde schweifen. Alles schien über den Erfolg des königlichen Scherzes sehr amüsiert.

„Und nun an die Arbeit“, rief der Premierminister, der sich durch besondere Fettleibigkeit auszeichnete.

„Ja“, sagte der König, „komm, Froschhüpfer, komm uns mit deinem Beistand zu Hilfe. Charaktermasken, mein guter Junge, Charaktermasken sollst du erfinden, für uns alle, hahaha!“ Und da er seine Worte für einen ausgezeichneten Witz hielt, lachte er laut, und die sieben lachten im Chor mit.

Auch Froschhüpfer lachte, wenn auch nur leise und wie unbewußt.

„Nun“, rief der König ungeduldig, „ist dir noch nichts eingefallen?“

„Ich bin dabei, etwas ganz Neues zu ersinnen“, entgegnete der Zwerg, der vom Wein ganz benommen und verwirrt war.

„Du bist dabei?“ schrie der Tyrann wütend. „Was soll das heißen? Ah, ich verstehe, du bist noch nicht in Stimmung und willst noch etwas Wein haben! Da, gieß das hinunter!“ Und er goß einen zweiten Becher voll und stellte ihn vor den Krüppel hin, der ihn, nach Atem ringend, angstvoll anstarrte.

„Sauf, sage ich!“ schrie das Ungeheuer, „oder bei tausend Teufeln . . .“

Der Zwerg zögerte. Dem König schoß das Blut vor Wut zu Kopfe. Die Höflinge grinsten. Trippetta, bleich wie eine

Leiche, trat vor des Königs Stuhl, fiel vor ihm auf die Knie und bat ihn um Gnade für ihren Freund.

Der Tyrann starrte sie einige Minuten lang in sichtlicher Verwunderung ob ihrer Kühnheit an. Er schien im Zweifel, was er tun oder sagen sollte, um seiner Wut Luft zu machen. Schließlich stieß er sie ohne ein Wort heftig von sich und goß ihr den übervollen Becher ins Gesicht.

Das arme Mädchen erhob sich scheu, und ohne auch nur einen einzigen Seufzer zu wagen, und nahm ihren Platz am unteren Ende der Tafel wieder ein.

Für die Dauer einer halben Minute war es so totenstill im Saal, daß man ein Blatt oder eine Feder hätte fallen hören können. Diese Stille wurde durch ein leises, aber scharfes und anhaltendes Geräusch unterbrochen, das gleichzeitig aus jeder Ecke des Raumes zu kommen schien.

„Was – was unterstehst du dich für einen Lärm zu machen?" fragte der König und wandte sich wütend gegen den Zwerg.

Dieser jedoch schien sich fast vollständig von seiner Trunkenheit erholt zu haben und sagte, indem er dem Tyrannen fest und ruhig ins Auge blickte: „Ich? ich? Wie könnte ich das getan haben?"

„Das Geräusch schien mir von draußen zu kommen", bemerkte einer der Höflinge. „Ich glaube, es war der Papagei dort am Fenster, der seinen Schnabel an den Käfigstäben wetzte."

„Mag sein", entgegnete der König, als fühlte er sich durch diese Erklärung beruhigt. „Aber ich hätte, bei meiner Ehre, geschworen, daß dieser Vagabund dort mit den Zähnen knirschte."

Bei diesen Worten lachte der Zwerg laut auf – der König in seiner Neigung für das Spaßhafte nahm es keinem krumm, wenn er in seiner Gegenwart lachte – und entblößte dabei eine Reihe großer, bedrohlich starker Zähne. Überdies erklärte er sich durchaus bereit, soviel Wein zu trinken, wie man verlange. Der Unmut des Königs war besänftigt, und nachdem Froschhüpfer einen Humpen Wein ohne merkbar schlimme Wirkung hinuntergestürzt hatte, setzte der Hofnarr alsbald mit viel Laune seine Einfälle für die Maskerade auseinander.

„Ich weiß nicht, welche Ideenverbindung mich auf den Gedanken gebracht hat“, sagte er ruhig, und als ob er in seinem ganzen Leben noch keinen Tropfen Wein gekostet hätte, „aber gleich nachdem Majestät das Mädchen weggestoßen und ihr den Wein ins Gesicht geschüttet hatten – gleich nachdem Eure Majestät das getan hatten, und in dem Augenblick, da der Papagei vor dem Fenster jenes wunderliche Geräusch von sich gab, schoß mir eine ausgezeichnete Idee durch den Kopf, ein Maskenscherz, den wir in meinem Heimatland oftmals aufgeführt haben, der aber hier am Hofe den ganzen Reiz der Neuheit entfalten wird. Unglücklicherweise sind jedoch dazu acht Personen nötig, und ...“

„Nun, wir sind ja gerade acht!“ rief der König und lachte über seine scharfsinnige Entdeckung. „Wir sind doch unser acht, ich und meine sieben Minister! Also los! Erzähle! Was ist das für ein Spaß?“

„Bei uns daheim“, erwiderte der Krüppel, „nennt man es ‚die acht zusammengeketteten Orang-Utans‘, und es ist wirklich ein ausgezeichneter Scherz, wenn die Sache geschickt gemacht wird.“

„Nun, das wollen wir schon fertigbringen“, bemerkte der König und erhob sich und zwinkerte mit den Augen.

„Das Beste dabei“, fuhr Froschhüpfer fort, „ist der Schreck, den er den Damen einjagt.“

„Ausgezeichnet!“ riefen der König und seine sieben Minister im Chor.

„Ich werde Sie als Orang-Utans ausstaffieren“, fuhr der Zwerg fort. „Lassen Sie das alles nur meine Sorge sein. Die Ähnlichkeit wird so vollkommen werden, daß Sie die ganze Maskengesellschaft für wirkliche Bestien halten soll, und ich schwöre Ihnen, man wird nicht weniger erschrocken als überrascht sein.“

„Das ist wirklich eine famose Sache!“ rief der König. „Froschhüpfer, ich will noch einmal einen ganzen Mann aus dir machen!“

„Die Ketten haben den Zweck, durch ihr Klirren die

Angst und die Verwirrung zu erhöhen. Man wird glauben, Sie seien alle auf einmal Ihren Wärtern entflohen. Majestät können sich gar nicht vorstellen, welchen Effekt es macht, wenn bei einem Maskenfest plötzlich acht aneinandergekettete Orang-Utans hereinstürzen, die die Mehrzahl der Gesellschaft für wirkliche Tiere hält, besonders wenn sie mit wildem Geschrei in die Menge der vornehmen und prächtig gekleideten Herren und Damen brechen. Der Kontrast ist unvergleichlich."

„Das müssen wir machen", sagte der König, und die ganze Gesellschaft erhob sich eilig; denn es war höchste Zeit, um die Durchführung von Froschhüpfers Projekt in Angriff zu nehmen. Die Art, wie er die acht Orang-Utans ausstaffierte, war höchst einfach, aber sie entsprach seinen Plänen aufs beste. Die fraglichen Affen waren zu der Zeit, da meine Geschichte spielt, in allen Teilen der zivilisierten Welt noch so gut wie unbekannt, und da die von dem Zwerg hergestellten Kostüme ein ziemlich bestialisches und mehr als fürchterliches Aussehen hatten, durfte man von ihrer Naturwahrheit wohl überzeugt sein.

Der König und die Minister wurden zunächst in enganliegende Hemden und Hosen aus baumwollenem Zeug eingenäht, die man dann mit Teer tränkte. Als die Vorbereitungen so weit gediehen waren, machte einer der Gesellschaft den Vorschlag, die geteerten Anzüge jetzt mit Federn zu bekleben. Dieser Vorschlag aber wurde von dem Zwerg sogleich verworfen, der alle acht sofort aufs glaubhafteste überzeugte, daß das Fell eines Orang-Utans viel naturgetreuer durch Flachs nachgeahmt werden könnte. So wurde also eine dichte Lage Flachs auf das geteerte Wollzeug geklebt. Nun brachte man eine lange Kette herbei. Diese wurde zuerst um den Leib des Königs geschlungen und dann geschlossen, darauf um den Leib eines der Minister und wieder geschlossen, bis schließlich alle acht miteinander in derselben Weise zusammengekettet waren. Als man damit fertig war, bildete die Gesellschaft, wenn einer so weit wie möglich vom anderen Abstand nahm, einen Kreis. Und um der Sache nur einen recht natürlichen Anstrich zu geben, zog Froschhüpfer das noch übrige Ende der Kette als zwei rechtwinklig zueinander stehende Durchmesser durch den Kreis, wie es auch heutzutage noch die Jäger auf Borneo machen, die Schimpansen und andere Großaffen einfangen.

Der große Saal, in dem das Maskenfest stattfinden sollte, war kreisrund, überaus hoch und empfing das Tageslicht nur durch ein einziges Fenster in der Kuppel. Bei Nacht jedoch – und der Saal wurde fast ausschließlich zu nächtlichen Festen benutzt – wurde der große Raum vor allem von einem riesigen Lüster beleuchtet, der an einer Kette vom Mittelpunkt des Kuppelfensters herunterhing und, wie es gewöhnlich eingerichtet ist, vermittelst eines Gegengewichtes herauf- und heruntergezogen werden konnte. Um aber das prunkvolle Aussehen des Saales nicht zu stören, lief diese Kette, an der der Lüster hing, außerhalb der Kuppel über das Dach herab. Auf Froschhüpfers Anordnung hin warteten die acht Orang-Utans mit ihrem Erscheinen geduldig bis Mitternacht. Zu dieser Stunde war der große Saal bereits mit Masken überfüllt. Kaum aber war der zwölfte Glockenschlag verhallt, stürzten sie herein, oder vielmehr: sie kollerten herein; denn das Gewicht ihrer Ketten brachte die meisten zu Fall und alle zum Stolpern, als sie so hereinstürmten.

Die Ausschmückung des Saales war Trippettas Anordnungen überlassen worden, doch in einigen Einzelheiten hatte sie sich, wie es schien, von der klügeren und erfahreneren Einsicht ihres Freundes, des Zwerges, beraten lassen. Auf seinen Vorschlag war der große Lüster für diesen Abend abmontiert worden. Das Tropfen der Wachskerzen, das in der Hitze des Saales unmöglich zu vermeiden gewesen wäre, hätte die prächtigen Kostüme der Gäste leicht verderben können; denn bei der Überfülle des Saales wäre es schlechterdings unmöglich gewesen, den Platz unterhalb des Kronleuchters freizuhalten. Dagegen wurden an verschiedenen Stellen Wandleuchter angebracht, die nicht im Wege waren, und aromatisch duftende Fackeln wurden den Karyatiden in die Hände gegeben, die ringsum an den

Wänden des Saales standen, fünfzig bis sechzig an der Zahl.

Eine fürchterliche Aufregung bemächtigte sich der Gäste und erfüllte das Herz des Königs mit unbändiger Heiterkeit. Wie man es erwartet hatte, hielt die Mehrzahl der Gäste die wild aussehenden Wesen wenn auch nicht für Orang-Utans, so doch für irgendwelche wilden Bestien. Viele Damen wurden vor Entsetzen ohnmächtig, und hätte der König nicht vorsichtigerweise das Waffentragen im Saal verboten, so hätte es leicht geschehen können, daß er und seine Kumpane ihren Scherz mit ihrem Blut bezahlt hätten. Es entstand eine wahre Panik, und alles drängte gegen die Türen. Doch der König hatte Befehl gegeben, sie Schlag zwölf Uhr abzusperren. Nach dem Vorschlag des Narren waren die Schlüssel ihm übergeben worden.

Als die Panik ihren Höhepunkt erreicht hatte und jeder nur daran dachte, sich in Sicherheit zu bringen, denn es war infolge des Gedränges eine wirkliche Gefahr entstanden, konnte man bemerken, wie die Kette, an der gewöhnlich der Lüster hing und die man nach seiner Entfernung aufgezogen hatte, allmählich herabgelassen wurde, bis ihr mit einem Haken versehenes Ende nur noch drei Fuß vom Parkett des Saales entfernt war. Gleich darauf befanden sich der König und seine sieben Kumpane, nachdem sie den Saal kreuz und quer durchstreift hatten, gerade in seinem Mittelpunkt, wobei sie das herabhängende Ende der Lüsterkette fast unmittelbar berührten. Der Zwerg, der ihnen unermüdlich auf den Fersen folgte, trieb sie an, den Tumult nicht zur Ruhe kommen zu lassen, und ergriff währenddessen die Kette, die sie zusammenhielt, an ihrem Kreuzungspunkt in der Mitte des Kreises.

Mit der Schnelligkeit eines Gedankens hatte er den Mittelring in den Haken der Lüsterkette eingehakt, und im nämlichen Augenblick wurde die Kette durch eine unsichtbare Kraft so weit hochgezogen, daß man den Haken von unten nicht mehr erreichen konnte und die Orang-Utans, Gesicht an Gesicht, in der Luft hingen.

Die Maskengesellschaft hatte sich indessen einigermaßen von ihrem Schrecken erholt und begann die Sache als einen gut erfundenen Scherz aufzufassen. Ein lautes Lachen über die hilflose Lage der Affen ging durch den Saal.

„Überlaßt sie mir!" schrie jetzt Froschhüpfer mit so schriller Stimme, daß sie selbst das Lärmen der Gesellschaft übertönte, „überlaßt sie mir! Mir scheint, ich kenne sie. Ich glaube, ich muß mir sie nur ein wenig bei Licht betrachten, um sagen zu können, wer sie sind."

Mit diesen Worten sprang er über die Köpfe der Menge bis an die Wand des Saales, nahm einer der Karyatiden eine Fackel aus der Hand und kehrte, wie er gekommen war, wieder zum Mittelpunkt des Saales zurück. Mit affenartiger Behendigkeit schwang er sich auf den Kopf des Königs und kletterte noch ein paar Fuß an der Kette empor. Dann senkte er die Fackel, als wollte er die Gruppe der Orang-Utans in Augenschein nehmen, und schrie wiederum: „Gleich werde ich heraus haben, wer sie sind!"

Und nun, während die ganze Gesellschaft, die Affen inbegriffen, sich vor Lachen schüttelte, stieß der Hofnarr einen schrillen Pfiff aus, worauf die Kette mit großer Geschwindigkeit etwa dreißig Fuß höher schnellte und die ängstlich zappelnden Affengestalten mit sich zog, die nun in halber Höhe des Saales über dem Fußboden hingen. Froschhüpfer, der sich an der Kette beim Hochziehen festgehalten hatte, hing noch immer in derselben Stellung über den acht Masken und hielt seine Fackel noch immer gesenkt, als hätte die Sache nichts Besonderes zu bedeuten und als hätte er nichts weiter im Sinn, als herauszubringen, wer sich hinter den Masken verberge.

Die ganze Maskengesellschaft war durch das Hinaufziehen der Kette so erschrocken und erstaunt, daß eine minutenlange eisige Stille eintrat. Diese Stille wurde durch ein leises, scharfes, knirschendes Geräusch unterbrochen, das völlig jenem glich, das die Aufmerksamkeit des Königs und seiner Minister auf sich zog, als dieser der Trippetta den Wein ins Gesicht gegossen hatte. Doch konnte jetzt kein Zweifel darüber bestehen, woher dieses Knirschen kam. Es kam zwischen den raubtierartigen Zähnen des Zwerges hervor, der schäumenden Mundes wie ein wildes Tier mit den Zähnen knirschte und mit einem Ausdruck wahnsinniger Wut in die aufwärts gerichteten Gesichter des Königs und seiner sieben Kumpane starrte.

„Aha!“ rief schließlich der wutschäumende Hofnarr, „aha! Jetzt wird mir allmählich klar, wer sich unter diesen Masken verbirgt!“ Bei diesen Worten hielt er, als wollte er den König noch genauer betrachten, die Fackel an die Flachshülle, die ihn umgab und die im Augenblick in hellen Flammen stand. Es dauerte kaum eine halbe Minute, so brannten alle acht Orang-Utans lichterloh, während die Menge unten in wildem Entsetzen aufschrie und hinaufstarrte, ohne auch nur die geringste Hilfe leisten zu können. Die Flammen, die immer lebhafter aufloderten, zwangen den Narren, alsbald höher an der Kette hinaufzuklettern, um ihrem Bereich zu entfliehen. Während er diese Bewegung ausführte, trat in der Menschenmenge wiederum ein kurzes Stillschweigen ein. Diese Gelegenheit benützte der Zwerg, um wieder seine Stimme zu erheben: „Jetzt sehe ich deutlich“, schrie er, „was für Menschen hinter diesen Masken stecken! Es sind ein großer König und seine sieben geheimen Kabinettsräte – ein König, der nicht davor zurückschreckt, ein hilfloses Mädchen zu mißhandeln, und seine sieben Räte, die seine Schändlichkeiten unterstützen und ihm Beifall klatschen. Ich aber, ich bin nichts weiter als Froschhüpfer, der Hofnarr, der Spaßmacher – und das hier ist mein letzter Spaß!“

Bei der leichten Brennbarkeit des Flachses und des Teers war das Werk der Rache schon vollbracht, als der Zwerg seine kurze Anrede kaum beendet hatte. Die acht Körper hingen in den Ketten als eine übelriechende geschwärzte, gespenstige und unkenntliche Masse. Der Krüppel schleuderte seine Fackel auf sie hinab, kletterte ohne Eile an der Kette empor und verschwand durch das Fenster der Kuppel.

Man nimmt an, daß Trippetta oben auf dem Dach gestanden hat und ihrem Freund bei seinem feurigen Rachewerk geholfen hat und daß die beiden miteinander in ihre Heimat geflohen sind; denn man hat weder sie noch ihn jemals wiedergesehen.

SELTSAME ERLEBNISSE DES ARTHUR GORDON PYM AUS NANTUCKET

enthaltend die Einzelheiten über eine Meuterei und ein grauenhaftes Gemetzel an Bord der amerikanischen Brigg „Grampus" auf ihrer Fahrt nach der Südsee im Juni 1827 nebst einem Bericht, wie das Schiff von den Überlebenden zurückerobert wurde; wie sie Schiffbruch erlitten und entsetzliche Hungerqualen ausstanden; wie sie durch den britischen Schoner „Jane Guy" befreit und gerettet wurden; wie dieses Schiff kurze Zeit im antarktischen Ozean kreuzte, wie es erobert und seine Mannschaft bei einer Inselgruppe am vierundachtzigsten Grad südlicher Breite hingeschlachtet wurde; mitsamt den unglaublichen Abenteuern und Entdeckungen, deren Anlaß dieses jammervolle und entsetzliche Unglück war

Vorwort

Als ich vor wenigen Monaten nach einer Reihe merkwürdiger und außergewöhnlicher Erlebnisse in der Südsee und anderswo, über die ich in diesem Buche berichten werde, in die Vereinigten Staaten zurückkehrte, fügte es sich, daß ich mit ein paar Herren aus Richmond in Virginia zusammentraf. Sie nahmen regsten Anteil an allem, was die Landstriche betraf, die ich bereist hatte, und drangen beharrlich in mich, ja, erlegten es mir als Pflicht auf, meinen Bericht der Öffentlichkeit zugänglich zu machen. Dies abzuschlagen, hatte ich jedoch verschiedene Gründe; einige davon sind persönlicher Natur und gehen außer mir niemanden etwas an. Bei manchen allerdings liegt der Fall anders. Eine Erwägung vor allem hielt mich ab: ich hatte während des größten Teils meiner abenteuerlichen Fahrt kein Tagebuch geführt und fürchtete darum, ich könnte nicht imstande sein, rein aus dem Gedächtnis so genau und zusammenhängend zu berichten, daß der Eindruck der Wahrhaftigkeit, die trotz allem bestünde, gewahrt bliebe, abgesehen von der naturgemäß unvermeidlichen Übertreibung, zu der wir alle neigen, wenn wir Ereignisse wiedergeben, deren Einfluß auf unsere Einbildungskraft tief und nachhaltig war. Ein weiterer Grund war der Umstand, daß die Begebenheiten, die ich zu erzählen hatte, ihrem Wesen nach so ausgesprochen wunderbar waren, daß sie, ohne jeden andern Beweis als das Zeugnis eines einzigen Gefährten, der mit mir heimkehrte, eines armen Mischlings, keine Aussicht hatten, Glauben zu finden, es sei denn bei meinen Angehörigen und denen meiner Freunde, die im Laufe meines Lebens Gelegenheit hatten, meine peinliche Wahrheitsliebe zu erproben. Aller Wahrscheinlichkeit nach war vorauszusehen, daß die breitere Öffentlichkeit meine Behauptungen nur als eine unverschämte und sinnreich ausgedachte Erfindung ansehen würde. Ich muß gestehen, daß überdies hauptsächlich mein tiefes Mißtrauen in meine schriftstellerischen Fähigkeiten mich abhielt, meinen Beratern und ihren Anregungen nachzugeben.

Unter den Herren aus Virginia, die sich für meinen Reisebericht und insbesondere für den Teil, der sich in der Südsee abspielt, so lebhaft interessierten, war auch Mr. Poe, bis vor kurzem Herausgeber des *Southern Literary Messenger*, einer Monatsschrift, die in Richmond von Mr. Thomas W. White veröffentlicht wird. Er, unter andern, riet mir aufs dringendste, unverzüglich einen ausführlichen und lückenlosen Bericht über alles, was ich erlebt und erlitten hatte, abzufassen und mich dabei vertrauensvoll auf den Scharfsinn und den gesunden Menschenverstand des Publikums zu verlassen. Auch versicherte er mir – und das leuchtete mir ein –, mein Buch werde gerade wegen seines kunstlosen Stils und auf Grund seines ausgefallenen Stoffes – wenn man überhaupt davon sprechen könne – seiner Meinung nach die besten Aussichten haben, als glaubwürdig und wahr aufgenommen zu werden.

Ungeachtet dieser seiner Meinung konnte ich mich jedoch nicht entschließen, seinen Rat zu befolgen. Als er nun sah, daß ich nicht von meiner Weigerung abzubringen war, schlug er mir vor, ich möge ihm erlauben, mit seinen eigenen Worten einen Bericht über den ersten Teil meiner Erlebnisse und Abenteuer auf Grund der Tatsachen, die ich geschildert hatte, niederzuschreiben und ihn als eine vorgebliche Dichtung im *Southern Messenger* abzudrucken. Dagegen hatte ich nichts einzuwenden und gab meine Zustimmung. Ich bedang mir nur aus, daß mein wirklicher Name beibehalten werde. Zwei Bruchstücke dieser „Erdichtung" erschienen denn auch in der Januar- und Februarnummer 1837 des *Southern Messenger*, und damit klar feststand, daß es sich um eine reine Dichtung handelte, wurde der Name des Mr. Poe in der Inhaltsangabe der Zeitschrift neben die Artikel gesetzt.

Die Art, wie diese Täuschung aufgenommen wurde, bewog mich schließlich, eine regelrechte Zusammenfassung der besagten Abenteuer vorzunehmen und zu veröffentlichen. Ich sah nämlich bald, daß trotz dem Anschein des Erdichteten, mit dem der im *Messenger* gedruckt erschienene Teil meines Berichtes so geistreich und geschickt umkleidet war – wobei auch nicht eine einzige Tatsache entstellt oder verändert wurde –, das Publikum keinesfalls geneigt schien, ihn als rein erfundenes Märchen aufzufassen, und Mr. Poe erhielt mehrere Briefe, die mit aller Deutlichkeit die gegenteilige Überzeugung aussprachen. Daraus schloß ich, daß die Tatsachen in meiner Erzählung zur Genüge für sich selbst sprachen und unverkennbar den Stempel der Wirklichkeit trugen, daß ich demzufolge von seiten der Ungläubigkeit der Leser nicht viel zu fürchten hatte.

Nach dieser einleitenden Darlegung meines Standpunktes wird man ohne weiteres feststellen können, was von dem folgenden aus meiner eigenen Feder stammt, und man wird auch erkennen, daß in den paar Seiten, die Mr. Poe verfaßt hat, keine einzige Tatsache verfälscht oder entstellt worden ist. Sogar die Leser, denen die betreffenden Nummern des *Messenger* nie zu Gesicht gekommen sind, braucht man nicht erst darauf hinzuweisen, wo sein Artikel endet und mein eigener beginnt. Der Unterschied im Stil wird sich schon bemerkbar machen.

New York, im Juli 1838 A. G. Pym

Erstes Kapitel

Ich heiße Arthur Gordon Pym. Mein Vater war ein angesehener Kaufmann, der in Nantucket, meiner Geburtsstadt, mit Schiffahrtsartikeln handelte. Mein Großvater mütterlicherseits war ein vielbeschäftigter Rechtsanwalt. Er hatte in allem Glück, und verschiedene Spekulationen mit Aktien der *Edgarton New-Bank*, wie sie früher genannt wurde, waren ihm erfolgreich geglückt. Auf diese und andere Weise gelang es ihm, ein erkleckliches Vermögen auf die Seite zu legen. Er hing mit größerer Liebe an mir als an irgendwem auf der Welt, glaube ich, und ich hatte allen Grund zu der Annahme, daß ich nach seinem Ableben den größeren Teil seines Vermögens erben werde. Als ich sechs Jahre alt wurde, schickte er mich in die Schule des alten Mr. Ricketts, eines wackeren einarmigen Mannes mit höchst exzentrischen Manieren. Jeder, der einmal durch New Bedford gekommen ist, kennt ihn bestimmt. In seiner Schule blieb ich, bis ich sechzehn Jahre alt war; dann verließ ich sie und besuchte von nun an die Akademie des Mr. E. Ronald auf der Anhöhe über der Stadt. Hier freundete ich mich mit dem Sohne des Mr. Barnard an, eines Schiffskapitäns, der für gewöhnlich im Dienste der Firma Lloyd und Vredenburgh zur See fuhr. Auch Mr. Barnard ist in New Bedford gut bekannt und hat, das weiß ich bestimmt, verschiedene Verwandte in Edgarton. Sein Sohn hieß Augustus und war etwa zwei Jahre älter als ich. Er hatte seinen Vater auf einer Walfischjagd auf dem Walfischfänger „John Donaldson“ begleiten dürfen und schwärmte nun in einem fort von seinen abenteuerlichen Erlebnissen im südlichen Pazifik. Ich ging oft zu ihm nach Hause und blieb dann jeweils den Tag über dort, manchmal übernachtete ich auch da. Wir schliefen im gleichen Bett, und er konnte mich ohne weiteres die ganze Nacht bis zum Morgengrauen wach halten, wenn er mir eine Menge Geschichten über die Eingeborenen der Insel Tinian und über andere Örtlichkeiten erzählte, die er auf seinen Fahrten besichtigt hatte. Mit der Zeit begeisterte ich mich immer mehr an all dem, was er mir erzählte, und nach und nach festigte sich in mir der sehnsüchtige Wunsch, zur See zu gehen. Ich besaß ein Segelboot, das ich „Ariel" getauft hatte; es war ungefähr fünfundsiebzig Dollar wert. Es hatte ein Halbdeck mit einer Kombüse und war wie eine Schaluppe getakelt. Seine Tonnage weiß ich nicht mehr, aber es vermochte ohne große Schwierigkeit zehn Personen zu fassen. Mit diesem Boot pflegten wir die tollsten Fahrten zu unternehmen; und heute noch, wenn ich daran zurückdenke, scheint es mir ein wahres Gotteswunder, daß ich noch am Leben bin.

Eine von diesen abenteuerlichen Fahrten will ich nun beschreiben, als Einleitung zu einer längeren und gewichtigeren Erzählung. Eines Abends hatte Mr. Barnard Gäste, und gegen Ende des Festes waren wir beide, Augustus und ich, leidlich beschwipst. Wie gewöhnlich in solchen Fällen ging ich nicht nach Hause, sondern zog es vor, sein Bett mit ihm zu teilen. Er schlief seelenruhig ein – so glaubte ich wenigstens; es war nahezu ein Uhr morgens, als die Gesellschaft auseinander ging – und erwähnte sein Lieblingsthema mit keinem Wort. Es mochte wohl eine halbe Stunde verstrichen sein, seit wir zu Bett lagen, und ich wollte gerade einschlafen, da erwachte er plötzlich wieder und schwor mit einem gräßlichen Fluch, er gedenke keinem Arthur Pym in der ganzen Christenheit zuliebe weiterzuschlafen, während draußen eine so herrliche Brise aus Südwest wehe. Zeit meines Lebens war ich noch nie so erstaunt gewesen, da ich nicht klug daraus wurde, was er meinte. Ich dachte, der Wein und die Liköre, die er getrunken hatte, seien ihm zu Kopf gestiegen. Er sprach jedoch ganz gelassen weiter, sagte, er wisse schon, daß ich ihn für betrunken halte, doch sei er im Gegenteil in seinem ganzen Leben noch nie so nüchtern gewesen. Er habe es lediglich satt, setzte er hinzu, in einer so wunderschönen Nacht wie ein Hund im Bett zu bleiben und die Zeit zu verschlafen, und er sei entschlossen, aufzustehen, sich anzukleiden und eine Bootsfahrt zu unternehmen. Was mich da befallen hat, kann ich nicht sagen; aber kaum hatte ich diese Worte aus seinem Munde vernommen, so verspürte ich das Schaudern höchster Erregung, ein unsagbar glühendes Verlangen, und ich fand auf einmal, sein überspannter Einfall sei eine der köstlichsten und vernünftigsten Ideen von der Welt. Der Wind, der draußen ging, war schon beinahe ein Sturm, es war bitter kalt draußen; wir schrieben gegen Ende Oktober. Trotzdem sprang ich förmlich besessen mit einem Satz aus dem Bett und erklärte ihm, ich sei geradeso beherzt wie er, ich hätte es ebenso satt wie er, auf der faulen Haut zu liegen, auch sei ich genauso zu irgendeinem waghalsigen Streich aufgelegt wie nur irgendein Augustus Barnard in Nantucket.

Wir schlüpften schleunigst in unsere Kleider und rannten Hals über Kopf hinunter zum Boot. Es lag in einer alten verfallenen Werft vor Anker, nahe dem Werkhof von Pankey & Co, und schlug mit dem Außenbord so heftig gegen die rauhen Pfähle, daß es fast zerschellte. Augustus kletterte hinein und machte sich daran, es auszuschöpfen; es war fast zur Hälfte mit Wasser vollgelaufen. Als das getan war, setzten wir Klüver und Großsegel, hielten uns unter dem Wind und stachen kühn in See.

Der Wind kam, wie ich schon gesagt habe, kräftig aus Südwest. Die Nacht war klar und kalt. Augustus hatte das Steuer übernommen, und ich hatte mich am Mast auf dem Deck postiert. Wir flogen pfeilschnell dahin; keiner von uns hatte ein Wort gesprochen, seit wir vom Ufer abgestoßen waren. Nun fragte ich meinen Freund, in welcher Richtung er eigentlich zu steuern gedenke und wann wir, seiner Meinung nach, wieder an Land seien. Er pfiff eine Weile vor sich hin, dann gab er mir barsch zur Antwort: „Ich steche in See. Du kannst ja nach Hause gehen, wenn du lieber willst.“ Ich warf einen Blick auf ihn und sah sofort, daß er trotz seiner gespielten Gleichgültigkeit aufs höchste erregt war. Ich konnte ihn im hellen Mondschein deutlich sehen; sein Gesicht war marmorweiß, und seine Hand zitterte so heftig, daß er kaum das Steuer halten konnte. Ich sah, daß etwas Schwerwiegendes vorgefallen sein mußte, und machte mir nun ernstlich Sorgen. Zu jener Zeit verstand ich noch herzlich schlecht mit einem Boot umzugehen, und so war ich ganz und gar auf die seemännische Tüchtigkeit meines Freundes angewiesen. Überdies hatte der Wind plötzlich an Stärke zugenommen, denn wir wurden weit von der Küste abgetrieben. Doch schämte ich mich, mir auch nur die leiseste Angst anmerken zu lassen, und bewahrte entschlossen fast noch eine weitere halbe Stunde tiefes Schweigen. Dann aber hielt ich es nicht länger aus und sagte zu Augustus, es wäre doch wohl besser, jetzt umzudrehen und an Land zu fahren. Wie schon vorher, gab er mir fast eine Minute lang keine Antwort und beachtete meine Warnung überhaupt nicht. „Später ... gleich ..." sagte er endlich; „wir haben genug Zeit ... nach Hause ... gleich ..." Ich war auf eine solche Antwort gefaßt; aber trotzdem lag im Tonfall seiner Worte etwas, das mich mit unsagbarer Angst erfüllte. Ich betrachtete ihn aufs neue aufmerksam. Seine Lippen waren totenblaß, und seine Knie schlugen so stark gegeneinander, daß er sich anscheinend kaum auf den Beinen zu halten vermochte. „Um Gottes willen, Augustus!" schrie ich auf, und diesmal war ich zu Tode erschrocken, „was hast du? Was ist denn los? Was willst du tun?" – „Was los ist?" stammelte Augustus mit unverkennbarem Staunen, und gleichzeitig ließ er das Steuerruder fahren und schlug längelang vornüber hin. – „Was los ist? Nichts ist los ... gar nichts ... nach Hause ... wir fahren heim, zum Teufel! ... Siehst du das denn nicht?" Da wurde mir die entsetzliche Wahrheit mit einem Schlage klar. Ich stürzte zu ihm hin und riß ihn hoch. Er war betrunken, sinnlos betrunken. Er konnte nicht mehr stehen, konnte weder sprechen noch überhaupt aus den Augen sehen. Seine Augen waren ganz glasig. Im Übermaß meiner Verzweiflung ließ ich ihn los, und er kollerte wie ein Klotz in das Wasser auf dem Grund des Bootes, aus dem ich ihn hochgezogen hatte. Offensichtlich hatte er im Verlaufe des Abends weit mehr getrunken, als ich argwöhnte, und sein Benehmen im Bett war auf einen hochgradig gesteigerten

Rauschzustand zurückzuführen, der, wie der Wahnsinn, dem Opfer nicht selten die Fähigkeit verleiht, sich äußerlich ganz so zu betragen wie Leute, die im Vollbesitz ihrer Vernunft sind. Die kalte Nachtluft hatte bald ihre gewöhnliche Wirkung ausgeübt: seine geistige Energie war unter ihrem Einfluß erlahmt, und daß er jetzt eine verworrene Vorstellung von unserer gefährlichen Lage bekam, hatte nur dazu beigetragen, den völligen Zusammenbruch zu beschleunigen. Er war nun gänzlich bewußtlos, und aller Wahrscheinlichkeit nach war auch in den nächsten Stunden in seinem Zustand kaum eine Änderung zu erwarten.

Es ist fast nicht möglich, sich das ganze Ausmaß meines Entsetzens vorzustellen. Der Weinrausch war verflogen, und nun war ich erst recht verängstigt und unfähig, einen Entschluß zu fassen. Ich wußte, daß ich völlig außerstande war, das Boot zu steuern, und daß eine wütende Brise sowie die unaufhaltsam zurückflutende Ebbe uns in den sicheren Tod trieben. Hinter uns zog sich augenscheinlich ein Sturm zusammen; wir hatten weder Kompaß noch Proviant bei uns, und es war klar, wenn wir unseren jetzigen Kurs beibehielten, hatten wir noch vor Tagesanbruch das Festland aus den Augen verloren. Diese Gedanken und eine Menge anderer, die gleichermaßen beängstigend waren, schossen mir mit betäubender Schnelligkeit durch den Kopf und lähmten mich minutenlang so vollkommen, daß ich mich auch nicht zur geringsten Anstrengung mehr aufraffen konnte. Das Boot schoß mit vollem Wind dahin; es flog mit fürchterlicher Geschwindigkeit über die Wellen, ohne daß ein Segel, weder Klüver noch Großsegel, gerefft war; der Bug tauchte vollständig in dem schäumenden Gischt unter. Es war ein wahres Gotteswunder, daß es nicht kenterte. Wie ich schon sagte, hatte Augustus ja das Steuer fahrenlassen – und ich meinerseits war viel zu aufgeregt, als daß ich hätte daran denken können, es selbst zu ergreifen. Doch zum Glück schlug das Boot nicht um, es hielt dem Sturm stand, und nach und nach gewann ich auch teilweise meine Geistesgegenwart wieder zurück. Der Sturm schwoll immer noch bedrohlich an, und sooft wir mit dem Bug in die Wellen eintauchten und wieder hochkamen, schäumte die See über unser Heck und überflutete uns. Außerdem war ich so durch und durch zu Eis erstarrt an allen meinen Gliedmaßen, daß ich fast gänzlich empfindungslos war. Schließlich faßte ich einen verzweifelten Entschluß: ich stürzte auf das Großsegel zu und kappte es. Wie zu erwarten war, flog es über den Bug, sog sich schwer mit Wasser voll und riß den Mast knapp über dem Deck ab. Einzig dieser Umstand rettete uns vor dem augenblicklichen Untergang. Jetzt konnte ich, nur mit dem Klüver segelnd, mit dem Wind dahintreiben; zwar mußte ich gewaltige Sturzwellen am Heck aushalten, war aber von den Schrecknissen unmittelbarer Todesgefahr erlöst. Ich packte das Steuerruder und atmete nun befreit auf, da ich sah, daß uns noch eine letzte Hoffnung auf Rettung geblieben war. Augustus lag immer noch besinnungslos auf dem Boden des Schiffs; und da ihm die Gefahr des Ertrinkens drohte – das Wasser stand an der Stelle, wo er lag, nahezu einen Fuß hoch –, brachte ich es mit unsäglicher Mühe und unter Aufbietung meiner ganzen Geschicklichkeit fertig, ihn halb aufzurichten, und damit er sitzenblieb und nicht wieder umsank, schlang ich ein Tau um seinen Leib und machte es an einem Ring an Deck fest. Als ich dann alles, so gut ich's vermochte, trotz meiner Aufregung, und obwohl ich steif vor Kälte war, in Ordnung gebracht hatte, befahl ich mich Gott und war fest entschlossen, alles, was mir noch widerfahren mochte, mit dem ganzen Mut, den ich aufbringen konnte, zu ertragen.

Kaum hatte sich dieser Entschluß in mir gefestigt, als plötzlich ein lautes, langanhaltendes Brüllen oder Heulen, das wie aus den Kehlen von tausend Höllenteufeln losbrach, durch die Lüfte gellte und über unser Boot wegging. Nie, solange ich lebe, werde ich das Todesgrauen vergessen, das ich in diesem Augenblick empfand. Meine Haare sträubten sich und standen mir zu Berge, ich spürte, wie mir das Blut in den Adern gerann – mein Herz stand still, und ohne auch nur ein einziges Mal den Kopf zu heben und mich umzusehen, was dieses Getöse zu bedeuten habe, taumelte ich, so lang ich war, kopfüber bewußtlos auf den Körper meines Freundes hin.

Als ich wieder zu mir kam, befand ich mich in der Kajüte eines großen Walfischfängers, des „Pinguin“, der auf Nantucket zusteuerte. Mehrere Männer standen über mich gebeugt, und Augustus, bleich wie der Tod, mühte sich eifrig ab, mir die Hände warm zu reiben. Als er sah, daß ich die Augen aufschlug, waren seine Freude und Dankbarkeit so überschwenglich, und er brach in solch jubelnde Begeisterung aus, daß die rauhen, wetterharten Männer, die uns rings umstanden, abwechselnd lachten und weinten. Das Geheimnis unserer Rettung wurde mir sogleich enthüllt.

Wir waren von dem Walfischfänger in Grund gebohrt worden. Er steuerte geradewegs auf Nantucket zu und lavierte mit soviel Takelwerk, wie er bei diesem Sturmwetter zu setzen wagen konnte, und so war er fast im rechten Winkel zu unserem Kurs auf uns losgefahren und hatte uns überrannt. Ein paar Mann waren auf dem Vorderdeck auf Wache; aber sie erblickten unser Boot erst, als es unmöglich war, den Zusammenstoß zu vermeiden. Ihre Warnungsrufe waren es gewesen, die mich so gräßlich erschreckt hatten. Das mächtige Schiff, so erzählte man mir, war mit solcher Leichtigkeit über uns hinweggefahren, wie unser kleines Boot über eine Feder hinweggeglitten wäre, und war nicht im geringsten in seiner Fahrt gestört worden. Vom Deck des gerammten Bootes kam kein Schrei, man hörte nur ein leises Knirschen, als wäre etwas entzweigerissen, und das wurde vom Tosen des Sturms und der Wellen verschlungen, als das gebrechliche Boot, das bereits sank, sich am Kiel des Walfischfängers rieb. Aber das war auch alles. Im Glauben, unser Schiff, das, wie erinnerlich, ohne Mast dahintrieb, sei nichts weiter als ein führerloses Wrack, wollte der Kapitän, E. T. V. Block aus New London, seine Fahrt fortsetzen, ohne sich weiter um den Zwischenfall zu kümmern. Glücklicherweise schworen zwei von seinen Leuten, die auf dem Ausguck waren, steif und fest, sie hätten einen Menschen am Steuer gesehen, und es sei vielleicht noch möglich, ihn zu retten. Es kam zu einer hitzigen Auseinandersetzung; Block geriet in Wut und schrie nach einer Weile, es sei nicht seine Sache, immer und ewig auf alle Eierschalen achtzugeben, das Schiff werde wegen einer solchen Lappalie bestimmt nicht seinen Kurs ändern, und wenn schon ein Mensch überrannt worden sei, dann sei er selber daran schuld. Er möge seinetwegen ersaufen und zum Teufel gehen, und ähnliche Reden mehr. Henderson, der Erste Steuermann, griff daraufhin die Angelegenheit erneut auf. Er war, wie übrigens die ganze Mannschaft, ehrlich entrüstet über die herzlosen Worte des Kapitäns, die eine ungeheuerliche Gemütsroheit verrieten. Er nahm kein Blatt vor den Mund, wußte er doch, daß die Matrosen zu ihm standen. Er erklärte dem Kapitän, seiner Meinung nach gehöre er an den Galgen, und er selbst werde sich seinen Befehlen widersetzen, auch auf die Gefahr hin, daß er bei der Landung gehenkt werde. Er stieß Block, der kalkbleich wurde und kein Wort mehr sagte, beiseite, rannte zum Hinterschiff, ergriff das Steuer und gab mit fester Stimme den Befehl: „Steuer hart am Wind!" Die Mannschaft lief an ihre Posten, und das Schiff drehte bei. All das hatte fünf Minuten gedauert, und es schien kaum mehr möglich, daß der Mensch, den man am Steuer gesehen hatte, jetzt noch gerettet werden konnte. Und doch wurden Augustus und ich geborgen, wie der Leser ja bereits weiß, und unsere Rettung scheint auf einen jener wunderbaren Glücksfälle zurückzuführen zu sein, die weise und fromme Menschen einem besonderen Eingreifen der göttlichen Vorsehung zuschreiben.

Während das Schiff immer noch still lag, ließ der Steuermann die Jolle herab und sprang, glaube ich, mit denselben zwei Leuten hinein, die behauptet hatten, sie hätten mich am Steuer gesehen. Eben hatten sie das Lee des Schiffes hinter sich gelassen – der Mond schien immer noch fast taghell –, als dieses stark und anhaltend windwärts schlingerte, und im selben Augenblick sprang Henderson von der Bank auf und brüllte seinen Leuten zu, sie sollten rückwärts rudern. In einem fort wiederholte er ungeduldig immer nur:

„Rückwärts rudern! Rückwärts rudern!" Sie legten sich aus Leibeskräften in die Riemen, doch unterdessen hatte das Schiff gedreht und fuhr mit dem Bug auf das Boot los, obwohl an Bord alle Mann der Besatzung sich abmühten, die Segel einzuziehen. Ohne auf die Gefahr zu achten, die mit diesem tollkühnen Versuch verbunden war, packte der Steuermann die schweren Ankerketten, sobald sie in seine Reichweite kamen, und klammerte sich daran fest. Ein neuerlicher gewaltiger Ruck, das Schiff drehte sich, und die Steuerbordseite hob sich fast bis zum Kiel übers Wasser, und endlich wurde auch der Anlaß zu seiner Besorgnis sichtbar. Ein menschlicher Körper hing in höchst eigentümlicher Weise an der glatten, glänzenden Unterseite des Schiffes – die „Pinguin" war gänzlich mit Kupferplatten verkleidet – und schlug bei jeder Bewegung des Schiffsrumpfes heftig dagegen. Nach mehreren fruchtlosen Versuchen, die bei jeder neuen Drehung des Schiffs erneuert wurden, obwohl das Boot Gefahr lief, unter dem mächtigen Bug des Walfischfahrers zerschmettert zu werden, wurde ich endlich aus meiner gefährlichen Lage befreit und an Bord gehievt. Der menschliche Körper war ich. Anscheinend war ein Bolzen des Schiffsrumpfs durch die Kupferverschalung nach außen gedrungen und hatte mich festgehalten, während der Sog mich unter dem Schiff wegzog. So hatte er mich auf die denkbar seltsamste Weise am Rumpf des Schiffes angenagelt. Der dicke Nagel hatte mit der Spitze den Kragen meiner grobleinenen Jacke durchbohrt, war in meinen Nacken eingedrungen und gerade hinter dem rechten Ohr zwischen zwei Sehnen wieder zum Vorschein gekommen. Man hatte mich sofort ins Bett gelegt, obschon alles Leben in mir erloschen zu sein schien. Ein Arzt war nicht an Bord. Doch kümmerte sich der Kapitän mit aller erdenklichen Aufmerksamkeit um mich – zweifellos um vor seiner Mannschaft sein herzloses Benehmen wiedergutzumachen.

Unterdessen war Henderson erneut vom Schiff abgestoßen, obschon der Wind mittlerweile zum Orkan angeschwollen war. Nach wenigen Minuten stieß er auf treibende

Trümmer unseres Bootes, und kurz darauf beteuerte einer von seinen Leuten, er höre von Zeit zu Zeit Hilferufe durch das heulende Brüllen des Sturmes herüberdringen. Das bewog die beherzten Seeleute, ihre Nachforschungen mehr als eine halbe Stunde lang fortzusetzen, obschon ihnen Kapitän Block wiederholt durch Signale den Befehl erteilte, unverzüglich zurückzukommen, und obwohl jede Minute, die sie in diesem gebrechlichen Boot zubrachten, für sie unmittelbare und tödliche Gefahr bedeutete. Es ist auch wirklich kaum zu fassen, daß die kleine Jolle nicht schon im ersten Augenblick zerschmettert wurde. Allerdings war sie eigens für den Walfischfang gebaut und, wie ich seither feststellen konnte, mit Luftkästen versehen, wie sie manche Rettungsboote an der Küste von Wales haben.

Nachdem sie lange vergeblich gesucht hatten, entschlossen sie sich endlich, wieder an Bord zu gehen. Kaum war dieser Entschluß gefaßt, da ertönte von einem schwarzen Gegenstand, der rasch an ihnen vorbeitrieb, ein schwacher Schrei. Sie ruderten hinter dem Ding her und holten es bald ein. Es war das Deck des „Ariel" und seine Kajüte. Daneben kämpfte Augustus mit den Wellen und rang mit dem Tode. Als sie ihn endlich herausfischen konnten, stellte sich heraus, daß er mit einem Tau an dem schwimmenden Bretterbau festgebunden war. Dieses Seil hatte ich, wie man sich erinnern wird, selbst um seinen Leib geschlungen und an einem Ring festgemacht, um ihn so vor dem Ertrinken zu bewahren, und das hat ihm letzten Endes, wie es scheint, das Leben gerettet. Der „Ariel" war leicht gebaut gewesen, und als er sank, war das ganze Holzwerk auseinandergeborsten. Durch das hereinflutende Wasser wurde natürlich das Deck der Kajüte hochgehoben, riß sich gänzlich vom Rippenwerk des Bootes los und schwamm nun, vermutlich zusammen mit andern Trümmern, auf der Wasseroberfläche. Augustus war mit emporgetrieben worden und so einem grauenvollen Tod entronnen.

Erst mehr als eine Stunde später, als er auf dem Deck der „Pinguin" lag, konnte er ein Lebenszeichen von sich geben und erfassen, was für ein Unfall unserem Boot zugestoßen war. Mit der Zeit kam er völlig wieder zum Bewußtsein und schilderte lange, was für Empfindungen ihn bewegt hatten, als er im Wasser trieb. Kaum hatte er einigermaßen das Bewußtsein wiedererlangt, fand er sich unter Wasser, wurde mit unfaßbarer Geschwindigkeit und Wucht herumgewirbelt und im Kreis herumgedreht, auch spürte er, wie sich das Tau zwei- oder dreimal immer enger um seinen Hals wickelte. Einen Augenblick später fühlte er, daß er mit rasender Schnelligkeit emporgeschleudert wurde; sein Kopf prallte heftig gegen etwas Hartes, und er wurde wieder bewußtlos. Als er aufs neue zu sich kam, war er schon mehr bei Verstand. Doch war sein Bewußtsein noch eigenartig getrübt und verworren. Nun wurde ihm klar, daß ein Unglück geschehen sein mußte und daß er im Meer schwamm, wenn auch sein Mund über dem Wasser war und er ohne große Schwierigkeit atmen konnte. Wahrscheinlich trieb damals das Deck gerade sehr rasch mit dem Wind dahin, während er auf dem Rücken liegend mit fortgeschwemmt wurde. Solange er sich in dieser Lage halten konnte, war es nahezu ausgeschlossen, daß er ertrank. Eine Sturzflut schleuderte ihn jedoch plötzlich über das Deck. Er klammerte sich verzweifelt an, und von Zeit zu Zeit rief er um Hilfe. Gerade bevor ihn Henderson entdeckte, hatte er völlig erschöpft losgelassen, und als er nun ins Meer zurückgespült wurde, ergab er sich in sein Schicksal. Die ganze Zeit über, während er mit den Wellen kämpfte, war ihm auch nicht die leiseste Erinnerung an den „Ariel" noch an irgend etwas von alldem, was zu der Katastrophe geführt hatte, aufgestiegen. Ein unbestimmtes Gefühl des Schreckens, der Verzweiflung hielt alle seine Kräfte in lähmendem Bann. Als er schließlich geborgen werden konnte, war er gänzlich von Sinnen, und er kam, wie schon erwähnt, erst eine Stunde, nachdem man ihn an Bord der „Pinguin" gezogen hatte, zum klaren Bewußtsein seiner Lage. Was mich betrifft, so wurde ich einem Zustand entrissen, der mit dem Tod eine verzweifelte Ähnlichkeit hatte, und zwar erst nach dreieinhalbstündigen Bemühungen und nach Anwendung aller denkbaren Mittel – vor allem durch eine Abreibung mit in heißes Öl getauchtem Flanell, eine Maßnahme, die Augustus vorgeschlagen hatte. Die Wunde an meinem Hals sah zwar übel aus, war aber nicht weiter gefährlich, und ich genas rasch und erholte mich bald.

Die „Pinguin“ lief um neun Uhr morgens in den Hafen ein, nachdem sie gegen einen der schlimmsten Stürme hatte ankämpfen müssen, die seit Menschengedenken an der Küste von Nantucket getobt haben. Augustus und ich richteten es so ein, daß wir gerade zur Frühstückszeit bei Mr. Barnard erschienen. Zum Glück wurde es wegen der gestrigen Abendgesellschaft etwas verspätet aufgetragen. Ich vermute, die Leute bei Tische waren alle noch zu verkatert, um unsere abgehetzten Mienen zu beachten; einem aufmerksamen Beobachter wären sie ohne weiteres aufgefallen. Zudem vermögen ja Schulbuben wahre Wunder an Verstellung zu vollbringen, und ich glaube, es ist keinem einzigen unter unsern Freunden in Nantucket in den Sinn gekommen, die schaurige Geschichte, die da ein paar Matrosen in der Stadt herumerzählten – sie hätten auf dem Meer ein Schiff gerammt und etliche dreißig oder vierzig arme Teufel ersäuft –, habe auch nur die entfernteste Beziehung zum „Ariel“, zu meinem Freund und mir. Wir beide haben seither ein paarmal dieses Erlebnis besprochen – niemals, ohne dabei zu erschauern. Im Verlaufe eines solchen Gesprächs gestand mir Augustus einmal frei heraus, nie in seinem ganzen Leben habe er ein derart grauenvolles Gefühl des Entsetzens verspürt wie damals, als er an Bord unseres kleinen Bootes mit einemmal erkannte, wie sinnlos betrunken er war, und daß ihn sein Rausch um Kraft und Verstand brachte.

Zweites Kapitel

Sooft uns etwas zustößt, das uns Schaden oder Gefahr bringt, können wir unmöglich, auch nicht aus den eindeutigsten Tatsachen, sichere Schlüsse für oder gegen das Erlebte ziehen. Man könnte doch nun annehmen, eine Katastrophe wie die vorhin erzählte hätte meine aufkeimende Leidenschaft für die See gründlich abkühlen müssen. Doch ganz im Gegenteil: nie zuvor lebte in mir eine glühendere Sehnsucht nach den wilden Abenteuern des Seemannslebens als in der Woche nach unserer wunderbaren Rettung. Diese kurze Zeitspanne erwies sich als ausreichend, um alle Schattenseiten dieses gefährlichen Erlebnisses aus meiner Erinnerung zu tilgen und dafür alle Lichtpunkte, alle schönen, farbenbunten, köstlich aufregenden Seiten, seine ganze malerische Verfänglichkeit ins hellste Licht zu rücken. Meine Zwiegespräche mit Augustus häuften sich, und ich erwärmte mich immer leidenschaftlicher für diesen Gegenstand. Er hatte eine eigne Art, seine Seefahrergeschichten – heute habe ich ihn im Verdacht, mehr als zur Hälfte seien sie glattweg erfunden gewesen – so zu erzählen, daß sie ein erregbares Temperament wie das meine, eine düstere und doch glühende Einbildungskraft, wie sie mir eigen war, tief beeindrucken mußten. Besonders seltsam war dabei, daß er mich am allermeisten für das Seemannsleben einzunehmen verstand, wenn er seine entsetzlichsten Augenblicke, seine Leiden, seine Verzweiflung schilderte. Für die lichten Seiten seiner Darstellung hatte ich nur wenig übrig. Ich träumte nur von Schiffbruch und Hungersnot, von Tod und Gefangenschaft unter barbarischen Völkerstämmen, von einem Dasein voller Leiden und Tränen, einem kümmerlich vertrauerten Leben auf einer grauen öden Felsenklippe mitten in einem unzugänglichen, unbekannten Ozean. Derlei Traumgesichte oder Sehnsüchte – denn sie verdichteten sich zu eigentlichen Wünschen – sind, wie ich mir seither habe sagen lassen, bei den nicht wenigen melancholischen Naturen unter den heutigen jungen Männern recht weit verbreitet; doch zu jener Zeit, von der ich jetzt spreche, betrachtete ich sie als prophetische Vorahnungen eines Geschicks, das mir gewissermaßen vorausbestimmt schien. Augustus ging ganz auf meine Gemütsverfassung ein. In der Tat ist es sehr wohl möglich, daß unsere enge Freundschaft einen wenigstens teilweisen Austausch unserer Charaktere zur Folge hatte.

Etwa acht Monate nach dem Untergang des „Ariel“ kam

die Firma Lloyd und Vredenburgh – ein Haus, das, wie ich glaube, irgendwie mit der Firma der Herren Enderby in Liverpool in Verbindung steht – auf den Gedanken, die Brigg „Grampus“ für den Walfischfang instandsetzen und ausrüsten zu lassen. Die Brigg war ein alter Kasten und sogar, nachdem man sie gründlich ausgebessert hatte, nur mit knapper Not seetüchtig. Warum gerade sie anderen und besseren Schiffen, die den gleichen Reedern gehörten, vorgezogen wurde, weiß ich nicht, aber es war nun einmal der Fall. Der Befehl über das Schiff wurde Mr. Barnard übertragen, und Augustus sollte ihn begleiten. Während die Brigg noch ausgerüstet wurde, redete er oft eindringlich auf mich ein, ich solle mir doch diese einzigartige Gelegenheit nicht entgehen lassen und endlich einmal meine Reiselust stillen. Ich war gewiß nicht abgeneigt, auf seinen Vorschlag einzugehen; aber so glatt ließ sich die Sache auch nicht erledigen. Mein Vater hatte zwar nichts Ernstliches dagegen einzuwenden, doch meine Mutter fiel bei der bloßen Erwähnung des Planes in hysterische Krämpfe. Am schlimmsten aber war, daß mein Großvater, auf den ich große Erwartungen gesetzt hatte, schwor, er werde mir auch nicht einen Schilling vererben, wenn ich in Zukunft auch nur ein einziges Mal darauf zu sprechen komme. Aber diese Schwierigkeiten konnten mein Reisefieber nicht im geringsten abkühlen, im Gegenteil, sie gossen nur noch Öl ins Feuer. Ich faßte den Entschluß, auf jeden Fall mitzufahren, mochte kommen, was wollte; und als ich Augustus meine Absicht mitgeteilt hatte, zerbrachen wir uns die Köpfe, wie wir den Plan ins Werk setzen könnten. Immerhin hütete ich mich wohlweislich, zu irgendwem von meinen Angehörigen ein Wort über die Reise verlauten zu lassen, und da ich mich offenkundig mit meinen gewöhnlichen Studien befaßte, nahm man an, ich habe mein Vorhaben aufgegeben. Seither habe ich oft über mein damaliges Verhalten mit Mißvergnügen und Erstaunen nachgedacht. Die abgründige Verstellung, die ich mir, um meinen Plan durchzuführen, zuschulden kommen ließ – eine Heuchelei, die so lange Zeit hindurch jedes Wort, jede Verrichtung in meinem Leben beherrschte –, ich hatte sie mir wohl nur erträglich machen können in der glühenden, ausschließlichen Hoffnung, mit der ich der Erfüllung meiner so lange erträumten Reise entgegensah.

Bei der Ausführung meines schlauen Plans mußte ich notgedrungen viele Dinge völlig Augustus überlassen; er war den größten Teil des Tages an Bord der „Grampus“ tätig und übernahm es, für seinen Vater alle möglichen Vorkehrungen im Schiffsraum und in der Kajüte zu treffen. Am Abend jedoch fanden wir uns unfehlbar zusammen und besprachen unsere Hoffnungen. Fast ein Monat war auf diese Weise verstrichen, und wir hatten noch immer keinen Plan gefaßt, der einige Aussicht auf Erfolg geboten hätte. Da eröffnete er mir plötzlich, er habe alles vorbereitet.

In New Bedford lebte ein Verwandter von mir, ein Mr. Ross, in dessen Haus ich manchmal zwei oder drei Wochen zu Besuch gewesen war. Die Brigg sollte um die Mitte des Monats Juni (Juni 1827) auslaufen, und wir kamen überein, daß mein Vater einen oder zwei Tage, bevor sie in See stach, wie üblich einen Brief von Mr. Ross erhalten sollte, eine Einladung für mich, vierzehn Tage mit Robert und Emmet, seinen beiden Söhnen, zu verbringen. Augustus übernahm es, diesen Brief abzufassen und meinem Vater zukommen zu lassen. Dann sollte ich, unter dem Vorwand, nach New Bedford zu verreisen, meinen Freund aufsuchen, der mir an Bord der „Grampus“ ein Versteck herrichten wollte. Dieses Versteck, so versicherte er mir, werde bequem genug sein, daß ich es mehrere Tage darin aushalten könne; denn so lange werde ich mich nicht blicken lassen dürfen. Wenn dann die Brigg auf ihrer Fahrt so weit auf hoher See sei, daß an eine Umkehr meinetwegen nicht mehr zu denken sei, dann sollte ich, sagte er, zu Recht alle Annehmlichkeiten seiner Kabine mitgenießen dürfen. Was seinen Vater anlange, so werde er über den gelungenen Streich nur herzlich lachen. Wir würden auch bestimmt Schiffen genug begegnen, die einen Brief an meine Eltern mitnehmen konnten, so daß ich ihnen Nachricht geben und mein abenteuerliches Vorhaben erklären könne.

Endlich kam die Mitte des Juni heran, und alles war vorbereitet. Der Brief wurde geschrieben und zur Post gegeben, und an einem Montagmorgen verließ ich das Elternhaus, angeblich um mit dem Postschiff nach New Bedford zu fahren. Statt dessen lief ich schnurstracks zu Augustus, der mich an einer Straßenecke erwartete. Ursprünglich hatten wir verabredet, daß ich bis zum Einbruch der Dunkelheit verborgen bleiben und mich dann erst auf die Brigg schleichen sollte. Da uns aber nun ein dichter Nebel sehr zupaß kam, vereinbarten wir, daß ich keine Zeit verlieren und mich nicht erst noch lange verstecken sollte. Augustus schlug den Weg zum Landeplatz ein, und ich ging, in einen dicken Matrosenmantel gehüllt, in einigem Abstand hinter ihm her. Den Mantel hatte er eigens mitgebracht, damit man mich nicht so leicht erkenne. Gerade als wir um die zweite Ecke bogen und bei Mr. Edmunds Brunnen vorübergekommen waren – wer tauchte da vor uns auf, blieb gerade vor mir stehen und starrte mir mitten ins Gesicht? Mein Großvater in eigener Person, der alte Mr. Peterson! „Nanu, was soll denn das?" sagte er nach einer Weile. „Gordon! Du meine Güte! Wem gehört denn der dreckige Mantel, den du da anhast?" – „Herr!" entgegnete ich und setzte, so gut ich's vermochte, eine überraschte und beleidigte Miene auf, wie es meine Lage erheischte, und fuhr dann im gröbsten Ton, den ich aufbringen konnte, fort: „Herr, Sie irren sich, meine ich! Erstens heiße ich ganz und gar nicht Goddin, und dann möchte ich Ihnen raten: schauen Sie sich die Dinge zuerst genauer an und nennen Sie meinen neuen Überrock nicht einen dreckigen Mantel, Sie Trottel, Sie!"

Es fehlte nicht viel, und ich hätte laut herausgelacht, als ich sah, wie der alte Herr diese handfeste Zurechtweisung aufnahm. Er fuhr zwei, drei Schritte zurück, wurde zuerst totenbleich, dann puterrot, schob seine Brille in die Stirn, setzte sie wieder auf die Nase und ging schließlich mit drohend geschwungenem Regenschirm auf mich los. Doch auf einmal blieb er mitten im Laufen stehen, als wäre ihm plötzlich etwas eingefallen. Dann machte er unvermittelt kehrt und humpelte, immer noch vor Wut zitternd, die

Straße hinunter, während er zähneknirschend vor sich hinbrummte: „Taugt gar nichts! – neue Brille! – dachte, Gordon sei's – gottverdammter Taugenichts von einem nichtsnutzigen Matrosen!"

Nachdem wir so mit knapper Not der Gefahr entronnen waren, setzten wir unsern Weg mit größerer Vorsicht fort und gelangten glücklich an unser Ziel. An Bord befanden sich nur ein oder zwei Leute, und sie waren mit irgendwelchen Arbeiten auf dem Vorderdeck beschäftigt. Kapitän Barnard, das wußten wir, hatte bei Lloyd und Vredenburgh zu tun, und es war anzunehmen, daß er bis spät in die Nacht dort nicht loskommen würde, so daß von seiner Seite nichts zu befürchten war. Augustus kletterte zuerst auf das Schiff, und ich ging bald nach ihm an Bord, ohne daß mich die beiden arbeitenden Seeleute sahen. Wir suchten sogleich die Kajüte auf; es war niemand darin. Sie war äußerst bequem eingerichtet, wie es sonst bei einem Walfischfänger nicht üblich ist. Es waren vier schöne Offizierskabinen mit breiten und bequemen Kojen vorhanden. Außerdem fiel mir ein großer Ofen auf und ein wunderschöner, sehr dicker Teppich, der den Fußboden in der Kajüte und den Offizierskabinen bedeckte. Die Decke war gut sieben Fuß hoch, und alles war viel geräumiger und wohnlicher, als ich es mir vorgestellt hatte. Doch ließ mir Augustus nicht viel Zeit, mich umzusehen. Er bestand darauf, ich müsse mich unbedingt so rasch wie nur möglich verstecken. Er führte mich in seine eigene Kabine, die auf der Steuerbordseite, und zwar ganz an der Schiffswand, lag. Kaum waren wir drinnen, schloß er die Tür und schob den Riegel vor. Mir war, als hätte ich noch nie ein so hübsches Kämmerchen gesehen wie jenes, in dem ich jetzt stand. Es war etwa zehn Fuß lang und hatte nur eine einzige Koje, die, wie ich schon sagte, breit und bequem war. Dicht an der Schiffswand war ein vier Quadratfuß großer Raum mit einem Tisch, einem Stuhl und einem Büchergestell voller Bücher, hauptsächlich Reisebeschreibungen und Seefahrergeschichten. Überdies gab es da noch eine ganze Reihe anderer Annehmlichkeiten, unter denen ich eine Art Speisekasten oder Kühlschrank nicht vergessen darf, in dem mir Augustus eine erlesene Auswahl von Leckerbissen und Likören zeigte.

Nun drückte er in einer Ecke des eben beschriebenen Raums mit der Hand auf eine bestimmte Stelle des Teppichs und zeigte mir, daß ein Stück des Fußbodens, ungefähr sechzehn Quadratzoll groß, sorgfältig herausgeschnitten und wieder eingefügt worden war. Unter seinem Druck hob sich dieser Teil der Diele so weit, daß er den Finger darunterschieben konnte. So öffnete er die Falltür immer weiter – der Teppich war daran mit Nägeln festgemacht –, und ich sah, daß sie in den hinteren Schiffsraum hinabführte. Nun zündete er mit einem Phosphorstreichholz eine kleine Kerze an, steckte das Licht in eine Blendlaterne, stieg durch die Öffnung hinunter und forderte mich auf, ihm nachzukommen. Ich tat es, und er zog mit Hilfe eines an der Innenseite angebrachten Nagels die Falltür wieder über das Loch; so kam der Teppich wieder in seine ursprüngliche Lage auf dem Fußboden der Kabine, und alle Spuren der Luke waren säuberlich verwischt.

Die Kerze warf ein so schwaches Licht, daß ich nur mit der größten Mühe meinen Weg durch das kunterbunt herumstehende Gerümpel, das mich umgab, finden konnte. Nach und nach aber gewöhnten sich meine Augen an die Dunkelheit, und es fiel mir weniger schwer voranzukommen, weil ich mich an den Rockschößen meines Freundes festhielt. Zuletzt führte er mich nach langem Kriechen und Winden durch zahllose enge Lücken zu einer eisenbeschlagenen Kiste, ähnlich denen, die man zuweilen zum Verpacken von kostbarem Porzellan verwendet. Sie war annähernd vier Fuß hoch und gut sechs Fuß lang, jedoch äußerst schmal. Auf ihr standen zwei leere Ölfässer, und darüber lagen bis zur Decke aufgeschichtet eine riesige Menge Strohmatten. Rundherum war, so dicht wie nur möglich zusammengedrängt, bis hinauf zur Decke ein wahres Chaos von Schiffsgeräten verstaut, dazu ein kunterbuntes Durcheinander von Kisten, Körben, Fässern und Ballen, so daß es mir wie ein Wunder vorkam, daß wir uns einen Weg bis zu der fraglichen Kiste hatten bahnen können. Später erst erfuhr ich, daß Augustus die Sachen absichtlich so im Schiffsraum verstaut hatte, um mir ein sicheres Versteck vorzubereiten. Bei seiner Arbeit hatte ihm nur ein einziger Mann geholfen, und der fuhr nicht auf der Brigg.

Mein Freund zeigte mir jetzt, daß eine Wand der Kiste nach Belieben entfernt werden konnte. Er schob sie weg und ließ mich das Innere sehen. Der Anblick, der sich mir bot, machte mir einen Riesenspaß. Den Boden bedeckte eine Matratze, die aus einer der Kojen in der Kajüte genommen worden war, und was nur immer an Komfort in einem so kleinen Raum hatte untergebracht werden können, war vorhanden, während ich selber noch Platz genug hatte, um mich bequem auszustrecken oder zu sitzen. Unter anderen Dingen verfügte ich über ein paar Bücher, Federn, Tinte, Papier, drei Decken, einen großen Krug voll Wasser, ein Tönnchen mit Schiffszwieback, drei oder vier riesige Bologneser Würste, einen gewaltigen Schinken, eine kalte Hammelkeule und ein halbes Dutzend kräftigende Getränke und Liköre. Ich ergriff sofort Besitz von meiner kleinen Wohnung, und zwar sicherlich mit einem tieferen Gefühl der Befriedigung, als sie ein Monarch beim Einzug in einen neuen Palast verspürt. Augustus zeigte mir nun, wie man die bewegliche Wand der Kiste festmachen konnte; dann hob er die Kerze bis zur Decke empor und zeigte mir das Ende eines schwarzen Seils, das dort befestigt war. Dieses Seil, sagte er, gehe von meinem Versteck aus, winde sich durch das ganze aufgestapelte Gerümpel hindurch bis zu einem Nagel, der in der Decke des Kielraums gerade unter der Falltür stecke, die zu seiner Kabine führe. Mit Hilfe dieses Seils könne ich unschwer den Weg finden, ohne daß er mich führe, falls irgendein unvorhergesehenes Ereignis es nötig mache. Dann nahm er von mir Abschied, ließ mir die Laterne mit einem reichlichen Vorrat an Kerzen und Streichhölzern da und versprach, mich so oft zu besuchen, wie es ihm, ohne Aufsehen zu erregen, möglich sei. Das war am 17. Juni.

Ich blieb – soweit ich es wenigstens abschätzen konnte –

drei Tage und drei Nächte in meinem Versteck, ohne es je zu verlassen, außer daß ich zweimal meine Glieder so recht dehnte und streckte, indem ich mich aufrecht zwischen zwei Körbe hinstellte, die gerade gegenüber der abnehmbaren Wand standen. Während dieser ganzen Zeit sah und hörte ich nichts von Augustus; doch darüber zerbrach ich mir nicht weiter den Kopf, wußte ich doch, daß die Brigg jeden Augenblick in See stechen konnte, und in diesem Trubel fand mein Freund vielleicht nicht so ohne weiteres eine Gelegenheit, zu mir herunterzukommen. Endlich hörte ich, wie die Falltür geöffnet und wieder geschlossen wurde, und dann rief er mich mit vorsichtig gedämpfter Stimme und fragte, ob alles gut stehe und ob ich irgend etwas brauche. „Nein, nichts“, flüsterte ich zurück. „Mir geht es so gut wie nur möglich. Wann läuft die Brigg aus?“ – „In knapp einer halben Stunde werden wir die Anker lichten“, gab er zur Antwort. „Ich wollte dir das sagen; darum bin ich hier. Und dann hatte ich auch Angst, du könntest dir über mein Fernbleiben dumme Gedanken machen. Ich werde jetzt eine Zeitlang nicht herunterkommen können – vielleicht drei oder gar vier Tage lang wird es nicht gehen. Oben steht alles ausgezeichnet. Wenn ich wieder hinaufgegangen bin und die Falltür zugemacht habe, dann krieche die Schnur entlang bis zu der Stelle, wo der Nagel eingeschlagen ist. Dort findest du meine Uhr; du wirst sie wohl brauchen können, denn du kannst dich ja nicht nach dem Tageslicht richten. Ich will wetten, du weißt nicht einmal, wie lange du schon hier unten begraben bist: erst drei Tage; heute ist der 20. Ich würde dir die Uhr gerne bis zur Kiste bringen; aber ich fürchte, man könnte mich vermissen.“ Dann ging er wieder nach oben.

Ungefähr eine Stunde nach seinem Weggehen spürte ich deutlich, wie sich die Brigg in Bewegung setzte, und ich wünschte mir Glück dazu, daß ich endlich einmal allen Ernstes eine Reise antreten konnte. Ganz erfüllt von diesem Gedanken, nahm ich mir vor, mir durch gar nichts die Freude vergällen zu lassen und ruhig den Verlauf der Ereignisse abzuwarten, bis mir erlaubt wurde, meine enge

Kiste mit den geräumigeren, aber kaum erleseneren Bequemlichkeiten einer Kabine zu vertauschen. Zuallererst sorgte ich dafür, daß ich zu der Uhr kam. Ich ließ die Laterne brennen und tastete mich immer der Schnur nach durch das Dunkel, durch ungezählte Windungen, so daß ich manchmal merkte, wie ich trotz meinem mühsam zurückgelegten Weg nur einen oder zwei Fuß von meinem früheren Standort entfernt war. Schließlich gelangte ich doch bis zu dem Nagel, nahm die Uhr, deretwegen ich diese Reise unternommen hatte, an mich und kehrte glücklich zurück. Nun sah ich die Bücher durch, mit denen mich Augustus so vorsorglich versehen hatte, und suchte mir die *Expedition von Lewis und Clarke an die Mündung des Columbiaflusses* heraus. Damit vertrieb ich mir die Zeit, bis ich spürte, wie mir die Augen schwer wurden. Dann löschte ich sorgfältig die Kerze und fiel alsbald in tiefen Schlaf.

Als ich erwachte, fühlte ich mich eigentümlich benommen, und es verging eine ganze Weile, ehe ich mir alle die verschiedenen Umstände meiner Lage wieder ins Gedächtnis zurückzurufen vermochte. Nach und nach fiel mir jedoch alles wieder ein. Ich machte Licht und schaute auf die Uhr; aber sie war stehengeblieben. Ich konnte also unmöglich feststellen, wie lange ich geschlafen hatte. Ich war am ganzen Leib wie gerädert, und die Beine waren mir eingeschlafen; ich mußte mich, um dem abzuhelfen, eine Zeitlang zwischen den Körben aufrecht hinstellen. Da ich auf einmal einen wahren Wolfshunger verspürte, kam mir das kalte Hammelfleisch wieder in den Sinn; ich hatte vor dem Einschlafen ein Stück davon gegessen, und es hatte mir ausgezeichnet geschmeckt. Wie erstaunt war ich aber, als ich entdeckte, daß es gänzlich in Fäulnis übergegangen war! Dieser Umstand gab mir viel zu denken. Denn wenn ich das mit meiner Benommenheit beim Aufwachen in Zusammenhang brachte, so mußte ich allgemach glauben, daß ich ungewöhnlich lange geschlafen hatte. Daran mochte auch die stickige Luft im Kielraum mit schuld sein; sie konnte auf die Dauer recht unangenehme Auswirkungen haben. Ich hatte rasende Kopfschmerzen; ich hatte das

Gefühl, als könnte ich nur mühsam Atem holen, und es bedrückten mich eine Unmenge düsterer Empfindungen und dunkler Ahnungen. Und doch wagte ich nicht, die Falltür zu öffnen oder sonst etwas zu unternehmen; das hätte Aufsehen erregen können. So zog ich denn nur die Uhr wieder auf und suchte mich, so gut es ging, in Geduld zu fassen.

Während vierundzwanzig unerträglicher Stunden, die kein Ende nehmen wollten, kam mir keine Menschenseele zu Hilfe, und ich konnte mich nicht enthalten, Augustus der gröblichsten Fahrlässigkeit zu bezichtigen. Was mich hauptsächlich beunruhigte, war die Tatsache, daß in meinem Krug kaum mehr als eine halbe Pinte Wasser war und daß ich argen Durst litt; denn da mein Hammelfleisch verdorben war, hatte ich ausgiebig von der Bologneser Wurst gegessen. Ich machte mir auf einmal schwere Sorgen, und meine Bücher konnten mich nicht im geringsten mehr fesseln. Auch litt ich unter einer unüberwindlichen Schlafsucht, und doch zitterte ich bei dem Gedanken, diesem Verlangen nachzugeben; denn ich fürchtete, die stickige Luft des Kielraums könnte irgendwelche schädliche Wirkung, ähnlich der des Kohlengases, ausüben. Indessen bewies mir das Schlingern der Brigg, daß wir schon auf hoher See dahinsegelten, und ein dumpfes, brummendes Heulen, das wie aus weiter Ferne zu mir hereindrang, überzeugte mich, daß der Wind, der draußen tobte, keine gewöhnliche Brise war. Ich konnte mir gar nicht denken, warum Augustus sich nie mehr zeigte. Wir waren doch bestimmt schon weit genug aufs Meer hinausgefahren, daß ich hätte auf das Deck hinaufgehen dürfen. Es mußte ihm etwas zugestoßen sein. Aber ich konnte mir nicht vorstellen, was es sein mochte, ich fand keinen Grund, der ihn hätte veranlassen können, mich so lange eingesperrt zu lassen, es sei denn, daß er plötzlich ums Leben gekommen oder über Bord gestürzt war. Und diesem Gedanken auch nur augenblickslang nachzuhängen war für mich ganz unerträglich. Es war auch möglich, daß uns widrige Winde abgetrieben hatten und daß wir immer noch in der Nähe von Nantucket kreuzten. Doch mußte ich diesen Gedanken bald aufgeben; denn wäre das der Fall gewesen, so hätte die Brigg mehrmals beidrehen müssen, und da sie unausgesetzt sich nach Backbord geneigt hatte, war ich fest überzeugt, sie war die ganze Zeit über mit einer starken Brise von Steuerbord gesegelt. Angenommen, wir waren immer noch in der Nähe der Insel, so hätte Augustus mich doch immerhin aufsuchen und davon unterrichten müssen.

Während ich so über die Schwierigkeiten meiner beklagenswerten und einsamen Lage nachgrübelte, beschloß ich, noch weitere vierundzwanzig Stunden abzuwarten, und wenn dann noch immer keine Hilfe gekommen war, wollte ich mich nach der Falltür hintasten und alles dransetzen, mich entweder mit meinem Freund zu besprechen oder doch zumindest ein wenig frische Luft durch die Luke zu schöpfen und aus seiner Kabine einen neuen Vorrat an Trinkwasser mitzunehmen. Indem ich allen diesen Überlegungen nachhing, fiel ich, sosehr ich auch dagegen ankämpfte, in einen bleiernen Schlaf oder vielmehr in eine Art Betäubung. Allerlei entsetzliche Träume quälten mich. Unheil und grauenvolle Schrecknisse aller Art suchten mich heim. Unter andern Angstvorstellungen hatte ich das Gefühl, ich werde von unheimlich aussehenden, wilden Unholden unter ungeheuren Kissen erstickt. Überlebensgroße Riesenschlangen hielten mich umschlungen und starrten mir mit ihren glühenden Augen ins Gesicht. Und dann breiteten sich endlose Wüsteneien vor mir aus, trostlose, entsetzensschwangere Einöden. Soweit mein Auge reichte, ragten riesige graufahle, entblätterte Baumstämme empor, in unabsehbaren Reihen. Ihre Wurzeln versanken in ungeheuren Morästen, deren Wasser sich weithin ausdehnten, schaurig schwarz, düster und fürchterlich in ihrer Reglosigkeit. Und die seltsamen Bäume schienen mit menschlichem Leben begabt; sie fuchtelten mit ihren dürren Astgerippen in der Luft und flehten mit gellendem, verzweiflungsvollem Wehklagen in höchster Todesnot die schweigenden Wassereinöden um Erbarmen an. Dann wandelte sich die Szene; ich stand nun nackt und einsam inmitten des glutheißen Sandmeers der Sahara. Zu meinen Füßen kauerte geduckt ein blutgieriger Löwe. Auf einmal riß er seine wilden Augen weit auf und stierte mich an. Mit einem jähen Satz sprang er auf seine Füße und bleckte seine greulichen Zähne. Im nächsten Augenblick brach aus seinem roten Schlund ein Gebrüll, gewaltig wie der Donner am Firmament, und ich warf mich zu Boden. Halb erstickt von namenlosem Entsetzen kam ich allmählich zum Bewußtsein und erwachte halbwegs. Mein Traum war nicht bloß ein Traum gewesen. Jetzt zumindest war ich wieder Herr meiner Sinne. Die Pratzen eines riesigen, leibhaften Ungetüms drückten schwer auf meine Brust – sein heißer Atem hauchte mir ins Ohr – und seine weißen, unheimlichen Fangzähne schimmerten vor meinen Augen in der Dunkelheit.

Hätten tausend Leben davon abgehangen, daß ich auch nur ein Glied rührte oder eine Silbe sprach, ich hätte weder mich bewegen noch reden können. Das Tier, was es nun auch sein mochte, blieb in der gleichen Stellung über mir, ohne mir vorerst etwas zuleide zu tun, und ich blieb unter ihm liegen, völlig hilflos und mehr tot als lebendig. Ich fühlte meine körperlichen und geistigen Kräfte schwinden, ich fühlte, wie ich vor lauter Entsetzen eines langsamen Todes starb. Mein Kopf schwindelte – es wurde mir sterbenselend, und alles schien sich vor mir zu drehen, ja, auch die funkelnden Augenbälle über mir schienen trüb und dunkel zu werden. Mit einem letzten, heftigen Kraftaufwand sandte ich ein Stoßgebet zum Himmel und machte mich auf den Tod gefaßt. Der Klang meiner Stimme schien die schlummernde Wut des Tieres zu wecken; es warf sich in seiner ganzen Länge über mich – doch wie verwundert war ich, als es ein langgedehntes, dumpfes Winseln ausstieß und mir mit größtem Ungestüm Gesicht und Hände zu lecken anfing und sich dabei vor Freude und Zärtlichkeit wie verrückt gebärdete. Ich war wie betäubt und starr vor Verwunderung; aber ich konnte das eigentümliche Winseln meines Neufundländers Tiger nicht verkennen, konnte mich über seine nur ihm eigenen stürmischen Liebkosungen nicht täuschen. Er war es! Ich spürte, wie mir das Blut in die Schläfen schoß – ich erlebte ein schwindelndes, übermächtiges Gefühl der Erlösung, des Wiederauflebens. Ich sprang augenblicklich von der Matratze, auf der ich dem Tod entgegengesehen hatte, auf und warf mich meinem treuen Gefährten und Freund an den Hals. Dann erleichterte ich mein Herz nach langem, schwerem Albdruck in einem Strom leidenschaftlicher Tränen.

Wie schon das vorigemal, war mein Kopf, als ich von der Matratze aufgestanden war, ganz eigenartig benommen und verwirrt. Längere Zeit dünkte es mich fast unmöglich, zwei zusammenhängende Gedanken zu fassen; nur nach und nach kehrte mir meine Denkfähigkeit zurück, und ich vermochte mich nur langsam an die verschiedenen Einzelheiten meiner Lage zu erinnern. Tigers Anwesenheit war mir ganz unerklärlich, und nachdem ich mir darüber den Kopf zerbrochen und tausend Vermutungen angestellt hatte, freute ich mich schließlich ganz einfach, daß er zu mir gekommen war, meine unheimliche Einsamkeit teilte und mich mit seinen Liebkosungen tröstete. Viele Menschen hängen an ihren Hunden, ich aber brachte meinem Tiger eine Zuneigung entgegen, die weit über das gewöhnliche Maß hinausging, und sicher hat sie kein Geschöpf jemals mehr verdient. Sieben Jahre lang waren wir unzertrennliche Gefährten gewesen, und ungezählte Male hatte er mir Beweise all der edlen Eigenschaften gegeben, deretwegen wir die Tiere werthalten. Ich hatte ihn einst als kleines Hündchen aus den Klauen eines bösartigen Strolchs in Nantucket errettet, der ihn an einem Strick zum Wasser schleppte. Und als der Hund dann groß geworden war, drei Jahre später, vergalt er mir diesen Liebesdienst, indem er mich vor dem Knüppel eines Straßenräubers rettete.

Ich nahm nun meine Uhr und hielt sie ans Ohr; da merkte ich, daß sie wieder stehengeblieben war. Das wunderte mich nicht im geringsten, denn die eigentümliche Verfassung meiner Sinne überzeugte mich, daß ich, wie früher schon, auch diesmal wieder sehr lange geschlafen haben mußte. Wie lange? Das konnte ich unmöglich sagen.

Mir war glühend heiß vor Fieber, und der quälende Durst ließ sich kaum mehr ertragen. Ich tappte mit beiden Händen in der Kiste rings um mich und suchte nach dem bißchen Wasser, das mir noch geblieben war. Licht hatte ich nämlich keines mehr; die Kerze war gänzlich bis zum Boden der Laterne niedergebrannt, und die Streichhölzer konnte ich im Augenblick nicht finden. Als ich endlich den Krug in die Hände bekam, war er zu meiner Bestürzung leer – offenbar hatte Tiger der Versuchung nicht widerstehen können und das Wasser ausgetrunken, wie er auch den Rest der Hammelkeule gefressen hatte. Jedenfalls lag der Knochen, säuberlich abgenagt, beim Eingang zu meiner Kiste am Boden. Das verdorbene Fleisch konnte ich wohl verschmerzen, aber wenn ich nur an das Wasser dachte, setzte mir der Herzschlag aus. Ich war so schwach, daß ich bei der geringsten Bewegung, der leichtesten Anstrengung am ganzen Körper zitterte wie im Schüttelfrost. Obendrein setzte mir nun auch das Schlingern und Stampfen des Schiffes arg zu, und die Ölfässer, die über meiner Kiste aufgetürmt waren, drohten jeden Augenblick herunterzufallen und so den einzigen Ausschlupf aus meinem Versteck zu verbauen. Zudem war ich entsetzlich seekrank. Alle diese Überlegungen bewogen mich, auf gut Glück die Falltür zu suchen und unverzüglich Hilfe herbeizurufen, bevor ich dazu nicht mehr imstande wäre. Als ich diesen Entschluß gefaßt hatte, tastete ich erneut nach der Streichholzschachtel und den Kerzen um mich. Die Schachtel fand ich nach mühsamem Suchen; da ich aber der Kerzen nicht so rasch, wie ich gehofft hatte, habhaft werden konnte – ich wußte noch ungefähr, wo ich sie hingelegt hatte –, gab ich das Suchen für den Augenblick auf, befahl Tiger, sich ruhig zu verhalten, und machte mich entschlossen auf den Weg nach der Falltür.

Bei diesem Beginnen zeigte sich erst so recht, wie sehr ich geschwächt war. Nur mit größter Mühe konnte ich überhaupt weiterkriechen, und immer wieder versagten mir Arme und Beine den Dienst. Dann fiel ich vornüber aufs Gesicht und blieb minutenlang in einem Zustand liegen, der an Bewußtlosigkeit grenzte. Doch kämpfte ich immer wieder dagegen an und kroch langsam weiter, in steter Furcht, ich könnte in dem engen und verwickelten Labyrinth dieses Gerümpels ohnmächtig werden, denn in diesem Fall hatte ich keinen andern Ausgang zu gewärtigen als den sichern Tod. Als ich schließlich unter Aufbietung meiner letzten Kräfte vorwärts kroch, prallte ich mit der Stirn gegen die scharfe Kante einer eisenbeschlagenen Kiste. Der Zusammenstoß betäubte mich für ein paar Minuten, dann aber entdeckte ich zu meinem unsagbaren Kummer, daß das Schlingern des Schiffs die Kiste gerade quer vor meinen Weg geschleudert hatte, so daß der Durchgang vollkommen versperrt war. Obwohl ich mich aus Leibeskräften dagegenstemmte, konnte ich sie auch nicht einen Fingerbreit zur Seite rücken, denn sie war zwischen den andern Kisten und dem Schiffsgerät fest eingekeilt. Ich mußte also, schwach wie ich war, entweder die wegweisende Schnur loslassen und einen andern Durchschlupf suchen oder über das Hindernis wegklettern und auf der andern Seite weitergehen. Die erste Möglichkeit bot allzuviel Schwierigkeiten und Gefahren, und ich konnte nicht ohne Schaudern daran denken. Ich war körperlich und geistig erschöpft und mußte unfehlbar die Richtung verlieren und elend umkommen in dieser trostlosen und ekelerregenden Wirrnis des Kielraums, wenn ich unvorsichtig genug war, mich für diesen Weg zu entscheiden. Daher nahm ich denn, ohne zu zögern, alle meine Kraft, allen Mut, die mir noch geblieben waren, zusammen und wollte versuchen, wenn es überhaupt möglich war, über die Kiste hinwegzuklettern.

Als ich mich nun aber zu diesem Zweck aufrichtete, merkte ich, daß dieses Unterfangen weit schwieriger war, als ich es vorausgesehen hatte, und daß es einen viel ernsteren Kräfteaufwand erforderte, als ich mir vorstellte. Auf beiden Seiten des engen Durchganges ragte eine regelrechte Mauer aus verschiedenem schwerem Ballast empor, der beim geringsten Fehltritt, bei der kleinsten Ungeschicklichkeit meinerseits auf meinen Kopf herabfallen mußte.

Und wenn ich diesem Mißgeschick entging, dann konnte mir der Rückweg durch die zusammenstürzenden Massen abgeschnitten werden. Die Kiste selbst war sehr hoch und massiv, und die Füße fanden keinen Halt an ihren glatten Wänden. Umsonst versuchte ich auf alle möglichen Arten hinaufzulangen, in der Hoffnung, ich könnte mich auf diese Weise emporziehen. Hätte ich jedoch einen Halt gefunden, so hätten bestimmt meine Kräfte nicht ausgereicht, mich nach oben zu ziehen, und so war es schließlich in jeder Beziehung das beste, daß mir das nicht glückte. Als ich eine Zeitlang mit verzweifelter Anstrengung die Kiste von der Stelle zu rücken versucht hatte, spürte ich deutlich an der mir gegenüberliegenden Seite eine Erschütterung. Ich fuhr sofort mit der Hand über die Fugen der Bretter und stellte fest, daß eines der Bretter, ein sehr breites, sich gelockert hatte. Mit meinem Messer, das ich glücklicherweise bei mir hatte, vermochte ich mit vieler Mühe das Brett ganz herauszubrechen. Und als ich durch den breiten Spalt schlüpfte, entdeckte ich zu meiner großen Freude, daß auf der Gegenseite keine Bretter mehr waren – mit andern Worten, daß der Deckel fehlte und daß ich mich durch den Kistenboden hindurchgezwängt hatte. Von nun an konnte ich ohne jede Schwierigkeit die Schnur entlang weiterkriechen, bis ich schließlich den Nagel erreichte. Unter Herzklopfen richtete ich mich auf und stieß sachte und vorsichtig gegen die Falltür. Sie ging nicht so leicht auf, wie ich erwartet hatte, und ich drückte nun ein wenig entschlossener dagegen, obwohl ich immer noch fürchtete, es könnte sich jemand anders als Augustus in der Kabine aufhalten. Aber zu meiner höchsten Verwunderung rührte sich die Tür nicht, und nun wurde ich nachgerade doch unruhig, denn ich wußte, daß sie bisher ohne weiteres aufgegangen war und dem leisesten Druck nachgegeben hatte. Ich stieß mit aller Kraft dagegen – sie bewegte sich nicht. Nun stemmte ich mich mit aller Wucht dagegen – sie wollte und wollte nicht aufgehen. Ich wütete, raste, mühte mich verzweifelt ab – sie trotzte allen meinen Anstrengungen, und es war klar, daß, nach dem beharrlichen Widerstand zu schließen, den sie meinem Druck entgegensetzte, die Luke entdeckt worden war und irgendwer sie zugenagelt hatte oder daß irgendein ungeheures Gewicht daraufgestellt worden und gar nicht daran zu denken war, es wegzuheben.

Namenloses Grauen und bittere Verzweiflung erfüllten mich. Umsonst versuchte ich mir zu erklären, weshalb man mich hier in meinem Grab eingemauert hatte. Ich konnte keinen zusammenhängenden Gedanken mehr fassen, warf mich zu Boden und überließ mich widerstandslos den düstersten Vorstellungen. Bald sah ich mich verdursten, bald dem Hungertode preisgegeben, dann wieder fürchtete ich, hier ersticken zu müssen oder lebendig begraben zu werden. Mit der Zeit fand ich aber doch teilweise meine Geistesgegenwart wieder. Ich richtete mich wieder auf und tastete mit den Fingern die Spalten und Ritzen der Falltür ab. Als ich sie gefunden hatte, untersuchte ich sie genau, ob nicht etwa ein Lichtschimmer aus der Kabine durchscheine; aber es war keinerlei Licht wahrzunehmen. Ich zwängte nun die Federklinge meines Taschenmessers durch die Spalten, bis ich auf etwas Hartes stieß, das nicht nachgab. Ich kratzte an dem Ding, das mir im Wege stand, und stellte fest, daß es eine mächtige Masse aus Eisen war. Als ich nun mit der Messerklinge daran entlangfuhr, fühlte sie sich wellig und uneben an, und ich schloß daraus, es müsse ein Kettenkabel sein. Das einzige, was mir nun zu tun blieb, war, mich nach meiner Kiste zurückzutasten und mich dort entweder in mein trauriges Los zu ergeben oder mich so weit wieder zu beruhigen, daß ich mir irgendeinen Rettungsplan zurechtlegen konnte. Ich machte mich unverzüglich ans Werk, und nach zahllosen Schwierigkeiten gelangte ich auch wirklich wieder zurück. Als ich zu Tode erschöpft auf meine Matte sank, streckte sich Tiger, so lang er war, neben mir aus, als sei ihm darum zu tun, mich mit seinen Liebkosungen für meine Leiden zu trösten und mir Mut zuzusprechen.

Sein sonderbares Benehmen fesselte schließlich doch meine Aufmerksamkeit. Nachdem er mir eine Weile Gesicht und Hände geleckt hatte, ließ er es plötzlich sein und stieß ein leises Winseln aus. Sooft ich mit der Hand nach ihm griff, lag er unverändert auf dem Rücken und streckte alle viere in die Luft. Dieses eigenartige Verhalten, das er zudem so beharrlich wiederholte, machte mich zuletzt doch stutzig; ich konnte es mir einfach nicht erklären. Da das arme Tier offensichtlich ganz unglücklich war, kam ich zu dem Schluß, er sei vielleicht verletzt; ich nahm also seine Pfoten in die Hand und tastete eine nach der andern ab, fand aber keine Spur von einer Wunde. Nun nahm ich an, er sei hungrig, und gab ihm ein großes Stück Schinken; er schlang es gierig hinunter – und dann fing er wieder mit seinem merkwürdigen Gebaren an. Nun fiel mir ein, er könnte, wie ich, von Durst gequält sein, und schon wollte ich mich für diese Ansicht als für die einzig richtige entscheiden, da kam mir in den Sinn, daß ich bis jetzt ja nur seine Pfoten untersucht hatte und daß er möglicherweise auch am Kopf oder an einem andern Körperteil verletzt sein könnte. Ich befühlte gewissenhaft seinen Kopf, fand aber nichts daran. Doch als ich ihm mit der flachen Hand über den Rücken strich, spürte ich, daß die Haare an einer Stelle sich leicht sträubten, und dieses Wülstchen lief quer über seinen ganzen Leib. Ich fuhr mit dem Finger darüber hin und entdeckte eine dünne Schnur, die rund um den Leib geschlungen war. Bei genauerer Untersuchung fand ich schließlich einen kleinen Streifen, der sich wie Briefpapier anfühlte und mit der Schnur gerade unter der linken Schulter des Hundes festgemacht war.

Drittes Kapitel

Sogleich dachte ich mir, dieses Papier sei ein Briefchen von Augustus; irgendein unbegreiflicher Vorfall habe ihn daran gehindert, mich aus meinem Gefängnis zu befreien, und so habe er sich diesen Weg ausgedacht, um mich über den wahren Stand der Dinge zu unterrichten. Zitternd vor Ungeduld machte ich mich nun erneut auf die Suche nach meinen Streichhölzern und den Kerzen. Ich erinnerte mich noch dunkel, daß ich sie, unmittelbar bevor ich einschlief, sorgfältig irgendwo verwahrt hatte; und ich glaube, vor meinem letzten Aufbruch zur Falltür war ich noch sehr wohl imstande, mich genau an den Ort zu erinnern, wo ich sie hingelegt hatte. Jetzt aber zerbrach ich mir umsonst den Kopf, um mir die Stelle wieder ins Gedächtnis zurückzurufen, und ich verlor eine gute Stunde mit nutzlosem und aufregendem Suchen nach diesen verfluchten Dingern. Noch nie hatte ich mich in einem so qualvollen Zustand der Angst und Ungewißheit befunden. Endlich, während ich überall herumtastete und dabei den Kopf dicht am Ballast bei der Öffnung der Kiste hatte, sah ich einen schwachen Lichtschimmer in der Richtung gegen den Mannschaftsraum. Höchst erstaunt versuchte ich mir einen Weg dorthin zu bahnen, denn es sah ganz so aus, als sei das Licht nur wenige Schritte von mir entfernt. Kaum aber hatte ich mich in dieser Absicht von der Stelle bewegt, so hatte ich es auch schon gänzlich aus den Augen verloren, und um es wieder wahrzunehmen, mußte ich mich die Kiste entlang zurücktasten und genau meinen frühern Standort wieder einnehmen. Während ich nun ganz behutsam meinen Kopf hin und her drehte, entdeckte ich, daß ich bloß ganz langsam und mit größter Vorsicht in der entgegengesetzten Richtung wie zuvor geradeaus gehen mußte, um dem Licht näher zu kommen, ohne es aus den Augen zu verlieren. Endlich war ich so weit, allerdings erst nach unzähligen Umwegen und mühsamen Kreuz- und Querzügen, und sah, daß der Lichtschimmer von ein paar Restchen meiner Phosphorzündhölzer ausging, die in einem leeren, umgekippten Faß verstreut lagen. Ich wunderte mich sehr, sie an diesem Ort vorzufinden, da berührte ich mit der Hand zwei, drei Krümchen Kerzenwachs, die offenkundig von Tiger zerkaut worden waren. Nun war mir auch sofort klar, daß er meinen ganzen Kerzenvorrat aufgefressen hatte, und ich gab jede Hoffnung auf, jemals das Briefchen meines Freundes Augustus lesen zu können. Die spärlichen Wachsreste waren so heillos mit andern Abfällen in dem Fäßchen durcheinandergemengt, daß ich es aufgab, sie noch irgendwie zu verwenden, und ich ließ sie, wo sie lagen. Das bißchen Phosphor – es waren noch zwei oder drei leuchtende Stückchen übrig – klaubte ich zusammen, so gut es ging, und kehrte damit unter großen Schwierigkeiten in meine Wohnkiste zurück, wo Tiger die ganze Zeit über geblieben war.

Was war nun weiter zu tun? Ich wußte es nicht. Es war so stockdunkel im Kielraum, daß ich die Hand nicht vor Augen sehen konnte, auch dann nicht, wenn ich sie dicht vors Gesicht hielt. Den weißen Papierstreifen konnte ich mit Müh und Not unterscheiden, und auch dann durfte ich ihn nicht scharf fixieren, sondern mußte seitlich an ihm vorbeischauen, ehe er für mein Auge undeutlich sichtbar wurde. Danach kann man sich ungefähr vorstellen, wie finster mein Gefängnis war, und der Brief meines Freundes – wenn es sich überhaupt um einen Brief von ihm handelte – schien nur dazu angetan, meine Lage noch zu verschlimmern; denn er spannte meinen ohnedies aufgeregten und geschwächten Geist unnötig auf die Folter. Vergeblich wälzte ich in meinem Kopf die unsinnigsten Pläne, wie ich mir Licht beschaffen konnte – Ausgeburten meiner Phantasie, wie sie sonst höchstens ein Mensch in wüsten Opiumträumen erlebt und zustande bringt; abwechselnd kommen sie, jeder einzelne, dem Träumer bald als der vernünftigste und dann wieder als der denkbar absurdeste Einfall vor, je nachdem Vernunft oder Phantasie in seinem unsteten Denken gerade überwiegen. Zu guter Letzt tauchte ein Gedanke in mir auf, der mich verständig dünkte, und ich wunderte mich nur über eines: daß er mir nicht längst schon gekommen war! Ich legte den Papierstreifen auf den Rücken eines Buchs, sammelte dann alle Restchen der Phosphorzündhölzer, die ich aus dem Faß mitgebracht hatte, und streute sie auf das Papier. Hierauf verrieb ich mit der flachen Hand das Ganze rasch, aber gründlich; und wäre etwas Geschriebenes darauf gewesen, so hätte ich es sicher mühelos entziffern können. Doch stand keine Silbe darauf, nichts war zu sehen als trostloses leeres weißes Papier. Nach wenigen Sekunden verglomm das schwache

Licht, und mit ihm fühlte ich auch meine letzte Zuversicht schwinden.

Ich habe schon mehrmals erwähnt, daß mein Geist vorher eine Zeitlang in einem Zustand war, der an Schwachsinn grenzte. Gewiß gab es dazwischen auch lichte Augenblicke, in denen ich klar denken, ja sogar einigermaßen tatkräftig handeln konnte. Doch waren sie nicht häufig aufgetreten. Man darf nicht vergessen, daß ich sicher schon viele Tage lang die verpestete Luft eines engen Behältnisses im Kielraum eines Walfischfängers hatte einatmen müssen, und die meiste Zeit hatte ich nur über einen knappen, höchst unzureichenden Wasservorrat verfügt. In den letzten vierzehn oder fünfzehn Stunden war mir das Wasser überhaupt ausgegangen, und geschlafen hatte ich auch nicht mehr. Meine Hauptnahrung und, seit mein Hammelfleisch ungenießbar war, meine einzige Kost waren aufreizende gesalzene Speisen gewesen, wenn man den Schiffszwieback nicht rechnet; aber der war für mich auch ungenießbar geworden, weil er viel zu hart und zu trocken war. Meine verschwollene und ausgedörrte Kehle konnte ihn nicht mehr hinunterwürgen. Ich hatte jetzt hohes Fieber und fühlte mich in jeder Hinsicht sterbenskrank. Das mag auch erklären, weshalb viele bange Stunden voll Verzagtheit verstreichen konnten, bis mir einfiel, daß ich ja nur eine Seite des Papierstreifens untersucht hatte! Ich will gar nicht versuchen, meine Wut zu schildern – denn ich glaube, der Zorn war die vorherrschende Empfindung dabei –, als mir plötzlich aufging, was für ein unverzeihliches Versehen mir da unterlaufen war. Die Unterlassung selber wäre an sich nicht einmal so schlimm gewesen, wenn nicht meine gedankenlose Ungeduld und Übereilung sie erst ausweglos gemacht hätte: in meiner Enttäuschung darüber, daß ich auf dem Papierstreifen nichts Geschriebenes hatte finden können, hatte ich ihn in kindischem Zorn zerrissen und die Fetzchen weggeworfen, wohin konnte ich unmöglich sagen.

Aus der ärgsten Not erlöste mich Tigers Klugheit. Als ich nach langem Suchen ein Fetzchen des Briefes gefunden hatte, hielt ich es dem Hund vor die Nase und bemühte mich, ihm begreiflich zu machen, daß er mir den Rest bringen müsse. Zu meinem großen Erstaunen – denn ich hatte ihm nie die üblichen Kunststücke beigebracht, für die seine Rasse berühmt ist – schien er sofort auf meine Absichten einzugehen. Er schnüffelte eine Zeitlang herum und brachte mir dann ein weiteres, ziemlich großes Stück des Briefes. Er brachte es zu mir, blieb eine Weile ruhig bei mir und rieb seine Schnauze an meiner Hand, als wartete er darauf, daß ich ihn für seine Findigkeit lobe. Ich tätschelte ihm den Kopf, und nun machte er sich sogleich wieder auf die Suche. Es vergingen ein paar Minuten, bis er wiederkam. Endlich aber brachte er einen großen Streifen, alles, was noch fehlte. Ich hatte anscheinend den Brief nur in drei Stücke zerrissen. Zum großen Glück brauchte ich nicht lange, um die letzten Phosphorreste zu finden; ich wurde dabei von dem schwachen Lichtschimmer geleitet, den ein paar Stückchen immer noch ausstrahlten. Meine mißlichen Erfahrungen hatten mich gelehrt, wie nötig es war, vorsichtig ans Werk zu gehen, und so nahm ich mir denn alle Zeit, genau zu überlegen, was zu tun war. Höchstwahrscheinlich, so sagte ich mir, waren ein paar Worte auf der Seite des Papiers geschrieben, die ich nicht untersucht hatte. Aber welche Seite war es? Wenn ich die Stücke zusammensetzte, so ließ das noch keinerlei Schluß in dieser Hinsicht zu, es bot mir nur die Gewißheit, daß ich – vorausgesetzt, daß überhaupt etwas darauf geschrieben stand – alle Worte auf der gleichen Seite finden werde, und zwar in der logischen Reihenfolge, wie sie geschrieben worden waren. Den fraglichen Punkt zu klären, und zwar so zu klären, daß kein Zweifel mehr möglich war, das war für mich eine zwingende Notwendigkeit; denn für einen dritten Versuch hätten die Phosphorrestchen nicht mehr gereicht, wenn mir der jetzige mißlang. Ich legte, wie ich es schon beim erstenmal getan hatte, das Papier auf ein Buch und setzte mich erst eine Weile ruhig hin und ließ mir die ganze Sache noch einmal gründlich durch den Kopf gehen. Schließlich fiel mir ein, daß die beschriebene Seite möglicherweise irgendwelche Unebenheiten auf der Oberfläche aufwies und daß ich diese Unebenheiten mit meinem feinen Tastsinn schon herausspüren werde. Ich beschloß also, den Versuch zu machen, und strich behutsam mit dem Finger über die Seite, die gerade oben war. Ich spürte rein gar nichts und drehte das Papier um. Dann legte ich das Papier wieder auf das Buch und fuhr aufs neue mit dem Finger äußerst vorsichtig den Streifen entlang. Da nahm ich auf einmal einen ganz, ganz schwachen, aber doch sichtbaren Lichtschimmer wahr, der mit meinem Finger gleichlief. Das konnte offensichtlich nur von ein paar winzigen Stäubchen des Phosphors herrühren, den ich bei meinem ersten Versuch auf dem Papier verrieben hatte. Folglich war's die andere, die Rückseite also, wo etwas geschrieben stand, wenn überhaupt etwas Geschriebenes darauf zu finden war. Ich drehte somit das Papier wieder um und fing von vorne an. Ich rieb die Phosphorstückchen, und wie vorher schon schimmerten sie auf – diesmal aber wurden mehrere Zeilen in einer großen Schrift, allem Anschein nach mit roter Tinte geschrieben, deutlich sichtbar. Der Lichtschein war zwar hell genug, erlosch aber augenblicklich wieder. Trotzdem hätte ich, wäre ich nicht so aufgeregt gewesen, ausreichend Zeit gehabt, die drei Sätze zu entziffern. Ich sah nämlich, daß es drei ganze Sätze waren. In meiner Ungeduld, alles auf einmal lesen zu wollen, erhaschte ich nur die elf letzten Worte, und die lauteten: „... *Blut – halte dich weiter verborgen, wenn dir dein Leben lieb ist.*"

Hätte ich den vollen Inhalt des Zettels, die ganze Bedeutung und Tragweite der Warnung, die mir mein Freund hatte zukommen lassen wollen, gekannt und ermessen, hätte mir diese Warnung Geschehnisse von unsäglichster Scheußlichkeit enthüllt, so hätte sie, davon bin ich fest überzeugt, meine Seele nicht mit dem zehnten Teil des peinigenden und unbeschreiblichen Entsetzens erfüllt, mit dem mich jetzt dieses Bruchstück seiner Warnung ängstete. Und das Wort *Blut* – dieses schaurige, inhaltsschwere Wort, geheimnisträchtig, voller Schrecknisse und Qualen –, wie kam es mir jetzt dreifach bedeutungsvoll vor! Wie schwer und eiskalt – losgelöst aus der Reihe der vorangehenden Worte, die es näher erklären und verdeutlichen konnten – brach dies vage einsilbige Wort in die tiefe Finsternis meiner Haft, in die geheimsten Bereiche meiner Seele!

Augustus hatte zweifellos seine triftigen Gründe, zu wünschen, daß ich noch weiter verborgen blieb, und ich erwog tausend Möglichkeiten, was ihn wohl dazu bestimmt haben mochte, aber ich konnte keine befriedigende Lösung des Geheimnisses finden. Nachdem ich von meinem letzten Gang zur Luke zurückgekehrt war, und bevor meine Aufmerksamkeit durch Tigers wunderliches Gebaren abgelenkt wurde, hatte ich den Entschluß gefaßt, mich auf jeden Fall, mochte kommen, was wollte, den Leuten an Bord bemerkbar zu machen oder, sofern mir das nicht gelang, mir einen Weg durch das Zwischendeck zu bahnen. Die nahezu völlige Gewißheit, daß ich im äußersten Notfall das eine oder das andere dieser beiden Wagnisse ausführen konnte, hatte mir die Kraft und den Mut verliehen – die ich sonst kaum aufgebracht hätte –, meine qualvolle Lage zu ertragen. Und nun schnitten mir die paar wenigen Worte, die ich entziffert hatte, auch diese zwei letzten Rettungsmöglichkeiten ab! Zum erstenmal empfand ich nun das ganze Grauen meiner verzweifelten Lage. In einem wilden Ausbruch tiefster Verzweiflung warf ich mich wieder auf die Matratze und blieb dort etwa einen Tag und eine Nacht in einer Art Betäubung liegen, die nur durch kurze lichte Augenblicke, in denen mir Vernunft und Erinnerung wiederkehrten, unterbrochen wurde.

Zuletzt raffte ich mich noch einmal auf und ging daran, über alle die Schrecknisse nachzudenken, die mich rings umgaben. Weitere vierundzwanzig Stunden ohne Wasser zu leben war sehr schwierig – darüber hinaus war es völlig unmöglich. Während der ersten Zeit meiner Gefangenschaft hatte ich von den geistigen Getränken, mit denen mich Augustus versorgt hatte, ausgiebigen Gebrauch gemacht. Aber sie hatten nur mein Fieber verschlimmert, meinen Durst jedoch nicht im geringsten gelöscht. Jetzt hatte ich nur noch eine Viertelpinte übrig, und zwar eine Art starken Pfirsichlikör, der mir den Magen umdrehte. Die Würste waren alle aufgegessen; vom Schinken war nur mehr ein kleines Stück Schwarte übrig, und den Schiffszwieback hatte, bis auf ein paar Brocken, Tiger gefressen. Zu all diesen beängstigenden Feststellungen kam noch hinzu, daß meine Kopfschmerzen mit jedem Augenblick ärger wurden und mit ihnen eine Art Delirium, das mich schon, seit ich zum erstenmal eingeschlafen war, mehr oder weniger gequält hatte. Schon seit einigen Stunden hatte ich nur mit größter Mühe atmen können, und jetzt hatte jeder Atemzug ein höchst beunruhigendes krampfhaftes Würgen in der Brust zur Folge. Aber noch etwas ganz anderes beunruhigte mich, und die peinigenden Angstanfälle, die es in mir hervorrief, hatten mich hauptsächlich aus meinem stumpfen Brüten gerissen und mich gezwungen, mich auf meiner Matratze aufzurichten. Diese Beunruhigung rührte vom Verhalten meines Hundes her.

Ich hatte zum erstenmal eine Veränderung in seinem Benehmen beobachtet, als ich bei meinem letzten Versuch die Phosphorkrümchen auf dem Papier verrieb. Während ich das tat, stieß er mit einem leisen Knurren seine Nase gegen meine Hand. Aber in diesem Augenblick war ich zu aufgeregt, um diesem Umstand irgendwelche Beachtung zu schenken. Gleich nachher hatte ich mich, wie erinnerlich, auf die Matratze geworfen und war in eine Art todähnliche Erstarrung gefallen. Jetzt erst vernahm ich dicht an meinem Ohr ein sonderbares Zischen und entdeckte, daß es von Tiger ausging, der keuchte und schnaufte, als wäre er aufs höchste erregt und gereizt, und dazu funkelten seine Augen wild in der Dunkelheit. Ich sagte ein paar Worte zu ihm, und er antwortete mit einem dumpfen Knurren und blieb dann still. Ich fiel bald wieder in meine Betäubung und wurde auf die gleiche Weise wie zuvor daraus geweckt. Das wiederholte sich drei- oder viermal, und schließlich jagte mir sein Benehmen einen solchen Schrecken ein, daß ich völlig wach wurde. Er lag jetzt dicht vor dem Eingang zur Kiste, knurrte furchterregend, wenn auch ganz leise und dumpf, und knirschte mit den Zähnen, als ob ihn heftige Krämpfe befallen hätten.

Für mich gab es nun keinen Zweifel mehr: infolge des Wassermangels und der stickigen Luft des abgeschlossenen Kielraums war er toll geworden, und ich wußte nicht, was ich machen sollte. Der Gedanke, ihn zu töten, war mir unerträglich, und doch schien mir das zu meiner eigenen Sicherheit unbedingt nötig. Ich konnte deutlich sehen, wie mich seine Augen mit dem Ausdruck tödlichsten Hasses anstarrten, und jeden Augenblick war ich gewärtig, daß er mich anfallen werde. Schließlich fühlte ich, daß ich diesen gräßlichen Zustand nicht länger ertragen konnte, und entschloß mich, was auch immer geschehen mochte, aus meiner Kiste fortzukommen und den Hund notfalls zu töten, falls er mir im Wege war. Ich mußte auf meiner Flucht gerade über ihn hinwegsteigen, und es sah ganz so aus, als erriete er meine Absicht; denn er richtete sich auf den Vorderpfoten auf – ich merkte das daran, daß seine Augen nicht mehr an derselben Stelle zu sehen waren – und bleckte seine mächtigen weißen Fangzähne, die ich deutlich erkennen konnte. Ich nahm die Schinkenschwarte und die Flasche mit dem Schnaps und steckte sie, zusammen mit einem großen Tranchiermesser, das mir Augustus dagelassen hatte, zu mir; dann schlug ich meinen Mantel so eng wie möglich um mich und bewegte mich vorsichtig auf den Ausgang der Kiste zu. Kaum hatte ich mich gerührt, so sprang mir der Hund mit einem lauten heiseren Geheul an die Kehle. Mit voller Wucht traf mich sein schwerer Körper an meiner rechten Schulter, und ich fiel heftig auf die linke Seite, während das rasende Tier ganz über mich hinwegsprang. Ich war auf die Knie gefallen, und mein Kopf geriet unter die Decken. Das schützte mich vor seinem zweiten, ebenso wütenden Angriff; denn ich spürte, wie seine spitzen Zähne sich mit aller Kraft durch die Wolle bohrten, die um meinen Nacken gewickelt war. Zum Glück waren sie nicht kräftig genug, um die dicken Falten zu durchbeißen. Ich lag jetzt unter dem Tier, und in wenigen Augenblicken mußte ich ganz in seiner Gewalt sein. Da verlieh mir die Verzweiflung Kraft, ich sprang rasch und heftig auf, schüttelte ihn allein mit der Wucht meines Auffahrens von mir ab und riß dabei die Decken von meiner Matratze mit. Die warf ich über ihn, und bevor er sich noch daraus befreien konnte, war ich zur Tür hinaus und hatte sie auch schon glücklich so gut verschlossen, daß er mich nicht verfolgen konnte. Aber bei dem Kampf mußte ich wohl oder übel das Stück Schinkenschwarte aus der Hand lassen, und nun hatte ich nur noch die Viertelpinte Schnaps als einzige Zehrung. Als mir dieser Gedanke durch den Kopf schoß, überkam mich plötzlich eine Art Trotz, wie er in einem ähnlichen Falle ein verwöhntes Kind befallen kann. Ich setzte die Flasche an die Lippen, leerte sie bis zum letzten Tropfen und warf sie wütend auf den Boden.

Kaum war das Echo des zerspringenden Glases verklungen, da hörte ich vom Mannschaftsdeck her mit besorgter, unterdrückter Stimme meinen Namen rufen. Das kam mir so unerwartet, und die Gemütsbewegung, die es in mir hervorrief, war so heftig, daß ich allen Anstrengungen zum Trotz außerstande war zu antworten. Es hatte mir völlig die Sprache verschlagen, und ich stand Todesängste aus, mein Freund könnte am Ende glauben, ich sei nicht mehr am Leben, und wieder umkehren, ohne den Versuch zu unternehmen, mich zu finden. So stand ich aufrecht zwischen den beiden Körben am Eingang zu meiner Kiste, zitterte und rang mit weit offenem Munde krampfhaft nach Worten. Auch wenn tausend Welten von einer einzigen Silbe abgehangen hätten, ich hätte sie nicht herausgebracht. Nun hörte ich, wie sich leise etwas zwischen dem aufgestapelten Gerümpel bewegte, irgendwo in der Nähe meines Standortes. Dann war das Geräusch weniger deutlich zu vernehmen – nun noch schwächer – schließlich wurde es immer leiser und leiser. Nie werde ich vergessen, was ich in diesem Augenblick durchmachte! Er wollte wieder fortgehen – er, mein Freund, mein Gefährte, von dem ich mit Recht alles erwarten durfte! Er ging fort – er wollte mich allein lassen – er war fort! Er wollte mich also elend zugrunde gehen, verkommen lassen, wollte mich im grauenvollsten, ekelhaftesten aller Kerker verenden lassen! – und ein Wort, eine einzige kleine Silbe hätte mich retten können! Aber diese einzige kleine Silbe konnte und konnte ich nicht herausbringen! Ich starb, ich bin sicher, zehntausend Tode. Mir schwindelte, alles drehte sich vor mir, und ich stürzte, von tödlicher Schwäche erfaßt, über die Kiste hin.

Als ich stürzte, fiel das Tranchiermesser aus meinem Hosengurt und rollte klirrend über den Boden hin. Wahrhaftig, noch nie hat meinem Ohr köstliche Musik so wohltuend geklungen! Mit brennendster Ungeduld und Spannung lauschte ich, um mich zu vergewissern, ob das Gerumpel auf Augustus irgendwie Eindruck gemacht hatte; denn ich wußte, daß nur er meinen Namen gerufen haben konnte. Eine geraume Weile blieb alles still. Endlich hörte ich, wie jemand ganz leise und unter bangem Zögern ein paarmal hintereinander „Arthur!" rief. Die neuerwachte Hoffnung löste mir mit einemmal die Zunge, und ich schrie, was meine Lungen hergeben konnten: „Augustus! Oh! Augustus!" – „Pst! Sei still, um Gottes willen, sei still!" flüsterte er mit einer Stimme, die vor Erregung zitterte, zurück. „Ich bin gleich bei dir – sobald ich mich hier zurechtgefunden habe."

Ich hörte ihn lange zwischen dem Gerümpel herumtappen, und jeder Augenblick dünkte mich eine Ewigkeit. Endlich spürte ich seine Hand auf meiner Schulter, und gleichzeitig setzte er eine Flasche voll Wasser an meine Lippen. Nur wer schon einmal plötzlich dem Rachen des Todes entrissen worden ist oder wer die unerträglichen Qualen des Durstes unter ähnlich schwierigen Verhältnissen wie ich in meinem schaurigen Gefängnis erduldet hat, nur der kann ermessen und sich einen leisen Begriff davon machen, welch unsagbare Seligkeit mir dieser lange, in einem Zug hinuntergestürzte Schluck bereitete, diese Lust, die herrlichste aller Wonnen!

Als ich meinen Durst einigermaßen gestillt hatte, zog Augustus drei, vier kalte gekochte Kartoffeln aus der

Tasche, und ich schlang sie mit wilder Gier hinunter. Er hatte ein Licht in einer Blendlaterne mitgebracht, und die tröstlichen Strahlen taten mir nicht weniger wohl als Speise und Trank. Aber ich brannte darauf, zu erfahren, was an seinem langen Ausbleiben schuld war, und er fing an mir zu erzählen, was sich während meiner Gefangenschaft an Bord zugetragen hatte.

Viertes Kapitel

Die Brigg war, wie ich vermutet hatte, etwa eine Stunde, nachdem Augustus mir die Uhr dagelassen hatte, in See gestochen. Das war am 20. Juni. Wie erinnerlich, steckte ich damals schon seit drei Tagen im Kielraum, und während dieser ganzen Zeit herrschte an Bord ein solcher Trubel, ein derart reges Hin und Her, vor allem in der Kajüte und in den Offizierskabinen, daß er nicht zu mir hatte kommen können, ohne dadurch das Geheimnis der Falltür zu gefährden und aufs Spiel zu setzen. Als er dann endlich zu mir herunterkam, versicherte ich ihm, daß es mir so gut gehe, wie es den Umständen nach nur möglich sei; und während der beiden folgenden Tage machte er sich darum meinetwegen keine großen Sorgen. Immerhin lauerte er immer auf eine Gelegenheit, sich nach mir umzusehen. Doch *erst am vierten Tag* bot sich eine Möglichkeit. Mehrmals hatte er sich in der Zwischenzeit entschlossen, seinem Vater unseren abenteuerlichen Streich zu gestehen und mich kurzentschlossen an Deck zu holen. Aber wir waren immer noch recht nahe an Nantucket, und es stand, nach ein paar beiläufig geäußerten Bemerkungen des Kapitäns Barnard zu schließen, zu befürchten, daß er augenblicklich umkehren würde, wenn sich herausstellen sollte, daß ich an Bord war. Außerdem, so sagte mir Augustus, konnte er sich, wenn er alles genau bedachte, nicht gut vorstellen, daß ich auch nur im geringsten Not leide. Sonst hätte ich mich doch ohne Zögern an der Falltür bemerkbar gemacht. Er kam also nach reiflicher Überlegung zu dem Schluß, mich warten zu lassen, bis sich eine Gelegenheit fände, mich unbeobachtet aufzusuchen. Das war, wie schon gesagt, erst am vierten Tage der Fall, nachdem er mir die Uhr gebracht hatte, also am siebenten seit meinem Einzug in den Kielraum. Er stahl sich hinunter, ohne Wasser oder Lebensmittel mitzunehmen, denn er beabsichtigte zunächst nur, mich auf sich aufmerksam zu machen und von der Kiste zur Falltür kommen zu lassen, dann erst wollte er in seine Kabine hinaufgehen und mir von dort aus reichen, was ich brauchte. Als er in dieser Absicht herunterkam, merkte er, daß ich schlief; anscheinend schnarchte ich ziemlich laut. Nach meinen Berechnungen mußte dies der Schlaf gewesen sein, in den ich fiel, als ich mit der Uhr von der Falltür zurückkam. Folglich hatte dieser Schlaf mehr als drei Nächte und drei ganze Tage gedauert! Erst neuerdings habe ich, teils durch eigene Erfahrung, teils auch durch die Berichte anderer, die einschläfernde Wirkung kennengelernt, die von der Ausdünstung alten Fischtrans ausgeht, wenn er fast luftdicht verschlossen aufbewahrt wird. Und wenn ich jetzt bedenke, in welchem Zustande sich der Kielraum befand, in dem ich eingesperrt war, und wie lange schon die Brigg als Walfischfänger verwendet wurde, so neige ich noch mehr zur Verwunderung darüber, daß ich überhaupt wieder erwacht bin, nachdem ich einmal eingeschlafen war, als darüber, daß ich ohne Unterbrechung die ganze fragliche Zeit durchgeschlafen habe.

Augustus rief mich zuerst leise, und ohne die Falltür zu schließen, aber ich gab ihm keine Antwort. Dann schloß er die Luke und sprach mit erhobener Stimme, zuletzt sogar sehr laut, aber ich schnarchte unentwegt weiter. Er wußte nicht recht, was er tun sollte. Er hätte längere Zeit gebraucht, um sich durch den kunterbunten Wirrwarr im Kielraum durchzuarbeiten, und inzwischen hätte seine Abwesenheit von Kapitän Barnard bemerkt werden können, der jeden Augenblick seine Dienste benötigte, weil er für ihn allerlei Papiere, die sich auf die Reise bezogen, ordnen und abschreiben mußte. Er beschloß daher nach einiger Überlegung, wieder hinaufzugehen und eine günstigere

Gelegenheit für einen Besuch abzuwarten. Dieser Entschluß fiel ihm um so leichter, als mein Schlaf denkbar friedlicher Art zu sein schien und er nicht annehmen konnte, meine Gefangenschaft sei mir in irgendeiner Weise beschwerlich gefallen. Eben war er mit diesen Überlegungen zu Ende gekommen, da erregte ein ungewohnter Tumult, der von der Kajüte auszugehen schien, seine Aufmerksamkeit. Er sprang, so rasch er konnte, durch die Falltür, verschloß sie und stieß die Tür zu seiner Kabine auf. Kaum aber hatte er den Fuß auf die Schwelle gesetzt, so blitzte dicht vor seinem Gesicht ein Pistolenschuß auf, und im selben Augenblick streckte ihn ein wuchtiger Hieb mit einem Brecheisen zu Boden.

Eine kräftige Hand hielt ihn mit eisernem Griff an der Kehle gepackt und drückte ihn auf den Fußboden der Kabine nieder. Doch konnte er sehen, was rings um ihn vorging. Sein Vater lag, an Händen und Füßen gebunden, auf der Kajütentreppe, mit dem Kopf nach unten und mit einer klaffenden Stirnwunde, aus der unaufhörlich Blut floß. Er sprach kein Wort und rang offensichtlich mit dem Tode. Über ihn gebeugt stand der Erste Steuermann und starrte ihm mit einem Ausdruck teuflischen Hohns ins Gesicht, während er seelenruhig in seinen Taschen wühlte und gerade eine dicke Brieftasche und einen Chronometer herauszog. Sieben Mann von der Schiffsbesatzung, darunter der Schiffskoch, ein Neger, durchstöberten die Kajüten an Backbord und suchten nach Waffen, und im Handumdrehen waren sie alle mit Flinten und Pulver versehen. Abgesehen von Augustus und Kapitän Barnard waren im ganzen neun Leute in der Kabine, die übelsten Kerle von der gesamten Besatzung. Dann stiegen die Schurken an Deck und schleppten meinen Freund mit, nachdem sie ihm die Hände auf den Rücken gebunden hatten. Sie gingen geradewegs auf das Vorderdeck zu, dessen Luke verschlossen war. Dort standen zwei von den Meuterern, mit Äxten bewaffnet, zwei andere hatten vor der Hauptluke Posten bezogen. Der Erste Steuermann schrie nun mit lauter Stimme: „Heda, ihr da unten! Macht, daß ihr heraufkommt! Einer nach dem andern, verstanden! – Und daß mir keiner muckst!“ Es dauerte einige Minuten, bis einer herauszukommen wagte. Endlich kletterte ein Engländer, der als Schiffsjunge angeheuert worden war, zaghaft an Deck. Er weinte kläglich und beschwor den Steuermann in flehentlichem Ton, sein Leben zu schonen. Die einzige Antwort auf seine Bitten war ein Axthieb über die Stirn. Der arme Junge fiel lautlos auf das Deck. Der schwarze Koch nahm ihn wie ein kleines Kind auf den Arm und schmiß ihn, ohne mit der Wimper zu zucken, ins Meer. Als die Leute unten den krachenden Hieb und das Aufschlagen der Leiche im Wasser hörten, weigerten sie sich standhaft, an Deck zu kommen; weder durch Drohungen noch durch Versprechungen waren sie zu bewegen, bis schließlich einer den Vorschlag machte, man solle sie ausräuchern. Nun stürmten sie alle miteinander auf das Deck, und eine Zeitlang sah es ganz danach aus, als könnte die Brigg zurückerobert werden. Doch gelang es den Meuterern schließlich, das Vorderdeck abzusperren, und nur sechs von ihren Gegnern konnten auf Deck springen. Diese sechs sahen sich einer großen Übermacht gegenüber und ergaben sich, waffenlos wie sie waren, nach kurzem Kampf. Der Steuermann gab ihnen freundliche Worte – zweifellos nur, damit die andern, die sich noch unten befanden, sich eher ergaben; denn sie konnten mühelos alles hören, was auf Deck gesprochen wurde. Der Erfolg bewies nicht nur seine Schlauheit, sondern sprach auch für seine ganze teuflische Niedertracht. Nun erklärten sich alle, die noch unter dem Vorderdeck eingeschlossen waren, zur Übergabe bereit; sie krochen einer nach dem andern herauf, wurden geknebelt und zusammen mit den sechs ersten auf den Rücken gelegt. Insgesamt waren es siebenundzwanzig Mann der Schiffsbesatzung, die an der Meuterei nicht beteiligt waren.

Nun hob eine grauenvolle Schlächterei an. Die gefesselten Matrosen wurden ans Fallreep geschleppt. Dort stand der Koch mit einem Beil, das er jedem von den Gefesselten über den Schädel schlug, sobald die andern Meuterer ihm das Opfer über die Reling zustießen. Zweiundzwanzig kamen auf diese Art ums Leben, und Augustus, der jeden Augenblick erwartete, daß nun die Reihe an ihn komme, hatte sich schon verloren gegeben. Doch anscheinend waren die Kerle entweder zu müde, oder vielleicht ekelte es sie vor ihrer blutigen Arbeit, jedenfalls schenkte man den vier letzten überlebenden Gefangenen und auch meinem Freund, der wie die andern auf das Deck hingeworfen worden war, eine Galgenfrist und schonte vorderhand ihr Leben, während der Maat Rum heraufholen ließ und die ganze Mörderbande ein wüstes Saufgelage abhielt, das bis Sonnenuntergang dauerte. Dann brach ein wilder Streit über das Schicksal der Überlebenden aus, die keine vier Schritt von ihnen entfernt lagen und jedes Wort mit anhören mußten. Auf einzelne von den Meuterern schien der Branntwein eine besänftigende Wirkung auszuüben, denn es wurden mehrere Stimmen laut, die dafür eintraten, man möge die Gefangenen freilassen, unter der Bedingung, daß sie sich dem Aufstand anschlössen und sich mit den andern in die Beute teilten. Der schwarze Koch aber, der überhaupt ein wahrer Teufel war und mindestens soviel Einfluß wie der Maat, wenn nicht mehr, besaß, wollte von derartigen Vorschlägen nichts wissen und stand wiederholt auf, um seine Henkerarbeit am Fallreep zu Ende zu bringen. Zum guten Glück war er aber so sinnlos betrunken, daß ihn die weniger Blutdürstigen seiner Kumpane leicht zurückhalten konnten. Unter diesen war ein Segelmeister namens Dirk Peters. Dieser Mann war der Sohn einer Indianerin vom Stamme der Upsarokas, die unweit der Quelle des Missouri in den Wildnissen der Schwarzen Berge leben. Sein Vater war, glaube ich, Pelzhändler, oder zumindest hatte er irgendwelche Beziehungen zu den indianischen Handelsplätzen am Lewisfluß. Dieser Peters war einer der wildest aussehenden Männer, die ich je gesehen habe. Er war klein von Gestalt, nicht größer als vier Fuß acht Zoll, aber seine Gliedmaßen waren herkulisch gebaut. Seine Hände vor allem waren so unmäßig breit und dick, daß sie kaum mehr wie die Hände eines Menschen aussahen. Seine Arme und auch die Beine waren aufs eigenartigste verbogen, so krumm, daß man den Eindruck hatte, sie seien völlig ungelenkig. Ebenso unförmig war sein riesiger Kopf, mit einer Einbuchtung am Scheitel, wie sie viele Neger haben, und überdies gänzlich kahl. Um diesen Schönheitsfehler, der keineswegs mit seinem Alter zusammenhing, zu verbergen, trug er gewöhnlich eine Perücke, die er aus dem erstbesten Pelzfetzen, manchmal vom Fell eines Wachtelhunds, gelegentlich aus dem eines amerikanischen Grislybären, verfertigte. Damals hatte er gerade ein Stück Bärenfell aufgesetzt, und das trug nicht wenig zu seinem grimmigen Aussehen bei. Seine Züge wiesen unverkennbar alle Merkmale der Upsarokas auf. Der Mund lief fast von einem Ohr zum andern; die Lippen waren schmal und, wie andere Teile seines Körpers, anscheinend völlig starr, so daß der vorherrschende Ausdruck seines Gesichts sich niemals veränderte, auch nicht wenn ihn irgend etwas erregte. Von diesem Ausdruck, der ihm gewöhnlich eigen war, kann man sich am besten ein Bild machen, wenn man sich vorstellt, daß er übermäßig lange und vorstehende Zähne hatte, die nie, auch nicht teilweise, von den Lippen verdeckt wurden. Warf man nur einen flüchtigen Blick auf den Mann, so konnte man glauben, er winde sich in Lachkrämpfen, sah man dann aber genauer hin, so erkannte man schaudernd, daß dieser Ausdruck, wenn er wirklich Lustigkeit bedeutete, dann jedenfalls eine wahrhaft teuflische Lustigkeit bezeugte. Unter den Seeleuten in Nantucket liefen eine ganze Reihe Geschichten über diesen sonderbaren Mann um. Alle diese Anekdoten sollten seine ans Wunderbare grenzende Kraft beweisen, die er in der Erregung aufbrachte, und manche ließen Zweifel daran aufkommen, ob er auch ganz richtig im Kopfe sei. Aber an Bord der „Grampus" war er zur Zeit der Meuterei offensichtlich eher die Zielscheibe aller möglichen Hänseleien und Foppereien als sonst etwas. Ich habe mich darum recht ausführlich über Dirk Peters ausgelassen, weil er, ungeachtet seiner scheinbaren Wildheit, hauptsächlich zur Rettung meines Freundes Augustus beigetragen hat und weil ich noch öfters im Verlauf dieser Geschichte Gelegenheit haben werde, ihn zu erwähnen. Dieser Bericht, das möchte ich jetzt schon betonen, wird in seinen späteren Teilen Geschehnisse zur Sprache bringen, die so gänzlich außerhalb jeder menschlichen Erfahrung liegen und deswegen auch die Grenzen jeder Glaubwürdigkeit weit übersteigen, daß ich mir keinerlei Hoffnung mache, für das, was ich nun noch zu erzählen habe, Glauben zu finden. Doch setze ich mein volles Vertrauen in die Zeit und in die Fortschritte der Wissenschaft: sie werden einige von meinen wichtigsten und unwahrscheinlichsten Behauptungen bewahrheiten.

Nach langem unentschlossenem Zögern und zwei oder drei hitzigen Auseinandersetzungen wurde zuletzt entschieden, daß alle Gefangenen außer Augustus – denn Peters bestand in einer scherzhaften Weise darauf, ihn als seinen Sekretär behalten zu wollen – in einem der kleinsten Walfangboote auf offener See ausgesetzt werden sollten. Der Maat stieg in die Kajüte hinunter, um nachzusehen, ob Kapitän Barnard noch am Leben sei. Man hatte ihn, wie erinnerlich, unten liegen lassen, als die Meuterer an Deck gingen. Bald darauf kamen die beiden wieder herauf, der Kapitän bleich wie der Tod, aber von seiner Wunde leidlich erholt. Mit kaum vernehmbarer Stimme sprach er zu der Mannschaft, flehte sie an, ihn nicht auszusetzen, sondern zu ihrer Pflicht zurückzukehren, versprach ihnen auch, sie an jedem beliebigen Orte, wo sie nur wollten, an Land zu setzen und keine Schritte zu ihrer Auslieferung an die Justiz zu unternehmen. Aber genausogut hätte er mit dem Wind unterhandeln können. Zwei von den Halunken packten ihn bei den Armen und warfen ihn über die Reling in das Boot, das inzwischen, während der Maat unten war, hinuntergelassen worden war. Die vier Leute, die noch auf Deck lagen, wurden nun losgebunden, und man befahl ihnen, ebenfalls ins Boot hinabzusteigen. Das taten sie auch, ohne den geringsten Widerstand zu leisten. Augustus blieb weiterhin in seiner qualvollen Lage, obwohl er sich bäumte und wand und flehentlich bat, man möge ihm wenigstens den armseligen Trost gewähren und ihn seinem

Vater ein letztes Lebewohl sagen lassen. Eine Handvoll Schiffszwieback und ein Krug Wasser wurden nun den Unglücklichen gereicht, doch kein Mast, kein Segel, keine Ruder und kein Kompaß wurden ihnen mitgegeben. Ein paar Minuten lang wurde das Boot noch im Schlepptau mitgezogen, und in der Zeit hielten die Meuterer noch einmal eine Beratung ab. Dann wurde das Tau gekappt und das Boot seinem Schicksal überlassen. Inzwischen war die Nacht hereingebrochen – man sah weder Mond noch Sterne –, und die See warf kurze, bösartige Wellen, obgleich keine starke Brise ging. Das Boot war sofort außer Sicht, und es blieb nur geringe Hoffnung für die Unglücklichen, die es trug. Das spielte sich allerdings auf 35° 30′ nördlicher Breite und 61° 20′ westlicher Länge ab, demnach in nicht allzu großer Entfernung von den Bermuda-Inseln. Augustus suchte sich daher mit dem Gedanken zu trösten, das Boot könne entweder das Land erreichen oder doch nahe genug herankommen, um von Küstenfahrzeugen gesichtet zu werden.

Nun wurden alle Segel aufgezogen, und die Brigg setzte ihren ursprünglichen Kurs nach Südwest fort. Die Meuterer planten nämlich einen Piratenzug; soviel Augustus verstanden hatte, ging es darum, ein Schiff, das von den Kapverdischen Inseln nach Portorico fuhr, abzufangen und zu kapern. Um Augustus kümmerte man sich überhaupt nicht; er wurde losgebunden und durfte frei überall umhergehen, solange er das Deck hinter der Kajütentreppe nicht betrat. Dirk Peters behandelte ihn mit einer gewissen Güte und nahm ihn sogar einmal vor der Brutalität des Kochs in Schutz. Seine Lage war immer noch höchst bedenklich, denn die Leute waren fortwährend betrunken, und er konnte nicht darauf bauen, daß ihre augenblickliche gute Laune immer vorhielt und sie sich auf die Dauer so wenig um ihn kümmerten. Doch das Schlimmste an seiner Situation – so behauptete er – war die Angst, die er um mich ausstand, und ich habe tatsächlich keinerlei Grund, an seiner aufrichtigen Freundschaft zu zweifeln. Mehr als nur einmal war er entschlossen, den Meuterern das Geheimnis meiner Anwesenheit an Bord zu enthüllen, kam aber jedesmal wieder davon ab, einesteils weil ihm die Erinnerung an die Scheußlichkeiten, die er hatte mit ansehen müssen, nicht aus dem Sinn kam, und andernteils weil er hoffte, mir bald Hilfe bringen zu können. In dieser Hoffnung lag er unaufhörlich auf der Lauer; doch aller unausgesetzten Wachsamkeit zum Trotz vergingen drei Tage, seit man das Boot seinem Schicksal überlassen hatte, ehe sich ihm eine günstige Gelegenheit bot. In der Nacht des dritten Tages endlich kam ein starker Sturm aus Osten auf, und alle Mann mußten zugreifen, um die Segel zu reffen. In dem aufgeregten Durcheinander, das dabei entstand, konnte er ungesehen unter Deck schleichen und in seine Kabine gelangen. Wie groß aber war sein Schmerz und auch sein Schrecken, als er entdeckte, daß sie in einen Aufbewahrungsort für Vorräte und einen Teil der Schiffsausrüstung verwandelt worden war und daß mehrere Faden eines alten Kabels, das ursprünglich unter der Kajütentreppe gelegen hatte, von dort weggeholt worden waren, um Platz für eine Kiste zu schaffen, und jetzt ausgerechnet auf der Falltür lagerten! Das Kabel unbemerkt wegzuziehen war unmöglich; so war er denn, so rasch er konnte, wieder an Deck gegangen. Als er oben auftauchte, packte ihn der Maat an der Gurgel, fragte, was er in der Kabine zu schnüffeln gehabt habe, und wollte ihn eben über Backbord ins Meer werfen, als wiederum Dirk Peters dazwischentrat und ihm ein weiteres Mal das Leben rettete. Nun legte man ihm Handschellen an – es befanden sich einige an Bord – und band ihm die Füße fest zusammen. Dann schaffte man ihn ins Matrosenlogis und warf ihn in eine der unteren Kojen gerade an der Scheidewand des Vorderdecks, wobei man ihm versicherte, er werde erst dann wieder den Fuß auf das Deck setzen, „wenn die Brigg keine Brigg mehr sei". So drückte sich der Koch aus, als er ihn in die Koje warf. Was er eigentlich damit hatte sagen wollen, ist schwer zu begreifen. Doch hatte der ganze Zwischenfall, wie man gleich sehen wird, die Lage zu meinem Vorteil und zu meiner Rettung gewendet.

Nachdem der Koch das Vorderdeck verlassen hatte, überließ sich Augustus eine Zeitlang völlig der Verzweiflung. Er war überzeugt, daß er lebend nicht mehr die Koje werde verlassen können. Da entschloß er sich, dem ersten von den Männern, der herunterkäme, meine Lage zu eröffnen, denn er dachte, es sei immer noch besser, ich habe bei den Meuterern eine leise Aussicht auf Rettung, als daß ich im Kielraum verdurste; denn immerhin waren schon zehn Tage verstrichen, seit ich hier eingesperrt war, und mein Krug enthielt nicht einmal für vier Tage ausreichend Wasser. Während er darüber nachgrübelte, fiel ihm plötzlich ein, vielleicht sei es möglich, durch den Hauptkielraum mit mir in Verbindung zu treten. In jedem andern Fall hätten ihn die Schwierigkeiten und Gefahren dieses Unternehmens abgeschreckt, und er hätte es gar nicht versucht. Jetzt aber hatte er sowieso nur wenig Hoffnung, am Leben bleiben zu können, und infolgedessen auch nur wenig zu verlieren; und so verwandte er seinen ganzen Geist auf diese neue Aufgabe.

Die Handschellen waren das erste Hindernis, das es zu überwinden galt. Anfangs wollte es ihm nicht gelingen, sich ihrer zu entledigen, und schon fürchtete er, sein Vorhaben müsse bereits an diesem ersten Widerstand scheitern. Doch bei näherem Zusehen entdeckte er, daß er bloß seine Hände schmal zu machen brauchte, um nach Belieben ohne große Mühe oder Unbequemlichkeit aus den Eisen heraus- und wieder hineinschlüpfen zu können. Diese Art Handschellen waren nämlich gänzlich ungeeignet, so junge Menschen zu fesseln, deren zartere Knochen einem Druck leichter nachgeben. Nun machte er seine Füße frei, ließ aber den Strick so geknüpft, daß er ihn unschwer wieder anbringen konnte, falls irgendwer herunterkommen sollte. Dann ging er daran, die Zwischenwand dort, wo sie an seine Koje stieß, genau zu untersuchen. Die Scheidewand bestand hier aus einem weichen Fichtenbrett, und er sah gleich, daß es ihm nicht sonderlich schwerfallen werde, sich einen Weg zu bahnen. Da hörte er oben auf der Treppe zum Vorderdeck eine Stimme und fand gerade noch Zeit, seine rechte Hand in die Handschelle zu zwängen – die linke steckte noch darin – und den Strick in einer Schlaufe um seinen Knöchel zu schlingen. Dirk Peters kam herunter, gefolgt von Tiger, der sofort mit einem Satz in die Koje sprang und sich darin niederlegte. Augustus, der wußte, wie ich an dem Hund hing, hatte ihn mit an Bord genommen, weil er dachte, es würde mir Freude machen, das Tier auf der ganzen Reise bei mir zu haben. Deshalb war er, kaum hatte er mich im Kielraum untergebracht, zu unserem Haus gelaufen und hatte ihn geholt. Das hatte er mir freilich zu sagen vergessen, als er mir die Uhr brachte.

Seit der Meuterei hatte ihn Augustus nicht mehr zu Gesicht bekommen, bis er jetzt mit Dirk Peters zum erstenmal wieder auftauchte. Er war darum überzeugt gewesen, der Hund sei verschwunden und vermutlich von einem der Halunken aus der Rotte des Steuermanns über Bord geworfen worden. Nun stellte sich heraus, daß er sich in einem Loch unter einem Walfangboot verkrochen hatte, aus dem er sich aber nicht mehr hatte herausarbeiten können, weil der Platz zu eng war, um sich umzudrehen. Endlich hatte ihn Dirk Peters befreit und brachte ihn nun mit einer Gutmütigkeit, die Augustus wohl zu schätzen wußte, zu ihm ins Vorderdeck, damit er ihm Gesellschaft leiste. Gleichzeitig ließ er ihm ein wenig Pökelfleisch, ein paar Kartoffeln sowie einen Krug Wasser da. Dann ging er wieder auf Deck, versprach aber, am nächsten Tag wiederzukommen und etwas Eßbares mitzubringen.

Sobald er fort war, befreite Augustus seine beiden Hände aus den Handschellen und löste den Strick von seinen Füßen. Dann schlug er das Kopfende der Matratze hoch, auf der er lag, und begann mit seinem Taschenmesser – die rohen Burschen hatten es nämlich nicht der Mühe wert gefunden, ihn zu durchsuchen – mit aller Kraft eines von den Brettern der Zwischenwand anzubohren, und zwar so nah wie nur möglich beim Bretterboden der Koje. Diese Stelle wählte er, damit er bei einer unerwarteten Störung die begonnene Arbeit rasch verdecken konnte, indem er die Matratze an ihren alten Platz fallen ließ. Doch blieb er den ganzen Tag über ungestört, und als es Nacht wurde, hatte er das Brett vollends entzweigeschnitten. Es muß hier noch erwähnt werden, daß keiner von der Mannschaft das Vorderdeck als Schlafraum benützte. Sie hielten sich seit der Meuterei ausschließlich in der Kajüte auf dem Hinterdeck auf, taten sich an den Weinen gütlich und schlemmten von den Vorräten des Kapitäns Barnard, und um die Führung des Schiffes kümmerten sie sich nur nebenbei und beschränkten sich auf das Allernotwendigste.

All dies wirkte sich für Augustus und mich höchst vorteilhaft aus; anders hätte er nie bis zu mir gelangen können. Unter diesen Umständen verfolgte er zuversichtlich seinen Plan. Doch graute bereits der Morgen, und er war noch nicht ganz mit dem zweiten Teil seiner Arbeit fertiggeworden, das heißt, der Spalt, etwa einen Fuß über dem ersten Einschnitt, war noch nicht ganz durchschnitten; denn es galt, eine Öffnung zu machen, die groß genug war, um ihm einen Durchschlupf nach dem Orlopdeck zu gewähren. Dort angekommen, bahnte er sich mit großer Mühe einen Weg zur unteren Hauptluke, obschon er, um dorthin zu gelangen, über ganze Berge von Ölfässern klettern mußte, die beinah bis zur Decke aufgetürmt waren und ihm fast keinen Platz zum Vorbeikriechen ließen. Als er die Luke erreichte, merkte er erst, daß sich Tiger zwischen zwei Reihen von Fässern durchgezwängt hatte und ihm gefolgt war. Es war aber schon zu spät, als daß er hätte hoffen können, noch vor Tagesanbruch bis zu mir zu gelangen; denn die Hauptschwierigkeit bestand ja darin, daß er sich durch die aufgestapelte Ladung im unteren Kielraum hindurchwinden mußte.

Er beschloß also, umzukehren und bis zur nächsten Nacht zu warten. In dieser Absicht hob er die untere Luke; das war immerhin wieder eine Zeitersparnis für später, wenn er zurückkam. Doch kaum hatte er sie ein Stück weit geöffnet, so sprang Tiger an die schmale Öffnung heran, schnüffelte und schnupperte ungeduldig eine Zeitlang und stieß dann ein langgezogenes Heulen aus, während er aufgeregt mit den Pfoten kratzte, als wollte er die Falltür wegreißen. Sein ganzes Gebaren zeigte klar und deutlich, daß er mich im Kielraum gewittert hatte, und Augustus kam auf den Gedanken, das Tier könnte eigentlich, wenn er es hinunterließ, ganz gut den Weg bis zu mir finden. Nun fiel ihm auch die List mit dem Brief ein; denn es war vor allem wünschenswert, daß ich keinerlei Versuch unternahm, aus meinem Versteck auszubrechen, zumindest unter den jetzigen Umständen, und ob er wie beabsichtigt am nächsten Morgen zu mir kommen konnte, war äußerst ungewiß. Die späteren Ereignisse zeigten denn auch, wie glücklich dieser Einfall war; denn hätte ich seinen Brief nicht erhalten, wäre ich fraglos auf irgendeinen verzweifelten Ausweg verfallen, hätte vielleicht die Mannschaft alarmiert, und die wahrscheinliche Folge wäre gewesen, daß unser beider Leben verloren gewesen wäre.

Als er nun beschlossen hatte, mir zu schreiben, bestand die Schwierigkeit nur noch darin, sich das nötige Schreibmaterial zu beschaffen. Ein alter Zahnstocher war rasch in eine Feder umgewandelt; und das mußte er dazu noch rein nach dem Gefühl machen, denn im Zwischendeck war es stockdunkel. Papier hatte er genug; er benützte das äußere Blatt eines Briefes – es war ein Duplikat des gefälschten Einladungsbriefs des Mr. Roß. Eigentlich war es der erste Entwurf gewesen; aber Augustus hatte die Schrift nicht treffend nachgemacht gefunden und einen zweiten Brief geschrieben; den ersten hatte er zum Glück in die Rocktasche gestopft, wo er ihn jetzt, gerade im rechten Augenblick, wiederfand. Nun fehlte ihm nur noch die Tinte, aber auch da war Ersatz bald zur Hand. Er schnitt sich mit seinem Taschenmesser gerade über dem Nagel in den Finger, und es floß denn auch sogleich reichlich Blut, mehr als genug, wie stets aus den Wunden an dieser Stelle. Dann schrieb er den Brief so leserlich, wie er's in der Dunkelheit und unter den gegebenen Verhältnissen zuwege brachte. Die Mitteilung erklärte kurz, daß eine Meuterei ausgebrochen sei, daß Kapitän Barnard auf hoher See ausgesetzt worden sei, daß ich, was Lebensmittel anbelange, auf baldige Hilfe hoffen könne, daß ich mich aber auf gar keinen Fall bemerkbar machen dürfe. Der Brief schloß mit den Worten: „Ich schreibe das mit Blut. Halte dich versteckt, wenn dir dein Leben lieb ist."

Der Papierstreifen wurde nun an dem Hund festgebunden, und dann wurde dieser durch die Luke losgelassen. Augustus war, so gut es ging, wieder zum Vorderdeck zurückgekehrt, hatte aber keinerlei Anzeichen dafür gefunden, daß einer von der Besatzung in seiner Abwesenheit hergekommen wäre. Um das Loch in der Wand zu verdecken, stieß er sein Messer gerade oberhalb in die Holzwand und hängte eine grobe Tuchjacke, die er in der Koje gefunden hatte, darüber. Hierauf zwängte er seine Hände in die Handschellen und legte den Strick wieder um seine Knöchel.

Kaum war er damit fertig, als Dirk Peters herunterkam, ziemlich betrunken, aber glänzender Laune, und meinem Freund das Essen für den Tag mitbrachte. Die Ration bestand aus einem Dutzend großer gerösteter irischer Kartoffeln und einem Krug Wasser. Er setzte sich für eine Weile auf einen Koffer gerade neben die Koje und begann ein recht offenherziges Gespräch über den Maat und die Zustände an Bord des Schiffes. Sein Benehmen war absonderlich und geradezu grotesk. Eine Zeitlang war Augustus aufs höchste beunruhigt über sein seltsames Gebaren. Schließlich torkelte er aber doch wieder an Deck, wobei er etwas vor sich hinmurmelte, was sich anhörte wie ein Versprechen, morgen seinem Gefangenen ein ordentliches Mittagessen mitbringen zu wollen.

Im Laufe des Tages kamen in Begleitung des Kochs noch zwei Harpuniere herunter, alle drei nahezu im letzten Stadium der Betrunkenheit. Wie schon Peters, ließen sie sich ohne jede Bedenken über ihre Pläne aus. Anscheinend waren sie sehr geteilter Meinung hinsichtlich des Endziels ihrer Fahrt; einig waren sie nur in einem Punkt, dem Überfall auf das Schiff von den Kapverdischen Inseln, das sie stündlich erwarteten. Allem Anschein nach war die Meuterei ursprünglich nicht einzig auf ihre Beutegier zurückzuführen; Hauptanlaß war offensichtlich ein persönlicher Groll des Maats gegen Kapitän Barnard gewesen. Nun aber schien es an Bord zwei deutlich geschiedene Parteien zu geben: die eine befehligt vom Maat, die andere unter Führung des Schiffskochs. Die erste Partei war dafür, daß man das erste Schiff, dem man begegnete, kapern, es auf einer von den Antillen ausrüsten und dann auf Freibeuterei ausfahren solle. Die Gegenpartei aber, zu der auch Dirk Peters gehörte, war stärker und neigte dazu, den ursprünglichen Kurs, wie er der Brigg vorgeschrieben war, beizubehalten und dem Stillen Ozean zuzusteuern. Dort wollten sie je nach den Umständen entweder auf die Walfischjagd ausgehen oder etwas anderes unternehmen. Peters hatte diese Gegenden schon öfters befahren, und seine Schilderungen fanden offenkundig großen Anklang bei den Meuterern, die von ihren unklaren Gefühlen zwischen Beutegier und Abenteuerlust hin und her gerissen wurden. Er malte ihnen eindringlich aus, welch eine bunte und abwechslungsreiche Welt sie dort auf den zahllosen Eilanden des Stillen Ozeans erwarte, welch uneingeschränkte Sicherheit und Freiheit sie dort genießen könnten, und ganz besonders schwärmte er von dem köstlichen Klima, dem üppigen Leben und der wollüstigen Schönheit der Frauen dortzulande. Bis jetzt war kein bestimmter Entschluß gefaßt worden; aber die Schilderungen des Mestizen-Takelmeisters hatten doch mächtig auf die glühende Einbildungskraft der Seeleute eingewirkt und darin Wurzel geschlagen, und alles sprach dafür, daß sein Plan zuletzt doch zur Ausführung kommen würde.

Nach etwa einer Stunde gingen die drei Männer wieder weg, und den ganzen Tag über betrat niemand mehr das Vorderdeck. Augustus verhielt sich ruhig, bis es fast völlig Nacht geworden war. Dann streifte er Handschellen und Strick ab und rüstete sich für sein Vorhaben. In einer der Kojen fand er eine Flasche und füllte sie mit Wasser aus dem Krug, den Peters dagelassen hatte, und dann stopfte er ein paar von den kalten Pellkartoffeln in seine Tasche. Zu seiner großen Freude entdeckte er auch eine Laterne, in der noch ein Stümpfchen von einer Talgkerze steckte. Die konnte er jederzeit anzünden, denn er hatte eine Schachtel Phosphorzündhölzer.

Als es ganz dunkel geworden war, legte er die Decken vorsorglich so zurecht, daß es aussah, als läge jemand im Bett, und dann schlüpfte er durch das Loch in der Zwischenwand. Als er hindurch war, hing er die Tuchjacke wie zuvor wieder an das Messer, um das Loch zu verdecken. Das fiel ihm nicht schwer, da er das Stück Brett erst nachher wieder einfügte. Er befand sich jetzt im Zwischendeck und kroch, wie das letztemal schon, zwischen dem oberen Deck und den Ölfässern weiter bis zur Hauptluke. Dort angelangt, zündete er sein Lichtstümpfchen an und arbeitete sich mit größter Mühe zwischen dem dicht zusammengedrängten Stapelgut im Kielraum durch. Nach wenigen Augenblicken versetzte ihn die stickige Luft und der unerträgliche Gestank in höchste Angst. Er hielt es nicht für möglich, daß ich eine so lange Gefangenschaft in dieser stickigen Luft überlebt haben könnte. Mehrmals rief er mich beim Namen; aber ich gab ihm keine Antwort, und seine Befürchtungen schienen sich zu bewahrheiten. Die Brigg schlingerte heftig, und der Lärm war so ohrenbetäubend, daß es sinnlos war, auf ein so schwaches Geräusch, wie es mein Atmen oder Schnarchen war, zu horchen. Er öffnete die Blendlaterne und hielt sie, sooft er genügend Platz fand, so hoch wie irgend möglich, damit ich, wofern ich überhaupt noch am Leben war, den Lichtschein sehen könnte und wüßte, daß Hilfe nahe war. Noch immer war von mir nichts zu hören, und die Vermutung, ich sei tot, wurde ihm nachgerade zur Gewißheit. Trotzdem entschloß er sich, womöglich den Durchgang bis zu meiner Kiste zu erzwingen und so zumindest völlige Bestätigung seiner Ängste zu finden. Er kroch eine Zeitlang in einem jammervollen Zustand banger Besorgnis weiter, bis er endlich den Durchgang gänzlich verstopft fand und auf dem Weg, den er eingeschlagen hatte, überhaupt nicht mehr vorwärts kam. Überwältigt von seiner Verzweiflung, warf er sich verzagend auf einen

Haufen Gerümpel und weinte los wie ein kleines Kind. In diesem Augenblick hörte er das Klirren der Flasche, die ich zu Boden geworfen hatte. Es war ein Glück, daß sich dieser Zwischenfall ereignete, denn an diesem Zufall, so geringfügig und alltäglich er scheinen mochte, hing wie an einem Faden mein Schicksal. Inzwischen sind mehrere Jahre darüber hingegangen, ehe ich von dieser Tatsache erfuhr. Eine natürliche Scham und die Reue über seine damalige Unentschlossenheit und Schwäche hielten Augustus ab, mir sogleich einzugestehen, was er mir später, als unsere Freundschaft noch vertrauter und rückhaltloser geworden war, erzählen durfte. Als er nämlich seinen Weg durch den Kielraum durch allerlei Hindernisse versperrt fand, die er nicht zu überwinden vermochte, hatte er sich bereits entschlossen, sein Vorhaben endgültig aufzugeben und ins Vorderdeck zurückzukehren. Doch bevor man über ihn deswegen den Stab bricht, muß man die aufreibenden Umstände in Betracht ziehen, die ihn behinderten. Die Nacht war schon bald vorbei, und seine Abwesenheit im Vorderdeck konnte entdeckt werden. Und das mußte unweigerlich der Fall sein, falls er nicht bei Tagesanbruch wieder in seiner Koje lag. Seine Kerze war bereits fast heruntergebrannt und flackerte nur noch schwach, und er hätte nur mit größter Mühe in der Finsternis den Weg zur Hauptluke zurückgefunden. Auch wird man ihm zugestehen müssen, daß er guten Grund hatte, mich für tot zu halten, und in diesem Fall hätte es mir ja auch nichts mehr genützt, wenn er sich bis zu meiner Kiste hindurchgearbeitet und sich dabei völlig sinnlos unzähligen Gefahren ausgesetzt hätte. Er hatte verschiedene Male meinen Namen gerufen, und ich hatte keine Antwort gegeben. Ich war elf Tage und elf Nächte ohne Wasser geblieben, abgesehen von dem Krug voll, den er mir dagelassen hatte, und mit diesem Vorrat hatte ich höchstwahrscheinlich im Anfang meiner Gefangenschaft nicht gespart, konnte ich doch zu Recht mit einer baldigen Befreiung rechnen. Auch mußte ihm, der aus der vergleichsweise reinen Luft des Vorderdecks kam, die Atmosphäre im Kielraum durch und durch vergiftet und noch weit unerträglicher scheinen, als sie mir selber vorgekommen war, da ich zum erstenmal meine Kiste bezog. Die Luken waren damals ja seit mehreren Monaten immer offen gewesen. Nimmt man dazu noch die grauenvollen Auftritte, das Blutvergießen, das mein Freund unlängst mit angesehen hatte, seine Gefangenschaft, die Entbehrungen, die Todesgefahr, in der er ständig schwebte, die Tatsache, daß er sein Leben nur einem fragwürdigen und zweifelhaften Abkommen verdankte, lauter Umstände, die wohl dazu angetan sind, jede Willenskraft zu lähmen und zu brechen – nimmt man das alles zusammen, so wird der Leser, wie auch ich selbst, unschwer so weit kommen, sein augenscheinliches Versagen der Freundschaft und Freundestreue gegenüber eher mit Betrübnis als mit Entrüstung anzusehen.

Augustus hatte zwar das Zerspringen der Flasche deutlich gehört, war aber nicht sicher gewesen, ob der Lärm aus dem Kielraum kam. Immerhin genügte der bloße Zweifel schon, um ihn zum Weitersuchen zu ermutigen. Er kletterte also über die Stapelgüter bis fast zum Zwischendeck, machte sich eine Pause im wütenden Schlingern des Schiffes zunutze und rief meinen Namen, so laut er nur konnte, und unbekümmert darum, ob ihn die Mannschaft hören mochte. Man wird sich noch erinnern, daß sein Rufen bis zu mir drang; da übermannte mich aber eine so entsetzliche Aufregung, daß ich gänzlich außerstande war, ihm Antwort zu geben. Nun war er vollends überzeugt, daß seine schlimmsten Befürchtungen den Tatsachen entsprachen, und machte sich, ohne länger Zeit zu verlieren, auf den Rückweg zum Vorderdeck. In seiner überstürzten Hast warf er ein paar kleine Kisten um, und das war das Gerumpel, das ich hörte. Er war schon ein gutes Stück zurückgegangen, als mein Messer zu Boden fiel; das machte ihn stutzig und von neuem unsicher. Sofort kehrte er um, kletterte ein zweitesmal über die verstaubten Kisten hinweg und schrie in einem Augenblick, da sich der Wind legte, meinen Namen, so laut er konnte. Diesmal hatte ich meine Stimme wieder in der Gewalt und gab Antwort. Hoch erfreut über die Entdeckung, daß ich doch noch am Leben war, nahm er sich nun fest vor, allen Schwierigkeiten und allen Gefahren die Stirn zu bieten, um zu mir zu gelangen. Er arbeitete sich also so rasch wie möglich aus dem fürchterlichen Gerümpellabyrinth heraus, das ihn rings umgab, stieß schließlich auf einen Durchgang, der bessere Aussichten bot, und gelangte schließlich nach endlosen Mühen, aufs äußerste erschöpft, zu meiner Kiste.

Sechstes Kapitel

Während wir zusammen bei der Kiste standen, erzählte mir Augustus nur das Wichtigste von dem, was ich eben berichtet habe. Erst später ging er auf nähere Einzelheiten ein. Jetzt fürchtete er, man könnte ihn vermissen, und ich vermochte es fast nicht zu erwarten, bis ich mein widerliches Gefängnis verlassen durfte, und verging beinah vor Ungeduld. Wir beschlossen, augenblicklich zu dem Loch in der Zwischenwand zurückzukehren. Dort sollte ich vorderhand bleiben, während er die Lage auskundschaften wollte. Tiger in der Kiste zurückzulassen war ein Gedanke, den wir beide nicht ertragen konnten. Doch was sollten wir sonst mit ihm anfangen? Das war die Frage. Das Tier schien jetzt ganz ruhig; und auch wenn wir das Ohr an die Kistenwand legten, konnten wir seinen Atem nicht hören. Ich war überzeugt, daß er tot war, und entschloß mich, die Kiste zu öffnen. Wir fanden ihn lang ausgestreckt daliegen, anscheinend in tiefer Bewußtlosigkeit, aber immer noch am Leben. Wir hatten freilich keine Zeit zu verlieren, und doch konnte ich's nicht über mich bringen, ein Tier, das mir zweimal das Leben gerettet hatte, im Stich zu lassen, ohne wenigstens einen Versuch zu seiner Rettung unternommen zu haben. Mit unsäglicher Anstrengung und Mühsal zogen wir ihn denn mit uns fort. Augustus war die meiste Zeit gezwungen, mit dem schweren, riesigen Hund auf den Armen über das Gerümpel wegzuklettern, das uns den Weg versperrte – eine Kraftleistung, die ich in meinem geschwächten Zustand nie und nimmer fertiggebracht hätte. Endlich erreichten wir den Durchschlupf. Augustus kroch zuerst hindurch, dann wurde Tiger ins Vorderdeck nachgeschoben. Nun stand alles zum besten, wir waren gesund und wohlbehalten, und aus tiefstem Herzensgrunde dankten wir Gott für die wunderbare Errettung aus der furchtbaren Gefahr, der wir eben entronnen waren. Vorderhand, so wurde zwischen uns vereinbart, sollte ich in der Nähe des Schlupflochs bleiben; dort konnte mir mein Freund leicht einen Teil seiner Tagesration zustecken, und ich hatte außerdem den Vorteil, daß ich verhältnismäßig frischere Luft atmen konnte.

Zur Erklärung einiger dunkler Stellen dieses Berichts, in dem so oft davon gesprochen wurde, wie die Ladung der Brigg verstaut war, und verschiedener Schilderungen, die für manche Leser, sofern sie vielleicht einmal eine kunstgerechte Verstauung gesehen haben, unverständlich und unklar sein mögen, muß ich hier feststellen, daß die Art, wie diese hochwichtige Arbeit an Bord der „Grampus“ vorgenommen worden war, als geradezu schandbar fahrlässig bezeichnet werden muß. Kapitän Barnard war keineswegs der umsichtige und erfahrene Seemann, wie ihn der verantwortungsvolle Dienst, den er zu versehen hatte, gebieterisch verlangte. Eine ordnungsgemäße Verstauung kann nie sorgfältig und überlegt genug vorgenommen werden, und die gräßlichsten Unfälle sind häufig, nach meiner eigenen Erfahrung, als Folge der Sorglosigkeit oder Unkenntnis in diesem Teil des Seemannsberufs vorgekommen. Küstenfahrer, bei deren Ladung oder Löschung es oft eilig und mit großem Tumult zugeht, sind am ehesten Unfällen, die auf eine liederliche Verstauung zurückzuführen sind, ausgesetzt. Der wichtigste Punkt ist dabei, daß man der Ladung oder dem Ballast keinerlei Möglichkeit läßt, auch beim ärgsten Schlingern oder Stampfen vom Platz zu rücken. Zu diesem Zweck muß man das sorgsamste Augenmerk nicht nur auf die Ladung selbst, sondern auch auf die Natur der Ladung richten und darauf achten, ob es sich um eine Ladung handelt, die den Laderaum gänzlich oder nur zum Teil ausfüllt.

Bei den meisten Schiffstransporten wird die Verstauung mit Hilfe einer Handwinde durchgeführt. So wird beispielsweise, wenn es sich um eine Ladung Tabak oder Mehl handelt, die ganze Fracht so eng im Kielraum des Schiffes zusammengepreßt, daß die Fässer oder Ballen, wenn die Ladung gelöscht wird, völlig plattgedrückt sind und längere Zeit brauchen, bis sie ihre ursprüngliche Form wieder annehmen. Zu dieser Methode hat man hauptsächlich gegriffen, um mehr Platz im Kielraum zu gewinnen; denn bei einer vollen Ladung von Waren wie etwa Tabak oder Mehl können die Säcke und Ballen nicht verrutschen; es besteht keinerlei Gefahr, daß sich die einzelnen Stücke der Ladung verschieben, oder zumindest können daraus keine schwerwiegenden Nachteile entstehen. Es sind allerdings schon Fälle vorgekommen, wo dieses Vorgehen – das Zusammenpressen mittels einer Handwinde – die beklagenswertesten Folgen gezeitigt hat, die freilich auf eine ganz andere Ursache zurückzuführen sind als etwa auf die Gefahren einer Verschiebung der Ladung. So weiß man zum Beispiel, daß eine Ladung Baumwolle, die unter gewissen Bedingungen eng zusammengepreßt wurde, durch die Ausdehnung ihres Volumens das Schiff leck machen und so zum Sinken bringen kann. Unzweifelhaft müßte auch beim Tabak die gleiche Folge eintreten, wenn er seinen gewöhnlichen Gärungsprozeß durchmacht, wären nicht die Zwischenräume da, die sich ganz von selbst auf dem abgerundeten Teil der Fässer bilden.

Vor allem wenn die Fracht nur einen Teil des Laderaums einnimmt, ist die Gefahr, daß sie sich verschiebt, besonders zu fürchten, und man muß alle erdenklichen Vorsichtsmaßnahmen treffen, um ein solches Unglück zu verhüten. Nur wer einmal einen heftigen Windstoß miterlebt oder, besser noch, wer das Schlingern eines Schiffes mitgemacht hat, wenn eine plötzliche Windstille auf einen Sturm folgt, kann sich eine Vorstellung von der fürchterlichen Gewalt der Stöße machen, durch die alle Waren, die nicht vertäut sind, hin und her geschleudert werden. Dann erst wird offenbar, wie notwendig eine sorgfältige Verstauung bei einer kleineren Ladung ist. Liegt ein Schiff bei – zumal mit einem kleinen Vordersegel –, so wird es häufig auf die Seite gedrückt, wofern sein Bug nicht einwandfrei gebaut ist. Das kann durchschnittlich alle fünfzehn oder zwanzig Minuten eintreten, ohne daß ernstlich gefährliche Folgen daraus entstehen, *vorausgesetzt, daß die Verstauung ordnungsgemäß vorgenommen worden ist.* Ist das aber nicht der Fall, hat man ihr nicht die nötige Aufmerksamkeit angedeihen lassen, so stürzt beim ersten starken Überholen die ganze Ladung gegen diejenige Seite des Schiffes, die sich dem Wasser zuneigt, und da das Schiff nicht, wie es sonst notwendigerweise der Fall wäre, sein Gleichgewicht wiedergewinnen kann, dringt unfehlbar innerhalb weniger Sekunden Wasser ein, und es sinkt. Man kann ohne Übertreibung behaupten, daß mindestens die Hälfte aller Unglücksfälle, bei denen Schiffe bei heftigem Sturmwetter untergegangen sind, einer liederlichen Verstauung der Fracht oder des Ballasts zuzuschreiben sind.

Wenn eine Ladung irgendwelcher Art an Bord verfrachtet wird, so muß das Ganze so kompakt wie nur möglich verstaut und nachher mit einer Lage von verschiebbaren Brettern, und zwar in der ganzen Breite des Schiffes, überdeckt werden. Auf diese Bretter müssen starke provisorische Stützstreben aufgestellt werden, die bis hinauf zu den Balken des Decks reichen und so jedes Ding an seinem Platz verankern. Bei Getreide oder verwandten Ladungen müssen aber noch andere Vorsichtsmaßregeln getroffen werden. Ein Kielraum, der bei der Abfahrt vollbeladen mit Korn ist, wird am Bestimmungsort nur noch zu drei Vierteln gefüllt sein, und das, obgleich die Fracht, die vom Empfänger Bushel für Bushel nachgewogen wird, zufolge des Aufquellens des Korns um ein Beträchtliches die versandte Menge übersteigt. Das Getreide hat sich nämlich während der Fahrt gesetzt, und zwar mehr oder weniger, je nachdem, ob das Schiff unterwegs gutes oder schlechtes Wetter hatte. Ist das Korn auf dem Schiff locker geladen worden, so mag es noch so gut mit Brettern und Stützstreben beschwert worden sein, es wird dennoch vorkommen, daß es sich beträchtlich verlagert, und daraus kann dann das heilloseste Unglück entstehen. Um dem vorzubeugen, ist es ratsam und unerläßlich, vor dem Auslaufen aus dem Hafen alle Mittel anzuwenden, um die Ladung so fest wie nur möglich zusammenzupressen; dafür gibt es nun verschiedene Methoden, unter denen etwa die Gepflogenheit, Keile ins Korn zu treiben, erwähnt sei. Doch sogar wenn das geschehen ist, wenn man sich alle erdenkliche Mühe gegeben hat, die verschiebbaren Bretter zu beschweren und festzuhalten, so wird sich doch kein erfahrener Seemann, der eine Ladung Korn an Bord hat, bei hohem Seegang oder heftigem Sturm ganz geheuer fühlen, und erst recht nicht, wenn diese Fracht nur einen Teil des Laderaums einnimmt. Und doch gibt es noch Hunderte von Küstenschiffen, und vielleicht noch viel mehr Schiffe aus den verschiedenen europäischen Häfen, die tagtäglich mit nur halber Fracht segeln, ja sogar mit höchst gefährlicher Ware beladen, ohne auch nur die geringsten Vorsichtsmaßnahmen zu treffen. Ein Wunder, daß nicht öfter ein Unglück geschieht! Ein bedauerliches Beispiel solcher Sorglosigkeit, das zu meiner Kenntnis gelangt ist, ist der Fall des Kapitän Joel Rice, der den Schoner „Firefly" befehligte und Anno 1825 mit einer Ladung Getreide von Richmond in Virginia nach Madeira unterwegs war. Der Kapitän hatte schon viele Fahrten unternommen, ohne jemals einen ernstlichen Unfall erlitten zu haben, wenngleich er die Gewohnheit hatte, seiner Ladung keine besondere Beachtung zu schenken und sie höchstens, wie es üblich ist, zu verstauen und zu sichern. Er war noch nie mit einer Ladung Korn gesegelt, und das Korn war reichlich locker an Bord verfrachtet worden und füllte kaum mehr als die Hälfte des Schiffes. In der ersten Zeit wehten nur leichte Brisen, aber eine Tagereise vor Madeira wurde er von einem heftigen Sturm aus Nord-Nord-Ost überfallen und mußte das Schiff beilegen lassen. Er drehte den Schoner vor dem Wind bei, setzte lediglich doppelt gereffte Vordersegel, und das Schiff hielt sich so wacker, wie man es nur wünschen konnte, und faßte keinen Tropfen Wasser. Noch ehe es Nacht wurde, flaute der Sturm ein wenig ab, und der

Schoner schlingerte weniger regelmäßig und hielt sich auch weiterhin wacker, bis auf einmal ein jäher heftiger Windstoß ihn steuerbords auf die Seite legte. Da hörte man, wie sich die ganze Kornfracht auf einen Schlag auf die Seite verlagerte, und zwar mit einer so ungeheuren Wucht, daß sie die große Hauptluke durchbrach. Das Schiff sank wie eine Bleikugel. Das alles ereignete sich in Rufweite einer kleinen Schaluppe aus Madeira, die denn auch einen Mann von der Besatzung – den einzigen, der gerettet wurde – auffischte und anscheinend mit dem Sturm spielend leicht fertigwurde, wie ein geschickt manövrierendes Schiff.

Die Fracht an Bord der „Grampus" war höchst liederlich verstaut worden, wenn man überhaupt etwas, das eigentlich nur ein wirres Durcheinander, ein Wirrwarr von Ölfässern* und Schiffsgerätschaften war, als Verstauung bezeichnen kann. Von der Anordnung der Waren im Kielraum habe ich bereits gesprochen. Im Zwischendeck war, wie schon gesagt, genügend Raum für mich zwischen den Öltonnen und dem Oberdeck. Um die Hauptluke herum war ein freier Platz geblieben, und auch zwischen der Ladung war noch leerer Raum. Neben dem Loch, das Augustus in die Zwischenwand des Vorderdecks gebohrt hatte, wäre noch Platz genug für eine Tonne gewesen, und hier fand ich mich für den Augenblick recht bequem untergebracht.

Während der Zeit, die mein Freund brauchte, um in seine Koje zu gelangen und die Handschellen und das Seil wieder anzulegen, war es heller Tag geworden. Wir waren noch einmal mit knapper Not davongekommen; denn kaum hatte er seine Vorkehrungen getroffen, so kam der Maat mit dem Koch und Dirk Peters herunter. Sie redeten eine Zeitlang über das Schiff, das von den Kapverdischen Inseln kommen sollte, und sie schienen es voll Ungeduld zu erwarten. Endlich trat der Koch zu der Koje, in der Augustus lag, und setzte sich ans Kopfende. Von meinem Versteck aus konnte ich alles sehen und hören, denn das herausge-

* Üblicherweise haben Walfangboote eiserne Öltanks; warum das bei der „Grampus" nicht der Fall war, habe ich nie in Erfahrung bringen können (Anmerkung des Autors).

brochene Brett war nicht wieder eingefügt worden, und ich war jeden Augenblick gewärtig, daß der Neger gegen die davorgehängte Tuchjacke fallen werde, die das Loch verdeckte. Dann mußte alles an den Tag kommen, und man hätte uns ohne jeden Zweifel den Garaus gemacht. Doch blieb uns auch jetzt das Glück wieder treu. Zwar streifte er öfters an die Jacke, wenn das Schiff stärker schlingerte, aber nie so stark, daß er die Täuschung entdeckt hätte. Die Jacke war unten an der Wand sorgfältig festgemacht, so daß sie nicht hin und her pendeln und so das Vorhandensein des Loches verraten konnte. Die ganze Zeit über lag Tiger am Fußende der Koje und hatte sich anscheinend wieder etwas erholt; jedenfalls sah ich, wie er von Zeit zu Zeit die Augen aufschlug und tief Atem holte.

Ein paar Minuten später gingen der Maat und der Koch wieder an Deck. Kaum waren sie fort, setzte sich Dirk Peters auf den Platz, auf dem eben noch der Maat gesessen hatte. Er fing mit Augustus ein freundschaftliches Gespräch an, und wir merkten erst jetzt, daß die Betrunkenheit, die er vor den beiden andern zur Schau getragen hatte, größtenteils nur gespielt war. Er beantwortete alle Fragen meines Freundes offen und freimütig. Seiner Meinung nach, so sagte er, sei das Boot mit Augustus' Vater zweifellos aufgefunden worden, weil an jenem Tage, an dem man es knapp vor Sonnenuntergang ausgesetzt habe, nicht weniger als fünf Segel gesichtet worden seien. Mit einem Wort: er sprach ihm in geflissentlich tröstlichem Ton zu, und das war mir nicht nur eine Überraschung, sondern auch eine Freude. Wenn ich ehrlich sein soll, so keimte in mir allgemach die leise Hoffnung auf, wir könnten uns mit Peters' Hilfe wieder der Brigg bemächtigen, und diesen Gedanken teilte ich Augustus mit, sobald ich dazu Gelegenheit fand. Er dachte wie ich, das sei wohl möglich, doch konnte er nicht eindringlich genug betonen, wie nötig es sei, dabei behutsam zu Werke zu gehen, weil das Verhalten des Mischlings ihm verdächtig vorkomme und wahrscheinlich nichts weiter sei als eine Augenblickslaune. Und es war in der Tat recht schwierig zu erraten, ob er zeitweise überhaupt bei Verstand war. Peters ging etwa eine Stunde später auf Deck und kam erst um die Mittagszeit wieder herunter; er brachte Augustus eine reichliche Portion Pökelfleisch und Pudding mit. Als wir allein waren, nahm ich herzhaft und vergnügt an dem Mahl teil und ging gar nicht mehr in mein Versteck zurück. Den ganzen Tag über kam niemand mehr unter das Vorderdeck herab, und abends kroch ich in Augustus' Koje, wo ich tief und selig bis zum Morgengrauen schlief. Dann weckte er mich, weil er ein Getrampel an Deck gehört hatte, und ich verzog mich schleunigst wieder in mein Versteck. Als es heller Tag geworden war, sahen wir, daß Tiger wieder ganz bei Kräften war und keinerlei Anzeichen von Wasserscheu mehr zeigte; denn er trank mit wahrer Gier ein wenig Wasser, das ihm Augustus hinstellte. Im Laufe des Tages kam er wieder gänzlich zu Kräften und hatte seinen ganzen früheren Appetit zurückgewonnen. Sein sonderbares Benehmen war ohne jeden Zweifel auf die giftige Luft des Kielraums zurückzuführen und hatte mit Tollwut nicht das geringste zu tun. Ich konnte mich nicht genug freuen, daß ich darauf bestanden hatte, ihn aus der Kiste mitzunehmen. Wir schrieben damals den 30. Juni, und es war der dreizehnte Tag, seit die „Grampus“ aus Nantucket abgesegelt war.

Am 2. Juli kam der Maat, betrunken wie immer und in glänzender Laune, herunter. Er trat zur Koje meines Freundes, gab ihm einen Klaps auf den Rücken und fragte ihn, ob er sich in Zukunft gut aufführen wolle, falls man ihn freilasse, und ob er verspreche, nicht wieder die Kajüte zu betreten. Mein Freund sagte natürlich zu allem ja, worauf ihm der Kerl aus einer Rumflasche, die er aus seiner Manteltasche hervorkramte, zu trinken gab und ihn losband. Sie gingen miteinander an Deck hinauf, und ich bekam Augustus etwa drei Stunden lang nicht zu Gesicht. Dann kam er wieder und brachte die gute Nachricht mit, er habe die Erlaubnis erhalten, auf der Brigg überall herumzugehen, wo er nur wolle, allerdings nur bis zum Hauptmast, und man habe ihm, wie bisher, das Vorderdeck als Schlafstätte angewiesen. Er brachte mir auch ein gutes

Essen und reichlich Wasser mit. Die Brigg kreuzte immer noch in Erwartung des Schiffs, das von Kap Verde kommen sollte, und es war ein Segel gesichtet worden, das man für das erwartete Schiff hielt. Da sich an den folgenden Tagen nichts von Bedeutung ereignete, jedenfalls nichts, was unmittelbar auf die hauptsächlichen Vorfälle meines Berichtes Bezug hätte, will ich von nun an in Form eines Tagebuchs weitererzählen, da ich das Geschehene doch nicht ganz übergehen möchte.

3. Juli

Augustus verschaffte mir drei Wolldecken, mit denen ich mir in meinem Versteck ein annehmbares Lager herrichtete. Den ganzen Tag über kam, außer meinem Freund, niemand herunter. Tiger machte sich's in der Koje nahe bei dem Durchschlupf bequem und schlief tief und fest, als hätte er sich noch nicht ganz von seiner Krankheit erholt. Gegen Abend wurde die Brigg, noch ehe man die Segel reffen konnte, von einer unerwarteten Bö überrascht und fast zum Kentern gebracht. Doch der Wind legte sich bald wieder, und abgesehen von einem langen Riß mitten durchs Vortoppsegel erlitten wir weiter keinen Schaden.

Dirk Peters behandelte Augustus während des ganzen Tages mit großer Freundlichkeit und ließ sich mit ihm in ein langes Gespräch über den Stillen Ozean und die Inseln ein, die er in diesen Gegenden besucht hatte. Er fragte ihn, ob er nicht Lust hätte, mit den Meuterern eine Art Vergnügungs- und Entdeckungsreise in jene Gegenden zu unternehmen, und klagte ihm auch, die Leute schwenkten immer mehr auf die Seite des Steuermanns über. Augustus hielt es für das klügste, ihm darauf zu antworten, er würde mit Freuden an einer solchen Entdeckungsfahrt teilnehmen, er habe ja auch nichts Gescheiteres zu tun, und schließlich sei alles einem Seeräuberdasein vorzuziehen.

4. Juli

Das Schiff, das in Sicht gekommen war, stellte sich als eine kleine Brigg heraus, die von Liverpool kam, und man ließ sie weiterfahren, ohne sie zu behelligen. Augustus hielt sich tagsüber meist an Deck auf, in der Absicht, soviel wie nur möglich über die Pläne der Meuterer in Erfahrung zu bringen. Sie gerieten oft und heftig miteinander in Streit, und im Verlauf einer dieser hitzigen Auseinandersetzungen wurde einmal ein Harpunier, Jim Bonner, über Bord geworfen. Die Partei des Maats gewann immer mehr an Boden. Dieser Jim Bonner gehörte zu den Anhängern des Schiffskochs, dessen Partei auch Dirk Peters ergriffen hatte.

5. Juli

Gegen Tagesanbruch kam eine steife Brise aus Westen auf, die um die Mittagszeit zu einem Sturm anschwoll, so daß alle Segel bis auf das Vordersegel und das Gaffsegel eingezogen werden mußten. Beim Reffen des Vortoppsegels fiel Simms, einer von den Matrosen, der ebenfalls zur Bande des Schiffskochs gehörte, über Bord; er war schwer betrunken und ertrank, ohne daß man auch nur den geringsten Versuch zu seiner Rettung unternommen hätte. Nun waren insgesamt noch dreizehn Mann an Bord, nämlich Dirk Peters, Seymour, der schwarze Schiffskoch, Jones, Greely, Hartmann Rogers und William Allen, alle von der Partei des Kochs; dann der Maat, dessen Namen ich nie erfahren habe, Absalom Hicks, Wilson, John Hunt und Richard Parker, die alle miteinander auf des Maats Seite standen; dazu kamen noch Augustus und ich.

6. Juli

Die Sturmböen hielten unvermindert den ganzen Tag an, untermischt mit Regenschauern. Das Schiff faßte Wasser durch alle Fugen und Ritzen, und die Pumpen waren ununterbrochen in Tätigkeit. Augustus half mit wie alle andern. Gerade bei Einbruch der Dunkelheit fuhr ein großes Schiff dicht bei uns vorbei; wir sahen es nicht, bis es in Rufweite war. Vermutlich war es das Schiff, dem die Meuterer schon so lange auflauerten. Der Maat rief es an, doch die Antwort wurde vom Heulen des Sturmes verschlungen. Um elf Uhr ging eine schwere Sturzwelle über das Schiff weg, riß einen großen Teil der Backbordwand weg und richtete noch weiteren Schaden an. Gegen Morgen ließ das Unwetter nach, und bei Sonnenaufgang war es fast windstill.

7. Juli

Den ganzen Tag hatten wir sehr hohen Wellengang, und die Brigg, die ja nur wenig Fracht an Bord hatte, schlingerte gräßlich. Im Kielraum wurden, wie ich deutlich in meinem Versteck hören konnte, verschiedene Gegenstände durcheinandergeworfen. Ich hatte sehr unter der Seekrankheit zu leiden. Peters hatte heute eine lange Unterredung mit Augustus und erzählte ihm, zwei seiner Leute, Greely und Allen, seien zum Maat übergegangen und hätten sich entschlossen, Seeräuber zu werden. Er richtete an Augustus mehrere Fragen, die dieser aber nicht recht verstand. Gegen Abend stellte man fest, daß das Schiff leck war, und man konnte nur wenig dagegen ausrichten, denn es war erschreckend undicht, und das Wasser drang durch alle Fugen ein. Man stopfte ein Segel unter den Bug, und das half ein wenig; man wurde nach und nach des Wassers Herr.

8. Juli

Gegen Sonnenaufgang erhob sich eine leichte Brise von Osten, und der Maat steuerte das Schiff auf südwestlichen Kurs, um womöglich eine von den Antillen anzulaufen und seine Seeräuberpläne auszuführen. Weder Peters noch der Koch erhoben Einspruch, wenigstens hörte Augustus nichts davon. Der Gedanke, sich des Schiffes, das von Kap Verde kam, zu bemächtigen, ist endgültig aufgegeben worden. Das Leck wurde jetzt durch eine einzige Pumpe, die stündlich eine Dreiviertelstunde arbeitete, unter Kontrolle gehalten. Das Segel wurde unterm Bug hervorgeholt. Im Laufe des Tages riefen wir zwei kleine Schoner an.

9. Juli

Schönes Wetter. Alle Mann mit der Reparatur der Reling beschäftigt. Peters hatte erneut eine lange Unterredung mit Augustus und sprach sich deutlicher aus als bisher. Er erklärte, nichts auf der Welt könne ihn dazu zwingen, sich auf die Pläne des Maats einzulassen, und ließ sogar durchblicken, er beabsichtige, ihm das Kommando über die Brigg wegzunehmen. Er fragte meinen Freund, ob er in diesem Falle auf seine Hilfe zählen könne, worauf Augustus ohne Zögern mit Ja antwortete. Daraufhin sagte Peters, er werde seinen Leuten auf den Zahn fühlen, und ging weg. An diesem Tage fand Augustus keinerlei Gelegenheit mehr, mit ihm zu sprechen.

Siebentes Kapitel

10. Juli

Wir riefen ein Schiff an, das von Rio kam und nach Norfolk segelte. Nebliges Wetter mit leichtem, unstetem Wind aus Ost. Heute ist Hartmann Rogers gestorben; schon am 8. wurde er von Krämpfen befallen, nachdem er ein Glas Grog getrunken hatte. Er gehörte zur Partei des Kochs und war einer von denen, auf die Peters am meisten gerechnet hatte. Peters erklärte auch Augustus, seiner Überzeugung nach sei Rogers vom Maat vergiftet worden, und wenn er sich nicht in acht nehme, werde er bald selber an die Reihe kommen. Nun gehörten also nur mehr er selbst, der Koch und Jones zu seiner Partei, und auf der Gegenseite waren sie zu fünft. Er hatte mit Jones über seinen Plan, dem Maat das Kommando aus der Hand zu nehmen, gesprochen; aber der Gedanke wurde recht kühl aufgenommen, und er hatte sich darum wohlweislich gehütet, ihn weiterzuverfolgen oder dem Koch etwas davon anzudeuten. Es war ein Glück für ihn, daß er so vorsichtig gewesen war, denn im Laufe des Nachmittags äußerte der Koch auf einmal die Absicht, sich dem Maat anzuschließen, und ging denn auch tatsächlich zu ihm über. Jones seinerseits brach bei der ersten besten Gelegenheit einen Streit mit Peters vom Zaun und gab ihm zu verstehen, er werde dem Maat schon hinterbringen, was für Pläne da ausgeheckt würden. Es war offenkundig keine Zeit mehr zu verlieren, und Peters erklärte denn auch, er sei fest entschlossen, das Schiff um jeden Preis in seine Gewalt zu bringen, wofern Augustus ihm seinen Beistand verspreche. Mein Freund beteuerte ihm sofort seine Bereitwilligkeit, bei jedem derartigen Vorhaben mitzuwirken, und da er die Gelegenheit für günstig hielt, verriet er ihm meine Anwesenheit an Bord.

Der Mestize war darüber ebenso erstaunt wie entzückt. Auf Jones war nämlich kein Verlaß mehr; er mußte ihn schon zur Gegenpartei zählen. Sie gingen sogleich unter Deck, Augustus rief mich, und Peters und ich hatten bald Bekanntschaft geschlossen. Wir kamen überein, daß wir das Schiff bei der ersten günstigen Gelegenheit in unsere Hand bringen wollten und daß wir Jones von allen unseren Plänen völlig ausschließen mußten. Im Falle eines erfolgreichen Ausgangs wollten wir dann den nächstgelegenen Hafen anlaufen und das Schiff der Hafenbehörde übergeben. Da sein Anhang von ihm abgefallen war, mußte Peters seine Absicht, nach dem Stillen Ozean zu segeln, aufgeben; denn eine solche Fahrt konnte ohne Mannschaft nicht durchgeführt werden. Er rechnete damit, daß er entweder wegen völliger Unzurechnungsfähigkeit freigesprochen werde – er schwor hoch und heilig, nur ein Anfall von Geistesgestörtheit habe ihn dazu verleitet, sich den Meuterern anzuschließen – oder daß er, falls er als schuldig erkannt wurde, dank unserer Fürsprache und Vermittlung begnadigt werde. Unsere Besprechung wurde für den Augenblick durch den Ruf: „Alle Mann an Deck! Segel reffen!“ unterbrochen, und Augustus und Peters rannten an Deck.

Wie gewöhnlich war fast die ganze Mannschaft betrunken, und bevor noch die Segel ordentlich gerefft waren, legte eine heftige Bö die Brigg auf die Seite. Sie richtete sich zwar wieder auf, doch hatte sie viel Wasser gefaßt. Kaum war der Schaden behoben, so fegte ein neuer Windstoß über das Schiff hin, dann gleich darauf noch einer, aber ohne Schaden anzurichten. Allem Anschein nach war ein Sturm im Anzug. Und in der Tat ließ er auch nicht auf sich warten: der Sturm brach alsbald mit voller Wucht los, und zwar umspringend von Norden und Westen. Alles wurde, so gut es ging, vertäut, und wir legten wie gewöhnlich unter gerefften Focksegeln bei. Die Nacht brach herein, der Sturm nahm an Heftigkeit zu, und die See ging auffallend hoch. Da kam Peters mit Augustus unters Vorderdeck, und wir nahmen unsere Besprechung wieder auf.

Wir wurden uns schlüssig, daß keine Gelegenheit für unser Vorhaben günstiger sein könne als die augenblickliche Aufregung an Bord, weil unter solchen Umständen niemand auf einen Überfall gefaßt sei. Da die Brigg still lag und fast keine Segel gesetzt hatte, war bis zum Eintreten des schönen Wetters kein Anlaß zum Manövrieren gegeben, und bis dahin konnten wir, vorausgesetzt, daß unser Plan glückte, ein oder vielleicht gar zwei Leute von der Mannschaft in Freiheit setzen, damit sie uns halfen, das Schiff in einen Hafen zu steuern. Die Hauptschwierigkeit lag in der Ungleichheit unserer Kräfte. Wir waren nur zu dritt, und im Mannschaftsraum waren sie ihrer neun. Außerdem waren sie im Besitz aller an Bord befindlichen Waffen, mit Ausnahme von einem Paar Pistolen, die Peters versteckt bei sich trug, und des großen Seemannsmessers, das er jederzeit im Hosengürtel mitführte. Gewisse Anzeichen ließen uns übrigens befürchten, daß der Maat argwöhnisch geworden war, daß er zumindest Peters im Verdacht hatte und nur auf eine Gelegenheit wartete, um sich seiner zu entledigen. So zum Beispiel waren keine Axt und kein Hebebaum an ihrem gewöhnlichen Platz zu finden. Soviel war klar: wir konnten nicht schnell genug ausführen, was wir beschlossen hatten. Doch war das Mißverhältnis unserer Kräfte allzu groß, und wir mußten mit der größten Vorsicht zu Werke gehen.

Peters anerbot sich, an Deck zu gehen und dort ein Gespräch mit der Wache – Allen versah sie – anzuknüpfen, bis er eine günstige Gelegenheit fände, ihn ohne Aufsehen ins Meer zu werfen. Dann sollten Augustus und ich heraufkommen und versuchen, uns mit irgendwelchen Waffen zu versorgen, die auf Deck waren. Hierauf sollten wir beide miteinander losstürmen und die Kajütentreppe besetzen, bevor an eine Gegenwehr zu denken war. Diesem Plan widersetzte ich mich, weil ich nicht glauben konnte, der Maat, der ein mit allen Wassern gewaschener Kerl war, solange nicht seine abergläubischen Vorurteile im Spiel waren, sei der Mann, sich so leicht überrumpeln zu lassen. Allein die Tatsache, daß das Deck mit einer Wache besetzt war, bewies schon zur Genüge, daß der Maat auf seiner Hut war. Denn außer auf Schiffen mit überaus strenger Disziplin ist es nicht üblich, eine Wache auf Deck zu stellen, wenn ein Schiff während eines Sturmes beigelegt hat.

Da ich mich vornehmlich, wenn nicht ausschließlich an Leser wende, die nie zur See gefahren sind, wird es vielleicht nicht unwillkommen sein, wenn ich die Lage eines Schiffes unter solchen Umständen näher beschreibe. *Beilegen* ist ein Manöver, das man zu verschiedenen Zwecken und auf verschiedene Weise ausführen kann. Bei gutem, ruhigem Wetter legt man oft bei, um das Schiff zu stoppen, wenn man auf ein anderes Schiff warten möchte, oder aus ähnlichen Gründen. Fährt das Schiff mit vollen Segeln, so vollzieht sich das Manöver gewöhnlich, indem man einen Teil der Segel backbraßt, so daß sie den Wind plötzlich von vorn bekommen; dann liegt das Schiff still. Jetzt aber ist die Rede von einem Schiff, das während eines Sturms beilegt. Das geschieht bei Gegenwind, und wenn der Wind zu stark ist, als daß man ohne Gefahr des Kenterns mit vollen Segeln fahren könnte, und zuweilen sogar bei gutem Wind, wenn die See zu hoch geht und es nicht ratsam ist, mit voller Geschwindigkeit zu segeln. Läßt man nämlich ein Schiff bei stark bewegter See vor dem Winde segeln, so leidet es oftmals dadurch Schaden, daß es am Heck Sturzwellen und Schlagseiten bekommt, und manchmal auch infolge heftigen stoßweisen Stampfens, so daß der Bug tief eintaucht. Unter solchen Umständen greift man, außer in dringenden Notfällen, nicht gern zu dieser Maßnahme. Ist ein Schiff leck, so läßt man es häufig auch bei hohem Wellengang vor dem Winde laufen, weil es sonst, wenn man es beilegt, allzu stark hin und her geworfen würde und seine Fugen undicht werden könnten, während es viel weniger strapaziert wird, wenn es vor dem Winde treibt. Oft ist es auch nötig, ein Schiff treiben zu lassen, wenn nämlich der Sturm so fürchterlich tobt, daß er das Segel, das den Wind von vorne auffangen soll, einfach in Fetzen reißen würde, oder wenn infolge von Konstruktionsfehlern oder aus irgendeinem andern Grunde das sonst vorzuziehende Manöver nicht ausgeführt werden kann.

Die Schiffe legen, wenn sie in einen Sturm geraten, je nach ihrer besonderen Bauart auf verschiedene Weise bei. Manche legen am besten unter dem Focksegel bei; dieses Segel wird, glaube ich, am häufigsten gebraucht. Die großen Schiffe mit Rahentakelage haben für diesen Zweck eigene Segel, die sogenannten Sturmstagsegel. Manchmal aber wird nur der Klüver gesetzt, zuweilen Klüver und Focksegel oder ein doppelt gerefftes Focksegel, oft auch die Achtersegel. Es kann vorkommen, daß das Vormarssegel diesen Zweck besser erfüllt als jedes andere Segel. Die „Grampus" legte gewöhnlich mit gerefftem Focksegel bei.

Soll ein Schiff beilegen, so wird es dicht vor den Wind gedreht, so daß das Segel, wenn es beigeholt, das heißt, diagonal über das Schiff gelegt wird, den Wind voll aufnimmt. Ist das getan, so ist der Bug um einige Grade von der Windrichtung abgewendet und empfängt natürlich den Anprall der Wogen von Luv. In dieser Lage kann ein Schiff sogar einen sehr schweren Sturm aushalten, ohne daß es mit einem Tropfen Wasser vollschlägt und ohne daß die Mannschaft sich weiter darum zu kümmern braucht. Das Steuerrad wird gewöhnlich festgebunden; doch das ist gänzlich überflüssig, denn das Steuerruder hat keinerlei Einfluß auf das Schiff, solange es beiliegt. Diese Maßnahme wird auch nur wegen des Lärms getroffen, den das Steuerrad verursacht, wenn es nicht festgebunden ist. Man täte fraglos besser daran, das Steuerrad, statt es festzubinden, frei spielen zu lassen; denn das Ruder kann unter der Wucht einer schweren See leicht zerbrechen oder abgerissen werden, wenn man ihm nicht genügend Spielraum läßt. Solange das Segel hält, kann ein gut gebautes Schiff, ohne zu kentern, liegen bleiben und jedem Wellengang standhalten, als wäre es ein lebendiges und vernunftbegabtes Wesen. Würde aber die Wut des Sturmes das Segel zerreißen – ein Unglück, das im allgemeinen nur ein richtiger Orkan anrichten kann–, so bestünde allerdings höchste Gefahr. Dann fällt das Schiff ab und kehrt den Wogen die Breitseite zu und ist damit der Wut der Wellen auf Gnade und Ungnade preisgegeben. Das einzige, was in einem solchen Falle zu tun bleibt, ist ein rasches Beidrehen, so daß das Schiff vor den Wind kommt und mit Rückenwind dahintreibt, bis man ein anderes Segel hat setzen können. Es gibt auch Schiffe, die ohne irgendwelche Segel beilegen; aber auf diese Fahrzeuge ist bei schwerem Seegang kein Verlaß.

Doch nun genug der Abschweifung. – Der Maat hatte noch nie daran gedacht, das Deck mit einer Wache zu besetzen, wenn das Schiff bei Sturmwetter beigelegt hatte. Nun aber stand eine Wache dort, und zudem bewies uns der Umstand, daß alle Äxte und Hebebäume weggeräumt worden waren, deutlich genug, daß die Mannschaft auf ihrer Hut war und sich nicht so ohne weiteres, wie Peters gehofft hatte, überrumpeln ließ. Etwas mußte aber geschehen, und zwar so rasch wie möglich! Denn es war so gut wie sicher, daß Peters, nachdem er nun einmal in Verdacht stand, bei der erstbesten Gelegenheit aus dem Wege geräumt werden würde. Diese Gelegenheit fand sich bestimmt, sobald sich der Sturm erst gelegt hatte; sonst würde man sie eben herbeiführen.

Augustus schlug nun vor, Peters solle unter irgendeinem Vorwand das Kettenkabel von der Falltür wegschaffen; dann müßte es uns vielleicht gelingen, unerwartet vom Kielraum aus über sie herzufallen. Doch nach kurzer Überlegung sahen wir ein, daß das Schiff viel zu stark schlingerte und stampfte, als daß wir einen solchen Überfall hätten wagen können.

Zum großen Glück kam ich schließlich auf den Gedanken, wir könnten uns eigentlich die abergläubische Schreckhaftigkeit und das schlechte Gewissen des Maats zunutze machen. Wie erinnerlich war am Morgen einer von den Leuten, Hartmann Rogers, gestorben, nach zweitägigen Krämpfen, die ihn nach dem Trinken eines Gemischs aus Wasser und Branntwein befallen hatten. Peters hatte den Verdacht geäußert, der Mann sei vom Maat vergiftet worden, er habe triftige Gründe für diese Annahme; doch war nichts Näheres aus ihm herauszubringen. Diese beharrliche Weigerung, uns mehr mitzuteilen, paßte im übrigen durchaus zu seinem ganzen wunderlichen Wesen. Ob er nun aber begründeteren Verdacht hatte als wir selbst oder nicht – wir ließen uns jedenfalls leicht zu seiner Ansicht bekehren und beschlossen, dementsprechend zu handeln.

Rogers war gegen elf Uhr morgens unter furchtbaren Krämpfen verschieden. Sein Leichnam bot wenige Augenblicke später einen grauenvoll widerlichen Anblick, den ich nie mehr werde vergessen können. Sein Bauch war unförmig aufgetrieben wie der einer Wasserleiche, die wochenlang im Wasser gelegen hat. Ebenso verunstaltet waren die Hände, und sein Gesicht war eingeschrumpft, verrunzelt, kalkweiß, abgesehen von zwei, drei Stellen mit grellroten Flecken, mit denen es, wie bei einem Rotlaufkranken, gesprenkelt war. Einer dieser Flecken lief quer übers Gesicht und überdeckte das eine Auge wie ein Band aus rotem Samt. In diesem grauenhaften Zustand war die Leiche gegen Mittag aus der Kajüte heraufgeschafft worden und sollte über Bord geworfen werden; da hatte sie der Maat zu Gesicht bekommen – er sah sie jetzt zum erstenmal –, und sei es, daß ihn Gewissensbisse wegen seiner Tat packten oder daß ihm ganz einfach vor diesem Anblick graute, kurzum, er befahl den Leuten, den Toten in seine Hängematte einzunähen und ihm ein richtiges Seemannsgrab zu gönnen. Als er diese Anweisungen erteilt hatte, ging er hinunter, als hätte er fortan den Anblick seines Opfers meiden wollen. Während man noch Vorbereitungen traf, um seinen Befehlen nachzukommen, brach der Sturm mit erneuter Wut los, und man mußte fürs erste davon absehen. Die Leiche wurde sich selbst überlassen und schließlich in die Speigatten des Backbords geschwemmt, wo sie zur Stunde, von der ich jetzt spreche, bei jedem rasenden Stoß der Brigg hin und her geschleudert wurde.

Als wir uns unseren Plan zurechtgelegt hatten, gingen wir daran, ihn so rasch wie möglich auszuführen. Peters stieg an Deck und stieß, wie vorausgesehen, sogleich auf Allen, der mehr zur Bewachung des Vorderdecks als aus irgendeinem andern Grund dorthin beordert worden war. Das Schicksal dieses Elenden war schnell und ohne Lärm besiegelt. Peters ging scheinbar ohne jede böse Absicht auf ihn zu, als ob er ihm etwas sagen wollte, packte ihn dann plötzlich an der Gurgel, und bevor er auch nur einen Schrei ausstoßen konnte, hatte er ihn über die Reling geworfen. Dann rief er uns, und wir kamen herauf. Unsere erste Sorge galt der Beschaffung irgendwelcher Waffen, und dazu mußten wir mit größter Vorsicht zu Werke gehen, denn es war unmöglich, auch nur eine Sekunde lang an Deck aufrecht zu stehen, ohne sich irgendwo festzuhalten, und heftige Sturzseen brachen bei jedem Eintauchen des Bugs über das Schiff herein. Desungeachtet war höchste Eile geboten, mußten wir doch jeden Augenblick gewärtig sein, daß der Maat heraufkam und die Pumpen in Gang setzte, denn es war klar, daß das Schiff unheimlich viel Wasser fassen mußte. Nach längerer Suche fanden wir nichts Geeigneteres als zwei Pumpenschwengel, von denen Augustus den einen und ich den andern nahm. Wir versteckten sie, und dann zogen wir der Leiche das Hemd aus und warfen sie über Bord. Peters und ich gingen wieder nach unten, Augustus ließen wir als Wache auf Deck, wo er sich auf den gleichen Platz stellte, an dem Allen gerade vorhin noch gestanden hatte; doch drehte er der Kajütentreppe den Rücken zu, damit man ihn, falls jemand von den Leuten heraufkommen sollte, für die ausgestellte Wache hielte.

Kaum war ich unten, fing ich an, mich so zu verkleiden, daß ich genauso wie der tote Rogers aussah. Das Hemd, das wir ihm ausgezogen hatten, kam uns trefflich zustatten, weil es von auffälliger Machart und eigentümlichem Schnitt und darum leicht zu erkennen war; es war eine Art Bluse, die der Tote über seinen andern Kleidern trug, aus blauem Baumwollzeug mit breiten weißen Streifen. Ich zog es über, und dann machte ich mich daran, mir einen künstlichen Bauch zuzulegen und so die scheußliche Unförmigkeit des aufgedunsenen Leichnams vorzutäuschen. Das war rasch getan, ich brauchte mir bloß ein paar Bettücher umzubinden. Meinen Händen verlieh ich ein entsprechendes Aussehen, indem ich ein Paar weißwollene Handschuhe überzog und sie mit allen Stoffetzen, die wir auftreiben konnten, ausstopfte. Hierauf richtete Peters mein Gesicht her: zuerst rieb er es überall mit weißer Kreide ein, dann spritzte er es voll Blut und malte die obenerwähnten Flecken darauf. Das Blut entnahm er einer Schnittwunde, die er sich an der Fingerspitze beibrachte. Auch der breite rote Streifen über dem Auge wurde nicht vergessen und bot einen höchst abstoßenden Anblick.

Achtes Kapitel

Als ich mich zuletzt beim trüben Licht einer Art Blendlaterne in einer Spiegelscherbe betrachtete, die an der Wand hing, packte mich ein dunkles Grauen vor meinem Aussehen, und als ich an die schaurige Wirklichkeit dachte, die ich verkörperte, befiel mich ein heftiges Zittern, so daß ich kaum die Kraft aufbrachte, meine Rolle weiterzuspielen. Und doch mußte jetzt entschlossen gehandelt werden, und Peters und ich stiegen an Deck.

Dort fanden wir alles in Ordnung, und wir krochen alle drei lautlos dicht an der Wand entlang bis zur Kajütentreppe. Der Eingang war halb offen, und man hatte Holzklötze auf die erste Treppenstufe gelegt, um zu verhindern, daß die Tür sich gänzlich schloß oder etwa von außen plötzlich zugeschlagen wurde. Wir konnten deshalb ohne jede Schwierigkeit das ganze Innere der Kajüte durch den Spalt bei den Türangeln überblicken. Es war unser Glück, daß wir gar nicht erst versucht hatten, sie zu überrumpeln;

denn sie waren offensichtlich auf ihrer Hut. Nur ein einziger schlief, und der lag gerade am Fuß der Treppe und hatte ein Gewehr neben sich. Die andern hockten auf ein paar Matratzen, die sie aus den Kojen gerissen und auf den Boden geworfen hatten. Sie führten ein ernstes Gespräch, und obwohl sie ein Saufgelage abgehalten hatten, wie aus zwei leeren Krügen und etlichen Zinnbechern, die am Boden herumlagen, hervorging, so waren sie doch nicht so sinnlos betrunken wie gewöhnlich. Alle hatten Messer, einer oder zwei besaßen Pistolen, und eine Menge Flinten lagen in einer Koje in greifbarer Nähe.

Wir belauschten zunächst eine Zeitlang ihr Gespräch, bevor wir entschieden, was nun zu tun war; bis jetzt hatten wir noch gar nichts Bestimmtes beschlossen, außer daß wir, wenn der Augenblick zum Angriff gekommen war, versuchen wollten, ihre Gegenwehr durch das Erscheinen des Rogers-Gespenstes zu lähmen. Sie besprachen gerade ihre Seeräuberei-Pläne, und wir konnten nur hören, daß sie sich mit der Mannschaft eines Schoners namens „Hornet“ vereinigen und, wenn möglich, den Schoner in ihre Gewalt bekommen wollten. Doch das sollte nur das Vorspiel zu einem Raubzug größeren Ausmaßes sein, dessen Einzelheiten wir aber beide nicht herausbekommen konnten.

Einer von den Leuten brachte das Gespräch auf Peters; der Maat gab ihm Antwort, aber so leise, daß wir nichts zu verstehen vermochten. Bald nachher setzte er lauter hinzu, er könne nicht daraus klug werden, was Peters so oft im Vorderdeck mit dem Kapitänsbengel zu schaffen habe, und es werde wohl das Beste sein, wenn sie beide so rasch wie möglich über Bord gingen, je eher, desto besser. Darauf blieb alles stumm, aber wir konnten trotzdem unschwer erkennen, daß der Wink von der ganzen Bande, und vor allem von Jones, beifällig aufgenommen wurde. In diesem Augenblick war ich im höchsten Grade aufgeregt, um so mehr, als ich sah, daß Augustus und Peters zu keinem Entschluß fähig waren. Doch nahm ich mir vor, mein Leben so teuer wie möglich zu verkaufen und keine Angst in mir aufkommen zu lassen.

Das fürchterliche Heulen des Sturms im Takelwerk und das Getöse der Wellen, die über das Deck fegten, machte es uns unmöglich zu vernehmen, was gesprochen wurde, außer wenn sich der Lärm für einen Augenblick legte. In einer dieser Pausen hörten wir deutlich, wie der Maat zu einem seiner Leute sagte, er solle nach vorn gehen und den beiden gottverdammten Hunden ausrichten, sie müßten in die Kajüte kommen, weil er sie dort wenigstens im Auge behalten könne; er dulde keinerlei Geheimniskrämerei an Bord der Brigg. Zu unserem Glück schlingerte das Schiff in diesem Moment so stark, daß der Befehl nicht sofort ausgeführt werden konnte. Der Koch stand von seiner Matratze auf, doch da warf ihn eine so fürchterliche Sturzwelle, daß ich meinte, sie müsse sämtliche Masten mitreißen, kopfüber gegen eine der Kabinentüren an Backbord, so daß er sie mit der Stirn aufsprengte. Das schuf noch größere Verwirrung. Glücklicherweise war keiner von uns zu Fall gekommen, und wir hatten noch Zeit, uns schleunigst ins Vorderdeck zu verziehen und uns in aller Eile einen Kriegsplan zurechtzulegen, bevor der Bote erschien oder vielmehr seinen Kopf aus der Kajütenluke streckte; denn er kam gar nicht an Deck. Von seinem Standort aus konnte er nicht sehen, daß Allen verschwunden war, und da er infolgedessen glaubte, er stehe immer noch da, rief er ihn, so laut er konnte, an und gab ihm den Befehl des Maats weiter. Peters schrie nun mit verstellter Stimme zurück: „Ja! Ja!" und der Koch ging sofort wieder unter Deck, ohne auch nur zu ahnen, daß nicht alles an Deck in Ordnung war.

Meine beiden Gefährten gingen nun kühn nach hinten und stiegen in die Kajüte hinab. Peters schloß die Tür hinter sich genauso weit, wie er sie offen gefunden hatte. Der Maat empfing sie mit gespielter Herzlichkeit und sagte zu Augustus, er dürfe es sich, weil er sich in letzter Zeit so gut aufgeführt habe, von nun an in der Kajüte bequem machen und sich als zu ihnen gehörig betrachten. Dann schenkte er ein Glas halb voll Rum und nötigte ihn zum Trinken. All dies sah und hörte ich mit an, denn ich war meinen Freunden bis zur Kajüte nachgeschlichen, sobald die Tür wieder geschlossen worden war, und hatte meinen früheren Beobachtungsposten wieder bezogen. Die beiden Pumpenschwengel hatte ich mitgenommen und einen davon nahe beim Eingang zur Kajütentreppe versteckt, damit ich ihn im Notfall zur Hand hatte.

Ich kauerte mich so geschützt wie möglich hin, um mir nichts von dem, was unten vorging, entgehen zu lassen, und nahm meinen ganzen Mut zusammen, um sogleich mitten unter die Meuterer zu treten, sobald mir Peters das vereinbarte Zeichen gab. Er war eben bemüht, das Gespräch auf die blutigen Geschehnisse während ihrer Meuterei zu lenken, und nach und nach brachte er die Leute dazu, daß sie über tausenderlei abergläubische Vorstellungen redeten, die ja unter Seeleuten so weit verbreitet sind. Ich konnte zwar nicht alles verstehen, was sie sagten, doch konnte ich den Inhalt ihres Gesprächs an den Mienen der Anwesenden ablesen. Der Maat war unverkennbar stark erregt, und als kurz darauf einer den entsetzlichen Anblick erwähnte, den Rogers' Leiche geboten hatte, dachte ich wirklich, er werde jetzt gleich in Ohnmacht fallen. Peters fragte ihn nun, ob er nicht glaube, es wäre besser, den Toten über Bord zu werfen; denn, so sagte er, es sei doch ein gar zu gräßlicher Anblick, ihn so in den Speigatten herumkollern zu sehen. Da rang der Elende förmlich nach Atem, und er blickte langsam und reihum seine Spießgesellen an, als wollte er einen von ihnen anflehen, er möge doch hinaufgehen und das für ihn erledigen. Aber keiner rührte sich, und es war leicht zu sehen, daß die ganze Bande aufs äußerste erregt und überreizt war. Nun gab mir Peters das verabredete Zeichen. Ich riß sofort die Tür auf, schritt wortlos die Treppe hinunter und trat auf einmal mitten unter die Bande.

Die erstaunliche Wirkung dieser plötzlichen Erscheinung wird niemanden wundernehmen, wenn man alle die verschiedenen Begleitumstände in Betracht zieht, unter denen sie sich vollzog. Gewöhnlich behält in solchen Fällen der Zuschauer noch einen Schimmer von Zweifel an der Wirklichkeit dessen, was er vor sich sieht; er bewahrt bis zu einem gewissen Grad eine leise Hoffnung – mag sie auch noch so schwach sein –, daß er einer Mystifikation zum Opfer falle und daß die Erscheinung doch nicht wirklich ein Besucher aus dem Schattenreich sei. Man kann wohl mit Fug und Recht behaupten, daß dieser beharrliche Zweifel fast jedesmal bei derartigen Geistererscheinungen auftritt und daß das Todesgrauen, das sie zuweilen erwecken, eher einer Art Vorangst, einer Furcht, die Erscheinung könnte wirklich sein, zuzuschreiben ist als dem festen Glauben an ihre Echtheit. Und das mag selbst für die schaurigsten Fälle zutreffen, für jene, die das allerheftigste Entsetzen hervorrufen. Aber diesmal hatten die Meuterer, wie man gleich sehen wird, nicht einmal den leisesten Schatten eines Grundes, daran zu zweifeln, Rogers' Erscheinung sei tatsächlich sein wiederauferstandener, abstoßend häßlicher Leichnam oder zumindest dessen gespenstisches Abbild. Die einsame Lage der Brigg und die Unmöglichkeit, wegen des tobenden Sturmes an sie heranzukommen, ließen es als undenkbar erscheinen, es könne sich um eine Täuschung handeln, so daß sie mit Fug und Recht glauben mußten, sie würden eine Irreführung auf den ersten Blick durchschauen. Sie waren nun seit vierundzwanzig Tagen auf dem Meer und hatten mit keinem Schiff Verbindung aufgenommen, mit Ausnahme eines einzigen, das sie aber nur von weitem angerufen hatten. Außerdem war die ganze Mannschaft mit Ausnahme von Allen, der Wache stand, in der Kajüte versammelt – zumindest alle, die sie überhaupt an Bord vermuten konnten. Was Allen betraf, so war seine Riesengestalt – er maß sechs Fuß sechs Zoll – ihnen allen zu gut vertraut, als daß sie auch nur einen Augenblick lang auf den Gedanken gekommen wären, er könnte diese Erscheinung sein. Dazu kam noch die fürchterliche Gewalt des Sturmes und die Art der Unterhaltung, die Peters herbeigeführt hatte, der tiefe Eindruck, den das scheußliche Aussehen der wirklichen Leiche am Morgen auf die Phantasie der Leute gemacht hatte, die vollkommen naturgetreue Nachahmung, die ich in meiner Verkleidung zustande gebracht hatte, und auch das flackernde, unsichere Licht, in dem sie mich sahen

– denn die Kajütenlampe schwankte heftig hin und her bei jeder Bewegung des Schiffes und warf einen zitternden, rasch wieder vergehenden Lichtschein auf mich –, und so wird es nicht weiter verwunderlich sein, daß die Wirkung unserer Kriegslist unsere kühnsten Erwartungen weit übertraf.

Der Maat fuhr von der Matratze hoch, auf der er lag, und fiel dann wortlos hintenüber zu Boden. Er war tot. Und ein heftiger Stoß des schlingernden Schiffes warf ihn wie einen Klotz leewärts zur Seite. Von den sieben Übriggebliebenen zeigten nur drei zunächst einige Geistesgegenwart. Die vier anderen blieben eine Zeitlang sitzen, als hätten sie im Boden Wurzeln geschlagen – sie waren die jammervollsten Opfer des Grauens und der Verzweiflung, die mir zeit meines Lebens vor Augen gekommen sind! Einzig der Koch, John Hunt und Richard Parker setzten sich zur Wehr; doch war ihr Widerstand schwach und unentschlossen. Die beiden ersten wurden sofort von Peters über den Haufen geschossen, und Parker streckte ich mit einem Schlag des Pumpenschwengels, den ich mitgebracht hatte, zu Boden. Zur gleichen Zeit nahm Augustus eine von den herumliegenden Musketen an sich und schoß einen anderen Meuterer, Wilson, durch die Brust. Nun blieben also nur noch drei; aber inzwischen waren sie aus ihrer Betäubung erwacht, und vielleicht durchschauten sie mittlerweile unser Spiel und sahen, daß wir sie hinters Licht geführt hatten; denn sie kämpften mit wilder Entschlossenheit und rasender Wut, und ohne Peters' fürchterliche körperliche Kraft hätten sie am Ende noch die Oberhand behalten. Diese drei Leute waren Jones, Greely und Absalom Hicks. Jones hatte Augustus auf den Rücken geworfen, hatte ihm mehrere Stiche in den rechten Arm versetzt und hätte ihm zweifellos im nächsten Augenblick den Garaus gemacht – denn weder Peters noch ich konnten sofort unsere Gegner abschütteln –, wenn nicht ein Freund, auf dessen Beistand wir wahrhaftig nicht gezählt hatten, ihm im rechten Moment zu Hilfe gekommen wäre. Dieser Freund war kein anderer als Tiger. Mit einem dumpfen Knurren kam er in die Kajüte gesprungen, gerade als Augustus' Lage höchst kritisch war, warf sich auf Jones und streckte ihn in einem Augenblick zu Boden. Mein Freund war jedoch zu schwer verletzt, als daß er uns die geringste Hilfe hätte bringen können, und ich war durch meine Verkleidung so behindert, daß ich auch nicht viel ausrichten konnte. Der Hund hielt Jones immer noch an der Kehle gepackt, und Peters war den beiden Übriggebliebenen an Kraft überlegen und wurde bestimmt mit ihnen fertig; er hätte sie sicherlich noch rascher erledigt, hätte ihn nicht der enge Raum und das schwere Schlingern der Brigg behindert. Er hatte gerade einen von den plumpen, schweren Hockern in die Hand bekommen, die am Boden herumlagen. Damit schlug er Greely, der eben sein Gewehr auf mich abfeuern wollte, den Schädel ein, und als ihn gleich darauf ein jäher Stoß der Brigg über Hicks warf, packte er ihn an der Kehle und erwürgte ihn augenblicklich mit der bloßen Hand. So waren wir in kürzerer Zeit, als ich jetzt zum Erzählen gebraucht habe, Herren der Brigg geworden.

Von unseren Gegnern war einzig noch Richard Parker am Leben. Diesen Mann hatte ich, wie man sich erinnern wird, gleich zu Anfang unseres Überfalls mit meinem Pumpenschwengel niedergeschlagen. Nun lag er regungslos neben der Tür der zertrümmerten Kajüte. Als ihn aber Peters mit dem Fuß anstieß, fand er die Sprache wieder und bat um Gnade. Er hatte nur einen leichten Schädelbruch davongetragen, sonst war er nicht weiter verletzt; der Schlag hatte ihn nur betäubt. Er rappelte sich wieder auf, und wir banden ihm einstweilen die Hände auf den Rücken. Der Hund stand noch immer wild knurrend über Jones; doch als wir genauer hinschauten, sahen wir, daß er tot war. Ein Blutstrom ergoß sich aus einer tiefen Wunde an der Kehle, die ihm die scharfen, kräftigen Zähne des Tieres geschlagen hatten.

Es war jetzt etwa ein Uhr früh, und der Sturm tobte immer noch mit fürchterlicher Gewalt. Die Brigg stampfte und schlingerte ärger als je zuvor, und es war allmählich nicht mehr zu umgehen, daß wir etwas taten, um sie leichter zu machen. Fast jedesmal, wenn das Schiff im Sturm schwankte und beinah kenterte, schlugen mächtige Wellen über das Deck, und einige Sturzseen überschwemmten sogar die Kajüte, während wir mit den Meuterern im Kampf lagen; denn ich hatte beim Hinuntergehen die Luke offen gelassen. Die Reling auf Backbord war in ihrer ganzen Länge weggerissen worden, ebenso die Kombüse und die Jolle am Heck. Auch ließ das Krachen und knirschende Zittern des Hauptmastes darauf schließen, daß er nicht mehr lange standhalten werde. Um im achteren Kielraum mehr Platz für die Ladung zu schaffen, hatte man den Fuß des Mastbaums im Zwischendeck verankert – eine höchst verwerfliche Maßnahme, wie sie sachunkundige Schiffbauer oft anwenden –, so daß Gefahr bestand, er könnte sich aus seiner Verankerung lösen. Was aber unseren Mißlichkeiten die Krone aufsetzte: im Pumpensod, den wir ausloteten, fanden wir nicht weniger als sieben Fuß hoch Wasser.

Wir ließen also die Leichen der Leute in der Kajüte liegen und setzten sofort die Pumpen in Gang. Parker hatten wir selbstverständlich losgebunden, und er mußte uns bei der Arbeit helfen. Wir verbanden, so gut es ging, Augustus' Arm, und der arme Junge tat, was er konnte; aber viel leistete er natürlich nicht. Immerhin sahen wir, daß wir, wenn wir eine Pumpe ununterbrochen in Gang hielten, so weit des Wassers Herr werden konnten, daß es wenigstens nicht höher stieg. Da wir nur unser vier waren, bedeutete das eine harte Arbeit. Aber wir ließen den Mut nicht sinken und harrten sehnsüchtig der Morgendämmerung entgegen; denn wir hofften dann durch Kappen des Hauptmastes die Brigg wieder flott zu machen.

So verbrachten wir eine Nacht in gräßlicher Angst und unter unsäglicher Mühsal. Als endlich der Morgen graute, hatte sich die Wut des Sturmes nicht im geringsten gelegt, und es waren keinerlei Anzeichen einer Besserung festzustellen. Nun schleppten wir die Leichen der Getöteten auf Deck und warfen sie über Bord. Hierauf galt unser ganzes Trachten der Sorge, wie wir den Mast loswerden konnten. Als die erforderlichen Vorkehrungen getroffen waren, ging

Peters, der in der Kajüte die Axt wiedergefunden hatte, daran, den Hauptmast zu kappen, während wir andern auf die Stagen und Taljereepe aufpaßten. Als sich nun die Brigg jedoch mit einem fürchterlichen Ruck leewärts auf die Seite legte, gab Peters Befehl, die leewärts befindlichen Taue zu kappen, und als das getan war, stürzte die ganze Masse aus Holz und Takelwerk ins Meer, ohne die Brigg auch nur im geringsten zu beschädigen. Jetzt sahen wir, daß sie nicht mehr so stark stieß und stampfte wie vorher, aber immer noch war unsere Lage äußerst heikel, und allen unseren größten Anstrengungen zum Trotz konnten wir des Lecks nur dadurch Herr werden, daß wir beide Pumpen in Gang setzten. Die Handreichungen, die uns Augustus leisten konnte, waren wirklich nicht der Rede wert. Um unsere Not und Bedrängnis noch zu steigern, traf eine ungeheure Sturzwelle von Luv die Brigg und warf sie um einige Striche aus der Windrichtung, und bevor sie sich wieder aufrichten konnte, brach sich eine weitere schwere Woge gerade über ihr und legte sie völlig auf die Seite. Nun rutschte der ganze Ballast mit einem Schlag nach Lee – die Ladung wurde schon seit einiger Zeit wild hin und her geschleudert –, und ein paar Sekunden lang glaubten wir allen Ernstes, daß wir unfehlbar kentern müßten. Doch dann richteten wir uns wieder halbwegs auf; da aber der Ballast immer noch an Backbord blieb, krängte das Schiff so stark, daß wir gar nicht daran denken konnten, die Pumpen zu bedienen. Das hätten wir allerdings ohnehin nicht länger tun können, denn unsere Hände waren von der rastlosen schweren Arbeit völlig aufgeschunden und bluteten furchtbar.

Trotz Parkers Abraten gingen wir jetzt daran, auch den Fockmast zu kappen; es gelang uns schließlich mit größter Mühe dank unserer bedrohlich geneigten Lage. Als der gekappte Mast über Bord ging, riß er das Bugspriet mit, so daß nur noch der Schiffsrumpf übrigblieb.

Bis dahin hatten wir alle Ursache, uns darüber zu freuen, daß wir unser Langboot noch hatten; es war von keiner einzigen der mächtigen Sturzseen beschädigt worden. Aber unsere Freude war nicht von langer Dauer; denn der Fockmast und das Focksegel, die unsere Brigg noch notdürftig aufrecht gehalten hatten, waren miteinander über Bord gegangen, und nun brachen die Sturzwogen ungehindert über uns zusammen, und binnen fünf Minuten war das Deck vom einen bis zum andern Ende klargefegt. Das Boot und die Steuerbordreling wurden fortgerissen, und sogar das Gangspill ging in Trümmer. Jammervoller und verzweifelter konnte unsere Lage kaum mehr werden.

Um die Mittagszeit schien der Sturm nachlassen zu wollen. Aber unsere Hoffnungen wurden grausam enttäuscht, denn der Wind legte sich nur für ein paar kurze Minuten, und dann setzte der Sturm mit verdoppelter Wut wieder ein. Um vier Uhr nachmittags tobte er mit solcher Gewalt, daß man unmöglich noch aufrecht stehen konnte, und als die Nacht hereinbrach, hatte ich auch den letzten Hoffnungsschimmer verloren. Ich war überzeugt, das Schiff werde nicht bis zum Morgen durchhalten.

Um Mitternacht hatten wir bereits bedenklichen Tiefgang; das Wasser stand schon bis zum Zwischendeck. Kurz darauf wurde das Steuerruder weggerissen, und die Woge, die es mit sich forttrug, hob das Heck des Schiffes gänzlich aus dem Wasser, so daß die Brigg beim Niederstürzen so hart aufschlug, als wäre sie gestrandet. Wir hatten alle damit gerechnet, daß das Ruder bis zuletzt halten werde, weil es ungewöhnlich stark und außerdem auf eine Art montiert war, wie ich sie sonst nie, weder vorher noch später, gesehen habe. Längs seinem Hauptbalken verlief eine Reihe starker Eisenhaken, und eine weitere Reihe war entlang dem Achtersteven angebracht. Durch diese Haken lief eine sehr dicke Stange aus Schmiedeeisen, so daß also das Ruder am Achtersteven festgemacht war und sich doch frei an der Eisenstange bewegen konnte. Wie ungeheuer die Gewalt der See war, die es weggerissen hatte, kann man daraus ermessen, daß die Haken am Achtersteven, die, wie ich schon erwähnte, in seiner ganzen Länge eingerammt und auf der anderen Seite vernietet waren, ganz und gar aus dem Holz herausgerissen wurden, alle ohne Ausnahme.

Wir hatten kaum Zeit, nach diesem furchtbaren Stoß Atem zu schöpfen, da brach eine der grauenhaftesten Sturzwellen, die ich zeitlebens gesehen habe, senkrecht auf uns herein, riß die Kajütentreppe einfach weg, drückte die Luken ein und setzte das Schiff ganz unter Wasser.

Neuntes Kapitel

Glücklicherweise hatten wir uns kurz vor Anbruch der Nacht alle vier an den Trümmern des Gangspills festgebunden und lagen darum alle so flach wie möglich auf Deck. Nur diese Vorsichtsmaßnahme rettete uns vor dem sichern Tode. Zuerst waren wir alle mehr oder weniger betäubt durch die ungeheure Wasserlast, die über uns hinweggegangen war, und als sie wieder abfloß, waren wir völlig erschöpft. Sobald ich wieder Luft bekam, rief ich meine Gefährten mit lauter Stimme. Nur Augustus gab mir Antwort. „Mit uns ist es aus! Gott sei unseren Seelen gnädig!" stöhnte er. Bald darauf konnten auch die beiden andern wieder reden, und sie sprachen uns Mut zu, sagten, es sei immer noch Hoffnung vorhanden, es sei ausgeschlossen, daß die Brigg untergehe, das sei bei der Beschaffenheit ihrer Ladung gar nicht möglich, und es bestehe Grund zu der Annahme, daß der Sturm gegen Morgen abflauen werde. Diese Worte erfüllten mich mit neuem Leben; denn so sonderbar es auch scheinen mag: obschon klar war, daß ein Schiff mit einer Ladung leerer Öltonnen nicht sinken konnte, war ich trotzdem bisher unsagbar verstört gewesen und hatte darum diese Überlegung gar nicht angestellt; sondern gerade, daß das Schiff untergehen könnte, war mir als die drohendste Gefahr erschienen. Als ich nun wieder Hoffnung schöpfte, nahm ich jede Gelegenheit wahr, die Taue zu verstärken, mit denen ich am Gangspill festgebunden war, und bald darauf sah ich, daß auch meine Gefährten das gleiche taten. Die Nacht war stockfinster, und das entsetzliche Kreischen und gellende Getöse rings um uns spottete jeder Beschreibung. Unser Deck lag in Meereshöhe, oder vielmehr: wir waren umgeben von einem Wogenkamm, einem turmhohen Gischtwall, von dem alle Augenblicke ein Teil über uns hinwegging. Unsere Köpfe – und das ist nicht übertrieben! – ragten kaum eine von drei Sekunden über das Wasser hinaus. Obwohl wir dicht beisammen lagen, konnten wir einander doch nicht sehen, und ebensowenig sahen wir auch nur den kleinsten Teil der Brigg, auf der wir so fürchterlich herumgewirbelt wurden. Ab und zu riefen wir einander an, im Bestreben, neue Hoffnung zu wecken und denen, die es von uns am nötigsten hatten, Trost und Ermutigung zu spenden. Der Schwächezustand meines Freundes machte uns allen Sorgen; da er sich mit seinem zerfleischten Arm wohl kaum hatte recht anbinden können, erwarteten wir alle Augenblicke, er werde über Bord geschwemmt werden; ihm Hilfe zu bringen war jedoch vollkommen ausgeschlossen. Zum Glück war sein Platz noch der sicherste von allen; denn da sein Oberkörper gerade unter einem Teil des zertrümmerten Gangspills lag, wurde die Gewalt der Wellen, die sich über ihn ergossen, größtenteils gebrochen. In jeder andern Lage – und er hatte sich seinen Platz nicht ausgesucht, sondern war dorthin geworfen worden, nachdem er sich an einer höchst gefährlichen, exponierten Stelle festgebunden hatte – wäre er unfehlbar noch vor Tag umgekommen. Wie ich schon erwähnt habe, lag die Brigg stark auf der Seite, und dank dessen waren wir alle weniger in Gefahr, heruntergespült zu werden, als es sonst der Fall gewesen wäre. Das Schiff krängte, wie ich schon sagte, nach Backbord, und das halbe Deck lag ständig unter Wasser. Somit brachen sich die Wogen, die an Steuerbord aufprallten, an der Schiffswand und erreichten uns nur zum Teil, und da wir flach auf dem Gesicht lagen, bekamen wir nur große Spritzer ab. Die Wellen, die von Backbord kamen, die sogenannten Stauwasser, konnten uns in unserer Lage nicht viel anhaben und uns vor allem nicht losreißen.

In dieser grauenvollen Lage blieben wir liegen, bis der Morgen dämmerte und uns die Schrecknisse, die uns umgaben, erst in voller Deutlichkeit erkennen ließ. Die Brigg war nur mehr ein Stück Holz, das hilflos auf den Wellen trieb und jeder Woge preisgegeben war. Der Sturm schwoll eher noch an; es war ein richtiger Orkan, und wir sahen auf Erden keine Hoffnung mehr auf Rettung. Mehrere Stunden lang klammerten wir uns schweigend an das Wrack, jeden Augenblick gewärtig, daß entweder unsere Riemen und Taue reißen oder die Reste des Gangspills über Bord geschwemmt würden oder daß eine von den ungeheuren Sturzseen, die brüllend rings um uns tobten und über uns weggingen, den Schiffsrumpf so tief unter Wasser tauchen könnte, daß wir ertrinken mußten, bevor er wieder an die Oberfläche kam. Doch bewahrte uns Gottes allerbarmende Gnade vor diesen drohenden Gefahren, und gegen Mittag erfreute uns das gesegnete Licht der Sonne. Kurz darauf nahmen wir ein merkliches Abflauen des Windes wahr, und nun tat Augustus zum erstenmal seit dem vergangenen Abend den Mund auf; er fragte Peters, der ihm zunächst lag, ob er glaube, daß noch irgendeine Rettung möglich sei. Da der Mischling zuerst keine Antwort gab, nahmen wir alle an, er sei da ertrunken, wo er lag. Bald darauf aber fing er zu unserer größten Freude an zu sprechen, wenn auch mit äußerst schwacher Stimme. Er stehe gräßliche Schmerzen aus, sagte er, er werde sozusagen entzweigeschnitten, weil die Taue ihm gerade den Magen einschnürten, und wenn es nicht möglich sei, irgendwie die Stricke zu lockern, müsse er sterben; er halte diese Qualen einfach nicht mehr länger aus. Das tat uns sehr leid, denn es war gar nicht daran zu denken, ihm Hilfe zu bringen, solange die Wogen mit dieser Gewalt über uns hinweggingen. Wir redeten ihm zu, er müsse seine Schmerzen heldenmütig ertragen, und versprachen ihm, die erste Gelegenheit auszunützen, um ihm eine Erleichterung zu verschaffen. Er antwortete, dafür werde es bald zu spät sein, es werde um ihn geschehen sein, noch bevor wir ihm helfen könnten. Dann stöhnte er noch eine Zeitlang und lag dann still, so daß wir überzeugt waren, daß er tot sei.

Als der Abend niedersank, war der Seegang so stark gefallen, daß innerhalb von fünf Minuten kaum mehr als eine

Welle über das Schiff wegging, und der Sturm hatte erheblich nachgelassen, obwohl er noch immer scharf genug blies. Ich hatte seit Stunden keinen von meinen Kameraden mehr sprechen hören, und jetzt rief ich Augustus an. Er gab mir Antwort, aber so schwach, daß ich nicht verstehen konnte, was er sagte. Dann redete ich Peters und Parker an, erhielt jedoch von keinem eine Antwort.

Bald darauf fiel ich in eine Art halbe Bewußtlosigkeit, während welcher die berückendsten Bilder durch meine Träume schwebten. So sah ich zum Beispiel grünende Bäume, wogende Felder reifenden Getreides, lange Reihen tanzender Mädchen, prächtige Reiterschwärme und andere Phantasiebilder. Ich entsinne mich jetzt, daß bei allem, was an meinem geistigen Auge vorbeizog, die *Bewegung* vorherrschte. So träumte ich nie von einem unbewegten Gegenstand, etwa einem Haus, einem Berg oder dergleichen Dingen, sondern von Windmühlen, Schiffen, Riesenvögeln, Luftballons, Reitern, Wagen, die rasend schnell fuhren, und ähnlichen Dingen, die sich mir in endloser Folge darboten. Als ich aus diesem seltsamen Zustand wieder zu mir kam, war die Sonne, soweit ich ermessen konnte, etwa seit einer Stunde aufgegangen. Es kostete mich unsagbare Mühe, mich wieder an die verschiedenen Umstände zu erinnern, die mit meiner gegenwärtigen Lage zusammenhingen, und eine Zeitlang blieb ich fest davon überzeugt, ich liege immer noch im Kielraum der Brigg, und Parkers Körper hielt ich für Tiger.

Als ich endlich wieder völlig bei Sinnen war, merkte ich, daß der Wind zu einer mäßigen Brise abgeflaut war und daß die See verhältnismäßig ruhig ging; nur mittschiffs brandete sie noch über das Deck. Mein linker Arm hatte sich von seinen Fesseln losgerissen und war am Ellbogen nicht unerheblich verletzt; der rechte Arm war gänzlich eingeschlafen, und Hand und Gelenke waren durch den Druck des Seils ungeheuerlich angeschwollen, der sich von der Schulter abwärts ausgewirkt hatte. Auch von einem andern Seil litt ich gräßliche Schmerzen; es war mitten um meinen Leib geschlungen und hatte sich so fest zusammengezogen, daß es kaum zum Aushalten war. Als ich mich nun nach meinen Gefährten umschaute, sah ich, daß Peters noch lebte, obwohl sich ein dickes Tau so eng um seinen Leib geschlungen hatte, daß er beinahe entzweigeschnitten wurde. Sobald ich mich regte, deutete er mit einer matten Handbewegung auf das Seil. Augustus gab kein Lebenszeichen von sich und lag völlig zusammengekrümmt quer über einem Stück des Gangspills. Als Parker sah, daß ich mich bewegte, fragte er mich, ob ich noch Kraft genug habe, ihn aus seiner Lage zu befreien; wenn ich alle meine Kräfte zusammenzunehmen vermöchte, meinte er, und versuchen wolle, ihn loszubinden, so könnten wir unser Leben noch retten, sonst aber müßten wir alle zugrunde gehen.

Ich sprach ihm Mut zu und sagte, ich wolle alles dransetzen, ihn loszubekommen. Ich suchte in meiner Hosentasche nach dem Messer, fand es auch, und nach mehreren fruchtlosen Versuchen gelang es mir schließlich, es aufzuklappen. Dann brachte ich's fertig, mit der linken Hand den rechten Arm aus der Umschnürung zu befreien und darauf auch die übrigen Stricke, die mich festhielten, durchzuschneiden. Als ich aber versuchte, meine Lage zu verändern, versagten meine Beine völlig, ich konnte nicht aufstehen, und auch meinen rechten Arm vermochte ich überhaupt nicht zu bewegen. Ich sagte das Parker, und er riet mir, ein paar Minuten lang ganz stillzuliegen und mich mit der linken Hand am Gangspill festzuhalten; so habe das Blut Zeit, wieder richtig zu zirkulieren. Tatsächlich: als ich das tat, verschwand die Lähmung allmählich; erst konnte ich ein Bein bewegen, dann das andere, und bald darauf war auch der rechte Arm wieder leidlich gebrauchsfähig. Nun kroch ich ganz vorsichtig zu Parker hin, ohne mich aufzurichten, und schnitt alle Stricke, mit denen er umschnürt war, durch. Nach kurzer Zeit konnte er wie ich seine Gliedmaßen wieder notdürftig gebrauchen. Jetzt hatten wir nichts Eiligeres zu tun, als Peters aus seinen Fesseln zu befreien. Der Strick hatte durch den Gürtel seiner wollenen Hose und durch zwei Hemden hindurch tief in seine Lenden eingeschnitten, so daß eine ganze Menge

Blut herausfloß, als wir die Stricke losbanden. Kaum waren wir damit fertig, fing Peters an zu sprechen und schien überhaupt sofort Erleichterung zu spüren. Er war sogar viel rascher als Parker und ich imstande, sich zu bewegen, und das verdankte er zweifellos diesem unfreiwilligen Aderlaß.

Wir hatten nur wenig Hoffnung, daß Augustus sich erholen werde; denn er gab keinerlei Lebenszeichen mehr von sich. Als wir aber zum ihm traten, merkten wir, daß er nur infolge des Blutverlustes ohnmächtig geworden war; die Sturzwellen hatten nämlich den Verband abgerissen, den wir ihm um den Arm angelegt hatten. Keiner von den Stricken, mit denen er am Gangspill festgebunden war, hatte sich so zusammengeschnürt, daß er daran hätte sterben können. Wir banden ihn los, räumten die Trümmer des Gangspills weg, und dann betteten wir ihn an einen trokkenen Platz auf der windabgewandten Seite, und zwar so, daß sein Kopf tiefer zu liegen kam als der übrige Körper. Und nun mühten wir uns alle drei ab, seine Gliedmaßen zu massieren. Nach ungefähr einer halben Stunde kam er wieder zu sich, doch erst am nächsten Morgen gab er zu verstehen, daß er uns erkenne, und fand er Kraft genug, um zu sprechen. Während wir uns alle vier unserer Bande entledigten, war die Nacht hereingebrochen, der Himmel bezog sich aufs neue, und wir standen schreckliche Angst aus, der Sturm könnte erneut losbrechen. In diesem Fall hätte uns nichts vor dem sichern Untergang retten können, so waren wir zu Tode erschöpft. Zum Glück hielt sich das Wetter über Nacht leidlich gut, und da sich die See immer mehr beruhigte, faßten wir neue Hoffnung, doch noch mit dem Leben davonzukommen. Immer noch wehte eine leichte Brise aus Nordwest, aber es war nicht mehr kalt. Da Augustus viel zu schwach war, um sich selbst festzuhalten, wurde er am Gangspill sorgfältig angeschnallt, damit er nicht beim Schlingern der Brigg über Bord stürzte. Für uns selbst bestand diese Notwendigkeit nicht. Wir setzten uns dicht zueinander, gaben einander gegenseitig Halt mit Hilfe von Seilstücken, die wir vom Gangspill abgerissen hatten, und berieten zusammen, wie wir unserer fürchterlichen Lage entrinnen könnten. Es verschaffte uns große Erleichterung, unsere Kleider auszuziehen und auszuwringen. Als wir sie dann wieder anzogen, dünkten sie uns wunderbar warm und angenehm und trugen nicht unwesentlich zu unserer Kräftigung bei. Wir halfen Augustus ebenfalls aus seinen durchnäßten Sachen, wanden sie für ihn aus, und auch er empfand das gleiche Wohlbehagen.

Die meiste Qual bereiteten uns jetzt Hunger und Durst, und als wir überlegten, wie dem abzuhelfen wäre, sank uns der Mut; und wir waren nahe daran, zu bedauern, daß wir den weniger entsetzlichen Gefahren des Meeres entronnen waren. Wir versuchten uns indessen mit der Hoffnung zu trösten, daß wir bald einmal von einem Schiff aufgenommen werden würden, und wir sprachen uns gegenseitig Mut zu, alles künftige Ungemach mannhaft zu tragen.

Endlich dämmerte der Morgen des 14. Juli, und das Wetter blieb immer noch klar und mild; aus Nordwest wehte eine beständige, aber sehr leichte Brise. Die See war jetzt ganz ruhig und spiegelglatt, und da die Brigg aus einem Grund, den wir nicht kannten, nicht mehr so stark auf der Seite lag, war das Deck verhältnismäßig trocken, und wir konnten, wie's uns beliebte, darauf herumgehen. Wir hatten nun seit gut drei Tagen und drei Nächten nichts mehr gegessen und getrunken, und es war unbedingt nötig, daß wir einen Versuch unternahmen, etwas von unten heraufzuholen. Da die Brigg voll Wasser stand, gingen wir bekümmert und ohne Hoffnung, irgend etwas aufzutreiben, ans Werk. Wir stellten eine Art Schleppnetz her, indem wir ein paar Nägel, die wir aus den Trümmern der Kajütentreppe herausrissen, in zwei Holzstücke einschlugen. Die Holzstücke banden wir kreuzweise aneinander und befestigten sie am Ende eines Seils; dann warfen wir sie in die Kajüte hinab und fuhren damit hin und her, in der schwachen Hoffnung, auf diese Weise werde irgend etwas Eßbares daran hängen bleiben oder doch zumindest etwas, womit wir uns leichter etwas zu essen beschaffen könnten. Wir brachten den größten Teil des Morgens mit dieser Beschäftigung zu, allerdings ohne Erfolg; wir fischten lediglich ein paar Decken, die sich an den Nägeln verfingen. Unser Vorhaben war auch wirklich gar zu plump, und wir hatten füglich keinen besseren Erfolg erwarten dürfen.

Nun wiederholten wir den Versuch im Vorderdeck, aber mit ebensowenig Erfolg, und wir waren schon daran, zu verzweifeln, als Peters vorschlug, wir sollten ihm ein Tau um den Leib binden und ihn in die Kajüte hinuntertauchen lassen; dann wolle er versuchen, etwas mit heraufzubringen. Diesen Vorschlag begrüßten wir mit der ganzen Begeisterung, die neu erwachte Hoffnung einzugeben vermag. Er fing auch sogleich an, alle seine Kleider außer seinen Hosen auszuziehen; dann banden wir ihm ein dickes Tau um den Leib und zogen es so über seine Schultern, daß es nicht rutschen konnte. Das Unternehmen war schwierig und gefährlich; denn da wir nicht hoffen konnten, erhebliche Vorräte in der Kajüte vorzufinden, wenn überhaupt Lebensmittel vorhanden waren, so war es notwendig, daß der Taucher sich zuerst hinunterließ, sich dann nach rechts wandte, darauf unter Wasser zehn oder zwölf Fuß weit durch einen engen Durchlaß bis in den Vorratsraum vordrang und auf demselben Wege wieder zurückkam, ohne Atem geschöpft zu haben.

Als alles bereit war, stieg Peters in die Kajüte hinab, immer die Kajütentreppe entlang, bis ihm das Wasser bis ans Kinn reichte. Dann tauchte er kopfüber in die Tiefe, wandte sich sogleich nach dem Untertauchen nach rechts und kämpfte sich mit letzter Kraft bis zum Vorratsraum durch. Doch dieser erste Versuch mißlang ihm völlig. Es war noch keine Minute verstrichen, seit er verschwunden war, als er schon heftig an der Leine riß; das war das vereinbarte Signal, falls er herausgezogen zu werden wünschte. Wir zogen ihn auch sofort wieder herauf, aber leider so unvorsichtig, daß er sich recht schmerzhaft an der Treppe anschlug. Er brachte nichts mit herauf, und es war ihm nur gelungen, ein ganz kleines Stück in dem Gang vorzudringen; denn er mußte fortwährend dagegen ankämpfen, nicht gegen das Deck emporgetrieben zu werden. Als er wieder heraufkam, war er vollkommen erschöpft und mußte gut eine Viertelstunde ausruhen, ehe er es wagen durfte, aufs neue hinunterzutauchen.

Der zweite Versuch nahm ein noch schlechteres Ende. Peters blieb, ohne ein Zeichen zu geben, so lange unter Wasser, daß wir in Sorge gerieten, es könnte ihm etwas zugestoßen sein. Deshalb zogen wir ihn, ohne noch länger zu warten, wieder hoch. Es stellte sich heraus, daß er dem Ersticken nahe war; er hatte, wie er erzählte, wiederholt an dem Tau gerissen, ohne daß wir es spürten. Das kam vermutlich daher, daß sich ein Stück des Seiles unten an der Treppe am Geländer eingeklemmt hatte. Dieses Geländer war uns überhaupt so im Wege, daß wir beschlossen, es wegzureißen, bevor wir zu einem neuen Versuch schritten. Da wir, außer unsern Händen, kein Werkzeug hatten, womit wir es beseitigen konnten, stiegen wir alle vier so tief wie nur möglich ins Wasser, und dann stießen wir mit vereinten Kräften gegen das Geländer, bis es abbrach.

Der dritte Versuch mißglückte so gut wie die beiden ersten, und es wurde uns jetzt klar, daß auf diese Weise nichts auszurichten war, wofern nicht der Taucher mit Hilfe eines Gewichts auf dem Boden der Kajüte niedergehalten wurde, während er auf die Suche nach etwas Eßbarem ging. Lange Zeit hielten wir vergeblich Ausschau nach etwas, das unseren Zwecken entsprach. Endlich entdeckten wir zu unserer großen Freude eine der Luvfockrusten, die so lose befestigt war, daß es uns keinerlei Mühe kostete, sie wegzureißen. Peters machte sie sicher an seinem Knöchel fest und stieg dann zum viertenmal in die Kajüte hinunter. Diesmal gelang es ihm, sich bis zur Tür der Vorratskammer durchzuarbeiten. Doch zu seinem unsagbaren Leidwesen fand er sie zugesperrt, und er mußte wieder umkehren, ohne hineingelangt zu sein, da er selbst bei größter Anstrengung nicht länger als eine Minute unter Wasser bleiben konnte. Jetzt stand es schlimm um unsere Aussichten, und weder Augustus noch ich konnten länger an uns halten: beim Gedanken an alle die zahllosen Schwierigkeiten, die von allen Seiten auf uns lauerten, und an die Unwahrscheinlichkeit, schließlich doch noch mit heiler

Haut davonzukommen, brachen wir in verzweifelte Tränen aus. Aber nicht lange gaben wir uns dieser Schwäche hin. Wir warfen uns auf die Knie und flehten zu Gott um Hilfe in all den Gefahren, die auf uns einstürmten. Dann erhoben wir uns, von frischer Hoffnung beseelt und neu gestärkt, bereit, alles zu tun, was menschenmöglich war, um unsere Erlösung herbeizuführen.

Zehntes Kapitel

Bald darauf ereignete sich etwas, das ich als aufregender anzusehen geneigt bin und das zunächst weit mehr des höchsten Entzückens in sich barg und später gräßlicheres Entsetzen enthüllte als alle die andern tausend Fährnisse, die ich nachher während neun langer Jahre erlebt habe – während neun langer Jahre, in denen sich die überraschendsten, die unerhörtesten und unbegreiflichsten Geschehnisse nur so jagten. Wir lagen neben der Kajütentreppe an Deck und besprachen die Möglichkeit, trotz allem noch in den Vorratsraum zu gelangen, als mein Blick auf Augustus fiel, der mir gerade gegenüberlag. Ich sah, daß er auf einmal leichenblaß geworden war und daß seine Lippen auf eine höchst sonderbare und mir unverständliche Weise zitterten. Aufs äußerste beunruhigt, redete ich ihn an; doch er gab keine Antwort, und ich dachte schon, er sei plötzlich krank geworden, als mir auffiel, daß seine Augen unverwandt auf irgend etwas hinter mir starrten. Ich blickte mich um, und nie mehr werde ich die herzbeklemmende Freude vergessen, die jede Faser meines Wesens durchzitterte, als ich eine mächtige Brigg gewahrte, die in einer Entfernung von nur wenigen Seemeilen auf uns zusegelte. Ich sprang auf, als hätte mich eine Kugel mitten ins Herz getroffen, streckte dem Schiff beide Arme entgegen und stand starr und unbeweglich, unfähig, auch nur eine Silbe zu stammeln. Peters und Parker waren ebenso aufgeregt wie ich, wenn auch auf ihre besondere Art. Jener tanzte wie verrückt auf dem Deck umher, heulte, fluchte und redete das tollste, verworrenste

Zeug zusammen, während dieser in Tränen ausbrach und ein paar Minuten lang weinte wie ein kleines Kind.

Das gesichtete Schiff war eine große Schonerbrigg von holländischer Bauart, schwarz angestrichen und mit einer grell vergoldeten Galionsfigur. Es hatte offenkundig manchen bösen Sturm überstanden, und wir vermuteten, es sei durch den Sturm, der uns zum Verhängnis geworden war, übel mitgenommen worden; denn es hatte den Fockmast eingebüßt und auch einen Teil seiner Reling verloren. Als wir die Brigg zum erstenmal erblickten, war sie, wie schon gesagt, ungefähr zwei Meilen von uns entfernt und hielt auf uns zu. Die Brise war sehr flau, und am meisten wunderte uns, daß die Brigg außer Fock- und Hauptsegel und einem Außenklüver keinerlei Segel gesetzt hatte; natürlich kam sie nur langsam vom Fleck, und unsere Ungeduld steigerte sich förmlich zu fiebernder Erregung. So aufgeregt wir auch waren, fiel uns allen doch auf, wie ungeschickt das Schiff manövrierte. Es gierte so heftig, daß wir ein- oder zweimal meinten, es habe uns gar nicht gesichtet. Dann wieder glaubten wir, man habe zwar unser Schiff bemerkt, aber keine Menschenseele an Bord entdeckt, und jetzt drehe man ab und schlage einen anderen Kurs ein. Jedesmal schrien und brüllten wir, was unsere Lungen nur hergeben wollten. Dann schien das fremde Schiff jedesmal augenblickslang seine Absicht zu ändern und auf uns zuzuhalten. Dieser sonderbare Vorgang wiederholte sich zwei- oder dreimal, und wir fanden schließlich keine andere Erklärung dafür, als daß der Steuermann stockbetrunken sein müsse.

Wir konnten an Deck keinen Menschen ausmachen, bis uns das Schiff auf eine Viertelmeile nahe gekommen war. Da erblickten wir drei Matrosen, die wir nach ihrer Kleidung für Holländer hielten. Zwei von ihnen lagen auf ein paar alten Segeln in der Nähe des Vorderdeckes, der dritte, der nahe dem Bugspriet über Steuerbord lehnte, schien uns mit höchster Neugier zu betrachten. Er war ein großer, kräftiger Mensch von ziemlich dunkler Hautfarbe. Es sah aus, als wollte er uns zur Geduld mahnen, denn er nickte uns lustig zu, aber auf eine eigenartige Weise, die uns doch ein wenig stutzig machte, und dabei lächelte er in einem fort, als habe er es darauf angelegt, uns zwei Reihen blendend weißer Zähne zu zeigen. Als das Schiff näher kam, sahen wir, wie ihm die rote Wollmütze, die er auf dem Kopfe trug, ins Wasser fiel; aber er achtete nicht darauf und fuhr fort, zu uns herüberzulächeln und uns eigentümlich zuzunicken. Ich schildere diese Dinge und Umstände peinlich genau, und ich berichte sie wohlverstanden gerade so, wie sie uns erschienen.

Die Brigg kam langsam näher; sie steuerte jetzt sicherer und zielbewußter als vorher, und – ich kann nicht ruhigen Blutes von diesem Erlebnis sprechen – das Herz klopfte uns zum Zerspringen. Wir brachen aus tiefster Seele in Jubelrufe und Dankgebete aus für die sichere, unerwartete und herrliche Errettung, die wir zum Greifen nahe vor uns sahen. Da auf einmal wehte von dem fremden Schiff, das jetzt ganz nahe an uns herangekommen war, ein Geruch über das Meer her zu uns, ein Gestank, für den es auf der Welt keine Worte gibt – ein höllischer, erstickender, unerträglicher, unfaßbarer Gestank. Ich rang nach Atem, und als ich mich nach meinen Gefährten umschaute, sah ich, daß sie bleicher als Marmor waren. Aber wir hatten jetzt keine Zeit zum Grübeln und Mutmaßen. Die Brigg war nur noch fünfzig Fuß von uns entfernt, und es schien, als wollte sie uns am Heck anlaufen, damit wir an Bord gehen konnten, ohne daß man ein Boot aussetzen mußte. Wir stürzten achtern, da warf plötzlich eine weite Gierung sie um fünf oder sechs Strich von ihrem Kurse ab, und als sie in einem Abstand von etwa zwanzig Fuß unter unserem Heck vorbeiglitt, konnten wir das ganze Deck überblicken. Werde ich jemals das unsagbare Entsetzen dieses Anblicks vergessen können? Fünfundzwanzig, wenn nicht dreißig menschliche Leichen, darunter auch ein paar Frauen, lagen zwischen Heck und Kombüse verstreut, alle im letzten und ekelhaftesten Zustande der Verwesung. Wir sahen deutlich, daß auf diesem unseligen Schiff keine lebende Seele mehr war. Und doch konnten wir es nicht lassen, sogar die Toten noch um Hilfe anzurufen! Ja, in unserer augenblicklichen Todesnot flehten wir laut und lange diese stummen, widerlichen Gespenster an, sie möchten unseretwegen anhalten und uns nicht im Stich lassen, damit wir nicht ihnen gleich würden, und möchten uns aufnehmen in ihre freundliche Gesellschaft. Grauen und Verzweiflung ließen uns irre reden – Todesangst und Enttäuschung hatten uns den Geist umnachtet.

Als unser erstes gellendes Entsetzensgeschrei losbrach, gab ihm ein Laut vom Bugspriet des fremden Schiffes her Antwort, ein Laut, der so vollkommen dem Schrei einer menschlichen Kehle ähnlich klang, daß auch das feinste Ohr davon zusammengeschreckt und getäuscht werden mußte. Im selben Augenblick brachte eine neuerliche heftige Schwankung uns das Vorderdeck für einen Augenblick zu Gesicht, und nun sahen wir auf einmal, was diesen Ton hervorgebracht hatte. Immer noch stand die große, stämmige Gestalt über die Reling gelehnt da, immer noch nickte sie mit dem Kopf hin und her, aber nun war ihr Gesicht von uns abgewendet. Die Arme hingen über die Reling herab, und die Handflächen waren nach außen gedreht. Die Knie lagen auf einem dicken Tau, das straff gespannt vom Ende des Bugspriets zu einem Kranbalken lief. Auf dem Rücken war ein Stück des Hemdes herausgerissen, und dort hockte eine riesige Seemöwe, die sich gierig an dem scheußlichen Fleisch gütlich tat. Ihr Schnabel und ihre Klauen waren tief darein verkrallt, und ihr weißes Gefieder war über und über mit Blut bespritzt. Als sich die Brigg weiterdrehte, so daß wir ins Blickfeld des Vogels gerieten, zog er mit sichtlicher Mühe seinen blutroten Kopf aus dem Fleisch, starrte uns eine Zeitlang wie verblüfft an, erhob sich dann langsam von dem Leichnam, an dem er geaast hatte, flog gerade über unser Deck und kreiste eine Weile über uns, wobei er ein Stück der klumpigen und leberartigen Masse im Schnabel hielt. Der scheußliche Bissen fiel schließlich mit einem dumpfen, widerlichen Platschen gerade vor Parkers Füße. Gott verzeih mir, aber da fuhr mir zum erstenmal ein Gedanke durch den Kopf, ein Gedanke, den ich nicht aussprechen will, und ich spürte, wie ich unwillkürlich einen Schritt auf die blutbefleckte Stelle zu tat. Ich schaute auf, und meine Augen begegneten Augustus' Blick, der so vorwurfsvoll, so tiefernst und durchdringend auf mir ruhte, daß ich augenblicklich wieder zu mir kam. Ich sprang rasch hinzu und schleuderte mit einem tiefen Schaudern das scheußliche Zeug ins Meer.

Der Leichnam, aus dem es herausgefetzt worden war, ruhte wie erinnerlich auf dem Tau, und so war er jedesmal, wenn der fleischgierige Vogel an ihm riß, ganz leicht hin und her geschaukelt worden. Dieses Schwanken hatte uns zunächst zu dem Glauben verleitet, er sei lebendig. Als nun die Möwe nicht mehr mit ihrem Gewicht auf ihm lastete, taumelte er, drehte sich und fiel halbwegs vornüber, so daß wir sein Gesicht sehen konnten. Nein, nie, noch nie hat es etwas dermaßen Scheußliches auf Erden gegeben! Die Augenhöhlen waren leer, ebenso war alles Fleisch um den Mund weggefressen, so daß man die völlig entblößten Zähne sah. Das also war das Lächeln, das uns mit neuer Hoffnung gestärkt hatte! Das war – doch ich will lieber schweigen ... Die Brigg fuhr, wie schon gesagt, unter unserem Heck vorbei und hielt langsam, aber stetig leewärts. Mit ihr und ihrer grauenhaften Bemannung wurden alle unsere schönen Träume von Freude und Erlösung zunichte. Als sie an uns vorbeisegelte, hätten wir mit ruhiger Überlegung bestimmt eine Möglichkeit gefunden, an Bord zu gehen, aber unsere jähe Enttäuschung und das Grauenvolle unserer Entdeckung hatten alle unsere geistige und körperliche Tatkraft gelähmt. Wir hatten zwar gesehen und gefühlt, aber wir konnten weder handeln noch denken, bevor es, ach! schon zu spät war. Wie sehr dieser Zwischenfall unser Denkvermögen beeinträchtigt hatte, geht allein schon aus der Tatsache hervor, daß wir, als die Brigg bereits so weit entfernt war, daß wir nur noch die Hälfte ihres Rumpfs erkennen konnten, ernstlich den Vorschlag erwogen, sie womöglich schwimmend wieder einzuholen.

Ich habe mich seither vergeblich bemüht, das grauenvolle Dunkel aufzuklären, das über dem Geschick des unbekannten Schiffes lag. Seine Bauart und die ganze äußere Erscheinung ließen uns vermuten, daß es ein holländisches Kauffahrteischiff war, und auch die Kleidung der Mannschaft bestärkte uns in dieser Ansicht. Wir hätten ja mit Leichtigkeit seinen Namen auf dem Heck lesen und noch andere Beobachtungen anstellen können, die uns über die Herkunft des Schiffes hätten Aufschluß geben müssen; aber die tiefe Erregung des Augenblicks machte uns blind für alle derartigen Erwägungen. Aus der safrangelben Färbung der noch nicht gänzlich verwesten Leichen schlossen wir, daß die gesamte Besatzung vom gelben Fieber oder einer andern ebenso verheerenden Seuche dahingerafft worden war. Wenn das der Fall war – und ich kann es mir eigentlich nicht anders vorstellen –, so mußte sie der Tod auf eine entsetzlich plötzliche und überwältigende Weise überfallen haben, ganz anders, als es selbst bei den tödlichsten Seuchen der Fall ist, die die Menschheit bisher heimgesucht haben. Möglich ist allerdings auch, daß durch irgendeinen unglücklichen Zufall Gift in ihre Lebensmittelvorräte geraten war und das Unglück darauf zurückzuführen ist. Vielleicht hatten sie auch von einem unbekannten giftigen Seefisch gegessen, einem Meeresvogel oder sonst einem Wassertier, was weiß ich? – Aber es ist ja völlig zwecklos, darüber Mutmaßungen anzustellen, da doch alles in Dunkel gehüllt ist und für alle Zeiten ein entsetzliches und unergründliches Geheimnis bleiben wird.

Elftes Kapitel

Wir verbrachten den Rest des Tages in einer dumpfen Betäubung und starrten dem entschwindenden Schiff nach, bis die Dunkelheit es unseren Blicken entzog und uns wieder einigermaßen zur Besinnung brachte. Nun setzten uns die Qualen des Hungers und Durstes wieder zu und ließen uns alle andern Sorgen und Überlegungen vergessen; doch konnten wir vor dem Morgen nichts unternehmen. Wir richteten uns daher so bequem wie irgend möglich ein und versuchten ein wenig auszuruhen. Ich für mein Teil brachte es wider alle Erwartung fertig: ich schlief, bis der Tag anbrach und mich meine Gefährten weckten. Sie waren nicht so glücklich gewesen. Nun wollten wir aufs neue versuchen, etwas Eßbares aus den Vorräten im Kielraum heraufzuholen.

Es herrschte jetzt eine vollständige Flaute. Die See lag so glatt, wie ich sie noch nie gesehen hatte, und das Wetter war warm und freundlich. Der Schoner war nicht mehr zu sehen. Wir begannen unser Werk damit, daß wir mit ziemlicher Mühe noch eine weitere Fockruste abrissen, und dann befestigten wir sie beide an Peters' Füßen. Nun versuchte er abermals, bis zur Türe der Vorratskammer zu gelangen, da er es für möglich hielt, sie aufzubrechen, vorausgesetzt, daß er rasch genug hinkam. Und damit rechnete er, denn der Schiffsrumpf lag jetzt viel ruhiger als zuvor.

Es glückte ihm auch sehr rasch, die Tür zu erreichen, und dort löste er eine der Ketten von seinem Fuß und wollte damit den Eingang erzwingen; doch waren alle seine Anstrengungen umsonst, da sich die solid gezimmerte Tür als weit fester erwies, als er erwartet hatte. Er war von dem langen Aufenthalt unter Wasser völlig entkräftet, und es war unbedingt nötig, daß ein anderer für ihn einsprang. Parker erklärte sich sofort dazu bereit, aber nach drei fruchtlosen Versuchen sah er ein, daß er nicht einmal bis zur Tür gelangen könne. Augustus mit seinem verwundeten Arm zu einem Versuch zu nötigen war gänzlich sinnlos; denn selbst wenn er bis zur Tür vorgestoßen wäre, so hätte er sie doch nicht aufbrechen können. So war es demnach an mir, meine Kräfte für unser aller Befreiung einzusetzen.

Peters hatte eine von den Ketten unten im Gang gelassen, und ich merkte gleich beim Tauchen, daß ich nicht genug Gewicht hatte, um unter Wasser bleiben zu können. Ich beschloß daher, zunächst bei meinem ersten Tauchversuch auf gar nichts anderes auszugehen als darauf, die zweite Kette wiederzuholen. Als ich den Boden des Gangs abtastete, spürte ich etwas Hartes, und da ich keine Zeit hatte festzustellen, was ich da in die Hände bekommen hatte, faßte ich sofort zu und kehrte gleich wieder an die Oberfläche zurück. Meine Beute stellte sich als eine Flasche heraus, und man kann sich unsere Freude vorstellen, als wir entdeckten, daß sie voll Portwein war. Wir dankten Gott für diesen willkommenen Tröster und diese Hilfe zur rechten Zeit, dann zogen wir mit meinem Taschenmesser den Korken heraus und nahmen jeder einen bescheidenen Schluck. Alsbald fühlten wir, wie uns ein unbeschreibliches Wohlbehagen durchströmte. Wir wurden durchwärmt, spürten frische Kräfte, und unsere Lebensgeister erwachten. Dann korkten wir die Flasche sorgfältig wieder zu und verstauten sie, mit einem Taschentuch umwickelt, so, daß sie unmöglich zerbrechen konnte.

Nach diesem glücklichen Fund ruhte ich mich ein wenig aus, dann stieg ich wieder hinunter und fand diesmal die Kette, die ich unverzüglich nach oben brachte. Ich band sie an meinem Fuße fest und tauchte zum drittenmal. Bei diesem dritten Versuch überzeugte ich mich, daß ich es unter diesen Umständen niemals fertigbringen konnte, die Tür zum Vorratsraum aufzubrechen. Ich kehrte verzweifelt wieder um.

Jetzt gab ich alle Hoffnung auf, und ich sah es meinen Gefährten an, daß auch sie mit dem Leben abgeschlossen hatten. Der Wein hatte sie in eine Art Delirium versetzt, vor dem mich vielleicht meine Tauchversuche bewahrten. Sie redeten allerlei wirres Zeug über lauter Dinge, die gar nichts mit unserer Lage zu tun hatten, ja, Peters fragte mich wiederholt über Nantucket aus. Auch Augustus, das weiß ich noch gut, kam mit ernster Miene auf mich zu und fragte, ob ich ihm nicht einen Taschenkamm leihen könne; sein Haar sei ganz voller Fischschuppen, und die möchte er gerne loswerden, bevor wir an Land gingen. Parker war anscheinend etwas weniger mitgenommen; er setzte mir zu, ich müsse nochmals auf gut Glück in die Kajüte tauchen und ihm den erstbesten Gegenstand mit heraufbringen, der mir in die Hände gerate. Damit war ich einverstanden, und nachdem ich gut eine Minute unter Wasser ausgehalten hatte, brachte ich einen kleinen Lederkoffer herauf, der Kapitän Barnard gehört hatte. Wir öffneten ihn sogleich in der schwachen Hoffnung, er könnte am Ende etwas Eßbares oder etwas zum Trinken enthalten. Doch fanden wir nichts außer einem Rasiermesserkasten und zwei leinenen Hemden. Nun tauchte ich nochmals, kam aber unverrichteterdinge herauf. Gerade als mein Kopf über Wasser auftauchte, hörte ich ein Klirren an Deck und sah, daß meine Kameraden meine Abwesenheit ausgenützt und den Rest des Weins ausgetrunken hatten. In der überstürzten Hast, mit der sie die Flasche, ehe ich sie ertappte, wieder an ihren Platz zurückstellen wollten, hatten sie sie fallen lassen. Ich machte ihnen bittere Vorwürfe wegen der Herzlosigkeit ihres Benehmens, und Augustus brach in Tränen aus. Die beiden anderen versuchten unter Lachen, die Sache als einen Scherz hinzustellen. Aber ich hoffe, ich brauche zeit meines Lebens nie wieder ein solches Lachen anzusehen, so gräßlich verzerrt waren ihre Gesichter. Es war unverkennbar, daß der Alkohol auf ihre leeren Mägen eine geradezu verheerende Wirkung ausgeübt hatte; sie waren alle drei fürchterlich betrunken. Nur mit größter Mühe konnte ich sie dahin bringen, sich hinzulegen, und sie fielen denn auch sofort in einen bleiernen Schlaf, der von lautem, röchelndem Schnarchen begleitet war.

Nun war ich also so gut wie allein auf der Brigg, und wahrlich, meine Gedanken waren alles andere als heiter und zuversichtlich. Ich sah kein anderes Ende vor mir als einen langsamen Hungertod oder bestenfalls den Untergang im ersten schweren Sturmwetter, das losbrechen würde; denn erschöpft, wie wir augenblicklich waren, konnten wir nicht hoffen, ein weiteres Unwetter heil zu überstehen.

Der nagende Hunger, den ich verspürte, war fast nicht mehr zu ertragen, und ich fühlte, daß ich zu allem fähig war, um ihn zu stillen. Mit meinem Messer schnitt ich ein kleines Stück von dem Lederkoffer ab und versuchte es zu essen; aber es war mir vollkommen unmöglich, auch nur einen Bissen hinunterzuwürgen, wenn ich mir auch einbildete, das Kauen und Ausspucken kleiner Brocken vermöge mir eine leichte Linderung zu verschaffen. Gegen Abend erwachten meine Gefährten einer nach dem andern, alle in einem unbeschreiblichen Zustand von Schwäche und Übelkeit; daran war der Wein schuld, dessen Wirkung nun verraucht war. Sie zitterten wie im heftigsten Schüttelfrost und schrien kläglich nach Wasser. Ihr Zustand tat mir in der Seele weh, und gleichzeitig freute ich mich doch wieder über die günstige Fügung, die mich vor übermäßigem Trinken bewahrt und mir die fürchterlichen Folgen, die traurige und verzweifelte Verfassung, erspart hatte. Doch bereitete mir ihr Benehmen schwere Angst und Sorge; denn soviel war klar: wenn nicht in ihrem Zustand eine günstige Wendung eintrat, konnte ich von ihnen keinerlei Unterstützung in meinen Bemühungen um unsre gemeinsame Rettung erwarten. Ich hatte den Gedanken, doch noch etwas von unten heraufzuholen, noch immer nicht ganz aufgegeben; aber der Versuch konnte unmöglich gewagt werden, solange keiner von ihnen sich so weit in der Gewalt hatte, daß er mir das Tau hielt, während ich hinabtauchte. Parker schien ein wenig klarer im Kopf zu sein als die andern, und ich suchte ihn mit allen erdenklichen Mitteln aufzurütteln. In der Annahme, ein Bad im Meer könnte vielleicht eine günstige Wirkung haben, band ich ihm ein Seil um den Leib, führte ihn zur Kajütentreppe – er ließ alles gleichgültig und völlig teilnahmslos mit sich geschehen –, stieß ihn ins Wasser und zog ihn sofort wieder heraus. Ich hatte auch allen Anlaß, mir zu diesem Einfall Glück zu wünschen; denn er schien sichtlich aufzuleben und wieder zu Kräften zu kommen, und als er wieder heraufkam, fragte er mich ganz verständig, weshalb ich so mit ihm umspringe. Als ich ihm meine Absicht erklärte, dankte er mir von Herzen für diesen Liebesdienst und sagte, er fühle sich nach seinem Bad bedeutend besser; dann fing er ganz vernünftig über unsere Lage zu sprechen an. Wir beschlossen nun, auch Augustus und Peters die gleiche Behandlung angedeihen zu lassen. Wir taten es sofort, und der Schock verschaffte beiden eine merkliche Erleichterung. Der Gedanke, es mit einem plötzlichen kalten Bad zu versuchen, stammte aus einem medizinischen Werk, das ich seinerzeit einmal gelesen hatte; darin war auch die Rede von der heilsamen Wirkung einer kalten Dusche auf Patienten, die an Delirium tremens litten.

Da ich nun sah, daß ich es meinen Kameraden anvertrauen konnte, das Tau zu halten, tauchte ich noch zwei- oder dreimal in die Kajüte hinab, obwohl es bereits finstere Nacht war und eine leichte, aber lange See von Norden her unsere Brigg hin und her warf. Im Laufe dieser verschiedenen Versuche gelang es mir, zwei große Tischmesser, einen Krug, der drei Gallonen fassen konnte, jedoch leer war, und schließlich noch eine Decke mit heraufzubringen; Eßbares war jedoch nichts dabei. Nachdem ich diese Dinge alle gefunden hatte, setzte ich meine Bemühungen fort, bis ich gänzlich erschöpft war. Weiter brachte ich aber nichts mehr herauf. Die ganze Nacht hindurch lösten sich Parker und Peters bei diesen Bergungsversuchen ab; aber auch ihnen fiel nichts mehr in die Hände, und so standen wir von weiteren Versuchen ab, da wir überzeugt waren, daß wir uns umsonst um unsere letzten Kräfte brachten.

Wir verbrachten den Rest der Nacht in der größten seelischen und körperlichen Qual, die sich ausdenken läßt. Endlich graute der Morgen des 16. Juli, und unsere Augen suchten gierig den weiten Horizont nach Hilfe und Rettung ab, doch vergeblich. Die See war immer noch glatt, nur rollte wie schon tags zuvor eine lange Dünung aus nördlicher Richtung. Seit sechs Tagen hatten wir keinerlei Nahrung mehr zu uns genommen und auch nichts getrunken, außer jener Flasche Portwein, und es war klar, daß wir das nur noch ganz kurze Zeit aushalten konnten, es sei denn, wir machten irgendeinen unverhofften Fund. Nie in meinem Leben habe ich derart vollkommen ausgemergelte Geschöpfe zu Gesicht bekommen, wie es Augustus und Peters jetzt waren, und ich wünsche auch nicht, jemals wieder solche Jammergestalten zu sehen. Wäre ich ihnen beiden auf dem Festland in diesem Zustand begegnet, so wäre ich überhaupt nicht auf den Gedanken gekommen, ich hätte sie je gekannt. Ihr Gesichtsausdruck war so gänzlich entstellt, daß ich einfach nicht glauben konnte, sie seien wirklich die gleichen Menschen, mit denen ich ein paar Tage zuvor zusammen gewesen war. Parker war zwar auch elend heruntergekommen und so geschwächt, daß er den Kopf nicht von der Brust zu heben vermochte, doch war er nicht so völlig erledigt wie die beiden andern. Er trug sein Leiden mit großer Geduld, ließ keine Klage laut werden und tat, was er nur ersinnen konnte, um uns doch noch Hoffnung zu machen. Was mich anlangt, so litt ich weniger als die andern, obwohl ich zu Beginn der Reise in einer schlechten Verfassung gewesen und überhaupt seit jeher von zarter Gesundheit war. Ich war weit weniger abgemagert und hatte meine geistigen Fähigkeiten erstaunlich gut bewahrt, während die andern gänzlich zusammengebrochen waren und eine Art zweite Kindheit durchmachten, ein idiotisches, geziertes Lächeln aufsetzten und die albernsten Plattheiten daherredeten. Ab und zu schienen sie allerdings plötzlich wieder aufzuleben, als wäre ihnen ihr Zustand auf einmal zum Bewußtsein gekommen; dann sprangen sie auf die Füße, wie wenn ihre Kraft für einen Augenblick aufgeflammt wäre, und sprachen höchst verständig und doch zugleich mit tiefster, bitterster Hoffnungslosigkeit eine Zeitlang über unsere Lage. Es ist nun freilich möglich, daß meine Gefährten von ihrem Zustand denselben Eindruck hatten wie ich von dem meinen und daß ich mir, ohne es zu wissen, die gleichen Verrücktheiten und Kindereien zuschulden kommen ließ wie sie – doch das ist ein Punkt, den ich nicht beurteilen kann.

Gegen Mittag erklärte Parker, er sehe Land backbord voraus, und nur mit größter Mühe konnte ich ihn davon abhalten, ins Meer zu springen und hinüberzuschwimmen. Peters und Augustus achteten gar nicht weiter auf sein Gefasel; sie waren anscheinend beide in ein dumpfes Brüten versunken. Als ich in die angegebene Richtung schaute, konnte ich auch nicht die leiseste Spur von Land entdecken – überdies wußte ich nur allzugut, daß wir viel zu weit von jedem Festland entfernt waren, als daß ich mich in dieser Hinsicht irgendwelcher Hoffnung hingegeben hätte. Immerhin brauchte ich lange, bis ich Parker von seiner Täuschung überzeugt hatte. Nun brach er in einen Strom von Tränen aus, weinte wie ein kleines Kind und schrie und schluchzte gute zwei bis drei Stunden lang. Schließlich schlief er, von Müdigkeit und Verzweiflung überwältigt, ein.

Peters und Augustus machten nun ein paar vergebliche

Versuche, Stücke von dem Leder hinabzuwürgen. Ich riet ihnen, das Leder zu kauen und dann auszuspucken. Aber sie waren bereits viel zu geschwächt, um meinen Rat befolgen zu können. Ich kaute auch weiterhin von Zeit zu Zeit ein Stückchen, und das schaffte mir eine gewisse Erleichterung. Was mich aber am ärgsten quälte, war der Mangel an Wasser, und ich widerstand meinem Verlangen, einen Schluck Meerwasser zu trinken, einzig und allein, weil ich mich erinnerte, wie gräßlich die Folgen für andere gewesen waren, die sich in einer ähnlichen Lage befunden hatten wie wir.

So verging der Tag. Da entdeckte ich plötzlich an Backbord ein Segel im Osten. Es war anscheinend ein großes Schiff, das in einer Entfernung von mutmaßlich zwölf oder fünfzehn Meilen auf uns zusegelte. Von meinen Kameraden hatte es noch keiner gesehen, und ich hütete mich auch wohlweislich, ihnen etwas davon zu sagen, um uns allen eine neuerliche Enttäuschung zu ersparen. Mit der Zeit aber, als es näher kam, sah ich deutlich, daß es mit vollen Segeln auf uns zusteuerte. Nun konnte ich mich nicht länger beherrschen und zeigte es meinen Leidensgefährten. Sie sprangen sofort auf die Füße, gaben sich aufs neue der wildesten Freude hin, weinten, lachten kindisch, hüpften und tanzten herum, stampften wie besessen auf dem Deck umher, rauften sich die Haare aus und beteten und fluchten abwechselnd. Ich war dermaßen beeindruckt von ihrem Benehmen, und auch die scheinbar sichere Aussicht auf Rettung wirkte so mitreißend auf mich, daß ich mich nicht enthalten konnte, in ihr wahnwitziges Gebaren einzustimmen; ich ließ meiner übersprudelnden Freude und Begeisterung freien Lauf und wälzte mich auf dem Deck umher, klatschte in die Hände, brüllte und vollführte die tollsten Kindereien, bis ich wieder zu mir kam und mir gleichzeitig bewußt wurde, daß ich in die tiefste Tiefe der Verzweiflung und des menschlichen Elends gestürzt war: ich bemerkte nämlich plötzlich, daß uns das Schiff das Heck zukehrte und gerade in der entgegengesetzten Richtung davonsegelte, wie ich es zu sehen geglaubt hatte.

Es verging eine ganze Weile, bevor ich meine armen Gefährten so weit hatte, daß sie mir unser neues Unglück glaubten. Sie beantworteten alle meine Beteuerungen nur mit stierem Glotzen und ungläubigem Achselzucken, womit sie mir zu verstehen gaben, sie ließen sich durch solche unangebrachten Scherze nicht an der Nase herumführen. Am schmerzlichsten ging mir Augustus' Verhalten zu Herzen. Allen meinen gegenteiligen Beweisen zum Trotz bestand er steif und fest darauf, das Schiff komme uns in größter Eile immer näher, und traf alle Vorkehrungen, um an Bord zu gehen. Vorbeischwimmenden Seetang bezeichnete er beharrlich als das ausgesandte Boot des Schiffes, er wollte mit einem Satz hinüberspringen und heulte und schrie herzzerreißend. Schließlich mußte ich ihn mit Gewalt davon abhalten, sich ins Meer zu stürzen.

Als wir allmählich wieder ein wenig ruhiger geworden waren, blickten wir noch lange dem Schiff nach, bis es außer Sicht war. Das Wetter war dunstig, und eine leichte Brise erhob sich. Als der Segler völlig unsern Blicken entschwunden war, wandte sich plötzlich Parker nach mir um, und zwar mit einem Ausdruck, der mich erschauern ließ. Er hatte etwas Selbstbeherrschtes, Gelassenes an sich, wie ich es noch nie an ihm bemerkt hatte, und ehe er noch den Mund aufgetan hatte, sagte mir mein Herz schon, was er jetzt vorschlagen werde. In knappen Worten machte er den Vorschlag, daß einer von uns sterben müsse, um die andern am Leben zu erhalten.

Zwölftes Kapitel

Schon seit geraumer Zeit hatte ich erwogen, ob uns etwa auch dieser schaurigste und widerlichste Greuel nicht erspart bleiben werde, und war innerlich entschlossen, eher jede Todesart zu erleiden, wie immer sie auch geartet sein mochte, als mich auf einen so grauenhaften Ausweg einzulassen. Und dieser Entschluß war auch nicht im geringsten durch die entsetzlichen Hungerqualen, unter denen ich litt, ins Wanken gekommen. Weder Peters noch Augustus hatten den Vorschlag gehört. Ich nahm also Parker beiseite, und während ich im stillen zu Gott flehte, er möge mich mit so viel Überredungskraft begnaden, daß ich ihn von seinem Vorhaben abbringen könne, beschwor ich ihn inständig, seinen Plan aufzugeben und kein Wort darüber zu den beiden andern verlauten zu lassen. Ich bat ihn bei allem, was ihm teuer und heilig sei, und drang mit allen Argumenten, die mir die Verzweiflung eingab, in ihn, davon abzulassen.

Er hörte alles an, ohne auch nur zu versuchen, einen meiner Gegengründe zu widerlegen, und schon fing ich an zu hoffen, es sei mir gelungen, ihn meinem Wunsch gefügig zu machen. Doch als ich zu Ende gesprochen hatte, erklärte er, er wisse sehr wohl, daß ich mit allem recht habe, was ich sage. Ein solcher Ausweg sei das Grauenvollste, was ein Menschenhirn auszudenken vermöchte; aber er habe jetzt so lange ausgehalten, wie es die menschliche Natur nur ertragen könne. Es habe keinen Sinn, daß wir alle zugrunde gingen, wenn es möglich, ja, wahrscheinlich sei, daß einer durch seinen Tod die andern zu retten vermöge. Ich könne mir die Mühe sparen, setzte er hinzu, ihm seinen Plan auszureden; sein Entschluß habe schon festgestanden, ehe das Schiff erschienen sei, und einzig dessen Insichtkommen habe ihn abgehalten, seine Absicht schon früher zu äußern.

Ich bat ihn nun flehentlich, wenn ich schon nicht imstande sei, ihn von seinem Vorhaben abzubringen, so möge er es doch auf einen anderen Tag verschieben, da uns ja immer noch ein Schiff zu Hilfe kommen könne. Ich brachte aufs neue alle Beweisgründe vor, die mir nur in den Sinn kamen und von denen ich annahm, sie könnten auf einen so rauhen Burschen irgendwie Eindruck machen. Er erwiderte darauf, er habe ohnedies so lange wie nur möglich gezögert, davon zu sprechen; aber er könne unmöglich länger ohne Nahrung leben, und schon am nächsten Tag werde, zumindest was ihn anlange, die Rettung zu spät kommen.

Als ich nun sah, daß er im guten nicht zu überreden war und daß ich ihn nicht erweichen konnte, schlug ich eine andere Tonart an und sagte ihm, er müsse wissen, daß ich weniger als sie alle unter den Unbilden der letzten Zeit gelitten habe; ich sei folglich nicht nur ihm, sondern auch Augustus und Peters an Kräften weit überlegen, wenn ich es drauf ankommen ließe, kurzum: ich sei durchaus imstande, falls ich es für nötig erachtete, Gewalt anzuwenden; und wenn er auf irgendeine Art versuchen sollte, seinen abscheulichen Kannibalenplan den andern zu unterbreiten, so würde ich ihn ohne Bedenken ins Meer werfen. Da packte er mich unversehens an der Kehle und versuchte mehrmals, freilich erfolglos, mich mit einem Messer, das er gezückt hatte, in den Bauch zu stechen, und nur seine übermäßige Schwäche hinderte ihn daran, sein Ziel zu erreichen. Inzwischen war meine Wut aufs höchste gestiegen, und ich drängte ihn an die Reling, in der festen Absicht, ihn über Bord zu werfen. Doch rettete ihn Peters' Dazwischentreten, der herangekommen war und uns auseinander riß, worauf er fragte, was denn los sei. Parker erzählte ihm den Grund unseres Streites, ehe ich ihm noch zuvorkommen und ihn daran hindern konnte.

Die Wirkung dieser Worte war noch weit fürchterlicher, als ich erwartet hatte. Augustus und Peters, die sich anscheinend schon seit längerer Zeit heimlich mit dem entsetzlichen Gedanken trugen, den Parker nun als erster ausgesprochen hatte, stimmten ihm sofort zu und bestanden darauf, daß er unverzüglich in die Tat umgesetzt werden solle. Ich hatte damit gerechnet, wenigstens einer von ihnen würde noch über genug Überlegung verfügen, um mit mir gemeinsame Sache zu machen und der Ausführung des scheußlichen Vorhabens entgegenzutreten. Hätte mir nur einer geholfen, so wäre mir nicht im geringsten angst gewesen, diesen Plan vereiteln zu können. Da ich nun aber in dieser Erwartung enttäuscht wurde, mußte ich wohl oder übel an meine eigene Sicherheit denken; denn in ihrem augenblicklichen Zustand rasender Verzweiflung hätten sie meinen Widerstand womöglich zum Vorwand genommen, um mir in der Tragödie, die sich jetzt abspielen sollte, ehrliches Spiel zu verweigern.

Ich erklärte ihnen also, ich sei bereit, auf ihren Vorschlag einzugehen, und verlangte nur eine Stunde Aufschub, damit sich inzwischen der Nebel, der uns einhüllte, verziehen konnte; dann kam vielleicht das Schiff, das wir schon gesichtet hatten, nochmals in Sicht. Nach langem Widerstreben und vielen Schwierigkeiten gingen sie darauf ein und gaben mir das Versprechen, so lange warten zu wollen; und wie ich gehofft hatte, hob sich der Nebel dank einer Brise, die plötzlich aufkam, noch ehe die Stunde verstrichen war. Aber es war weit und breit kein Schiff zu entdecken, und wir machten uns bereit, das Los zu ziehen.

Nur mit äußerstem Widerwillen gehe ich daran, die grauenhafte Szene zu schildern, die sich nun abspielte, eine Szene, die sich bis in die geringfügigsten Einzelheiten meinem Gedächtnis eingegraben hat und die kein späteres Erlebnis daraus zu tilgen vermochte; eine Szene, deren schaurig entsetzliche Erinnerung mir jeden Augenblick meines Lebens für alle Zukunft vergällen wird. Es sei mir daher gestattet, diesen Teil meines Berichtes so rasch abzutun, wie es die Natur der Vorfälle, die ich zu erzählen habe, nur erlaubt. Für diese entsetzliche Lotterie, bei der jeder von uns einen Treffer ziehen konnte, gab es nur eine Möglichkeit: wir mußten Strohhälmchen ziehen. Dünne Holzsplitter konnten diesen Zweck erfüllen, und es wurde ausgemacht, daß ich sie in der Hand halten sollte. Ich zog mich an das eine Ende des Schiffes zurück, während meine armen Gefährten sich am anderen Ende aufstellten und, den Rücken mir zugekehrt, schweigend warteten. Der grauenvollste Augenblick in diesem schaurigen Drama waren die paar Minuten, während derer ich die Lose ordnete. Es gibt nur wenige entscheidende Situationen im Leben eines Menschen, in denen er nicht an der Erhaltung seiner Existenz hängt; dieser Selbsterhaltungstrieb wächst von Minute zu Minute mit der Schwäche des Fädchens, an dem sein Leben hängt. Jetzt aber, da mir die stumme, entscheidende traurige Aufgabe, der ich oblag, allerlei zu denken gab – sie war ja so verschieden von den tobenden Fährnissen des Sturmes und den stufenweise wachsenden Schrecknissen der Hungerqualen –, jetzt, da ich mir überlegte, wie gering die Aussichten waren, die mir noch verblieben, mich vor dem grauenvollsten Tode zu erretten, einem Tode, der dem denkbar gräßlichsten Zweck nutzbar gemacht werden sollte, da war die ganze Energie, die mich bis dahin noch aufrecht gehalten hatte, mit einem Schlage fortgeblasen wie Federn vor dem Winde, und ich fiel der jämmerlichsten und verwerflichsten Furcht hilflos zur Beute. Anfangs konnte ich nicht einmal die Kraft aufbringen, die dünnen Holzsplitterchen zu zerreißen und aneinanderzureihen; die Finger versagten mir völlig den Dienst, und meine Knie schlotterten gegeneinander. Tausend wahnwitzige Pläne schossen mir blitzschnell durch den Kopf, mit denen ich vielleicht vermeiden konnte, in dem grausigen Wettbewerb mitzuspielen. Ich dachte daran, mich vor meinen Gefährten kniefällig hinzuwerfen und sie zu beschwören, mich aus dieser Zwangslage zu befreien; ich wollte mich, wenn sie gar nicht darauf gefaßt waren, auf sie stürzen und einen von ihnen umbringen, um auf diese Weise die Entscheidung durch das Los überflüssig zu machen. Kurz, ich dachte an alles, nur nicht an das, was ich zu tun hatte. Schließlich, als ich viel Zeit mit diesen unsinnigen Überlegungen verloren hatte, brachte mich Parkers Stimme wieder zur Besinnung. Er drang in mich, ich solle sie alle endlich aus ihrer unerträglichen Ungewißheit erlösen. Doch selbst dann konnte ich es nicht über mich bringen, die Spänchen sogleich zurechtzulegen, sondern erwog im stillen jede nur denkbare Mogelei, mit der ich einen von meinen Leidensgefährten dazu verleiten könnte, den kürzeren Span zu ziehen. Wir hatten nämlich ausgemacht, daß, wer den kürzesten Holzsplitter aus meiner Hand ziehe, zur Rettung der andern das Leben lassen sollte. Bevor mich einer jetzt wegen dieser vermeintlichen Niedertracht verdammt, muß er sich zuerst einmal in einer ähnlichen Lage befunden haben!

Endlich war kein Aufschub mehr möglich, und während mir das Herz zum Zerspringen in der Brust klopfte, wankte ich zum Vorderdeck, wo meine Gefährten auf mich warteten. Ich streckte die Hand mit den Holzspänchen vor mich hin, und Peters zog sofort das seine. Er war frei! – sein Splitter war jedenfalls nicht der kürzeste. Ich hatte jetzt also eine Wahrscheinlichkeit weniger für mich! Ich nahm meine ganze Kraft zusammen und hielt Augustus die Lose hin. Auch er zog sofort eines und war frei. Und jetzt standen die Chancen, ob ich leben oder sterben sollte, für mich nur noch wie eins zu eins. In diesem Augenblick erfüllte mich die rasende Wut eines Tigers, und ich empfand den abgründigsten, den teuflischsten Haß gegen Parker, meinen Mitmenschen und armen Schicksalsgenossen. Aber dieses Gefühl hielt nicht lange vor, und nach einer Weile streckte ich ihm mit geschlossenen Augen und krampfhaft zusammenschauernd die beiden restlichen Späne hin. Es vergingen volle fünf Minuten, bis er sich entschließen konnte, den seinen zu ziehen, und während dieser ganzen bangen Spanne herzzerreißender Ungewißheit öffnete ich nicht ein einziges Mal die Augen. Endlich wurde eines von den Losen rasch aus meiner Hand gerissen. Die Entscheidung war gefallen; aber ich wußte nicht, ob für oder gegen mich. Keiner von uns sprach ein Wort, und ich wagte nicht, mir durch einen Blick auf den Splitter in meiner Hand Gewißheit über mein Los zu verschaffen. Schließlich faßte mich Peters an der Hand, und ich zwang mich aufzuschauen. Aber ich sah sofort Parkers Gesicht an, daß ich gerettet und er das auserkorene Opfer war. Ich rang nach Atem und stürzte bewußtlos auf das Deck.

Ich kam noch rechtzeitig wieder zum Bewußtsein, um den Schluß der Tragödie mit anzusehen und den Tod dessen mitzuerleben, der sie hauptsächlich heraufbeschworen hatte. Er leistete nicht den geringsten Widerstand. Peters erstach ihn von hinten, und er sackte tot zusammen. Ich will nicht bei dem schaurigen Festmahl verweilen, das nun folgte. Dergleichen kann man sich wohl vorstellen, aber Worte sind nicht stark genug, um die ganze grauenhafte Wirklichkeit zu schildern. Es genüge, wenn ich erzähle, daß wir zuerst einigermaßen unseren rasenden Durst mit dem Blute des Opfers stillten; dann schnitten wir dem Leichnam wie in gemeinsamer Eingebung Hände, Füße und Kopf ab und warfen sie zusammen mit den Eingeweiden ins Meer, und hernach verzehrten wir den Rest der Leiche während der vier nächsten Tage, dem 17., 18., 19. und 20. des Monats. Diese Tage werden meiner Erinnerung unauslöschlich eingeprägt bleiben.

Am 19. fiel ein ausgiebiger Regen, der fünfzehn oder zwanzig Minuten anhielt, und wir versuchten, mit einem Leinentuch, das wir gleich nach dem Sturm in der Kajüte aufgefischt hatten, ein wenig Regenwasser aufzufangen. Es war insgesamt nicht mehr als eine halbe Gallone, was wir zu sammeln vermochten; aber dieser kärgliche Vorrat reichte doch aus, um uns ein wenig neue Kraft und Hoffnung zu geben.

Am 21. waren wir aufs neue in größter Not. Das Wetter blieb weiterhin warm und heiter, ab und zu zogen sich Nebel zusammen, und leichte Brisen kamen auf, die von Norden nach Westen strichen.

Am 22., als wir gerade dicht aneinandergedrängt beisammen saßen und trübselig über unsere elende Lage nachsannen, schoß mir auf einmal ein Gedanke durch den Kopf, und ein leuchtender Hoffnungsstrahl stieg vor mir auf. Mir fiel ein, daß mir Peters nach dem Kappen des Fockmastes eine Axt in die Hand gegeben und mich ersucht hatte, sie womöglich an einem sicheren Ort zu verwahren, und daß ich wenige Minuten, bevor die letzte schwere See die Brigg überschwemmte und sie mit Wasser füllte, die Axt ins Vorderdeck gebracht und in einer der Kojen an Backbord niedergelegt hatte. Es schien mir nun möglich, daß wir unter Umständen in den Besitz der Axt gelangen und mit ihrer Hilfe das Deck über der Kombüse aufbrechen und uns so ohne große Schwierigkeit Lebensmittel verschaffen könnten.

Als ich meinen Gefährten diesen Plan eröffnete, brachen sie in schwache Freudenrufe aus, und wir gingen unverzüglich alle nach dem Vorderdeck. Hier stellte es sich als bedeutend schwieriger heraus hinabzutauchen, denn der Zugang war viel enger. Wie erinnerlich, war nämlich das ganze Gebälk rund um die Kajütenluke fortgeschwemmt worden;

der Eingang zum Vorderdeck jedoch, eine einfache Luke, drei Fuß im Durchmesser, war unbeschädigt geblieben. Trotzdem zögerte ich nicht, den Versuch zu wagen, und nachdem man mir ein Tau um den Leib gebunden hatte, sprang ich mit den Füßen voran kühn hinein, gelangte rasch zur Koje und brachte auch gleich beim erstenmal die Axt mit herauf. Sie wurde mit stürmischer Begeisterung, mit Jubel und Triumphgeschrei begrüßt, und die Leichtigkeit, mit der wir sie aufgefunden hatten, wurde als ein gutes Vorzeichen für unsere Rettung angesehen.

Wir gingen nun daran, mit der ganzen Tatkraft unserer neuerwachten Hoffnung auf das Deck loszuhacken, und Peters und ich schwangen abwechselnd die Axt. Was Augustus betrifft, so konnte er wegen seines verletzten Armes nicht mithelfen. Da wir noch zu schwach waren, um uns, ohne uns zu stützen, aufrecht halten zu können, und demzufolge kaum eine Minute oder zwei arbeiten konnten, ohne wieder auszuruhen, wurde uns bald klar, daß wir mehrere Stunden benötigen würden, um unser Vorhaben auszuführen, das heißt, um eine Öffnung herzustellen, die groß genug war, um uns einen ungeninderten Zugang zur Vorratskammer zu gewähren. Aber auch diese Erwägung entmutigte uns nicht. Wir arbeiteten im Mondschein die ganze Nacht, und am Morgen des 23. hatten wir unsern Zweck erreicht.

Peters bot sich an hinabzutauchen, und nachdem wir wie zuvor die nötigen Vorkehrungen getroffen hatten, tauchte er und kam bald wieder herauf. Er brachte ein kleines Gefäß mit, das zu unserer großen Freude mit Oliven gefüllt war. Wir verteilten sie untereinander, verschlangen sie mit hemmungsloser Gier und ließen Peters dann von neuem hinunter. Diesmal übertraf das Erreichte alle unsere Erwartungen, denn er kam sofort mit einem mächtigen Schinken und einer Flasche Madeira zurück. Von dem Wein tranken wir jeder nur einen kleinen Schluck, da wir aus Erfahrung wußten, wie gefährlich die Folgen übermäßigen Genusses sein konnten. Der Schinken war bis auf etwa zwei Pfund um den Knochen herum ungenießbar; das

Salzwasser hatte ihn völlig verdorben. Wir teilten uns in den noch eßbaren Rest. Peters und Augustus, die ihren Heißhunger nicht länger zu bezähmen vermochten, schlangen ihren Anteil auf einmal hinunter. Ich aber war vorsichtiger, und aus Angst vor dem Durst, der nachher nicht ausbleiben konnte, aß ich nur einen kleinen Teil meiner Portion. Nun ruhten wir uns eine Zeitlang von unseren übermenschlich harten Anstrengungen aus.

Am Mittag, als wir uns leidlich gestärkt und erquickt fühlten, nahmen wir unsere Versuche, Lebensmittel heraufzuholen, wieder auf. Peters und ich tauchten abwechselnd mit mehr oder weniger Erfolg bis Sonnenuntergang. In dieser Zeit hatten wir das Glück, insgesamt noch vier weitere Töpfe mit Oliven heraufzubringen, dazu einen zweiten Schinken, eine große Korbflasche, enthaltend nahezu drei Gallonen ausgezeichneten Madeirawein, ferner, was uns noch mehr freute, eine kleine Schildkröte von der Galapagos-Art; Kapitän Barnard hatte von dem Schoner „Mary Pitts", der gerade von der Seehundjagd im Stillen Ozean zurückgekehrt war, mehrere an Bord genommen, als die „Grampus" auslief.

Ich werde im weiteren Verlauf dieses Berichtes des öftern Gelegenheit haben, dieser Schildkrötenart Erwähnung zu tun. Man findet sie, wie die meisten unter meinen Lesern wissen, hauptsächlich auf der *Galapagos* genannten Inselgruppe, die ihren Namen in der Tat von diesen Tieren herleitet. Das spanische Wort *galapago* bedeutet nämlich Süßwasser-Schildkröte. Ihrer eigenartigen Form und auch ihres Ganges wegen werden sie manchmal auch „Elefantenschildkröten" genannt. Man findet nicht selten Exemplare von gewaltiger Größe. Ich habe selbst solche gesehen, die zwischen zwölf- und fünfzehnhundert Pfund wogen, obzwar ich mich nicht entsinnen kann, daß irgendwann ein Seefahrer Schildkröten erwähnt hätte, die mehr als achthundert Pfund schwer waren. Ihr Aussehen ist sonderbar, ja sogar ekelerregend. Ihr Gang ist sehr langsam und gemessen, schwerfällig; ihr Körper kriecht etwa fußhoch über dem Boden dahin. Der Hals ist lang und auffallend dünn, seine gewöhnliche Länge beträgt zwischen achtzehn Zoll und zwei Fuß, und ich habe einmal eine erlegt, bei der die Länge vom Kopf bis zur Schulter nicht weniger als drei Fuß zehn Zoll betrug. Der Kopf hat eine verblüffende Ähnlichkeit mit dem einer Schlange. Sie können eine geradezu unglaublich lange Zeit ohne Nahrung leben, ja, man kennt Fälle, wo Schildkröten dieser Art in einen Schiffsraum geworfen wurden und dort zwei Jahre lang ohne jede Nahrung gelebt haben, und nach Ablauf dieser Zeit waren sie noch ebenso fett und wohlauf, wie man sie verfrachtet hatte. In einer Eigentümlichkeit ihres Organismus haben diese merkwürdigen Tiere eine Ähnlichkeit mit dem Dromedar oder Kamel der Wüste. Sie tragen immer einen Wasservorrat in einem Beutel am Halsansatz mit sich. Man hat sogar schon Schildkröten getötet, denen man ein volles Jahr jede Nahrung entzogen hatte, und wenn man sie dann aufschnitt, fand man bis zu drei Gallonen vollkommen süßes und frisches Wasser in ihrem Sack. Sie nähren sich hauptsächlich von Petersilie und Sellerie, aber auch von Portulak, Seetang und Feigendisteln; diese letztgenannte Pflanze schlägt bei ihnen erstaunlich gut an, und sie gedeihen dabei prächtig. Man findet sie in großer Menge an den Hängen der Hügel unweit der Küsten, wo das Tier selbst vorkommt. Diese Schildkröte, eine schmackhafte und ausnehmend nahrhafte Speise, hat wohl schon Tausenden von Seeleuten das Leben gerettet, die als Walfischfänger oder sonstwie im Stillen Ozean zu tun hatten.

Die eine, die wir glücklich aus dem Vorratsraum heraufgeschafft hatten, war nicht sehr groß und wog vermutlich etwa fünfundsechzig bis siebzig Pfund. Es war ein Weibchen, in ausgezeichnetem Zustand und außergewöhnlich fett, und hatte mehr als eine Viertelgallone klares, süßes Wasser in seinem Beutel. Das war nun wirklich ein unschätzbarer Fund! Wir fielen alle drei auf die Knie und dankten dem Himmel mit einem glühenden Gebet für diese hochwillkommene Hilfe.

Es kostete uns große Mühe, das Tier durch die enge Öffnung herauszuziehen, denn es wehrte sich verzweifelt und war erstaunlich stark. Schon wollte es Peters aus den Händen glitschen und ins Wasser zurückplumpsen, da warf ihm Augustus eine Tauschlinge um den Hals und hielt es so lange daran fest, bis ich zu Peters in das Loch hinuntergesprungen war und ihm helfen konnte, das Tier bis auf das Deck zu stemmen.

Das Wasser füllten wir achtsam aus dem Beutel in den Krug um, den wir, wie der Leser sich erinnern möge, aus der Kajüte heraufgeholt hatten. Hierauf brachen wir an einer Flasche den Hals ab und verfertigten uns so mit Hilfe des Korkens eine Art Trinkglas, das nicht ganz eine Viertelpinte faßte. Wir tranken nun jeder ein solches Glas leer und beschlossen, uns an diese Menge als Tagesration zu halten, solange der Vorrat reichte.

Da während der letzten drei Tage das Wetter trocken und mild gewesen war, waren sowohl das Bettzeug, das wir aus der Kajüte gefischt hatten, als auch unsere Kleider durch und durch trocken geworden, so daß wir diese Nacht, die Nacht des 23., verhältnismäßig behaglich verbrachten und friedlich schliefen, nachdem wir uns zuvor noch reichlich an Oliven und Schinken mit einer kleinen Ration Wein gütlich getan hatten. Da wir befürchteten, es könnte über Nacht, falls eine Brise einsetzen sollte, etwas von unseren Vorräten über Bord gespült werden, befestigten wir alles mit Stricken so gut wie möglich an den Trümmern des Gangspills. Unsere Schildkröte, die wir so lange wie nur irgend möglich am Leben erhalten wollten, drehten wir auf den Rücken und banden sie überdies noch sorgfältig fest.

Dreizehntes Kapitel

24. Juli

Der Morgen des 24. fand uns herrlich erquickt, frischen Mutes und neugestärkt. Trotz der gefahrvollen Lage, in der wir uns immer noch befanden, obwohl wir in völliger Unkenntnis unserer Position waren – wir fuhren mit Sicherheit fernab von jeder Küste –, obwohl unser Proviant höchstens vierzehn Tage reichte, selbst wenn wir höchst haushälterisch damit umgingen, und wir dazu fast kein Trinkwasser hatten, obwohl wir, Wind und Wellen preisgegeben, auf dem elendesten Wrack dahintrieben, kamen uns doch, wenn wir an die unendlich schrecklicheren Gefahren und Ängste zurückdachten, denen wir nach Gottes Ratschluß entronnen waren, unsere gegenwärtigen Leiden und Mühsale als etwas recht Alltägliches und Gewöhnliches vor. So relativ sind Glück und Unheil!

Als die Sonne aufging, schickten wir uns gerade an, unsere Versuche, etwas aus der Vorratskammer heraufzufischen, wieder aufzunehmen, als ein tüchtiger Regenschauer mit Blitz und Donner losbrach; sofort machten wir uns daran, Regenwasser in dem Segeltuch, das uns schon vorher zu diesem Zwecke gedient hatte, aufzufangen. Wir hatten keine andere Möglichkeit, das Wasser zu sammeln, als das Tuch in der Mitte mit einer von den Fockrustenplatten zu beschweren und es auszuspannen. So wurde das Wasser in die Mitte geleitet und sickerte in unsern Krug ab. Wir hatten ihn auf diese Weise schon nahezu gefüllt, als ein heftiger Wind aus Norden aufkam. Wir mußten also unsere Beschäftigung aufgeben, denn das Schiff begann wieder so gewaltig zu schlingern, daß wir uns nicht mehr länger auf den Füßen halten konnten. Wir krochen nun nach vorn, banden uns wie vorher an den Trümmern des Ankerspills fest und warteten die Ereignisse mit größerer Ruhe ab, als wir's unter den obwaltenden Umständen für möglich gehalten hätten. Um die Mittagszeit hatte der Wind zu einer starken Brise aufgefrischt, und nachts schlug er in einen wütenden Sturm um, der von einer entsetzlich schweren Dünung begleitet war. Da wir jedoch aus Erfahrung wußten, wie wir uns am besten festbinden konnten, verbrachten wir die bange Nacht in leidlicher Sicherheit, obwohl uns die Wellen fortwährend bis auf die Haut durchnäßten und wir jeden Augenblick fürchten mußten, weggespült zu werden. Glücklicherweise war aber die Witterung so warm, daß wir das Wasser eher als wohltuend empfanden.

An diesem Morgen war der Sturm abgeflaut und machte nur mehr zehn Meilen in der Stunde, und die See war so ruhig geworden, daß wir an Deck bleiben konnten, ohne naß zu werden. Zu unserem großen Kummer entdeckten wir jedoch, daß zwei von unseren Oliventöpfen sowie der ganze Schinken über Bord gespült worden waren, trotz aller Sorgfalt, mit der wir sie festgebunden hatten. Wir beschlossen, die Schildkröte noch nicht zu schlachten, und begnügten uns einstweilen zum Frühstück jeder mit ein paar Oliven und ein wenig Wasser, das wir zur Hälfte mit Wein mischten; diese Mischung erfrischte und stärkte uns aufs beste, ohne daß wir die üblen Folgen des Portweingenusses verspürten. Die See ging immer noch zu hoch, als daß wir den Versuch, Lebensmittel aus der Vorratskammer heraufzuholen, wieder hätten aufnehmen können. Während des Tages wurden verschiedene Gegenstände, die aber für uns augenblicklich ohne Wert waren, durch die Öffnung heraufgespült und alsbald über Bord geschwemmt. Auch fiel uns auf, daß das Wrack stärker als sonst krängte, so daß wir nicht stehen konnten, ohne uns anzubinden. So verbrachten wir einen anstrengenden und ungemütlichen Tag. Am Mittag stand die Sonne fast senkrecht über uns, und wir zweifelten nicht, daß die ständigen Nord- und Nordwestwinde uns in die unmittelbare Nähe des Äquators getrieben hatten. Gegen Abend sahen wir einige Haifische und gerieten in nicht geringen Schrecken, weil einer, ein riesengroßes Tier, geradewegs und dreist auf uns zugeschwommen kam. Einmal, als sich das Schiff gerade stark neigte und uns fast unter Wasser tauchte, schwamm das Untier tatsächlich über das Schiff weg, zappelte ein paar Augenblicke just über der Kajütenluke und traf Peters heftig mit dem Schwanz. Eine mächtige Woge schwemmte dann zu unserer großen Erleichterung die Bestie wieder über Bord. Bei ruhigem Wetter hätten wir sie ohne große Schwierigkeit fangen können.

26. Juli

Heute morgen hatte der Wind stark nachgelassen, die See ging weniger hoch, und so beschlossen wir, unsere Bergungsversuche im Vorratsraum wieder aufzunehmen. Nach langer und harter Arbeit, die den ganzen Tag andauerte, sahen wir ein, daß wir hier nichts mehr zu erwarten hatten; denn die Zwischendeckwände waren im Laufe der Nacht eingedrückt worden, und alles, was sich dort befunden hatte, war in den Kielraum geschwemmt worden. Wie man sich denken kann, erfüllte uns diese Entdeckung mit Verzweiflung.

27. Juli

Die See war fast spiegelglatt, dazu ging eine leichte Brise, und zwar immer noch aus Nordwest. Nachmittags brach die Sonne durch, glühend heiß, und wir gingen daran, unsere Kleider zu trocknen. Fanden große Erfrischung und Abhilfe gegen den Durst und auch spürbare Erquickung bei einem Bad im Meer; mußten aber dabei aus Angst vor den Haifischen, von denen einige während des Tags rings um die Brigg schwammen, äußerste Vorsicht walten lassen.

28. Juli

Immer noch gutes Wetter. Die Brigg begann sich jetzt so beängstigend auf die Seite zu legen, daß wir fürchteten, sie könnte kentern. Wir bereiteten uns, so gut es ging, darauf vor und banden unsere Schildkröte, den Wasserkrug und die Oliventöpfe so weit wie möglich außerhalb des Schiffsrumpfs auf der Windseite unterhalb der Ankerketten fest. Das Meer den ganzen Tag über spiegelglatt, bei wenig oder gar keinem Wind.

29. Juli

Fortdauer des schönen Wetters. Augustus' verletzter Arm fängt an, Symptome von Wundbrand zu zeigen. Er klagt über Mattigkeit und quälenden Durst, hat jedoch keine Schmerzen. Wir konnten nichts für ihn tun, außer daß wir seine Wunden mit ein wenig Essig von den Oliven einrieben, doch schien das wenig zu nützen. Wir taten alles, was in unserer Macht stand, um ihm Erleichterung zu verschaffen, und gaben ihm die dreifache Ration Trinkwasser.

30. Juli

Grauenhaft heißer Tag, Windstille. Ein riesiger Hai trieb sich den ganzen Vormittag dicht neben dem Schiff herum. Wir unternahmen verschiedene vergebliche Versuche, ihn mit einer Schlinge zu fangen. Augustus fühlte sich viel schlechter. Er wurde sichtlich schwächer, und zwar ebensosehr wegen seiner Wunden als auch, weil ihn die unzureichende, ungesunde Ernährung jammervoll herunterbrachte. Er flehte uns in einem fort an, wir möchten ihn doch von seinen Qualen erlösen; er habe nur noch einen Wunsch: zu sterben. Diesen Abend aßen wir unsere letzten Oliven; das Wasser im Krug war faulig, so daß wir es nur mit Wein vermischt trinken konnten. Wir haben beschlossen, morgen die Schildkröte zu schlachten.

31. Juli

Nachdem wir die Nacht dank der Lage des Schiffes in schweren Ängsten und schrecklicher Übermüdung verbracht hatten, gingen wir daran, die Schildkröte zu schlachten und aufzuschneiden. Es stellte sich heraus, daß sie zwar in gutem Zustand, aber viel kleiner war, als wir gemeint hatten. Es waren im ganzen nicht einmal zehn Pfund Fleisch daran. Wir hatten die Absicht, einen Teil des Fleisches so lange wie möglich aufzuheben, und darum schnitten wir es in kleine dünne Scheiben und füllten damit unsere Oliventöpfe, soweit wir sie noch hatten, und auch die Weinflasche, die wir sorgsam aufbewahrt hatten, und dann gossen wir Essig darüber. Auf diese Weise taten wir etwa drei Pfund von dem Schildkrötenfleisch auf die Seite und nahmen uns fest vor, diesen Notvorrat erst anzurühren, wenn wir alles übrige aufgezehrt hatten. Wir beschlossen, uns auf etwa vier Unzen Fleisch pro Tag zu beschränken; das Ganze mußte dann für dreizehn Tage ausreichen. Um die Dämmerung brach ein heftiger Regenguß los, begleitet von Donner und Blitz, er dauerte aber so kurz an, daß wir nur eine halbe Pinte Wasser auffangen konnten. Einmütig überließen wir alles Augustus, der anscheinend seinem Ende zuging. Er trank das Wasser aus dem Tuch, so wie wir es aufgefangen hatten. Wir hielten ihm das Tuch über das Gesicht, so daß ihm das Wasser in den Mund rinnen konnte. Wir hatten ja jetzt kein Gefäß mehr, in das wir es hätten umfüllen können, es sei denn, wir hätten die Korbflasche geleert oder das faulige Wasser aus dem Krug ausgegossen. Eins von beidem hätten wir wohl auch getan, wenn der Regen länger angedauert hätte.

Den Kranken schien der Trunk nur wenig gelabt zu haben. Sein Arm war vom Handgelenk bis zur Schulter völlig schwarz, und seine Füße waren eiskalt. Wir waren darauf gefaßt, ihn jeden Augenblick verscheiden zu sehen. Er war so grauenhaft abgemagert, daß er statt der hundertsiebenundzwanzig Pfund, die er bei der Abfahrt in Nantucket gewogen hatte, jetzt höchstens noch vierzig oder fünfzig Pfund wog. Seine Augen waren so eingesunken, daß man sie kaum noch sah, und die Haut an seinen Wangen hing so schlaff und lose herunter, daß er nur mit größter Schwierigkeit kauen und sogar kaum etwas Flüssiges hinunterschlucken konnte.

1. August

Noch immer das gleiche ruhige Wetter, drückende Sonnenhitze. Litten gräßlich an Durst, da das Wasser im Krug gänzlich verfault und voller Würmer war. Trotzdem brachten wir es fertig, ein wenig davon hinunterzuwürgen, indem wir es mit Wein vermischten. Aber unser Durst wurde davon nur wenig gestillt. Eher noch erfrischte uns ein Bad im Meer; aber wir konnten uns das nur selten verschaffen, da die Haifische beständig in der Nähe lauerten. Wir sahen nun deutlich, daß Augustus nicht mehr zu retten war; er lag sichtlich im Sterben. Wir konnten gar nichts tun, um seine Qualen zu lindern. Er litt offenbar entsetzlich. Gegen Mittag starb er unter heftigen Krämpfen, nachdem er schon seit

Stunden kein Wort mehr gesprochen hatte. Sein Tod erfüllte uns mit düsteren Ahnungen und wirkte auf uns so bedrückend und lähmend, daß wir den ganzen Tag über unbeweglich neben der Leiche saßen und höchstens im Flüsterton miteinander redeten. Erst geraume Zeit nach Einbruch der Nacht brachten wir den Mut auf, uns aufzuraffen und den Leichnam über Bord zu werfen. Die Leiche war nun unbeschreiblich grauenhaft und widerlich anzusehen und so stark verwest, daß ein Bein Peters einfach in der Hand blieb, als er den Toten aufheben wollte. Als diese völlig zersetzte und verfaulte Masse über Bord ging, entdeckten wir in dem phosphoreszierenden Schein, der sie umgab, sieben oder acht Haifische, und das Zuschnappen ihrer scheußlichen Zähne, als sie die Beute zerrissen, hätte man sicherlich meilenweit hören können. Wir wurden bis ins Innerste von Grauen geschüttelt bei diesem schaurigen Schnappen und Knirschen.

2. August

Das gleiche beängstigend stille und heiße Wetter. Die Morgendämmerung fand uns in einem Zustand jammervoller Niedergeschlagenheit und körperlicher Erschöpfung. Das Wasser im Krug war nicht mehr genießbar, es war nur mehr eine dicke, sulzige Masse, ein ekelerregendes Gemisch von Würmern und Schleim. Wir gossen es weg, wuschen den Krug sorgfältig im Meer aus und schütteten dann ein bißchen Essig aus den Töpfen hinein, in denen wir das Schildkrötenfleisch eingepökelt hatten. Der Durst war kaum noch auszuhalten, und wir versuchten vergeblich, ihn mit Wein zu stillen. Das hieß recht eigentlich Öl ins Feuer gießen und machte uns nur noch sinnlos betrunken. Hierauf versuchten wir unsere Qualen dadurch zu lindern, daß wir den Wein mit Meerwasser mischten; aber davon wurde uns speiübel, und wir mußten uns erbrechen, und so versuchten wir's kein zweitesmal. Den ganzen Tag über lauerten wir gierig auf eine Gelegenheit zum Baden, doch umsonst. Das Schiff wurde jetzt von Haifischen förmlich belagert; es waren zweifellos die gleichen Ungeheuer, die am vorhergehenden Abend unsren armen Gefährten verschlungen hatten und sich jetzt jeden Augenblick einen ähnlichen Festfraß versprachen. Dieser Umstand bekümmerte uns zutiefst, und die düstersten, bedrückendsten Ahnungen stiegen in uns auf. Das Baden hatte uns stets unsagbar wohlgetan, und daß uns das jetzt auf diese schreckliche Art vorenthalten wurde, war uns ein unerträglicher Gedanke. Außerdem waren wir keineswegs frei von unmittelbarer Gefahr, denn ein Fehltritt, ein Ausgleiten, eine falsche Bewegung konnten uns in den Bereich dieser gefräßigen Fische bringen, die oft schnurgerade auf uns losschwammen und sich leewärts im Meer tummelten. Weder durch Schreien noch durch Armeschwenken waren sie abzuschrecken. Einer von den allergrößten ließ sogar dann nicht ab, immer wieder auf uns loszuschießen, nachdem ihn Peters mit der Axt getroffen und schwer verwundet hatte. Um die Dämmerungszeit zog eine Wolke auf, aber zu unserer größten Enttäuschung ging sie vorüber, ohne sich zu entladen. Man kann sich unmöglich vorstellen, wie namenlos wir damals vom Durst gequält wurden. Wir verbrachten eine schlaflose Nacht, teils wegen des quälenden Durstes, teils aus Angst vor den Haien.

3. August

Keine Aussicht auf Erlösung. Die Brigg legte sich immer stärker auf die Seite, so daß wir jetzt nicht mehr auf Deck stehen konnten. Haben uns damit beschäftigt, Wein und Schildkrötenfleisch in Sicherheit zu bringen, damit wir sie nicht verloren, falls wir kenterten. Rissen zwei lange Nägel aus den Fockrusten und schlugen sie mit Hilfe der Axt an der Windseite des Schiffes zwei Fuß über dem Wasser in den Rumpf. Das war ziemlich dicht am Kiel, denn das Schiff lag jetzt fast ganz auf der Seite. An diesen Nägeln banden wir unsere Vorräte fest, da sie hier sicherer waren als an dem Ort, wo wir sie vorher verwahrt hatten. Standen gräßliche Durstqualen aus. Immer noch keine Aussicht auf ein Bad wegen der Haifische, die uns keinen Augenblick verließen. Unmöglich, Schlaf zu finden.

Kurz vor Tagesanbruch merkten wir, daß das Schiff am Kentern war, und wir rafften uns auf, um nicht über Bord geschleudert zu werden. Zuerst legte sich das Wrack langsam und allmählich mehr und mehr auf die Seite, und wir konnten gut auf der Windseite hinaufklettern und uns dort festhalten; denn wir hatten vorsichtigerweise an den Nägeln, an denen unsere Vorräte festgebunden waren, Seile herunterhängen lassen. Aber wir hatten nicht berechnet, wie rasch sich der Schwung des kenternden Schiffes beschleunigen mußte, und plötzlich wurde die Drehung so heftig, daß wir nicht mehr mit ihr Schritt halten konnten. Und ehe wir noch wußten, wie uns geschah, wurden wir mit wütender Wucht ins Meer geschleudert und rangen ein paar Faden tief mit den Wellen, während die riesige Masse des Wracks gerade über uns lag.

Im Untersinken hatte ich das Tau, an dem ich mich festklammerte, fahrenlassen müssen, und da mir nun auch klarwurde, daß ich ganz und gar unter dem Schiffsrumpf lag und daß meine schwachen Kräfte gänzlich erschöpft waren, machte ich kaum einen Versuch, um mein Leben zu kämpfen, sondern ergab mich darein, daß ich in wenigen Sekunden sterben müsse. Aber auch darin hatte ich mich getäuscht, da ich das naturgemäß erfolgende Zurückschnellen des Wracks auf die Luvseite nicht bedacht hatte. Das emporwirbelnde Wasser, das durch das teilweise Zurückrollen des Schiffes aufwärts gejagt wurde, brachte mich noch rascher an die Oberfläche, als ich zuvor untergesunken war. Als ich auftauchte, befand ich mich, soweit ich es ermessen konnte, etwa zwanzig Ellen vom Wrack entfernt. Der Schiffsrumpf lag kieloben und schaukelte wild von einer Seite auf die andere, und ringsum war die See in heftiger Bewegung und voll gewaltiger Strudel. Weit und breit war keine Spur von Peters zu sehen. Wenige Fuß von mir entfernt schwamm ein Tranfaß, und verschiedene andere Gegenstände von der Brigg trieben auf dem Wasser.

Meine größte Angst galt nun den Haien, die, wie ich

wußte, sich ganz in meiner Nähe herumtrieben. Um sie womöglich zu verscheuchen, platschte ich wie verrückt mit Füßen und Händen ins Wasser und erzeugte auf diese Weise, während ich auf das Wrack zuschwamm, eine Unmenge Schaum. Ich zweifle nicht, daß ich diesem an sich so einfachen Trick die Rettung meines Lebens zu verdanken habe; denn knapp bevor die Brigg kenterte, hatte das Meer ringsherum von diesen Untieren nur so gewimmelt, so daß ich während des Schwimmens mit einigen von ihnen in Berührung kommen mußte und auch wirklich kam. Zum großen Glück aber gelangte ich sicher bis an die Seite des Schiffes; doch war ich so vollkommen erschöpft durch die übermenschlichen Anstrengungen, die es mich gekostet hatte, daß ich nie und nimmer hätte hinaufklettern können, wäre mir Peters nicht rechtzeitig zu Hilfe gekommen. Er tauchte zu meiner größten Freude jetzt plötzlich auf – er war von der andern Seite des Wracks auf den Kiel geklettert – und warf mir das Ende eines Taues zu, eines von denen, die wir an den Nägeln festgebunden hatten.

Kaum waren wir mit knapper Not dieser Bedrängnis entronnen, da wurde unsere Aufmerksamkeit auch schon auf eine andere, nicht minder bedrohliche Gefahr gelenkt: auf die Gefahr des Verhungerns. Unsere gesamten Vorräte waren trotz allen unseren Bemühungen, sie in Sicherheit zu bringen, über Bord geschwemmt worden; und da wir keinerlei Möglichkeit sahen, uns noch irgend etwas Eßbares zu verschaffen, gaben wir uns beide wildester Verzweiflung hin, weinten und schluchzten wie Kinder und machten nicht einmal mehr den Versuch, einander zu trösten. Solche Schwäche kann man sich wohl kaum vorstellen, und wer sich nie in einer ähnlichen Lage befunden hat, dem wird sie unnatürlich vorkommen. Aber man darf nicht vergessen, daß unser Geist durch die langen, ständigen Entbehrungen und Schrecknisse arg gelitten hatte, so daß man uns um diese Zeit kaum noch als vernunftbegabte Wesen hätte ansprechen können. In den folgenden Gefahren, die ebenso schrecklich, wenn nicht schrecklicher waren, ertrug ich tapfer alle Unbilden meiner Lage, und Peters legte, wie man noch sehen wird, eine geradezu stoische Denkart an den Tag, die beinahe ebenso unfaßlich war wie seine jetzige kindische Handlungsunfähigkeit und Verblödung. Der Unterschied ist nur durch unsere damalige Geistesverfassung zu erklären.

Das Kentern der Brigg und sogar der Verlust des Weins und des Schildkrötenfleischs, den es zur Folge hatte, hätten unsere Lage im großen und ganzen nicht schlimmer gestalten können, als sie zuvor schon gewesen war, wären nicht unsere Leintücher, in denen wir bisher das Regenwasser aufgefangen hatten, und der Krug, in dem wir es aufbewahrten, verschwunden. Denn wir fanden den ganzen Unterteil des Schiffsrumpfes, zwei, drei Fuß von der Wasserlinie bis zum Kiel, mit großen Entenmuscheln dicht übersät, die sich als eine köstliche und höchst nahrhafte Speise erwiesen. So war uns das Unheil, das uns zuerst in einen so heillosen Schrekken versetzt hatte, in zwiefacher Hinsicht zum Glück ausgeschlagen: es hatte uns Vorräte erschlossen, die wir, vorausgesetzt, daß wir haushälterisch damit umgingen, in einem Monat nicht aufessen konnten, und überdies war dadurch unsere Lage merklich leichter geworden, denn wir waren nun viel besser und bequemer daran und unvergleichlich weniger in Gefahr als vorher.

Doch machte uns die Schwierigkeit der Wasserversorgung blind für alles Gute, das sich aus dem Umschwung der Verhältnisse für uns ergab. Damit wir uns einen Regenguß, der möglicherweise kommen konnte, tunlichst zunutze zu machen vermochten, zogen wir unsere Hemden aus, um sie so wie vorher die Leintücher verwenden zu können. Aber natürlich hofften wir auch im günstigsten Fall nicht mehr als eine Achtelpinte auf einmal zusammenzubekommen. Nicht eine einzige Wolke zeigte sich den ganzen Tag über, und der quälende Durst war kaum noch auszuhalten. In der Nacht fand Peters für eine knappe Stunde einen unruhigen, fiebrigen Schlaf; ich hingegen konnte vor irrsinnigen Qualen keinen Augenblick lang die Augen zutun.

5. August

Heute kam eine linde Brise auf, die uns durch eine Unmasse von Seetang trieb, worin wir glücklicherweise elf kleine Krabben fanden. So kamen wir zu ein paar köstlichen Mahlzeiten. Da ihre Schalen ungemein zart waren, aßen wir sie mit Stumpf und Stiel auf und stellten fest, daß sie uns viel weniger Durst machten als die Entenmuscheln. Von Haifischen sahen wir in den Algen keine Spuren, und das bewog uns, ein Bad zu wagen. Wir blieben vier oder fünf Stunden im Wasser, und unser Durst ließ in dieser Zeit spürbar nach. Wir fühlten uns sehr erfrischt, verbrachten diese Nacht besser als die vorherige und konnten ein wenig schlafen.

6. August

An diesem Tag erlebten wir den Segen eines anhaltenden und kräftigen Regenfalls, der von etwa Mittag bis in die Nacht hinein dauerte. Wir vermißten nun bitterlich unsern verlorenen Krug und die abhanden gekommene Korbflasche; denn trotz den unzulänglichen Mitteln, die uns zu Gebote standen, um das Wasser aufzufangen, hätten wir eines, wenn nicht beide Gefäße füllen können. So aber löschten wir unseren brennendsten Durst, indem wir unsere Hemden ganz mit Wasser durchtränkten und sie dann so auswrangen, daß uns das willkommene, ersehnte Naß in den Mund träufelte. Mit dieser Beschäftigung verbrachten wir den ganzen Tag.

7. August

Gerade bei Tagesanbruch sichteten wir beide im gleichen Augenblick ein Segel im Osten, *das ganz offenkundig auf uns zukam*. Wir begrüßten dieses herrliche Schauspiel mit einem langen, wenn auch recht schwachen Freudengeschrei und begannen dann sofort, alle nur möglichen Signale zu geben. Wir ließen unsere Hemden in der Luft flattern, sprangen so hoch, wie es unser geschwächter Zustand überhaupt zuließ, und riefen sogar, was unsere Lungen hergeben konnten: „Schiff ahoi!“ obwohl das Schiff mindestens fünfzehn Meilen von uns entfernt war. Doch es kam unserem Wrack immer näher, und wir hatten das bestimmte Gefühl, wenn es jetzt nur immer die Richtung beibehielt, mußte es unfehlbar so nahe an uns vorbeisegeln, daß es uns sehen konnte. Eine Stunde etwa, nachdem wir es entdeckt hatten, konnten wir schon unschwer die Leute an Deck deutlich erkennen. Es war ein langer, niedriger und etwas heruntergekommen aussehender Toppsegelschoner mit einer schwarzen Kugel im Vormarssegel und anscheinend voll bemannt. Jetzt packte uns eine gräßliche Angst, denn wir konnten uns nicht vorstellen, daß man uns nicht gesichtet hatte, und doch zitterten wir bei dem Gedanken, man könnte uns unserem Schicksal überlassen und so dem sicheren Tod auf dem Wrack preisgeben. Solch barbarische Niederträchtigkeiten haben sich schon mehrmals auf dem Meer ereignet; sie sind, so unglaublich es klingen mag, von Geschöpfen begangen worden, die man als zum Menschengeschlecht gehörig betrachten muß. Diesmal aber wurden wir Gott sei Dank freudig enttäuscht; denn wir bemerkten bald ein plötzliches Hin-und-her-Laufen an Deck des fremden Schiffs, gleich darauf wurde die englische Flagge gehißt, und der Schoner änderte seinen Kurs und hielt geradewegs auf uns zu. Eine halbe Stunde später befanden wir uns in seiner Kajüte. Es war die „Jane Guy" aus Liverpool unter Kapitän Guy; sie war zum Robbenfang und zu andern Handelszwecken unterwegs nach der Südsee und dem Stillen Ozean.

Vierzehntes Kapitel

Die „Jane Guy" war ein stattlicher, schmucker Toppsegelschoner von hundertundachtzig Tonnen. Sie war am Bug auffällig schmal gebaut und bei ruhiger See und günstigem Wind der schnellste Segler, den ich zeitlebens gesehen habe. Hingegen eignete sie sich als Hochseeschiff weniger gut und hatte für diese Bestimmung einen viel zu starken Tiefgang. Für diesen Zweck braucht man eher ein größeres Schiff mit verhältnismäßig geringem Tiefgang, das heißt ein Schiff von dreihundert bis dreihundertfünfzig Tonnen. Es müßte als dreimastiges Handelsschiff getakelt und auch sonst ganz anders gebaut sein als die gewöhnlichen Südseefahrer. Vor allem müßte es unbedingt gut bewaffnet sein, sagen wir: mit zehn oder auch einem Dutzend Zwölfpfünder-Schiffshaubitzen, dazu zwei oder drei Langrohren samt eisernen Geschützen und dazu noch wasserdichten Waffenkisten für jedes Deck. Ihre Anker und Taue müßten viel stärker sein, als es sonst für jede andere Seefahrt erforderlich wäre, und vor allem müßte ihre Besatzung zahlreich und gut ausgebildet sein – nicht weniger als fünfzig bis sechzig kräftige Leute für ein Schiff, wie ich es beschrieben habe. Die „Jane Guy“ war, abgesehen vom Kapitän und vom Maat, mit fünfunddreißig Leuten bemannt, lauter tüchtigen Seeleuten. Aber sie war nicht ganz so trefflich armiert und ausgerüstet, wie es ein erfahrener Seemann, der vertraut ist mit den Schwierigkeiten und Gefahren eines Kauffahrteischiffes, hätte wünschen mögen.

Kapitän Guy war ein ausnehmend höflicher und umgänglicher Mann und besaß bemerkenswerte Erfahrung im Südseehandel, dem er den größten Teil seines Lebens gewidmet hatte. Doch ging ihm die Energie ab und damit auch der Unternehmungsgeist, der hier unerläßlich vonnöten ist. Er war Miteigentümer des Schiffes, das er befehligte, und hatte unbeschränkte Vollmacht, in der Südsee nach jeder beliebigen Handelsware, die ihm gerade unter die Hände kam, zu kreuzen. Er führte, wie es auf solchen Reisen üblich ist, mancherlei Tauschwaren an Bord: Glasperlen, Spiegel, Feuerwerkskörper, Äxte, Beile, Sägen, Breitbeile, Hobel, Stemmeisen, Hohleisen, Bohrer, Feilen, Ziehklingen, Raspen, Hämmer, Nägel, Messer, Scheren, Rasierzeuge, Nadeln, Faden, Töpferwaren, Kattun, allerlei Flitterkram und ähnliche Dinge mehr.

Der Schoner segelte am 10. Juli von Liverpool ab, kreuzte am 25. den Wendekreis des Krebses unter dem 20. Grad westlicher Länge und lief am 29. Sal an, eine der Kapverdischen Inseln; dort nahm er Salz und andere nötige Vorräte an Bord. Am 3. August verließ er die Kapverdischen Inseln und steuerte nach Südwest, fuhr auf die Küste von

Brasilien zu und passierte den Äquator zwischen dem 28. und 30. Meridian westlicher Länge. Es ist das der gewöhnliche Kurs der Schiffe, die von Europa nach dem Kap der Guten Hoffnung oder nach Ostindien segeln. Auf dieser Route vermeiden sie die Flauten und starken Gegenströmungen, die beständig an der Küste von Guinea herrschen, und schließlich ist es auch der kürzeste Weg, da es nie an Westwinden fehlt, die das Schiff dem Kap zutreiben. Kapitän Guy beabsichtigte, in Kerguelenland erstmals Station zu machen, warum weiß ich selber nicht. An dem Tag, an dem wir aufgefischt wurden, hatte der Schoner Kap Roque auf dem 31. Grad westlicher Länge passiert. So waren wir also, wie sich herausstellte, aller Wahrscheinlichkeit nach nicht weniger als fünfundzwanzig Grad von Norden nach Süden abgetrieben worden.

An Bord der „Jane Guy" wurden wir mit aller erdenklichen Freundlichkeit behandelt, die unsere traurige Verfassung erheischte. Binnen vierzehn Tagen, in denen wir bei sanften Winden und schönem Wetter immer weiter nach Südosten segelten, erholten wir uns beide, Peters und ich, gänzlich von unseren jüngsten Leiden und Entbehrungen, und es dauerte nicht lange, so kam uns das, was wir erlebt hatten, eher wie ein wüster, entsetzlicher Traum vor, aus dem wir glücklicherweise wieder erwacht waren, als wie Ereignisse der nackten, nüchternen Wirklichkeit. Ich habe seither die Beobachtung gemacht, daß diese Art teilweisen Vergessens im allgemeinen durch einen plötzlichen Umschwung – entweder von Freude zu Trauer oder umgekehrt von Trauer zur Freude – hervorgerufen wird. Das Maß des Vergessens entspricht dabei der Stärke des Gegensatzes. So bin ich, was mich selber betrifft, jetzt völlig außerstande, mir das Elend in seinem ganzen Umfang wieder zu vergegenwärtigen, das ich während der auf dem Wrack verbrachten Tage durchgemacht habe. Man entsinnt sich zwar der Ereignisse, nicht aber der Empfindungen, die sie auslösten. Ich weiß nur eines: damals, als ich sie erlebte, meinte ich, die menschliche Natur könne größere Qualen nicht ertragen.

Wir setzten unsere Fahrt mehrere Wochen lang fort, ohne daß sich etwas von Belang ereignete, außer daß wir hier und da einem Walfischfänger begegneten und häufiger noch schwarzen oder echten Walen, wie sie zum Unterschied von den Pottwalen genannt werden. Diese findet man hauptsächlich südlich des 25. Breitenkreises. Am 16. September geriet das Schiff in der Nähe des Kaps der Guten Hoffnung in den ersten heftigeren Sturm seit Liverpool. In diesen Gegenden, noch häufiger aber im Süden und Osten des Vorgebirges – wir befanden uns im Westen – haben die Seefahrer oft gegen die Nordstürme anzukämpfen, die mit fürchterlicher Wut toben. Diese Stürme bringen auch immer hohen Seegang mit sich und sind besonders gefährlich durch das plötzliche Umschlagen des Windes, das gewöhnlich dann eintritt, wenn der Sturm gerade am wütendsten tobt. So kann ein wilder Orkan aus Ost oder Nordost bis zu einem bestimmten Augenblick wüten, und eine Minute später weht auch nicht das leiseste Lüftchen mehr aus dieser Richtung, während der Sturm mit unfaßbarer Wut plötzlich aus Südwesten einsetzt. Ein breiter heller Fleck im Süden ist das sichere Vorzeichen solch eines Umschlags, und die Schiffe haben so die Möglichkeit, ihre Vorsichtsmaßnahmen zu treffen.

Es war etwa sechs Uhr morgens, als der Sturm einsetzte. Eine Bö überfiel uns, wie gewöhnlich, von Norden aus heiterem Himmel. Um acht Uhr war der Wind beträchtlich stärker geworden, und eine der fürchterlichsten Sturzseen, die ich in meinem ganzen Leben gesehen habe, raste über uns weg. Wir hatten alles so gut wie möglich in Sicherheit gebracht, aber der Schoner stampfte unheimlich schwer, und es zeigte sich jetzt, daß er wenig seetüchtig war, denn er ging bei jeder hohen Welle mit dem Vorderdeck unter Wasser und kam nur mit größter Mühe wieder hoch, bevor eine neue Woge ihn verschlang. Gerade vor Sonnenuntergang zeigte sich im Süden jener helle Fleck, nach dem wir ausgespäht hatten, und eine Stunde später sahen wir, daß unser kleines Vorsegel schlaff und schlapp am Mast hing. Zwei Minuten später waren wir allen Vorkehrungen zum Trotz wie durch Zaubermacht auf die Seite gelegt, und eine Unmasse Gischt brandete über uns hinweg, während wir so halb gekentert lagen. Zum großen Glück zeigte es sich aber, daß der Sturm aus Südwest nur eine Bö war, und wir konnten das Schiff glücklich wieder aufrichten, ohne auch nur eine einzige Spiere verloren zu haben. Die wild tobende See machte uns noch stundenlang schwer zu schaffen, aber gegen Morgen waren wir wieder obenauf und in ebenso guter Verfassung wie vor dem Sturm. Kapitän Guy meinte, wir seien noch einmal wie durch ein Wunder davongekommen.

Am 13. Oktober kamen in 46° 53′ südlicher Breite und 37° 46′ östlicher Länge die Prinz Eduard-Inseln in Sicht. Zwei Tage später waren wir in der Nähe der Possession-Insel und segelten nun bald an den Crozet-Inseln in 42° 49′ südlicher Breite und 48° östlicher Länge vorbei. Am 18. erreichten wir die Insel Kerguelen, auch Ödnis-Insel genannt, im südlichen Indischen Ozean und gingen bei einer Wassertiefe von vier Faden in Christmas-Harbour vor Anker.

Diese Insel oder, besser gesagt, diese Inselgruppe liegt südöstlich vom Kap der Guten Hoffnung, etwa achthundert Seemeilen von ihm entfernt. Sie wurde im Jahre 1772 vom Baron Kergulen oder Kerguelen, einem Franzosen, entdeckt, der, im Glauben, das Land sei nur ein Teil eines ausgedehnten südlichen Kontinents, in diesem Sinne nach Hause berichtete; dieser Bericht erregte damals großes Aufsehen. Die Regierung nahm sich der Sache an und schickte den Baron im nächsten Jahr erneut dorthin, damit er seine Entdeckung überprüfe, und nun stellte sich der Irrtum heraus. 1777 stieß Cook auf die gleiche Inselgruppe und gab der größten Insel den Namen Ödnis-Insel, eine Benennung, die wahrlich zutrifft. Wenn der Seefahrer sich dem Lande nähert, so ist er gern geneigt, etwas anderes zu vermuten; denn die Hänge der meisten Hügel sind vom September bis Mitte März mit leuchtendem Grün überzogen. Dieser trügerische Anblick rührt von einer kleinen Pflanze her, die an Steinbrech erinnert und in reicher Fülle auf einer Art bröckligem Moos gedeiht. Abgesehen von dieser Pflanze gibt es aber auf der Insel sonst kaum eine Spur von Vegetation, ausgenommen in der Nähe des Hafens einige Flechten und eine Staude, die an Kohl, wenn er schießt, erinnert und einen herben, bitteren Geschmack hat.

Die Gegend ist hügelig, wenn auch keiner von den Hügeln übermäßig hoch genannt werden kann. Ihre Gipfel bedeckt ewiger Schnee. Es gibt mehrere Häfen, unter denen Christmas-Harbour als der beste gilt. Ihn erreicht man zuerst, wenn man an die Ostseite der Insel gelangt, sobald man das Kap François passiert hat, das die Nordküste bildet und durch seine eigenartige Form ein Wahrzeichen des Hafens ist. Sein äußerster Ausläufer endet nämlich in einem hohen Felskegel, den ein großes Loch durchbricht, so daß ein mächtiger natürlicher Bogen entsteht. Die Einfahrt liegt auf 48° 41′ südlicher Breite und 69° 6′ östlicher Länge. Läuft man hier ein, so kann man im Schutze verschiedener kleiner Inseln, die jeden östlichen Wind hinreichend abhalten, guten Ankergrund finden. Segelt man ostwärts von diesem Ankergrund weiter, so kommt man am Eingang des Hafens zur Wasp-Bai. Das ist ein kleines, völlig vom Land umschlossenes Becken, vier Faden tief, wo man in einer Tiefe von drei bis zehn Faden in hartem Lehmboden ankern kann. Hier kann ein Schiff mit seinem Steuerbordanker ohne jede Gefahr das ganze Jahr hindurch liegen. An der westlichen Einfahrt zu der Wasp-Bai mündet ein Bach mit ausgezeichnetem Trinkwasser, das leicht zu beschaffen ist.

Auf den Kerguelen findet man noch Seehunde und andere Robbenarten, und auch See-Elefanten trifft man häufig an. Ebenso hat man viele Vogelarten hier entdeckt. Pinguine kommen in Mengen vor; es gibt deren vier Arten. Der Königspinguin, so genannt wegen seiner Größe und seines prächtigen Gefieders, ist der größte. Der obere Teil seines Körpers ist grau und zuweilen lilafarben getönt; der Unterleib leuchtet in einem unvorstellbar reinen Weiß. Der Kopf ist glänzend schwarz, desgleichen die Füße. Der schönste Schmuck des Gefieders jedoch besteht in zwei breiten goldfarbenen Streifen, die vom Kopf bis zur Brust verlaufen. Der Schnabel ist lang und entweder rosa oder grellrot. Diese

Vögel gehen aufrecht, in stolzer, majestätischer Haltung. Sie tragen den Kopf hoch, und ihre Flügel hängen wie zwei Arme herab. Und da ihr Schwanz in einer Linie mit den Beinen den Körper fortsetzt, ist die Ähnlichkeit mit einer menschlichen Gestalt ganz verblüffend, so daß man sich auf den ersten Blick oder in der Abenddämmerung leicht täuschen kann. Die Königspinguine, die wir auf den Kerguelen antrafen, waren ein wenig größer als Gänse. Die andern Arten sind die Makkaroni, die Jakkas und die Rookery-Pinguine. Diese sind bedeutend kleiner, ihr Gefieder ist weniger schön, und sie sind auch in mancher anderen Hinsicht von ihnen verschieden.

Außer den Pinguinen finden sich dort noch eine Menge weiterer Vögel, unter denen ich die Seehühner, die blauen Wasserhühner, Krickenten, Enten, Port-Egmont-Hühner, Kaptauben, Seeschwalben, Kormorane, Seemöwen, Mother-Carey's-Gänse, die großen Sturmvögel und schließlich die Albatrosse erwähnen möchte.

Der große Sturmvogel ist so groß wie der gemeine Albatros und ein Fleischfresser. Man nennt ihn oft auch Knochenbrecher-Vogel oder Fischadler. Er ist kein bißchen scheu und, zweckmäßig zubereitet, ein schmackhaftes Essen. Beim Fliegen segelt er oftmals dicht über der Wasseroberfläche dahin, mit weitausgebreiteten Schwingen, die er scheinbar nicht im geringsten bewegt oder sonstwie benützt.

Der Albatros ist einer der größten und schnellsten Vögel der Südsee. Er gehört zur Gattung der Möwen, raubt seine Beute im Flug und läßt sich nur zum Brüten auf dem Land nieder. Zwischen diesem Vogel und dem Pinguin besteht die eigenartigste Freundschaft. Ihre Nester werden in schönster Eintracht nach einem gemeinsamen Plan angelegt; das Nest des Albatros nimmt die Mitte eines von vier Pinguinnestern gebildeten kleinen Vierecks ein. Die Seeleute bezeichnen übereinstimmend diese Lagerplätze oder Nestansammlungen als *Krähengeniste*. Solche Lagerstätten sind schon mehrmals beschrieben worden; da aber wohl kaum alle meine Leser diese Beschreibungen gelesen haben und ich später noch Gelegenheit haben werde, von Pinguinen und Albatrossen zu berichten, will es mir nicht fehl am Platze scheinen, wenn ich hier mit ein paar Worten auf ihren Nestbau und ihre Lebensweise eingehe.

Wenn die Brutzeit herankommt, versammeln sich die Vögel in großen Scharen, und ein paar Tage lang sieht es aus, als berieten sie, was am besten zu tun sei. Dann erst gehen sie ans Werk. Ein ebenes Stück Boden von passender Größe, gewöhnlich drei oder vier Morgen umfassend, wird ausgesucht, so nahe wie möglich am Meer, jedoch außerhalb des Flutbereichs. Ausschlaggebend für die Wahl des Ortes ist die Ebenmäßigkeit des Bodens und auch, ob er möglichst wenig steinig ist. Ist das erledigt, so gehen die Vögel einmütig und anscheinend von *einem* Gedanken geleitet daran, mit mathematischer Genauigkeit entweder ein Quadrat oder sonst ein Parallelogramm zu umreißen, je nach dem Orte, und wie es ihm am besten angepaßt ist, gerade groß genug, um die ganze Vogelversammlung aufzunehmen, aber auch nicht größer. Damit wollen sie offensichtlich den Zuzug späterer Ankömmlinge verhindern, die nicht am Bau des Lagers mitgearbeitet haben. Eine Seite des abgegrenzten Raumes läuft parallel mit dem Meeresufer und bleibt für die ein- und ausgehenden Vögel offen.

Haben sie dann die Niststätte abgegrenzt, so beginnen die Ansiedler den Platz gründlichst zu säubern. Sie lesen Stein um Stein auf und laden sie dicht außerhalb der Grenzlinien ab, so daß auf den drei Landseiten ein Wall entsteht. Unmittelbar unterhalb dieses Walles wird nun ein ganz ebener, glatter Weg angelegt, sechs bis acht Fuß breit, der rings um das ganze Lager läuft und so als allgemeiner Spazierweg dient.

Das nächste, was nun geschieht, ist die Einteilung des ganzen Geländes in genau gleich große Vierecke. Das geschieht durch die Anlage schmaler, ganz glatter Pfade, die einander in der ganzen Länge des Nistlagers rechtwinklig schneiden. An jedem solchen Schnittpunkt ist das Nest eines Albatros gebaut, und in der Mitte jedes Quadrats befindet sich ein Pinguinnest, so daß jeder Pinguin von vier Albatrossen umgeben ist und jeder Albatros von ebenso vielen Pinguinen. Das Nest des Pinguins besteht aus einem Loch in der Erde, das gerade nur so tief ist, daß das einzige Ei, das er legt, nicht herausrollen kann. Der Albatros geht bei der Anlage seiner Niststätte weniger einfach vor: er wirft einen kleinen, etwa fußhohen und zwei Fuß breiten Hügel auf. Den verfertigt er aus Erde, Tang und Muscheln. Obendrauf baut er dann sein Nest.

Die Vögel achten ganz besonders darauf, daß ihre Nester während der ganzen Brutzeit und sogar, bis ihre Nachkommenschaft kräftig genug ist, um selber für sich zu sorgen, keinen Augenblick unbeaufsichtigt und ohne Schutz bleiben. Während das Männchen auf der Nahrungssuche ist, bleibt das Weibchen pflichtgetreu bei seinem Brutgeschäft, und ehe sein Gespons nicht zurück ist, getraut es sich nicht wegzufliegen. Die Eier bleiben überhaupt nie unbebrütet; solange ein Vogel das Nest verläßt, brütet der andere. Dieses vorsichtige Verhalten ist durchaus angebracht wegen des im Nistlager herrschenden Hangs zum Stehlen; denn die Insassen nehmen einander unbedenklich bei der ersten sich bietenden Gelegenheit die Eier weg.

Wenn es auch Brutstätten gibt, in denen Pinguine und Albatrosse die einzigen Bewohner sind, so sind in den meisten doch die verschiedensten Seevögel zu finden, die alle Bürgerrechte genießen, ihre Nester bald da-, bald dorthin bauen, wo sie gerade Platz finden, niemals aber die Brutplätze der größeren Arten mit Beschlag belegen. Der Anblick dieser Brutstätten wirkt von weitem höchst eigenartig. Der Luftraum über der Siedlung ist völlig verdunkelt durch eine Unmenge von Albatrossen, vermischt mit kleineren Vogelarten, die ununterbrochen über dem Nistplatz hin und her schweben und entweder heimwärts oder aufs Meer hinaus fliegen. Gleichzeitig sieht man eine große Zahl von Pinguinen, die teils auf den schmalen Pfaden auf und ab wandeln, teils aber in ihrem charakteristischen militärischen Gang über den allgemeinen Spazierweg einherstolzieren, der rund um das Nistlager führt. Kurz, wie wir es auch betrachten, es kann nichts Erstaunlicheres geben als die überlegende Klugheit dieser gefiederten Geschöpfe, und nichts scheint besser geeignet, jeden wohlgeregelten Menschenverstand nachdenklich zu stimmen.

Am Morgen nach unserer Ankunft in Christmas-Harbour nahm der Obermaat, Mr. Petterson, die Boote und fuhr, obwohl es noch etwas früh im Jahre war, auf die Seehundjagd. Den Kapitän und einen jungen Verwandten von ihm setzte er dabei im Westen irgendwo in der Wildnis an Land, vermutlich weil sie im Innern der Insel etwas zu erledigen hatten; was, konnte ich nicht in Erfahrung bringen. Kapitän Guy nahm eine Flasche mit, in der ein versiegelter Brief war, und brach damit von der Stelle, wo er gelandet war, zu einer der höchsten Anhöhen der Gegend auf. Wahrscheinlich wollte er den Brief für irgendein Schiff, von dem er wußte, daß es nach ihm hier vor Anker gehen sollte, dort niederlegen. Sobald wir ihn aus den Augen verloren hatten, begannen wir – Peters und ich waren im Boot des Maats – die Küste nach Seehunden abzusuchen. Mit dieser Beschäftigung hielten wir uns drei Wochen lang auf; wir suchten aufs sorgfältigste jeden Winkel und jeden Flecken Erde und Wasser ab, nicht nur auf den Kerguelen, sondern auch auf den verschiedenen kleineren Inseln der Umgebung. Doch zeitigten unsere Bemühungen keinen nennenswerten Erfolg. Wir sichteten zwar sehr viele Seehunde, aber sie waren äußerst scheu, und wir konnten nicht mehr als dreihundertfünfzig Felle erbeuten. See-Elefanten gab es, besonders an der Westküste des Festlands, in Massen, aber wir erlegten nur zwanzig, und auch die nur unter den größten Schwierigkeiten. Auf den kleinen Inseln fanden wir ziemlich viele rauhhaarige Seehunde; doch die ließen wir unbehelligt. Am 11. kehrten wir auf den Schoner zurück und fanden dort Kapitän Guy und seinen Neffen, die beide vom Innern der Insel eine sehr ungünstige Beschreibung gaben. Sie schilderten sie als eine der ödesten und unfruchtbarsten Gegenden der Erde. Sie hatten zwei Nächte auf der Insel verbracht, und zwar infolge eines Mißverständnisses des Untermaats, der eine Jolle von dem Schoner hätte schicken sollen, um sie wieder an Bord zu holen.

Am 12. segelten wir von Christmas-Harbour ab und fuhren wieder westwärts, wobei wir die Marioninsel, eine von den Crozet-Inseln, links liegenließen. Hierauf passierten wir die Prinz-Eduard-Insel, die wir ebenfalls backbords ließen. Dann steuerten wir mehr nördlich und gelangten in fünfzehn Tagen zu den Tristan-d'Acunha-Inseln, die auf 37° 8′ südlicher Breite und 12° 8′ westlicher Länge liegen.

Diese heute so bekannte Inselgruppe, bestehend aus drei kreisrunden Inseln, wurde zuerst von den Portugiesen entdeckt, nachher von den Holländern anno 1643 und später von den Franzosen 1767 besucht. Die drei Inseln bilden zusammen ein Dreieck und liegen etwa zehn Meilen auseinander, so daß zwischen ihnen schöne offene Durchfahrten bestehen. Das Ufer ist bei allen dreien sehr hoch, insbesondere bei der eigentlichen Insel Tristan d'Acunha, der größten der Gruppe, die 15 Meilen im Umfang mißt und so hoch aufragt, daß man sie bei guter Sicht aus einer Entfernung von achtzig oder neunzig Meilen sieht. Ein Teil der Küste steigt gegen Norden steil bis auf eine Höhe von mehr als tausend Fuß über dem Meeresspiegel an. Auf dieser Höhe erstreckt sich eine Hochebene bis fast in die Mitte der Insel hinein, und aus dieser Hochebene ragt ein Felskegel, ähnlich dem von Teneriffa, empor. Die untere Hälfte dieses Kegels ist mit ziemlich großen Bäumen bewachsen, aber der obere Teil ist nackter Fels, der gewöhnlich von Wolken verhangen und fast das ganze Jahr über mit Schnee bedeckt ist. Es gibt keine Untiefen noch andere Gefahren rings um die Insel, die Küste fällt bemerkenswert steil ab, und das Wasser ist sehr tief. Auf der Nordwestseite liegt eine Bucht mit einem schwarzsandigen Strand, wo, namentlich bei Südwind, Boote leicht landen können. Vorzügliches Trinkwasser läßt sich dort unschwer in Menge auftreiben, und Stockfische und andere Fische können mit der Angel gefangen werden.

Die nächste Insel, die zugleich am westlichsten liegt, ist die sogenannte „Unzugängliche Insel“. Sie liegt genau auf

37° 17′ südlicher Breite und 12° 24′ westlicher Länge. Das Eiland hat einen Umfang von sieben oder acht Meilen und ist auf allen Seiten von schroffen, jäh abfallenden Felsen umgeben. Oben ist es völlig eben, und die ganze Gegend ist öde und unfruchtbar; nichts gedeiht darauf als ein paar verkrüppelte Stauden.

Die Nachtigall-Insel, die kleinste und südlichste, liegt auf 37° 26′ südlicher Breite und 12° 12′ westlicher Länge. An ihrem Südende ragt eine hohe Kette kleiner felsiger Inselchen auf. Einige von gleicher Gestalt sieht man auch im Nordwesten. Der Boden ist uneben und unwirtlich, und ein tiefes Tal zieht sich teilweise quer durch die Insel hin.

Die Küsten dieser Inseln wimmeln in der guten Jahreszeit von Seelöwen, See-Elefanten, Seehunden, Pelzrobben und von Seevögeln aller Art und Gattungen. Auch Wale sind hier häufig anzutreffen. Infolge der Leichtigkeit, mit der hier früher die verschiedenen Tiere gejagt werden konnten, wurde diese Inselgruppe seit ihrer Entdeckung häufig aufgesucht. Die Holländer und Franzosen kamen regelmäßig und schon sehr früh hierher. Im Jahre 1790 lief Kapitän Patten, der die „Industry" befehligte, von Philadelphia kommend die Insel Tristan d'Acunha an und blieb dort sieben Monate lang – vom August 1790 bis zum April 1791 –, um Seehundfelle zu sammeln. In dieser Zeit erbeutete er nicht weniger als fünftausendsechshundert Pelze und hätte, wie er behauptet, ohne sonderliche Mühe binnen drei Wochen ein großes Schiff mit Tran volladen können. Bei seiner Ankunft traf er, abgesehen von ein paar wilden Ziegen, keine Säugetiere an. Jetzt aber ist die Insel reich bevölkert mit allen unseren schätzbarsten Haustieren, die späterhin von Seeleuten hier eingeführt worden sind.

Es war, glaube ich, nicht lange nach dem Besuch des Kapitäns Patten, als Kapitän Colquhoun, Kommandant der amerikanischen Brigg „Betsey", auf der größten Insel landete, um hier Station zu machen. Er baute Zwiebeln, Kartoffeln, Kohl und noch verschiedene andere Gemüse an, die jetzt noch in Hülle und Fülle dort gedeihen.

Im Jahre 1811 lief ein gewisser Kapitän Haywood mit

der „Nereus“ die Tristaninsel an. Er fand dort drei Amerikaner vor, die sich auf der Insel niedergelassen hatten und Seehundfelle und Tran aufstapelten. Einer von diesen Leuten hieß Jonathan Lambert und gab sich selbst als Herrscher über das Land aus. Er hatte sechzig Morgen Land urbar gemacht und angebaut und es sich besonders angelegen sein lassen, den Kaffeebaum und das Zuckerrohr anzupflanzen, die ihm der amerikanische Gesandte in Rio de Janeiro besorgt hatte. Doch wurde diese Siedlung schließlich aufgegeben, und 1817 nahm die britische Regierung die Insel in Besitz und kommandierte zu diesem Behuf eine kleine Streitmacht vom Kap der Guten Hoffnung ab. Doch behielten sie das Land nicht lange. Aber als das Gebiet als britisches Eigentum aufgegeben wurde, siedelten sich zwei oder drei englische Familien, unabhängig von ihrer Regierung, dort an. Am 25. März 1824 lief die „Berwick“ unter Kapitän Jeffrey auf der Fahrt von London nach Vandiemensland die Inseln an und fand dort einen Engländer namens Glass, der früher Korporal bei der britischen Artillerie gewesen war. Er hatte sich eigenmächtig den Titel eines Gouverneurs der Insel zugelegt und herrschte über einundzwanzig Männer und drei Frauen. Was er über das gesunde Klima und die Fruchtbarkeit des Bodens zu berichten wußte, klang sehr günstig. Die kleine Bevölkerung lag hauptsächlich dem Sammeln von Seehundfellen und See-Elefantentran ob, und ihre Erträgnisse verkauften sie am Kap der Guten Hoffnung. Glass besaß nämlich einen kleinen Schoner. Zur Zeit unserer Ankunft regierte immer noch der Gouverneur, aber seine kleine Gemeinde hatte sich erweitert; es lebten jetzt sechsundfünfzig Personen auf der Tristaninsel, abgesehen von einer kleinen Siedlung von sieben Personen auf der Nachtigallinsel. Wir hatten keinerlei Schwierigkeit, uns alles zu verschaffen, was wir für unsere Verproviantierung brauchten – Schafe, Schweine, Ochsen, Kaninchen, Geflügel, Ziegen, Fische aller Art und Gemüse in Hülle und Fülle. Wir warfen Anker in fünfzehn Faden Tiefe dicht bei der Hauptinsel und nahmen bequem an Bord, was wir benötigten. Kapitän Guy kaufte von Glass auch fünfhundert Seehundfelle und eine gewisse Menge Elfenbein. Wir blieben eine Woche hier, während welcher Zeit vorherrschend nördliche und westliche Winde gingen und das Wetter etwas diesig war. Am 5. November segelten wir in Richtung Südwest ab, in der Absicht, nach einer Inselgruppe, den sogenannten Auroras, zu forschen, über deren Vorhandensein die verschiedensten Gerüchte umliefen.

Diese Inseln sollen angeblich schon 1762 durch den Kommandanten des Dreimasters „Aurora“ entdeckt worden sein. 1790 segelte Kapitän Manuel de Oyarvido, wie er versichert, mit der „Princess“, die der Königlichen Philippinen-Gesellschaft gehörte, geradenwegs mitten zwischen ihnen hindurch. Im Jahre 1794 fuhr die spanische Korvette „Atrevida“ mit dem Ziel aus, die genaue Lage der Inseln zu erkunden, und in einer Denkschrift der Königlichen Hydrographischen Gesellschaft zu Madrid vom Jahre 1809 heißt es:

„Die Korvette ‚Atrevida‘ stellte vom 21. bis zum 27. Januar alle nötigen Beobachtungen an und maß mit ihren Meßgeräten den Unterschied in den Längengraden zwischen diesen Inseln und dem Hafen von Soledad auf den Manilen. Es sind drei Inseln; sie liegen dicht beisammen auf dem gleichen Meridian; die mittlere liegt ziemlich tief, die beiden andern sind schon aus einer Entfernung von neun Seemeilen zu sehen.“

Die Beobachtungen, die an Bord der „Atrevida“ gemacht wurden, ergaben folgende Resultate hinsichtlich der genauen Lage jeder einzelnen Insel: die nördlichste liegt auf 52° 37′ 24″ südlicher Breite und 47° 43′ 15″ westlicher Länge; die mittlere auf 53° 2′ 40″ südlicher Breite und 47° 55′ 15″ westlicher Länge, schließlich die südlichste auf 53° 15′ 22″ südlicher Breite und 47° 57 15″ westlicherLänge.

Am 27. Januar 1820 segelte Kapitän Wedell von der britischen Marine von Statenland ab, ebenfalls mit der Absicht, die Auroras zu suchen. Er berichtet, daß er das ganze Gebiet eifrig und gewissenhaft durchforscht und nicht nur alle die Orte aufgesucht habe, die der Kommandant der „Atrevida" verzeichnete, sondern auch die Umgebung dieser Punkte in jeder Richtung befahren habe, jedoch keine Spur von Land habe entdecken können. Diese einander widersprechenden Berichte haben noch weitere Seefahrer bewogen, nach der Insel zu suchen. Und während einige von ihnen jeden Zollbreit des Meeres, wo man die Insel vermutete, durchkreuzten, ohne etwas zu finden, gab es, so seltsam das auch klingen mag, nicht wenige, die auf das bestimmteste erklärten, sie hätten die Inseln gesichtet, ja, seien sogar nahe unter ihrer Küste vorbeigefahren. Kapitän Guy hatte die Absicht, nichts unversucht zu lassen und alles zu tun, was in seiner Macht stand, um diese so seltsam umstrittene Frage zu klären*.

Wir hielten bei wechselnder Witterung unseren südwestlichen Kurs ein, bis wir uns am 20. des Monats endlich in dem umstrittenen Gebiet befanden, und zwar auf 53° 15′ südlicher Breite und 47° westlicher Länge, das heißt sehr nahe der Stelle, die als Lage der südlichen Insel der Gruppe angegeben worden war. Da wir keine Spur von Land entdeckten, fuhren wir in westlicher Richtung auf dem 53. Breitengrad weiter bis zum 50. Längengrad. Nun steuerten wir nordwärts bis zum 52. südlichen Breitengrad; dann wandten wir uns nach Osten und blieben auf diesem Breitengrad, indem wir jeden Tag zweimal, morgens und abends, an Mond und Planeten unsere Höhe kontrollierten. Als wir auf diese Weise bis zu dem Meridian, der durch die Westküste von Georgia geht, gelangt waren, folgten wir diesem Meridian, bis wir den Breitengrad, von dem wir ausgegangen waren, wieder erreicht hatten. Hierauf fuhren wir mehrmals diagonal durch das ganze eben umschriebene Meeresgebiet, hatten ununterbrochen einen Beobachtungsposten im Mastkorb und nahmen unsere Forschungen drei Wochen

* Unter den Schiffen, die zu verschiedenen Zeiten behauptet haben, sie hätten die Auroras angelaufen, möchte ich erwähnen: die Dreimaster „San Miguel" (1796) und „Aurora" (1774), die Brigg „Pearl" (1779) und den Dreimaster „Dolores" (1790). Alle geben übereinstimmend dieselbe südliche Breite von 53° an.

lang wieder auf, während welcher Zeit das Wetter andauernd ungewöhnlich schön und mild war und nicht ein bißchen diesig. Natürlich waren wir jetzt zutiefst überzeugt, daß, wenn zu irgendeiner früheren Zeit einmal hier Inseln vorhanden gewesen waren, heute nicht mehr die geringste Spur davon übriggeblieben war. Nach meiner Heimkehr habe ich auch erfahren, daß im Jahre 1822 Kapitän Johnson mit dem amerikanischen Schoner „Henry" und Kapitän Morrell auf dem amerikanischen Schoner „Wasp" das gleiche Gebiet ebenso sorgfältig abgesucht haben – aber beide mit dem gleichen Ergebnis wie wir.

Sechzehntes Kapitel

Kapitän Guy hatte ursprünglich die Absicht gehabt, nachdem er sich Klarheit über die Auroras verschafft hatte, durch die Magelhaens-Straße nach der Westküste von Patagonien zu segeln; aber die Erkundigungen, die er auf Tristan d'Acunha eingezogen hatte, bewogen ihn, südwärts zu steuern, da er hoffte, er könne dort einige kleine Inseln entdecken, die auf 41° 20′ westlicher Länge im sechzigsten südlichen Breitenkreis liegen sollten. Falls er diese Inseln nicht finden konnte, gedachte er, bei günstiger Jahreszeit gegen den Pol vorzustoßen. Dementsprechend segelten wir am 12. Dezember in dieser Richtung ab. Am 18. befanden wir uns in der von Glass angegebenen Gegend und kreuzten drei Tage lang dort herum, ohne auch nur eine Spur von den Inseln zu entdecken, von denen er gesprochen hatte. Am 21. segelten wir bei ungewöhnlich schönem Wetter weiter südwärts, in der festen Absicht, auf dieser Route so weit wie nur möglich vorzustoßen. Bevor ich nun mit diesem Teil meines Berichts beginne, wird es vielleicht nicht unangebracht sein, wenn ich für diejenigen unter meinen Lesern, die mit den Fortschritten der Forschungen und Entdeckungen im Polargebiet nicht so recht vertraut sind, einen knappen Überblick über die verschiedenen Versuche, den Südpol zu erreichen, biete.

Die Polarexpedition des Kapitäns Cook war die erste, über die wir genauer unterrichtet sind. Er segelte im Jahre 1772 auf der „Resolution“ südwärts, begleitet von Leutnant Furneaux mit der „Adventure“. Im Dezember befand er sich auf 58° südlicher Breite und 26° 57′ östlicher Länge. Hier stieß er auf schmale Eisfelder, die acht bis zehn Zoll dick waren und von Nordwesten nach Südosten verliefen. Dieses Packeis war in mächtigen Blöcken so zusammengepreßt und fast überall derart eng aufgetürmt, daß sich die Schiffe nur mit größter Mühe einen Weg bahnen konnten. Damals schloß Kapitän Cook aus der Unmenge von Vögeln und auch aus andern Anzeichen, daß er sich in der Nähe eines Landes befinde. Er hielt, ungeachtet der ungewöhnlichen Kälte, weiter nach Süden, bis er auf 38° 14′ östlicher Länge den vierundsechzigsten Breitengrad erreichte. Hier hatte er fünf Tage lang mildes Wetter mit leichten Brisen, das Thermometer zeigte 2 Grad über Null. Im Januar 1773 fuhren die Schiffe über den südlichen Polarkreis, konnten jedoch nicht weiter vordringen, denn auf 67° 15′ Breite angelangt, wurde ihnen die Weiterfahrt durch eine ungeheure Eismauer unmöglich gemacht, die sich, soweit das Auge reichte, den ganzen südlichen Horizont entlang ausdehnte. Das Eis war von verschiedener Beschaffenheit, und einige gewaltige schwimmende Eisfelder bildeten meilenweit eine kompakte Masse, die sich achtzehn bis zwanzig Fuß über das Wasser erhob. Da es schon spät im Jahre war und er nicht hoffen konnte, dieses Hindernis zu umsegeln, ging Kapitän Cook widerstrebend wieder auf nördlichen Kurs.

Im November des nächsten Jahres erneuerte er seine Forschungen in der Antarktis. Er traf auf 59° 40′ Breite auf eine starke, nach Süden gehende Strömung. Im Dezember, als sich die Schiffe auf einer Breite von 67° 31′ und einer westlichen Länge von 42° 54′ befanden, herrschte eine unerhörte Kälte mit schweren Stürmen und Nebeln. Auch hier gab es massenhaft Vögel, vor allem Albatrosse, Pinguine und Sturmvögel. Auf der Breite von 70° 23′ stießen sie auf einige riesige Eisinseln, und kurz nachher beobachteten sie, daß die Wolken gegen Süden von einer schneeigen Weiße waren, die gewöhnlich die Nähe von Eisfeldern verrät. Auf 71° 10′ Breite und 106° 54′ westlicher Länge wurden die Seefahrer, wie schon bei ihrem ersten Versuch, durch ein ungeheures Eisfeld aufgehalten, das im Süden bis zum Horizont reichte. Der Nordrand dieser Eiswüste war zerklüftet und zackig, und so dicht waren die Eisblöcke ineinandergeschoben, daß sie einen unüberwindlichen Wall bildeten. Dieser Eisgürtel dehnte sich eine Meile weit nach Süden aus. Dahinter erstreckte sich eine vergleichsweise ebene Eisfläche, die weit hinten an ihrem äußersten Rand zu gigantischen Eisgebirgen, die sich eines über das andere türmten, emporwuchs. Daraus schloß Kapitän Cook, daß dieses unabsehbare Eisfeld entweder bis an den Südpol reichen oder aber an ein Festland stoßen müsse. Mr. J. N. Reynolds, dessen großen und beharrlichen Bemühungen es schließlich gelang, eine nationale Expedition durchzusetzen, äußert sich über die Fahrt der „Resolution" wie folgt: „Wir sind nicht im geringsten überrascht, daß Kapitän Cook nicht weiter als bis auf 71° 10′ südlicher Breite vorzudringen vermochte, aber wir sind erstaunt, daß er diesen Punkt auf 106° 54′ westlicher Länge erreichte. Palmersland liegt südlich von Shetland auf einer Breite von 64° und erstreckt sich weiter nach Süden und Westen, als jemals ein Seefahrer gekommen ist. Cook war unterwegs nach diesem Gebiet, als ihm das Eis den Weg versperrte; das muß wohl immer dort der Fall sein, fürchten wir, zumal so früh im Jahr wie am 6. Januar, und wir wären durchaus nicht erstaunt, wenn ein Teil der fraglichen Eisgebirge zum eigentlichen Palmersland gehörte oder zu anderen Landgebieten, die mehr im Süden oder Westen gelegen sind."

Im Jahre 1803 sandte Alexander von Rußland die Kapitäne Kreutzenstern und Lisiawskij auf eine Weltumsegelung aus. In ihrem Bestreben, nach Süden vorzudringen, kamen sie nicht über 59° 18′ Breite und 70° 15′ westlicher Länge hinaus. Dort trafen sie auf starke Strömungen, die sie nach Osten abtrieben. Wale sahen sie in großen Mengen, aber kein Eis. Hinsichtlich dieser Reise meint Reynolds, wenn

Kreutzenstern in weniger vorgerückter Jahreszeit dorthin gekommen wäre, so wäre er zweifellos auf Eis gestoßen. Es war März, als er den genannten Breitengrad erreichte. Die Winde, die um diese Jahreszeit dort vorherrschen, hatten zusammen mit den Strömungen die schwimmenden Eisfelder in die Eisregion getrieben, die im Norden von Georgia, im Osten von den Sandwichinseln und den südlichen Orkneyinseln und im Westen von den südlichen Shetlandinseln begrenzt wird.

Im Jahre 1822 drang Kapitän James Weddell von der britischen Marine mit zwei sehr kleinen Schiffen weiter nach Süden vor als jemals ein anderer Seefahrer zuvor, und zwar ohne dabei auf nennenswerte Schwierigkeiten zu stoßen. Er berichtete, daß er zwar, bevor er den 72. Breitengrad erreichte, häufig vom Eis aufgehalten worden sei, daß er jedoch, so weit gelangt, auch nicht der kleinsten Scholle mehr begegnete, und nachdem er auf 74° 15′ vorgestoßen sei, habe er keine Eisfelder mehr, sondern nur noch drei Eisinseln gesichtet. Es ist einigermaßen auffällig, daß Weddell, obwohl er riesigen Vogelschwärmen begegnete und auch andere Anzeichen für die Nähe von Land beobachtete und obschon vom Mastkorb aus südlich von den Shetlandinseln unbekannte Küsten, die sich nach Süden erstreckten, wahrgenommen worden waren, dennoch die Vermutung, es existiere ein Festland in den südlichen Polargegenden, beharrlich bestreitet.

Am 11. Januar 1823 segelte Kapitän Benjamin Morrell mit dem amerikanischen Schoner „Wasp" von den Kerguelen ab, in der Absicht, so weit wie möglich nach Süden vorzudringen. Am 1. Februar befand er sich auf einer südlichen Breite von 64° 52′ und einer östlichen Länge von 118° 27′. Im folgenden zitiere ich sein Logbuch, wo es an diesem Tage heißt:

„Der Wind frischte bald zu einer Brise von elf Meilen in der Stunde auf, und wir benutzten die Gelegenheit, um auf westlichen Kurs zu gehen. Da wir übrigens fest überzeugt waren, je weiter wir nach Süden über den 64. Breitengrad vorstießen, desto weniger würden wir das Eis zu fürchten haben, so steuerten wir ein wenig südwärts, bis wir den Südpolarkreis passiert hatten und auf 69° 15′ südlicher Breite gelangten. In dieser Breite waren überhaupt keine Eisfelder mehr zu sehen, und wir bekamen nur ein paar einzelne Eisinseln zu Gesicht."

Unter dem Datum vom 14. März finde ich folgende Eintragung:

„Die See war jetzt gänzlich frei von Eisfeldern, und wir nahmen nicht mehr als ein Dutzend kleine Eisinseln wahr. Gleichzeitig waren die Luft- und Wassertemperaturen mindestens um 7 Grad höher und milder, als wir sie je zwischen dem 60. und 62. südlichen Breitengrad gemessen hatten. Wir befanden uns jetzt auf 70° 14′ südlicher Breite, und die Luft hatte neun, das Wasser acht Grad über Null. Ich sah nun, daß die magnetische Abweichung 14° 27′ nach Osten betrug... Ich habe schon mehrmals auf verschiedenen Meridianen den Südpolarkreis passiert und jedesmal gefunden, daß Wasser und Luft immer wärmer wurden, je weiter ich über den 65. Grad südlicher Breite hinauskam, und daß die magnetische Abweichung im selben Maße abnahm. Solange wir uns nördlich von dieser Breite, sagen wir: zwischen dem 60. und 65. Breitengrad aufhielten, konnten wir das Schiff oft nur mit größter Mühe zwischen den ungeheuren und zahllosen Eisinseln hindurchnavigieren, von denen einzelne einen Umfang von einer bis zu zwei Meilen hatten und fünfhundert Fuß über den Wasserspiegel hinausragten."

Da Kapitän Morrell fast gar kein Brennholz, kein Wasser und keine zulänglichen Instrumente mit sich führte und es auch schon spät im Jahr war, mußte er jetzt umkehren und durfte den Versuch, weiter nach Süden vorzudringen, nicht wagen, obwohl die See völlig offen vor ihm lag. Er sprach die Überzeugung aus, daß er, hätten ihn nicht diese zwingenden Gründe gebieterisch zur Umkehr genötigt, wenn nicht den Pol selbst, so doch zumindest den 85. Breitengrad hätte erreichen können. Ich habe seine Ausführungen über diesen Gegenstand etwas weitschweifig wiedergegeben, damit der Leser die Möglichkeit hat zu sehen, inwieweit sie durch meine eigenen Erfahrungen gestützt und bestätigt werden.

Im Jahre 1831 segelte Kapitän Briscoe im Auftrag der Messieurs Enderby, Eigentümer einer Walfänger-Reederei in London, auf der Brigg „Lively" nach der Südsee, begleitet von dem Kutter „Tula". Am 28. Februar entdeckte er in einer südlichen Breite von 66° 30′ und einer östlichen Länge von 47° 31′ Land und „nahm deutlich durch den Schnee die schwarzen Gipfel einer Bergkette wahr, die sich nach Ost-Südost hinzog". Er blieb den ganzen folgenden Monat in der Nähe, konnte sich aber der Küste wegen des stürmischen Wetters nicht mehr als bis auf zehn Seemeilen nähern. Da er einsah, daß es unmöglich war, um diese Jahreszeit noch weitere Entdeckungen zu machen, kehrte er nach Norden zurück und überwinterte auf Vandiemensland.

Zu Beginn des Jahres 1832 segelte er wieder nach Süden und bekam am 4. Februar auf 67° 15′ Breite und 69° 29′ westlicher Länge Land in Sicht. Es stellte sich bald heraus, daß es eine Insel in der Nähe des Landes war, das er zuerst entdeckt hatte. Am 21. desselben Monats gelang es ihm, die Insel anzulaufen, und er nahm sie im Namen Wilhelms IV. in Besitz und nannte sie zu Ehren der englischen Königin Adelaiden-Insel. Als diese Einzelheiten zur Kenntnis der Königlich-Geographischen Gesellschaft in London kamen, folgerte sie daraus, daß eine zusammenhängende Landbrücke sich von 47° 30′ östlicher Breite bis zu 69° 29′ westlicher Länge hinziehe. Hinsichtlich dieser Schlußfolgerung bemerkt Reynolds: „Wir können die Richtigkeit dieser Behauptung nicht anerkennen, und die Entdeckungen Briscoes rechtfertigen eine solche Annahme keineswegs. Innerhalb dieser Grenzen drang Weddell auf einem Meridian östlich von Georgia, den Sandwichinseln, den Süd-Orkneys und Shetlandinseln nach Süden vor." Meine eigene Erfahrung wird klar erweisen, wie falsch der Schluß war, den die Gesellschaft gezogen hatte.

Dies sind die wichtigsten Versuche, die unternommen

worden sind, um in hohe südliche Breiten vorzudringen, und man sieht jetzt auch, daß vor der Reise der „Jane Guy" noch an die dreihundert Längengrade blieben, auf denen der Polarkreis noch nicht überschritten worden war. So lag denn also ein weites Feld für Entdeckungen noch vor uns, und mit Empfindungen brennendster Spannung hörte ich Kapitän Guy seinen Entschluß, kühn nach Süden vorzustoßen, aussprechen.

Siebzehntes Kapitel

Vier Tage lang, nachdem wir unsere Suche nach den von Glass erwähnten Inseln aufgegeben hatten, steuerten wir nach Süden, ohne irgendwo auf Eis zu treffen. Am 26. mittags befanden wir uns auf 63° 23′ südlicher Breite und 41° 25′ westlicher Länge. Nun kamen ein paar große Eisinseln und ein schwimmendes Treibeisfeld in Sicht, das freilich nicht sehr ausgedehnt war. Der Wind kam fast unverändert aus Südost oder Nordost, war aber andauernd sehr schwach. Sooft wir Westwind hatten, was jedoch nur selten der Fall war, brachte er jedesmal einen Regenguß mit sich. Jeden Tag hatten wir mehr oder weniger Schnee. Am 27. zeigte das Thermometer etwas mehr als einen Grad über Null an.

1. Januar 1828

An diesem Tag wurden wir vollständig vom Packeis eingeschlossen, und unsere Aussichten schienen ausgesprochen schlecht zu stehen. Ein scharfer Sturm blies den ganzen Vormittag aus Nordost und warf große Schollen Treibeis mit solcher Wucht gegen Steuer und Gillung, daß wir vor den Folgen zitterten. Gegen Abend, als der Wind noch immer wütete, spaltete sich ein weites Eisfeld gerade vor uns auf, und wir konnten uns, indem wir alle Segel setzten, durch die kleineren Schollen eine Durchfahrt bis ins offene Wasser erzwingen. Je näher wir dem offenen Meer kamen, um so mehr Segel zogen wir ein, und als wir endlich losgekommen waren, legten wir unter gerefftem Focksegel bei.

2. Januar

Wir hatten nun erträglich schönes Wetter. Gegen Mittag befanden wir uns auf 69° 10′ südlicher Breite und 42° 20′ westlicher Länge und hatten den südlichen Polarkreis passiert. Südwärts entdeckten wir nur sehr wenig Eis, obwohl große Felder hinter uns lagen. An diesem Tag verfertigten wir uns eine Art Lot, indem wir einen großen Eisentopf, der zwanzig Gallonen faßte, und ein Seil von zweihundert Faden Länge benützten. Wir stellten fest, daß die Strömung mit einer Geschwindigkeit von etwa einer Viertelmeile in der Stunde nordwärts ging. Die Lufttemperatur lag jetzt etwas unter Null, die Abweichung der Kompaßnadel nach Osten betrug 14° 28′.

5. Januar

Wir fuhren immer weiter nach Süden, ohne auf erwähnenswerte Schwierigkeiten zu stoßen. An diesem Morgen hingegen wurden wir auf 73° 15′ südlicher Breite und 42° 10′ westlicher Länge durch eine ungeheure Masse festen Eises aufgehalten. Immerhin sahen wir im Süden viel offenes Wasser und zweifelten darum nicht, daß wir schließlich doch noch durchkommen würden. Wir steuerten in östlicher Richtung am Rande der Scholle entlang und gelangten so zu einer Durchfahrt, die etwa eine Meile breit war; hier lavierten wir, so gut es ging, unser Schiff hindurch. Das Meer, in dem wir uns nun befanden, war dicht mit Eisschollen übersät, doch gab es kein Packeis, und wir drangen kühn weiter wie zuvor. Die Kälte schien nicht zuzunehmen, obschon wir öfters Schnee hatten und hier und da auch Hagelschauer von äußerster Heftigkeit niedergingen. Riesige Albatrosschwärme zogen an diesem Tage über den Schoner hin; sie flogen von Südosten nach Nordwesten.

7. Januar

Die See lag immer noch sozusagen offen vor uns, so daß wir ohne Schwierigkeit weitersegeln konnten. Wir sichteten im Westen ein paar Eisberge von unglaublicher Größe und fuhren am Nachmittag ganz nahe an einem von ihnen vorbei, dessen Gipfel mindestens vierhundert Faden über den Meeresspiegel hinausragte. Sein Umfang unter Wasser dürfte wohl eine Dreiviertelmeile betragen haben, und an seinen Flanken rann aus mehreren Spalten das Wasser in ganzen Bächen. Wir behielten diese Insel zwei Tage lang in Sicht und verloren sie erst dann im Nebel aus den Augen.

10. Januar

Früh am Morgen verloren wir unglücklicherweise einen Mann, der über Bord stürzte. Es war ein Amerikaner namens Peter Vredenburgh, gebürtig aus New York, und einer der tüchtigsten Leute an Bord des Schoners. Als er über den Bug ging, glitt er aus, fiel zwischen zwei Eisschollen und kam nicht wieder zum Vorschein. Um die Mittagszeit waren wir auf 78° 30′ Breite und 40° 15′ westlicher Länge. Die Kälte war jetzt fürchterlich, und ununterbrochen gingen Hagelschauer aus Nord und Ost über uns nieder. In nördlicher Richtung sichteten wir auch mehrere noch gewaltigere Eisberge, und der ganze Horizont gegen Osten schien mit Packeis vermauert, das sich in Schichten, eine Masse über der anderen, haushoch auftürmte. Treibholz schwamm am Abend an uns vorüber, ganze Schwärme von Vögeln zogen über uns hinweg, darunter Sturmvögel, Albatrosse und ein großer Vogel mit glänzend blauem Gefieder. Die Abweichung der Kompaßnadel war hier geringer, als ehe wir den Polarkreis passiert hatten.

12. Januar

Unser Vorstoß nach Süden schien wieder zweifelhaft, denn gegen den Pol zu war nichts zu sehen als ein unermeßliches Eismeer, das am Horizont von wahren Gebirgen zackigen Eises begrenzt war. Da drohten jähe Schlünde und Abgründe, die sich einer am andern gähnend auftaten. Wir steuerten bis zum 14. Januar nach Westen in der Hoffnung, doch noch einen Durchgang zu finden.

14. Januar

Diesen Morgen erreichten wir das äußerste westliche Ende des Eisfeldes, das uns den Weg versperrt hatte, umschifften es luvwärts und gelangten so in offenes Meer, wo kein Brocken Eis mehr zu sehen war. Wir loteten eine Tiefe von zweihundert Faden und stellten eine Strömung fest, die mit einer Stundengeschwindigkeit von einer halben Meile südwärts ging. Die Lufttemperatur betrug neun, die des Wassers einen Grad über Null. Wir segelten nun in südlicher Richtung weiter, ohne irgendwie aufgehalten zu werden, bis zum 16. Januar; an diesem Tage befanden wir uns auf 81° 21′ südlicher Breite und 42° westlicher Länge. Hier loteten wir abermals und stellten diesmal eine Strömung fest, die noch immer südwärts ging und eine Stundengeschwindigkeit von einer Dreiviertelmeile hatte. Die Abweichung der Kompaßnadel hatte sich verringert, die Temperatur der Luft war mild und angenehm, das Thermometer zeigte elf Grad über Null. Zu dieser Zeit war von Eis auch nicht die Spur zu sehen. Alle Mann an Bord hatten nun das bestimmte Gefühl, daß wir zum Pol gelangen würden.

17. Januar

Dieser Tag war reich an Ereignissen. Unzählige Vogelschwärme zogen über uns hinweg nach Süden, und wir schossen einige von Deck aus. Einer davon, eine Art Pelikan, gab eine ausgezeichnete Mahlzeit. Um Mittag sichtete man vom Mastkorb aus an Backbord ein kleines Treibeisfeld, auf dem ein großes Tier zu ruhen schien. Das Wetter war schön und fast windstill, und so befahl Kapitän Guy, zwei Boote klarzumachen und nachzusehen, was das sein könne. Dirk Peters und ich begleiteten den Maat im größeren Boot. Als wir zu dem Eisfeld kamen, sahen wir, daß es von einem riesenhaften Tier von der Rasse der Eisbären in Besitz genommen war. Da wir gut bewaffnet waren, zögerten wir nicht, es sofort anzugreifen. Mehrere Schüsse fielen in rascher Folge, und die meisten trafen offensichtlich am Kopf und am Rumpf. Dadurch ließ sich aber das Ungetüm nicht abschrecken, es warf sich von der Eisscholle herab ins Wasser und schwamm mit weitaufgerissenem Rachen gerade auf das Boot zu, in dem wir beide, Peters und ich, saßen. Infolge des Durcheinanders, das diese unerwartete Wendung der Dinge bei uns hervorrief, war niemand mit einem zweiten Schuß bereit, und der Bär hatte schon die Hälfte seines Riesenleibs auf unser Dollbord gewälzt und einen von den Matrosen am Rücken gepackt, bevor jemand daran dachte, ihn abzuwehren. In dieser äußersten Not rettete uns einzig Peters' Geistesgegenwart und Gewandtheit vor dem sichern Tod. Mit einem Satz sprang er dem Untier auf den Rücken und stieß ihm sein Messer bis ans Heft in den Nacken, so daß er es ins Rückenmark traf. Die Bestie kollerte tot, und ohne sich zu wehren, ins Meer und riß ihn mit. Peters faßte sich rasch. Man warf ihm ein Tau zu, und er band daran das tote Tier fest, ehe er ins Boot zurückkletterte. Nun kehrten wir im Triumph auf den Schoner zurück; die erlegte Bestie hatten wir im Schlepptau. Als wir den Bären maßen, stellte sich heraus, daß seine Länge vom Kopf bis zum Schwanz volle fünfzehn Fuß betrug. Sein Fell war rein weiß, sehr rauh und dicht gekräuselt. Die Augen waren blutrot und größer, als es gewöhnlich bei Eisbären der Fall ist, auch war die Schnauze rundlicher und erinnerte eher an die Schnauze einer Bulldogge. Das Fleisch war zart, hatte jedoch einen ranzigen Geschmack und roch nach Fisch. Aber die Leute verschlangen es gierig und erklärten, es habe ihnen herrlich gemundet.

Kaum hatten wir unsere Beute an Bord gehievt, da erscholl aus dem Mastkorb der freudige Ruf der Wache: „Land auf Steuerbord in Sicht!" Nun rannten alle Mann an Deck, und da zum guten Glück eine Brise aus Norden und Osten einsetzte, waren wir bald nahe an der Küste. Es stellte sich heraus, daß wir eine niedrige, felsige Insel, etwa eine Meile im Umfang, vor uns hatten, ein ödes Eiland ohne jeden Pflanzenwuchs, abgesehen von einer Art Feigendistel. Als wir von Norden darauf zufuhren, erblickten wir einen eigenartigen Felsvorsprung, der auffallend einem Baumwollknäuel ähnelte. Westlich dieser Felsnase fanden wir eine kleine Bucht, wo unsere Boote bequem anlegen konnten.

Wir brauchten nicht lange, um die Insel bis in den letzten Winkel zu durchforschen; aber wir fanden nichts, was erwähnenswert wäre. An der Südspitze lasen wir dicht am Ufer, halb vergraben unter einem Haufen herumliegender Steine, ein Stück Holz auf, das früher einmal der Bug eines Kanus gewesen sein mochte. Man hatte offenkundig versucht, etwas darauf zu schnitzen, und Kapitän Guy hielt es für die Gestalt einer Schildkröte, aber die Ähnlichkeit wollte mir nicht so recht einleuchten. Abgesehen von diesem Schiffsbug, wenn es überhaupt einer war, fanden wir nichts, was darauf hindeutete, daß irgendein lebendes Wesen jemals vor uns hier gewesen war. Um die Küste herum sichteten wir ab und zu kleine Eisschollen, doch nur wenige. Die genaue Lage dieser Insel, die Kapitän Guy dem Miteigentümer des Schoners zu Ehren „Bennet-Eiland“ taufte, ist 82° 50′ südlicher Breite und 42° 20′ westlicher Länge.

Wir waren jetzt mehr als acht Grad weiter nach Süden vorgestoßen als je vorher ein Seefahrer, und noch immer lag die See ganz offen vor uns da. Wir stellten auch fest, daß die Abweichung der Kompaßnadel gleichmäßig abnahm, je weiter wir vordrangen, und daß – was noch verwunderlicher ist – die Temperatur der Luft und neuerdings auch des Wassers immer mehr anstieg. Das Wetter konnte man recht eigentlich schön nennen, und wir hatten eine stetige, doch sanfte Brise, die in einem fort aus nördlicher Richtung wehte. Der Himmel war fast immer klar, nur dann und wann bildete sich ein leichter Dunst am südlichen Horizont, der sich aber stets bald wieder verzog. Wir sahen jetzt nur noch zwei Schwierigkeiten vor uns: wir waren knapp an Heizmaterial, und bei verschiedenen Leuten traten Symptome von Skorbut auf. Diese Erwägungen ließen es Kapitän Guy notwendig erscheinen umzukehren, und er sprach wiederholt davon. Was mich anbelangt, so war ich fest überzeugt, daß wir bald auf Land stoßen müßten, wenn wir unseren Kurs weiterhin beibehielten, und ich hatte auch nach den gegenwärtigen Anzeichen allen Grund zu der Annahme, daß es kein unfruchtbarer Boden sein werde, wie wir ihn in den höheren arktischen Breiten angetroffen hatten. So drang ich denn inständig in ihn, die Expedition fortzusetzen und zumindest noch ein paar Tage in der bisher eingehaltenen Richtung zu segeln. Eine so verlockende Gelegenheit, das große Problem des antarktischen Festlandes zu lösen, hatte sich noch nie einem Menschen geboten, und ich muß gestehen, daß ich beinahe vor Wut platzte, wenn ich die zaghaften und unangebrachten Einwände unseres Kommandanten mit anhören mußte. Ich glaube in der Tat, daß alles, was ich ihm ins Gesicht zu schleudern mich nicht enthalten konnte, ihn schließlich doch in seiner Absicht, weiter vorzudringen, bestärkte. Und wenn ich auch die unseligen und blutigen Vorkommnisse, die mein Rat zur Folge hatte, bedauern muß, so glaube ich doch mir mit Recht etwas darauf zugute halten zu dürfen, daß ich bis zu einem gewissen Grad mit dazu beigetragen habe, der Wissenschaft eines der erregendsten Geheimnisse zu erschließen, die jemals ihre Aufmerksamkeit auf sich gezogen haben.

Achtzehntes Kapitel

18. Januar

An diesem Morgen* steuerten wir weiter südwärts bei dem gleichen schönen Wetter wie bisher. Die See war spiegelglatt, die Luft erträglich warm, und ein stetiger Wind wehte aus Nordost; die Wassertemperatur betrug etwas über elf Grad. Wir warfen wieder das Lot aus und fanden hundertfünfzig Faden tief eine Strömung, die mit einer Stundengeschwindigkeit von einer Meile polwärts ging. Diese stetige südliche Trift sowohl des Windes als auch der

* Die Bezeichnungen *Morgen* und *Abend*, die ich in meinem Bericht verwende, um soweit wie möglich jede Verwirrung zu vermeiden, dürfen natürlich nicht im üblichen Sinne aufgefaßt werden. Schon seit langer Zeit hatten wir eigentlich keine Nacht, da es beständig taghell war. Die Daten sind überall nach der Schiffszeit angegeben, und die Positionsangaben müssen als nach dem

Strömung erregte bei manchen Leuten unter der Mannschaft etwelche Bedenken und sogar Ängste, und ich sah deutlich, daß auch Kapitän Guy nicht wenig davon beeindruckt war. Aber zum Glück war er sehr empfindlich gegen alles, was ihn lächerlich machen konnte, und so gelang es mir schließlich, seine Befürchtungen zu zerstreuen, indem ich ihn einfach auslachte. Die Abweichung des Kompasses war jetzt nahezu unmerklich. Im Laufe des Tags sahen wir mehrere echte Wale, und zahllose Züge von Albatrossen flogen über das Schiff hin. Wir fischten überdies einen Busch auf, der mit roten Beeren, ähnlich denen des Weißdorns, behangen war, und den Kadaver eines eigentümlich aussehenden Landtiers. Es war drei Fuß lang und nur sechs Zoll hoch, hatte vier ganz kurze Beine, und seine Pfoten waren mit leuchtend scharlachroten Klauen bewehrt, die an Korallen gemahnten. Der Körper hatte ein schneeweißes, seidenweiches, glattes Fell, der Schwanz lief spitz zu wie bei einer Ratte und war anderthalb Fuß lang. Der Kopf erinnerte an eine Katze, abgesehen von den Ohren; diese hingen herunter wie bei einem Hund. Die Zähne waren von dem gleichen glänzenden Rot wie die Klauen.

19. Januar

Heute, in 83° 20′ südlicher Breite und 43° 5′ westlicher Länge – die See war von einer ungewöhnlich dunklen Färbung –, sichteten wir wiederum Land, und bei näherem Hinsehen stellten wir fest, daß es sich um eine Insel inmitten einer größeren Inselgruppe handelte. Die Küste fiel steil ab, und das Innere schien dicht bewaldet, was uns mit großer Freude erfüllte. Etwa vier Stunden nach Entdeckung der Insel warfen wir bei zehn Faden Tiefe in sandigem Grund Anker, eine Seemeile von der Küste entfernt, da eine

Kompaß bestimmt verstanden werden. Ich möchte hier auch noch bemerken, daß ich in dem ersten Teil meiner Niederschrift weder auf genaue Datenangabe Anspruch erheben will noch auf exakte Bezeichnung der Längen- und Breitengrade. Ich habe erst nach der Zeitspanne, von der dieser erste Teil handelt, ein regelmäßiges Tagebuch geführt. Des öftern habe ich mich dabei auf mein Gedächtnis verlassen (Anmerkung des Autors).

heftige Brandung mit wilden, hier und dort wirbelnden Strudeln ein näheres Herangehen nicht ratsam erscheinen ließ. Die zwei größten Boote wurden zu Wasser gelassen, und eine wohlbewaffnete Abteilung Matrosen – unter ihnen Peters und ich – ging daran, einen Durchgang durch das Riff zu erkunden, das anscheinend die Insel wie ein Gürtel umgab. Nach längerem Suchen entdeckten wir eine Durchfahrt, passierten sie und erblickten vier große Kanus, die gerade, mit gut bewaffneten Menschen bemannt, vom Land abstoßen wollten. Wir warteten, bis sie herankamen, und da sie sich mit großer Geschwindigkeit vorwärts bewegten, waren sie bald in Rufweite. Kapitän Guy band nun ein weißes Taschentuch an ein Ruder und hielt es hoch; da machten die Fremden plötzlich halt und hoben laut an, alle zusammen durcheinanderzuschwatzen, und zwischendurch stießen sie Schreie aus, doch wir verstanden nur vereinzelte Worte wie „Anamoo-moo!“ und „Lama-Lama!“ Diesen Lärm vollführten sie gut eine Stunde lang, und währenddessen hatten wir reichlich Muße, ihr Äußeres näher in Augenschein zu nehmen.

In den vier Kanus, die fünfzig Fuß lang und fünf Fuß breit sein mochten, befanden sich insgesamt etwa hundertzehn Wilde. Sie hatten den gleichen Körperbau wie ein Durchschnittseuropäer, waren jedoch muskulöser und stämmiger. Ihre Hautfarbe war pechschwarz, das Haar wollig, lang und dick. Bekleidet waren sie mit Fellen von einem unbekannten schwarzen Tier mit seidigem, zottigem Pelz. Diese Häute waren mit ziemlichem Geschick auf den Körper zugeschnitten, die haarige Seite war nach innen gewendet, außer am Hals, an den Händen und an den Knöcheln. Bewaffnet waren sie vornehmlich mit Keulen aus dunklem und offensichtlich sehr schwerem Holz. Manche hatten Speere mit Feuersteinspitzen und einige auch Schleudern. Der Boden der Kanus war mit schwarzen, eigroßen Steinen bedeckt.

Als sie nun mit ihrer Begrüßungsrede – denn das sollte ihr Geschnatter wohl bedeuten – zu Ende waren, stand einer von ihnen, offenbar der Häuptling, vorn im Bug seines Kanus auf und gab uns durch Zeichen zu verstehen, wir sollten mit unseren Booten längsseits des seinen anlegen. Wir taten aber geflissentlich, als verstünden wir diesen Wink nicht, da wir es für klüger hielten, einigen Abstand von ihnen zu wahren, denn sie waren in der vierfachen Überzahl. Als der Häuptling unsere Gedanken erriet, befahl er den drei anderen Kanus zurückzubleiben, während er mit seinem eigenen zu uns heranfuhr. Sobald er bei uns angelangt war, sprang er an Bord unseres größeren Bootes, setzte sich neben den Kapitän und deutete auf den Schoner, wobei er in einem fort „Anamoo-moo!" und „Lama-Lama!" sagte. Wir ruderten jetzt zum Schiff zurück, und die vier Kanus folgten uns in geringem Abstand.

Als wir beim Schiff anlegten, bekundete der Häuptling äußerste Überraschung und Freude; er klatschte in die Hände, schlug sich auf Schenkel und Brust und stieß ein brüllendes Gelächter aus. Seine Begleiter stimmten in seinen Heiterkeitsausbruch ein, und minutenlang war der Lärm wahrhaft ohrenbetäubend. Als schließlich wieder Ruhe eingetreten war, befahl Kapitän Guy, die Boote vorsichtshalber hochzuhieven, und gab dem Häuptling – er hieß, wie wir bald herausbrachten, Too-wit – zu verstehen, daß er nicht mehr als zwanzig von seinen Leuten auf einmal an Bord nehmen könne. Damit schien der Häuptling durchaus einverstanden und gab nach den Kanus hin einige Weisungen, worauf eines heranruderte, während die andern etwa fünfzig Yards weit im Meer draußen warteten. Nun kletterten zwanzig Wilde an Bord und trieben sich in allen Ecken und Winkeln des Decks herum, kletterten in die Takelage, taten, als wären sie hier zu Hause, und beäugten jeden Gegenstand mit äußerster Neugier.

Es war offenkundig, daß sie noch nie vorher Menschen der weißen Rasse zu Gesicht bekommen hatten, und unsere Hautfarbe schien sie tätsächlich abzustoßen. Die „Jane" hielten sie für ein lebendes Wesen und hatten allem Anschein nach Angst, sie könnten sie mit den Spitzen ihrer Speere verletzen; darum hatten sie die Waffen sorgsam umgedreht. Unseren Leuten machte das Verhalten Too-wits in einem Fall besondern Spaß. Der Koch, der nicht weit von der Kombüse mit Holzspalten beschäftigt war, traf aus Versehen mit der Axt das Deck und schlug ein ziemlich tiefes Loch hinein. Sofort rannte der Häuptling hinzu, stieß den Koch recht unsanft beiseite und fing an halb weinend, halb heulend sein Mitgefühl für die Schmerzen, die der Schoner seiner Meinung nach leiden mußte, kundzugeben, streichelte und liebkoste das Loch mit beiden Händen und wusch es mit Meerwasser, das in einem Eimer daneben stand. Auf eine so unglaubliche Unwissenheit waren wir denn doch nicht vorbereitet, und ich für mein Teil konnte mir nicht helfen: ich sah darin eine bewußte Mache.

Als die Besucher, so gut es ging, sich auf dem Oberdeck satt gesehen hatten, ließ man sie hinunter, und nun kannte ihr Staunen keine Grenzen mehr. Ihre Verblüffung war so groß, daß sie keine Worte mehr fanden, und sie schlichen stumm und schweigsam umher; nur ab und zu brach einer in einen gedämpften Ausruf aus. Die Waffen machten ihnen viel Kopfzerbrechen, und wir erlaubten ihnen, sie in die Hand zu nehmen und nach Herzenslust zu untersuchen. Ich glaube, sie hatten nicht die leiseste Ahnung von ihrer Verwendung, vielmehr mochten sie sie als Götzen ansehen, da ihnen auffiel, wie behutsam wir mit ihnen umgingen und mit welcher Aufmerksamkeit wir ihre Bewegungen überwachten, während sie damit hantierten. Beim Anblick der großen Schiffsgeschütze konnten sie sich erst recht vor Verwunderung nicht fassen. Sie näherten sich ihnen mit allen Anzeichen tiefster Scheu und Verehrung, hüteten sich aber, sie näher zu untersuchen. In der Kajüte hingen zwei große Wandspiegel, und hier erreichte ihre Verblüffung den Höhepunkt. Too-wit kam als erster in ihre Nähe, und er stand schon mitten im Raum, mit dem Gesicht dem einen und mit dem Rücken dem andern zugekehrt, bevor er sie richtig bemerkte. Wie er nun aufschaute und sein Spiegelbild im Glas erblickte, glaubte ich allen Ernstes, er werde wahnsinnig. Als er sich dann aber umdrehte und Reißaus nehmen wollte und nun zum zweitenmal sein Bild gegenüber auf der andern Wand sah, fürchtete ich, er werde auf der Stelle tot umfallen. Kein Zureden konnte ihn dazu bewegen, noch einmal hinzuschauen; er warf sich auf den Boden, vergrub das Gesicht in die Hände und blieb in dieser Stellung liegen, so daß wir ihn zuletzt aufs Deck hinaufschleppen mußten.

Alle Wilden wurden nun nach und nach, immer zwanzig auf einmal, an Deck gelassen. Too-wit aber durfte die ganze Zeit über an Bord bleiben. Wir konnten nicht beobachten, daß sie zu stehlen versuchten, und vermißten keinen einzigen Gegenstand, als sie wieder fort waren. Während des ganzen Besuchs benahmen sie sich höchst freundschaftlich. Doch gab es auch mancherlei in ihrem Verhalten, was uns unverständlich war. So zum Beispiel konnten wir sie nicht dazu bewegen, einige durchaus harmlose Gegenstände aus der Nähe zu betrachten, etwa die Segel des Schoners, ein Ei, ein aufgeschlagenes Buch oder eine Mehlpfanne. Wir versuchten in Erfahrung zu bringen, ob sie irgendwelche Dinge besäßen, die wir im Tauschhandel erstehen könnten, hatten jedoch große Schwierigkeiten, uns verständlich zu machen. Immerhin erfuhren wir zu unserem größten Erstaunen, daß auf der Insel die Galapagos-Schildkröten in großer Zahl vorkamen; eine sahen wir in Too-wits Kanu. Auch bemerkten wir, daß einer von den Wilden eine Bêche-de-mer in der Hand hielt und sie gierig roh verschlang. Diese Absonderlichkeiten – und dafür mußten wir sie in Anbetracht des Breitengrades ansehen – ließen in Kapitän Guy den Wunsch aufkommen, die ganze Gegend gründlich zu erforschen, in der Hoffnung, aus seiner Entdeckung Gewinn zu schlagen. Ich für mein Teil hätte zwar ebenfalls gern diese Inseln etwas näher kennengelernt, war jedoch vor allem darauf bedacht, unsere Reise nach dem Süden ohne weitern Aufenthalt fortzusetzen. Wir hatten jetzt schönes Wetter, aber niemand konnte sagen, ob es lange vorhalten werde. Und da wir bereits am 84. Breitengrad waren, das Meer offen vor uns lag, eine starke Strömung uns nach Süden trieb und der Wind günstig war, konnte ich nicht geduldig den Vorschlag mit anhören, länger hierzubleiben, als unbedingt nötig war, um der Mannschaft die verdiente Erholung zu gönnen und einen ausreichenden Vorrat an Trinkwasser,

Brennholz und Eßwaren an Bord zu nehmen. Ich gab dem Kapitän zu bedenken, daß wir ja bei unserer Rückkehr die Inselgruppe wieder anlaufen und hier sogar überwintern könnten, wenn uns das Eis den Weg verlegen sollte. Schließlich pflichtete er mir bei – denn ich hatte, wieso weiß ich selber nicht, ziemlichen Einfluß auf ihn bekommen –, und es wurde beschlossen, daß wir, sogar wenn wir Bêches-de-mer in Mengen fänden, nur eine Woche lang hierbleiben wollten, um uns einigermaßen zu erholen, und dann weiter nach Süden vorzudringen versuchten, solange das noch möglich war. Wir trafen dementsprechend alle Anstalten, und nachdem wir unter Too-wits Führung die „Jane" sicher und glücklich durch die Riffe gelotst hatten, warfen wir in einer günstigen Bucht, die, auf allen Seiten von Land umschlossen, an der Südostküste der größten Insel eine Meile vom Ufer entfernt lag, bei zehn Faden Tiefe in schwarzem Sandboden Anker. Am Ende dieser Bucht entsprangen – so sagte man uns – drei gute Quellen mit vortrefflichem Wasser, und wir sahen, daß ringsum die Gegend bewaldet war. Die vier Kanus folgten uns in achtungsvollem Abstand. Too-wit selbst blieb an Bord, und als wir geankert hatten, lud er uns ein, mit ihm an Land zu kommen und sein Dorf im Innern der Insel zu besuchen. Kapitän Guy willigte ein, und zehn Wilde blieben als Geiseln an Bord, worauf eine Abteilung von zwölf Leuten aus unserer Bemannung sich bereit machte, den Häuptling zu begleiten. Wir achteten darauf, daß wir gut bewaffnet waren, ließen uns aber keinerlei Mißtrauen anmerken. Der Schoner hatte seine Geschütze auffahren lassen, seine Enternetze aufgezogen, und alle Vorkehrungen waren getroffen, um unliebsamen Überraschungen begegnen zu können. Dem Ersten Steuermann wurde insbesondere eingeschärft, in unserer Abwesenheit keinen Menschen an Bord zu lassen und, falls wir nach Ablauf von zwölf Stunden nicht wieder da wären, den Kutter, mit einer Drehbasse bestückt, rings um die Insel auf die Suche zu schicken.

Mit jedem Schritt, den wir landeinwärts machten, drängte sich uns immer stärker die Überzeugung auf, daß das Land, in dem wir weilten, keiner Gegend, die bisher von zivilisierten Menschen besucht worden war, irgendwie ähnlich war. Nichts von all dem, was wir sahen, kam uns bekannt vor. Die Bäume glichen keinem Gewächs der heißen, der gemäßigten oder der kalten Zone und waren auch ganz anders als in den gemäßigter südlichen Breiten, die wir schon durchfahren hatten. Selbst die Felsen waren ungewöhnlich in ihrer Form, in ihrer Farbe und Schichtung; ja, sogar die Wasserläufe, so unglaubhaft es klingen mag, hatten mit denen anderer Himmelsstriche so wenig gemeinsam, daß wir Bedenken hatten, daraus zu trinken, und es uns tatsächlich schwerfiel, an ihre natürliche Beschaffenheit zu glauben. An einem Bächlein, das quer über unseren Weg floß – es war das erste, dem wir begegneten –, machten Too-wit und seine Begleiter halt, um zu trinken. Wegen der eigentümlichen Färbung des Wassers weigerten wir uns, davon zu kosten; wir nahmen an, es sei verunreinigt worden, und erst nach geraumer Zeit wurde uns klar, daß alle Bäche der Inselgruppe diesen Anblick boten. Ich weiß nicht recht, wie ich einen deutlichen Begriff von der Beschaffenheit dieser Flüssigkeit zu geben vermöchte, und kann das auch nicht in wenigen Worten tun. Wenn dieses Wasser auch hurtig über jedes Gefälle abfloß wie gewöhnliches Wasser, so schien es doch niemals, außer wenn es in Wasserfällen oder Kaskaden herabfiel, wirklich *durchsichtig* zu sein. Desungeachtet war es in Wirklichkeit genauso durchsichtig wie jedes Wasser, das aus Kalkschichten sickert, der Unterschied lag nur im Aussehen. Auf den ersten Blick, und besonders wenn das Gefälle nur gering war, sah es, was seine Konsistenz betrifft, wie dickflüssiger Gummi arabicum aus, den man in Wasser aufgelöst hat. Aber das war noch das wenigst Auffallende an seinen höchst merkwürdigen Eigenschaften. Es war nicht farblos, war aber auch nicht eigentlich einheitlich gefärbt, sondern bot im Dahinfließen dem Auge jede nur erdenkliche Schattierung des Purpurrots, wie etwa die wechselnden Farbtöne schillernder Seide. Diese Farbspiele kamen auf eine Art zustande, die uns ebenso tief erstaunte, wie die Spiegel vorher Too-wit in Verblüffung gesetzt hatten. Als wir ein Becken damit anfüllten und sich das Wasser beruhigt hatte, sahen wir, daß die ganze Flüssigkeit aus einer Anzahl verschiedener Adern bestand, die jede einen andern Farbton hatten, daß diese Adern sich nicht miteinander vermischten und daß ihre Kohäsion hinsichtlich der eigenen Teilchen vollkommen war, sich jedoch in bezug auf die Nachbaradern nicht auswirkte. Fuhr man mit einer Messerklinge quer durch die Adern, so schloß sich das Wasser, wie unser gewöhnliches Wasser, sogleich wieder über ihr, und zog man das Messer heraus, waren sämtliche Spuren des Schnittes augenblicklich wieder verwischt und ausgetilgt. Fuhr man hingegen mit der Klinge genau zwischen zwei Adern hin, so erzielte man eine völlige Scheidung, die auch nicht durch die wirkende Kohäsion sofort aufgehoben wurde. Die seltsamen Erscheinungen dieses Wassers bildeten das erste Glied in der langen Kette offenkundiger Wunder, die mich nach und nach umringen sollten.

Neunzehntes Kapitel

Wir brauchten nahezu drei Stunden bis zum Dorf, denn es lag mehr als neun Meilen weit im Innern der Insel, und der Weg führte uns durch unebenes Gelände. Unterwegs stießen alle paar Augenblicke zu Too-wits Gefolge – sämtlichen hundertzehn Wilden aus den Kanus – kleine Scharen, jeweils sechs oder sieben Leute, und schlossen sich uns wie zufällig an. Das sah so sehr nach einem wohlüberlegten Plan aus, daß ich mich eines gewissen Mißtrauens nicht erwehren konnte und dem Kapitän gegenüber meine Besorgnisse äußerte. Doch jetzt war es zu spät zur Umkehr, und wir kamen zu dem Schluß, das Beste, was wir zu unserer Sicherheit tun könnten, sei trotz allem, vollstes Vertrauen in Too-wits Ehrlichkeit und Verläßlichkeit an den Tag zu legen. Wir zogen daher weiter, behielten aber ein wachsames Auge auf alles, was die Wilden taten und unternahmen, und ließen es nicht zu, daß sie sich zwischen uns drängten und uns so voneinander trennten. So gelangten wir durch eine tiefe, wilde Schlucht zu der, wie man uns sagte, einzigen Siedlung der ganzen Insel. Als wir in Sichtweite des Dorfes kamen, stieß der Häuptling einen gellenden Schrei aus und sagte dann mehrmals das Wort „Klock-klock"; wir nahmen an, das sei der Name des Dorfes oder vielleicht auch die Bezeichnung für ein Dorf im allgemeinen.

Die Wohnstätten waren unvorstellbar ärmlich und, zum Unterschied von denen selbst der tiefststehenden unzivilisierten Rassen, die der Menschheit bekannt sind, nicht nach einem einheitlichen Plan angelegt. Manche von ihnen – und wir brachten heraus, daß sie den *Wampoos* oder *Yampoos*, den gewichtigen Leuten des Landes, gehörten – bestanden einfach aus einem umgehauenen Baum, den man vier Fuß über der Wurzel gekappt hatte, und darüber war ein großes schwarzes Fell gespannt, das in losen Falten auf den Boden herabhing. Unter diesem Felldach hausten die Wilden. Andere Behausungen bestanden aus unbehauenen Ästen, an denen noch das verwelkte Laub hing und die in einem Winkel von 45° in einen Lehmhaufen eingerammt waren, der ganz unregelmäßig fünf oder sechs Fuß hoch aufgeworfen war. Wieder andere waren ganz einfach Löcher, die man senkrecht in den Lehmboden gegraben und dann mit ebensolchen Zweigen zugedeckt hatte; wollte ihr Bewohner hineinkriechen, mußte er die Zweige wegschieben und wieder darüberdecken, sobald er drinnen war. Vereinzelt gab es sogar solche Wohnstätten, die auf den gegabelten Ästen der Bäume angelegt waren; die oberen Äste waren dann zum Teil geknickt worden, so daß sie auf die tieferen herabhingen und auf diese Weise ein dichtes Schutzdach gegen das Wetter boten. Die meisten Behausungen aber waren kleine, nicht eben tiefe Höhlen, die offenbar in die Wände eines steilen Hangs aus dunkelm Gestein eingekratzt waren, das an Walkerde erinnerte und die Niederlassung auf drei Seiten einschloß. An der Tür einer jeden dieser primitiven Höhlen lag ein kleiner Felsbrocken, den der Bewohner jedesmal vorsorglich hinwälzte, wenn er seine Wohnstätte verließ – zu welchem Zweck, konnte ich mir freilich nicht denken; denn der Stein war nie groß genug, um auch nur den dritten Teil des Höhleneingangs zu verschließen.

Dieses Dorf, wenn es überhaupt diese Bezeichnung verdiente, lag in einem Talkessel und war nur von Süden her zugänglich, da die oben erwähnten Steilwände auf allen anderen Seiten den Zutritt verwehrten. Durch die Mitte des Tals plätscherte ein Bach vom gleichen zauberhaften Aussehen, wie ich es weiter oben geschildert habe. Wir sahen rings um die Wohnungen herum unterschiedliche seltsame Tiere, die alle völlig zahm schienen. Das größte unter diesen Geschöpfen ähnelte im Körperbau und in der Form des Rüssels unserem gemeinen Schwein; der Schwanz jedoch war buschig, und die Beine waren schlank und zierlich wie die Läufe der Antilope. Seine Bewegungen waren außerordentlich unbeholfen und unentschlossen, und nie sahen wir es einen Versuch machen zu laufen. Wir bekamen auch noch andere Tiere zu Gesicht, die ihnen sehr ähnlich waren, aber einen längeren Rumpf und ein wolliges schwarzes Fell hatten. Auch eine vielfältige Menge zahmen Geflügels wimmelte dort herum; anscheinend bildete es die Hauptnahrung der Eingeborenen. Zu unserem großen Erstaunen erblickten wir darunter auch schwarze Albatrosse, die vollkommen zahm waren und von Zeit zu Zeit ans Meer hinausflogen, dort ihr Futter suchten und dann immer wieder ins Dorf zurückkehrten, als ob sie hier zu Hause wären und die nahe Südküste als Brutstätte benützten. Hier hausten sie, wie sonst auch, mit ihren Freunden, den Pinguinen, zusammen, doch folgten ihnen diese nie zu den Hütten der Wilden. Unter den andern Arten zahmen Geflügels gab es Enten, die sich nur wenig von den Canevas-Enten bei uns zu Hause unterschieden, schwarze Tölpel und einen großen Vogel, der ähnlich wie ein Bussard aussah, jedoch kein Fleischfresser war. Fische schien es im Überfluß zu geben. Wir sahen während unseres Aufenthalts eine Unmenge getrockneter Lachse, Stockfische, Blaumakrelen, Makrelen, Schwarzfische, Glattrochen, Meeraale, Elefantenfische, Meeräschen, Schollen, Papageienfische, *Leather-jackets*, Knurrhähne, Rotaugen, Flundern und Parakutas und zahllose andere Arten. Es fiel uns auf, daß die meisten große Ähnlichkeit mit den Fischen aus der Gegend der Lord-Aucklands-Inseln hatten, die auf nur 51 Grad südlicher Breite liegen. Die Galapagos-Schildkröte kam ebenfalls häufig vor. Wilde Tiere sahen wir nur wenige, und sie waren alle nicht groß und gehörten nicht zu den uns bekannten Gattungen. Eine oder zwei fürchterlich aussehende Schlangen überquerten unseren Weg, doch die Eingeborenen schenkten ihnen fast gar keine Beachtung, und so schlossen wir daraus, daß sie nicht giftig seien.

Als wir mit Too-wit und seinen Begleitern in die Nähe des Dorfes gelangt waren, kam uns eine Menge Volks entgegengerannt und begrüßte uns mit lautem Geschrei, aus dem wir nur die immer wiederkehrenden Worte „Anamoo-moo!“ und „Lama-Lama!“ verstanden. Wir waren höchst verwundert, als wir sahen, daß die neu hinzugekommenen Wilden mit einer oder zwei Ausnahmen splitternackt waren. Die Felle wurden offenbar nur von den Leuten in den Kanus getragen. Auch schienen alle Waffen in ihrem alleinigen Besitz zu sein; denn bei den Dorfbewohnern sahen wir keine einzige. Es waren auch eine Menge Weiber und Kinder dabei, und unter den Frauen waren manche gar nicht reizlos. Sie waren gerade gewachsen, groß und schlank und bewegten sich mit einer Anmut und Ungezwungenheit, wie sie in zivilisierten Ländern kaum je anzutreffen sind. Aber ihre Lippen waren, gleich denen der Männer, dick und wulstig, so daß sich ihre Zähne nicht einmal beim Lachen entblößten. Ihr Haar war feiner und weicher als das der Männer. Unter allen diesen nackten Dorfeinwohnern waren vielleicht zehn oder zwölf wie Too-wits Begleiter in schwarze Felle gekleidet und mit Speeren und schweren Keulen bewaffnet. Sie schienen bei den übrigen in großem Ansehen zu stehen und wurden stets mit dem Titel „Wampoo“ angesprochen. Sie waren auch die Bewohner der schwarzen Fellpaläste. Too-wits Behausung stand inmitten des Dorfes und war viel besser gebaut und auch größer als die übrigen dieser Art. Der Baum, der seine Stütze bildete, war etwa zwölf Fuß über der Wurzel abgehauen worden, und unterhalb der Schnittstelle hatte man noch ein paar Äste stehenlassen, die dazu dienten, die Hautdecke ausgebreitet zu halten und zu verhindern, daß sie schlaff über den Baumstrunk herabhing. Dieses Hautdach, das aus vier großen, mit spitzen Holzsplittern zusammengehaltenen Fellen bestand, wurde auf dem Boden noch durch Pflöcke festgehalten, die durch sie hindurch in die Erde getrieben waren. Der Boden war mit einer dicken Schicht dürrer Blätter bestreut, die eine Art Teppich bildeten.

Mit großer Feierlichkeit wurden wir in diese Hütte geleitet, und hinter uns drängten sich so viele Wilde mit hinein, wie die Behausung überhaupt zu fassen vermochte. Too-wit hockte sich auf die Blätter und bedeutete uns durch Zeichen, seinem Beispiel zu folgen. Das taten wir – und fanden uns alsbald in einer recht ungemütlichen, wenn nicht gar bedrohlichen Lage. Wir saßen zu zwölft am Boden, und rings um uns herum kauerten die Wilden, vierzig an der Zahl, auf ihren Fußballen und umdrängten uns so dicht und nahe, daß wir im Falle einer Überrumpelung unmöglich unsere Waffen zu gebrauchen, ja, nicht einmal aufzustehen vermochten. Jedoch nicht nur in der Hütte herrschte solches Gedränge, sondern auch draußen im Freien, wo sich wahrscheinlich die gesamte Bevölkerung der Insel bis auf den allerletzten Einwohner zusammengerottet hatte, und nur die unablässigen Bemühungen und Warnungsschreie Too-wits bewahrten uns vor dem Zertrampeltwerden. Unsere Sicherheit war aber hauptsächlich dadurch gewährleistet, daß Too-wit mitten unter uns saß, und wir beschlossen, immer dicht in seiner Nähe zu bleiben und ihn nicht von unserer Seite zu lassen; denn so hatten wir zumindest noch einige Aussicht, uns aus dieser Patsche zu retten, indem wir ihn beim ersten Anzeichen von Feindseligkeit kurzerhand niedermachten.

Nach längerem Lärmen war einigermaßen Ruhe eingetreten, und nun bedachte uns der Häuptling mit einer endlos langen Ansprache, die stark an seine erste erinnerte, die er uns in seinem Kanu gehalten hatte, nur daß die „Anamoo-moo!" diesmal häufiger darin vorkamen als die „Lama-Lama!" Wir hörten uns diese Rede in tiefstem Schweigen bis zum Ende an; hierauf antwortete der Kapitän dem Häuptling und versicherte ihn seiner ewigen Freundschaft und unverbrüchlichen Wohlgeneigtheit und überreichte ihm zum Schluß ein paar Halsketten aus blauen Glasperlen und ein Messer als Geschenk. Zu unserem großen Erstaunen wandte sich der Monarch beim Anblick des ersten Geschenks mit einem verächtlichen Naserümpfen ab; doch das Messer versetzte ihn in unbeschreibliche Begeisterung, und er befahl, unverzüglich das Mahl aufzutragen. Es wurde über die Köpfe seines Gefolges hinweg in das Zelt hereingereicht und bestand aus den zuckenden Eingeweiden eines unbekannten Tieres, wahrscheinlich eines von den dünnbeinigen Schweinen, die wir unterwegs erblickt hatten. Da er sah, daß wir nicht so recht wußten, wie wir zugreifen sollten, ging er uns mit gutem Beispiel voran und schlang die verlockende Speise Elle um Elle hinunter, bis wir es einfach nicht mehr mit ansehen konnten und solch unverkennbare Symptome des Übelseins zu erkennen gaben, daß Seine Majestät darob ebenso maßlose Verblüffung an den Tag legte wie beim Anblick der Spiegel auf dem Schoner. Wir lehnten trotz allem ab, bei den dargebotenen Leckerbissen mitzuhalten, und versuchten ihm begreiflich zu machen, daß wir überhaupt nicht hungrig seien, weil wir gerade ein ausgiebiges Déjeuner hinter uns hätten.

Als der Monarch mit seinem Mahl zu Ende war, begannen wir ihn einem Kreuzverhör zu unterziehen und fragten ihn auf jede nur erdenkliche Art aus, um herauszubekommen, welches die hauptsächlichen Erzeugnisse des Landes seien, und ob man das eine oder andere verwerten könne. Endlich schien ihm ein Licht aufzugehen, und er bot sich an, uns zu einem Teil der Küste zu führen, wo es, wie er uns versicherte, Bêches-de-mer – und dabei deutete er auf ein solches Tier – in Hülle und Fülle gebe. Wir waren froh, daß wir so bald schon Gelegenheit hatten, der andrängenden Menschenmenge zu entfliehen, und bedeuteten ihm, wir könnten es kaum mehr erwarten, dorthin zu kommen.

Wir verließen nun das Zelt und folgten, von der ganzen Einwohnerschaft begleitet, dem Häuptling zur südöstlichen Spitze der Insel, nicht weit von der Bucht, wo unser Schiff vor Anker lag. Hier warteten wir ungefähr eine Stunde, bis die vier Kanus von einigen Wilden an unseren Standort gerudert worden waren. Dann bestiegen wir eines und wurden das Riff entlanggerudert, von dem schon die Rede war, und dann zu einem andern hinübergebracht, wo wir eine viel größere Menge von Bêches-de-mer entdeckten, als sie auch der älteste unter unseren Seeleuten jemals in den Inselgruppen der tieferen Breitengrade, die doch für diesen Handelsartikel berühmt sind, zu Gesicht bekommen hatte. Wir verweilten nur so lange bei diesem Riff, bis wir uns überzeugt hatten, daß wir notfalls mit Leichtigkeit ein Dutzend Schiffe mit diesen Tieren hätten befrachten können, und wurden dann wieder vom Schoner an Bord genommen. Wir schieden von Too-wit, nachdem er uns das Versprechen gegeben hatte, er werde binnen vierundzwanzig Stunden so viele Canevas-Enten und Galapagos-Schildkröten herüberbringen, wie seine Kanus nur zu fassen vermöchten. Während dieses ganzen Ausflugs sahen wir nichts im Benehmen der Wilden, das unsern Argwohn hätte erregen können, abgesehen davon, daß sich auf dem Weg vom Schoner zum Dorf ihre Zahl so sehr vergrößert hatte.

Zwanzigstes Kapitel

Der Häuptling hielt Wort, und bald waren wir mit frischen Vorräten reichlich versehen. Die Schildkröten waren so schmackhaft, wie wir sie besser noch nie bekommen hatten, und die Enten übertrafen unser bestes Wildgeflügel an Wohlgeschmack, so zart und saftig waren sie. Ferner brachten uns die Wilden, als wir ihnen unsere Wünsche verständlich gemacht hatten, eine Menge braunen Sellerie und Scharbockskraut samt einem Kanu voll frischer und auch getrockneter Fische. Der Sellerie war wirklich ein Hochgenuß, und das Scharbockskraut erwies sich als ein hervorragendes Heilmittel bei all denen von unsern Leuten, die Symptome von Skorbut zeigten. In kürzester Zeit hatten wir nicht einen einzigen Fall mehr auf der Krankenliste. Wir erhielten auch sonst noch allerlei frische Vorräte, darunter eine Art Schalentier, das äußerlich an eine Miesmuschel erinnerte, aber wie Austern schmeckte. Auch Garnelen und Steingarnelen gab es in Hülle und Fülle, außerdem schwarzschalige Eier von Albatrossen und anderen Vögeln. Ferner nahmen wir einen reichlichen Vorrat von dem Fleisch der oben erwähnten Schweineart mit an Bord. Den meisten von unseren Leuten mundete es gut, ich aber fand es schlecht; es roch nach Fisch und schmeckte überhaupt ekelhaft. Im Austausch gegen alle diese guten Dinge boten wir den Eingeborenen blaue Glasperlen an, Messingschmuck, Nägel, Messer und Stücke roten Tuchs, und sie waren von dem Tauschgeschäft hell begeistert. Wir richteten am Strand unter den Kanonen des Schoners einen regelrechten Markt ein, und unsere Geschäfte wickelten sich in bestem Einvernehmen und Vertrauen ab und in einer Ordnung, die wir nach ihrem Verhalten im Dorfe Klock-klock nicht von den Wilden erwartet hätten.

So ging alles mehrere Tage aufs freundschaftlichste zu, und während dieser Zeit kamen oft ganze Trupps Eingeborener an Bord des Schoners, und unsere Leute gingen an Land und unternahmen weite Ausflüge ins Innere der Insel, ohne irgendwie behelligt zu werden. Als Kapitän Guy sah, wie leicht es dank der freundlichen Haltung der Wilden war, das Schiff mit Bêches-de-mer zu befrachten, und mit welcher Bereitwilligkeit sie uns beim Sammeln behilflich waren, beschloß er, mit Too-wit wegen der Errichtung geeigneter Häuser, in denen die Ware geräuchert oder getrocknet werden konnte, in Verhandlung zu treten. Auch wollte er ihn selbst und seinen Stamm damit betrauen, soviel wie möglich einzusammeln, während er inzwischen das schöne Wetter zu benützen gedachte, um die Reise nach dem Süden fortzusetzen. Als er dem Häuptling diesen Vorschlag machte, schien er gern bereit, ein Abkommen zu schließen. Man wurde also handelseinig, und beide Teile waren von den Abmachungen völlig befriedigt. Es wurde vereinbart, daß alle erforderlichen Vorkehrungen getroffen werden sollten, das heißt, es sollte ein Grundstück abgegrenzt und ein Teil der Gebäude errichtet werden, und dazu waren noch ein paar andere Arbeiten zu verrichten, zu denen unsere ganze Mannschaft aufgeboten werden mußte, und dann wollte der Schoner seine Fahrt fortsetzen, während drei von den Leuten auf der Insel zurückblieben, um die Erfüllung des Plans zu überwachen und den Eingeborenen beizubringen, wie man die Bêches-de-mer trocknete. Was die Arbeitsbedingungen und die Entlöhnung betraf, so wurden sie von den Leistungen abhängig gemacht, die in unserer Abwesenheit die Wilden vollbrachten. Sie sollten eine vereinbarte Menge blaue Glasperlen, Messer, rotes Zeug und so weiter erhalten, und zwar entsprechend der Zahl der Bêches-de-mer, die wir bei unserer Rückkehr vorfänden.

Eine nähere Beschreibung der Beschaffenheit dieses wichtigen Handelsartikels und der Art seiner Zubereitung dürfte für meine Leser einiges Interesse bieten, und ich könnte wohl keine bessere Gelegenheit finden, hierüber ein paar Angaben einzuflechten, als gerade an dieser Stelle. Die nachstehende ausführliche Darstellung ist einem neueren Bericht eines Südseereisenden entnommen:

„Es handelt sich dabei um eine Molluske aus dem Indischen Ozean, die im Handel unter dem Namen Bouche-de-mer (Leckerbissen aus der See) bekannt ist. Irre ich nicht, so nennt sie der berühmte Cuvier *Gasteropoda pulmonifera*. Sie wird in großen Mengen an den Küsten der Pazifischen Inseln gesammelt, hauptsächlich für den chinesischen Markt, wo sie sehr hoch im Preise steht, fast so hoch wie die vielgenannten eßbaren Vogelnester, die wahrscheinlich aus einer gallertartigen Masse bestehen, die von einer bestimmten Schwalbenart aus dem Körper dieser Weichtiere gepickt wird. Sie haben keine Schalen, keine Beine, auch keine andern vorstehenden Körperteile, sondern nur zwei Organe, von denen eines der Nahrungsaufnahme, das andere der

Ausscheidung dient und die sich an den beiden entgegengesetzten Körperenden befinden. Mittels ihrer elastischen Ringe, ähnlich denen der Raupen oder Würmer, kriechen sie ins seichte Wasser, wo sie bei niedrigem Wasserstand von einer Schwalbenart gesehen werden können; diese Vögel picken mit ihrem scharfen Schnabel aus dem weichen Körper eine klebrige und faserige Substanz heraus, die sie in getrocknetem Zustand zur Verstärkung der Wände ihrer Nester verwenden. Daher der Name *Gasteropoda pulmonifera*.

Diese Molluske ist länglich und unterschiedlich groß, zwischen drei und achtzehn Zoll lang; ich habe sogar ein paar gesehen, die nicht weniger als zwei Fuß maßen. Sie sind nahezu rund, auf einer Seite, da nämlich, wo sie auf dem Meeresgrund aufliegen, leicht abgeflacht, und ihre Dicke schwankt zwischen einem und acht Zoll. Zu gewissen Jahreszeiten steigen sie in seichtes Wasser auf, wahrscheinlich um sich zu paaren; denn man findet sie dann öfters zu zweien. Wenn die Sonne am heißesten auf das Wasser niederbrennt und es lauwarm wird, kriechen sie auf die Küste zu, und sie suchen oftmals so seichte Stellen auf, daß sie dann, wenn Ebbe eintritt, auf dem Trockenen bleiben und der Sonnenglut ausgesetzt sind. Aber sie bringen ihre Jungen nicht im seichten Wasser zur Welt, denn wir haben sie nie zu sehen bekommen, und die ausgewachsenen Tiere kamen, wie man beobachtet hat, immer aus dem tiefen Wasser. Sie nähren sich vornehmlich von jener Gattung Zoophyten, die die Korallen hervorbringen.

Die Bêches-de-mer werden gewöhnlich in drei oder vier Fuß tiefem Wasser gefangen. Dann bringt man sie ans Ufer und schlitzt sie mit einem Messer an einem Ende auf; je nach der Größe des Weichtieres ist der Schnitt einen Zoll lang oder mehr. Durch den Schlitz werden nun die Eingeweide herausgepreßt, die im übrigen denen aller anderen kleinen Seetiere gleichen. Hierauf wird die Ware gewaschen und anschließend bis zu einem bestimmten Grad gekocht, aber nicht zuviel und auch nicht zuwenig. Sodann wird sie in die Erde eingegraben, vier Stunden lang darin gelassen und erneut eine Zeitlang gekocht und dann am Feuer oder an der Sonne gedörrt. Die an der Sonne getrockneten Tiere werden am meisten geschätzt. In der gleichen Zeit aber, in der man an der Sonne ein *Picul* ($133^1/_3$ Pfund) dörren kann, kann man am Feuer dreißig *Piculs* trocknen. Wenn sie einmal gehörig geräuchert sind, dann können sie ohne jedes Risiko zwei bis drei Jahre an einem trockenen Ort aufbewahrt werden; doch muß man alle paar Monate, etwa viermal im Jahr, nachsehen, ob sie nicht unter der Feuchtigkeit gelitten haben.

Die Chinesen halten die Bêches-de-mer, wie schon gesagt, für einen besonders köstlichen Leckerbissen; sie glauben nämlich, sie seien eine vorzüglich kräftigende und stärkende Nahrung, und schreiben ihnen zudem eine neubelebende und verjüngende Wirkung auf den durch Ausschweifungen erschöpften Organismus alter Wüstlinge zu. Erstklassige Ware erzielt in Kanton einen hohen Preis; sie wird für neunzig Dollar das *Picul* verkauft, Ware zweiter Qualität für fünfundsiebzig Dollar, dritte für fünfzig Dollar, vierte für dreißig, fünfte für zwanzig, sechste für zwölf, siebte für acht und achte für vier Dollar. Immerhin bringen kleinere Ladungen in Manila, Singapore oder Batavia oft mehr ein."

Nachdem wir nun also unsere Vereinbarungen getroffen hatten, brachten wir unverzüglich alles, was zum Bau der Häuser und zum Roden des Geländes nötig war, vom Schiff ans Land. Ein großes ebenes Stück Land unweit der Ostküste unserer Bucht, wo sowohl Holz als auch Wasser reichlich vorhanden waren, wurde dazu ausersehen; der Ort lag auch nicht allzuweit von den Riffen ab, wo die meisten Bêches-de-mer gefunden wurden. Wir machten uns alle mit Feuereifer an die Arbeit und hatten bald zum nicht geringen Erstaunen der Wilden eine ausreichende Zahl Bäume gefällt und für das Fachwerk der Häuser zurechtgezimmert, und innerhalb von zwei oder drei Tagen waren wir so weit, daß wir den Rest der Arbeit ruhig den drei Leuten überlassen konnten, die hier zurückbleiben sollten. Es waren dies John Carson, Alfred Harris und Peterson, alle aus London, glaub ich, die sich freiwillig zu diesem Dienst gemeldet hatten.

Ende des Monats war alles zur Abfahrt bereit. Wir hatten jedoch ausgemacht, daß wir dem Dorf einen feierlichen Abschiedsbesuch abstatten sollten, und Too-wit bestand so beharrlich auf der Erfüllung unseres Versprechens, daß es uns nicht ratsam schien, ihn zu guter Letzt noch durch eine Absage zu kränken. Ich glaube, keiner von uns hegte damals auch nur den leisesten Verdacht gegen die Redlichkeit der Wilden. Sie hatten sich alle höchst anständig benommen, halfen uns jederzeit aufs bereitwilligste bei unserer Arbeit, boten uns, oft sogar ohne Bezahlung zu verlangen, ihre Waren an und hießen nie auch nur den kleinsten Gegenstand mitgehen, obwohl sie bei jedem Geschenk, das wir ihnen machten, durch ihre närrischen Freudenbezeugungen deutlich genug bewiesen, wie großen Wert sie all den Dingen, die wir mit uns führten, beimaßen. Die Weiber insbesondere waren in jeder Hinsicht äußerst willfährig, und wir hätten die mißtrauischsten Menschen sein müssen, wenn wir bei einem Volk, das uns so gut behandelte, auch nur den leisesten Gedanken an Verrat und Hinterlist hätten für möglich halten können. Es brauchte aber nicht lange, bis wir uns überzeugt hatten, daß diese scheinbare Freundschaftlichkeit nur einem wohlüberlegten Vernichtungsplan entsprang und daß die Insulaner, denen wir so unangebrachte Gefühle der Achtung gezollt hatten, in Wirklichkeit zu den barbarischsten, hinterhältigsten und blutdürstigsten Schurken gehörten, die jemals das Antlitz der Erde besudelt haben.

Es war am 1. Februar, als wir an Land gingen, um unseren Abschiedsbesuch zu machen. Obwohl wir, wie gesagt, nicht den leisesten Verdacht hegten, ließen wir trotzdem keine auch nur erdenkliche Vorsicht außer acht. Sechs Mann blieben auf dem Schoner zurück mit dem Befehl, keinen Wilden in unserer Abwesenheit zum Schiff heranzulassen, unter welchem Vorwand er auch kommen möge, und ununterbrochen an Deck zu bleiben. Die Enternetze wurden hochgezogen, die Kanonen waren mit Traubenladungen und Kartätschen doppelt geladen, die Drehbassen mit Kartätschen aus Flintenkugeln versehen. Das Schiff lag eine Meile vom Ufer entfernt vor Anker, und kein Kanu konnte näher kommen, ohne gesichtet zu werden und alsbald dem Feuer unserer Drehbassen ausgesetzt zu sein.

Nachdem wir die sechs Mann an Bord zurückgelassen hatten, bestand unser Trupp insgesamt aus zweiunddreißig Mann. Wir waren bis an die Zähne bewaffnet, hatten Musketen bei uns, dazu Pistolen und Hirschfänger, und außerdem hatte jeder noch ein langes Seemannsmesser im Gürtel stecken, das dem heute in unseren westlichen und südlichen Landstrichen so beliebten Bowie-Messer ähnlich sieht. Rund hundert mit schwarzen Fellen bekleidete Krieger erwarteten uns bei der Landung, um uns das Geleit zu geben. Wir sahen allerdings zu unserer großen Überraschung, daß sie völlig unbewaffnet waren; und als wir Too-wit darüber ausfragten, gab er uns nur zur Antwort: „Mattee non we papa si“ – was soviel bedeutete wie: Waffen seien jetzt unnötig, da wir ja alle Brüder seien. Wir nahmen das als gutes Omen und gingen weiter.

Wir hatten bereits die Quelle und den Bach, von dem weiter oben die Rede war, hinter uns gelassen und kamen in eine enge Schlucht, die durch die Kette der Specksteinhügel hinführte, zwischen denen das Dorf lag. Diese Schlucht war so steinig und uneben, daß wir uns bei unserem ersten Besuch in Klock-klock nur mit größter Mühe hatten hindurcharbeiten können. Sie mochte im ganzen anderthalb oder gar zwei Meilen lang sein. Sie zog sich in unaufhörlichen Windungen durch die Hügel hin – allem Anschein nach hatte das Tal in längstvergangener Zeit ein Flußbett gebildet –, und mindestens alle zwanzig Yard bog die Schlucht in einer plötzlichen, scharfen Wendung ab. Die Wände dieses Passes ragten zu beiden Seiten in seiner ganzen Länge sicherlich im Durchschnitt siebzig oder achtzig Fuß hoch senkrecht empor, ja, an manchen Stellen erhoben sie sich zu atemberaubender Höhe und verdunkelten den Pfad so stark, daß nur ein spärlicher Schimmer des Tageslichts herabdringen konnte. Die durchschnittliche Breite betrug etwa vierzig Fuß, ab und zu jedoch rückten die Talwände so eng zusammen, daß nicht mehr als fünf oder sechs Mann nebeneinander gehen konnten. Kurzum, es läßt sich auf der ganzen Welt kein Ort denken, der sich für einen Überfall besser geeignet hätte, und so war es nicht mehr als natürlich, daß wir vorsorglich unsere Waffen ins Auge faßten, bevor wir diese unheimliche Schlucht betraten. Wenn ich jetzt an unsere unerhörte Torheit zurückdenke, so scheint es mir am allerunbegreiflichsten, daß wir uns überhaupt unter irgendwelchen Umständen so vertrauensselig hatten vorwagen und in die Gewalt unbekannter Wilder hatten geben können, daß wir sie sogar auf dem Weg durch die Schlucht vor und hinter uns gehen ließen. Doch in dieser Ordnung, die wir uns unbesonnenerweise hatten gefallen lassen, marschierten wir vorwärts und verließen uns in unserer törichten Verblendung auf unsere Stärke und auf Too-wits und seiner Leute Waffenlosigkeit, auf die Treffsicherheit unserer Feuerwaffen – deren Wirkung ja für die Eingeborenen noch ein Geheimnis war – und vor allem auf die lange vorgespielten Freundschaftsbeteuerungen dieser niederträchtigen Halunken. Fünf oder sechs von ihnen schritten uns voraus und taten, als wollten sie uns den Weg weisen, wobei sie geschäftig große Steine und andere Hindernisse aus dem Wege räumten. Dann kam unsere Abteilung. Wir gingen dicht nebeneinander und waren einzig darauf bedacht, den Zusammenhang nicht zu verlieren. Den Beschluß bildete der Haupttrupp der Wilden in ungewöhnlich musterhafter Ordnung und mit auffälligem Anstand.

Dirk Peters, ein Mann namens Wilson Allen und ich selbst gingen rechts von unseren Gefährten und musterten aufmerksam im Dahinwandern die eigenartige Schichtung der steilen, überhängenden Wand. Ein Spalt in dem weichen Gestein erregte unsere besondere Aufmerksamkeit. Er war breit genug, daß ein Mensch mühelos hineingehen konnte, und zog sich ungefähr achtzehn oder zwanzig Fuß geradeaus in den Berg hinein, wo er dann nach links abbog. Die Höhe des Spaltes betrug, soweit wir es von der Hauptschlucht aus sehen konnten, an die sechzig oder siebzig Fuß. In den Rissen wuchsen ein oder zwei verkümmerte Stauden, an denen eine Art Haselnüsse hingen. Ich wollte sie mir näher ansehen, ging rasch dorthin, riß fünf oder sechs Nüsse ab und wollte geschwind wieder zurücklaufen. Als ich mich aber umdrehte, sah ich, daß Peters und Allen mir nachgekommen waren. Ich bat sie umzukehren, da hier zwei Menschen nicht aneinander vorbeikommen konnten, und sagte ihnen auch, ich werde ihnen ein paar von meinen Nüssen geben. Sie kehrten denn auch um und kletterten zurück, und Allen war gerade am Ausgang des Spaltes angelangt, als ich einen Stoß verspürte, eine Erschütterung, wie ich sie ähnlich noch nie erlebt hatte und die in mir das unklare Gefühl erweckte – soweit ich überhaupt noch denken konnte –, die gesamten Grundfesten unseres Erdballs würden aufgerissen, und der Weltuntergang sei da.

Einundzwanzigstes Kapitel

Sobald ich meine verstörten Sinne wieder einigermaßen in der Gewalt hatte, spürte ich, wie ich halb erstickt in einer Unmasse lockeren Erdreichs herumkroch, das immer noch von allen Seiten auf mich herabrutschte und mich gänzlich zu verschütten drohte. Bei diesem Gedanken packte mich ein namenloses Entsetzen, und ich mühte mich verzweifelt ab, wieder auf die Füße zu kommen, und endlich gelang es mir auch. Nun blieb ich eine Zeitlang unbeweglich stehen und überlegte krampfhaft, was eigentlich mit mir geschehen war und wo ich mich befand. Da hörte ich dicht neben mir ein dumpfes Stöhnen und gleich darauf Peters' erstickte Stimme, der mich anflehte, ihm doch um Himmels willen zu Hilfe zu kommen. Ich kroch mühsam ein paar Schritte vorwärts und fiel auf einmal gerade auf Kopf und Schultern meines Gefährten. Er steckte, wie ich sofort feststellte, bis zur Leibesmitte in einer lockeren Erdmasse und kämpfte verbissen und verzweifelt, um sich daraus zu befreien. Ich wühlte mit aller Kraft, die mir zu Gebote stand, den Dreck rings um ihn weg und konnte ihn schließlich herausziehen.

Sobald wir uns leidlich von unserem Schrecken und unserer Bestürzung erholt hatten und fähig waren, vernünftig miteinander zu reden, kamen wir beide zu dem Schluß, daß die Wände des Spalts, in den wir uns hineingewagt hatten, infolge eines Erdbebens oder vielleicht auch durch ihr eigenes Gewicht über unseren Köpfen eingestürzt und daß wir daher lebendig begraben und voraussichtlich rettungslos verloren seien. Lange Zeit gaben wir uns untätig der tiefsten Todesangst und Verzweiflung hin. Wer noch nie in einer ähnlichen Lage gewesen ist, kann sich unmöglich einen Begriff von unserem Zustand machen. Ich bin fest überzeugt, daß nichts, was einem Menschen zustoßen kann, ein solches Höchstmaß an seelischer und körperlicher Todesqual auszulösen vermag wie das Lebendig-Begrabensein, das uns betroffen hatte. Die pechschwarze Finsternis, die das Opfer umgibt, der schreckliche Druck, der auf den Lungen lastet, die erstickenden Ausdünstungen des feuchten Erdreichs, dazu die grauenvolle Erkenntnis, daß man jenseits der äußersten Grenzen jeglicher Hoffnung weilt und daß dies das zugemessene Los des Todes ist – all dies erfüllt das menschliche Herz mit einem solchen Übermaß an Grauen und entsetzlicher Angst, daß es nicht auszuhalten und auch nicht auszudenken ist.

Schließlich schlug Peters vor, wir sollten vor allem das ganze Ausmaß unseres Unglücks festzustellen versuchen und zu diesem Behufe die Wände unseres Kerkers abtasten. Denn, so meinte er, es sei doch nicht völlig ausgeschlossen, daß wir irgendwo noch eine Öffnung ausfindig machen und dort dann entkommen könnten. Ich griff diesen Hoffnungsschimmer gierig auf, riß mich zusammen und versuchte aus Leibeskräften mir einen Weg durch die lockeren Erdmassen zu bahnen. Kaum hatte ich einen Schritt vorwärts getan, so nahm ich einen Lichtschimmer wahr, der zwar schwach, doch hell genug war, um mich zu überzeugen, daß wir wenigstens nicht sofort ersticken mußten. Wir faßten neuen Mut und munterten uns gegenseitig auf, das Beste zu hoffen. Nachdem wir über einen Haufen Geröll, der uns am

Weitergehen in der Richtung des Lichtscheins hinderte, geklettert waren, stießen wir auf geringeren Widerstand beim Vorwärtskriechen und spürten auch, daß der fürchterliche Druck auf unsere Lungen, der uns so gequält hatte, ein wenig nachließ. Bald war es uns auch möglich, die Dinge rings um uns schwach zu erkennen, und wir entdeckten, daß wir uns fast am Ende des geraden Teils des Spalts befanden, wo er dann nach links abbog. Nur noch eine kurze Anspannung all unserer Kräfte, und wir standen an der Biegung, und hier sahen wir zu unserer unaussprechlichen Freude eine lange Schramme oder einen Riß, der in einem Winkel von fünfundvierzig Grad, manchmal auch noch steiler, aufwärts führte. Wie groß die Öffnung war, konnten wir noch nicht erkennen, da aber das einfallende Licht ziemlich hell war, zweifelten wir kaum mehr, daß wir am Ende des Bruches, wofern wir überhaupt so weit kamen, einen Durchgang finden und an die frische Luft gelangen würden.

Nun fiel mir ein, daß wir zu dritt aus der großen Schlucht in den Spalt abgeschwenkt waren und daß unser dritter Gefährte, Allen, immer noch fehlte; wir beschlossen also, unverzüglich wieder umzukehren und nach ihm zu suchen. Nach langem Suchen, unter immerwährender Gefahr, von einstürzenden Erdmassen verschüttet zu werden, rief mir Peters endlich zu, er habe einen Fuß unseres Gefährten packen können, aber sein ganzer Körper sei so tief unter dem Geröll begraben, daß es gänzlich ausgeschlossen sei, ihn herauszuziehen. Ich mußte mich bald davon überzeugen, daß er die Wahrheit gesprochen hatte und daß der Ärmste nicht mehr lebte. Traurigen Herzens überließen wir den Toten seinem Schicksal und krochen erneut zur Biegung zurück.

Der Riß war kaum breit genug, um uns Durchlaß zu gewähren, und nach zwei oder drei vergeblichen Versuchen, nach oben zu klettern, begannen wir abermals zu verzweifeln. Ich habe schon berichtet, daß die Bergkette, durch die sich die Hauptschlucht wand, aus einer Art weichem Fels bestand, der an Speckstein erinnerte. Die Wände des

Spalts, an denen wir nun hinaufklettern wollten, bestanden aus dem gleichen Gestein, und da sie obendrein noch naß waren, waren sie so glitschig, daß wir sogar an den wenigst abschüssigen Stellen kaum Fuß zu fassen vermochten. Wo die Wände fast senkrecht anstiegen, waren die Schwierigkeiten natürlich noch weit größer, und manchmal hielten wir sie tatsächlich für unüberwindlich. Doch die Verzweiflung gab uns Mut, und wir schnitten mit unseren Bowiemessern Stufen in den weichen Stein und schwangen uns unter Lebensgefahr auf schmale Vorsprünge aus einer härteren Schieferschicht, die da und dort aus der Specksteinmasse hervorragten, und gelangten schließlich auf eine natürliche Plattform, von der aus ein kleiner Fleck blauen Himmels über einer dichtbewaldeten Schlucht zu sehen war. Nun schauten wir zurück und überblickten mit größerer Ruhe den zurückgelegten Weg, und da sahen wir deutlich, daß der Riß, nach dem Aussehen seiner Hänge zu schließen, erst neuerdings entstanden war, und wir folgerten daraus, daß der Erdstoß, oder was es nun gewesen sein mochte, der uns so unerwartet überrascht hatte, uns gleichzeitig auch diesen Weg zum Entrinnen geöffnet hatte. Wir waren jetzt so erschöpft von der hinter uns liegenden Anstrengung, so schwach, daß wir kaum mehr stehen oder sprechen konnten. Peters schlug vor, wir sollten unsere Pistolen abfeuern, die immer noch in unseren Gürteln steckten, und so unsere Gefährten zu Hilfe rufen. Die Gewehre und auch die Hirschfänger waren uns in dem lockeren Geröll auf dem Fuße der Kluft abhanden gekommen. Die späteren Ereignisse erwiesen, daß wir es bitter hätten bereuen müssen, wenn wir geschossen hätten; aber zum Glück war schon ein leiser Argwohn in mir erwacht, daß uns die Wilden am Ende so übel mitgespielt hätten, und wir hüteten uns daher wohlweislich, ihnen den Ort, wo wir uns aufhielten, zu verraten.

Wir ruhten uns etwa eine Stunde aus und arbeiteten uns dann langsam weiter in dem Spalt empor. Wir waren jedoch noch nicht weit gekommen, da hörten wir ein gräßliches, langanhaltendes Geheul. Endlich erreichten wir die Erdoberfläche – so kann man mit Fug und Recht sagen, denn unser Weg hatte, seit wir die Plattform verlassen hatten, unter einem Bogengang von hohen Felsen und grünem Laub, das über uns den Spalt überdachte, entlanggeführt. Mit aller erdenklichen Vorsicht stahlen wir uns zu einer engen Lücke, durch die wir das ganze umliegende Gelände überblicken konnten, und da wurde uns mit einem Schlag das ganze fürchterliche Geheimnis des Erdstoßes offenbar.

Der Platz, von dem aus wir Ausschau hielten, lag nicht weit von der höchsten Spitze dieser Specksteinhügelkette entfernt. Die Schlucht, in die unsere Schar von zweiunddreißig Mann hineinmarschiert war, zog sich etwa fünfzig Schritt zu unserer Linken hin. Aber auf eine Strecke von mindestens hundert Yards war der Boden oder das Bett dieser Schlucht mit den chaotischen Trümmern von mehr als einer Million Tonnen Erdreich und Gestein angefüllt, die künstlich da hineingestürzt worden waren. Auf welche Weise diese ungeheure Masse zum Einstürzen gebracht worden war, war ebenso klar ersichtlich wie einfach, denn es waren noch deutliche Spuren des mörderischen Werkes zu erkennen. An mehreren Stellen des Ostrandes der Schlucht – wir standen auf der westlichen Seite – konnten wir Holzpflöcke sehen, die in den Boden eingerammt waren. Dort hatte das Erdreich nicht nachgegeben; aber längs des ganzen Steilhangs, über den die Masse abgerutscht war, ging aus Vertiefungen im Boden, die den Bohrlöchern nach einer Felssprengung glichen, deutlich hervor, daß auch dort solche Pfähle, wie wir sie drüben noch stehen sahen, in Abständen von ungefähr je einem Yard auf eine Strecke von nahezu dreihundert Fuß eingetrieben worden waren, und zwar etwa zehn Fuß von der Steilwand entfernt. Starke Seile aus wilden Weinreben waren an den noch übriggebliebenen Pfählen festgebunden, und es war klar, daß solche Seile auch an allen anderen Pfählen befestigt gewesen waren. Ich habe bereits die eigenartige Schichtung dieser Specksteinhügel erwähnt; und die Beschreibung, die ich soeben von dem engen und tiefen Spalt gegeben habe, durch die wir dem Lebendig-Begrabenwerden entrannen, wird einen noch klareren Begriff davon vermittelt haben.

Der Stein war so bröckelig, daß jede Erschütterung den Boden in senkrechte, zueinander parallel verlaufende Schichten oder Furchen splittern mußte, und auch die allergeringste künstlich hervorgerufene Erschütterung mußte genügen, um die gleiche Wirkung hervorzurufen. Diese Eigenart der Bodenbeschaffenheit hatten sich die Wilden zunutze gemacht, um ihr verräterisches Ziel zu erreichen. Zweifellos hatte die fortlaufende Reihe von Pfählen den Boden teilweise, wahrscheinlich ein oder zwei Fuß tief, aufgerissen. Ein Wilder hatte dann am Ende eines jeden Stricks gezogen – diese Stricke waren am oberen Ende der Pflöcke befestigt und hingen über den Kamm des Abhangs herab –, und so entstand eine ungeheure Hebelkraft, die auf ein gegebenes Zeichen hin die ganze Vorderwand des Hügels in den Abgrund zu reißen imstande war. Über das Schicksal unserer armen Gefährten waren wir nun nicht länger im Ungewissen. Wir allein waren dem Ansturm dieses zermalmenden Vernichtungswerks entronnen. Wir waren die einzigen überlebenden Weißen auf der Insel.

Zweiundzwanzigstes Kapitel

Unsere Lage kam uns jetzt kaum weniger entsetzlich vor als in jenem Augenblick, da wir uns für immer lebendig begraben glaubten. Wir sahen kein anderes Los vor uns als den Tod von der Hand der Wilden oder ein elendes Dasein als ihre Gefangenen. Wir konnten uns zwar bestimmt eine Zeitlang vor ihnen in den unzugänglichen Klüften der Hügel verborgen halten, und als letzte Zuflucht blieb uns noch der Spalt, dem wir eben entronnen waren. Aber dann mußten wir entweder der Kälte oder dem Hunger während des langen Polarwinters erliegen oder bei unseren Versuchen, unserer Not abzuhelfen, entdeckt werden.

Das ganze Land ringsum schien weit und breit von Wilden zu wimmeln, und ganze Scharen – das erkannten wir erst jetzt – waren auf flachen Flößen von den südlichen Inseln herübergekommen, zweifellos in der Absicht, bei der

Erstürmung und Plünderung der „Jane“ mitzukämpfen. Das Schiff lag immer noch friedlich in der Bucht vor Anker, und die Leute an Bord hatten anscheinend keine Ahnung von der Gefahr, die ihnen drohte. Wie gerne wären wir jetzt bei ihnen gewesen! Entweder hätten wir ihnen zur Flucht verhelfen oder aber beim Versuch, Gegenwehr zu leisten, mit ihnen den Tod finden können. Doch sahen wir keine Möglichkeit, sie auch nur zu warnen, ohne daß wir unseren sofortigen Untergang heraufbeschworen hätten, und überdies bestand nur eine schwache Hoffnung, daß ihnen die Warnung überhaupt etwas genützt hätte. Das Abfeuern einer Pistole hätte genügt, um ihnen klarzumachen, daß etwas Schlimmes vorgefallen war; aber der Schuß konnte ihnen nicht kundtun, daß ihre einzige Rettung im schleunigen Verlassen des Hafens lag – er konnte ihnen nicht begreiflich machen, daß von nun an keinerlei Ehrenpflicht sie mehr zum Bleiben zwang, weil ihre Kameraden nicht mehr unter den Lebenden weilten. Auch wenn sie den Schuß gehört hätten, wären sie nicht besser auf den Feind, der jetzt zum Angriff rüstete, vorbereitet gewesen, als sie es jetzt waren und immer schon gewesen waren. Etwas Gutes konnte also ein Warnungsschuß keinesfalls zur Folge haben, dafür aber mußte er uns selber in unermeßliches Unheil stürzen, und so standen wir nach reiflicher Überlegung davon ab.

Unser nächster Gedanke war nun, zum Strand hinunterzustürmen, eines der vier Kanus, die am Eingang der Bucht lagen, in Besitz zu nehmen und uns die Überfahrt zum Schiff zu erzwingen. Doch erkannten wir sofort, daß dieses verzweifelte Unterfangen undurchführbar war. Die Gegend wimmelte, wie schon gesagt, buchstäblich von Wilden, die sich im Gebüsch und in den Klüften der Hügel versteckt hielten, um nicht vom Schoner aus gesehen zu werden. Gerade in unserer unmittelbarsten Nähe stand eine ganze Abteilung von Kriegern in schwarzen Fellen unter dem Befehl Too-wits; sie schnitten uns den einzigen Weg ab, auf dem wir hoffen konnten, am richtigen Ort an den Strand zu gelangen, und warteten allem Anschein nach nur noch auf Verstärkung, um dann den Angriff auf die „Jane“

zu eröffnen. Auch die Kanus am Ausgang der Bucht waren mit Eingeborenen bemannt, die allerdings unbewaffnet waren, aber sicherlich ihre Waffen in erreichbarer Nähe hatten. Wir sahen uns also, wenn auch wider Willen, gezwungen, in unserem Versteck auszuharren und bloße Augenzeugen des Kampfes zu sein, der nunmehr entbrannte.

Etwa eine halbe Stunde später sahen wir sechzig oder siebzig Flöße oder Flachboote mit Auslegern, vollbesetzt mit Wilden, um das südliche Horn der Hafenbucht herumrudern. Anscheinend trugen sie außer kurzen Keulen und Steinen, die auf dem Boden ihrer Boote lagen, keinerlei Waffen. Gleich danach erschien eine weitere, noch stärkere Abteilung aus der entgegengesetzten Richtung; sie war ebenso bewaffnet. Auch die vier Kanus füllten sich nun rasch mit Eingeborenen, die aus den Büschen hervorkamen, und ruderten mit größter Eile hinaus, um zu den andern zu stoßen. So sah sich – in kürzerer Zeit, als ich es hier erzählen kann, und wie durch Zaubermacht – die „Jane" von einer unzählbaren Menge toll gewordener Banditen umzingelt, die unverkennbar entschlossen waren, sie um jeden Preis zu erobern.

Daß ihnen das gelingen werde, war keinen Augenblick zweifelhaft. Wie entschlossen sich auch die sechs Mann, die an Bord zurückgelassen worden waren, zur Wehr setzen mochten, sie waren nicht einmal der Bedienung der Geschütze gewachsen, und auch sonst konnten sie in einem so ungleichen Kampf nichts ausrichten. Ich vermochte mir nur schwer vorzustellen, daß sie überhaupt Widerstand leisten würden, doch darin täuschte ich mich. Denn ich sah, wie sie sofort zu den Tauen hinrannten, dann das Schiff nach Steuerbord wendeten, so daß die Breitseite die Kanus bestrich, die inzwischen auf Pistolenschußweite herangekommen waren, während die Flöße sich etwa eine Viertelmeile zurück luvwärts befanden. Aus unerfindlichen Gründen, höchstwahrscheinlich aber infolge der Aufregung unserer armen Freunde, die sich so unerwartet in eine aussichtslose Lage gedrängt sahen, ging die ganze Breitseite völlig daneben. Nicht ein einziges Kanu wurde getroffen, kein einziger Wilder verwundet; die Schüsse gingen zu kurz oder zerplatzten über ihren Köpfen. Die einzige Wirkung, die sie auf die Wilden ausübten, war ein gewaltiges Erstaunen über den unerwarteten Knall und den Pulverrauch; und dieses Erstaunen war allerdings so maßlos, daß ich eine Zeitlang glaubte, sie würden von ihrem Vorhaben abstehen und wieder an Land rudern. Und das hätten sie vermutlich auch getan, wenn unsere Leute auf die Breitseite hin auch noch eine Salve aus ihren kleinkalibrigen Waffen abgefeuert hätten; damit hätten sie, weil ja die Kanus so nahe waren, unfehlbar genügend Verheerung angerichtet, um das Gesindel so lange von weiterem Vorgehen abzuschrecken, bis sie auch den Flößen eine Breitseite hätten versetzen können. Statt dessen aber ließen sie den Wilden in den Kanus Zeit, sich von ihrem Schrecken zu erholen, sich umzusehen und festzustellen, daß keinerlei Schaden angerichtet worden war, während sie selber nach Backbord rannten, um die Flöße gebührend zu empfangen.

Die Breitseite von Backbord hatte die verheerendste Wirkung. Die Geschosse der großen Geschütze rissen sieben oder acht von den Flößen völlig auseinander und töteten vielleicht dreißig oder vierzig Wilde auf der Stelle, während mindestens hundert ins Wasser geschleudert wurden, die meisten von ihnen fürchterlich zugerichtet. Die übrigen verloren vor Schrecken völlig den Kopf und traten schleunigst den Rückzug an, ohne sich lange Zeit zu nehmen, ihre verstümmelten Gefährten aufzufischen, die überallhin davonschwammen und heulend und wimmernd um Hilfe schrien. Doch kam dieser glänzende Erfolg leider zu spät, um unsere todgeweihten Freunde zu retten. Die Kanubesatzung war schon an Bord des Schoners, mehr als hundertfünfzig Mann stark, die meisten waren bereits an den Ketten und Enternetzen emporgeklettert, bevor noch die Lunten an die Backbordkanonen gehalten werden konnten. Nun konnte nichts mehr ihrer viehischen Wut standhalten. Unsere Leute wurden sofort über den Haufen gerannt, überwältigt, niedergetrampelt und waren im Handumdrehen in Stücke gerissen.

Als die Wilden auf den Flößen das sahen, erholten sie sich von ihrer Furcht und kamen in Scharen heran, um zu plündern. Binnen fünf Minuten war die „Jane" der jammervolle Schauplatz wilder Verwüstung. Das Deck wurde aufgehackt, ja, förmlich aufgeschlitzt; das Takelwerk, die Segel und alles, was an Bord nicht niet- und nagelfest war, wurden im Handumdrehen vernichtet. Inzwischen schoben die Teufel am Heck, nahmen das Schiff mit den Kanus ins Schlepptau und zogen auf den Seiten und brachten es, zu Tausenden ringsum schwimmend, nachdem das Ankertau losgerissen worden war, ans Ufer, wo sie es Too-wit übergaben. Der war während des ganzen Kampfes wie ein erfahrener Feldherr nicht aus seinem sicheren Beobachtungsposten in den Bergen hervorgekommen; nun aber, da der Sieg zu seiner Zufriedenheit erkämpft worden war, ließ er sich herbei, mit seinen schwarzfellbekleideten Kriegern herabzusteigen und seinen Anteil an der Siegesbeute zu beanspruchen.

Too-wits Weggang gab uns insofern unsere Bewegungsfreiheit wieder zurück, als wir nun unser Versteck verlassen und den Hügel in der Umgebung des Felsspalts auskundschaften konnten. Ungefähr fünfzig Yards von seinem Eingang entfernt sahen wir eine kleine Quelle, an der wir den brennenden Durst, der uns verzehrte, löschten. Nicht weit davon wuchsen ein paar von den bereits erwähnten Haselnußstauden. Als wir die Nüsse kosteten, fanden wir sie wohlschmeckend und im Geschmack den gewöhnlichen englischen Haselnüssen fast gleich. Wir sammelten sofort unsere Hüte voll, trugen sie in die Schlucht und kamen dann zurück, um noch mehr zu holen. Während wir eifrig Nüsse pflückten, erschreckte uns ein Rascheln im Gebüsch, und schon wollten wir wieder in unser Versteck zurückschleichen, als ein großer schwarzer Vogel, eine Art Rohrdommel, sich langsam und schwerfällig über die Stauden erhob. Ich war so erschrocken, daß ich kein Glied rühren konnte, aber Peters war geistesgegenwärtig genug, sich auf den Vogel, bevor er noch davonfliegen konnte, zu stürzen und ihn am Hals zu packen. Das Tier wehrte sich und schrie so gräßlich, daß wir schon daran dachten, ihn freizulassen; denn der Lärm konnte doch einige von den Wilden herbeilocken, die vielleicht noch in der Nähe lauerten. Schließlich aber machte ein Stich mit dem Bowiemesser dem Leben des Vogels ein Ende, wir schafften ihn in die Schlucht und waren überglücklich, daß wir nun für eine ganze Woche Fleisch genug hatten.

Wir wagten uns jetzt wieder hervor und hielten Ausschau, ja, wir stiegen kühn ein gutes Stück am südlichen Abhang hinunter, fanden aber weiter nichts Eßbares mehr. Wir lasen darum nur ein wenig dürres Holz zusammen und gingen dann wieder zurück. Dabei sahen wir zwei oder drei große Abteilungen von Eingeborenen, die nach ihrem Dorf unterwegs waren; sie waren mit der Beute aus dem geplünderten Schiff beladen und konnten uns, während sie unter dem Hügel vorbeizogen, leicht sehen.

Unsere nächste Sorge galt nun der bestmöglichen Sicherung unseres Verstecks, und so verkleideten wir die Öffnung, von der ich weiter oben gesprochen habe, das Loch also, durch das wir ein Stück blauen Himmel wahrgenommen hatten, als wir aus dem Spalt auf die Plattform gelangt waren, mit dichtem Gestrüpp und ließen nur ein so großes Loch offen, daß wir die Bucht überblicken konnten, ohne Gefahr zu laufen, daß man uns von unten erspähte. Als das vollbracht war, freuten wir uns von Herzen über unsere geschützte Lage, denn jetzt war es unmöglich, uns zu beobachten, solange wir in der Schlucht blieben und uns nicht auf den Hügel hinauswagten. Wir fanden keine Spur, die darauf hindeutete, daß die Wilden jemals dieses Loch betreten hatten. Doch als wir dann überlegten, daß der Spalt, durch den wir hierhergelangt waren, wahrscheinlich eben erst durch den Zusammensturz der gegenüberliegenden Felswand entstanden war, und als wir keinen andern Zugang entdecken konnten, waren wir nicht mehr so beglückt über unser sicheres Versteck, sondern vielmehr höchst erschrocken bei dem Gedanken, wir könnten unter Umständen gar keine Möglichkeit mehr haben, von hier wieder hinunterzukommen. Wir beschlossen, den Gipfel des Hügels gründlichst zu durchforschen, sobald sich eine günstige Gelegenheit bieten würde. Inzwischen beobachteten wir durch unser Guckloch alles, was bei den Wilden vorging.

Sie hatten das Schiff bereits vollständig abgewrackt und trafen eben Vorbereitungen, es in Brand zu stecken. Nach einer kleinen Weile sahen wir mächtige Rauchschwaden aus der Hauptluke aufwirbeln, und kurz darauf schossen dichte Flammen prasselnd aus dem Vorderdeck. Takelung, Maste, und was noch von den Segeln übriggeblieben war, fing sogleich Feuer, und der Brand verbreitete sich mit rasender Geschwindigkeit über das ganze Deck. Doch immer noch waren viele Wilde auf dem Schiff und hämmerten mit großen Steinen, Äxten und Kanonenkugeln auf die Ziehnägel und andere Eisen- und Kupferteile los. Am Strand, in den Kanus und auf den Flößen trieben sich in unmittelbarer Nähe des Schoners nicht weniger als zehntausend Eingeborene herum, ungerechnet die Scharen, die mit Beute beladen landeinwärts oder nach den benachbarten Inseln auf dem Heimweg waren. Wir ahnten, daß jetzt eine Katastrophe kommen mußte. Und unsere Erwartung wurde nicht getäuscht. Zuerst erfolgte nur ein heftiger Stoß – wir spürten ihn an unserem Platz deutlich wie einen leichten elektrischen Schlag –, aber von einer Explosion war nichts zu sehen. Die Wilden waren sichtlich erschrocken, und ihr Gehämmer und Gebrüll brach für einen Augenblick ab. Gerade wollten sie wieder damit anfangen, da schoß plötzlich aus dem Deck eine gewaltige Rauchwolke empor, die aussah wie eine schwere, schwarze Gewitterwolke – dann spie sie, als bärsten ihre Eingeweide, eine riesige sprühende Feuersäule himmelan, die sich wohl eine Viertelmeile hoch in die Lüfte erhob – diese Flamme breitete sich plötzlich kreisförmig aus – dann war für einen Augenblick wie mit einem Schlag die ganze Luft, so weit man sah, mit einem grauenhaften Durcheinander von Holzstücken, Metallsplittern und menschlichen Gliedmaßen erfüllt – und erst jetzt, ganz zuletzt, erfolgte die irrsinnige Erschütterung in ihrer ganzen rasenden Gewalt und warf uns wie ein Orkan zu Boden, während die Berge das tosende Krachen zurückgaben und ein dichter Hagel von winzigen Trümmern in allen Richtungen rings um uns niederprasselte.

Die Verheerung unter den Wilden übertraf unsere kühnsten Erwartungen, und sie hatten nun wahrlich die Früchte ihrer Verräterei im vollsten Ausmaß geerntet. An die tausend kamen bei der Explosion ums Leben, und mindestens ebenso viele waren grauenvoll verstümmelt. In der ganzen Bucht war das Wasser förmlich übersät von den mit den Wellen kämpfenden und ersaufenden Schurken, und am Ufer stand es noch schlimmer. Sie schienen durch die Plötzlichkeit ihrer verheerenden Niederlage dermaßen benommen und wie gelähmt, daß keiner einen Versuch machte, dem andern zu Hilfe zu eilen. Dann aber beobachteten wir, wie sich ihr Verhalten vollkommen änderte. Von stumpfer Betäubung schlug ihre Stimmung anscheinend auf einmal in höchste Erregung um, sie rannten wild durcheinander bald dahin, bald dorthin, immer auf einen bestimmten Punkt am Gestade zu und dann wieder davon weg und schrien in einem fort und mit einem seltsamen Gemisch von Entsetzen, Wut und brennender Neugier in ihrer Miene: „Tekeli-li! Tekeli-li!“

Nun sahen wir, wie eine große Schar in die Berge hinaufzog und bald nachher mit Holzpfählen zurückkam. Sie brachten das Holz an die Stelle, wo das Gedränge am dichtesten war; nun teilte sich die Menge, und wir konnten sehen, was an dieser gewaltigen Aufregung schuld war. Wir erblickten etwas Weißes, das dort am Boden lag, aber wir konnten nicht gleich unterscheiden, was es war. Schließlich erkannten wir, daß es der Kadaver des absonderlichen Tieres mit den roten Klauen und Zähnen war, das der Schoner am 18. Januar aufgefischt hatte. Kapitän Guy hatte die Rarität aufbewahrt, in der Absicht, das Fell auszustopfen und nach England mitzunehmen. Ich erinnere mich, daß er, kurz bevor wir die Inseln anliefen, noch einige Weisungen in diesem Sinne erteilt hatte, und das Tier war dann in die Kajüte verbracht und in einem der

Schränke verstaut worden. Jetzt war es durch die Explosion ans Gestade geworfen worden; aber warum es unter den Wilden solche Erregung hervorrief, das ging über unser Verständnis. Obgleich die Menge den Kadaver dicht umdrängte, schien doch keiner von den Wilden willens, näher heranzutreten. Nach und nach rammten die Männer die Pfähle im Kreise rings um das Tier in den Boden, und kaum war das geschehen, stob die ganze unermeßliche Menge unter lautem „Tekeli-li! Tekeli-li!"-Geschrei nach dem Innern der Insel davon.

Dreiundzwanzigstes Kapitel

Während der nächsten sechs oder sieben Tage blieben wir in unserem Versteck auf dem Berg und wagten uns nur gelegentlich und unter Beachtung aller Vorsichtsmaßregeln heraus, um Wasser und Haselnüsse zu holen. Wir hatten auf der Plattform eine Art Schutzhütte errichtet und sie mit einer Lagerstätte aus dürren Blättern ausgestattet; dann stellten wir noch drei große flache Steine in ihr auf, die uns als Feuerstelle und als Tisch dienten. Feuer machten wir mühelos, indem wir zwei Holzstücke aneinander rieben, ein weiches und ein hartes. Der Vogel, den wir im richtigen Augenblick gefangen hatten, erwies sich als ein ausgezeichneter, wenn auch ein bißchen zäher Braten. Es war kein Seevogel, sondern eine Art Rohrdommel mit kohlschwarzem, graugesprenkeltem Gefieder und Flügeln, die im Verhältnis zu seinem Körper sehr klein waren. Später sahen wir in der Nähe der Schlucht noch drei Vögel derselben Gattung; sie suchten offenbar ihren Gefährten, den wir erlegt hatten. Da sie sich jedoch nicht ein einziges Mal auf dem Boden niederließen, konnten wir sie nicht fangen.

Solange wir von dem Fleisch dieses Vogels zehrten, litten wir nicht eigentlich unter unserer Lage. Schließlich aber war er gänzlich aufgegessen, und wir standen vor der harten Notwendigkeit, uns wieder nach Vorräten umzusehen. Die Haselnüsse allein konnten unsern Hunger nicht stillen, außerdem bekamen wir davon heftiges Leibweh und, wenn wir viel davon aßen, auch starke Kopfschmerzen. Nahe der Küste im Osten des Hügels hatten wir ein paar Schildkröten gesehen, die sicher leicht zu fangen waren, wenn wir von den Wilden unbemerkt an sie herankommen konnten. Wir beschlossen daher, den Abstieg zu wagen.

Zuerst kletterten wir über den südlichen Abhang hinunter, wo wir die geringsten Schwierigkeiten zu finden meinten. Aber kaum waren wir etwa hundert Yards weit gekommen, als wir – wie wir nach unseren Beobachtungen oben auf dem Hügel schon vermutet hatten – durch einen Arm der Schlucht, in der unsere Gefährten den Tod gefunden hatten, aufgehalten wurden. Wir gingen ungefähr eine Viertelmeile am Rande dieser Schlucht entlang, da tat sich abermals ein gähnender Abgrund schwindelnd tief vor uns auf und versperrte uns den Weg, und wir mußten unverrichteterdinge wieder umkehren; es war uns einfach nicht möglich, am Rand dieser jähen Wand entlangzugehen.

Wir versuchten nun unser Glück in östlicher Richtung, doch war uns da ebensowenig Erfolg beschieden. Nach stundenlangem Klettern unter steter Gefahr, uns den Hals zu brechen, entdeckten wir, daß wir einfach in eine ungeheure Schlucht aus schwarzem Granit hinabgeklettert waren, deren Boden feiner Staub bedeckte. Der einzige Weg, der hinausführte, aber war der zerklüftete Kletterpfad, auf dem wir abgestiegen waren. Mühsam klommen wir wieder zurück und versuchten es jetzt mit dem Nordkamm des Berges. Hier mußten wir größte Vorsicht walten lassen; denn die geringste Unachtsamkeit konnte uns den Blicken der Wilden im Dorfe aussetzen. Wir krochen daher auf Händen und Füßen weiter und waren zuweilen sogar genötigt, uns flach auf den Bauch zu legen und uns an den Sträuchern vorwärts zu ziehen. Mit diesem vorsichtigen Vorwärtskriechen waren wir ein kleines Stück weitergekommen, als wir zu einem Spalt gelangten, der viel tiefer war als alle, die wir bisher angetroffen hatten, und geradenwegs in die Hauptschlucht führte. So bewahrheiteten sich denn unsere Befürchtungen voll und ganz: wir waren von jedem Zugang zur Außenwelt völlig abgeschnitten. Zu Tode erschöpft von den Anstrengungen, die wir hinter uns hatten, kletterten wir, so gut es ging, wieder auf die Plattform zurück, wo wir uns auf die Blätterstreu warfen und ein paar Stunden tief und erquickend schliefen.

Nach dieser vergeblichen Suche taten wir mehrere Tage lang nichts anderes, als daß wir jeden Flecken der Hügelkuppe genauestens durchforschten und uns darüber klarzuwerden versuchten, ob nicht hier oben etwas zu finden war, womit wir unser Leben fristen konnten. Doch erkannten wir bald, daß außer den unbekömmlichen Haselnüssen und einer Art dichtwuchernden Scharbockskrautes, das auf einem nur wenige Quadratruten großen Fleck gedieh und nicht lange reichen konnte, nichts irgendwie Eßbares da oben aufzutreiben war. Am 15. Februar war, soviel ich mich entsinnen kann, auch nicht ein Blättchen mehr davon übrig, und sogar die Nüsse wurden allmählich weniger. Unsere Lage konnte kaum noch jammervoller werden. Dieser Tag war übrigens dadurch denkwürdig, daß wir im Süden ein paar ungeheure Wolken jenes grauen Dunstes sichteten, von dem ich schon einmal gesprochen habe. – Am 16. schritten wir erneut die Wälle unseres Gefängnisses ab, in der Hoffnung, vielleicht doch noch einen Ausweg zu finden; doch es war umsonst. Wir kletterten auch in den Spalt hinunter, in dem wir verschüttet worden waren, in der schwachen Hoffnung, dort vielleicht einen Zugang zu der Hauptschlucht zu entdecken. Aber auch darin wurden wir enttäuscht; hingegen fanden wir eine Muskete und nahmen sie mit.

Am 17. zogen wir mit der Absicht aus, die schwarze Granitschlucht, in die wir auf unserem ersten Forschungszug geraten waren, näher zu untersuchen. Wir erinnerten uns, daß wir in einen der Risse in der Seitenwand dieser Schlucht nur flüchtig hineingeschaut hatten, und wollten ihn jetzt genauer besichtigen, obschon wir nicht hoffen konnten, hier einen Durchschlupf zu finden.

Ohne große Schwierigkeit gelangten wir wieder auf den

Grund der Schlucht, und jetzt waren wir ruhig genug, um sie aufmerksam in Augenschein zu nehmen. Fürwahr, wir standen hier an einem Ort, wie er eigenartiger und seltsamer nicht vorstellbar ist, und wir konnten kaum glauben, daß er wirklich von Natur so ausgesehen hatte. Die Schlucht maß von ihrem östlichen bis zum westlichen Ende annähernd fünfhundert Yards, wenn man alle ihre Biegungen mit einrechnet. In gerader Linie betrug ihre Länge von Ost nach West, soweit ich sie schätzen konnte, nicht mehr als fünfzig Yards. Das ist meine ungefähre Schätzung, hatte ich doch keine genauen Meßgeräte bei mir. Im obersten Teil des Abstiegs, das heißt etwa hundert Fuß unterhalb der Bergkuppe, wiesen die Wände der Schlucht nur geringe Ähnlichkeit miteinander auf und hatten offensichtlich nie eine gewachsene Einheit gebildet, denn die eine Wand bestand aus Speckstein und die andere aus Mergel, der aber eine metallische Körnung aufwies. Die mittlere Breite oder der Abstand zwischen den beiden Steilwänden mochte hier sechzig Fuß betragen, aber anscheinend war keine Rede von einer regelmäßigen Formation. Stieg man jedoch über die erwähnte Grenze hinab, so wurde der Abstand zwischen den Wänden zusehends kleiner, und sie verliefen allmählich parallel, obwohl sie sich immer noch eine Zeitlang hinsichtlich Gesteinsart und Oberflächenform unterschieden. Fünfzig Fuß über dem Boden aber setzte mit einemmal eine vollkommene Regelmäßigkeit ein. Die Wände waren jetzt in Gesteinsart und Farbe völlig gleich und liefen genau parallel; das Gestein war ein tiefschwarzer und glänzender Granit, der Abstand zwischen den beiden Wänden betrug an jedem Punkt genau zwanzig Yards. Über die genaue Form der Schlucht wird man sich am besten an Hand einer Zeichnung, die ich an Ort und Stelle gemacht habe, einen Begriff bilden können. Zum Glück hatte ich ein Notizbuch und einen Bleistift bei mir, die ich auch während einer langen Reihe nachheriger Abenteuer stets sorgsam aufbewahrte und denen ich die Aufzeichnung vieler Einzelheiten verdanke, die sonst aus meinem Gedächtnis entschwunden wären.

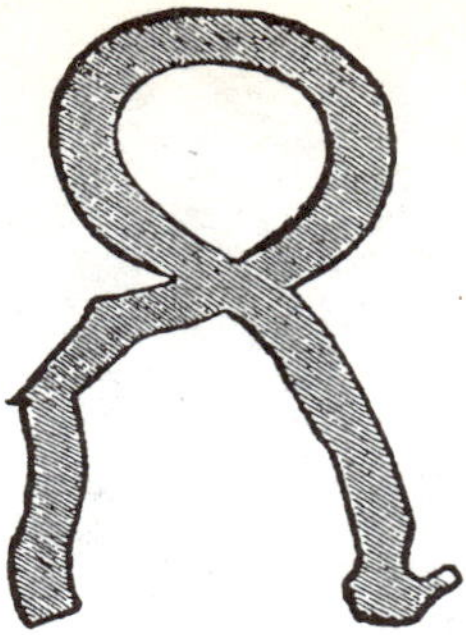

Abbildung 1

Die obige Figur gibt den allgemeinen Verlauf der Schlucht wieder, ohne die kleineren Einbuchtungen zu verzeichnen, die verschiedentlich in den Seitenwänden zu sehen waren und von denen jede einen entsprechenden Vorsprung auf der gegenüberliegenden Wand aufwies. Die Schlucht war unten auf der Sohle drei oder vier Zoll hoch mit einem hauchfeinen Sand bedeckt, unter dem der schwarze Granit fortlief. Rechter Hand, am tieferen Ende, wird man eine kleinere Öffnung angedeutet finden; das war der Riß, von dem ich weiter oben gesprochen habe und zu dessen näherer Besichtigung wir zum zweitenmal in die Schlucht hinuntergestiegen waren. Wir drangen nun gewaltsam ein, schnitten eine Menge Dorngestrüpp, das uns den Zugang versperrte, weg und räumten einen großen Haufen spitzer Kieselsteine, die fast wie Pfeilspitzen geformt waren, beiseite. Ein Lichtschimmer, der vom andern Ende zu uns herüberdrang, ermutigte uns auszuharren. Schließlich zwängten wir uns unter Qualen etwa dreißig Fuß weit durch und fanden, daß die Öffnung ein niedriger, regelmäßig geformter Bogen war, unter dem der gleiche hauchfeine Staub lag wie schon in der Hauptschlucht. Nun strahlte grelles Licht auf uns hernieder, wir bogen scharf ab und befanden uns in einem anderen hohen Raum, der in jeder Hinsicht dem ähnlich war, den wir eben verlassen hatten, nur daß er länglich war. Im großen und

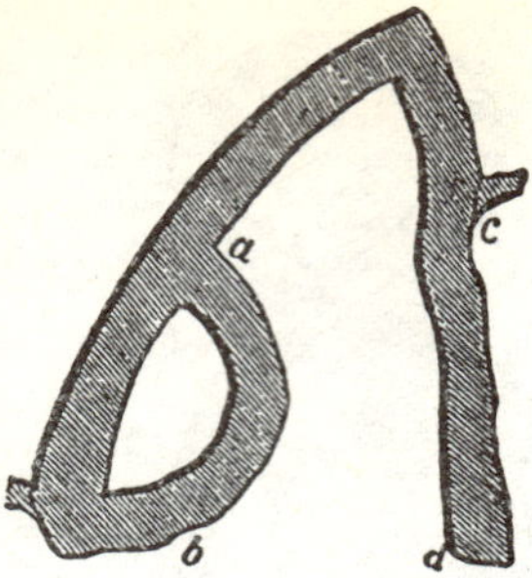

Abbildung 2

ganzen hatte er die Gestalt, wie er in obiger Skizze angegeben ist.

Der ganze Spalt vom Eingang *a* über die Kurve *b* bis zum äußersten Ende *d* hatte eine Länge von fünfhundertfünfzig Yards. Bei *c* entdeckten wir eine kleine Öffnung, ähnlich der, durch die wir aus der andern Schlucht gekommen waren, und auch sie war ebenso mit Dorngestrüpp und einer Masse weißer pfeilspitzenähnlicher Kiesel verstopft. Wir zwängten uns auch hier durch und sahen, daß sie etwa vierzig Fuß lang war und in eine dritte Schlucht mündete. Auch diese glich genau der ersten, abgesehen davon, daß sie eine längliche Form hatte, wie auf der folgenden Zeichnung zu sehen ist.

Abbildung 3

Die Gesamtlänge der dritten Schlucht betrug dreihundertzwanzig Yards. Auf Punkt *a* war eine ungefähr sechs Fuß breite Öffnung, die fünfzehn Fuß tief in den Felsen hineinführte, wo sie in einer Mergelschicht endigte. Dahinter lag keine weitere Schlucht, wie wir erwartet hatten. Wir waren drauf und dran, diesen Spalt, in den nur sehr wenig

Licht fiel, wieder zu verlassen, da machte mich Peters auf eine Reihe merkwürdiger Einschnitte aufmerksam, die auf der Oberfläche der die Sackgasse abschließenden Mergelwand zu sehen waren. Mit ein wenig Phantasie konnte man den linken oder nördlichsten von diesen Einschnitten für die beabsichtigte, wenn auch rohe Darstellung eines menschlichen Körpers ansehen, der mit ausgestrecktem Arm dasteht. Die übrigen Zeichen hatten einige Ähnlichkeit mit Buchstaben aus einem Alphabet, und Peters wollte sich unbedingt sofort diese müßige Idee zu eigen machen und allen Ernstes glauben, es seien wirklich Buchstaben. Ich bewies ihm schließlich seinen Irrtum, indem ich ihn auf den Boden des Spaltes aufmerksam machte, wo wir Stück für Stück aus dem Staub mehrere Mergelbrocken aufhoben, die unverkennbar durch irgendeine Erschütterung aus der Wand, wo die Zeichen waren, herausgebrochen waren und exakt in die Einschnitte hineinpaßten, ein Beweis dafür, daß sie auf natürliche Weise entstanden waren. Die folgende Abbildung ist eine genaue Wiedergabe des Ganzen.

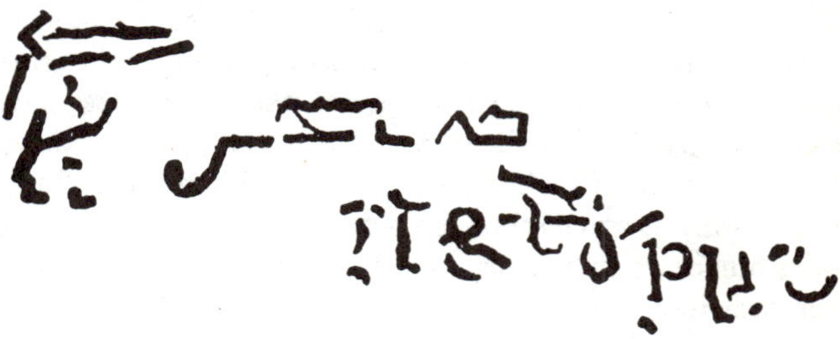

Abbildung 4

Nachdem wir uns überzeugt hatten, daß aus diesen merkwürdigen Höhlen kein Weg ins Freie führte, kehrten wir niedergeschlagen und verzweifelt auf den Hügel zurück. Im Verlauf der nächsten vierundzwanzig Stunden ereignete sich nichts Erwähnenswertes, abgesehen davon, daß wir beim Untersuchen des Bodens östlich in der dritten Schlucht zwei ausnehmend tiefe, dreieckige Löcher fanden, die ebenfalls schwarze Granitwände hatten. In diese Löcher hinabzusteigen, fanden wir nicht der Mühe wert, denn sie sahen aus wie natürliche Vertiefungen ohne Ausgang. Beide maßen vielleicht zwanzig Yards im Umfang; ihre Form ist aus der Skizze zu ersehen.

Abbildung 5

Vierundzwanzigstes Kapitel

Am 20. des Monats sahen wir, daß es gänzlich unmöglich war, mit den Haselnüssen, die uns so gräßliche Qualen bereiteten, unser Leben länger zu fristen, und so beschlossen wir, einen letzten, verzweifelten Versuch zu wagen und die Südwand des Hügels hinabzuklettern. Dieser Steilhang bestand aus äußerst weichem Speckstein, fiel aber in seiner ganzen Höhe – mindestens hundertfünfzig Fuß – fast senkrecht ab, ja, hing stellenweise sogar über. Nach langem Suchen entdeckten wir etwa zwanzig Fuß unter dem Rande des Abgrunds einen schmalen Sims. Peters brachte es fertig, dort hinabzuspringen, und ich half ihm dabei mit unseren zusammengeknoteten Taschentüchern. Dann kletterte auch ich hinunter, hatte aber weit größere Schwierigkeiten zu bestehen. Und nun sahen wir, daß es möglich war, den ganzen Weg auf die gleiche Weise zurückzulegen, wie wir schon durch den Spalt heraufgestiegen waren, in dem wir beim Zusammensturz des Hügels verschüttet worden waren – das heißt, indem wir mit unseren Messern Stufen in den weichen Stein schnitten. Die Gefährlichkeit dieses Unterfangens läßt sich kaum vorstellen; aber da uns gar nichts anderes übrigblieb, entschlossen wir uns dazu.

Auf dem Sims, wo wir standen, wuchsen ein paar Haselnußstauden, und an einer von ihnen knüpften wir das eine Ende unseres Seils aus Taschentüchern fest. Das andere Ende band sich Peters um den Leib, und dann ließ ich ihn so weit über den Rand des Abgrunds hinunter, bis die Tücher straff angespannt waren. Jetzt ging er daran, ein tiefes Loch in den Speckstein zu bohren – ungefähr acht bis zehn Zoll tief –, und schrägte dann den Felsen oberhalb etwa fußhoch ab, so daß er mit dem Kolben seiner Pistole einen leidlich starken Pflock in die geglättete Wand einschlagen konnte. Ich zog ihn nun etwa vier Fuß höher, und er bohrte ein ähnliches Loch wie das erste, schlug wie dort ebenfalls einen Pflock ein und hatte nun für Füße und Hände einen Halt. Jetzt knotete ich die Taschentücher von dem Strauch los und warf ihm das Ende des Seils zu; er band es am oberen Pflock fest, dann ließ er sich vorsichtig drei Fuß tiefer hinabgleiten, so weit wie die Taschentücher reichten. Hier bohrte er ein weiteres Loch und rammte einen dritten Pflock ein. Dann zog er sich hinauf, so daß er mit den Füßen in dem neuen Loch stand, während er sich mit beiden Händen an dem nächsthöheren Pflock festhalten konnte. Nun mußte er aber die Taschentücher vom obersten Pflock losbinden und am zweiten festknüpfen, und dabei stellte sich heraus, daß es falsch gewesen war, die Löcher in so großem Abstand voneinander anzubringen. Doch nach zwei, drei mißglückten und gefährlichen Versuchen, das Seil zu erhaschen – er mußte sich dabei mit der linken Hand festhalten, während er mit der rechten die Taschentücher aufknoten wollte –, schnitt er das Seil kurzerhand ab und ließ ein sechs Zoll langes Stück an dem Pflock hängen. Nun band er die Taschentücher an den zweiten Pflock und klomm ein Stück unterhalb des dritten, gab aber diesmal gut acht, daß er nicht zu tief geriet. Dank diesem Vorgehen – auf das ich selber nie gekommen wäre und das einzig und allein Peters' Findigkeit und Entschlossenheit zuzuschreiben ist – gelang es meinem Gefährten schließlich, indem er sich, wo es ging, die Vorsprünge in der Wand zunutze machte, heil und unversehrt die Talsohle zu erreichen.

Ich brauchte längere Zeit, bis ich die Entschlußkraft aufbrachte, ihm nachzuklettern; aber zuletzt versuchte ich es doch. Peters hatte vor dem Abstieg sein Hemd ausgezogen, und nun verfertigte ich daraus, zusammen mit meinem eigenen Hemd, das Seil, an dem ich mich hinablassen wollte. Ich warf das Gewehr, das wir in der Schlucht gefunden hatten, hinunter, band dann das Seil an den Sträuchern fest und seilte mich rasch ab; dabei bemühte ich mich, durch möglichst energische Bewegungen des Zitterns Herr zu werden, das ich anders nicht unterdrücken konnte. Das half auch einigermaßen für die ersten vier oder fünf Stufen; dann aber geriet meine Phantasie zusehends in immer fürchterlichere Erregung, wenn ich mir die gähnende Tiefe vorstellte, in die ich hinabsteigen mußte, und an die unverläßlichen Pflöcke und die behelfsmäßigen und bröckeligen Löcher in dem Speckstein dachte, die mein einziger Halt waren. Vergebens bemühte ich mich, diese Gedanken zu verscheuchen und meine Augen unverwandt auf die glatte Bergwand vor mir zu heften. Je krampfhafter ich mir Mühe gab, *nicht zu denken*, desto intensiver, lebendiger und um so schauriger in ihrer Deutlichkeit wurden diese Vorstellungen. Endlich kam der entscheidende Augenblick, der in solchen Fällen den Ausschlag gibt, der entscheidende Punkt, da die Phantasie alle die Gefühle und Empfindungen in uns vorausnimmt, die wir beim wirklichen Fallen verspüren und die uns unweigerlich zum Abstürzen bringen müssen – da sie uns ausmalt, wie uns übel wird, wie uns ein Schwindel befällt, wie wir verzweifelt dagegen ankämpfen, wie wir halb ohnmächtig taumeln und wie wir dann zuletzt den grauenvollen Sturz kopfüber mit rasender Geschwindigkeit in die Tiefe machen. Und jetzt sah ich, wie diese Vorstellungen Wirklichkeit wurden, und alle Schrecknisse, die ich mir eingebildet hatte, kamen in greifbarer Gestalt über mich. Ich spürte, wie meine Knie heftig gegeneinanderschlugen, während meine Finger allmählich und unaufhaltsam ihren Griff lockerten. Es läutete mir in den Ohren, und ich sagte mir: Das ist meine Totenglocke! Und da packte mich ein unbezwingbares Verlangen hinabzuschauen. Ich konnte und wollte meine Blicke nicht länger auf die Felswand gerichtet lassen, und mit einer schaurigen, unsagbaren Empfindung, halb Grauen, halb Erleichterung, schaute ich hinab in die gähnende Tiefe des Abgrunds. Einen Augenblick griffen meine Finger krampfhaft nach ihrem Halt, während gleichzeitig ein schwacher Gedanke an Rettung im allerletzten Moment wie ein Schatten durch meine Seele geisterte; im nächsten Augenblick fühlte mein ganzes Wesen nur noch einen sehnsüchtigen Wunsch, ein übermächtiges Verlangen, *abzustürzen*, ein gieriges Sehnen, ein gänzlich unbezähmbares, leidenschaftliches Gelüst, zu fallen, endlich zu fallen! Ich ließ den Pflock plötzlich los, drehte mich halb vom Abgrund weg zur Wand und hing so augenblickslang schwankend an der kahlen glatten Felswand. Jetzt aber wirbelte in meinem Hirn alles durcheinander; eine schrille, geisterhafte Stimme gellte in meine Ohren; eine dämmerige, unheimlich böse und nebelhafte Gestalt stand dicht unter mir, ein Seufzer entrang sich meiner Brust, mein Herz war am Brechen, und ich sank wie tot in ihre Arme.

Ich war in Ohnmacht gefallen, und Peters hatte mich im Stürzen aufgefangen. Er hatte von seinem Standort unten am Fuße des Berges mein wunderliches Gebaren beobachtet, und da er sah, in welch unmittelbarer Gefahr ich schwebte, hatte er sich nach Kräften bemüht, mir auf jede erdenkliche Weise Mut zuzusprechen. Meine geistige Verwirrung war aber so groß gewesen, daß ich gar nicht hörte, was er sagte, ja, es war mir überhaupt nicht zum Bewußtsein gekommen, daß er mir etwas zugerufen hatte. Als er schließlich sah, wie ich schwankte, war er mir schleunigst zu Hilfe geklettert und kam gerade noch zurecht, um mich vor dem sicheren Tod zu bewahren. Wäre ich mit meinem vollen Gewicht abgestürzt, so wäre mein leinenes Seil unweigerlich gerissen, und ich wäre in den Abgrund gestürzt. So aber konnte er mich langsam und allmählich hinunterlassen, so daß ich ohne Gefahr hängenblieb, bis ich das Bewußtsein wiedererlangt hatte. Als ich fünf Minuten später zu mir kam, war meine Angst völlig verflogen; ich fühlte mich wie neugeboren und erreichte, von meinem Gefährten auch weiterhin hilfreich betreut, wohlbehalten den Fuß der Felswand.

Wir befanden uns jetzt nicht weit von der Schlucht, in der unsere Gefährten den Tod gefunden hatten, und südlich von der Stelle, wo der Hügel eingestürzt war. Es war ein Ort von eigenartig wildem Aussehen; er erinnerte mich an die Schilderungen, die Reisende von der verwüsteten Gegend um das verfallene Babylon geben. Gar nicht zu reden von dem Bergsturz, dessen Felsmassen den Ausblick nach Norden vollständig vermauerten, war der ganze Boden überall mit gewaltigen Schutthügeln übersät, die allem Anschein nach Überreste riesenhafter künstlicher Bauwerke waren, obwohl man im einzelnen keinerlei Spuren menschlicher Wirksamkeit entdecken konnte. Schlacken lagen verstreut herum, dazwischen mächtige, unförmige Blöcke aus schwarzem Granit, untermischt mit Mergelbrocken, und beide Gesteine waren metallisch gekörnt. Auch der Mergel war übrigens schwarz; wir bekamen überhaupt keinerlei hellfarbige Substanzen auf der Insel zu Gesicht. – Keine Spur von Vegetation war in diesem trostlos öden Gebiet weit und breit zu sehen. Ein paar riesige Skorpione und verschiedene Reptilien, die sonst in diesen Breiten nicht anzutreffen sind, kamen uns vor die Augen.

Da die Nahrungssuche unser dringendstes Anliegen war, entschlossen wir uns, den Weg zur Meeresküste, die etwa eine halbe Meile entfernt lag, anzutreten und dort auf Schildkröten Jagd zu machen, von denen wir von unserem Versteck auf dem Berg aus mehrere beobachtet hatten. Wir waren an die hundert Yards vorsichtig zwischen den mächtigen Felsen und den Schutthügeln vorangekommen und wollten eben um eine Ecke biegen, als plötzlich aus einer kleinen Höhle fünf Eingeborene über uns herfielen und Peters mit einem Keulenhieb zu Boden streckten. Als er zusammenbrach, stürzte sich die ganze Rotte auf ihn, um ihr Opfer zu packen und nicht entkommen zu lassen, und so gewann ich Zeit, mich von meiner Überraschung zu erholen. Zwar hatte ich noch mein Gewehr, aber der Lauf war beim Sturz über die Bergwand so arg beschädigt worden, daß ich es als unbrauchbar wegwarf und mich lieber auf meine Pistolen verließ, die ich sorgfältig gehütet hatte. Mit ihnen rückte ich nun den Angreifern zu Leibe und feuerte sie beide rasch hintereinander ab. Zwei von den Wilden fielen, und einer, der gerade Peters mit seinem Speer durchbohren wollte, sprang auf die Füße, ohne sein Vorhaben auszuführen. Da nun mein Gefährte wieder frei war, war das weitere nicht mehr schwierig. Auch er hatte seine Pistolen, hielt es jedoch für klüger, keinen Gebrauch davon zu machen, sondern sich lieber auf seine gewaltigen Körperkräfte zu verlassen, die allerdings alles übertrafen, was ich jemals gesehen habe. Er entriß einem der gefallenen Wilden die Keule und schlug damit den drei Überlebenden den Schädel ein. Mit einem einzigen Keulenhieb beförderte er sie augenblicklich ins Jenseits, und wir behaupteten als Sieger das Schlachtfeld.

Das alles war so rasch vor sich gegangen, daß wir kaum glauben konnten, es sei wirklich geschehen, und wir standen noch in dumpfem Staunen über die Leichen der Erschlagenen gebeugt da, als ein fernes Geschrei uns wieder zur Besinnung brachte. Offenbar hatten die Schüsse die Wilden gewarnt und erschreckt, und wir hatten nur geringe Aussicht, unentdeckt zu bleiben. Um wieder zu den schützenden Felsen zu gelangen, hätten wir gerade auf das Geschrei zulaufen müssen, und selbst wenn wir unbehelligt den Fuß des Berges hätten erreichen können, wäre es uns doch nicht möglich gewesen hinaufzuklettern, ohne gesehen zu werden. Unsere Lage war höchst bedenklich, und wir waren noch unschlüssig, in welcher Richtung wir flüchten sollten, als einer von den Wilden, den ich getroffen und für tot gehalten hatte, plötzlich auf die Füße sprang und davonrannte. Wir holten ihn jedoch nach den ersten Schritten ein und wollten ihn gerade ins Jenseits befördern, da fiel Peters ein, er könne uns am Ende von Nutzen sein, wenn wir ihn zwängen, mit uns zu fliehen. Wir schleppten ihn also mit und gaben ihm zu verstehen, er werde beim geringsten Widerstand sofort erschossen. In kürzester Zeit war er schon ganz gefügig und lief neben uns her, während wir zwischen den Felsblöcken dem Strand zuhasteten.

Bisher hatte das hügelige Gelände uns fast die ganze Zeit den Ausblick aufs Meer verdeckt, und erst als wir ihm bis auf ungefähr zweihundert Yards nahe gekommen waren, lag es offen vor uns da. Als wir aus unserer Deckung in die ungeschützte Bucht hinausliefen, sahen wir zu unserem tödlichen Entsetzen eine Unzahl von Eingeborenen, die aus dem Dorf und von allen sichtbaren Punkten der Insel her mit wilden Wutgebärden und dem Geheul reißender Tiere auf uns zurannten. Schon wollten wir kehrtmachen und hinter den Schutzwehren der Felsklüfte Zuflucht suchen, da fielen mir hinter einem weit ins Wasser hinausragenden Steinblock die Vordersteven zweier Kanus in die Augen. Wir liefen, so schnell wir nur konnten, dorthin und fanden die Boote unbewacht und unbefrachtet, nur mit drei großen Galapagos-Schildkröten und dem üblichen Vorrat an Rudern für sechzig Ruderer beladen. Wir bemächtigten uns augenblicklich des einen Kanus, zwangen unseren Gefangenen, mit einzusteigen, und stießen mit aller Kraft vom Land ab.

Wir hatten aber noch keine fünfzig Yards zurückgelegt, da kehrte uns unsere Besonnenheit zurück, und wir sahen ein, daß es höchst unklug gewesen war, den Wilden das andere Kanu zu lassen. Sie waren jetzt nur mehr doppelt so weit von der Bucht entfernt wie wir und kamen auf ihrer Verfolgung rasch näher. Nun war keine Zeit mehr zu verlieren. Wir hatten bestenfalls noch eine verschwindend kleine Hoffnung, und es war mehr als fraglich, ob wir ihnen, auch wenn wir uns aufs äußerste anstrengten, zuvorkommen und uns des Kanus bemächtigen konnten; aber es bestand immerhin noch die Möglichkeit, daß es uns gelang. Falls es uns glückte, konnten wir auf Rettung hoffen; wenn wir es aber nicht wenigstens versuchten, hieß das, sich darein ergeben, von den tückischen Wilden unweigerlich niedergemetzelt zu werden.

Das Kanu war vorn am Bug und auch am Heck gleich gebaut, und anstatt zu wenden, wechselten wir einfach unsere Stellung beim Rudern. Kaum hatten die Wilden das wahrgenommen, so schwoll ihr Wutgeheul ins Maßlose an, und sie kamen mit unglaublicher Geschwindigkeit herangerast. Wir aber ruderten um unser Leben und legten uns mit der Kraft der Verzweiflung in die Riemen. So erreichten wir das umstrittene Ziel, als gerade der erste Eingeborene dort anlangte. Der Bursche mußte seine überlegene Schnelligkeit teuer bezahlen; Peters schoß ihm im Augenblick, da er das Ufer erreichte, eine Kugel durch den Kopf. Die vordersten der nachstürmenden Bande waren vielleicht noch zwanzig, höchstens dreißig Schritt entfernt, als wir uns des Kanus bemächtigten. Zuerst versuchten wir es ins tiefe Wasser hinauszustoßen; aber es war zu fest auf dem Strand aufgelaufen, auch hatten wir keine Zeit zu verlieren, und so zertrümmerte Peters mit dem Gewehrkolben mit ein paar wuchtigen Hieben ein Stück des Bugs und der einen Seitenwand. Dann stießen wir ab. Zwei Wilde hatten inzwischen unser Boot gepackt und ließen es hartnäckig nicht mehr los, bis wir sie notgedrungen mit unseren Messern erledigten. Jetzt hatten wir freie Bahn und ruderten, was unsere Kräfte hergaben, ins offene Meer hinaus. Die Hauptschar der Wilden war mittlerweile bei dem zertrümmerten Kanu angelangt und brach bei diesem Anblick vor Enttäuschung in ein grauenhaftes und kaum vorstellbares Wutgeheul aus. Eins ist sicher: nach allem, was ich bei diesen Schurken erlebt habe, sind sie ganz offenkundig die verruchteste, hinterlistigste, rachsüchtigste, blutdürstigste, mit einem Wort: die teuflischste Menschenrasse auf Gottes Erdboden. Soviel ist klar: wären wir ihnen in die Hände gefallen, wir hätten auf kein Erbarmen rechnen dürfen. Sie machten noch einen wahnwitzigen Versuch, uns in dem zerstörten Kanu nachzusetzen, sahen aber bald ein, daß sie uns nicht mehr einholen konnten. Als sie merkten, daß es unmöglich war, brachen sie erneut in ein greuliches Gebrüll aus und rannten dann in ihre Berge hinauf.

Nun waren wir also der unmittelbar drohenden Gefahr entronnen, aber unsere Lage war immer noch reichlich düster. Wir wußten, daß die Wilden vier solche Kanus, wie wir jetzt eines hatten, besaßen, hatten aber keine Ahnung, daß zwei davon bei der Explosion der „Jane" mit in die Luft geflogen waren. Das berichtete uns später unser Gefangener. Wir rechneten deshalb damit, daß uns die Wilden wahrscheinlich verfolgen würden, sobald sie die Bucht erreicht hatten, wo die Boote gewöhnlich verankert waren. Doch war das immerhin ein Weg von drei Meilen. In dieser Befürchtung gaben wir unser Äußerstes her, um so rasch wie nur möglich von der Insel wegzukommen. Wir zwangen sogar unseren Gefangenen, ein Ruder zu betätigen, und fuhren so rasch ins offene Meer hinaus. Nach etwa einer halben Stunde, als wir vielleicht fünf oder sechs Meilen in südlicher Richtung zurückgelegt hatten, sahen wir, wie eine große Flotte von Flachbooten und Flößen aus der Bucht herausfuhr; offenbar wollte man uns verfolgen. Doch bald machten sie kehrt. Anscheinend hatten sie die Hoffnung, uns einzuholen, aufgegeben.

Fünfundzwanzigstes Kapitel

Nun fuhren wir also auf dem weiten, öden antarktischen Ozean dahin, auf einer Breite von mehr als 84°, an Bord eines gebrechlichen Kanus und mit nichts als drei Schildkröten als einzigem Proviant. Überdies mußten wir damit rechnen, daß der lange Polarwinter nicht mehr fern war, und wir hatten allen Grund, uns über die Richtung zu einigen, die wir einschlagen wollten. Noch waren sechs oder sieben Inseln in Sicht, die zur selben Inselgruppe gehörten, aber wir hatten keine Lust, eine von ihnen anzulaufen. Als wir mit der „Jane" von Norden her kamen, hatten wir nach und nach die kältesten Eisregionen hinter uns gelassen – und wenn das auch zu den allgemein verbreiteten Ansichten über die Antarktis im Widerspruch steht, so war die Tatsache doch nicht abzuleugnen. Den Rückweg nach Norden anzutreten wäre also heller Wahnsinn gewesen, zumal in so vorgerückter Jahreszeit. Ein einziger Weg schien noch offen, eine Hoffnung gab es noch. Wir entschlossen uns, kühn nach Süden zu steuern, wo zumindest noch eine Möglichkeit bestand, daß wir andere Landstriche entdeckten, und wo es mehr als wahrscheinlich war, daß wir ein milderes Klima vorfänden.

Bis dahin hatten wir die Antarktis wie auch den antarktischen Ozean eigentümlich frei von Stürmen und ungewöhnlich hohem Wellengang gefunden. Aber unser Kanu war bestenfalls ein zwar großes, jedoch immerhin sehr gebrechliches Fahrzeug. Wir gingen also eifrigst daran, es so seetüchtig zu machen, wie es unsere sehr begrenzten Mittel erlaubten. Der Boden des Bootes bestand ganz einfach aus Baumrinde, aus der Rinde eines unbekannten Baumes. Die Spanten waren aus starkem Weidenholz verfertigt, das sich zu dem Zweck, zu dem es verwendet wurde, gut eignet. Vom Bug bis zum Heck maß es fünfzig Fuß, war vier bis sechs Fuß breit und viereinhalb Fuß tief. Diese Boote unterschieden sich, wie man sieht, wesentlich von denen aller andern Südseeinsulaner, die je in Berührung mit zivilisierten Völkern gekommen sind. Wir hatten nie angenommen, daß sie von den unwissenden Wilden gebaut worden seien, in deren Besitz sie sich befanden, und wir erfuhren auch tatsächlich ein paar Tage später, als wir unseren Gefangenen ausfragten, daß sie von den Eingeborenen einer südwestlichen Inselgruppe gebaut worden und nur durch Zufall unseren Barbaren in die Hände gefallen waren. Was wir für die Sicherheit unseres Bootes tun konnten, war wirklich nicht eben viel. Wir entdeckten ein paar breite Risse in der Nähe der beiden Enden und verstopften sie, so gut es ging, mit den Fetzen einer wollenen Jacke. Mit Hilfe der überschüssigen Ruder, von denen eine Menge vorhanden waren, errichteten wir am Bug eine Art Schutzwand, die den Anprall der Wellen brechen sollte, wenn sie hier über das Boot hereinschlugen. Aus zwei Rudern errichteten wir eine Art Mast, indem wir sie einander gegenüber aufstellten, eines auf jedem Dollbord, und ersparten uns so eine Rahe. An diesen Masten befestigten wir ein Segel, das wir aus unseren Hemden anfertigten. Das kostete uns einige Mühe, denn unser Gefangener, der uns sonst willig bei allen Verrichtungen geholfen hatte, war diesmal nicht zu bewegen, uns an die Hand zu gehen. Der Anblick der Leinwand schien auf ihn ganz eigentümlich zu wirken. Wir konnten ihn nicht dazu bereden, sie anzufassen oder auch nur nahe an sie heranzugehen; er schauerte zusammen, wenn wir ihn dazu zwingen wollten, und kreischte gellend: „Tekeli-li!"

Die Vorrichtungen, mit denen wir unser Kanu seetüchtig machen wollten, waren jetzt fertiggestellt, und wir steuerten nun vorläufig nach Südsüdost, in der Absicht, die südlichste Insel der gesichteten Gruppe luvwärts zu umsegeln. Als das geschehen war, drehten wir den Bug ganz nach Süden. Das Wetter konnte keineswegs als schlecht bezeichnet werden. Wir hatten beständig einen leichten Nordwind, die See war glatt, und es blieb immer Tag. Eis war überhaupt nicht zu sehen; *ich hatte auch nicht das winzigste Stück Eis zu Gesicht bekommen, seit wir den Breitenkreis der Bennet-Inseln hinter uns gelassen hatten.* In der Tat war die Temperatur des Wassers viel zu warm, als daß es hier zu Eisbildung irgendwelcher Art hätte kommen können. Wir schlachteten die größte von unsern Schildkröten und hatten so nicht nur reichlich zu essen, sondern auch einen ausgiebigen Wasservorrat. So fuhren wir ohne erwähnenswerten Zwischenfall etwa sieben oder acht Tage lang weiter, und in dieser Zeit müssen wir eine große Strecke südwärts zurückgelegt haben, denn wir hatten beständig den Wind im Rücken, und eine starke Strömung trieb uns fortwährend in der Richtung, die wir einhalten wollten.

*1. März**

Verschiedene ungewöhnliche Anzeichen deuteten nun darauf hin, daß wir in eine Region voll neuartiger und wunderbarer Erscheinungen gekommen waren. Eine hohe Wand lichtgrauen Dunstes war am südlichen Horizont zu

* Aus einleuchtenden Gründen kann ich mich für die Richtigkeit dieser Daten nicht verbürgen. Ich führe sie hauptsächlich in der Absicht an, meinen Bericht möglichst klar und übersichtlich zu gestalten, und gebe sie hier wieder, wie sie in meinen Bleistiftnotizen aufgezeichnet sind (Anmerkung des Autors).

sehen, flackerte ab und zu in himmelhohen Streifen auf, schoß dann von Osten nach Westen und wieder von West nach Ost und verdichtete sich hierauf wieder zu einem gleichförmigen, ebenmäßigen Kamm – kurz, sie zeigte alle die mannigfaltigen Spielarten und Wechselerscheinungen des Nordlichts. Die durchschnittliche Höhe dieser Dunstschicht mochte – soweit wir es von unserem Standpunkt aus schätzen konnten – ungefähr fünfundzwanzig Grad betragen. Die Temperatur des Meeres schien mit jedem Augenblick zu steigen, und seine Farbe veränderte sich merklich.

2. März

Heute gelangten wir, durch wiederholtes Ausfragen unseres Gefangenen, zur Kenntnis mancher Einzelheiten über die Insel des blutigen Gemetzels, über ihre Bewohner und deren Sitten und Bräuche – aber wie könnte ich *jetzt* meine Leser damit hinhalten? Ich will nur erwähnen, daß wir von ihm erfuhren, es gebe in der Gruppe acht Inseln, und sie würden von einem gemeinsamen König regiert, der Tsalemon oder Psalemoun heiße und auf einer der kleinsten Inseln residiere. Die schwarzen Felle, in die sich die Krieger kleideten, stammten von einem ungeheuer großen Tierwesen, das nur in einem bestimmten Tal in der Nähe des Königshofes vorkomme. Die Inselbewohner verstünden keine andern Boote außer den flachbödigen Flößen zu bauen, und die vier Kanus seien die einzigen dieser Art, die sich in ihrem Besitz befänden, und durch einen bloßen Zufall von einer großen Insel im Südwesten zu ihnen gekommen. Er selbst heiße Nu-Nu, habe keinerlei Kenntnis von den Bennet-Inseln, und die Insel, von der wir eben hatten flüchten können, heiße Tsalal. Die Worte Tsalemon und Tsalal sprach er im Anlaut mit einem langausgehaltenen Zischlaut, den wir trotz wiederholten Versuchen unmöglich nachsprechen konnten. Dieses Zischen klang genauso wie der Ruf der schwarzen Rohrdommel, die wir auf der Bergkuppe verzehrt hatten.

3. März

Das Wasser war jetzt bemerkenswert warm, und seine Färbung wechselte rasch; es war nicht mehr durchsichtig, sondern bekam eine milchige Konsistenz und Farbe. In unserer unmittelbaren Nähe war es gewöhnlich glatt und niemals bewegt genug, um unser Kanu zu gefährden, aber zu unserem Erstaunen zeigten sich ab und zu, bald nah, bald weiter entfernt, auf dem Meeresspiegel plötzliche und heftige Strudel und Wallungen; diesen Strudeln ging, wie wir schließlich feststellten, jedesmal ein seltsames Flackern in der Dunstregion im Süden voraus.

4. März

Heute wollte ich unser Segel vergrößern, da die Brise aus Norden merklich abflaute, und zog in dieser Absicht ein weißes Taschentuch aus meiner Rocktasche. Nu-Nu saß neben mir, und als ihm das leinene Tuch zufällig ins Gesicht flatterte, wurde er plötzlich von furchtbaren Krämpfen befallen. Daraufhin sank er in einen Zustand völliger Schläfrigkeit und Betäubung und lallte in einem fort leise vor sich hin: „Tekeli-li! Tekeli-li!“

5. März

Der Wind hatte sich gänzlich gelegt, aber es war nicht zu verkennen, daß wir von einer äußerst kräftigen Strömung unaufhaltsam nach Süden getrieben wurden. Und jetzt hätten wir eigentlich vernünftigerweise über die Wendung, die die Ereignisse nahmen, ernstlich beunruhigt sein müssen – aber wir fühlten nichts dieser Art. Peters ließ sich nichts anmerken, allerdings zeigte er zuweilen einen Gesichtsausdruck, den ich nicht ergründen konnte. Der Polarwinter schien zu nahen, aber ohne seine Schrecknisse. Ich fühlte mich körperlich und seelisch wie erstarrt – meine Empfindungen hatten etwas Traumhaftes – doch das war alles.

6. März

Der graue Dunst war nun um mehrere Grade über den Horizont aufgestiegen und verlor allmählich seine grauliche Färbung. Das Wasser war unmäßig warm, richtig unangenehm, wenn man hineingeriet, und seine milchige Färbung fiel stärker ins Auge denn je zuvor. Heute trat einer von den heftigen Strudeln ganz nahe beim Boot auf. Zur gleichen Zeit sahen wir den Dunst oben an seinem Saum wild aufflackern, während er sich an seiner Basis für ein paar Augenblicke teilte. Ein feiner weißer Staub, der wie Asche aussah, aber bestimmt keine war, schneite über das Kanu und auf eine weite Strecke hin über das Wasser, als das Flackern des Dunstgürtels erstarb und das erregte Meer sich beruhigt hatte. Nu-Nu warf sich jetzt bäuchlings aufs Gesicht auf den Boden des Kanus und war durch kein Zureden zum Aufstehen zu bewegen.

7. März

Heute fragten wir Nu-Nu darüber aus, welche Beweggründe seine Landsleute dazu veranlaßt haben mochten, unsere Gefährten umzubringen. Aber er war anscheinend vor Angst und Schrecken so von Sinnen, daß er uns keine vernünftige Antwort geben konnte. Immer noch lag er beharrlich auf dem Boden des Kanus, und als wir abermals zu fragen anfingen, machte er nur ein paar idiotische Gesten, stülpte zum Beispiel mit dem Zeigefinger seine Oberlippe auf und entblößte die Zähne. Sie waren schwarz. Wir hatten vorher nie das Gebiß eines Eingeborenen von Tsalal gesehen.

8. März

Heute trieb eines von jenen weißen Tieren an uns vorbei, das damals in der Bucht von Tsalal unter den Eingeborenen so wilde Erregung hervorgerufen hatte. Ich wollte es auffischen, dann aber kam mit einemmal eine unsagbare Schlaffheit über mich, und ich ließ es bleiben. Das Wasser wurde immer wärmer, und wenn man die Hand hineintauchte, war die Hitze nicht mehr auszuhalten. Peters sprach nur wenig, und ich wurde aus seiner Apathie nicht klug. Nu-Nu atmete noch schwach, gab aber sonst kein Lebenszeichen mehr von sich.

9. März

Unaufhörlich regnete jetzt die Aschenmasse in dichten Flocken rings um uns nieder. Die unheimliche Dunstwand im Süden war himmelhoch über den Horizont emporgestiegen und begann allmählich immer deutlichere Gestalt anzunehmen. Ich kann sie nur mit einem unendlichen Katarakt vergleichen, der sich lautlos aus irgendeinem unermeßlich fernen Wall hoch oben im Himmel ins Meer ergoß. Der riesenhafte Vorhang überzog den ganzen Horizont im Süden. Kein Laut ging von ihm aus.

21. März

Eine düstere Finsternis hing jetzt über uns; aber aus den milchtrüben Tiefen des Ozeans stieg ein lichter Schein auf und schimmerte entlang der Reling des Bootes. Der weiße Aschenregen, der auf uns und unser Kanu herabfiel, begrub uns fast unter sich, im Wasser aber zerging er, sobald die Flocken hineinfielen. Der Kamm des Kataraktes verlor sich gänzlich im Dämmer der Ferne. Doch näherten wir uns ihm offensichtlich mit furchtbarer Geschwindigkeit. Dann und wann sah man darin weite, gähnende Risse, die sich jedoch alsbald wieder schlossen, und aus diesen Rissen heraus, hinter denen sich ein wirres Chaos flüchtiger und verschwommener Gestalten bewegte, brachen gewaltige, aber lautlose Sturmwinde hervor, die mit ihrem Wehen den entflammten Ozean aufwühlten.

22. März

Die Finsternis war nunmehr merklich dichter geworden, und nur der Widerschein des weißen Vorhangs vor uns auf dem Wasser erhellte noch das Dunkel. Immer wieder flogen riesige fahlweiße Vögel durch den Schleier, und während sie unserem Gesichtskreis entschwanden, drang unaufhörlich ihr schrilles „Tekeli-li!“ an unsere Ohren. Da regte sich Nu-Nu noch einmal auf dem Boden des Kanus; als wir ihn jedoch anfaßten, fanden wir ihn entseelt und ohne Leben. Und jetzt schossen wir in die Umarmungen des Kataraktes hinein, der einen Spalt auftat, um uns zu empfangen. Aber im selben Augenblick richtete sich vor uns auf unserem Weg eine verhüllte menschliche Gestalt auf, weit größer in allen ihren Ausmaßen, als es je ein Bewohner der Erde gewesen ist. Und die Farbe ihrer Haut war von makellos reinem, schneeigstem Weiß ...

Anmerkung

Die Umstände, unter denen Mr. Pym kürzlich eines jähen und so betrüblichen Todes verblichen ist, sind der Öffentlichkeit ja schon aus der Tagespresse bekannt. Es steht zu befürchten, daß die restlichen Kapitel, die seinen Bericht vervollständigen sollten und die er, während das übrige im Druck war, zurückbehalten hatte, um sie noch einmal durchzusehen, durch den Unfall, bei dem er umkam, unwiederbringlich verloren sind. Allerdings steht das noch nicht unbedingt sicher fest, und falls die Papiere schließlich doch noch zum Vorschein kommen sollten, werden sie der Öffentlichkeit nicht vorenthalten bleiben.

Man hat nichts unversucht gelassen, um den fehlenden Schluß zu ergänzen. Der Herr, dessen Name im Vorwort erwähnt wird und der nach allem, was dort angeführt ist, wohl imstande wäre, die Lücke auszufüllen, hat diesen Auftrag abgelehnt – und das aus überzeugenden Gründen, die mit der allgemeinen Ungenauigkeit der Einzelheiten zusammenhängen, wie sie ihm mitgeteilt wurden, und auch mit den Zweifeln, die er in die Wahrhaftigkeit der letzten Teile von Mr. Pyms Bericht zu setzen nicht umhin kann. Peters, von dem vielleicht nähere Angaben zu bekommen wären, lebt noch und wohnt in Illinois, ist aber im Augenblick nicht aufzufinden. Möglicherweise kann später einmal sein Wohnort ermittelt werden, und dann dürfte er zweifellos in der Lage sein, weiteres Material für den Abschluß der Geschichte des Mr. Pym zu liefern.

Daß die zwei oder drei abschließenden Kapitel – denn mehr dürften es nicht sein – abhanden gekommen sind, ist um so mehr zu bedauern, als sie unzweifelhaft Tatsachen über den Pol selbst oder zumindest über die in seiner nächsten Nähe liegenden Regionen enthielten; auch hätten die Behauptungen des Verfassers hinsichtlich dieser Himmelsstriche auf Grund der Untersuchungen, die eine von unserer Regierung geplante Südsee-Expedition anstellen wird, auf ihre Richtigkeit geprüft und entweder bestätigt oder widerlegt werden können.

Über einen Punkt des Berichts sind vielleicht ein paar Bemerkungen am Platz; und es würde dem Verfasser dieses Anhangs viel Freude bereiten, wenn seine Bemerkungen an dieser Stelle dazu beitragen könnten, dem höchst eigenartigen Buch, das wir hier veröffentlichen, bis zu einem gewissen Grade Glaubwürdigkeit zu verschaffen. Wir meinen damit die Schluchten auf der Insel Tsalal und die im 23. Kapitel wiedergegebenen Abbildungen.

Mr. Pym hat diese Figuren ohne jeden Kommentar abgebildet und erklärt des bestimmtesten, die Vertiefungen, die in der östlichsten dieser Schluchten gefunden wurden, hätten nur eine rein zufällige Ähnlichkeit mit Schriftzeichen getragen und seien, kurz gesagt, in Wirklichkeit keine Buchstaben irgendeines Alphabets. Diese Behauptung stellt er so bündig auf und gibt auch einen so schlüssigen Beweis dafür – nämlich daß die im Staube gefundenen Mergelbrocken genau in die Vertiefungen hineinpaßten –, daß wir gezwungen sind, dem Verfasser aufs Wort zu glauben; und kein vernünftiger Leser käme auf die Vermutung, es könnte anders sein. Da aber die Tatsachen, die sich auf *alle* Figuren beziehen, höchst eigenartig sind – besonders wenn man sie mit andern Feststellungen im Laufe der Erzählung in Zusammenhang bringt –, ist es nicht unangebracht, ein paar Worte darüber zu verlieren, und das scheint uns um so mehr am Platz, als die fraglichen Tatsachen zweifellos der Aufmerksamkeit des Mr. Pym entgangen sind.

Wenn man die Abbildungen 1, 2, 3 und 5 in der genauen Reihenfolge aneinanderfügt, in der sich auch die Schluchten selber darbieten, und wenn man absieht von kleinen Seitenabzweigungen oder Felsbogen (die, wie erinnerlich, nur der Verbindung zwischen den Hauptschluchten dienten und ganz anders beschaffen waren), so erhalten wir eine äthiopische Wortwurzel, die Wurzel , das heißt: „dunkel sein“, von der alle Wörter für „Schatten“ und „Finsternis“ abgeleitet werden.

Was nun die „linke oder nördlichste“ der eingekratzten Vertiefungen anlangt, so ist es mehr als wahrscheinlich, daß Peters mit seiner Ansicht recht hatte und daß ihr hieroglyphenähnliches Aussehen wirklich künstlich geschaffen worden war und eine menschliche Gestalt darstellen sollte. Der Leser hat ja die Zeichnung vor Augen und kann die angebliche Ähnlichkeit feststellen oder auch nicht. Aber die übrigen Vertiefungen bestätigen Peters' Annahme aufs bündigste. Die obere Reihe ist offenkundig die arabische Wortwurzel : „weiß sein“, von der alle Wörter für „Glanz“ und „Weiße“ abgeleitet sind. Die untere Reihe ist nicht so ohne weiteres zu deuten. Die Schriftzeichen sind zerbröckelt und durcheinandergeraten; dessenungeachtet ist aber kein Zweifel möglich, daß sie in ihrem ursprünglichen Zustand das vollständige ägyptische Wort 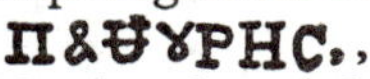, das heißt: „die südliche Region“ bildeten. Man beachte, daß diese Auslegung Peters' Ansicht hinsichtlich der nördlichsten Figur bekräftigt. Der ausgestreckte Arm weist nach Süden.

Solche Schlüsse eröffnen ein weites Feld für Mutmaßungen aller Art und allerlei erregende Spekulationen. Man sollte sie daher in Zusammenhang mit den nur wenig ausführlich geschilderten Vorkommnissen der Erzählung betrachten; und der Ring schließt sich, wenn auch nicht gerade augenfällig. „Tekeli-li!“ war der Schreckensruf der aufgestörten Bewohner von Tsalal, als sie den Kadaver des *weißen* Tieres entdeckten, das wir im Meer aufgefischt hatten. „Tekeli-li!“ rief schaudernd der gefangene Insulaner, als er die *weißen* Dinge in Mr. Pyms Besitz erblickte. So tönte auch der Schrei der riesenhaften schnellen *weißen* Vögel, die aus dem *weißen* Dunstvorhang im Süden hervorkamen. Nichts *Weißes* war auf Tsalal zu finden, und dafür gab es auf der Fahrt in die anschließenden Regionen nichts anderes. Es ist nicht ausgeschlossen, daß *Tsalal*, der

Name der schluchtenreichen Insel, würde man ihn einer genaueren philologischen Analyse unterziehen, entweder irgendwelche Verwandtschaft mit den Schluchten selbst aufwiese oder eine Beziehung zu den äthiopischen Schriftzeichen, die so geheimnisvoll in ihre Windungen eingegraben sind, verriete.

„Ich habe es eingegraben in das Antlitz der Berge und meine Rache in den Staub der Felsen.“

ANHANG

ANMERKUNGEN

Grundlage der folgenden Anmerkungen und unverzichtbar für jeden, der eingehende Information über die Quellen der Texte und damit auch über die Arbeitsweise des Autors zu finden wünscht, sind die akribisch recherchierten Erkenntnisse, die in den Apparaten der heute maßgeblichen Poe-Ausgaben von T. O. Mabbott und B. R. Pollin niedergelegt sind. (Vgl. die Auswahlbibliographie in diesem Band.)

Das Manuskript in der Flasche

„MS. Found in a Bottle" (1833), übertragen von M. Bretschneider. – Poe gewann mit dieser meisterhaften Erzählung den ersten Preis von 50 Dollar des „Baltimore Saturday Visiter". Er verarbeitete im wesentlichen drei Quellen: Das siebenteilige narrative Gedicht „The Ancient Mariner. A Poet's Reverie" (Der alte Seefahrer. Träumerei eines Poeten, 1800) des englischen romantischen Dichters und Dichtungstheoretikers Samuel Taylor Coleridge (1772–1834), der Poe beeinflußt hat, gab die Motive des Albatros, des unerforschten Meeres und des alten Seefahrers (hier: der „alte Schwede") her. Der Sturz in den Abgrund am Ende verdankt sich James McBrides „Symmes' Theorie konzentrischer Sphären" (1826). Dieses Buch nahm das 1818 veröffentlichte Manifest des John Cleves Symmes auf, in dem behauptet wird, es gäbe Öffnungen an den Polen, in die das Wasser einströme. Die Erde, heißt es weiter, sei innen hohl und bewohnbar. Die Öffnungen an den Polen stehen wohl auch in Bezug zu den Strömungen, denen die Erzähler in „Der Malstrom" und „Arthur Gordon Pym" entgegentreiben. Eine weitere Quelle – mit dem Totenschiff aus Coleridges Gedicht bei Poe verbunden – ist die Sage vom „Fliegenden Holländer", die ebenfalls in „Pym" (Kap. 10) wiederaufgegriffen und abgewandelt wird.

5 *Qui n'a plus ...:* (franz.) „Wer nur noch einen Augenblick zu leben hat, der hat nichts mehr zu verbergen." Philippe Quinault (1635–1688), franz. Dramatiker und Opernlibrettist. Zitat aus dem Libretto „Atys" I, 6. – *ignes fatui:* (lat.) Irrlichter. – *den deutschen Philosophen:* Es wird nicht deutlich, auf welche Philosophen sich der Ich-Erzähler bezieht. Die ganze Passage dient jedoch dazu, zunächst eine aufklärerische Geisteshaltung zu demonstrieren, die

den Ich-Erzähler in seiner Kritikfähigkeit gar der Logik etwa eines Immanuel Kant (1724—1804) überlegen zeigen soll, um die folgenden bis zur Unglaubwürdigkeit außerordentlichen Ereignisse zu authentisieren. Dennoch folgt im zweiten Absatz mit der Schilderung der Gemütslage des Erzählers bei der Einschiffung der direkte Widerspruch zum Vorhergesagten. In dieser geradezu symmetrisch angeordneten Widersprüchlichkeit zeigt sich — im Sinne von Friedrich Schlegels (1772—1829) „Gespräch über die Poesie“ (1800) — Poes Gestaltungsprinzip in dieser Erzählung als „arabesk“ (vgl. zu Seite 50 und „Nachwort“).

6 *Batavia:* alter holl. Name der indonesischen Hafenstadt Djakarta.

7 *Samum:* (arab.), auch „Chamsin“ (ägypt.): trockenheißer Wüstenwind. Hier: tropischer Sturm.

9 *Neuholland:* alter Name für Australien.

10 *Albatros... Kraken:* Bei Coleridge (vgl. oben) schießt der alte Seemann den friedlichen Albatros, Symbol der Unschuld der Seele, und bringt den Fluch Gottes über das Schiff, das darauf als ein Totenschiff über die Meere treibt. Kraken sind sagenhafte Riesenpolypen. Poes Nennung dieser Motive setzt vertraute Signale für den Eintritt in den Bereich des Übernatürlichen.

11 *Gerade über uns... ein riesiges Schiff:* Poe spielt hier und im folgenden sowohl auf die Sage vom „Fliegenden Holländer“ als auch erneut auf das Totenschiff in Coleridges „Ancient Mariner“ an.

18 *Das Manuskript...:* Dieser letzte Absatz ist *nicht* als Teil der Erzählung, sondern als „Anmerkung“ Poes zu lesen, die — in den ersten Veröffentlichungen des amerikanischen Textes nicht vorhanden — der Autor erst später der Erzählung beigegeben hat und die erst postum 1850 mitveröffentlicht wurde. Diese spätere Hinzufügung mag auch die Jahresangabe 1831 als einen Irrtum Poes erklären, da die Erzählung nachweislich 1832 entstanden und 1833 zuerst publiziert worden ist.

Berenice

„Berenice — A Tale“ (1835); alternativer Titel „The Teeth“ (Die Zähne). Übertragen von M. Bretschneider.

19 *Dicebant mihi...:* (lat.) „Meine Freunde sagten mir, wenn ich das Grab meiner Geliebten besuchte, würden meine Sorgen ein wenig Linderung finden.“ Ebn Zaiat d. i. Abu Giafar Mohammed ben Abban, Dichter und Grammatiker in Bagdad (gest. ca. 218). Lediglich eine franz. Übersetzung des zitierten Textes ist nachgewiesen. Die Quelle für Poes lat. Satz ist unbekannt.

21 *Sylphe... Najade:* ein weiblicher Luftgeist und eine in Gewässern wohnende Nymphe, also beides Wesen von besonderer Anmut und Zartheit. – *Arnheim* geht vermutlich auf die Titelheldin des Romans „Anne von Geierstein" (1829) von Sir Walter Scott (1771–1832) zurück. Sie erscheint dort als „Baroneß von Arnheim", der magische Fähigkeiten zugeschrieben werden. Im zehnten Kapitel durchstreift sie bei Nacht die Wälder. Arnheim erscheint als künstlich-künstlerisch geschaffene paradiesische Enklave in Poes „The Landscape Garden" (Der Landschaftsgarten, 1842) und „The Domain of Arnheim" (Die Herrschaft von Arnheim, 1846). – *Samum:* Vgl. zu Seite 7.

24 *Coelius Secundus Curio:* Celio Secondo Curione (1503–1569), ital. Protestant, vertrat in seinem dialogischen Werk „Von der Größe des herrlichen Gottesreiches" (1554) die These, daß sich weniger Menschen in der Hölle als im Himmel befänden. – *St. Augustin:* Aurelius Augustinus (354–430), christl. Kirchenlehrer. Sein Werk „De civitate dei" (Über den Gottesstaat) erschien in 22 Büchern zwischen 413 und ca. 427. – *Tertullians... impossibile est:* Quintus Septimius Florens Tertullian (ca. 160 – ca. 225), erster lat. Kirchenlehrer. In seinem Werk „Vom Fleische Christi" (202–208) steht der paradoxe Satz: „Gottes Sohn ist gestorben; das ist glaubwürdig, weil es unglaublich ist; und Er ist, nachdem er bestattet worden ist, auferstanden; das ist sicher, weil es unmöglich ist." – *Ptolemaios Hephestion:* Ptolemaios Chennos, griech. Sammler alter Mythen, dessen Schriften durch Photius, dem um 820 geborenen Patriarchen von Konstantinopel, überliefert worden sind. – *Asphodelos:* Pflanze aus der Gattung der Lilienblütler. Die alten Griechen glaubten, daß die Schatten der Toten in der Unterwelt auf Asphodeloswiesen wandelten.

25 *Halkyons Beschützer:* Nach einer griech. Sage wurde Halkyone, Tochter des Windgottes Äolos, in einen Eisvogel verwandelt. Da ihre Eier von den Wellen weggeschwemmt wurden, befahl Äolos den Winden, während der Brutzeit des Eisvogels vierzehn Tage lang einzuhalten. Daher sprichw. „halkyonische" = stille Tage.

27 *Que tous... des idées:* (franz.) Man sagte von Mademoiselle Marie Sallé (1714–1756), einer Tänzerin und Freundin Voltaires (vgl. zu Seite 102), „daß jeder ihrer Schritte ein Gefühl sei". In *seinem* franz. Satz schreibt Poe von Berenice, „daß all ihre Zähne Ideen waren".

Morella

„Morella“ (1835), übertragen von M. Bretschneider. – Die Handlung ist der Erzählung „The Dead Daughter“ (Die tote Tochter) von Henry Glassford Bell entnommen, die 1831 zum ersten Mal in „The Edinburgh Literary Journal“ erschien. „Morella“ könnte dem Namen der Ehrwürdigen Mutter Juliana Morell (1595–1653) entlehnt sein, einer Spanierin, die vierzehn Sprachen beherrschte. „Morel“ ist auch ein Name des giftigen Nachtschattengewächses, aus dem die Droge Belladonna gewonnen wird.

30 *Αὐτὸ κατ' αὐτὸ . . .:* (griech.) „Selbstsein – nur bei sich – auf ewig ein eines und einziges.“ Plato (Platon, 427–347 v. Chr.), griech. Philosoph. Das Zitat entstammt seinem Werk „Das Gastmahl“.

31 *Hinnom zu Gehenna:* Das Tal Hinnon liegt bei Jerusalem, „Gehenna“ bezeichnet die Hölle. Poe bezieht sich auf eine Stelle in der staatstheoretischen Abhandlung „Leviathan“ (1651) des engl. Philosophen Thomas Hobbes (1588–1679). – *Pantheismus Fichtes:* Johann Gottlieb Fichte (1762–1814), deutscher Philosoph, lehrte die Identität von Gott und Welt. – *Panlingenesis:* muß heißen „Palingenesis“: (griech.) Wiedergeburt. – *Schellings Identitätslehre:* Friedrich Wilhelm Joseph von Schelling (1775–1854), deutscher Philosoph, vertrat u. a. in seiner Schrift „System des transzendentalen Idealismus“ (1800) und in seinen „Vorlesungen über die Philosophie der Kunst“, die nach seinem Tode veröffentlicht wurden, die Auffassung, daß das Absolute (Gott) mit dem Realen und dem Idealen, in dem es sich jeweils zeige, identisch sei. – *Locke:* John Locke (1632 bis 1704), engl. Philosoph. Die folgenden Gedanken sind seiner 1690 veröffentlichten Schrift „An Essay Concerning Human Understanding“ (Versuch über den menschlichen Verstand) entnommen.

33 *Paestum:* antike Hafenstadt in Süditalien. Poe bezieht sich auf einen Vers im 4. Buch der „Georgica“ des röm. Dichters Publius Vergilius Maro (Vergil, 70–19 v. Chr.). – *Anakreon:* Anakreon von Teos (ca. 580–495 v. Chr.), griech. Lyriker.

Das Stelldichein

„The Assignation“ (1834); ursprünglicher Titel „The Visionary“ (Der Seher). Übertragen von M. Bretschneider. – Der Erzähler und Held ist dem engl. romantischen Dichter (George Gordon Noel) Lord Byron (1788–1824) nachempfunden. Die schöne Marchesa ist eine Komposition aus Zügen von Mary Chaworth und der Contessa Teresa Guiccioli, beides Frauen, in die Byron verliebt war.

37 *Henry King:* 1552—1669. — *Ponte di Sospiri:* (ital.) Seufzerbrücke.

39 *Hyazynths:* Hyazinth, griech. Sagengestalt. Ein schöner Jüngling.

40 *Plinius' Akanthus:* Plinius, Gaius Cäcilius Secundus der Jüngere (ca. 61—114), röm. Schriftsteller. In seinen „Briefen" werden die Blätter der Akanthuspflanze als „weich und feuchtschimmernd" bezeichnet.

42 *Jett:* (griech., lat., engl., franz.), auch „Gagat" (griech., lat.): als Schmuckstein verwendete Pechkohle. — *Commodus:* auch Marcus Antoninus, röm. Kaiser (161—192).

43 *Karniesen:* Vorhangstangen.

44 *Thomas Moore:* Sir Thomas More (1480—1535), engl. Staatsmann und Humanist, Kanzler König Heinrichs VIII. Autor des Romans „Utopia" (1516). — *Ravisius Textor:* (lat.) Jean Tixtier, Seigneur de Ravisy (gest. 1524). Poe bezieht sich auf ein Kapitel in Tixtiers Werk „Theatrum Poetarum" (Theater der Poeten, 1520). Er muß eine Quelle benutzt haben, die Tixtiers Schriften als „Absurditäten" bezeichnet hat. — ΓΕΛΑΣΜΑ: (griech.) „Lachen".

45 *Cimabuë:* Giovanni Cimabue (1240—1302), ital. Maler. *Guido:* Guido Reni (1575—1642), ital. Maler. — *Venus von Medici:* Diese Statue befindet sich heute in den Uffizien in Florenz und soll, laut der Inschrift auf ihrem Sockel, von Kleomenes gefertigt worden sein (vgl. zu Seite 54).

46 *Canova:* Antonio Canova (1757—1822), ital. Bildhauer, hat eine Venus geschaffen. *Apollo:* Statue des Apollo Belvedere, eine röm. Kopie des verschollenen griech. Originals. — *Antinous:* ein schöner Jüngling, Favorit des röm. Kaisers Hadrian (Publius Aelius Hadrianus, 76—138), stürzte sich in einem Anfall von Schwermut oder religiösem Wahn in den Nil. In einigen Teilen des röm. Reiches als Gott verehrt, dem man Statuen errichtete, bildete man ihn auch in Reliefs und auf Münzen ab (sog. „Antinousbilder"). Die berühmteste Statue des A. befindet sich in den Vatikan. Museen. — *Michelangelo:* Michelangelo Buonarotti (1475—1564), ital. Architekt, Bildhauer, Dichter und Maler. Er schreibt in einem Sonett: „Der beste Künstler hat kein Konzept, das der Marmorblock nicht umfaßte."

47 *Poliziano:* Angelo Poliziano (1454—1494), ital. Humanist und Dichter. Sein Schauspiel „Orfeo" (Orpheus) ist 1471 oder 1472 entstanden. — *Die Verse lauteten:* Hier folgt Poes Gedicht „To One in Paradise" (An Eine im Paradies, 1845). In den Einzelveröffentlichungen des Gedichts fehlt die fünfte Strophe.

49 *Chapman:* George Chapman (1557—1634), engl. Dramatiker und Homer-Übersetzer. Sein Rachedrama „Bussy d'Ambois" (1598) behandelt zeitgenössische franz. Geschichte.

50 *Antediluvianische:* vorsintflutliche. — *Sphinxe:* Steinskulpturen

mit dem Körper einer Löwin und dem Haupt eines Menschen. Inbegriff des Rätselhaften. — *Arabesken:* verschlungene ornamentale Muster an Stelle der vom Koran verbotenen bildlichen Darstellungen lebender Wesen. Meist Pflanzenornamente, können sie auch aus arab. Schriftzeichen — etwa Suren des Korans — bestehen. Poes Kontext macht deutlich, daß es ihm weniger um den dekorativen Aspekt der Arabesken geht als um überbordende Gedanklichkeit. In ihrer Form als Schrift ist die A. Gestaltung und Aussage zugleich. Sie folgt keinem vorgegebenen Konzept (vgl. zu Seite 5 und „Nachwort").

Ligeia

„Ligeia" (1838), übertragen von M. Bretschneider. — Poe bezeichnete diese Erzählung als seine beste. Sie beruht auf der zentralen Liebesepisode in Sir Walter Scotts Roman „Ivanhoe" und den beiden Frauengestalten Rowena und Rebecca, zwischen denen Ivanhoe sich entscheiden muß. Parallelen sind nicht zu übersehen: Die Jüdin Rebecca z. B. wird bei Scott der Hexerei angeklagt, Poes Ligeia beschäftigt sich mit Alchimie. Eine weitere Quelle ist das 11. Kapitel von Charles Dickens' (1812—1870) erstem großen Werk „The Posthumous Papers of the Pickwick Club" (Die nachgelassenen Aufzeichnungen des Pickwick-Klubs, 1836/37), in dem eine der Handlung von „Ligeia" vergleichbare Grundsituation geschildert wird. Poe rezensierte Dickens' Buch für den „Southern Literary Messenger" im November 1836 und zitierte die entsprechende Passage.

52 *Joseph Glanvill:* 1636—1680, engl. Geistlicher und Philosoph, Kaplan Königs Charles II. Das Zitat ist in seinen Schriften unauffindbar.

53 *Astophet:* Göttin der Sidonier, gelegentlich Aphrodite gleichgesetzt. — *die schlummernden Seelen der Mädchen von Delos:* Delos, heute Klein-Delos, griech. Insel in der Gruppe der Kykladen, gilt als Geburtsort des Apollon und seiner Schwester Artemis. Zwei Mädchen vom Volk der Hyperboreer sollen Leto, die Mutter des Geschwisterpaares, nach Delos begleitet haben, wo sie starben und bestattet wurden. Die Gräber der sog. „hyperboreischen Jungfrauen" wurden als Fruchtbarkeitskultstätte verehrt.

54 *Lord Bacon:* Francis Bacon, Lord Verulam (1561—1626), engl. Essayist, Philosoph, Staatsmann. Das Zitat entstammt seinen „Essays" (1597—1625). Darin Nr. 43 „Über die Schönheit". — *hyazynthenes Haar:* Vgl. zu Seite 39. — *Kleomenes:* Sohn des Apollodorus von Athen, gilt als Schöpfer der Venus von Medici (vgl. zu Seite 45). Plinius d. Ä. (ca. 23—79) erwähnt einen Bildhauer namens Kleomenes in seiner „Naturgeschichte".

55 *Lord Verulam:* Vgl. zu Seite 54. — *im Tale Nourjahad:* Anspielung auf einen Roman von Mrs. Frances Sheridan (Pseud.: Sidney Bidulph, 1724—1766), „The History of Nourjahad" (ca. 1767). Dort wird ein Serail mit schönen Sklavinnen beschrieben, deren sanfte Augen hier gemeint sind. — *Huris:* (arab.) „die Blendendweißen". Jungfrauen, die nach mohammed. Glauben Belohnung der Seligen im Paradies sind. Nach einer Schilderung in der 55. Sure des Korans sind sie von blendender Schönheit. — *Brunnen des Demokritos:* Demokritos von Abdera (ca. 460 — ca. 370 v. Chr.), griech. Philosoph. Die Idee, daß die Wahrheit auf dem Grunde eines Brunnens liege, entnimmt Poe „Rees' Encyclopedia" (1819). Es handelt sich um die Paraphrase eines Demokrit zugeschriebenen Satzes in Diogenes Laertius' (ca. 3. Jh. v. Chr.) biographischem Kompendium „Pyrrho": „Wir wissen nichts von der Wahrheit, denn die Wahrheit liegt in den Tiefen." — *Ich war wie besessen von dem Wunsch, es zu enträtseln:* engl. „I was possessed with a passion to discover" (Eine Entdeckungsleidenschaft ergriff mich). Das Thema des Entdeckens, des Entzifferns und Enträtselns kehrt immer wieder und ist zentral für ein Verständnis Poes. Das Schlüsselwort „Entdeckung" — zuerst in der entscheidenden Passage in „Das Manuskript in der Flasche" (vgl. Seite 13 sowie „Nachwort") — meint jedoch weniger die Entdeckungsreise selbst als vielmehr die Entdeckungen *mittels* des Schreibens und *als* Schrift (vgl. „Pym") sowie als *Auf*deckung eigener und fremder psychischer Strukturen (vgl. z. B. Dupins Vorgehen in „Der entwendete Brief"). — *Diese Augen:* Vgl. die Parodie in der Burleske „Die Augengläser".

60 *folgende Zeilen:* Poes — 1845 auch separat veröffentlichtes — Gedicht „The Conqueror Worm" (Der Eroberer Wurm).

62 *Arabesken:* Vgl. zu Seite 50. — *Königsgräbern von Luxor:* Begräbnisstätten der altägypt. Könige.

Der Untergang des Hauses Usher

„The Fall of the House of Usher" (1839), übertragen von M. Bretschneider. — Eine der bekanntesten Erzählungen Poes, was gelegentlich dazu geführt hat, Roderich Usher fälschlicherweise mit Poe gleichzusetzen. Richtig ist, daß dem Autor das neurotische Geschwisterpaar James Campbell Usher und Agnes Pye Usher, die Kinder von Schauspielerfreunden der Mutter Poes, als Vorlage gedient haben. Die Grundidee der Erzählung, daß Haus und Familie eine Seele teilen, so daß der Tod eines einzigen den Untergang aller bedeutet, hat eine gewisse Parallele in einem von E. T. A. Hoffmanns „Nachtstücken", der Erzählung „Das Majorat" (1817).

73 *Son coeur...:* (franz.) „Sein Herz ist eine schwebende Laute; es erklingt, sobald man es berührt." Eine Adaption von Zeilen aus dem Gedicht „Le Réfus" des franz. Lyrikers Pierre-Jean de Béranger (1780—1857).

80 *nervöse Angegriffenheit:* Dieser Zustand ist ein Merkmal mehrerer Poescher Ich-Erzähler. Vgl. etwa „Das Manuskript in der Flasche" oder „Das verräterische Herz".

83 *Carl Maria von Weber:* Carl Maria Friedrich Ernst von Weber (1786—1826), deutscher Komponist und Pianist, Begründer der romantischen Oper. Seine damalige Beliebtheit in den USA zeigt sich auch darin, daß einer der Autoren, dessen Werke Poe mehrfach in seinen Texten heranzog — Washington Irving (1783—1859) — das Libretto zu Webers Oper „Der Freischütz" übersetzt hat. — *Träumereien Blakes:* Usher wird als Maler von Poe *nicht* mit dem engl. Dichter, Maler und Drucker William Blake (1757—1827) verglichen, sondern mit dem in der Schweiz geborenen und in Italien und England lebenden Maler und Zeichner Johann Heinrich Füßli, engl. Henry Fuseli (1741—1825), dessen berühmtes Bild „Der Nachtmahr" Poe im Sinn gehabt haben dürfte.

84 *Rhapsodien:* (griech.) ursprünglich im Altertum von professionell Vortragenden aus verschiedenen Quellen ausgewählte und neu zusammengestellte Werke. Heterogene Bruchstücke von Texten werden durch die starke Emotion des Vortragenden neu verbunden. Der Begriff „Rhapsodie" wird von Charles Brockden Brown, Poe und Herman Melville, aber auch von Walt Whitman, zur Charakterisierung ihrer — im Vergleich zu herkömmlichen Normen — höchst unkonventionellen Werke gebraucht, denen die Heterogeneität des Materials gemeinsam ist. — *Diese Verse:* Poes 1845 anderweitig veröffentlichtes Gedicht „The Haunted Palace" (Das verwunschene Schloß).

87 *Gresset:* Jean Baptiste Louis de Gresset (1709—1777), franz. Dichter. — *Machiavelli:* Niccolò Machiavelli (1469—1527), ital. Autor und Staatsmann. Die Novelle „Belphegor" hat er ca. 1515 geschrieben. — *Swedenborg:* Emanuel Swedenborg (1688—1772), schwed. Mystiker, Religionslehrer und Wissenschaftler. Sein Hauptwerk „Himmel und Hölle" erschien 1758. — *Holberg:* Ludvig Baron Holberg (1684—1754), dän. Dramatiker, Essayist und Historiker, Begründer der modernen dän. Literatur, Verkünder der Aufklärung in Skandinavien. Aufklärerische Ideen sind Thema seines utopischen Romans „Niels Klims unterirdische Reise" (1740). — *Flud:* Robert Fludd oder Flud (1574—1637), engl. mystischer Philosoph, bekanntester engl. Rosenkreuzler. Sein „Tractatus de Geomantia" (Traktat über die Geomantie) erschien zuerst 1687. Geomantie ist eine Form der Wahrsagung mittels Rutengängerei. —

Jean d'Indaginé: Joannes ab Indagine von Steinheim verfaßte ein Werk über die Chiromantie (Handlesekunst). — *De la Chambre:* Marin Cureau de la Chambre schrieb 1653 den „Discours sur les Principes de la Chiromancie" (Abhandlung über die Handlesekunst). — *Tieck:* Ludwig Tieck (1773—1853), deutscher romantischer Dichter und Shakespeare-Übersetzer. Seine Novelle „Das alte Buch und die Reise ins Blaue hinein" erschien 1835. — *Campanella:* Tommaso Campanella (1568—1639), ital. Renaissance-Philosoph und Autor. „Civitas solis" (Der Sonnenstaat, 1623), ein utopischer Entwurf, der auf Platon basiert. — *Gironne:* Nicholas Eymeric de Gironne war Inquisitor von Aragon. Sein „Directorium Inquisitorum" (Leitfaden für die Inquisitoren) wurde 1503 veröffentlicht. — *Pomponius Mela:* röm. Geograph des 1. Jh.s n. Chr. — *Vigiliae . . .:* Totenwachen nach dem Brauch der Mainzer Kirche, ca. 1500.

92—96 *Sir Launcelot Canning:* Autor und Werk sind Erfindungen Poes. Gewisse Motive der folgenden erfundenen Fabel — der Schild, die Situierung in einem unbestimmten Norden, die Eiseskälte, das Bersten dessen, was tot schien — rufen Echos aus „Klingsohrs Märchen" in Novalis' (Friedrich von Hardenberg, 1772 bis 1801) „Heinrich von Ofterdingen" (1802) auf. Novalis bezeichnete Züge von „Klingsohrs Märchen" in einem Brief an Friedrich Schlegel vom 18. 6. 1800 als „Arabesken" (vgl. zu Seite 50).

William Wilson

„William Wilson"(1839), übertragen von J. von der Goltz. — Poe verarbeitet in dieser Erzählung — neben autobiographischen Details seiner Internatszeit in England — einen Artikel von Washington Irving (vgl. zu Seite 83), „Ein ungeschriebenes Drama Lord Byrons" (1836), der — wie „William Wilson" — in der Zeitschrift „The Gift" erschienen war. In einem Brief vom 12. 10. 1839 an Irving, dem er seine Erzählung übersandte, beruft Poe sich auf Irvings Beitrag. Auch hier ist der Hinweis angebracht, daß trotz autobiographischer Details Poe nicht mit Wilson gleichzusetzen ist.

97 *Was tun . . .:* Das Zitat entstammt *nicht* William Chamberlaynes (1619—1679) Epos „Pharonnida" (1659), sondern, nicht ganz wörtlich, Chamberlaynes „Love's Victory" (Der Liebe Sieg, 1658). Beide Stücke wurden 1820 im selben Band veröffentlicht.

97 *Es sei mir gestattet . . .:* Herman Melvilles ebenfalls eher identitätsrelativierende als -enthüllende Formel („Call me Ishmael") im ersten Satz von „Moby-Dick" (1851) hat ihre Vorbilder im jeweils ersten Satz von „William Wilson" und „Arthur Gordon Pym" (vgl.

Seite 504). — *Heliogabal:* Heliogabalus, röm. Kaiser (218—222), war für seine Grausamkeit und Verderbtheit bekannt.

98 *Schulzeit:* Poe verwendet im folgenden autobiographisches Material. Er besuchte 1818—1820 ein Internat im englischen Stoke Newington, das von Reverend John Bransby geleitet wurde. Die Beschreibung der Gebäude entspricht, trotz einiger Erinnerungsfehler, im wesentlichen den Tatsachen.

102 *Lustrum:* (lat.) fünf Jahre. — *Exerguen:* franz. „exergue" (Abschnitt). Durch eine horizontale Linie abgesonderter Raum unterhalb der eigentlichen Reliefdarstellungen auf Münzen, in dem eine Jahreszahl oder das Zeichen der Münzanstalt eingeprägt wird. — *Oh le bon temps...:* (franz.) „O welch schöne Zeit, dieses eiserne Zeitalter!" Das Zitat entstammt der Satire „Le Mondain" (Der Weltliche, 1736) des franz. Autors und Aufklärers Voltaire (Jean François Marie Arouet de Voltaire, 1694—1778).

104 *Namensvetter:* Poe wurde ebenfalls am 19. Januar geboren, allerdings vier Jahre früher (1809).

113 *herodeischer als Herodes:* engl. „to outherod Herod". Ein Lieblingszitat Poes aus Shakespeares „Hamlet" III, 2, Vs. 16. Herodes war König von Judäa zur Zeit der Geburt Jesu. Laut Matth. 2 und Luk. 5 ordnete er den Kindermord zu Bethlehem an.

114 *Herodes Atticus:* Tiberius Claudius Atticus Herodes (102 — ca. 177), griech. Autor, Redner und reicher Mäzen. Mit dem von seinem Vater ererbten Geld ließ er Athen und andere griech. Städte ausschmücken. — *Gimpel:* eine Person, die leicht eingefangen werden kann.

115 *Ecarté:* franz. Kartenspiel für zwei Personen. — *Parvenü:* (franz.) Emporkömmling.

122 *mein eigenes Bild entgegenwankt:* Dieses Motiv wird in veränderter Form in dem Roman „Das Bildnis des Dorian Gray" (1890) des engl. Autors und Ästhetizisten Oscar Wilde (1854—1900) wiederaufgenommen, der Poe sehr schätzte und sich von ihm beeinflußt zeigte.

Der Mann der Menge

„The Man of the Crowd" (1840), übertragen von A. von Bosse. — Poe zeigt sich in dieser Erzählung als Pionier der modernen Großstadterzählung und der Darstellung der Vereinzelung des Menschen in der Masse. Hier ist der Urtyp des Baudelaireschen Flaneurs zuerst ausgebildet.

123 *Ce grand malheur...:* (franz.) „Dies große Unglück, nicht allein sein zu können." Der Autor des Werkes „Les Caractères" (Die Charaktere, 1688), Jean de La Bruyère (1645—1696), war einer der franz.

Moralisten. — *Intellekt Leibnizens:* Gottfried Wilhelm Leibniz (1646—1716), deutscher Philosoph und Mathematiker. — *Gorgias:* Gorgias von Leontini, griech. Staatsmann und Sophist zur Zeit Platos. In seiner Parodie „How to Write a Blackwood Article" (Wie man einen Blackwood-Artikel schreibt) läßt Poe den Verleger Blackwood einer Möchtegern-Autorin empfehlen, u. a. den Namen Gorgias als Demonstration von Gelehrsamkeit in ihrem Text zu erwähnen (vgl. „Nachwort").

125 *Eupatriden:* (lat.) Personen der besten Gesellschaft.

126 *Dandy:* (engl.) ein Mann, der sich übertrieben modisch kleidet. Der Dandyismus als Lebensstil entstand um die Mitte des 18. Jahrhunderts in England, im 19. Jahrhundert in Frankreich, wo er z. B. von Baudelaire literarisch stilisiert wurde.

127 *Lukian:* Lukian von Samosata (ca. 125—180 n. Chr.), griech. Prosaschriftsteller.

128 *Retzsch:* Friedrich August Moritz Retzsch (1779—1857), deutscher Maler und Kupferstecher. Illustrator von Goethes „Faust".

134 *Hortulus animae:* (lat.). „Gärtchen der Seele" (1500) von Johann Reinhart von Grüningen (ca. 1460 — ca. 1530), aus Grüningen in Württemberg gebürtiger Buchdrucker und Autor.

Der Mord in der Rue Morgue

„The Murders in the Rue Morgue" (1841), übertragen von H. Kauders. — Poes erste Erzählung mit einem Detektiv als zentraler Figur, dessen logisch-deduktive Fähigkeiten den Erkenntnisgang im Text klar strukturieren. Zusammen mit „William Wilson" begründete diese Erzählung den Ruhm Poes in Europa, vordringlich in Frankreich. Die Tatsache, daß Poe diese und die zwei folgenden Detektiverzählungen um Dupin in Paris spielen läßt, empfahl sie der franz. Rezeption.

135 *Welches Lied . . .:* Sir Thomas Browne (1605—1682), engl. Arzt, Autor und Philosoph. Seinem 1658 veröffentlichten Werk „Urn-Burial" (Urnenbegräbnis) ist das Motto entnommen.

137 *Hoyle:* Edmund Hoyle (1672—1769) schrieb Bücher über das Kartenspielen.

138 *Atout . . .:* (franz.) die engl. Wörter „trump" (Trumpf) und „honor" (hohe Karten wie As, König, Dame, Bube) wurden vom Übersetzer durch die beim Whist-Spiel auch im Deutschen üblichen franz. Bezeichnungen ersetzt.

141 *Théâtre des Variétés:* Theater mit wechselndem Programm artistischer, tänzerischer und gesanglicher Darbietungen.

142 *Crébillons:* Prosper-Jolyot de Crébillon (1674—1762), franz. Dra-

matiker, wurde berühmt durch die Angriffe seines Rivalen Voltaire (vgl. zu Seite 102). „Xerxes" erschien 1714. — *et id genus omne:* (lat.) „und alles von dieser Art".

143 *Orion:* Sternbild. — *Dr. Nichols:* in späteren Ausgaben von Poe korrigiert: Nichol. Dr. John Pringle Nichol (1804—1859) war Professor der Astronomie an der Universität von Glasgow. — *Epikur:* griech. Philosoph (342—270 v. Chr.). Die nach ihm benannte Lehre betrachtet als Ziel der Philosophie das Glück. — *Stereotomie:* Lehre von der Berechnung räumlicher Körper.

144 *Kothurn:* (griech., lat.) hoher Bühnenschuh. Hier: pathetisch-erhabener Stil. — *Perdidit...:* (lat.) „Der erste Buchstabe hat seinen früheren Klang verloren."

145 *Pendarmen:* muß heißen: Gendarmen.

146 *Métal d'Alger:* Eine Legierung aus Blei, Zinn und Antimon.

148 *sacré... diable:* (franz.) Ausrufe des Erstaunens und des Ärgers, etwa „Himmel!" und „Teufel noch einmal!"

150 *mon Dieu:* (franz.) Ausruf: mein Gott!

154 *Vidocq:* François-Eugène Vidocq (1775—1857), Leiter des franz. Geheimdienstes unter Napoleon I. und später.

156 *je les ménageais:* (franz.) „ich behandelte sie rücksichtsvoll".

169 *Maison de Santé:* (franz.) Irrenanstalt.

170 *Cuvier:* Baron Georges Léopold Chrétien Frédéric Dagobert de Cuvier (1769—1832), franz. Naturwissenschaftler und ein Pionier der vergleichenden Anatomie.

171 *Bornesischen Gattung:* auf der Insel Borneo heimisch.

178 *Jardin des Plantes:* der botanische Garten in Paris.

179 *Ich meine seine Art de nier...:* (franz.) „Ich meine seine Art zu leugnen, was es gibt, und zu erklären, was es nicht gibt." Das Zitat ist Jean-Jacques Rousseaus (1712—1778) Roman „La Nouvelle Héloïse" (Die neue Héloïse, 1761) entnommen.

Der Malstrom

„A Descent into the Maelström" (1841), übertragen von M. Bretschneider, stützt sich wie „Das Manuskript in der Flasche" und „Arthur Gordon Pym" als Seeabenteuererzählung auf die Symmessche Theorie von den Öffnungen an den Polen der Erde, in die folgerichtig die Wasser der Meere stürzen (vgl. Seite 725). Poes Quelle ist Edward Wilson Landors Erzählung „The Maelstrom: a Fragment" (1834), die ebenfalls nahe den zu Norwegen gehörigen Lofoteninseln spielt. Da Poe sich des öfteren auf Vergil bezieht, könnte in das Bild des Strudels auch Vergils Vorstellung eingegangen sein, daß jene Seelen, die gefrevelt haben, in einem „riesigen Strudel" gereinigt werden (Aeneis 6, 741).

180 *Brunnen des Demokritos:* Vgl. zu Seite 55. — *Glanvill:* Das Motto ist Glanvills (vgl. zu Seite 52) Sammlung „Essays on Several Important Subjects" (Essays über mehrere wichtige Themen, 1676) entnommen.

181 *Mare Tenebrarum:* (lat.) „Meer der Finsternis": der Atlantik.

184 *Ramus:* Jonas Ramus (1649—1718), norweg. Pastor und Geograph. Autor einer „Natural History of Norway" (Naturgeschichte von Norwegen, 1715).

186 *Phlegeton:* der feurige Fluß im Hades. — *Kircher:* Athanasius Kircher (1602—1680), in Rom lehrender deutscher Jesuit, veröffentlichte erstmals eine kartographische Aufzeichnung der wichtigsten Meeresströmungen.

Das ovale Porträt

„The Oval Portrait" (1842), übertragen von M. Bretschneider. — Eine erste Fassung unter dem Titel „Life in Death" (Leben im Tod) wurde im selben Jahr in „Grahams' Magazine" veröffentlicht.

201 *Mrs. Radcliffe:* Ann Ward Radcliffe (1764—1823), Autorin berühmter Schauerromane wie etwa „The Mysteries of Udolpho" (Die Geheimnisse Udolphos, 1794).

Die Maske des Roten Todes

„The Masque of the Red Death" (1842), übertragen von M. Bretschneider. — Der Titel ist vermutlich in Analogie zum volkstümlichen Namen der Pest als „schwarzer Tod" gebildet. Anlaß der Erzählung ist der im Juni 1832 in der Zeitung „New York Mirror" erschienene Bericht von Nathaniel Parker Willis (1806—1867) — eines Literaten, Freundes von Poe und Mitherausgebers der 1850 postum veröffentlichten Sammlung von Poes Werken — über die damals in Paris herrschende Choleraepidemie. Willis berichtet über einen Maskenball, der während dieser Epidemie im „Théâtre des Variétés" (vgl. zu Seite 141) stattgefunden hatte. Auf diesem Ball hatte sich jemand als Choleraopfer verkleidet.

209 *Hernani:* Drama (1830) von Victo Hugo (1802—1885).

Eleonora

„Eleonora" (1841), übertragen von M. Bretschneider. — Diese allegorische Erzählung — Poes einzige mit Anklängen warmer Menschlichkeit — mag sich auf Virginia Poe beziehen.

214 *Sub conservatione...:* (lat.) „Unter der Beibehaltung einer spezifischen Form ist die Seele in Sicherheit." Das Zitat ist bei Raymond Lully (ca. 1232—1315), dem katalanischen Philosophen, nicht aufzufinden. Mabbott und Pollin sind der Ansicht, daß es dem Roman „Notre Dame de Paris" (1831) von Victor Hugo entnommen ist. — *aggressi sunt...:* (lat.) „Sie näherten sich dem Meer der Finsternis (Atlantik), um zu erforschen, was in ihm sei."

217 *Lustrum:* (lat.) fünf Jahre. — *Hesperus:* Abendstern.

218 *Dichter von Schiras:* Der Dichter aus Schiras in Persien ist Hafis (gest. ca. 1389).

Das Geheimnis der Marie Rogêt

„The Mystery of Marie Rogêt. A Sequel to ‚The Murders in the Rue Morgue'" (1842/43), übertragen von H. Kauders. — Diese zweite Detektivgeschichte um Dupin gibt sich werbend im Untertitel als eine weitere Folge im Stil von „Rue Morgue" zu erkennen, so daß die Möglichkeit einer Serie angedeutet wird, die dann allerdings über die spätere Erzählung „Der entwendete Brief" nicht hinausgeht. Das Besondere an dieser Erzählung ist Poes Versuch, mittels seiner Fiktion um einen erneut in Paris spielenden Fall einen nur wenige Monate zurückliegenden tatsächlichen und unaufgeklärten Mord an einer gewissen Mary Cecilia Rogers in New York zu lösen. Der Leichnam der jungen New Yorker Zigarrenverkäuferin wurde am 28. Juli 1841 im Hudson River gefunden. Da Mary Rogers recht bekannt war und viele Verehrer gehabt hatte, lieferte dieser Fall den New Yorker Blättern Material für groß aufgemachte spekulative Berichte, auf die Poe in seiner im November, Dezember 1842 und Februar 1843 in der Zeitschrift „Ladies' Companion" veröffentlichten Erzählung in vielen Details zurückgriff. Nahezu alle in der Erzählung zitierten oder paraphrasierten Berichte angeblicher französischer Blätter entstammen diesen amerikanischen Veröffentlichungen. Nachdem zwei Folgen von Poes Erzählung erschienen waren, wurde in den New Yorker Zeitungen ein „Geständnis" veröffentlicht, das sich zwar als falsch herausstellte, Poe aber veranlaßte, die dritte und letzte Folge seines Textes im Lichte dieser Enthüllung zu überarbeiten. Obwohl es Poe mit dem „Geheimnis der Marie Rogêt" nicht gelang, das Geheimnis um Mary Rogers zu lösen, vermochte er doch, die Indizien gegen einen der Verdächtigen, den Arbeitgeber Marys, überzeugend zu widerlegen. Mabbott ist der Auffassung, daß Poe im Auftrag dieses Mannes schrieb, der einer der wichtigen Inserenten in dem finanziell gefährdeten Blatt war, für das Poe seine Erzählung verfaßte. Die Entstehungsgeschichte des Textes belegt Poes hellhörige Zeitgenossenschaft und seine Professionalität als ein Literat, der keineswegs, wie es die Legende will, in seinem amerikanischen Umfeld ein Fremder und Isolierter war.

223 *Es gibt eine Reihe...:* Zitat aus den „Moralischen Ansichten" von Novalis (vgl. zu Seite 92). — *Grisette:* (franz.) Näherin, Putzmacherin; auch (leichtfertiges) junges Mädchen.

224 *Der Mord in der Rue Morgue:* Hinweis auf Poes erste Detektivgeschichte um Dupin.

229 *die grünen Gläser:* Poe beginnt hier, bestimmte Eigenschaften des Detektivs Dupin wiedererkennbar festzuschreiben. Die grünen Gläser seiner Brille können Dupins Blickrichtung verbergen und ziehen zugleich Aufmerksamkeit auf sich (vgl. Seite 476).

239 *Laudanum:* (lat.) Opiumtinktur, früher als schmerzlinderndes Mittel gebraucht.

250 *Grisette:* Vgl. zu Seite 223.

282 *Herausgeber:* Der „Herausgeber" und Autor dieser Notiz ist natürlich Poe selbst.

Das verräterische Herz

„The Tell-Tale Heart" (1834), übertragen von J. von der Goltz. — Im Zentrum dieser straffen, ganz auf ihren Höhepunkt hin gearbeiteten kurzen Erzählung steht der Aberglaube vom „bösen Blick". Bei der dadurch ausgelösten Mordhandlung hat sich Poe auf zwei Quellen gestützt. Die erste ist ein rhetorisch hochstilisiertes Plädoyer des berühmten amerikanischen Anwalts und Politikers Daniel Webster (1782 bis 1852). Webster war im Sommer 1830 Vertreter der Anklage im Falle des Richard Crowninshield, Jr., der einen Mann auf gräßliche Weise umgebracht hatte. Diesem Plädoyer — es wurde im selben Jahr veröffentlicht und enthält einen Appell an Maler und Dichter, sich seines Gegenstandes anzunehmen — hat Poe das Motiv des verräterisch schlagenden Herzens und die atemlos dramatische Steigerung des Erzählens zu verdanken. Die zweite Quelle ist die in Charles Dickens' Sammlung „Master Humphrey's Clock" (1840/41) enthaltene Erzählung „The Clock-Case: A Confession Found in a Prison in the Time of Charles the Second", in der das Motiv des „bösen Blicks" in Verbindung mit der Aufdeckung eines Mordes ebenfalls eine Rolle spielt.

290 *Aber das Geräusch nahm zu...:* Vgl. zum Folgenden Websters Plädoyer: „Bald wird der Mörder besessen von seinem Geheimnis, und wie die bösen Geister, von denen wir gelesen haben, überwältigt es ihn und führt ihn, wohin es will. Die ganze Welt, glaubt er, sieht es seinem Gesicht an, lese es in seinen Augen und höre es selbst in der Stille seiner Gedanken noch rumoren. Es ist sein Herr und Meister geworden... Es muß gestanden werden, es wird gestanden werden" (D. W. Webster, „Writings and Speeches", Bd. 9, 1903, S. 54).

„The Gold-Bug" (1843), übertragen von H. Kauders. — Poes seinerzeit erfolgreichste Erzählung — in der Tat so erfolgreich, daß sie ihm einen Plagiatsvorwurf eintrug. Der Text vereinigt drei Elemente: das Motiv der Schatzsuche, das detektivische Verfahren der Detailanalyse sowie die Maximierung der Überraschungseffekte durch Poes (anderweitig auch theoretisch begründete) sorgfältige und ökonomische Kompositionsweise. Neben verschiedenen anderen Quellen über vergrabene Schätze mag Poe von „The Money-Diggers" (Die Schatzgräber) in Washington Irvings Sammlung „Tales of a Traveller" (Erzählungen eines Reisenden, 1824) angeregt worden sein.

292 *Holla, holla ...:* Das Motto entstammt *nicht* Arthur Murphys Komödie „All in the Wrong" (Alle im Unrecht, 1761), sondern ist Poes eigene Erfindung. — *Charleston:* Hafenstadt im Staat South Carolina. — *Fort Moultrie:* der Stadt Charleston vorgelagerte Befestigungsanlage. Poe war als Soldat von November 1827 bis Dezember 1828 in diesem Fort stationiert, kannte also die Umgebung mit Sullivans' Insel aus erster Hand. Allerdings unterlaufen ihm bei der Schilderung der örtlichen Verhältnisse einige Irrtümer.

293 *Swammerdamm:* Jan Swammerdamm (1637—1680), holl. Naturkundler und Pionier der Mikroskopie. Arbeiten zur Insektenkunde und Zeugungslehre („Bibel der Natur oder Geschichte der Insekten", 1737/38). Swammerdamm erscheint — anachronistisch — als eine der Hauptpersonen unter dem Namen Johannes S. in E. T. A. Hoffmanns „Meister Floh" (1822). — *Jupiter:* höchste röm. Gottheit. Vielen schwarzen Sklaven wurden in Amerika griechische oder römische Namen gegeben. — *Hickorynuß:* Frucht des weißen nordamerik. Walnußbaumes.

296 *scarabaeus ...:* (lat.) „Skarabäus mit dem Menschenkopf".

312 *in denen Tollheit ... erblickte:* Paraphrase von „Hamlet", II, 2, Vs. 21.

322 *Kapitän Kidd:* William Kidd (ca. 1645—1701), schott. Kapitän in engl. Diensten. Als Pirat in die Geschichte (und in Geschichten) eingegangen. Das langlebige Gerücht, er habe vor seiner Verhaftung in Boston und Hinrichtung in London einen Schatz vergraben, hat sich niemals bestätigt. — *Rebus:* Bilderrätsel.

326 *Kryptogramm:* verschlüsselter Text.

335 *Mystifikation:* Irreführung.

Der schwarze Kater

„The Black Cat" (1843), übertragen von J. von der Goltz. – Poe liebte Katzen sehr und besaß selbst eine schwarze Katze.

337 *Pluto:* griech. Gott der Unterwelt und der Fruchtbarkeit.
339 *Geist des Perversen:* Poes Erklärung dieses psychischen Phänomens trägt durchaus autobiographische Züge. Seine Erzählung „The Imp of the Perverse" (Der Geist des Bösen, 1845) thematisiert den Impuls, etwas zu tun, von dem man vorher weiß, daß es negative Folgen haben wird. Der Nachname von Arthur Gordon Pym, gelesen als Anagramm, ergibt „Ymp", also in der Lautung „imp".

Die Grube und das Pendel

„The Pit and the Pendulum" (1842), übertragen von H. Bretschneider. – Eine der beliebtesten Erzählungen Poes, deren kumulierender Horror Leser immer wieder in seinen Bann geschlagen hat. Sie nimmt eines jener Themen als Beispiele für besondere Publikumswirksamkeit auf, die Poe in „Wie man einen Blackwood-Artikel schreibt" parodiert (vgl. zu Seite 123 und „Nachwort").

349 *Impia tortorum ...:* (lat.) „Hier frönte das Gesindel der Folterknechte erregt seinem lang gehegten Haß auf das unschuldige Blut. Nun, da das Vaterland gerettet und die Höhle des Todes zerstört ist, erscheinen Leben und Gesundheit, wo der grimmige Tod gewesen ist." Diese Inschrift ist nicht nachgewiesen. – *inquisitorische Stimmen:* Inquisition: (lat.) Untersuchung durch ein Gremium der katholischen Kirche, das für die Reinhaltung des Glaubens zu sorgen hatte und sich für die Verfolgung realer oder vermeintlicher Ketzer des Staates bediente.
353 *Autodafé:* (lat.-port.) Glaubensakt. Hier: Ketzergericht und -verbrennung.
354 *Toledos:* Toledo, Stadt in Mittelspanien (Neukastilien), geistiges Zentrum des span. Katholizismus und ehemals Sitz des Großinquisitors.
389 *General Lasalle:* Antoine-Chevalier-Louis Colbert, Comte de Lasalle, napoleonischer General, besetzte 1808 im Spanienfeldzug mit seinen Truppen Toledo.

Im Felsengebirge

„A Tale of the Ragged Mountains" (1844), übertragen von M. Bretschneider. – Die Idee, daß das zeitlich und räumlich Entfernte und

Fremde inmitten des scheinbar Bekannten liege, ist — neben der Reinkarnation — ein Hauptthema dieser Erzählung. Es tritt die uralte Vorstellung von der Magie des Namens und seiner Schreibweisen hinzu, mit dem in der vermeintlichen Einzigartigkeit eine Vielfalt verbunden ist. Eine wichtige Quelle Poes ist der Roman „Edgar Huntly; or Memoirs of a Sleepwalker" (Edgar Huntly, oder Erinnerungen eines Schlafwandlers, 1799) des von ihm verehrten amerikanischen Romanciers, Historikers und Journalisten Charles Brockden Brown (1771—1810). Diesem Roman entnimmt er das Thema der Seelenwanderung und der Beeinflussung unter Hypnose. Poes Dr. Templeton war wie Browns Sarsefield in der indischen Stadt Benares, Sarsefield besitzt sogar ein Gewehr, das einem in Bengalen umgekommenen britischen Offizier gehört hat. Mit der Waffe eines gefallenen Offiziers tötet Huntly fünf Indianer, während Poes Bedloe-Oldeb mit einer solchen Waffe Inder tötet. Die „Ragged Mountains" schließlich gleichen dem wilden und zerklüfteten Landstrich „Norwalk" in Browns Roman. Die zweite Quelle für Poes Erzählung ist ein Essay des englischen Historikers Thomas Babington Macaulay (1800—1859) über den umstrittenen englischen Kolonialoffizier und späteren Generalgouverneur von Britisch-Ostindien Sir Warren Hastings (1732—1818).

370 *Charlottesville:* Sitz der Universität von Virginia. Poe hat sich 1826, ein Jahr früher als angegeben, in Charlottesville aufgehalten und war mit den „Ragged Mountains" vertraut. In der Nähe von C. wurden Meriwether Lewis und George Rogers Clark geboren (vgl. zu Seite 524).

371 *Saratoga:* Saratoga Springs im Staat New York ist seit dem Ende des 18. Jahrhunderts ein beliebter Kurort, auch bekannt für seine Pferderennbahn und sein Spielkasino. Poe soll dort im Sommer 1843 sein Gedicht „The Raven" (Der Rabe) geschrieben haben. — *Mesmerismus:* Franz (oder Friedrich) Anton Mesmer (ca. 1733—1815), deutscher Arzt. Begründer der Lehre des sog. tierischen Magnetismus. Er untersuchte die Heilkraft des Mineralmagneten und gelangte dadurch zu der Annahme, daß dem Menschen eine ähnliche Kraft innewohne. Mesmers Heilerfolge waren umstritten. Ausgehend von Mesmers Verfahren wurden in der Folge Therapien entwickelt, die auf Hypnose beruhen. Der Mesmerismus übte großen Einfluß auf Autoren der deutschen Romantik aus und wurde zu Poes Zeiten auch in Amerika lebhaft diskutiert. Poe bezieht sich mehrfach in seinen Werken auf mesmeristische Phänomene (vgl. etwa „Der wahre Sachverhalt im Falle Valdemar").

377 *Novalis...:* Das Zitat entstammt „Fragmente, Paralipomena zum Blütenstaub" (1799/1800; vgl. zu Seite 92).

378 *Kiosk:* Das Wort — persisch-türkischen Ursprungs — meint nicht nur einen Verkaufsstand, sondern auch, wie hier, den Vorbau eines Palastes.

381 *Hastings:* Warren Hastings (vgl. die Vorbemerkung Seite 370). — *Benares:* am Ganges im ind. Staat Uttar Pradesh gelegene „heilige Stadt" der Hindus. — *Sepoys:* eingeborene Soldaten des brit. Heeres in Indien.

Die Augengläser

„The Spectacles" (1844), übertragen von H. Kauders. — Eine Burleske, die sich mit der komischen Seite des von Poe anderweitig behandelten „Augenmotivs" befaßt (vgl. Seite 55 und die Anm. dazu).

384 *Froissart:* Jean Froissart (ca. 1337 — ca. 1410), franz. Chronist, Dichter und Höfling, Autor einer „Chronik von Frankreich, England, Schottland und Spanien" (ca. 1400), die brilliante Beschreibungen der zeitgenössischen Gesellschaft enthält und — 1523—1525 ins Englische übersetzt — immer wieder aufgelegt worden ist.

387 *Gaze aérienne:* (franz.) „luftige Seide". — *ventus textilis...:* (lat.) „gewebte Luft". Lucius Apuleius (ca. 125 — ca. 180 n. Chr.), röm. Schriftsteller und Verfasser des Romans „Der goldene Esel"; darin auch das Märchen von Amor und Psyche, auf das Poe hier anspielt. — *Aigrette:* bouquetartiger Kopfschmuck aus Federn, manchmal mit Edelsteinen versehen.

395 *Antares:* rot schimmernder Riesenstern im Sternbild Skorpion. — *Ninon...:* (franz.) „Ninon, Ninon, Ninon, nieder — / Nieder mit Ninon de Lenclos!" Ninon de Lenclos (1615—1705), bis in ihr hohes Alter vielbegehrte amouröse Dame, galt als eine der schönsten und geistvollsten Frauen im Frankreich Ludwigs XIV.

401 *Sonnenbrenner:* auch Argandsche Lampe. Lampe mit hohlem Runddocht, benannt nach dem schweiz. Lampenfabrikanten Aimé Argand (1755—1803).

402 *Othello... Capuletti:* wohl die Oper „Otello" (1816) von Gioacchino Antonio Rossini (1792—1868) sowie das Romeo-und-Julia-Thema der Oper „Montecchi e Capuletti" (1830) von Vincenzo Bellini (1801—1835).

403 *Somnambula:* Oper (1831) von Bellini. — *Malibran:* Maria Felicita Malibran (1808—1836), Tochter eines Spaniers und aufgewachsen in Frankreich, galt als bedeutendste Sängerin ihrer Zeit.

408 *Jupiter:* Vgl. zu Seite 293.

411 *Tournure:* auch: „cul de Paris": (franz.) Gesäßpolster unter dem Reifrock.

413 *billets doux:* (franz.) Liebesbriefe.

„The Premature Burial“ (1844), übertragen von H. Kauders. — Poe hat sich mehrfach mit dem Thema dieser Erzählung beschäftigt, vgl. „Berenice“, „Morella“, „Ligeia“, „Der Untergang des Hauses Usher“ und „Arthur Gordon Pym“.

414 *Übergang über die Beresina ... Kalkutta:* Vom 26. bis 29. 11. 1812 überquerte Napoleons „Große Armee“ den Fluß Beresina auf dem Rückzug aus Rußland. Das Erdbeben von Lissabon (1755) gilt als eine der größten Naturkatastrophen. Die verheerende Pestepidemie in London (1665) ist auch Gegenstand von Daniel Defoes „Journal of the Plague Year“ (1722). In der Nacht auf den 24. 8. 1572, dem Bartholomäustag, wurden viele Hugenotten in Paris auf Geheiß der Königinmutter Katharina von Medici ermordet. Im Jahre 1756 eroberte der Nawab von Bengalen die Stadt Kalkutta und kerkerte die engl. Garnison über Nacht in einen engen Raum — das „schwarze Loch“ — ein, wo die meisten Gefangenen umkamen.

418 *Trepanation:* Auslösung eines Stückes der Gehirnschale, um die Schädelhöhle zu öffnen.

419 *Paroxysmen:* Anfälle.

421 *Sektionszimmer:* Obduktionsraum.

429 *Richmond:* Hauptstadt des Staates Virginia. Poe verbrachte hier seine Kindheit und Jugend (1811—1827) im Hause seines Ziehvaters John Allan.

430 *Buchan ... Nachtgedanken:* William Buchan (1729—1805) ist Verfasser eines medizinischen Handbuchs für den Hausgebrauch, „Domestic Medicine; or The Family Physician“ (1769), das in England und den USA lange benutzt wurde. Edward Young (1683—1765) ist der Autor des epischen Gedichts „The Complaint, or Night Thoughts on Life, Death and Immortality“ (Die Klage oder Nachtgedanken über Leben, Tod und Unsterblichkeit, 1742—1745). Das Werk, wegen seiner schmerzlich-düsteren Religiosität und melancholischen Stimmung bewundert, traf den Nerv eines der Rationalität müden Zeitalters und wurde Grundlage einer neuen Empfindsamkeit in der Dichtung des Sturm und Drang und der europäischen Romantik. Wenngleich Poe selbst das empfindsame In-sich-Hineinhorchen in seiner „Blackwood“-Parodie karikierte (vgl. „Nachwort“), so charakterisiert die übersteigerte Sensibilität die Ich-Erzähler und Protagonisten von „Berenice“ bis „Usher“.

431 *Carathis:* Mutter des Kalifen Harun Vathek Billa (842—847). Poes Quelle ist William Beckfords Roman „Vathek“ (1786). — *Afrasiab ... Oxus:* Afrasiab ist der Name eines legendären Königs von

Turân im Epos „Schah Nameh“ (Buch der Könige) des pers. Dichters Firdusi (ca. 940—1020). Oxus war im Altertum der Name des Flusses Amu-Daja, der im Pamirgebirge entspringt und in den Aralsee (UdSSR) fließt.

Die längliche Kiste

„The Oblong Box“ (1844), übersetzt von M. Bretschneider. — Poe fiktionalisiert und dramatisiert eine Schiffsreise von Charleston nach New York, die er selbst des öfteren unternommen hat. Die Hauptquelle dieses Textes ist, neben einem von Poe rezensierten Gedicht, ein sensationeller Mordfall, an dem John C. Colt, ein Bruder des Erfinders des Trommelrevolvers, Samuel Colt, beteiligt war. Colt transportierte sein Opfer auf die von Poe beschriebene Weise, wurde entdeckt und zum Tode verurteilt, beging aber Selbstmord in der Nacht vor seiner Hinrichtung.

432 *Independence:* (engl.) Unabhängigkeit. — *Charleston:* Vgl. zu Seite 292. — *Columbia-Universität:* Universität in New York City. Der Name der Universität ist eine Interpolation des Übersetzers, denn bei Poe heißt es lediglich „C— University“. Poe besuchte die Universität von Virginia in Charlottesville, die hier wohl gemeint ist (vgl. zu Seite 370).

433 *Nicolino:* nicht nachgewiesen. Poe erwähnt jedoch den ital. Dichter José Nicolini (1788—1855) in einer Rezension.

435 *Abendmahls von Leonardo:* „Das Abendmahl“ (1495—1498), Fresko Leonardo da Vincis (1452—1519).

436 *Albany:* Hauptstadt des Staates New York. — *Esquire:* engl. Titel; hier: Wohlgeboren.

441 *Kap Hatteras:* südöstliche Spitze einer Insel östlich des Pamlico Sunds vor der Küste von North Carolina. Das Kap ist berüchtigt für seine Stürme.

442 *Ocracoke Inlet:* Meeresarm, der den Pamlico Sund mit dem Atlantik verbindet.

444 *Roanoke Island:* Insel vor der Küste von North Carolina. Der engl. Seefahrer und Autor Sir Walter Raleigh (ca. 1552—1618) organisierte die elisabethanischen Kolonisationsversuche in Nordamerika. Alle Siedler der von ihm begründeten und nach ihm benannten Kolonie (gegr. 1585) auf der Roanoke Insel verschwanden auf mysteriöse Weise (1591).

Der wahre Sachverhalt im Falle Valdemar

„The Facts in the Case of M. Valdemar“ (1845), übertragen von H. Kauders. — Die Erzählung, in der Poe die zeitgenössische Debatte um den

Mesmerismus (vgl. zu Seite 371) aufnimmt, wurde seinerzeit von manchen Lesern — auch Medizinern — für wahr gehalten. Andererseits beruht auch Poes Fiktion auf verschiedenen veröffentlichten „Tatsachenberichten“ und Leserbriefen zum Thema.

447 *Als ich nach ... verfaßt hat:* „Bibliotheca Forensica“ ist ein von Poe erfundenes Werk. Der Name „Valdemar“ mag dem Theaterstück „Valdemar, or The German Exile“ (Valdemar oder Der deutsche Exilant) entnommen sein, das 1835 im „Southern Literary Messenger“ erwähnt wurde. „Wallenstein“: Friedrich Schillers Tragödie (1789/99). „Gargantua und Pantagruel“ (1532—1564): Hauptwerk des franz. Dichters und Arztes François Rabelais (1494—1553). — *John Randolphs:* John Randolph von Roanoke (1773—1833), amerik. Politiker aus Virginia.

454 *Epitheta:* (griech.) als Beifügungen gebrauchte Adjektive oder Partizipien.

Der entwendete Brief

„The Purloined Letter“ (1844), übertragen von M. Bretschneider. — Poes dritte Erzählung um den Detektiv Dupin und einzige, die ohne einen Mord auskommt. Das geschilderte Verfahren, etwas zu verbergen, indem man es offen vorzeigt, trifft häufig auch für Poes erzählerische Technik zu (vgl. zu Seite 55).

458 *Nil sapientiae ...:* (lat.) „Nichts ist der Weisheit verhaßter als zu großer Scharfsinn.“ — *au troisième No.* 33: (franz.) Dupin wohnt im dritten Stock des Hauses Nr. 33.

469 *Prokrustesbett:* nach dem Räuber einer altgriech. Sage, der arglose Wanderer in ein Bett preßte, indem er ihnen die überstehenden Glieder abhieb oder die zu kurzen mit Gewalt streckte. Heute: gewaltsames Hineinpressen in ein Schema.

470 *La Rochefoucault:* Graf François de la Rochefoucauld (1630—1680), franz. Autor der „Maximen und Reflexionen“ (1665). — *La Bruyère:* Vgl. zu Seite 123. — *Machiavell ... Campanella:* Vgl. zu Seite 87.

472 *non distributio medii:* (lat.) die Nichtanwendung des Mittelteils einer dreiteiligen logischen Aussage. — *Il y a à parier ...:* (franz.) „Man kann darauf wetten, daß jede öffentlich verbreitete Idee, jede althergebrachte Konvention, ein Stück Dummheit ist, weil sie der großen Mehrheit paßt.“ Das Zitat ist den „Maximes et pensées“ (Maximen und Gedanken) des franz. Zynikers Sébastien-Roch Nicolas, genannt Chamfort (1740—1794), entnommen.

473 *Axiome:* (griech.) gültige Wahrheiten, die keines Beweises bedürfen. — *Bryant ... Mythologie:* Jacob Bryant (1715—1804), engl. Phi-

loge, veröffentlichte das Buch „A New System; or An Analysis of Ancient Mythology" (Ein neues System oder Eine Analyse der alten Mythologie; 1774—1776).

475 *vis inertiae:* (lat.) Beharrungsvermögen.

476 *grünen Brille:* Vgl. zu Seite 229.

480 *facilis descensus Averni:* (lat.) muß heißen: „facilis descensus Averno" (Vergil, Aeneis 6, 126): der leichte Abstieg am Averner See (in den Hades). Vgl. zu Seite 33. — *Catalani:* Angelica Catalani (1779—1849), ital. Opernsängerin. — *Un dessin ...:* (franz.) „Ein Plan so unheilvoll, wenn auch Atreus nicht würdig, ist würdig doch dem Thyestes." Zitat aus „Atrée et Thyeste" (1707) von Crébillon (vgl. zu Seite 142).

Das Faß Amontillado

„The Cask of Amontillado" (1846), übertragen von M. Bretschneider. — Poes kürzeste und effektivste Schauergeschichte. Eine von mehreren Quellen, die diese Rachephantasie gespeist haben, ist die Erzählung „La Grande Bretèche" (Die große Zinne) des franz. Romanciers Honoré de Balzac (1799—1850).

481 *Amontillado:* (span.) ein heller trockener Sherry aus der Stadt Jerez de la Frontera im Südwesten Spaniens. Der Name ist von der Stadt Montilla abgeleitet.

485 *Nemo me impune lacessit:* (lat.) „Niemand verletzt mich ungestraft." Wahlspruch Schottlands und des schott. „Ordens der Distel", gestiftet unter König James VII. (James II. von England, 1685—1688).

488 *In pace requiescat:* (lat.) „Er ruhe in Frieden."

Der Froschhüpfer

„Hop-Frog" (1849), übertragen von M. Bretschneider. — Während das Motiv der schaurigen Tat in „Das Faß Amontillado" verhüllt bleibt, wird es hier deutlich ausgeführt. Die Hauptquelle ist Froissarts „Chronik" (vgl. zu Seite 384), wo von der — allerdings zufälligen — Verbrennung fünf kostümierter Höflinge Karls VI. von Frankreich berichtet wird.

489 *rara avis in terris:* (lat.) „auf Erden ein seltener Vogel". — *Rabelais:* Vgl. zu Seite 447. — *Voltaire:* Vgl. zu Seite 102. Seine philosophische Erzählung „Zadig, ou La destinée. Histoire orientale" (Zadig oder Das Schicksal. Eine orientalische Erzählung) erschien 1747 zunächst unter dem Titel „Memnon. Histoire orientale".

495 *Orang-Utans:* Ein Orang-Utan ist der „Mörder" in „Der Mord in der Rue Morgue".

Seltsame Erlebnisse des Arthur Gordon Pym aus Nantucket

„The Narrative of Arthur Gordon Pym" (1838), übertragen von W. Widmer. — Wie im englischen Titel deutlich wird, vermittelt Poe seine einzige Erzählung in Romanlänge in der Form des Berichts. Solche Berichte nehmen unmittelbare Wahrhaftigkeit für sich in Anspruch. Die vorgebliche Lebenstreue in der Gleichsetzung vom erlebenden mit dem erzählenden Ich mag jenen Lesern den Zugang zum Text erleichtern, die den Bericht nicht als geschriebenen, sondern als erlebten mitempfinden wollen. Paradoxerweise wurden die meisten als authentisch annoncierten „narratives" in der angelsächsischen Tradition dieses Genres nicht in der ungelenken Schreibweise des Berichterstatters dargeboten, sondern durch einen Herausgeber vermittelt, der oft als ungenannter „ghost writer" dem vermeintlichen Autor die Feder führte. Dieses Verfahren ist durch zahlreiche sog. „captivity narratives" — Berichte über Gefangenschaft in einer wie auch immer gearteten Barbarei — und durch Berichte von Entdeckern und Seefahrern belegt. Zu Poes Lebzeiten wurden sie in Amerika massenhaft produziert und waren längst zum billigen Lesestoff abgesunken. Andererseits gab es noch immer weiße Flecken auf den Land- und Seekarten, waren Expeditionen unterwegs, wurden Berichte über neue Entdeckungen publiziert. Überliefertes Wissen wurde korrigiert, vermeintliche Fakten stellten sich als Fiktionen heraus und Fiktionen als neuentdeckte Wirklichkeit, von der sie manchmal übertroffen wurden. In diesem ungesicherten Bereich der Übergänglichkeit zwischen Fakten und Fiktionen in Literatur und Wissenschaft ist Poes „Bericht" beheimatet, aus ihm bezieht der Autor mimetisch sein Verfahren. Es entsteht ein Text als Textur, ein literarisches Gewebe, das zwischen Möglichkeit und Wirklichkeit changiert. Es ist zugleich ein Text, der gegen den Leser und seine Erwartungen anspielt, indem er — in Vorwort, Hauptteil und Nachwort — vorgibt, Normen des Genres zu erfüllen, sie dann aber unterläuft und damit Lesererwartungen enttäuscht. Enttäuscht wird bei Poe etwa die Erwartung eines bestimmten Endes, sei es „glücklich" oder nicht. Der Text hört einfach auf. Werden wahre Massen an faktischen Details zur Authentisierung eingesetzt, so zeigen sich auch manch nüchterne Details an entscheidenden Stellen des Textes als so offensichtlich falsch, daß sie *deshalb* Aufmerksamkeit auf sich ziehen, womit die Handlungswahrnehmung unterbrochen und der Blick auf das Schreiben selbst gerichtet wird. Wie schon die Erzählung „Das Manuskript in der Flasche", die als ein Entwurf des Vorgehens in „Pym" angesehen werden kann, ist „Pym" nicht nur als eine ausufernde Geschichte seltsamer Begebenheiten zu lesen, so sehr sie uns auch in ihren Bann schlägt. Auf einer anderen Ebene nimmt Poe uns in „Pym" auf eine Reise mit, die durch die Entdeckung neuer Schreibweisen auf der Karte des Literarischen fesseln kann, wenn wir uns dem Text nicht nur passiv überlassen, sondern lesend an ihm mitwirken.

501 *Seltsame Erlebnisse...:* Die graphische Anordnung von Titel und Untertitel ergibt im Originaltext die Umrisse eines Segelschiffes in Frontalansicht. Poe nimmt mit der barocken Ausführlichkeit von Titel und Untertitel eine Tradition auf, die auch Defoes Roman „Robinson Crusoe" einschließt. „Crusoe" war eine der Vorlagen für „Pym", wie schon der Anfang des 1. Kapitels ausweist.

502 *Herausgeber:* Poe war 1835–1837 verantwortlicher Redakteur, Hauptautor und Rezensent des „Southern Literary Messenger", in dem der erste Teil des Buches im Frühjahr 1837 bis einschließlich des 3. Absatzes von Kapitel 4 (vgl. zu Seite 503 und 547) zuerst erschien.

503 *Der Unterschied im Stil...:* Ein Stilunterschied ist selbstverständlich nicht bemerkbar, da „Mr. Poe" und „Mr. Pym" identisch sind (vgl. zu Seite 547).

504 *Mein Name...:* Vgl. zu Seite 97. Beaver vermutet in seiner Ausgabe des „Pym" (1975), daß der Name Pym aus den Nachnamen von Poe und Symmes zusammengesetzt sein könnte (vgl. zu Seite 5 und 339). – *Edgarton New-Bank:* Neben den rhythmisch gleichen Namen Edgar Allan Poe und Arthur Gordon Pym ein anderes Beispiel dafür, wie sich *Edgar* Allan Poe in seinen Text einschreibt, indem er den realen Ort Edgartown zu seinem eigenen „Edgarton" umschreibt. – *Lloyd und Vredenburgh:* Vredenburgh ist auch der Nachname eines Besatzungsmitglieds, das im südlichen Eismeer ertrinkt.

505 *Ariel:* der Name des eigenwilligen Luftgeistes in Shakespeares „The Tempest" (Der Sturm). In einen Sturm geraten Pym und Augustus mit der „Ariel". Pollin weist darauf hin, daß auch das Boot, mit dem der engl. Dichter Percy Bysshe Shelley am 8. Juli 1822 in der Bucht von La Spezia den Tod fand, „Ariel" hieß. – *Eine von diesen abenteuerlichen Fahrten:* Dieser Teil des Berichts bis zum Schluß des 1. Kapitels enthält die Grundmotive der folgenden Reise auf dem Schiff „Grampus". Mit der „Jane Guy" und dem 14. Kapitel beginnt der zweite Abschnitt des Buches (vgl. zu Seite 635).

506 *Pankey & Co:* Engl. „hanky-panky" heißt soviel wie „dumme Streiche". Und genau das haben die Jungen vor.

510 *New London:* amerik. Hafenstadt an der Mündung des Thames Flusses im Staat Connecticut. Früher ein wichtiger Hafen der Walfänger, heute Marinestützpunkt.

515 *schaurige Geschichte:* ein gutes Beispiel für die fiktionalisierende Veränderung eines Vorfalls durch Weitervermittlung. Poes ist hier, laut „Vorwort", der Vermittler des Pymschen Berichts. — *So-oft uns etwas zustößt ...:* Diese Einsicht mag sowohl als prophetisch für das Kommende gelesen werden, da Pym auf geradezu „perverse" (vgl. zu Seite 339) Weise nichts dazulernt, als auch die kausale Unverbundenheit des Erzählten ansagen, in dem — wie im Vorangegangenen — der Zufall dominiert.

517 *Lloyd und Vredenburgh:* Vgl. zu Seite 504. — *Grampus:* (engl.) Tümmler. Ein Wortspiel mit dem Kosenamen für Großvater — engl. „gramps" — ist bei Poes Vorliebe für Wortspielereien nicht auszuschließen. Immerhin erscheint der Großvater Peterson sehr bald (vgl. Seite 519).

520 *Reisebeschreibungen und Seefahrergeschichten:* Pym weist sich in *seinem* Abenteuer ebenso als Leser solcher Geschichten aus wie die Leser seines Seeabenteuers, das seinerseits von „Reiseabenteuern und Seefahrergeschichten" gespeist wird, die Poe — neben Defoe, Symmes (vgl. Seite 725), Lewis und Clark (vgl. zu Seite 542) und Irving (vgl. zu Seite 548) — gelesen und in seinen Text einbezogen hat: Benjamin Morrell, „Narrative of Four Voyages" (1832); Jeremiah N. Reynolds, „Voyage of the Potomac" (1835) und Reynolds' auf Symmes' Theorien beruhende Propagandaschrift „Address on the Subject of a Surveying and Exploring Expedition" (1837); John L. Stephens, „Arabia Petraea" (1837) sowie Archibald Duncans 1806 zuerst veröffentlichte vierbändige Sammlung von authentischen Berichten und Seemannsgarn „The Mariner's Chronicle". Zugleich sollte Pyms Bericht die Entdeckungen einer Expedition *antizipieren*, die bereits angesagt war und 1838 — im Publikationsjahr von „Pym" — ihre Arbeit unter dem Kommando von Kapitän Charles Wilkes (1798—1877) aufnahm. Wilkes' Bericht erschien 1845 unter dem Titel „Narrative of the United States Exploring Expedition During the Years 1838, 1839, 1840, 1841, 1842" in 5 Bänden und einem Atlas.

524 *ungezählte Windungen:* Pym befindet sich in einem Labyrinth, das auf die verschlungenen Felsengänge auf der Insel Tsalal vorausdeutet, in denen sich Pym und Peters verirren (vgl. Seite 698 f.). — *Expedition von Lewis und Clarke ...:* der in Tagebuchform veröffentlichte Reisebericht von Kapitän Meriwether Lewis (1774—1809) und Leutnant William Rogers Clark (1770—1838), die 1803—1806 von Präsident Thomas Jefferson mit der Aufgabe betraut worden waren, auf dem Landweg den Pazifik zu erreichen und damit den

Anspruch auf das sog. „Oregon-Territorium“ – den Nordwesten der USA außer Alaska – anzumelden. Die erfolgreiche Expedition gilt als eine epochale Unternehmung, die in ihrer Bedeutung für die USA mit der Entdeckung Amerikas durch Kolumbus verglichen wurde. Poe bezieht sich hier wohl auf die von Nicholas Biddle und Paul Allen herausgegebene Ausgabe der Tagebücher: „The History of the Expedition under the Command of Captains Lewis and Clark“ (2 Bde., 1814).

532 *meinem Grab eingemauert:* „Pym“ ist ein Kompendium vieler Motive, die Poe auch anderweitig verwendet. Vgl. „Das Faß Amontillado“.

547 *Nun hab...:* Beginn des angeblich nicht mehr von Poe, dem fiktiven Herausgeber, sondern von Pym geschriebenen Teils, jenes Teils, den Poe nach seinem Ausscheiden aus dem „Southern Literary Messenger“ verfaßt hat.

548 *Upsarokas:* Indianer vom Stamme der Upsaroka oder Crow (Krähen). Poes Quelle ist Washington Irvings Tatsachenroman „Astoria“ (1837). Diesem Buch entnimmt Poe auch die „Eltern“ von Dirk Peters. In Kapitel 15 von „Astoria“ wird Pierre Dorion genannt – Sohn eines Frankokanadiers und Übersetzers für Lewis und Clark –, der mit einer Indianerin zusammenlebte.

549 *Einbuchtung:* Dieser negroide Zug Peters', der ja angeblich von einem Weißen und einer Indianerin abstammt, ergibt nur Sinn, wenn er auf die von Peters als Schrift interpretierten „Einkerbungen“ bzw. „Einritzungen“ im Gestein auf Tsalal (Kap. 23) vorausdeuten soll.

556 *Blatt eines Briefes:*. Pollin hat die Frage aufgeworfen, warum der fragmentarische Text auf der Rückseite des gefälschten Briefes das Offensichtliche erwähnt, nämlich daß er mit Blut geschrieben worden ist, aber die eigentliche Nachricht, daß Pym sich nicht rühren solle, nicht in aller Kürze übermittelt worden sei. In der Tat fügt auch der vollständige Text dem Sinn des Fragments nichts wesentliches hinzu (vgl. Seite 557). Das Fragment des engl. Textes lautet „blood – your life depends upon lying close“ (für die Übers. vgl. Seite 538). Fragmentarisiert man jedoch das Fragment durch Abtrennen des ersten und des letzten Wortes, erhält man den Satz „your life depends upon lying“ (dein Leben hängt vom Lügen ab) – ein Satz, geschrieben auf einer Fälschung, der zum Thema der Verstellung paßt, das mit dem Verwechselspiel zwischen „Mr. Poe“ und „Mr. Pym“ im „Vorwort“ beginnt und über die Verstellungskünste der Jungen am Morgen nach dem Schiffbruch mit der „Ariel“ (vgl. Seite 515) und das Treffen mit Großvater Peterson (vgl. Seite 519 f.) vorbereitet worden ist.

566 *Fall des Kapitän Joel Rice:* Poes Quelle, wenn es eine gab, ist nicht identifiziert.

567 *Üblicherweise ...:* Als Brigg ist die „Grampus" auch zu klein für einen Walfänger. Aber wäre sie ein anderes Schiff gewesen und hätte sie fest eingebaute Öltanks gehabt, wären all diese Authentizität suggerierenden seemännischen Details nicht gerechtfertigt gewesen!

570 *3. Juli:* Obwohl Pym angeblich „kein Tagebuch" geführt hat (vgl. Seite 501), geben die Eintragungen hier und später im Text im Stil eines Logbuchs dem Bericht den weiteren Anstrich von Authentizität.

574 *Mestize:* Abkömmling eines weißen und eines indianischen Elternteils (vgl. zu Seite 549).

576 *Beilegen ...:* engl. „lying to", auch: jmd. anlügen. Diese ausgedehnte „Abschweifung" (vgl. Seite 578) mag — neben der erneuten seemännischen Authentisierung des Textes — diese Zweitbedeutung verschleiern helfen.

604 *ein holländisches Kauffahrteischiff:* Spätestens hier macht Poe deutlich, daß es sich um ein Totenschiff in der Tradition der Sage vom „Fliegenden Holländer" handelt (vgl. zu Seite 11). Das „scheußliche" Stück Fleisch verbindet einerseits den Bereich des Irrealen und Sagenhaften mit den Schiffbrüchigen, andererseits bereitet es den Leser auf den „abscheulichen Kannibalenplan" (vgl. Seite 615) im 12. Kapitel vor.

621 *Mary Pitts:* nicht nachgewiesen.

635 *Vierzehntes Kapitel:* Mit dem Beginn dieses Kapitels und dem Tod von Augustus am Ende des dreizehnten beginnt die Reise — trotz (oder gerade wegen) aller weiteren Dokumentation — in die reine Fiktion. Die Mehrzahl der Angaben über Geographie, Fauna und Flora in diesem Kapitel sind Morrells „Four Voyages" entnommen (vgl. zu Seite 520).

639 *stieß Cook:* James Cook (1728—1779), engl. Seefahrer und Forscher. Auf drei großen Weltreisen — 1768-71, 1772-75, 1776-79 — erforschten er und die ihn begleitenden Wissenschaftler die Küsten Australiens und Neuseelands, die Gewässer um die Antarktis, entdeckten oder wiederentdeckten mehrere Inseln, widerlegten die Theorie von der Existenz eines großen Kontinents im Süden und suchten, allerdings vergeblich, die legendäre Nordwestpassage. Cook wurde vor dem Ende seiner dritten Reise auf Hawaii von Eingeborenen getötet.

644 *Kapitän Guy nahm eine Flasche mit ...:* Der Brief in der Flasche ist ein Verweis auf Poes Erzählung „Das Manuskript in der Flasche". Wenn ein Brief in einer Flasche auf „eine der höchsten Anhöhen der Gegend" gelegt wird, ist es zumindest unwahrscheinlich, daß

die Botschaft je gefunden wird — oder überhaupt gefunden werden soll.

645 *Fünfzehntes Kapitel:* Details und große Teile des Wortlauts in diesem Kapitel sind aus Morrells „Four Voyages" übernommen (vgl. zu Seite 520).

650 *Sechzehntes Kapitel:* Morrells „Four Voyages" und Reynolds' „Address" (vgl. zu Seite 520) lieferten das Material für dieses Kapitel.

656 *Siebzehntes Kapitel:* weitere z.T. wörtliche Zitate und Anleihen im wesentlichen aus Morrells „Four Voyages".

662 *Achtzehntes Kapitel:* Ende des übernommenen Fremdmaterials. — *An diesem Morgen:* Poes Anmerkung registriert seinen Lapsus bezüglich des Tagebuchs (vgl. zu Seite 570) und relativiert diese Korrektur sogleich wieder. Die Bemerkung über Positionsbestimmungen und Zeitangaben sind *auch* als ein Hinweis darauf zu lesen, daß der Text nach der exzessiven faktischen Dokumentation in den vorangegangenen drei Kapiteln nun den Bereich des Meß- und Nachprüfbaren verläßt.

664 *Anamoo-moo...:* Es könnte sich um Wortspiele auf der Basis der Lautähnlichkeit mit polynesischen Wörtern handeln. Im übrigen bleibt die Deutung dieser „Sprache" und der folgenden Eigennamen dem Leser überlassen, da keine der bisher vorgebrachten Theorien über mögliche Bedeutungen letztlich überzeugen kann.

670 *Die seltsamen Erscheinungen:* Das Wasser auf der Insel ist der letzte Beweis dafür, daß Pym sich nun in einer völlig unbekannten und „unnatürlichen Natur" befindet.

675 *Déjeuner:* (franz.) Frühstück. Das Wort unterstreicht ironisch die gefühlte Distanz zwischen Zivilisation und Barbarei. Offenbar ist der eigene Kannibalismus in Vergessenheit geraten (vgl. Seite 615). — *Bêches-de-mer:* (franz.) Seegurken. Die Angaben bis Seite 680 Mitte sind erneut Morrell entnommen (vgl. zu Seite 520).

678 *Cuvier:* Vgl. zu Seite 170.

683 *Mattee non...:* Vgl. zu Seite 664.

685 *lebendig begraben:* ein weiteres Lieblingsmotiv Poes. Vgl. die Erzählung „Vorzeitiges Begräbnis" und zu Seite 414 und 532.

696 *Tekeli-li:* vielleicht Anklänge an die an der Wand erscheinende Schrift „Mene mene tekel u-parsin" (Daniel 5, 27 f.). „,Tekel'", heißt es an dieser Bibelstelle, „das ist, man hat dich auf der Waage gewogen und zu leicht befunden. ,Peres', das ist, dein Reich ist zerteilt und den Medern und Persern gegeben."

701 *Abbildung* 1: Diese Form der Felswände und die folgenden in sie eingeritzten Zeichen (Abb. 1—5) werden in der „Anmerkung"

(vgl. Seite 721) gedeutet. Es ist nicht auszuschließen, schreibt Pollin, „daß die erste (Abbildung) ein kleines *e*, die zweite ein großes *A* und die dritte ein verkürztes *P* bildet“, daß sie also zusammen als Poes Initialen gelesen werden können. Auch die letzten drei Zeichen in der untersten Reihe (oder Zeile) von Abbildung 4 mögen den Namen „Poe“ als Signatur enthalten. Poe wurde vermutlich von den Beschreibungen solcher Felsinschriften und -zeichnungen in J.R. Stephens' „Arabia Petraea“ (vgl. zu Seite 520) angeregt. Allerdings war eine große Zahl indianischer Petroglyphen schon damals in Nordamerika bekannt. Auch die Entzifferung der Hieroglyphen durch Champollion war noch in aller Munde (vgl. „Nachwort“).

707 *übermächtiges Verlangen:* Das Verlangen — und die Angst — zu fallen mag zu dem von Poe in der Erzählung „Der Geist des Perversen“ geschilderten Syndrom gehören (vgl. zu Seite 339).

714 1. März: Vgl. zu Seite 570.

719 *Anmerkung:* Da die Anmerkung nicht namentlich gezeichnet ist und auch weder von Poe (als „Herausgeber“) noch von Pym sein kann, wird die Authentizität der folgenden klärenden Aussagen relativiert. Der Anonymus wendet sich als *außenstehender* Informant und Interpret Pyms Text zu und vermittelt deshalb weniger endgültige Aussagen als *Lesarten*, die den Text nicht befriedigend abschließen, sondern — allen zukünftigen Lesern voraus — die ersten von vielen möglichen Deutungen liefern.

720 *geplante Südsee-Expedition:* Wilkes' Expedition (vgl. zu Seite 520).

721 *äthiopische Wortwurzel:* Wie ermittelt wurde, hat Poe diese und die folgenden Erörterungen den hebräischen und aramäischen Lexika des protest. Theologen und Orientalisten Wilhelm Gesenius (1786—1842) entnommen, die in verschiedenen Ausgaben auch in Amerika verfügbar waren.

722 *Ich habe es eingegraben:* Paraphrase von Versen aus dem alttestamentl. Buch Hiob 19, 23 f.: „Ach! daß meine Reden aufgeschrieben würden! Ach, daß sie aufgezeichnet würden als Inschrift, mit einem eisernen Griffel in Blei geschrieben, zu ewigem Gedächtnis in einen Fels gehauen.“ Hier wird angedeutet, daß die „verhüllte menschliche Gestalt“ am Ende von Pyms Bericht eine Gottesgestalt ist, auf die in den Felsinschriften verwiesen wird. Zugleich verewigt Poe *sich* als Schöpfer-Autor, der all dies mit seinem Schreibwerkzeug hinterlassen hat. Poes lang gehegter Plan, eine eigene Zeitschrift unter dem Namen „The Stylus“ (Der Griffel) zu gründen, scheiterte wiederholt. In „Pym“ aber hat der Griffel Poes seine Spuren unauslöschlich eingegraben.

ZEITTAFEL

1809 Geburt Edgar Poes am 19. Januar in Boston.
1811 Tod der Mutter. Aufnahme Edgars als Pflegekind in die Familie des Großkaufmanns John Allan in Richmond, Virginia.
1815 Beginn des England-Aufenthalts mit der Familie Allan.
1818 Internat in Stoke Newington bei London.
1820 Rückkehr nach Richmond.
1826 Beginn des Studiums an der Staatsuniversität von Virginia in Charlottesville.
1827 Bruch mit John Allan. Eintritt in die Armee in Boston. *Tamerlane und andere Gedichte* (anonym).
1828 Unteroffizier in Fort Moultrie bei Charleston.
1829 Tod der Pflegemutter Francis Allan. Freiwillige Entlassung aus der Armee. *Al Aaraaf, Tamerlane und kleinere Gedichte.*
1830 Eintritt in die Militärakademie von West Point.
1831 Entlassung aus der Armee. Poe zieht zu seiner Tante Mrs. Clemm nach Baltimore.
1832 Erste Erzählungen (*Metzengerstein*).
1833 Gewinn des Preisausschreibens des *Baltimore Saturday Visiter* für *Das Manuskript in der Flasche.*
1834 Tod John Allans.
1835 Redakteur beim *Southern Literary Messenger* in Richmond. Zuzug von Mrs. Clemm und deren Tochter Virginia.
1836 Heirat mit seiner Cousine Virginia.
1837 New York.
1838 *Die Erzählung von Arthur Gordon Pym* (ursprünglicher Titel). Auch in England veröffentlicht.
1839 Redakteur bei Burtons *Gentleman's Magazine. — Ligeia, Der Untergang des Hauses Usher.*
1840 *Grotesken und Arabesken.* Vergeblicher Versuch, ein literarisches Magazin zu gründen. *Der Mann der Menge.*

1841 Chefredakteur von *Graham's Magazine*. – *Der Mord in der Rue Morgue, Der Malstrom*.

1842 Erster Blutsturz Virginia Poes. Verlust der festen Anstellung. *Die Maske des Roten Todes. Eleonora*.

1843 Scheitern des Zeitschriftenplans *The Stylus*. – *Der Goldkäfer, Das verräterische Herz, Der schwarze Kater* und *Die Grube und das Pendel*.

1844 Umzug nach New York. *Der Rabe*. In England erscheint eine Neuausgabe des *Pym* unter dem ausschmückenden Titel *Die seltsamen Erlebnisse des Arthur Gordon Pym aus Nantucket*.

1845 Mitarbeiter verschiedener Zeitungen. *Der wahre Sachverhalt im Falle Valdemar, Der Rabe und andere Gedichte*.

1846 Artikelserie *Die Litterati von New York*. – *Philosophie der Komposition*. Erste anonyme französische Übersetzung: *Les Contes d'Edgar Poe*.

1847 Tod Virginia Poes..

1848 Beziehungen zu Mrs. Whitman und Mrs. Richmond. *Heureka*.

1849 Verlobung mit Mrs. Shelton. *Das poetische Prinzip* (erschienen 1850). *Der Froschhüpfer*.
Tod Poes am 7. Oktober in Baltimore.

1850 R. W. Griswolds Ausgabe *The Works of the Late Edgar Allan Poe* erscheint in New York mit einer biographischen Notiz, die Poes Ruf in den USA nachhaltig schädigt.

1852–1857 Charles Baudelaire publiziert drei Aufsätze über Poes Leben und Werk, die das europäische Bild von Poe entscheidend formen.

1853 Erste deutsche Übersetzung von *Der Brunnen und das Pendel* sowie *Drei Sonntage in einer Woche*. Es folgen *Ausgewählte Werke* in 3 Bänden und die erste deutsche Übersetzung des *Raben*.

1856 *Histoires extraordinaires*, die erste Sammlung der von Baudelaire übersetzten Erzählungen Poes erscheint in Paris. *Nouvelles histoires extraordinaires* folgen 1859.

1901–1909 erscheinen in Minden fast gleichzeitig die ersten umfangreichen deutschen Baudelaire- und Poe-Ausgaben, die auch aufeinander bezogen sind.

1902 James H. Harrison gibt die bisher umfassendste Ausgabe, die sog. „Virginia Edition“ (New York), heraus.

AUSWAHLBIBLIOGRAPHIE

A. Werkausgaben

The Complete Works. (Virginia Edition.) Hg. James A. Harrison. 17 Bde. New York 1902 (Reprint 1965).

Collected Works. Hg. Thomas Ollive Mabbott. 3 Bde. Cambridge (Mass.) 1969—1978.

The Collected Writings. The Imaginary Voyages: The Narrative of Arthur Gordon Pym. The Unparalleled Adventures of One Hans Pfaall. The Journal of Julius Rodman. Hg. Burton R. Pollin. Boston 1981.

Deutsche Übersetzungen

Werke in zehn Bänden. Hg. Hedda und Arthur Moeller-Bruck. Übers. H. Lachmann und H. Moeller-Bruck. Minden 1901—1904.

Gesammelte Werke. Hg. Franz Blei. Übers. F. Blei, M. v. Baudissin, J. v. d. Goltz, H. Kauders u. a. 6 Bde. München 1922.

Gesamtausgabe der Dichtungen und Erzählungen. Hg. Theodor Etzel. Übers. G. Etzel, Th. Etzel, W. Durian, E. Keller, K. Lerbs, M. Ewers. 6 Bde. Berlin 1922.

Das gesamte Werk. Hg. Kuno Schuhmann und Hans D. Müller. Übers. R. Kruse, F. Polacovics, A. Schmidt, U. Wernicke, H. Wollschläger. 4 Bde. Olten 1966. (Textidentisch mit der 10-bändigen Lizenzausgabe „Werke", Herrsching 1979.)

B. Bibliographien

Hubbell, Jay B.: Edgar Allan Poe. In: Eight American Authors. Hg. James Woodress. Revid. Ausgabe. New York 1971.

Robertson, John Wooster: Bibliography of the Writings of Edgar Allan Poe. 2 Bde. San Francisco 1934.

C. Gesamtdarstellungen

Lennig, Walter: Edgar Allan Poe. Hamburg 1959 u. ö.

Quinn, Arthur Hobson: Edgar Allan Poe. A Critical Biography. New York 1941.

Zumbach, Frank T.: Edgar Allan Poe. Eine Biographie. München 1986.

Bell, Michael Davitt: The Development of American Romance. The Sacrifice of Relation. Chicago-London 1980.

Benjamin, Walter: Gesammelte Schriften. Bd. I. 2: Charles Baudelaire. Ein Lyriker im Zeitalter des Hochkapitalismus. Hg. Rolf Tiedemann und Hermann Schweppenhäuser. Frankfurt a. M. 1974.

Carlson, Eric W. (Hg.): The Recognition of Edgar Allan Poe. Ann Arbor 1966.

Hoffman, Daniel G.: Poe Poe Poe Poe Poe Poe Poe. London 1973.

Hoffmann, Gerhard: Edgar Allan Poe and German Literature. In: American-German Literary Interrelations in the Nineteenth Century. Hg. Christoph Wecker. München 1983, S. 52—104.

Kayser, Wolfgang: Das Groteske. Seine Gestaltung in Malerei und Dichtung. Hamburg 1957 u. ö.

Krumme, Peter: Augenblicke — Erzählungen Edgar Allan Poes. Stuttgart 1978.

Kühnelt, Harro: Die Aufnahme und Verbreitung von E.A. Poes Werken im Deutschen. In: Festschrift für Walther Fischer. Hg. Horst Oppel. Heidelberg 1959, S. 195—224.

Martens, Klaus: Die antinomische Imagination. Studien zu einer amerikanischen literarischen Tradition (Charles Brockden Brown, Edgar Allan Poe, Herman Melville). Frankfurt a. M. 1986.

Porte, Joel: The Romance in America. Studies in Cooper, Poe, Hawthorne, Melville, and James. Middletown 1969.

Quinn, Patrick F.: The French Face of Edgar Poe. Carbondale 1957.

Reynolds, David S.: Beneath the American Renaissance. The Subversive Imagination in the Age of Emerson and Melville. New York 1988.

Schuhmann, Kuno: Die erzählende Prosa Edgar Allan Poes. Ein Beitrag zu einer Gattungsgeschichte der ‚short story'. Heidelberg 1958.

Thompson, G. R.: Poe's Fiction. Romantic Irony in the Gothic Tales. Madison 1973.

Veler, Richard P. (Hg.): Papers on Poe. Springfield 1972.

Wimsatt, William K.: What Poe Knew about Cryptography. In: Publications of the Modern Language Association 58 (September 1943), S. 754—779.

NACHWORT

I

Das von Weißen ‚zivilisierte', sehr englisch wirkende Nordamerika, in das Edgar Poe am 19. Januar 1809 hineingeboren wurde, war erst knapp 200 Jahre alt und stand ganz im Zeichen von ‚Fortschritt und Reform'. Politisch hatte es sich von England gelöst, kulturell war es noch immer eine britische Kolonie: der gleiche Architekturstil, die gleiche Mode, die gleiche Literatur – wenn man überhaupt etwas anderes als Erbauungsblättchen, Zeitungen oder Wochenschriften las. Denn über den Nutzen der ‚Schönen Künste' – mit Ausnahme vielleicht der Porträt- und Landschaftsmalerei – waren die Meinungen geteilt. Der Geist der Pilgerväter hatte die Mentalität an der Ostküste geprägt, besonders in Neuengland, und das Theater galt vielen immer noch als „sprudelnde Quelle von Liederlichkeit, Ausschweifungen und Unmoral". In diesem bigotten Klima kam Poe – als Sohn eines Schauspielerehepaares – aus anrüchigen Verhältnissen; und wenn er, auf dem Zenit seines Ruhms, stolz verkündete, kein Graf könne „stolzer auf seinen Titel sein als er auf die Abstammung von einer Frau, die, obschon guter Herkunft, nicht zögerte, die kurze Spanne ihres Genius und ihrer Schönheit dem Drama zu weihen", so ist dies nur ein weiterer Hinweis darauf, daß er gegen bürgerliche Vorurteile ankämpfen und aus der Not eine Tugend machen mußte. Der Puritanismus hat sich bis in die Clinton-Ära erhalten – und für Kunst im allgemeinen wenig übrig.

Neben Moral zählte Geschäftssinn zu den gepriesenen Tugenden der Emigranten, die es in der Neuen Welt zu etwas bringen wollten; schließlich waren die Kolonien von Handelsgesellschaften gegründet worden. Poe verdankte seinen mittleren Namen dem schottischen Geschäftsmann John Allan, der den Waisenknaben ‚aus Nächstenliebe' bei sich aufnahm, oder vielmehr seiner Frau Frances zu Gefallen, die an dem hübschen Kind einen Narren gefressen hatte. Was ihn nicht daran hinderte, Edgar zu verstoßen, sobald dieser in die Pubertät kam, auf der Universität etwas über die Stränge schlug, einen eigenen Willen sowie zu allem Überfluß künstlerische Ambitionen entwickelte.

Während die puritanische und pragmatische Gesinnung ein Import des religiösen und merkantilen Expansionismus der Briten war, kam ab der zweiten Hälfte des 18. Jahrhunderts, also schon vor den oben kurz skizzierten Ereignissen, ein weiteres Element hinzu: der Patriotismus.

Die Amerikaner begannen, sich als Nation zu verstehen und als republikanisch verfaßtes Gemeinwesen, das sich erklärtermaßen auf die Menschenrechte berief; der Unmut über die Bevormundung der Engländer entlud sich im Unabhängigkeitskrieg (1775–1783), an dem Poes Großvater David, ein irischer Einwanderer, aktiv und sogar heroisch teilnahm. Und die errungene Unabhängigkeit, die es noch bis 1815 zu verteidigen galt, machte die drei P.s, *Puritanismus, Pragmatismus und Patriotismus,* zu Nationaltugenden – eine Trinität, die sich in der bürgerlichen Kultur spiegelte: pietistischer Kitsch, sentimentale Genre- und repräsentative Porträtmalerei, vaterländisches Geraune, bombastische Schlachtenszenen, ‚Mondschein über dem Hudson'. Schmückendes Beiwerk, das man sich eben gönnte wie ein dekoratives Möbelstück in einem neu eingerichteten Haushalt, und auf das man zur Not hätte verzichten können. Poe stellte sich die undankbare Aufgabe, der Kunst in einer vom Dollar beherrschten Zeit zu ihrem Recht zu verhelfen. Sein nie verwirklichter Lebenstraum war die Gründung einer eigenen Literaturzeitschrift, die ‚The Penn' heißen und zur obersten Instanz in Geschmacksfragen werden sollte. Ein sensibler Seismograph der eben erst beginnenden industriellen Revolution, sah er im Zeitalter der Fortschrittsgläubigkeit prophetisch ihre Folgen voraus:

„Ach! Denn wir waren auf den übelsten von all unsern üblen Tagen gekommen. Die große >Bewegung< – das war der zünftige Ausdruck – ging weiter: ein krankhafter Tumult, krankhaft an Geist und Leibe ... Derweil erhoben sich ungeheure qualmende Städte, schier ohne Zahl. Grünendes Laub verdorrte im heißen Atem der Schlote. Das schöne Gesicht der Natur ward entstellt, wie von den Verheerungen einer ekelhaften Krankheit. Und mich dünkt, süße Una, unser schlummernder Sinn für das Gewaltsame und Weithergeholte hätte uns eigentlich hier Einhalt gebieten müssen. Doch nun erscheint es, daß wir mit der Pervertierung unseres *Geschmacks* oder vielmehr mit der blinden Vernachlässigung seiner Ausbildung in den Schulen nur unseren eignen Untergang herbeigeführt hatten" (‚The Conversation of Monos and Una').

Der fundamentalistische Protestantismus der Puritaner? Poes eher pantheistische Gedanken über Gott (wie in ‚Mesmerische Offenbarung' oder ‚Heureka') brachten die ‚Rechtgläubigen' gegen ihn auf. Der engstirnige Pragmatismus und Materialismus der Bourgeoisie? Poe gab ihn in Satiren wie ‚The Business Man' oder ‚Thingum Bob' der Lächerlichkeit preis. In der Groteske ‚The Man That Was Used Up' geht es um einen hochdekorierten General, der, wie sich zum Schluß herausstellt, zum Großteil aus Korkbeinen, Armprothesen, Glasaugen, falschen Zähnen etc. besteht.

Was nach Abzug all dessen von dem Manne übrigbleibt, ist ein „quiekendes, gurgelndes, wunderlich ausschauendes Bündel-Etwas". Soviel zu Poes Patriotismus.

Ein vergilbtes Bändchen von Shakespeares ‚Hamlet, Prince of Denmark' gehörte zu den wenigen Hinterlassenschaften seiner Mutter, und er betrat schwarzgekleidet wie Hamlet die literarische Bühne: „Die Zeit ist aus den Fugen: höll'scher Kram, / Daß ich zur Welt, dies einzurichten, kam!" Als Pflegesohn John Allans, der ihn zu regelmäßigem Kirchgang, zur Ehrfurcht vor der Nation und pedantischer Haushaltsführung anhielt, hatte der junge Mann Verse des verpönten, amoralischen Lord Byron wie Pornographie unter der Schulbank gelesen, außerdem Shelley, Coleridge, Moore, Goethe, Schiller und noch ein paar andere, deren Gedichte und Ansichten für puritanische Gemüter anstößig und ketzerisch klangen und die nicht in die Mappe eines amerikanischen Musterschülers paßten.

„Seltsam vermischt in ihm war vieles was / Man sucht und flieht, was Liebe weckt und Haß; / Schwankend um sein verhülltes Schicksal wob / Die Meinung ihrenTadel und ihr Lob – – / Er stand ein Fremdling in der Menschenwelt, / Ein sünd'ger Geist, gestürzt vom Sternenzelt, / Ein grübelnd Hirn, das gern sich die Gefahr/ Ausmalt, der er durch Glück entgangen war – – / Zu hoch für niedre Selbstsucht gab er wohl / Manchmal sein eignes hin für andrer Wohl/ Doch nicht aus Mitleid, nicht weil Pflicht ihn zwang, / Nein, *ein verkehrter, rätselhafter Drang* / Trieb fort ihn, mit geheimem Übermut / Zu tun, was außer ihm kein andrer tut, / Ein Hang, der, wann Versuchung zu ihm trat, / Auch ebenso ihn trieb zu böser Tat. / So stieg, so fiel er, nie der Menge nah, / Mit der zu atmen er verdammt sich sah – – / Sein Geist, voll Abscheu vor dem Erdenlauf, / Schlug seinen Thron in eignen Reichen auf – – / Zwar wandelt er mit andren ihren Pfad / Und tat und sprach, wie jeder sprach und tat, / Schlug nie Vernunft und Sitte vor die Stirn: / Sein Wahnsinn saß im Herzen, nicht im Hirn ..."

Eine treffende Charakterisierung Poes; sogar vom ‚verkehrten, rätselhaften Drang', dem ‚imp of the perverse', ist die Rede, den jener in mehreren Kurzgeschichten minutiös analysierte. Aber Byron, aus dessen Gedicht ‚Lara' diese Verse stammen, hatte nicht ihn, sondern sich selbst gemeint und zugleich das Lebensgefühl des Dichters als Satan beschrieben, als dämonischer Übermensch, einsamer Exilant in einer kunstfeindlichen und phantasielosen Umgebung. Dieses Gefühl der Entfremdung, zu dessen Stilisierung Uradel und imaginäre Ahnengalerien beitrugen, vereinte viele Künstler in der ersten Hälfte des 19. Jahrhunderts gegen die ‚Biedermeier'. Der romantische Held (respektive der romantische Dichter) empfand sich als gefallener, aus dem Paradies vertriebener Engel, durch eine unwägbare Schuld dazu verdammt, unter ärmlichsten Verhältnissen inmitten von Materialisten, Dummköpfen und Krämerseelen zu leben; er sehnte sich zurück in einen Zustand, aus dem er sich verstoßen glaubte, denn er spürte den Anachronismus seiner Empfänglichkeit für Schönheit in einer Gesellschaft, die am Profit orientiert, dem Alltäglichen verhaftet war und für die Kultur allenfalls ein Mittel bürgerlicher Selbstdarstellung war.

Doch das ästhetische Programm und die revolutionären Tendenzen der romantischen Schule europäischer Prägung setzten sich in Amerika niemals durch. Und Poe konnte mitnichten Kreuzzugsheroen, grausame Feudalherren oder spleenige Grafen und Barone in seinem Stammbaum vorweisen wie sein Jugendvorbild Lord Byron. „Das Bewußtsein hoher Geburt ist eine moralische Kraft, deren Wert die Demokraten, und wären sie vollgestopft mit Mathematik, nimmermehr zu ermessen vermögen“, schrieb er in seinen ‚Marginalien‘, einer Sammlung von Aphorismen und Lesefrüchten, und setzte einen Ausspruch des von ihm gern zitierten Jakob Friedrich von Bielfeld hinzu: „‚Pour savoir ce qu'est Dieu il faut être Dieu même‘ (‚Um zu wissen, was Gott *ist* , muß man Gott *sein*')“. Wie es aussah, blieb ihm nichts anders übrig, als sich selbst zum Ritter zu schlagen. Schon seine Spielkameraden, die Söhne reicher Pflanzer und Kaufleute aus Richmond, hatten auf ihn als ‚ein Kind umherziehender Schauspieler‘ herabgesehen. Der Bruch mit seinem Pflegevater bezeichnete einen gravierenden sozialen Abstieg, und auch seine Hoffnungen auf Versöhnung und ein reiches Erbe erfüllten sich nie. Er gab sich als Southern Gentleman, als der er erzogen wurde, ohne dessen gesellschaftlichen Status zu genießen, „schlug seinen Thron in eignen Reichen auf“ und identifizierte sich in seinen Gedichten und Erzählungen mit ‚Fürsten des Geistes‘, die ‚außerhalb von Raum und Zeit leben‘. Seine wahre Existenz war eher erbärmlich, von Hunger, Entbehrungen und Demütigungen gezeichnet und kaum je von kurzfristigen Feuerwerken des Ruhmes und Erfolges überstrahlt.

Man mag eine solche Attitüde belächeln, wie es viele wohlmeinende Zeitgenossen taten, die ihm rieten, „seine schöpferischen Fähigkeiten dem amerikanischen Boden besser anzupassen“, um „ein vermögender Autor, a money making author“ (Charles Baudelaire) zu werden. Hätte er diesen Ratschlag befolgt, wäre er heute vergessen wie die literarischen Eintagsfliegen seiner Epoche. Mehr noch: die Literatur- (und teilweise auch die Kultur-)geschichte hätte sich ohne seinen Einfluß anders entwickelt.

Die Romantiker räumten, sich aus erstarrten Formgesetzen lösend, der Imagination und dem Suggestiven wieder einen bevorrechtigten Platz ein. Poes radikale l'art pour l'art-Theorie, in den Vereinigten Staaten ein absolutes Novum, bildete die Apotheose, das Schlußwort der romantischen Ästhetik. Ihre Wiederentdeckung durch die französischen Symbolisten setzte eine Initialzündung in Gang, die bis weit ins 20. Jahrhundert hineinreichte. So befreite er die viktorianische Lyrik von den ‚Fesseln des Didaktischen': ein Gedicht, so postulierte er, habe weder eine Geschichte zu erzählen noch eine Moral zu predigen. „Ich möchte die Poesie in Worten knapp als die *rhythmische Schöpfung von*

Schönheit definieren. Ihr einziger Richter ist der Geschmack. Mit Vernunft oder Gewissen hat sie nur am Rande zu tun. Und allenfalls zufällig hat sie mit Pflicht oder Wahrheit zu schaffen." Er experimentierte als einer der ersten mit Metren, Lautmalereien und ‚Synästhesien', Entsprechungen von Sinneseindrücken, wie der Wahrnehmung von Farben und Klängen (Ideen, die Symbolisten wie Mallarmé, Rimbaud und Huysmans entzückten). Noch T.S. Eliot bekannte, er sei sich über Poes Einfluß auf sein Werk nie ganz sicher gewesen.

Es waren nicht nur Poes Dichtung und Prosa, durch die nachfolgende Künstlergenerationen inspiriert wurden, sondern auch seine – in Deutschland kaum bekannt gewordenen – kunsttheoretischen Schriften. Sein bevorzugtes erzählerisches Medium, die Kurzgeschichte – inzwischen eine Standardform der amerikanischen Literatur – hat er zur Vollendung gebracht, in dem er die von ihm selbst aufgestellten Regeln befolgte. Von höchster Bedeutung, so schrieb er in der berühmten Rezension von Hawthornes ‚Twice Told Tales' (1842), sei die „Einheitlichkeit des Effectes oder des Eindrucks"; dieser könne jedoch nur bei solchen Werken durchgehalten werden, die man in einem Zuge zu Ende lesen kann (aus dem gleichen Grund sprach er sich gegen die Form des epischen Gedichtes aus). Eine Erzählung dürfe daher von der Lesedauer her eine halbe Stunde nicht unter- , zwei Stunden nicht überschreiten. Der Autor hat ein bestimmtes Ziel, einen bestimmten Effekt vor Augen, den er anstrebt; er muß also „Geschehnisse erfinden, die der Erzielung des ihm vorschwebenden Effectes am besten dienlich" sind. Der ganze dramaturgische Aufbau soll sich nur auf den intendierten Effekt zubewegen, jegliche Abschweifung vermieden werden. „Der echte Kritiker ... wird bloß danach fragen, inwieweit das vorgefaßte Ziel durch die bestgeeigneten Mittel in höchstmöglichem Grade verwirklicht worden ist."

In seinem Essay ‚The Philosophy of Composition' (1846) legt Poe die einzelnen Schritte zum Aufbau eines Gedichts (oder einer Erzählung) fest. Die erste Überlegung gilt dem Umfang, die zweite dem angestrebten Effekt; die dritte der Stimmung, der ‚Tonart' des Werks.

Die Oberfläche, das war die Erzählung selbst, in einem Zuge zu Ende zu lesen, mit einem logischen Spannungsaufbau auf einen berechneten Effekt hin – im besten Sinne Unterhaltung. Doch es kommt noch ein wesentlicher Aspekt hinzu, den Poe eine ‚Unterströmung an Bedeutung' (undercurrent of meaning) nennt. Hinter der Beschreibung eines scheinbar nebensächlichen Requisits können sich plötzlich Labyrinthe auftun, versteckte Analogien aufscheinen; Personen (‚Der Mann der Menge'), Namen, Häuser (Das ‚Haus Usher'), Gegenstände (etwa Uhren), Ziffern, Farben, Tiere (‚Der schwarze Kater', ‚Der Rabe') oder Insekten (‚Der Goldkäfer', ‚Die Sphinx') verwandeln sich in Metaphern. „Wir hören das Leitmotiv, noch ehe sich der Vorhang hebt, und wissen bei den ersten Takten, daß das Schauspiel bedrohlich werden wird. Die knappen, mathematischen Figuren sind zugleich Schicksalsfiguren, darauf beruht ihr unerhörter Bann“ (Ernst Jünger, ‚Der Waldgang‘).

II

„Wenn in vielen meiner Schöpfungen die Angst das Hauptthema ist, so behaupte ich, daß dieser Schrecken nicht aus Deutschland kommt, sondern aus der Seele – daß ich also diesen Schrecken einzig aus seinen legitimen Quellen hervorgeholt und ihn dann bis zu seinen legitimen Ergebnissen geführt habe.“

Ein Zitat aus Poes Vorwort zu den ‚Tales of the Grotesque and Arabesque‘ (1842), in welchem er dem Vorwurf einiger Kritiker begegnen wollte, er orientiere sich zu sehr an deutschen Vorbildern: „Diese Anschuldigung zeugt von schlechtem Geschmack, und die Grundlagen, auf denen sie beruht, sind offenbar sehr ungenau untersucht worden. Nehmen wir vorerst einmal an, diese Phantasiestücke seien deutsch oder was immer man will. Darauf müssen wir sagen, daß es die heutige Zeit ist, die zu solcher Vorliebe für das Deutsche hinneigt. Morgen werde ich vielleicht nichts weniger als deutsch sein, wie ich gestern alles andere als dies war ... Die Wahrheit aber ist, daß mit einer einzigen Ausnahme die Gelehrten nicht in einer einzigen dieser Geschichten die Kennzeichen jener Art von Pseudo-Horror entdecken können, die wir als deutsch qualifizieren, weil man sich daran gewöhnt hat, einige zweitrangige Schriftsteller der deutschen Literatur mit dieser Schrulle zu identifizieren.“

Bei der ‚einzigen Ausnahme‘ handelte es sich um eine seiner frühen Erzählungen mit dem merkwürdig teutonisch klingenden Titel ‚Metzengerstein‘ (1832). Ursprünglich war sie als Satire auf den sogenannten ‚Germanism‘ angelegt gewesen, vor dem Goethe die Amerikaner zwei Jahre zuvor in den ‚Zahmen Xenien‘ gewarnt hatte: „... und wenn nun eure Kinder dichten / bewahre sie ein gut‘ Geschick / vor Ritter-, Räuber und Gespenstergeschichten.“ Die aber gerade waren es, nach denen das Gros des amerikanischen Lesepublikums verlangte – ein Bedürfnis, das die ‚penny dreadfuls‘ (Groschenromane) und britische Zeitschriften wie ‚Blackwood's‘ oder die ‚Quarterly‘ befriedigten. Das in Edinburgh erscheinende ‚Blackwood's Magazine‘, das auch in den Vereinigten Staaten tausende von Abonnenten hatte und dessen reißerischen Stil Poe oft bewußt karikierte – etwa in ‚How to Write a Blackwood's Article‘ – suchte „den Schrecken als *legitime* ästhetische Kategorie zu etablieren“, wobei es zwischen ‚English terror‘ und ‚German terror‘ unterschied.

Übersetzungen deutscher ‚Ritter-, Räuber- und Gespenstergeschichten‘ waren damals sehr populär und beeinflußten Stil und Sujets der

‚gothics', jenes düster-romantischen Genres, das sich lange vor Stephen King und den modernen *cheap thrills* bestens verkaufte. Auch in Amerika entbrannte das ‚German fever'. Was man mit ‚Germanism' assoziierte, erläutert Walter Scott in der Einleitung zu seinem Roman ‚Waverley': „Hätte ich ferner zum Titel gewählt: ‚Waverley, ein Roman aus dem Deutschen', wer wäre da wohl so dumm, daß er dabei nicht sofort an einen ruchlosen Abt, an einen tyrannischen Herzog, an eine geheime und mystische Verbindung von Rosenkreuzern und Illuminaten, und an alles, was dazugehört: an Mönchskutten, Höhlen, Dolche, elektrische Trugmaschinen, Falltüren und Blendlaternen denken müßte?"

Während deutsche Schauerautoren eher ein italienisches Lokalkolorit bevorzugten, verlegten die britischen Schriftsteller ihre gotischen Romanzen mit Vorliebe an Orte wie den Schwarzwald, den Harz oder das Rheinufer. In den ‚penny dreadfuls' wimmelte es von Namen wie ‚Siegfried of Blackpool', ‚Count Conrad of Swabeck' oder ‚Clara von Katzenellenbogen'. Der ‚Germanism' beeinflußte nicht nur die Trivialliteratur. ‚Manfred' und ‚Werner' sind die Titelhelden eines dramatischen Gedichts und eines Goethe zugeeigneten Trauerspiels von Lords Byron. Shelley wurde von seinen Landsleuten wegen ‚germanisierender Tendenzen' kritisiert (seine Frau, Mary Wollstonecraft Shelley, schrieb den Roman ‚Frankenstein'); Coleridges Geist, so hieß es, sei eher „deutsch als englisch".

In Amerika griff Nathaniel Hawthorne in der Novelle ‚Dr. Heideggers Experiment' auf das gängige Klischee des verrückten deutschen Professors zurück. Washington Irving ließ sich von Bürgers ‚Lenore' zu der Geschichte ‚The Spectre Bridegroom' anregen und jonglierte in seinen ‚Strange Stories of a Nervous Gentleman' geschickt mit Versatzstücken des ‚Germanism' – sehr wirkungsvoll und unheimlich zum Beispiel in ‚The Story of the German Student'.

Auch der Erzähler in Poes ‚Ligeia' begegnet seiner Angebeteten zum erstenmal in einer „alten, verfallenen Stadt am Rhein." ‚Morella' hat eine „Klostererziehung in Preßburg" genossen („... Der phantastische Pantheismus Fichtes ... vor allem aber Schellings Identitätslehre waren unsere hauptsächlichsten Gesprächsthemen und übten den größten Reiz auf Morellas phantastische Veranlagung aus ..."), und Lenore, Leonore oder Eleonora heißen die toten Geliebten in einer Erzählung und zwei Gedichten, eines davon sein berühmtestes, ‚The Raven'. Valdemar, Objekt eines scheußlich ausgehenden mesmerischen Experiments, hat Schillers ‚Wallenstein' ins Polnische übersetzt. Das Motto der Titelseite von ‚*Tales of the Grotesque and Arabesque*' war zunächst ein verstümmeltes ‚Göthe'- Zitat: „ Seltsamen Tochter Iovis, seinem Schoßkinde, der Phantasie." Der später gestrichene Untertitel von ‚Metzengerstein' lautete „In Imitation of the German"; in der Urfassung schrieb sie Poe sogar einem „Mr. Horribile Dictu" zu, einem skurrilen Herren „mit weißen

Wimpern, der in Göttingen graduiert hatte". Und der Eingangsvers – ‚Pestis eram vivus – moriens tua mors ero' – ist von Martin Luther.

Literatur bedarf im Grunde keiner Gebrauchsanleitung. Der beste Zugang ist sicher der unmittelbarste: sich der Erzählkunst des Autors zu überlassen, den Bildern und Emotionen, die sie in uns erweckt. Wer allerdings, von einem ‚obskuren Objekt der Begierde' angezogen, mehr darüber erfahren möchte, kommt nicht ohne Hintergrundinformationen aus. Wenn etwa ein Schriftsteller eine Satire geschrieben hat, so wird man ihren Inhalt und ihre Intention nicht verstehen, bis man herausfindet, auf wen oder was sie sich bezog.

‚Metzengerstein' – passionierte Schauerromanleser wußten sogleich, was das Etikett verhieß: eine düstere Burg, ein altes, von einem Familienfluch heimgesuchtes Adelsgeschlecht, womöglich beides. Und wurden in ihren Erwartungen nicht enttäuscht. Oder vielleicht doch? Schon der Stil war ungleich anspruchsvoller als die gewohnte Kost und erschien den Zeitgenossen als „zu mystisch und zu gelehrt." Kein wohliges Gruseln und esoterisches Gefasele, keine verfolgte Unschuld, keine ‚Entkömmnisse um Haaresbreite', keine gerechte Strafe für den Bösewicht, keine Moral, kein Happy End. Stattdessen ein fast mythisches, symbolhaftes Drama der Selbstzerstörung des Helden und zugleich eine – bis heute mißverstandene – ‚Burleske' auf den Literaturbetrieb der ‚German gothics' mit ihren prätentiös-altertümelnden Floskeln: „Schändliche Ausschweifungen – abscheuliche Treulosigkeiten – schier unerhörte Greueltaten gaben den zitternden Vasallen eilends zu begreifen, daß keine kriechend-knechtische Ergebung hier bei ihnen – noch gar ein zimperlich' Gewissen dort bei ihm – hinfort nur irgend würden Sicherheit vor eines kleinen Caligula reulosen Fängen gewähren."

Oh nein – traun fürwahr – Sicherheit ist nirgends. Am allerwenigsten in Poes Erzählungen. Das gilt für den Stil wie für die Inhalte. Sein Freund, der Dichter James Russell Lowell, beschrieb ihn etwas gehässig in ‚A Fable for Critics': „ Hier kommt Poe mit dem Raben, wie Barnaby Rudge, drei Fünftel Genie und der Rest purer Quatsch" ("There comes Poe with his raven, like Barnaby Rudge/ Three-fifths of him genius and two-fifths sheer fudge").

Eine hellsichtigere Einschätzung, als Lowell wohl ahnte. Denn Poes Größe und Tragik bestanden einerseits eben darin, daß er ausreichend über das verfügte, was man damals etwas inflationär als ‚Genius' bezeichnete. Was andererseits den Quatsch betrifft, die ‚two-fifths of sheer fudge', so hat der Wahnsinn Methode. ‚The System of Dr. Tarr and Prof. Fether' besteht darin, daß die Verrückten mit den sogenannten Normalen die Rollen tauschen. Poe verkleidete sich gern, posierte, liebte ‚practical jokes', führte seine Zeitgenossen (wie auch die modernen Leser und Literaturkritiker) oft an der Nase herum. Er war ein Meister des raschen Kostümwechsels – „morgen werde ich vielleicht nichts weniger als deutsch sein, wie ich gestern alles andere als dies war". Es ist bei ihm nicht immer leicht zu entscheiden, wo der Scherz aufhört und der Ernst beginnt. Man hatte seit jeher Schwierigkeiten, seinem Werk und seinem Charakter auf den Grund zu kommen, wie die vielen widersprüchlichen Aussagen über seine Person bezeugen. Seine *art mystique* erschien undurchschaubar und verdächtig. Elizabeth Oakes Smith, die ihn persönlich kannte, schrieb einmal, daß er „chamäleonhaft" gewesen sei und „seine Färbung von der Gesellschaft empfing, die ihn umgab". Das trifft in gewisser Weise auch auf seine Erzählungen und Gedichte zu, die – an der Oberfläche – den Konventionen seiner Epoche verpflichtet sind.

In Wahrheit benützte er diese Konventionen als eine Art Kaleidoskop, aus dessen gefälligen Vexierbildern er urplötzlich das Grauen hervortreten ließ; oder er zeigte den saugenden Malstrom hinter den bunten Glasscherben.

Nicht zuletzt war seine literarische und journalistische Laufbahn auch ein Kompromiß an den Zeitgeist gewesen. „Die Geschichte aller bislang erschienenen Zeitschriften zeigt deutlich, daß die bekanntesten darunter ihr Ansehen und ihre Verbreitung Artikeln verdankten, die in ihrer Art *Berenice* glichen ... Sie fragen mich, was unter dieser ‚Art' zu verstehen sei. Es ist das Spaßige, das zum Grotesken erhöht, das Furchterregende, das ins Grauenhafte gesteigert wird: das Witzige, übertrieben ins Burleske, und das Außergewöhnliche, kunstfertig ins Seltsame und Mystische tranzendiert. Sie werden vielleicht einwenden, dies alles sei einen Zeichen schlechten Geschmacks. Ich zweifele daran. Niemand ist sich besser der Tatsache bewußt als ich, daß im Augenblick gerade ‚Einfachheit' und ‚Natürlichkeit' in Mode sind – aber nehmen Sie mein Wort darauf, vom Gefühl her schert sich niemand auch nur einen Deut um solche Simplizität. Und glauben Sie mir, trotz allem, was die Leute so daherreden – nichts auf der Welt ist einfacher, als äußerst ‚natürlich' zu sein."

So schrieb 1835 der sechsundzwanzigjährige Edgar A. Poe selbstbewußt an den Zeitschriftenverleger T.W. White, von dem er sich eine Anstellung als Redakteur erhoffte – und dem er seinen Schreibstil als für das Blatt (den bisher recht anämischen ‚Southern Literary Messenger' in Richmond) profitabel darzustellen versuchte. Er bekam den Job, verhalf dem unbedeutenden Südstaatenmagazin zu nationaler Geltung und verfünffachte die Auflage innerhalb eines Jahres – allerdings nicht so sehr durch seine Erzählungen und Gedichte als durch aufsehenerregende, Buchrezensionen, in denen er zugleich seine Kunsttheorie formulierte. Populär machten ihn jedoch vor allem schonungslose Verrisse, die ihm den Beinamen ‚Kritiker Bulldogge' eintrugen. Dabei richteten sich seine gefürchteten Ausfälle gar nicht so sehr gegen einzelne Autoren – „in neun und neunzig von hundert Fällen Nichts denn Leute von einiger Gewandtheit, der jedoch die beharrlichste Unverschämtheit zu Hülfe kommt – mit einem Wort also ... geschäftige Nichtskönner, Speichellecker und Sudelköche" – sondern vielmehr gegen das korrupte Begünstigungssystem, das sie dem Publikum als Genies und ihre Werke als Bestseller aufschwatzte. Die getretenen Hunde bissen, und die von der einflußreichen Presse New Yorks und Neuenglands geschürte Verleumdungskampagne gegen den unbeliebten Kritiker trieb ihn in den Ruin. Seine literarischen Gegner schmähten ihn noch nach seinem Tod als ‚amoralisches Subjekt, jenseits der Verachtung.'

Poe war nicht nur der erste bedeutende (Richard Wilbur nennt ihn den bedeutendsten) Literaturkritiker der Vereinigten Staaten, sondern auch der wirkungsreichste, dessen Wirkung allerdings erst postum ‚virulent' wurde und, auf Umwegen, sich in Frankreich und Rußland am stärksten entfaltete. Poe wird vorrangig, zumal in Deutschland, als Verfasser unheimlicher Erzählungen betrachtet, die nur *ein* – wenngleich wichtiger – Aspekt seines Schaffens sind. Er selbst sah sich in erster Linie als Poet (seine letzte Veröffentlichung war ein Band Gedichte) und hielt ‚Heureka' für sein bedeutendstes Werk, eine damals unverstandene und heute in Vergessenheit geratene astrophysikalische Abhandlung über Entstehung und Zukunft des Universums, in der er die Erkenntnisse modernster kosmologischer Studien poetisch antizipierte und die inzwischen wissenschaftlich sanktionierte Theorie vom ‚Urknall' um beinahe hundert Jahre vorwegnahm. Poe trat auch mit großem Einsatz für ein internationales Urheberrecht ein, da die Praxis der Raubdrucke Schriftsteller, die (wie er selbst) nur von ihrer Feder lebten, zur Armut verdammte: „Literatur notiert unter pari. Damit ist kein Geschäft zu machen. Ohne ein internationales Copyright können sich amerikanische Autoren genausogut gleich aufhängen".

Es war vor allem diese schwer einzuordnende Vielseitigkeit, die ihn bereits zu Lebzeiten zum Opfer zahlloser Mißverständnisse und Fehlinterpretationen machte. Außerdem liebte Poe Mystifikationen und literarische Scherze; so gab er etwa den ‚Wahren Sachverhalt im Falle Valdemar' und die „Seltsamen Erlebnisse des Arthur Gordon Pym aus Nantucket' als Tatsachenberichte aus – und die meisten Leser fielen darauf herein.

Seit der ‚psychoanalytischen Studie' der Sigmund Freud-Schülerin Marie Bonaparte, zu der kein Geringerer als Freud selbst das Vorwort lieferte, wurden Poes Persönlichkeit und seine Schriften nachgerade austauschbar, und von den scheinbar abstrusen und nekrophilen Neigungen seiner Helden zog man eifrig Rückschlüsse auf den Charakter ihres Erfinders. Poe, ein Frauenhasser, ein liebesunfähiger, gefühlskalter, impotenter Psychopath? Den Reminiszenzen von Zeitgenossinnen nach zu urteilen scheint er eher das Gegenteil gewesen zu sein, ein ‚Womanizer', ein von der Damenwelt angehimmelter Casanova, dem ‚Myriaden von Liebschaften' nachgesagt wurden und der zu außerehelichen Beziehungen neigte. „Er hätte ohne weiteres mit einer Frau zusammengelebt, ohne mit ihr verheiratet zu sein ... Ich bin noch einmal davongekommen, als ich ihn nicht heiratete," erinnerte sich seine Jugendliebe Marie Devereaux mit gespielter Entrüstung. Kurioserweise stand Poe vor seinem Tod im Ruf eines ‚reckless libertine', eines in jeder Hinsicht amoralischen, ‚skrupellosen Verführers'. Durch eine sorgfältigere Auseinandersetzung mit seiner Biographie und seinem Gesamtoeuvre in ihrem kulturhistorischen Kontext hätten sich viele Irrtümer vermeiden lassen. Stattdessen traten neue Vorurteile, Vergröberungen und Verallgemeinerungen an die Stelle der früheren Verständnislosigkeit. Ein circulus vitiosus. Horrorfilme, die sich mit Poes Namen schmückten, vulgarisierten die Vorlagen bis zur Unkenntlichkeit und boten – mit wenigen Ausnahmen – eine ungenießbare Melange effekthascherisch verzerrter, aus dem Zusammenhang gerissener Sujets: Gruselaltmeister Poe.

Liebe und Tod, Eros und Thanatos, die obsessiven Motive seiner Werke, sind die Hauptthemen der abendländischen Kulturgeschichte; man denke nur an ‚Romeo und Julia' oder ‚Don Juan'. In dem Essay ‚Die Methode der Komposition' gelangt er auf deduktivem Wege zu einer logischen, wenn auch heute nur noch schwer nachvollziehbaren Begründung für diese Obsession: „Indem ich nun Schönheit als meine Domäne betrachtete, bezog sich die nächste Frage, die ich mir vorlegte, auf die *Stimmung*, in der sie sich am stärksten offenbart – und alle Erfahrung hat gelehrt, daß dies die Stimmung der *Trauer* vermag. In ihrer höchsten Entfaltung rührt jede Art von Schönheit die empfindsame Seele zu Tränen. Melancholie ist daher die wesentlichste poetische Stimmung ... Ich behielt ständig mein Ziel vor Augen, *höchste Vollkommenheit* zu erreichen, und stellte mir nun die Frage: ‚Was löst nach *allgemeinem* Empfinden *tiefste* Melancholie aus?' Die Antwort lautete: der Tod. ‚Und wo,' fuhr ich zu fragen fort, ‚wo ist jene tiefste Melancholie dichterisch am tiefsten zu fassen? ... Wo sie sich am engsten mit *Schönheit* vereinigt. Demnach ist der Tod einer schönen Frau der Gipfelpunkt aller Poesie, und am berufensten, dieses erhabene Thema zu erörtern, sind fraglos die Lippen des vereinsamten Liebenden." Eine These, die zum Gegenstand vieler Diskussionen und einer Reihe literaturwissenschaftlicher Abhandlungen über ‚Tod, Weiblichkeit und Ästhetik' wurde. Doch viele Künstler des 19. Jahrhunderts waren von der morbiden Faszination sterbender, schwindsüchtiger Frauen geradezu besessen. Die bleichen und ausgezehrten präraffaelitischen Schönheiten à la Elizabeth Siddall, Dumas' ‚Kameliendame', Puccinis ‚La Bohème' – das Ideal spiegelte offenbar auch, bevor Robert Koch den Tuberkelbazillus entdeckte, eine weitgehend verdrängte gesellschaftliche Realität wider. Aber erstens sind Liebe und Tod zeitlose Sujets, unlösbare Geheimnisse, die nach wie vor von Kunst und Literatur umkreist werden; zweitens galt Poes Hauptinteresse eben den Verdrängungen, die er vor gotischen Tableaus sichtbar machte und die, im Gegensatz zum ‚Pseudo-Horror' der ‚dräuenden Gemäuer' und theatralischen Geistererscheinungen des Genres, zutiefst furchteinflößend wirken; und drittens verschmolzen Ideal und Wirklichkeit in seinem Leben mehr, als ihm lieb sein konnte: mit Ausnahme seiner Tante Maria Clemm starben alle Menschen, die ihm etwas bedeuteten und an denen je sein Herz hing – seine Mutter Elizabeth Poe, seine Pflegemutter Frances Allan, sein Bruder William Henry Leonard, seine Frau Virginia und seine Freundin Frances Sargent Osgood – an der Schwindsucht. Der ‚Rote Tod' war sein ständiger Begleiter. Nach dem Tod Virginias schrieb er an einen Freund: „Ich verlor den Kopf – nicht ohne mich zwischendurch immer wieder auf lange Strecken hin bei schauerlicher Vernünftigkeit zu befinden." Die berühmte Erzählung ‚The Masque of the Red Death', die im gleichen Jahr entstand, ist ein Resultat dieser ‚schauerlichen Vernünftigkeit.' Ihr Stil hat etwas Geometrisches, Knappes, beinahe Rhythmisches; der Spannungsbogen ist exakt berechnet, das Ganze einem Gebäude vergleichbar, „so sparsam und rationell konstruiert, daß den Plan eines einzigen Ziegels zu verändern, gleichbedeutend mit dem Einsturz des ganzen Baues wäre." In ihr setzte er seine Theorie der Kurzgeschichte vielleicht am vollendetsten in die Praxis um – ein Triumph der *Technik.* Das Kunstwerk als Mechanismus, als Uhrwerk, das auf einen Effekt eingestellt ist. Das Kunstwerk aber auch als Rettung vor einer Wirklichkeit, über der Poe den Verstand zu verlieren drohte.

III

Wirklich Autobiographisches findet sich in Poes Werken nur selten: etwa die Beschreibung von Sullivan's Island in ‚Der Goldkäfer', jene Insel, die er – als er 1827 Rekrut der U.S. Army und auf Fort Moultrie stationiert war – in Mußestunden immer wieder durchwandert hatte; oder Erinnerungen an seine Schul- und Studentenzeit in London und Charlottesville, die in ‚William Wilson' zusammenfließen: ‚Zufällig' haben dieser Held und sein Doppelgänger das gleiche Geburtsdatum wie der Verfasser. In einigen ‚Grotesken' rechnet Poe mit realen Personen ab, die sich zähneknirschend darin wiedererkannt haben dürften, wie in ‚Der Geschäftsmann' mit John Allan oder in ‚Ein verbrauchter Mann' mit General Winfield Scott; ebenso sind einige – nicht immer die besten – seiner Gedichte keine ‚Hymnen auf die vergeistigte Schönheit', sondern Damen aus Fleisch und Blut gewidmet, etwa Sarah Helen Whitman oder Annie Richmond. Die Idylle am Anfang der Erzählung ‚Eleonora' ist eine Liebeserklärung an seine todkranke Frau Virginia, und die Geschichten, die um eine genau überlegte, sorgfältig geplante und eiskalt ins Werk gesetzte Rache kreisen – ‚Das Faß Amontillado' und ‚Der Froschhüpfer' – entstanden in den ‚lonesome, latter years', als er Schmähungen und Verleumdungen seiner literarischen Gegner in der Presse ausgesetzt war, gegen die er sich nicht wehren konnte.

Doch all diese Ausnahmen bestätigen eher die Regel, daß Poe, im Gegensatz zu vielen seiner literarischen Zeitgenossen, eher „losgelöst von seinen Schriften" erscheint. „Sogar in Briefen spielt er mitunter geschickt mit den Emotionen seiner Korrespondenten ... die er gleichsam als Publikum behandelt, das auf einstudierte Effekte reagiert; er bedient sich der subtilsten Ausleuchtung, um das gewünschte Bild hervorzurufen. Das soll nicht heißen, daß er unaufrichtig war, sondern daß er sich – zuerst und zuletzt – als Künstler empfand: seine Ehrlichkeit mußte darin bestehen, Wirkungen zu erzeugen. Alles darunterliegende wäre ein Verrat an seiner ‚Philosophie der Komposition' gewesen, welche sich von seiner Lebensphilosophie kaum unterschied" (Stephen L. Mooney, ‚Poe's Gothic Waste Land').

Poe ging es darum, mit der gängigen, schwärmerischen Klischeevorstellung des ‚von der Muse geküßten Dichters' aufzuräumen, der seine Werke im ‚schöpferischen Wahn' zu Papier bringt. „Es ist meine Absicht, darzulegen, daß an der ganzen Komposition" (‚Der Rabe') „nichts auf Zufall oder Eingebung zurückgeführt werden kann, daß vielmehr das Werk Schritt für Schritt mit der Sicherheit und Folgerichtigkeit einer mathematischen Gleichung seiner Vollendung entgegengegangen ist". Der Künstler als Techniker also, der erst durch höchste Selbstkontrolle und rationale Durchdringung des Schaffensprozesses Vollkommenheit erreicht – auch dieser Anspruch kennzeichnet Poe als Vorläufer der Moderne. Er war nicht der eigenbrötlerische Elfenbeinturmliterat, als der er gemeinhin angesehen wird und auch als Schilderer des Grauens keine singuläre Erscheinung innerhalb der amerikanischen Literatur des 19. Jahrhunderts. Das Unheimliche regte noch andere Schriftsteller der Vereinigten Staaten (Hawthorne, Irving und später Bierce, um nur die bedeutendsten zu nennen) immer wieder zu Ausflügen in die Zwielichtzone an. Aber Poe war auch kein ‚gothic writer': mögen die ‚Kulissen' mancher seiner Geschichten, die verfallenen Burgen, Abteien und Landhäuser, an Schauplätze der Schauerliteratur erinnern, so bilden sie doch nur den Hintergrund vielschichtiger, allegorischer Seelendramen. Kein ‚Pseudo-Horror': „Die Angst kommt nicht aus Deutschland, sondern aus der Seele". Sie würde uns heute kaum mehr berühren, wenn sie nur gespielt gewesen wäre.

Um die ‚Unterströmungen an Bedeutung' in Poes Erzählungen aufzuspüren, bedarf es mitunter der Intuition und einer gewissen Vertrautheit mit dem Gesamtoeuvre.

Der Autor lädt selbst zu solchen Analysen ein und liefert in seinen theoretischen Schriften sogar das dafür notwendige Rüstzeug (psychologisierende Tiefgründeleien hätten ihn allerdings köstlich amüsiert). Er hat sich nämlich „zuweilen", so heißt es in einer seiner ‚Marginalien',

„aus freien Stücken und nach reiflicher Erwägung zu einer suggestiven Unbestimmtheit des Sinns entschlossen ... mit dem Ziel, eben dadurch einen ganz *bestimmten* Effekt des Vagen und deshalb Spirituellen hervorzurufen."

An anderer Stelle nennt er diesen Effekt ein ‚Gefühl des Mystischen'; „dabei wollen wir den Begriff *mystisch* ganz im Sinne August Wilhelm Schlegels und der meisten deutschen Kritiker verstanden wissen. Dieselben bezeichnen damit jene Categorie von Werken, deren oberer Bewußtseins- und Meinungs-Strom transparent ist und einen unteren, *suggestiven* durchscheinen läßt." Das war keine Aufforderung, Ideenarmut und Dilettantismus mit mystischem Nebel zu umkleiden. Im Gegenteil stand Poe mit den schon damals umtriebigen Esoterikern *avant la lettre* wie den ‚Transzendentalisten' auf Kriegsfuß. Was er damit meinte, erklärt er wiederholt an Beispielen aus seinen eigenen Werken. So ist etwa ‚Der Rabe', wie er am Schluß von ‚Die Philosophie der Komposition' eindeutig klarstellt, das Symbol der „trauernden und nimmer endenden Erinnerung." Und das Gedicht ‚Das verwunschene Schloß', das er in die Erzählung ‚Der Untergang des Hauses Usher' einbettete – aber auch getrennt davon veröffentlichte – liefert *eine* von vielen möglichen Interpretationen der Geschichte: Von den Zinnen des ‚stolzen Schloßes', das ‚sein Haupt erhebt', wehen ‚güldene Banner' wie blondes Haar, und sein mit ‚Perlen und Rubinen besätes Tor' erinnert nicht von ungefähr an Zähne und Lippen. Den Augen entsprechen folgerichtig die einst klaren, zuletzt ‚rotbeglänzten Fenster'.

„Mit ‚The Haunted Palace' meine ich ein Gemüt, das von Phantomen heimgesucht wird – einen aus den Fugen geratenen Geist", erklärte Poe das eigentlich simple Gleichnis einem verständnislosen Zeitgenossen. ‚Der verwunschene Palast' und ‚Das Haus Usher'sind Synonyme. Beide versinnbildlichen – der eine direkt, das andere indirekt – einen vom Wahnsinn bedrohten Verstand. Der ‚Subtext' der Geschehnisse im ‚Haus Usher' spielt sich also im Inneren eines Kopfes ab. Ein Dreipersonenstück. In der Rolle des neutralen Erzählers: Edgar Allan Poe. Roderick Usher: Edgar Allan Poe. Ushers *Zwillings*schwester Madeleine: Edgar Allan Poe.

‚Gotische' Kulissen: ein verfallenes, ‚melancholisches Stammschloß' eines uralten Adelsgeschlechtes in einsamer und öder Szenerie. Auch die darin agierenden Figuren wirken vertraut: ein offenbar wahnsinniger Schloßherr, mönchisch zurückgezogen und von dunklen, unerklärlichen Anwandlungen besessen; seine Zwillingsschwester und ein Held, der Ich-Erzähler, der sie (allen Erwartungen zum Trotz) nicht erretten und zum Traualtar führen wird. Das Stück ist glänzend inszeniert, ein konventionell eingefädelter Plot, ein geschickt dosierter Spannungsaufbau und als Crescendo ein grausiges, theatralisches Ende. Was war, abgesehen von dem exzellenten Schreibstil, wirklich neu an der Geschichte?

Und dann dieses ungelöste, verstörende Rätsel: warum um alles in der Welt läßt Roderick Usher Madeleine wider besseres Wissen lebendig begraben?

Vielleicht nur, weil seine Zwillingsschwester ihn zu sehr an sich selbst erinnert? Oder weil sie, wie der Doppelgänger von ‚William Wilson', sein besseres Selbst, seine ‚moralische Instanz' verkörpert? Muß er sie, gleichsam als Stellvertreterin, dem Geheimnis des Todes anvertrauen, einem „Geheimnis, dessen Offenbarung Vernichtung ist"? Dem Erzähler geschieht alles wie im Traum, ohne daß er Einfluß auf das Geschehen nehmen könnte. Er überlebt es nur, um es zu beschreiben. In dieser Tragödie, deren drei Hauptfiguren ein einziges Ich spiegeln, bleiben alle Möglichkeiten offen, auch die dunkelsten und abseitigsten. Darum hat sie wohl auch so viele Künstler, Filmemacher – und Komponisten inspiriert: u.a. wurde aus ihr das Libretto eines Opernentwurfes von Claude Debussy.

„Poes Hauptmotiv," schreibt der Literaturhistoriker Daniel Hofmann, „ist die Duplizität, die Zweideutigkeit der Erfahrung. Wie können wir die Wirklichkeit von ihrem Spiegel, die Welt von ihrem Bildnis in einem Kunstwerk, das Abbild vom Abbild des Abbildes unterscheiden? Er ist besessen von dem verzweifelten Bemühen, die ursprüngliche *Einheit* unserer Existenz in einer ... Welt aus Scherben wiederherzustellen. Er sieht, daß all unsere Leidenschaften, Eindrücke und Gedanken widersprüchlich sind und in ihr Gegenteil umschlagen können; ekstatische Grenzüberschreitung mag hinter der Oberfläche eines Scherzes verborgen liegen. Die Identität selbst, jenes Gefäß der Wahrnehmung, kann einen tiefen Riß bekommen, ja sogar in zwei Hälften auseinanderbrechen. Eines von Poes Themen ist das Schicksal des Mannes, der von seinem Doppelgänger, seiner Anima, den versteckten, gefährlichen Triebkräften seiner Seele, heimgesucht wird. Welches ist das wirkliche Bewußtsein: das ‚Ich', das erzählt, oder das Schattenwesen, das den Erzähler verfolgt?"

Der Titel des Erzählungsbandes ‚*Grotesken und Arabesken*' ist zugleich Programm. Es handelt sich dabei eigentlich nicht um literaturwissenschaftliche, sondern um kunsthistorische Begriffe. Der Name ‚grotesk' stammt aus der Renaissance und leitet sich von ‚Grotte' ab – so nannte man die römischen Wohnräume, Bäder und Hallen, deren dekoratives Laub- und Rankenwerk damals von den Künstlern gern kopiert wurde. Erst viel später wurde er im Sinne einer Mischung aus Grauen und Komik verwendet; wie Poe „das Spaßige zum Grotesken überhöhen" heißt, mit dem Entsetzen Scherz zu treiben.

In seinen ‚Arabesken' spielt dagegen das Dekorative (und Symbolträchtige) eine wichtige Rolle, und dem vorwiegend ‚geometrischen Element' der maurischen Ornamentik entspricht die ‚Einheitlichkeit des Effekts', die genau berechnete Dramaturgie dieser Erzählungen.

Daniel Hoffman hat darauf hingewiesen, daß in einer – im kunstgeschichtlichen Sinn, also als ‚kompliziertes Muster' verstandenen – *arabesque* nur pflanzliche Formen erscheinen, niemals aber menschliche Figuren, deren Abbildung der Islam verbietet; und in Poes Arabesken ist auffällig, daß die in ihnen auftauchenden Gestalten das rein Körperliche negieren und sich aus den Fesseln der Materie zu befreien suchen, indem sie höchste Vergeistigung anstreben. Ort und Zeit der Handlung sind meist vage und imaginär, während die ‚Grotesken' immer in der Jetztzeit angesiedelt sind und auch einen größeren Personenkreis umschließen. In einer Arabeske wird die Realität transzendiert, in einer Groteske ins Monströse verzerrt. Dabei kann das *Thema* durchaus das gleiche sein. So entstehen Gegensatzpaare: die machtvolle Phantasie, das ‚hehre Anliegen', das Streben nach Erkenntnis der einen Erzählung werden in einer anderen profaniert und lächerlich gemacht; hier die Überwindung des Zeitgeistes, die Sehnsucht nach dem Paradies, dort seine Verhöhnung, die Bloßstellung seiner höllischen Dimension. Ligeia, deren Name sich auf ‚idea' reimt, die Inkarnation (und Reinkarnation) der vergeistigten Schönheit – oder Psyche Zenobia alias Sissylein Snobbs, die Karikatur des geschwätzigen literarischen Blaustrumpfs, guillotiniert vom Zeiger einer Turmuhr (‚In schlimmer Klemme'). Uhren werden von Poe besonders häufig als Metaphern verwendet, in zweifacher Bedeutung: als ‚memento mori', Symbole der unaufhaltsam verrinnenden und todbringenden Zeit (die Standuhr in ‚Die Maske des Roten Todes'; die über dem Delinquenten schwingende Sichel in ‚Die Grube und das Pendel') oder als Götzen des Spießbürgers und seines geregelten Tagesablaufs (bis ‚Der Teufel im Glockenstuhl' – Vorlage einer weiteren Opernskizze Debussys – sie im Spießerstädtchen ‚Vondervotteimittiss' – ‚WievielUhrnur?' – dreizehn schlagen läßt und damit die Ordnung der Dinge außer Kraft setzt).

Die ‚Tales of the Grotesque and Arabesque' spiegeln Poes innere Zerrissenheit, aber auch seinen Mut zur Selbstpersiflage. Und wenn der Tod, „nach allgemeinem Empfinden Auslöser tiefster Melancholie", mehr noch als Liebe und Schönheit das eigentliche Grundmotiv seiner Prosa ist, so zugleich dessen Widersprüchlichkeit: er kann durchaus auch eine lustige Maske aufsetzen, wie in ‚König Pest'. Das Lachen gefriert. Noch in den scheinbar harmlosesten Erzählungen ist der Tod ein unsichtbarer Mitwirkender. ‚Der Goldkäfer': wie ‚Die Sphinx' ein Todessymbol. Legrands Dechiffrierung der Schatzkarte des Kapitän Kidd: ein geistiges Ringen über die Schranken des Todes hinaus. Es besteht eine Wesensverwandtschaft zwischen dem Erfinder und dem Enträtsler der Geheimschrift. Das Verstecken und Aufspüren entspricht dem raffinierten Mord und dem ebenso raffinierten Indizienbeweis.

Es ist kein Zufall, daß sich Legrand zur Bergung der Truhe zweier Helfershelfer bedient, und daß sie dabei auf zwei Skelette stoßen. Was mag in Legrands Kopf vorgegangen sein, als seine Gefährten den Schatz freischaufelten, nach dem er so besessen gesucht hatte, mit der gleichen Besessenheit wie sein amoralisches Alter Ego? Womöglich der Gedanke, sie ebenso zu erschlagen wie sein Vorgänger die beiden Seeleute? Eine makabre Geometrie der Spiegelungen und Korrespondenzen über dem Sog des Malstroms, der auch die Protagonisten in ‚Das Manuskript in der Flasche' , ‚Arthur Gordon Pym' und, natürlich, ‚Der Malstrom' anzieht. Die erfolgreich als Tatsachenbericht ausgegebenen und mit wissenschaftlicher Akribie beschriebenen Abenteuer des Arthur Gordon Pym sind, ‚undercurrent of meaning', zugleich eine Reise der Seele, getrieben von einem „unwiderstehlichen Begehren nach *Höherem Wissen*". Der Held entfernt sich von seinem *Ich*, seiner Heimatstadt, die bezeichnenderweise ‚Edgarton' heißt. Ihm, dem eher passiven, beschreibenden Charakter, dem rationalen Beobachter, stoßen fortwährend die haarsträubendsten Dinge zu. Doch selbst in äußerster Gefahr behält er stets eine beobachtende, analytische Distanz. Er ist sich des Ziels seiner Suche nicht bewußt, aber es zieht ihn immer weiter, einer letzten Erkenntnis entgegen, jenem „Geheimnis, dessen Offenbarung Vernichtung ist". Der Tod ist die Grenzlinie zu jenem letzten, größten aller Geheimnisse. Pym überschreitet sie; das Manuskript bricht unvermittelt ab. Über dem schrecklichen Ende der ‚Tatsachen im Falle Valdemar' vergißt man fast, daß das mesmerische Experiment, um das es in der Geschichte geht, geglückt ist: es beweist ein Fortleben nach dem Tod. Aber Poe ist sich der Sache, die er ständig umkreist, nie sicher. Was erwartet uns nach der Katharsis des Sterbens? Das Nichts, die ‚Annihilation', ‚Der Eroberer Wurm?" Das Aufgehen in ein immaterielles Universum' oder gar der Eintritt ins Paradies, in „jene überirdischen Ekstasen, von denen die Musik uns nur einen andeutenden, vagen Schimmer vermittelt?" Ist der Tod wirklich nur eine „schmerzvolle Metamorphose"? Und können wir dieses endgültige Schicksal beeinflussen? Wenn es möglich wäre, durch welche Verdienste, welche Tugenden? Durch Erkenntnis, Imagination und die Fähigkeit zu träumen oder durch bloße Willenskraft? Das sind die großen, unlösbaren, zeitlosen Fragen, auf die er in seinen Schriften stets aufs neue zurückkommt. Das menschliche Leben ist „ein tragisches Stück aus Hoffnungen und Ängsten", „ein ewiger Kreislauf auf der Jagd nach einem ungreifbaren Phantom".

Die einzigen Zufluchten zwischen dem Damoklesschwert und dem Abgrund: ein Ideal von Schönheit, ein wacher, analytischer Verstand – und Galgenhumor. Nur die Verbindung von Scharfsinn und Intuition vermag vielleicht einst die Rätsel des Universums lösen, doch ‚nevermore' das Rätsel des Todes, „aus des' Bereich kein Wanderer wiederkehrt".

In den ‚tales of ratiocination' führte Poe den intuitiven Meisterdetektiv (C. Auguste Dupin) in die Literaturgeschichte ein, ebenso wie seinen weniger begabten Gefährten (den Erzähler) und den vollends im Dunkeln tappenden, begriffsstutzigen Polizeipräfekten. Ein Schema, das Arthur Conan Doyle dankbar übernahm und trivialisierte: „Wenn jeder Autor, der ein Honorar für eine Geschichte erhält, die ihre Entstehung Poe verdankt, den Zehnten für ein Monument des Meisters abgeben müßte, dann ergäbe das eine Pyramide, so hoch wie die von Cheops." Der Erfinder des Sherlock Holmes wußte, wovon er sprach.

Aber Poes Typus des intuitiven Verbrechers als literarische Figur war womöglich noch folgenreicher – des Verbrechers, der durch einen unerklärlichen und lockenden ‚Geist des Bösen', den ‚imp of the perverse', dazu verleitet wird zu morden, aber auch, sich zuletzt zu verraten und dem Henker auszuliefern. Die umgekehrte Methodik Dupins: der motivlose, doch perfekt geplante Mord, der jede Entdeckung ausschließt und sich dennoch offenbaren muß, da Begehen und Gestehen der Tat sich ein und derselben Triebfeder verdanken. In den Werken Dostojewskijs, der in seiner Zeitschrift ‚Wremia' einen Essay über Poe und die Erzählungen ‚Der schwarze Kater', ‚Das verräterische Herz' und ‚Der Teufel im Glockenstuhl' veröffentlichte, die er selbst übersetzt hatte, finden sich Einflüsse dieser Gedanken, vor allem in ‚Schuld und Sühne' und ‚Die Brüder Karamasow.' Poes Mörder leiden unter einer krankhaften Verfeinerung ihrer Sinne, einer beinahe schmerzhaften Sensibilität, wie die meisten seiner Helden „ … Nein, ein verkehrter, rätselhafter Drang," hatte Byron geschrieben, „Trieb fort ihn, mit geheimem Übermut/ Zu tun, was außer ihm kein and'rer tut, / Ein Hang, der, wenn Versuchung zu ihm trat, / Auch ebenso ihn trieb zu böser Tat." Poe war nicht nur der geistige Vater von Meisterdetektiven à la Sherlock Holmes, sondern auch der übersensiblen, mörderischen Antihelden à la Norman Bates in Hitchcocks ‚Psycho'. Hitchcock sah in Poe in der Tat eine Art Lehrmeister; „die Angstgefühle bei der Lektüre von Poes Erzählungen, die ihn als jungen Mann fesselten, ließen ihn etwas entdecken, schrieb er rückblickend, ‚was ich nie wieder vergessen habe: Angst ist ein Gefühl, das die Leute mögen, wenn sie wissen, daß sie selbst nichts zu fürchten haben'"(Brigitte Desalm, ‚Überwachen und Strafen – Einiges über die Blicke bei Hitchcock'). Aber das war nicht die einzige Lektion. Niemand vor Poe hatte jemals einen so tiefen Einblick in die Psyche eines Verbrechers gewährt oder die dünne Grenzlinie zwischen Genie und Wahnsinn aufgezeigt: „Noch ist die Frage nicht gelöst, ob Wahnsinn nicht der höchste Grad von Intelligenz ist, ob manches Erhabene und vielleicht all das unergründlich Tiefe nicht einer Art Krankhaftigkeit des Denkvermögens entspringen oder gewissen Gemütsstimmungen, die plötzlich aufflammen und auf Kosten des Verstandes gehen …" Und niemand hatte es bisher gewagt, die Leser quasi zu Komplizen zu machen, Anteil an einer derart kompliziert umnachteten Mentalität nehmen zu lassen, ja sie durch die geschickte Charakterzeichnung zur Identifikation zu zwingen – zur widerwilligen Identifikation freilich, die jedoch Verständnis für die vertrackten Motive des Täters aufbringt und mit ihm vor der Entdeckung bangt. Das war etwas völlig Neues in der Literatur, und schon Raskolnikow zeigt deutlich, daß Dostojewskij die Botschaft verstanden hatte, anders als die Zeitgenossen, die in Geschichten wie ‚Das verräterische Herz' nur einen neuerlichen Beweis für die ‚Unmoral' des Autors sahen – oder die psychologisierenden Beckmesser unseres Jahrhunderts, die ihn mit seinen Kunstfiguren verwechselten.

Die Liste derer, die Poes Genie erkannten, sich mit ihm wesensverwandt fühlten oder von ihm inspirieren ließen, ist lang und eindrucksvoll. Charles Baudelaire machte ihn durch seine Übersetzungen in Frankreich, Belgien, aber auch in Spanien und Italien bekannt, und sein Enthusiasmus übertrug sich auf etliche Schriftsteller, Dichter, Maler und Komponisten – Stéphane Mallarmé, Arthur Rimbaud, Villiers de l'Isle-Adam, Barbey d'Aurevilly, Maurice Maeterlinck, Joris-Karl Huysmans, Paul Valéry und Marcel Schwob, auf Edouard Manet und Gustave Doré (die den ‚Raben' illustrierten), auf Paul Gauguin, Gustave Moreau, Henri Matisse, Odilon Redon, Felicien Rops, Fernand Khnopff, James Ensor, Felix Vallotton – und den eher symbolistischen als ‚impressionistischen' Claude Debussy. Jules Verne schrieb eine Fortsetzung des ‚Arthur Gordon Pym'. Poe wird zu Recht als der eigentliche ‚Ahnherr' des Symbolismus angesehen, einer nach wie vor unterschätzten kulturellen Strömung, die ganz Europa einschließlich Rußland erfaßte und sich im Surrealismus fortsetzte. Er bleibt in der Frühzeit des französischen Avantgarde-Kinos präsent: Abel Gance (‚Napoleon') drehte 1915 ‚La Folie du Docteur Tube' nach der Groteske ‚The System of Dr. Tarr and Prof. Fether'. ‚Der Untergang des Hauses Usher' wurde mehrmals für die Leinwand adaptiert, am gelungensten in Jean Epsteins ‚La Chute de la maison Usher' (1928); Regieassistent war der junge Luis Buñuel. Alain Delon spielte ‚William Wilson' in Louis Malles Beitrag zu dem Episodenfilm ‚Histoires Extraordinaires', Jane Fonda den weiblichen (!) ‚Metzengerstein' in einer eigenwilligen Fassung von Roger Vadim. Und am Schluß von Truffauts ‚Fahrenheit 451' beginnt der Feuerwehrmann Montag das für ihn wichtigste Buch auswendig zu lernen: die ‚Tales of the Grotesque and Arabesque.'

In Rußland war man schon durch Dostojewskij auf Poe aufmerksam geworden; doch erst um die Jahrhundertwende brach mit der Übersetzung des Gesamtwerks durch Konstantin Balmont, der ihn als „unseren älteren Bruder" feierte, unter den Künstlern des fin de siècle ein regelrechtes Poe-Fieber aus, das sich u.a. in den Gemälden Michail Wrubels oder in den Kompositionen Alexandr Skrjabins niederschlug. Sergej Rachmaninow schrieb eine Chorsinfonie nach dem lautmalerischen Gedicht „Die Glocken", dessen schwieriges Versmaß er in Musik übertrug. Leonid Andrejew und Anton Tschechow, die russischen Meister der

Kurzgeschichte, studierten Poes Technik. Walerij Brjusow nannte ihn einen „Vorläufer und Lehrer auf dem Gebiet subtiler Psychologie". In einem Gedicht Ossip Mandelstams, einem von vielen Belegen für den Kultstatus, den Poe bei der russischen Avantgarde besaß, heißt es: „Also weiß ich, wer unsichtbar hier gewesen: / Jemand, alptraumhaft, hat *Ulalume* gelesen, / Bedeutung ist nur Leere, und das Wort nur Klang, / Als Phonetik zum Diener der Seraphim wurde, / Die Harfe von Edgars *House of Usher* sang." Die ungeheure Popularität des Amerikaners, vor allem seines ‚Raben', ließ selbst nach der Oktoberrevolution nicht nach, obwohl er offiziell als ‚dekadenter Formalist' verpönt war. Immerhin rangierte er, nach einer in der US-Presse veröffentlichten CIA-Studie „ganz oben auf der Liste von Stalins amerikanischen Lieblingsautoren". Der Literaturkritiker Robert Magidoff stellte 1949 fest: „Es ist unmöglich, den Einfluß Edgar Allan Poes auf die russische Lyrik des späten neunzehnten und frühen 20. Jahrhunderts zu überschätzen." Dieser Einfluß durchdringt auch Vladimir Nabokovs Roman ‚Lolita': der Hauslehrer Humbert Humbert ist nicht nur von einem halbwüchsigen Mädchen besessen (Poe heiratete seine kaum ältere Cousine Virginia) sondern auch von Poes Metrik (‚Ulalume'); seine Schuldkomplexe werden, wie in ‚William Wilson', von einem Doppelgänger Quilty (= guilty, schuldig) gespiegelt.

Wer in der Literatur- und Kulturgeschichte die von Poe hinterlassenen Spuren untersucht, erlebt immer wieder Überraschungen. Es würde hier zu weit führen, sie akribisch zu verfolgen, etwa von Spanien (Rubén Dario, Pio Baroja, G.A. Becquér) nach Lateinamerika: zu dem Argentinier Jorge Luis Borges oder der um 1880 entstandenen brasilianischen Dichtergruppe ‚geracão perdida' (‚Die verlorene Generation'), die sich explizit als ‚Poes Schüler' bezeichnete. In Ciudad de Mexiko wurde sogar – anders als in Richmond oder Baltimore – eine Hauptstraße nach ihm benannt.

Was Italien betrifft, sei nur auf den Maler und Graphiker Alberto Martini, die Schriftsteller Tommaso Landolfi und Luigi Pirandello und den Regisseur Federico Fellini verwiesen, der die gelungenste Episode zu ‚Histoires Extraordinaires' beisteuerte: ‚Toby Dammit', frei nach Poes ‚Wette niemals mit dem Teufel um deinen Kopf.'

In England und Amerika wurde Poe bevorzugt illustriert, diskutiert – oder imitiert. Bilder zu seinen Werken schufen Künstler von der Qualität eines Dante Gabriel Rossetti, Aubrey Beardsley, Edmund Dulac oder Arthur Rackham, in neuerer Zeit bis hin zu Francis Bacon oder dem Fotografen Simon Marsden. May G. Evans wies in der bibliographischen Studie ‚Music and Edgar Allan Poe' (1939) 252 von seinen Werken inspirierte musikalische Kompositionen nach. Wie Abel Gance in Frankreich, so versuchte sich etwa zur gleichen Zeit auch der bedeutende amerikanische Regisseur D.W. Griffith (‚Intolerance', ‚Birth of a

Nation') an einem Poe-Stoff, dem ‚verräterischen Herz' (‚The Avenging Conscience', 1914). Durchaus kontrovers über Poe diskutiert und geschrieben haben u.v.a. Algernon Charles Swinburne, Henry James, William Butler Yeats, George Bernard Shaw, D.H. Lawrence und W.H. Auden bis hin zu Tennessee Williams, Aldous Huxley und Allen Tate. In Hubert Selbys Roman ‚Last Exit to Brooklyn' flattert der ‚Rabe' durch Georgettes Rezitation und Vinnies Drogenphantasien.

Der ‚Plagiarismus' war Poe in seiner Eigenschaft als Vorreiter der amerikanischen Literaturkritik besonders ein Dorn im Auge. Durch seine immense Belesenheit wies er angesehenen Autoren, wie dem ‚goetheanischen' und damals hochverehrten H.W. Longfellow, immer wieder geistige Diebstähle nach – auch aus seinen eigenen Gedichten.

Spätestens um die Jahrhundertwende wäre die Situation für ihn unüberschaubar geworden. Arthur Conan Doyle verdiente mit der Figur des Sherlock Holmes ein Vermögen. Robert L. Stevenson gibt sich sich in der Erzählung ‚Markheim' unzweifelhaft als Kenner Poescher Prosa zu erkennen, womit er auch den eigentlichen Paten seines Welterfolges ‚Dr. Jekyll and Mr. Hyde' enthüllt. Oscar Wildes ‚Dorian Gray' hat offensichtlich Poes ‚William Wilson' gelesen; noch in einem seiner letzten Briefe aus dem Gefängnis, in das ihn der britische Puritanismus gebracht hatte, zählt Wilde auf, wer in seinem Pantheon der Kunst den höchsten Stellenwert besaß: „ Dumas père, Cellini, Goya, Edgar Allan Poe oder Baudelaire hätten genau das gleiche“ (wie ich) „getan.“ T.S. Eliot äußerte sich verunsichert über die Rolle Poes in seinen Gedichten, zu denen immerhin das Jahrhundertwerk ‚The Waste Land' gehört. ‚Oh, you should have seen them kicking Edgar Allan Poe', singen die Beatles in ‚I Am the Walrus.' Alt-68er erinnern sich noch an das Album ‚Tales of Mystery and Imagination' von Alan Parsons, da komponiert schon Phillip Glass eine minimalistische Oper über den Untergang des Hauses Usher.

Poe hat sich ins kollektive Unterbewußtsein eingegraben wie kaum ein anderer Schriftsteller.

Wie sieht die Situation in Deutschland aus? Nietzsche vergleicht ihn einmal mit Richard Wagner; Wagners Mäzen, Bayerns „Märchenkönig“ Ludwig II. von Bayern, erklärt dem amerikanischen Journalisten Lew Vanderpoole, daß er „seinen Thron dafür geben würde, eine Stunde lang mit Edgar Allan Poe sprechen und die einzigartigen, seltsamen Gedanken erfahren zu können, die ihn offenbar sein Leben lang beherrschten.”

Der Symbolismus, der auf Poes Kunsttheorie basierte, griff erst relativ spät, im Treibhausklima der Décadence und der antibürgerlichen ‚culture de moi' auf Deutschland und Österreich über – einer Flucht der Bohème vor dem materialistischen Fortschrittsdenken der ‚Gründerzeit' und den Greueln der Nippes- und Plüschwohnkultur. Die geheimen

Ängste und Sehnsüchte der Epoche, die Neigung zu Spiritismus, Okkultismus und Satanismus, zu exotischer Erotik, zur rauschhaften Entfesselung der Instinkte, zum Abseitigen und Sonderbaren wie zur morbiden, beinahe schmerzhaften Übersensibilität finden sich in den Erzählungen von Rainer Maria Rilke (‚Malte Laurids Brigge'), Heinrich Mann (‚Das Wunderbare'), Gerhart Hauptmann (‚Das Meerwunder'), Alfred Döblin (‚Der Ritter Blaubart'), Hugo von Hofmannsthal (‚Dämmerung und nächtliches Gewitter'), Arthur Schnitzler (‚Die Weissagung') oder in den Gedichten von Arno Holz und Georg Trakl. Der spätromantische Dichter empfindet sich, ganz wie Poes Helden, als „Herr über eine Welt von bunten Träumen und versklavt an die Misere einer geistlosen und kunstfeindlichen Wirklichkeit" (Gerhard Schulz, Nachwort zu Arno Holz, ‚Phantasus').

Die erste, zehnbändige Gesamtausgabe von Poes Werken (Hg. von Hedda und Arthur Moeller-Bruck; Übers. H. Lachmann und H. Moeller-Bruck, Minden 1901-04) hatte keinen geringen Einfluß auf die neue ‚fantastische Strömung' der deutschsprachigen Literatur und Kunst (Oskar Panizza, Gustav Meyrinck, Paul Scheerbart, Alexander Moritz Frey, Karl Hans Strobl, Alfred Kubin etc.) In der Einleitung schrieb van den Bruck: „Es ist nicht zu groß gesehen, wenn man Poes literarische Stellung so nimmt, daß er tatsächlich am Eingange der ganzen Kunst seines Jahrhunderts, die wir die moderne nennen, steht. Die Franzosen weisen diese Stellung gerne Balzac, die Deutschen Goethe zu; und je nach dem Gesichtspunkt mit Recht. Doch als Naturell, da reicht die Psyche Poes so tief wie die keines anderen in die Psyche des modernen Individuums über, das den Ausgang des vergangenen Jahrhunderts bezeichnet. Er war menschlich das erste von jenen Doppelwesen, die erste jener Zwiespaltnaturen, jener Halb-Fühler und Halb-Denker, die das problematische Schaffen der Dichter der ganzen Epoche ausmachten." Poes Experimente mit Sprache und Metrum wetterleuchten noch hinter der expressionistischen und dadaistischen Lyrik. Und seine Motive durchdringen, mehr noch als die E.T.A. Hoffmanns, den expressionistischen Film: das Drehbuch zu ‚Der Student von Prag' von Henrik Galeen und Hanns Heinz Ewers greift wieder auf ‚William Wilson' zurück – was kaum überrascht, denn Ewers arbeitete gerade an einer weiteren Übersetzung von Poes Erzählungen, die 1920 unter dem Titel ‚Das Nebelmeer' erschienen (zwei Jahre später gab Franz Blei die bis dahin vollständigste und gelungenste Werkausgabe heraus). 1919 verfilmte Richard Oswald ‚Der schwarze Kater' und ‚Das System des Dr. Tarr und Prof. Fether' (Remake 1932, mit Paul Wegener); und auch die Doppelnatur des Dr. Caligari als Mesmerist und Leiter einer Irrenanstalt verweist, wie die Handlung und die Figuren des berühmten gleichnamigen Films, eindeutig auf Poe.

Zu den Verbrechen der Nationalsozialisten gehörte auch die Zerschlagung der deutschen Kultur – ein Einschnitt, von dem sie sich bis heute nicht ganz erholt hat.

Poe war ein Pionier jener Moderne, die nun als ‚entartet' galt, ein donquixotischer Kämpfer gegen Geschmacksverirrungen des Spießertums, die nun als ‚gesundes Volksempfinden' zwanghaft verbindlich wurden. Erst nach dem 2. Weltkrieg würdigten ihn wieder so unterschiedliche Geister wie Ernst Jünger oder Günter Grass, der 1958 in der Zeitschrift ‚Akzente' als ‚Hommage 1 E.A.Poe' ein Gedicht mit dem Titel ‚Annabel Lee' veröffentlichte. Und in Arno Schmidts Romankoloß ‚Zettels Traum', einem der merkwürdigsten Bücher der deutschen Nachkriegsliteratur, spielt Poe eine zentrale Rolle, auch in der Sprache: ‚Apropos' wird zu „Ah!-Pro-POE!", ‚poetisch' zu „POEtisch."

"Das anhaltende Interesse kommt nicht von ungefähr," schrieb kürzlich der Philosoph Ulrich Horstmann, „denn es herrschen poe-eske Zeiten, eine Neue Schauerlichkeit grassiert, und den ‚Terror der Seele' – ein Begriff, mit dem Poe seine Kurzgeschichten gegen den Schablonenschrecken der gotischen Romane abgrenzte – kennen wir nur allzu gut. Es ist zu hoffen, daß sich unsere Sinne auch wieder für etwas noch Befremdlicheres schärfen werden: die Poesie des Untergangs." Um Poe neu zu entdecken und zu verstehen, sollte man ihn in der Tat mit geschärften Sinnen lesen.

Frank T. Zumbach

INHALT

ANHANG